文学遗产六十年

六十年

·纪念文汇·

《文学遗产》编辑部◎编

社会科学文献出版社

SOCIAL SCIENCES ACADEMIC PRESS(CHINA)

中国古代文学遗产有极为丰富的内容。学习、研究、继承这些遗产，不但对于发展当代中国的文学是必要的，而且也有利于建设具有中国特色的社会主义精神文明的全部事业。

贺《文学遗产》创刊四十周年

胡绳

胡绳（中国社会科学院院长）

中国古代文学遗产有极为丰富的内容。学习、研究、继承这些遗产，不但对于发展当代中国的文学是必要的，而且也有利于建设具有中国特色的社会主义精神文明的全部事业。

陈荒煤（原文化部副部长）

继承古典文学遗产，弘扬中华民族精神，重在精神文明建设，探索求真开拓创新。

钟敬文（北京师范大学中文系教授）

弥空祖国艺文早卓树千秋盛业；

行世学人论著更高标一代新功。

繼往開來

奉祝

文學遺產創刊四十周年復刊十五周年紀念

錢仲聯敬題

細斟百代
遙喚未來

《文學遺產》創刊四十周年紀念

林庚敬題 九五年 六月

林庚（北京大学中文系教授）

细斟百代，遥唤未来。

钱仲联（苏州大学中文系教授）

继往开来

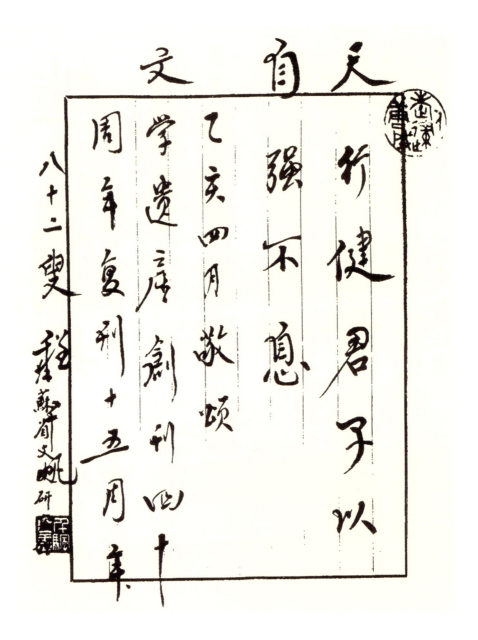

天行健君子以
自強不息

乙亥四月敬頌
文學遺產創刊四十
周年复刊十五周年
八十二叟程千帆

程千帆（南京大学中文系教授）

天行健，君子以自强不息。

杭州大学中文系

四十载经营承先启后
五千年传统推陈出新
文学遗产创刊纪念
　徐朔方敬贺
一九九五年初夏

徐朔方（杭州大学中文系教授）

四十载经营承先启后；五千年传统推陈出新。

冯其庸先生（中国艺术研究院副院长）

贺本刊创刊四十周年画作

文学遗产
六十华诞大庆之喜

植根传统文化
自然根深叶茂
今日老树新花
依然花团锦簇

周勋初谨贺
二〇二三

祝賀文學遺產創刊六十週年
引領中國古代文學研究

辨彰源流
考論融通
守正出新
沾溉學林

老通訊員
袁世碩
二〇二四年
二月二十日

周勋初（南京大学中文系教授）

植根传统文化，自然根深叶茂；

今日老树新花，依然花团锦簇。

袁世硕（山东大学文学与新闻传播学院教

辨彰源流，考论融通；

守正出新，沾溉学林。

拓疆阔境风雨一甲子
守先待后辉煌开新篇

《文学遗产》六十周年

王水照 二〇一四年 一月

引领学风 开拓学境

服务学界 和谐共进

祝贺文学遗产创刊六十周年

傅璇琮 甲午春

傅璇琮（清华大学人文学院教授）

引领学风，开拓学境。

服务学界，和谐共进。

王水照（复旦大学中文系教授）

拓疆辟境风雨一甲子；

守先待后辉煌开新篇。

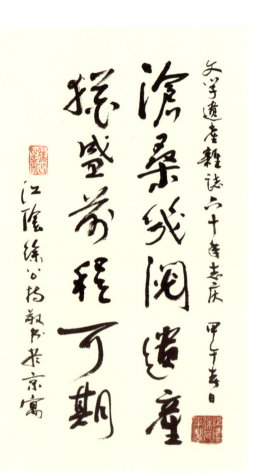

袁行霈（北京大学中文系教授）

旧学商量加邃密；

新知培养转深沉。

徐公持（中国社会科学院文学研究所研究员）

沧桑几阅遗产，犹盛前程可期。

耀六十载南北斗光
通百千代古今文象

贺「文学遗产」
创刊六十周年

黄霖

千年遗产聚精神薪火传承更
出新编辑辛勤追伯乐学人奋发越
高岑求真审美持根本探赜除霾耀
北辰心血浇花开五纪春风文苑万骅骝

马年贺《文学遗产》六十华诞
陶文鹏

陶文鹏（中国社会科学院文学研究所研究员）

千年遗产聚精神，薪火传承更出新。

编辑辛勤追伯乐，学人奋发越高岑。

求真审美持根本，探赜除霾耀北辰。

心血浇花开五纪，春风文苑万骅骝奔。

黄霖（复旦大学中文系教授）

耀六十载南北斗光；

通百千代古今文象。

董乃斌（上海大学文学院教授）

陈飞（上海师范大学人文学院教授）

衡文载道穷高以树表；

鉴古酌今极远而启疆。

煌煌大纛立中天，引领风骚六十年。

海内文学古典英围其足以津梁群彦濬育兰蕙宏等引渊源者允推文遗甚以百尺楼头清望雅堂青嗣主壇垢五纪风涛关才上中渊音爱忘橹帆芰以登高一呼而麦景金新焉全不改初衷攸维於来茸馥仰抚特於远途暨今三十一年文同敫眈四韵谨志感铭川焉大利六十华诞寿云

岁值甲午时当孟春上虔 赵昌平

赵昌平（上海古籍出版社编审）

煌煌大纛立中天，引领风骚六十年。

砥柱洪流清骨格，秤衡情采发新诠。

九方慧眼徕千里，百尺高楼主一先。

我本江东涧辙客，愧无椽笔报甘泉。

鷓鴣天

刘扬忠（中国社会科学院文学研究所研究员）

我与斯刊情最亲，欣逢耳顺忆如云。

当年晚辈名初显，实赖前贤扶后昆。

从那起，一家人；忝居编委意求真。

于今老少同堂聚，学术通衢能创新。

曹旭（上海师范大学人文学院教授）

文学万岁

李昌集（江苏师范大学文学院教授）

通古今之变，成一家之言。

六十年為國因公持守古風躍
進騰飛真乃文壇鵬雁
蹈遠引正當學界峰標
一甲子履霜沐雨弘揚遺產高

《文學遺產》六十周年誌賀

歲次甲午早春
盧盛江題並書

神州重遺產
華夏貴文學

廉奔書

卢盛江（南开大学文学院教授）

六十年为国因公持守古风跃进腾飞真乃文坛鹏雁；
一甲子履霜沐雨弘扬遗产高蹈远引正当学界峰标。

廖奔（中国作家协会研究员）

神州丰遗产，华夏贵文学。

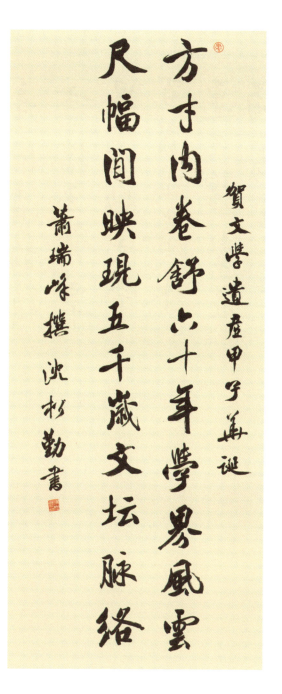

萧瑞峰（浙江工业大学教授）

沈松勤（杭州师范大学人文学院教授）

方寸内卷舒六十年学界风云；

尺幅间映现五千岁文坛脉络。

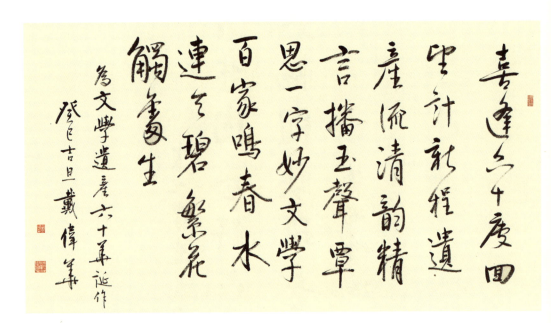

戴伟华（华南师范大学文学院教授）

喜逢六十度，回望计新程。

遗产流清韵，精言播玉声。

覃思一字妙，文学百家鸣。

春水连天碧，繁花触处生。

蒋寅（中国社会科学院文学研究所研究员）

世道隆污由正人盛衰，正人盛衰由学术明晦。故学术明则正人盛，正人盛则世道隆。此明学术所以为匡时救世第一务也。

徐俊（中华书局编审）

书生岂止擅雕虫，四野龙麟一顾空。

玉斗初回天甲子，文心未裂海西东。

争知砥砺磨砻久，不向流波泛滥同。

此事由来关气象，茫茫大雅共王风。

甲午正月 刘石

刘石（清华大学中文系教授）

照古腾今

照古

文学研究所首任所长郑振铎　　　　　　文学研究所第二任所长何其芳

《文学遗产》专刊创办人、首任主编陈翔鹤

1980 年《文学遗产》复刊后首任杂志主编余冠英

1957 年春，文学研究所编辑室全体同仁摄于中关村中国科学院社会南楼前。
前排左四为《文学遗产》主编陈翔鹤，后排左五为《文学遗产》编辑卢兴基。

余冠英（前排右一）与胡念贻（前排右二）、李少雍（后排）合影

徐公持主编在黄河壶口瀑布边留影

1984年10月4日，中国社会科学院文学研究所和《光明日报》编辑部，在北京国际俱乐部联合召开《文学遗产》创刊三十周年复刊五周年纪念会。此为部分与会专家合影。

前排左起：范宁、张毕来、关德栋、吴伯箫、
　　　　　杨明照、余冠英、许觉民、张白山、
　　　　　顾学颉、陈友琴、吴调公、周绍良

后排左起：程毅中、＊＊＊、劳洪、章正续、＊＊＊、
　　　　　陈贻焮、刘国盈、曹道衡、邓绍基、
　　　　　吴文治、＊＊＊、陈邦炎、谭家健、侯敏泽、
　　　　　傅璇琮、费振刚、陈毓罴、高光起、王学泰、
　　　　　乔象钟、冀勤、许可、吴泰昌、卢兴基、
　　　　　＊＊＊、张展、＊＊＊、俞琳、＊＊＊、刘世德

1992 年《文学遗产》编委扩大会

第一排左起：吕薇芬、连燕堂、胡明、陶文鹏、刘跃进、马丽

第二排左起：蒋和森、廖仲安、郭预衡、徐公持、敏泽、高纪言、王善忠、傅璇琮

第三排左起：孟繁林、刘扬忠、吴小平、董乃斌、程毅中、刘世德、裴斐、张展、费振刚、
卢兴基、李修生、曹道衡

第四排左起：姜小青、竺青、卞岐、石昌渝、李伊白

1994年夏，《文学遗产》杂志主编徐公持（左一）拜访钟敬文（左二）

1995年10月10日《文学遗产》创刊四十周年暨复刊十五周年纪念会与会专家合影

1995 年 10 月 10 日《文学遗产》创刊四十周年暨复刊十五周年纪念会会场

1995 年 10 月 10 日 出席《文学遗产》创刊四十周年暨复刊十五周年纪念会的部分
专家学者合影

前排左起：陈贻焮、钟敬文、霍松林、郭预衡

后排左起：陶文鹏、罗宗强、许嘉璐、邓绍基、袁行霈、董乃斌、冯至正、包明德、
　　　　　吕薇芬、徐公持、严平

1995年岁末，文学研究所领导和《文学遗产》编辑部部分新老编辑欢聚一堂

前排左起：卢兴基、张展、张白山、劳洪、高光起、白鸿

后排左起：董乃斌、徐公持、吕薇芬、王毅、张炯、王学泰、包明德、陶文鹏、李伊白

1996 年首届《文学遗产》优秀论文奖获奖学者和编辑部编辑合影

第一排左起：周裕锴、葛晓音、郭英德

第二排左起：徐公持、程毅中、张炯、陈贻焮、傅璇琮、邓魁英、吕薇芬

第三排左起：李伊白、陈毓罴、黄天骥、＊＊＊、卢兴基

第四排左起：徐俊、邓绍基、欧阳光、蒋寅、陶文鹏、刘扬忠、钱志熙、谢思炜

1997 年度《文学遗产》优秀论文奖颁奖会会场

第二排左三、左四为论文获奖者吕微、戴燕

1998–1999 年度《文学遗产》优秀论文奖获奖者与文学所及编辑部领导合影。

左起：潘建国、徐公持、杨义、陶文鹏、孙逊、汪春泓

2002 年 7 月 28 日 吕薇芬副主编和李伊白副主任出席《文学遗产》编委扩大会议

1997 年夏，陶文鹏与专家学者合影

左起：钱志熙、张晶、陶文鹏、刘敬圻、尚永亮

2009 年 4 月 14 日 陶文鹏主编参加
《孙楷第文集》座谈会

《文学遗产》杂志现任主编刘跃进

2014 年 8 月 19 日 《文学遗产》编辑部全体同仁发稿会后留影

左起：马昕、竺青、张剑、石雷、马丽、刘跃进、刘京臣、孙少华

《文学遗产》六十年

刘跃进

《文学遗产》已经走过 60 年风雨历程。她创刊于 1954 年 3 月，最初由中国作家协会古典文学部主办，以《光明日报》副刊的形式刊行。1956 年 2 月，中国作家协会古典文学部撤销，《文学遗产》改由当时还隶属于中国科学院的文学研究所主办，陈翔鹤任主编，继续在《光明日报》开辟专栏发表文章。1966 年，"文化大革命"开始，《文学遗产》被迫停刊。1980 年，经多方努力，《文学遗产》以学术杂志形式复刊，为季刊，仍由文学研究所主办，余冠英出任主编，中国社会科学院主管。1985～1988 年间，刊物一度改为双月刊，1989～1993 年间，复为季刊，从 1994 年开始，再度改为双月刊，延续至今。

为庆祝《文学遗产》创刊 60 周年，我们将举办一系列纪念活动。编纂这部文集，就是其中一项工作。这一设想，得到学术界一如既往的支持，共征集文稿 60 余篇。作者队伍很有代表性，既有创刊初期的编辑、作者，也有 20 世纪六七十年代以后出生的新锐。文章的编排，以作者年龄为序，五世同堂，让人感慨。

这些文章，多数介绍作者成长或学界前辈与《文学遗产》的关系，也有的回顾《文学遗产》组织或者参与的重要学术活动，还有一些专题性论文，宏论迭见，异彩纷呈，代表了历年在本刊发表论文的三千多位作者的心声，从一个侧面展示了新中国成立六十多年来中国古代文学研究的总体成就。正如本书一位作者所说，《文学遗产》这份刊物本身就已成为一份珍贵的文化遗产。

60 年前，《文学遗产》创刊词这样写道："我们中华民族是一个历史悠久的民族。我们的文学遗产，由于很多卓越的前代作家不断地创造和努力，也是极其光辉灿烂的。从《诗经》《楚辞》起，一直到'五四'时代新文学奠定者鲁迅先生的作品为止，差不多每一朝代都有杰出的作家，在不同的文学种类中都有独特的成就。但是这些文学的宝藏，不仅在封建社会里面不可能得到正确的评价，就是到了'五四'以后，它们的价值和意义也还未能获得充分的科学的阐明。因此，用科学的观点来研究我们的文学遗产这一工作，就十分有待于新中国的文学研究工作者们来认真地进行。"所谓"科学的观点"，就是以马克思主义思想方法为指导，坚持"文学必须为人民服务、为社会主义服务"的"二为"方向和"百花齐放、百家争鸣"的"双百"方针，实事求是地评价古代文学遗产，总结和汲取古代文学精华，弘扬民族精神，为繁荣具有中国特色、中国气派的社会主义文化事业服务。这是《文学遗产》创刊60年来一以贯之的基本立场，业已成为中国古典文学研究工作者的共同追求。经过几代学者的艰辛努力，中国古代文学研究已初步建立具有中国特色的理论体系，其核心主张是：关注中国文学与现实生活的密切关系，体察中国文学家强烈的忧国忧民的情怀，满足中国人民对文学的精神需求，发挥中国文学在弘扬民族精神、构建社会主义核心价值体系方面的重要作用。回顾60年来的编辑实践，我们深切感到，推进中国古典文学研究事业的繁荣发展，必须坚决贯彻执行党的正确的方针路线，必须紧密依靠学界同仁的充分信任支持，必须时刻倾听广大读者的建设性意见。这是一条最基本也是最重要的办刊经验。

60年来，《文学遗产》坚持学术研究的时代性、科学性、建设性原则，积极组织发表大量具有原创性的学术论文，阐释传统文学经典，辨析不同阶层文化，充分展现中国文学反映出来的不同时期、不同区域的民众生活和精神风貌，深度挖掘中国文学历久弥新的丰富底蕴。同时，我们经常举办各种学术会议，论辩交锋，以文会友。比如，20世纪50年代关于中国古代文学名著的讨论，20世纪80年代关于宏观文学史观的探索，20世纪90年代关于中国文学研究学科建设与学术史的回顾等，都在学术界产生重要影响。21世纪以来，《文学遗产》更在以下三个方面有所推进：一是更新研究理念，推陈出新，加强对传统文献学、中国文体学，尤其是对文学经典的研究。二是拓展时空维度，海纳百川，将中国各民族文学纳入中华民族文学研究的大视野。三是强化综合比较，旁罗参证，将物质文化、制度文化、地域文化、媒体文化以及性别文化等不同专业知识和研究方法引进文学研究领域，将古今文学与中外文学联系起来，将文学艺术与相关学科贯通起来。通过这些努力，我们希望有助于重构中国文学史体系，并在文学理论研究方面有所突破，有所建树，为当代文学理论建设和文学创作实践提供丰富的文化资源。

60年来，《文学遗产》高度重视学术思想的传承，通过"学者研究"等栏目，及时总结前辈学者的治学经验，传播他们的治学理念，金针度人，启迪后学，让学术薪火代代相传。同时，借助通讯员制度，开辟"博士新人谱"等栏目，为青年学者搭建学术平台，展示他们的最新成果。这是《文学遗产》高质量稿件源源不断的制度保障。

60年来，《文学遗产》努力拓宽学术研究的视野，开辟"海外学术信息""海外学者访谈"等栏目，沟通中外学术信息，强化中外学术交流，呈现开放的办刊理念。我们认为，中国的学术文化不仅仅属于中国，而且是全人类共享的精神财富；中国文学必将得到越来越多的国外学者的重视，这是和平崛起的中国必然要引领的一种历史趋势。这是一种文化的自信。这种自信，源于悠久的文化传统，源于改革开放的伟大实践，源于学术界同仁的研究成果。鲁迅先生曾经说过："将来的光明，必将证明我们不但是文艺上的遗产的保存者，而且也是开拓者和建设者。"（《集外集拾遗·〈引玉集〉后记》）

古代文学研究工作者的基本任务是研习和传承中国古代文化精华。保护和继承是发展的前提，而开拓和建设才是根本。习近平总书记在曲阜孔子研究院座谈会上，曾引用毛泽东主席的话说："清理古代文化的发展过程，剔除其封建性的糟粕，吸收其民主性的精华，是发展民族新文化、提高民族自信心的必要条件；但是决不能无批判地兼收并蓄。"关于如何发展民族新文化，习总书记指出要走中国化的道路。他说："办好中国的事情，要用符合中国国情的方法。对本土化的东西要很好地总结。"文学研究也必须要在批判性地兼收并蓄的基础上，寻求一条适合中国文学的发展道路，努力实现古代文学研究的现代转化，更要完成创造性发展的任务。这是时代向我们提出的要求。为此，《文学遗产》将一如既往，认真总结历史经验，努力开拓研究空间，积极完善学术规范，为建构中国化的文学研究体系贡献绵薄之力。

1954～2014 年，又是一个甲子的轮回。历史在发展，现代中国正经历着前所未有的深刻变化。登高望远，中国人民比历史上任何时期都更接近中华民族伟大复兴的目标，比历史上任何时期都更有信心、有能力实现这个目标。在这样的历史背景下，《文学遗产》将在继承传统文化、服务当代社会方面肩负起更大的责任，再创新的辉煌。

目 录
CONTENTS

纪念文汇

学人题赞

《文学遗产》六十年纪事初编
（1954～2014）

纪念文汇

回忆余冠英先生

曹道衡　　徐公持

　　徐公持（以下简称："徐"）①：曹先生，你来文学所时间掐指已将半世纪，应该称得上是文学所元老之一。对于文学所及古代组的情况，你了解很多，另外大家都知道你的记忆力是出奇的好。今天请你来，就是想一起谈谈余冠英先生。余先生去世将近十年了，我们都是他的老部下，都曾得到他的关怀和指教，可以说，他是我们人生成长过程中的一位恩师，惠泽深厚，我们都是他的学生，当然你是我们的学兄。余先生是"文革"之后《文学遗产》复刊工作的主持者，也是复刊后的首任主编。《文学遗产》即将迎来创刊50周年纪念，编辑部打算组织一些文章，来纪念余冠英先生。

---

① 本文为谈话记录，谈话时间在2003年12月某日上午，地点在中国社会科学院文学研究所《文学遗产》编辑部办公室。当时文学所正策划纪念《文学遗产》创刊50周年活动，徐公持遂邀约曹道衡先生对谈，回忆老一辈著名学者、本刊前任主编余冠英先生。谈话之后，即由徐公持整理出草稿，交曹先生过目修订，并增补若干内容，再交由徐公持定稿。稿成后，因情况变动，未能及时发表。2014年适逢《文学遗产》创刊60周年，编辑部向新老编委及相关专家发出通知，策划出版纪念文集，征求纪念文章。徐公持遂响应约请，检出旧稿，交付刊出。然而曹先生已于2005年罹疾谢世，不能亲睹本文刊出，是亦人生遗憾也。十年一觉，本文之发表，不特纪念余冠英先生，亦寓怀念曹道衡先生之意也。

这也是今天我们谈话的主题。

首先我想问你，你是在何时，在何种情况下得识余先生的？

曹道衡（以下简称"曹"）："元老"二字我断不敢当，记忆力也很一般，徐先生过誉了。余冠英先生的名字我是早已听说的，但我在到文学所之前，并没有拜见过他。因为当时余先生在清华大学教书，而我在北京大学读书。那时北大还在城里（即"红楼"旧址——编者注）。1953 年初夏，我毕业之前，进入"中央文学研究所"实习，那是中国作协主办的一个单位，虽然名曰"研究"，实际上研究的主要是文学创作而不是文学史，我进去之后感到不很适应。当时"院系调整"后不久，听说北大也成立了一个文学研究所，由郑振铎、何其芳先生主持，余冠英先生和俞平伯先生等都调进了所里，我一听说就明白那里是研究文学史的，我很想回北大，到那里去做研究工作。经过努力，我终于遂愿，正式来到所里，那是 1953 年 6 月，这也是我认识余先生的时间。你认识余先生应该是 20 世纪 60 年代初的事吧？

徐：不错。我到文学所古代组比你晚了整整 10 年。1964 年 4 月，我从哈尔滨师范学院研究生班毕业，被分配到文学所，进了古代组，认识了组内各位老专家。当然，在此之前我早已耳闻余先生的大名，因为我在大学学古典文学课，首先学的是《诗经》，余先生的《诗经选》和《诗经选译》是老师指定的参考书。我到文学所报到，首先认识了邓绍基先生，当时他是古代组副组长，主管日常事务。第二天，邓先生通知我去参加力扬先生的遗体告别仪式。我未见过生前的力扬先生，正犹豫去是不去？邓先生说："去吧去吧，大家都去的，那里缺人手，你可以去帮忙布置，搬搬东西什么的。"我说："可是我没见过力扬先生呀！"他说："去了不就见到了嘛。"我愣了一下神，便答应去了。灵堂设在同仁医院，从学部去不远，那天清早，我就跟着王水照先生，还有所里管行政事务的同志一起去了，在那里先帮忙搬运东西，后来便站在门口小桌旁，请所有前来参加告别的宾客签名。古代组除了两三位很老的先生外几乎都到场，在那里我初次见到余冠英先生。邓先生只是将我简单介绍给了他，没说什么话。他俩当时很忙，胸前戴着小白花，站在灵堂门外，与所有陆续前来吊唁的宾客们握手致意。我的第一印象是，余先生高大魁梧，身体健硕，语言不多，表情严肃（与场合有关）。我初识余先生的经历没有什么史料价值，倒是有一点出其不意。

还是回来请你谈：在北大文学所时你与余先生的交往情况。

曹：刚到所时，我是被分配在民间文学研究组的，而余先生是古代研究组的组长，因此我很少有机会向他请教，只是所里开会时才能见到。1954年春天，我被调到古代组，兼做《文学遗产》编委会的秘书，经常代编辑部和北大各位编委联系。那时余先生住在北大镜春园，我的宿舍在健斋，距离很近。由于工作的关系，我经常到余先生家，余先生平易近人，对青年十分关心和爱护，打消了我见老先生的顾虑。当时有关《文学遗产》稿件的处理问题，我自觉没有把握的，就向余先生请教，他很热心，几乎有求必应，我得到他很多的教益。

徐：打断你一下，当时《文学遗产》的负责人是哪位？是陈翔鹤先生吗？

曹：《文学遗产》当时是《光明日报》副刊之一，开始时主编就是陈翔鹤先生，起初编辑部在作家协会，城里东总布胡同；后来将编辑部调入文学所，办公地点移到中关村科学院。中关村离北大很近，来往走路不累，我一天可以走好几趟。那时余先生正在编《诗经选》，有时我到余先生家，余先生经常给我谈《诗经》中的问题，记得有一次，余先生曾经把《魏风·园有桃》和《王风·黍离》作了比较，以为传统的说法认为《黍离》"愍周室"的说法未必可信，其主旨可能与《园有桃》相近。当时对我启发很大。我那时也知道《毛诗序》和朱熹《集传》对《诗经》的解释未必可据，但对有些诗的篇义，怎样理解，觉得很难解释。听了余先生的讲解，才觉得孤立地理解一首诗有时确实很困难，用一些内容相近的诗进行比较，确实是一个好方法。那个时候我虽到了古代组，但领导规定我的研究方向是小说，具体的任务是研究《红楼梦》和《儒林外史》，但是我觉得自己对唐以前的文学还稍知一二，对元明清文学更为生疏，所以在一次会上提出可以不可以转到唐以前文学的研究中去？经过领导研究，同意了我的想法。从此我就在余先生的具体指导下工作。这是1956年的上半年。

这时候，我们古代组的同志每逢星期一的下午，都要到燕东园何其芳先生家开会，讨论作品，逐篇讨论。实际上这是一个"读书会"。当时何先生、余先生都参加，还请先师游国恩先生参加，我在那个场合，当然完全是一个学习者，只是作为学生在听老先生们讲解。余先生讲《诗经》，一方面不赞成拘守《毛传》、朱熹之说，另一方面也不取一些怪怪奇奇的偏僻说法。这更使我进一步认识到做学问要实事求是，既不能囿于前人的成说，亦不能故作怪论。现在想来，三位老师当时的教导，使我终身受用。而那种每周开一次、有连续性地专门讨论某一部书的读书会，我觉得好极了。

我的研究方向转向唐以前的文学后，向余先生请教的机会就更多了。那时我的业务情况是对先秦知道一些，对唐还有些了解，但对魏晋南北朝的文学很缺乏知识，再加上受了当时流行的"左"的思想影响，认为六朝文学是什么"形式主义""唯美主义"，所以不肯下功夫去阅读。针对我这种情况，余先生经常和我谈魏晋南北朝诗的问题，有时他先不说出自己的看法，而是问我对某首诗或某个问题的看法。那时我读的作品很少，读得也不认真，所以往往答不上来。几次以后，我渐渐地感到自己这方面的知识太差，才开始用起功来，细读《文选》《水经注》和陶、谢诸大家的集子。我的研究工作的重点转向魏晋南北朝方面，就是从这时候开始的。余先生在谈业务的同时，有时也和我讲起抗战时期在昆明的情况，他讲到那时在内地，书很少，要用功，只能先从读史下手。这一点对我触动很大。我本来对历史就很有兴趣，因此下决心通读正史。原来我在大学毕业前，曾点读完《史记》《汉书》《后汉书》的一部分。后来到作协的中央文学研究所，就没有点读下去，到北大文学所后，在民间组及研究小说的期间，也没有重新捡起来。听了余先生的话，我又决心在这方面继续下功夫。可惜的是那时有一系列政治运动，读书只能时断时续，直到1964年"四清"下乡之前，也只读了《后汉书》《后汉纪》《三国志》。其余几部史书都是到"文化大革命"后期才开始用功读的。我先喝两口茶，你来说说受到余先生教导的情况吧。

徐：我领受余先生的指教时间较晚，具体来说是在20世纪60年代以后。我刚到所时的研究方向是先秦文学，这你是知道的。我在学生时期重点学的是《诗经》《楚辞》等，来所后我曾将自己不成熟的习作送呈余先生请教。记得那篇文章名叫《诗兴发微》，意思是将《诗经》中"兴"的微妙意义，作一些发掘，想提出一些与前人不同的独特意见。当时我很年轻，才24岁，很得意这篇文章。余先生看了文章，不久便约我在他家谈了一次话。这是我第一次到余府，当时他住在东四头条201号大院（你也住那院子里），他家是大院中的小院，有围墙与其他人家隔开，小院并不小，院内种了一些花草，还有几株向日葵。院内靠北有五间正房，外加两间东厢房。正房的靠西两间是客厅，里面安放着沙发茶几等。那房子稍矮些，不过房内铺设着地板，收拾得很干净，气氛颇是温馨。余先生对我的习作表示了鼓励之意，说"你找的材料不少，很用功啊！""有些想法很不错，别开生面，很有些启发意义啊！""文字也精炼"。接着就给我提意见了。他先说："你这文章，逻辑推理之余，想象力也很丰富！你是不是受了闻一多先生的影响？"我听了此言，心头一惊。因为我这文章正是在闻一多《古典新义》等著作的影响下产生的，余先生这句话，触到我心坎里了。我只好老老实实承认，说："是的是的，我读过闻先生的著作，觉得他的研究做得真好，令我十分佩服。"余先生见我承认了，便进一步说："闻先生的研究，确实很有成就，也很有特点，文采斐然，值得学习。但真要学他是不容易的，而且需要小心。闻一多知识很丰富，又有才气，他对问题常常发表一些新鲜见解，其中很多见解是正确的、得到学术界的认可。但是也有些只是他的一家之言，需要进一步研究和证实。例如他说屈原是'弄臣'，有不少同行就不能接受。至于他的研究方法，表面看他的研究运用了不少新的方法，例如比较语言的方法，考察民族文化演变的方法，等等，他还有一个大的特点，就是充分运用想象力，配合他的逻辑推理。但是必须看到，闻一多的古代文学研究，实际上还是以旧学根底为基础的。他的旧学功底很深厚，如果没有他那样的根基，发挥想象力就会有危险，会误入歧途。"他针对我的习作文章说："你这文章里，有些结论想象力很好，看上去你的见解似乎有道理，但是没有充足的材料为凭借，你就很难叫人心悦诚服地接受你的论点。"他又补充说："何其芳同志自己也是诗人出身，但对闻一多的研究就有看法，认为他有些想象过头了，证据不足，观点可供参考，但未必可靠。"余先生的这一番指教，真是击中要害，因为我此前确实对闻一多《神话与诗》《古典新义》等著作很着迷，尤其对其中《匡斋尺牍》《说鱼》《高唐神女传说之分析》等篇读了不止一遍，对于这些文章中表现出的境界，非常神往，很想走他的研究道路。经余先生这一番点拨，我自己感到清醒了许多，知道走闻一多研究道路的难处。谈过话之后，我很庆幸自己能够在余先生这样一位学界老前辈的领导下工作，自己今后多向他请教，可以少走许多弯路，专业水平一定能够得到提升，当时的心情是很振奋的。

不过当时是 1964 年、1965 年，已经是"文革"前夜，政治运动不断，又是去安徽搞"四清"，又要到北京郊区劳动，挖京密运河等，精力很不集中，专业工作也难以进展，接着就遇到了"文化大革命"。

到了 20 世纪 70 年代，我的方向转向汉魏以下。往下转的原因有些偶然，那时正值"文革"后期（1974 年），社会上搞"评法批儒"，所内尚驻有"工宣队"，组织大家搞"评法"或者"批儒"。我与古代组的另外三位同事一起，被指派参加一个"曹操小组"去"评法"。这是个"三结合"小组，组内还有铁路局的三位工人师傅，中华书局的一位编辑。当时我对曹操不熟，也有些怕麻烦（要每天跑到西四护国寺一个招待所去看书讨论），去了两天，就感到挺没劲的。到了星期天，我前往朝内市场买菜，顺便就去了东四头条胡同余先生家，对他说起此事，并问他我"该不该去"的问题。他听我说了情况后，沉吟了一会儿，便说："既然要你去，你顶着不参加也不好，是不是？反正现在没有别的事好干，你不妨去参加好了，熟悉不熟悉没关系，就当作扩大一下知识面也好啊！"说完，又接着说："其实研究先秦文学，虽然有许多问题有待发掘，但从文学角度说，那材料毕竟有限，真正的文学家也少了一些，就屈原、宋玉他们几个人嘛，按照鲁迅的说法，那文学的自觉性还没有充分表露出来，我们研究的领域就未免狭窄了一点。你趁这个机会打开一下视野，不也是很好的吗？"听了余先生的意见后，我觉得有道理，便不再犹豫，便抱着"扩大知识面"的想法，继续去参加"评法"小组活动。虽然每天挤车，朝出夕归，来回奔波，中午不休息，就在招待所食堂吃饭，相当劳累辛苦，但我与几位同事一起，坚持了好几个月，而且竟发生了浓厚的兴趣。在那里我真的把一本《曹操集》，五本《三国志》，还有一套《晋书》读得相当熟，《三国志》都被我翻烂了，我又去新买了一套。从此我自曹操而曹植，由曹植而其他建安作家，再到两晋文士，逐渐扩张，在魏晋文学领域里安家落户。可以说，我从先秦文学转到汉魏六朝文学，余先生是起了引领作用的。自那时开始，我就有意识地把余先生的几部著作如《乐府诗选》《汉魏六朝诗选》《三曹诗选》收集起来，加上黄节的几个选本如《汉魏乐府风笺》《曹子建诗注》，还有古直的选本，拿来一一对照着读，这些书中的知识，遂成为我重新学习的基点。记得当时黄节的《魏武帝魏文帝诗注》还没有新印本（人民文学出版社本是 20 世纪 80 年代初才印行的），我在图书馆里怎么也找不到，便只得又去余先生家求助。余先生听了我的要求，二话不说，立即从他的书架上抽出一本给我，说："拿去看吧！"我接过一看，那是一种线装式样的排印本，应该是 20 世纪 30 年代的本子。我喜出望外，如获至宝。当时没有什么其他工作任务，所以我几乎是全部心力都用在这几部书上，愈读愈觉得有意思，颇为投入了。产生了兴趣，下面的事就好办多了。余先生对你在读书方面有什么具体的指导？

曹：余先生知道我读史还肯下些功夫，但对艺术鉴赏的能力很差，再加上我受"左"的思想影响较深，所以经常给我讲一些作家的艺术特点。例如"文革"前，我对谢灵运评价不高，总觉得他是个高门士族、大地主，不敢多加肯定。但余先生多次向我指出："大谢不能否定。他是语言大师，他在诗歌语言方面的贡献，是要好好体会的。"除了谢灵运，余先生也常和我谈到颜延之。余先生对《汉魏六朝诗选》中仅选《五君咏》3 首，并不很满意。当时我觉得有《五君咏》就够了。但余先生认为《五君咏》只能代表一个方面，却不能显示历来人所重视的颜诗特色。只是为了顾及读者的需要，余先生才没有选录颜延之的其他作品。谈到颜延之，我那时对他评价也不高，认为颜延之与陆机的诗都有些板滞。余先生对我说："不能这样绝对地看，仔细体会的话，颜延之的诗虽学陆机，但在技巧上有发展，手法比陆机老练。"有时，余先生还跟我讲到江淹和鲍照，我当时往往扬鲍抑江，余先生对我说："不然。二人特点不同，鲍遒劲，江深沉。"我后来仔细再读江、鲍的诗，体会到鲍照更接近左思，江淹更接近阮籍，确实是一个刚劲，一个深沉。除此之外，余先生还多次讲到谢朓，对谢朓评价甚高。

徐：余先生有没有给你讲过唐诗？

曹：讲过。他对人民文学出版社出版的《唐诗选》，几乎每一页都反复推敲，例如对卢照邻的《长安古意》一首中"游蜂戏蝶千门侧，碧树银台万种色"两句，余先生的解释就与过去各家都不一样，他指出："游蜂"两句是"借蜂蝶的眼写那些一般人所不能看到的宫内景色"（《唐诗选》上册，第 17 页），现在想来，这解释显然比前人高明。因为封建社会的宫禁之地，一般人是不可能见到的，而飞舞的蜂蝶却不会受到阻拦，自不难看到宫中"复道交窗作合欢，双阙连甍垂凤翼"的景象。像《长安古意》这样的名篇，我们过去大约读过好几遍，对这些诗句往往熟视无睹，不求甚解，及至见到余先生的解释，才觉得顿开茅塞。这样的例子，不但说明余先生艺术分析及鉴赏力的高妙，而且也说明他对选注工作的极端负责精神。在《唐诗选》的编注过程中，余先生对好多作品都作过细致的分析。例如有一次，我到余先生家去，他正在对李颀的《送魏万之京》中"昨夜微霜初渡河"一句作注，我觉得这首诗并不费解，"昨夜"句中也没有什么难字和僻典，似乎用不着花这么多工夫。但余先生考虑的不光是要注释得正确，还要使读者能更好地体会到诗的妙处。这种对读者极端负责任的态度永远是我们学习的榜样。

余先生对唐诗也正如对汉魏六朝诗一样，很注意辨别各家风格的异同和承上启下的关系问题。例如，我们谈唐诗，常说"王孟"，有一次余先生问我："你说王维和孟浩然有何区别？"我对这两家诗虽然都读过，但这问题却答不上来。余先生说："不一样。王维厚，孟浩然稍薄。"我回去再取王、孟二人的诗细细体味，才觉得余先生说得真精妙。"文革"前，我和不少人一样，对梁陈"宫体"，只是一味否定。有一次余先生对我说："对梁陈宫体，恐怕还要仔细研究，不能全盘否定，因为像李贺的一些诗，显然受了梁陈宫体的影响。"当时我觉得这问题不好办，好在自己研究范围只在隋之前，可以回避不谈。这几年比较注意探讨南北朝文学的问题，也重读了李贺的诗，才更觉得余先生话的深刻。

徐：余先生在艺术理解方面确实很有功力，常常能够抉发出他人所忽视或者未能理解到的含义，提出自己的精妙见解。他解汉乐府歌辞《善哉行》为"宴会时主客赠答的歌"，解《平陵东》为"义公被官府所劫，勒索财物"等，都是直接从歌辞本身去体味，排除成见，然后提出与旧说不同的说法，得到学界的普遍接受。又，乐府《艳歌行（南山石嵬嵬）》，旧说以为民间女子被采充后宫，自伤别离之作，意思虽好，但不符合作品原义；又如《白头吟》，旧说以为是卓文君所作；《梁甫吟》，旧说以为"诸葛亮所作"；对这些作品，余先生都从诗篇本身出发，指出旧说的不合理，认为是"误解生出来的误解"，同时提出切合原诗的正面意见。以上都是我从他的书里看出来的。此外我也当面听他谈过这方面的例子。有一次我在他家听他说到何逊的名篇《送客》诗，他说："这篇作品前半写行客惆怅情怀，后半写江上凄寒景象，过去一般解者都以为这是诗人送客之作；但是何逊集子内还有另外题作《相送》的 5 篇诗，从内容看，那 5 篇都是写何逊辞别送行者，而非送他人行的，由此联系起来看，可以认为何逊写这诗是他自己上路，辞别送行者。"余先生说："这些都是诗歌的微妙之处，牵涉到每个诗人的写作个性和习惯，稍予疏忽，便难以觉察。所以读诗要非常细心。"这应当认为是他的多年研究心得，对年轻学子富于启发意义。令人佩服的还有他关于"泰山"一语的解释。在两汉魏晋诗歌里，这个名词出现甚多，历来说诗者都如实理解，认为就是那座著名的东岳泰山而已。但余先生却发掘出了它的深层含义。这是他在解释曹植《杂诗（之六）》时提出的，他针对诗中"捊剑西南望，思欲赴太山"句，说："'赴太山'，犹言'赴死'。汉以来迷信人死后魂魄归于泰山，古乐府《怨诗行》'人间乐未央，忽焉归东岳'，应璩《百一诗》'年命在桑榆，东岳与我期'，刘桢《赠五官中郎将》也有'常恐游岱宗，不复见故人'之句，可见汉魏人惯用这种说法。旧说从地理和时事解释此句，多牵强。"（《汉魏六朝诗选》）余先生这里的解释非常精彩，可以说是他拨开了在此问题上的千年迷雾。旧说多不可通，如黄节解此句说"心随操而东也"（《汉魏乐府风笺》），意谓当时曹操正东征孙吴，曹植心里想要跟曹操一起出征。这说法与原诗辞意不合，难道可以将"泰山"比作曹操？或者将"东岳"比东吴？须知从曹氏根据地邺城出发，东岳泰山与吴国不在一个方位上，东征吴国也无须绕道泰山。后来我读西晋诗，发现又有一些同样的"泰山"用法，可以证实余先生论断的正确，如陆机《太山吟》中的"幽涂延万鬼，神房集百灵。长吟太山侧，慷慨激楚声"等句，简直可以拿来当作余先生之说的注脚。后来我曾把陆机这条材料给余先生说了，他听后笑笑说："对的，对的。"

　　曹：对呀！我看你这可以算是学习了余先生著作所做的"举一反三"。

　　徐：余先生具体指导我写论文，已经是"文革"之后了。那时我正读曹植的诗歌，读到《白马篇》，忽然觉得诗中的描写怎么有些似曾相识的感觉？仔细一想，我明白了，它与我前不久读过的《三国志·任城王传》中的一段文字，颇为相合。我赶紧把两者对照着看，竟发现彼此真的非常接近，两段文字所写的似乎就是同一个人。我当时很兴奋，但心里没有把握，首先想到的就是应该去请教余先生。我就带着书到余先生家去了，向他陈述我的"发现",说:"曹植《白马篇》中写的那个'游侠儿',好像是他的哥哥曹彰。"余先生开始有些怀疑,说:"是吗?我看看。"他接过书反复对照着看了一阵,然后脸上露出笑容,有些激动地说:"哎!真是的!妙呀!"他这样表态,我当时感到不知所措。作为老前辈,他的学问我们不敢望其项背。我只能理解为这是虚怀若谷,奖掖后进。他接着就说,你这意思可以写进文章里去的,你写吧。我很快就写出了文章,这就是《曹植诗歌的写作年代问题》。写成后,我又把稿子送到余先生家请他过目,他对文章提了一些修改意见,然后说:"你这文章基本可以了,我看就投给中华书局的《文史》吧。"后来这文章果真在《文史》上发表了,它是我在"文革"后发表的第一篇论文。

曹:余先生指导年轻人,很注意因材施教,不专重某一方面,强人所难。例如我在艺术鉴赏方面能力较低,而读史则还肯用功,因此余先生虽常常和我谈一些作家艺术特点的问题,但从不强求我写这方面的论文。相反地,我在"文革"以后的第一篇论文《试论汉赋和魏晋南北朝的抒情小赋》,就是余先生给我出的题目。那是1977年的秋天,有一次古代组聚餐,余先生对我说:"你近来对辞赋很有兴趣,是不是试着写篇文章?"我当时心中无底,尽管读了一些书,也搜集了一些材料,但经过"文化大革命",一直没机会写文章,觉得很困难,曾经开了多次头,仍写不好,最后终于写成了一篇一万多字的文章。写成以后就送给余先生审阅,余先生在审阅中还对好几处的内容和文字提出了意见,例如文中说到汉赋对唐代杜甫、韩愈等人诗歌的影响一段,就是余先生叫我联系的,我的初稿只谈到太康诗人和南朝谢灵运等人。为了联系唐诗,我还专门重读了杜、韩二人的诗歌。这篇文章中谈到庾信等人的小赋中有不少五、七言句子,我认为也是诗赋互相影响的例子,但只说到对唐初诗歌有影响,至于具体点出"沈宋""四杰"的歌行,也是经余先生提醒后加上的。余先生当时对我的文章给予了不少鼓励,使我坚定了信心。经过"文革"之后,我之所以能够重新鼓起勇气从事研究,正是由于此文的成功,而此文写作之初,正是在余先生鼓励下开始的。

我对北朝文学的研究,也是在余先生的支持和鼓励下开始的。那是1977年至1978年,我通读了《晋书》和《魏书》之后,感到过去写文学史的南北朝部分总是只讲南朝,很少谈到北朝。当时我想:这种做法应该改变，即使北朝没有什么作家，也应对这种现象的产生原因作出解释。再说我那时已经搜集了一些史料，证明在"十六国"时代和北朝时代亦绝非全无文学活动。这时文学所古代文学研究室的一些人正酝酿做唐宋词的选注工作，要我参加。我推辞不干，原因是经历了"文化大革命"，岁月蹉跎已久，再不认定一个研究目标努力，就会一事无成。为了此事，还和个别人搞得很不愉快。于是我就去见余先生，说出不参加"唐宋词选注"的原因，同时把研究"十六国"、北朝文学的设想向余先生作了汇报。余先生对我的设想很支持，并且要我做完十六国文学的研究后，继续研究北朝文学。这样就解除了我受到的压力，专心做《十六国文学家考略》的工作。这篇文章写了两万多字，写完后请余先生审阅后也投给《文史》发表。这篇文章发表后，余先生又鼓励我接下去探索北魏及北齐、北周的文学情况。当时有些人对此有非议，认为这不是研究文学，而是研究历史和文献。但有余先生的支持，我还是做下去，写了一些关于北朝文学的论文。正是这个时期的研究，为我后来一系列的研究工作打下基础。应该说，正是余先生指引我走上了魏晋南北朝文学研究的道路，也正是余先生始终给我支持和鼓励，坚定了我的信心。余先生的关怀和教诲是我永远不会忘记的。

徐：余先生在文学所的研究工作，很大部分是做古代诗歌选注。他的几部选注质量高，影响很大。不了解余先生的人可能会觉得不理解，他为何拿那么多的精力，投入选注工作中去？其实余先生这样做，有当时的特殊社会背景和条件。在20世纪50年代，百废待兴，政府号召正面继承文化遗产，建设民族新文化，不少专家都投入普及古典文学知识的工作中来，包括俞平伯、游国恩、钱锺书、冯至、胡云翼、王伯祥、苏渊雷、唐圭璋、王季思等许多一流专家，都曾悉心做这项"选注"工作。而这工作也看怎样做，做得好，同样对学术有贡献。例如钱锺书先生《宋诗选注》，就是一部公认的学术质量很高的著作。余冠英先生同样如此。余先生的学术成就，还包括对理论的关注和重视。这方面他的著作不多，所以不大为人所知。但是他在这方面水平也很高。我在读他20世纪50年代写的一篇书评文章中，看到了他在理论方面的修养。他曾评论过陆侃如、冯沅君合著的《中国文学简史》，发表在《人民日报》上。他在文章中指出："文学发展是人民生活发展的一个方面，和社会一般发展是紧密联系着的，但是社会变化反映到文学上来，有时快，有时慢，有时显著，有时不显著，因此社会一般发展的阶段未必和文学发展的阶段完全一致，彼此不是'步亦步，趋亦趋'，丝毫没有参差的，我们研究文学的发展一定要充分估计到经济、政治、文化等前提条件，但直接的对象是文学本身。因为文学有相对的独立性，它的发展不能不受其自身所固有的客观规律所制约，所以考虑文学史的分期必须注意文学本身的特点，符合文学本身的新旧代变的实际情况。"当时正处于知识分子学习马克思主义唯物史观高潮，文学史研究中的"阶级观点"正受到普遍的"运用"，许多人都以阶级社会发展史的阶段论来"套"文学史为时髦，余先生提出这样的观点，实际上是反对庸俗社会学和机械唯物论，无疑属于"逆潮流而动"的行为，这就需要深刻的知识、理性的头脑，更需要坚持真理的勇气。文章还批评陆、冯著作中"提出的一条公式"，即"地主与农民的矛盾是这时社会最本质的现象，必然成为这时优秀作品最基本的主题"。余先生认为："这条公式不是从具体史实概括出来的，仅仅是著者想当然的臆断。"他进一步论证道："不但在秦汉间，就是在整个封建社会的文学里，像《水浒传》那样以表现农民和地主的矛盾为主题的作品也是极其稀少的，有些作品只是曲折地反映了这一矛盾，许多作品并不反映。"最后他得出结论说："我们如果像要求现代革命作家似的要求古代文人自觉地表现社会主要矛盾，那是要落空的。我们的现代伟大作家鲁迅在他的小说里也不曾直接写过工人。难道能因此菲薄鲁迅，而怀疑他的作品的价值么？"这样的观点不能不说超越了当时一些著名文学史家。同类观点的再度提出并得到学界认可，已经是 20 世纪 80 年代中期以后的事了。余先生在这里的思想和识见，我认为都有过人之处。所以我说，在一般人印象中，余先生不大谈理论，他在理论方面也确实没有发表许多文章，但这不等于他没有自己的文学史观，其实他的思考相当有深度。他是一位文学史家。

曹：很同意你的见解，他是一位有自己思想的文学史家。在 20 世纪 50 年代，能够对文学史问题作如此深入思考的学者，确实不多见。这是余先生学识的另一方面表现。

[作者单位：中国社会科学院文学研究所]

我与《文学遗产》六十年

程毅中

《文学遗产》创刊 60 年了。我是它最忠实的读者，也是它最早的一批作者之一。1954 年 4 月 12 日，作为《光明日报》专刊的《文学遗产》周刊第 4 期上发表了我的习作《从神话传说谈到白蛇传》，从此我和《文学遗产》便结下了不解之缘，也决定了我一生的学术道路。《文学遗产》当时的主编陈翔鹤先生，亲自到北京大学学生宿舍来访问，召开座谈会，听取意见和组稿，我们班上有好几位同学就成了《文学遗产》的作者或通讯员。早期作者中我们同班同学如李厚基、沈玉成、金申熊（金开诚）等，现在已成古人了，我幸而还能参与这次 60 周年的纪念活动，这是一个甲子的历史记忆。我在《文学遗产》40 周年纪念时写的诗里有一句是"喜见新人逐浪高"。60 年前，以陈翔鹤先生为首的编辑部热情培养了我们那一代的新人。随后几代的编辑部又培养了好几代的新人，这是《文学遗产》的一项重大贡献，也是一个优良的传统。我相信今后随着新人的不断涌现，研究水平不断提高，《文学遗产》必将越办越好。

作为最忠实的读者，我从《文学遗产》周刊第 1 期起，就保存着全部的报纸，现在只缺一期。这些报纸最初是编辑部赠阅的，后来是自己订阅的星期日专刊，那时《光明日报》可以单订专刊，对读者是非常大的便利。至今我还是《光明日报》的自费订阅者，也是因为有这个历史渊源。"文化大革命"之后，中国社会科学院文学研究所的朋友们筹划复刊《文学遗产》，当时我在中华书局主持文学编辑室的工作，也尽力推动和支持这项举动。《文学遗产》由此改为期刊，也可以说是一个重大的发展。期刊可以发一些较长较扎实的文章，这是有利的一方面。但同时也继续发一部分较短的稿件，也能得到作者和读者的欢迎。文不在长，有见则强。特别是谈理论问题的文章，并不是非长不可的。有些达到哲理高度的文章，倒是应该短而精。文章越来越长，恐怕是现在博士论文规格所决定的。我们要改进文风和学风，就不要给人以字数歧视的印象。《文学遗产》能不能与那些学报有所分工，创造自己的特色，多发表一些有思想、有材料、有文采的短文呢？我建议，今后短文不必另立一个专栏，有些短文可以放在读书札记和书评栏里。这是一个老读者的小建议，当然就不必写成大文章了。最后，谨以小诗一首为贺：

> 千秋古树发新花，两世①期刊起百家。
> 文化兴邦非梦想，重修诗史振中华。

[作者单位：中华书局]

---

① 　古人以 30 年为一世。

求实　严谨　创新

罗宗强

　　求实、严谨、创新，是我对于《文学遗产》创刊 60 年来的总印象。前 30 年由于受三性（阶级性、人民性、现实主义）理论框框的影响，衡量作家作品，套以三性，对于历史的认知，对于作品的解读，有简单化的弊端。后 30 年，则力求尊重史实，在史实的基础上论人论作品，研究风气也更为严谨。求实、严谨、创新，为我国古代文学遗产的研究提供百花齐放的园地，《文学遗产》功不可没。

一

　　古代文学研究的一个最基本的要求是求实。求实当然从文献的搜集和解读开始，力求还原历史的本来面目。要完全复原历史，当然是不可能的，当年发生的事象，留下文献记录的不及万分之一，且留下的记录是否为其时事象之真相所在，亦大成疑问。据不及万分之一的事象记录，且其所记录之文献是否为事象之真相所在，尚难论定，说我完成了历史的复原，当然不可信。

　　首先遇到的是一个文献可靠性问题。正史上的某些记载，前辈学者和当代学人，已多有质疑者。这很自然，原始文献的选择，取决于修史者的是非标准，于是何为真相，亦取决于他的去留。各种《实录》上的记载，是否完全可靠，亦颇成问题。《明太祖实录》就修订过几次，凡不利于本朝皇帝的事象，辄加改过。某些关系朝中不同势力范围不同利益纠结的事象，则记载模模糊糊，似是非是。我举过王阳明平叛的例子，他是否在宁王宸濠叛前与其有过勾结，文献纠缠不清，而《明武宗实录》记载此事，又加深了此种纠缠。某些事件，《实录》的记载并不可靠。方志呢？方志上的文献是否就都可靠呢？前几年，我收到一本书，全书主要据方志材料，论证李白到过夜郎。这本来是一个已解决了的问题。《新唐书·肃宗纪》乾元二年三月"以旱降死罪，流以下原之"，李白在被赦之列。他自己有诗《流夜郎，半道承恩放还，兼欣克复之美，书怀示息秀才》。李白自己明明说，他是在流夜郎途中，半道遇赦放还的。清人程恩泽等曾撰文称李白到过夜郎贬所，但都没有充足证据①。方志爱附会名人，或诗文，或事迹，往往子虚。我以前举过一个例子，河南一处方志上说有司马承祯炼丹炉。但我们知道，司马承祯是炼内丹的，他修建炼丹炉干什么？方志上往往可以找到某朝某代著名诗人的佚作，但是那些"佚作"的真伪，在认真考辨之前，还是小心对待为好。族谱、回忆录之类的文献，用起来更要小心。新发现的文献，用起来也有个分寸问题。我举过一个例子，某处发现《老子》的一个新本子，我们最多也只能说那是那时流传到该地的一个《老子》本子，在没有充分互证之前，不能说那就是《老子》原本。至于笔记小说，那只有在诸种文献互证之后，才能判定它们的价值。

　　我这样说，可能被认为有历史虚无主义的倾向。其实我只是说对待历史文献应持一种慎重的态度。对待文献虽必须慎重，求实的目的还是为了弄清历史的本来面目，我把它称为历史还原。实事为了求是，据实事能够求是。许多前辈学者已经为我们作出了榜样，陈寅恪先生关于隋唐制度渊源的论述；汤用彤先生关于魏晋玄学的论述；当代学者傅璇琮先生《李德裕年谱》关于李德裕与牛、李党争关系的论述；蒋寅先生的《清代诗学史》

---

① 参见周勋初《李白评传》，南京大学出版社，2005，第149页。

在文献穷搜辨析之后所描述的清代诗学面相等，不都是不同程度地帮助我们看到了历史的面相了吗？一代代学人，帮我们日渐清晰地了解历史的面相。我举一个例子，关于明代文人结社的问题，从谢国桢先生的《明清之际党社运动考》，到何宗美先生的《明末清初文人结社研究续编》《文人结社与明代文学的演进》，明代文人结社的面貌不亦越来越加显现了吗？如果我们能将他们社集时所有的诗都收集起来，那我们就有可能既知道他们的生活方式、情趣，又可以了解诗的功用至此已和他们喝酒、人情往来一样，成为日常生活的一种工具，与兴观群怨已渐行渐远。这就是历史还原吧！历史还原有个渐进的过程，渐进渐显。历史还原有许多困难，既关乎文献的真实性，亦关乎解读者之素养与史识。完全还原历史的本来面目不易做到，但力求接近历史的本来面目，则应为研究者所追求。不据史实凭空构拟历史，论断是非，应为历史研究者所不取。

古代文学研究的求实，不唯求事象之真相，亦须求心灵之真。古代文学反映的不仅是历史的一个面相，而且是非常重要的一个面相，是历史中的人，是活生生的人的活动，是他们心灵的展示。诗心亦史心。面对历史，面对古代作家，面对他们的作品，我常有一种沧桑感，一种悲悯情怀。杜甫"筑场怜蚁穴，拾穗许村童"，"歌罢仰天叹，四座泪纵横"，一个仁者在乱离时代就那样走过了坎坷一生；李贽狱中自杀前一句"七十老翁何所求"，一个思想者就那样在假道学压制下结束了苍凉生命；方孝孺为忠义不事新朝而慷慨赴死；杨荣、杨士奇改事新朝而提倡忠义，这些都引发感慨，让我动情。白云苍狗、世事变幻，是是非非，永无停息。"江涵秋影雁初飞，与客携壶上翠微"，那样敏锐的美景感知与才士情怀；雪夜访戴那样纯如冰雪的士人交情；陈继儒在临深履薄的环境下所追求的高雅、淡宕生活；都曾经有过，也都已无可挽回。这些都让我神往。读严嵩那些与亲朋交往而流露真情的诗，再想起他的恶行，人性中善恶的纠结，让人对人性有更深的体认。人性中善与恶，往往集于一身，发作亦往往在一念之间。一部历史，善恶交替，而流光逝水，永无尽期。历史不论由谁书写，史实永远存留，谁也无法逃避。历史就这样在善恶交替中走来。读古代文学作品，常常看到士人在那善恶交替的历史之流中，被裹挟之命运。一种苍凉之感，一种悲悯情愫，不禁油然而生。古今之间，似有心灵之沟通，由是亦感悟人生。

当然，求心灵之真既关乎理性之辨析，更关乎感性之审视，作者与读者之间，有一个广阔之地带，接近诗心之真，就更难些。古今之间，不同的人生遭际与不同的时代熏陶，心灵的重构远比事象的重构存有更大的差异性，可能离历史之真更远。但是，没有心灵之感知，则作品之真实蕴含不易理解。不解诗心，也就难解史心。

二

求实与学风的是否严谨有关，只有严谨的学风，才能从实事中求是。严谨不仅关乎态度，亦关乎训练、关乎学脉之承传，甚而关乎一个人之性格、习惯。

做学问首先是一个态度问题，为何做学问？多年以前，我就听说过项楚先生在 20 世纪 70 年代末 80 年代初用好几年时间什么事也不做，一心读《大藏经》的事。那几年，他不写文章也不到处讲学，接着便埋头校注王梵志诗，青灯黄卷，做学问便是唯一目的。获得国内外学界高度赞誉的《王梵志诗校注》就是那样产生的，心无旁骛，一丝不苟。有一个纯粹做学问的态度，这是严谨治学的前提。

严谨首先是一个态度问题。记得读本科的时候，马汉麟先生教我们古代汉语，有一次他在课堂上说，他发现了古汉语的一种语法现象，有大量例句可证。文章写完之后，他又回过头把原始文献重新细看一遍，看能不能找到三个能够否定该种语法现象的例句，如果能找到三个相反的例句，那么文章作废。前辈学者治学的这种严谨态度，让我铭记终生。

严谨既关乎文献辨析的严密性，也关乎思理的严密逻辑。我有时候找到许多材料，总想把这些材料都摆上去。但是，摆上去之后，论旨反而不明，大量材料的罗列，扰乱了逻辑的严密进路。没有弄清那些材料的主次和它们之间的关系，其实是没有弄清问题的实质。我在搜集材料、发现问题之后，费时最多、思索最久的，也就是这些材料的核心问题是什么，主次所在，它们的内在关系，应该如何表述的问题。我看过一篇博士论文，五十多万字，涉及的是一个很有意义的问题，也有大量的原始文献作为论据。问题是，作者罗列这些材料的时候，不分主次，不顾及逻辑关系，犹如资料汇编，可以看出其思理的混乱，可以看出作者缺乏逻辑训练。当然，要做到论证严密，滴水不漏，是很难的，但认真能补疏漏。陈允吉先生写文章，往往一遍又一遍，从材料的引用到逻辑思维层次再到文字表述，一一推敲。陈先生著作不算多，但他关于佛教与文学的论文，篇篇精彩。追求论著数量的人，恐怕是很难做到这一点的吧！我看过一位申请某个项目的青年学人的材料，他说他已写了四十几部专著。我既惊异、钦佩又颇为怀疑。按他的年龄和从教的时间推测，他每年至少写出五六部专著，还有教学。真乃神人！

严谨贯穿于治学的整个过程，每个环节都不能疏忽。我的几本书，每一本都有错误。一些错误，因学养引起；有的错误则属大意，以为一般问题，凭记忆书写，没有再查原始文献。其实记忆是非常靠不住的，特别是人到晚年，记忆更靠不住。研究的整个过程，都离不开原始文献，勤查是避免疏漏的唯一办法。最近李剑国先生发表了《〈太平广记会校〉失误例举——兼及校勘学养与校勘原则（上）》[①]，指出《太平广记》张校的许多错误。看那些错误，有的属学养问题，有的其实是属于学风的不严谨，只要稍微认真些，有疑则查，看看相关文献，错误是可以避免的。剑国先生向以学风严谨著称，厚积薄发，将张校的错误一下子就看出来了。有严谨的学风，才能辨实事而求是。

做学问如履薄冰，勤勤谨谨，尽量地避免疏漏，也是一个学人的起码要求吧。

三

与严谨相连的一个问题是创新。严谨不是规行矩步，墨守成规。严谨与创新并不矛盾。严谨是学风问题，创新也是学风问题。严谨是遵守学术规则，创新其实也与学术规则有关。近些年来，或者由于人文学科量化的

---

① 李剑国：《〈太平广记会校〉失误例举——兼及校勘学养与校勘原则》，《书品》2013 年第 3 辑。

评价体制，学人急于完成一定数量的成果，于是抄袭、拼凑、草草成章成为一时风气，浮躁之风影响着学术研究的进展。在学术研究中出现了大量的重复劳动、无效劳动。近30年来古代文学研究的论文浩如烟海，特别是一些重要的作家作品，研究论文动辄上万篇，有的甚至数万篇。以《文心雕龙》研究为例，许多问题重重复复，你也说我也说，无非是多说几句少说几句的差别，真正深入、有创见的研究并不多。

创新存在于古代文学研究的一切领域，考据、文本解读、理论研究、研究视角、研究范式等，都存在开拓的空间，如新的文献的发现；已有文献的新的解读；新的理论问题的探讨；新的研究范式的运用。创新是在已有学术成果的基础上前进一步，而不是无根之谈，无源之水；是对已有学术成果的尊重，是吸收，而不是各种形式的抄袭。创新大量的是在他人已有研究成果之上有新的发现，是一个学术研究不断积累、丰富、发展的过程。因此，创新必对学术研究的历史与现状了如指掌，而不是闭门造车。

创新关乎思维方法。思维不墨守成规，是开放式的，善于接受新事物。在我们的传统里，有一种重复思维的习惯。汉人治经，最重师法，师之所传，弟之所受，一字无敢出。但我们的传统里，也有开放式的思维。明代的王阳明在《答罗整庵少宰书》中就说过："夫学贵得之心，求之于心而非也，虽其言之出于孔子，不敢以为是也，而况其未及孔子者乎！求之于心而是也，虽其言之出于庸常，不敢以为非也。"[①] 千余年间以孔子之是非为是非，不敢越雷池一步的思维惯性被打破了。虽然阳明心学也是儒学之一支，王阳明的基本思想"修心""修身"都属于儒学的范围，但他的思想中已有庄、禅成分，他自己虽不承认，却是事实。关于阳明心学如何评价，是个复杂问题，我们不去谈它。但是它突破了以孔子之是非为是非，提出人人皆可以成为圣人的观点，却是思想的一次解放。求之于心而定是非，有自己独立之思想，独立思考问题之方法，是创造性思维。它的思维展开的路径是超越性、非重复性的。

创新也关乎知识积累。丰富的跨学科知识的积累，有助于开阔学术视

---

① 吴光等编校《王阳明全集》，上海古籍出版社，1992，第76页。

野，发现问题。丰富的知识积累，融会贯通，利于判断新旧、是非，不盲从。提倡创新，有利于形成不同的学术研究的个性，有独立之见解，有适合于自己的研究方法，避免模仿，避免千篇一律。而不同的研究个性的出现，学术研究才会有一片生机。

[作者单位：南开大学文学院]

六十年情缘

刘世德

一

我与《文学遗产》结缘，是从 60 年前开始的。

从以往看，对《文学遗产》来说，我有着四重身份。

第一，我是它的忠实的读者。自创刊号起，我每期都看，至今，我还保存着它停刊之前的单页报纸的合订本，以及复刊之后的每一期单册。

第二，我是它的热心的作者，我向它提供过不少的论文、短评、书评和综合报道。

第三，我曾两次担任它的勤勤恳恳的编者。一次是在 1959 年，另一次是在 1964 年至 1965 年。

第四，我曾担任它的编委，现在则是顾问。

二

我第一次接触《文学遗产》，是在 1954 年。

1951 年，我在上海考上清华大学中文系。1952 年，全国高等学校院系调整，我们转入北京大学中文系。当年，聆听游国恩师讲授的"中国文学史（一）"课程，对屈原的作品有了比较全面的和深入的了解，引发了我学习和钻研屈原作品的浓厚兴趣。恰巧 1953 年"世界和平理事会"决定纪念"世界四大文化名人"（中国诗人屈原逝世 2230 周年、波兰天文学家哥白尼逝世 410 周年、法国作家拉伯雷逝世 400 周年、古巴作家和民族运动领袖何塞·马蒂诞生 100 周年），受了游师讲授的启发，我和金申熊（金开诚）、沈玉成两位同班同学合作，撰写了一篇论文《屈原作品中的现实主义》，脱稿后作为一篇课余的习作，呈交游师。游师阅后，表示满意，随即亲笔给他的友人、当时的《光明日报》副总编辑写了一封推荐信，并嘱咐我和金、沈二兄进城当面呈交。后来这篇文章终于在《文学遗产》第 8 期（l954 年 6 月 7 日）发表了。

论文发表后，我又和金、沈二兄应邀进城到《文学遗产》编辑部去做客。那时，编辑部的办公室在东总布胡同 22 号中国作家协会的后院。我们见到了编辑部的翔老（陈翔鹤）、劳洪（熊白施）、金玲（陈白尘夫人）、白鸿（叶丁易夫人）、王迪若（陈翔鹤夫人）几位。他们热情地接待了我们，说了很多给予我们鼓励的话。

那时《文学遗产》编辑部的编制属于中国作家协会，归作协的古典文学部领导。而古典文学部的部长是郑振铎，副部长是何其芳。何其芳其实还兼任作协书记处的书记。还有一位专职的副部长是从四川调来的陈翔鹤（川西文教厅副厅长），他成为《文学遗产》的主编。

当时《文学遗产》作为《光明日报》的副刊，于 1954 年 3 月 1 日创刊。开始时，每星期一刊出①。后应读者的要求，《文学遗产》改为可单独购买和订阅，因之改为每逢星期日刊出。

三

1955 年大学毕业后，我和邓绍基兄先后进入文学研究所。比我们早到

---

① 《〈文学遗产〉大事记（1954～1995）》："创刊初始，占《光明日报》一个整版，约一万多字，两周一期，周六出版。"按：最后四字有误。创刊号刊出于 1954 年 3 月 1 日，而该日为星期一，不是星期六。

两三年的，有胡念贻兄、曹道衡兄。翔老经常来看我们。他每次来，始终是脚穿布鞋，手挟一方蓝布包袱皮，里面包着书或文稿。一口半川半京的普通话，笑容可掬，和蔼可亲，不以老前辈自居。他说，他喜欢和年轻人打交道。他又说，《文学遗产》的主要依靠对象是年轻学人。他和我们四个年轻人称得上是忘年交。他和我们畅谈古典文学研究界的现状，他请我们为《文学遗产》审阅某些来稿，并点题约请我们写稿，无论是长文，还是短评，他说，无不需要，尤其是后者，他更欢迎。因此，我们写了不少这样的文字。

1956 年秋，《文学遗产》编辑部从作协并入文学研究所，办公室设于中关村社会南楼。我们所在的古代组的办公室则在北京大学燕园内的哲学楼二层。两地相距不远，翔老来找我们聊天的时间更是日趋频繁。于是我们也就几乎成为《文学遗产》上的"常客"。

这个时期，我在《文学遗产》上发表了 4 篇论文：

《略谈〈碾玉观音〉的人物描写》（第 86 期，1956 年 1 月 1 日）

《〈封神演义〉的思想内容和艺术描写》（第 134 期，1956 年 12 月 9 日）

《吴沃尧的生卒年》（第 172 期，1957 年 9 月 1 日）

《〈中国文学史简编（修订本）〉批判》（第 187、188 期，1957 年 12 月 15 日、22 日，与邓绍基合写）

另外还发表了《几个牵强附会的例子》《这是什么样的校订工作》《消灭不应有的错误》等短评，以及有关徐澄宇《乐府古诗》的书评三篇。

四

1957 年底，中国科学院组织植物研究所、文学研究所的青年同志下乡"劳动锻炼"，我所前去的地点是河北省建平县（今河北平山）转嘴村，为时一年，和贫下中农"三同"（同吃同住同劳动），接受"再教育"。1958 年底回所。

回所报到后，何其芳同志找我谈话。他说："目前所内的重点研究项目是'开国十年文学总结'，古代组的同志已全部投入；你回来了，没有必要再去半途参加。我已和翔鹤同志谈好，派你去临时参加《文学遗产》编辑部的工作。一年后，你再回古代组来。"我随即愉快地去向翔老报到。

那时，《文学遗产》编辑部已随文学所搬迁到城里建国门内大街"旧海军大楼"。

到了编辑部，翔老分派给我两项任务，一是主要负责看"二审"稿，二是协助王则文同志（他是从《光明日报》调来的工作人员）做"划版面"的工作。审看稿件，对我来说，没有问题。但"划版面"的工作却是第一次遭遇到。在王则文同志的细心指导下，我尝试着进行了几期的试验，收获了成功的喜悦，并且对此产生了浓厚的兴趣。于是我主动请缨，分担了王则文同志的任务以便让他专心做校对和其他的行政事务工作。在这大半年的时间里，每期的"划版面"的工作都是由我承担的。

在这期间，有两件事值得说一下。

那时，钱锺书先生在报刊上受到了"拔白旗"的批判。

钱锺书先生是深受何其芳同志重视的学者。建所之初，何其芳同志就邀请钱锺书、杨季康（杨绛）夫妇来文学所。钱先生原在清华大学外文系执教，他对中国文学和外国文学的研究都有深厚的功力。当时的文学所分置中国文学部和外国文学部。钱先生的初意是想和杨先生一起到外国文学部工作，何其芳同志却执意把他留在中国文学部，后来还请他担任唐宋文学组的实际负责人。他的《宋诗选注》也被列为文学研究所的重要研究成果之一。

有一天，何其芳同志把我叫到了他的办公室，对我说，钱先生的《宋诗选注》是一本好书。最近他当上了外界"拔白旗"的对象。这不公平。我们不能坐视，要想办法给他"平反"，还他一个公道。最好请一位北京以外的、在学术界有威望的学者写一篇有分量的书评，在《文学遗产》上发表。

我们商议的结果是，认为杭州大学的夏承焘教授是最佳人选。于是何其芳同志把这件事交给我去办。

我回到编辑部，一面向翔老汇报，一面立即按照何其芳同志的吩咐，用"《文学遗产》编辑部"的名义，执笔写信向夏承焘教授约稿。信中详细说明我们的意图。很快，夏承焘教授就如约寄来了那篇著名的论文《如何评价〈宋诗选注〉》，我立即拿去请何其芳同志审阅。

夏承焘教授的论文，原来有个七字的正标题我现在已忘，只记得包含有"金针度人"四个字。何其芳同志看到后，说这个标题好是好，但不易引起人们的注意，可改为"如何评价《宋诗选注》"，开门见山，直接切入本题。于是没有再对文字作任何的修改，拿去直接发排。由于时间急促，来不及和夏承焘教授本人协商修改标题的事。这篇论文立即在第 272 期（1959 年 8 月 2 日）上刊发，结果在学术界引起了很大的反响。

在这里需要说明的是，后来夏承焘教授在日记里记载了此事，但他却说成了是陈翔鹤同志向他约的稿①。这和我所亲历的内情不符。

这一年正赶上编辑、出版《文学遗产选集》第 3 辑。翔老指定由我提出初步的选目，供开会讨论决定。选目中有一篇是叶余的《关于〈聊斋志异〉的几种本子》（第 204 期，1958 年 4 月 13 日）。当时我正在研究《聊斋志异》的版本问题，觉得这篇论文写得不错，故而列入。最后，会上决定此篇当选。会后一一通知入选的作者。叶余在来稿中没有写明通信地址，只留下了一个北京的电话号码。王则文同志把电话拨了过去，两次得到的回答都是"没有这个人"。几天后，第三次改由白鸿同志耐心地再拨打，接电话的那位女性答称，此人出差在外。当白鸿同志说明原因，索要邮寄稿费的地址时，对方才给了一个邮箱的号码。当时是由白鸿同志负责联系这位作者的，她说："这个作者怎么如此神秘呀！"我们谁也没有想到，事隔多年之后，方了解到这"叶余"竟是康生的化名。

我们又回忆出，在这之前，这位"叶余"的论文也曾出现在第 169 期（1957 年 8 月 11 日），题目叫作"关于《聊斋志异》的第一次刻本"。

1960 年之后，我又回到了古代组，投入编写《中国文学史》的工作。

《文学遗产》于 1963 年 9 月休刊。在这之前，我还发表了几篇文章：

"鬼狐史"，"磊块愁"——《〈聊斋志异〉卮谈之一》（第 374、375 期，1961 年 7 月 30 日、8 月 6 日）

---

① 夏承焘教授的日记，据说已经公开出版，我并没有见到。日记中的这个说法，是一位朋友在报纸上看到有关的报道以后转告我的。特此说明。

《元明清文学分期问题琐谈——漫谈在编写〈中国文学史〉中的问题》（第 406 期，1962 年 3 月 18 日）

《〈合浦珠〉传奇的作者》（第 432 期，1962 年 9 月 16 日）

《〈窦娥冤〉的创作年代》（第 434 期，1962 年 9 月 30 日）

《李汝珍的〈蔬庵诗草序〉》（第 440 期，1962 年 11 月 18 日）

此外，我还为《文学遗产》写过座谈会综合报道《第一部红色的中国文学史著作》，来稿综合报道《关于陶渊明的讨论》，书评《推荐〈论红楼梦〉》《〈辽金元诗选〉读后》《文学研究战线上的新收获——喜读〈中国文学史〉修订本》（与胡念贻、邓绍基合写），短论《关于引文》《应正确地引用和解释毛主席著作中的文字》《从两句杜诗谈起》《从作家生卒年想起的一些问题》等。

其中那篇《关于陶渊明的讨论》，翔老曾喜悦地告诉我，它获得了陈毅副总理的称赞。

另一篇《从作家生卒年想起的一些问题》，内容意在为当时在报刊上热烈展开的曹雪芹卒年问题的讨论打边鼓，发表后引起了一些反响，红学界赞成我的看法，自不待言。却不料听到了一个意外的消息。那时的中宣部副部长、文化部副部长林默涵同志看到这篇文章后有点儿生气，认为是在批驳他的意见。实际上，我重视古代作家生卒年的研究，是一贯的。另外，我对林副部长也一向是尊重的，我事先一点儿也不知晓他对曹雪芹卒年问题的讨论在什么场合发表过什么意见，所以此文根本没有包含针对他的意图。我想，这不过只是一场误会而已。

五

我再一次参加《文学遗产》的编辑工作，是从 1964 年下半年开始，直到 1965 年我前往江西丰城参加"四清"而结束。

在这之前，由于那时所特有的种种复杂的原因，文学研究所主办的《文学遗产》不得不在 1963 年 6 月宣告休刊。

但仅仅一年以后，在 1964 年 6 月，《文学遗产》又宣告复刊。这次复刊，仍列为《光明日报》的副刊，但和以往的《文学遗产》有两点不同：第一，主办单位由中国科学院文学研究所改为《光明日报》，由报社的文艺部负责。第二，刊载文章的内容由单纯的中国古典文学研究扩大到中国和外国古典文学研究兼容。据我所知，这大概是根据胡乔木同志和周扬同志的指示改变的①。

《光明日报》文艺部指定章正续同志负责复刊后的《文学遗产》的编辑工作。

章正续兄是上海人，为人正直、热情、健谈、善饮。我也是半个上海人，他和我一见如故，十分投合。不过被他引为遗憾的是，我滴酒不沾。但这并不妨碍我们成为好朋友。

他找到了我，要我帮他编这个刊物。他谦虚地表示，他有缺点，对古典文学是外行。但，他的长处却在于，对文艺界的人和事都很熟悉。他用了一句北京话说是"门儿清"。他要我起"参谋"的作用，帮他筹划《文学遗产》每期的内容，并审阅一部分稿件。

那时我还住在东四。正好幼女诞生后，妻参加了文学研究所组织的赴山东龙口、海阳的"劳动锻炼"和"四清"，幼女暂住上海，由祖父母抚育，长女则随曾祖母居住在文学所宿舍院中另一处房舍，我一人独居，少却许多家务杂事，换来清闲，得以帮助章兄打理《文学遗产》的编务。这完全是出于朋友的情分，属于"义务"的性质，没有领取过光明日报社哪怕是一分钱的酬劳。

在每期出版之前，章兄从石驸马大街赶来东四，在寒舍，我们一起审看来稿，决定取舍，一起筹划和制定每期的重点内容和组稿的对象，然后由他把计划和待用的稿件带回报社，再去付排，以及外出奔走和忙碌。

如果说，当时还存在一个"《文学遗产》编辑部"，那么，这个所谓的"编辑部"其实就是主要由"编内"的章兄和"编外"的我，两个人组成的。

我们两个人是有分工的。我只管坐在家里，看稿，出主意，他在外奔

---

① 笔者曾当面听到胡乔木同志和周扬同志发出过这样的指示。请参阅拙文《五十年前事——围绕着"曹雪芹逝世二百周年纪念展览会"》（《红楼梦学刊》，2013 年第 6 辑）。

走，联系文艺界，联系北京和外地研究古典文学的学者，承担当面约稿的任务。我在忙于我自己所内的本职工作之外，有时还尽量为章兄"救急"，赶写一些"凑版面"的"补白"性质的文章。

在这一年左右的时间里，我在《文学遗产》发表了以下的大大小小的文章：

《为何曲意回护——从孔尚任的一首诗谈起》（第 488 期，1964 年 11 月 29 日）

《〈桃花扇〉的出现适应了清初封建统治者的政治需要》（第 494 期，1965 年 1 月 17 日）

《不能这样分析人物的阶级性》（第 498 期，1965 年 2 月 14 日）

《怎样看待古人的"早慧"？》（第 500 期，1965 年 2 月 28 日）

《读〈项脊轩志〉札记》（第 505 期，1965 年 4 月 11 日）

《关于高鹗的〈月小山房遗稿〉》（第 507 期，1965 年 5 月 2 日）

《关于张凤翼的〈水浒传序〉》（第 508 期，1965 年 5 月 9 日）

《对尤侗评价的一点意见》（第 511 期，1965 年 6 月 6 日）

《试谈孔尚任罢官问题》（第 514、515 期，1965 年 6 月 27 日、7 月 4 日）

《关于吴敬梓〈老伶行〉和吴培源〈会心草堂集〉》（第 522 期，1965 年 8 月 29 日）

在这期间，我还在其他报刊上发表了 7 篇关于《施公案》《三侠五义》《彭公案》《济公全传》的文章（其中的五篇是和邓绍基兄合写的）。这都是为了配合当时的潮流，应报刊需要而写的，在这里聊记一笔，不过是当作一种不应忘记的历史资料罢了。另外还有一篇和李修章兄合写的《越南杰出的诗人阮攸和他的〈金云翘传〉》。

"文化大革命"开始，《文学遗产》逃脱不掉再度停刊的命运。

六

"文化大革命"之后，《光明日报》文艺部在前门饭店召开了一次首都古典文学研究界的座谈会，广泛征求意见，准备在报纸上恢复《文学遗产》，我应邀参加了那次会议，发了言，主要是谈感想，表示拥护，并介绍了我所知道的《文学遗产》以前受中央领导同志重视的具体情况。

但是，在会后，这次的酝酿复刊的计划便没有了下文，我不了解其中的缘由。

反而是文学研究所敲响了《文学遗产》复刊的锣鼓。《文学遗产》脱离了《光明日报》，再归文学研究所，改为期刊的形式，于1980年6月出版了复刊号。

在复刊之初，以及复刊之后，我曾在会上和会下，一再向领导提出两个具体的意见：第一，改变季刊的形式，不要一年出四期，而要一年出六期，成为双月刊。这样，多了和读者见面的机会，能进一步扩大刊物在学术界的影响，同时也能容纳更多的学术论文。第二，不要再继续采用郭老题写的刊名。不是说郭老写得不好，而是说，从书法艺术的角度看，那个简体的"产"字有所欠缺，不平衡，呈现侧偏的形势，不符合书法艺术的美学原则。应改为繁体，并可考虑从古代著名书法家的字帖中去选取。

我很高兴，这两条葑菲之见，最终获得了主事者的采纳。

复刊以后，我担任了编委。

有一个时期，我还同时担任所内另一刊物《文学评论》的编委。

忽然，某一天《文学遗产》作出了一个规定：《文学遗产》编委不得同时再担任《文学评论》的编委，必须二者选其一。那时，同时担任这两个刊物编委的，连我在内，只有两个人。主事者再三对我说，个中另有原因，绝非对我而发。我接受了这个解释。最后，我选择辞去《文学评论》编委的头衔，以表示我对《文学遗产》的重视和忠诚。

一两年后，忽然事情又发生微妙的变化。另一位我的同事原为《文学评论》的编委，这时却被增补为《文学遗产》的编委。这似乎又违反了上次的决定和原则，令人纳闷。至今我也没有彻底弄明白其中的究竟。不过，这并没有对我和《文学遗产》的良好关系产生丝毫的影响，只是略觉愧对《文学评论》。

复刊以后，至今我应邀在《文学遗产》上继续发表了若干篇关于《红楼梦》《三国志演义》《水浒传》的论文，事在近年，为当今读者所知，在这里就不必再一一列举篇目了。

七

应《文学遗产》编辑部之约，就创刊 60 周年纪念，啰啰嗦嗦地说了以上我所经历的一大堆琐事，只是想从我个人的角度提供片纸只字，聊充资料，供日后修史者抉择之用。

《文学遗产》编辑部《四十周年寄言》曾说：

> 另一方面，本刊作者群中人数更多的还是一大批中、青年学者。这些学者在 1949 年以后陆续成长起来，成为当今中国古典文学研究的中坚力量。有人说："半个世纪以来，《文学遗产》培育了一批又一批中国文学史研究的人才。"（作者来信）……倘说四十年来本学科的几代学者，在他们的成长道路上，大多与《文学遗产》有过文字交谊，《文学遗产》曾给他们以相当的助力，当是不差的。其中相当一部分人的处女作是在《文学遗产》上发表的，也是事实。以五十年代崭露头角的一批学者为例说，他们在《文学遗产》上发表论文时，尚是"始冠"未久的青年，而今早已成为成就卓著的学科带头人。[1]

这段话完全和我的情况相符。但，要说是"成就卓著"和"学科带头人"，则我愧不敢当。

我不禁要说——

《文学遗产》，我深深地感谢你！没有你的"培育"和"助力"，就不会有我的成长。

《文学遗产》，我衷心地祝愿你成为古代文学研究园地里的永不凋谢的鲜花！

[作者单位：中国社会科学院文学研究所]

---

[1] 《〈文学遗产〉纪念文集》，文化艺术出版社，1998。

风雨历程中的点点滴滴

——《文学遗产》六十华诞感言

卢兴基

《文学遗产》创刊于 1954 年，迄今已 60 年。60 一甲子，是为花甲之庆。我作为它的早期编辑之一，为它志贺。

可以毫不夸张地说，当代我国凡从事古代文学研究的人，或多或少可能都和《文学遗产》这份刊物有一点联系，甚至有一段因缘，是几代人的记忆。《文学遗产》做出了它的成绩，作为曾经的编辑，我由衷地欣慰。但早期的《文学遗产》，也充满了风风雨雨，说起来，未免会有些许苍凉。物换星移，是免不了的，早期的档案资料包括数量最多的审稿单、存档的刊用稿，上面留下的不仅是作者的笔迹，还有编辑修改的印记。但这些经历"文革"以后，已片纸无存，编辑部历年精心购置的图书也大多下落不明。

《文学遗产》是中国作协古典文学部倡办起来的。编辑部就设在东总布胡同，人员从无到有，和作协一起办公。说起来，也是缘于老作家们对古典文学情有独钟，他们有旧学的修养，许多人还兼事研究，有专著。但终究因为刊物的研究性质，所以 1956 年随着古典文学部的撤销而划归北京大学文学研究所了。也恰在这时，文学所也从北大改隶于中科院，《文学遗

图 1

产》编辑部就从东总布胡同直接迁到中关村的中科院社会南楼办公（图1）。

　　文学所的所长是原作协的古典文学部部长郑振铎，当时他也是文化部副部长。副所长是原古典文学部副部长何其芳。《文学遗产》的主编陈翔鹤是原古典文学部的另一位副部长。也正是此时，我大学毕业分配到文学所。翔老（编辑部的人对陈翔鹤同志的昵称）说服我做了《文学遗产》的一名编辑。郑振铎和何其芳都很关心这份刊物，翔老作为专职主编，更是为它付出了晚年的全部心血，直至"文革"中含冤去世。我们在回忆早期《文学遗产》时，是绝对不能忘记这位老主编的。

　　早期的《文学遗产》是周刊，翔老是主心骨，从创建编辑部、编委会，建立通讯员制度，以至订定编辑方针、计划，都出自他的精心考虑。许多重要的事，他都要亲自过问。作协和后来文学所的领导，也都支持他的工作，《文学遗产》的作者、老专家，也少不了由他亲自出马，奔走联络或写信，我们编辑部的人谁也不能替代他。为此，《光明日报》社给他拨了一笔车马费，但他都没有用，存在编辑部的一个公用账户上了。此外，编辑部还有《光明日报》给每期刊物支付的编辑费。因而文学所都知道《文学遗产》有个"小金库"，还为它是否合法的问题闹过误会。这笔小款项，翔老提议作编辑部购置图书之用，编辑部成员也允许按月报销5元的购书费。当然，逢编委开会之类聚一次餐也是少不了的。当时，不知是谁还说过，有人问过会计室，说这类收入，会计是无法下账的，所以尽管有人贴了大字报，后来也不了了之。当时，东安市场和西单都有旧书摊，逢假日，我还随翔老一起去这样的旧书摊淘过书。平时，翔老也和我们一样天天来上班，不迟到早退。一袭布装，腋下夹着一个兰底花布包，里面包着文件资料或带回家看的稿子。他个子不高，走起路来摇摇摆摆，极为慈祥而平易近人。就是这样一个人，引领我走上编辑的道路，默默地影响着我的人生。他不说假话，尽管后来在刊物上身不由己地发了一些学术批判性质的文章，他也要求尽地地"摆事实，讲道理"，力求以理服人。尽管如此，翔老心里仍是很不安。1958年的"拔白旗"势头刚过，形势略有缓和，翔老就在《文学遗产》和《文学评论》两个刊物的联席会议上作检查，并向受到错误批判的专家学者道歉。翔老对年轻人更是宽厚。我清楚地记得，1957年"反右"运动中我受到批判时，从未听到过他对我有声色俱厉的指责和批判，相反地，我从他的面色里，时时感觉到他对我的命运的关心。1961年，我"摘帽"了，但按当时的方针仍必须"下放"内蒙古。宣布那天，他把我叫到他的办公室，慈祥地嘱咐我："好好工作，不要放弃希望！"他对我仍然有期待，而我却差不多要掉下眼泪了。翔老为我还挨过大字报的批判，标题是："陈翔鹤同志为什么欣赏右派分子卢兴基！"这是我永生都不会忘记的一张大字报。因此后来我听说他在一个会上听到宣布陈涌（我所现代文学研究组组长杨思仲）为右派分子时会失声痛哭，相信是真有其事的。但不想在"文革"中，他自己也被判为"反党反社会主义"而受到批斗。现在想来，那次我临别去内蒙古前他找我的谈话，竟是我见他的最后一面。

翔老在"文革"中挨批斗，主要就是因为20世纪60年代初他发表的两篇小说《陶渊明写〈挽歌〉》和《广陵散》。陶渊明和嵇康的故事，早年我在编辑部听他说过，像是"摆龙门阵"一样讲故事。他尤其喜欢陶渊明，还对我们几个年轻编辑说，书要多读，不必每本书都细抠，他认为这就是陶渊明说的"好读书，不求甚解"的意思。冯至先生回忆说他们年轻时交往，就听他谈过对陶渊明的欣赏。主要是陶渊明有洞达的人生，表达过"有生必有死，早终非命促"（《挽歌》）的生死观（冯至：《陈翔鹤选集》序）。但他绝不会料到，这两篇小说竟会给自己带来如此的后果。

新中国成立初期，百废待兴，高校和科研领域已感到人员的青黄不接。长期的战乱，使高等教育受到很大的影响，职称评定也长期停滞，因此在世的老专家希望中青年学者尽快成长起来，希望《文学遗产》注意发表他们的成果。翔老主持《文学遗产》没有辜负老专家的愿望。他一再告诉我们注意年轻人的来稿，说"凡有一得之见，持之有故，言之成理"的文章，我们都要注意。有缺点，可以提出来修改，帮助他发表。翔老又关照老专家的文章，我们不要轻易动笔修改。他的文章这样说，这样写，必有他的考虑，我们先要读懂、弄清。但并不是一律不得动。凡涉及内容的修改，我们都是先提出来和作者商量。我们也发现，老先生的引文也会出现问题。因为我们按程序，凡决定发表的文章，都要找可靠的版本，查对引文。老先生引文不准确，常常是因为凭记诵而来。《文学遗产》刊发的文章，常常经过不厌其烦地修改，也会有编辑的动笔，翔老亲自动笔的文章更多，所以编辑部的工作量是很大的。

《文学遗产》鼓励中青年来稿，他们当中的许多人后来成了各自领域的专家、教学骨干或者教授、博导。但说起来，他们当中有的人的第一篇论文还是在《文学遗产》发表的。当年，其中不少是刚毕业的大学生，个别的还是在读的大学生。几十年过去，如今他们也已是老专家了，不少更已是耄耋老人。对于《文学遗产》，他们总有一种特殊的感情，这是我后来见到他们，或是在各种学术研讨会上感受到的，他们还很怀念翔老。对青年学子的关心，后来成了《文学遗产》的传统。这里我想举一个不算很久远的例子：大家可能注意到，在1995年纪念《文学遗产》创刊40周年暨复刊15周年出的《纪念文集》中，有一篇张乘健先生写的《荒野上的光明》的文章，记述他的第一篇论文《〈桃花扇〉发微》在《文学遗产》1984年第4期上发表的经历。他的那篇论文寄来，先是由我审的。我感到这篇文章角度新，从哲学史的角度来剖析《桃花扇》，视野开阔，也颇有见地。虽然还存在一些缺点，但仍不失为一篇好文章。我推荐给劳洪再审，他也有同样的感觉。这样的研究，按理是应受过专业训练的人才能写得出来的，但我一看来稿的联络地址竟是浙江某地的副食品公司。多年形成的习惯思维，让我一团疑惑，并种种猜测。最后是按编辑部的惯例（《文学遗产》周刊时期就有规定，作者的政治面目要清楚），发公函给该公司党委了解，不久后收到回函，说张乘健确在该单位工作，没有政治问题，他一直勤奋自学等，党委的态度客观而公正，也让我感动。这样，我们就放心地发表了他的文章。发表以后，反应不错。次年第 1 期上，我们还发了一篇由读者杨炳写的"《〈桃花扇〉发微》是一篇好文章"的来信。张文的发表促使他走进高校和科研的殿堂，我为他高兴。

构成早期《文学遗产》周刊的主力仍是当时著名的老专家、老学者。创刊号和最初几期的作者便是郑振铎、冯至、俞平伯、孙楷第、余冠英、詹安泰、聂绀弩、罗根泽等人。可以说，当时健在的老一辈学者、专家都有研究成果在《文学遗产》上发表。除上面提到的以外，还有如郭沫若、郭绍虞、游国恩、林庚、谭丕模、刘大杰、陈中凡、萧涤非、高亨、陆侃如、冯沅君、夏承焘、唐圭璋、王季思、任二北、段熙仲、程千帆、沈祖棻等，他们对刊物异常关心，即使没有给我们投稿的文史工作者，也异常爱读这份专刊，如上海的沈尹默先生，我们也给他寄赠每期周刊和增刊。当时我负责增刊的具体工作，和沈先生有联系，至今沈先生还保留着他用自己印制的笺纸写的回信，隽秀的书法让人珍爱（图 2）。

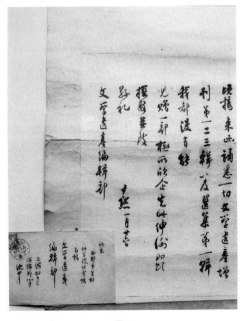

图 2

对于翔老，说起来，老一辈的人都异常怀念。因此在 1980 年复刊的第 1 期上特为发表了郭绍虞先生的《从悼念到建议》一文，来表达这一哀思。4 年后，郭先生也以 91 岁的高龄去世了。

《文学遗产》虽然只是一份报纸的副刊，但它的影响之大，超出了预想。当时的高校并不都有学报，即使有学报也未能有《文学遗产》那样的全国性影响。它的读者从专业研究工作者、教授到中学教师、古典文学爱好者，给当时的《光明日报》平添了不少订户。《文学遗产》在周日出刊，后来报社决定允许订户单订该日报纸。这也是一个特例。《文学遗产》有广泛的社会联系。迁到中关村以后，还特别在编辑部所在的社会南楼门口挂了一块编辑部的牌匾，和哲学所的牌子相对（社会南楼一层属哲学所，与文学所同在一幢），为的是便于来访。

《文学遗产》创刊伊始便在各重点高校、出版社聘请通讯员，建立通讯员网络。各单位也积极支持，向编辑部推荐得力教师和骨干受聘，其中不少人还具有讲师职称。讲师，在 20 世纪 50 年代属高级知识分子，至少在我就读的北大就是如此划分的。周刊时期，陈贻焮、袁行霈（北大）、郭预衡、聂石樵（北师大）、冯其庸（人大）、宁宗一（南开）、王运熙（复旦）、袁世硕、周来祥（山大）、郑孟彤、黄天骥（中山大学）、胡国瑞、苏者聪（武大）等，都是《文学遗产》最早的通讯员，他们后来都成为知名的教授、博导或终身教授，他们培养的研究生如今许多也是专家教授了，与《文学遗产》也有着接续不断的关系，和众多作者一起，构成一个由几代人组成的人物谱系。通讯员沟通了刊物和外界的联系，编辑部很重视他们的作用。聘任以后，翔老一般都要和他们谈话。此外，还常召集通讯员座谈，交流情况，听取意见，也便于我们有针对性地组稿，制订计划，编辑部同时也鼓励通讯员自己撰稿。翔老不厌其烦地给他们写信、改稿。我曾听黄天骥回忆他和翔老的通信，说："翔老批评我字写得太潦草，说，排字工人排这样的字是会一边排一边骂娘的。"后来他就很注意自己的写字。

《文学遗产》作为一项文化事业，在 20 世纪五六十年代的中国，同样也经历了它的风雨坎坷。1954 年，《文学遗产》创刊，10 月秋，便发生了围绕小说《红楼梦》的批判以胡适、俞平伯为代表的资产阶级唯心论研究的运动。毛泽东主席在写给中央政治局的《关于红楼梦研究问题的信》中批评了某些"大人物"对"小人物"的压制。其中，在批评《文艺报》时也捎带到《文学遗产》，导致有中央派人到编辑部来调查。虽然从调出的对"小人物"来稿的审稿单看并不存在"压制"的情况，但这也足以引起一场虚惊。在编辑部对工作的全面检查以后，认识到在刊登的文章前的按语缺乏热情肯定而作了公开检讨，并于当年11月7日发表了编辑部的题为《正视我们的错误，改正我们的缺点》的自我批评文章。从此，由批胡适、俞平伯的新红学，到批"胡风反革命集团"，从"肃反""反右运动"，再到1958年的"拔白旗"、批右倾机会主义，环环相扣，接连发生。由文化教育界扩大至整个社会，掀起一个个运动，《文学遗产》必须紧跟这一形势，发表紧密配合这一连串运动的文章，其中自然少不了会有质量不高、缺乏实事求是的文章在刊物上刊出，但即便如此，刊物也并没有避免给人以配合形势不力的"右倾"的印象。1958年10月，《光明日报》决定停止该报的所有副刊，文学所也只能决定《文学遗产》停刊，退还所有的存稿。不料毛主席不同意《光明日报》的决定，导致《光明日报》连忙收回成命，通知到达文学所，迫使编辑部的王则文同志连夜从邮局把退稿追回来。1963年，光明日报社向文学所提出撤换主编或让翔老改任副主编的建议被何其芳拒绝。因此刊物也只好交回报社自办了，报社自办的《文学遗产》兼容外国古典文学研究，而文学所主办的《文学遗产》是在1963年6月9日第463期以后停刊的，其实这时形势已是"山雨欲来风满楼"。1963年12月2日毛泽东《关于艺术工作方面存在的问题给彭真、刘仁的批示》说，文艺界"问题不少，人数很多"，"至今还是死人统治着"，"许多共产党人热心提倡封建主义和资本主义艺术"。这一批示，震动了文艺界，《光明日报》自办的《文学遗产》到"文革"前夕，也最终停刊，文学所的《文学遗产》编辑部的成员其实早已星散。1958年，张白山、劳洪调入《文学评论》，其余5名成员中，2名成了"右派"，先后调至西北和内蒙古，余下的3位中，王西方、王熙治请调回原籍，只有白鸿同志一人还留在所内。

　　《文学遗产》创刊以后即以它的尊重学术、尊重人才的品格以及贯彻"百家争鸣"、奖掖后学的形象深深地保留在人们的记忆中，因此当"文革"刚一结束，文化学术界就传出恢复这份刊物的呼吁，1979年我调回文学所，便义不容辞地接受了所领导交下来的任务，恢复《文学遗产》。这时，《光明日报》也有意恢复这份副刊，而文学所方面则考虑将其改版为大型期刊，扩大篇幅，容纳较长的论文。1980 年初，两家在中山公园来今雨轩开了一次联谊会，决定在同一刊名下分工合作。文学所的《文学遗产》最初是季刊。季刊的出版，也有赖于中华书局的支持，时任副总编的程毅中、傅璇琮，是《文学遗产》周刊时期的作者，他们呼吁并实际支持复刊不遗余力，冀勤同志更是付出了具体的辛劳，应志不忘。

早期的《文学遗产》有赖于专家学者的支持，但"文化大革命"期间，教育和科研工作基本中断，大量的作者情况不明。因此恢复刊物的第一件工作便是要调查。20 世纪 80 年代开始的 2 年，我的工作重点就是在东南沿海高校集中的地区展开调查，其中老编辑张白山同志、高光起同志和王学泰同志都同我一起做过这一工作。许多健在的老专家、老教授热情接待了我们。其中有南京的范存中、钱南扬、陈白尘（同时也见到了他的夫人金玲，金玲是《文学遗产》最早的一位编辑）、程千帆、唐圭璋、段熙仲、吴调公、孙望；苏州的钱仲联；上海的朱东润、郭绍虞、赵景深、蒋天枢、张世禄、施蛰存、徐中玉、王元化、丰村、苏仲翔、万云骏、程俊英；杭州的姜亮夫、蒋祖怡；扬州的任二北；山东的田仲济、殷孟伦、严薇青、孙昌熙诸先生。同一时期，我也借各种学术会议的机会，访问了当地的高校教师。其中有开封师范学院的任访秋和山西大学的姚奠中，老先生中，不少仍精神矍铄，但也有不少人进入了衰迈之年。"文化大革命"的风风雨雨，也不免在他们身上留下了印记。像郭绍虞先生、姜亮夫先生，视听已极度衰退，说话要借助笔谈，而且字要写得极大才能辨认出来，姜先生的一支笔用线绳吊在书案上空，便于抓着它。郭先生不住在校内，工作上还要靠系里指派的蒋凡先生帮助，此外，他手下还有一个编纂历代文论的班子集中在巨鹿路的上海作协，是由上海几所高校的教师抽调而来，需要郭老作指导。施蛰存先生是白山同志和我一起去拜访的，他告诉我们刚做完直肠癌切除手术，手术做得很好。但让我遗憾的是，后来他寄来的一篇约稿我们决定用在《文学遗产增刊》第 17 辑，不巧的是负责此书出版的中华书局没有及时出版，反倒是山西人民出版社负责的第 18 辑出在前面了。施先生也来信抱怨，不要在出版时在他的名字外面加黑框。虽然未致如此，但我终觉对不住施先生。

复刊初期有的来稿是在作者人身受厄失去写作条件下克服了种种困难写出来的。像1982年第1期上刊载的董每戡先生的《论〈桃花扇〉的"余韵"》一文，是董先生《五大名剧论》完稿后的一篇佚文。这篇文章是作者已于1980年去世以后由哲嗣发现以后寄给本刊的，据其哲嗣董苗说，当时条件极其困难，无书桌，就在床上垫上木板，写在一叠废纸的背面（图3）。这类情况，据我所知，并非董先生一人。

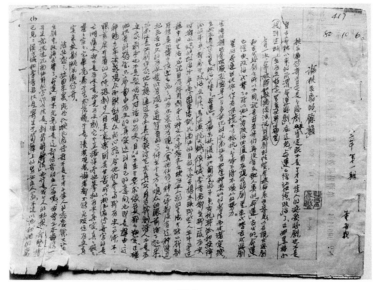

图 3

学校的老师听说《文学遗产》要复刊，都表示赞同、高兴。在举行的座谈会和私下的访问中，我还听到许多宝贵的建议。归纳起来，大致有以下几点：一是认为周刊有周刊的长处，可以及时发短小精粹的论文。周期短，也便于讨论问题。长的论文，要有突破性研究，发现新材料，新的文献并有新的阐释。二是拨乱反正，清算"四人帮"的流毒，也清算"左"的思潮。如怎样对待清宫戏、鬼戏，尤其要清算思想理论上的混乱。三是放开眼界，在学术上，与海外、港台交流，介绍他们的成就（如开辟"学术动态"），必要时也可以直接利用或译介他们的论文。但要立足于我们自己的成就，树立自己的信心。四是关注薄弱环节，试探过去没有碰过的禁区。传统的诗文、戏曲小说、俗文学（如鼓词、子弟书），都存在过去少有研究的领域，如有人说，宋代有欧、苏、辛、陆，固然可以是代表，但朱熹就乏人研究，其实他的诗写得也很好。

《文学遗产》的编委会不是一个荣誉机构，他们要参与刊物决策和审稿。早期，连人民文学出版社的赵其文、林如稷等先生，翔老都请他们看过许多稿子。《文学遗产》归属文学所后，加强了审稿力量，余冠英、吴晓铃、范宁、陈友琴诸先生看的稿尤多，初审稿看不过来，所里的曹道衡、中华书局的程毅中也代为审读，校外的编委大多是翔老自己去跑。外地的编委，由翔老写信。翔老忙不过来，一般联系，我也去跑过，如浦江清先生、林庚先生的府上我也去过。浦江清先生是我的老师，他患有较重的胃病，但看稿仍很认真，有时我也当面请教他对稿子、对某些戏曲小说问题的看法，聆受教益。师大的刘盼遂先生不住在校内，记得是住在西单长安街南的一条胡同的四合院内，异常雅静。他家中藏书之多，据说堪比当时北京的傅惜华，这是我亲眼所见。可惜"文革"中全被抄了，刘先生自己也被揪斗。因为是校外去的红卫兵（或说是西城"联动"），学校也无力去保护。

《文学遗产》划归文学所领导以后，与研究工作也更密切了。周刊上展开的关于文学史编写问题的讨论，就是配合文学所当时正编写的三卷本《中国文学史》的。古代文学组（室）召开的文学史编写讨论会，编辑部也主动参加聆听。不是编委的钱锺书先生其实也很关心《文学遗产》。他对作协创刊时起名"文学遗产"就提出过意见，说刊物登今人的文章，不是"遗产"。这确也有道理，我早年就听翔老在编辑部说过。20世纪80年代改版复刊，我在钱先生府上又听他亲口对我说了一遍，但他对《文学遗产》能复刊是表示赞同、高兴的。至于"遗产"一名，已经约定俗成，无法再改了。改版以后，我们想兼附英语目录。20世纪80年代，学英语的多了，但涉及中国古代文学的英译，需有专攻。于是我想到了吴世昌先生，但顾虑难以轻易打动他，最后仍是硬着头皮到干面胡同他的府上去试试，不料竟一说就通，他满口答应了，算是解决了这一难题。吴先生很有个性，这是全所都知道的，但对我却很随和。1980年，哈尔滨第一次全国《红楼梦》研讨会就是我陪同他前去的。但另一件事却弄得我很尴尬。1981年，《文学遗产》收到一篇重申宋词有婉约豪放之分的文章，其实是针对吴先生的观点的，编辑部觉得不无道理，打算刊用。但当时有一个不成文的规定，即涉及对老专家或某名学者的见解，我们事先都必和他打招呼，必要时，把对方的文章给他看看，并说明可以反批评，这次，我们照例把来稿给了吴先生。尽管我们猜想吴先生是不会轻易改变自己的观点的，但不想吴先生用笔就在原稿上逐条批驳，把原稿弄得面目全非，我们刊用不是，退稿也难。后来只好找人把来稿抄录一遍，并坦率告诉作者本人原因。好在这位作者非常通情达理，没有追究。吴先生个性鲜明也很有"童心"，有时还会上当。但他给我的印象还是不错的。

《文学遗产》用稿，质量是唯一的要求。当年所谓"赞助费""版面费"则是闻所未闻。或许，其中也可能有它的某种无可奈何，但影响取稿是必然的，当年《文学遗产》登载的文章，也未必都是好文章，少不了也有质量不高的文章，例如，把"阶级性""人民性"当标签贴的文章。当代的研究，自然已超越了这一层次。当然，从主观上讲，要办好一份学术刊物，必有赖于编辑的素养和远见卓识。翔老非常重视编辑的素养，他要求我们多读书，在自己审稿领域作专题研究，有积累，尝试写论文，弄清自己审稿领域的问题，哪些已经有人做过，哪些还需要研究，不容"炒冷饭"。编辑工作的远见卓识，应超过一般的科研，但论文的数量不必多。总之是，不做编辑匠。

早年的《文学遗产》经历了自己的风雨沧桑，虽然也做出了一点成绩，但只是为今后的办刊工作提供了一点经验和教训。当前我国的高等教育和科研工作空前发展，《文学遗产》也已迈入一个新时期，它不断展示着我国古代文学研究的最新成果，也为研究者提供了切磋交流的平台。从某种意义上说，它可能也是一座风向标，在学术领域起到某种导航的作用，相信《文学遗产》能不辱使命。

[作者单位：中国社会科学院文学研究所]

我们的摇篮

——兼谈对古代文学研究的一些认识

黄天骥

《文学遗产》迎来了 60 华诞，北望京华，想起了编辑部多年对我的指导和教育，感激之情，沛然而生。

我在 1952 年考进了中山大学中文系，那时，规定三年级要写"学年论文"。到 1954 年，我写了一篇名为《陶潜诗歌的人民性特征》的论文。初稿完成后，还未交给指导老师审阅，便不知天高地厚，抄了一份，向《文学遗产》投稿。过了两个月，忽然接到编辑部来信。信上说："天骥同志：来稿字迹非常潦草，排字工人一边排，一边骂娘。以后读书写字，都要认真。"信后署名"编者"。后来我才知道，这"编者"就是当时《文学遗产》主编，著名作家、学者陈翔鹤先生。信很短，我珍重保存，可惜在"文革"时散失了，但信中以上的几句话，让我震动，所以每个字都还记得。接信后不久，我的论文被刊登在《文学遗产增刊》第 2 辑上，同期还有北大陈贻焮等先生所写有关陶渊明的论文。从此，我接受教训，再不敢潦草地书写，学习和工作，也注意不能苟且从事了。

我在毕业后留校，从事教学工作，不久，收到了编辑部的来信，通知我被吸收为《文学遗产》的通讯员，任务是经常向编辑部反映读者的意见，或者向编辑部提出建议。于是，我分外仔细地阅读《文学遗产》每期的论文，注意收集教师和同学们的反响，也会思考当时讨论的一些热点问题，定期写信向编辑部汇报。在担任通讯员的几年里，我陆续收到了编辑部寄赠的几套书，一套是《聊斋志异会校会注会评本》，一套是《敦煌变文论文录》。到 1962 年，还收到一套由范文澜先生编注的《文心雕龙注》。在这套书中，附有编辑部的一封短信。信上写道："通讯员同志：你们替编辑部做了很多工作，很感动，今后还望你们多加支持。现在编辑部买到了一批《文心雕龙注》，这本书想来各位都很需要，但外地并不好买，所以每位赠送一部，作为学习上一点微小的酬劳。"（图 1）

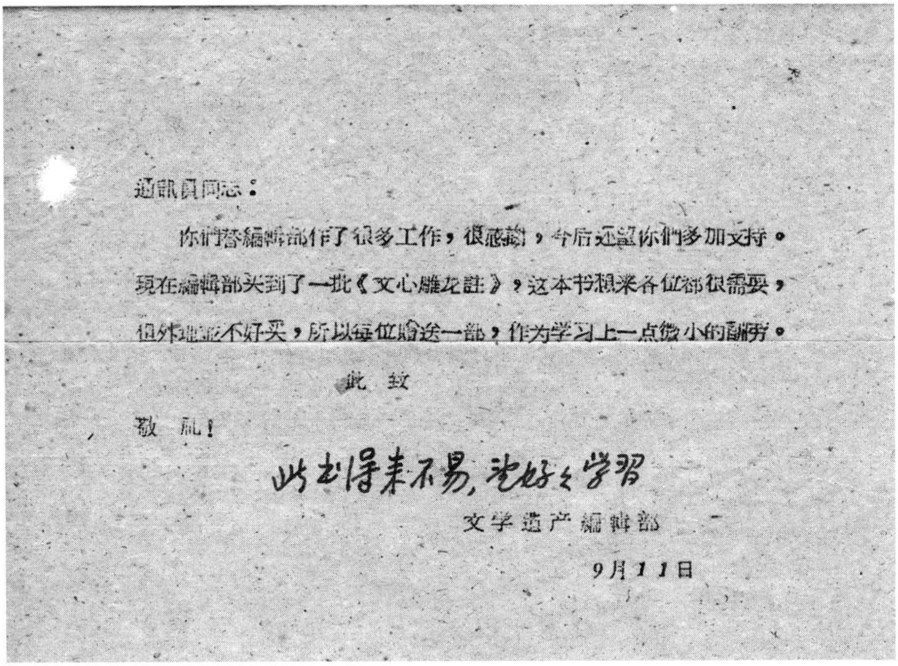
通訊員同志：

你們替編輯部作了很多工作，很感動，今后还望你們多加支持。現在編輯部买到了一批《文心雕龙註》，这本书想来各位都很需要，但外地並不好买，所以每位贈送一部，作为学习上一点微小的酬劳。

此致

敬礼！

此书得来不易，望好好学习

文学遗产編輯部

9月11日

图 1

在这短信的下面，又有用墨水笔添上的两句话："此书得来不易，望好好学习"。一看字迹，认得是陈翔鹤先生的手笔，我恍然大悟，也十分感动。我明白，《文学遗产》是以联系通讯员的方式，培养各高等院校年青的作者。编辑部让我们经常关心学术动态，不断提高学习中国古代文学的水平。在 20 世纪的五六十年代，强调"斗争""理论"，一时成为风尚。《文学遗产》送给通讯员的书，则是具有经典意义的著作，是功力深厚考证翔实的校注文本，这实际上是指导我们，在关心学坛现实的同时，还要扎扎实实地做学问，不要游谈无根。到现在，我一直把编辑部赠送的这几部厚厚的书，放在书架上当眼的地方，让自己能常常看到它，作为在学习上和研究上的惕勉。

在 20 世纪五六十年代，学术刊物不多，能在《文学遗产》这样的高水平的杂志上发表论文，对年轻人来说，自然是莫大的激励。从此，我便一辈子走上从事中国古代文学教学和研究的道路。在陈翔鹤先生以后，《文学遗产》历届的主编和编辑同志，一直都注意对作者的培养。

几十年过去了，我记得有一回和傅璇琮先生在一起，彼此谈及当年当通讯员的往事，大家深深感到：《文学遗产》既是学术的园地，更是培养我们这一代学人成长的摇篮。

《文学遗产》之所以被学界公认是研究中国古代文学最重要的阵地，是因为它一直坚持扎实严谨的学风。60 年来，在《文学遗产》上发表的学术论文，绝大多数，均以严肃的态度，充实的资料，缜密的考证，阐述作家作品以及文学史中值得关注的问题。记得在 20 世纪 80 年代，有一段时期，文坛涌起所谓"新三论"的潮流，不少人囫囵吞枣，更有不少刊物翕然应和，一时间"新"概念泛滥成灾。有人以那些似是而非的理论，生吞活剥地"解构"中国文学，让读者如堕五里雾中。在改革开放的新时期，人们对西方文坛某些方法很感兴趣，这多少有助于我们拓展思路，对中国古代文学作多维度的思考。但是，如果不从我国文学遗产的实际出发，只从概念到概念，套用西方一些半通不通、让人莫名其妙的名词术语，或者借用西方人的视角来观察我国的文学历史，这样的做法，往往言不及义，弊大于利。熟悉域外中国研究状况的余英时教授曾经指出："我可以负责任地说一句，20 世纪以来，中国学人有关中国学术的著作，其最有价值的，都是最少以西方观念作比附的。如果治中国史者先有外国框框，则势必不能细心体会中国史籍的'本意'，而是把它当作报纸一样的翻检，从字面上找自己所需的东西。"① 治中国古代文学史的情况，何尝不是如此！当然，20 世

---

① 余英时：《论士衡史》，上海文艺出版社，1999，第 459 页。

纪 80 年代"新三论"蜂起的时间也并不长，但以西方观念比附中国文学史的做法，影响却仍很深远。值得庆幸的是，我们看到在《文学遗产》上发表的论文，绝大多数并非先用"外国框框"套住自己，而是以实事求是的态度，探求原著和文献资料，以朴实的文风研究中国古代文学问题。正因为编辑部坚持了正确的方向，因此《文学遗产》赢得了严谨治学的学者和广大读者的尊敬。

在我国高校，对从事中国古代文学教学和研究的教师来说，《文学遗产》是必读的刊物。这份具有优良传统的刊物，在读者的心目中，是神圣的。因此，它办刊的方针以及编辑部的信念、工作态度，对我国古代文学的研究方向，对高等院校古代文学的教学，具有指挥棒的作用。坚持实事求是地研究我国的文学遗产，历史地辩证地论述作家作品以及文学发展的规律，在此基础上开拓创新，继承和发扬我国优良的文学传统，树立良好的学风，是我国学术刊物共同的理念。当然，不同的学术刊物可以有不同的特点，不同的个性，但就为促进社会主义文化建设而言，应该是一致的。

学术要发展，离不开争论。古往今来，无论是自然科学还是社会科学、人文科学，在学者之间开展不同的意见的争辩，是各个学科取得进展的共同规律。在古代文学领域中，许多学术问题，诸如对一些文学现象以及对作家作品的评价，需要通过反复研讨，百家争鸣，在相互论辩中提高认识，才能逐步解决。真理愈辩愈明，学术探讨也永无止境，研究者在争论中意见相互碰撞，激发火花，反能共同提高，逐步接近真理。我认为，在刊物中注意发表具有新材料、新观点、新角度、新方法的论文，是必要的，因为这能体现刊物的学术水平。但是，如果编辑部门能顺应学术发展的态势，敏锐地捕捉时机，主动地抓住一些关键性或当前需要的论题，有意识有组织地引发讨论，则更为重要，更能促进学术的发展，更能提高刊物的生命力和影响力。当年，《文学遗产》也曾集中发表过一批有关陶渊明研究的论文，开展过一场有关评价李后主词作的争论，影响至为深远。当然，学者发表不同意见的论文，应该互相尊重，以理服人。那种盛气凌人的文风，动不动上纲上线，嘲弄谩骂，以为真理只在他手上的行为，则不能提倡。因为这适足说明在某些人的头脑中，"文革"的流毒未清，也暴露了骂人者的浮躁浅陋。

其实，即使是对在文学史上一些似乎已有定论的判断，或者是对一些经典性的作品，随着时代的发展，新材料的发现，以及认识水平的提高，编辑部适时地组织讨论，也是十分必要的。对那些在文学史上产生过重大作用的名著，人们常读常新，尤其要引导研究者反复争论探讨。正如西方的戏剧史专家伊维德和奚如谷以《西厢记》为例，指出："《西厢记》属于世界的伟大经典之作。像这样的作品，每隔一代人就应当有一个新译本问世。"① 同样的道理，每隔一代，我们是否也需要对《西厢记》等名著，作进一步的研究？例如，我们经过校勘，发现王实甫《西厢记》对莺莺年龄的处理，与人物的原型并不相同。在唐代传奇《会真记》中，当张生问及莺莺的年龄时，崔母回答"生十七年矣"。唐代李绅的《莺莺本传歌》也说："绿窗娇女字莺莺，金雀娅鬟年十七。"到金代，董解元《西厢记诸宫调》则让法聪介绍：莺莺是"崔相国的女孩儿，年十六七"。可是，元代的王实甫在杂剧《西厢记》第一本开场，即让老夫人介绍自己的家世，说丈夫崔相国不幸亡故，有女"小字莺莺，年一十九岁"。这就怪了，为什么王实甫平白地给莺莺添了两三岁，从十六七岁改为十九岁呢？但仔细一想，王实甫这一改动，实际上涉及了对《西厢记》主题的理解。按《礼记·内则》，女子"十有五年而笄"。古代女子到了十六七岁，便到谈婚论嫁的年龄，否则便成为"迟暮"的"大龄青年"。因此明代的杜丽娘说："吾今年已二八，未逢折桂之夫，……年已及笄，不能早成佳配，诚为虚度青春。"② 并为此郁郁而亡。可见，王实甫将莺莺年龄改动，分明是要让观众和读者知道，《西厢记》杂剧里的莺莺，是一个"青春女成担搁"③ 的"剩女"。因此，不同于《会真记》和《董西厢》里的莺莺，她对爱情的追求更主动，更大胆，更积极。春光易老，青春易逝，莺莺到了这一把年纪，礼法对她防之愈严，她思春之情也就愈切，观众和读者对她的敢于密约偷期，也更易理解。不错，她的举止，于"礼"不合，于"法"不合，却合于情，合于达到了理智的年龄，应该可以维护自己的生存方式。在这里，王实甫对人物年龄的"微调"，说明他着力地争取观众和读者对莺莺的同情，争取社

---

① 《明刊本西厢记》英译本导论，加州大学出版社，1991，第8页。
② 见《牡丹亭》第十出《惊梦》。
③ 见《西厢记》第二本第四折《离亭宴带歇拍煞》。

会舆论认可莺莺主动追求爱情和追求个人权利的合理性。

长期以来，我们强调王实甫《西厢记》在反对封建婚姻制度、争取婚姻自主方面的意义，这自然是对的。但是，我们却忽视像《王西厢》等古代文学作品对人情、人性的合理追求。我们知道，马克思主义是承认人性的存在的，马克思在《资本论》中指出："首先要研究人的一般本性，然后要研究每个时代历史地发生了变化的人的本性。"① 所谓人的一般本性，是指世界上的人类与生俱来的共同具有的属性。人之在世，一要生存，二要发展，这本性是共同的，孟子说"食色，性也"，意简言赅地阐明了人的一般性。而人之所以为"人"，又因为从它成为"人"的一刻起，人与人就有交往，人就有了社会性。随着时代发展和财富分配的变化，人的本性也发生变化。因此，人性是自然性与社会性的统一体，二者缺一，都还不是"人"。在我国古代文学有关爱情问题的作品中，青年男女反对封建家长和封建社会的制度、伦理，其背后的动力，正是追求实现"人的一般本性"。这一点，我们过去没有适当的注意。现在，随着对"人"有更深的理解，注重"以人为本"，认识到每个人的权益、尊严，这些都应得到重视。因此，我认为对像《西厢记》那样蕴含着张扬人性的作品，也应该有意识地组织力量作进一步的研讨审视，以求更准确地认识它们的价值。

以上，我们以《西厢记》的研究为例，意在说明，一个新观点的发现，可以触发学界对这部作品的社会意义作更深入的评价。通过讨论，还可以引发我们对许多古代文学的价值取向，作进一步的反思。再如关于《水浒传》这部在文学史上极为重要的作品，近几年，人们对它的认识和分歧愈来愈大。在教科书上，历来强调它是一部描绘农民起义的史诗。可是，有些学者经过严密论证，认为《水浒传》写的是"游民"。农民与游民，有完全不同的含义，这一判断，牵涉到对整部《水浒传》评价的问题。最近甚至有人认为梁山泊啸聚的，只是一群泼皮，他们打着"劫富济贫"的旗号，实际上是劫富而不济贫，抢来的财物都只装在头领们的腰包里。据我所知，目前在高校的课堂中，同学们对《水浒传》的评价分歧极大。像这些具有根本性的重大问题，亟须在学术界中展开讨论，以求提高认识。判断不求

---

① 马克思、恩格斯：《马克思恩格斯全集》第23卷，人民出版社，1972，第669页。

统一，认识可以多元。如果刊物中能掀起争论的热潮，这比东打一枪，西打一枪，更有助于推动学术研究的发展，更有助于具有经典意义的名家名作，取得有突破性的研究成果。

作为学科，中国古代文学的立足点，是文学。所谓文学，是作者以语言文字，通过形象、意象，描绘生活和抒发感情。对古代文学的研究，需要具备并掌握多种学科的知识，诸如史学、哲学、社会学、文献学等。过去老一辈的学者，或以诗证史，或以史证诗，在打通不同的学科方面做出了成绩。

对古代文学的研究，我们可以探讨其源流，梳理其文体演变，论述古人评论文学的观念等，就像郑玄写过《诗谱序》，挚虞写过《文章流别论》那样。但是，文学不同于其他学科，其研究对象的基础，首先是作品。学者可以直接研究作品，也可以研究作家或文学现象等，但总不能与作品全不搭界，否则就不成其为文学研究。因为研究古代文学的最终目的，是为了阐明作品存在的根据，帮助人们了解作品的价值，了解作者的创作过程和创作经验，以求有助于发展当今的文学艺术事业。而文学作品，本身属于艺术，作者需要通过对语言文字的运用，创造形象和意象，以表现主观世界和客观世界。在这里，文学研究者对待作品，就要观察分析作者"写什么"，以及"怎样写"的问题。

20世纪中叶以前，我们深受苏联文学思想的影响，在研究古代文学作品时，强调分析评价其社会意义和作者的政治思想，这自然是有必要的，但显然又是不够的。高尔基曾把文学评论比喻为"解剖刀"，这提法极易引起误解。当然，文学的评论和研究，应该像法医解剖那样条分缕析。但研究者面对着的文学作品，却是活生生的，有血有肉的，它绝对不是动物的尸体。人们面对着它，它所蕴含着的作者的思想感情，仍然具有生命力，仍然和审美受体有互动的关系。研究者评论作品，首先是作为读者，不管怎样，也必然有所触动。他对作者思想感情，或同感，或反感，而这感受又影响了他对作品的判断。然后，研究者把自己的认识，写成论文，再让论文的读者从中受到启发。显然，文学研究者对作品的研究流程，与生物学的解剖，有同有异。同的是，学者需要以理性思维对待对象；异的是，文学的研究对象，本身洋溢着感情，作为学者本人，在研究中也融合着感情。因此，文学研究，是对艺术作品的研究，是离不开审美层面的研究。如果我们只说明作者写什么，却不研究创作的过程，不说明作者是怎样写的，不说明作者所创造的意象或形象是否具有美感，这就在很大程度上显示不出文学研究的特色，也弱化了文学研究的意义。

文学研究，包括对古代文学的研究，要求研究者应具备起码的艺术鉴赏力，应了解创作规律和不同体裁、形式的创作要求。上一辈的古代文学研究者，本身往往就是诗人和作家，有过创作的实践，深谙艺术创作之道，像俞平伯、程千帆，董每戡、吴组缃诸位先生，他们写出的有关古代文学研究的文字，能够鞭辟入里，发人深省，让读者体悟到古代文学的奥妙，这一点，正是和他们自身具有创作经验以及敏锐的艺术审美能力有关。新中国成立初期，教育部门受到苏联教育思想影响，认为大学中文系只应培养理论家，学生不能从事创作，否则就是"偏废"，是"专业思想不巩固"，是走"白专道路"。如果有志于从事古代文学研究的青年教师和学生，私下学习旧体诗、词、歌、赋的写作，被发现了，更属大逆不道。这一来，理论和创作脱节，导致宏观研究与微观分析脱节，后果十分严重。显然，不注意培育年轻一代的艺术思维能力和审美能力，在很大程度上等于取消了古代文学研究的基本功。长期以来，不少有关古代文学的论文，写得枯燥无味，面目呆板，让学者不易卒读，让青年望而生畏，其原因，应与有关部门的导向有绝大的关系。

古代文学研究，属人文科学。人文科学之所以不同于自然科学、社会科学，很重要的一点，是人文学者的成果在尽可能符合研究对象客观实际的同时，又会羼入研究者主观的立场观点。而在人文科学中，文学研究之所以不同于史学、哲学研究，是它在尽可能切中文学作品本质的同时，更会融入研究者主观的体悟和感情色彩。这是由文学的特性决定的，它是文学研究魅力之所在，也是我们无法认同高尔基把文学评论视为"解剖刀"的原因。

吊诡的是，有一段时期，一些人把鉴赏能力和研究能力、研究水平隔离开来，连一些从事文学研究的人，也视鉴赏文章低人一等。有些相邻学科的学者，甚至把审美能力视为文科的"毒"。这可能是出于他们对文学研究的误解，更可能是掩盖其自身艺术修养之不足。我想，如果我们的古代文学研究文章写得冷冰冰、干巴巴，这一学科就可能有自我边缘化之虞。

在古代文学研究中，对作品亦即对文本的理解，尤为重要。如何理解文本，属于"诠释学"范畴。对此，学者们有过"六经注我"和"我注六经"的争论。如果我们把古代文学作品的文本理解为"经"，那么，我主张把二者打通。

所谓二者打通，一方面，是要通过严密的训诂、考证，搜集文献资料，实事求是地弄清楚作品的原义和当时的语境，弄清楚作者生平思想以及与此有关的历史政治文化背景，这近于"我注六经"。显然，对研究者来说，文献学的功底极其重要。另一方面，在这基础上，作为文学的研究，还应对文本有理性和审美的判断，借以说明评论者自己的感受，分析论述作品"写什么"和"怎样写"，从而引导读者理解文本的社会意义和艺术感染力。在这里，研究者的主观立场、思想感情，特别是艺术的鉴赏力，起着重要的作用，可称之为"六经注我"。当然，我不认为每一篇研究古代文学的论文，都必须顾及方方面面。有所侧重，是容许的。但作为文学的研究，研究者的心中，必须有"文学"的这根"弦"。文学评论，说到底是评论者以自己的心，去体味文本作者的心的过程。这是文学研究者的基因，是它在人文科学中，有别于史学、哲学研究的关键。

在今天，我们提倡古代文学研究，应与文献学、历史学、哲学等学科交叉，只有如此，才能拓展研究视野，提高研究水平，推进学科发展，使人文科学成为"科学"。同时，我们又必须强调文学是艺术这一特性，注重文学研究者对文本创造性的理解。说得夸张一点，对古代文学研究特别是对作品的研究而言，研究者也和乐队指挥、戏剧导演一样，在忠实于文本的基础上，容许他们有再创造性质的分析。否则，把古代文学研究与其他学科混为一谈，也就等于取消了古代文学研究这一学科。

自古以来，中华民族就为世界文化作出了重要的贡献，我国的文学遗产，给世界文坛留下了非常丰盛的财富。古代文学的研究者，有责任介绍我国传统的审美观念，概括我国的文学创作的规律和经验，建立具有中国特色的理论体系和话语权，以便世界各国人民吸取借鉴，让中国的文化，包括文学遗产，在促进世界文学的发展中发挥作用。

过去，我们习惯于从中国看世界，而当我国已成为世界第二大经济体，世人也早已承认中国传统文化具有强大的软实力的时候，我们更应注意从世界看中国。在世界上，不同的民族，有不同的文化，有自身的特点和发展规律。例如在世界文学史上，古代欧洲文坛出现了长篇巨制的史诗，而古代中国文坛却没有史诗。西方产生史诗，当然弥足珍贵，而我们没有史诗，也不必引以为憾，更不必千方百计把《诗经》的某些篇什，也说成是"史诗"。没有就是没有，因为我们的祖先有不同于古代欧洲人的理念，我国古代文坛也有自身的发展轨迹，我们实在不必以有没有史诗，来判断文学发展的迟早优劣，不必随着"欧洲中心"的论调起舞。又如在西方有悲剧，有喜剧。而我国古代的戏曲，实际上不存在悲、喜剧之分。被王国维誉为"大悲剧"的元杂剧《窦娥冤》，剧中县官桃杌反向被告的窦娥下跪，说她是"衣食父母"。其间插科打诨，破坏了"悲"的气氛。加以全剧以大团圆结局，更不同于西方悲剧的范式。因此，我们实不必套用悲剧和喜剧的概念去研究中国古代戏曲，实不必以西方的理论框框，来规范我国的创作实际。相反，我们倒是应向世人展现东方的戏剧观，阐析中国戏曲独特的艺术魅力，以便让世界文坛丰富和提升文学艺术抒情达意的表现能力。我们知道，世界文化的交流，从来都是双向的。近代西学东渐，而"东学"也曾"西渐"。其实，西方的有识之士，早就认识到中国古代文学艺术的魅力，从而融合并且更新了自己的理念。像德国戏剧家布莱希特，观看了中国戏曲的表演，创造了"间离效果""陌生化"的美学概念，形成了不同于体验派和表现派的戏剧体系，便是东方文化影响西方最好的一例。

在古代，不同的民族，对世界、宇宙有不同的认识。我国古代作家和理论家，深受"天人合一"世界观的影响，从来注重和谐，注意研究主观客观矛盾统一的关系。在文学创作中，尤其注重审美主体和审美客体的交融。换言之，我国古代文学家追求的，既不是以作品直接反映客观世界，也不是单纯张扬主观世界，而是情与景、意与境、形与神、气与象的融汇。人们认为宇宙的"虚"与"实"，浑成一体，因而在如何以虚与实结合的方式，表达主观世界与客观世界的融合，摸索出一套独特的理念，总结出行之有效的创作经验。

文学创作，总是或显或隐地包含着人对客观世界的感受，包含着作者的感情。而它在传播的过程中，作为审美受体的接受者，必然也会根据自己对审美载体的认识，根据自己对客观世界的理解，参与到作品形象中去，进行再创造。所谓"形象大于思维"，这是文学创作的共同规律。不过，关于如何解决审美客体、审美主体与受体之间的联系，如何协调客观形象与主观想象的对立等问题，东西方的作者和文学艺术研究者，一直在努力摸索。许多西方作者，曾崇尚"模仿说"，以如实地模写客观为美。当他们感到这样的创作方法，存在忽视审美主体的感情表达，以及妨碍审美受体的参与创造时，便想方设法，另找出路。甚焉者，有人无视或歪曲了客观事物的形象，以符号代替客体，于是，抽象主义之类荒诞诡异的流派便大行其道。总之，长期以来，在把审美主体与客体，以及载体与受体视为对立关系的思维定式中，许多西方人并没有体悟到它们之间存在内在的统一，没有体悟到客观形象的"实"，与作者、读者主观感情的"虚"，可以融为一体。这样，他们写出的作品，或者过"实"，毫无意趣；或者过"虚"，如丈八金刚，让人摸不着头脑。

如何处理文学创作中主观与客观之间矛盾统一的问题，亦即虚实结合这一文学的根本性问题，我国古代作家有丰富的实践经验，古代的理论家也有过精辟的论述。今天，我们可以在"和谐观"的观照下，从各个方面，缜密地系统地研究虚实结合的创作理念，理直气壮地加以推广，这有助于解决世界文坛上一些让人困惑的问题。因此，在世界文坛上，我们不仅需要建立并掌握话语权，而且需要让东方文化的优良传统，让中华民族的软实力，作为推动全球文化前进的合力。

从世界看中国，可以更清晰地看到中国的特色和贡献。有许多方面，我们和国际接轨是必需的。但就研究中国古代文学而言，我们生活在神州大地，长期受传统文化的熏沐，也更能窥察中国古代文学的玄奥，在这方面的研究领域中，理应让国际向我们接轨，为此，中国古代文学的研究工作者，还要更自信，更自觉，作出更多更好的成绩。

近年来，有些单位根据学科分类，把全国刊物分为"一类""二类"。一些外行的人事部门，竟误认为这是区分刊物的"优"或"良"，一等或次等的标准，并以此作为教师评定职称的依据。其实，无论《文学遗产》被分到哪一类，学术界都公认在《文学遗产》上面所发表的论文，多数能体现当前我国学者对中国古代文学研究的最高水平，《文学遗产》一直是这个领域最权威的刊物。

近年来，不良之风开始在学界和一些刊物中弥漫。而《文学遗产》一直秉承 60 年来的优良传统，严谨办刊，廉正办刊，它像在溷藩中的一缕清流，受到了广大读者和研究者的爱戴。谨祝《文学遗产》愈办愈好，为弘扬中华文化作出更大的贡献。

[作者单位：中山大学中文系]

副刊·季刊·双月刊

吕薇芬

　　我在《文学遗产》编辑部整整工作了 11 年，再加上 2 年返聘，总共 13 年的时间。如果是一块石头，在怀里捂了 13 年，肯定捂得很热，而且舍不得丢弃了。何况这 13 年是与编辑部的同仁们一起工作，一起经历了风风雨雨的日子，自然很是怀念那段日子。1984 年，我还在古典文学研究室，参加了《文学遗产》创刊 30 年的纪念活动，没想到 1985 年自己会到《文学遗产》编辑部工作。1995 年又与编辑部的同仁们一起举办了创刊 40 年暨复刊 15 周年的活动。一晃又是 19 年，《文学遗产》又迎来了创刊 60 年的日子，感慨很深。不过，我在回忆 13 年经历的时候，还是要先回顾《文学遗产》的历史，历史总是与我们有千丝万缕的联系与纠葛。

　　《文学遗产》原本是《光明日报》的副刊，1954 年创刊。它最初是由作家协会古典文学部主办。1954 年 3 月 1 日刊出第 1 期。1956 年作家协会古典文学部撤销，由当时的中国科学院哲学社会科学部文学研究所（即今中国社会科学院文学研究所）主办。1963 年《文学遗产》曾暂时休刊。1964 年《光明日报》接手《文学遗产》的主管权，重新出刊。1966 年，《光明日报》的《文学遗产》副刊停刊。自创刊至"文化大革命"时停刊，

《文学遗产》副刊共计出刊 463 期，发表了不少好文章，同时还举办了多次学术讨论会，如关于《红楼梦》、李煜词、《胡笳十八拍》、"中间作品"等问题的讨论。因为副刊每期只有一万多字的篇幅，所以又另结集出版《文学遗产增刊》，刊登篇幅较长的学术论文。总之，《文学遗产》当时已经是全国古典文学教师和研究者的一块重要阵地，并在广大读者中享有盛誉。

"文革"后，随着古典文学的教学、研究工作正常展开，迫切需要一块发表成果、进行学术交流的阵地。据中华书局编辑冀勤回忆，他们到上海、杭州、福建等地高校调查古典文学教学、研究工作，各地都强烈要求《文学遗产》复刊。他们回来后向出版总局作了汇报。1978 年，中国社会科学院成立，文学研究所也成立了领导班子。当然，文学所的领导也了解到学术领域内众多学者关于《文学遗产》复刊的强烈呼声。1979 年，经中国社会科学院批准，《文学遗产》筹备复刊。1980 年 6 月，《文学遗产》以十六开本学术季刊的形式复刊，出版了第 1 期。这一期共发表论文 16 篇，其中有闻一多的 1 篇未完成稿《东皇太一考》，是首次发表。还有林庚《〈天问〉中所见上古各民族争霸中原的面影》、王季思《从〈凤求凰〉到〈西厢记〉》、聂绀弩《〈聊斋志异〉的反封建反科学精神》等有学术质量的文章，受到学术界的重视。自此，《文学遗产》以季刊的形式运行 5 年，而这 5 年中，古典文学的研究，也得到长足的发展。

1985 年，徐公持任《文学遗产》主编，我也从古代文学研究室调任《文学遗产》编辑部主任。当时，文学研究领域正掀起探索新的研究方法的潮流，古典文学研究同样也面临着探索新方法、拓展新思路的问题。这是与整个国家的改革开放大形势密切相连的大趋势。因此，《文学遗产》编辑部在 1985 年的第 3 期上，组织了国内部分专家学者就当前古代文学研究和方法问题的笔谈。同时，《文学遗产》编委会也就此问题展开了热烈的讨论。

虽然《文学遗产》季刊所发表的论文，学术质量得到同行们的承认，但是 3 月一期，篇幅有限，确实不能适应新形势的需要。另外，《文学遗产》副刊自创刊后，一直关心学术动态，曾经开展多次学术讨论。《文学遗产》不仅应该是发表学术成果的平台，而且还是学术交流的阵地，这可以说是理所当然。期刊不能像报纸副刊那样灵活，那样反应迅速，但是也不能太迟钝了。因此，在征得文学所领导同意后，编辑部决定自 1986 年第 1 期起，将《文学遗产》改为双月刊。

这应该是好事，问题出在经费上。季刊一直是由中华书局出版发行，大部分经费也由他们承担，文学所拨给的经费很少。改为双月刊意味着增加经费，而周期缩短，又牵涉到人力的增加。中华书局表示不能承担。幸好上海古籍出版社愿意接下《文学遗产》的出版工作，因此1986年改为双月刊后，就由他们负责出版，经费也大部分由他们承担。发行工作由上海邮局报刊发行处总发行。记得为此事，我与李伊白一起去上海，与出版社商讨此事，当时就意识到异地出版发行的种种不方便之处。不过，危难之处见真情，上海古籍出版社真的为此付出很多，使得双月刊如期顺利出版。

在上海古籍出版社出版的两年时间里，古典文学研究领域内渐渐地有了可喜的变化。在我的印象中，季刊时期在《文学遗产》上发表文章的，以老专家和20世纪五六十年代毕业的中年学者为多。经过"文化大革命"，老专家多年积累的学术研究成果得到刊发，中年学者的能量也大大地释放。而在这2年内，一大批古代文学专业的研究生相继毕业，也就是说古典文学研究领域，增加了一批新的思想活跃的生力军，他们与一些同样想探索新思路、新方法的中老年学者一起，掀起了关于研究观念和方法的探讨的思潮。

顺应形势，《文学遗产》1985年第3期上发表了"当前古典文学研究与方法论问题"的笔谈，之后，刊物陆续发表了有关这方面的文章。这引起了大家的注意。同时，编辑部也注意发表年轻学者的文章。在1986年第2期的《编后记》中明确地写道："从作者方面说，读者可能注意到，本期我们发表了几位老专家不可多得的研究和评论，但中青年的研究成果仍占多数，这是我们队伍兴旺发展的标志！我们欢迎古代文学研究队伍中有更多的青年作者的成长和成熟。"实际上，重视和培植青年作者的做法，符合当时青年作者大批涌现的情况。而这些青年学者，正是思想最活跃的群体。

就在1986年第2期上，编辑部发出了《古典文学宏观研究征文启事》，将古典文学研究的方法论问题，引导到一个特定的方面。"启事"划出10个选题参考范围，大致包括古典文学的总体特质、总的发展规律、文学史的分期、文体发展的过程及其规律、流派风格的基本特点、某一时期的文学特性、古典文学与其他学科的相互影响等。这些题目确实很大，做起来不容易。这次征文持续到 1987 年底，才告一段落，共收到稿件一百三十多篇。此前，在 3 月份，《文学遗产》编辑部与《文学评论》、《语文导报》、《天府新论》4 家，在杭州大学举行了"中国古典文学宏观研究讨论会"，到会者有一百多人。大家就"宏观研究"问题展开了热烈讨论，也提出了不同看法。

其实在《文学遗产》上所发表的关于"宏观研究"的文章，有不少精彩的有见地的论文，但也有一些内容空疏之作。有人担心学风问题不是没有道理。但总的来说，这次征文对于古典文学研究视角与研究思维的拓展、研究领域的扩大、研究方法的变革，都起到一定作用。

1986 年到 1987 年，这 2 年是《文学遗产》在经济上最有保障的时期，也是刊物发展欣欣向荣的时期。虽然编辑与出版分处两地，工作起来有些不方便，不过大家干得都很起劲。于是，双方都同意，从 1987 年第 1 期开始，增加一个印张，即由 128 页增加到 144 页。

1988 年，因为种种原因，刊物又转回北京，由社会科学院所属的中国社会科学出版社出版，北京邮局发行。《文学遗产》是社会科学院文学所主办，但是文学所却因为经费紧张，自来就只支付一些"刊物补贴"，并不负担出版、印刷、发行的全部经费，亏空的经费由出版社填补。如中华书局、上海古籍出版社，为出版《文学遗产》每年要填补不少经费，因为《文学遗产》是一个专业刊物，读者面窄，不可能有很大的发行量，赚钱是不可能的，赔钱是必然的。

没有想到，由于经费问题，1988 年底，中国社会科学出版社决定，《文学遗产》自 1990 年起由邮局发行改为自办发行；并且，《文学遗产》还重新由双月刊改为季刊，似乎又回到原地。对此，编辑部每个人都大感无奈，还真有些伤感。1988 年第 6 期的"编后记"中写道：

> 尽管古典文学研究"周期长，见效慢"，微薄的稿费与艰辛的劳动不成比例，却仍有众多的老、中、青学者，在困难的条件下，孜孜不倦地耕耘着这块园地。看着每天不断寄来的大量稿件，我们总是觉得，我们的惨淡经营得到了报偿。……
>
> 在编完 1988 年最后一期稿子的时候，我们不禁要向长期以来一直

关心、帮助《文学遗产》这个刊物的广大作者和读者致以深深的谢意。正是在大家的共同努力下，这个仅存的"老字号"才得以继续存在。

今天重读这篇"编后记"，不禁莞尔。但这正是当年的真实感受。最后一期还登载了《〈文学遗产〉杂志征订启事》，说："由于经济方面的原因，1990 年的杂志期数和发行办法都有所改变，希望读者注意：（1）《文学遗产》杂志 1990 年改为季刊，季中（2、5、8、11 月中旬）出版。九印张，16 开。（2）《文学遗产》杂志 1990 年改为由中国社会科学出版社读者服务部发行……（3）《文学遗产》杂志每期定价为 3.00 元，全年定价共 12.00元，全年一次收订，并另加 10% 邮费。请照此准确计算后汇款。……（7）零售各期，请与编辑部具体商洽。"因此，编辑部又多了一项出售杂志的工作。"

原本，我们还想，既然已经"季刊"了，是否能争取增加两个印张，结果也没能成功。1990 年第 1 期"编后记"中说：

> 今年我刊因经济拮据而改为季刊，又因为同样原因，从邮局发行改为由社科出版社发行，并提高了定价。事出无奈，不得不如此。去年第 5 期编后记中曾提到我刊改为季刊后将增加二印张，但也由于种种条件限制而未能办成，在此特向订户致歉。一年来我刊收到很多读者来信，为我们出了不少好主意，在此一并致谢。……很多作者来信表示捐赠应得之稿酬，但我们不能这样做。作者辛勤劳动，我刊报之甚少，已有歉意，不能再接受这番美意了。

当时，编辑部同仁们真的为那些作者和读者们的真情所感动，因此又表示："我们一定努力办好刊物，并尽力创造条件，再图发展。"然而，又由于"经费"原因，《文学遗产》只能到一个郊区的小工厂印刷，每期的印刷错误成堆，在以后几期的"编后记"中连连检讨道歉。真令人哭笑不得。

为什么不在邮局发行，而改为社办发行？原因仍然是经费不足。我也曾向邮局了解，邮局的解释是成本高。因为在全国发行，覆盖面广，无论哪个穷乡僻壤，只要有订户，就要送达。这个解释好像也合理。听了这样的解释，我转而十分感谢上海古籍出版社，自 1986 年到 1988 年，3 年来，他们确实付出很多。20世纪八九十年代，中国社会科学院发展很快，新的研究所纷纷成立，每个所都会办一两个、甚至更多的刊物，而社科院的经费有限，刊物经费不足是普遍现象，只好各显神通了。无奈《文学遗产》的作者或读者，多半是穷书生，除了可以贡献所得稿费外，别无他法。听说有人建议整顿刊物，每个研究所只出一种，最多两种刊物。又听说有人建议将《文学遗产》合并到我所另一刊物《文学评论》中去。还听说当时的副院长汝信反对，说《文学遗产》是老刊物了，不能合并。但这一切只是听说而已！不过，这些"听说"自然会影响我们编辑部同仁的情绪。倒不是为"饭碗"，因为我们的编制在文学所，最多换一个岗位而已。可惜的是《文学遗产》这个老刊物。

不过，最关键的仍然是经费。由于自办发行，订户减少，我们欠出版社钱，成了杨白劳。欠着就欠着吧！同是社科院的属下，还能怎样？但是，从双月刊退到季刊，发行量上不去，印刷质量下降等问题，如果得不到解决，这个"老字号"刊物终将会萎缩。我当时是副主编兼编辑部主任，对这些实际困难的细节了解较深，对将来的前景堪忧，也是深有感受的。我不是个勇敢坚毅的人，也没有遇事能"闲庭信步"。所以有时会想，如果当年留在研究室，静静看自己爱看的书，做自己喜欢的科研课题，真的是，多好啊！不过，在《文学遗产》工作了这么些年，经历了那么些事，真的割舍不下。

尽管有这么多问题，编辑部的业务工作却仍然热火朝天，学者们对我们的期望仍然很高。"宏观研究"问题的讨论牵动了大家的心，"宏观"与"微观"研究的关系成了大家思考的课题。其后，正逢1989年新中国成立40年大庆，如何反思这40年的古典文学研究，也已经成为学界关心的课题。1989年1月，在《文学遗产》编委会上正式将此课题列为当年的工作计划。主编徐公持提出"把反思的重点放在科学意义上的批判上。这种反思应该是全面的，深刻的，是对过去40年的具有历史感和理论深度的反省"。当年3月，编辑部召开了"古典小说研究四十年反思"座谈会；4月，召开"四十年古代文论研究反思座谈会"；5月，又在信阳召开了全国性的学术讨论会。同时在刊物上发表了有关此题目的学术论文。1990年，又提出了关于"文学史观"的讨论。在第1期上，开辟了"文学史观与文学史"

专栏，这个专栏一直延续到 1994 年。就此问题，编辑部与别的单位联合开了 3 次学术讨论会：1990 年在桂林召开"文学史观与文学史"讨论会；1991 年在大连召开"全国文学史理论问题研讨会"；1994 年在漳州召开"94 年文学史观与文学史学研讨会"。此外，刊物还开辟"学者研究""书评""学术动态"等新栏目。编辑部的这些工作，全靠全国学术界的帮助和信任，编辑部怎能辜负大家呢！

这种关心不仅表现在学术上的信任与支持，还体现在经费上给予的具体支持，编辑部与别的单位联合开学术会议，总是别的单位经费出的多。这且不提。还有在经济上直接提供帮助的。黑龙江大学、北京大学教务处，都曾直接拨款给文学所，支持《文学遗产》办刊物。中山大学中文系"王季思基金会"提供资金，让《文学遗产》评"优秀论文奖"，这个奖延续了好几年。这自然说明他们对《文学遗产》的信任和支持，同时还反映了学界对古典文学研究工作的一片热忱。

要突破困局，再图发展，是我们的愿望。但是现实条件并不存在，只能另辟蹊径。于是，由陶文鹏负责，向新华社"内参"写了一篇反映《文学遗产》因经费困难而面临困境的报道。没有想到这一篇小报道，居然引起当时的财政部长王丙乾的注意，他发了批示，并立刻拨专款支持《文学遗产》办刊。批示的内容我们虽有耳闻，却不知道具体、准确的内容。但是他的支持，极大地鼓舞了士气。一个要管理繁复的全国财政的部长，居然能注意到一个小小的、专业性很强的、发行量很少的刊物，他必定是很热爱、很尊重传统文化的人，一定很关心文化事业的发展，也必定是古代文学的爱好者。正是他的支持，给《文学遗产》解了套，真的很感谢王部长。

拨款很快到位，一半被院部留下，一半交给文学所。我被告知："这个事你们别管了。"其实"别管了"是个大好的结果，意味着可以专心办刊，再不被经费问题打扰。当然，闲话是有的，好像还有人埋怨这篇"内参"有损与财政部的关系。不过这些对我们来说，已不再重要。

季刊办了 2 年（1990 年、1991 年），1991 年下半年，江苏古籍出版社愿意接手《文学遗产》的出版工作，而且条件优渥，不但恢复双月刊，邮局发行，还要在印刷、纸张、封面设计上大大改进。1991 年 8 月，编委会扩大会在京举行，会上通报了与江苏古籍出版社的合办事宜，与会者大力支持，一致赞赏江苏古籍出版社对学术事业的贡献。

1992 年 2 月，重新改为双月刊的《文学遗产》第 1 期出版发行，刊物面貌大大改观。在第 1 期上，编辑部发表了一篇"致读者"，写道：

> 本刊从这一期起，以新的面貌同读者相见了。新面貌首先表现在刊物外观上。纸张、印刷、装帧、版面（包括封面）设计等等，都比过去有所改进，一目了然。另外，刊期恢复为双月，发行办法恢复邮发，也满足了许多读者的要求。……而这些事务的圆满办成，全仗江苏古籍出版社几位主事者的不懈努力，想读者诸君会和我们一样，对他们对于学术事业的奉献精神深表感激。

此后，刊物的编辑出版工作进展顺利。《文学遗产》还与江苏古籍出版社联合出版了一套《文学遗产丛书》。

1995 年，《文学遗产》高高兴兴地庆祝创刊 40 周年暨复刊 15 周年，汝信副院长的致辞代表了大家的心意。他说：

> 《文学遗产》这个杂志长期以来已经在我们古典文学研究界建立了良好的学术声誉，取得了普遍的好评。《文学遗产》所以能够取得这样的成就，当然是和编辑部的同志的辛勤劳动分不开的，但是也有赖于广大学者、古典文学研究者的大力支持。在它创刊四十周年的时候，我们要特别把这个刊物的成就归功于创办这个刊物、并且曾经为这个刊物花费许多心血的老一辈学者，如翔老（陈翔鹤）、余老（余冠英）……江苏古籍出版社给予我们大力的支持，使这个刊物能够继续办下去，能够在我国保持一个专门为古典文学研究服务的发表园地。对此，我们要向江苏古籍出版社表示感谢。

他说得很全面。

回忆这 11 年在《文学遗产》的工作，我感慨万千。而特别感到荣幸，也十分令我留恋的，是能与我的同事们一起相处、一起工作的时光。徐公持具有敏锐的学术眼光，能宏观地把握学术发展大局，为《文学遗产》掌舵。陶文鹏是个学术思想十分活跃的人，尤其善于联系作者。王毅审稿认真公正；李伊白全心全意为这个杂志工作；张展是个认真、善良却少言的老编辑，我打心眼里尊敬他。后来又来了朝气蓬勃的竺青。我们两个编务王芳和马丽，也很认真负责。还有短期在编辑部工作过的王炜、戴燕、吕微、张奇慧，都令我怀念。虽然我们这个集体，每个人都有个性，会有些小脾气，闹点小矛盾，但是对待这个刊物，大家都是一心一意的维护，为之努力工作。能在一起工作是缘分，应该珍惜。

［作者单位：中国社会科学院文学研究所］

《文学遗产》也是一份文学遗产

曾枣庄

我同《文学遗产》的关系是通过《文学评论》开始的。著名雕塑家、美学家、文学评论家王朝闻先生是我老伴的舅舅，而王老的妻子解玉珍女士是《文学评论》的编辑室主任。1983年他们二老在我家做客，解女士问我："曾枣庄，是不是在《文学评论》上发表文章的曾枣庄？"可见此前她并不知道我。20世纪80年代初，我在《文学评论》上发表的多篇文章不是因她的关系，而是当时《文学评论》的主编侯敏泽先生觉得我的文章有一些自己的看法，就接连发了我很多篇文章。当时的学风跟现在大不一样，那时我虽只是一名普通的中学语文教师，《文学评论》也照发不误，如同很多人都以为我当然是"博导"一样，其实我从来没带过国内的博士生。我调回四川大学，侯先生也起了关键作用。当时川大中文系正在招兵买马，要校注《苏轼全集》。侯先生曾向系主任杨明照先生推荐我说，你们成都有位中学老师曾枣庄，对苏轼颇有研究。这样我就被调回了川大。但《文学评论》研讨的是古今中外的文学，而我主要是研究中国古典文学的，因此，凡我认为有一定学术见解的文章我都寄给了《文学遗产》，《文学遗产》对我的研究工作起了重要作用。

　　我一生的研究工作主要集中在宋代文学、文献的研究整理和古代文体学研究两个领域，我大约在《文学遗产》上发表过近十篇文章，我的两个主要研究领域的成果和心得都借助《文学遗产》这个平台得到了很好的展现。《文学遗产》对我个人研究工作的推动和鼓励作用是不言自明的。

　　主持编纂《全宋文》耗费了我近三十年的时间。2006年《全宋文》一次性推出后不久，2007年第2期的《文学遗产》就发表了我的《编纂出版〈全宋文〉感言》。我一向认为科研是天生的个体劳动，主持编纂《全宋文》在一定意义上说，我都是被迫的。1984年我被调到四川大学古籍研究所，古籍所的经费主要由高校古籍整理工作委员会提供，除每年少量的日常经费外，主要是根据科研项目提供，因此，我们不得不上一个大型项目。1985年秋我们申报了《全宋文》的课题，第一次就拨了50万元，后来又追加了35万元。川大古籍所的基本建设、图书资料、微机设备都是靠这笔钱购置的。为此，我只好暂时放弃了原有的研究计划，把全部精力用于编纂《全宋文》。经过全所的努力，1993年基本完成了《全宋文》的校点任务，1995年基本完成了审稿工作。我在这篇文章中说："全国高校古籍整理研究工作委员会和四川大学古籍整理研究所花了二十年时间编纂的《全宋文》终于全书面世了。我作为《全宋文》主编之一，高兴之余，也感慨万千。我的发言本未定题目，《主编感言》是会务组定的，那我就谈'三感'吧！"一是感谢，感谢各级领导、各图书馆和各出版社对《全宋文》的支持。二是感慨，编书难，出书更难。《全宋文》项目于1985年上马，1993年完成校点编纂，1995年完成审稿，其间历尽艰辛，特别是在收集资料阶段，我们跑遍全国各大图书馆，住地下室，啃冷馒头，挤公交车，白天泡图书馆，晚上在招待所地下室昏暗的灯光下整理资料。编书再苦，自己还能控制，出书就不是我们能控制的了。《全宋文》于1988年就开始出书，轰动国内外学术界和出版界，以后每年出三五册，1994年出至第50册就停止出版了，这一拖就是十多年。一想到《全宋文》迟迟不能全书出版，我就对为它付出了艰辛劳动的全体同仁们有一种负罪感。三是感想。主编《全宋文》，耗费了我近三十年的时间，是人生最关键的一段岁月。理科二三十岁出成果，文科要五六十岁、六七十岁才是出成果的最佳年龄段。我病后十多年的个人研究成果，超过此前成果的总和，就是明证。我对主编《全宋文》毫不后悔，因为它确实是一件有意义、有价值的工作。但如果有来生，问我还会不会再从事这样的工作，我会毫不犹豫地回答："不会了。"

说到这里，就要特别感谢《文学遗产》了，它不仅为我个人提供了一次全面总结《全宋文》编纂过程的机会，同时还为我们约请了邓绍基、王水照、陈尚君等多位知名学者，他们分别在《文学遗产》上撰文，不仅对《全宋文》的价值作了充分肯定，而且还十分中肯地指出了不少存在的问题，让我们受益匪浅。此外，我还陆续在《文学遗产》上发表《苏洵佚诗系年商榷》（1983年第3期）、《姑溪居士的词论与词作》（1991年第2期）、《陈师道师承关系辨》（1993年第2期）、《论〈西昆酬唱集〉的作家群》（1993年第6期）、《"强附贤达"的伪托之作——苏轼〈叶氏宗谱序〉真伪辨》（1997年第6期），不难看出，《文学遗产》对我拓宽宋代文学文献的研究领域是很有促进作用的。

我的另一个主要研究领域是中国古代文体学。我的第一篇研究文体学的专论《从〈文章辨体〉看古典散文的研究范围》也是在《文学遗产》上发表的（1988年第4期），后来我又分别发表了《论宋启》（2007年第1期）、《"散文至宋人才是真文字"》（2009年第3期）、《论〈西昆酬唱集〉的作家群》等与文体学有关的文章。

我研究中国古代文体分类是从1985年编《全宋文》时开始的，当时为了解决《全宋文》的编纂体例问题，我请本所王智勇先生选了20种总集和别集，把这些书所收的文体及其排序制成一张大表，并撰成了《〈全宋文〉的文体分类及编序》，作为参加编纂《全宋文》者的共同依据。我的《从〈文章辨体〉看古典散文的研究范围》就是据此改写的。以后因忙于编《全宋文》《中华大典·宋辽金元文学分典》，我未再继续进行文体研究。后来之所以又下决心对中国古代文体学进行系统研究，一是因为不仅普通读者，甚至连一些古典文学研究者也缺乏起码的中国古代文体常识；二是虽然最近30年，特别是最近10多年对文体学的研究逐渐重视起来，发表出版了一些专论和专著，但存在资料视野较窄，研究视野较窄，务虚不务实，很多具体问题都没有弄清楚，很多基本资料都没整理好就大谈"体系""学科"等不良倾向。正是有鉴于此，我才下决心编著了三部文体学专书（《中国古代文体资料集成》《中国古代文体学史》《中国古代文体分类学》），并于

2012 年由上海人民出版社和上海书店出版社联合出版，希望能对古代文体学研究尽微薄之力。在古代文体学的研究过程中，我也充分注意到《文学遗产》这几十年发表的上百篇中国古代文体学方面的专论，对打开文体学研究的新局面功不可没。

我作为一个普通的半路出家的古典文学研究者，都能与《文学遗产》扯上这些关系，就不难想象《文学遗产》在当代古典文学研究领域中举足轻重的位置。因此，可以毫不夸张地说，再过若干年，《文学遗产》本身也将成为一份特殊的文学遗产，古典文学研究的遗产。

[作者单位：四川大学古籍整理研究所]

《文学遗产》

——我的课外教材

孙昌武

常年执教，向学生传授治学经验，经常讲到的一点就是要养成翻阅学术刊物的习惯。学古典文学，一定要经常读《文学遗产》，还有《历史研究》《考古》《文物》等重要学术期刊。首要的提出《文学遗产》，理由很简单，因为它是古典文学专业水准最高的杂志；提出后几种，和我对"古典文学"的认识有关。按我的看法，古典文学是古代历史的一部分，因而尽可能全面地认识历史是从事古典文学研究的基础，我们有必要了解历史研究的新发现、新动态、新成就。

根据自己多年读书、教书的体会，我还经常告诉学生：课堂上用的、教材上写的，大体是自古及今历代学者研究得出的结论，教材要求科学性、系统性，但篇幅有限，只能提供有关学问的基础知识；一般学术著作上写的，是专家的研究心得，内容当然宝贵，但大体已是几年前的研究成果，特别是考虑到目前学术著作出版周期之长，多数应当是四五年甚至更长时期之前写成的；而学术刊物提供的则是最新的发现、最近的成果。追踪学术研究的最新动态，汲取最新的学术知识，应当注意学术刊物，特别是高水准的学术刊物。学古典文学，当然要读《文学遗产》。这些刊物的文章不会篇篇都是学术定论，会有许多作者个人的不成熟的意见，但它们提供的新发现、新知识、新见解则是教科书和一般专著不能见到的，这类刊物对于学习、研究的作用是不可替代的。

我可说是《文学遗产》货真价实的忠实读者。从 20 世纪 50 年代《光明日报》的副刊，到后来的期刊，"文革"停刊之后复刊，这个刊物我一直订阅不辍。而且当年每一期大都是一篇不落地从头读到尾。如今我年已衰迈，精力不济了，不是每一期都仔细看了，但仍然是少数经常翻阅的刊物之一。可以实事求是地说，我的学识，我在古典文学知识上的些许长进，特别是对于古典文学研究新的动态与成就的了解，在相当程度上是靠了《文学遗产》。

这种状况，和我个人特殊的经历有关。

我 1956 年上大学，第 2 年就赶上"反右"，不经意间就成了批斗、改造的对象。我所在学校是五年制，剩下的 4 年，很多时间是在校内接受改造。记得 1958 年搞"科研大跃进"，北大学生编出观点全新的《文学史》，树为典型，敝校也大搞"科研"。革命师生们热火朝天地翻资料、写文章、编书，但我们这些"牛鬼蛇神"则接受劳动改造（有个有意思的细节值得"回忆"：为了保证"科研"顺利进行，上午课间操加餐，搞"科研"的师生发两个馒头，但劳动改造的人不给，大概是遵循孟夫子锻炼人要"饿其体肤"的古训。后来我们这些人拿"政策"力争，终于得到两个馒头）。因此这后来的几年没能读多少书。毕业后蒙宽大处理，我被分配到东北一个小城师范学校工作。政治环境宽松些就受命教书，绝大部分时间是在劳动、运动、批斗中度过的。我所在学校是大跃进产物，没有什么藏书。所以从"反右"到平反这二十多年间，我没有多少时间读书，也没有多少书可读。然而不管环境和境遇如何变化，"文革"停刊时除外，一直订阅的《文学遗产》成为我学术读物的重要部分。有些文章还反反复复地读过。回想被分配去东北的时候，简单的铺盖卷、几件洗换衣服之外，带的主要是装了几纸箱的书，包括从杂志创刊号起的一套《文学遗产》。后来平反了，我回高校教书，又把这些书刊装箱带回来。所以到如今，我保存了全套《文学遗产》（近几年的除外。又有事情值得"回忆"："文革"初期，一天夜里，红卫兵抄家，可怜见把我的"藏书"悉数装上箩筐抬走了。还真是侥幸小城孩子们胆量小，没有像大城市红卫兵小将那样把抄来的书烧掉。后来归还抄去的书，《红楼梦》之类的小说，唐、宋诗词选本等多数黄鹤杳然，但包括《文学遗产》在内的几种期刊，还有大多数线装书，出乎预料竟"完璧归赵"了。这才有本篇回忆的上述情节）。当年它们曾是我补课、进修的教材，后来是我教书和研究的参考书。对于我，它们不仅是宝贵的学术文献，更让我在满是波折的大半生中得到精神上的安慰与支持。

我珍惜这个刊物，还和另一方面情况有关，就是当年得到它们，读到它们，真是不易。我念高中是在安定门内的北京一中，当时家境艰窘，早晨吃早点，家母紧缩家用，给我的"预算"是每天一毛五分钱，可以在鼓楼前的早点铺吃一个火烧、一根果子，喝一碗豆浆，剩下两三分钱凑两天够买个鸡蛋。我很少奢侈地吃鸡蛋。一般也不吃果子，省五分；喝白浆，不喝糖浆或咸浆，省两分或一分。《文学遗产》和其他喜爱的书刊就是这样用攒下来的钱买的。后来上大学、到东北工作，一直钱紧，买书、订杂志必须是字面意义地节衣缩食。加上从来没有停止过的运动，一来运动自己必然是批斗对象，也就很少有时间读书。念大学时批"白专"，"拔白旗"，读书犯大忌。我本来是"白专"典型，罪状之一就是埋头读书，读古书，曾作为反面教材在敝校图书馆里图文并茂地专门展览过。可是积习难改，批判归批判，我还是想方设法偷偷地读。宿舍晚10点按时熄灯，我，还有几个有同好的人，搬个板凳，在走廊里读。昏黑的灯光下不觉就过了半夜。读得入神的时候，真好像"不知有汉，无论魏晋"了。与古书、古人为友，暂时忘记了自己戴罪的身份。就这样买来的书，自然十分珍贵；这样读过的书，印象也就特别深刻。平反之后，我回大学教书，条件改善了，家里书刊越积越多，小小的住房装不下了，经常要清理不常用的书和过时的刊物。但是包括《文学遗产》在内那些当年买的、读的书刊，摩挲起来，却无比地珍惜、亲切，带着五味杂陈的回忆，怎么也不忍心脱手，看起来要陪伴终生了。

《文学遗产》60年，伴随着国家的发展与进步，眼看着这个刊物历经无数坎坷。不必讳言，刊物的水准也是起起伏伏。现在是庆祝华诞，过去那些不如意的事，过来人心知肚明，不必多说什么了。但经验教训还是应当总结、记取的。如今的社会环境，学术刊物不应再被当作思想教育、阶级斗争、"大批判"等的阵地了；许多人也逐渐意识到应当抵制经济大潮（这是客气的说法，直白地说，就是"钱""钞票"）对刊物的侵蚀。敝以为一个学术刊物，持守"学术"很重要：一方面要让"学术归于学术"，另一方面应当致力于不断提高刊物的学术水平。这样才能够发挥刊物对于推进学术发展和社会进步的作用。

最后，纪念文章，再写下一些题外的"回忆"："文革"结束，万象更新，《文学遗产》复刊，我是最早给刊物投稿的人之一。那时候，我是既没有什么出身背景与学术成果，又没有职称、官衔的真正的无名小辈，硬着头皮专程到北京拜访编辑部，遇见这个当时对于我还相当"神秘"的"权威"学术刊物的编辑王学泰先生。我们两个都是平反后刚刚步入学术圈。我写王维与佛教的关系，王先生对佛教也感兴趣，聊起来颇为投契。记得曾谈及 19 世纪末"唯识学""复兴"的情形，这在当时是个相当冷僻的题目。那时候关注佛教研究的人很少，和王先生交谈，简直是空谷足音，让我惊喜莫名。有一次拜访他，一个细节我还记得很清楚，当时他住在六铺炕外的一座高楼的高层，那座楼的电梯每隔两层停一次，所以下了电梯还要爬一层楼梯。这是我第一次进入改革开放后北京新建的高楼，第一次经历电梯这样的停法。从那时结交，到如今，三十多年过去了。我们都已垂垂老矣。每当追忆当年刊物编者与读者、作者那种惺惺相惜的关系，心里还是倍感温馨。这些年经的事多了，常常听人说起如今当编辑、编刊物的人应付各方关系的困难与无奈，只能徒然浩叹了。

再有，大概是 20 世纪 90 年代初，听说《文学遗产》发行有问题，要停刊。我当时正在日本，日本学者也听到这个信息，我们都表示忧虑不解。可见国外学术界对于这个刊物的重视。这些年来有机会与海外学界交流，外国学者对于中国学术状况的看法略知一二。不必否认他们中有些人对中国的学术研究持有偏见。但可以肯定地说，《文学遗产》是世界学界最为重视的中国学术刊物之一。我以为这不但给刊物的编者，也给所有关心、爱护这个刊物的读者、作者增添一份信心，当然，也增添一份责任。

拉拉杂杂写来，表白一个大半生与《文学遗产》相伴的读书人的心声，作为对它 60 华诞的纪念，也是对它未来 60 年或更长岁月的期许与祝愿。

［作者单位：南开大学文学院］

与《文学遗产》往来杂忆

陈铁民

　　《文学遗产》自创刊至今已 60 年，想起自己第一次在《文学遗产》上发表文章，距今也有 52 年了。记得 1961 年我在北大中文系当研究生时，奉调参加游国恩等主编的《中国文学史》教材的编写，被分在先秦两汉编写组（组员只有游国恩、费振刚和我三人），在撰写《楚辞》一章（游先生是《楚辞》专家，这一章本该由他来写，结果他非要我执笔，无奈只好接受下来）时，出了一篇《说〈招魂〉》的副产品，于是拿给游先生看，想先听听他的意见，再决定是否投寄有关刊物。不久，游先生托人带话给我，说此文他只改了几个字，就直接推荐给《文学遗产》了。过了近一年，终于看到这篇文章发表在《文学遗产增刊》第 10 辑（1962 年 7 月出版）上。拙文只是一个未经誊抄和反复推敲的初稿（稿子交给游先生后，手头连底稿都没有），竟能这样顺利地刊出，显然得益于游先生的推荐，这是我终生不能忘记的。

　　我第二次在《文学遗产》上发文章，也在 1962 年。这年年末，我好像是读了一篇《文学遗产》上发表的有关古代散文的研究论文，由于对文中大谈非文学著作的艺术性有看法，便约请了两个北大中文系 1955 级的同学共同讨论，然后由我执笔，写成《关于古典散文研究的二三问题》寄给《文学遗产》，不久即在《光明日报》1962 年 12 月 2 日的《文学遗产》（第442 期）上刊出。此文约六千五百字，主要以具体作品为例，论述古典散文的概念、范围以及非文学散文的文学性问题，具有争鸣的性质。此文的观点，颇受到北大中文系系主任杨晦先生的影响。1962 年 4 月，杨先生为自己的研究生作过一次关于文学与非文学、文学与文章的区别的报告，受约与我共同讨论的两个同学是张少康（当时是杨先生的助教）和向光灿（当时是杨先生的研究生），虽然我没有听过杨先生的报告，但张、向两人都听过杨先生的报告，无疑会把他的观点带到讨论会上。不过文章主要还是按照我的理解来写的，具体作品的例子和对例子的分析，皆出于我自己的考虑，文章写成后也没有拿给杨先生看过。令我不曾预料到的是，此文刊出后没几天，即招致两位《光明日报》编辑的造访。有一天早上，我到图书馆看书，随后直奔食堂吃中饭，吃完饭回到 29 斋研究生宿舍，即发现有两个素不相识的人正坐在床上等我。他们自我介绍说是《光明日报》学术版的编辑（不是《文学遗产》的编辑），并说近来报刊上的学术文章，大都题目小，较琐屑，争鸣的文章也少，颇沉闷；看了我们发表在《文学遗产》上的文章，觉得挺好，问我还有什么研究题目或课题，完成后可以把文章给他们看看，等等。我当时只是一个 24 岁的年轻研究生，竟然劳动两位编辑的大驾下访，着实过意不去，赶忙如实相告：我再过两个多月，研究生就要毕业了，现在正赶写毕业论文，没有时间考虑别的，谢谢他们的好意。

我研究生毕业后，即留北大中文系任教并立即开课，没有时间写文章，接着随学生下乡搞了两期"四清"，然后是"文化大革命"，《文学遗产》停刊，一直到《文学遗产》复刊后，才开始与《文学遗产》有了一些联系。记得好像是 1981 年，《文学遗产》编辑部来北大中文系开座谈会，听取意见，当时我在古代文学教研室，也参加了会议。来开座谈会的好像是编辑部的负责人张白山和编辑卢兴基，这是我第一次见到《文学遗产》的编辑人员。就在这一年，我曾给《文学遗产》寄去《〈三国演义〉成书年代考》一文，后来发表在《文学遗产增刊》第 15 辑上，这是《文学遗产》复刊后，我第一次给《文学遗产》寄稿子。

1983 年 10 月，我调到文学所工作，这以后数年，时常充当北大陈贻焮教授与《文学遗产》的"联络员"。贻焮先生是《文学遗产》编委，认识的人多，经常有人把稿子寄给他，托他转交《文学遗产》，那时我虽已调到文学所，人却仍住在北大蔚秀园，因此贻焮先生一收到稿子，便会骑自行车到蔚秀园把稿子交给我，我则等每周一次上班时，将稿子转给卢兴基同志（当时还不怎么认识《文学遗产》的其他编辑）；有时还有人托贻焮先生询问自己给《文学遗产》的稿件的处理情况，贻焮先生同样是找我，我则转问兴基同志，然后告诉贻焮先生。贻焮先生有一点做得很好，就是他让我转交稿子的时候，从来没让我给编辑带过任何对稿件的评价的话，更没有推荐信之类的东西，他对编辑充分尊重，不想干扰他们对来稿的审定。

我自调文学所至今，一共在《文学遗产》上发表过9篇文章。这些文章大致可分为两类：一类是针对《文学遗产》上已发文章的问题而作的，也可以说是挑错的文章，都比较短，如《也谈储光羲的卒年》《〈敦煌写本《历代法宝记》所见岑参事迹考〉求疵》等；另一类是个人的新研究成果，一般说来，我都把自己认为最好的文章，交给《文学遗产》，例如《论律诗定型于初唐诸学士》《制举——唐代文官摆脱守选的一条重要途径》等。我调文学所后，写过多篇唐代文学家生平事迹的考证文章，大抵是作《王维集校注》和参与编写《唐代文学史》上卷的副产品，这些文章多数给中华书局编辑出版的《文史》，也有的给《文献》和全国高等院校古籍整理研究工作委员会主办的《古籍整理与研究》，一般不给《文学遗产》。

我还曾为《文学遗产》审阅过一些稿件。20世纪八九十年代，《文学遗产》编辑部就在古代文学研究室的对面，偶尔有《文学遗产》的编辑拿稿子过来，要我帮助审阅，那时帮助审阅稿件都是义务劳动，没有什么审稿费。2001年以后，《文学遗产》实行双向匿名专家审稿制，请人审一篇稿子，才开始给100元的审稿费。我2002年4月退休，接着返聘1年，到2003年4月以后，已用不着再到文学所上班，加上那时我家已搬到海淀区西三旗，离文学所很远，没事一般都不再到所里去，这样，编辑也就不大找我为《文学遗产》审稿了。但是近2年，《文学遗产》找我协助审稿的事又多了起来，如去年1年，我就为《文学遗产》审过4篇稿子。这可能与过去《文学遗产》送给专家审的稿件，都是纸本，如今则改成电子本有关。因为审稿提供纸本，来回邮寄，既不方便，又易丢失；而用电子本，直接发到我的电子邮箱里就可以了，很方便。一般《文学遗产》要我协助审稿，大致都是来者不拒，虽忙也不推辞的。我为《文学遗产》审稿，可以说是很慎重和认真的，我认为审稿既要对编辑部负责，也要对作者负责。我审稿和写审稿意见，往往要查找有关的书，每提出一条意见，一般都要说明材料依据；我比较注重论证的科学性，注重论证是否有过硬的材料根据，注意辨析稿中所用材料的可靠程度，关注作者对所引用资料的理解是否正确。

我与《文学遗产》往来的回忆，大抵就是以上这些。写来杂乱无章，让读者见笑了！

[作者单位：中国社会科学院文学研究所]

忆陈翔鹤先生

徐公持

初识"翔老"

在文学研究所建所 50 周年之际，我曾写了一篇《古代组"老先生"印象记》，将我关于老一辈专家的记忆点滴，记述成文①。在那篇文章里，并未言及陈翔鹤先生。当时的想法，主要是陈先生起初并不算古代组的人，还有就是我早就打算专门写一篇文章，来记述他的相关事迹。

陈翔鹤先生从 1954 年 3 月《文学遗产》创刊之初，即担任主编职务，所以他的编制是跟着刊物走的：先是在中国作家协会古典文学部，然后于 1956 年 9 月随刊物调入中国科学院文学研究所。编辑部虽然人数不多，常设编制也就是三四名人员，但它直属研究所，与研究组平行设置，所以它与古代组是两个单位，平时的业务和学习活动分别进行。当然由于专业完全一致，加上古代组在 7 号楼，《文学遗产》编辑部在 6 号楼，中间有楼道

---

① 此文发表后，人民文学出版社《新文学史料》曾予转载，见该刊 2003 年第 2 期。

贯通，来往本很方便，所以平日里人员的交往很频繁，像曹道衡先生就曾以古代组成员身份，去兼任《文学遗产》编委会的"秘书"，参与稿件处理工作。至于我本人，1964年春夏之交才进入中科院文学所，到所时间晚，加上当时形势急剧变化，"大批判"此起彼伏，作为《光明日报》副刊的《文学遗产》，也开始登载一些批判文章。而我对于"大批判"既无才能，亦乏兴趣，因此也没有向《文学遗产》投过稿件。无事不登三宝殿，我当时没有去叩过编辑部的门，也没找过陈翔鹤先生，他当然也不认识我。

记得我偶然邂逅陈先生，时间在1965年夏天。那时我刚从安徽参加"四清"工作结束，回到研究所里不久。有一天下午，我小憩过后，进入6号楼一层的文学所图书室阅览室，到那里去翻看日本汉学杂志。不一会儿，进来一位老者，也来翻看各种报纸。我们两人隔着一张长桌子面对面坐着，安静地各看各的。他浏览得很快，不一会儿，便看过了七八种，站起身来要走。此时，他忽然看看我，开口问："小伙子，你是哪个组的？叫什么名字？"我简要回答了他，他点点头，"啊"了两声，走出去了。阅览室外间连着图书室借书处，我接着就听见图书室工作人员朱××女士在与老者打招呼，说："翔老，您走啦？"老者也回答"啊，啊，再见"。过一会儿我看完杂志，也通过借书处出去了，我与朱女士较熟，便顺便问她："刚才出去的那位是谁？"朱女士一听，不禁哈哈笑起来，说："他是陈翔鹤老先生呀！你怎么他也不认识？"就这样，我算是认识了陈翔鹤先生，也知道了所里年轻人称呼他为"翔老"。不过此后我与翔老交往仍少。走廊里偶然相见，我就招呼他一下"翔老你好！"而他也只是回一句"小伙子你好！"就又匆匆走过去了。

那是"文革"前夜，黑云压城，风雨欲来，《文学遗产》不久发生了变故：原来在全国"大批判"形势甚嚣尘上的形势下，"上面"（事后得知那是主管宣传文教的中央书记处书记康生及中宣部若干领导）对于《文学遗产》在批判"封、资、修"方面的表现不满意，甚至认为这样一个以正面研究古典文学的专门刊物有无必要存在也颇存疑义，所以对它作了"调整"：一是将它的内容扩展到包括外国文学在内，由中国的"文学遗产"变成中西混合的"文学遗产"；二是刊物与文学研究所脱钩，由光明日报社自己抽调人员承担编辑工作。

如此一来，文学所的《文学遗产》编辑部只得解散，人员则合并入古代组。于是在每周三下午的古代组例行"学习会"上，开始出现陈翔鹤先生的身影。陈先生风貌独特。他童颜鹤发，胖胖的身材，衣着整洁，脸上始终挂着笑容，看上去和蔼可亲。他待人诚恳，与人为善，性格直率，实话实说，无论何时，都给人一种朴实无华、真率可亲的感觉，甚至可以用"童真"两个字来形容他的性格作风。他与一般人印象中表情严肃、不苟言笑的大专家完全不同。另外，他喜欢交际，爱开玩笑，不拘小节，说话四川韵味十足，爱摆"龙门阵"，无论什么场合，遇见什么人，他都没有冷场的时候。他很讲究茶饮，每次开会，必定端一白瓷茶杯，说话时，那茶杯就跟着他来回晃动，又不时地要品一口茶。他虽然只能算是古代组的"新人"，但由于他与古代组的人本来就很熟悉，所以他在组会上无拘无束，他的来到，使得古代组内增添了随意、闲适、自然、活泼的气氛。特别是年轻人，很喜欢与他谈话聊天，有时聊天非常随便，随便到了简直"没大没小"的地步。我还记得有一次一个年轻人问他："翔老，听说你讲过：你从四川调到北京工作，你说是'房子愈住愈小，汽车愈坐愈大'？"翔老听了，赶紧否认："我哪里说过这种话？我没有说过！"还有一次学习会结束后，他与组内的几个年轻人留下来大谈关于如何养花的事情，他在主讲，我们则旁听。他讲了足足半个小时，以至清洁工来打扫房间了，还不肯作罢，只是从这一头移到那一头；而清洁工打扫到那一头，我们又簇拥着翔老转回到这一头继续谈……总之，翔老以自己的简率真诚性格，与本单位领导和同事平日相处都颇融洽，拥有文学所少有的好人缘。

"闲谈"纪略

陈翔鹤先生作为一位"老先生"，按照所里的规定可以不坐班；又由于《文学遗产》编辑部已经解散，古代组内也没有翔老具体的工作任务，所以他不必天天到所里来。但实际上在所里仍然可以经常看到他的身影，他常出现在图书室，借书或看书，或者在古代组各个房间走动，与人说话，就在这种状况下，我与他之间有过几次"闲谈"。

那也是一天下午，大约三点钟左右。办公室的另一位同事梁××外出办事了，只我一人在伏案看书。房门开着，忽然门口出现翔老的身影，手里端着那茶杯走了进来。他看看室内，便说："你在用功啊？也不出去活动活动？"说着便打算退出去。我赶紧站起来说："翔老你别走哇！请坐下啊！"他不再客气，就在一个软椅上落座，喝了两口茶，清清嗓子，便开口问我是哪里人，以前的学习状况等。当我说到导师是张志岳教授时，他便说："哦！你老师是张志岳呀！我知道的。他是《文学遗产》的作者，我与他有书信往来，但没有见过面。我知道他是老清华出身，他的文章写得不错，比较实事求是，而且有内涵，很好。他是专门研究汉魏六朝文学的，那你现在做哪一段的事情呢？"我回答他，余冠英先生已经安排我参与先秦至隋这一段工作了。他肯定地说"好的，好的"。然后就问我："你正在看什么书？"我说正在看看××学者写的回忆录。他问了书的内容好不好？写得怎样？我简要回答后，他接着又问我喜欢古代哪个作家？为什么？等等。他边问我情况，边议论，随着话题，任意发挥，即兴评说。我也问了他一些问题。谈话不拘一格，话题不断转移。除了与学问相关的内容之外，也涉及一般生活等其他事情，确实有不少"闲聊"的成分，甚至包括米饭好吃还是面食好吃、如何吃粗粮等。他说话的方式是"随机""即兴"的，谈不上很有系统。但平淡中见精彩，随意中有机锋。"闲谈"了大约一个多小时，他忽然问我几点钟了，然后说："啊呀！我要回去了。打扰你看书了，再见吧。"端起茶杯就走。

这样的谈话，记得有三次。还有两次时间稍短，也有半个多小时。谈话内容当时印象深刻，至今半个世纪过去了，还记得不少。现将他谈话中有关学问方面的某些段落略陈如下。它们的先后次序以及词句未必完全准确，但基本内容肯定不差，至少不会有大的意思上的违谬。有些话我当时就觉得对我这样的年轻人很有启发，所以记述下来，不会毫无价值：

你问我怎样做好研究工作？我只能告诉你：你随着你的兴趣去做，就能做好。其实做什么事情都应该有兴趣，没有兴趣就叫硬着头皮做，那是做不好的。我编《文学遗产》编得好吗？（徐答："好的！"）好什么!？（徐吃了一惊）你太年轻，看问题太简单。其实我兴趣不在这里，或者说我的主要兴趣不在这里，我的兴趣是什么？我其实对于写作更有兴趣。我想创作！但是组织上要我来编刊物，我有什么办法？我只好硬着头皮来做这个编辑工作。我这个人要么不做，要做就全身心投入，努力做得好。可是我尽管付出了许多精力，做了这么多年，结果令人不满意。我很遗憾！（徐问："您后悔吗？"）我这个人从不后悔，但是很遗憾。

贾谊这个人，是个才子，就是运气不好。他生不逢时啊！汉文帝时候，当朝大臣都是周勃、灌婴这批元老，这批人都是开国元勋，连汉文帝都要让他们三分，贾谊却喜欢在朝廷里表现自己，出风头，那怎会有好结果？（徐问："屈原是不是运气也不好？"）屈原主要不是运气问题，他的客观条件比贾谊强许多，他本身是楚国贵族，三闾大夫嘛！楚王起初很信任他嘛！屈原的问题是他自己太迂了，文人习气太多，他缺乏纵横家的那些手段，光是靠道德高尚，这在旧时代政治斗争中是吃不开的。

我对魏晋这一段文学也有兴趣。我小时候就能背不少陶渊明的诗。陶渊明这个人真难得呀！古代文学史上这样的人太少了。他那样的真诚，那样的洒脱，什么功名利禄，都能不予萦怀，毫无挂碍。我看世界文学史上这样真诚的人也很少。中国人最讲"面子"。但是陶渊明不重视面子，他隐居乡下，但穷得饿饭了，也就坦然出来做官。为了生存，可以不顾面子。一个人的雅俗区分，就在这里。魏晋时代文人标榜清高的多，但真正做到的并不多，嵇康也可以算一个。（徐问："阮籍怎样？"）阮籍在这方面显然不如嵇康，光是看《咏怀诗》好像是清高的，但他实际上还是缺乏骨气。文人文化高，知识多，但不一定就"高雅"。你如果计较功名利禄，你知识再多，还是一个俗物！

闻一多解释《诗经》，那是完全从历史实际出发，从人的真实感情出发，去理解古代的文学。传统的"诗教"，什么毛传、郑笺、孔疏，一概被他横扫，他通过文字学和民俗学去解释《诗经》，直接去体会古人的生活和思想，所以提出了许多发人深省的说法，非常好。我在新中国成立前就看过他的《诗经》《楚辞》论文，写得文采斐然，令人叫绝。例如《丘中有麻》，我小时候听私塾先生讲过，说这是"思贤也"。这是正统的说法。朱熹做翻案文章，说它是男女相好的诗，这已经不错。闻一多《风诗类钞》则进一步说其中写的"将其来食""将其来施施"，那"食""施"等文字，都是古人说性欲的隐喻，是一种代名词，所以这诗其实写得很露骨，很俗。你不能怪它不雅，民歌嘛，就是俗文学。你要太雅就离开真相了，那你的研究就是曲解古人本义，这是不可取的。

嵇康是曹家的女婿，政治上肯定是站在曹氏皇族一边的。但他不是搞政治的人，他对政治没有兴趣，他不是那块料。他凭出身完全可以去当大官，但实际上他一生没有担任过重要的政治职务。我们看他今存的著作不少啊，《养生论》《摄生论》《声无哀乐论》等等，这些都是哲理性很强的论著，他没有发表过什么系统的政治主张。他的政治主张是什么？不知道！但他是有思想的，（徐插话："他应该是思想家兼文学家。"）说他是哲学家更加切合一点，他服膺老庄，爱好玄学，玄学成就高于阮籍。

嵇康崇尚真诚，最反感的是虚伪，他对司马昭一伙人最反感的是他们的虚伪，言行不一，口是心非。嵇康最可贵的是他的清高独立的人格。他有骨鲠，这是他人格中最可贵的一点。他敢于漠视权贵，他在贵公子钟会面前非常高傲，他甚至"非汤武而薄周孔"。《与山巨源绝交书》，主要说的是他自己的真诚性格，与当时官场那一套繁文缛礼和虚伪的风气合不来。他其实是个自由主义者。当然，他的生活态度中也有颓废派的缺点，懒惰，不修边幅，不讲卫生，这是从庄子那里受到的消极影响。

嵇康服药你怎么看？他是想企求成仙？企求长生？（徐答："从《养生论》看，他是想长生而不想成仙。"）对这个问题，从表面文字看你说得对。但我认为那还不是的，至少不是主要目的。我认为他服药的真正意图，是为了求得自己超脱世俗的心理平衡。因为时势太黑暗了，太丑恶了，他的现实生活很痛苦。服药能够帮助他暂时脱离世俗生活，忘记现实生活。这是他的现实处境和人生观决定的。这种痛苦，嵇康、阮籍都有，阮籍的饮酒，还有长啸，也是为了精神的解脱。

中国思想史上对于玄学的评价不高，说是代表没落阶级意识。其实玄学的本质是反封建的。玄学的可取之处就是主张精神自由，封建意识就是要束缚人的精神自由。所以玄学是中国古代思想界的一束光彩，不能笼统说它是没落阶级的哲学。（徐插话："玄学是唯心论体系。"）哎，唯物主义、唯心主义，当然是两大体系，但是你不能要求古人也有这样的认识，他们不知道什么叫唯心主义，他们感到某一种思想符合他们的生活追求和理想，他们就信仰它，他们利用它来寄托自己的精神，这是合理的。

你写什么文章？（徐答："我以前写过关于《诗经》的文章，很不成熟。最近没写什么。"）现在的大批判文章，有的是为了批判而批判，我不知道它要解决什么问题。把别人的东西否定了，就算是成就吗？对错误的东西作批判是必要的，但正面的建设要不要？否定之否定当然是肯定，但是好的东西为什么也要否定？批判一定要摆事实、讲道理，像李××批判何其芳，完全不考虑作者写作的本来意思，就抓住几句话、几个字，断章取义，大做文章，那是不讲道理，很难说服人。而且我觉得这样的人，心思不好，有点邪恶，我很不喜欢。年轻人不要学啊！

"文革"灾难

"文化大革命"，对全中国人民来说都是厄运。而对于陈翔鹤先生个人而言，更是一场灾难。"文革"的序幕在1965年下半年就揭开了，姚文元对《海瑞罢官》的批判来势凶猛。几乎同时，陈翔鹤先生不幸也在报刊上被点名批判，原因是他1961年、1962年曾在《人民文学》杂志上发表两篇历史小说：《陶渊明写〈挽歌〉》《广陵散》。这两篇小说描写了古代两位不与权力相合作的清高文士，赞扬了他们的独立人格，肯定他们为捍卫人格尊严而甘愿过清贫生活、为道德正义不惜付出生命的精神。这两篇作品，风格独特，当时很受读者欢迎，影响巨大。但是也无疑刺痛了某些权势人物的极"左"神经，所以陈先生成了大批判浪潮中的罹祸者之一。小说被扣上"反社会主义逆流的产物""反党反社会主义大毒草"的罪名，甚至有人批判说小说中写到陶渊明上庐山等情节，是"恶毒攻击党的（1959年）

庐山会议"，"险恶地为右倾机会主义分子鸣冤，煽动他们起来和党抗争到底"，而小说写到的慧远和尚则是"影射"毛主席等。在批判文章中，作者还援引当时的一则"最高指示"，说："利用小说反党，这是一大发明。"陈先生遂以"反动作家""反党分子"的名分，受到报刊舆论的公开挞伐。此时陈先生的精神压力非常大，他自1949年后，经历了迭次政治风浪，都能以淡然应对和超脱作风，轻松过关。但这一次完全不同了，他身不由己地陷入险恶的政治大漩涡中，巨大的政治压力来自社会，来自"上面"，他被迫在大会小会上作自我检查，努力批判自己，给自己扣了不少帽子，"资产阶级自由主义""封建复古意识""反动倒退的历史观""犯下严重政治性错误"等。我看到的翔老也变了一个人，平时的乐观开朗表情荡然无存，见人爱说话的习惯也没有了，有的只是抑郁和愁闷。

1966年夏，开始了"红卫兵"大串连。那些由北京本市及全国各地青年学生组成的"红卫兵"，身穿草绿色服装、头戴军帽，成群结队地游走在各高校、机关、工厂和文化部门，到处"闹革命"。红卫兵从事的第一件工作就是"揪斗牛鬼蛇神"，中国科学院哲学社会科学部（简称"学部"）也是他们的重要目标地。当时学部各单位的有"问题"人员，都集中在一起进入"牛棚"，文学所6号楼的3层是一处"牛棚"，集中着三十多名本所的"走资派""反动学术权威""三反分子""坏分子"等，他们几乎每天都要经受"红卫兵小将"们的反复批斗。红卫兵多数知识较浅，有的只是初中生，并无历史文学修养可言，所以他们对于文学所"牛鬼蛇神"的"批斗"，既简单粗暴，有时又滑稽可笑。例如他们"揪斗"俞平伯先生时，便喝问他："你为什么要写《红楼梦》反党反社会主义？"俞先生答道："《红楼梦》没有反党反社会主义，《红楼梦》也不是我写的呀！"他们就大怒说："这老东西不老实，公然抵赖自己的罪行！还敢顶撞革命小将！"于是高呼"打倒俞平伯！""俞平伯罪该万死！""毛主席万岁！"同时有人上来就扇耳光。陈翔鹤先生身在"牛棚"中，他既不及"走资派"何其芳地位高，也没有"反动学术权威"俞平伯名头大，上过"毛著"，广为红卫兵小将所知，所以红卫兵很少将他当作主要批斗目标，比较起来，他的日子不算最难过。

"文革"在1967年春夏间进入打派仗阶段。各地"革命造反派"分裂成不同派系，彼此视对方为最大敌手，于是大打派仗，"文斗""武斗"都有，而各单位原有"牛鬼蛇神"此时已成"死老虎"，反而很少挨批斗了。此时期学部也打开了派仗，而"牛鬼蛇神"们则被置之一边，他们除了每天必须集中学习"毛选"、参加劳动外，在"牛棚"里事情不多，日子过得还算自在。有人看起了专业书，还有人竟手痒起来，写些打油诗之类，或自我取乐，或互相嘲讽，不一而足。

派仗愈打愈乱，1968年底，"文革"情势又变，中央派"工宣队""军宣队"进驻各高校和机关，以收拾乱局。学部也开始由"大乱"变"大治"。在工宣队、军宣队领导下，学部机关和各研究所全面实行军事化管理。记得文学所领导是一位姓"薛"的军人，基本上一切事务都是他说了算。当时实行生活军事化，除重病者外，所有人都要集中住在所内，办公室里搭了地铺，一间要睡五六个人。早晨一声哨响，大家起床集合跑步，从建国门内学部大院跑到东单路口再返回，然后是集体面向毛主席像"早请示"，然后吃早饭，上午下午都是开会集体"学习"。开始搞"斗私批修"，每个人都要作自我检查，"狠斗私字一闪念"等，这还是一般"群众"；至于"牛鬼蛇神"，则另类集中，专门管理，生活安排大体相同，但"斗私批修"改为"认罪请罪"。此时文学所"牛棚"已搬迁到7号楼的2层楼上，在那里他们每天都要交代"问题"、认识"罪行"。我由于年轻，经历相对简单，运动中也没有什么特别表现，所以不久我就"斗私批修"完毕，算是过了一关。此时工宣队、军宣队就派我与原现代组的另一位年轻人，也是刚通过"斗私批修"的孟××，一起去参加"牛鬼蛇神"班的"清理阶级队伍"工作，他们是"清理"的重点对象。我们的具体任务是在两位工宣队员、军宣队的领导下，每天参加那里的"清队"会，做记录；有时工宣队员、军宣队员有事不参加会议，我们在会后就要向他们按照记录汇报情况。缘此我能够听到每一位"牛鬼蛇神""交代问题"，实际上是讲他们自己的生活经历，特别是在"新中国成立之前"的漫长复杂历史。通过这项工作，我幸运地得知了文学所老一辈专家们的许多曲折经历和生动故事，他们在1949年前，有的为文学繁荣和学术进步，也有的为共产主义革命胜利，都曾作出过许多努力与奋斗。当然他们也可能走过一些弯路，有人甚至也有过失误和挫折，但总体上说，他们各自成就了优秀文化人物，令我真是眼界大开。陈翔鹤先生也在"清队"时讲了许多他的经历，从他20世纪20年代在北京的学生时代说起，如何在上海与冯至、陈炜谟等组织"浅草社"活动，如何在北京与朋友们组织"沉钟社"，又如何为了生活，奔波于青岛、曲阜、吉林等地教书，后来在抗战时期，又如何参加地下党，在四川做革命文化工作，等等。当他说到鲁迅曾肯定他们"浅草社"的文学业绩时，脸上露出那难得的天真微笑。我听了他的自我"清队"，结合之前与他的接触，更清晰地认识到，这是一位性格真率诚实、人情味很浓的老一辈文化工作者。

大约过了2个月，"牛鬼蛇神"们的自我"清队"暂告一段落，但他们的事情并非至此完毕，工宣队、军宣队还为他们做了另一项安排：他们要各自回到原属的小单位去，"与革命群众见面"，接受群众的揭发批判。对此，"牛鬼蛇神"起初都有些紧张，因为在这个"牛棚班"里，都是有这样那样"问题"的人，大家彼此彼此，"只扫自家门前雪"，不存在凶猛的批判"火力"，自然容易"过关"；但一到下面的"革命群众"那里，至少"火力"将会很猛，为此不少人忐忑不安。此时我发现陈翔鹤先生也忧心忡忡。由于内心忧虑，情绪消沉，他在生活上经常有"神不守舍"、丢三落四等表现。当时其他不少"牛棚"同伴也有所发觉，并且有所议论。

古代组的"牛鬼蛇神"接受群众"揭批"开始了。那时古代组"学习班"的班长是吴××，我算是副班长。"清队"工作完全由工宣队、军宣队决定方向，定下基调，然后布置大家发言、"揭批"。回想起来，那种"揭批"也就是按照当时报纸社论上的腔调"上纲上线"，再讲几句狠话，扣几顶帽子，喊几声口号，如此而已，并无新鲜花样。此时运动已经进入第3年，一般"牛鬼蛇神"大都有了相当的经验，已经熟悉运动套路，知道这只是一种运动方式，所以尽管会上受到声色俱厉的"揭批"，心情却并不紧张，会下照吃照睡。例如俞平伯先生挨批之后，可以接着唱歌，唱"迎接九大胜利召开"等。而一般"革命群众"，面对这些本单位的"牛鬼蛇神"，本来都是熟识的，甚至是老领导、老师长，长期形成的人际关系，不可能完全消失，真正做到"铁面无私"的人少之又少，所以那"揭批"除了"调门儿"有点高以外，实际并没有多少新内容。而"牛鬼蛇神"们下楼后，体会到"原来不过如此"，便放下心来，好好"表现"。结果是"清队"顺利进行，不少被"揪出"的原"牛鬼蛇神"经过"革命群众"的"揭批""帮助"，"态度良好"，"说清了问题"，或者"认识深刻"，遂由工宣队、军宣队宣布结束审查，陆续获得"解放"，"回到革命群众队伍里来"。

然而陈翔鹤先生的情况不同。不同之处倒不在于他的问题有多严重，而主要在于他是写小说出的"问题"，又涉及当时非常敏感的"影射"之类，比较复杂；尤其是他的"问题"是外面揭出来的，在报刊上受到公开批判的，因此本单位不能不"谨慎处理"。下面不敢自作主张，必须请示上级领导，而当时的领导工宣队、军宣队，他们看来也不敢擅作决定。至于"群众"这一边，对他根本没有什么"过不去"的意思，大家与他的关系实际上是颇为"亲善"的，主要就看工宣队、军宣队了。总之，他的问题明摆着要拖一段时间才能解决。其实这也只是时间早晚的事，但是他本人却愈来愈难熬了。他看到别人一个个得到"解放"，"回到革命群众队伍里来"，而自己的事还"吊着"不知何时才能解决，不免心急如焚。他几十年一路走来，没有权势欲望，从不招惹是非，只是勤勤恳恳、任劳任怨地工作；也就是出于个人的性情和兴趣，写了几篇历史小说，写出古代名士的清高洒脱风度，而且他是忠实于历史写的，怎么便成了严重的"政治问题"？嵇康、陶渊明这些古人，鲁迅在文章里也写过的呀，怎么他写了就算是"反党"呢？他能找谁去解释清楚啊？他有口难辩。所以他表现得特别忧郁，终日愁眉紧锁，而且步履蹒跚，衰老得厉害。

当时我对陈先生的状态很担心，我知道他心地非常善良，又处事特别认真，才导致这种状态。我确信，陈先生的小说与"反党"根本不沾边，时间一定会还他清白，他自己大可不必那样痛心疾首。但他就是这样一位对事情非常认真的人，他不能理解"运动"是一种"非常规"的过程，他很难做到像俞平伯先生那样，对于来自里里外外各方面的"批判""讨伐"压力，都能淡然处之，并且做到自我开释化解。眼看着陈先生日渐消沉并且衰弱下去，这样下去显然是不行的，他的身体将会支持不住。我考虑了好几天，终于决心与他谈一次话。那天上午，趁工宣队、军宣队都不在，我把陈先生叫到楼上他们的通铺卧室里，与他单独谈了大约 5 分钟话。我对他说：

现在正在"清理阶级队伍"，有些人已经"解放"，结束了审查，例如×××、×××等。你现在还没有"解放"，你很着急。我理解你的心情，但是我劝你不要急，原因是你的事情稍稍有点儿复杂。注意，我说的是"复杂"，不是说"严重"。照我个人的看法，你的事情一点儿都不严重。我猜想，工宣队、军宣队给你做结论，可能有点顾虑。顾虑什么呢？你也知道，对你的批判是外面首先挑起来的，因此解决你的问题，不能不考虑到外面的影响，还有"上面的"态度，看来要稍晚一点才会给你解决吧，你一定要有这一点耐心，别着急！我也不知道工宣队、军宣队何时给你解决，但早晚会解决。至于怎么给你解决，我也不知道，但我相信一定会实事求是做结论，不会按照批你的文章里的那些说法来做，说你"反党反社会主义"什么的。你要明白，批判是批判，批判与做结论是两码事；而且做结论不是那些写批判文章的人来做的。我觉得你不必担心，不要着急。尤其是你要注意你的身体！

——我说的就是这些话。说完后，我又问了他一遍："你明白我的意思了吗？"他回答说："明白了。你提醒我怎样正确对待问题，注意身体。我会记住的。我对自己的问题确实是一直想不通，你这么一说，我心里好过多了。我不担心，我也不着急。谢谢你。"我最后关照他一句："我刚才说的话，你不要与任何人说啊！"他回答："当然，当然！"尽管如此，我不知道他是否真的能够"想通"，能够做到"不担心、不着急"。我希望他无论如何也要坚持到给他做结论的那一天。至于我对他说的话，当时也只能说这些了。即使是这些话，也可以被认为是有"立场"问题的，至少也是违犯了"纪律"的。所以谈完话之后，我自己心里也不踏实了好几天，毕竟我本来也很胆小，生怕犯什么"政治错误"。①

---

① 关于我与陈翔鹤先生此次谈话之事，我本以为唯天知地知、我知他知；陈先生既已仙逝，便再无人知晓。然而多年之后我惊奇地得知，它其实早被传了出来。"泄露"者正是陈翔鹤先生本人，是他在"谈话过后即告知了他夫人，而他夫人王迪若女士，在"文革"结束、陈先生恢复名誉之后，又将此事告知了文学所的某位知友同事，再后来，同事间辗转相传，又偶然传回到我耳中。所传内容简略，唯谓"徐某在翔老倒霉之际，不但未落井下石，还曾去安慰过他。"我本不想将此事张扬出来，但既已传出，便再无"保密"必要，遂在此文中写出谈话当时的实际状况。虽然事隔将近半个世纪，我亦垂垂老矣，但陈先生的音容笑貌，犹在目前。而此时我的心情，仍不免悲哀，并且遗憾。

但是陈翔鹤先生的性格和状态，实在不是区区我几句话所能改变的，又过了几天，他真的支持不住了。他对自己的身体状况似乎有所预感，那天他向工宣队、军宣队请假回了一趟家，去取一些生活用品。他与夫人见了最后一面，在返回学部的路上，终于倒下了，虽然送医院抢救，也无济于事。陈先生享年 69 岁。

回忆《文学遗产》创始人之一、首任主编陈翔鹤先生，是一件令人心酸沉痛的事情，所以我至今才写出这一篇回忆文章。他是一位值得敬仰的前辈学者。他值得我们学习的，首先就是他的纯真人格，这在中国知识分子中非常可贵；其次是他"要么就不做，要做就一定做好"的工作精神和态度。我写出来，愿以此与《文学遗产》的新老同事们共勉！

[作者单位：中国社会科学院文学研究所]

赞《文学遗产》

石昌渝

　　《文学遗产》60年了，在这风风雨雨的60年里，《文学遗产》一如既往坚守自己的学术方向和学术品位，这不仅是古典文学学术界的幸事，也是中国文化的幸事。

　　中国人不论散落在世界的哪个角落，几人相聚，但凡提到唐诗宋词或《三国》《红楼》，便立即有了共同的话题，显现出共同的文化身份与文化记忆。从《诗经》到《红楼梦》，三千多年中国产生了许多伟大的作家和作品，他们构成了中国文学的巨大根脉，也是中华文化的重要而璀璨的组成部分。中华民族在历史上曾遭遇多次外来和内生的灾难，但都在困苦艰辛中挺过来了，所以能屹立不倒，深厚博大、生生不息而充满生命力的文化起到了绝对的支撑作用，传统文化是中华民族的精神脊梁。今天的文学应当是古代文学的传承，当代文学的发展不能是无根之木，它需要今天的阳光、空气和土壤，需要不断吸取外来文学的营养，同时它必须紧紧连在传统文学的根上。《文学遗产》开掘古代文学的宝藏，阐扬古代文学的精华，继往开来，对于现在和将来的文学建设和文化建设，都作出了自己的一份贡献。

不知何时，一个文学研究刊物的等级与该刊研究对象所属学科级别画上了等号，古代文学是二级学科，其地位也就低于一级学科的文学，这样，以古代文学为研究对象的《文学遗产》在学术评价体系中的地位就要低于发表一级学科论文的刊物。我以为这是非学术性的标准。在我看来，《文学遗产》在编发论文的质量上，绝不亚于其他文学研究刊物。不过，我所知道的《文学遗产》的编辑们从没有在意这种待遇，他们一如既往地做着一个学术编辑应该做的工作，面对桌上堆积如山的来稿，年复一年地用缜密的学术眼光细读每一篇文稿，发现新人，组织论争，从而保证了《文学遗产》创刊以来的一贯学术品格和学术水平。在学风浮躁、蝇营狗苟之风盛炽的当下，使《文学遗产》保有自20世纪50年代以陈翔鹤先生为代表的前辈编辑所秉持的风骨，的确是难能可贵的，值得赞誉。

60年是一个甲子，但在历史长河中却只是一瞬间，来日方长。祝愿《文学遗产》在中华民族实现中国梦的长征中，不断改善自己，完善自己，为古典文学研究的发展作出更大的贡献。

[作者单位：中国社会科学院文学研究所]

乐做学者的知音

陶文鹏

  《文学遗产》60周岁了。我在这个学术期刊做了二十多年的编辑，为推进中国古典文学研究事业尽了一份绵薄之力，颇感欣慰。回顾这漫长却又感到短促的编辑生涯，让我觉得最快乐、最幸福的，就是结识了全国各地一大批老、中、青学者，发表他们的论文，并成了他们的知音。

  作为国内唯一的古典文学研究专业刊物，《文学遗产》要体现它在学界的权威地位，每期至少要有二三篇德高望重的老学者的论文。文学所有钱锺书、何其芳、俞平伯、余冠英、吴世昌等古典文学研究大师、大家。1980年《文学遗产》复刊时，这些大师、大家年事已高，俞、吴二先生曾为本所办的这个刊物撰写过文章。稍后，所里的唐弢、孙楷第、吴晓铃、范宁、陈友琴、张白山、胡念贻、曹道衡、杨柳、沈玉成、侯敏泽、邓绍基、陈毓罴等老研究员，还有众多的中青年学者等，都在《文学遗产》上发表过论文。但《文学遗产》是面向全国、全世界的刊物，必须更广泛地向所外约稿，才能满足需要。所外的老学者不少，有的已是耄耋之年，封笔了；有的忙于教学和搞课题，腾不出手写单篇论文；更多的是心有顾虑，怕文章不被采用，因此，老学者很少主动投稿的。怎么办？做编辑要走出去约稿。我是北京大学毕业的，我就常回母校去，拜望林庚、吴组缃、陈贻焮、吴小如、褚斌杰、裴斐、袁行霈等老师，顺便也去北京大学的中青年教师的办公室或家里串门，在交谈中恳切地请他们为《文学遗产》撰稿。此外，我还拜访过北京师范大学的钟敬文、聂石樵、邓魁英、郭预衡、李修生先生，首都师范大学的廖仲安、李华、张燕瑾等先生。我清晰地记得，当时林庚先生已年迈体弱，因为我数次登门，他欣然提笔，为《文学遗产》写了《汉字与山水诗》。文章虽短，但见解精到，文情并茂，使刊物大放光彩，我既高兴又感动。我向吴小如先生约稿，他说："精力不济，写不了长篇大论。"我说："几百字、一千字的学术随笔札记我都要，可以数题合成一篇。"于是，吴先生就一再寄来短文，由我合成发表。有一段时间，裴斐先生接连在《文学遗产》发表论文。显然，他要夺回因遭受政治劫难而白白流逝的宝贵年华。于是，昼夜笔耕，以致操劳成疾，溘然辞世，使我哀痛不已。因为那几年里我同裴先生交往最多。至今，我常常回想在他家里就着花生米碰杯饮酒的畅快情景。在我到编辑部前，傅璇琮先生很少给《文学遗产》写稿。我想，傅先生和我同是北大人，他是唐代文学研究大家，我也搞唐代文学，他在中华书局上班，离我的住处很近，于是，我隔一两个星期就去拜访他。我知道，傅先生最想听我介绍国内古典文学研究尤其是唐宋文学研究的新情况、新动向、新人新作等，我也就趁机向他请教并索稿。从此，傅先生就经常把文章寄给我们发表。

我每次去外地参加学术会议，总是尽可能多地结识老学者，征求他们对《文学遗产》的意见，约请他们撰稿。和我比较熟识的老学者，有程千帆、叶嘉莹、张中行、徐朔方、徐中玉、霍松林、金启华、郭豫适、刘世南、吴调公、朱金城、王达津、章培恒、吴熊和、周祖譔、陈祥耀、王运熙、马积高、蔡厚示、严迪昌、郁贤皓、安旗、邱俊鹏、周勋初、徐培均、钱鸿瑛、袁世硕、王水照、马兴荣、罗宗强、宁宗一、陈允吉、孙昌武、陈伯海、曹济平、黄天骥、刘学锴、喻朝刚、刘乃昌、刘庆云、陶尔夫、刘敬圻、谢桃坊、薛瑞生、余恕诚等，还有老作家王蒙。这些老先生都有论文在我们刊物上发表，多数先生还发表了不止一篇文章。文学所和所外那么多大家、名家为《文学遗产》撰文，使读者一打开刊物，便如见星月交辉，光华璀璨。

这里，我想说说我与徐朔方先生颇有戏剧性的结交。大约是二十年前，我应杭州大学中文系邀请，去参加在浦江召开的宋濂研讨会。在杭州大学门口，萧瑞峰与我遇见了徐先生，萧便把我介绍给他，我向徐先生问候致意，但他竟不予理会，扭头走了。过了几天，在浦江会议期间，游览附近一座名山，我就有意跟着徐老，同他攀谈。可能是我的热情爽快博得了他的好感，他忽然带点儿狡黠地笑着说："陶老弟，你敢同我比赛，看谁先登上山顶吗？"我说："我小您十几二十岁，您不可能胜我。"他说："那就比吧！"从一开始，我就跑在前面，他却从容不迫地迈步向前走。当我跑到离山顶还有几十米时，已是气喘吁吁，满身热汗，两腿发软，蹲在路旁。这时，徐先生赶了上来，步履矫健，直登峰巅。他走下来时，哈哈大笑说："老弟，认输了吧？"我说："甘拜下风。"此后，我同徐先生成了忘年交。他多次为《文学遗产》撰文，都是直接寄给我处理。有一段时间，我还与程千帆、吴调公、王达津、陈祥耀等几位老先生书信往来。程先生在信中批评我的诗"有佳句，然不精匀"，赞扬我发表在《古典文学知识》"名句掇英"栏的文章是学人应当做的普及工作，"将古贤摘句图现代化，极具妙解"。程老的亲切鼓励给予我巨大动力，使我一直坚持为这个专栏撰稿，至今犹未搁笔。

年富力强、成就卓著的中年学者，是《文学遗产》作者队伍的主力军。这些年来，我认识并结交的中年学者更多。我们在会上会下共同探讨学术问题，交谈治学心得，也谈诗歌、话人生、侃大山。大家坦诚相见，无拘无束。有时为了某个学术问题争得面红耳热，但心无芥蒂，交情愈笃。这些中年学者所在的单位，分处在祖国的东西南北中和两岸三地，他们的研究各有专长，学术个性与文章风格也不一样，但都怀着一颗火热的心，热爱和信任《文学遗产》，乐于把好文章投来。大家挥洒心血和汗水辛勤浇灌这个共同的学术园地，使它年年春花烂漫，岁岁秋实累累。写到这里，我要对这些可亲可敬的学友说：你们的音容笑貌常在我的眼前闪现。每当想到你们，我的心中就会涌起一股暖流。我衷心感谢你们对《文学遗产》的关爱与大力支持！

在老主编徐公持先生的倡导下，《文学遗产》一贯重视发现和培养学术新人。上文所说的中年学者，绝大多数在《文学遗产》首次发表论文时都还是青年。我是 1988 年 12 月从文学所古代室调到编辑部工作的。上班没多久，就见到一篇题为《关于唐诗分期的几个问题》的文章，作者吴承学，当时正在复旦大学中文系攻读博士学位，审稿笺上已写明"此文不用"，但我对文章的论题很感兴趣。等忙完手头上的事，我便仔细阅读。我认为作者对传统四唐说的精神、内涵、优点、缺陷的认识深刻独到，对当时一些学者提出的新的唐诗分期法的批评也有理有据。作者有理论功底，思路清晰，分析辩证细致，行文精练流畅，是一篇好文章，应当发表。于是，我写了近千字的审稿意见，连同文章一起送请主编定夺。徐先生阅后批示："同意陶说，于是此文应予发表。"此文发表在 1989 年第 3 期。这以后，直到 2008 年，吴承学先生几乎每年都给《文学遗产》投寄一篇文章，篇篇都被采用，可谓弹无虚发。我再举一例。1994 年 8 月，《文学遗产》在曲阜师范大学召开"儒学与文学"国际研讨会。会议期间，一个小伙子请我看他的一篇文章，他说他叫杨庆存，是刘乃昌先生的硕士生，文章题目是《论辛弃疾的上梁文》。文章篇幅不长，我当时就读完了，对他说："辛弃疾的上梁文确有文学性，有特色，你的文章论题新，写得不错，让我带回去处理吧。"杨庆存这篇论文在《文学遗产》发表后，他考上了复旦大学中文系，师从王水照先生攻读博士学位。毕业后，他被分配到国家社会科学规划办公室工作，仍然坚持学术研究，在《文学遗产》发表多篇文章。其中《古典散文的研究范围与音乐标界的分野模式》还荣获了优秀论文奖。

多年的编辑工作，使我养成一个职业习惯，就是每次参加学术会议，总是尽快把会议论文阅读一遍，从中挑选出大家、名家的好文章，马上联系作者，请他们给《文学遗产》。对于青年学者写的有基础的文章，也找作者交谈，提出修改意见，鼓励他们改好后大胆投稿，也可直接寄给我。我还体会到，做一个编辑，要炼出灵心慧眼，随时注意发现学术新人，发现好文章。有一年，我应邀到安徽师范大学做学术讲座，晚饭后去拜访余恕诚先生。余先生放下手中的一篇文章迎我进门。出于编辑的敏感，我问："你在看谁的文章？"余说："是在我们这里毕业的学生写的，他让我看看是否有进步。"我说："让我也看看。"我从桌上拿过文章一看，题目是《论李商隐诗歌的佛学意趣》，署名吴言生。好哇，我原来只知道李商隐学道，同女道士有恋情，原来他对佛学也有如此浓烈的兴趣。于是，我把此文浏览一遍，并请余先生让我带走。回京后，我给吴言生写信，要他更紧密地联系李商隐诗歌来谈佛，谈佛也不必过多过深，因为我们刊物叫"文学遗产"，而非"佛学遗产"。他修改后，文章获得通过，发表在 1999 年第 3 期。当时，他正师从霍松林先生攻读博士学位。还有一年，我去四川大学参加庆祝杨明照先生八十寿诞的学术研讨会，在一个小组会上听到当时还很年轻的吕肖奂发言，谈邵康节体诗，我感到论题和论证都有新意，就请她写成文章寄给我。但过了七八年，也没见她寄来。到了 2004 年，我忽然收到她的信，问我是否还记得她，并向我说明未能写出论邵雍诗的原因。信中附了她新写的文章《论南宋后期词的雅化和诗的俗化》，请我指正。我读后很高兴，她发现了矛盾，提出了别人未能提出的问题，但解决得还不够好。当时我已接任主编，就邀她参加在福建师范大学召开的"文学遗产论坛"，并在大会上发言。她思考并吸收了与会专家、学者提的意见，认真修改这篇文章，发表在 2005 年第 2 期上。

《文学遗产》处理来稿，有一段时间是编辑部三审制，从 2000 年开始，实行"双向匿名专家审稿制"，对来稿按程序审阅，通过即可发表，不论作者的年龄、性别、学历、工作单位和职务。我到编辑部不久，就读到浙江温州食品公司职工张乘健先生的来稿《感怀鱼玄机》，当时我还不知道此前他已在《文学遗产》发表过《桃花扇发微》等两篇文章。他这篇文章，用抒情的诗的笔调感怀鱼玄机诗及其悲剧人生。在蒋和森先生的《红楼梦论稿》之后，这样的学术美文几乎绝迹。我想，一个食品公司的职工，自学成才，能够写出这样一篇有学术有才情的文章，真是难得。此文又经副主编吕薇芬先生和主编徐先生审阅。主编批示："同意陶说，此文可发，别具一格。"不久，张乘健被调到温州师范学院任教。《文学遗产》一共发表了他的 7 篇论文。2013 年 4 月，他不幸因病辞世。《温州都市报》用一个版面报道他的学术成就，称誉他为"温州学界奇士"。多年不见的老朋友，从此阴阳永隔，使我悲痛与惋惜不已。

《文学遗产》每一任主编，都要求编辑处理稿件要出以公心，客观公正，慎重精审，不能以自己的学术兴趣、成见乃至偏见来取舍稿件。拿我来说，我坚守文学本位，坚持以理论研究、文学史研究、审美研究为主，我不喜欢离开文学的文化研究，不喜欢用什么热力学、控制论等自然科学理论来研究文学，不喜欢那些与作家创作毫无关系的烦琐考证，也不喜欢近十年来过分热门的传播学、接受学与统计学的研究。但作为编辑，我在20年前就已推选发表了陈文忠《〈长恨歌〉接受史研究》，几年前也发表了张中宇的《〈长恨歌〉主题研究综论》；也不止一次地推选、发表王兆鹏与刘尊明关于唐宋诗词量化研究的论文，王兆鹏先生那篇论题新奇醒目的《论宋代的"互联网"》，我们也发表了。此外，我们还发表了董乃斌的《李商隐诗的语象——符号系统分析》；还有江弱水的《独语与冥想：〈秋兴〉八首的现代观》。毛泽东提出"百花齐放，百家争鸣"，《文学遗产》60年来，一直努力使刊物呈现出光昌流丽的气象。

为了使《文学遗产》多一些学术创新的朝气，多一些活力和新鲜感，刊发的文章风格更丰富多彩，我还有选择地向文艺理论、现代文学领域中的一些名家约稿。曾任文学所所长的杨义先生是鲁迅研究和现代文学研究专家，他后来向古代文学掘进，写了《李杜诗学》等多部著作。他在《文学遗产》上发表的楚辞研究和先秦诸子研究论文，在古代文学界有不同看法，但文中多有作者"感悟思维"和努力考证得出的独到见解，令人耳目一新。我在北京大学读书时的学长孙绍振先生，是著名诗评家和文艺理论家，他给我们寄来一篇论析李白七绝《下江陵》（即《早发白帝城》）的文章。我回信说，只赏析一首诗，不适合《文学遗产》。但我读过孙先生的《美的结构》，于是向他建议：从李白这首绝句引申、发挥，谈绝句的结构，这样，文章就有学术含量。他欣然采纳，改写了论文，题为《论李白〈下江陵〉——兼论绝句的结构》，发表在2007年第1期。因为他是名家，文章发表后反响颇大。以后，他继续给我们投稿，也得以发表。还有蓝棣之先生，研究卞之琳与中国现代派诗的专家，是我读研究生时的同窗好友。我问他是否愿意给我们写文章？他回答很乐意。不久，他写成一篇《论新诗对于古典诗歌的传承》交给我，获得通过后，在2001年第3期头条发表，他特别高兴。此文也体现了《文学遗产》对章培恒先生一贯倡导的古今贯通研究的重视与践行。我个人体会，做《文学遗产》的编辑，不能只盯着古代文学，也应当关注哲学、史学、文学理论与现当代文学的研究，挤出一些时间翻阅《中国社会科学》《哲学研究》《历史研究》《文学评论》《文艺研究》等权威刊物，知道这些学科的研究动态、趋势，对于丰富自己的知识结构，提高发现、辨别、评价文章的能力都是有益处的。

以上，拉拉杂杂地谈了我在二十多年的编辑工作中与古代文学的老、中、青学者的交往，是想表达我对那么多学者关爱和支持《文学遗产》的感激之情。而许多学者尤其是中青年学者对《文学遗产》和我本人亦怀着感恩的心意，这更使我深深感动。我在 3 年前已退休。这 3 年来，仍有一些学者赴京办事时来看望我，甚至没有预先告知就专门来京相聚。我去年患病，一些学友得悉后，就打电话或来信慰问。今年春节，我仍然收到不少学友的贺年卡、贺信，真是人虽走，茶犹热啊！我很高兴，《文学遗产》已走过了 60 个春秋，在国内外学术界都有巨大的影响。我坚信，《文学遗产》编辑部坚持以马克思主义为指导，全体同仁齐心协力，进一步加强与全国各地学者的联系，就一定能把刊物办得更好，发表出更多具有时代性、创新性的优秀学术论文，总结和吸取中国古代文学精华、弘扬民族精神，为繁荣具有中国特色中国气派的社会主义文学理论与创作，提供丰富深厚的思想艺术营养。

[作者单位：中国社会科学院文学研究所]

走过一个花甲的《文学遗产》

王学泰

退休 12 年了，按照古人的说法也就是过了一纪。虽然这十多年俗事俗情缠身，有时还不免要写点俗文，但每当拿到新一期的《文学遗产》还是要看看目录，有好的文章忍不住还要读一读，尽管做了白内障手术之后，长时间的阅读已经很吃力了。这大约就是爱好的力量罢。

一 作为良师益友的《文学遗产》

从初中开始接触古典诗歌，先是因为它合辙押韵，音律优美，特别"上口"，尤其是供孩子读的《千家诗》之类，便于诵读，读它好像唱歌一样，带来美的享受；继而是从思想到情感上受其熏染，陶醉在这些作品的优美意境与神韵之中；后来阅读、背诵了一些诗词后，开始关注讨论诗词内容与艺术的文字。这是 1954 年到 1957 年间的事儿。

初中我就读的是北京师大附中，这是座老学校，馆藏图书十分丰富，我曾借了馆藏的胡云翼的《宋诗研究》、梁昆的《宋诗派别论》、薛砺若的《宋词通论》等 20 世纪三四十年代的论著来读，因为知识面不够，理解力也还幼稚，读来读去，不得要领。此时偶然读到《光明日报》上的《文学遗产》专栏，每期都发讨论古典文学的文字，马上吸引了我的注意。

为什么读诗还要关注有关的研究文字呢？现今的青年人也许不知道，1953年以前，虽然高校的文史教学还未能摆脱民国以来教材的影响（当时许多文科的青年教师和学生认为老教授学问越多，"对社会危害越大"），然而面对社会的传媒如报纸、电台等，已经没有诗词这类旧文学作品的位置了。主流的社会舆论已经把传统诗词视为"封建地主阶级的没落的意识形态"，从而摒弃不论，青年人读旧诗是思想落后的标志（这在王蒙小说《青春万岁》中有反映）。我想弄清为什么会这样。

后来我才逐渐明白那是个"重志不重情"的时代，连新诗中的抒情诗都会被打为"小资产阶级情调"，何况古代抒情诗！那是个强调"树雄心，立壮志"的年代，当时最受青年欢迎的诗人邵燕祥、公刘、闻捷要写抒情诗时也须向"立志"方面靠拢。闻捷的《吐鲁番情歌》描写姑娘应答小伙子的追求时也没忘了加上这样的句子："你要爱我吗？脖子上还缺了一块奖章"。在这种文化氛围中，人们以什么样的眼光看待古典诗歌的爱好者不言自明。

那时古典诗歌选本的出版也很少，旧书、线装书在旧书店堆成山，没人买，因为，新社会了，要这些"破烂儿"干什么？它的最好的去处是造纸厂。现实也是这样，库存的"经部书"大多回炉造纸了，"子部书"中小说也不像人们想象得那么热。黄裳有篇文章写到，上海某旧书铺中光是《金瓶梅》就码满了一墙，没有什么人光顾。有关诗词的"集部书"也是如此，康熙时期刻本（清代刻本中康熙时代的比较精致）中的清人集也好，前人诗词选本也好，都是一两毛钱（旧币一两千元）一本；扫叶山房、同文书局的石印本，纸白墨浓，楷法漂亮（石印本大多是写印的），才五分钱一本。因为那时几乎没有中年以下的读书人愿意捧着线装书读了，谁愿意没事儿找麻烦呢！

六十多年来，有两次割断与传统关系时期，一个是大家记住了"文革"十年，那是激烈的反传统时期，凡是"四旧"皆在扫荡、捣毁之列，大拆、大毁，投之于火；另一个是所谓的"十七年时期"（"文革"当中认为从1949年到1966年，文化领域是"修正主义黑线专政"的）。这个时期虽被

"四人帮"诬蔑为"封资修"统治时期，实际上在这十七年间文化领域中极"左"意识也是占统治地位的。虽然这些年中对于文化的管理有宽有严、有张有弛，但其基调还是要与传统文化"彻底决裂"的，因为这是《共产党宣言》中明确告白的。因此，无论说"取其精华，去其糟粕"也好，说"厚今薄古"也好，其目的都是削弱传统对于今人的影响；这一点与苏联不同，即使斯大林当政期间，苏联对于俄国传统文化也是百分之百肯定的，苏联学界每当提到普希金、果戈理、契诃夫、托尔斯泰这些大师的名字，一律是顶礼膜拜、当作圣人一样供奉。苏共的文化政策是把俄罗斯的传统文化当作社会的凝聚力量来看待的；而我们恰恰相反，传统文化在我们领导眼中是一种涣散力量，认为它的存在必然会矮化当代文化。因此，当时在评价古典作家之时即使被充分肯定的伟大作家（如杜甫），最后也要落实在"他毕竟是古代作家，有着不可避免的历史局限和阶级局限"；历史局限，人们还易理解；所谓"阶级局限"，就是指出身于地主阶级。似乎不管多么伟大的古代作家，也不能与现今的"工人阶级"作家相提并论。在鄙视传统、迷信未来的社会风气下，作为青年学生，喜欢古代文学必然会有一定的压力。17 年中，"割断"传统的手法不像"文革"中那样激烈，所以不为研究者所注意，但它为"文革"中激烈的反传统奠定了基础。这 17 年中传统文化日益解体，不仅没有培养像样的、对传统有着深入研究的专家，而且使得整个社会很自觉地疏离了本民族的传统，以致现在补救都很困难。

1953 年，屈原被世界和平理事会（由法、德等欧洲"进步人士"发起，为苏联支持的左翼组织）定为"世界文化名人"。国内隆重纪念了这个贵族出身的"人民诗人"。也有楚辞各种版本出版（郭沫若的《屈原赋今译》就是稍后出版的），由此，国家出版机构也开始重视古典文学名著的出版，如人民文学出版社古代文学编辑室几位著名编辑（聂绀弩、王利器、黄肃秋、舒芜、陈迩冬、周汝昌等）各抱一部古典名著整理编校。纪念屈原，使得对古代文学基本否定的极"左"做法有所矫正。

1954 年，《光明日报》开辟了《文学遗产》专刊，每周定期发表评论和研究古代文学的文章给广大读者阅读以指导，也给古代文学的教学与研究提供参考。大约也是矫正极"左"做法的一部分吧。

　　我关注《文学遗产》是从 1955 年开始的。因为李泽厚的一篇长文在这个专栏上发表——《关于中国古典抒情诗中的人民性问题》。前面说到我对古典诗歌的喜爱，作为人总要给自己的感情倾向与行为找个正当的理由，特别是当这种感情或行为与社会舆论不太合拍的时候。我读了李这篇近两万字的文章，认识到中国古典诗歌太有价值了，它是中国人的骄傲，是值得人们喜爱和长久诵读的。

　　从作品的思想内容到艺术形式，李文高度评价了中国古典诗歌的人民性。该文肯定了中国古典诗歌中绝大部分作品，包括当时几乎被绝对否定的南唐亡国皇帝李煜的大部分抒情词。这篇文章我读了两三遍，它对古典诗歌作品价值的认定，给我的个人爱好以心理和感情上的支持。

　　"人民性"是当时从苏联传来的一种所谓"马克思列宁主义的概念"。那时一切都要学习苏联，李泽厚运用这个概念来评价中国古代抒情诗，谁也不敢"乱打棍子"（当时有许多所谓批评文章明目张胆地"打棍子"，而且浑不讲理，以势压人）。此文的发表，有点空谷绝响。20 世纪 50 年代初，斯大林去世后，苏联思想界逐渐活跃，文艺研究理论领域为教条主义所独霸的势态有所改变。那时在北京教授文艺理论的专家如北大的毕达可夫，北师大的尼古拉耶娃，都有些思想僵化、教条主义倾向。毕达可夫的一部《文艺学引论》尤为琐碎。季摩菲耶夫《文学原理》3 本小书——《文学概论》《怎样分析文学作品》《文学发展过程》——很像文学作品，思想前卫（在社会主义阵营的思想界），条理明畅。1954 年查良铮翻译，由平明出版社出版。这 3 本书受到许多有思考能力的中国学者的欢迎。李泽厚的文章明显受到季摩菲耶夫的影响。《文学发展过程》一书中有专节分析抒情诗的独特性及其价值，季摩菲耶夫也使用了"人民性"这个概念。当时尚很年轻的李泽厚几乎亦步亦趋来分析抒发个人情感的抒情诗的典型意义，而且像季氏一样强调抒情诗也有"形象大于思想"的问题，也就是谭复堂所说的："作者之用心未必然，而读者之用心未必不然。"这就解决了古代诗人尽管隶属于统治阶级、地主阶级，但写出的抒情诗却有可能反映了人民的意愿，代人民抒情的问题，李泽厚这种夹缝间的论述在当时被认为是创见。后来李泽厚收在《门外集》中的《意境杂谈》进一步把人民性与古典诗歌艺术特征结合起来，对于我理解古典诗歌有很大启发。

从此,《文学遗产》进入了我的生活,我几乎每期必看,最初想一期不落,后来发现很困难,因为《文学遗产》出版日期是每个星期日。这一天学校阅览室不开,星期一中午阅览室换当天的报纸,星期日的报纸就撤下来了。因此每当星期一我都是匆匆吃完午饭就赶到阅览室看报,有时还赶不上。我家距离虎坊桥较近,这里是《光明日报》社址所在,星期日无事常到这里的报栏读当天的《文学遗产》。1960年我上了大学,又读的是中文系,更感到有阅读《文学遗产》的必要,此时得知《光明日报》的学术副刊可以单订,也就是说,可以向《光明日报》单订《文学遗产》或其他副刊,如《史学》《哲学》《经济学》《逻辑学》等。从此我每期都能读到了,其中有好文章我还能通过剪报保存下来。1960年到1962年思想界比较活跃,《文学遗产》也随之繁荣了一个时期。《文学遗产》编辑部也很注重组织古典文学研究的讨论和争论,这类文章很吸引人,也是一种思想操练,能提高读者分析认识能力。引起我关注的有如何评价边塞诗、陶渊明诗文、《长恨歌》、李煜词以及《胡笳十八拍》的作者问题等。

追溯《文学遗产》组织的学术讨论,应从1955年发表陈培治的《对詹安泰先生关于李煜的〈虞美人〉看法的意见》开始。李煜词很有读者群,他许多名句活跃在人们口头,如"无限江山,别时容易见时难""剪不断,理还乱,是离愁,别有一番滋味在心头""问君能有几多愁,恰似一江春水向东流"等。可是李煜是个皇帝,而且还是个奢侈淫靡的亡国之君,如何看待李煜作品?他的作品在新时代是否还有阅读价值?这些引起热烈的讨论。《文学遗产》一共发表了十多篇争论文章,直到1956年2月,文学所的毛星先生发了一篇《评关于李煜词的讨论》,这是一篇总结文章,可以视作本次讨论的终结,也是曲终论定的权威观点,今后如果讲授李煜词就要以此为准。这次讨论使我受益,但我对这种研讨方式有不同的想法。

在17年中,每个学术讨论,如果这个"学术讨论"最后不转变为敌我矛盾,须批判斗争来解决问题,那么在讨论终结时都会有"权威单位"的"权威人物"来总结,这往往并非是做总结者的意愿,而是组织的安排。有时甚至每讨论一些较为重要的学术问题都要由权威人物写文章一锤定音。1956年,据说文学界某领导就说,关于李白的评价问题要以"力扬同志写的文章为准",其实当时力扬的文章还没有写,闹了一个大笑话。这种用行政的办法处理学术问题，就把复杂的学术问题简单化了。讨论最后要作结论、定论，仿佛做事要有头有尾，这不仅影响今后的学术发展，也取消了与"定论"有不同看法的人继续发表意见的机会。就拿李煜词讨论来说，当时李泽厚也写了一篇带有综合各种意见加以折中色彩的文章，名为《谈李煜词讨论中的几个问题》，观点虽与毛接近，但比毛文更宽容一些、写得更雄辩一些，可是因为有了毛文，他这篇就没有发出来。后来收在1957年出版的《门外集》里。

"文革"前没有专门讨论古典文学的杂志，《光明日报》每周用一个版面专门刊登有关古典文学的研究文字，那时每个版面约13000余字，每个月下来也有6万字左右，它还不定期以书的方式出版"增刊"，"文革"前出版了13辑。《文学遗产》基本上反映了20世纪50年代以来国内古典文学的研究成果。《文学遗产》附《光明日报》发行，其受众面自然极大，远不止是古典文学的研究者、爱好者，就是一般读者也可能通过这个副刊成为古典文学爱好者甚至成为研究者。

阅读《文学遗产》使我不仅增加了关于古典文学的知识，而且熟悉了古典文学研究的动态。1980年，当文学所领导研究调我入文学所从事《文学遗产》的编辑工作之前，有个考试，除了考一般的关于古典文学的知识外，还有一个大题：试述"文革"前古典文学研究领域的论争，可就其中的两次做详细介绍与评论。因为常读《文学遗产》，我答起来很顺手。因此可以说我在进《文学遗产》工作之前，这个专刊就是我的良师益友了。

1962年8月的北戴河会议上，毛泽东强调阶级斗争要搞一千年、一万年，1962年12月巡视华东各省时又谈到文艺领域"有点西风压倒东风"，1963年3月文化部停演"鬼戏"。在意识形态领域斗争日益严峻的时候，1963年6月《文学遗产》主动停刊。1964年《光明日报》按照上级指示一度以双周一期的形式复刊，但已经以发表大批判文章为主了，在学术上影响很小了。

二　从局外人到局内人

1. 调入《文学遗产》编辑部

没到文学所之前，我一直认为《光明日报·文学遗产》就是该报自己组稿编辑的。到了文学所才知道,该报学术性副刊大多是由研究单位负责采编的。《文学遗产》原是中国作家协会古典文学部主编,后来该部人员转到文学研究所,文学所遂成为这个副刊的主办单位。从1954年到1963年停刊,《文学遗产》的主编一直是陈翔鹤先生,到文学所后,除了陈先生在"文革"中去世外,原来参与编辑《文学遗产》的几乎都成为我的同事,如张白山、劳洪、白鸿、卢兴基等先生。我也从《文学遗产》局外人一变而为局内人。

我经历半生磨难,没想到最终能到文学研究所《文学遗产》编辑部工作。这对我个人来说是否极泰来。我们这一代是没有个人财产的一代,必须有借以谋生的工作,不管你是否喜欢这个工作。因此,对于我们来说,最幸福的莫过于谋生工作与个人兴趣爱好能够一致。

我能到文学所工作既是时代所赐,也是几位师长扶掖帮助的结果。所谓"时代所赐",一是粉碎"四人帮",中国社会发展渐入正轨,一切都要拨乱反正,原来的中国科学院哲学社会科学部扩大为中国社会科学院,恢复《文学遗产》就排上日程;二是我得到平反,社会才有可能改变对我的评价。所谓"师长的扶掖帮助"是指我的老师廖仲安先生向余冠英先生介绍,余先生是《文学遗产》的主编,认为我适合做这个学术刊物的编辑。具体负责编辑部工作的张白山先生又特别积极为我的调动做了许多具体工作。此时文学所一位老同志舒群调到作协,空出一个编制,给了《文学遗产》,为我调入编辑部创造了条件。听余冠英先生说:"你进所时七个所领导(所长沙汀、副所长陈荒煤、吴伯箫、余冠英、许觉民,书记王平凡、副书记徐达)都赞成,就是人事部门负责人不赞成,说你历史复杂。不过我可以找她谈谈,她会想通的。"不久就通过了。到文学所后,听说陈荒煤先生还在所务会上为我辩护说:"他有什么复杂的?连'三青团'都没参加过!他那点事还不是我们把他弄'复杂'了。"

2. 编辑部的领导张白山

白山先生为我的调动也很上心,所务会通过了之后,在院里的调令还没到的时候,他就催我上班,此时是1980年5月中旬。上班后,白山又多次到院里催办,在5月31日拿到调令,人事处的葛幼力同志第二天就到房山调我的人事关系,6月初我终于成为文学所的一员,在这里一直工作到

2002 年退休。

　　当时《文学遗产》正在积极筹办中，打算在 6 月份问世。编辑部主编是余冠英先生，但他年事已高，又兼着副所长，没有时间多管《文学遗产》的事儿，因此杂志从组稿、审稿、编辑都是副主编张白山负责。白山非常看重这个工作，想把杂志办成一流学术刊物，对稿子质量要求也很高。他负责三审，审稿特别认真，每篇稿子都要写上千字的意见。我劝他不要如此费力，他很以此自负，曾说："我要把如何看待和分析作品的意见都写出来，以后我这些审稿意见就能出个集子。"不过他的字太草，很难辨识。

　　白山同志不年轻了，大我 30 岁，已经年近古稀了，但还是事必躬亲，外出组稿，匆匆而来，匆匆而去；开会发言也都是自己写稿，从不假手他人。对于编辑部同志要求也很严。然而他也有苦恼，主要是职称问题。那时在职称上限制很严，所里除了一些新中国成立前就有名气的老专家和革命资历很深的老干部外，普遍职称不高。白山从 20 世纪 50 年代以来一直做编辑，当编辑要以奉献为原则，在编辑的位置上老写自己的东西是要受批评的。我做了 8 年编辑基本上没有写过什么东西，也常有"苦恨年年压金线，为他人作嫁衣裳"之感。可是在科研单位工作，在评职称时还是要靠著作说话。白山没有论著出版，他是以作家身份调入文学所的，他写的小说《一江春水向东流》，改编为电影后，红极一时，创造了当年的最高票房，也捧红了一批演员，如陶金、白杨、舒绣文、上官云珠、吴茵等；可是，创作在文学所没地位，白山也只是与我们私下谈起他写过《一江春水向东流》，在所里不敢说，怕被人取笑。他能拿得出手的只有新中国成立前，上海某私立大学给他的"教授聘书"，用这个证明他转为研究员，在所内也有争议；另外，社科院还重视革命资历，白山参加革命很早，20 世纪 30 年代就进入党的外围组织了，新中国成立初在上海又担任过文联秘书长。他的资历、年龄与所领导和所内著名老专家、老干部差不太多，可是职称、职位就差了太多，主持着国内唯一的古典文学研究刊物，连个高级职称都没有，在外人看来很费解，白山难免不太舒畅，有些牢骚。

　　白山自新中国成立以来就在文学界工作，有个作家头衔，外行看着很光鲜，但实际上这是个"高危"行业，"犯错误"的概率很高，而且往往因为一篇文章或一篇小说就会堕入深潭，万劫不复。钟惦棐先生因为一篇

《电影的锣鼓》便被划为"右派"，一下子沉沦 20 年；《文学遗产》的老主编陈翔鹤先生因为两篇小说《陶渊明写〈挽歌〉》《广陵散》在"文革"中被迫害而死。钟、陈都是白山很相熟的朋友，他们的遭遇不可能不给白山以深刻的影响。在编辑《文学遗产》时，白山特别害怕有借古讽今的文章在刊物上出现，严格把关，有时做得过了，就不免与我们这些负责一审二审的编辑发生分歧、甚至冲突。有时候，他觉得文章"味儿不对"，就把我们辛苦挑出的稿子否了，我们就有意见了。有时细小到一个词儿也不放过，记得有一篇文稿涉及北宋王安石变法和北宋党争，作者用了"持不同政见者"一词。白山一看，马上命令改了，说不能用这个词儿。当时我们评论"国际共运"中东欧国家中反主流势力（如波兰的"团结工会"）经常用"持不同政见者"这个词儿，白山把它看成"洪水猛兽"。我为之辩解说，这是个"中性词"，没有褒贬之意；白山说，那也不行，别招事。我觉得他真是活得很累也很孤独，背着太多历史负担，有时看到他提着一个黑色人造革半旧的提包，来去匆匆地为一篇稿子奔走，不由得让人感到心酸。

1984 年冬，白山终于病倒了，心脏病突发，被送到同仁医院，连病房都没有，躺在楼道里自己带去的临时床上，任凭人们穿来走去。我到医院陪住了几天，看到白山缩在被子里，似乎在逃避楼道里的嘈杂与喧嚣。后来经过所里帮助，他被转到颐和园附近西苑中医医院的个人单间，才安定了些。从此，他再也没有主持《文学遗产》的工作了，古代室的劳洪替代了他。白山一直在医院病床和家中的安乐椅上转来换去，直到 1999 年去世。

3. 五个人的编辑部

《文学遗产》之初，编辑部仅 5 人，4 个编辑，1 个编务。编辑中最年长的是高光起先生，他是 1923 年生，当时年近六旬，锡伯族人，1948 年北京大学中文系毕业，喜爱并热衷创作，师从沈从文先生，从贬谪地回京后还常看沈先生，他经常在编辑部聊起沈先生的一些逸事。老高本来在《人民文学》担任编辑，后调到文学所。1957 年上半年，《人民文学》贯彻中央倡导的"双百"方针，5 月、6 月编发了一个合刊，该期选用了一些思想、艺术都有创新的稿件和复出老作家的稿件，李希凡、姚文元等带头批判这期《人民文学》，说它代表了修正主义创作逆流，《人民文学》的革新"特大号"变成了"毒草"专号。编辑部主任李清泉首当其冲,被划为右派,编辑们也不能幸免,此时老高已经调到文学所,《人民文学》划右派时,也没忘了给他留顶"帽子"。老高说当时批判他时,连上大学时爱戴墨镜都是一条罪状,说"像特务"。后来老高被发配到甘肃,后又从兰州下放平凉县,在文化馆工作。1979 年被改正,回到北京。他在《文学遗产》担任编辑室副主任,只工作了四五年,1985 年文学所从日坛路 6 号,迁回建国门大街 5 号时他便退休了。高光起先生性格和蔼,永远不急不慌,听说一盘棋他能下一天,是个散淡的人。他担任编辑部主任,是编辑部同仁和谐相处的根本。

与老高类似的是卢兴基先生,他也是 1979 年被改正,从包头回到北京的。本论文集中有卢先生的自我介绍,这里不赘。

还有一位是从空军政治部转业来的张展先生。他本姓白,张展是他秘密参加了共产党之后,从事地下工作时起的名字。抗战中他在东北大学读中文系,当时学校撤到四川三台县(柏杨也是同时期的东北大学学生),解放战争中被调到华北根据地,遂成为解放军的一员。张展为人朴讷,平常总是在默默看稿子,如果没有人主动与他说话,屋子里就像没人一样。可是要一和他聊起来,便知其腹笥之丰富。我给他概括为三个"熟悉",一是长期在空军政治部工作,熟悉军内掌故。二是据他的好朋友和大学同学徐放先生说:"张展通读过'二十四史',熟悉文史掌故。"三是他熟悉娱乐圈的掌故,谁演过什么电影,谁得过奖,上始 20 世纪三四十年代,下讫 20 世纪 80 年代,谈起来如数家珍。这在编辑部里还是一绝。在部队里工作了二三十年的张展最后竟因为博学被强令转业。这是因为他沾了"林彪反革命集团事件"的"包"。

"文革"当中毛泽东讲话经常爱引文史典故,许多半文盲的领导听不懂,于是就找一些老学究给他们讲解。江青牌子大,就让"梁效"(北大、清华两校)中的文史名教授给她恶补这方面的知识;叶群不敢跟江青比,只能在部队里找。她找到张展,让他标点、翻译古书,辅导她学习。张展也在郝家湾上过班,亲眼看到过林彪生活的简朴与怪异。"9·13"事件林彪外逃时,正巧张展也被招至北戴河,于是连同"林办"人员和林立果未能带走的未婚妻张宁,在林彪的三叉戟起飞不久后都被拘押审查了。他们被审查四五年，没有发现什么问题，但也被迫转业。张展被派到承德民族师范高等专科学校任教务长，把北京空军分给他的三居室楼房退回给空军。老张的夫人、孩子都在北京工作，他怎么能一个人去承德？而且他还面临着无处居住的问题。最后只能与住在北京城内的继母挤在两间小平房里。通过原来《文学遗产》老编辑白鸿女士介绍到改版的《文学遗产》编辑部来工作。张展因为居处紧张一度住在编辑部，编辑部两间屋子我们一人一间。晚上有时看完书还要聊会儿天，从而得知其经历。张展头发白得很早，从我们一见他，他头发就是白的。是否是审查时白的？不得而知。

张展在军队三十余年，养成了服从命令、谦虚谨慎的作风，再加上他性格慢，说起话来慢条斯理，做起事来有条不紊，与我个性大异其趣。他曾说我，像你这种性格在部队里一天也不行。他讲1948年从四川经千辛万苦来到华北根据地，那时正在搞整党，又称"搬大石头运动"，极"左"之风极盛。党员分坐三队，一队是"倚靠席"，这是指出身工人、贫雇农的；一队是"团结席"，指出身小资产阶级、中农等；一队是"王八蛋席"，指出身地主、富农、资产阶级、旧军队等。他父亲是东北军的军需处长，个人又是知识分子，所以被安排坐在"王八蛋席"。但他安然待之，这阵风过去也就好了。除了林彪事件非自己能避免外，几十年没犯过错误。这可能与他性格慢有关，凡事多看看，少说话，自然麻烦就少很多。不过，我见他急过一次。20世纪80年代所里分给他一套房子，地点在古城，离市区很远，家人的户口还在市内。那一年赶上儿子考大学，考场随户口，自然也在市内。儿子也是慢性子，起床后慢腾腾穿衣服。张展在编辑部说到此事："我在一边看着他穿袜子，摩挲来，摩挲去，怕穿得不周正。真急死我了！"大家听了都笑了。我说："老张，儿子能让您着急，可见他的'慢'是青出于蓝了。"到了退休的年龄，张展接受了返聘，编辑部老人已经星散，大多退休，我转到古代室。有一次到老张的好朋友、老朋友徐放先生那里去，他向我问起张展。我说："虽都在文学所，也很少见。有一天我坐'大一路'车，从社科院门口过，见他一个人提着包从院里走出来，踽踽独行，白发在阳光下分外闪光，让我想起杜甫的一句诗'白头拾遗徒步归'。"徐放先生也笑了："真是'白头拾遗'，张展真是难得的好人，老实人。"大约是在20世纪末，他彻底退休了。不久听说他中风了，我还没有来得及去看望，他便匆匆去世了。一天早晨，我与编辑部的老人，再加上徐放、白鸿，还有后来的《文学遗产》领导劳洪到协和医院为他送行。仪式很简单，我们向他行了告别礼就结束了。本来很是丰腴的老张缩成一个精瘦的小老头直挺挺地躺在铺着雪白床单的病床上，我想这位循规蹈矩的前军官是不是休息的时候就是这个样子呢？这是我最后见到的张展。

《文学遗产》编务是王芳女士。她是《文学评论》主编侯敏泽先生的妻子，敏泽是有名的文学批评家，他从保定调到《文学评论》时王芳也跟着来到北京，所里把她安排到《文学遗产》来做编务。王芳给我的印象是热情、爱干净、整齐和闲不住。当时编辑部蜷局在两间活动板房里，风雨一来，土泥并至，搞卫生简直是白费劲！可是王芳每一上班就是不停地用抹布擦，擦书架子，擦桌子，编辑部的书籍、稿纸永远是整整齐齐的。她每天沉埋在收发信件、给来稿者回函等烦琐工作中，勤勤恳恳，但因为不善于辨识潦草的字迹也闹过笑话。我们杭州有位老作者是研究戏曲文学和戏曲音乐的，名为"洛地"。一次给他复信，王芳误把名字写为"浴池"。洛地后来回信说"不料竟将贱名改为'浴池'"，编辑部为之哄堂。

4. 编辑部中的常事

当编辑无非就是组稿、审稿、编稿、发稿。有时还要组织学术会议。

虽然我从大学毕业已经十七八年了，但从事编辑工作还是第一回，所以是个新编辑。新编辑有个共同的毛病就是爱改动自己所处理的稿件，我也不例外。坐在我对面的老高就对我说：为人处世是"万言万当，不如一默"；做编辑最好的习惯是一个标点也不动。后来当编辑久了发现这是新编辑的通病。为什么一当编辑就有改他人稿子的冲动？这与当官一样，常说的"新官上任三把火"，这"新官"放"火"的冲动由何而来？说白了就是新官要表现自己的"努力"和"能力"，而且他有权力去表现；新编辑也如此。不同的是，新官有权改变其所职掌部门的旧貌，而编辑在他人的文章上留下自己的痕迹也是他的职业权力。

在新编辑眼中，如果发的稿子里没有自己的痕迹总会感到不痛快，仿佛自己什么也没干似的。其实改稿子是费力不讨好的事儿，如果是长袍改短褂，长裤改裤衩儿还好办，动动剪刀就可以了；可怕的是肥改瘦、最可怕是对原文作"款式"上的变动，这样不仅处处都要拆改并重新缝合，而且还要把它塞入另一个款式的模板中，其费劲儿程度可以想见。待"新款"出笼后往往还是"三不满意"，作者不满意，读者不满意，有时作为修改后台的主编也不满意，作为"新款"的制造者的编辑遂成为众矢之的。

记得编辑部曾要发一篇谈爱国主义的文章，来稿中恰好有一篇，三天内就要发稿。作者在外埠，按当时的条件，让作者自己修改是无论如何也完不成的。白山同志责令我改，此文长达两万余字，要改成 1 万字以内，并要在文章中申明一下编辑部的主张。当时初来《文学遗产》，觉得这是领导对自己的看重，辛辛苦苦弄了 20 个小时，才赶出来。文章编入刊物后我还给作者写了封信，通知他"尊稿经删节后刊在某期"，作者也未表示异议。文章发表了以后，刊物也已问世，作者突然来信要求撤稿，当然这只是一个姿态，有点要挟编辑部的意思，生米已成熟饭，怎么撤？但这件事弄得大家都很不痛快。过了一年，在一个学术会议上碰到了作者，我本来还想跟他谈谈。不料这位较我年长十多岁的学者还冲我高声喊道："听到你们要修改我的稿子，我打算买飞机票到北京去制止，介绍信（当时买飞机票要介绍信）还没开来，想不到你们就发了。这是我毕生之耻！"我也很不高兴，表示今后绝不发他的稿子（其实，后来我发过他一篇文章）。回想起来，虽然那位作者自视甚高，有些可笑。然而，我们也有对作者不够尊重的地方。再说刊物通过改动作者稿件以适应和表达编辑部的观点，这涉及知识产权问题，作为学术刊物是不允许的。不过，30 年前我们还没有这种意识。

选稿和把稿子编发出去是编辑工作的目的。《文学遗产》是三审制，编辑初审，把入选的稿子在编辑部互相传看，是为二审，最后由主编选定，发回初审者，初审编辑在文字上过一遍，最后做到"齐、清、定"，交给负责出版印行的出版社，编辑部的任务便完成了。编辑部组成仓促，"文化大革命"又刚刚过去，因此尽管编辑部同仁通力合作，但仍显得有些忙乱，大家怕出错，而越怕越出错，创刊号首页缺了"文学遗产"四字，没了刊标好像人被剃了眉毛。

关于选稿，编辑部是不拘一格的，自然我们很重视老专家的稿子，但也没有忽略中青年作者，与当时的文史研究杂志相比，我们发了许多在读研究生和本科生的稿子。这些在《文学遗产》发稿的年青人后来大多成为古典文学或文史研究的专家、名家，在各自领域做出了突出的贡献。当然，那时的"年青人"现在也都不年轻了。

我最初发的一篇青年人的论文是武汉大学胡国瑞先生的硕士研究生唐异明的《李白的失败与成功》，此文论李白正是由于政治上的失败才促成诗歌创作上的成功。有新见，也有文采。后来又发了他的《"徒希客星隐，弱植不足援"辨》小考证和《读〈霍小玉传〉，兼论〈莺莺传〉及〈李娃传〉》论文，两三年内连发三篇文章的作者还是不多的。在发第一篇文章的时候，我曾与作者通信，得知他由于家庭出身的问题，几度高考都未能录取，直到粉碎"四人帮"后才能被直接录取为研究生。后来一直不闻他的消息，20世纪80年代末，武汉大学王启兴先生到京来访，闲聊起武汉大学和学术界的情况，我问起唐。他说："去美国留学了。听说其父是国民党的铨叙部长，在台湾还有政治影响。所以当局也没有拦他。"

给我留下印象较深的青年学者葛兆光大约也是在《文学遗产》首发论文的。1983年他写的《论朱敦儒及其词》，我觉得写得很好，向主编推荐，得以发表。他在《文学遗产》发的第一篇文章是《赵师秀小考》，文章对于南宋"四灵"之一的赵师秀生平事迹做了考证，后来又发表了他研究"四灵"的文章《从四灵诗说到南宋晚唐诗风》。他硕士毕业后又发了一篇《唐代道教与诗歌》。葛兆光的文章眼界开阔，观点新颖，文字也好，因此后来与傅璇琮先生等编《大文学史观丛书》遴选作者时首先想到了他。考据文章给我印象深的是苏州大学杨海明的《张炎家世考》。这篇文章的特点是把考据文章写得通俗明畅，有点像俞平伯先生的写法。1983年我南下组稿时见过杨君，因为年龄相当，爱好相同，聊了很长时间，事过30年几乎都忘了，只有一句还记得很清晰。他说："我生长在江南，过去江南每个小镇都有其特殊的风貌，个个不同。后来经过改造几乎都变成一条大街，一个银行，一个邮局，一家粮店，一家合作社（卖杂货）和几盏路灯的居民点。"我听到这段话便想起高尔基的名文——《个性的毁灭》。

当时经我手发的研究生和刚毕业的青年学者的作品太多了，如陈华昌、邓乔彬、张三夕、卞岐、赵仁珪、程亦军、宋红、张善文……指不胜屈。《文学遗产》不歧视青年作者的情况不为外界所知，例如张善文先生家人就找过我，怕因为张很年轻就写论《周易》而被淘汰。我说编辑部完全根据稿子质量决定去取，最后他们还是半信半疑地走了。1984 年第 1 期，张文发在第一篇。

本科生的文章也有，印象深的是北京大学中文系学生夏晓虹关于李白的学术论文。这篇文章是编委陈贻焮先生介绍来的。原来此文是要发在正刊上的，后来因为稿子太多，便发在增刊上。

复刊的《文学遗产》适逢思想解放的高潮，古典文学研究者自然不会处身事外。许多学者打破了自 20 世纪 50 年代分析古典文学"三大块"的传统——思想性、艺术性和对后世的影响。不仅青年学者热衷采用新方法，关注过去研究很少涉及的领域，就是一些老学者的文章也纷纷表现出其学术个性，如南京老学者程千帆先生的文章《相同的题材与不相同的主题、形象、风格——四篇〈桃源诗〉的比较研究》，另一位南京老学者段熙仲先生的文章《〈诗三百〉与显学争鸣、经师异义》，从这些题目就可以想见其内容及其分析方法，然而这些都能在《文学遗产》刊出，可见编辑部也试图兼容并包，促进古典文学研究的发展。

办刊物最怕没稿子，但《文学遗产》在当时的古典文学界是"就此一家"的，只要"竖起招军旗，就有吃粮人"。1980 年初计划《文学遗产》复刊，在《光明日报》发出消息，并刊登欢迎投稿的启事，稿子就源源不断，在我进入编辑部时积稿已有数百万字，4 个编辑看不过来。但自然来稿会良莠不齐，精品或者能体现编辑部精神的更少，因此还要组稿。《文学遗产》的编委和通讯员是由全国各地高校或学术机关的成员组成的，他们常常把自己发现的好稿子推荐到编辑部来。1983 年 5 月 1 日以后，我和卢兴基先生有一次长途之旅，到南京、上海、苏州一带组稿，谈与苏州大学合办清诗研讨会，老卢顺便到苏州的父母家探视年龄在九十开外的老父老母。

三　长达一个多月的组稿之旅

这长达一个月的组稿之旅中，我们拜访了不少年过耄耋的专家，也接触了许多中青年的研究者。这篇回忆不能一一展开，仅就已归道山的一代学者程千帆、唐圭璋、姜亮夫、程俊英、万云骏、苏渊雷、钱仲联等给我留下的零零碎碎的印象作些记述。

到南京后我们住在一个距南京大学不远的招待所里。到达南京的当晚，由周勋初先生带领老卢和我一起到程千帆先生家中去拜访。"反右"之前，我曾读过程先生和沈祖棻先生合著的《古典诗歌论丛》以及千帆先生的《关于文艺批评的写作》，以为程老与北京林庚先生一样，虽然教古典文学却是位新派人物。通过这次拜访我才明白程先生原来是像胡小石、汪辟疆前辈一样的传统型学者，但他又不拒绝接受新的思想意识和新的研究方法。

原来程先生执教武汉大学多年，但武汉大学也是他的伤心之地，1957年之冤，"文革"之劫，他都没有脱过。而且几十年相濡以沫的老妻、一代才女沈祖棻也因车祸命丧武汉。所以，当南京大学校长匡亚明先生热情敦请，程先生便毅然离开武汉，来到他青年时代的求学之所。可是1978年，"文革"结束不久，一切还没有走上正轨，先生的职称、居所，甚至连工资都没有很好地解决，我在1981年还听南京大学一些老师为他鸣不平。幸有爱才的匡老的推动，1983年我们见到程先生时他应有的待遇才一项项落实下来。我们去的他家，似乎是南京大学新分给他的一套房子，程老请人打了几个书柜（那时市场很少有这类商品供应），他兴致勃勃地跟我们讲："这个柜子有我一个新发明，可以申请专利呢。"我们很奇怪，老人像小孩子一样高兴，很详细地介绍书柜的特点："这个书柜较一般的略宽，可以码两层书。我把后排的底面稍抬高一些，外层的书不至于挡住后层书脊的目录，这样找书就方便多了。"我们向他约稿，他谈了对我们的期待，说："不要把眼睛老盯在我们这些老人上，应该多关注青年人的来稿，他们才是希望所在。"即将告别之际，程老在书案铺上一张宣纸，新婚夫人研墨，他兴致勃勃地为我们题字，老人的风采令我想起黄庭坚的名句："闭门觅句陈无己，对客挥毫秦少游。"

在南京我们还见了唐圭璋先生。唐先生是词曲大师吴梅的高足，我上大学时就读过他编辑的《词话丛编》和他笺注、朱彊村编选的《宋词三百首》。唐先生已经鳏居多年，年龄已逾80，体弱多病，住在女儿家。当我们进了他家，身体羸弱、看来有点弱不禁风的老先生被女婿扶掖着出来。此时已是阳历5月，按阴历说也是三春之末，然而唐先生还穿着棉袄棉裤，当我与唐老握手时，我才知道什么是"柔若无骨"，真是像面条一样柔软而轻暖。我想这真是江南才子的一双手。听了老先生的自我介绍，没想到他是位旗人，祖上驻防南京，是吃铁杆庄稼的八旗驻防军，因此才落籍南京。我说，那您在院系调整时调到东北师范大学任教还是回老家了呢！唐先生笑了，说："我对这个老家可不习惯了，我们在南京住了几辈了，家风、旧物和习惯都是南京传统的。"过去仅知道唐老是词学家中的文献学家，这次才得知唐老也是词人，而且是深于情的词人，词风与唐末北宋婉约派相近。唐老中年时妻子去世，他带着3个女儿过活，写下许多悼亡的词章。听说唐先生每到清明忌日必到妻子墓前吹箫，一吹就是一天。后来我有幸读了唐先生的词集——《梦桐词》，感到传言非虚。

在南京我们本来打算拜访段熙仲先生，但听说段先生正在卧病，因此不敢贸然相访。我们住的招待所距清凉山很近，一天吃完晚饭，天还没有黑透，于是我与老卢到清凉山散步，没想到在那里偶遇段先生。段先生挂着一根手杖，正兴致勃勃从山上下来。他见到我们的第一句话就是："我到这里爬山来了，考验一下，这场大病后身体是否还有余力写文章？看来还成，我上下两趟了，没有体力不支的感觉。"段先生是民国时期著名的博学家柳诒徵先生的高足，对于经学有深湛的研究，特别是对"三礼"的研究如今已成绝响。以经学家的眼光考察文学自然有其特到之处。

上海是学者名流云集的地方，我们只造访了复旦大学、华东师范大学和上海古籍出版社。我们见到一些卓有成就的中年学者如章培恒（在我的印象中他是粉碎"四人帮"后，第一位被评为教授的文科学者，原因在于其出版了《洪昇年谱》）、陆树仑（此见之后第二年春天这位勤勉而有才华的学者便因车祸去世）、陈允吉（当时他生活上很艰难，每日在办公室工作、睡觉）、齐森华（当时正患病，又兼系主任，极为劳累）、陈邦炎（当时家属在美国，每天在出版社食堂吃饭）等，他们虽各有艰难，但都在勤奋地工作。

每当回忆起这次南行，我便会想起苏渊雷先生。我上初中时就读过他编选的《李杜诗选》《元白诗选》，不过两书署名都是"苏仲翔"，"仲翔"是苏先生的字，这是1981年秋天我到湖南永州参加柳宗元学术研讨会，在会上见到了苏先生才知道的。当我提起读过他的"李杜""元白"两个选本时，老先生急摆双手连连说："不值一提，不值一提，那是解放初为换饭吃而作的，那时经济紧张，'著书都为稻粱谋'啊！你要是有兴趣，最近中华出版了我标点的《五灯会元》倒可以看一看。"苏先生为人爽快，有话直说，快人快语，动作也十分敏捷，根本不像六七十岁的老翁；他身材不高，短小精悍，须发全白，面色红润，微有光泽，可以当得"鹤发童颜"四字。让我最惊讶的是他极端"好酒"，文人中喜欢喝两盅的不少，但像苏老这样小酒瓶随身携带、"不可须臾离也"的真不多。这样的"酒狂"，我只见过杨宪益先生和苏先生两位。他们都是以酒当茶，说着话，觉得口干，就喝上一口，旁若无人。苏先生说："我没有上过正规大学，我读的是监狱大学，1927年后被国民党抓起来判19年徒刑，从此开启了我的大学之门。狱中读书专注安静，没有干扰，平常很难啃的书，到了监狱就能耐着性子读下去了。不过监狱书少，便于选定名著，精心细读；我还有一个读书多而杂的经历，那就是卖书。我当过'书商'啊。1943年，我在重庆开了一个书店，名叫钵水斋，取佛家'钵水如心'之典，既收购书，也卖书，等于一个书籍流通处。书籍停留在我处时，便大快朵颐。明日离去还可以留下许多思念，爱书何必我有？"说到这里便开怀大笑，仿佛大嚼之后，齿颊仍有余香。这次到华东师范大学，先到朱碧莲先生家，她说苏先生就在不远处，我们午休之后便到苏府拜访。老先生已经早早起来了，而且是研墨以待。苏先生不仅学问好，博学多闻，而且诗书画俱佳。他在永州时就说要给我写一幅字，那次会议将散时，会议主办方请他留下墨宝，有许多人围着他，看他写字，他写后除了留给大会的，便随手送人。我身高块大，没有挤在众人之间，只是远远地望着他酒后龙飞凤舞的风采。写完了字，他从"围墙"中走了出来，见到我说："你没拿呀？以后一定会给你写一幅。"没想到苏老还没有忘记这个许诺，我们一进先生家，他第一句话就是："先给你幅字，刚刚喝了一点，下笔尚有余勇。"于是，老先生伸纸舔墨，运笔如飞，须臾之间就写完了他的一首旧作。我忙谢不迭。我在古典文学界工作二三十年，也认识一些书法精妙的老先生，自觉不是风雅之士，从未向老先生们乞过墨宝，也很少见老先生主动以墨宝见赠的，苏老是我遇到唯一的一位。后来苏先生还赐稿给《文学遗产》，是谈王渔洋《秋柳诗》的。诗人论诗就不同于一般的研究者。苏老晚年以佛学名世，除了在华东师范大学教书外，还兼着上海佛教协会会长。先生的佛学我懂得很少，但先生的旧体诗，我是很欣赏的。1933年他被保释出狱后，回家探母，作《归家口占》一首："七年隔世九生死，万里归来一病囚。每日吾儿无恙否？一声弹指泪先流。"语浅情深。

在华东师范大学我们还拜访了程俊英先生，这位民国初年风流倜傥的女"四公子"之一已经80有余了。我想象着这位与黄庐隐齐名、当年颇有些叛逆色彩的"女将"现今的样子。当齐森华先生领我们到程先生家，开门一见，出现在我们眼前的就是上海弄堂里普通慈祥的老奶奶。她拉着我们的手说话，仿佛是老奶奶对儿孙辈的叮嘱，听来絮絮叨叨，但语言之后是一种长辈的关切。她说办学术刊物不容易，研究古典文学，大家心有余悸。过去许多有关文化的政治运动都是从文史开始的，从批《武训传》到评"俞平伯的《红楼梦研究》"；从鼓励"插红旗、拔白旗"到批"厚古薄今"，一直到批"鬼戏"《李慧娘》、批《海瑞罢官》开启"文化大革命"。她说我活的年纪大，一桩桩都经历了。不过正因为老了，什么也不怕了，还是要把多年研究《诗经》的心得总结出来。齐森华先生也说程先生是老当益壮。当时齐先生仿佛是有肝病，程先生当着我们的面，告诫他不要太累，把身体养好了有的是时间工作。

我们来上海就住在上海古籍出版社招待所，大约有六七天。我这个北方人第一次在上海住如此长的时间。招待所给我印象最深的是它的食堂，真是物美价廉。我最爱吃食堂的炒鸡毛菜，菜极嫩、极鲜，北方没有。这个清炒小菜才两分钱一个，现在说起来恍如隔世。

虽然我们每天都在外面跑，但上海古籍出版社文学编辑室的同仁大多也都见到了。他们之中年最长的，大约就属何满子先生了。先生本姓孙，浙江富阳人，是不是东吴孙权之后，没问过，不敢妄断。满子先生因为这奇怪的笔名——"一声何满子，双泪落君前"，才使我一见其名而不忘。当时先生已经六十有余，但精力充沛，目光矍铄。他身材不高，略显清癯，穿着一身洗得干净、熨得平整的中山装，一看就知道是个能干事的人，或者说是个精明的上海男人。不过听老先生说自己谋身、谋生甚拙，从20世纪50年代以来，哪次运动也没有落下，成了资深"运动员"。我很奇怪，问他，我第一次看到您的文章是1957年，要是在胡风事件时就摊上事儿了，怎么整风时还能参加"鸣放"呢？他说，我本不认识胡风，与他们一点关系也没有，但1955年整胡风时也把我抓起来了，调查了半年多，没有发现任何疑点才把我放了。所以1957年号召给党提意见时我才能"鸣放"。不过这回没有饶过我，划了右派。并发配到宁夏劳动改造，艰苦无比，但幸有吉人相助，不仅在大西北受到些优待，后来又能回到上海。你们搞学术的都看不起普及工作，幸亏当年我为了换稿费把《聊斋》翻译为白话，20世纪50年代出版书籍少，这个白话本《聊斋》印了很多，宁夏劳改队中有个政府管教喜欢《聊斋》，就看过我的翻译本，很照顾我。在劳改队有人照顾和没人照顾是大不一样的。

后来满子先生还代表上海古籍出版社到北京学界征求出版文渊阁《四库全书》的意见，也到文学研究所和《文学遗产》编辑部来了。我说台湾已经出了"文渊阁本"了，大陆保有的各类本子中以"文津阁本"为最好，是不是可以印这个本子。不过上海古籍出版社没有采纳，我想可能有实际困难，藏有《四库全书》的都把这部书视为拱珍，奇货可居，出版单位要出版，可能会喊出天价来，使得出版者望而生畏。印台湾已经印过的"文渊阁本"，由于当时两岸还处在隔绝状态，没有知识产权问题，所以印这个本子可以一钱不花。

退休后，写随笔杂文自娱，何满子先生是这方面的名家，有一年他来京，邵燕祥等先生宴请他，我也叨陪末座，相谈甚欢，后来还与先生有信件往来。我还曾请教他对于鲁迅先生所说的"三国气""水浒气"应作何理解。

另一位就是朱金城先生。那时他正在搞《白居易集笺校》，他与瞿蜕园先生合作的《李白集校注》已经享誉古典文学界。白居易集比李白集更难，因为白居易集从未有过系统的笺注本，其诗文三千七百多首，要比李白多几倍。朱先生说，其实白集也是在瞿先生指导下搞的，在"文革"前基本上完稿，但"文革"中所有手稿、材料、书籍统统被抄走，"文革"后虽然幸得珠还，但缺残也不少，而且真正成书也极麻烦。家中稿子摊了一地，笺条散乱，再加上眼睛不好，每天都是昏头涨脑，苦不堪言。朱先生很能聊，后来到兰州参加唐诗研讨会又遇到朱先生，会后到敦煌参观，我们在火车上作彻夜之谈，聊了许多瞿蜕园先生的旧事。朱先生退休后便杳无消息，听说晚年只以读书为乐。

从上海到杭州，我们造访了杭州大学与浙江师范学院。在杭州大学，姜亮夫先生一家很热情地欢迎了我们。我们一到杭州就下雨，书房里很暗，亮夫先生看我们给他带去的《文学遗产》时脸几乎贴在书上。他苦笑着说："还是看不清楚。开电灯也不管用。"他又指着身旁的女儿姜昆武说："现在我写东西、看材料多靠她了。"姜先生是云南人，乡音属于北方语系，很好懂。他于1926年考上清华大学国学院，师从梁启超、王国维、陈寅恪等先生。他笑着说："陈先生常爱出偏题、怪题考我们呢。我入学考试题中就有'试写出十八罗汉中几位罗汉的名字'这个怪题。我一看题就懵了，一个也没答出来，吃了个鸡蛋。"我插了一句："姜先生，十八罗汉的名字连我还能说出几位呢，如伏虎罗汉，降龙罗汉，长眉罗汉……您怎么一位也说不出来呢？"姜老说："你说的不是罗汉尊者的名字，而是俗称。他们之间有许多是真实的历史人物，各有名姓的。如你说的伏虎罗汉名为弥勒尊者，降龙罗汉名迦叶尊者，长眉罗汉名阿氏多尊者……""原来如此复杂！"我恍然大悟。姜先生又说："不过陈先生的考题使我认识到读书做学问要细。"那时女儿姜昆武正在帮他总结姜老的楚辞研究，其成果有一部分发在《文学遗产》上。

姜先生的夫人陶秋英打着雨伞从正房走来，她也是多才多艺的，既是学者又是画家。看到陶先生晚年格调，想象其青年时定是标准的江南淑女，她经历了多年的改造和"文化大革命"的摧残，仍不失优雅风度。我们与姜老谈完了她才与我们提起有事要我们"相帮"。她说"文革"前，人民文学出版社约她一部书稿——《宋金元文论选》——这是要收入他们社编辑的《中国文学批评史丛书》的，但交稿没多久就搞"文化大革命"了，从此再无消息。三中全会后，一切出版都恢复正常，可是她那部书仍然消息杳然，希望我们回京后替她问一问。我以为是多么重大的事儿呢，值得老人如此郑重相托？陶先生还拿出她画作的照片给我们欣赏，有些还赠给我们留作纪念。

《文学遗产》与人民文学出版社古编室编辑大多相熟，我们一到北京就马上与他们联系，其实他们早已关注这个问题了，稿子也没丢，编辑程序也基本完成，马上就发排了。果然不久就印出来了，陶先生还赠我们两人各一本，我们却有些无功受禄之感。

离开杭州的下一站是苏州。从杭州到苏州有夜航船，晚上8点多上船，第二天早上到苏州。我们一夜在船上听着大运河的潺潺的水声入睡，到苏州离船登岸太阳才刚刚出来。苏州大学的吴企明先生（也是老卢的好朋友）到码头接我们到学校。苏州大学离葑门不远，好像吴先生家就在附近，晚上吴先生在家里宴请我们。他们住的还是苏式老宅子。

这次出来组稿还有一项重要的任务就是要与苏州大学古代文学研究室敲定本年度两个单位联合主办的清代诗歌研讨会。苏州是老卢父母家所在，到了苏州老卢就回家住了，我一个人住在苏州大学招待所。这里距网师园很近，我每天吃完早点带上一本书就跑到网师园里一坐，那个园子不像拙政园、沧浪亭那样有名，园子又小，建筑简洁，不以巧思取胜，反而别有风味。那时网师园还没有开展旅游，苏州本地人都上班了，园子里很静，有时我能在殿春簃前坐上半天，呼吸着清新的空气，望着墙犄角芭蕉的新绿，享受宁静和欣欣生意。

苏州大学中文系古代教研室是清代诗歌的重镇，原因就在于其主持者钱仲联先生。钱先生兼研究者与诗人于一身，诗歌是他的家学，其先世如祖父钱振伦、舅祖翁同龢都是卓有成就的清代诗人。因此听他谈起清诗如同说其家事。这样的研究者与他研究的对象"不隔"，不仅有利于知人论世、探求其诗心，而且知道创作中的锱铢筋节，这往往是现代研究者所不具备的。我与老卢共同拜访钱仲联先生。他住在不甚宽绰的小平房里，年近八旬的钱老尚很精神，那时他正在编纂大部头的《清诗纪事》。邓之诚先生的《清诗纪事初编》一直受到学术界的好评，可惜邓著仅及"顺康两代"，像邓先生那种史学家的法眼和对顺康时期著作的熟悉（邓之诚几乎把顺康时的集子搜罗殆尽，去世前这些集子都转移到中国科学院图书馆了，现在查找清人集，中国科学院图书馆是不可忽视的），几十年来，难以为继，只有钱仲联先生能够把这个担子挑起来。

王国维说："凡一代有一代之文学，楚之骚，汉之赋，六代之骈语，唐之诗，宋之词，元之曲，皆所谓一代之文学，而后世莫能继焉者。"有的学者把这个道理推到极端，认为唐代以后无诗。陆侃如、冯沅君先生合著的《中国诗史》对唐代以后之诗便弃之不论。宋诗都在不论之中，何况清诗！因之，在中国古典文学研究领域，清诗研究历来属于弱项。钱先生要把清诗研究振兴起来，带的研究生也多是研究清诗的，以确立清诗的研究在古典文学研究中应有的地位。清诗虽然在艺术创新上不能与唐诗、宋诗相提并论，但在内容上还是有很大突破的，特别是清初与清末这两个时段。让人们认识到清诗的价值大约也是钱老热心召开清诗研讨会的主要目的。

让我感到惊奇的是，钱老对于会务一套还很在行，我们研究会议经费及出席学者补贴时，老先生时时插话，对出差补贴、乘车住宿以及不同职称的人不同待遇这一套极其烦琐的规定他都很清楚。钱先生不是除读书以外全不知世事的"书呆子"类型的学者。

我们这次见钱先生后，老先生又工作了 20 年，直到 2003 年辞世，完成了大部头的《清诗纪事》（全书 22 册，可以码一书架）以及《沈曾植集校注》等。

从这次组稿出差之后，为家事所累我就很少再出门了。特别是 1988 年我离开了《文学遗产》编辑部，调入古代文学研究室以后，便只是闷头读书，连学术会议都很少参加了，逐渐疏离了学术界。

[作者单位：中国社会科学院文学研究所]

王运熙先生和《文学遗产》

杨　明

《文学遗产》60 华诞即将来临。在这里，我想回顾先师王运熙先生在《文学遗产》发表论文的情况，以此作为一瓣心香，表示自己的真诚的祝愿。

王运熙先生是当代古典文学研究大家，他的许多精彩论文都发表于《文学遗产》。我翻检先生的文集，注明初载于《文学遗产》的就有 22 篇之多（不包括 20 世纪 80 年代《光明日报》的《文学遗产》副刊所载。1964 年、1965 年载于《光明日报·文学遗产》副刊的有两篇，则统计在内，因为那 2 年里副刊虽不由文学所主办，内容也从古典文学研究扩大到包括外国文学研究，但主编余冠英先生、编委陈友琴先生都是文学所的，他们和编委中的吴组缃、季镇淮、郭预衡三位先生原来也是文学所主办时期的编委）。这 22 篇里，有 15 篇刊载于"文革"以前，那时《文学遗产》是以《光明日报》副刊及增刊的形式出版的；有 7 篇刊载于 1980 年《文学遗产》复刊之后，那时已经改为今天这样的杂志形式了。

《文学遗产》第 1 期出版于 1954 年 3 月 1 日，到 5 月 10 日的第 6 期，就登载了王先生的《说黄门鼓吹乐》。此后直至"文革"开始之前的 1965

年，除了1963年，每年王先生都在《文学遗产》上发表文章，有时还一年两三篇。到了1965年夏天，王先生和复旦大学师生一起，被驱赶到上海郊区去搞"小四清"，接着是"大四清"，1966年夏回校，参加"文化大革命"。整整10年之内，王先生与其他先生联名发表过关于屈原和洪皓《江梅引》的2篇文章，和中文系、历史系教师一起注释过《天问》《天对》，参加过校点《旧唐书》《旧五代史》，但没有任何个人的文章发表。可以说基本上停止了学术研究。这是一位视古典文学研究为生命的学者的无奈。而《文学遗产》也是在"文革"一开始便被迫停刊，为刊物作出了重要贡献的主编陈翔鹤先生也受尽迫害，饮恨而逝。待到"四人帮"倒台，"文革"结束，经过一段时间的酝酿、准备，《文学遗产》于1980年正式复刊。在复刊的第1期上，就又发表了王先生的《刘勰对汉魏六朝骈体文学的评价》。王先生在《文学遗产》上发的最后一篇文章是载于2005年第5期的《〈文心雕龙〉的艺术标准》。巧得很，第一篇和最后一篇都是论刘勰的，内容上也有相通之处。这一年先生80大寿，弟子们和复旦大学以及上海市的有关单位都为先生举行庆祝。回顾先生初次在《文学遗产》上发表论文，才29岁（虚岁），至此已过了半个多世纪。先生的学术历程，可说都有《文学遗产》相伴在身边。"君悲亦悲，君喜亦喜"，能不说是休戚相关么？真是值得回味啊。

王先生发表于《文学遗产》的文章，篇篇不苟，都是精心之作。我们知道，先生早在二十多岁时，就以六朝乐府研究而蜚声学界，奠定了自己的学术地位。后来转而对汉魏六朝唐代文学史中其他方面的研究，又从事古代文学理论批评的研究，都取得丰硕的成果。这几个方面，都有精彩的论文在《文学遗产》发表。这里只举几个例子说一说。

上面说过，王先生第一篇发表于《文学遗产》的是《说黄门鼓吹乐》，该篇与次年即1955年发表在增刊第1辑的《吴声西曲中的扬州》都是关于乐府研究的。蔡邕曾述东汉音乐为四品，其中黄门鼓吹乐为天子宴乐群臣所用。但其文亡佚已久，仅能从典籍中窥见片断。后人均不明其内容，或以为属于雅乐。王先生《说黄门鼓吹乐》考证它属于俗乐，主要内容是相和歌和杂舞曲。这篇文章对于我们了解历代音乐机构设置、沿革很有意义，也充分显示了先生对史料的熟稔和考证的功力。《吴声西曲中的扬州》则纠正现代治文学史者或以六朝扬州即隋唐以来扬州的误解，指出吴声、西曲里的扬州实际上指的是京城建康。该文娴熟地运用诗史互证的方法，使读者加深了对吴声、西曲的理解。

这两篇文章，王先生在与我谈话时都说到过，他对它们是很看重的。后一篇曾得到历史地理专家谭其骧先生的称赞。至于前一篇，更应该着重指出它与当时在文学所工作、担任《文学遗产》编委的余冠英先生的因缘。1954年初，余先生的《乐府诗选》出版不久，王先生给余先生写了一封信，对该书《前言》和余先生另一篇文章《〈乐府诗集〉作家姓氏考异》提了一点小意见，并将《说黄门鼓吹乐》寄上请余先生指正。不久就得到余先生的回信，信上不但表示同意所提意见，而且说已将《说黄门鼓吹乐》推荐给创刊不久的《文学遗产》发表。那年王先生不到30岁，余先生比王先生大20岁，早已蜚声文坛，而这样虚怀若谷，热情奖掖晚辈，真正是以学术为公器的大家风范，使王先生非常钦敬和感动。事情还不仅于此。王先生随后又将书稿《六朝乐府与民歌》寄给余先生看，也得到称赞，并由余先生推荐给《中国古典文学研究丛刊》的主编王耳（即文怀沙先生），于1955年出版。王先生后来还通过余先生，得到赴文学所工作的机会，后因故未果。王先生2000年75岁时，写了《回忆与余冠英先生的交往》一文，深情回顾了当日的经过。如今，余先生早归道山，王先生不久前也离开了我们。余先生长期担任《文学遗产》编委、主编，王先生则是在《文学遗产》上发表许多文章的作者。二位先生都是当代古典文学研究大家。我们重提旧事，仰望先辈的风采，不能不深深地感喟。

发表于1957年11月10日《文学遗产》第182期的《试论唐传奇与古文运动的关系》，也是王先生的一篇力作。关于唐传奇与古文运动之关系，有两种颇有影响的说法。一是郑振铎先生所代表的，认为唐传奇的发达在中唐，正是古文运动鼎盛之时，古文文体运用于传奇，促进了传奇的发展。二是陈寅恪先生说的，古文运动的兴起，乃是古文家用古文试作小说而能成功之所致。二说一则强调古文运动对传奇的推进，一则强调传奇对古文运动的作用。王先生于二说都不赞成。针对郑先生的说法，王先生着重从文体、语言风格方面加以论述。他认为，唐传奇的文章，和当时的散文一样，大多数是句子较为整齐、多四言句的文体，有时还穿插骈偶句子，体现了一种散文骈化的特色，而古文家恰恰是故意创造句式参差不齐、"磔裂章句，隳废声韵"的文体，以追求一种奇崛不凡的效果。传奇文的气格，距骈文近而离古文反远。王先生认为唐传奇此种文体，正如其搜奇志怪的内容一样，与汉魏六朝的小说、杂传类作品有密切关系；而在其发展过程中，叙述、描写趋于细腻生动，文辞趋于华艳，受到了骈文，包括当时变文、俗曲等民间文学的影响。因此，唐传奇的文体，不但无待于古文运动之赐，而且恰与古文家所追求者相左。对于陈先生的说法，王先生认为，古文运动的理论，在于以文明道，不可能以试作小说的方式来兴起古文运动；而且被视为小说的韩愈的《石鼎联句诗序》《毛颖传》，都作于唐代元和年间，那时韩愈早已写了不少重要的古文作品，可说已经是一位古文大师，他何须再作小说来兴起古文？王先生的这篇文章，大约也就七八千字，但论述了一个大问题，道理讲得清清楚楚。我想他的观点的形成，得力于对汉魏六朝唐代各种文体的感性具体而又透彻的了解。如果仅仅作表层的逻辑推论，是不可能得出这样独具只眼的结论的。

关于《文心雕龙》，王先生有一个通达而合乎实际的观点。他说刘勰此书固然涉及不少文学理论问题，见解精辟，但该书原来的宗旨，是指导各体文章的写作，谈论作文的原则和方法，是一部文章学、文章作法一类的书。从这样的定位出发，王先生分析《文心雕龙》的基本思想和结构，认为其基本思想是主张"宗经"与"辨骚"相结合，即雅正与绮丽相结合。这一基本思想，是从指导写作、纠正不良文风的角度出发的。王先生的这一观点，虽然在20世纪80年代初才撰文予以全面论述，其实早在十多年前就已形成了。这从《刘勰为何把〈辨骚〉列入"文之枢纽"》一文就可以看出来。曾有一种意见，认为《辨骚》应同以下20篇一起归入文体论，王先生不同意。他的论证里很重要的一点，是认为《辨骚》不是一般地谈文体，而是通过论骚而提出关于写作的基本思想，其内容与地位都与所谓"文体论"诸篇不同。现在大家都认为《辨骚》应与前4篇合为一组了，我以为王先生的这篇文章可说对于《文心雕龙》研究起到了某种奠基的作用。该文也发表于《文学遗产》，时为1964年4月，才四千多字。

上文说到，王先生于《文学遗产》复刊后发表在第1期上的文章，和2005年发表在《文学遗产》上的最后一篇文章，碰巧都是论《文心雕龙》

的，而且都主要是论刘勰的文章艺术观点的。王先生指出，刘勰很重视文采，对于骈体文学的诸要素骈偶、辞藻、用典、声律等，都非常重视，刘勰是骈体文学的热烈拥护者和宣传者。他之批评当时文风，只是反对涂饰过分而已。王先生这一观点，其实也是早已形成、一以贯之的。他在1961年8月27日《文学遗产》第378期刊载的《萧统的文学思想和〈文选〉》里就说："刘勰实在并不否定汉魏以来重视形式的文学作品，只是要求不要过分，只是着重批评其末流之弊。"那么，王先生对这种重视艺术形式、重视骈体文学的观点如何评价呢？在"文革"和"文革"以前很长的时期内，学界是轻视形式、否定骈体的，甚至动辄指斥所谓"形式主义"。如曹道衡先生所说，人们"甚至一提到形式问题，就担心会犯形式主义的错误"（曹道衡《可否也谈谈形式问题》）。为何会造成这种局面？原因复杂，但无疑与当时占统治地位的文艺观有关。那种文艺观强调文学艺术是为政治服务的工具，强调思想内容第一，艺术第二，强调若思想内容"反动"，则越具艺术性就越应该排斥。人们在那样的氛围里小心翼翼，年深日久，就觉得那样的教条是天经地义。骈文和赋，正是被许多著作斥为贵族文学、形式主义的，那种倾向从"五四"以后就有，新中国成立以后尤见其烈。因此，谈到刘勰的语言艺术观时，有些学者要么抓住他的某些理论表述，不顾他对骈文作家的肯定评价，说刘勰反对形式主义；要么说刘勰的理论和具体评价脱节。但王先生不是那样。他在《萧统的文学思想和〈文选〉》中说，赋和骈文里也有不少优秀作品，我们不能说强调形式、格律就是形式主义，应该纠正笼统否定赋和骈文的偏向。这样，王先生就对重视文采、推重骈体文学的观点表示了肯定。在当年那样的气氛中，这样说不但表现出实事求是的科学态度，而且显示了坚持真理的学术勇气。在发表于1962年出版的《文学遗产》增刊第10辑的《范晔〈后汉书〉的序和论》一文中，王先生具体分析了范晔骈文的文采之美及其深远的影响，可说是为骈文张目，同样显示了独立思考、不盲目跟风的精神。而《文学遗产》刊登王先生的这些文章，留下了可贵的历史记录，当然也是很值得赞美和感念的。

以上简略介绍了王运熙先生在《文学遗产》发表论文的情况。以此为例，可以见出一位优秀学者的学术工作与一份优秀的学术刊物"合之双美"、互相依存的紧密关系。正因为如此,《文学遗产》在新中国成立以来古典文学研究史上占有重要的地位。谨撰写此文,祝愿《文学遗产》发扬光大自己的优良传统,越办越好,同时也借以寄托对恩师的崇敬和怀念之情。

[作者单位:复旦大学中文系]

专精之学的学术殿堂

——纪念《文学遗产》六十年历程

李剑国

中国古代文学从西周算起已有3000年的历史，此间的传世文献与出土文献无可计数，是极为丰厚的文学遗产。继承发扬前人的研究传统，在新的社会条件和文化背景下深入研究古代文学，是当代学人的共同任务。60年前《文学遗产》的创刊，担负的正是这样的光荣使命。在国内外中国古代文学学术界，《文学遗产》无疑有着崇高地位和巨大影响，堪称泰斗之刊，万目所瞩，众望所归。她绝非仅仅是一个发表论文的学术平台，由于她的权威性，由于她对众多优秀研究者和优秀论文的有效组织和支持，她更是学术的引领者。自1954年创刊以来，在60年漫长的岁月中，《文学遗产》一直坚持高标准，倡导严谨求实的学风，在编辑部和广大作者的共同努力之下，使之始终立于学术制高点，不断提供高水平的研究新成果，全方位地引领着我国古代文学研究的方向和进展，为古代文学研究建构起科学的研究范式，促进着古代文学学科的建设和发展，借用佛门的话说，"所作功德无量，不可述尽"。

多年前在一次学术研讨会上，我听到一位学者说，某某刊物出思想，

《文学遗产》出资料。我不晓得他是说这两个刊物的品格差异，还是含有褒贬轩轾之意，反正听起来觉得很别扭。某某刊物我很少看，不知都出了些什么思想，怎么出的思想，但说《文学遗产》出资料——作为对比，自然是不出思想或少出思想了，我却很有点想法。第一个问题是何谓思想？以我的愚见，思想是有层次的，它可以是思辨的、哲学层面的、高度抽象了的思想，也可以是而且常常是很具体实在的。一部作品，一位作家，总有它/他的思想——文学的，历史的，社会的，如是以观，《文学遗产》也很出思想，并不单纯是资料。但若把思想片面理解为玄而又玄的不切实际的空疏之谈，特别是一味奉西方理论为圭臬，我看这样的思想还是少点为好。道理很简单，中国古人生活在儒释道的文化语境中，文学中的思想都来自特定的时代和背景，用异文化和异时代的思想来阐释，大抵扞格不通。叶嘉莹教授曾讲过一个有趣的例子，就是西方学者研究唐诗中的蜡烛意象，说是男子生殖器的象征。她是用嘲笑的口吻说的，确实，这"思想"实在很够呛。我自己在教学中也遇到过这种情况，一个日本留学生在分析《桃花源记》的意义时说桃花源象征子宫，武陵渔人缘溪行是回归母体。这虽和陶渊明回归自然的出世态度有点沾边，但陶公何曾有这样的象征意识？有一种所谓"文本细读"的时髦理论，标榜以文本为中心，实际就是抛开"知人论事"的传统方法，由读者自己来臆想。"细读"出来的思想不是作者的而是他自己的，往往牛头不对马嘴，请问这样的思想研究有何价值？我并不一般地反对借鉴和吸取西方理论的某些有价值的思想和方法，但必须切合实际，不能为理论而理论，预设什么思想，不能生搬硬套。

这就涉及第二个问题，思想从何而出？在我看来，思想从文学事象中产生，思想是文学事实的提炼和概括，不是标签粘贴，不是概念游戏和时装表演。多年来学界流行套用时髦理论研究中国文学，中国文学变成西方理论的填充物和印证，实际解决不了多大问题，这方法并不可取。古代文学学科有着自身的特点，因此《文学遗产》很少有纯理论纯思想的东西，它更在乎如何处理好思想和资料的关系问题。这要求人们必须得把事实搞清楚，把文本的真伪弄明白，把文本读准读通，所谓研究，所谓思想，非此而莫办。可喜的是，这十多年来在古代文学研究界，人们越来越注重文献的发掘、考证、梳理和合理运用，朴实的学风已经形成，这和《文学遗产》的提倡和示范大有关系。由此来看，我们真可以把所谓"《文学遗产》出资料"理解成为一句赞扬的话，它道出《文学遗产》的性格，高度重视文献的发掘和运用，高度重视基础研究，高度重视严谨求实的学风。

古代文学博大精深，说实在的于我辈而言，弱水三千也仅取一瓢而已。博古通今的大师是有的，但从来不会很多，甚至是凤毛麟角，绝不像时下"大师"帽子满天飞，好像笑话说的在北京公交车上一脚可以踩到 3 个处长。梁启超总结清代"朴学"特色 10 端，第 9 个就是"喜专治一业，为窄而深的研究"（《清代学术概论》）。梁启超是新派人物，但对清学是肯定的，说："夫清学派固能成为学者也，其在我国文化史上有价值者以此。""专治一业"就是抓住一个有研究价值和有发掘空间的学术方向（当然不止是一两个题目），作深入长久的开拓。不要怕别人说你路子窄，不要眼馋别人的"博古通今"。拿我自己来说，我专攻的主要就是文言小说，包括小说文献、小说史研究，也涉及文化史的研究。我曾在一篇文章中说自己"收心敛意，莫肯旁骛"（《治稗晬语》，《文史知识》1998 年第 12 期）。我引用章学诚的话说："有切己者，虽锱铢不遗；有不切己者，虽泰山不顾。"（《文史通义·假年》）章学诚提倡专精之学，说"业必贵于专精"（《文史通义·博约下》）。程毅中先生有"打深井"的治学主张，也是这个意思，我十分赞赏。专就是专门，也就是韩愈所说"术业有专攻"（《师说》）的"专攻"；精就是精深，"打深井"。精深对空泛而言，浮光掠影、蜻蜓点水只能制造文字垃圾。精深见出博大，这是精深的高境界。研究可窄，学术视野却不能窄，知识结构不能窄。我们知道，不仅文学研究本身要求具备多种文史知识和基本功，而且文学关涉着广泛的社会、历史、思想、文化问题，需要博览群书，不断丰富自己的学养。古人以一事不知为耻，凡是和自己研究有关的东西都要尽量掌握。从《文学遗产》的学术实践来看，她坚守的正是"专精"之学，唯陈言之务去，唯空言之务去。说她是"专精"之学的学术殿堂，殊不为过。

梁启超归纳朴学的特色还有 3 项值得提出，一是"凡立一义，必有证据"，二是"隐匿证据或曲解证据，皆认为不德"，三是"文体贵朴实简洁，最忌言有枝叶"。概括起来就是求实务实。论证靠事实说话，事实要全面要可靠，文风贵在朴实，这实际都是学风问题。学风问题带有根本性，学风不端正必然走上邪路。我们当教师的指导学生治学，反复强调的也正是学风问题。比如要最充分地占有资料，要获取第一手的原始资料，要辨析资料的真实性和可靠性，要准确恰当地分析资料和运用资料，要从文献资料中引出观点，不要先"戴帽子"后填资料，要从微观见出宏观，从具体而到抽象，要实话实说，不要华而不实、哗众取宠，要讲究学术规范，引用必有出处，要简洁明快，不要故作高深，不要"扯面条"，弄"注水猪肉"等，我以为唯有如此才能谈到"学问"二字。其实这都是学界共识，我相信在年轻学子们中越来越多的人会这么想这么做，别的文学学科我不敢说，在我们古代文学和古典文献学学科中多半就是这样的。这种求实学风的形成，是前辈学者和当今学者共同努力的结果，而《文学遗产》的学术追求和品格，也无疑成为这种优良学风建设的推动者。

我本人和《文学遗产》的交往时间不算太短，从1992年发表第一篇论文《瞿佑仕宦经历考》（和弟子陈国军合作，刊于1992年第4期）开始，至今已经22年。此间总共在《文学遗产》发表论文11篇，数量不算多，平均两年一篇。但如从整个庞大的古代文学研究界来考虑，这个数字也足以使我感到荣幸。我非常感谢《文学遗产》编辑部的先生们对我的支持和鼓励。1997年7月在武夷山参加古代小说国际研讨会，我发表了题为《文言小说的理论研究与基础研究——关于文言小说研究的几点看法》的论文，竺青先生拿去发表在《文学遗产》1998年第2期。2001年第2期发表的《干宝考》，还获得2003年广东中华文化王季思古代戏曲古代文学研究学术基金《文学遗产》优秀论文奖。近几年竺青先生还年年向我约稿，《唐传奇校读札记》（一）至（四）都是应约撰写而发表的。近六七年我一直在辑校《唐五代传奇集》（中华书局即将出版），这些札记都是一些校勘成果的整理。此前发表的《〈李娃传〉疑文考辨及其他——兼议〈太平广记〉的引文体例》（《文学遗产》2007年第3期），也是根据《唐五代传奇集》的校勘成果发挥而成的。《文学遗产》编辑部之所以发表这些校勘文字，乃是认为校勘学是文献学一个重要分支，清儒和近代学者已经总结出一套相当成熟完整的校勘原则和方法。如何科学地运用和完善校勘学，对于古籍整理来说非常重要。编辑部发表这组札记，就是希望通过对唐传奇的校勘总结出一般意义的校勘经验，把握好校勘的基本方法和原则，认识到学养对于校勘的重要意义。竺青先生曾对我讲过编辑部同仁们的意见，我以为确实很有见识。我也经常感到在当前的古籍校勘中问题不少，有些人不谙校勘原则，操作不当，而且学养欠缺，从而造成校勘质量的低下。我不敢说我的校勘多么高明，但我要求自己在唐传奇校勘中掌握最为充分的校勘资料，慎重处理文字的改与不改，牢记颜之推的一句话："观天下书未遍，不得妄下雌黄。"（《颜氏家训·勉学篇》）遇到疑问和拿不准的问题多查书，避免误判误改。古籍校勘的任务就是正讹补缺，最大限度地恢复古书原貌，如果适得其反那就是失败，前人说"书籍之讹实在于校"，实在是当头棒喝。

我发表的其他论文，除《干宝考》，还有《赵弼生平著述考》（与弟子陈国军合作，2003 年第 1 期）、《〈蒲氏漫斋录〉新考》（与弟子任德魁合作，2004 年第 6 期）、《〈大业拾遗记〉等五篇传奇写作时代的再讨论》（2009 年第 1 期），都是些考证文字。和那些校勘文字一样（其实许多校勘也常常是个考证过程），也都是所谓"出资料"的。我并不排斥理论，但我始终认为，文学研究无非就是弄清事实和阐释评判，考据就是弄清事实——关于作家的、作品的、版本的、史实的事实。搜集材料和考证事实是第一位的工作，是一门综合性的学问，既重要而又艰苦，须下大力气。我在那篇谈治学的文章中说："有些人认为考证是技术性工作，雕虫小技，壮夫不为，不客气地说，这是无知和浅薄。"以前考据派常被嘲笑为"考证癖"，或举考证李清照是大脚小脚为例，证明考证成癖，毫无用处。在我看来真要考清楚李清照是大脚还是小脚，无论对中国缠足史研究还是对李清照的研究都不无裨益，就怕你考不清楚。除一些卖弄学问的烦琐考证外，考证成癖未必是坏处，起码反映着研究者尚实的态度，对事实的尊重和执著。

考据学的建立和完善，清儒功不可没，梁启超论清代考据说："启蒙期之考证学，不过居一部分势力。全盛期则占领全学界。故治全盛期学史者，考证学以外，殆不必置论。"又说："夫无考证学则是无清学也，故言清学必以此时期为中坚。"（《清代学术概论》）他说的全盛期考证学就是所谓乾嘉学派。他举出的代表人物是惠栋和戴震，尤其推崇戴学之精深，认为戴震的考证具有"科学精神"。他在另一篇文章中还说："戴东原先生为前清学者第一人，其考证学集一代大成。"（《饮冰室文集》第 14 册《戴东原图书馆缘起》）考据学讲究实证，以事实为依据，绝对排斥臆想和空谈。而所谓"义理之学"必须以文献学和考据学为根基，否则就是"空疏之学"。自然崇尚考证而漠视对义理的探究并不可取，故某些清人的考据也每受后人诟病，但考据的重要意义绝不能低估。前代的考据学是宝贵的学术遗产，值得我们很好地学习借鉴。如今我们有很先进便利的查阅搜集资料的手段，没有理由比前人做得还差，应当超过前人才说得过去。

最后我还想说说《文学遗产》提倡的学术规范问题。1997年在参加武夷山会议时，竺青跟我谈到学术规范问题，问我能不能写写文章。遗憾的是那时我对这个问题没什么想法。以后对此开始留意，我注意到海外学者对我们的批评，揣摩他们论文的体例范式，反思20世纪80年代以来的浮躁学风、学术失范和无序状态，觉得必须确立正确的符合国情的学术规范，提高遵从学术规范的自觉性。2001年10月，《文学遗产》编辑部和河北大学中文系在保定联合召开了中国古代文学与学术规范研讨会，我参加了，也发表了自己的一些意见。与会学者认为，学术规范就是学术研究必须遵循的原则、规则、范式、标准和尺度，它包含3个层面，即学理——学术价值观念，实事求是的科学态度；道德——学术道德，学术使命感，责任感；技术——论文写作范式，技术操作。其实质是治学思想、方法、态度问题，是学风问题，是学术人格问题。具体内容涉及广泛，包括参考文献问题，引文问题，注释问题，体例及语体风格问题等。记得竺青的发言谈到参考文献问题，说编辑部审稿要看所引用的参考文献，包括原始文献和研究文献，必须穷尽一切。如果重要研究文献未加参考引用，就很难通过。我很赞同他的意见，我在发言中也说，据说香港中文大学要求每篇论文至少引用50种文献，这看起来机械实际很有道理。这次会议很重要，提高了我的认识，并把这种认识自觉贯彻到自己的论著写作中。我在我们大学对研究生作了一次《关于学术规范》的演讲，结合事例比较全面细致地总结了那次会议所形成的学术共识。我平时在指导研究生的学业和论文写作时也反复讲学术规范问题。例如讲论文的注释，讲注释的功能和方法，特别强调注释要充分引述有关资料或论点，提供学术信息，这就要求你多查多读。注释不是简单地注个出处，而是论文的重要组成部分。注释的原则是凡直接间接引用别人的观点及资料必须注明出处，不能掠人之美，更不能抄袭。我们常看到许多论著被揭露剽窃，除有意为之之外，很多是年轻学子不懂学术规范。这些要求对学生无疑是有益的。

在过去的岁月里，我受益于《文学遗产》甚多，我为她做得却很少，只是审过几篇稿子而已。时值 60 华诞，回顾《文学遗产》的经历和不凡业绩，回顾她对我在学术上的支持和鞭策，感触良多，特赋五律一章以志云。诗曰：

岁月今逢甲，高坛望大旗。

声名驰远域，文字树丰碑。

鼓倡专精学，编开严谨仪。

风骚千古业，还向万年垂。

［作者单位：南开大学文学院］

135

譬如北辰，众星拱之

——《文学遗产》六十年志庆

祝尚书

　　《文学遗产》创刊 60 周年了，编辑部准备出一个纪念文集。蒙编辑先生高情，约我写篇文章。其实，我在《文学遗产》上发表的文章不多，作文纪念有点不够"格"；但为我所热爱并从中受益匪浅的刊物写点什么，又似乎责无旁贷。60 年，若较之人寿，则到"花甲"了，孔老夫子称之为"耳顺"，大意是已经饱经沧桑，什么话都可以听得进去，因此写起来应该没有顾忌，只是觉得不知从何说起。于是，我搬出复刊后历年来的刊物（已不全）翻阅，看着那满目珠玑的巨量论文，一个个熟悉的名字，有如神交古今，师友聚会，一下子又涌出许多话头。限于篇幅，决定以一位读者、也勉强算个作者的角度，从侧面拉杂地写点感想，以志庆贺。

一

　　《文学遗产》创刊于 1954 年，在"文革"前夜的 1963 年被迫停办，粉碎"四人帮"后，才在 1980 年复刊。她停刊时，我刚开始读本科，因此已看不到新刊了，但由中华书局出版的《文学遗产》增刊就放在阅览室，可以随便取读，算对旧刊有些印象。说实话，那时我太年轻，不怎么读得懂，更不谙世事，只觉得其中文章高深，论争热闹，因而激发了阅读的兴趣，而且还边读边抄录了一些段落，部分保存至今。现在翻来看，抄的多是些你批我驳的文字，当时也许觉得痛快，而今从这些残片中，却闻到了浓浓的火药味，感受到"热闹"背后的紧张。总之，对创刊不足10年的《文学遗产》的感觉，似乎"批判"是它的主线，批的主要是"封资修"中的"封"，以及"借古非今"的莫须有却很可怕的罪名，与其说她是份学术刊物，毋宁说是个"整人"的场所，——与那个时代其他的刊物一样。

时轮进入20世纪80年代，人们在经历了太多的磨难后，对无休止的"斗争"已不感兴趣，而学习热潮扑面而来，《文学遗产》也在消失了许多年后，又适时地复刊了。这成了古代文学爱好者的喜讯，记得当初由新华书店发售，一时成为学者们争购的对象。那时刊物的作者，主要由两部分人组成：一部分是新中国成立前就活跃在文学研究舞台的老专家，这时已是七老八十的人了；另一部分则是20世纪50年代培养的新一代研究者，年龄也多到"知命"。前者中又有许多长期在政治上失意，不少甚至是曾经的"牛鬼蛇神"；后者则因"文革"耽搁，本该在出成果的时候被卷入各种"运动"中，这时方才"崭露头角"。比如，翻开1980年第2期目录，第2栏目中有4篇论文，前2篇论杜甫，后2篇论唐曲子、唐小说，4位作者为朱东润、陈贻焮、任半塘、程毅中。也许并非有意，4位作者为典型的老、中搭配：任、朱二先生早已名满天下，是名副其实的"老一辈"，而陈、程两位，当时应该算是中年，而目前只有程毅中先生不仅健在，且仍然活跃在学术研究的前沿，其他三人则早已作古。总之，当时的《文学遗产》上，真有名家如林的感觉，但这其实是假象，更确切地说，是一片"夕阳红"，许多名家刚一露面，不久便身归道山了。如任半塘（二北）先生，当他发表上述论唐曲子的论文时，算来已是高龄84了。所以，那时的真实情况，是人才奇缺，青黄不接。因此不久后启动的《全宋诗》《全宋文》等重大学术工程，主力多为刚毕业或尚在读的硕士研究生。

1980年《文学遗产》第3期有篇《编后记》，其中有一段写道：

也有些同志希望本刊注意培养中青年作者，多发表他们的文章。我们是这样做了。当前，中青年作者是古代文学研究的骨干力量，也是本刊的主要作者；这一期除中年作者外又发表了两位年轻同志的文章；对老专家我们也是一向尊重的，发表他们的著述，不只是为了抢救遗产，也是为了向他们具有的治学谨严的好传统学习。

在我看来，以上文字写得有些勉强，反映出编者难言的苦衷：不是不愿发表中青年的文章，而是经过十几年折腾，"学术"已是一片荒漠，能写出有质量的论文的中青年在哪里？在1982年第2期的《编后记》中，编者又写道："这一期，我们又发表了几篇年轻作者的文章，他们的写作态度，一般是比较认真的，值得高兴。"在以后的《文学遗产》中，编辑部通过《编后记》等形式，可谓不遗余力地鼓励和提携中青年学者，并形成了三十多年一以贯之的理念：以老专家为灵魂（他们毕竟代表了学术研究的最高水平），以中年作者为骨干，努力发现和培养年轻学者。

笔者本人在"文革"结束后读研，1981年读《东坡集》时，又读了夏承焘老先生的《唐宋词人年谱》，发现年谱中有关苏轼"六客词"事迹的某些表述有问题，于是斗胆写了《六客词事迹辨正》一文，投给《文学遗产》。记得不到3个月，就接到编辑部的录用通知，编辑先生（是哪位到现在也不知道）提了一些意见（如将原题目中的"考证"改为"辨正"之类），并要求我核对好引文文字，所引书尽可能选用好版本，等等。由于"文革"耽搁，我35岁时才读研，已经不是生物学意义上的"年轻人"了，但对学术而言，尚是刚刚启蒙，最多就是上引《编后记》中的"年轻同志"。拙文属考证类，因此发表在《文学遗产》增刊上（当时正刊、增刊没有等级区别）。这是笔者与《文学遗产》的第一次"亲密接触"，也是我平生发表的第一篇论文，自然亦是"培养中青年作者"方针的受益者之一。到如今，我已是"老一辈"了，古代文学研究界可谓人才济济，随时都有"新人"不俗的论文发表，与20世纪80年代的情况迥异。这当然是教育大发展特别是恢复研究生教育的必然结果，同时也与《文学遗产》长期奉行的培养年轻人的方针不无关系。办刊物与办其他事业一样，人才是关键，只有吸引到尽可能多的一流研究人才，才能办出一流的刊物来。

二

《文学遗产》复刊伊始，粉碎"四人帮"，改革开放，全社会呈现出热气腾腾的景象，思想文化领域异常活跃。这时，社会就像一列"高铁"，风驰电掣般地前进着，发展着，而各种外来思潮也从打开的窗户外扑面而来，形成各种"热"，社会酝酿和经历了重大的文化转型。到 20 世纪 80 年代后期，汹涌澎湃的商潮，更是势不可挡，古代文学研究经受了前所未有的挑战。

古代文学研究面临着转型，《文学遗产》必须跟进。"型"如何转？这是摆在刊物编辑部面前的严重挑战。在这个转捩关头，《文学遗产》的行动是很快的。

1987 年是个转折的年份。《文学遗产》1988 年第 1 期刊登了一则消息——《本刊召开编委会》，其中写道："主编徐公持同志作了 1987 年的工作总结和 1988 年的工作设想，他说：1987 年是紧张繁忙的一年，……编辑部集中搞了'古典文学宏观征文'活动。今年（1987 年）3 月，在杭州组织了'第一届古典文学宏观研讨会'。从外界反映，效果很好。"并说 1988 年将"继续开展宏观研究"，"今后对宏观问题的研究将长期化，只有这样，才能在某些全局性的重大课题上获得较深入的进展"。《文学遗产》注重宏观研究，后来又有"重写文学史"的倡导，无疑给研究者也给刊物自身开创了一个新局面，它不仅影响了整个 20 世纪 90 年代，甚至影响到今天，相信学界还记忆犹新，这里就不说了；我想说的是，这一学术新动向，当时社会上议论纷纷，拥护者、反对者皆有之，在同行之间，有时甚至还有激烈争论，并不是"外界反映"都好，但它却深刻地改造了学术风气，这是不争的事实。现在回头看，倡导宏观研究，不能不说是有远见的举措。应当承认，新中国成立后，古典文学研究的方法，仍然沿袭所谓"乾嘉学风"之旧，考证、校注是最被认同的价值，许多老先生为之皓首穷经，而对立论式的宏观研究则不屑一顾，宏观研究甚至被贬为"游说"，不被视为学问。其结果，细枝末节的、碎片式的考证充斥学界，人们似乎忘记了考证、校注的最终目的是什么。长此以往，研究只能流于为考证而考证、为校注而校注，严重限制了人们的思想。因此，提倡宏观研究，如果拔高一些说，无异于推动古代文学研究方法的现代化。

提倡宏观研究，希望无疑仍然寄托在中青年研究者身上。据上引《本刊召开编委会》的消息，1987 年《文学遗产》发表的文章中，老一辈学者占 6.5%（上面说过 20 世纪 80 年代后期老一辈很快退出舞台，可由此得到印证），中年学者占 66%，青年学者占 27.5%。因此徐公持主编指出："中年学者仍是本刊作者的主力，而青年学者正在迅速崛起，这是极令人欣喜的现象。……今后本刊将继续扶持鼓励年轻学者，为繁荣古典文学研究打下雄厚的基础。"自 20 世纪 80 年代末到整个 20 世纪 90 年代，随着新生代的崛起，不仅"宏观研究"如火如荼地展开，又与更加时新的"文化热"掺和在一起，——应该说明，"文化热"并不是坏事，但生吞活剥"移植"外来文化，却又走上了极端，这对古代文学研究带来严重干扰，因此在"宏观研究"取得一定成绩的同时，各种问题也暴露无遗。这时，宏观、微观俨然分成了"新""旧"两派，提倡"宏观"的青年学者，对传统的研究方法给予了猛烈攻击，对搞校注、考证的老先生反唇相讥，认为他们才是"低层次"，没有学术性，而古代文学研究论文以搬用外来语、外来思想及其写作方法为时髦，令许多有深厚"微观"功底的学者们摇头。

1988 年第 2 期的《文学遗产》，在《笔谈》栏目中发表了黄天骥先生的《开拓与坚持》一文，他写道：

> 近来，有一种倾向值得注意。一些文学青年，对我国优秀的文学遗产知之甚少，以为它们是老古董，不值一顾。心中只有现代派，开口都称意识流。……
>
> 坚持我国许多古典文学研究者治学严谨的优良传统，同样是重要的，目前有一种轻视资料搜集、校勘、考释的风气，把这看成是"低层次"的研究，这是不妥当的。……我想，如果不做扎扎实实的工作，原著没有读懂，就会游谈无根，新名词反成遮羞布。《文学遗产》是建国以来许多古典研究者成长的摇篮，今天，引导年轻人掌握包括考证在内的十八般武艺，应该提到议事日程上。

当时的情景，我们还历历在目。事实上，"新""旧"两派的争论既背离了倡导者们的初衷，也出乎意料。前面引过的《文学遗产》1988 年第 1

期《本刊召开编委会》的消息中，就有这么一段："我们提倡宏观研究，绝不意味着忽视微观研究，扎实而有创见的微观文章，本刊从来都是热诚欢迎的。"显然，在《文学遗产》编辑部的编辑思想中，倡导宏观研究并不是排斥微观研究，而且从该时期所刊发的论文看，"微观"文章仍然占了相当大的比例。这说明，所谓"新""旧"之争并不由《文学遗产》引起，作为一个学术期刊，她倡导某种学术风气是无可非议的，但她毕竟只是一个刊物，无法掌控伴之而来的那股来势汹汹的"新思潮"，就像当时无法阻挡"商潮"一样，当人们喝了几口水、认识到原来自己不是从商的"料"后，一切又才恢复平静，所谓"新派"也一样。但"新派"掀起的这股"风"影响却相当深远，危害不小，比如不少青年学者，至今仍有偏爱"洋"概念、堆积"舶来语"的陋习，记得在进入 21 世纪后的多个学术会议上，如《文学遗产》主编陶文鹏先生就对所谓"博士体"进行过批评，刘跃进先生又提出"回归文学本位"的口号，都是意在纠偏。

就笔者而言，老实说，当时对流行的"宏观研究"兴趣不大，对各种"新思潮"侵入古代文学研究领域甚至很抵触。这不仅因为师辈多以校注、考证为学术生涯，自己的第一部学术专著也是校注，更由于笔者所从事的工作就是"微观"的——那时正参编《全宋文》，成天就是考文校字。但是，我同时也认为，"宏观"自有宏观的道理，不失为研究之一良法，而且自古有之，并非什么新发明，问题是不能离开文献而信口雌黄，更不能用外国人的思维方式隔靴搔痒。1988 年，笔者在参加《全宋文》的审稿中，对柳开的思想和创作有些想法，于是写了篇题为《柳开学韩得失论》的论文，试着进行"宏观研究"——当然还只能算是"小宏观"，投给《文学遗产》。据传这篇文章得到编辑部的好评，并在 1988 年第 4 期发表。这使我尝到了"宏观"的"甜头"，更重要的是增强了信心：原来"宏观"并非如某些激进的"新派"所吹嘘的那么高不可攀，自己也有这个能力！其实，那时笔者已入中年，只不过学术生命尚在"青年"罢了，因此并不属"新""旧"的哪一"派"。从此之后，我便主张"两条腿走路"：微观、宏观各从其宜。因此，笔者认为在那场"宏观""微观"的争论中，《文学遗产》的参与既是时代的必然，也坚持了正确的方向，而在此后的纠偏方面，更是功劳不小。

三

　　很快就到了"新世纪",《文学遗产》也与古代文学研究界的同仁们度过了风风雨雨的 20 年。应该说,这 20 年是《文学遗产》发展的黄金时代,更确立、巩固了它在古代文学研究领域的领导地位。在世纪之交,各行各业,似乎都有"话"要说,说的主题又都相似:回顾与展望。《文学遗产》也开了专栏,题目叫"世纪学术回顾",邀请各方面的专家,畅谈研究心得。出于自己的专业方向,我特别记得 1998 年第 5 期发表的莫砺锋、陶文鹏、程杰三位先生的《回顾、评价与展望——关于本世纪宋诗研究的谈话》,感觉他们视野开阔,分析精彩,给人很大启发。三位都是宋代文学特别是宋诗研究的专家,除程杰年轻些,另两位与我年纪大致接近,而陶文鹏先生当时已是《文学遗产》的副主编,以他作为专家、编者的身份及眼光回顾过去、环视当前和期盼 21 世纪,特别有味,给同行留下深刻印象。由此我想起了另一个问题:《文学遗产》的编者与读者、作者的关系。

　　《文学遗产》由中国社会科学院文学所主编,是古代文学研究领域水平最高、最权威的专业学术期刊。但是,并不因为她"权威",就必定是一副高高在上的面孔,相反,即便与编辑部没有任何关系,只要一打开杂志,读者就会有一种亲切感:《编后记》《读者·作者·编者》就是她沟通各方面的桥梁。自复刊起,特别是 20 世纪 90 年代以后,国内各种群众性的学术团体(比如唐代文学研究会、宋代文学研究会等等)相继成立,定期或不定期的学术会议纷纷举行,很多时候都可看到《文学遗产》编辑甚至主编的身影。他们与其他与会代表共同讨论学术问题,平等交流,建立起了密切的关系,甚至是深厚的友谊,有时还直接从会议论文中选稿,而作者将自己的会议论文投给《文学遗产》而获刊载的,更不在少数。21 世纪以来,《文学遗产》又亲自"操刀",与高校合作,主办了多次以"文学遗产论坛"为名目的学术会议。因此,《文学遗产》拥有雄厚的群众基础,同时也有了极其丰富的稿源。一个学术刊物要办好、办活、办出特色、办出高质量,如果没有这个基础,那是不可能的。《文学遗产》为什么能够"权威"?我想,并不在她的级别,而在她深深扎根在"学术"之中,扎根在广大的研究队伍之中。

1995 年，《文学遗产》为创刊 40 周年、复刊 15 周年曾编辑出版过《〈文学遗产〉纪念文集》。转瞬间，又迎来了创刊 60 周年的喜庆日子，而我，一位接受过《文学遗产》哺育和培养的年青学者，也垂垂老矣。甲子一周，对人来说早已青春不在，而《文学遗产》则风华正茂。上面几点，是我在翻阅历年刊物后所引发的一些粗浅感想，于是想起了《论语·为政》的几句话："为政以德，譬如北辰，居其所而众星拱之。"北辰，北极星。共，拱也，环绕也。意思是说，若能用"德"施政的话，政权就会像一颗明亮的北极星，人民则如星星般围绕在它的周围。孔夫子说的是政治，而且只是个譬喻，但就《文学遗产》这个著名刊物论，情况似乎也不例外。无论是上述培育人才，引领学术，还是扎根学术研究第一线，可说都是《文学遗产》的"德"，因此它必然得到古代文学研究者、爱好者和广大读者的关心、支持和爱护，《文学遗产》就是他们心中的北极星，他们便是围绕在她周围的万千颗星星。可以预见，尽管随着社会的发展，古代文学研究已不再是 60 年前的"显学"，但中华民族丰富多彩、博大精深的古代文学遗产的价值是永恒的，对她的研究是没有止境的，我相信，《文学遗产》的前途无限光明！因此，请允许我这里借用、模仿孔夫子语，以"譬如北辰，众星拱之"为题，而为之寿。

［作者单位：四川大学中文系］

发现和培养新人是学术期刊的职责和使命

——纪念《文学遗产》创刊六十周年

孙 逊

　　《文学遗产》已经走过了整整一个甲子。一份学术期刊，能有如此长久的办刊历史，并始终保持较高的学术品位和旺盛的生命力，这在中国期刊史上并不多见。这一方面固然得力于我国是个文明古国，有足够丰富的文学遗产供我们不断地、深入地开掘；另一方面，和刊物前后同仁无私的奉献、不懈的努力，以及正确的办刊方针有着密切的关系。其中，根据我个人的体会，一个重要的因素，就是《文学遗产》比较重视发现和培养新人，因而60年来，作者队伍如源泉不竭，不仅保证了来稿的数量和质量，而且也因此和一代又一代学人保持了良好的学术联系。

　　余生也晚，对《文学遗产》创刊之初的情况所知甚少，"文化大革命"期间《文学遗产》又遭停刊，自己真正接触该刊，已是到了它复刊的时候。那是1980年6月间，正是百业待举、百废待兴的时代，古代文学研究领域更是在遭到毁灭性破坏之后，一片荒芜。记得这一年或1981年春夏之交的某一天，卢兴基先生来到我家里，当时我还住在筒子楼的集体宿舍里，一家四口挤在一间不大的屋子里，正是我站在五斗橱上写文章的时代，他来时连个好好坐的地方也没有。是他告诉了我《文学遗产》要复刊的消息，并诚恳地向我约稿。当时我才三十六七岁，是个讲师，还没出道或刚刚出道，也没有在高级别刊物上发过文章，真是有点受宠若惊的感觉，并为卢先生的诚意和"眼睛向下"所感动。因为当时手头上正在搞古典小说评点派资料，因此答应就这方面写点什么。这就催生了自己在《文学遗产》1981 年第 4 期上发表的第一篇论文《我国古典小说评点派的传统美学观》，这在当时还是较早从美学上关注我国古典小说评点派的研究论文。记得同一栏目内还有周楞伽、韩进廉和舒芜先生的文章，周、舒两位是我的前辈，韩进廉先生是我同辈，都是关于小说研究方面的专家。现在打开当年的杂志，虽然没有今天设计得气派、大方，分量也没有今天的厚重，但一种朴素、亲切的气息扑面而来，使我顿时想起了当年卢兴基先生来约稿时的情景。这是我与《文学遗产》的第一次结缘，其实也是我真正从事学术研究的开始。

自此以后，我与《文学遗产》的缘分不断加深。在 20 世纪 80 年代，又发表了一篇文章，题为《古代小说理论对艺术和生活关系的论述》，仍是有关古典小说评点派的。进入 20 世纪 90 年代，我先后就《金瓶梅》西门庆人物形象、释道"转世""谪世"观念与古代小说结构、唐传奇文体发表了 3 篇论文；跨入 21 世纪，我又在《文学遗产》上发表了有关新时期古代小说研究、古典小说和民间宗教、《红楼梦》回目与人物关系等 5 篇论文，这样加在一起一共是 10 篇文章，而我在这期间也从讲师变成了教授、博导，不用说，《文学遗产》的论文在其间发挥了重要的作用。其间值得一提的是，我和学生潘建国合作写的一篇论文《唐传奇文体考辨》，还获得了 2000 年《文学遗产》优秀论文奖。如果说我在古代小说研究领域取得了一点小小的成绩，那么这点成绩便是和《文学遗产》的扶持与支持分不开的。

我本人是如此，我的学生一辈中更有一些完全是《文学遗产》发现和培养起来的。其中最为典型的，一位是潘建国，他从一个初出茅庐的小青年，到今天成为古代小说研究的中坚，每走一步，都是和《文学遗产》的支持与培养分不开的。他最早发表的一篇论文是和我联名的，说是合作，其实我只是出了一个想法和题目，具体都是他一人写的。同年他还独立发表了一篇短文《徐兆玮与〈黄车掌录〉》。这以后他一发而不可收，先后发表了大量高质量的论文，至今共 15 篇。其中重要的有《〈世说新语〉元刻本考》《新见巴黎藏明刊〈新刻全像批评西游记〉考》《孔尚任艺术鉴藏与文学创作之关系考论》《清末上海地区的书局与晚清小说》等，都在学界产生了较大的影响。

另一位是宋莉华，她于 2000 年在《文学遗产》第 4 期上发表了《插图与明清小说的阅读及传播》一文，当时她还是在读的博士生。我于 1993 年在北京香山召开的中国古代小说国际研讨会上曾发表过一篇关于《〈红楼梦〉绣像：文学和绘画的结缘》的文章，她受此启发，在上课讨论和"还书"时，提出了想研究小说插图的想法，我当然很支持。她不久写成文章，经过了几个来回，投寄《文学遗产》。她选题的角度很得当时的责编竺青的欣赏，并提出了一些宝贵的修改意见，她又一连打磨了几次才得以发表。这是当时较早涉及小说插图研究的论文，以后有关图像的研究就慢慢蔚然成为大观。此后，她又在《文学遗产》上连续发表了 4 篇有关西方来华传教士汉文小说的论文，从而奠定了她在该领域的地位。

还有一位是宋丽娟，她 1970 年后出生，近年来先后在《文学遗产》上发表了 3 篇论文，都是有关西方汉学视野下的中国古典小说研究的，其研究视角和材料运用都颇有特色，虽刚刚起步，但前景看好。当然，还有像梅新林、周建忠这样来时已非常成熟的学生，他们的成长与成熟和我关系不大，但都和《文学遗产》有着密切的关系。

以上是我和我的学生的例子，其他例子还有很多，就我知道的，和我年龄相仿或稍小一点的，或者说 20 世纪 40 年代出生的，如黄霖、陈洪、李建国、陈大康等；20 世纪 50 年代出生的，如郭英德、蒋寅、吴承学、张伯伟、谭帆等；20 世纪 60 年代出生的，如钱志熙、刘勇强、黄仕忠等。以上所举，只是自己有限视野内所了解的，且多偏于小说研究领域，并未做全面深入的统计，因而挂一漏万是肯定的。他们的成就都在我和我的学生之上，他们的成长和成熟也都离不开《文学遗产》的支持和培养。

从上述举例不难看出，《文学遗产》在发现和培养新人方面做得非常出色，可以说，在古代文学研究领域，没有哪一位学者的成长不和《文学遗产》有着这样或那样的联系。我经常和我的学生们说，如果一个年轻人，在《文学遗产》上连续发表 3 篇文章，他肯定就会引起圈内的关注；如果后续的研究跟上，他/她一定会成为一位有成就的古典文学研究者。

由此我想到了学术期刊的职责和使命，以及当前学术期刊的现状。目下有一个非常不好的倾向，即刊物都只注重发表著名学者的稿子，一般年轻人的文章，特别是讲师以下和研究生的文章，很难找到发表的地方。据我所知，有的刊物公开声明或内部规定不发表讲师和研究生的文章。而学校和单位又有这方面的考核要求，讲师升副教授要有论文，博士生要拿学位也要有论文，所以现在的年轻讲师压力很大，导师则很头疼为学生推荐文章，于是就出现了导师和学生联名发表论文的现象。现在一些刊物规定不能师生联名发表文章，《文学遗产》也是这样，这是对的。但造成这种现象的原因在于大多数刊物只发表名人的文章，不发表年轻人的文章，如果没有了这样的倾向，自然也就不存在这个问题。不过想想也难怪这些刊物，因为它们也面临了引用率、转载率的考核压力，名人、名稿影响大，容易转引，年轻人的文章则比较难以引起关注。其实这是一种比较短视的行为，有些年轻人特别是博士生，他们的创造力正在旺盛时期，博士生更是三四年磨一剑，文章的质量并不差，而相比之下，一些名家则难免江郎才尽；更何况你首发年轻人的文章，他一辈子都记住你，以后他成名了，自然也会把他的好稿子寄给你，这样你就会和一代又一代学人保持密切的关系，你的稿源质量自然就会得到充分的保证，《文学遗产》就在这方面为我们做出了良性循环的榜样。当然，要真正解决这个问题，恐怕要从根本上改善目前的学术生态环境，改变那些不符合学术规律的考核指标和办法。比如规定，哪家学术期刊首发后来成为名家的年轻人文章多，它就应该受到奖励。只是这种标准不能立竿见影，需要一个较长的时间才能看出，故而很难进入现在的评估体系，而只能存在于学人的口碑之间。这些问题已是老生常谈，也不知哪一年能够解决，但最近国务院网站上公布了停止国家重点学科评审的消息，这让我们似乎看到了希望。相信总有一天，会从根本上去掉那些外加于学术研究的条条框框，把学术还给学术。

回到本文的主题，发现和培养新人应该是学术期刊义不容辞的责任和使命。《文学遗产》走过的一个甲子，为我们在这方面做出了很好的榜样。我们希望所有的学术期刊都能这样，希望我们的学术生态环境能从根本上得到改善。

[作者单位：上海师范大学都市文化研究中心]

敬畏学术

——我和《文学遗产》结下的五十年不解之缘

陈庆元

研究生入学面试，我时常会问考生：你读过何种学术期刊，最喜欢的是哪一种？如果我听到有考生回答：读过《文学遗产》、喜欢《文学遗产》，我一定会喜形于色。报考古代文学的考生，知道《文学遗产》，读过这份期刊上发表的文章，本来是很正常的事，但是由于种种原因，回答能让我满意的不是太多。每位参加面试的教授都有各自的评判，不能强求一律，但就我个人而言，却是来自内心的喜爱。

喜爱一份刊物，总有它的理由。我对《文学遗产》的喜爱，是因为《文学遗产》是一份长期以来令我敬畏的学术期刊。中学时期，热衷于创作，《人民文学》《诗刊》是我最仰慕的期刊。上了大学，对中国古代文学情有独钟，后来又考上研究生专攻古典文学，不期然而然地转向学术，慢慢地就和《文学遗产》结下不解之缘。于是，就有50年前淘《文学遗产增刊》之举，就有30年前的投稿，就有10年前的获奖与主办论坛。

五十年前：淘得《文学遗产增刊》两册

　　1964～1965 年间，到图书馆翻阅《光明日报》上的《文学遗产》副刊，具体的事情已经记不清了，但是我在大一、大二时就知道有《文学遗产》这样一个栏目，读过它的文章，则是确定无疑的。1966 年四五月间，"文化大革命"的风声越来越紧，作为封建社会产物的古代文学读物，在书店架子上越来越少。听说书店马上要关门，倾囊中所有的十来元钱，购买了包括《魏晋南北朝文学史参考资料》上下册（《先秦》一册、《两汉》两册，前一年已经购买），没有想到，这部书后来对我考研和作研究至关重要。这是"文革"爆发前我最后一次在书店购书。

　　在破"四旧"最火热的那会儿，也是废品店收购生意最好做的当头。看到板车上拉着被遗弃的旧书，我心里总是隐隐作痛，有一次，我还用讲义和拉板车的工友换回了几本，其中两三本，至今我还珍藏着。这一年秋天，串联时我认识了两三个比我高一班的同学，其中一位是老乡，姓黄；另有一位在省红卫兵总部任要职，姓洪。有一天，他从总部洪同学那儿打了几张空白条，我们可以用空白条打介绍信，说是革命大批判需要，到贵店（废品店）购买旧书，请予支持。步骤是这样的，先踩点，摸摸这座城市有几个大一点的废品仓库，再得了解管仓库的师傅和我们的证明人是不是同一大派系。调查的结果有三四家。大概一星期左右去一家，第一家最顺利，要什么书都由我们自己挑，仓管还帮忙出主意；第二、三家一般，也可以挑；到了第四家话不投机，落荒而逃。黄同学好坏还是"红外围"，我却连外围也不是，赶忙收线。这种和"破四旧"对着干的行当，现在想起来不免有点后怕。3 次淘得的旧书，共一百多斤。淘来的书大体这样分割：外国文学和现当代文学归黄，古代文学、古代史归我，书款平分。我分到的书有《古文观止》《唐才子传》等，其中有两本《文学遗产增刊》。

　　两本《文学遗产增刊》一本是第 2 辑，作家出版社，1956 年 1 月第 1 版，1957 年 1 月第 2 次印刷，印数 6501～16500 册。这样的学术论集，一年间竟然印刷了两次。就是第一次印刷 6500 册，比当今大多数学术论著的一两千已经多出很多，16500 册，更是非常罕见。可见当时《文学遗产增刊》在古代文学界的魅力。不必讳言，受到当时主流思潮的影响，这一册有多篇论文讨论作家的人民性，也有几篇带有批判的色彩。尽管如此，还是有几篇篇幅较长的"纯"学术论文，如杨公骥、张松如先生合撰的《论商颂》、许可先生的《读〈文心雕龙〉笔记》，每篇论文都超过 20 页，比起那些数页至十来页的讨论人民性或批判文章的分量要重得多（全书收文 21 篇，计 231 页），不知道是否编辑的有意安排？另一本是第 11 辑，1962 年 10 月版。当我看到目录上俞元桂先生的《刘勰对文章风格的要求》时，大为吃惊。俞先生时为福建师范学院中文系副主任，是大家都很熟悉的现代文学研究专家，怎么会写出这样高水平的古代文学批评的论文？俞先生 1943 考入国立中山大学研究生，3 年后毕业，毕业论文作的就是古代文学的题目（手稿藏中山大学图书馆），毕业后在协和大学主讲中国文学史、历代文选、《文心雕龙》等课程。当时，我读不懂《文心雕龙》，自然也读不懂俞先生的论文。尽管如此，至少我明白了一个道理，要做好现当代文学的研究，没有深厚的古代文学基础是不行的。后来，我陆续读了现代文学研究大家王瑶先生的几部中古文学的著作，更加印证了我 20 岁时读《文学遗产增刊》的认识。

我带着这两本意外得来的《文学遗产增刊》到军垦农场锻炼，20 世纪 70 年代初又带着它们到我任教的农村中学，后来又带着它们去上研究生。20 世纪 80 年代初我研究生毕业到大学任教，停顿了 15 年左右的《文学遗产增刊》又陆续分辑由中华书局出版，1983 年 11 月出版的第 16 辑，同时刊登了孙映逵、杨海明、钟振振三位学长的论文，这一年，振振兄 32 岁。三位学长的学术研究都比我好，成绩也都比我大，后来，他们三位都成了《文学遗产》杂志的基本作者，振振兄还当上编委。

三十年前：我的一篇文章

1980 年 6 月，停刊了 14 年之久的《文学遗产》复刊。6 月至 12 月，共出版 3 期，每期我都及时购买。当时我还在南京师范大学师从段熙仲（1897～1987 年）先生治两汉魏晋南北朝文学，《文学遗产》第 2 期发表了段先生的《汉大赋产生的历史背景与其政治意义》，这一年先生已经83岁。段先生每次上课都作精心准备，这篇论文就是根据授课内容改写而成的。听了课，再仔细研读这篇论文，对汉大赋的理解无疑就进一步加深了。因为研读段先生的论文，同时也就细读了同期和前后数期《文学遗产》，段先生把我领进学术研究，也把我带进《文学遗产》这份学术期刊。

1982年我到福建师范大学任教，其后的两三年间，我给自己补课。补课的内容有二：一是遍读先秦经籍、诸子以及《国语》《战国策》等；二是细读百篇典范性的论文。我自己定下典范性的论文的大致范围是：名家的研究集和《文学遗产》上的论文。每篇论文我都作了详细的笔记，包括论题的选择、文章的结构、论证层次、论证时所采用的资料等。哪些题目我写得了，哪些写不了；如果这个论题我可以试着写，我大致上会怎样写，哪些问题我会想到，哪些想不到；哪些材料我看到过，哪些没读过，看到过的材料我会怎样取舍。

1984年，我写的《江淹"筋力于王微，成就于谢朓"辨》一文发表在《文学遗产》1985年第4期上。此文从江淹诗的特点、训诂学以及钟嵘对永明声律说的态度等方面对《诗品》"江淹条"进行辨析，得出钟嵘认为江淹诗比王微来得有力、江淹诗成绩比谢朓来得高的结论。一篇小文，本不足道。没想到30年间，这篇文章既得到同好的赞许，也偶有讨论的意见。曹旭先生编《中日韩〈诗品〉论文选评》（上海古籍出版社2003年版），收入此文，评曰："前人注释江淹'筋力于王微，成就于谢朓'，皆不得要领。拙著《诗品集注》亦无所适从；此文一出，自可安顿江淹而告慰钟嵘。"曹先生增订本《诗品集注》（上海古籍出版社2011年版）采用本文的结论。曹先生是《诗品》专家，广泛采撷诸家之说，足见其学术胸怀。《文学遗产》2014年第1期有一篇讨论钟嵘《诗品》"江淹条"的文章，列举了"筋力于王微，成就于谢朓"十数条诠释，30年前我的旧作及曹旭先生增订本《诗品集注》也在其中。该文作者偶然翻检一部训诂著作，以为"筋力于王微，成就于谢朓"之于（於），释为"如"，即筋力如王微，成就如谢朓。亦是一说。我的旧作，从训诂的角度释"筋"，义谓"强力"；"就"，义谓"高"。如果说文字的诠释是外在的，那么我的旧文论述江淹诗的特点、钟嵘对永明声律的评价较低，则是内在的。内外的论述诠释，也许比较全面。30 年前，撰写此文时尚未读到王叔岷先生的《钟嵘诗品笺证稿》（《文史哲所中国文哲专刊》之一，1994；中华书局 2007 年版），王先生的著作论述此条时，认为"筋"、"力"是复词，"成"、"就"也是复词，王先生还从作品入手，认为此二句，应释为江淹诗较王微有力，亦较谢朓有成。虽然小文的论证角度与王先生不完全相同，但结论暗合。

《江淹"筋力于王微，成就于谢朓"辨》发表十余年之后，不意被人抄袭，换了一个题目发表。我致电该刊编辑部，编辑说此文是某研究另一领域的老专家介绍的，抄袭者比我小不了几岁，是某校教授。我一直以为，文章有人抄，抄后还能发表，至少说文章还不算太坏。或许这是一种自我解嘲的办法。我没有提出让抄袭者公开道歉，或打官司，是不想把事情闹大，抄袭者受不受惩处是一回事，发表抄袭之作的刊物、责编、介绍的老专家、抄袭者的单位都不免难堪。息事宁人，相安无事。近年来，发明出一种软件，可以检索雷同文字的百分比，但学风端正的路子似乎还很长。我的国内和境外的朋友中，好些都有被抄袭的经历，内心都比较纠结，好像说出事情真相，就是和抄袭者、抄袭者的单位过不去似的。抄袭者因此也有机可乘，抱着侥幸心理一试。冷静想想，我们的不揭露、不要求抄袭者公开道歉、不去要求抄袭者单位正视这种行为，是不是多多少少也助长了不良风气？一篇文章被抄，除了对原作者不公外，还有对原刊、原出版社的不公。譬如说，抄我那篇文章的人，照理说，除了应在所发表的刊物上道歉之外，还应该向《文学遗产》道歉，因为你抄的是人家刊物的文章。

十年前：获奖与论坛

20 世纪 90 年代末，王季思古代戏曲古代文学研究基金会设立《文学遗产》杂志优秀论文奖。王季思先生是段熙仲先生 20 世纪 20 年代中央大学前身东南大学的同学，王先生过世后，他的学生创立以先生名字命名的基金会，旨在奖励古代戏曲、古代文学研究领域中有成绩的论著。《文学遗产》杂志优秀论文奖，一年评一次，后来改为两年一次；后来又规定凡是得过一次奖的，不能再得第二次奖。开始几届得奖的优秀论文作者，大多是著名的专家，也有学界的新秀。2004 年 8 月，我在南京参加一个学术会议，偶遇《文学遗产》编委傅璇琮先生，傅先生治学非常严谨，奖掖后进，颇受学界尊重。傅先生微笑地对我说："现在可以讲了。"我一时丈二金刚摸不着头脑，傅先生又接着讲："祝贺你，你的论文获得《文学遗产》优秀论文奖了。优秀论文评奖经过好几道程序，最后一轮的投票，最终得奖的只有四篇论文，你的论文得奖了！"紧接着，《文学遗产》编辑部李伊白主任也来电通报，说我发表在2002年第1期的《大明泰始诗论》获得2002～2003年度优秀论文奖，后来我拿到的奖状，证书的日期果然就是2004年8月。

我是《文学遗产》的读者、长期订户，也忝列作者的行列，对《文学遗产》的各种活动比较关注，包括哪篇论文获奖、作者是谁。以前我一直认为，这个奖似乎可望而不可即，没想到自己也得了奖。近20年来，各种奖项林立，主流评价体系重视政府奖。我当然也看重政府奖，但是我很珍惜《文学遗产》这个优秀论文奖，因为这是同行所评的奖，除了基金会颁发的奖金，也没有层层的"配套"，不太带有行政的或功利的色彩；再说，凡是得过奖的作者，按评审规则，不能有第二次得奖的机会，这也是一生中的"唯一"。

更没想到的是，2002～2003年度的颁奖仪式随即在福州市西湖宾馆举行。早在2003年，《文学遗产》的陶文鹏先生和我商定，2004年的论坛和编委扩大会在福州市举行，福建师范大学文学院作为主办单位。论坛是陶先生任内的一个创举，在陶先生之前，徐公持先生主编《文学遗产》时，也举办过多次的学术会议，有在北京办的，也有在地方与院校合办的，每次会议都有一个鲜明的主题，名称虽然有所不同，但都是很有意义的学术活动，中国古代文学界都很关注这些活动。到2004年，《文学遗产》论坛已经举办过两三届，这届刚好评过奖，所以也就连带举行颁奖仪式。所谓西湖宾馆，其实就是一个老式招待所，每个标间一百多元。论坛结束之后，如果想在福建各地走走的学者，有两条线路供与会者选择，一条是武夷山，另一条是湄洲岛、泉州，当然都是自费的。会议组织者只协助联系旅行社而已，我也没有陪同。

这次论坛，也有一些创新，如每篇论文都安排评议人，这也是和国际会议的"接轨"。后来，《文学遗产》杂志发表了会议的部分论文，论文之后也都附有评论，这些简短的评论，都是论坛上评论的简要版。那几届

《文学遗产》论坛，会议规模都不大，正式代表一般是四五十人，给人的感觉似乎是参加者多是中国古代文学界的"精英"，"规格高"，不过那时还没有"峰会"一说。限于规模，保证规格，"入场券"（邀请函）一"券"难求。就主办单位而言，也只好根据早先设置的门槛，本校同仁虽然都应邀参加了会议，但是教授是代表，副教授以下为列席代表。不要说是过后，就是当时，我也觉得很对不起那些要求与会而我没有给他们发邀请的朋友，也对不起本单位那些当时还不是教授的同仁。如果说论坛也有不足，这是其中之一，责任在我。

半年前，现任《文学遗产》主编刘跃进先生带领文学所十几位专家走出中国社会科学院大院来到福州，与福建师范大学开展"一对一"活动。刘先生此举，解决了上次我主办论坛的尴尬，文学所十几位专家和福建师范大学二十来位同仁围成一大圈，"没大没小"，更没有代表与列席之分，大家发表论文，畅所欲言。福建师范大学既不是"985"，也不是"211"，论地域也不在京津、沪宁杭，刘先生"走出去"的第一站来到福建师范大学，说明在刘先生心目中，研讨学术，是不必太讲究学校的层次和地域所在的。

《文学遗产》创刊的那会儿，我刚上小学，但是当我刚刚步入青年时代，就和它结下不解之缘。我是它的读者、长期订户，还是它的作者，为它审过稿，得过它的奖，办过论坛。20世纪90年代中期，我还担任了《光明日报·文学遗产》的编委。《文学遗产》老一代的编委，有的是我的老师或师辈，他们给我许多的关心和帮助。如曹道衡先生，他第一次主持答辩的硕士生就是我；又如章培恒先生，他曾把明代文学的年会交给我去主办；还有吴熊和先生，他嘱《浙江大学学报》编辑部长年给我寄杂志，这几位先生现在都不在了，但他们将永远留在我的心中。二三十年来，我把自己的学生苗建青、田彩仙、汤江浩、金文凯、徐华送到《文学遗产》编辑部，师从徐公持、陶文鹏、刘扬忠、刘跃进诸先生，或当访问学者，或从事博士后的工作……和《文学遗产》有关的人和事太多了，有机会再另文叙述吧！

[作者单位：福建师范大学文学院]

构建返本还原的古典学

——检视我在《文学遗产》上的足迹

杨　义

治学之人，总有几家刊物和他/她的因缘较深。还在 40 年前，1974 年前后，北京琉璃厂中国书店就在内部开放了一些旧书刊。那时我还在地处周口店古人类遗址附近的北京石油化工总厂宣传处当干事，凭着微薄的薪金，竟在百里外的城里中国书店购回《文学研究集刊》5 册，还盖有"西谛藏书"的印章，以及《文学遗产增刊》二三十册。不知冥冥中有什么鬼使神差，一二十年后，我竟然和这两个重要的刊物结下了不解之缘，尽管我买这些刊物时，它们已经停刊。

创刊于 1954 年的《文学遗产》，开头是中国作家协会古典文学部在《光明日报》第 3 版创办的《文学遗产》专刊，1956 年转由中国科学院文学研究所主办。作为代表我国古典文学研究的最高档次的权威性学术刊物，它已经走过了 60 年的坚实创新的历程。它 1979 年复刊至今，也已经 35 年。《唐六典》："凡男、女始生为黄，四岁为小，十六岁为中，二十有一为丁，六十为老。"如此说来，《文学遗产》也称得上老刊物了。因此，当编辑部的朋友们希望我写点回忆它的文字的时候，我觉得自己没有资格谈论《文学遗产》的全部历史，在我从现代文学转治古典文学时，它已经在学术界存在将近 40 年了。我只能讲我治"中国古典小说史论"的第二年，即 1991年就在《文学遗产》上发表文章，后来治古代诗学、提倡重绘中国文学地图，直至近年研究诸子学，都在上面发表过文章。在刊物最近 20 年的版面上，留下了我一步步走入返本还原的古典学深处的曲曲折折的脚印。

中国自来就讲究深究古典，推明古典，稽古典学之至意。唐人谢观《东郊迎春赋》云："遵古典以立则，授人时而敬用。"《元史·礼乐志》说："稽诸古典，参以时宜，沿情定制。"清人袁枚《改诗》诗云："脱去旧门户，仍存古典型。役使万书籍，不汩方寸灵。"当然，我们讲古典学，比古人多了现代意识、批判精神和世界视野。

我第一次跨进《文学遗产》的门槛，是 1991 年发表《汉魏六朝杂史小说的形态》。从现代文学转治古典文学，我选择的第一个切入口，是古典小说，而且按照鲁迅写小说史先检视《汉书·艺文志》"小说家"的做法，首先返回中国"小说"一词的原本，因而提出中国小说发端于战国的判断。于是从《山海经》《穆天子传》以及散布于诸子书的《伊尹说》片段，考察中国小说发端期的原始形态。《汉魏六朝杂史小说的形态》在文体形态的脉络上，是上接《穆天子传》的。在具体的思路上，我运用了文化学、叙事学的方法。我最初的两篇文章，曾经请沈玉成、曹道衡先生指点过，他们极口称赞我的艺术感觉和某些考证上的独到之处，还用《左传》上的文字现象肯定我的考证的可信性，同时也提示我应该注意古典文学研究运用材料的一些惯例。编辑部的卢兴基先生还带着一个外地高校研究古代小说的年轻学者，就我的文章进行一次交谈。这些师友切磋，使我逐渐了解古代文学领域的研究状况和约定俗成的思路，为我以对话的态度进入古典学领域，提供了来自各种角度的背景提示和知识方式。

在古典学领域浸染日深，我就逐渐产生了一个想法，研究中国古典学，小说更多反映世俗的心理，而诗歌更多精英的表达。中国本是一个诗之国，《诗》《骚》列于经，变乎经，唐宋诗词道尽文人风流，成为一代精神方式。不研究古典诗词，是难以触摸古典文学的精魂的。刘昫作《旧唐书·文苑传》说："臣观前代秉笔论文者多矣，莫不宪章《谟》《诰》，祖述《诗》《骚》。"章学诚《文史通义》说："廊庙山林，江湖魏阙，旷世而相感，不知悲喜之何从。文人情深于《诗》《骚》，古今一也。"具体而言，李白诗篇被称为"远宪《诗》《骚》"，韩愈的歌谣又被称为"《诗》《骚》苦语"，苏轼读孟郊诗，感受到："孤芳擢荒秽，苦语余诗骚。"苏辙作《东坡先生墓志铭》，特别提道："至其遇事，所为诗骚、铭记、书檄、论撰，率皆过人。"中国古典学若不言及诗骚词曲，可能会顿失精神。因而在研究古代小说史之后，我转入古代诗学领域，陆续写成《楚辞诗学》《李杜诗学》。1997 年底，我在《文学遗产》上发表了《〈离骚〉的心灵史诗形态》，由于文章较长，主编徐公持先生建议将后半部分，起名《〈离骚〉的诗学机制》，发表于次年的第 1 期。至于《楚辞诗学》的其他章节，除了《〈天问〉：走出神话和反思历史的千古奇文》，发表在 1998 年第 1 期的《中国社会科学》之外，其余文字都见于各高校的学报了。

1998 年底，我出任文学研究所所长的时候，面临着《文学遗产》出版经费极其拮据的局面。因此，我就着手借助著名高校的援助，与编辑部的徐公持、竺青先生协力解决这个难题，而我当时正在撰写的《李杜诗学》的篇章，并没有在《文学遗产》上出现。直到《李杜诗学》一书出版 2 年后，2005 年 4 月 2 日我在国家图书馆文津讲坛作了《李白诗的生命体验和文化分析》的讲演，以醉态思维、远游姿态、明月情怀三个命题，解释李白继承了诗酒风流传统，又借助于胡地以及长江、黄河文明的综合气质，为我们民族的精神体验、审美体验提供了一个新的空间和新的形式。新任《文学遗产》主编陶文鹏先生是研究唐宋诗词的名家，他发现这篇讲演新鲜活泼，富有独创性，遂将之发表在 2005 年第 6 期上。2005 年 11 月在绍兴召开"纪念陆游诞辰 880 周年暨越中山水文化国际研讨会"，我作为主办单位之一的文学研究所的代表，发表了《陆游：诗魂与越中山水魂》的主题讲演。我在开场白中说，自己对陆游研究是一个后来者，是来向专家们学习的。但几位资深的长辈教授说，不能这样讲，你对陆游诗歌轨迹提出的那些问题，极具关键性、启发性，并一再问及这篇文章在哪里发表。研讨会还特邀陶文鹏先生和我，分别作了题为《中国古典小说的文化分析》和《陆游与中国爱情诗》的专题讲座，在讲座完了喝茶休息时，我把长辈教授的意见告诉陶文鹏先生。他就把这篇关于陆游的讲演稿拿回去，发表在 2006 年第 3 期。上述这些，就是我由叙事学转向诗学之后，与《文学遗产》

发生的因缘了。

由于我还兼任少数民族文学研究所所长，于此期间我一再强调文学研究的空间意识，以及把少数民族文学写入主流的中国文学史。为到剑桥大学当客座教授做准备，我写了一份《重绘中国文学地图》的讲稿，认为文学史的写作不仅要把握"文学是一种生命体验"这一要义，同时需要树立起"大文学观"的理念，从文化表达的层面创建现代中国的文学学理体系。因此，可以从如下三个层面来重新考察中国文学的历史：一是精神层面的内外相应，即个体生命与历史时代命题的交互作用；二是文化层面的雅俗相推，即文人探索与民间智慧的互动互补；三是跨地域民族文化的多元重组，即中原文学与边地少数民族文学的相激相融。我觉得这些命题，对于文学观和文学史观的更新相当重要，也就建议《文学遗产》发表。当文章在 2003 年第 5 期刊发出来时，我已经在剑桥大学图书馆，对所藏的一千九百余种诗学著作的状况进行普查了。

中国古典学的核心，在于对先秦经史诸子作出富有创造性和生命力的现代阐释，原原本本，却生龙活虎。梁启超 1912 年在《莅北京大学校欢迎会演说辞》中，以西方经验为参证，"敬祈诸君勉力为中国之学问争光荣"。他认为："故凡人类间具有系统之智识，大学校莫不列为学科，固不问其按切实用与否也。譬如西洋大学有希腊罗马古典之学，北京大学亦有经训考证之科。以言实用，邈乎远矣，而大学校亦不得不列之为一科。夫大学校之目的既在研究高深之学理，大学校之学课又复网罗人类一切之系统智识，则大学校不仅为一国高等教育之总机关，实一国学问生命之所在，而可视之为一学问之国家也。且学问为文明之母，幸福之源，一国之大学即为一国文明幸福之根源。其地位之尊严，责任之重大，抑岂我人言语所能尽钦！诸君受学于此最尊严之大学，负研究学问之大任。"他由此得出结论："普通学校目的在养成健全之人格与其生存发展于社会之能力。此为全教育系统之精神，大学校之目的，固亦不外乎是。……特别之目的维何？曰研究高深之学理，发挥本国之文明，以贡献于世界之文明是焉。"

早在梁启超之前，王国维就思考中国古典学，发现文学在古典学中的重要位置。王国维在《奏定经学科大学文学科大学章程书后》就说："至文学与哲学之关系，其密切亦不下于经学。今夫吾国文学上之最可宝贵者，孰过于周秦以前之古典乎！《系辞》上下传，实与《孟子》、《戴记》等为儒家最粹之文学。若自其思想言之，则又纯粹之哲学也。今不解其思想，而但玩其文辞，则其文学上之价值已失其大半。"又在《去毒篇》中说："吾人对宗教之兴味存于未来，而对美术之兴味存于现在。故宗教之慰藉，理想的；而美术之慰藉，现实的也。而美术之慰藉中，尤以文学为尤大。何则？雕刻、图画等，其物既不易得，而好之之误，则留意于物之弊，固所不能免也。若文学者，则求之书籍而已。无不足其普遍便利，绝非他美术所能及也。故此后中学校以上，宜大用力于古典一科。"在古典学中，文学牵系着人的性灵，而通向经学、哲学和宗教。

两所所长我一直连任了 11 年，由于对古典学不断进行返本还原之思考，在 11 年的后期，我逐渐感觉到，要探明中国古典学的根柢和精髓，需要对经史诸子之学下一番苦功夫。因此在当所长后期，我就对孔孟、老庄、墨韩、《孙子兵法》、《吕氏春秋》以及群经、秦汉文献、出土简帛，进行穷搜博览，陆续从知识发生和生命还原的角度，写出一批文章。长达四万余字的《诸子还原初探》，就由新创刊的《中国社会科学院文学研究所学刊》2008 卷刊载了。不到 18000 字的《〈论语〉还原初探》，就发表在《文学遗产》2008 年第 6 期上。这篇文章探讨了《论语》由孔门弟子后学编辑成书的复杂过程，还原其中呈现出来的教育体制、编纂义例、修辞观念、文乐思想、言诗法式的多重关系，追寻导致"儒分为八"以及演化为汉学、宋学的最初的隐微踪迹，为研究先秦诸子文本的编撰体制、成书过程及其思想体系的成形，提出了一些新见解。那时《文学遗产》已经创办了"网络版"，据编辑部的竺青、张剑先生告知，这篇文章在网络版上点击率是领先的。

似乎《文学遗产》与我的《论语》研究缘分不浅。这几年我潜心撰述《论语还原》一书，作为国家社会科学基金后期资助的项目，完稿时已有 90 万字。于是我把导论的一部分截下，奉送给《文学遗产》，借助它的同行专家评议机制，了解对我一些不同于前人的见解的反应。这篇题为《〈论语还原〉的方法论效应》的稿子，在编辑部接受同行评议半年后，终于发表在 2014 年第 1 期上。文章的要点认为，《论语还原》须推求原始，走近历史现场，进入文本脉络，发现一部"活着的《论语》"。关键在于将文本看作是人之所写、人之所编，是人之精神活动的痕迹，从而因迹求心，对文本进行深度的生命分析。这里提出三种"方法综合"：一是对本有生命的复原性缀合，二是对战国秦汉书籍制度的过程性辨析，三是对大量材料碎片进行全息性的梳理整合。作为案例，由此对《论语》中一些孔子之言进行编年学考订；对《论语》在春秋战国之际50余年间的3次编纂及曾子学派的崛起，进行深度剖析；对孔子适周问礼于老子的年份，进行全息性排除和考订。就是在这番研究中，我确定了以史解经、以礼解经、以生命解经的研究途径。

古典学被称为西方的"国学"，由于以古希腊语、拉丁语为基础的西方古典学教学体系，不仅是跨学科的，而且也是跨国度的，只能说是对现代西方人文社会科学的返本还原。中国古典学则是由一个文明古国发展成的现代大国的"国学"，对其本质、内涵、血脉、生命的返本还原，又充满创造活力的研究，乃是现代大国学术能力不能回避的试炼。在我有限的学术经历中，已经感觉到中国古典学的无比博大，我以古今小说史的研究，接触到它的血肉；以诗词研究，接触到它的神采；以兼及少数民族文学的重绘中国文学地图，接触到它庞大的体量；最后以诸子学研究，接触到它的根柢和精髓。而我接触的领域，大多在《文学遗产》上留下自己的心迹和足迹，并未跳出它的如来巨掌。可见《文学遗产》的气度，是海纳百川的。与这样的刊物"心心复心心"地结缘，是可以把自己的学问做实、做深、做大的。有这么一份刊物汇集古典文学界的群体智慧，当是中国当代学术的幸事。

[作者单位：中国社会科学院文学研究所]

我和《文学遗产》

葛晓音

20世纪60年代的中文系学生，对于《光明日报》的副刊《文学遗产》并不陌生。我在上北京大学以前，就常常阅读上面的文章了。入大学以后，更是每期必读。那时对于老一辈学者的了解，主要是通过《文学遗产》，所以这个副刊在我们心目中是很神圣的。50年过去，《文学遗产》已经发展成一家在国内外享有盛誉的学术刊物，依然保持着它不同于一般刊物的风骨和传统，成为古典文学学术领域的标杆。而我也从一个读者变成一个作者和编委，虽然在《文学遗产》发表的论文不算太多，却和它有过一段曲折的关系。

我的第一篇论文是在《文学遗产》复刊号上发表的，现在回想起来，仍然可说是一份殊荣。"文革"以后，我考上北京大学中文系古典文学专业的研究生，跟随陈贻焮先生攻读魏晋南北朝隋唐五代文学史。陈先生多次自豪地说起他在"文革"前曾经担任《文学遗产》副刊的通讯员。以前在文章里见过的那些老前辈的名字，也因为他的回忆而更加熟悉。1980年，《文学遗产》要改报纸的副刊为定期刊物，这是古典文学学术界的一件大事。但是作为无名小辈，我根本没有这个胆子去复刊号上投稿，纯粹是陈贻焮先生把我推上去的。读研期间，陈先生对我的要求非常严格，每两周就要交一篇读书报告。平时赶读书进度，到寒暑假才能把读书报告中有点心得体会的东西整理成文章。其中有一篇关于陶渊明诗歌艺术的报告，因为联系形神关系和诗画关系来思考，陈先生觉得较有新意，就鼓励我先把这一篇改成论文。修改过程中，才知道从报告到论文有多难，改了七八遍也通不过，最后还是经陈先生为我在稿纸上逐字逐句改了一遍才定稿。投寄给《文学遗产》后，没想到竟被复刊号采用了，当时的激动是难以言喻的。须知经过"文化大革命"，老先生们积压的成果该有多少，复刊号当然应该尽量刊发他们的论文，可是居然能给我这个还在读研的学生留出一席之地。这里包含着前辈们对古典文学研究后来者的多少期待呢？多年后，当我给自己的研究生推荐论文的时候，甚至是自己主办刊物，遇到该不该发研究生论文的争论时，就常常想起这件难忘的往事。

研究生毕业留校以后，我陆续发表了一些论文，也曾有 3 篇投寄给《文学遗产》，但连续三次都被退稿了。当然这些文章都没经陈先生修改过，水平比不上第一篇发表的论文。其中有一篇关于庾信生平和思想的小论文，因为张明非也有一篇论庾信诗歌艺术的论文投寄，编辑部曾经建议我们俩合成一篇再修改发表。可是因为种种原因没有写成，这一篇论文我也始终没有再拿出去。由此我觉得编辑部对我们这些后辈还是很宽容的，说到底还是自己的实力不够，所以就再也不敢投稿了。直到有一次《文学遗产》编辑部主任吕薇芬老师带着一位编辑来北京大学看我，问我为什么不给《文学遗产》寄稿子了？我老老实实告诉她因为老是被退稿，没自信了。吕先生亲切地鼓励我不要气馁，并详细地说明了《文学遗产》对于来稿的要求。她的这次探访，令我在感动之余又振作精神，同时也反思了那几篇稿件分量太单薄的问题。我决心好好读书，增加积累，等写出一些比较厚重的论文之后，再试着投稿。

进入 20 世纪 90 年代以后，因为集中做初盛唐诗歌繁荣原因的专题，在反复细读大量文本的基础上，有了一些新的思考角度。于是接连写了《创作范式的提倡和初盛唐诗的普及——从〈李峤百咏〉谈起》《初盛唐七言歌行的发展》《盛唐"文儒"的形成和复古思潮的滥觞》等长篇论文，先后投寄给《文学遗产》，很快都发表了。前一篇还得了《文学遗产》第一届优秀论文奖。评委的评语都刊登在《文学遗产》，编辑部还举行了隆重的颁奖仪式和座谈会。后来又有一篇得了第三届优秀论文奖。这对于我是极大的鼓励，但是也产生了很大压力。事实上，研究过程中不可能经常有新发现和新创获，问题难免有大有小，论文分量也有轻有重，要始终保持在同一水平是很困难的。不过在《文学遗产》这类重要刊物上发表的论文，可以视为自己前进路上的一种标尺，不断提醒自己要战战兢兢地对待学术研究，虽然不敢说总有进步，起码也不能故步自封，更不能倒退。所以后来每次给《文学遗产》寄出的稿子，总是写完后事先要搁置半年到一年之久，中间不断拿出来看看还有什么问题，再三修改之后才敢寄出去。

回想 20 世纪 80 年代前期我被《文学遗产》连续退稿到 20 世纪 90 年代中在《文学遗产》上连续得奖的经历，正是一个初学者在学术道路上逐渐走向成熟的过程。从这个意义上说，我们这一代学者确实是《文学遗产》这样的刊物培养和扶持起来的。但是《文学遗产》的这种传统，目前能有多少刊物保持下来呢？现在的刊物越印越讲究了，各种规范化的条条框框也越来越多了，投稿人成几何倍数增长，看起来是一片学术繁荣景象，然而优秀的论文并没有与之俱增。各种关于学术刊物评比的烦琐制度，迫使编辑们为了争取转载率和引用率，无法下功夫去发现和培养学界的新苗，只能争抢那些成熟的学者。这就令我特别怀念 20 世纪 80 年代那段在学术道路上磕磕绊绊走过来的日子。那时的我们虽然在论文形式上不够规范，论证过程可能也不够严密，但是都有一股创新的冲劲，敢于大胆提出问题。我们在一篇论文思考成熟之前，都没有预设的结论，要在文本的阅读中不断质疑，不断否定自己，最后得出的可能是与最初的想法完全不同的见解，但那也许正是最有价值、最有创新意义的结论。现在的课题申报制度造成了一种预定成果的研究模式。书还没来得及读几本，对于前人的研究成果已经有一大堆批评，对于课题今后的发展方向也已经有一番"高瞻远瞩"的指点，甚至许多非我莫属的"重要突破"和"创新点"在大纲里就都已经形成了。每年看到这些申报表的时候，就觉得我们的学术界似乎是过于成熟了。熟得研究任何问题都成了一个套路，熟得大家都没有了学术的个性。而学术的创新恰恰是和"生"联系在一起的。最近看到一篇台湾学者的小文章，指出目前世界流行的课题申报制度将会毁了人文学科的学术，我也深有同感。事实上这种制度的"成效"已经显示出来了。近日曾听到南方一家学术刊物的编辑不无忧虑地说,现在已经感到古典文学研究的优秀稿源难以为继。今天我们纪念《文学遗产》60周年,是否也有必要反思一下目前的困境,找找突破的路径呢?

[作者单位:北京大学中文系]

谨严·多元·创新

——《文学遗产》一甲子盘点

陈　洪

　　甲子纪年，是中国文化的一个特色。或有贬之者，以为其表现出封闭循环的思维模式。此说不无道理，但又难免以偏概全之讥。以 60 年为一循环周期，给予一个回顾盘点的年轮"节点"，其实与以百年为世纪大意相仿佛。而当我们盘点《文学遗产》一甲子走过的风雨途程时，不由得想到古人所云："世间甲子须臾过，逢着仙人莫看棋。"又或"山中方七日，世上已千年"。60 年，我们所处的大环境发生了多少事情，有了多大的变化！可是，《文学遗产》却还是《文学遗产》，"山中"与"世上"并没有同步。

　　这样说，绝不是讲这份刊物没有发展，没有进步，而是说，作为一份以传承民族优秀文化遗产为己任的刊物，在波诡云谲的政治风雨中，在举世逐利的商品大潮中，没有随波逐流，没有迷失自己，坚持着这份责任，坚守着这块阵地，在学术面貌上，依然故我——这份定力，在灯红酒绿、烟尘张天的大环境中，实在是十分难得的珍稀资源。尤其是，社会的浮躁风气不断浸染到学术领域，而来自上方的指挥棒又频频向非学术的方向挥动之时，这种品性就更值得刊物的同仁们自豪了。

　　出于"盘点"的好奇心,我把进入21世纪以来《文学遗产》的总目录排比一番。虽然其中大半文章曾翻过,有些细读、学习过,但现在放到一起,鸟瞰式地扫描一番,所见所感又有所不同。闪现在头脑里的"关键词",依序是:"谨严"、"多元"、"创新"。

　　先说"谨严"。可以从正面说,也可以从反面说。如果从反面说,那就是这十几年,《文学遗产》没做什么?回顾十几年来,社会文化领域最为红火的一个词就是"国学"。按说,和所谓"国学"最近的刊物就可以说是《文学遗产》了(至少可以列入前三甲),那些年"走红"的"国学大师"也颇有几位和古代文学略有渊源。如果刊物借一借势,可能会出现"双赢"的局面。但是,《文学遗产》没有这样做。十几年来,在古代文学研究领域,最为红火的是"百家讲坛"的"地标性"双子星座——刘心武的评论《红楼梦》和易中天的评论《三国演义》。前者引发的争论在网上引爆眼球,二者的有关出版物立马洛阳纸贵。如果刊物分一席之地烘这一盆火,说不定发行量会跳一个高。但是,《文学遗产》没有这样做。要知道,这是在文化事业转制的大背景之下,这种选择是特别需要一份定力的。而唯其如此,《文学遗产》赢得了学界同仁持续的尊敬。我们不妨再从正面看一看,十几年来,《文学遗产》做了些什么?在这里,我们如果把2003年和2004年的目录做一定量分析,结果如下:不计综述、札记、书评和纪念性文字等,两年共刊发论文163篇。其中,宏观性论文41篇——主要指文学史视角的、时间跨度较大的选题,如《重绘中国文学地图》、《论东晋南朝政权与士族的关系及其对文学的影响》、《春秋时期赋诗言志的礼学渊源及形成的机制原理》等。看得出来,这些文章的题目虽然"大",但是都不"空"。每篇都是从特殊的角度进入,深化对文学史的解读。"中观"性论文45篇——所谓"中观"是指作家作品类的研究,"中观"只是在比喻意义上的说法。其中作家论27篇,如《再说〈旧唐书·李白列传〉》、《白描胜境话玉溪》、《刘将孙的诗文成就》等。前者是对基本文献的辨析,中间一篇是对作家艺术特色的分析,末一篇的意义在于填补空白。作品论则为18篇,如《辨"日边来"识"真太白"》、《论〈西游记〉与全真教之缘》、《试论明刻本增补〈玉台新咏〉的价值》等。显而易见,角度与方法各有不同,但都具有很强的问题意识。再说"微观"。这里主要指的是具有考证性质的文章。这类文章问题更具体一些，其实很多也是作家作品论，只是方法上更多使用的是考证而已。所以，"微观"绝不等同于"微小"。此类文章64篇，如《关于杜光庭生平几个问题的考证》、《〈白石道人诗集〉版本考》、《北宋"说三分"起源新考》等。分别是关于一个作家的生平、一部作品的版本、一个文学史专名的考证，都属于这个学科的基础建设。四类之外，还有批评史等方面文章，此不赘述。在这里，我们当然不可能逐篇讨论优劣得失，但从论文的大类来看，从选题的角度来看，《文学遗产》办刊的主导风格还是可以察见七八的。这就是：重基础，讲实证，唯空论之务去。一言蔽之，就是"谨严"。

再说"多元"。说《文学遗产》重"实"黜"虚"，是指学风方面。但这并不意味着学术风格、研究路径的单一。其实，从上文举出的论文类别，以及随机例举的文章来看，风格的多样、路径的灵活已经有所显现。为了看得更清楚些，我们不妨划一个特定范围，以有关李白研究的文章为例再加考察。这一时期，《文学遗产》刊发李白研究论文计19篇，题目如：《李白待诏翰林及其影响考述》、《李白释家题材作品略论》、《李白诗的生命体验和文化分析》、《李白诗原貌之考索》、《李白生卒年诸说平议》、《李白是浪漫诗人吗?》、《李白赠何昌浩诗系年》、《论李白乐府诗的创作思想、体制与方法》、《唐人选唐诗中李白诗歌异文刍议》、《盛唐诗人江南游历之风与李白独特的地理记忆》等。这里胪列10篇，已经过半，再加上前文涉及的2篇，应该说足以说明问题了。这12篇论文中，有偏于宏论的，有极为微观的，有偏于文献考索、辩证的，有偏于思想文化的，有的使用的是几十年以来一直使用的批评概念，有的则使用了"生命体验""地理记忆"之类新近的理论话语。一言蔽之，在这一个研究范围之内可谓实现了多元并存的良好学术生态。

《文学遗产》的多元性，还表现在对待学术争鸣的态度上。这10余年，刊物涉及的学术争论有十几个话题。如关于《水浒传》成书时间的讨论，先后发文四五篇。参与争论的学者来自多方，其中也有文学所自己的同仁。但所刊发的文章都是据理陈词，不含混亦不偏执过激。如果拿有些刊物一涉歧见必有意气之争，甚至人身攻击的情形来比较一下，妍媸立见。这种良好的学术氛围，来自编辑们的价值导向，因此才有各种意见、各种研究风格的健康存活发展。

有了"严谨"与"多元"，"创新"就是必然的了。在特定的意义上讲，绝大多数的论文，或多或少都有自己的创新之处。而从更高些的标准讲，《文学遗产》在此期间刊发的别开生面甚至引领潮流的力作也不在少数。即以 2003 年第 6 期而论，刊发的刘跃进的《秦汉文学史研究的困境与出路》，高屋建瓴，对于这一领域学术的进展颇有新见；董乃斌的《文学史无限论》，一家之言的色彩十分强烈，引发了关于文学史研究中基本方法论的争鸣；赵昌平的《回归文章学——兼谈〈文心雕龙〉的文章学架构》则把"龙学"领域很多学者心中皆有口中皆无的困惑旗帜鲜明地"挑破了"，对于《文心雕龙》研究具有转轨定向的意义；尚永亮的《唐知名诗人之层级分布与代群发展的定量分析》，角度新，方法亦新，对于当时初露端倪的"定量研究"颇具推进之功；李昌集的《华乐、胡乐与词：词体发生再论》，对于词体的发生，提出了与传统看法大相径庭之见，推进了词史研究。诸如此类，不能一一例举。以上评述很可能有买椟还珠之嫌，即便如此，这些大作的新意已皎然可见。

《文学遗产》的创新，还表现在自身的擘画上。回顾这 10 余年，刊物开辟了"'《文学遗产》论坛'专辑"、"短文"、"札记"、"学者研究"等栏目。这些栏目，指向各有不同，或偏于宏论，或偏于考证，或偏于文本分析，各得其所又相互配合，使得刊物面目一新而生机勃勃。

行文至此，心有所感，发之为诗，题曰《代〈文学遗产〉诸友拟甲子励志》。其词云：

> 诗骚李杜参天树，左马苏辛万古魂。筑就平台文脉续，吾侪舍却更何人！

［作者单位：南开大学］

六十年辛苦不寻常

陈大康

喜爱中国古代文学者，无有不知《文学遗产》；而研究中国古代文学者，则无有不以自己的论文能刊于《文学遗产》而自豪。这已是学界的一种共识，而且可以说《文学遗产》从创刊到现今，一直都是如此。环顾域中，获此赞誉能持续整 60 年的学术刊物能有几何？

为何《文学遗产》在古代文学研究界能获得如此崇高的地位，而且还经久不衰？无他，唯是在此园地勤恳、扎实、严谨地耕耘，且能始终如一而已。我生也迟，创刊初期的艰辛与坚守的情形并不熟悉，但这二十多年来的情形却是一一看在眼里。这些年来，学术出版界受到过不少风波的冲击。譬如说，商业思想的泛滥就曾产生过较大的影响，不少学术刊物虽然还不至于弃儒经商，但确实是办成了亦儒亦商的模样，有的甚至商的成分更大于儒。此种现象的出现有不得已的苦衷，我们或许不能脱离当时的社会大环境过于指责那些刊物，但反过来说，当于办刊者生计有极大关系之时，《文学遗产》却能做到甘于清贫，不为所动，坚持住了学术的本色，这是多么难能可贵啊，没有朴实理想的坚持，没有学术操守的坚持，就不可能有刊物风格的坚持。在当时的大环境中能做到这点实属不易，而《文学

169

遗产》做到了。

随着改革开放形势的发展，中外学术交流也日益频繁深入，这对促进学术发展是好事，但也不可避免地出现了一些走弯路的情况。大批量地搬运西方文艺理论及其术语，然后镶嵌在自己的文章中，便是其中较典型的现象之一。学习些西方文艺理论是好事，这样可丰富自己的学识，加强研究能力。可是在阅读那些运用西方文艺理论及概念的论文时，我经常感觉就像是在观看一场搬运大比赛。各种理论、术语源源不断地现身纸上，客观上形成了看谁搬得多、搬得快的竞争。以张嘴马斯为荣耀，以闭口格尔为风采，有的文章甚至已不是镶嵌术语，而完全是成了堆砌。有的则是引一段西哲的话语，再比附一段中国的情形，学术问题的解决已不必再论，有时甚至是读者与作者都闹不清究竟想说什么意思。然而尽管如此，不少人至今仍乐此不疲。纵观这些年来的《文学遗产》，这类文章却是难觅其踪影，即完全置身于这场搬运大比赛之外。不是说古代文学研究领域这类文章未曾出现过，实际上我们在其他刊物看到过，而且也并非是少数，在《文学遗产》上之所以难觅其踪影，原因是它们无法通过刊物长久以来一直坚持的审稿制度。先是编辑筛选，在此基础上外审专家审读，最后是由总编审定。无论在哪个环节，大家对运用西方文艺理论时都有较清楚的认识。首先，应了解那些理论或概念术语是为了解决什么样的问题而产生的，因为唯有如此方可明白它的运用范围有多大，边界条件又是如何。接着，需要判断的是论文要解决的问题是否在那范围之内，如果不在，所谓运用就根本无从谈起。即使确在此运用范围之内，那还得弄清楚一个问题，即中国本土的文艺理论及其概念术语对要解决的问题是否已经无能为力，如果并非如此，那么为什么又定要去用西方文艺理论及其术语来作解释？有时甚至是本已解决的问题，非得借用人家的理论再重新诠释一下。对于中国古代文学的研究以及对相关论文的审稿、编辑来说，这些问题的一一辨析尤为重要。

有了审稿制度并不能保证刊发的论文必定是好文章，这与审稿者的学术水准以及辨别能力有关，但更由刊物的办刊思想所决定，审稿制度及其执行实际上是编辑方针的体现。《文学遗产》经过评审而刊发的论文，都是着眼于一个个具体问题的实在解决，说话直截了当，这也是学者们爱读的原因，不像有的地方的论文，叙述时弯弯绕绕地兜来兜去，读了半天方才明白，原来那意思一句话就可以讲清楚。文风多朴实也是大家喜爱的原因，作者追求的是把问题说清楚，将复杂的问题抽象为简明扼要，而不是将简单的问题复杂化。由于注意力都在考辨事实、梳理脉络上，作者一般不刻意于虚饰，不铺排华丽的辞藻以掩饰思想的贫乏或内容的空洞。在《文学遗产》上似未见过华辞连篇的论文，尽管这也是时下某些人的时尚，他们就像初学作文的初中生，学到了点好词好句，就恨不得一下子都要在文章中展示出来。《文学遗产》朴实的学风有时也显示在论题方面，从发表的那些论文来看，我们看不到动辄构造了一个框架，或建立了一个体系，然后于中填塞了玄奥的说辞。与框架或体系相比，所论甚是细微，但却是填补了一个空白，或解释了长久以来的一个疑惑，这是辛勤耕耘的结果，同时给同样辛勤耕耘者以启迪。也许由于古代文学这一学科的特点，许多学者天然地倾向于老实、扎实、朴实的研究风格，养成了握有材料方敢议论判断的谨慎习惯，年长的学者尤其如此。青年学者有的会受时髦的影响，这时审稿制度便起了很好的调节作用。经过严格把关，刊物上发表的都是切实解决问题的稿件，而天马行空、恣意驰骋者不见踪影，一期期刊物上的文章读下来，青年学者耳濡目染，渐受熏陶，自然会慢慢地走上研究的正途，于是我们便可看到审稿制度使刊物与作者之间建立了良好的互动关系。唯有坚持这样的审稿制度的刊物才会有生命力，唯有坚持刊发扎实严谨的论文，我们的研究才能作有意义的推进，这也包括在其影响下一支严谨的作者队伍的形成与壮大。一贯执行严格的审稿制度的刊物为数不少，《文学遗产》能延绵60年而始终如一，可谓是其中的佼佼者。同样，没有严格的审稿制度的刊物也是为数不少，这是由它们所刊载论文的情形反推而得之，当然，也可能是审稿制度尚属严格，是该刊的编辑方针导致了那些论文的现身。有没有不设审稿制度的刊物？恐怕不会有人这样宣布的，即使是只要交钱就可以发表的刊物亦是如此。时下这类刊物有多少，这只要去各高校研究生宿舍去看看墙上的广告便可以知道了。

笔者曾关注过一家 CSSCI 来源期刊（扩展版），观其广告，所言倒也正规，若再进一步询问，回答便是赤裸裸了："4000 字 3500 元，先付款后发表"，该刊编辑还承诺："付款后，3 月内发表，发在正刊上。"每年向这类刊物汇款发表的研究生不知有多少，他们口袋里的那些奖学金、助学金便源源不断地流入了那些编辑的腰包。那些研究生们是很无奈地在做这样的事，因为他们不发表论文，就不得毕业，拿不到学位证书，尽管我国的《学位条例》中并无如此规定。无论导师也好，学校也好，其实都知道研究生们填在表格上的论文有不少是靠花钱买版面才发表的，但他们仍然很认真地执行那条规定。并不是因为和那些不良刊物的编辑们有何瓜葛，而是因为上报科研成果时若少了研究生发表的论文，那么成果数量与其他高校相比，自己便立马矮了一截，这将严重影响其在教育资源分配时的竞争力，学校的发展马上就会受到影响，从这点来说，他们也是很无奈的。教师也处于很不得已的处境，他们中的许多人同样为要发表论文而焦虑。职称晋升要看科研成果，考核也要数一数发表了几篇论文，而这一切又都和实际的利益挂钩。反过来，若从教育管理者的角度思考，数量的把握确实又是必不可少，他们知道种种规定的弊病，但运行又离不开这些规定。大家都知道应看论文的质量、学术的水准，可是遇上评定职称，一个学校就会有数百人申报，就是一个院系的申报人数也颇为可观，何况申报者又分属不同的专业，在短时间内质量高低、水准上下又如何鉴别？确实也设置了内审、外审等种种环节，但同时谁都知道，当下的学术关系网是客观存在的。于是各个单位几乎都无例外地且几乎别无选择地采取了最简便的方法：成果数量是考察申报者最重要的指标之一。当然，并不是所有论文都等同视之，它们被分成载于 CSSCI 期刊与非 CSSCI 期刊两个系列，而 CSSCI 期刊又分成了"权威"与"一般"两类。"权威"期刊通常是每个一级学科只认定一至两个，它又有尽可能覆盖较多二级学科的功能，作为古代文学研究园地的《文学遗产》再权威也只能委屈于二级。《文学遗产》凭着长期的高水准的品格经受住了这次强烈的冲击，只要是刊载于《文学遗产》的论文，在各种评审、考核中，有学术良知的学者们都不会将它等闲视之。《文学遗产》只认可辛勤耕耘的学者们的成果，正由于如此，它在学界获得了充分的肯定，这也是它能抵御各种冲击的坚实后盾。在这里，我们又一次看到了刊物与学者之间的良性互动。

《文学遗产》是一家学术刊物，但纵观它 60 年来的历史，它没有也不可能成为象牙塔中的学术园地，社会的波动、思潮的起伏，都会或多或少、直接间接地影响到它，有时甚至会给它的生存与发展带来很大的困难。60年的风雨，一步一步地走过来了，它不为浮躁膨胀所动，不随浮靡风尚而舞，仍然保持着学术上的高洁品格，其实也正是这种高洁品格，使它能历经艰难而始终受到学界同仁们的推崇与信赖。再过60年会怎样，这已非我辈所能议论，但相信只要能继续以学术上的高洁品格作支撑，它必仍将是中国古代文学研究最高层次的学术园地。

[作者单位：华东师范大学中文系]

我心中最纯净的学术园地

莫砺锋

　　时下的学术刊物，林林总总，且被某些权威机构分成各种档次，其中当然以所谓的"一流期刊"最为威风凛凛。要是在"一流期刊"上发表了论文，则一登龙门，身价百倍，觅职、升职势如破竹，甚至能获得巨额奖金。于是许多学者投稿时首选"一流期刊"，投而不中才考虑其他刊物。风气之下，似乎只有"一流期刊"才是顶尖的学术刊物，只有在"一流期刊"上发表论文者才是优秀的学人。《文学遗产》的情况如何呢？很遗憾，她从未进入过"一流期刊"的行列，在可见的将来也没有这种可能。虽然如此，但我一向钟情于她。我投稿最多、发表论文也最多的刊物就是《文学遗产》，我每期必读的学术期刊也只有《文学遗产》一种。原因有二，一是《文学遗产》的发稿范围就是中国古代文学，是我们这个学科唯一的专业刊物；二是《文学遗产》是我心中最纯净的学术园地。

　　先说第一点。我在20世纪80年代开始参加学术活动。我生平发表的第一篇论文是《黄庭坚"夺胎换骨"辨》，刊于《中国社会科学》1983年第5期。其后，也曾在《文学评论》和《文艺研究》上发过几篇文章。与中国古代文学学科有关的"一流期刊"，就是这三种。我当然很尊重这三种刊物，我至今感激《中国社会科学》的编辑部，我向该刊投稿时仅是个二年级的博士生，但他们弃瑕录用了我的习作，对我走上学术道路是一个莫大的鼓励。但是毋庸讳言，这三种刊物的发稿范围虽然涵盖中国古代文学，但它们毕竟不是本学科的专业刊物，只能把极其有限的篇幅用于古代文学，编辑部也不可能有时间或精力来把握古代文学研究领域的动态和趋势，所以它们刊发的古代文学研究论文数量既少，选题或论证也未必能代表整个学科的最高水准。《文学遗产》就不同了。自从创刊起，《文学遗产》就是国内唯一的古代文学专业刊物，60 年来坚守阵地，从未偏离。尽管时世转移，风衰俗变，《文学遗产》却始终岿然不动。我们固然不能说《文学遗产》刊发的每篇论文都是优秀之作，也不能说《文学遗产》之外海无遗珠，但从总体而言，完全可以说《文学遗产》代表着中国古代文学学术界的最高学术水平，也展示着古代文学研究的趋势和潮流。在学术专著"注水"现象较为严重的现状下，如果海外的同行或其他学科的学者要想了解中国古代文学研究的状态，读读《文学遗产》足矣！

再说第二点。学术刊物不是时尚杂志，本来都应该是纯净、严肃的。但是在权力和商品两股汹涌潮流的冲击下，许多刊物已经墙倾堤溃，面目全非了。试看如今的某些"学术期刊"，编辑部随意扩版，任意改变刊物性质，甚至乱收版面费，乱发人情稿。作者则滥竽充数，胡编乱造，甚至抄袭剽窃，送礼行贿。打开这些刊物，只觉乌烟瘴气，惨不忍睹。虽然还打着"学术刊物"的名号，学术云乎哉？在此态势下，《文学遗产》始终保持学术刊物的本来面目，真是难能可贵。每当我收到新版的《文学遗产》，看到那淡雅朴素的封面和目录页上大小适中的字体，还没阅读正文，就已感到亲切，并肃然起敬，觉得她真像杜甫笔下的佳人："天寒翠袖薄，日暮倚修竹。"《文学遗产》的风清气正，有许多显著的表现，我没有能力全面论说，仅能从亲身经历的角度提供一些例证。从 1979 年考入南京大学读研开始，我便成为《文学遗产》的忠实读者。几年以后，我又成为她的作者。20 多年来，我一共在《文学遗产》上发表了 12 篇论文（不计笔谈或短论）。虽然算不上高产作者，但对于论文总数不多的我来说，《文学遗产》毫无疑问是我的第一发稿刊物。如今我忝列《文学遗产》的编委，大家切勿以为这对我发表论文有何益处。我是 2011 年第 3 期才被增补入编委会的，

在那以前，我在《文学遗产》上发过 11 篇论文，一直是以普通作者的身份
投稿的。我为人木讷拘谨，不善交际，而且从心底里鄙视"功夫在诗外"
的世态。20 年来我进京不下 30 次，却从未到《文学遗产》的编辑部去拜访
过，至今尚不知那座学术殿堂的大门是朝着什么方向。我与《文学遗产》
的历任主编或编辑朋友都只在投稿后才开始联系，联系的内容无非是商讨
修改意见，通知录用与否，或是填写相关表格，从无一言涉及私交。历任
编委会中与我私交较密的只有陶文鹏兄一人，这多半是因为两人都喜爱宋
诗，学术上也比较谈得来，如此而已。我与文鹏兄一般都是在唐代文学或
宋代文学的学术讨论会上见面，唯一的例外是 1998 年的一次交往。当时
《文学遗产》组织了一系列笔谈，我与陶文鹏、程杰三人的笔谈题作《回
顾、评价与展望——关于本世纪宋诗研究的谈话》。笔谈中有些问题需要当
面商讨，文鹏兄便来南京出差。我为他预订了学校招待所的普通客房，与
一位不相识的客人合住一间。一天三顿都在招待所食堂里用餐，唯一的
"接待"活动是我自掏腰包请他在学校礼堂看了一场周末电影，票价是 5 元
钱看 3 部影片。这样的交往，也许说得上"君子之交淡如水"了。据我所
知，南京大学古代文学学科的同仁们与《文学遗产》编辑部的交往，都与
我大同小异。这不是我们对"功夫在诗外"的风气有特殊的免疫力，而是
我们认准了《文学遗产》是一个纯净的学术园地，她决定稿件取舍的唯一
标准就是"诗内功夫"。衷心祝愿《文学遗产》永远保持"在山泉水清"
的纯净状态，永远不辜负学界同仁对她的钟爱。

[作者单位：南京大学中文系]

一次引领风气的盛会

——记全国首次"文学史观与文学史"学术研讨会

胡大雷

1990 年 10 月 15 日至 20 日，《文学遗产》编辑部联合我们广西师范大学中文系等 8 家单位，在桂林叠彩山下举办"文学史观与文学史"学术讨论会，全国 120 多位专家学者参加了这次学术讨论会。1903 年出版的林传甲《中国文学史》，是中国古代文学史的第一部著作，至 1949 年四十余年间出版的中国文学史著作有三百多部，新中国成立后又有多部文学史著作出版；但是，总是难以适应新形势下人们的要求与愿望。有时，人们甚或认为古代文学研究就是文学史研究，那么，文学史撰作更成为古代文学研究的重中之重，则是自然而然的。《文学遗产》编辑部牵头讨论"文学史观与文学史"，又把会址定在"山水甲天下"的桂林，在古代文学研究界引起了极大的响应。那次开会真是"群贤毕至，少长咸集"，与会的有国内知名学者蒋和森、陈祥耀、徐放、李修生、裴斐、宁宗一、严迪昌、穆克宏等与《文学评论》编辑部的胡明、《文学遗产》编辑部的徐公持、吕薇芬、陶文鹏诸先生，还有古代文学研究风头正盛的诸位中青年学者。

事情过去二十多年了，有些印象还是非常深刻的。记得在讨论中，大家最愿意各抒己见的，是文学史观问题。大家认为，文学史著作的高下，首先决定于文学史观，这是撰写文学史的理论基础。比如文学史的主观与客观问题，裴斐先生率先说，现行文学史的症结有两方面，一方面是缺乏对客观的文学事实的尊重，编史者并不是对任何史事都可以参与主观意识的；另一方面，当片面强调反映论时，就又忽视了文学史家的个性。会议还对文学史的"当代意识"展开热烈的讨论，认为不能把文学史的当代意识狭隘地理解为文学与当代经济、政治、文化等方面的具体联系，也不能认为生活在当代就有当代意识。当代意识应该是当代人的科学精神、科学悟性和思辨力，也包含当代人对真理的信仰与追求，以及作为一个学者所应有的独立品格与尊严。讨论会对文学史撰作者自身诸方面进行了深刻的反思，徐放认为，文学史撰作者应该是一个具有理论气节的、理论胆识的、理论勇气的人。大家认为，对文学史撰作者来说，最好是理论与功力兼备，集战略家的眼光与战术家的武艺于一身，如不能达到这样的理想境界，则应该基于自身的条件，充分发挥自己某一方面的特长。会议对以往文学史作了历史的回顾，实际上也是审视以往文学史观，并对新文学史的建设提出意见。或以为新的文学史应该具有探索文化精神的内涵，或以为把建构理论作为基础，建立一个马克思主义的文学史流派。

《文学遗产》副主编吕薇芬、主编徐公持分别在开幕式、闭幕式上发言。吕薇芬的发言是提出本次会议要讨论的问题；而徐公持的发言则是概括性的，谈得很全面，如坚持"双百"方针推进文学史研究、文学史观无所不在、变理论上的被动为主动、理论修养与功力、史与论、历史意识与当代意识、继承与创造等。显然，这些问题，既是徐公持对讨论会的总结，又是长期以来他对文学史与文学史观问题的思考。

会议的详情，我曾写过一篇《述要》登载在《文学遗产》1991年第1期上，而此时之所以不嫌累赘又重提旧事，是要说明一个问题：《文学遗产》在古代文学的学科建设和学术研究中起着引领风气的作用。改革开放以来，百废俱兴，古代文学研究也蓬勃发展，在校勘、注释、版本、索引、评论、文体、类型、风格等方面做了很多工作，研究有了很大的成绩。这些工作与成绩怎样以整体性的面貌呈现给世人？如何理解新时期以来的古代文学研究的成绩？历代文学研究者的固有情结——文学史情结——又展现在社会面前。如何理解这种躁动？如何对待这种焦虑？甚或如何提升这种热情？于是，《文学遗产》编辑部引领潮流，及时抓住这人人意中有的问题，牵头召开了这次会议。

按照全国哲学社会科学"六五"规划的安排，由中国社会科学院文学研究所主持组织有关单位和有关专家编写 12 册的《中国文学通史》，以期作为文学研究工作、高等院校教学工作以及其他文化工作中的参考用书。撰作一部论述较为详尽的多卷本文学史著作，早已在文学研究所的视野之中，并且正在进行之中。而作为文学研究所古代文学研究的喉舌，又是全国的古代文学研究的喉舌，《文学遗产》前前后后的张罗、紧锣密鼓的宣传、周密细致的安排，自然是其引领风气之先的职责所在。应该说，《文学遗产》召集这次引领风气的讨论，既是务虚形式的理论探讨，又是与实实在在的文学史撰作相呼应的。

当时是在我校的紫园饭店开会，饭店会议室不全，大会的开、闭幕，都是借用军分区礼堂，走过去要好几分钟。小组讨论，有的小组会被安排在饭厅里。尽管条件简陋，但大家热情不减，发言踊跃，经常是到了规定的时间还意犹未尽，会场之外还交锋不已，紧张而热烈。

桂林"文学史观与文学史"讨论会的联系者，我们广西师范大学中文系这边是张明非老师，她是古代文学教研组组长，安排会议的各类事项。我当时还年轻，在张老师指挥下，跑前跑后做会务工作，接会议代表，布置会场，买火车票等。那时动员的人力很多，除了我们教研组的老师，还有我们带的研究生，他们一边听会，一边为会议服务，为会议代表服务。

那次会议组织游漓江，记得我是带队之一。出发上了旅游车，那个导游交代注意事项时非常啰唆，讲了很多很多的话，一些是不需要大张旗鼓说的，说什么阳朔上岸要遵守规定，否则找不到返程的车等，大家听得很紧张，好像去游漓江是一件很复杂、很危险的事情，面面相觑。我是去过几次的了，看导游把游漓江说成这样，马上笑着说，大家放心游，保证没什么事的，我是要保证不落下一个人的！这才舒缓了紧张情绪。

游漓江的船票中是含午餐的，但分量与质量都较差。张明非老师做事仔细，给每人又额外准备了一袋食品。大家对其中的叉烧很感兴趣，叉烧是一种肉制品，是把腌渍后的瘦猪肉挂在特制的叉子上，抹上蜜汁，放入炉内烧烤。好的叉烧应该肉质软嫩多汁、色泽鲜明多呈红色、香味四溢、略甜。叉烧是我们桂林（或许是从广东传进来的）的特色肉制品，北方人大都没尝过的，大家很赞赏。不过没有准备啤酒，在船上，宁宗一先生买了几瓶啤酒请同桌们喝，很热闹、开心。船驶近"九马画山"，导游说周总理看出了九匹，陈毅副总理看出了八匹，这就是看出了九匹与看出八匹的差距，于是大家纷纷比试自己能够看出几匹马。

这次"文学史观与文学史"讨论会，《文学遗产》编辑部方面的联系者是陶文鹏先生，他是广西南宁人，出生在桂林。他为此次会议的安排做了很多工作，如此次会议展示出一种崭新的会风，大会主席团确定中心发言，每个中心发言之后，有专人对其发言的中心议题与观点做出评议，然后又有围绕此议题的自由发言；既有内容的相对集中，又有各种意见的交锋，论辩式会风，高效而热烈。这个主意就是陶文鹏先生力主的，由他主持的大会小会，总是格外热闹。

我原本不认识文鹏先生，有一次我们中文系的韦永麟老师跟我说，你写论文哪些地方想不通，我找个人给你指导一下；原来，永麟老师与文鹏先生是南宁二中的同学，两人关系一直很密切。我就把一篇写曹植乐府诗的论文交永麟老师转文鹏先生。文鹏先生给我提了一些意见，这样往复了几次，最后文鹏先生指出，论文前半部分建安诗人特别是曹植对乐府民歌的改制可以成立了，可再增写曹植改制后乐府诗出现的新气象。这样才有了我第一篇发表在《文学遗产》上的文章——《建安诗人对乐府民歌的改制与曹植的贡献》。这次文鹏先生来桂林，我是打定主意要多请教请教的，但讨论会上事多，一直到会议结束，我们才安安静静在永麟老师家坐下来，一人一瓶三花酒，把酒听文鹏先生论文，非常过瘾！以后也就每每把论文寄给文鹏先生看，文鹏先生都提出怎样把论文写得更好一点，但对我的要求更高了，直到1997年，我才在《文学遗产》上发表第二篇文章——《玄言诗的魅力及魅力的失落》。

离桂林"文学史观与文学史"讨论会已经过去二十几年了，在那次会议上，地处南疆一隅的我，认识了前辈大腕，也认识了新秀中坚，从他们身上学到很多东西。我们在一起读硕士的王筱芸、蒋寅、陈自力也趁此次会议在母校相聚。撰作此文的此时此刻，很怀念那时一起办会的《文学遗产》的同志，李伊白、王毅、王玮诸人，比起与会的蒋和森、陈祥耀等老一辈学者，那时大家是多么年轻啊！

近来看到孙少华先生在《中国社会科学报》发表《古代文学创新性研究反思》一文，其中"思考文学史的新写法"一节云："进入21世纪以来，很多学者都对中国古代文学史产生了新的思考。孙康宜、宇文所安主编的《剑桥中国文学史》，虽有创新，但也存在割裂历史与文学脉络之弊。我们的思考，是既不脱离中国传统的经、史、子、集文本，又能凸显古代文学文本的独有特性。对文学家的取舍应尽可能尊重文学内在的发展规律，最好打破以往主观性太强而将作家作品划分等级的做法。尤其是对文学作品，最好以在文学史上具有承前启后意义的作品为主，不能流于泛泛介绍。我个人心中理想的文学史写法，是既能体现出文学的时代进展与衍化，又能体现出同一时代的文学交游与作品互动、不同时代的文体递嬗与思想传承，即建立起系统而立体、能体现中国文学传统的古代文学史。"孙少华先生是近几年进《文学遗产》工作的新秀。《文学遗产》倘有意再召开"文学史观与文学史"讨论会以引领新风气乎！

[作者单位：广西师范大学文学院]

《文学遗产》六十周年的几点思考

卢盛江

自 1954 年 3 月 1 日创刊，1980 年季刊复刊，《文学遗产》走过了 60 年的历程。回顾 60 年，特别是最近 30 多年，关于《文学遗产》，关于古代文学研究和学科建设，我想了很多。

一

从《文学遗产》看，60 年来，特别近三十多年来，古代文学研究和学科建设的发展和成熟是有目共睹的。

我们的视野更加开阔，研究范围更广。我们开拓了不少新的研究领域，有了一些新的学术生长点。传统的研究领域之外，我们还研究文学思想史、文体学和文章学等。在前人耕耘甚多的领地，一些不太引人注意的现象进入研究视野。比如秦汉文学，人们注意到这一时期的"三楚"文学，江南开发、制度性问题、官僚士大夫与文学的发展。比如先秦两汉《诗》学，注意到子思《诗》学，西汉韦氏家学以及这一时期的《诗》本事，注意到周秦时《诗》在秦国的传播。魏晋南北朝唐宋诗文研究的范围都更广，明清诗文研究近10年走出了冷落，域外汉籍和汉文学史已颇具规模。关于文学流派和个案，人们注意到北宋的庐山诗社、西清诗案，明初的闽诗派、清代的三秦诗派、潜园吟社等。文章学、文体学的很多文体都有分析，比如学记、试策、宋代俳谐文、四六体等，还注意研究口头文学，唐代驿传与唐诗发展之关系等。

一些研究已很深入。很多问题做得很细，很前沿，让人感到它的触角已经扎到很深的层面，往前伸得很远。比如先秦汉魏六朝诗歌形式，已经深入它的语言体式、节奏结构，由此探讨它的生成、表现原理，探讨它的创作传统。比如文体学，不仅注意各种现存文体，而且深入探讨文本前状态。比如永明至唐声律诗格，讨论"四声之目"的最早提出，分析某一具体诗病的特点及形成原因，某一具体人物如王融在其中的作用，深入考察具体诗格著作比如《文笔式》，考证近体各种律句。比如古代小说研究，分析超情节人物的叙事学意义，因果报应观念的艺术化过程与形态，明清小说中的涉外描写与异国想象。还有其他很多问题，比如，探讨贾岛与中晚唐诗歌的意象化进程，探讨经典语汇的形成，考证宋词的演唱形式，一些诗作系年，一些作品成书年代的再考察，一些作家具体行实的考证，还有名诗甚至名句的细读深析。

很多研究，注意发掘、利用和考察新材料。比如，利用郭店简和上博简考察先秦《诗》（简帛《五行》与《诗经》学之关系，从简本《缁衣》论《诗》篇的缀合），利用出土文献考索先秦"说"体。比如，考察日藏旧抄本《文选集注》《文选表注》，以及俄藏敦煌本《文选注》，敦煌唐写本《玉台新咏》，考察新发现的海内孤本小说，中土久佚诗话珍籍，未见著录的小说刊本，佚文佚赋佚稿佚著，关注非经典文献比如家谱等。

一些研究，注重理论探讨，有很强的理论色彩。比如，对一些朝代文学思想发展作理论思考，讨论文学史有限与无限的问题，讨论过一些宏观的理论性问题，比如中国文学史的史观与分期、前沿问题，中国文学的民族性格问题，从古代文论到中国文论的问题，唐诗和宋诗的分期问题，古典诗词演变的宏观规律问题，中国古代诗歌理论的总体轮廓问题，等等。

一些研究多用传统的方法，但也用定量分析的方法。比如，用定量分析的方法考察宋代词人的历史地位，考察唐诗百首名篇，唐代知名诗人的层级分布和代群发展。比如，用还原的方法，研究先秦诸子发生学和生命状态。比如，提出汉语诗歌研究中的新工具和新方法，注意到信息技术与中国传统学术研究的关系。有学术史的总结，比如，对一些重要前辈学者的学术成就和研究方法进行总结，对一些古典文学研究经典著作进行总结，对一些问题的学术研究现状和历史进行综述性分析，比如20世纪前期的中国文学史书写、僧诗文献研究、蔡邕研究、明清诗文研究、盛唐气象研究、《淮南子》研究、敦煌小说整理研究、寓言研究等。有学术的争鸣。20世纪80年代有过宏观文学史的讨论，20世纪90年代中叶以后有过古代文论现代转换的讨论。还有一些具体学术问题不同意见的商榷和讨论。比如，"夺胎换骨"首创者的商榷，《水浒传》成书年代、《牡丹亭》成书年代的讨论，关于元稹婚外恋问题的不同看法，关于文人出塞与盛唐边塞诗繁荣的不同看法，北宋诗人潘阆生平考证的不同看法，四声之目首创者的不同看法，制举与唐代隐逸风尚关系的不同看法等。

一些研究越来越走向严谨，走向厚实，当然也更富于创新性。概述式泛论性的研究越来越少，谈浅层表象的研究越来越少，研究的问题本身越来越切实，越来越有深厚的内涵。越来越看到历史的复杂性，看到问题与问题之间，现象与现象之间的复杂联系，而不只是单线地平面地看问题和分析问题。一些论述越来越富于思辨性，论述和结论也越来越富于厚实的学术内涵。

一些成果越来越具有长久的学术生命力。实证性的成果是这样，理论研究艺术分析的成果不少也是这样。我的感觉，20世纪90年代以来，尤其如此。赶潮流的成果越来越少，深入学术问题文学问题本身的研究越来越多。单纯赶潮流，容易风光一时，却往往昙花一现，成为历史的陈迹。而切实地探讨学术，扎到学术的深层，不论作实证研究，还是理论探讨或者艺术分析，这样的研究，不会轻易消褪其色彩，有些研究的学术活力甚至会历久弥新。

这些都标志我们的古典文学研究在走向深入，走向成熟。从《文学遗产》发表的文章，可以清楚地看到这个发展和成熟的轨迹。《文学遗产》是见证60年古典文学研究成就的一个窗口。尽管还存在不少问题，但我以为，古典文学研究也好，《文学遗产》也好，现在都处在发展的最好时期。60

年，对于人的生命来说，是将步入老年，而对于我们的古典文学研究，对于《文学遗产》，却如经历少年颠沛曲折，正步入青春正旺的时期。

二

60 年古典文学研究，《文学遗产》是见证者，也是参与者。《文学遗产》在 60 年古典文学研究中起着重要的积极的作用。

《文学遗产》有很好的刊风。这刊风，我以为可以用六个字来概括，就是严谨、深厚、创新。她在学术上是严谨的，发表的成果是厚实的，层次是很高很深的，而且富于创新性，不少是原创性的成果。这使她在学术界有很高的声望。正是这种刊风和声望，使她能影响整个古典文学研究界，甚至影响其他领域，影响一批重要的作者。一方面，吸引吸收一批优秀的成果，一流的成果，这一研究领域最高层次的成果。60 年来，特别是近 30 年来，我们的古典文学研究产生了不少优秀的成果。这些成果，相当一部分就发表在《文学遗产》。另一方面，一个有很高声望的刊物，严谨、深厚、创新的刊风，也在一定程度上起着影响和引领一代学风的作用。60 年的古典文学研究，和我们这个国家、社会一样，走过曲折的道路，有过赶风潮的时期，有过浮躁的风气，但是，只要你准备认真做中国古典文学研究，我以为，《文学遗产》就是绕不开的学术标杆，你就需要走向严谨、深厚、创新。这样一种刊风，我以为是一个学术刊物的生命所在，也是她在 60 年古典文学研究中能起重要积极作用的根本原因所在。

这样一种刊风，是在 60 年中自然形成的。很庆幸我们有一批执著的高层次的研究者。一些研究者走得不容易，但他们一直在坚持，在坚守。经历过动乱，经历过"左"的思潮，经历过市场大潮的诱惑，浮躁风气的煽动，有人用学术作敲门砖，敲开名利之门，敲开官位之门，敲开舒适生活之门，便弃学术而去，但这些人坚持下来了。坚持学术的道路，坚守学术的信念。同样庆幸我们有一批执著的高层次的编辑编委。特别是我们的编辑，我所知，他们很多人同样走得不容易。整个《文学遗产》也有过很艰难的时期，特别是经济的困难。但他们一直在坚持，坚守。正是作者和编辑共同的坚持坚守，才有学术的丰厚坚实和前行，才有高层次的学术。作为国内唯一的古典文学研究刊物,《文学遗产》因而成为这一研究领域最高层次的学术刊物。

《文学遗产》编辑部的制度建设是健全的,包括三审制度、专家双向匿名审稿制度等。这对保持学术公正,提高刊物质量,有制度性的保证。《文学遗产》有很清晰的办刊思路,这首先体现在刊物的定位。"《文学遗产》新世纪十年编委扩大会"曾提出,希望21世纪的古典文学研究成为一门成熟的学科,一门进取心强的学科,一门开放的学科,一门具有鲜明特色的学科,一门拥有大师级优秀人物的学科,一门作出多方面贡献的学科。这其实也是刊物的发展思路。"《文学遗产》编委扩大会"又重申,刊物兼重文献和理论,在文献考订基础上作比较深的理论思考。这个发展思路和定位是有远见的,它保证了刊物的特色,使刊物有学术上的高水准。

刊物的根本在作者,有一流的作者,才有一流的成果。这是刊物需要考虑的第一位的问题。怎样充分发掘和利用学界内乃至学界外的潜力和资源,也是很重要的一个问题。这两个问题有着密切的关系。我细想一些事,觉得60年来,特别是近30多年来,《文学遗产》在这方面做得相当主动和积极。

编委会是很好的制度。《文学遗产》编委会成员,包括编委、通讯编委、顾问,都是学界各方面的代表人物,这实际就集全国学界智慧于一堂。编委会很多成员本身就是一流或者优秀的学者和作者,这实际又是与国内一流作者的一种密切联系。

论坛和笔谈也是很好的形式。论坛有两种,一种是在一些地方举办学术会议型论坛。会议型论坛很好地利用了一些地方的资源。举办会议需要经费,我所知,《文学遗产》是没有什么经费的。在一些地方举办会议型论坛,就可以争取地方上的支持,利用他们的资源。现在搞学术很穷,古典文学研究更穷。发掘和利用各方资源,显得尤其必要。这种论坛,可以集中讨论一些学术前沿问题。参加会议型论坛的,一般都是第一线的作者,很多是一流或优秀的学者作者。他们济济一堂,本身是高层次的学术交流。当然,作为刊物来说,这是与作者特别是一流作者联系的一种极好方式。

一种是论文型论坛。论文型论坛和笔谈都是直接用论文的形式讨论一些问题。论坛和笔谈有专题性的论文,但更多的是对学术现状和方法的反思，研究方向和思路的探讨。论坛和笔谈的作者同样是一线的研究者，都在做着不同的课题，因而所谈尤有心得，尤为贴近研究实际，贴近学术前沿。已有研究的总结，让我们看到他们研究背后的思考，这些思考往往是很深刻的，很富于启发性的。而正在进行的研究思路的披露，则显得更为前沿。因为研究正在进行，尚未完成，其成果，其思路，我们无法即时知道。论坛和笔谈的形式，却可以让我们提前了解他们的学术想法和研究方向，及早对我们的研究有所启示。我以为，这是学术潜力的一种利用和发掘。当然，这也是联系作者的一个很好的方法。

要之，《文学遗产》在联系作者方面，在充分发掘和利用学界内乃至学界外潜力和资源方面，做得很主动，很积极。简单地说，刊物服务于学术，还不足以说明。我的一个感觉，《文学遗产》实际已融入古典文学研究界。服务是为他人服务，而对《文学遗产》来说，它的自身就是学术，它与学术界是融为一体的。它是服务者，更是参与者。

刊物的再一个重要方面是编辑。《文学遗产》的编辑，我以为是优秀的。他们都是学者型编辑，很多其自身就是一流的学者。不仅如此，而且很多编辑有掌握学术全局的能力和眼光。其学如此，其能如此，又为国为公持守，焉能不如文之鹏，凌空展翅，飞跃而进。我接触的一些年轻的编辑，也已有很好的成果，展示出很好的学术前景。我也曾有文章在《文学遗产》发表，有年轻的编辑和我交流，商量稿件的事，他们常常能在很细很专门的方面提出建设性的很到位的意见。这体现了他们的素养。

正是一流的作者，一流的成果，加上一流的编辑，才造就了一流的刊物，才使《文学遗产》在 60 年古典文学研究中起着重要的积极作用。

三

作为 20 世纪 80 年代走上学术之路的学人，《文学遗产》始终伴随着我的学术之路。我一直是《文学遗产》的忠实读者，和很多同辈的同行一样，我也保存着多年订阅的《文学遗产》。早年对学术精深的惊叹，很多就是从《文学遗产》开始的。这次为写这篇文章，我就把多年订阅保存的刊物拿出来看了一遍，也让我的学生跟着一起学习，仍有很深的感触。有人不赞成学术刊物培养人才的说法。但我觉得，像《文学遗产》这样高层次的学术刊物，影响和熏陶着一代又一代学人，则是可以这样说的。我个人可以说就是在像《文学遗产》这样高层次的学术刊物，还有整个学术环境的影响和熏陶之下，一步一步走上学术之路的。当然，后来我又成为《文学遗产》的作者，也参加过一些《文学遗产》的论坛，对《文学遗产》在古典文学研究中的地位和作用体会就更深。

《文学遗产》走过了60年，它还有下一个60年，再下一个60年。希望整个古典文学研究发展得更好，《文学遗产》也办得更好。

我们需要继续坚守。社会会不断发展，会有很多新的东西出现。但我想，不管社会怎么变化，民族优秀的传统仍然需要传承。我们也就需要通过研究古典文学，弘扬和传承我们民族灿烂的传统文化。

经过60年，乃至20世纪以来一百多年的发展，我们的研究在学术上应该更为成熟了。严谨、深厚、创新的学风和刊风应该是值得保持和发扬的东西。我们在研究方法和思路上有很多探索，这些对于进一步的研究应该也是有益的积累。

我们的视野可以更加开阔，我们需要更为敏锐深远的学术眼光。一些研究在具体问题上开拓比较多，但在大的研究方向上开拓比较少。我们特别缺少具有长久学术生长点的新的研究命题。一些研究善于把具体问题做得很深很细，但缺少立足已有成果，将整个研究全面推进一步的魄力。

我们的研究会与时俱进。随着人类文化的发展，我们的思维水平会更加提高。我们看问题可能会有更多的角度。我们看问题可能会更加深入，更加注意历史的复杂性和问题的复杂性，可能会进一步避免浅泛的概述式的研究和平面化的分析。我们的研究会更有历史感，会更有理论深度，我们的艺术审美、心理和文化分析会更加生动传神。要之，古典文学研究的整体水平会更进一步。《文学遗产》仍然会见证这一个过程，参与这一个过程。

[作者单位：南开大学文学院]

《文学遗产》里外观

廖 奔

由于个人际遇与治学路径的缘故，我一生向学，既在文学遗产里面，又在它的外面，也既在《文学遗产》里面，又在它的外面，因此作里外观。

说在文学遗产的里面，是因为我"出身"于此，而一生读书作学问，也都以之为鹄的。说在它的外面，我又天马行空地到处乱走。同样，研究成果最早以发表在《文学遗产》为最高荣耀，但后来又四处去染指。

说我出身于此，是因为大学投胎即中国语言文学系，自然是"科班"。当然，进大学中文系的初衷，是因为"下乡"时爱好文学创作，写诗歌、散文、剧本、小说而不成，因而进大学深造和修炼，目的是提升修养与积累之后，创作能够出人头地。然而事与愿违——大约许多有着和我一样初衷的人在走完这条径路之后也和我一样感到事与愿违，结果发现在经历了严格的文法、语法、修辞、造句——"的地得"训练之后，再写出来的东西虽然句式上一定是工稳整饬无懈可击的，却彻底告别了原生性创作的鲜活与生动了。于是，我转为朝向学者型社会角色发展，朝向文学遗产挺进。

进中文系学习，自然会立即接触到文学遗产，因为在大学四年制的学科设置中，中国文学史的课程占据了最大的比重，这既是由中国文学历史悠久、传统深厚所决定——现代与当代文学因而完全无法与古典文学相比肩，又是由中国语言学无法脱离文学史的积累与制约而自立、外国文学虽然是题中应有之义毕竟在中文系居于从属地位所决定，因而于情于理于法于义，中文系的对象都主要是中国古典文学，文学遗产于是一下突兀到了学子们的面前。

上述是教育体系所决定，我个人在其中还付出了自觉追寻的努力。既然经历了"文革"的十年焦渴，干旱心田巴望文学雨露的浇灌，一进入文学书库，我很自然就从中国文学的源头开始汲取，《诗经》、楚辞、汉赋、六朝骈文、唐诗、宋词、元曲、明清传奇小说涓滴不漏地一路恶补下来，剩下的时间也就只剩下准备考研了，因而大学期间用功专注于文学遗产。虽然由于兴趣所分、性向所好，同学中自有人去专攻现代文学、当代文学、外国文学、文学概论、古汉语、现代汉语、语言学等，我却一下子就胶着在古典文学上了，因而校方组织"单科竞赛"，我竟偶然摘取了古典文学头魁，这更使我坠入此行成为命定。

于是，我的阅读重心游弋于其中，论文选题自其中产生，考研方向也自其中选定。我因而把《光明日报》"文学遗产专刊"上面刊载的文章全部阅读一遍，1983年在上面发表处女作《"传奇四变"说新探》，则给我带来不只是初战告捷的惊喜——它还带给我一张古典文学研究入场券，或者用后来我从事戏曲研究时在行里学到的戏话说：祖师爷赏我这碗饭吃。

如果再扩展至大环境的裹挟，则又有一番对时代的审视。中华是文学，尤其是诗歌的国度，历代政治文学不分，文人词臣前赴后继，连皇室都热衷于诗词，毛泽东更是把诗词做到了家。新文化开展、新学起始之后，传统学术析为文、史、哲、政、经各类，文学独立而出，新民主主义革命则首先造成文学大军，新中国所以是从文学走来，故而又对文学遗产格外青睐。《文学遗产》在第一代治新文学者如郑振铎手中创刊，遂支撑古典文学研究广厦60年。新中国成立初期，由于特殊的政治作用，文学又受到高度重视，对大众的文化普及教育更使得文学似乎引领了时代，而当时刚刚起步的新文学成就不丰，建设新文化势必借重古典文学，《文学遗产》便突兀为时代的旗帜。政治领袖偏爱、不断用诗词创作、评点古典小说的形式来推波助澜，尤使古典文学一枝独秀，大学、高中师生以及文学、教育、出版工作者广泛关注外，机关、工矿、军营甚至农村也充斥了爱好者，汇集成古典文学阅读与品鉴的人气，那时一本研究小册子竟能发行几万册，成为后来文学研究者的梦呓。即使是经历了"文革"的隔断，重新聚合的拨乱反正之力，依然试图将古典文学从波谷推向浪峰，当然，逆动时代失望不可避免——这就是我这一代人划出的轨迹。其后，社会以及学科的新的沧海桑田就开始了。

《文学遗产》作为这个时期专一的高端杂志，建立起一个阵地，高举起一面旗帜，团结起一支队伍，使得古典文学作为学科的象征得以确立、阵地得以确认、任务得以确定，于是引领了一代风潮。这期间中国的古典文学研究者皆唯其马首是瞻，以在上面发表论文为追求目标、为价值认定、为学术骄傲。一本杂志，带动了一个学科的长盛不衰，它的学术规范则成为古典文学研究的范本，其历史功绩众所瞩目也。

然而，究其一生，我在《文学遗产》杂志发表的论文却寥寥无几，遍查记录，仅仅1篇《南戏〈宦门子弟错立身〉源出北杂剧推考》（1987年第2期），1篇《从梵剧到俗讲——对一种文化转型现象的剖析》（1995年第1期），多乎哉？实在不多也。自己都感到讶然，虽然知道少，却没想到这么少。竟然还自称古典文学研究者！竟然这次还收到《文学遗产》编辑部的60年纪念文集稿约！先是觉得赧颜，不想写这篇文章，放了好久，究竟觉得不能辜负美意，也觉得不能就这样自己把自己开除出古典文学研究队伍，遂又寻机觅缝挖空心思地琢磨能否自圆其说，于是就起了下面即将展开的"在外"议论，来自我开释——这也说明，我还是和《文学遗产》编辑部同仁保持了长久密切的友好关系：经常一起坐而论道，因我与其一乃同道、一乃同情也。然而因缘际遇，我毕竟离纯粹的古典文学研究渐行渐远了，这就构成了我所说的"在外"。

我因研究古典戏曲之故，对家乡中州出土的宋元戏曲文物着迷，大学时即开始关注，读研后以之为题，做了许多田野踏勘和考察，兴奋地在黄河冲积平原和熊耳、太行、吕梁的山间土塬上跳动。以后在中国艺术研究院供职，该院前辈治学路径重实际爱实践，更助长了我的这个癖好。而我研究戏曲史，也认识到不能像一些前行者那样搞成文本史，因为戏曲是一种活的舞台和民俗存在，除了文学研究所关注的剧本（如从关汉卿到汤显祖到孔尚任的创作）之外，它更要上演，因此还应该包括音乐、表演、导演、服装、扮相、道具、演出场地，以及演员、观众、演出环境、演出习俗在内的一整个综合对象，它的研究不但要涵括戏曲艺术的各种组成成分，最好再把戏曲的演出方式甚至民俗环境囊括进来，而仅从戏曲文本出发立论，戏曲史是不能够成就的，甚至不可能卒篇，却会失之毫厘、谬以千里。因而，我研究戏曲史的着力处在于：（1）在戏剧起源与形成问题上从人类学、形态学角度另辟蹊径；（2）对文物发现、社会调查与文献研究成果进行综合处理；（3）彰显长期处于潜隐状态的民间宗教性、民俗性戏剧形式与行为；（4）对戏曲声腔流变进行综合梳理；（5）观照戏曲演出场所和环境及其对戏曲形态的影响等。这些，都是远远跨乎文学遗产界外的。

进而，在分析古典戏曲剧本时我认识到，许多前行者之所以隔靴搔痒、纸上谈兵，讲出来的道理时而不顾"登场"，也时而不顾演出实际，还时而脱离观众口味，是他们或许没有培育出舞台欣赏眼光，仅从剧本谈剧本，仅从文学谈剧本，事实上，是仅从书斋谈剧本。其结果是谈论无非主题立意、篇章结构、格律词采，而议论则都成了文词欣赏。然而，今天的看戏经历告诉我们，一部剧作是否成功，不是仅读案头剧本就能够准确感受到的，就连最优秀的剧作家、最成熟的批评家都无法保证这一点，它最终还是要经受舞台实践的检验，要看它是否能够取得演出成功。自古以来，所有的剧作者都在追求这种成功，而不是只停留在写作剧本文词上，但我们今天的研究者却大多停留在这里。同理，戏曲理论与批评亦是以舞台演出实际而非剧本为鹄的的，如果不了解这一点，我敢说你就没有弄懂什么叫作戏曲理论和批评。于是，我在经历了大量当代舞台观摩、提高和培育欣赏能力与审美眼光的前提下，在经验了大量当代戏曲评论与批评实践、提高和培育品鉴能力与衡量眼光的前提下，才回过头来进行古典戏曲文本的梳理，从而确立起自己的衡量尺度和品评尺度，确立起自己的戏曲史框架和戏曲批评史框架。因而，我的研究朝向"立体"方向开展。

跳出文学遗产，还由于我自觉的返古意识。读大学中文系的课程，我感觉眼界被一个较为狭小的框子框住了，对于传统文化未能窥见冰山一角，因而仍然不了解古典文学的庐山真面目。或者换句话说：这么读书，并未窥见古典文学冰山在海平面之下的庞大基座。因为我们读的那些文学典籍，都是今人从古典瀚海里勺取出来的，更精确地说，是用海水蒸馏出来的提纯水，它的原生状态却远不是这么纯净和分类清晰，古人平日"喝"的也绝不是这种"水"。古人私塾开蒙，蒙馆的学生重在识字，读的是"三百千"，即《三字经》《百家姓》《千字文》，以及《千家诗》《声律启蒙》《增广贤文》一类识字、学诗和做人手册；经馆的学生忙于举业，读的是"四书五经"，即阐发孔孟之道的《论语》《孟子》《大学》《中庸》，和文史哲总一的《诗经》《尚书》《礼记》《周易》《春秋》。再扩而大之、广而统之，则进入经、史、子、集四部类中游弋，更芜而杂之、冗而赘之，则三教九流无所不包。古人创作文学作品，是在如上知识积累基础上的思维和智慧结晶，而我们理解古人作品，可以不了解其形成基础乎？可以不探触其阅读视界乎？

新文化兴起时，一些提倡新教育的人指斥以往私塾不开设算术、历史、地理、格致课程，导致学子知识面过窄，而教材长期不变，又导致他们的知识老化，故而倡导新学。然而文史哲学条分缕析之后，我们又数典忘祖，进入另外一个层次的形而上学，使得文学研究营养单一，如贫瘠土壤里长出的小苗般羸弱黄瘦，而且研究者"黄鼠狼下老鼠"——一代不如一代，近亲繁殖、土豆块茎种植退化，今人不可望第一代新学人项背，后人又赶不上今人。如果只知道文学遗产，而不知道文史哲传统，就是只知其一，不知其二，就是作茧自缚。今天的学术体系已经将本属完整的古代学术体系切割得七零八落、面目全非，如果我们再没有自觉的认识基点与理解努力，古典文学研究岂不逐渐萎缩乃至于绝种乎？而恰恰相反，西方大学里汉学系所的建制，却又是文史哲不分家的模式，余波波及香港大学。我们学人体制、袭人窠臼，人却复发我本体、直指我本宗，其中余味，值得品咂。

20世纪80年代古典文学界关于宏观研究和大文学史观的讨论，力在破除旧的眼界和思维藩篱；20世纪90年代初文艺界关于重写文学史和戏曲史的讨论，更是力在开创新的认知体系与境界。那是一个"大文化"的时代，小说、美术、电影创作都追求文化和历史含量，文学研究则尽力扩展到文化研究。我躬逢其事，躬耕于戏曲史研究一隅，幸有所成，于是从文本走向舞台、从书斋走向田野、从平面走向立体、从文学走向实学，成果因而专门针对文本者少而有意针对实物者多，把研究做进了文化范畴。也因此，我阅读的刊物从《文学遗产》扩展向《历史研究》《考古》《文物》和各类众多的文化杂志与戏曲杂志。而且，随着学术兴趣的延伸和转移，我日益对民间文化传统的众多方面发生关注，对习俗、信仰、仪式、居家艺术、栖息环境、古村落统统着迷，也就越来越跳到了文学遗产和《文学遗产》的外面。

于是，我的研究论文也大多发表在《文学遗产》之外，而覆及《文物》《文物天地》《故宫博物院院刊》《民间文化遗产》这类杂志。但是，文学遗产和《文学遗产》却永远是我关注的重点。当然，无所限制的外延延展也会使得文学研究逐渐脱离本体而与文化研究界域混淆，就如后来人们批评文学变成了文化学一样，那就本末倒置了——这是又一个层面的辩证，就不在这里展开了。

以上是我对文学遗产和《文学遗产》的"里外"说辞，写到这里有些心虚，倒像是对自己某种怠惰的一篇自辩文字，又像是对自己治学路径的一种自我嘘饰，但也无如之何了。最后再说几句题外话：现在我供职于中国作家协会，翻查资料，方知道《文学遗产》最初就是1954年由中国作家协会创刊的，后来划归北京大学文学研究所，后者辗转成为今天的中国社会科学院文学研究所，而我又是在社科院文学所取得的古典文学博士学位，其中的因缘姻戚关系，更不得不视为命定，这于我难道不是加额之幸？

[作者单位：中国作家协会]

我对《文学遗产》编辑的印象

詹福瑞

　　自进入现代传播以来，期刊就成为学术研究重要的传播基地。《文学遗产》自 1954 年创刊，60 年来，几乎与中国古代文学研究同步，其在中国学术史上的意义，不仅仅是如前所说的传播学术研究成果的价值，同时还发挥了组织学术研究、引导学术研究走向、培养学术人才的重要作用。60 年来，《文学遗产》正因为如此，逐渐确立了它在中国古代文学研究领域的权威地位，受到学人的热爱和崇敬。《文学遗产》已经成为中国古代文学学科发展的重要组成部分。

　　一部期刊是否具有权威性，固然以其所发表的研究文章是否有较高水平、所拥有的作者是否为学界有影响的学术群体为衡量标准。但是，因为中国社会浓厚的行政化色彩以及从上到下的等级观念，期刊的权威性也受到了非学术因素的影响。所以并非所有的所谓级别较高的期刊，在学者的心目中都有其认可的声望。《文学遗产》在当代古代文学研究者心中的地位，并不在于它是中国社会科学院的刊物，而在于它积数十年推出有水平的学术文章在学者中形成的口碑。这种清议比刊物的级别更真实地反映了《文学遗产》的水平和影响。

学术期刊的质量，决定于各种因素，如办刊宗旨、对待学术研究的态度、衡量稿件的标准、稿源的质量等，而编辑队伍在其中发挥的是极为重要的作用。《文学遗产》自创刊以来一直保持较高的学术水平与不可替代的学术声誉，其重要原因之一，即在于数十年来，它拥有几代人组成的好的编辑队伍。我2003年至2004年间很荣幸担任《文学遗产》的通讯编委，后来虽然参加了《文学评论》编委会，而且由于庶务缠身，研究古代文学的文章也一年比一年少，很少给《文学遗产》投稿，但是承蒙《文学遗产》不弃，还是经常被邀请参加编委会扩大会议或其所主办的学术研讨会。我与《文学遗产》的编辑们有很多的交流机会，尤其是和三任主编徐公持、陶文鹏、刘跃进先生交往较多，是比较好的朋友，因此对于《文学遗产》的编辑有所了解，深感这个刊物保持较高的质量和水平，实在是与编辑队伍有着密切的关系。我对《文学遗产》编辑的印象是三真：

真学者。学者，其实很简单，就是向学者也。学术期刊的编辑与研究人员有别，不能要求编辑似研究人员那样倾注心力于学术研究，研究人员以成果说话，以优秀成果立世；而学术期刊编辑则是以其编辑的期刊说话，以期刊的质量立世。所以，衡量的标准有所不同。但是学术期刊的编辑与研究人员一样，必须是真学者。是真学者，才会对学术有真敬重，对真理充满神圣感。我一直以为这是学术期刊优秀编辑所应有的根本素质。是真学者，方能懂得治学的甘苦得失，不仅能够敏锐捕捉到文章的新意，珍惜作者的纤毫创造，而且还会以学者的眼光，从学理上审视其创新的合理性。当然，如果编辑又是某一方面的专门家，自己也是一个有着丰富研究经验的人，那当然更好。我与《文学遗产》的编辑们接触，在这一点上的感受还是比较深的。徐公持先生研究魏晋南北朝文学，在中国社会科学院文学研究所编撰的《中国文学通史》中，他撰写的《魏晋文学史》颇获好评。后来他患病在身，并且在前些年退了休，但仍治学不辍，成果颇丰。陶文鹏先生也是如此，不管在职或不在职，都勤勉笔耕，令人钦佩之至。2013年，青年编辑张晖突然离世，在学术界引起很大震动，了解他的人都知道，这位学者是拼命三郎，他是累死的。以上这些例子都说明这些编辑是把学问作为终身事业来做的。

真学问。《文学遗产》的编辑们不仅治学态度认真，而且学问学识也多好。学术期刊的编辑可以不做具体的研究，但是必须要有学识。了解学科发展的脉络，把握学术发展的走向，有眼光，有主见。不仅如此，编辑还要有学问，熟悉文献，有广博的知识积累。对于古代文学研究，几任主编都有自己的见解。陶文鹏先生一直主张文学研究要回归文学，不但重义理、考据，还要重视辞章。他自己的文章多文采斐然。现任主编刘跃进是研究秦汉魏晋南北朝文学的专家，近些年来在秦汉文学编年及文学地理与文人分布研究方面，颇有成就。他是做文献的出身，文献功底厚实，所以对于古代文学研究，他是极为重视文献的。作为文学所的领导，他最近发表文章，强调古代文学研究的社会责任和人文关怀，我是赞同的。还有副主编竺青先生，给人的印象是极为尖锐，这种尖锐也是来自他的学识。2013年在安徽开《文学遗产》编委会扩大会，张剑、孙少华、刘宁和石雷等几个年轻的编辑，分别总结分析先秦至明清各段文学的研究现状和应该注意的问题，令全体与会的专家眼睛一亮。他们对学科研究现状之熟悉，对问题分析之深入，其学养之好，给我们留下极为深刻的印象。

真朋友。编辑与作者之间的关系，在我看来永远是朋友的关系，优秀的编辑一定有一个优秀的作者群。他们了解这些研究者的为人、学科背景，掌握他们的研究动向，关注他们的研究成果。当然这种朋友关系，不是庸俗的人际交往，更非互相利用的利益关系。作为编辑，是作者的真朋友，一定既是作者的知音，又是作者的诤友。在学术面前，不讲关系，不讲情面，只讲学理和学术水平。这些年来，我与《文学遗产》编辑们的交往基本都是学术交往，真正感受到这些朋友的可敬和可爱。2011年，召开我的诗集《岁月深处》研讨会，陶文鹏老师赏光参加了这个活动。他认真读了我的诗集，作了充分准备，有的诗还能背诵下来。在会上，陶老师既肯定我的新诗创作，甚至把我的《燕子》许为新《慈母吟》；但是他也毫不客气地指出了书中的语句和文字问题。这些年，我培养博士生时，认为有的论文写得还好，我也鼓励他们抽出其中精华部分，投给《文学遗产》。编辑们都能认真处理稿件，包括主编。对于基础较好，但还有问题的文章，编辑们反复与作者切磋修改，直至可以发表。学生们和我谈起这些，都很激动。《文学遗产》编辑们这种不鄙薄新人、耐心扶植年轻学者、帮助他们提高文章质量的作风，令人十分感佩。

在中国，60年是一甲子，如果是人，应该是大寿辰。60年来，《文学遗产》积累了很多好的传统，值得认真总结。其中组织好一支优秀的编辑队伍，也应该是其成功之道吧。

[作者单位：中国国家图书馆]

坚持真理、独立思考是学术的生命

——以《文学遗产增刊》的两篇论文为例

赵敏俐

今年是《文学遗产》创刊 60 周年。对于我们这些从事中国古代文学研究的人来说，这是一件值得纪念的大事。60 年来，《文学遗产》作为代表本领域最高水平的学术刊物，引领中国古代文学研究的潮流，影响了前后几代的学者。笔者有幸厕身其间，多年来受其沾溉，获益良多。在此，我想以刊登在早期的《文学遗产增刊》上的有关《诗经》研究的两篇文章为例，略谈一点感受。《文学遗产》办刊之初，由于报纸篇幅有限，不得不将一些较长的论文和以资料、考据为主的文章，另编入《文学遗产增刊》，在 20世纪 50 年代出版过多期。在我看来，《文学遗产增刊》上的文章之所以值得重视，恰恰是因为它们是"以资料、考据为主"，做的是扎扎实实的纯粹的学问，没有受到当时政治的干扰，坚持独立的学术思考，具有求真求实的学术勇气。这些文章在当时有些没有引起太多的注意，但是经过几十年历史的检验之后，人们越发认识到它的价值。在我看来，这正是学术研究的生命，也是一本刊物几十年来享有盛誉的原因之一。

一

在这里，我想提到的第一篇文章是杨公骥、张松如合写的《论商颂》一文，该文刊发于 1956 年 1 月出版的《文学遗产增刊》第 2 辑。

《商颂》是《诗经》三颂之一，现存 5 篇。现存最早记述其来历的，是《国语·鲁语》中记载的鲁国大夫闵马父的一段话：

> 昔正考父校商之名颂十二篇于周太师，以《那》为首，其辑之乱曰："自古在昔，先民有作，温恭朝夕，执事有恪。"先圣王之传恭，犹不敢专，称曰"自古"，古曰"在昔"，昔曰"先民"。①

据此，知"以《那》为首"的这几篇作品是"商之名颂"，是"先圣王之传恭"，亦即是商代先圣王流传下来的，后来经由正考父之"校"，将其献于周太师，原有 12 篇，后来保存在《诗经》中的只剩下 5 篇。这些作品，在春秋时代的宋国也曾有过流传，《国语·晋语》记晋公子重耳流亡到宋国，与司马公孙固相善，公孙固劝宋襄公礼遇晋公子，也曾引用过《商颂》"汤降不迟，圣敬日跻"这两句诗。诗句出自《长发》，讲述的是殷商王朝从成汤以来日渐强盛的历史②。此外，《左传·隐公三年》在"君子曰"中曾引用过《商颂》"殷受命咸宜，百禄是荷"之句③，所引之句见于《玄鸟》。《左传·襄公二十六年》记楚人声子出使晋国，曾说过这样一段话："故《夏书》曰：'与其杀不辜，宁失不经。'惧失善也。《商颂》有之曰：'不僭不滥，不敢怠皇，命于下国，封建厥福。'此汤所以获天福也。"④声子所引《商颂》之诗句见于《殷武》，并将其与《夏书》并列。由于有这些记载为佐证，所以《毛诗》将其视为殷商时期作品加以解释，并得到了后代大多数学人的认可。

但是，《国语·鲁语》中正考父"校商之名颂"的说法，在汉人司马迁

① 《国语·鲁语下》，上海古籍出版社，1978，第 216 页。
② 《国语·晋语四》，上海古籍出版社，1978，第 348 页。
③ 《左传·隐公三年》，上海人民出版社，1977，第 21 页。
④ 《左传·襄公二十六年》，上海人民出版社，1977，第 1062 页。

的《史记·宋微子世家》中却变成了赞美宋襄公而"作《商颂》"①，薛汉在《韩诗薛君章句》中又变成了"正考父，孔子之先也，作《商颂》十二篇"的说法②。由此关于《商颂》作年的问题产生了异说。

比较在《商颂》作年问题的两说，"商诗说"最早见于《国语》，于史有征，且被《毛诗》学派所采纳；而"宋诗说"最早见于《史记》，属于今文经学的说法，于先秦文献无据。所以，早在汉代，"商诗说"一直被大多数学者所采信，包括属于今文经学派的班固也相信此说。汉代以后，随着古文经学派的《毛诗》大行，"宋诗说"基本上不被古代学者们所采信。但是，自清中叶以降，随着今文经学派的重新兴起，"宋诗说"却突然大兴起来。从学术传统来讲，今文经学注重义理的阐发，学问空疏且长于附会，其衰败很大程度上源于自身。但是以魏源为代表的清代今文学家，却同时做起了考证的学问，在《诗古微》一书中，他提出了 13 条证据，力证《商颂》乃春秋时宋国大夫正考父所作③；接着，另一位今文经学家皮锡瑞在《经学通论》中又提出了 7 条证据做补充④；其后，著名学者王国维在《说商颂》中又举证充实其说，可谓"言之凿凿"⑤。以魏源等人在清末以来学术领域的影响，再加上 20 世纪学人们所推崇的疑古思潮与随声附和，于是，《商颂》乃宋诗说遂成为定论，被学术界广泛接受，出现在各种文学史和大量有关《诗经》研究的论著中，俨然成为 20 世纪中期以前《诗经》研究的权威说法。

杨公骥、张松如两位先生自 20 世纪 40 年代后期开始教授中国古代文学，尤其是先秦文学，在讲授《诗经》时，自然要涉及《商颂》的作年问题。这个问题之所以重要，不仅仅在于对《商颂》本身的理解，还牵涉到《诗经》这部书所收作品的时间范围，同时也关系到对商代诗歌的认识问题。众所周知，《商颂》的篇幅很长，语言整饬典雅，内容丰富，艺术性很高。如果承认《商颂》是商代诗歌，说明中国诗歌发展到商代已经达到了

---

① 司马迁：《史记·宋微子世家》，中华书局，1959，第 1633 页。
② 范晔：《后汉书·曹褒传》，中华书局，1965，第 1204 页。
③ 魏源：《诗古微》上编卷 6、中编卷 10，岳麓书社，1989，第 403 ~ 410、745 ~ 759 页。
④ 皮锡瑞：《经学通论》，中华书局，1954，第 43 ~ 46 页。
⑤ 王国维：《观堂集林》，中华书局，1959，第 113 ~ 118 页。

相当高的水平。反之，如果把它当成是春秋时期宋国大夫正考父所作的诗，那么也就从根本上否认了商代诗歌的伟大成就。其实这也正是"宋诗说"一派所怀疑的。因为在他们看来，如果承认它们是商诗，比它产生时间还晚的《周颂》，无论从语言形式还是从艺术水平上讲都与之有相当大的差距，这是不符合近代学者们所坚信的进化论观念的，这也正是当代学者们愿意接受"宋诗说"的原因之一。由此可见，《商颂》的作年问题，不仅仅是《诗经》学中的一个问题，也是中国诗歌史上的一个重要问题，同时也是杨公骥、张松如两位先生在讲授先秦文学中绕不开而且必须解决的问题。

《论商颂》一文是二位先生对《商颂》所作的系统论述，它包括三个部分，第一是对《商颂》作年问题的讨论，第二是对《商颂》5篇作品的释义，第三是对《商颂》的主题概括与艺术分析。这三者相辅相成，而第一部分又是后两部分的关键。

"宋诗说"经过魏源、皮锡瑞、王国维等几位近现代学术大师的论证，是不是真的可以成为定论？杨公骥、张松如两位先生对此进行了更加细致的研究。他们先从历史文献中查找有关这一问题的记载，首先发现了这两说之间存在的联系。"宋诗说"表面看起来与"商诗说"是两种相差甚远的说法，但是它们却都与正考父有关。"商诗说"说的是正考父"校"商之名颂，而"宋诗说"却变成了正考父"作《商颂》"。因而，考察正考父是否具有作《商颂》的可能，就成为解决这一历史疑案的关键。其实，对于这个问题，张守节在《史记正义》中已经有过辨析："《毛诗·商颂序》云：'正考父于周太师得《商颂》十二篇，以《那》为首。'《国语》亦同此说。今五篇存，皆是商家祭祀乐章，非考父追作也。又考父佐戴、武、宣，则在襄公前且百许岁，安得述而美之？斯谬说耳。"[①] 杨公骥、张松如两位先生，对正考父的生年及其事迹又进行了仔细研究，提出了以下四点，认为正考父绝不可能创作《商颂》。

（1）据《左传》、《世本》和《宋世家》所载，正考父和宋惠公（在位时为公元前830～前800年）是再从（堂）兄弟，上距其同曾祖

---

① 司马迁：《史记·宋微子世家》，中华书局，1959，第1633页。

宋泯公只三代，故彼此的年始不可能相差太大。

（2）据《左传》所载，正考父曾在从孙戴公（前799～前766）、从曾孙武公（前765～前748年）、从玄孙宣公（前749～前728年）朝为大夫。即使他是在戴公晚年任大夫，但下距襄公之立（前651年）也有一百二十多年。一个人当一百二十多年大夫，显然是不可能的。

（3）据《左传》《世本》《宋世家》《家语》所载，正考父子孔父嘉在宣公弟穆公、子殇公朝为大司马，这显然是父死子袭，代父执政。殇公十年（前709年）孔父嘉被华督所杀，"绝其世，其子木金父降为士"。在孔父嘉死后华督执政的28年中，孔父嘉的曾孙防叔"为华氏所逼奔鲁"。可知孔父嘉死时已是老年人。因此便不能设想正考父在其嫡系玄孙防叔全家迁鲁后的三十多年，仍在宋国，而且还作颂以赞美他的七世玄孙宋襄公。

（4）据《孔子世家》《家语》所载看来，孔子的祖父伯夏（正考父五世孙）与宋襄公同时。这就说明，宋襄公时正考父早已作了古人。①

杨公骥、张松如两位先生的这段考证事实清楚，论证清晰，无可辩驳。在一般学者看来，文章的考证任务已经完成。但是二位先生并不止于此，接下来他们还认真地分析了"宋诗说"产生的历史原因，认为那是汉代的今文经学家为了美化并推崇宋襄公而创造的说法，它虽然符合今文经学的"诗教"教义，却不符合历史事实。

然而，读者到这里会产生疑问：既然《商颂》的作年问题在历史文献中有如此清楚的记载，那么，为什么魏源、皮锡瑞、王国维等人又提出了二十余条理由来反对"商诗说"？他们提出了哪些更坚实的证据支持了"宋诗说"？怎样得到了近代学者的认可？是否能够颠覆权威的先秦文献记载呢？这些，都需要两位先生继续做出回答。可以说，认真地回应近代学者"宋诗说"的观点，比考证汉代以前的"商诗说"与"宋诗说"的历史原委更为困难。正是他们貌似有理有据但实际上却似是而非的论证迷惑了近

---

① 《文学遗产增刊》第2辑，作家出版社，1956，第10～11页。

代的大部分学者。如果不破除他们的论点，就很难说服当代的学人。因此，两位先生接下来又从四个大的方面对魏源等人的说法一一进行了反驳，包括从历史文献的辨析、古文字的解读、考古新材料的应用、地理名物的考证以及文学的分析等诸多方面，有理有据，令人信服，展示两位先生非凡的学术功力和思想见识①。

两位先生以细密严谨的科学考证确定了《商颂》的产生时代，接下来又对这 5 篇诗歌文本进行了细致的分析解读，并结合殷商时代的历史对这些作品的主题思想和艺术做出了新的评价。《论商颂》以充分的事实和严密的论证，澄清了"宋诗说"的谬误，维护了"商诗说"的权威，这不仅是 20 世纪《诗经》研究的一大贡献，也是中国诗歌史研究上的一大贡献。因为维护了"商诗说"的权威，客观上也就等于重新恢复了商代文学的面貌，更准确地为商代文学定位，对商代文学展开研究。它与以《盘庚》为代表的殷商散文、商代铜器铭文和甲骨文合在一起，共同展示了殷商文学的全貌，并且以生动的事实说明了商代文学在不同文体中所能达到的不同水平。此后出版的杨公骥先生的《中国文学》（第一分册），以此为基础而专设殷商文学一章，对这一时代的文学第一次做出了较为全面的论述，由此也成为该书一个鲜明特点。

然而，两位先生关于《商颂》的考证，在当时并没有引起人们的重视。《论商颂》一文发表于 1956 年，此后杨公骥先生又在此文的基础上写出《商颂考》，作为《中国文学》一书的附录出版（1957 年），对《商颂》的产生年代问题作了更加详细的论证，在当时的学术界都没有引起足够的反响。出版于那一时期的文学史著作，大都没有采用他们的观点。这有两方面的原因：一方面是不切合当时的学术主潮。当时大多数的学者们都在忙于从阶级斗争的角度对古代文学进行思想的开掘与义理的阐释。翻看当时的研究论著索引我们就会发现。发表于那一时代的论文，大都在讨论什么是"现实主义"与"反现实主义"，什么是"积极浪漫主义"与"消极浪漫主义"，"阶级性"与"人民性"等问题，很少有人对这类纯粹考据的学

---

① 具体考证文章较长，此处不具引。又，杨公骥教授在此文的基础上又写出了《商颂考》，见杨公骥《中国文学》第一分册，吉林人民出版社，1957。张松如有更详细的论证，参见张松如《商颂研究》，南开大学出版社，1995，第 7 页。

术文章感兴趣。接下来的政治气候越来越"左"，到 20 世纪 60 年代中期就开始了"十年浩劫"，哪有人顾及这篇文章的重大价值？另一方面是由于权威的影响。"宋诗说"之所以在 20 世纪被广泛接受，魏源、皮锡瑞、王国维等人的学术影响力起了重要作用。在貌似"有理有据"的考证面前，一些学者被权威们的"精彩"论证所折服，并没有对他们的考证过程进行认真的辨析，没有人指出他们考证中所存在的诸多谬误。而一旦形成了大多数人的"共识"，更多的人不过是随声附和而已，甚至是一些《诗经》研究者也不再细看魏源、皮锡瑞、王国维等人的论述，更难得有人对此加以重新地讨论。这使得杨公骥、张松如两位先生的观点一直没有得到学术界的关注。所以，直到 1974 年，当张松如先生再次给他的学生讲授这一问题的时候还生发出这样的感慨："这意见如同置身在茫无边际荒原中的两声呐喊，二十年来，不曾得到什么反应，既非赞同，也无反对。凡所读到的长长短短、厚厚薄薄的有关中国文学史著，论及商颂，都一律远遵齐鲁韩三家，近依魏源、皮锡瑞、王国维诸人的说法，指为宋人的作品，甚至晚出于平王东迁以后。这实际上对于我们的意见就不是'非赞同'，更不能说'无反对'了。比较确切地讲来，乃是视而不见，听而不闻。我们虽然也不免有慨于汉儒诗教中人之深，而感到某种寂寞，甚至无端的悲哀。"[①] 有谁能理解思想者的这种孤独？

有幸的是，《论商颂》一文经受住了时间的考验和历史的淘汰。正所谓"真金不怕火炼""真理越辩越明"，自 20 世纪 80 年代开始，研究《商颂》的文章陆续发表，学者们大都赞同"商诗说"的观点。1995 年，张松如先生的《商颂研究》得以出版，时任中国《诗经》学会会长的夏传才教授专门写了序言，对此书及公木先生给予高度评价："梳理了商诗、宋诗两说的争论的过程，具体地反驳了魏源、皮锡瑞 20 条论据和王国维的考释，持之有据，言之成理，能够自成其说，其中不乏闪光的灼见。""一位真正的学者，从来不认为自己的学术见解句句是真理，而总是以认真负责的精神，实事求是的科学态度，不断研究，以求达到对真理的认识。公木先生正是

---

① 张松如：《商颂研究·思无邪斋诗经论稿》，南开大学出版社，1995，第 7 页。

有这样广阔胸襟的学者。"① 时代在发展，学术在进步，时至今日，有关
《商颂》的研究已经不仅仅停留在有关"商诗说"还是"宋诗说"的简单
争论上，学者们开始进一步分析这几首诗在传承过程中可能存在的一些复
杂情况，如有的学者认为《商颂》5 篇中有 4 篇可能作于殷商，《殷武》一
诗则可能与西周中叶的宋武公有关。有的学者认为《商颂》是西周中叶的
作品。还有的人认为《商颂》是商代诗歌，但是也包括后世的修改加工。
这些观点给人以启发。但是迄今为止的这些论文，所依据的都是一些间接
证据，仍然属于推测，尚不足以推翻有着明确历史记载的"商诗说"。《论
商颂》一文捍卫了"商诗说"的历史地位，为今后的《商颂》研究奠定了
坚实的学术基础，它的学术价值经得住更长时间的历史检验。

二

我要谈的第二篇文章，是胡念贻的《关于〈诗经〉大部分是否民歌的
问题》，该文刊发于 1959 年出版的《文学遗产增刊》第 7 辑。

将《诗经》中的大部分诗篇看作民歌，甚至径直将"民歌"当成"国
风"的代名词，并且认为只有这些诗篇才代表了《诗经》的最高成就，是
20 世纪《诗经》研究中的主流观点。这一观点之所以产生，与 20 世纪以来
发生在中国的激进思潮与社会变革有直接关系。它分成两个阶段，第一阶
段是五四运动，在打倒封建文化、倡导平民文化的口号下，"五四"学人开
始对《诗经》进行新的评价，首先认定《国风》出自民间，属于"歌谣"。
陈独秀在《文学革命论》中提出三大主张："曰推倒雕琢的阿谀的贵族文
学，建设平易的抒情的国民文学；曰推倒陈腐的铺张的古典文学，建设新
鲜的立诚的写实文学；曰推倒迂晦的艰涩的山林文学，建设明了的通俗的
社会文学。""多里巷猥辞"的《国风》，成为他所推重的具有理想色彩的国
民文学的源头②。胡适在《白话文学史》中明确宣称："一切新文学的来源
都在民间"，"《国风》来自民间"。何定生在《诗经之在今日》一文中，更

---

① 张松如：《商颂研究·思无邪斋诗经论稿》，南开大学出版社，1995，第 6 页。
② 陈独秀：《独秀文存》，安徽人民出版社，1987，第 95 页。

明确地将《国风》称之为"歌谣",并且从《诗经》中的三个特点入手,证明《国风》非歌谣莫属①。第二个阶段是从1949年以后,随着中华人民共和国的建立,阶级分析法成为古代文学研究的新的理论武器,《诗经·国风》里的这些作品,由"五四"以来的"歌谣"进而被人们称之为"民歌",而所谓"民歌",则是"由劳动人民创造的"。从此,《国风》为民歌的说法大行其道,时至今日,除少数的专业学者和专业书籍不再这样称呼之外,在大中小学教材、普通民众乃至一般的知识阶层当中,将《国风》当作"民歌"来看待,还是最主要的观点,可见这种说法影响之深之广。

然而,《国风》真的来自民间吗?我们查找"五四"以来的学术文献,没有发现有人对这个问题做过系统的论证,除了少部分专家运用汉代的采诗说略加说明,更多的则是来自于对这些作品的望文生义的理解,认为《国风》中的大部分作品描写了当时人的爱情、婚姻、劳动、行役等现实的世俗生活内容,就想当然地认为这些作品应该出自"民间"。对此,朱东润先生早在1935年就写过一篇长文《国风出于民间论质疑》进行辨析②,作者通过历史故实、名物制度、篇中内容等多方面的详细考证,最后指出,《国风》中的大部分诗篇都不是出自民间。其中少部分不可确考者,根据当时的社会状况、文化环境、下层阶级的受教育程度及作品的艺术水平等方面考察,也难以证明它们出自民间,因而所谓"《国风》出于民间"的说法是不能成立的。朱东润的文章持之有故,言之成理。然而,在那个社会动荡的时代,人们来不及对这个学术问题进行冷静的思考,社会思潮对学术变革所产生的重大影响非个人能力所能左右。他的观点在当时非但没有被社会接受,而且"《国风》出于民间"的说法还得到了进一步的发展,更流行的说法是将《国风》称为"民歌",并且认为它是"劳动人民的口头创作",是《诗经》中的精华,最有成就的部分。

胡念贻《关于〈诗经〉大部分是否民歌的问题》,就是在朱东润文章的基础上,针对"民歌说"所进行的全面思考。全文分五个部分,第一部分先探讨这一说法产生的历史根源,作者经过分析后指出,无论是先秦的陈

---

① 何定生:《诗经之在今日》,载《古史辨》第三册,上海古籍出版社,1982,第690~694页。
② 朱东润:《国风出于民间论质疑》,《国立武汉大学文哲季刊》第5卷第1期。

诗献诗说还是汉代的采诗说，都不能支持"民歌说"。也就是说，"民歌说"的产生在历史文献中找不到有利的支持。在古代，与之相近的是宋人朱熹的"里巷歌谣"说（见朱熹《诗集传》），但朱熹并没有论证，而且在具体篇章的解说中自相矛盾，如认为《关雎》是文王"宫中之人"所作，《葛覃》是后妃所作，等等。可见，朱熹所说的"里巷歌谣"与当代人所说的"民歌"是大不相同的。而近人试图从《诗经》的形式特点上证明《国风》属于"歌谣"，代表性人物如何定生提出的三个特点：（1）每篇的起兴往往与本诗没有多大关系，（2）换章只换韵脚，于本诗意义没有改变，（3）不同的篇什有相同的句子①。其实在贵族诗歌中都可以找到，都经不住严格的推敲。这就澄清了所谓"民歌说"的历史源头。第二部分是从历史文化制度的层面说明"民歌说"的不能成立。作者指出，民歌指的是劳动人民的口头创作，只有经过某些人的搜集整理才开始借文字流传，但是在《诗经》以后的2000余年没有比较认真的记录和汇集劳动人民的口头创作的记载，说《诗经》时代却有这样大规模的活动，是不符合历史事实的。更重要的是这种说法不符合当时的诗歌创作现状，两周时代中国的文化已经发展到了相当的高度，从《大雅》和《颂》来看，当时的统治阶级里面，写诗的风气已经很盛。"可以想象，当时写诗的风气一定相当普遍，是有一些具有相当高度的艺术修养的作者的。有些人把当时设想为在文化上还是落后的时代，设想那个时代的诗歌主要还只是一些在口头流传的歌谣，这是不正确的看法。"这种分析是客观的实事求是的，它说明"民歌说"的提出者缺少对于中国古代文化生态的基本理解。第三部分是从具体作品入手，说明《国风》中的大部分诗篇不属于民歌，其内容所描写的既非下层人民的生活，也非他们的情感。作者进一步指出，反映民生疾苦和感情的诗篇，也并不是只是民歌里才有，其他阶层的作者照样也可以创作这样的诗篇。即便是《诗经》中的某些诗篇写到了劳动，也并非就是写劳动人民的生活，有的是诗中的起兴，有的明显地写的是贵族阶层的劳动。甚至像《七月》这样的作品，经过作者仔细分析之后也认为，"这不是劳动人民的口头创

---

① 何定生：《诗经之在今日》，载《古史辨》第三册，上海古籍出版社，1982，第 690～694 页。

作，是一个出身统治阶级的诗人写的"①。判断一篇作品是否就是民歌需要从多个角度考虑，而对作品本身的研究最为重要，本文对具体作品的分析是有说服力量的。第四部分作者又进一步将《诗经》中表现怨刺情感的诗篇与《左传》中记载的民歌进行比较，说明了二者之间的差别，再次补充说明了《国风》中的这类诗篇不属于"民歌"的道理。第五部分是在前四部分的基础上正面提出自己的观点。作者认为："《诗经》里面的作品，一般人所称为民歌的，应该称之为群众性的创作。它的作者有的是贵族，有的是一般知识分子，也有的是下层劳动人民，其中以一般知识分子为多。这些知识分子，他们的社会地位也不一样，有的比较接近上层贵族，有的比较接近下层人民。"②

胡念贻的文章发表于 1959 年，我们知道，那是一个大讲阶级斗争的年代，用阶级分析法来评价中国古代诗歌，是那个时代的风气。具体到《诗经》研究，将《国风》称之为"民歌"的文章更是当时人的基本"共识"。在这种风气之下，敢于对《诗经》中的大部分是否民歌的问题提出异议，是需要有学术勇气的。当然，受时代的局限，胡念贻在讨论这个题目的时候，也不能直接反对"民歌说"，而只把自己的文章主旨立于对"民歌说"的修正。为此他在文章的第五部分阐明了自己为什么要把这些诗篇称之为"群众性的创作"：第一，民歌说客观上不符合《诗经》作品的实际，如果将其中的一些非民歌说成民歌，会引起混乱。第二，承认群众性的创作，可以更好地解释这些诗篇，不会对一些诗篇做牵强附会的分析。第三，可以更好地说明群众性的创作与民歌的关系，证明民歌对群众性创作发生了深刻的影响。最后他说："《诗经》虽然大部分不是民歌，但它和民歌有着血缘关系。认识这一点，可以使我们更好地了解《诗经》。"③ 这一结论，在今天看来多少有些不足，也与他自己前面的论证相矛盾。其一，既然当时的下层劳动人民被剥夺了学习的权利，他们的作品也没有人搜集保存，在现在的《诗经》中又找不到确切的证据证明，怎能肯定《诗经》中一定会包含有小部分民歌呢？其二，既然承认当时已经是中国文化发展到相当高

① 《文学遗产增刊》第 7 辑，作家出版社，1959，第 5~10 页。
② 同上引，第 11~12 页。
③ 同上引，第 12~13 页。

度的时代，已经产生了一些具有相当高度的艺术修养的作者，民歌何以深刻影响了这些人的创作呢？作者都不能明确回答。这说明，所谓《诗经》中的大部分是"民歌"的说法，只是那个年代从阶级斗争的理论中推演出来的非学术命题，并不能得到科学的检验。但是我们知道，在 20 世纪 50 年代，对于这样的非学术命题是不可否定的。胡念贻此文以大量的事实和充分的说理告诉人们，《诗经》中的大部分作品不是"民歌"，"它的作者有的是贵族，有的是一般知识分子，也有的是下层劳动人民，其中以一般知识分子为多"，从而让人们以客观的实事求是的态度来看待《诗经》，仅此就已经相当难能可贵了。历史在前进，学术在进步，在 21 世纪的今天，人们对这个问题的研究已经取得了更大的进展，《诗经》大部分并非民歌的观点，正在被越来越多的人接受。

胡念贻是现代著名文学史家，20 世纪 50 年代，他在《文学遗产》上连续发表过多篇关于《诗经》的研究文章，如《〈诗经〉中的"赋""比""兴"》（《文学遗产增刊》第 1 辑），《〈诗经〉中的颂赞诗》（《光明日报》1959 年 10 月 11 日《文学遗产》），《〈诗经〉中的怨刺诗》（《文学遗产增刊》第 8 辑）等。在这些论文中，他都能坚持自己独立的学术见解而不为潮流所动。例如他在《〈诗经〉中的颂赞诗》一文中，就敢于对茅盾将《诗经》中的那些颂美之作一概否定的说法提出异议。他说："颂赞诗有没有意义，要看他所颂赞的对象。颂赞诗赞美的是奴隶主，不同的奴隶主在历史上所起的作用有好有坏。有些奴隶主，他们的事业在历史上起了进步作用或者客观上是或多或少有利于人民的，有些诗颂赞了这样的奴隶主和他们的事业，这也没有什么不好。另外，有的诗颂赞了某一人物的技艺、品性或仪容；有的诗赞美生活中的某些事物；如果所颂赞的确是美好的东西，而作品又有它的艺术价值，这样的作品还是为人们所喜爱。就如祀神的诗，也可以写得有意义和有艺术价值的。这些诗都值得我们认真研究，作出适当的评价。我们没有理由抹杀它们。"① 在当时的条件下写出这样的文章并发表这样的观点，我很钦佩他不畏权威的勇气和超出时人的学术见识。胡

---

① 胡念贻：《〈诗经〉中的颂赞诗》，载《先秦文学论集》，中国社会科学出版社，1981，第 28~29 页。

念贻先生去世多年，本人无缘与之见面。但是在我的学术生涯、特别是在读研时代，他的这些著作曾经给我相当大的影响。

《文学遗产》成为名刊有多种原因，但是我以为，坚持发表高水平的学术论文则是其中最重要的因素。学术和时代有着紧密的关联，它不可能不受时代政治文化等方面的多种影响。但是学术又有其自身的品格和独立性，坚持真理、独立思考是学术的生命，也是我们写作论文时应该遵守的原则。《文学遗产》60年来发表了大量的学术名篇，引领了中国古代文学研究的方向。愿《文学遗产》继承这一优良传统，为时代的学术发展做出更大的贡献。

[作者单位：首都师范大学文学院]

一段历史的闪光碎片

——20 世纪 80 年代后期的《文学遗产》

郭英德

20 世纪 80 年代后期的中国，处于一个风云变幻、思潮涌动的历史时期。虽说是"滚滚长江东逝水，浪花淘尽英雄。是非成败转头空。青山依旧在，几度夕阳红"（杨慎《临江仙》）。然而，当时的许多人物、许多事件、许多话题，都彰明较著地镌刻在历史的石碑上，历时久远而难以磨灭。中国社会科学院文学研究所编辑的《文学遗产》杂志，作为传统与现代、古典与新潮、旧学与新知的交汇点，也留下了当时历史潮流涤荡冲刷的深深印迹。在这些印迹中，最为醒目的是 3 个"关键词"——"方法""观念""主体"，它们拼接成一段历史的闪光碎片。

1984 年 12 月 4 日，由中国社会科学院文学研究所和《光明日报》编辑部联合举行茶话会，庆祝《文学遗产》创办 30 周年①。然而，"三十而立"的《文学遗产》，却不曾见风华正茂的意气，而表现出难以言说的焦虑、抉

---

① 齐惠：《继承文学遗产，促进文化繁荣——纪念〈文学遗产〉创刊三十周年》，《文学遗产》1985 年第 1 期。

择与求索。在举国上下气势磅礴的"思想解放运动"的文化语境中，尤其在人文学界深入变革、新潮汹涌的时代情势下，"古典文学研究何去何从""古典文学研究如何摆脱危机""古典文学研究如何走出困境"等问题，显得如此咄咄逼人，《文学遗产》不得不以独具的姿态去应对这些难题。

20 世纪 80 年代初在哲学研究界率先掀起的"方法论探索"热潮，很快就席卷文学研究界，以致 1985 年被人们称为"方法年"。人文学界对古典文学研究现状"恨铁不成钢"的情绪，便首先借助于当时引领风骚的"方法论探索"，得以宣泄。方法的更新，成为学科新变的先导。《文学遗产》杂志 1985 年第 3 期，开辟"当前古典文学研究与方法论问题笔谈"专栏，郭预衡、章培恒、程千帆、吴调公、陈伯海、罗宗强、黄天骥、蔡钟翔等著名学者撰写短文，实事求是地思考与评说"方法论探索"的利弊，呼吁古典文学研究者拓宽领域，扩大视野，调整格局，兼容"旧学"与"新知"。

在"笔谈"中，陈伯海明确提出"宏观研究"的论题①。1986 年，《文学遗产》杂志从季刊改为双月刊后，在第 2 期、第 3 期连续刊登《古典文学宏观研究征文启事》，积极倡导以开放多元的宏观研究取代封闭单一的政治型意识形态研究模式，以取得"具有重要意义的突破"，"把古典文学的研究推向新的高度、新的境界"。这一《征文启事》发布后，在学界引起强烈反响，不到一年，编辑部就收到 130 多篇征文稿件。从 1986 年第 3 期到 1988 年第 6 期，《文学遗产》杂志在"古典文学宏观研究征文选载"栏目下，先后刊登二十多篇论文，形成浩大的声势。1987 年 3 月 20～24 日，在杭州大学召开由《文学遗产》《文学评论》《语文导报》《天府新论》四家杂志联合发起的"中国古典文学宏观研究讨论会"，也大大推进了古典文学的宏观研究②。

古典文学的宏观研究，倡导总体的、综合的学术研究。刊载在《文学遗产》杂志"古典文学宏观研究征文选载"栏目下的论文，大体上可以归纳为三个类型或三种研究模式："一是对总体特征的把握（特征研究），二

---

① 陈伯海：《宏观的世界与宏观的研究》，《文学遗产》1985 年第 3 期。
② 王玮：《中国古典文学宏观研究讨论会综述》，《文学遗产》1987 年第 4 期。

是对发展规律的探讨（规律研究），三是文学与其他文化艺术的各种关系研究。前二类是对文学自身的横向和纵向、静态和动态研究，第三类是文学与非文学因素的综合研究。"① 思考与总结中国古典文学的本质、特征或传统的论文，如陈伯海《中国文学史之鸟瞰》（1986 年第 5 期），蒋寅《关于中国古代文章学理论体系——从〈文心雕龙〉谈起》，金开诚、张化本《中国古代诗歌比喻手法的心理分析》，萧驰《中国古代诗人的时间意识及其他》（以上 3 篇均见 1986 年第 6 期），鲁德才《研究古代小说艺术传统的思考》（1987 年第 1 期），张铨锡《"杂文学"还是"纯文学"——谈古典文学的"正名"问题》（1987 年第 3 期），严云受《略论中国文学的美学风格与发展道路》，裴斐《情理中和说质疑》，王镇远《中国古典文学中的传世观念》，黄钧《中国古代小说起源和民族传统》（以上 4 篇均见 1987 年第 5 期）等。发掘或勾勒中国古典文学的历史规律的论文，如陈祥耀《我国古典诗词演变的几个宏观规律》（1986 年第 5 期），陈邦炎《从新诗运动上探我国诗体演化的轨迹》（1987 年第 1 期），张碧波、吕世纬《古典现实主义论略——中国古代文学发展规律探微》，吴调公《心灵的远游——诗歌神韵论思潮的流程》（以上 2 篇均见 1987 年第 3 期），董乃斌《论中国叙事文学的演变轨迹》（1987 年第 5 期），赵昌平《唐诗演进规律性刍议——"线点面综合效应开放性演进"构想》（1987 年第 6 期）等。探求与发微中国古典文学的文化品格与文化关系的论文，如陈伯海《论中国文学的民族性格》（1986 年第 3 期），胡晓明《传统诗歌与农业社会》（1987 年第 2 期），王启兴《论儒家诗教及其影响》，孙昌武《关于中国古典文学中佛教影响的研究》，葛兆光《想象的世界——道教与中国古典文学》（以上 3 篇均见 1987 年第 4 期）等。直至今日，特征的发现、规律的探究、文化的建构，仍然是人们从宏观角度审视中国古典文学的三大类型或三种模式②。

　　然而，中国当代的古典文学研究者毕竟呼吸着时代的气息，感受着时代的脉搏，承续着中国传统文人和当代知识分子的双重情怀。古典文学研

---

① 徐公持：《关于古典文学的宏观研究及其现状》，《文学遗产》1987 年第 4 期。
② 对古典文学界"方法论探索"与"宏观研究"的考察与论述，参见周兴陆《20 世纪中国古代文学研究史·总论卷》，东方出版中心，2006，第 365～375 页；吴光正、李舜臣：《"方法论探索"、"宏观研究"与古典文学研究的转型》，《文艺研究》2010 年第 12 期。

究者更为关注的，不仅仅是历史"原生态"的形貌与价值，也不仅仅是历史与传统的当代价值，而是历史对于他们自身存在的价值，历史对于作为主体的人的精神价值、文化价值。归根结底，任何一位人文学者更为切身地思考自身活动与自身存在的价值与意义。当同样处于"文学研究界"的文艺学、现当代文学研究者积极地呼应着"改革开放"的召唤，成为社会文化"弄潮儿"的时候，不经意间"沦入"时代边缘的古典文学研究者，也顺应时势地迸发出强烈的"主体意识"。1985 年至 1986 年之交，刘再复在《文学评论》杂志刊载长文《论文学的主体性》，在学界犹如"一石激起千层浪"，引起了广泛的讨论。刘再复认为，所谓"文学中的主体性原则"，"就是要求在文学活动中不能仅仅把人（包括作家、描写对象和读者）看作客体，而更要尊重人的主体价值，发挥人的主体力量，在文学活动的各个环节中，恢复人的主体地位，以人为中心，为目的。"① 自 20 世纪 80 年代起，"主体性"一词如水四注，深入人心，直至今日仍然是文学研究界的"流行词"。主体性精神从"文革"10 年的迷失（甚至是新中国成立 30 年的旁落），逐步得以彰显并走向深化，在文学研究界，人的主体地位日渐得到恢复、确认和加强。

在主体性理论的冲击与感召下，古典文学研究者试图从多角度、多层面揄扬中国古代文学的主体性特征。《文学遗产》杂志 1988 年第 1 期、第 2 期，开辟"笔谈：古典文学研究与时代"栏目，金开诚、何西来、沈玉成、董乃斌、王飙、卢兴基、袁行霈、黄天骥、徐公持等著名学者发表短文，强调古典文学研究者应自觉地介入时代浪潮。如果说这两期"笔谈"更多地针对着对学科价值的追问，那么，从《文学遗产》杂志 1988 年第 3 期开辟的"论坛"，则更多地针对着对研究者自身素质的追问。胡明《古典文学研究的现实危机和暂行出路》（1988 年第 3 期）、韩经太《学术独立与主体参与——古典文学研究的现代化课题》（1988 年第 4 期）、郭英德《古代文学研究的两难心理与多元选择》（1988 年第 5 期）等文章，从不同角度提出了一个极其尖锐的问题：如果古典文学研究果真陷入"现实危机"或"现代化困境"的话，必须也只能从研究者自身去寻求超越危机、解脱困境的

---

① 刘再复：《论文学的主体性（上）》，《文学评论》1985 年第 6 期。

出路①。在《古代文学研究的两难心理与多元选择》一文中，我写道："研究是否能有所得，与其说取决于研究的对象和方法，而毋宁说取决于研究者的思考探求是否深刻而周密。"

于是，《文学遗产》杂志 1989 年第 1 期刊载了徐公持的总结性文章——《提高研究素质是唯一出路》。文章指出："在当前，要做到开拓进取，就应在研究思想、研究体系、研究方式等领域内，对旧的非科学的模式进行彻底的检讨、反思，同时借鉴其他相邻学科和文艺学科的最新成果，更新我们的观念，以推进本学科的建设，开创学科的新局面。"通过反思，从根子上促进研究者文学观念、文化思想乃至思维方式的更新，这才是古典文学研究能够真正取得学术突破的关键所在。

适逢其会，1989 年恰好是中华人民共和国成立 40 周年，《文学遗产》编辑部适时地提出"四十年学科反思"的构想，并先后主持召开了一系列座谈会，提倡"在历史反思中推进学科本体理论建设"②。《文学遗产》杂志 1989 年第 2 期，刊载了邓绍基《"五四"文学革命与文学传统——对若干历史现象的回顾和再认识》；1989 年第 3 期，刊载了郭英德《四十年古典小说研究道路批评》、思鲁《通向学科重建之路——"古代小说研究四十年反思"座谈会纪要》；1989 年第 4 期，刊载了罗宗强、卢盛江《四十年古代文学理论研究的反思》，吴调公《古代文论：在矛盾回旋中升华》，《回顾与重建——四十年古代文论研究反思座谈会发言》。1989 年 5 月 16～20 日，由《文学遗产》编辑部、北京师范大学中文系及古籍研究所、河南信阳师范学院中文系及古籍研究所联合举办的"建国四十年古代文学研究反思"讨论会，在信阳师范学院召开，把"四十年学科反思"的活动推向高潮。

四十年古典文学学科的总结和反思，综合了古典文学研究者在"方法""观念""主体"三个层面的思考，堪称 20 世纪 80 年代后期文化思潮的结晶。当然，这种对学科自身痼疾"痛下针砭"的解剖和批判，带着相当鲜

---

① 发表于其他报刊的类似主题的文章，还有何满子：《卑之无甚高论的研究方法观》，《辽宁大学学报》1988 年第 3 期；葛兆光：《关于古典文学研究的随想》，《古典文学知识》1988 年第 4 期；张少康：《古代文论研究者的基本素质》，《文学报》1988 年 11 月 10 日。

② 闻涛：《在历史反思中推进学科本体理论建设——建国四十年古典文学研究反思讨论会概述》，《文学遗产》1989 年第 4 期。

明的"文化反思"特点，在某种意义上成为20世纪80年代后期波澜迭起的古典文学研究之研究的"新浪潮"，颇为"另类"，相当"刺耳"，然而却充满"活力"。我在《四十年古典小说研究道路批评》一文的结尾中指出："要开创古典小说研究的新局面，首先必须深刻反省研究者的灵魂，解剖研究者的心态，才能从根本上冲破传统观念的网络，取得理论思维的自由。否则，当我们接受新观念、新方法的同时，就会不由自主地把它们纳入传统的运思趋向之中，阉割了它们的灵魂。新时期古典小说研究现状不是已经为我们提供了许多这样的例证么？"可惜的是，由于种种原因，这一激烈的"文化反思"在1989年底"无疾而终"。而下一轮的"学科反思"，则推迟了将近十年，并且淡化了"文化反思"的色彩，而强化了"学术批评"的特色，成为20世纪末学界的一道独特景观。

令人深思的是，由"四十年学科反思"的刺激而催生的"学科重建"的努力，在20世纪80、90年代之交，居然平稳地"转型"为"文学史观与文学史"的讨论。20世纪80年代末发端于中国现当代文学研究界的"重写文学史"的学术思潮①，在20世纪90年代初蔓延至古代文学研究界之时，已经平息了原有的喧嚣与躁动，显得格外平静与沉稳。1990年第1期《文学遗产》开辟了"文学史观与文学史"专栏，刊载了傅璇琮、钟元凯《古代文学的整体研究评议——从〈中国中古诗歌史〉谈起》和严迪昌《审辨史实，全景式地探求流变——关于文学史研究的断想》两篇论文，同时刊载了署名"闻涛"的《更好地贯彻"科学性和建设性"的办刊方针，开展"文学史观与文学史"的讨论》。1990年10月15日至20日，由《文学遗产》编辑部、广西师范大学中文系、《社会科学战线》编辑部等八家单位联合举办的"文学史观与文学史"学术讨论会在桂林举行②。《文学遗产》杂志在"历史转型"的重要关头，又承担起相当独特的文化角色，在古典文学研究界引导了一场"文学史观与文学史"的研究热潮。从20世纪90年代迄今20多年来，"文学史观""文学史学"成为古典文学学术史研究的一大热点，结出一大批丰硕的成果。

---

① 《上海文论》杂志于1988年第4期开辟"重写文学史"专栏，至1989年第6期停刊。

② 参见胡大雷《"文学史观与文学史"学术讨论会述要》，《文学遗产》1991年第1期。

综合来看，在 20 世纪 80 年代后期，古典文学学科的突破、反思、重建，实际上形成一种"三位一体"的学术追求。而《文学遗产》杂志则以责无旁贷的强劲姿态，成为这一学术追求的风向标。《文学遗产》杂志 1986年第 1 期《改刊寄言》提出："我们觉得古典文学研究工作者有必要也来作一番认真深入的反思，从总体上、宏观上、研究结构上检讨一下我们传统的观念、准则、方式、方法，看看哪些是需要坚持的，哪些是应予改进的。我们的目标应当是，突破以往仅仅从社会历史角度去研究古典文学的单一模式，从而较多地用文学的、美学的以至心理学的方法来研究古典文学，不是将文学简单地当作一般社会政治历史的注脚，而是要充分考虑到文学本身的特点，以人为思维中心，建立多方位和多角度的研究参照系统，把文学的历史作为主体心灵运动的历史和审美创造的历史加以把握。通过这样的努力，我们的研究工作也许会取得新的成果，这将不是某个作家作品研究方面的具体成绩，而是一种更高层次上的重大收获、一种带有全局意义的突破。"可以说，突破、反思、重建，成为 20 世纪 80 年代后期《文学遗产》杂志的精神企望和文化追求，在历史上留下了一串串闪闪发光的碎片。

时至今日，我们欣喜地看到，这种"认真深入的反思"和"检讨"已经成为古典文学研究界的常态，而"以人为思维中心，建立多方位和多角度的研究参照系统，把文学的历史作为主体心灵运动的历史和审美创造的历史加以把握"，从而取得"更高层次上的重大收获""带有全局意义的突破"，这一学术目标也已经初步实现，并且仍在继续发展。在纪念《文学遗产》创刊 60 周年之际，我们可以自信地说：经过方法论探索、观念更新、学术史反思、学术格局调整、学科重建，古典文学研究已经摆脱"危机"，走出"困境"，迎来了万马奔腾的大好局面。

[作者单位：北京师范大学文学院]

读书问学三十载

——回忆《文学遗产》对我的栽培

谢思炜

　　我在 1982 年初从北京师范大学中文系毕业，进入研究生阶段学习，师从启功先生、邓魁英先生。按照老师要求，唐宋文学都要有所了解，所以一年读唐代作家，一年读宋代作家。毕业论文的选题是宋代江西诗派诗人吕本中，在 1984 年底通过论文答辩，当时答辩委员会主席是傅璇琮先生。经傅先生推荐，论文中的一部分以《吕本中与〈江西宗派图〉》为题，在《文学遗产》1985 年第 3 期刊出。这是我在《文学遗产》上发表的第一篇文章。当时《文学遗产》有一个增刊，在中华书局出版。我本来希望投稿给增刊，没想到傅先生直接推荐给正刊，并很快被接受。

　　在接下来的三四年中，为了补充硕士论文原来包含的吕本中年谱部分，我集中精力把北宋中后期至南宋末的文献材料翻阅了一遍。当时有心在宋代文学方面求发展，所以又回过头来从北宋初开始，把一些重要作家的集子看一遍，试着找一些题目来做。结果完成的只有一篇《宋祁与宋代文学发展》，1989 年在《文学遗产》刊出。后来，因为参加一部文学名著辞典的编写，我把宋代词集也粗粗看了一遍。这样粗略但贯穿的阅读有一个好处，就是可以发现一些只读一两个作家读不出来的东西。因此写成《梦窗情词考索——兼论本事考索及情词发展历史》一文，后来也在《文学遗产》发表。除此之外，我阅读宋代作家的一些体会还收进《禅宗与中国文学》一书的有关章节。此后，在宋代文学方面的研究便陷于停顿。

在读研究生的第一年，我在阅读仇注杜诗时曾从图书馆借出《续古逸丛书》影印宋本杜集，又利用比较容易得到的几种宋本资料，对杜集做了一遍校勘。通过这个训练，自我感觉对杜诗的文本材料有了比较全面的掌握。20世纪80年代社会思想和学术思想都非常活跃，我在毕业后的一个阶段开始比较多地阅读一些译介的西方思想著作，对中国哲学、佛教等都想尽可能地多了解一些。当时想得比较大，很想把外语也好好补一补，甚至还考虑过是不是学习一点梵语。也想到如何结合自己的专长开展研究，当时想到的一个题目就是杜甫。后来，计划大部分没有实现，外语也没有多少提高，也缺少勇气向其他方向发展，只完成了有关杜甫的几篇论文，另外还完成了有关禅宗的一本书。

《论自传诗人杜甫——兼论中国和西方的自传诗传统》，是我在《文学遗产》发表的第一篇有关杜甫的论文。为了完成这个题目，我曾向大学时的同学、后在加州大学伯克利分校获比较文学博士的任雍求教，找了惠特曼等人的诗来读。记得稿子投出去几个月，收到陶文鹏先生的亲笔回信，他的硬笔字十分豪放，写了有好几页，给了我不少鼓励，使我有信心接下来继续完成其他有关杜甫的一些构想。这个工作得到《文学遗产》的持续关注，从1990~2001年，一共发表了5篇我的有关杜甫的论文。

这时，我的研究工作逐渐转回到唐代。一个原因是当时主要教唐代文学的课，另一个原因就是来自《文学遗产》和其他方面的鼓励。接下来，从1993年开始，我又师从启功先生，在职攻读博士学位。因为有研读杜甫的基础，而启先生对"元白文章新乐府"十分欣赏，受此影响，我决定选择白居易作为研究课题。最后完成的论文也由两部分组成，一部分调查白集的各种文本资料，另一部分讨论白居易的思想创作。题目起初拟为《〈白氏文集〉研究》，后根据启先生的意见改为《白居易集综论》。在全书出版前，其中的《白居易与李商隐》一篇先被《文学遗产》接受发表。

作为博士论文工作的延续，从2000年开始，我又用近十年的时间，先后完成了《白居易诗集校注》《白居易文集校注》两部书稿，总计近四百万字。这个工作实际上是一个细读文本的过程，我就其中发现的一些问题做进一步探讨，写成《白居易讽谕诗的语言分析》和《拟制考》两文，先后被《文学遗产》接受。

完成白集的校理工作后，我的"野心"又大了一点，在以前所做杜集校勘工作的基础上，我又着手做一部新的《杜甫集校注》，在2012年基本完稿，大约有一百五十万字。人民文学出版社即将推出已故萧涤非先生主持的《杜甫全集校注汇评》，篇帙宏富，资料齐全。我想做的则是一个能够替代清人注本、比较适于阅读的杜集读本。与这一工作有关，我的《杜诗与〈文选〉注》一文在《文学遗产》2013年第3期登出，这是我最近一次向《文学遗产》投稿。另外，在完成白集、杜集校注工作之后，我还想继续《白居易讽谕诗的语言分析》一文的思路，对魏晋至唐代的诗歌词语使用情况进行一些调查，目前还处于摸索试探的阶段。

从第一次投稿到现在，差不多30年的时间过去了，我的主要学术工作也都包括在其中。我做过的这些事情未必都是事先计划好的，给自己制定的学术发展规划也始终比较模糊，没有一个既定的长远目标。有时事先有计划但结果半途而废，其他很多时候都是做完一件事情再想下一件事情。从主观角度说，这是因为我的性格不够执著，缺少一往无前的勇气，对有难度的学术问题和思想问题比较感兴趣，但对挑战性很大的工作则心存畏难。在课题选择上也比较"功利"，总是希望能尽快发表，尽快得到认可，尤其是在刚开始进入学术研究的那一时期。不过，比较幸运的是，我得到了很多学术前辈的提携照顾，大概就是俗话所谓有"贵人"。另外，还遇到了一些比较好的机会。比如，我在做硕士论文时，恰好从北京图书馆查到了没有人利用过的南宋庆元刻本《东莱诗外集》。在调查白集文本资料时，得到日本学者太田次男、神鹰德治等人很多帮助。其间又恰好由单位派到日本工作了一年。

除了以上这些工作外，在过去30年里，我也主动或被动地参与了一些课题和项目。其中有"中国古典文学研究史""古代文学中人物形象研究""古代文学与华夏民族精神建构"等，此外还参加过一些教材的编写。这些集体性活动虽然占去了大量时间，但对我来说也不是毫无收获。很多课题涉及面都比较大，要求你必须补足一些知识缺陷。在完成工作的过程中有时也会产生一些新的想法，我的有些论文选题就来自其中。值得忧虑的是，现在课题的规模和覆盖面愈来愈大，学术活动日益演变成一种由课题引导、在体制控制下既有组织又混乱无序的资源竞争，学术的自主性将会因此受到伤害。

回想起来，与其他各方面的幸运或失落相比，《文学遗产》在过去30年里对我的学术工作所起的重要作用是无可替代的，甚至几次重要选择都与来自《文学遗产》的鼓励有关。在我2003年结集出版的《唐宋诗学论集》一书中，在《文学遗产》上发表的论文占了将近一半。由于该刊的影响力，这些论文自然也被高看一眼。《文学遗产》一向重视奖掖后进、提拔学术新人，从20世纪50年代开始，从我们的老师辈算起，很多知名学者差不多都有早期在《文学遗产》发表论文的经历，可以说这是年轻学者最希望得到的一种奖励。近年来由于古代文学专业的从业者增加了好几倍（十几倍？），每年毕业的博士人数已远超过当年的硕士，因此，在《文学遗产》上发表论文的难度恐怕也相应提高了不止数倍。而且几乎所有单位的绩效、升职考评都把发表论文作为硬性指标，逼得所有从业者都必须无休止地参与这一竞争，留给青年学者的空间自然更显逼仄。《文学遗产》几年前开始增设网络版，拓宽发表渠道，应当说是一个适时之举，可以多少缓解一下问题。

当然，从学者自身来说，最重要的还是在自己的修为。"君子病无能焉，不病人之不己知也。"据我的认识，不像有些学术领域和学术刊物，《文学遗产》没有学派、门派之见，所持的是唯一的学术标准。我第一次投稿是经过傅先生推荐，但这种关照只能有一次。以后我给《文学遗产》投稿，也曾多次被退稿。退稿的原因当然各不相同，原因之一是《文学遗产》虽然没有门派之见，但有一个"文学本位"的立场，就是要讨论文学的问题。例如我写过《白居易诗中的麽些史料》一文，自认为花了不少力气，突破了原有的知识格局，但因讨论的问题与文学关系不大，后来还是转投其他刊物发表。这种设定当然与我们的学科分划有关，文与史本来不分家，某些有关文学的史的研究，《文学遗产》也是容纳的。但一些更偏向于史或其他方面的题目，可能就会被归入其他学科。比起一些文史兼容的学会和刊物，《文学遗产》的回旋余地似乎显得小了一些。好在国内还有《文史》《中华文史论丛》《文献》等具有互补性的刊物以及大量学报，可以接受比较宽泛的文史方面的选题。

当然，除去这个原因，更主要的原因还在学术质量本身。记得我硕士论文的一部分是讨论江西诗派的诗学思想，后来我又引用一些结构主义诗学的观点加以解释，投给《文学遗产》，但被退稿。编辑认为我的论述不中肯。后来这个稿子我就自己收起来了。实际上，被退稿并不是坏事，它能帮助我及时修正自己的学术思路，淘汰下乘之作，以免留下遗憾。此外，《文学遗产》推崇一种厚重笃实的作风，有的稿子编辑也明确告诉我与《文学遗产》的风格不合。从发表第一篇稿子起，我先后接触了编辑部的王学泰、陶文鹏、张奇慧、王毅、戴燕、吕微、张剑诸位先生。由于我本不善交际，与各位先生谈不上有什么"私人关系"，但从他们那里我得到了很多学术上的帮助，对他们的学术判断力也十分信任。近年来，我也遇到一些学术刊物来约稿。一方面对这种约稿我自然心存感激，但另一方面又抱有疑虑，担心对方碍于情面接受稿件，而无视其中可能存在的问题。

近年，《文学遗产》和其他一些学术刊物仿照国际学术界的通行做法，引入严格的匿名评审制度，这无疑是十分必要的。但凡事有利有弊，据说日本知名的中国学教授现在不太愿意给《日本中国学会报》投稿，原因是难以忍受匿名评审者的无情羞辱。同样的情形在中国恐怕也难以避免。因为刊物原来发稿并不是由编辑一人做主，而匿名评审制却给了匿名人一票否决权，如果他看走眼或有偏见，就有可能扼杀一些好文。按照我的理解，特邀评审或匿名评审制度与现有的编辑部主导制度还是有所不同的。如果严格实行前者，则编辑基本上不负责对学术问题的判定，只负责联系和一些事务工作。但这对评审人的要求是比较高的，其人员构成也不宜过多，而且应当是公开的，以便接受学界同仁的监督，大体相当于一个负实际责任的编委会（很多刊物虽设有编委会，但基本上不参与具体工作）。但在现有情况下，匿名评审人对受邀未必十分领情，往往当成额外负担，因此有时给出的意见并不够专业，甚至十分草率（类似的情形在高校博士论文评审中更为严重），反而给作者和刊物带来不必要的困扰。《文学遗产》如果要继续保持较高程度的学术主导性，对目前实行的匿名评审制度或许还有进一步完善的必要。

回想十多年前搬入新楼时，邻居刘北成教授指着一条通道很有感触地说："以后的人生就像这条通道一样，一眼望到头了。"转眼十多年的时间又过去了，想想读书人的生活就是这样：读书、教书、投稿、评职称，除了最后一件事比较烦人，其他都平淡无奇。回忆已经过去的 30 年，可能就是我人生和学术工作的主要经历了。人生苦短，而学问之树常青。可以期盼的是，只要《文学遗产》健在，还会有一代又一代学人陪伴她成长。

[作者单位：清华大学中文系]

敬业与创新：我对《文学遗产》的两点印象

陈桐生

　　《文学遗产》的年龄比我大一岁。但我知道《文学遗产》这个名刊，还是在读大学中文系以后的事情。我是"文革"后第一届大学生，于1978年2月进入安徽师范大学中文系就读。1979年，我选择以先秦两汉文学作为自己的专业方向。1980年6月，经历"文革"劫难的《文学遗产》复刊，我从古代文学老师口中知道了这个刊物。从那时起，我就陆续关注这个与自己专业有关的权威期刊，从中学习国内著名学者的治学路径，了解中国古代文学的学术动向，查找自己所需要的论文资料。在陆续读完中国古代文学硕士、博士学位之后，我当了一名高校教师，从事先秦两汉文学的教学与研究工作。由于从业的需要，我对《文学遗产》的关注越来越多，从最初单纯的一名读者，到尝试向《文学遗产》投稿。开头几年所投稿件都未能被采用，后来渐渐成为《文学遗产》的作者之一。借助于《文学遗产》，我的一些读书心得能够与同行进行交流。复刊30多年来，《文学遗产》越办越好，质量越来越高，名声越来越响，活力越来越强。这几十年中国古代文学研究所取得的成就，差不多都与《文学遗产》有或多或少的关系。人到60岁，已有垂垂老矣之感，但作为一份学术刊物，60岁还正年轻，前面还有更加光辉灿烂的前景。我对"文革"以前《文学遗产》的辉煌缺少了解，这里想以一名读者兼作者的身份，谈谈我对复刊后《文学遗产》的两点印象。

编辑人员的高度敬业精神，是我对《文学遗产》的最深印象。拥有一支高素质的编辑队伍，编辑人员具备高度敬业的办刊精神，是办好一份专业学术期刊的基本保证。《文学遗产》复刊以后的几任主编——余冠英、徐公持、陶文鹏、刘跃进几位先生，都是中国古代文学领域才情纵横、学识渊博、著述宏富的著名学者。编辑部各个文学时段——先唐、唐宋、元明清——的编辑，也都是术业有专攻的专家。《文学遗产》编辑部实行三审制和双向匿名评审制，从制度上确保了用稿质量，不会漏掉真正的好文章。他们看稿的眼光毒而准，不仅能看出文稿的真正学术价值，而且深知文稿的问题和不足。这一支编辑队伍的敬业精神在中国古代文学界是有口皆碑的。记得在 20 世纪 80～90 年代，作者给《文学遗产》投稿，都会及时收到一份《文学遗产》寄来的收稿通知，上面写有文章题目和编号，作者如果想知道文章处理的进展情况，可以给编辑部写信，报出编号来查询文章的处理阶段和意见。在 3 个月之内，作者可以收到《文学遗产》一份文章最后处理意见。后来有了网络，编辑部与作者的联系更为密切，也更为及时。学者们有了好文章需要发表阵地，《文学遗产》需要好的稿源，《文学遗产》就这样与广大作者结成了密不可分的合作关系。哪一所高校的古代文学学科力量如何，哪一个学者擅长哪一方面的研究，《文学遗产》的编辑们都会了如指掌，如数家珍。关于某一高校的古代文学学科情况，《文学遗产》的编辑们比教育部社会科学司的官员还要熟悉得多。对于《文学遗产》编辑的敬业精神，我是有切身体会的。举一个例子：2012 年，我给《文学遗产》投了一篇文章《传播在战国文学发展中的地位》（该文刊于《文学遗产》2013 年第 6 期），文中引用了李零先生《郭店楚简校读记》，注释出处为"《道家文化研究》第十八辑"。后来责任编辑孙少华先生来电要我重新核对这一条注释，我重新检索文献，才发现应该是"《道家文化研究》第十七辑"。在为自己的粗心感到惭愧的同时，我深深为孙少华先生的敬业、细心精神所感动。最能体现敬业精神的，是《文学遗产》编辑部具有大公之心，能够以质取文。对此我有更深的体会。2005 年，我给《文学遗产》投了一篇文章：《从出土文献看七十子后学在先秦散文史上的地位》。这篇文章是我多年读书思考的结果。在此之前，所有的中国文学史论著都是将先秦散文史分为先秦历史散文、先秦诸子散文这互不相干的两大块。拙作根据郭店简、上博简等新出土文献，结合传世文献，第一次提出"七十子后学散文"概念，认为七十子后学散文上承商周历史记言散文而下启战国诸子散文，以此为枢纽，打通了先秦历史散文和先秦诸子散文之间的联系，将先秦历史散文和先秦诸子散文看成是一脉相承的关系。拙作进一步指出，中国说理散文并不是要等到《论语》《老子》才开始起步，而是早在《尚书》《国语》的历史记言散文中就已初具规模，只不过这些历史记言文有一个简略的叙事框架，就是这个叙事框架迷惑了学者的眼睛，误以为它们是记事散文。这个叙事框架到曾子论孝的系列文章中就已经去掉，因此我作出推断，中国说理散文是在战国前期曾参时代基本走向成熟，并在战国中后期得到稳固和发展。文章投到《文学遗产》之后，得到一审范子烨先生、二审刘跃进先生、三审陶文鹏先生的肯定。该文发表于《文学遗产》2005年第 6 期。文章发表之后，在学术界产生了一定影响，被教育部主管的《*Frontiers of Literary Studies in China—Selected Publications from Chinese Universities*》创刊号全文英译向国外推介，并被《中国学术年鉴》（2005）、《新华文摘》《高校文科学术文摘》摘编，同时被人大复印资料转载。2006 年，该文获《文学遗产》2004～2005 年度优秀论文奖。华东师范大学潘文国教授"认为是几十年来罕见的好文章，填补了中国思想史上的一个重大的空白"[①]。这篇文章从发表到获编辑部论文奖，都是出于《文学遗产》编辑部的学术公心。我在《文学遗产》发表论文并不算多，相信其他作者对《文学遗产》的专业、敬业精神会有更深切的体会。

在坚持古代文学研究优秀传统的基础上锐意创新，是我对《文学遗产》的另一个深刻印象。《文学遗产》所倡导的创新是多层面的，它包括新方法的运用、新材料的发掘、新论点的论证、新思想的提出、新领域的开拓等。从《文学遗产》每年《编后记》中可以看到，编辑部并不是守株待兔，待在办公室等着作者投稿，编发完稿件之后就万事大吉，而是始终在思考如

---

① 潘文国：《〈论语〉最新英文全译全注本·序》，福建教育出版社，2012，第 6 页。

何开拓中国古代文学研究的新局面。

研究方法在学科建设中是非常重要的。与其他年轻学科相比，中国古代文学这门学科非常古老，至今已有两三千年的研究历史，形成了一套行之有效的传统研究方法。早在汉代，以河间献王刘德等人为代表的古文经学家就力戒浮辩，倡导实事求是。到清代乾嘉学派，更形成一套无征不信的朴学方法。梁启超在《清代学术概论》之中，将乾嘉学派的治学方法总结为十点："（1）凡立一义，必凭证据；无证据而以臆度者，在所必摈。（2）选择证据，以古为尚。以汉唐证据难宋明，不以宋明证据难汉唐；据汉魏可以难唐，据汉可以难魏晋，据先秦西汉可以难东汉。以经证经，可以难一切传记。（3）孤证不为定说。其无反证者姑存之，得有续证则渐信之，遇有力之反证则弃之。（4）隐匿证据或曲解证据，皆认为不德。（5）最喜罗列事项之同类者，为比较的研究，而求得其公则。（6）凡采用旧说，必明引之，剿说认为大不德。（7）所见不合，则相辩诘，虽弟子驳难本师，亦所不避，受之者从不以为忤。（8）辩诘以本问题为范围，词旨务笃实温厚。虽不肯枉自己意见，同时仍尊重别人意见。有盛气凌轹，或支离牵涉，或影射讥笑者，认为不德。（9）喜专治一业，作'窄而深'的研究。（10）文体贵朴实简洁，最忌'言有枝叶'。"① 乾嘉学派的朴学方法虽然不是尽善尽美，但古代文学研究应该建立在文献的基础之上，观点应该从材料中出来，这在过去、现在和将来都可以作为治中国古代文学的基本方法之一。从《文学遗产》刊载的文章可以看到，《文学遗产》继承了中国古代文学研究的优秀传统，坚持以学术为本，不搞花架子，不钻牛角尖，强调问题意识，注重论证过程，体现了重文献证据、不事空谈的严谨学风。

坚守无征不信的传统治学精神，并不意味着《文学遗产》以不变应万变。相反，《文学遗产》复刊以来，一直在寻求古代文学研究方法的创新。这一点在20世纪80年代表现尤其突出。改革开放以后，一批西方学术研究方法涌入国内，如老三论（系统论、控制论和信息论）、新三论（耗散结构论、协同论、突变论）、神话原型批评、结构主义、精神心理分析、心理学、文化学、人类学、美学方法等，在国内学术界兴盛一时。学术视野长

---

① 梁启超：《清代学术概论》，上海古籍出版社，1998，第47页。

期受到禁锢、习惯于社会历史方法的中国学者对此倍感新鲜，学习新方法、尝试新方法成为 20 世纪 80 年代的学术潮流。记得《鲁迅研究》1984 年第 1 期发表了厦门大学中文系教师林兴宅的论文《论阿 Q 性格系统》，该文用系统方法研究阿 Q 性格，取得了超越前人的成果。这个成功范例对当时中国古代文学研究影响不小。1985 年，在"方法热"时代大潮鼓舞下，《文学遗产》编辑部邀请了郭预衡、章培恒、程千帆、吴调公、陈伯海、罗宗强、黄天骥等专家，就研究方法的创新进行笔谈，专家们从不同角度主张，应该打破庸俗社会学，倡导多种研究方法并存，拓展古典文学的研究领域。《文学遗产》1986 年第 1 期，发表了编辑部《改刊寄言》："我们的目标应当是，突破以往仅仅从社会历史角度去研究古典文学的单一模式，从而较多地用文学的美学的以至心理学的方法来研究古典文学，不是将文学简单地当作一般社会政治历史的注脚，而是要充分考虑到文学本身的特点，以人为思维中心，建立多方位多角度的研究参照系统，把文学的历史作为主体心灵运动的历史和审美创造的历史加以把握。"时隔 18 年之后，2004 年第 2 期《文学遗产》发表《编后记》，进一步阐述了上述思想："至于研究的视角和方法，无论是纯文学研究，社会学与文化学研究，接受学和传播学研究，文史结合研究，宏观、中观、微观研究，或者古今贯通、中西比较研究，跨学科的研究等等，都可各显其能，不拘一格。"这些文字代表了《文学遗产》编辑部对古代文学研究方法的基本态度。客观地说，在 20 世纪 80 年代"方法热"当中，与其他学科相比，《文学遗产》发表的论文在运用新方法方面似乎略有些滞后。但是在经历二十多年、"方法热"退烧之后，我们再重新回头审视这一段历史，就可以发现《文学遗产》的"滞后"并不成为它的弊病。这是因为，在中国 20 世纪 80 年代的"方法热"当中，确实存在一哄而上、生吞活剥、食洋不化、生搬硬套的情形，不少文章套用西方新方法却得不出新成果。翻阅这一时期《文学遗产》刊发的文章，就可以发现它追求新变而不失稳健，一方面强调吸收新方法，另一方面又避免了盲目跟风、简单套用的弊端。

《文学遗产》的创新精神，更多地体现在它引领学术潮流之上。我国有一支人数众多的从事古代文学教学和研究的队伍，但是却没有一个中国古代文学学会。30 多年来，《文学遗产》实际上扮演了中国古代文学学会的角色，在组织、引导、协调中国古代文学研究中，发挥了不可替代的重要作用。如果把中国古代文学研究比作一艘大船，那么《文学遗产》就是这艘大船的掌舵人，是它在引领着中国古代文学研究的航向。《文学遗产》编辑部把握学术大趋势，及时开辟一些中国古代文学研究的新论题。例如，1986年初，针对中国古代文学研究长期存在的偏重于微观考据的情形，《文学遗产》发起了"古典文学宏观研究征文"活动，组织专家就中国古代文学的总体特征、发展规律以及古典文学与其他文化艺术的各种关系展开宏观探讨。1987年3月，《文学遗产》与《文学评论》《语文导报》《天府新论》几家刊物联合发起"中国古典文学宏观研究讨论会"。不少学者就中国古代文学宏观特征各抒己见：有的学者认为中国古典文学的基本特征之一是"中和之美"；有的学者认为古典文学特征是表现与再现的统一、物化表现与内化摹仿的统一、乐感文化与忧患文化的统一、人生体验与审美超越的统一。在中国古代文学的分期上，专家们也提出了不同主张，有人以中唐为界，将古典文学划分为前后两大时期，前期是分别以维护和怀疑宗法社会秩序为其思想基础的古典现实主义和古典浪漫主义，后期才是和欧洲文学史上类似的、分别以批判和理论为思想基础的现实主义和浪漫主义。有的学者则将中国文学史划分为三个"周期"：由上古以至西周的巫官文学到周秦间的史官文学，再到楚汉间的作家文学，构成第一个周期；由汉魏的文质合一，到两晋南北朝的文质分离，又到唐代的文质兼备，是第二周期；由宋元雅俗两种文学的平行发展，到明清两种文学的尖锐对立，以至近代两者的变化接近，是第三周期①。虽然这些学术观点不一定成为定论，但可以拓展视野，启人心智，引导学者从宏观上把握古代文学。又如，古代文论是中国古代文学的一个重要组成部分，为了总结经验，开拓创新，《文学遗产》编辑部在1989年3月22日邀请了京、津两地的二十多位古文论研究专家学者，召开了一次以"四十年古代文论研究反思"为议题的座谈会。与会专家在反思中提出了许多值得注意的问题，例如极左思潮对研究工作的干扰，庸俗社会学、机械唯物论、狭窄功利以及陈旧的思维模式等对研究主体的残害，研究者自身缺乏历史观点、现代意识和开阔视野，脱离文

---

① 参见徐公持《关于古典文学的宏观研究及其现状》，《文学遗产》1987年第4期。

学史和文学创作实践，不注意沟通古与今、中与西、文学与艺术及其他人文学科，轻视资料的发掘和整理等。专家们还就进一步发展古代文论研究提出了各种建设性意见，诸如加强古代文论横向理论体系的研究，把文论体系和书论、画论、乐论、宏观与微观贯通一气，将中国古代文论放在世界文论乃至世界文化的大范围内，在深层的比较研究中认清它的特殊理论体系和民族特征等。20世纪80～90年代，不少学者撰写中国文学通史、断代文学史或分体文学史，根据这一形势，《文学遗产》从1990年第1期起，开辟"文学史观与文学史"专栏，组织学者展开讨论。在临近21世纪之际，《文学遗产》引导学者对本学科百年来发展历程进行回顾与总结。近年来中国古代文学研究呈现出思想多元化、学术个性化的新趋势，《文学遗产》编辑部及时提出"回归传统、回归经典"的新思想，以期从经典中得到新的创获。这些论题对于古代文学研究的创新都有积极意义。

中国古代文学研究今后还会长期延续下去，作为一名古代文学工作者，我衷心希望《文学遗产》在未来的岁月，继续当好导航者，将中国古代文学研究不断引向辉煌。

[作者单位：广东外语外贸大学中文学院]

《文学遗产》六十周年感言

傅　刚

　　《文学遗产》60 周年了，这在中国古代文学界是一大盛事。我们这一代学者的成长，应该都与《文学遗产》有着千丝万缕的联系，大都是经在《文学遗产》发表文章而走向学术界、为学术界所知的。

　　《文学遗产》是学术刊物，它与文学创作类刊物不同，如《诗刊》《人民文学》等，是我们这些中文系出身的人在中学时代就熟悉的，《文学遗产》则是我到了大学，开始知道学术研究是怎么回事的时候，才开始认识并深深热爱上的。《文学遗产》在"文革"时遭到停办，1980 年复刊，因此我的记忆里对复刊的事印象深刻。当时正准备选择古代文学作为专业，因此对这份古代文学唯一的专业刊物自然怀着十分崇敬的心情。新中国成立后很长一段时间里，人们都这样说，凡是报考中文系的，大都做过作家梦。的确，20 世纪 80 年代以前，作家在中国具有极高的荣誉和地位，被称为人类灵魂的工程师。我也一样，在中学时就喜欢文学写作，也写过一点不成样子的东西，但一篇都没有发表。揣着这样的理想和抱负考上了大学中文系，总认为大学会成就自己的作家梦。进了大学，这才发现，大学并不培养作家，而是以传授知识和积累学养为目的，是为国家培养知识人才，于是慢慢地也就转变了观念，开始做起教授梦了。但做学问和文学创作完全不是一回事，学术论文和文学作品也完全不是一回事，大学之前还胡诌过几篇小说、散文等，但学术论文怎么写却一点也不知道。在老师的推荐下，《文学遗产》便成为我们立志研究古代文学的学生的读物了。毫不夸张地说，我大学四年阅读最多的学术刊物就是《文学遗产》。20 世纪 80 年代《文学遗产》乘着改革开放的东风，学术领域也开放了许多禁区，因此当时一些重要的古代文学学术讨论，都是由《文学遗产》发起并展开的。如 20世纪 80 年代开展的各专业时段的文学史研究讨论，这对于古代文学研究中团结和培养某一专业领域学者，起到了非常重要的作用。又如由《文学遗产》发起的宏观文学研究讨论，就是对 20 世纪 80 年代以来如何确立文学史观的一次指导性的讨论，这个讨论在当时无疑是具有重要意义的。这是《文学遗产》的优秀传统，这个传统其实在这个刊物建立之初就已经奠立了。如大家所知，《文学遗产》创刊于 1954 年，是作为《光明日报》副刊出版发行的。这当然是因应了国家对重视祖国传统文化的要求，是作为新中国文化建设的一项重要举措而产生的。据《文学遗产》老一辈学者回忆，刊物的初衷就是以"百家争鸣"为宗旨，因此这是一个胸襟开阔的学术刊物，也就能够团结学术界各种不同研究风格的学者。当然，《文学遗产》并不是被动地、简单地发表文章，它还要起到引导的作用。我们看到，"文革"前的《文学遗产》在秉持着批判地继承文学遗产的原则下，开展了许多具有引导性的学术讨论。如人民性的问题、中间作家作品的问题，具体到某一个作家、流派的讨论，都具有这样的作用。这些讨论可能受到当时的政治气候的影响，但回过头来看，许多讨论还是取得了学术上的成果的，比如关于《胡笳十八拍》的讨论。作为某一个具体问题的讨论，难免会受到政治因素的影响，因此也难免会发表一些在现在看来是太主观、太政治化的文章，但是，所有这些其实都形成了《文学遗产》的传统，这个传统就是尽量地站在时代的高度，就当时必须面对的问题予以回应，以引导全国古代文学研究在保持个性的基础上，关注文学史研究中的有价值和有意义的课题。

因为"文革"，《文学遗产》被迫停刊，但我们看到，复刊后的《文学遗产》以更年轻、更有活力的面貌出现在学术界。20 世纪 80 年代以后，学术界与全国各不同行业一样，都充满了热情和希望，也充满着斗志和力量，无论是老一辈学者，还是当时中坚力量的中青年学者，他们的学术研究的确呈现出井喷式面貌。各种不同风格、不同方法的研究，在各个不同的专业领域如百花盛开，至今回想起来，仍然觉得令人鼓舞。这样一个时代，我不知道今后是否还会出现。当然，《文学遗产》在当时虽然展现了新面貌，但"文革"前的优秀传统仍然被很好地继承着：团结和依靠全国的古代文学研究学者、秉持百家争鸣的方针、引导古代文学研究的走向，一如既往地被贯彻和实行。正是《文学遗产》多年来保持着这种守正创新的传统，为这份刊物建立了崇高的学术声誉。真正热爱学术、愿意献身于学术事业的学者，都由衷地喜爱这份刊物，并把它作为衡量当代古代文学研究水平的一个标尺。我有一位朋友，现已经是著名学者了，他当年评聘教授时，送交评审的材料，是另外一份被一般大学认为是最高级别的刊物。他的老师，一位非常著名、有着很高学术造诣的先生后来对他说："你为什么不报送《文学遗产》那篇文章？"这个例子说明了《文学遗产》在老一辈学者心目中的地位。虽然因为现行官僚体制的原因，据说《文学遗产》在一些大学所列级别不高，要低于其他所谓国家一级刊物，但是，我们学者都知道，真正具有学术水平、能对学术界作出贡献的，《文学遗产》当之无愧，它远比那些所谓的更高级的刊物要平实、含金量更高。我们可以这么说，《文学遗产》是一位睿智的老人，因为它也60岁了。但是，《文学遗产》又不能以人的寿命来衡量，它的寿命到底有多长？我不清楚，但绝对要比人的百年之期长，如果是两三百年，那么60岁就不能称作老人了，在它的学术生命里，也可能还算是年轻的，正是青春的大好岁月。不过，我已经开始要进入老年了，以我的生命长度来看，一方面，《文学遗产》比我还要长两岁，它的经历比我丰富，智慧比我高；但是，另一方面来说，尽管它只比我长两岁，但是它一出生就是成熟并富有经验的。20世纪50～60年代在这份刊物上发表论文的，很多是当时有成就的老一辈学者，而我的老师曹道衡先生在这个刊物创立之初就担任其秘书，从这个意义上说，它虽比我长两岁，我却不敢视它为兄长，它当然是学术前辈。学术前辈是什么意思？称为前辈的，说明它赢得了人们的尊重。它的厚重、它的睿智、它的理性，一句话，它是有身份的、有品位的，是不可亵渎的。因此，这么一位学术前辈、长者，你可以想象它需要随"时"起舞吗？它还需要梳妆打扮、强打精神、时髦披挂上阵吗？不需要！《文学遗产》60 年来靠着一代一代学人的努力，铸成了自己的钢骨，养成了自己的品格，它是古代文学研究者的后盾，是坚强的阵地，因此，当代体制中把它排列为所谓的什么级别，丝毫不影响它在古代文学研究者心目中的地位。我很欣赏《文学遗产》编辑部 40 周年的寄语："岂不罹凝寒，松柏有本性。《文学遗产》四十年来在几代人的努力下，也逐渐形成了自己的'本性'。"这是《文学遗产》几十年来始终如一坚持自己的学术理想后的自白，这是符合事实的，是值得骄傲和自豪的，当下的杂志，恐怕没有几个刊物敢于这么说，因为，这要得到学术界的作者和读者的认可。《文学遗产》编辑部还是谦虚了，其实编辑部并不仅仅是起到了团结古典文学工作者的作用，事实上，《文学遗产》编辑部多年来坚持原则，不以刊物谋私利，视刊物为学术公器，显示了几届编辑部同仁的共同的学术品格和操守；此外，编辑部人员坚持边办刊边研究，坚持编辑学者化，这也是《文学遗产》的"本性"！

值《文学遗产》60 周年，作为一个老读者和作者，衷心地表示祝贺，祝《文学遗产》坚持"本性"，在深入开展中国古代文学研究、促进中国古代文学研究走向世界的进程中发挥更大的作用。成为国际上享有盛誉的学术刊物，《文学遗产》当仁不让！

[作者单位：北京大学中文系]

三十年，我和《文学遗产》一起走过

罗时进

文学发展史，是文化和社会发展史的一个部分，是历代文人生活、思想、创作的生动记录。一个历史文化深厚的国度，应该拥有一份体现文学发展历程、保存珍贵文学遗产的专门学术期刊，让后人在其中与先人对话；通过对话使先人的灵魂和精神活至当下，让先人的文字和诗性照亮现实。从这个意义上说，《文学遗产》的60诞辰是值得我们每个古代文学研究者、每个学术共同体的成员纪念的。

我是1956年出生的，那一年《文学遗产》两岁，是《光明日报》的一个副刊。与绝大多数同代际的学者一样，直至1980年《文学遗产》复刊，从《光明日报》周刊形式转身为正式的学术刊物时我才逐渐认识她的。在最初复刊的《文学遗产》1980年第1期发表的论文中，有一篇是当时正为我们任文学史课程的徐永端老师的《谈谈李清照的〈词论〉》。永端老师是钱仲联先生所青睐的助手，从来低调，不事张扬，一次偶然的机会，她谈起了李清照，谈起这篇论文，于是便成为我最初对《文学遗产》的了解。

1983年我已经正式留校任教了，这一年《文学遗产》编辑部走进了江苏师范学院（现苏州大学）。这是因为钱仲联先生倡导明清诗文研究，《文学遗产》为了推动清诗研究，与钱先生主持的明清诗文研究室共同举办了全国首届清诗学术讨论会。当时自己的学术兴趣在唐宋文学，学术关系也不隶属明清诗文研究室，所以整个会议一直在旁听。但现在回想起来，我的清诗研究兴趣之激发，当萌生于此会。这是我与《文学遗产》最早的近距离接触。此次会议知名学者来了很多，宏论跌宕，对国内清诗研究的发展影响巨大，我对《文学遗产》的学术旗帜作用，由此有了直接的感知。

我们最初登上学术舞台的 20 世纪 80 年代，真是令人难忘，那是几代学人一起进行学术"大合唱"的 10 年。我是以本科毕业论文《许浑千首湿与他的佛教思想》发表于 1983 年的《学术月刊》而开始参与这个学术"大合唱"的。说起来起点尚不算很低，但其时对《文学遗产》主要还是仰望。之后大约十年时间曾作为争鸣对象进入过《文学遗产》的版面，某些观点也屡次被《文学遗产》发表的论文引用，自己的研究成果却并没有在上面发表过。不过这并没有影响我对《文学遗产》的感情。正是那些年《文学遗产》倡导争鸣所体现的"纯粹的学术精神"使我逐渐切近她，与几位争鸣者，后来也都结下学谊，情在师友、学友间。

进入 20 世纪 90 年代以后，阅读和研究的经历稍稍丰富了一些，虽然仍然主要研究唐宋文学，但学术触角已逐步延展到明清诗文，并有幸受时任中国社科院文学所副所长董乃斌先生的邀约，作为《中国文学年鉴》新设栏目"明清诗文研究综述"的主笔。此际文学所不同年龄层次的古代文学学者都与我有一定的学术交往，有时候会问："你怎么不给《文学遗产》投稿？"我自知学力尚不足，然而大家的鼓励增加了我走进《文学遗产》的信心。

第一次在《文学遗产》发表论文的机缘产生于一个学术会议。"中国唐代文学学会成立十周年国际学术讨论会"于 20 世纪 90 年代前期在厦门大学召开，时任《文学遗产》编辑部负责人的陶文鹏先生也出席了此次会议。他长我十多岁，阅历丰富，会间在住宿处听他谈论往事深为其吸引。他是那种天生富有学术敏感而又生性随和的学者。分组讨论我们正好在一个组，紧挨着坐在一张条凳上。我发言主要谈唐代寒食风俗与唐诗的关系，文鹏先生一边听，一边翻阅论文。待发言结束他评议说："从文学和民俗之间关系来研究唐代诗歌是个新的视角，这篇文章有意思。你回去再修改扩充一下寄来，《文学遗产》正提倡跨学科研究。"接着又感性地补充了一句："以大家对你的了解，你也该在《文学遗产》露面了！"

扩充和提高文章需要进一步深入研究，而回校后忙于当时已经进入工作状态的重编《全唐五代诗》，并没有能抓紧修改。当然，那时还没有后来推行的严格的"量化考核"，学界中人好像并不怎么急功近利，尚耐得住寂寞，愿意沉潜下来花时间、花精力打磨自己的成果。这篇论文至少"磨"了两年，文鹏先生几次询问了，我才正式寄交而刊载，这就是发表于1996年第2期上的《孤寂与熙悦：唐代寒食题材诗歌二重意趣阐释》。说来也巧，《文学遗产》当年还发表了我的另一篇短评性的文章。

从大学毕业进入古代文学研究领域，与《文学遗产》相伴了十来年，这一年正式"登场"确实带来了一些意想不到的效果。在我随后请求报考钱仲联先生明清诗文研究方向博士生的时候，钱先生说："你在《文学遗产》上刚刚发表的那篇论文写得蛮好，你考吧！"据王水照先生的博士生告诉我，在她选题研究民俗与文学关系的时候，王先生要求"先读一下《文学遗产》上罗时进关于寒食节俗与唐诗意趣的论文，他的思路很有启发性"。后来我到日本一所高校执教，汉学专家衣川贤次先生到机场接我，说《孤寂与熙悦：唐代寒食题材诗歌二重意趣阐释》一文"读过以后印象很深"。那期《文学遗产》他当时正带在身边。我知道，无论钱先生、王先生，还是衣川先生的赞扬，文章本身如何只是一个方面，在相当程度上还是得之于《文学遗产》在海内外的学术影响力。

每个作者对发表于《文学遗产》第一篇论文的印象应该都是很深的，也许那就是一个学术、学人交往的故事。如果说我的第一篇是难忘往事的话，最近发表《明清钓鱼岛诗歌及其相关文献考述》的过程则如昨日之新。这篇论文的写作因由来自于前面我所做的其他课题，取得了一些初步成果后在2013年8月复旦大学主办的中国明代文学学会年会上作了一个大会发言，很简要。2013年9月初《文学遗产》闻知，感到"重要"，便作为特稿相约。论文提交给编辑部并通过了审稿程序后，刘跃进主编高度重视，拍板在2014年第1期加按语作为首篇发表，由张剑副主编亲任责任编辑。跃进先生要求"充分尊重作者，保持紧密沟通，作者随时提供补充内容，编辑部要相应跟上，包括随时修改校样"。

为什么说"随时提供补充内容，编辑部要相应跟上"？因为这篇论文是专题性的文学文献考据，写这类考证论文主要依赖史料的发现、搜集、整理，而这是一个比较复杂的过程。在一定程度上，钓鱼岛文学文献之不断被发现是超出我的预期的，而这是一个重大的历史问题，甄别、取舍、论证必须慎重、严谨，所以修改论文的过程就较为繁复。一有新材料增加，就需要改动原稿；力求将每一首钓鱼岛相关作品的写作时间、地点都考证清楚，难免删正文字，又需要改动校样；而最后我拟将"当时动辄有几百首，甚至上千首赠别册封使诗歌"的具体文献依据补充一些进去，作为明清士族群体在东海岛屿问题上"在场"的背景，这自然也增加了审稿和版面变动的工作量。有一阶段我深夜两三点钟还会与张剑先生交流论文修改事宜，作为责任编辑他真是"跟着受累"。2013年10月底上海师范大学举办"江南文化论坛"，我与张剑共同出席会议，会间他将多次画红修改的清样送我说："留作纪念吧。"《文学遗产》编辑工作的敬业、专业、热忱，由此可见一斑。

这篇论文的《按语》中说道："本刊特约罗时进先生的这篇论文，既是对明清钓鱼岛诗歌及其文献的系统梳理，又表明古代文学研究完全可以以严谨的学术方式，表达对社会现实和重要国家历史问题的关切。"奖誉之处愧不敢当，但《文学遗产》编辑部意在强调历来只是被视为"无用之用"的古典文学其实也有"有用"的一面，我内心是认同的。

2014年1月6日《文学遗产》编辑部在文学所特别举办了"《明清钓鱼岛诗歌及其相关文献考述》座谈会"，我以作者的身份前去参加。刘跃进、陆建德、蒋寅、竺青、张剑、杨子彦、祝晓风等先生和《文学遗产》编辑部的所有人员都与会了，他们还特别邀请了北京大学，中国社会科学院日本研究所、近代史研究所、中国边疆史地研究中心、社会科学文献出版社的相关专家。为了这次会议，编辑部特别请出版社赶印了20本尚未完成最后压纹工序的《文学遗产》（2014年第1期）样刊。刘跃进等几位先生都表示，《文学遗产》编辑部为一篇论文召开座谈会，近30年来是罕有的。我在一丝荣幸之外，所深感的是这份刊物的学术责任和社会责任意识。

这30年，我所做的学术工作很有限，稍具意义的大致是唐代文学现象研究（如民俗与文学）、唐代作家研究（如许浑等）、家族文学研究、明清地域社团研究，在明清诗文研究中初步涉足了东海文学。回想起来，凡是这些方面自己比较满意的论文都提交给《文学遗产》了，也都得以发表。所发文章有特稿、专题论文、笔谈、书评，大体在《文学遗产》的各种栏目都亮过相。其中《唐代文学研究再拓展的空间》和《地域社群：明清诗文研究的一个重要维度》两篇笔谈是在《文学遗产》会议或专题论坛上即兴发言得到肯定，整理后提交发表。前一篇近些年在唐代文学研究界屡被学者们提起，后一篇《新华文摘》全文转载，对推进地域文学和明清社团群体研究产生了一定作用。现在我自己也在主持一份学术刊物，工作中常常考虑这样的问题：怎样联系作者？怎样征集论题？在遵循严格程序和保证学术质量的前提下主事者的裁量权该如何使用？在这方面，《文学遗产》编辑部与我的接触过程是很有启发的。最可贵的是，这是一份有问题意识和担当意识的刊物，她既严守程序和规范，也保持着高度的学术敏感，守正创新，张弛有致。

长期以来，海内外学术界对《文学遗产》的评价是很高的，并不因为她是国内唯一一份古典文学学科的综合性权威专刊，更在于她采精集粹，始终保持很高的学术质量，成为古代文学研究的前沿标杆和最重要的学术资源库。这份杂志没有辜负古人——始终在呈现古人的文学和文化成果，努力抵达古人的精神空间和思维高度，展现中国传统文化的厚重博大；也没有辜负今人——始终在锻铸优良的学术气质，推动古代文学学科的建设，以古为今用的态度为构建中国人的精神家园做出了重要贡献。

人世历新旧，倏忽一甲子。其间我国从事古代文学研究的学者若论代际，已有数代；若论人数，不下万千，可以说无不受到《文学遗产》的培植和沾溉，我只是学海一粟而已。30年来，从切近《文学遗产》，到走进《文学遗产》，是自己学术生涯的幸运。在这个过程中，我与《文学遗产》编辑部的不少同仁，包括英年早逝的才俊张晖都结下了良好的学谊，也有机会通过审稿帮助《文学遗产》做一些力所能及的工作，从中既体会到"古典学术"这块石头的坚硬，也感受到她的温度。在《文学遗产》60华诞到来之际，我真诚感谢她，祝福她——为她的过去，为她的未来！

［作者单位：苏州大学文学院］

六十年来《诗经》研究的反思与展望

——以《文学遗产》刊发《诗经》研究论文为主要讨论对象

王长华

作为构筑儒家思想体系的一部重要典籍，《诗经》以其经典的地位受到历代学者的重视，对《诗经》的研究也此起彼伏，由此形成了源远流长的《诗经》学史。随着社会和学术的不断发展，《诗经》学也被赋予了鲜明的时代精神，成为学术思潮发展演变的一个缩影。审视《诗经》学的发展历史，它既具有共时性的特质，也呈现出历时性的痕迹。实际上，二千多年来，关于《诗经》的各种理念、学说、派别、思想等，皆与时代有着密切关系。政治因素的变化、社会道德的变迁，特别是学术环境的发展，势必影响到《诗经》学所关注的问题和角度。所以《诗经》学本身的发展趋势和倾向，也同时富有学术史和思想史意义。本文即以《文学遗产》创刊以来所发表的《诗经》研究论文为主要考察和研究对象，希望借此讨论新中国成立后学术思想变革对《诗经》研究产生的影响，并在此基础上对未来《诗经》研究的发展趋势做出一定的判断。之所以进行这样的取样研究，乃是因为《文学遗产》作为国内一流学术期刊，堪称时代学术研究的风向标。据统计，从1955年9月刊发胡念贻先生的《〈诗经〉中的赋比兴》，到2013年第6期刊发吴洋《上博（四）〈多薪〉诗旨及其〈诗经〉学意义》，《文学遗产》发表以《诗经》为研究对象的论文共计108篇。这些论文鲜明地体现出时代学术环境、关注问题和研究方法的变化对《诗经》研究产生的影响。因此，以此刊发表《诗经》研究论文为主要讨论对象是有其代表性的。

一 文化意识的自觉追求与《诗经》研究视野的拓展

新中国成立后，百废待兴，古代文学研究也重新起步，但由于此后三十余年政治运动、学科调整等因素的影响，这一领域和其他领域一样也不可避免地受到冲击。尽管如此，仍有一批学者坚守学术阵地，尽己所能，艰难地延续着学术的慧命，因此虽然20世纪50～60年代古代文学研究整体水平不高，但其中的星星之火却足以让人感受到学术研究追求真理的那种执著和崇高。《文学遗产》即是这样一块重要的阵地。以1959年刊发的胡念贻先生《关于〈诗经〉大部分是否民歌的问题》（《增刊》第七辑①）一文为例。受"五四"以来学者和20世纪50～60年代主流意识形态的影响，很多研究者都认为《诗经》是周代的民歌，而胡先生则认为："《诗经》里面的诗，除《颂》和一部分《大雅》《小雅》可能为史官之类所作外，其余都是各阶级的群众性诗歌作品，其中包含有民歌，但为数较少。"今天看来，这个观点无疑是更加准确的。能够在当时的政治环境、学术环境中勇敢地提出这样的观点，其中体现的实事求是的治学精神也同样值得后人学习和敬佩。此外，胡念贻《〈诗经〉中的赋比兴》（《增刊》第一辑）、《〈诗经〉中的怨刺诗》（《增刊》第八辑）、杨公骥《论商颂》（《增刊》第二辑）等也都是很有代表性的成果。但正如前述，这一时期的《诗经》研究无论从数量还是质量上来看，都没有超越20世纪30～40年代，并且由于种种限制，对《诗经》的解读也多局限于所谓文学本身，从而缺乏更为深入透彻的文化解读。

进入20世纪80年代，古代文学研究重新回归正途，研究领域更加广

---

① 为简化行文，本文中凡出自《文学遗产》的文章，只标明发表期数。《文化遗产增刊》简称为《增刊》。

泛，研究角度和方法也更加多元，尤其是从文化学视角展开对古代文学现象的讨论，已经逐渐成为学者们采用的一种普遍方法。这一局面其实是伴随着 20 世纪 80 年代之后文化意识的重新觉醒和对闻一多等前辈学者文化学研究方法的学习借鉴而出现的。由此古代文学研究在新的时代环境中取得了更为丰硕的成绩。《诗经》研究也不例外。除传统的《诗经》训诂学、《诗经》学史等研究领域外，《诗经》的文化学研究成为一个热点。对《诗经》的文化解读虽然不是新鲜的论题，早在汉代初年的《韩诗外传》就以三月上巳节桃花水祓除不祥的习俗来解析《郑风·溱洧》，东汉班固《汉书·地理志》也通过对《诗经》中风诗的审视，得出秦人尚武、陈人尚巫、齐风多舒缓之体、郑风多聚会之诗的结论。注重发掘诗歌的历史背景与文化习俗等因素，能够揭示《诗经》的真实面貌。而这种方法与现代的民俗学、文化学研究颇有相通之处。因此，当现代学者渐趋以平常的心态看待《诗经》，不再强调《诗经》中的"经学"内容时，还原《诗经》以及《诗经》学所蕴含的文化意义就成为新时代《诗经》研究的一种自觉追求，从而也开拓出了《诗经》研究的新视野。

从《文学遗产》所刊发的论文来看，20 世纪 80 年代，学者们已经着意凸显《诗经》作为一种文化产物的身份，其中的一个突出表现是将《诗经》作为北方史官文化的成果与同样具有鲜明特征的南方楚文化相对照进行研究。姜亮夫、姜昆武的《〈楚辞·九歌〉"灵保"与〈诗·楚茨〉"神保"异同辩》（1983 年第 2 期），韦凤娟的《〈诗经〉和楚辞所反映的人与自然的关系》（1987 年第 1 期），都将《诗经》视为与楚辞一样是某种地域文化的产物。如韦文所言，《诗经》主要反映了黄河流域一带中原文化的特点，以屈原的作品为代表的楚辞则带有浓厚的江淮流域地方色彩。由于江淮领域与中原地区在社会生活、地理环境、民间习俗等方面的极大不同，楚辞与《诗经》在表现人与自然的关系，人们对于自然美的认识等方面，也呈现出不同的风格特点。廖群《原始与文明的交响曲——楚辞艺术形态考察，兼论楚辞与〈诗经〉的逻辑关系》（1988 年第 5 期）一文，认为从逻辑发展角度看，楚辞并非与《诗经》并列，更非在《诗经》之后，而是处于《诗经》之前的发展环节上。这些文章都试图通过辨析《诗经》所产生的文化阶段和环境特点，揭示《诗经》的文化传统与南方楚辞所代表的文化传统的差异。到王泽强的《〈诗经〉中楚国歌谣缺失的原因》（2007 年第 4 期），从政治、文化的角度探析楚国歌谣为何未能入选《诗经》，认为楚国虽然有着发达的音乐艺术，但楚国与周王室的关系最为疏远，而且长期与周王室为敌，因此楚地歌谣不能入选。这个结论也是在对《诗经》文本文化背景的充分讨论基础上而得出的。同类型的还有刘冬颖《出土文献与先秦时期的楚地儒家传〈诗〉》（2009 年第 2 期）一文。这些论文实际上都将《诗经》学研究置于更大更广阔的文化网络中，将《诗经》同其他具有代表性的文化成果对照研究，从而拓宽了《诗经》学研究的广度。

同时，学者们仍注重从《诗经》所特有的"经学"文化品格中发掘跨领域的课题，特别是《诗经》同其他四经所包含的文化内蕴之间的关系。将《诗经》作为经学看待，本是传统《诗经》学的本色当行，但经过几个世纪以来的反复，在当今学术氛围中，《诗经》学重新回归"经学"似乎有着"螺旋式上升"的意味。无论是《诗》《书》《礼》《乐》，还是《春秋》，随着出土文献、器物的实证以及学者再次对基本文献的爬梳，都展现出更加贴近当时历史和文化的原生态面貌。刘丽文《春秋时期"赋诗言志"的礼学渊源及形成的机制原理》（2004 年第 1 期），从礼学角度论证了春秋时期政治舞台上普遍出现的"赋诗言志"现象的渊源和形成的机制原理，认为"赋诗言志"是对燕享礼仪中固有乐歌形式的模仿和意义的替换。这是兼及礼学和诗学的一种讨论。李洲良《论春秋笔法与诗史关系》（2006 年第 5 期），认为尚简用晦的"春秋笔法"是源于《诗》的比兴寄托手法和美刺褒贬精神在史书写作中的拓展和延伸，并与赋比兴有着明显的对应关系，是史蕴诗心的集中表现，这是《春秋》学和《诗经》学的跨领域研究。许继起《周代助祭制度与〈诗经〉中的助祭乐歌》（2012 年第 2 期）一文，重点考察了《诗经》中的助祭乐歌以及此类乐歌所表现的助祭内容，认为两周时期的助祭制度不仅推动了周代射礼礼仪文化的发展，完善了择士选官的政治体制，同时丰富了上古乐歌的题材形式和创作内容，礼学同《诗经》学的相关研究也进一步深入。不但如此，常森《论简帛〈五行〉与〈诗经〉学之关系》（2009 年第 6 期），从《诗经》学背景上来阐释《五行》，复现思想史的一些重要发展脉络，揭示《诗经》学在思想学术界的巨大影响。

总之，新中国成立以来特别是 20 世纪 80 年代之后，随着文化意识的觉醒，众多《诗经》研究者认识到《诗经》首先是一种文化产物，从而开始了对《诗经》以及不同历史时期《诗经》学所代表的文化内涵的探索和追求。这种追求使得《诗经》学研究的背景更加宽广和深厚，过去人们不曾注意到的问题或角度也开始浮出水面，而这也正是《诗经》学在 21 世纪获得新发展的一大契机。

二　学术史研究热潮与《诗经》学史研究的发展

20 世纪 80 年代初，随着政治、经济和文化的发展，古代文学研究也呈现出复苏之势，经历了"文革"洗礼的老一代学者重回科研一线，一批年轻学者也开始崭露头角。总的来说，这一时期学术研究的主要任务是接续受政治运动影响中断了多年的学术传统，重新确立古代文学研究的方向和目标。而完成这项任务，最重要最迫切的工作就是全面系统地梳理古代文学研究的"遗产"，看一看我们的"家底"究竟有多少，然后才能谈得上在此基础上的拓展和深化。基于这种学术自身内在的驱动力，学术史研究迅速成为一个热点，《诗经》学史、楚辞学史、庄子学史、《史记》学史等，出现了一大批优秀的研究成果，以此为基础，古代文学学科也在反思自身的过程中逐渐走向成熟。值得注意的是，这种学科自省所形成的研究热潮一直持续到现在。

作为《诗经》学的一个领域，《诗经》学史研究对于梳理历代《诗经》研究成果，揭示其内在发展理路和逻辑关系无疑具有重要作用。具体而言，《诗经》学史研究主要包括历代《诗经》著述的版本、体例、内容以及古今学者的《诗经》观等方面。《诗经》研究的高峰主要出现在汉代、宋代、清代和现代，这几个时代自然就是《诗经》学史关注的重点。20 世纪 80 年代以来，这一研究领域可谓成果丰硕，并且鲜明地呈现出学术发展的时代特点，即就研究角度而言，逐渐由宏观走向微观；就研究方法而言，开始注意吸收借鉴其他领域的研究成果。这些在《文学遗产》1980 年后发表的《诗经》学研究论文中得到了很好的体现。

20 世纪 80 年代初期，夏传才等老一辈学者依靠自己精深的学识和开阔

的学术视野，撰写了《论宋学〈诗经〉研究的几个问题》（1982 年第 2
期）、《先秦〈诗经〉研究的几个问题》（1984 年第 1 期）等高屋建瓴的文
章，此外加上《诗经研究史概要》等著作，共同建构起《诗经》学史的基
本框架，这一领域的研究对象和范围也更加明晰。其后《诗经》学通史、
断代史以及个案研究层出不穷，《诗经》学史研究也开始朝着更加微观、细
致的方向发展。其中，既有对一些"老问题"更为深入细致的思考，如沈
心芜《重审"孔子删诗"案》（《增刊》第十七辑）、曹道衡《试论〈毛诗
序〉》（1994 年第 2 期）、马银琴《〈毛诗〉首序产生的时代》（2002 年第 2
期）、王洲明《关于〈毛诗序〉作期和作者的若干思考》（2007 年第 2 期）；
又有对以往较少被讨论的《诗经》学著作和学者的个案分析，如王学泰
《明代诗学伪作与〈鲁诗世学〉》（1999 年第 4 期），徐志啸《陈子展先生的
〈诗经〉研究》（1995 年第 2 期），王长华《余冠英的〈诗经〉研究》
（2000 年第 2 期），以及朱杰人、戴从喜《程俊英的学术思想渊源与〈诗
经〉研究》（2007 年第 1 期），马银琴《子思及其〈诗〉学思想寻迹》
（2012 年第 5 期）等。此外，更为令人欣喜的是，以往较少被注意的一些问
题也进入学者的视野之中，如《诗经》的结集与其在战国时代的传播问题，
马银琴先后撰写了《齐桓公时代〈诗〉的结集》（2004 年第 3 期）、《战国
时代〈诗〉的传播与特点》（2006 年第 3 期）、《周秦时代秦国儒学的生存
空间——兼论〈诗〉在秦国的传播》（2011 年第 4 期）等论文对这一问题
进行了全面细致的梳理。又如汉代之后《诗经》的传播问题，聂鸿音《西
夏译〈诗〉考》（2003 年第 4 期）利用出土文献考察了《诗经》在西夏的
传播情况。此外，三家《诗》和《诗纬》研究也有了一定突破，如郝桂敏
《〈齐诗〉的亡佚时间纠谬》（2008 年第 2 期）、房瑞丽《〈韩诗外传〉传
〈诗〉论》（2008 年第 3 期）、《〈齐诗〉〈鲁诗〉亡佚时间再辨》（2012 年第
4 期）、曹建国《〈诗纬〉二题》（2010 年第 5 期）等。

　　上述研究成果的取得很大程度上得益于作者吸收借鉴了其他相关领域
的研究方法和研究成果，因此多能发前人所未发，如谢建忠《论〈毛诗正
义〉对李益诗歌的影响》（2006 年第 1 期）以经学对文学的影响为视角，
深入揭示了李益诗歌特点的思想渊源。又如韦春喜《论汉代人才培养、选
拔对〈诗经〉的影响》（2011 年第 6 期）借鉴汉代教育史和制度史的研究

成果，剖析汉代《诗经》学特点形成的深层次原因。上述仅是 20 世纪 80 年代以来所有研究成果中极少的一部分，但窥豹一斑，足以看出这一时期《诗经》学史研究的动向。不过令人遗憾的是，对海外《诗经》学研究成果的反映相对较少，这一方面的研究其实是亟待注意和加强的。

三 现代学术观念的建立与《诗经》训诂的新成绩

《诗经》训诂有着二千多年的悠久传统，自汉至清，学者们对《诗经》的词语、文字、音韵、名物进行了全面细致的考释，积累了大量研究成果。但由于受封建社会政治教化观念的影响，传统《诗经》训诂又存在概念不明晰、不重视语法等诸多问题。20 世纪初至 20 世纪 30 ～ 40 年代，西学东渐，随着社会和学术思想的发展变化，现代学术观念逐渐取代传统学术观念而成为学术研究的主导精神，学者们开始有意识地汲取现代语言学术语和方法重新释读《诗经》，酝酿着向现代《诗经》训诂学的过渡，尤其是"二十世纪三四十年代，我国的传统训诂学有了重要的发展：一方面是章太炎、黄侃等学者的努力，促使传统训诂学开始走上科学化的道路；另一方面是闻一多根据'三百篇'的特点和训释的需要，创立了从文化视野解读作品的新的训诂学"①。在学术观念、研究方法、治学目的乃至话语系统等方面，均与传统《诗经》训诂学有着明显的不同。然而令人遗憾的是，其后 30 余年由于战争和政治运动的影响，这一领域的研究长期停滞不前，乏善可陈。这种局面一直持续到 20 世纪 70 年代末。

进入 20 世纪 80 年代，以余冠英、程俊英、高亨、袁梅等为代表的一批学者接续章太炎、黄侃、闻一多等前辈学者开创的传统，勇于创新，《诗经》训诂学又有了新的发展。这一时期，为适应古代文学普及的需要，大量《诗经》译注类著作开始出现，其中重要者如高亨《诗经今注》，程俊英、蒋见元《诗经注析》，余冠英《诗经选》等。《文学遗产》也应时而动，刊发了一些很有分量的论文，如王宗石《〈诗〉难义三则解》（1985 年

---

① 赵沛霖：《现代学术文化思潮与诗经研究——二十世纪诗经研究史》，学苑出版社，2005，第 330 页。

第 2 期)、姚奠中《〈葛屦〉新说》（1987 年第 3 期）、《〈衡门〉新说》（1987 年第 4 期）、《释〈绸缪〉》（1987 年第 6 期）等。这些研究成果，就字词训释看，对传统传注和训诂择善而从，避免繁冗，同时又断以己意，凡立新说，必有依据，不附会臆断。以姚奠中《〈葛屦〉新说》为例，其释"要"云："'要'即'褑'，衣的腰身。"释"襋"云："'襋'，衣领。"《毛诗故训传》释云："要，褑也。襋，领也。"明显可见，姚先生的释义承继了《毛传》，而且解释"要"为"衣的腰身"，较《毛传》更加清楚明白。又如对"掺掺"的训解："'掺掺'即'操操'，操劳的样子。这和惨通憯，'憯憯'，忧劳的样子，同例。不过'操操'是手劳，'憯憯'是心劳而已。"这与《毛传》"掺掺，犹纤纤也"的解释完全不同，而这也是姚先生认为"这首诗是为女工——家庭手工奴隶说话的诗"的主要依据之一。姚先生的观点虽带有浓重的时代色彩，然亦可备一说。这种立足于传统训诂学基础之上的开拓创新，也成为整个 20 世纪 80 年代《诗经》训诂的一个重要特点，尽管在研究方法上仍是对前人的承继，但这一时代的学者普遍能够立足于时代的需要，灵活运用传统《诗经》训诂成果，在语词训释、诗意理解等方面都不乏创新之处，至今看来，仍有重要的参考价值。

此外，随着对《诗经》文学价值、文化价值认识的不断深入，《诗经》训诂出现了一些新的变化，现代《诗经》训诂学内涵也日趋丰富。这种变化体现在研究者在对《诗经》语词文学意蕴和文化含义的系统深入挖掘上，并且相较于 20 世纪 30 ~ 40 年代闻一多先生的曲高和寡，20 世纪 80 年代之后《诗经》语词的文学研究和文化研究已经成为一种普遍的共识和方法上的自觉追求。研究者除了注重训解字词之意外，还同时注重分析字句所体现的艺术特征和文化内涵，揭示其审美意义和文化价值。如程俊英、蒋见元《诗经注析》注释《小雅·采薇》"杨柳依依""雨雪霏霏"时特别指出："诗人以杨柳代春，雨雪代冬，以具体代抽象，不自觉地运用了借代修辞，加上摹形叠词依依、霏霏，使读者产生形象逼真的美的享受。"① 作者既训释了字词意思，又分析了诗歌形象塑造的艺术技巧和作用。此外，由闻一多先生开创的将宗教学、历史学、民俗学、社会学和文化人类学结合

---

① 程俊英、蒋见元：《诗经注析》，中华书局，1991，第 468 ~ 469 页。

起来的研究方法也得到了继承和发展，如赵沛霖《兴的缘起——历史积淀与诗歌艺术》一书揭示了鸟、树木、龙、凤、麒麟等原始物象的文化学意义，认为鸟兴象具有祖先观念的意义，树木兴象具有宗族乡里观念的意义，龙、凤、麒麟等兴象具有国祚安危、祸福的意义，并由此论证了作为形式范畴的兴起源的观念本质。这种研究方法对于更加全面深入地理解《诗经》语词尤其是名物的文化含义无疑具有重要意义，因此 20 世纪 80 年代之后的《诗经》训诂也多采用这种方法，并由此推动了对于"比兴"和《诗经》文化内涵的研究。

毋庸讳言，20 世纪 80 年代之后的《诗经》训诂也存在一些需要引起我们注意的问题。比如文学研究刊物很少刊发训诂类论文，这虽然是学术研究分工逐步细化的必然结果，但其中也存在画地为牢的潜在风险，也就是说文学研究工作者对新的训诂研究成果往往选择视而不见，而没有扎实可信的训诂作支撑，所谓的文学研究也只能是空中楼阁，无法拓展和深入，这是非常不利于新时期包括《诗经》学在内的古代文学研究发展的。

四　出土文献的大量面世与《诗经》研究的深化

早在 1925 年，王国维就在其《最近二三十年间中国新发见之学问》中坦言："古来新学问起，大都由于新发见。"新材料的出现往往带来学术问题探讨的深入和学术视角的更新。随着相关文献的接连出土，《诗经》这部"求之训诂则苦分歧，求之名物则苦茫昧，求之文义则苦含混"① 的古老典籍，向研究者们敞开了大门。《文学遗产》紧紧扣住学术发展的脉搏，站到了学术研究的最前沿，及时遴选优秀研究文章予以发表，虽然发表的此类文章数量不多，但对《诗经》研究也起到了一定的推动作用。

与《诗经》相关的出土文献主要可分为两类，一为简帛文献，一为铜器铭文。《文学遗产》对简帛文献关注较多，铜器铭文的相关研究则多为文物考古类刊物所青睐。

---

① 俞平伯：《读诗札记·谷风故训浅释》，载《俞平伯全集》第三卷，花山文艺出版社，1997，第 56~71 页。

近 40 年来，简帛文献出土的数量很大，《诗经》类文献主要有阜阳汉简、郭店楚简、上海博物馆藏战国楚竹书（简称"上博简"）和清华简。王国维所谓"今日之时代可谓发见之时代"，放在这一时期毫不为过。1977年，安徽阜阳双古堆一号汉墓出土一批竹简，称为阜阳汉简。其中，与《诗经》相关者一百多枚，包括《国风》近 60 篇及《小雅·鹿鸣》《伐木》等篇。虽然诸篇无一完整，但它却是现存最早的《诗经》古本。许廷桂《阜阳汉简〈诗经〉校释札记》（1987 年第 6 期）认为，阜阳汉简《诗经》文字有很多地方优于《毛诗》，可以其异文作为参照系，校订今本《诗经》，从而为弄清诗义别开门径。同时，许氏用自己的校勘实践对此进行了充分说明。另外，阜阳汉简《诗经》中的《诗序》与《毛诗序》大同小异，当有大致相同的来源，故汉人卫宏作《诗序》之说不攻自破①。1993 年，湖北荆门郭店一号楚墓出土竹简 804 枚，与《诗经》相关的有《缁衣》《五行》《性自命出》《六德》《语丛一》《语丛三》6 篇。这批竹简公布后，大批学者投入到相关研究中。马银琴《子思及其〈诗〉学思想寻迹》（2012年第 5 期），采用郭店楚简与传世文献互证的方式，对子思著作引《诗》的主要方式及其思想特点进行了全面梳理。廖名春通过简文引《诗》用《诗》论《诗》的情形，指出"可以看到战国时期人们引《诗》用《诗》的真实情况，更可以考察先秦儒家对《诗》义及其社会功能的认识，因此还会获得对《诗经》一些篇章本旨的新解"②。饶宗颐先生更是以郭店楚简为立论根基，写成《诗言志再辨——以郭店楚简资料为中心》③，对"诗"与"志"进行重新考虑。1994 年，上海博物馆从香港购入一千三百余枚战国时期楚国竹简，此中有关《诗经》者 31 枚，内容是对孔子论《诗》的记录，定名为《孔子诗论》。也有研究者认为是子夏或其他学者论《诗》的记录。江林昌《上博竹简〈诗论〉的作者及其与今传本〈毛诗序〉的关系》（2002 年第 2 期）和郑杰文《上博藏战国楚竹书〈诗论〉作者试测》（2002年第 4 期）两篇文章分别对上博竹简《诗论》的作者进行了深入探讨。《诗

---

① 胡平生、韩自强编著《阜阳汉简诗经研究》，上海古籍出版社，1988。
② 廖名春：《郭店楚简与〈诗经〉》，《文学前沿》2000 年第 2 辑。
③ 武汉大学中国文化研究院编《郭店楚简国际学术研讨会论文集》，湖北人民出版社，2000，第 8~11 页。

论》虽然在文字上与今本《诗经》不同处颇多，但其分为"讼""大夏""小夏""邦风"四组，与颂、大雅、小雅、国风的分法是相对应的。不管是孔子还是子夏，其序文都体现了孔子的诗教思想。《诗论》未被儒家传世典籍所载录，蕴含着大量先秦时期的《诗》学信息，涉及《诗序》形成、"风雅正变"等诸多公案，对研究者来说是全新的对象，随着研究的深入，定然能推动《诗经》学的快速发展。2008 年 7 月，清华大学收藏 2388 枚战国中晚期竹简，文字多为楚系。其第三批公布的《周公之琴舞》和《芮良夫毖》是两组十分重要的乐诗，分别作于西周初年、西周晚期，类似《周颂》《大雅》。它们与今本《诗经》没有重合，却丰富了《雅》和《颂》的诗篇，蕴含着极强的政治教化意味，为《诗经》研究提供了一个很好的参照。陈桐生《从出土文献看七十子后学在先秦散文史上的地位》（2005 年第 6 期），把郭店楚简和上博简中有关儒家的文献结合《论语》、大小戴《礼记》等传世文献，来探讨上承史官记言散文、下启诸子说理散文的"七十子后学散文"。《文学遗产》除了刊布最新研究文章之外，还以"学人荐书"的形式向学界介绍新出的重要学术著作。《马银琴推荐〈楚简与先秦《诗》学研究〉》（2011 年第 2 期）一文，就把曹建国对多种与《诗经》相关出土文献的研究成果（《楚简与先秦〈诗〉学研究》）及时介绍给了同行。

以上所言是近 40 年所出与《诗经》相关的简帛文献及其相关研究，另有一种重要的《诗》学资料，亦不容忽视。1959 年至 1979 年间，在新疆吐鲁番地区的晋–唐墓葬中出土了大量文书资料，其中有东晋时期的古写本《毛诗关雎序》（《吐鲁番文书》第 1 册）和北魏时期的《诗经》残卷（《吐鲁番文书》第 2 册），后者包括《周南·关雎序》《郑风·缁衣》《小雅》残卷 5 纸 72 行。胡平生先生将残卷与今本《毛诗郑笺》对读，指出《诗经》吐鲁番写本是目前所见最早的经传合一的古写本，这种抄写形式，保留了公元 6 世纪《诗经》传本的面貌，以及儒家经典对西北少数民族的影响等①。

新中国成立以来，出土的铜器数量很多，其中带铭文的也屡见不鲜。

---

① 胡平生：《吐鲁番出土义熙写本毛诗郑笺〈小雅〉残卷的复原与考证》，载中国诗经学会编《第二届诗经国际学术研讨会论文集》，语文出版社，1996，第 421～428 页。

这当中与《诗经》关系最为密切者，当属平山三器和鲁诗镜。平山三器是中山王鼎、中山王圆壶和中山王方壶三件铜器的合称，1977～1978 年出土于河北平山县的中山王墓中。平山三器出现在子夏再传弟子李克（前 435～前 395 年）之后，多次直接引用《诗经》，透露出《诗经》在中山国流传的某些消息，"李克正在魏国统治中山的时期任中山相，所以平山器铭文所反映《诗》在中山的风行，很可能与此有关"①。同样是在 20 世纪 70 年代，湖北武汉地区出土一面东汉时期铜镜，其铭文刻《卫风·硕人》八十余字，与现行毛诗在文字上存在多处不同，经研究当为鲁诗，故定名为鲁诗镜。这一《诗经》版本文字虽然不多，但以实物的形式反映了《诗经》在东汉时期以多种形式在民间流传的情况②。

除以上铜器铭文之外，众多与《诗经》没有直接关系的出土器物构成了一个庞大的证据群，推动《诗经》研究深入开展。比如说，《商颂》是商诗还是宋诗的问题，聚讼已久，王国维在《说商颂》中通过对甲骨卜辞的研究，认为《商颂》中出现的名物与同时期的卜辞不符，不太可能是殷人所作，此说对后世影响很大。廖群教授通过对甲骨文、金文及相关出土器物进行综合考量，用证据否定了王国维的说法，扫除了《商颂》可能作于殷商的诸多疑点，把对《商颂》产生时间的讨论重新拉回到正常的讨论空间中③。于省吾先生的《泽螺居诗经新证》（中华书局，1982）利用金文、甲骨文校订《诗经》，早已成为此类研究中的经典著作。扬之水先生的《诗经名物新证》（北京古籍出版社，2000），在传统考据学、训诂学的基础上，将《诗经》文献与出土文物糅合到一起，化入其散文化的笔触之中，把自己的研究娓娓道来，读之令人亲切。此书当属近年《诗经》研究中的别开生面之作。

随着与《诗经》相关的文献不断出土，对于今传《诗经》文本的校订、《诗》与礼乐关系、儒家的《诗》学思想、不同时期《诗经》的传授及流布等问题，有了更为直接的文献支撑，使《诗经》研究的老问题有了新的解决途径。

---

① 李学勤：《平山墓葬群与中山国的文化》，《文物》1979 年第 1 期。
② 罗福颐：《汉鲁诗镜考释》，《文物》1980 年第 6 期。
③ 廖群：《先秦两汉文学考古研究》，学习出版社，2007。

五 未来《诗经》研究的展望

综观新中国成立以来的《诗经》研究，经历了从发展到冰冻，再到复苏、兴盛的过程。随着相关文献的不断出土，研究者们在传统考据的基础上，以新观念、新方法、新角度，在《诗经》文献研究、文化研究、传播研究及自身学史研究等方面取得了长足进展，《文学遗产》见证并推动了《诗经》学的进步。但就《诗经》学自身而言，还有许多工作需要继续做下去。

第一是文本清理。《诗经》自产生至今，已有二千多年的时间，在这期间围绕《诗经》产生了大量的研究著作，针对这些成果，我们要尽可能全面地进行梳理，把那些学术价值较高的著作淘洗出来，通过集中影印的方式贡献给广大研究者。这个工作中国诗经学会一直在做，由夏传才先生主编的《诗经要籍集成》（学苑出版社，2003）收录《诗经》要籍130余种。之后，田国福主编了《历代诗经版本丛刊》（齐鲁书社，2008），其收书亦达百种。近期，由中国诗经学会主持编纂的《诗经要籍集成二编》即将出版，收《诗经》要籍一百余种。随着有价值的《诗经》研究著作不断被挖掘出来，《诗经要籍集成》系列丛书还会继续编下去。除了大规模影印价值较高的《诗经》文献之外，出版社根据需要，零星影印《诗经》典籍和有计划地组织专家对重要文献进行整理、出版，也是我们当代清理《诗经》文本的一个重要途径。另外，虽然新中国成立后出土文献层出不穷，但有关《诗经》的文献呈现出种类多、数量少的特点，每一种文献单独成书的可能性不大，所以将这些散落于著作、期刊当中的《诗经》出土文献及时辑录到一块儿，是非常有必要的。

第二是总结过去。在做好文本清理的基础上，大量难得一见的古籍成为案头资料，搜寻文献的压力大大减轻，我们才有可能静下心来，对《诗经》学发展的历史进行全面研究。自20世纪80年代以来，与此相关的著作虽然已经出版了夏传才先生的《诗经研究史概要》（中州书画社，1982）、《二十世纪诗经学》（学苑出版社，2005）、洪湛侯先生的《诗经学史》（中华书局，2004）和刘毓庆教授的《从文学到经学——明代〈诗经〉学史论》（商务印书馆，2001）等多部或通代或断代研究的作品，但距离全面梳理《诗经》学史还有很长的路要走。另外，海外《诗经》研究颇具特色，只有把他们的成果纳入《诗经》学史的视野中，才是完整的。对海外《诗经》研究的探讨，是一个值得发力的课题。整个《诗经》学史是由一系列鲜活的研究者组成的，对这些个体的研究，我们已取得了不少成绩，但在其后的研究中，这仍然是研究者需要特别注意的一个领域。

第三是普及提高。《诗经》是古中国的歌，它能否为当代人所接受，就得看研究者们让其以怎样的面貌出现在世人面前。在这里，我们需要注意的是，大众的知识层次不同，所需要的《诗经》阐释文本也就注定不同，一个本子大家都看是不可能的。现在不缺《诗经》阐释的文本，缺的是针对性较强、不拒人于千里之外的研究成果。在这方面扬之水的《诗经名物新证》，恰到好处地完成了《诗经》与读者的接榫。我们在这里所说的普及，是指不同知识水平的读者接受与之相称的《诗经》信息，不论是一个词、一句诗，还是一个故事，他乐于接受就好。

在传世文献整理和出土文献不断出现的背景下，面对《诗经》研究中的老问题，如《诗经》的产生、《诗》与孔子关系、《诗》与礼乐关系、《诗序》问题等，不能再去重复前人讲过的话，从运用的理论到思考的角度、深度、广度上都需要重新考量，努力有所提升。而新材料带来的新问题，也要以传世文献为基础去思考，不要过度迷信作为当时抄本之一的出土文献。当然，对于新材料蕴含的新信息，我们要积极地去开掘。另外，同行之间要多进行交流，互相辩驳、启发，这样有利于整个学科的提升。中国诗经学会正是为国内外的《诗经》研究者们搭建了一个直接交流的平台，从1993年学会成立至今，我们已经成功举办了十届《诗经》国际研讨会，促进了学者之间的交流，为《诗经》研究的深入发展做出了贡献，在国内外赢得了声誉。我们将一如既往地搭建好这个平台，为学者们服好务。

新中国成立以来的《诗经》研究，所取得的成绩是有目共睹的，《文学遗产》60年来刊发的《诗经》学论文也在很大程度上映照和代表了那个时代的《诗经》学研究业绩。随着广大同仁研究的深入，《诗经》学中的疑团会逐步解开，而《诗经》这部焕发着勃勃生机的古老经典也必然会被更多的人了解、接受和喜爱。在这一过程中，我们相信《文学遗产》会起到重要的推动作用。

[作者单位：河北师范大学]

学术结缘，合作增辉

吴小平

我从接触《文学遗产》开始，距今已经整整 30 年。最早还是在 20 世纪 80 年代初我读研究生的时候，毕业论文做完了，自我感觉还不错，于是截取了其中一个重要的章节，单独成篇，悄悄地寄给《文学遗产》编辑部。说是悄悄地，是既没敢跟导师姜书阁先生报告，也没好意思告诉同学，可以说任何人都没有告诉。因为，那时候，《文学遗产》在我们青年学子心目中，是一座需要仰望的高峰，是可望而不可即的；更何况，当时，我连一篇学术文章都没有发表过，连个小山丘都没爬过，怎么敢攀援如此巍峨的高峰？说白了，怕退稿，怕丢人。谁没有退稿的经历？！然而我很幸运，在我即将离校奔赴工作岗位的时候，收到了《文学遗产》编辑部的修改信，是王毅兄写来的，他肯定了文章的基本观点和论证思路，提出了中肯的修改意见。不消说，这对一个即将走出校门奔赴工作岗位的年轻人来说，是多么大的鼓励！以后的事情就很顺利了，在我到江苏古籍出版社工作的第一年，1985 年 6 月，文章发表在《文学遗产》第 2 期上，这时候我到江苏古籍出版社工作刚刚半年。这让我对《文学遗产》不仅增加了崇敬，也平添了一份亲切。现在回想起来，这段貌似偶然的经历，第一是决定了我的学术研究方向，受到《文学遗产》的鼓励，我的学术研究一直以中古五言诗为主要对象，陆续发表的一系列论文都是围绕着中古五言诗展开的，包括 1987 年又在《文学遗产》第 6 期上发表的一篇论文，一直到 1998 年结集为《中古五言诗研究》在江苏古籍出版社出版，算是基本结束了我在这方面的研究，也实际上结束了我的学术研究生涯。第二是怀着这份崇敬和亲切，使我在江苏古籍出版社（现凤凰出版社，下同）的工作岗位上，无论是工作重心还是感情倾向，都不由自主地倾向于中国社会科学院文学研究所，与古代室和《文学遗产》编辑部的专家学者联系，请教学问，争取项目，乃至合作项目，于是牵出了江苏古籍出版社与《文学遗产》合作的一段佳话。

我 1985 年到江苏古籍出版社工作后，被分配到第一编辑室也就是文学编辑室。江苏古籍出版社是从江苏人民出版社文史编辑室独立出来的，其时刚刚挂牌还不到一年。年轻的出版社领导班子很有雄心干一番事业，将出版社定位为全国知名的专业古籍出版社，直接瞄着中华书局和上海古籍出版社这样老牌古籍专业出版机构。新分配过来的几个研究生也是很有事业心，想干几件像样的事情。当时国学初热，中华书局的《文史知识》盛行大江南北，我们出版社经过数番讨论，上下沟通，决定创办一份《古典文学知识》以昌其盛。这项光荣而艰巨的任务幸运地落到了我的肩上。很难想象，年轻的出版社，年轻的编辑，在当时的条件下，创办一份全国性的中国古典文学的普及读物，是多么的困难！然而我们找到了捷径，我们与社科院文学所古代室合作，仅半年多时间，1986 年 1 月 29 日，《古典文学知识》创刊号就正式面世。于是我们在刊物的编委当中看到了文学所古代室的专家刘世德、石昌渝、尹恭弘、韦凤娟、陶文鹏诸位先生的名字。刘世德先生是牵头人，他当时是古代室的负责人，也是《文学遗产》的编委。因为我们在《古典文学知识》上的良好合作，便有机会通过刘先生与《文学遗产》建立了更多的联系，也非常及时地了解到《文学遗产》想与出版社合作的意向。那已经是 20 世纪 90 年代初的事情了。出版社方面紧紧抓住了机遇，主动积极地与《文学遗产》编辑部进行沟通。出版社的诚意加上《古典文学知识》成功合作的先例，终于促成了一段因缘，于是就有了江苏古籍出版社与《文学遗产》历时 6 年的合作，1992 年起至 1997 年止。

回顾这段历史，我们必须说，没有刘世德先生和古代室的一批专家学者，就没有《古典文学知识》的成功创办，没有《古典文学知识》的良好基础，就没有江苏古籍出版社与《文学遗产》合作的缘分。

我们达成的协议是由中国社会科学院文学研究所与江苏古籍出版社"共同主办"《文学遗产》。所谓"共同主办"，就是《文学遗产》编辑部专注于组织策划、约稿编稿和编刊等学术专业层面的事项，而业务层面的事项，诸如编辑校对、版面安排、装帧设计、印刷发行等事务，包括经济上的投入与平衡，都由出版社来负责。这样，双方可以专注于各自熟悉的业务，发挥各自的优势，期望从内容到形式，从流程到效果，都可以达到比较理想的状态。当时谈合作的时候双方都是照着这个思路来设计的，6年的合作也是遵循这个思路来执行的。出版社接手后，调动了社内最优秀的编辑、编务和相关的资源，从装帧设计到用纸用料，从编务流程到印制发行，一路绿灯，保证了刊物按时出版按时发行，使刊物面貌焕然一新，受到了专家学者的一致好评，在学术界出版界产生了很大的反响。对编辑部而言，他们可以从烦琐的事务中解脱出来，专注于提高刊物的学术质量和学术水平，而且还解除了经济方面的后顾之忧。用今天时兴的话来说，这也是一种强强联合，是一个双赢的合作。对出版社而言，出版的一个重要功能就是传播知识，出版社的一个重要任务就是服务学术，把专家学者从烦琐的具体事务中解放出来，专注于学术研究，有利于推动学术事业发展，有利于提高学术出版的水平和质量。出版社虽然付出了劳动和资金，但由此获得的收益却是金钱所不能衡量的。年轻的江苏古籍出版社因为出版《文学遗产》，获得了学术界、出版界的广泛好评，树立起了自己的品牌形象。所以，实践证明这种"共同主办"是很成功的，是出版社与学术刊物合作的一个成功范例。

当然，说到具体的工作也不是完全一帆风顺，时常也有观念碰撞和交流，也有方式方法上的不同和磨合。我印象比较深的是关于整体的装帧设计。出版社方面认为，《文学遗产》作为全国古典文学研究界最权威的刊物，需要具有相对高雅的呈现形式来匹配，比如开本要扩为大16开，封面装帧要从朴素转向典雅，版式设计要舒朗悦目，用纸克数要提高，总而言之，在当时的条件下，出版社方面想尽其所能，在刊物的整体包装方面下点功夫，把刊物的质量进一步提高。应该说这个出版理念不可谓不先进，出版社方面不仅要花费精力来进行重新设计，还要调动相应的印制资源来支撑，而且还要付出更多的资金成本来补贴。但是这种想法一开始并没有一下子为编辑部方面所接受。我记得我为此多次到北京，带着方案一次次沟通、修改，出版社方面甚至还有点委屈，我们把要求提高了，工作量加大了，投入更多了，怎么会还得不到理解呢？现在回想起来，这个过程，实际上是双方在办刊理念、思路上的一些碰撞、磨合、交流和融合，在合作之初是必不可少的。结果编辑部基本上接受了出版社的方案，使当年的《文学遗产》以崭新的面貌出现在世人面前，受到了广泛的赞誉。又如，编过期刊的人都知道，期刊的页码都是固定的，而发稿的预计页码与排出来的实际页码常常有出入，不是涨出来就是字数不足。那时候的条件不比现在，没电脑没网络，甚至连传真都没有，而编辑部与出版社又分在两地，稿件、校样都靠邮寄，往往初样出来最麻烦，不是要减页码就是要增稿件，问题是时间要求又特别紧，一、二、三校衔接得非常快，编辑部与出版社之间工作交流的节奏要非常快，有时候甚至一天都不能等，否则就会耽误邮发时间，遭遇邮局方面的罚款。出版社方面是严格规范的，从不擅自上稿件、撤换稿件或删改作者的文章，哪怕是技术性的修饰也一定要得到编辑部或者作者的认可。刚开始合作时的忙乱是可以想见的，我们出版社的同志常常被逼得很抓狂，因为后期编印发的责任全部压在出版社身上。好在双方都能相互尊重、相互理解、相互支持，并且逐步摸索出了一些解决方法，比如每期多放几篇经过三审的长、中、短篇幅不等的稿件在南京的出版社方面，方便校样出来后及时补页；比如技术性的修改意见可以直接从出版社寄往作者手中，免得北京—南京—作者三方兜圈子在邮路上转，既尊重了作者，又节省了时间，提高了效率。坦率地讲，双方合作没有矛盾那是不可能的，关键是出现问题大家都能心平气和地一起商量一起解决，并且还能一起找到解决合作问题的规律和办法，这是非常难能可贵的。我的记忆中，徐公持先生总是笑容可掬的样子，一派君子风度和学者风范，他有什么意见或想法总是轻轻地一问，让人很容易理解并且接受。吕薇芬先生是管编辑部事务的，尽管事务纷繁，但总是很礼貌地对待出版社的同志，把我们当作编辑部的人一样看待。编务上与李伊白大姐相处最多，我到北京找她最多，她到南京也是找我最多，她性格爽朗，快人快语，初次接触感到她"气势逼人"，势不可挡，熟悉了之后发现她就是一位可亲可敬的大姐。当然还有陶文鹏兄，我们从1986年创办《古典文学知识》开始认识，到后来他到《文学遗产》主事，一直相处非常愉快，他那带有浓重广西口音的普通话，特别是每到深夜他谈兴正浓时那炯炯发光的眼神，让人难忘。

讲到人事，出版社方面必须要提到第一任社长高纪言先生和第二任社长薛正兴先生。当年我是出版社第一编辑室的副主任，当我提出与《文学遗产》合作的建议时，他们非常重视，积极支持，在那个经济很窘迫的年代，以相当大的眼力和魄力拍板决定合作。这里还要特别提到当时的江苏省新闻出版局局长、江苏省出版总社（即今江苏凤凰出版集团的前身）社长蒋迪安先生，他对江苏古籍出版社与中国社会科学院文学研究所的所有合作项目，都给予了高度的重视和大力的支持，对于《文学遗产》这个项目的支持更是不遗余力。那个年代（好像现在也是这样），古籍类的出版社经济实力都是比较弱的，好项目比比皆是，可是多数都因为财力不济而不敢接手。在这方面江苏古籍出版社就非常幸运了，在重大出版项目上，蒋局长明确表态，古籍社亏多少总社（集团）补多少，政策一定多年不变。对于《文学遗产》更是多方面给予支持。正是因为有了这样的坚强后盾，才保证了我们与《文学遗产》的合作，长达6年而顺畅圆满。

二十多年过去了，我很佩服这些老领导的境界和眼光。当年江苏古籍出版社与《文学遗产》合作，可以说毫无商业上的目的，经济上是要贴钱的。从出版社经营的角度而言，显然是笔亏本的买卖。但是，专业古籍出版社的成长和发展，离不开学术界的信任与支持。江苏古籍出版社因为有了与《文学遗产》的合作，攀上了古典文学学术界这一独一无二的高枝，获得了一个非常好的发展平台，得到了许多出版社无法得到的发展机遇，这种收获可以说是远远大于简单的商业利益的。最直接的成果是我们共同推出了一套《文学遗产丛书》，曹道衡《南朝文学与北朝文学研究》、程毅中《宋元小说研究》、吴承学《晚明小品研究》和张宏生《清代词学的建构》等重要著作即在该丛书中出版。间接的、潜在的收获就更多了。举例子说，当时全国高等院校古籍整理研究工作委员会（简称"高校古委员"）

正在组织整理"七全一海"，这些大型项目大多在策划之初就被有关出版社拿走了。我就是在参加《文学遗产》编委会的时候，了解到仅剩下《全元文》还在与有关出版社处在初期合作谈判阶段，于是抓住了机会，主动沟通，积极汇报，最终使这个项目落户江苏古籍出版社。我记得出版社方面应该是从1992年正式启动《全元文》项目，1997年出版第一册，直到2005年底全书出齐，江苏古籍出版社花费14年工夫，历经4任社长，最终在姜小青社长手上完成了这一浩大的出版工程。3300万字，皇皇61巨册（含索引一册），现在看起来依然令人感慨唏嘘。又如我们受《文学遗产》倡导研究文学断代史的启发，策划了"中国分体断代文学史丛书"，先后出版了杨海明《唐宋词史》、朱则杰《清诗史》、严迪昌《清词史》和程章灿《魏晋南北朝赋史》等重要学术著作，在学术界产生了很大的影响，对于推动中国分体断代文学史的研究起到了积极的作用。可以说，没有与《文学遗产》的合作，就没有这些后续的重要的合作成果。特别值得一提的是，全国高校古委会的领导及专家看到了1992年出版的面貌一新的《文学遗产》后，当即决定把古委会的刊物《中国典籍与文化》也交给江苏古籍出版社出版。他们说要求很简单，跟《文学遗产》一样就可以了。这让我们很感动，因为这既是对我们与《文学遗产》合作成绩的充分肯定，也是对江苏古籍出版社的充分信任。江苏古籍出版社没有辜负高校古委会的信任，特别是安平秋先生的信任，《中国典籍与文化》至今仍在凤凰出版社出版，而且越出越好，影响也越来越大。二十多年了，这是很值得我们珍惜的。

我1998年起从江苏古籍出版社总编辑的岗位上被调到江苏省新图进出口公司（江苏省出版总社即今凤凰出版传媒集团旗下的图书进出口公司）工作，2001年到江苏出版集团（即今江苏凤凰出版传媒集团）工作，从此远离学术事业和出版一线的工作。虽然远离学问之事，但是在江苏古籍出版社打下的基础，与《文学遗产》合作所结下的缘分，让我终究不能忘怀学术事业，不敢忘记出版的崇高追求。迄今我从事出版工作已经整整30年了，经常组织或者负责一些重大出版项目，也直接组织策划过不少大型的出版项目，特别是在凤凰出版传媒集团分管出版工作的十余年以来，经常的工作就是盘项目盘资金，可以说，对出版单位而言，要项目还是要资金始终是一个绕不过去的难题。实践证明，凡是要项目的，都能挺过来，做成一件事情成就一番事业；凡是限于资金而不敢措手的，结果是，项目没了，钱也没了。钱是用来做事的，凡有志做大事者，没钱可以有钱，谋事可以成事；反之，有钱而不能谋事不能成事者，有钱等于没钱。如果一个出版社几十年下来没能做成几个传世的项目，或者只落得一个有钱的名，那真是很悲哀的。江苏古籍出版社与《文学遗产》成功合作的经历，让我更深刻地体会到了这一点。所以，我始终认为，当历史把我们放在了出版领导岗位上的时候，当我们在重大出版项目上有了一定的话语权甚至决定权的时候，我们应该始终能够牢记出版的使命和责任，关注学术事业，服务学术事业，对学术事业始终怀有崇敬之心。

我离学问之事久矣。记得还是在 1998 年我在为《中古五言诗研究》作后记的时候，就分明感到我将不得不离开我的学问之事。一晃十几年过去，我已很久不作专业上的文字了。但是，当我收到《文学遗产》60 周年纪念集的约稿信时，还是怦然心动，心情久久不能平静。它不仅激起了我那消逝已久的学术情怀，也勾起了我们与《文学遗产》合作的一份美好的回忆。我有幸以学术与《文学遗产》结缘，以事业与《文学遗产》合作，这些不仅见证了我个人的成长道路，更见证了我国古典文学研究界、专业出版界的一段历史。我觉得我有责任把这段历史记录下来，让同行分享，供后人翻阅。

[作者单位：江苏凤凰出版传媒集团]

《文学遗产》对我的影响与帮助

关爱和

　　知道《文学遗产》并逐渐喜欢、熟悉她是在 1980 年后。当时我在大学读书，爱好古典文学，课外阅读书籍也多与古典文学有关，《光明日报》所刊载的《文学遗产》专刊都在学习浏览的范围。1980 年，中国社会科学院文学所《文学遗产》季刊问世，我所就读的河南大学中文系有一位古典文学教师被聘为通讯员。知道这个消息后，我还专门到这位老师办公室，询问《文学遗产》季刊的有关情况，请教如何在《文学遗产》上发表论文。由《文学遗产》的读者变为作者便成为我学术之路的第一个梦想。

　　恢复高考之后的河南大学中文系，拥有一批古典文学研究专家，任访秋、高文、华仲彦、于安澜等名师大家都亲自登讲台授课，中文系每年办学生学术论文研讨会，激励学生的科研热情。在这种学术氛围中，我与同学合作选择南社与柳亚子为研究对象，写作的论文开始在《河南大学学报》《中州学刊》上发表。1982 年初，我跟随任访秋先生读中国近代文学方向研究生。此年 9 月，中国社科院文学所、《文学遗产》编辑部和河南大学中文系在开封召开第一届中国近代文学研讨会，我担任会议工作人员。这次会议推动了中国近代文学研究事业的发展，也促进了中国近代文学学科的形成。以这次会议为起点，中国近代文学学会于 1988 年成立，成为国家一级学会组织，在推动中国近代文学研究方面，发挥了重要作用。《文学遗产》作为一个学术刊物，其支持学术发展学科建设的巨大作用，也由此可见。这次会议的照片后来被收入《文学遗产》创办 40 周年纪念册中。

1985 年我研究生毕业，学位论文是有关中后期桐城派研究的。我把论文的一部分改写整理后寄《文学遗产》编辑部。论文寄去后，迟迟没有消息，我一直在忐忑中等待着。最终，1986 年第 3 期的《文学遗产》杂志刊登了我的论文，成为我 30 岁最好的贺礼。这件事让我兴奋很久，在《文学遗产》发表文章的学术梦做了 6 年，梦想成真。求仁得仁的快乐是溢于言表的。在成功的鼓励下，我又马不停蹄再接再厉地向《文学遗产增刊》青年专号投寄了一篇文章，但不久后便被退回。理由是此次《文学遗产增刊》为青年专号。当时的文章投寄，遮蔽个人信息，我的文章因行文文白夹杂，而被误认为是非青年所写。这次匪夷所思的退稿和退稿理由，成为我们师兄弟中关于我的笑谈。

出于对《文学遗产》的喜欢与信任，每一期的《文学遗产》我都全部阅读，每一次《文学遗产》召开的学术会议我都尽量参加。我从每期的阅读和会议的参加中体会到《文学遗产》的专业、敬业，体会到一个古典文学杂志的境界和魅力。因为有这份感情，在《文学遗产》办刊遇到困难时，我们愿意尽绵薄之力。我们知道这些困难都是暂时的。中国是一个文学遗产大国，这个大国少不了这样一份专业杂志。

再以后，我荣幸地忝列《文学遗产》编委。我知道这是对一个长期仰慕者追随者的奖励，更是把杂志的一份责任放在我们肩头。《文学遗产》60 岁了，作为一个专业杂志，其学术生命正值豆蔻年华之时，又恰逢中华民族的伟大复兴的辉煌时代。我们祝愿 60 岁以后的《文学遗产》青春常在，活力四射，与伟大的时代融合，为民族的复兴添力。

［作者单位：河南大学］

似是故人来

吴承学

　　想写这篇文章已有数月之久，每一临纸，辄思绪纷发，不知从何下笔。直到学校放寒假，终于可以闲下来，从容品味和静静回忆。

　　我把复刊以来的《文学遗产》全部搬出来，放在办公室地板上，按年份顺序排好，眼前便出现一座书城。然后一本一本打开，每一册都让我回忆起当年的阅读和往事，一种莫名的感动和写作冲动便油然而生。

　　打开第一本1980年《文学遗产》复刊号，绛红式封面，刊头用郭沫若字（1997年后改为集苏轼字），当时为季刊，但复刊号到了6月才出版，所以该年才出了3期。那时，我在中山大学读本科三年级，对于古代文学已有明确而浓厚的专业兴趣。在学期间我订阅了《文学评论》（1978年复刊）和《文学遗产》两份杂志，这一订就是30多年。当时，《文学遗产》每期0.8元，现在听起来非常便宜，但我那时每个月只有10元的助学金，订两份杂志其实是很"奢侈"的开支。同学问我为什么要订这两份杂志，我很认真地对同学说，我想以后在这两份杂志上发表论文。同学听后笑而不语，我当然理解他们的想法。一个连正式论文都没有写过的大三学生，居然想在《文学评论》《文学遗产》上发表论文，确实不知天高地厚，但这的确是

264

我当时真实的想法。《文学遗产》复刊号，目录上列的作者是：闻一多、林庚、郭绍虞、夏承焘、徐朔方、季羡林、王运熙、王季思、傅璇琮、邓绍基等先生的大名，都是让人仰望和崇拜的大家、大师。也有极个别像葛晓音这样的"年青的同志"，显得特别珍贵，所以该期的《编后记》还特别予以表彰。

1985年第3期是很普通的一期，但对我来说，却具有特殊的意义，因为这是我第一次在《文学遗产》发表文章，尽管是篇短文。当时我已经硕士毕业留在中山大学中国古文献研究所工作。我坚持细读《文学遗产》上的每篇论文，同时又有所思考。有时在阅读过程中发现自己对一些文献的理解与上面论文所述不一样。1984年第2期上廖仲安先生的《沈德潜诗评述》中解释沈诗"邻翁既雨谈墙筑，新妇初婚议灶炊"，认为后句用了唐王建《新嫁娘》诗意。我对此句典故出处的理解与廖先生不同，我认为此句用的是《战国策》"卫人迎新妇"之典。于是，我便把质疑写成读书札记，题为《"新妇"用典之我见》，寄给《文学遗产》编辑部。没有想到此篇简短的读书札记很快就发表了。在拙作之后，是刘世南先生的短文，他对"新妇"用典的意见与我完全一致。该期同时还发表廖仲安先生《对吴观澜、刘世南同志意见的答复》，可见编辑部对此审慎的态度。虽然发表的是一篇微不足道的小札记，但这让我信心大增，从此，与《文学遗产》结下了不解之缘。这篇短文发表时用了一个笔名叫"吴观澜"，取孟子"观水有术，必观其澜"之意（后用这个笔名在《文学遗产》上发表3篇文章）。就是从这一年开始，一直到2008年，我差不多每年都有一篇文章在《文学遗产》上发表。在很长时间里，我有幸差不多每年都在《文学遗产》和《文学评论》这两大刊物上发表论文。发表时各有侧重，内容偏重"史"的论文投到《文学遗产》，内容偏重"论"的则发到《文学评论》。由于《文学评论》与《文学遗产》两家刊物崇高的地位与巨大的影响，而且有专业的、高层次的读者群体，对于年轻学者来说，在上面发表论文，可谓是"一登龙门，则声誉十倍"。就本人而言，则有一种"附骥尾则涉千里，攀鸿翮则翔四海"的荣幸感。

多年以来，《文学遗产》一直强调在文学本位基础上进行学科融合的研究观念。强调从古代文学研究的独特性出发，从文本出发，研究作家及作品及其风格，研究文学史发展脉络、传承关系和规律。按我的粗浅理解，坚持中国文学的独特性与具体研究对象的独特性，这是《文学遗产》的不二法门。这种重要启示也影响了我的治学路子和研究方法。1987 年，我进入复旦大学随王运熙先生攻读中国文学批评史博士学位，此后我的研究方向比较集中到中国文体学与诗文评上来。中国文体学研究，便是对坚持中国文学独特性思路的自然延伸。"文革"之后，为了消解意识形态所带来的偏见与弊端，古代文学研究界流行从西方引进各种新理论，先是新方法热，后来又流行文化热。这些在当时都有其积极的历史意义。不过，无论是新方法还是文化学、社会学研究，终究不是以中国文学为本位的，容易产生浮泛空疏之病。从中国文体学入手去研究中国文学，其意在回到中国传统文字、语言、文章、文化语境中研究中国文学的特色，学理性与可操作性都比较强，这是我选取文体学作为研究方向的理由。我研究中国文体学的论文，大多是发表在《文学遗产》上。2004 年在福建师范大学举办的"文学遗产论坛"上，我提交了《中国古代文体学学科论纲》的论文，后来发表在《文学遗产》2005 年第 1 期上。当时，会上有专家问我："你提出这个中国古代文体学学科是属于一级学科、二级学科还是三级学科？"其实，我提出建立中国文体学学科的用意，并不是按教育部研究生培养的分类去增设一个学科，而是主张应该给中国文体学以独立和独特地位，并加以学理性和系统化的研究。10 年过去了，"中国古代文体学学科"这种提法，已经得到越来越多学者的认同，并成为 21 世纪以来古代文学研究领域中发展最快的方向之一。近年来，《文学遗产》编辑部与中山大学主办中国文体学学术研讨会 4 次，共同推进中国文体学研究，并扩大中国文体学研究的学术影响。

苏轼诗云："旧书不厌百回读，熟读深思子自知。"我保存了从复刊以来的整套《文学遗产》，不时打开来看看，总会有新的收获。在我看来，《文学遗产》就是一部当代中国古代文学研究史的缩影，从《文学遗产》发表论文的选题、内容、学风，不难感觉到有许多的转折与演变，其中有政治的、学术的，也有方法的。举一个例子，20 世纪末，《文学遗产》开设了一个"世纪学科回顾"的专栏，刊载了一系列很有影响的学术史笔谈。1999 年第 4 期刊载了曹虹、蒋寅和我所撰《一个期待关注的学术领域——

明清诗文研究三人谈》一文，在 20 世纪末，明清诗文研究虽然有些进展，但仍是需要呼吁"期待关注"的领域，我当时说："明清诗文研究的总体水平也相对落后，假如与唐诗研究等领域相比，只能说是'第三世界'。即使在明清文学史中，诗文研究也是最薄弱的，举个极端的例子，研究诗文的论著总数还不够《红楼梦》研究的三分之一。"而在 21 世纪的前 10 年期间，明清诗文研究的情况发生了巨大的变化。2011 年《文学遗产》第 6 期刊发周明初教授《走出冷落后的明清诗文研究——近十年来明清诗文研究述评》一文，刚好是对我们三人谈所作的续篇。他引用了我的话之后说："自那时至现在不过是短短的十年多一点的时间。这十年中，明清诗文的研究迅速走出原来冷落寂寞的境地，不再是一个期待关注的学术领域，而是成为古代文学研究新的热门领域。"这确是事实。《文学遗产》在推动明清诗文研究方面起了相当重要的作用。

重读《文学遗产》这几十年的论文，发现一些论文在当时发表颇有轰动效应，而现在看来，却成为过眼烟云；有些当时似乎反响平平的论文，却越读越有味道。当然，从学术史的眼光看，这些都具有反映风气的价值。当时代不断变化，而我们需要不断地适应社会的需求，在此过程中，就不免出现一些不成熟，这其实是很正常的。不断地回顾历史，我们可以领悟到许多丰富的意蕴。而对于学者来说，可以通过这种现象思考学术生命的问题。那些有持久生命力的论文，无不是在求实基础上求创见、在文献基础上出理论的。而那些有问题之作，除了作者知识水平所限之外，不是过于趋时，就是过于浮躁。我本人也犯过此类错误。我曾在《文学遗产》上发表《论题壁诗——兼及相关的诗歌制作与传播形式》一文，文中提到后来有些乱题诗成为一种人文环境的污染，引起人们反感。于是引用了唐代诗人项斯"为月窗从破，因诗壁重泥"之句，然后评论道："因人题诗而重泥墙壁，可见对所题壁之诗并不喜欢。"这个例子在文章语境中看起来似乎很顺。后来，一次我再读此文，读到这里吓了一跳，怎么可能出现这样的错误呢？其实，如果细读诗歌的上下文，或者从诗律上考察，就不难发现，这种理解恰恰与诗人的原意相反。诗的原意是因为喜欢月光，所以窗口破了也不补，让月光射进来；因为喜欢壁上的诗，所以倍加珍惜墙壁上的泥巴。"重"是重视，而非重新。之所以出现这种低级错误，就是因为心存先入之见，带着观点去看材料。我经常用自己犯下的错误当作教材给学生"分享"：一定要重视文本的原始语境，千万不要带着需要和观点去理解和取舍材料。希望错误能转化成为"教训"的资源。

中国古代文学学术界，有许多学者是《文学遗产》发现和拔举的，这方面我有亲身体会。我听别人说，陶文鹏先生多年前初到《文学遗产》时，曾从原已拟不刊用的稿件中发现一文，后来采用了，那正是我的稿件。我从未向陶先生问过此事，但我觉得对一位毫无相干的年轻无名作者青眼相待、鼎力支持，这确是《文学遗产》编辑部的一贯风格。1994年《文学遗产》与江苏古籍出版社合作，编辑《文学遗产丛书》第一辑，这是《文学遗产》杂志的配套工程。在徐公持、陶文鹏先生的大力推荐和支持下，拙著《晚明小品研究》列入其中。同一辑有曹道衡、程毅中等著名学者，我作为一位初出茅庐的学者受到如此信任，感觉是受到很高的礼遇。后来拙作《晚明心态与晚明习气》获"《文学遗产》1997年优秀论文提名奖"、《唐代判文文体及源流研究》获"《文学遗产》1998年至1999年度优秀论文奖"，这是对我持续的鼓励。2011年我有幸成为《文学遗产》新一届编委会成员。虽然，我忝列多家学术刊物的编委，但能成为《文学遗产》的编委，我感到格外荣耀。我曾经针对现在许多学术刊物编辑以居高临下姿态对待作者的习气，强调编辑的"发现"与"服务"意识。在古代文学研究界，不少学者是经《文学遗产》发现而成名的。在学术期刊界，对名家锦上添花的多，对年轻学者雪中送炭的少。《文学遗产》的一个肯定和鼓励，可能就是年轻学者腾飞的关键助推力。这方面我是受益者，也总怀有一种感恩的心绪。多年以后，我主持《中山大学学报》，就把发现年轻人，扶持年轻人，给他们自信，为他们服务，作为自己工作的一个重点。我把此看成一种对学界的回报。

近数十年，是中国历史上少有的急剧变化的时代。《文学遗产》复刊以来的出版本身就是有意义的特殊个案，从中可以看出中国社会转型期间学术刊物曾经的艰苦岁月和曲折历程。《文学遗产》复刊时为季刊，由中华书局出版。1986年改为双月刊，移往上海古籍出版社出版。1988年改为中国社会科学出版社出版。1992年移往江苏古籍出版社出版，整个版式、纸张有重大改动。1997年改回中华书局出版，刊头字改为集苏轼字，并一直沿用至今。2000 年改为《文学评论》杂志社出版，2001 年旋移往北京大学出版社出版。2005 年起第三度由中华书局出版。2009 年开始，扩版重新设计版式，并由《文学遗产》编辑部出版。2012 年开始，由社会科学文献出版社出版。这当然可以说《文学遗产》得到许多出版单位的支持，但换个角度来看，《文学遗产》复刊后在很长时期内，其出版似乎给人一种出于经济压力而辗转彷徨、上下求索的感觉。20 世纪 90 年代，由于商品经济的冲击，出版社与学术杂志都有过相当困难的时期，当时甚至有许多作者给编辑部去信，表示为支持杂志能办下去，宁愿不要稿费，我也给编辑部写过类似的信件。相信许多读者与我一样，每期的《编后记》是必读的。在 20 世纪 90 年代，我印象最深的是一个反复出现的关键词——"困难"。1994 年第 6 期《编后记》说："向在商品经济大潮冲击下坚持古典文学研究工作的老中青专家学者致以敬礼。"又说："专业刊物如本刊者，也因面对困难（主要是经济困难）而只能勉强维持现状。"1998 年第 6 期《编后记》："本刊虽然在经济生存条件方面长期处于困难境地，但在广大作者与读者的悉心支持下，我们终于又过了一年。"我重读到最后这句话，不免感慨系之。《文学遗产》作为在海内外享有盛誉的全国最权威的古典文学研究学术期刊，曾经经过如此困难的时期。虽然那种艰难岁月已经过去了，但我们不要忘记，有这样一群人，他们在环境恶劣、学术低迷之际，仍坚守着崇高的学术理想、学术品格与学术标准，这也是这个刊物一直受到学界敬重的原因之一。

　　《文学遗产》创刊时，我还没有出生。但它复刊以来，一直是我学术上的精神家园。重读《文学遗产》，对我来说，是学术上的旧梦重温：不禁想起了许多人，许多事。34 年，往事如烟，又历历在目。在寒冬之夜，这些回忆令人心暖。《文学遗产》60 岁了，却是一个"不老的传说"。它似乎显得越来越年轻英发，越来越厚重大气。因为它并不是单独存在的学术个体，它还承载着中国学人群体的学术理想，洋溢着他们的学术精神。

［作者单位：中山大学中文系］

导向与开拓：《文学遗产》与古代文学研究

——以《文学遗产》十年（2004～2013）刊文为例

尚永亮　钟书林

《文学遗产》自 1954 年创刊以来，作为古代文学研究的重要刊物，始终活跃在古代文学研究的最前沿，并产生重要的影响。最近十多年来，在徐公持、陶文鹏、刘跃进三位主编领导下，《文学遗产》与学界同仁互动频繁，引导和影响着古代文学研究的前行之路。其中尤以 1998～2000 年 "世纪之交的对话：古典文学研究的回顾和展望"、2008 年 "古典文学三十年"、2011～2012 年 "新世纪十年论坛" 等反响较大，互动最强。

时逢《文学遗产》创刊 60 周年之际，仅以《文学遗产》10 年（2004～2013）刊文为例，探讨它在古代文学研究中所发挥的重要的导向和开拓作用。

一　实证研究：夯实基础

注重实证研究，是《文学遗产》创刊以来的一贯宗旨。正是这一导向，促进了 20 世纪下半叶，尤其是 20 世纪 80 年代后以及 21 世纪十余年来古代文学史料的整理和研究。这一特色，成为区别于 20 世纪上半叶的显著标志之一。2000 年，时任主编的徐公持先生为《文学遗产》编辑部的《世纪之交的对话：古典文学研究的回顾和展望》作序时，把上述特色作为 20 世纪 80 年代后古代文学研究的三个进步的标志之一。徐先生说："在 80、90 年代兴起了文学史料整理编撰的高潮。先后有《全宋诗》《全宋文》《全宋词》《全元文》《全元诗》《全明诗》《全明文》《中国近代文学大系》等项目启动，有些项目已经完成，或接近完成。"此外对于各作家别集的整理和编撰，年谱的编写，以及文学系年等方面，也颇多成绩，数量之多，质量之精，都超越前贤。十余年过去了，各类大型的"全文""全诗""全词"等项目大致完成，而《文学遗产》陆续刊发的一些补遗文章，进一步弥补和完善了这些古籍整理的缺憾。

刘跃进先生曾经以《文学遗产》刊发上古、中古文学研究文章为例说："《文学遗产》复刊以来，对于上古、中古文学的研究稿件基本采取了这样一种方针：上古文学研究从严把握，注重发表老一代学者的研究成果，力戒浮华，追求平实的学风。……中古文学研究，材料就那么多，都在明处，但是，如果仔细推敲，却又问题成堆。对这一段文学的研究，更需要有一种通识，一种深厚的学养。"（《关于上古、中古文学研究的几个问题》）所有这些，都体现了《文学遗产》自 20 世纪 80 年代复刊以来对实证研究的重视，这和 20 世纪 80～90 年代兴起至今的文学史料整理编撰高潮，形成有机的呼应关系。

纵观 10 年来《文学遗产》刊发的实证文章，如果按大方向分，可分为新出文献与文学文本、传统文献与文学文本两大类。新出文献，如简帛文书、石刻碑铭、写本文献、域外刻本文献等，连同出土遗物、图像资料等，成为近几十年尤其是最近 10 年来古代文学实证研究关注的焦点。傅璇琮先生曾提出倡议说："我们可以充分利用建国以来的考古成果，从文学研究角度来从事考古成果的分析研究，开辟一门文学考古学。"（《唐刺史考全编·序》）新出土文献如此丰富，如何利用它来做好实证研究，是摆在当代古代文学研究者面前必须思考和钻研的问题。胡可先《出土文献与唐代文学史新视野》（《文学遗产》2005 年第 1 期，以下仅标明年、期）、《中国古代文学实证研究的思考》（2012 年第 3 期）两篇鸿文中，先后做出思考和探索。

胡先生提出："实证研究的总体思路，主要致力于文学文本与新出文献、出土遗物和图像资料的综合利用。"又说："在实证研究达到一定积累的基础上可以考虑建构一门中国古代文学考古学。"这些思考和探索，可谓"导夫先路"，启人深思。

近10年来，《文学遗产》在新出土文献与实证研究上，确实刊发了不少有分量的文章。有些成果特色鲜明，具有引领潮流的趋势。1973年湖南长沙马王堆汉墓的出土、1993年湖北荆门郭店楚墓的考古发现、2001年上海博物馆藏战国楚竹书的出版等，较大程度地影响学界对先秦、秦汉文学的认识。

高华平《环渊新考——兼论郭店楚墓竹简〈性自命出〉及该墓墓主的身份》（2012年第5期），根据新近出土的郭店楚简《性自命出》等资料推断"郭店一号楚墓的墓主也极有可能就是环渊"。刘冬颖《出土文献与先秦时期的楚地儒家传〈诗〉》（2009年第2期）一文，运用郭店楚简、马王堆帛书、上博楚简《孔子诗论》、阜阳汉简《诗经》残本，以及其他一些出土文献等，探讨楚地儒家传《诗》的情形。陈桐生《从出土文献看七十子后学在先秦散文史上的地位》（2005年第6期）一文，结合《郭店楚墓竹简》《上海博物馆藏战国楚竹书》出土文献和大小戴《礼记》《孝经》《仪礼》等传统文献，得出"七十子后学散文处于上承史官记言散文、下启诸子说理散文的枢纽地位"的结论。

此外，还有一些重要的实证研究，笔者将在下文的"特色研究"中重点叙述。

陈寅恪先生曾在《陈垣〈敦煌劫余录〉序》中说："一时代之学术，必有其新材料与新问题。取用此材料，以研求问题，则为此时代之新潮流。治学之士得预于此潮流者，谓之预流。其未得预者，谓之未入流。此古今学术史之通义。"（《金明馆丛稿二编》）足见新出土文献的发现在学术史上的价值和意义。

不过，对于新出土文献的具体价值，有些也不宜于夸大，而应该审慎地、实事求是地对待它，研究它。将新出土文献用于实证研究，有时固然可以解决一些长期存有争议的问题，如《郭店楚墓竹简》对老子其人其书研究的推进，但是传统文献的实证研究也有其无法替代的自身优势。陈寅恪先生虽然肯定"一时代之学术，必有新材料与新问题"的"新潮流"研究，但纵观陈先生一生的学术研究，较少用到新出土材料，他往往只是用一些大家常见或忽略的文史材料，通过变换视角，而发掘出许多新意。这一点，至今仍为学界所钦佩和赞叹。由此可见在学术研究过程中，关键还在于对新视角、新观念的把握。在《文学遗产》的跨世纪对话中，曹道衡先生也曾指出："如果说近百年来魏晋南北朝文学的研究发生了重大变化的话，主要还是观念的更新。"步入21世纪后，伴随信息数字化时代的到来，资源共享、文献数字化功能的不断研发，学术视角的敏锐和方法的独特，显得更加重要。

加之近年来，一些没有考古发掘报告、来历不明的出土文物，引起学界的警惕和争议，在一定程度上也影响了古代文学研究者对新出土材料的重视和利用。

倘若将《文学遗产》10年来刊发的实证研究论文，划分成新出文献、传统文献，分别加以统计对比的话，可以发现：传统文献的实证研究仍为学界的主流，大致占有七八成的比例。这些研究论文，不少出自一些知名专家之手。他们通过爬梳传统文献，变换角度或更新观念，使一些富有争议的话题得到澄清，一些传统的问题焕发生机。

在《杜甫卒年新说质疑》（2005年第6期）中，霍松林先生根据杜甫《风疾舟中伏枕书怀》中的"十暑岷山葛，三霜楚户砧""春草封归恨，源花费独寻"等诗句，针对有学者认为杜甫"作此绝笔已到大历六年春日"的新说，提出质疑，并深入阐发，再次坚定杜甫"卒年为大历五年冬"旧说的可靠性。在论文结尾处，霍先生还风趣地说："我也是希望杜甫长寿的，能让诗圣活到大历六年春，该多好！可惜'春草封归恨'一联并不能作有力的根据啊！"所论虽俏皮而启人深思。周勋初《李白诗原貌之考索》（2007年第1期），从敦煌唐抄本、日本古抄本、唐人选唐诗（《河岳英灵集》等）、唐人小说等几种接近李白诗原貌的唐代材料入手，通过深入缜密的考索，对后人改窜的李白诗歌加以一定的复原。周先生强调说，"探索真相必须辗转互证"，"一字之推敲，往往要动员到好多领域的知识，故此事虽小，做好它也不易。只有勤奋而谨慎地从事，才有可能接近李诗的原始面貌"。以上两位先生的论文，堪为传统文献实证研究的经典范例，可资后学借鉴。关于李白的生卒年，历来争议颇夥，舒大刚、黄修明《李白生卒年诸说平议》（2007 年第 5 期）对"四序""四碑"的记载重作斟辨，根据大历初李白仍然在世的新史料，结合唐人《序》《碑》《墓志》等，逐一辨析，重新考订，认为李白既不卒于宝应元年（762），也不卒于广德年间，而应卒于大历元年（766），其生当在神龙元年（705）。此一看法，虽然还不能视作最终定论，但却扩大了人们观察问题的视野，其意义不容低估。

与此同时，陶敏《柳宗元〈龙城录〉真伪新考》（2005 年第 4 期），通过梳理《龙城录》作者争议中正反两方面的诸多论据，"认为《龙城录》并非柳宗元所作，但作伪者也不是王铚或刘焘；此书的编造大约是在北宋前期，即宋太祖至仁宗前期这大约六七十年中"，结论中肯，令人信服。莫砺锋《论后人对唐诗名篇的删改》（2007 年第 2 期）针对后人对唐诗名篇的删改的各种方式加以深入探究，并指出："后人对唐诗名篇的删改并不是文学史上的偶然事件，它从一个侧面体现了后人对唐诗艺术规范的批评和修正，也体现了后人对新的诗歌艺术规范的追求，它应该被纳入从事诗歌史研究的当代学者的视野之内。"王晖《柏梁台诗真伪考辨》（2006 年第 1 期），先从柏梁台诗的用韵字、诗句排序，肯定了柏梁台诗是西汉时代的作品；又从柏梁台诗诗句所附的官职、作者及诗句内容等，推断柏梁台诗就是汉武帝时代所作，绝非伪作，从而有力地推进了柏梁台诗的真伪争议研究。张廷银等《族谱所见诗文中的佚作与伪作》（2007 年第 3 期）、《古代文学史研究的非经典文献——从地方志、族谱和佚名评注说起》（2008 年第 5 期），呼吁加强族谱、地方志、佚名评注中诗文资料的系统整理与研究，丰富古代文学史的文化内涵。这些存在形态与探讨，体现了古代文学实证研究的多元化特征，为古代文学其他样式的研究和推进，奠定了坚实的基础。

二 理论研究：开拓视野

古代文学的理论探索与研究，是最近 10 余年来始终热议和关注的共同话题。《文学遗产》编辑部于 1998～2000、2008、2011～2012 年先后开辟"世纪之交的对话：古典文学研究的回顾和展望""古典文学三十年""新世纪十年论坛"，以及"《文学遗产》论坛专辑"，组织专家学者集中讨论古代文学的理论和方法问题，对此起到了积极的引导作用。2005 年 4 月 6～8日，在"21 世纪中国古代文学研究论坛"上，编辑部邀请一批古代文学专家参加会议。在会上，大家达成的共识之一就是：当代的古代文学研究，理论建构的缺失仍然是个大问题。

1. 本土理论研究的尝试和开拓

在经历了 20 世纪 80～90 年代的"失语症"之后，跨入 21 世纪，一批古代文学研究专家变得自信起来，他们积极投身于中国本土理论的探索和研究。其中反响较大的如董乃斌、徐公持先生展开的"文学史有限论、无限论"讨论；陶文鹏、韩经太与蒋寅等先生展开的古典诗歌意象、意境等理论问题的讨论。

2003 年，由武汉大学承办的"《文学遗产》论坛"上，董乃斌先生提出"文学史无限论"，并阐释说："本文所说具有无限性的文学史，包括但不止于成品形式是《某某文学史》的那种研究和著述，而是更广泛地指文学研究中的一个范畴。同时，也指文学研究的一种理路一种方法，即把一切文学现象，从人到人的活动，到这活动的种种产物，都看作是一条长河中的朵朵浪花，对其中任何一朵浪花进行研究，都必须运用历史的眼光。所谓无限，则说的是这种研究范围的广阔无垠和成品样式的极其多样、没有穷尽。"（《文学史无限论》2003 年第 6 期）针对董先生的观点，徐公持先生指出："文学史有限性的存在，也是毋庸置疑的，它存在于文学史研究和编写的所有环节之中。重视文学史的有限性，对于我们提升文学史研究和编写的水准，建立和完善文学史研究的范式，使学科得到健康发展，同样具有重要意义。文学史的无限性与有限性，构成有关文学史的可能性的完整表述，亦即这是一枚硬币的两面。"（《文学史有限论》2006 年第 6 期）为此，他分别从"文学史观念""文学史材料""文学史体式""研究者学识"四个方面，论证了"文学史有限论"的基本内涵及其表现形态。此外，董乃斌《〈艺概·诗概〉的诗歌叙事理论——刘熙载叙事观探索之一》（2012 年第 4 期），把《艺概》所表现的叙事理论放到中国文学史叙事、抒情两大传统的平台上，就其涉及的诗歌叙事理论、刘熙载的叙事观加以探究。徐公持《衰世文学未必衰——以魏晋南北朝文学为中心》（2013 年第 1

期），针对魏晋南北朝文学为"衰世文学"的成见，提出魏晋南北朝文学不"衰"的卓论。并指出："'衰世文学未必衰'这个命题，在一定意义上具有普适性，是一种'普遍原理'"，并带出"盛世文学未必盛"的话题，引发进一步探讨和思考的空间。以上均可见董、徐等先生对于中国古代文学理论多方面的探索。

围绕意象和意境的理论问题，自 20 世纪 90 年代起，陶文鹏、蒋寅、韩经太等先生陆续展开对话。从陶文鹏《意象与意境关系之我见》（《文学评论》1991 年第 5 期），到蒋寅《说意境的本质及存在方式》（1992 年《古代文学理论研究》第十六辑）；从蒋寅《语象·物象·意象·意境》（《文学评论》2002 年第 3 期），到韩经太、陶文鹏《也论中国诗学的"意象"与"意境"说——兼与蒋寅先生商榷》（《文学评论》2003 年第 2 期）；再从蒋寅《原始与会通："意境"概念的古与今——兼论王国维对"意境"的曲解》（《北京大学学报》2007 年第 3 期），到韩经太、陶文鹏《中国诗学"意境"阐释的若干问题——与蒋寅先生再讨论》（《北京大学学报》2007年第 6 期）等，对"意象""意境"的理论进行了一系列的深入探讨。诚如所言：这些"讨论将有助于对中国既有理论范畴的充分阐释，从而也有助于构建中国特色的文学理论体系"（韩经太、陶文鹏《中国诗学"意境"阐释的若干问题——与蒋寅先生再讨论》）。这些系列论文，虽然不是集中刊发于《文学遗产》上，但和《文学遗产》旨在推动古代文学理论建设的一贯宗旨是一致的。

2. 本土研究方法的理论探索和实践

最近 10 多年来，《文学遗产》多次组织召开古代文学理论及方法的讨论会，并及时刊发一些颇具代表性的成果。2004 年 7 月 31 日～8 月 2 日，《文学遗产》编辑部与其他单位联合主办"文学观念与文学史学术研讨会"，时任《文学遗产》主编的陶文鹏先生指出，只有实现文学与文献、古今、中西、文史哲、理论与创作的贯通，文学史才能担当起普及与提高的重任。之后，又主办"《文学遗产》论坛"，分由各地高校承办，就古典文学界普遍关注的若干问题进行讨论，引导学界不断思考和探索近一二年学科研究的新特点、新问题以及未来的发展趋势，并揭示近年来古典文学界已呈现的若干值得注意的问题。

在 2011～2012 年组织的"新世纪十年论坛"、《文学遗产》2013 年编委扩大会笔谈中，众多专家纷纷为今后古代文学研究出谋划策，如莫砺锋《新旧方法之我见》、詹福瑞《关于古代文学研究的学术个性问题》、李浩《谈古代文学学科的包容性特色》、陈尚君《兼融文史　打通四部》、曹旭《文学研究，请重视"特殊的"文学本位》、左东岭《文学经验与文学历史》、梅新林《学科交融与学术创新》、韩经太《古典文学艺术：价值追问与艺术讲求》、马自力《古代文学研究中理性史观和语境史观的平衡与对话》、王长华《"了解之同情"与历史意识建立》等，体现了古代文学研究界最新的理论思考和方法探索。其中，詹福瑞先生以王国维对文学的认识为例，"主张文学亦应远离'利禄之途'"，"强调研究者学术个性的自觉"，"应该在学术观念和研究路数、方法等方面，自觉追求其独特性"，"以开放的心态吸纳古今中外各种研究方法，积极探索适合自己的研究路数和方法，力争为古代文学研究创造提供新的研究路数，建立新的范式"。这些建议，无疑是给古典文学研究者尤其是青年学者的很好忠告和启发。

在"新世纪十年论坛"中，王兆鹏先生提出了"建设中国文学数字化地图平台的构想"。纵观 10 年来，在古代文学研究方法的探索中，王兆鹏先生的探索最具代表性。从其《宋词的口头传播方式初探——以歌妓唱词为中心》（2004 年第 6 期）、《中国古代文学传播方式研究的思考》（2006 年第 2 期）、《宋代的"互联网"——从题壁诗词看宋代题壁传播的特点》（2010 年第 1 期），到《寻找经典——唐诗百首名篇的定量分析》（与孙凯云合作，2008 年第 2 期），再到《建设中国文学数字化地图平台的构想》（2012 年第 2 期），反映了他在学术方法上不断进取的发展历程。

近几年来，与古代文学理论方法探索相同步的戏曲领域的理论方法研究，也取得可喜的成绩。2000 年，在回首 20 世纪戏曲研究历程时，黄仕忠先生不禁感慨说："相对于古代诗歌、散文、小说来讲，古代戏曲研究确实经历了大喜大悲、大起大落，而不得不在萧条冷落中与本世纪告别。从《文学遗产》反映的信息看，'文革'后 80 年代初期复刊，那时的古代戏曲研究显现了很强的劲头。《文学遗产》及增刊 6 年中就发表了 60 余篇稿件；……老中青三代学者，人才济济，盛况空前；而 90 年代后却日渐冷清。"近年来，这一现象有所好转。在戏曲理论方法探索上，也涌现了一批高质量的文章。谭帆《稗戏相异论——古典小说戏曲"叙事性"与"通俗性"辨析》（2006 年第 4 期）从"叙事文学"和"通俗文学"的观念出发，揭示小说戏曲在"叙事性"和"通俗性"上各自的独特性，并对小说戏曲的研究格局提出了新的设想。与古代文学其他文体发展相同步，古代戏曲的传播接受正日益引起戏曲研究者的关注。李昌集、张筱梅《戏曲的图像传播：一个值得关注的课题》（2007 年第 2 期），从戏曲中文学与图画的结合、"图文同版"等角度，解读戏曲绣像传播的诸多话题，促进了戏曲传播研究的深入。

3. 本土与外来理论方法结合的探索和实践

相较于 20 世纪 80～90 年代，古代文学研究者驾驭西方理论的能力更加成熟。目前，大家似乎达成这样一个共识："古代文学研究的理论建构，不仅要关注中西方的既有理论，更需探索从古代文学创作中提炼出理论内涵，与传统的和西方的文学理论加以融会整合，这样做才是有创意的。古代文学研究的理论建构，在于把思想的结晶融化到具体的文学研究之中，取得四海水，烹我一壶茶。"（李昌集《"21 世纪中国古代文学研究论坛"举行》，2005 年第 3 期）

在当代的古代文学研究界，融通中西方理论方法最好的首推叶嘉莹先生。叶先生从青少年时期起就饱受传统文化熏陶，后来长期在海外工作，又深受 20 世纪西方各种理论思潮的影响。她对于中国古典诗词及理论的研究，往往中西合璧，顺手拈来，无论是对诗词的敏锐捕捉，还是理论的深度阐释，都有不同寻常的独到体会。《文学遗产》刊发的《从李清照到沈祖棻——谈女性词作之美感特质的演进》（2004 年第 5 期）、《论词之美感特质的形成及反思与世变之关系》（2008 年第 4 期）两篇文章，均颇具代表性。后文系作者根据在澳门大学中华词学国际学术研讨会上的主题演讲稿整理而成。其中谈及西方理论对她的影响时，叶先生说："我受到西方文学理论的影响，但我不是死板的搬过来，只是他们给了我一个启发，我就往某一方面去思考。"同时，她还明确表示："我不会用西方的理论来套我们的诗词。"在该文中，她运用中西方理论，讲述词与世变的关系。她说："西方文学理论中有一种叫做'相关情境批评'（contactual criticism）。所谓 contact，就是文本里面相互关涉的前后联系。我们现在推广来说，就是一个作品中，凡是一切相关涉的情景，都是 contact，其实也就是我们中国所说的'历史背景'。只不过中国所说的'历史背景'是比较具体的历史事件，而西方所说的'相关情境'之含义则更为广泛。"随后，她以冯延巳、韦庄的填词背景，朱彝尊对南宋词好处的发掘等为例，具体阐发词与世变的关系。

回顾 20 世纪的古代文学研究，还有海外学者利用语言学方法研究古代文学的先例。比如梅祖麟、高友工，均用语言学的方法研究杜甫诗。继高友工之后，香港中文大学冯胜利《汉语诗歌研究中的新工具与新方法》（2013 年第 2 期），则把语言学对于古代诗歌的研究方法分为三类：韵律学、语体学、汉语类型的演变。同时指出"这三个方面的理论工具为我们观察汉语诗歌从古到今的变化，提供了一些角度"，他还提出"语言分析法""验证法""交合生成法"等"学术的现代化"的方法，并把它们与传统的"体味法""印象启示法"等加以比较。冯先生认为："文学作品的研究可以从鉴赏的角度揭其美，也可以从思想的角度掘其深，还可以从语言的角度发现其所以如此的特殊机制。"他提议从语言的角度研究文学作品。面对国内外古代文学研究的变化形势，葛晓音先生撰文呼吁说："我们应当以平等的态度看待国内学术和海外汉学的长处和短处，在借鉴西方科学的学术理念和研究方法时，不要失去我们的自信和骨气。"（《学术自信和价值判断》2013 年第 6 期）以上这些角度，无疑进一步推进了古代文学理论方法的深入探讨，值得关注。

总之，回顾古代文学百余年来由传统向现代转型的过程，探寻古代文学的理论及其研究方法成为学界的一大焦点。从 20 世纪上半叶的王国维、陈寅恪、钱锺书等大师，到建国后的老一辈学者，以及新时期成长起来的一批中青年学者，都先后在此领域投入了大量的精力，也因此形成自具特色和体系的研究。诸如袁行霈、罗宗强、王水照先生等颇具特色的研究成果，我们将在下文的"特色研究"中予以重点探讨。

4. 关于古代文学研究中出现问题的思考

近年来，一些学者非常关心古代文学的学科发展，并对学科的发展前景进行把脉，指陈出一些值得警惕和反思的问题。孙逊《期待突破：新时期古代小说研究的问题与思考》（2008 年第 4 期）开门见山地直陈初衷："讲问题，不讲成绩，以期引起同行对于问题的关注。"孙先生分别从四个方面论列了新时期30年古代小说研究存在的问题，并概括为四个"不少"和"不多"：重复劳动不少，原创成果不多；"八卦"研究不少，实证研究不多；已有资料汇编不少，新材料发现不多；文学以外的研究不少，文学本体的研究不多。这些思考，发人深省。陈大康《关于古典文学研究中一些现象的思考》（2004年第1期）强调近年来古典文学研究领域出现的若干值得思考的现象：论文数量激增、研究集中于名家名著、年轻研究者群体的"流星雨"现象、一味求"新"而产生的理论偏颇等。陈先生一文，涉及古代文学研究界近年来触目惊心的学术研究功利化现象。2000年，徐公持先生为《文学遗产》编辑部《世纪之交的对话：古典文学研究的回顾与展望》作序时，用了大量事例专门论述古代文学研究界的浮躁功利现象，并且指出："以上情况，表明学科队伍鱼龙混杂，而部分人员心态颇为浮躁。尤其是少数青年学者染此恶习，学科前景实颇堪忧。"可叹的是，十余年来，这些风气非但没有好转，反有愈演愈烈之势。2008年，黄天骥《解放思想　继续开拓——兼谈"边缘化"问题》（第4期）再次呼吁研究者正视古典文学的"边缘化"，摒弃功利主义的负面影响。这些呼吁和反思，确实值得古代文学研究界同仁认真对待和思考。

三　特色研究：开拓新局

1. 古代文学的信息数字化研究

步入21世纪后，发展最快的是信息科技，古代文学作为传统学科如何跟上时代的步伐，也有本学科的思考和探索。2005年，《文学遗产》第1期刊发李铎、王毅《关于古代文献信息化工程与古典文学研究之间互动关系的对话》，王毅先生以访谈人身份，对北京大学中文系李铎博士进行采访，李铎较为详细地介绍了他主持开发的《全宋诗电子分析系统》及其相关情况。2005年第5期，又有《北京大学数据分析研究中心数字化成果概述》专题报道，继《全唐诗》电子检索系统之后，北京大学中文系开始了《全宋诗》的数字化工作，尝试使用计算机对文献进行智能化的研究和整理，由"检索系统"拓展到"分析系统"，开始了古代文学领域的大规模数字文献整理与研究。随后，北京大学以中文系为主干，正式成立了"北京大学数据分析研究中心"。同期，郑永晓《古籍数字化与古典文学研究的未来》指出，"在古籍数字化的基础上将古代文学研究提升到一个更高境界，是广大文学研究者和 IT 业者共同面对的挑战"，并详细论证了计算机人工智能与古代文学研究的契合点、计算机智能化前景及其对古典文学研究的影响、关于计算机的思维方式与古籍整理等问题，启发人们深思。

在古籍数字化后，如何进一步处理好人、机的和谐关系，台湾元智大学中文系罗凤珠《引信息的"术"入文学的"心"——谈情感计算和语义研究在文史领域的应用》（2009 年第 1 期）一文，也谈到了自己的思考："计算机不能解决所有的问题，在可预见的未来，应该也不可能在人文领域的研究与教学里完全取代人脑，但是随着信息科技的进步，计算机处理数据的速度与能力都超乎人的想象。"

在古代文学与计算机数字化技术的实践结合上，王兆鹏先生发表《建设中国文学数字化地图平台的构想》（2012 年第 2 期），他说，"我们联合相关数字人文领域的专家组成团队，利用地理信息系统（GIS），将我国浩瀚的、静态的、分散的纸质文学史料，进行大规模的数字化集成、发布和地图展示，建立多功能的中国文学数字化地图资源共享平台"，"将文学纸质史料集成化、数字化、图表化、可视化，具有资料查询、数据统计、地图生成等功能"，从而"改变文学史研究的视角、维度和书写模式"。2012年，王兆鹏先生以此构想为题，成功申报国家重大攻关项目，目前工作正在紧张有序地开展。总之，信息科技发展远超乎我们的想象，古代文学的相关研究如何跟上它的步伐，还需要学界同仁的进一步努力。

2. 古代文学的域外文献与文学研究

在日新月异的时代新条件下，古代文学作为中国的传统学科，如何凸显国际视野，如何跨文化交流和研究，这些思考，既是 2000 年《文学遗产》编辑部《世纪之交的对话：古典文学研究的回顾与展望》探讨的热点，也是 10 年来《文学遗产》关注的焦点。伴随当下倡导的"走出去"计划，恐怕更是今后不可忽视的重心。综括 10 年来《文学遗产》在这一领域的成果，大致可分为四个方面：

一是古代文学研究国际化的理论探索和思考。刘扬忠《也谈古典文学研究"与国际接轨"》（2005 年第 1 期）、廖可斌《古代文学研究的国际化》

（2011年第6期）、程章灿《作为学术文献资源的欧美汉学研究》（2012年第2期）等鸿文，都体现了学界的当下思考和探索。

二是域外文献整理与研究。汪燕岗《〈西汉通俗演义〉与韩国汉文小说〈帷幄龟鉴〉》（2006年第4期）将万历四十年金陵人甄伟的《西汉通俗演义》与韩国汉城大学图书馆藏汉文小说《帷幄龟鉴》残抄本加以比较研究；顾鸣塘《〈唐话辞书类集〉中的稀见小说史料》（2007年第1期）从日本人学习汉语的辞书丛书入手，发掘古代小说史料；陈岗龙《〈娜仁格日勒的故事〉和〈琵琶记〉比较研究》（2008年第5期）从俄罗斯科学院东方学研究所等国内外收藏的各种《娜仁格日勒的故事》手抄本入手，从事古代蒙古文小说《娜仁格日勒的故事》与元代戏曲《琵琶记》的跨语言比较；金程宇《高丽大学所藏〈精刊补注东坡和陶诗话〉及其价值》（2008年第5期），发掘出一批陶渊明诗话、苏轼和陶诗版本的新资料等，均是从域外获得的珍贵文献与文学研究结出的硕果。

与此同时，也有些学者利用本土珍藏资料并运用域外文化或跨文化视角而结撰硕果的。如刘勇强《明清小说中的涉外描写与异国想象》（2006年第4期）以明清小说的异国（最为突出的有朝鲜、日本、安南、暹罗）想象为论题，为明清小说研究及异域文学探讨开辟一个新视角。宋莉华《第一部传教士中文小说的流传与影响——米怜〈张远两友相论〉论略》（2005年第2期），梳理近代传教士的以中文撰写的小说，使湮没的一大文学现象浮出水面，丰富了近代小说研究的内容和空间。林彬晖、孙逊《西人所编汉语教材与中国古代小说——以英人禧在明〈中文学习指南〉为例》（2007年第4期），从西方人学习汉语所使用的教科书研究入手，探讨中西文学相互渗透和交融的双向关系。宋丽娟《〈亚东杂志〉翻译的中国古典小说》（2008年第5期）、《近代英文期刊与中国古典小说的早期翻译》（与孙逊合著，2011年第4期）、《西人所编中国古典小说书目及其学术史意义》（2013年第2期），探讨在近代中西文化双向交流中中国小说文体观念的现代化进程。

此外，受1996年《俄藏黑水城文献》刊布的影响，西夏文字、文化和文学也日益受到学术界关注，张廷杰《宋夏文化交流与西夏的文学创作》（2005年第4期）一文提出"宋夏文学"的课题，值得学界关注。

三是域外汉学家访谈。2005 年，高黛英对法国国家科学研究中心研究员戴廷杰（Pierre – Henri Durand）教授进行访谈，撰成《法国汉学家戴廷杰访谈录》（第 4 期），其中涉及戴廷杰的学术成长经历，以及《戴名世年谱》（中华书局，2004）研究等内容，引起关注。稍后，《文学遗产》主编陶文鹏、陈才智先生对当代著名汉学家、德国波恩大学教授顾彬也进行了访谈，顾彬先生谈及对中国古典诗歌艺术研究的诸多心得体会，特别是对杜牧、苏轼的喜爱，并讲述了自己喜好中国古典诗歌艺术的成长经历，以及今后的学术打算（《"我喜欢中国古典意象诗歌"——德国汉学家顾彬访谈录》，2007 年第 2 期）。同年，还有刘倩对法国国家科学研究中心中国文化研究所陈庆浩研究员的访谈《汉文化整体研究——陈庆浩访谈录》（2007 年第 3 期）。陈庆浩先生多年前就开始呼吁联合多国学者着手世界范围内的汉籍及域外汉文文学书籍调查。此次访谈中，他进而呼吁将域外的汉文文学作品，纳入文学史的书写视野，并提出编纂一部汉文文学史的构想。以上不同形式的访谈，对开拓古代文学研究者的学术视野，是十分有益的。

四是域外汉学家成果的刊发。针对"中国戏曲源头"的国际争议热点，《文学遗产》刊发了从美国夏威夷大学戏剧学专业毕业、执教于新西兰惠灵顿维多利亚大学的孙玫博士的《"中国戏曲源于印度梵剧说"再探讨》（2006 年第 2 期）一文，文章驳斥"中国戏曲源于印度梵剧说"，但也肯定了古代印度文化对我国戏曲形成的重要影响。2012 年，美国普林斯顿大学东亚研究系中国古典文学教授柯马丁（Martin Kern）（刘倩译、杨治宜校）《说〈诗〉：〈孔子诗论〉之文理与义理》（第 3 期）、日本汉学家礒部祐子《日本所藏内府钞本〈如是观〉四种剧本之研究》（第 4 期）等论文的刊发，都浓化了此一领域的学术氛围，也展示了《文学遗产》欲与国际汉学界密切合作和交流的趋势。

3. 古代文学的多学科研究

近 10 年来，打通文史哲的界限，而后又回归到文学之中。在经历了一些曲折之后，这已逐渐成为学界的自觉与共识。但是，在打通文史哲而后回归于文学的研究过程中，容易走入文学为其他学科"打工"的误区。

2005 年 4 月 6 ~ 8 日，《文学遗产》编辑部主持召开"21 世纪中国古代文学研究论坛"。在这次会议上，文学研究回归"文学"，是讨论最多的话题。"一些学者认为：文学研究中'文学'的迷失已成一个大问题。很多古代文学的研究，实际上成了文化学、哲学、历史学的附庸，文学作品成了解释某种文化或历史的资料，文学研究在为别的学科打工。我们需要多学科的贯通研究，但最后的归宿是文学。"（李昌集《"21世纪中国古代文学研究论坛"举行》，2005年第3期）

早在20世纪70～80年代，袁行霈先生就提出"横通"与"纵通"多学科交叉研究的方法。他是打通文史哲而后回归于文学做得最好的当代学者之一。2008年，袁先生在《文学遗产》编辑部"古典文学研究三十年"笔谈中指出，"抛弃那种先入为主的简单化绝对化的'评判式'的定性研究方法，回归到文学本位，将文学作为文学来研究"，"将研究的重点放在作品本身，树立以作品为中心的研究格局。作家研究、时代背景研究等等，都处于辅助的地位"，"重视作家、作品的艺术研究"（《走上宽广通达之路——新时期古代文学研究的趋向》，2008年第1期）。因此，近10年来，如何打通文史哲的界限，如何回归文学，在具体实践中，由于个人学识、兴趣、精力等诸多复杂因素的影响，古代文学呈现出各具特色的繁盛的多元化研究局面。

继林庚先生提出"盛唐之音"之后，袁行霈、丁放合作的"盛唐诗坛"系列文章，备受学界关注：《李林甫与盛唐诗坛》（2004年第5期）、《唐玄宗与盛唐诗坛——以其崇尚道家与道教为中心》（《中国社会科学》2005年第4期）、《姚崇、宋璟与盛唐诗坛》（2007年第3期）、《杨氏兄妹与盛唐诗坛》（《文学评论》2007年第3期）、《宫廷中的诗人与盛唐诗坛——盛唐诗人身份经历与创作关系研究之一》（2009年第1期）、《盛唐地方官吏中的诗人》（2010年第5期）等，其成果都主要刊发于《文学遗产》。袁、丁两位的上述研究，开拓了唐代政治与文学深层关联的新局面，格局宏大。

在体制与文学研究上，徐公持、陈铁民先生等系列文章也颇有影响。徐公持《"义尚光大"与"类多依采"——汉代礼乐制度下的文学精神和性格》（2010年第1期）、《"礼乐争辉"与"辞藻竞骛"——关于秦汉文学发展的制度性考察》（2011年第1期）、《论秦汉制式文章的发展及其文学史意义》（2012年第1期）等文，对秦汉的制度文化与文学关系的考察别具胜解；陈铁民《制举——唐代文官摆脱守选的一条重要途径》（2012年第6

期）、王勋成《从选举制审视唐人的及第登科入仕》（2010年第3期）等文，在岑仲勉先生等人的基础上对唐代选举制度与文学的关系进行深入探讨，亦多新意。以上这些论文，有力地拓展了体制与文学研究的深度和广度。

近年来，社会经济生活与文学的关系也日益受到学界关注。2006年11月25～26日，《文学遗产》编辑部与上海财经大学人文学院中文系联合召开了"文学遗产与古代经济生活"全国学术研讨会。会上围绕"经济生活对文学多元化、复杂化的影响""经济因素在文学传播、接受中的作用""经济生活对文学创作内容、结构、风格的影响"等问题进行了切磋探讨。这次会议的召开，也同时传递出一个信号，即"文学遗产与古代经济生活"作为新的学术增长点开始受到关注。2007年，《文学遗产》开辟"作品、产品与商品"专栏，刊发王水照《作品、产品与商品——古代文学作品商品化的一点考察》（第3期）等文章。王先生从东汉蔡邕、唐代李邕、韩愈等作家的"润笔""惭德"之举入手，探讨古代文学作品商品化的渐进历程。之后，石昌渝《从〈精忠录〉到〈大宋中兴通俗演义〉——小说商品生产之一例》（2012年第1期）从小说商品生产角度，探讨通俗小说的演变形成，并呼吁："小说的商品生产，是小说史上值得研究的问题。"王、石两先生所论，角度新颖，涉猎面广，令人耳目一新，足见这是一个可有作为的领域。可惜近年来《文学遗产》刊发的此类文章并不是很多，可见要做好这一领域的研究，难度还是比较大的。

地理区域与文学研究也是近年成果丰硕的领域之一。曹道衡、刘跃进先生等相关系列论文颇具影响。曹道衡先生是当代北朝文学研究的拓荒者，其生前撰写的最后一篇学术论文《东汉文化中心的东移及东晋南北朝南北学术文艺的差别》（2006年第5期），从东汉以降文化中心转移的高度，打破了刘师培以来的讨论南北朝文学"大抵着重在地理环境"的惯例，代表着这一领域研究所达至的高度。刘跃进《江南的开发及其文学的发轫》（2007年第3期）运用自然地理学与历史地理学的理论，分析秦汉文学的空间分布及其特点形成的历史原因；又《秦汉时期的"三楚"文学》（2008年第5期）从界定"三楚"地域概念，详细考察了三楚地区的作家作品，为研究秦汉区域文学创作及文人集团的形成提供了一个空间视角。

伴随古典文学研究中传播学视角的介入，近年来，古代交通与文学、馆驿题诗、题壁文学等开始受到学界的关注。吴淑玲《唐代驿传与唐诗发展之关系》（2008 年第 6 期）论述了唐代驿传及制度促进了唐人之间的信息交流，为诗歌发展与传播提供了保障。王兆鹏《宋代的"互联网"——从题壁诗词看宋代题壁传播的特点》（2010 年第 1 期）认为："宋人题壁，类似于今人上网发帖，具有开放性、自由性、即时性、无偿性四大特点和发现人才、反映诉求、广告促销三大效应。"王子今《中国古代的驿壁文学》（2012 年第 6 期）指出，"驿壁，可以看作回顾文学史的特殊视屏"，驿壁题诗，成为古代文人"文学对话的媒体"。上述学者从古代特殊的文学传播方式入手，打通交通史、文化史、文学史，运用文学史料丰富而广泛，新人耳目。

与出土文献不同的，近代文物典藏与文学的关系也较为学界关注。陈正宏《新发现的陈三立早年诗稿及黄遵宪手书批语》（2007 年第 2 期），披露新发现的陈三立早年诗稿《诗录》，收诗 375 首，大多为未刊布的佚诗，并有黄遵宪手书批语，具有重要的文史价值。马奔腾《日本学者致王国维书信》（2007 年第 1 期），发现原藏于国家图书馆的日本学者藤田丰八、内藤湖南、铃木虎雄、狩野直喜、桥川时雄、松浦嘉三郎、八木幸太郎与王国维交往的书信，可补中华书局 1984 年版《王国维全集·书信》之不足。2006 年，秦惠民、施议对在《唐圭璋论词书札》（第 3 期）一文中，公开了一些他们与唐先生的交往书信，再现一代词学泰斗的生活和理论研究。潘建国《新见清龚自珍己亥佚札考释》（2009 年第 2 期）披露在北京古籍文献拍卖市场上发见的龚自珍己亥佚札一通三页；又《孔尚任艺术鉴藏与文学创作之关系考论——以新见孔氏题陈洪绶〈饮酒读书图〉跋文为缘起》（2011 年第 6 期）以上海博物馆藏明陈洪绶《饮酒读书图》所存孔尚任题跋为主，探讨孔尚任艺术鉴藏与文学创作的深层关系。以上成果，代表了近年来古代文学研究领域的又一走向。

四　继往开来：学科建设、人才梯队研究

1. 凸显古代文学学科建设的研究

10 年来《文学遗产》刊发的系列论文，既较为集中地展现了当代学者

的研究特色，也凸显了古代文学的学科特色，犹如古代文学研究界的学术标杆，引领着学术发展的潮流和方向。

如上文所述，近年来，随着新出土文献研究的不断深入，建构一门中国古代文学考古学的呼声越来越高。与此同时，文体学成为古代文学研究的热点之一，且颇多建树。吴承学、沙红兵《中国古代文体学学科论纲》（2005 年第 1 期）提出"文体学"作为学科的建议。祝尚书《略论文章学研究的资源开发》（2007 年第 2 期）、《论宋代理学家的"新文统"》（2006 年第 4 期）、《论宋元文章学的"认题"与"立意"》（2009 年第 1 期）、《论中国文章学正式成立的时限：南宋孝宗朝》（2012 年第 1 期）等系列文章，使"文章学"备受关注。此外，苗怀明《戏曲文献学刍议》（2006 年第 4 期）提出"戏曲文献学学科"的概念，罗书华《"散文"概念源流论：从词体、语体到文体》（2012 年第 6 期）对"散文"概念的梳理以及"散文学"的提出等，均大致反映了近年来文体学研究由文体到学科发展的趋势。

"文学思想史"研究，是罗宗强先生于中国文学批评史、文学理论史之外独倡的一个新领域。他在为张毅《宋代文学思想史》作序时，提出要将"文学思想史"建设成为一门学科的设想。在其完成《隋唐五代文学思想史》《魏晋南北朝文学思想史》之后，罗先生近 10 年来几乎把全部精力投身于"明代文学思想史"的断代研究。其《明代文学思想个案研究的整体观照》（2011 年第 3 期）、《明代文学思想发展中的几个理论问题》（2012 年第 5 期），均体现出他在此一领域的独到见解。

在中国古代文学学科建设的基础性工作上，卢盛江先生呼吁加强"文学专书的整理与研究"，并认为这"是古代文学学科基础建设的一个重要组成部分"。他说："文学专书的整理与研究是研究一部文学典籍，首先通过整理、考辨和研究，确立其史料价值。其次，经典的文学专书，往往反映一个时代的文学创作，有的则是一个时代文学理论的结晶。"（《文学专书的整理与研究》2007 年第 2 期）从他的《文镜秘府论汇校汇考（中华书局，2006）》、《〈文笔式〉——初唐一部重要的声病说著作》（2012 年第 4 期）等论著和相关研究，可见其躬身实践和取得的成就。

与此同时，古代文学学科发展及个案研究的百年历程，也始终是《文学遗产》10年来刊文的重点之一。正如孙逊先生所说："当进入二十一世纪的时候，学术研究界掀起了一种世纪回眸的热潮。"在21世纪的头几年，依旧余响激荡。黄霖先生主编的《20世纪中国古代文学研究史》丛书，获得普遍关注，在"笔谈"中，孙逊、郭豫适、章培恒、王运熙先生等，均予以好评（2006年第4期）。吴承学《清代文章研究的历史与现状（2006年第1期）、陈伯海《从古代文论到中国文论——21世纪古文论研究的断想》（2006年第1期）、余恕诚《论20世纪李杜研究及其差异》（2006年第2期），均以笔谈或专题论文形式，回顾总结学科的历史发展。《文学遗产》还专辟"学术研究综述"栏目，发表苗怀明《20世纪中国古代戏曲辑佚的回顾与反思》（2004年第6期），宁俊红《20世纪骈文研究若干问题述评》（2007年第4期），巩本栋、沈章明《20世纪以来苏洵研究综述》（2007年第5期），刘怀荣《20世纪以来赋、比、兴研究述评》（2008年第3期），张涌泉、窦怀永《敦煌小说整理研究百年：回顾与思考》（2010年第1期），刘德杰《蔡邕研究百年回顾与展望》（2011年第4期）等论文，从多个层面和角度对学科的发展进行总结，后顾前瞻，继往开来。

2. 古代文学教育、人才梯队建设的思考和探索

近年来，古代文学的教育问题已经引起重视。郭英德《中国古代文学史研究中的文学教育研究》（2006年第2期）指出："文学教育"是"20世纪以来的中国古代文学史研究中经常为人们所忽视甚至遗忘的领域。"他倡议把文学教育研究引入中国文学史研究中，以弥补文学史研究的缺漏环节，拓展文学史研究的学术空间。与此相应，吴相洲《注意古代文学知识的转化》（2012年第3期）呼吁古代文学应当重视中小学教育系统和公众传播系统的知识转化，建议"古代文学研究者积极参与到各层次的教材和普及读物的编写当中，通过各种手段向'全国中小学教材审定委员会'之类的机构施加影响"，并"进一步改进古代文学知识的宣讲方式"，"出现一批宣讲家"。回顾20世纪上半叶，大师、名家云集，联袂打造国文教材，影响至今。从这层意义上看，适当地影响或参与当前中小学教育系统中古代文学作品及教材的编撰，是很有必要的。因为这确实是影响到今后古代文学人才队伍建设的大问题。

2000年，徐公持先生曾从大处着眼，强调指出：古典文学"百年学科中的一个重要问题是关于人才"。他从 20 世纪前半与后半的古典文学研究者的两相比较出发，探索思考"世纪前半的学科，为何拥有众多优秀人才甚至还有若干'天才'？而到后半世纪便情势顿改，似乎大家都'才尽'了呢？"徐先生反思：造成这一现象的重要原因，在于教育的导向和人才的分流。自 20 世纪 50 年代、80 年代，尤其是到世纪之交，"以高考报专业为标志的人才流向，对传统人文学科非常不利，天才学生基本上都奔理工科高科技专业而去，剩下文科有限的优秀生源，也大都以实用性强的经济、法律、外语等专业为目标。大学文史哲诸系科难以得到优秀考生青睐，生源质量自受到很大影响。而该系科已有的毕业生，又面临求职窘境，改行谋职成为相当普遍现象。要之古典文学学科在社会上，在青年学生中，早已失去'热门'地位，而受着某种冷落，导致学科人才素质难以确保"。其实十多年后的今天，徐先生所说的上述情形，并没有好转，反而有愈演愈烈之势。因此，从这个角度来看，古代文学研究后备力量的培养，实任重而道远，有赖学界同仁的共同努力。

以上所论，仅为我们的一些肤浅体会，难免不周。又因囿于体例，本文仅以 10 年来《文学遗产》刊文及相关研究为主要对象，致使不少专家学者的学术成果和特色研究，未能在文中得到体现。这是应该特予说明的。

在结束本文之际，我们真诚地希望：《文学遗产》这一全国唯一的古代文学刊物在其 60 甲子之际，跃马扬鞭，再创辉煌；也衷心祝愿中国古代文学的研究风雨无阻，层楼更上。

［作者单位：武汉大学文学院］

盘点行迹

张宏生

　　2014 年，在中国出版界享有盛誉的《文学遗产》迎来了 60 华诞。60 年虽然不算太长，但这正是中国社会剧烈变化的时期，《文学遗产》从一个特定的角度，见证了学术风会的变迁，她的历史，也可以说是一部浓缩了的当代中国古代文学研究发展史。在这一过程中，从事中国古代文学研究的人，也许都可以从中找到自己的身影。这次应邀撰写这篇文章，我查了一下中国期刊网，发现 20 多年间，我总共在《文学遗产》上发表了 9 篇文章。这个数字，虽然不太多，却也不太少，我从来没有在任何其他一家期刊上发表过这么多论文，这当然展示了《文学遗产》在我心目中的分量，其中体现的一道轨迹，弥足珍贵。

　　我第一次在《文学遗产》上发表论文是 1988 年，内容是对杜甫咏物诗的探讨。文章是在先师程千帆先生指导下撰写并联名发表的，是作为博士生的我随程先生学习的重要成果之一。每个学者都有自己的入门之处，我主要研究中国诗学，程先生以杜诗带我入门，正体现了他的一贯思想，即严沧浪所云："入门须正，立志须高。"在读博的前两年，除了必要的课程外，我基本上都在研治杜诗，并围绕着这个中心，广泛涉猎了相关文献，写了四五篇文章。不过，我虽然对杜诗下了不少功夫，硕士论文和博士论文却都做的是宋代文学。因此，后来相当长的一段时间里，宋代文学研究一直是我的重要方向。20世纪90年代，我在《文学遗产》上发表的文章主要是研究宋代文学的，比如对南宋江湖诗派、北宋元祐诗风和宋代的文赋的探讨，就体现了我在这个领域思考的部分成果。我开始参加《全清词》编纂是在20世纪80年代中叶，至20世纪90年代，就试着开始从事相关研究，而跨入21世纪后，由于主持了《全清词》的编纂，研究的方向更为集中。我发表在《文学遗产》上的文章，以研究清词者为最多，分别探讨了朱彝尊的咏物词、王士禛的扬州词事、马洪的历史命运以及明清之际词学体现的统序观等。这些，多半都是我在编纂《全清词》的过程中，通过对资料的辨析，得出的一些看法。

通过这样的盘点，我自己都觉得有些惊奇。本来，我并不是一个高产的学者，2000年之后，又由于主持《全清词》的编纂，涉及资料普查、文献采访、词集编目、标点校勘、小传撰写等，各项工作，非常琐碎，个人的写作就更少了。不过，值得提出的是，发表在《文学遗产》上的这些论文，其中的若干篇，特别是研究清词的几篇，其产生过程大都与《文学遗产》编辑部的工作方式有关。《文学遗产》注重学术性，经常联合各学术单位，召开学术会议，这样，不仅对古代文学研究的现状和趋势了如指掌，对某些学术风会因势利导，而且实际上是编辑工作的提前介入，因而能够使得编者和作者构成一个良性的互动体。而在这一过程中，又以严格的、越来越正规化和专业化的外审程序，作为制度的保障。这些，都在学术界有着良好的口碑。由于要保持对学术界动向的了解，我往往会挤时间参加一些学术会议，因而也就在一定程度上将清词的文献整理与研究结合起来，不仅重新思考老问题，也尝试发现新问题。我的某些想法，及时得到了编辑部的关注，刊布在《文学遗产》后，在学界产生了积极的回响。回顾个人的学术发展过程，我还有另外一些感触。学术研究，本来是非常个人化的东西，兴趣是最大的推动力。通过阅读资料而发现问题，选择研究领域，也应该是自然而然的过程。但是，学术体制化趋势的加强，让这些有了一定的变化。学科方向的刻意趋冷，研究项目的预设结论，课题设计的追求规模等，不少人都或主动或被动地按照这个模式在操作。我常在想，如果当年也是这样，我的一些文章是否能够撰写出来，恐怕还要打个问号。

回想和《文学遗产》的关系，还有一件事，是我非常珍视的。1996年7月，我正在香港做访问研究期间，周勋初师从南京打来电话，说我获得了首届《文学遗产》优秀论文奖，这是该奖项第一次评奖，共评出优秀论文奖2人，提名奖3人。本来我应该亲自前往北京领奖，但当时情况特殊，香港尚未回归，如果离港再返港，就要重新办理手续，而重新办理手续，内地要经省港澳事务办公室报至国家港澳事务办公室，香港方面则要从英国走一个回转，至少需要两个月的时间，事实上无法操作。因此，我就写了一点感言，委托蒋寅在颁奖大会上代为宣读。获得这个奖项，我感到非常荣幸，也非常意外。说荣幸，因为这个奖项是一个专业奖项。在此之前，我也大大小小地得过一些奖励，但由业内人士做出的评审，意义自然又非同一般。说意外，是因为在此之前我完全不知道有这个评奖，可见整件事情的操作是多么专业。一直到现在，《文学遗产》优秀论文奖的评选口碑都很好，能够获得专业研究者的认同，这实在是从一开始就建立了良好的传统。我后来看到徐公持先生在颁奖会上的致辞，他说："首届评奖工作始于今年三月末，其过程简述如下：首先由编辑部在本刊1995年全年发表的论文中，提出候选论文共10篇，交付全体编委征求意见。编委们在审阅有关材料之后，又提出另外7篇论文，连同编辑部所提10篇论文，形成总共17篇正式的候选论文名单。此是第一步。第二步，由本刊7位编委，组成首届评选委员会，对17篇候选论文进行投票评选。……经过两轮投票，最后评选出5篇得奖论文，包括优秀论文奖2篇，优秀论文提名奖3篇。评奖工作总共历时三个月，至六月底结束。"现在的学术界，各类评奖越来越多，对于一般的评审过程，我有一些了解，甚至我本人也做过一些奖项的评委。在程序上，能够做到这个样子的，似乎不多。我的那篇获奖论文，是在阅读了大量宋诗文献的基础上，希望对宋代的诗歌创作群体构成特色作一些思考。这篇文章，后来也经常有学者提及，尤其是几次听到陶文鹏先生介绍那次评奖的情况，对拙作的"中观"思路，颇有揄扬。陶先生热情健谈，记忆力又好，他的谬奖，我不敢当，但他的回忆，也总让我对那一段日子多了些温馨的念想。

翻看《文学遗产》目录，回想这二三十年间的学术历程，每一篇文章撰写时和发表的情形都历历在目，非常清晰，这些行迹，是一份非常宝贵的人生记录。因此，在《文学遗产》60 华诞的时候，我把这些感念化作一瓣心香，祝她越办越好，对推进中国古代文学的研究，起到更为重要的作用。

[作者单位：南京大学中文系]

感念与祝福

——写在《文学遗产》创刊六十周年之际

李　玫

从几个月前收到《文学遗产》编辑部的约稿函起，我内心一直惶惑。我以为，在《文学遗产》创刊 60 周年这一喜庆的时刻，写纪念文章，应该是为她做出过贡献或者是自己有非凡之处的人，可是我二者皆非。况且，《文学遗产》在我心中，有着非同寻常的地位。因此，我迟迟没有动笔。不过，在将近半年的时间里，我常常想着这件事，不能放下。渐渐地，我感到可以写，也应该写，原因还是由于《文学遗产》在我心里所特有的地位。

我于 1991 年进入中国社会科学院研究生院文学系，跟邓绍基先生攻读博士学位。1994 年毕业后进入文学研究所古代室工作，到今天，20 多年的时光过去了。我想，《文学遗产》给予我学术上的惠泽，即使只是我个人的感念和收获，也不应该只属于我一个人。

实际上，追溯我对《文学遗产》的最早记忆，是在 20 世纪 70～80 年代末我上大学时。我是 77 级大学生，1978 年初进入湖北大学中文系。上大学期间，国家刚实行改革开放政策，百废待兴，各类出版物远没有现在丰富。我经常去图书馆翻看那些纸已经发黄的文学类旧报纸杂志。20 世纪 50～60 年代出版的《光明日报》的专刊《文学遗产》，是我印象很深的一种。就是这些旧报纸杂志，让我渐渐体会到了古代文学研究的魅力。记得那时只要有新的文学类书籍和杂志出版，同学们都互相转告，争相传阅。在大学学习的最初两年，我对古代文学、现当代文学或者外国文学没有什么偏向，几乎不管哪类文学书刊出版，我都去买，也并没有感觉买得太多，可见当时出版的书刊数量和现在无法相比。到大学三、四年级时，我的兴趣逐渐集中到了古代文学尤其是元明清文学上面。因此，在 1980 年 6 月《文学遗产》复刊、以杂志的形式出版之后，我便更加经常地读《文学遗产》，通过《文学遗产》我可以更集中地读到古典文学研究的文章了。那时，对我来说，《文学遗产》是展现古代文学研究的神髓和魅力的引领者，遥远而神圣，我对她怀有敬仰的心情。

后来，接近了《文学遗产》，向《文学遗产》投稿、在上面发表文章，有时承蒙编辑部垂青，帮忙看稿，从《文学遗产》那里，我得到了更为丰富的收获，有了更加具体而深切的感受。细细体会，和当初做学生时有了不小的变化。概括起来，简而言之，应该说，是良师，似益友。下面从两个方面将我的这种感受具体化。

其一，那是 1994 年夏天，我博士毕业，刚到文学所工作。在正式到文学所上班之前，我便将一篇关于明末清初苏州剧作家剧作中"义仆"形象的文章投给《文学遗产》编辑部。当时的副主编吕薇芬先生和编辑李伊白先生负责审读古代戏曲的稿件，她们都对这篇文章提出了具体的修改意见。我还记得在《文学遗产》编辑部门外的走廊上，吕薇芬先生把文稿交给我让我修改时的情境。那时的文稿，是手抄在大张稿纸上的，从吕先生手里接过稿子后我立刻站在那里翻看，文稿中有一两处吕先生直接改过的字迹，我当时觉得改后比原先的说法恰切了许多。为了这篇稿子，李伊白先生在我还在研究生院、没到所里正式上班时就给我打过电话，后来又和我谈了一次话。具体谈的什么意见我已经记得不是很清楚，大致是关于文章某处论述顺序的调整以及某种材料的斟酌补充。不过，谈话时的情景我记得很清楚。因为那时我刚到文学所工作不久，那天坐在《文学遗产》编辑部并不宽敞的办公室里，我有些拘谨，手里一直抱着我的包。记得李伊白先生笑着说："把包搁那儿吧，你老抱着它干嘛？"马上，气氛轻松了不少。接下来的改稿，大概花了一两个月的时间。交稿的时候，仍觉得没有改得十分满意，因为我体会到了《文学遗产》的严格标准。这是我和《文学遗产》的第一次直接接触，谨严、一丝不苟，亲切、如沐春风……这些感受都留在了我心里。从那以后，每次给《文学遗产》投稿，我心里便有了一个理所当然的步骤：听取意见，然后沉下心来认真修改稿子。

后来给《文学遗产》投稿，我很享受听取编辑部提出的或者是编辑反馈给我的意见、然后静下心来思考问题、修改文稿这一过程。例如，2010年发表的那篇关于明清戏曲中"小戏"和"大戏"的概念的稿子，改稿的时间应是在半年以上。当然，并不是在半年多的时间里只做修改这篇文稿一件事。我常常是把稿子先放起来，在读书、查阅有关材料时，再对相关材料进行比对和思考，这个过程中时有新的发现或者新的理解，有时还发现了稿子里的错误。每到此刻，我就从心里感谢《文学遗产》给了我修改稿子、减少失误的机会。事实是，等稿子放一段时间后再去看，就有了距离，自己一定程度地变成了"旁观者"，站在这样的角度再去思考，更容易切实地解决好问题。那时，是由竺青先生负责古代戏曲的稿件。记得在那段时间里，有一两次在文学所走廊上遇到竺青，他曾催问过我稿子的事，但我还是按我心里的"程序"，耐心地放置和修改，其根本原因是《文学遗产》在我心里立起了一个标杆，让我认定，要有足够的"沉淀"时间，稿子才能改得有成效，才能符合《文学遗产》的要求。2012年底，我在《文学遗产》上发表的那篇关于宋代"小杂剧"和明清"小戏"的演出格局的文章，修改的时间更是用了差不多一年。那篇文章里的许多具体问题，我都与其时负责古代戏曲稿件的石雷女士进行过交谈和讨论，因此，那篇稿子往返于我与《文学遗产》编辑部之间不止一个回合。那篇文稿最终发表出来的定稿，和最初交给编辑部时的样子，从论述结构到对某些论点的阐释以及篇幅和题目，差别都很大。归结起来，向《文学遗产》投稿到发表的过程，是个从学术探讨、学术交流，到思考纠错、不断完善的过程，我数次享受了这一过程，受益于这一过程，因而，我感谢《文学遗产》。这是我的第一点感受。

其二，《文学遗产》对探索性的论题一向予以鼓励和支持，这一点我体会很深刻。我以为，这对学术界探索精神的弘扬，创新探求的推进，意义重大而深远，故而在此很想谈一谈。我从 2001 年起，参加了社会科学院的重大课题"中国民间文学史"，承担"民间小戏史"这部分的内容。这个研究项目的参加者，以文学研究所民间文学研究室的研究人员为主，加上民族文学研究所的学者，文学所古代室参加的人最初有我和当时已经退休的张锡厚先生。项目开始后大约两三年，张锡厚先生因病去世。于是古代室只有我参加并完成了这一项目。对于中国古代民间戏曲历史的研究，过去的学术积累相对薄弱，对我来说，则是个全新的课题，需要从头起步。在几年的时间里，从进入陌生的材料，对材料进行爬梳剔抉，到心有所得，再到写出文章，很慢，其间需要足够的耐心，更加需要的是信心。

记得那是 2003 年底，当时我正在读与短剧《罗和做梦》有关的材料，听说中国艺术研究院戏曲研究所图书馆在搬进新址后，将傅惜华先生的藏书清理开放，这对我来说是个好消息。前此艺术研究院戏曲所图书馆一直在东四八条。20 世纪 80 年代末至 90 年代初，我在中国艺术研究院研究生部读硕士学位时，常去八条戏曲所图书馆看书。因为场地限制，傅惜华先生的藏书一直未向读者开放。傅先生的藏书中，康熙年间抄本、明末清初的传奇作品《两生天》是孤本，因为其中穿插有"罗和做梦"的故事情节，我很想读到它。所以 2004 年春节刚过，我便去中国艺术研究院图书馆看了这部书，之后写了《清代时剧〈罗和做梦〉正源》一文。2004 年 3 月 1 日，我把文章投给了《文学遗产》。记得那天我把纸质的文稿交给李伊白先生时，告诉她我看到了傅先生藏抄本《两生天》，写了这篇文章，她很高兴地接过了稿子。之后李伊白先生给我打过一两次电话，说了些技术上的问题。这篇文章修改的时间不长，改动不大，在《文学遗产》2005 年第 1 期上发表。这是我做"民间小戏史"这一研究课题期间发表的关于"民间小戏"的第一篇学术论文，这激励了我接下来的研究兴趣，坚定了我完成这一项目的信心。

在民间文学研究的"话语体系"里，民间戏曲是用"小戏"或者"民间小戏"这些词来表述的。所以，进入这个项目的第一步，就是要厘清"小戏"这个概念的含义，并且需要理清楚"小戏"和"民间戏曲"概念的关系，这中间涉及的材料杂芜，而且，无论古人还是今人，谈论这一话题时其角度和对象均有诸多差异，可谓众说纷纭。但无论如何，这是我必须首先解决的问题。我只能尽我所能，摘其旨、撮其要，归结讨论主要问题。2009 年，我将对这个问题的思考整理成《明清戏曲中"小戏"和"大戏"概念刍议》一文，交给了《文学遗产》，发表在 2010 年第 6 期。这篇文章的修改，吸取了编辑部反馈给我的意见。连文章的标题，也是听取了竺青先生的意见改定的。

在对"小戏"概念含义的探究过程中，追本溯源，追溯到了宋代的"小杂剧"。关于宋代的"小杂剧"究竟是怎样的表演样式，前辈学者的研究结论差别很大，这一点以前较少有人注意。我将前人的三种不同的研究结论作了梳理分析后，限于材料，仍难以确定"小杂剧"具体的表演形式，但可以知道其演出的粗略情形和主要风格。研究戏曲历史，记述往迹只是第一步，穷其流变才是目标，虽然据现有的材料看，明清小戏和宋代"小杂剧"并没有直接的承袭关系，但如果从明清小戏的艺术特质的历史渊源这一角度考虑，二者的相近之处很明显。后来，我从明清两代民间演戏和宫廷演戏的格局这一角度，将对这一问题的思考整理成一篇长文，交给了《文学遗产》。在听取了编辑部反馈给我的意见、并与编辑石雷女士的几番讨论和修改后，这篇文章发表在 2012 年《文学遗产》第 6 期上。直到刊出在即，石雷还在电话里和我商量文章题目的改动，最后题目定为《明清小戏的演出格局探源——兼及宋代"小杂剧"研究》。我心里知道，这些文章中可以继续探讨的问题一定存在，不能说是定论，正是这些，让我感受到《文学遗产》对学术探索的支持，对学术创新追求的包容。

我曾经读过 1954 年 3 月 1 日《文学遗产》第一次出刊的《发刊词》，其中有一段话我印象很深："运用科学的观点和方法，也就是辩证唯物主义的观点和方法，对我们的文学遗产作出正确的评价，这是我们努力的目标。……并不要求每一篇文章都成为最后的结论。我们希望有些重要的问题，能够在这个刊物上展开活泼的自由辩论。"我想，这种立足于丰富和深化古代文学研究的宗旨，严谨求实而又开放包容的胸怀，从创刊之初一直延续到今天，是《文学遗产》成为古代文学研究重量级刊物的关键所在。

一个花甲，对一个刊物来说不能算短，对一代又一代学人来说，更是很长的时间。在《文学遗产》迈过花甲之年这一值得庆贺的时刻，我衷心祝愿《文学遗产》不断发展，繁荣辉煌，让更多的学人在这个平台上得到历练和滋养，为学林增色添彩。

[作者单位：中国社会科学院文学研究所]

《文学遗产》：基于学术史视角的回顾与前瞻

梅新林

　　《文学遗产》自 1954 年创刊以来，迄今已经走过了 60 年的不平凡历程，在引领前沿方向、发表重要成果、培养人才队伍以及推动高校学科建设方面作出了重要贡献，业已成为代表中国古典文学研究最高水平、在国际汉学界享有学术盛誉的权威刊物。2009 年，笔者因承担中国社会科学院《中国哲学社会科学学科发展报告》中《当代中国古代文学研究（1949～2009）》①的撰写任务，遂有机缘持续关注并查阅了大量刊载于《文学遗产》的学术论文及相关信息，在对《文学遗产》60 年的风雨兼程进行历史回溯的同时，也深为学界前辈和同仁的学术坚守所感动。概而言之，《文学遗产》可以"文革"为界分为前后两期，前期从 1954 年 3 月 1 日正式创刊开始至 1963 年 6 月 9 日停刊，为《光明日报》"学术副刊"时期；后期自 1980 年 6 月《文学遗产》复刊至今为独立出版的"学术杂志"时期。学术刊物的生命即在于学术讨论与争鸣，尤其在于能否以重要论题引领学术前沿方向。从学术史的角度来看，《文学遗产》于此至为重要的建树——在前

---

　　① 梅新林、曾礼军、慈波等：《当代中国古代文学研究（1949～2009）》，中国社会科学出版社，2013。

期主要是连续发起了系列学术讨论和争鸣，而在后期则是以独立或联合的形式举办了系列学术研讨会。彼此前后相继，得失相间，需要加以认真梳理和总结，并借此为未来前行方向提供有益借鉴和启示。

一

1954 年 3 月 1 日《文学遗产》正式创刊之初，为《光明日报》以周刊形式所创办的一个学术副刊①。《文学遗产》第 1 期《发刊词》中明确提出："运用科学的观点与方法，也就是辩证唯物主义的观点与方法，对我们的文学遗产作出正确的评价，这是我们努力的目标。""容许发表各种不同的意见，并不要求每一篇文章都成为最后的结论。我们希望有些重要的问题，能够在这个刊物上展开活泼的自由论辩。"后来刊物的导向与实绩可以证明已基本臻于这一学术目标。尤其是《文学遗产》连续发起了一系列学术讨论和争鸣，以此引领古代文学研究的前沿方向，在古代文学研究史上产生了重要影响。鉴于相关学术讨论和争鸣涉及的内容相当广泛，下面拟就三个主要问题作一简要论述。

（一）重要问题的讨论和争鸣

（1）"双百"方针的讨论。1956 年 4 月 28 日，毛泽东在中央政治局扩大会议上提出了"百花齐放、百家争鸣"，即艺术问题上"百花齐放"，学术问题上"百家争鸣"。5 月 2 日，毛泽东又在最高国务会议上正式宣布将"百花齐放、百家争鸣"作为党发展科学、繁荣文学艺术的指导方针。"双百"方针的提出，立即在知识界引起强烈反响，也得到了古代文学研究界的快速响应。

---

① 1954 年 3 月 1 日《文学遗产》创刊之初，由中国作家协会古典文学部主办。1956 年 9 月，中国作家协会古典文学部撤销，《文学遗产》改由北京大学文学研究所主办。后北京大学文学研究所划归中国科学院哲学社会科学部，《文学遗产》自此隶属于中国科学院哲学社会科学部文学研究所，但仍以《光明日报》副刊的形式出版。同时还编有《文学遗产增刊》《文学遗产选刊》。1963 年 6 月 9 日，《文学遗产》副刊出至第 463 期停刊。次年 6 月 7 日从第 464 期开始复刊，改由《光明日报》主办。至 1963 年 6 月 9 日被迫停刊。1980 年《文学遗产》复刊而成为独立出版的学术杂志后，《光明日报》曾应读者强烈要求一度恢复《文学遗产》副刊，双周出版，1981 年出刊，1984 年停刊。

7月，《文学遗产》邀请二十几位古典文学研究专家就如何贯彻"双百"方针发表看法，相关内容分为三组《笔谈"百家争鸣"》连续刊于《文学遗产》。其中代表性的观点主要见于：余冠英《不要束缚批评》，钟敬文《三点愿望》，罗根泽《开展实事求是的研究和批评》，谭丕模《我的两点意见》，范宁《可以开展一次关于研究方法的讨论》①，王瑶《对在古典文学研究领域贯彻"百家争鸣"方针的意见》，舒芜《赞古典文学的百花齐放，让研究工作者百家争鸣》，隋树森《百家争鸣与古典文学研究》②，刘大杰《一点体会》，程千帆、王季思《我们对于百家争鸣的意见》，詹安泰《对"百家争鸣"的一些感想》③。这些"笔谈"文章对过去的古典文学研究的经验教训进行了总结，特别是对古典文学研究的缺点进行了深刻的反思，并提出了一些独到的建议：一是古代文学研究应该具有实事求是的科学态度；二是古代文学研究应该反对教条主义倾向；三是古代文学研究的范围过于狭窄，研究的广度和深度都可以进一步扩大；四是古代文学研究应该注意方法的多样化。

（2）现实主义问题的讨论。发生在 1956～1959 年间，延续至 1961 年。现实主义作为马克思主义文艺理论的重要范畴，是引自苏联的文艺理论观念，实质上是指社会主义现实主义。1956 年 7 月，《学习译丛》杂志译介了苏联雅·艾尔斯布克的论文《现实主义还是所谓反现实主义》，该文对苏联流行的"现实主义与反现实主义"说法进行了批评，引起了刘大杰的共鸣，于是他先后发表了《中国古典文学与现实主义问题》④《中国古典文学史中现实主义的形成问题》⑤《文学的主流及其他》⑥《关于现实主义问题》⑦ 等文，提出了三方面的主要观点：一是认为现实性和现实意义并不等于现实主义，现实文学并不等于现实主义文学；二是批评了运用"现实主义与反现实主义"这个公式来概括中国 3000 年的文学史；三是确认了中国古典现实主义成熟于杜甫、白居易时代。由此引发了广泛的讨论和争鸣，其中刊载于《文学

---

① 以上见第一组《笔谈"百家争鸣"》，《光明日报》1956 年 7 月 8 日。
② 以上见第二组《笔谈"百家争鸣"》，《光明日报》1956 年 7 月 15 日。
③ 以上见第三组《笔谈"百家争鸣"》，《光明日报》1956 年 7 月 29 日。
④ 刘大杰：《中国古典文学与现实主义问题》，《文艺报》1956 年第 16 期。
⑤ 刘大杰：《中国古典文学史中现实主义的形成问题》，《文艺报》1956 年第 24 期。
⑥ 刘大杰：《文学的主流及其他》，《光明日报》1959 年 4 月 19 日。
⑦ 刘大杰：《关于现实主义问题》，《光明日报》1959 年 6 月 3 日。

遗产》的重要论文有：廖仲安《也谈中国文学史上的现实主义问题——并与刘大杰先生商榷》[①]，陈翰文《现实主义的产生和发展》[②]，盛钟健等《也谈现实主义的产生和发展》[③]，赵鸿雁《关于现实主义的两点商榷》[④]，仲弘《怎样看待古代文学的现实主义》[⑤]，潘辰《关于古代文学的现实主义》[⑥]等。以上论争作为对刘大杰观点的回应，多持批评性的意见。1959～1961年间，由于毛泽东提出革命的现实主义和革命的浪漫主义相结合的创作方法，《文学遗产》又展开了新一轮的讨论，所憾命题阐释多于学理研究[⑦]。

（3）鲁迅与古典文学研究的讨论。始于 1956 年，持续至 20 世纪 60 年代前期。1956 年，在鲁迅逝世 20 周年前后，学界从学术研究的态度、目的、内容和方法等几方面对鲁迅的古典文学研究成就进行了全方位的总结与评价，并由此引发了对鲁迅与古典文学研究的讨论。1956 年 10 月 19 日，鲁迅逝世20 周年纪念大会在北京举行，《光明日报》发表了《学习鲁迅，研究鲁迅》的社论，指出："鲁迅对于研究古代作家和作品，用过工夫，做出了榜样。"这样，以纪念鲁迅逝世 20 周年为契机，在"资产阶级学术旧权威"胡适被打倒之后，鲁迅凭着文学家、思想家、革命家的崇高声誉以及古典文学研究的突出成就，理所当然地被推定为无产阶级学术新权威而成为新中国古代文学研究的一面旗帜。自 1956 年起陆续刊载于《文学遗产》的相关重要论文有：褚斌杰《鲁迅先生对我国古典文学研究的态度和方法》[⑧]，刘绶松《鲁

---

① 廖仲安：《也谈中国文学史上的现实主义问题——并与刘大杰先生商榷》，《光明日报》1959 年 7 月 5 日。

② 陈翰文：《现实主义的产生和发展》，《光明日报》1959 年 11 月 15 日。

③ 盛钟健等：《也谈现实主义的产生和发展》，《光明日报》1960 年 2 月 21 日。

④ 赵鸿雁：《关于现实主义的两点商榷》，《光明日报》1960 年 3 月 27 日。

⑤ 仲弘：《怎样看待古代文学的现实主义》，《光明日报》1960 年 5 月 8 日。

⑥ 潘辰：《关于古代文学的现实主义》，《光明日报》1960 年 8 月 14 日。

⑦ 参见向真《对古典文学中现实主义和积极浪漫主义相结合等问题的探索》（《光明日报》1960 年 8 月 21 日），张碧波《关于古典文学中的现实主义与浪漫主义相结合的初步理解》（《光明日报》1960 年 12 月 12 日），金德门《论我国文学史上现实主义和浪漫主义相结合的创作方法》（《光明日报》1960 年 12 月 25 日），余一《关于中国古典文学中现实主义和积极浪漫主义两结合问题的讨论》（《光明日报》1961 年 1 月 15 日），张炯《也论我国文学史上现实主义与浪漫主义相结合》（《光明日报》1961 年 3 月 5 日），向明《古典文学中现实主义与积极浪漫主义问题的探讨》（《光明日报》1961 年 3 月 26 日），冯其庸《论中国古典文学中现实主义与浪漫主义的结合》（《光明日报》1961 年 6 月 25 日），等等。

⑧ 褚斌杰：《鲁迅先生对我国古典文学研究的态度和方法》，《光明日报》1956 年 4 月 22 日。

迅——祖国文学遗产的继承者和捍卫者》①，舒芜《古鼎的金光和古剑的血迹——鲁迅论中国古典文学的战斗性传统》②，郭预衡《鲁迅论文学遗产的批判与继承》③ 等。这些文章旨在突出鲁迅作为新中国古典文学研究的权威性，同时也力图通过总结鲁迅古典文学研究的杰出成就而从中寻求借鉴和启示。

（4）文学遗产问题的讨论。大致可以划分为三个阶段：一是 1958 年"厚今薄古"方针的提出④；二是 1960 年 7 月中国文学艺术工作者第三次代表大会关于文学遗产继承理论的重提⑤；三是 1962～1964 年关于文学遗产继承的具体问题的讨论。其中第三次讨论最为重要，先是胡念贻在《新建设》发表《谈谈我国古代文学遗产的批判继承问题》⑥ 一文，就我国古代文学遗产的批判继承问题提出自己的看法，然后张润之、昌岚相继在《文学遗产》发表《正确看待优秀文学遗产中的民主性精华》⑦《古典文学研究的方向和任务不容模糊——评胡念贻〈谈谈我国古代文学遗产的批判继承问题〉》⑧ 等文予以批评，彼此的争论围绕三大问题展开：一是对"民主性的精华"与"封建性的糟粕"的理解与区分；二是关于文学遗产"对待人民的态度"以及"在历史上有无进步意义"的判断；三是关于批判地继承和"兼收并蓄"问题的讨论。

（5）"中间作品"问题的讨论。开始于 1959 年 4 月，延续至 1960 年末，主要以《文学遗产》为讨论阵地。1959 年 4 月 5 日，路坎在《文学遗

---

① 刘绶松：《鲁迅——祖国文学遗产的继承者和捍卫者》，《光明日报》1956 年 10 月 14 日。
② 舒芜：《古鼎的金光和古剑的血迹——鲁迅论中国古典文学的战斗性传统》，《光明日报》1956 年 10 月 28 日。
③ 郭预衡：《鲁迅论文学遗产的批判与继承》，《光明日报》1961 年 9 月 24 日、10 月 8 日。
④ 参见《编者的话——从编辑角度谈"厚今薄古"》，《光明日报》1958 年 4 月 20 日；《编者的话——谈我们今后的方向及需要怎样的一些文章》，《光明日报》1958 年 7 月 6 日；《明确方向，向前迈进——关于厚今薄古座谈会的综合报导》，《光明日报》1958 年 7 月 6 日。
⑤ 中国文学艺术工作者第三次代表大会所提出的关于文学遗产继承问题的理论基本上是对毛泽东 1940 年《新民主主义论》、1942 年《在延安文艺座谈会上的讲话》中关于继承和借鉴优秀文学遗产论断的概括和重提。但是这种概括和重提却有着重要的现实意义，对 1958 年"厚今薄古"的"左"倾偏向的纠正有着积极的作用，有助于正确地对待文学遗产的继承问题。
⑥ 胡念贻：《谈谈我国古代文学遗产的批判继承问题》，《新建设》1962 年第 7 期。
⑦ 张润之：《正确看待优秀文学遗产中的民主性精华》，《光明日报》1964 年 6 月 21 日。
⑧ 昌岚：《古典文学研究的方向和任务不容模糊——评胡念贻〈谈谈我国古代文学遗产的批判继承问题〉》，《光明日报》1964 年 9 月 13 日。

产》发表文章《有没有选"春眠不觉晓"这首诗？》，批评《新编唐诗三百
首》一书没有选入此诗。此文发表后，引发了许多商榷性的观点，《文学遗
产》编辑部作了综合报道①。以此为发端，直至 1960 年底，在学术界逐步
展开了一场关于"中间作品"问题的讨论。其中发表于《文学遗产》的重
要论文有：戴世俊《有没有"中间作品"？》②，蔡仪《所谓"中间作品"的
问题》③，王健秋《"中间作品"与阶级》④，胡锡涛《略谈"中间作品"及
其他》⑤，祁润朝《"中间作品"存在吗？》⑥，江九《谈划分出"中间作品"
的不合理》⑦，庆钟、禾木《谈"中间作品"的几个问题》⑧，北京师范大学
中文系古典文学教研组《试论所谓"中间作品"的阶级性》⑨，黄衍伯《关
于"中间作品"问题》⑩ 等。本次讨论的核心内容即是"中间作品"到底
存不存在，大致形成了肯定、否定与折中的三种意见。

（6）山水诗问题的讨论。开始于 1960 年，至 1961 年达到高峰。《文学
评论》《文学遗产》都曾展开专题讨论。其中发表于《文学遗产》的重要论
文有：文效东《论山水诗的阶级性》⑪，潘仁山《谢灵运的山水诗是现实主
义的作品吗？》，⑫ 曹济平《关于山水诗有无阶级性的问题的讨论》⑬。山水
诗问题的讨论主要集中在三个方面：山水诗的阶级性问题，山水诗的产生
和发展问题，山水诗的评价问题。其中山水诗的阶级性问题是讨论的焦点
问题。

（7）文学史问题的讨论。从 20 世纪 50 年代中期批判胡适文学史观开

---

① 参见《关于孟浩然及其〈春晓〉诗的争论》，《光明日报》1959 年 6 月 28 日；《关于"中
间作品"问题——来稿综述》，《光明日报》1960 年 6 月 19 日。
② 戴世俊：《有没有"中间作品"？》，《光明日报》1959 年 12 月 27 日。
③ 蔡仪：《所谓"中间作品"的问题》，《光明日报》1960 年 1 月 24 日。
④ 王健秋：《"中间作品"与阶级》，《光明日报》1960 年 1 月 17 日。
⑤ 胡锡涛：《略谈"中间作品"及其他》，《光明日报》1960 年 2 月 28 日。
⑥ 祁润朝：《"中间作品"存在吗？》，《光明日报》1960 年 4 月 3 日。
⑦ 江九：《谈划分出"中间作品"的不合理》，《光明日报》1960 年 4 月 10 日。
⑧ 庆钟、禾木：《谈"中间作品"的几个问题》，《光明日报》1960 年 5 月 15 日。
⑨ 北京师范大学中文系古典文学教研组：《试论所谓"中间作品"的阶级性》，《光明日报》
1960 年 7 月 24 日。
⑩ 黄衍伯：《关于"中间作品"问题》，《光明日报》1960 年 11 月 13 日。
⑪ 文效东：《论山水诗的阶级性》，《光明日报》1960 年 6 月 12 日。
⑫ 潘仁山：《谢灵运的山水诗是现实主义的作品吗？》，《光明日报》1960 年 3 月 6 日。
⑬ 曹济平：《关于山水诗有无阶级性的问题的讨论》，《光明日报》1960 年 12 月 4 日。

始，文学史研究一直是《文学遗产》所持续关注的一个热点问题。总的来说是在学术讨论与学术批判之间左右开弓，又左右徘徊。就前者而言，其中一个重要论题是关于文学史主流问题的讨论，乔象钟《民间文学是我国文学史的主流吗?》①、刘大杰《文学的主流及其他》②、江笑波《谈我国文学史的主流》③ 等文集中讨论了这一问题。徐鹏《上海复旦等校讨论文学史主流等问题》④ 一文还对上海高校有关文学史主流问题的讨论作了概述，《文学遗产》编辑部则对众多来稿中关于中国文学史主流问题的讨论作了综合报导⑤。此外，文学史问题的讨论还广泛涉及文学史的规律探寻、价值评判以及编写原则和体例等问题。其中何其芳连载于《文学遗产》的《文学史讨论中的几个问题》⑥ 一文，重点讨论了中国文学史的规律、现实主义与反现实主义的斗争、中国文学的主流以及评价过去的作家和作品的标准四个问题，旨在摆脱和矫正当时的学术批判氛围而回归文学史研究本身，无论是对于文学史内在规律的探索还是对于重要作家作品的评价，都达到了作者所处时代的最高学术水准。

（二）重要作家的讨论和争鸣

（1）李白的讨论。始于1954年，持续至20世纪60年代。1954年10月17日，林庚在《文学遗产》发表《诗人李白》一文⑦，依次从"站在时代的顶峰上""李白诗歌的现实主义""李白的浪漫主义精神中的人民的骄傲""李白的布衣感""李白的出身与民主思想"五个方面论述了李白的时代、思想、性格及艺术成就，其中有关李诗为大唐太平盛世之音，代表了人民普遍愿望的观点，以及李白的布衣精神的实质，在学术界引起了广泛的讨论。此后，《文学遗产》陆续刊出的重要论文有：胡国瑞《评〈诗人李

① 乔象钟：《民间文学是我国文学史的主流吗?》，《光明日报》1959年4月5日。
② 刘大杰：《文学的主流及其他》，《光明日报》1959年4月19日。
③ 江笑波：《谈我国文学史的主流》，《光明日报》1959年4月26日。
④ 徐鹏：《上海复旦等校讨论文学史主流等问题》，《光明日报》1959年4月12日。
⑤ 《关于中国文学史主流问题——来稿综合报导》，《光明日报》1959年7月5日。
⑥ 何其芳：《文学史讨论中的几个问题》，《光明日报》1959年7月26日、8月2日、8月9日。
⑦ 后林庚著为《诗人李白》，于1956年由古典文学出版社出版。

白〉》《李白诗歌的现实意义》《李白诗歌的人民性》《李白诗歌的浪漫主义精神及艺术特点》①，裴斐《什么是李白诗歌的主要精神》《谈李白的诗歌》《谈李白诗歌讨论中的一些分歧意见》②，华先宏《读〈诗人李白〉后的感想》③，杨超《与林庚先生商讨关于李白和他的时代问题》④，吴素《评林庚先生在〈诗人李白〉一文中所反映的非历史观点》⑤，范宁《李白诗歌的现实性及其创作特征》⑥，时萌《谈研究李白的几个问题》《如何理解李白诗篇中的"盛唐气象"》⑦，以及陈贻焮整理的《关于李白的讨论——北京大学中文系古典文学教研室会议记录》⑧。此外，本次有关李白的讨论，还广泛涉及今传李白词真伪的问题，《蜀道难》寓意及写作年代问题，以及李白的籍贯、经济来源、艺术形象问题等。其中前两个问题⑨，虽然至今仍无定论，但当时的讨论，却使人们对这两个问题的研究，达到了相当深入的程度⑩。

（2）李煜词的讨论。始于 1955 年，至 1957 年末结束。1955 年 8 月 28 日《文学遗产》发表了陈培治《对詹安泰关于李煜的〈虞美人〉看法的意见》与詹安泰《答陈培治同志》争鸣文章，讨论的焦点是李煜词有没有爱

---

① 胡国瑞《评〈诗人李白〉》、《李白诗歌的现实意义》、《李白诗歌的人民性》、《李白诗歌的浪漫主义精神及艺术特点》，依次载于《光明日报》1955 年 3 月 6 日、5 月 1 日，《文学遗产增刊》第二辑（作家出版社，1956），《文学遗产增刊》第四辑（作家出版社，1957）。

② 裴斐：《什么是李白诗歌的主要精神》，《光明日报》1955 年 7 月 24 日；《谈李白的诗歌》，《光明日报》1955 年 11 月 13 日、11 月 20 日；《谈李白诗歌讨论中的一些分歧意见》，《光明日报》1956 年 11 月 11 日。

③ 华先宏：《读〈诗人李白〉后的感想》，《光明日报》1955 年 4 月 3 日。

④ 杨超：《与林庚先生商讨关于李白和他的时代问题》，《光明日报》1955 年 7 月 17 日。

⑤ 吴素：《评林庚先生在〈诗人李白〉一文中所反映的非历史观点》，《文学遗产增刊》第二辑，作家出版社，1956。

⑥ 范宁：《李白诗歌的现实性及其创作特征》，《光明日报》1955 年 9 月 18 日。

⑦ 时萌：《谈研究李白的几个问题》《如何理解李白诗篇中的"盛唐气象"》，《光明日报》1956 年 6 月 17 日、1957 年 3 月 17 日。

⑧ 陈贻焮整理《关于李白的讨论——北京大学中文系古典文学教研室会议记录》，《光明日报》1954 年 10 月 24 日。

⑨ 关于今传李白词真伪问题的讨论，参见俞平伯《李白清平调三章的解释》（《光明日报》1957 年 2 月 24 日）、《再谈清平调答任罗两先生》（《光明日报》1957 年 6 月 2 日），任二北、罗蔗园《与俞平伯先生商榷李白的清平调问题》（《光明日报》1957 年 5 月 5 日）。关于《蜀道难》寓意及写作年代问题的讨论，参见王运熙《谈李白的〈蜀道难〉》（《光明日报》1957 年 2 月 17 日），樊兴《〈蜀道难〉的寓意及写作年代辨》（《文学遗产增刊》第六辑，作家出版社，1958）。

⑩ 参见詹福瑞《20 世纪李白研究述略》，《河北大学学报》1999 年第 2 期。

国主义思想和人民性。此后自 1955 年末至 1957 年末，先后有近 30 篇文章展开了对李煜词的讨论，这些讨论文章先后发表在《文学遗产》专栏上，后结集为《李煜词讨论集》于 1957 年由作家出版社出版。

（3）陶渊明的讨论。始于 1958 年，持续到 1960 年。1958 年 12 月 21 日《文学遗产》发表了通讯报导《关于陶渊明评价问题的讨论》和北京师范大学中文系二年级二班第一组学生讨论的《陶渊明基本上是反现实主义的诗人》，由此引发了关于陶渊明的讨论，焦点问题是对陶渊明是现实主义诗人还是反现实主义诗人的评价，以及与此相关的辞官归隐等问题的评价。《文学遗产》编辑部共收到有关陶渊明讨论的文章 251 篇，后来部分文章结集为《陶渊明讨论集》，于 1961 年由中华书局出版。

（4）李清照的讨论。始于 1959 年，持续到 1962 年。1959 年 4 月 12 日《文学遗产》发表棣华《不要抬高也不要贬低李清照》一文，对北京大学《中国文学史》中关于李清照的评价提出了尖锐的批评，由此引发有关李清照的争论，其中发表于《文学遗产》的重要论文还有：黄伟宗《论李清照——与棣华同志商榷》[1]，王季思《漫谈李清照的词》[2]，郭预衡《李清照短论》[3]。讨论的焦点是李清照是否具有爱国主义思想，大致分为肯定与否定两种意见。

（三）重要作品的讨论和争鸣

（1）《红楼梦》的讨论。《文学遗产》自 1954 年 3 月 1 日第 1 期刊载俞平伯《曹雪芹的卒年》一文开始，连续发表了大量有关《红楼梦》的论文。其中属于讨论和争鸣的可以分为前后两波，第一波作为 1954 年"批红"运动的延续，集中于对俞平伯红学研究的批评以及俞平伯本人的自我批评，但整体学术含量不高。第二波发生在 1960～1963 年之间，是"批红"运动之后的另一次学术讨论，尽管依然带有学术批判的余味。1960 年 9 月 18 日，昌岚在《文学遗产》上发表《彻底批判〈红楼梦〉研究中的"人性论"观点——对蒋和森〈红楼梦论稿〉的意见》，由此引发了持续三年的

---

① 黄伟宗：《论李清照——与棣华同志商榷》，《光明日报》1959 年 5 月 3 日。
② 王季思：《漫谈李清照的词》，《光明日报》1959 年 8 月 30 日。
③ 郭预衡：《李清照短论》，《光明日报》1959 年 6 月 28 日。

《红楼梦》的讨论。其中发表于《文学遗产》的重要论文还有：雪羲《评〈红楼梦论稿〉中的错误观点》①、蒋和森《批评应该实事求是——答对〈红楼梦论稿〉的意见》②，周汝昌《曹雪芹家世生平丛话》、《再商曹雪芹卒年问题》③，吴恩裕《曹雪芹的卒年问题》、《曹雪芹卒于壬午说质疑》《考证曹雪芹卒年我见》④，陈毓罴《有关曹雪芹卒年问题的商榷》《曹雪芹卒年问题再商榷——答周汝昌、吴恩裕两先生》⑤，邓允建《再谈曹雪芹的卒年问题》⑥，吴世昌《脂砚斋是谁》、《再论脂砚斋与曹氏家世——答朱南铣先生，兼论某些考证方法与态度》⑦，朱南铣《关于脂砚斋的真姓名》⑧，王利器《重新考虑曹雪芹生平》⑨。本次讨论聚焦于三大问题：一是有关蒋和森《红楼梦论稿》的争论；二是曹雪芹卒年的问题；三是脂砚斋是谁的问题。但最终未能达成统一的观点。

（2）《长恨歌》的讨论。发生于1955～1956年间，聚焦于《长恨歌》的主题思想。其中刊载于《文学遗产》的代表性论文有：褚斌杰《关于〈长恨歌〉的主题思想及其评价》，⑩白枫《〈长恨歌〉的思想性》⑪，罗方《谈〈长恨歌〉》⑫等，大致形成了爱情说、暴露说与普遍意义说三种观点。褚斌杰持"爱情说"，认为《长恨歌》反映了封建帝王和妃子的真挚爱情，描写了唐明皇和杨贵妃作为帝王、妃子的另一方面——即他们的爱情故事；

---

① 雪羲：《评〈红楼梦论稿〉中的错误观点》，《光明日报》1961年2月12日。

② 蒋和森：《批评应该实事求是——答对〈红楼梦论稿〉的意见》，《光明日报》1961年5月21日、28日。

③ 周汝昌：《曹雪芹家世生平丛话》，《光明日报》1962年1月30日、2月22日、3月20日、4月10日、6月2日；《再商曹雪芹卒年》，《光明日报》1962年7月8日。

④ 吴恩裕：《曹雪芹的卒年问题》，《光明日报》，1962年3月10日；《曹雪芹卒于壬午说质疑》，《光明日报》1962年5月6日；《考证曹雪芹卒年我见》，《光明日报》1962年7月8日。

⑤ 陈毓罴：《有关曹雪芹卒年问题的商榷》，《光明日报》1962年4月8日；《曹雪芹卒年问题再商榷——答周汝昌、吴恩裕两先生》，《光明日报》1962年6月10日。

⑥ 邓允建：《再谈曹雪芹的卒年问题》，《光明日报》1962年6月10日。

⑦ 吴世昌：《脂砚斋是谁》，《光明日报》1962年4月14日；《再论脂砚斋与曹氏家世——答朱南铣先生，兼论某些考证方法与态度》，《光明日报》1962年8月9日、11日。

⑧ 朱南铣：《关于脂砚斋的真姓名》，《光明日报》1962年5月10日。

⑨ 王利器：《重新考虑曹雪芹生平》，《光明日报》1955年7月3日。

⑩ 褚斌杰：《关于〈长恨歌〉的主题思想及其评价》，《光明日报》1955年7月10日。

⑪ 白枫：《〈长恨歌〉的思想性》，《光明日报》1955年9月11日。

⑫ 罗方：《谈〈长恨歌〉》，《光明日报》1956年5月27日。

白枫持"暴露说",认为《长恨歌》通过唐明皇和杨贵妃的恋爱和他们的悲剧暴露了中唐时代统治阶级生活的荒淫糜烂和政治道德上的腐败堕落;罗方持"普遍意义说",认为李、杨故事与梁祝故事一样,属于人民的精神情绪的表现,具有一定普遍意义。

(3)《琵琶记》的讨论。1955~1956年间,《文学遗产》专栏先后发表了王文琛《关于〈琵琶记〉》①、程毅中《试谈〈琵琶记〉的主题思想》②、徐朔方《琵琶记是怎样的一个戏曲》③ 等文,由此拉开了《琵琶记》讨论的序幕。1956年6月28日~7月23日,中国戏剧家协会组织了七次关于《琵琶记》的专题讨论会,参加人数达170多人。会后结成论文集《琵琶记讨论专刊》。讨论的焦点是《琵琶记》是否宣扬了封建思想道德,大致形成了肯定与否定两种意见。

(4)《胡笳十八拍》的讨论。1959年,郭沫若编写历史剧《蔡文姬》时,引用了《胡笳十八拍》,并在《文学遗产》发表了《谈蔡文姬的〈胡笳十八拍〉》④ 一文,"坚决相信是蔡文姬自己做的"。由此引起了一场有关《胡笳十八拍》的讨论,其中的焦点问题是《胡笳十八拍》作者问题。陆续刊载于《文学遗产》的重要论文还有:郭沫若《再谈蔡文姬的〈胡笳十八拍〉》《三谈蔡文姬的胡笳十八拍》《四谈蔡文姬的〈胡笳十八拍〉》⑤,刘大杰《关于蔡琰的〈胡笳十八拍〉》⑥,高亨《蔡文姬与〈胡笳十八拍〉》⑦,王竹楼《〈胡笳十八拍〉不是蔡文姬作的吗?》⑧。这些文章,后来大多收入《胡笳十八拍讨论集》一书,于1959年由中华书局出版⑨。

以上由《光明日报》副刊《文学遗产》发起或参与的有关重要论题、作家

---

① 王文琛:《关于〈琵琶记〉》,《光明日报》1955年5月8日。
② 程毅中:《试谈〈琵琶记〉的主题思想》,《光明日报》1955年7月31日。
③ 徐朔方:《琵琶记是怎样的一个戏曲》,《光明日报》1956年4月8日。
④ 郭沫若:《谈蔡文姬的〈胡笳十八拍〉》,《光明日报》1959年1月25日。
⑤ 郭沫若:《再谈蔡文姬的〈胡笳十八拍〉》,《光明日报》1959年3月20日;《三谈蔡文姬的〈胡笳十八拍〉》,《光明日报》1959年6月8日;《四谈蔡文姬的〈胡笳十八拍〉》,《光明日报》1959年6月21日。
⑥ 刘大杰:《关于蔡琰的〈胡笳十八拍〉》,《光明日报》1959年6月7日。
⑦ 高亨:《蔡文姬与〈胡笳十八拍〉》,《光明日报》1959年7月12日。
⑧ 王竹楼:《〈胡笳十八拍〉不是蔡文姬作的吗?》,《光明日报》1959年7月12日。
⑨ 参见陈书录、胡腊英《关于〈胡笳十八拍〉作者问题的讨论》。

和作品的讨论与争鸣，构成了新中国成立以来中国古代文学研究的主体流程、焦点问题及其价值导向，由此充分显示了《文学遗产》引领学术前沿方向的意识和能力。然而由于当时特定的政治环境，以上讨论不可避免地带有浓厚的政治教条色彩。尽管这些问题的提出、讨论和争鸣本身既具有重要的时代意义，同时也具有一定的学术价值，尤其像"中间作品"之类问题的讨论和争鸣，多少含有从文学自身出发以及回归文学自身规律的意味，对于新中国古代文学的研究具有重要意义。但在当时"社会—政治学"批评范式主导下的学术氛围中，学术批评普遍带有简单化、政治化、教条化的倾向，尤其是到了20世纪60年代前期，更是在左倾思潮的影响下，学术批评进而蜕变为泛政治化的学术批判。比如1964～1965年间《文学遗产》连续刊文发起对游国恩等主编的《中国文学史》的批判①，几乎等同于一场政治审判，实际上已无学术价值可言。

二

1980年6月，在改革开放与学术振兴的背景下，经过多方充分酝酿和筹备，自1966年"文革"开始被迫停刊的《文学遗产》终于正式复刊，但不再是《光明日报》的副刊，而成为一份定期出版的学术杂志。《文学遗产》由此告别前期的"学术副刊"时期，进入一个独立出版的"学术杂志"时期。作为前期连续发起系列学术讨论和争鸣的延续与变革，以及从原先的"报纸副刊"成为"学术杂志"之后篇幅和容量的扩大，《文学遗产》在后期对于学术前沿方向的引领也同样呈现为多元化的趋势和特点，其中除了直接体现在刊物本身学术栏目的不断完善、与时俱进之外，尤为重要的是通过独立或与高校等学术机构联合举办系列重要学术会议的方式主导和推动古代文学研究。这些学术会议多以问题为导向，以前沿为引领，交流了研究成果，活跃了学术空气，激发了理论思考，加强了学者间的联系，同时也为《文学遗产》开

---

① 参见李捷《如何正确地评价古代作家和作品——游国恩等同志主编的〈中国文学史〉谈后质疑》，《光明日报》1964年10月25日；傅继馥、吴幼源、刘秉铮、王祖献《文学史应该深刻地揭示问题的本质——游国恩等编〈中国文学史〉元、明、清、近代部分读后感》，《光明日报》1964年12月6日；郭预衡《论唐代几个作家的评价问题——读游国恩等同志主编的〈中国文学史〉中〈隋唐五代文学〉一编》，《光明日报》1965年2月21日。

辟了获取优质稿源的重要途径，因而在学术界产生了持续性的重要影响。尤其对于高校的古代文学学科建设、学术研究与人才培养起到了重要的推动作用，这是《文学遗产》之于中国古代文学研究的另一重要贡献。

（一）系列学术会议通览

据初步统计，《文学遗产》自1980年6月复刊以来独立或与高校等学术机构联合举办系列重要的学术会议达83次之多，大致以学术研讨会为主体，辅之以学术座谈会和纪念会，由此形成"一主两辅"之格局。为便于通览，现列表如下（详见表1）：

表 1

序号	会议名称	时　间	地点	联办单位	相关信息
1	中国古代文学研究座谈会	1981年9月4~8日	北京	——	闻群《本刊编辑部召开中国古代文学研究座谈会》，《文学遗产》1981年第4期；编辑部《本刊召开古代文学研究座谈会纪要》，1982年第1期
2	古代文学青年作者座谈会	1982年6月8日	北京	——	《本刊召开青年作者座谈会》，《文学遗产》1982年第3期
3	全国第一届中国近代文学学术讨论会	1982年10月14~20日	开封	华南师范大学、河南师范大学、苏州大学	陆草《中国近代文学学术讨论会在开封举行》，《中州学刊》1982年第6期；汪松涛《中国近代文学学术讨论会在开封召开》，《华南师范大学学报》1983年第1期
4	全国清诗讨论会	1983年12月17~22日	苏州	苏州大学中文系明清诗文研究室	周秦《全国清诗讨论会在苏州举行》，《文学遗产》1984年第1期；英《全国首次清诗讨论会在苏州召开》，《苏州大学学报》1984年第1期；苏任《清诗讨论会侧记》，《文学评论》1984年第2期

续表

序号	会议名称	时　间	地点	联办单位	相关信息
5	首届中国古代戏曲学术讨论会	1985 年 4 月 12 ~ 17 日	郑州	中国社会科学院文学研究所古代文学研究室、河南省社会科学院文学研究所、河南省文学学会	曲音《首届中国古代戏曲学术讨论会在郑州召开》，《文学遗产》1985 年第 3 期；靳启《首届中国古代戏曲学术讨论会综述》，《中州学刊》1985 年第 4 期
6	全国首届宋代文学讨论会	1985 年 9 月 17 ~ 22 日	四川大学	巴蜀书社、成都大学、四川大学	周裕锴《全国首届宋代文学讨论会情况综述》，《文学遗产》1985 年第 4 期；周裕锴《全国首届宋代文学讨论会综述》，《成都大学学报》1986 年第 1 期；谢桃坊《宋代文学首次学术讨论概述》，《社会科学研究》1986 年第 1 期
7	中国古典文学宏观研究讨论会	1987 年 3 月 20 ~ 24 日	杭州大学	《文学评论》《语文导报》《天府新论》	逸轩《中国古典文学宏观研究讨论会综述》，《文史哲》1987 年第 4 期；王玮《中国古典文学宏观研究讨论会综述》，《文学遗产》1987 年第 4 期
8	全国第四届近代文学学术讨论会	1988 年 10 月 8 ~ 13 日	敦煌	中国社会科学院文学研究所、兰州大学中文系、西北师范大学中文系、西北民族学院汉语系等	喜平《全国第四届近代文学学术讨论会述要》，《文学遗产》1989 年第 1 期
9	古代小说研究四十年反思座谈会	1989 年 3 月 1 日	北京	——	思鲁《通向学科重建之路——"古代小说研究四十年反思"座谈会纪要》，《文学遗产》1989 年第 3 期

续表

序号	会议名称	时 间	地点	联办单位	相关信息
10	建国四十年古代文学研究反思讨论会	1989 年 5 月 16 ~ 20 日	信阳	北京师范大学中文系及古籍研究所、信阳师范学院中文系及古籍研究所	宗文《建国四十年古代文学研究反思讨论会综述》,《信阳师范学院学报》1989 年第 2 期;闻涛《在历史反思中推进学科本体理论建设——建国四十年古典文学研究反思讨论会概述》,《文学遗产》1989 年第 4 期
11	"文学史观与文学史"学术讨论会	1990 年 10 月 15 ~ 20 日	桂林	广西师范大学、《社会科学战线》编辑部等	福临《文学史观与文学史讨论会在桂林举行》,《社会科学战线》1991 年第 1 期;《全国"文学史观和文学史"学术讨论会在桂林举行》,《文学遗产》1990 年第 4 期;胡大雷《"文学史观与文学史"学术讨论会述要》,《文学遗产》1991 年第 1 期
12	全国文学史理论问题研讨会	1991 年 7 月 1 ~ 6 日	大连	辽宁师范大学中文系、文化艺术出版社、大连大学师范学院等	张晶《全国文学史理论问题研讨会述要》,《文学遗产》1991 年第 3 期
13	《南北朝文学史》座谈会	1992 年 5 月 6 日	北京	——	跃进《在平实中创新——〈南北朝文学史〉座谈会纪要》,《文学遗产》1992 年第 5 期
14	《元代文学史》座谈会	1992 年 5 月 8 日	北京	——	侯光复《总结·深入·开拓——〈元代文学史〉座谈会纪要》,《文学遗产》1992 年第 5 期

序号	会议名称	时　间	地点	联办单位	相关信息
15	中国诗歌史及诗歌理论研讨会	1992 年 8 月 10～14 日	吉林市	吉林大学中文系	王吴、肖天兵《中国诗歌史及诗歌理论研讨会述要》，《文学遗产》1992 年第 6 期
16	文学史学座谈会	1993 年 3 月 18 日	北京	——	跃进《关于文学史学若干问题的思考（座谈会纪要）》，《文学遗产》1993 年第 4 期
17	儒学与文学国际学术讨论会	1994 年 8 月 20～24 日	曲阜师范大学	曲阜师范大学中文系、《齐鲁学刊》编辑部、曲阜市孔子博物院等	黄文《首届儒学与文学国际学术讨论会在曲阜师范大学召开》，《齐鲁学刊》1994 年第 5 期；王立《儒学与文学国际学术研讨会述要》，《文学遗产》1994 年第 6 期
18	《文学遗产》与首都部分高校师生座谈会	1994 年 10 月 10 日	北京	北京大学中文系	金藏《〈文学遗产〉编辑部与首都部分高校师生座谈纪要》，《文学遗产》1995 年第 3 期
19	中国二十世纪词学研究走势学术研讨会	1994 年 10 月 18～22 日	襄樊	中国社会科学院文学研究所古代文学研究室、湖北大学中文系及中国韵文学会词学研究会等	刘尊明《中国二十世纪词学研究走势——学术研讨会综述》，《中国韵文学刊》1994 年第 2 期；李家欣《中国二十世纪词学研究走势学术研讨会综述》，《理论月刊》1995 年第 1 期；方成慧《中国二十世纪词学研究走势学术研讨会综述》，《襄阳师专学报》1995 年第 1 期；徐国良《"中国二十世纪词学研究走势"学术研讨会召开》，《文学遗产》1995 年第 2 期

序号	会议名称	时　间	地点	联办单位	相关信息
20	《文学遗产》与南开大学中文系部分教师座谈会	1994 年 12 月 24 日	南开大学	南开大学中文系和东方艺术系	乐闻《〈文学遗产〉编辑部与南开大学中文系部分教师座谈》，《文学遗产》1995 年第 3 期
21	《文学遗产》读、作、编学术座谈会	1996 年 12 月 17 日	北京	——	闻一《从实证和理论两方面提高——〈文学遗产〉召开读、作、编学术座谈会》，《文学遗产》1997 年第 3 期
22	《唐代文学史》研讨会	1997 年 4 月 15 日	北京	人民文学出版社	闻一《〈唐代文学史〉研讨会在京召开》，《文学遗产》1997 年第 5 期
23	《文学遗产》杂志工作座谈会	1997 年 6 月 20 日	北京	中华书局	老成《部分作者座谈　改进本刊工作》，《文学遗产》1997 年第 6 期
24	二十世纪中国古代文学研究回顾与前瞻研讨会	1997 年 8 月 12 ~ 17 日	哈尔滨、牡丹江	中国古代文学学会筹备委员会、黑龙江大学	韩式朋《"二十世纪中国古代文学研究回顾与前瞻研讨会"综述》，《文学遗产》1998 年第 1 期
25	宋代文学与《宋代文学史》研讨会	1998 年 6 月 8 ~ 12 日	湖北大学	《中国韵文学刊》编辑部、湖北大学、中南民族学院	曾广开《宋代文学与〈宋代文学史〉研讨会纪要》，《文学遗产》1998 年第 6 期
26	全国古代文学古典文献博士点新世纪学科展望及信息交流座谈会	1998 年 9 月 25 ~ 28 日	天津	《文学评论》编辑部、《传统文化与现代化》编辑部、南开大学中国语言文学系	李瑞山《面向新的世纪——全国古代文学古典文献博士点座谈会综述》，《文学评论》1999 年第 1 期

续表

序号	会议名称	时　间	地点	联办单位	相关信息
27	中国古代戏曲专题研讨会	1998 年 10 月 19 ~ 21 日	徐州	《中国文化报》社、文化艺术出版社等	吴敢、马衍《中国古代戏曲专题研讨会在徐州召开》，《文学遗产》1999 年第 2 期
28	《先秦文学史》暨先秦文学研究座谈会	1999 年 5 月 7 日	北京	——	常森《〈先秦文学史〉暨先秦文学研究座谈会在京召开》，《文学遗产》1999 年第 5 期
29	全国古代文学、古典文献学博士点新世纪学科建设与发展研讨会	1999 年 8 月 12 ~ 15 日	黑河	《文学评论》编辑部、哈尔滨师范大学中文系、人民文学出版社、《传统文化与现代化》编辑部、黑龙江教育出版社	邹进先《沟通·规范·创新——全国古代文学、古典文献学博士点新世纪学科建设与发展研讨会综述》，《文学评论》1999 年第 6 期
30	世纪之交中国古代戏曲与古代文化国际学术研讨会	1999 年 9 月 13 ~ 16 日	东莞	中山大学中文系、《文艺研究》编辑部	董上德《“世纪之交中国古代戏曲与古代文化国际学术研讨会”综述》，《文学遗产》2000 年第 1 期
31	《魏晋文学史》座谈会	1999 年 12 月 23 日	北京	人民文学出版社古典文学编辑室	田彩仙《学术功力的多方面展示——〈魏晋文学史〉座谈会纪要》，《文学遗产》2000 年第 2 期
32	古代文学与当代精神文明建设研讨会	2000 年 9 月 9 ~ 10 日	北京	北京大学中文系	葛晓音《“古代文学与当代精神文明建设”研讨会纪要》，《文学遗产》2000 年第 6 期
33	袁行霈主编《中国文学史》研讨会	2000 年 9 月 20 日	北京	高等教育出版社	闻一《袁行霈主编〈中国文学史〉研讨会综述》，《文学遗产》2001 年第 1 期

序号	会议名称	时 间	地点	联办单位	相关信息
34	中国文学史暨郭预衡教授治史思想学术研讨会	2000 年 10 月 12 ~ 13 日	北京师范大学	北京师范大学中文系、四川师范大学文学院、西南师范大学中文系、中国古代散文学会	过常宝《中国文学史暨郭预衡教授治史思想学术研讨会综述》,《文学遗产》2001 年第 1 期;过常宝《文学史研究的阶段性总结和再探讨——"中国文学史编撰暨郭预衡教授治史思想学术研讨会"综述》,《北京师范大学学报》2000 年第 6 期
35	新世纪中国古代文学学科建设研讨会	2001 年 5 月 10 ~ 11 日	上海师范大学	《文学评论》编辑部、上海师范大学人文学院	孙逊、赵维国《推出精品,针砭学风:中国古代文学学科建设研讨会综述》,《文学遗产》2001 年第 4 期;孙逊、赵维国《世纪之交:学风的反思与总结》,《文学评论》2001 年第 5 期
36	中国古代文学从学科传统走向学科创新研讨会	2001 年 9 月 12 ~ 14 日	辽宁大学	辽宁大学文化传播学院、《文学评论》编辑部	胡胜《"中国古代文学从学科传统走向学科创新研讨会"召开》,《文学遗产》2002 年第 1 期;胡胜《中国古代文学"从学科传统走向学科创新"研讨会综述》,《辽宁大学学报》2001 年第 6 期
37	首届国际词曲比较研讨会暨第五届中国散曲研讨会	2001 年 9 月 15 ~ 18 日	锦州师范学院	中国韵文学会、中国散曲学会、中国社会科学院文学研究所古代文学研究室、锦州师范学院	周云龙《"首届国际词曲比较研讨会暨第五届中国散曲研讨会"召开》,《文学遗产》2002 年第 1 期

序号	会议名称	时 间	地点	联办单位	相关信息
38	中国古代文学研究与学术规范研讨会	2001 年 10 月 6 ~ 7 日	河北大学	河北大学、河北师范大学	林大志《"中国古代文学研究与学术规范研讨会"召开》，《文学遗产》2002 年第 1 期
39	唐圭璋先生诞辰一百周年纪念会	2001 年 11 月 14 日	南京师范大学	中国韵文学会、中华诗词学会、中国宋代文学学会、复旦大学中国古代文学研究中心、中国社会科学院文学研究所古代文学研究室、南京师范大学	高锋《"唐圭璋先生诞辰一百周年纪念会"举行》，《文学遗产》2002 年第 2 期
40	西北师范大学《文学遗产》论坛	2002 年 7 月 28 日 ~ 8 月 1 日	西北师范大学	西北师范大学文学院	马世年《"西北师范大学〈文学遗产〉论坛"在兰州召开》，《文学遗产》2002 年第 6 期
41	2002 年古都西安·中国古代文学学术研讨会	2002 年 10 月 11 ~ 15 日	陕西师范大学	《文学评论》编辑部、中国社科院文学研究所古代文学研究室、陕西师范大学文学院	霍有明《"2002 年古都西安·中国古代文学学术研讨会"召开》，《文学遗产》2003 年第 2 期
42	中国古代文学与文献学专业博士生培养工作研讨会	2002 年 10 月 19 ~ 21 日	中国人民大学	北京大学中文系、北京师范大学中文系、首都师范大学中文系、中国人民大学中文系、南开大学文学院、河北大学文学院、中国社会科学院文学研究所	詹杭伦、王昕、王燕《"中国古代文学与文献学专业博士培养工作研讨会"召开》，《文学遗产》2003 年第 1 期

续表

序号	会议名称	时　间	地点	联办单位	相关信息
				古代文学研究室、《文学评论》编辑部、《光明日报》文艺部	
43	梁廷枏暨第六届中国散曲研讨会	2002年11月23～25日	顺德	中国散曲研究会、佛山大学、顺德市人民政府、中山大学	万伟成、贺仁智《"梁廷枏暨第六届中国散曲研讨会"召开》，《文学遗产》2003年第2期；万伟成、赖达观《梁廷枏暨第六届中国散曲学术研讨会在广东顺德举行》，《中国韵文学刊》2003年第1期
44	龙榆生教授百年诞辰纪念暨中国古代文学学科建设研讨会	2003年1月18～21日	暨南大学	暨南大学文学院、中国社会科学院文学研究所、《光明日报》文艺部、《文学评论》编辑部	程国赋《"龙榆生教授百年诞辰纪念暨中国古代文学学科建设研讨会"在暨南大学召开》，《文学遗产》2003年第5期
45	第二届《文学遗产》论坛	2003年8月21～26日	武汉大学	武汉大学文学院	谭新红《第三届"〈文学遗产〉论坛"在武汉大学举行》，《文学遗产》2003年第6期；徐公持《武汉大学"〈文学遗产〉论坛"开幕词》，《文学遗产》2003年第6期　按：此应为第二届"《文学遗产》论坛"，参见陶文鹏《"福建师范大学〈文学遗产〉论坛"开幕词》，《文学遗产》2005年第1期

续表

序号	会议名称	时　间	地点	联办单位	相关信息
46	中国唐宋诗词第三届国际学术研讨会	2004 年 5 月 15 ~ 19 日	华山、西安	陕西师范大学文学院、中国韵文学会、陕西省文史馆、南京师范大学文学院、华阴市人民政府等	刘锋焘、张晓宁《中国唐宋诗词第三届国际学术研讨会召开》，《文学遗产》2004 年第 5 期；刘锋焘、王伟《"中国唐宋诗词第三届国际学术研讨会"会议综述》，《中国诗歌研究动态》2004 年第一辑；师云《中国唐宋诗词第三届国际学术研讨会在华山—西安举行》，《陕西师范大学学报》2004 年第 4 期
47	文学观念与文学史学术研讨会	2004 年 7 月 31 ~ 8 月 2 日	承德	河北师范大学文学院、中国国家图书馆、《文学评论》编辑部	张蕾《"文学观念与文学史学术研讨会"在承德召开》，《文学遗产》2004 年第 6 期；阎福玲《"文学观念与文学史"学术研讨会综述》，《文学评论》2004 年第 6 期
48	《文学遗产》西部论坛	2004 年 8 月 21 ~ 26 日	新疆师范大学	新疆师范大学人文学院	陆平、李娜《"〈文学遗产〉西部论坛"在新疆师范大学召开》，《文学遗产》2004 年第 6 期　　按：此为第三届"《文学遗产》论坛"
49	第四届《文学遗产》论坛暨《文学遗产》编委会扩大会	2004 年 9 月 20 ~ 24 日	福州	福建师范大学文学院、漳州师范学院、泉州师范学院、莆田学院、福州大学人文学院、集美大学中文系、闽江学院中文系等	于英丽、陈未鹏《第四届"〈文学遗产〉论坛"暨〈文学遗产〉编委会扩大会》，《文学遗产》2005 年第 1 期；陶文鹏《"福建师范大学〈文学遗产〉论坛"开幕词》，《文学遗产》2005 年第 1 期

序号	会议名称	时　间	地点	联办单位	相关信息
50	庆贺叶嘉莹教授八十华诞暨国际词学研讨会	2004 年 10 月 21～23 日	南开大学	南开大学文学院	曹庆鸿、可延涛、张红《庆贺叶嘉莹教授八十华诞暨国际词学研讨会》，《文学遗产》2005 年第 1 期
51	2004 明代文学国际学术研讨会	2004 年 10 月 25～27 日	南开大学	南开大学文学院、中国明代文学学会	雷勇、王红蕾《2004 明代文学国际学术研讨会》，《文学遗产》2005 年第 2 期
52	中国古代戏曲文化学术研讨会	2005 年 4 月 16～17 日	河南大学	河南大学、中山大学、河南省社会科学院、《文学评论》编辑部	张大新、吕珍珍《"中国古代戏曲文化学术研讨会"召开》，《文学遗产》2005 年第 4 期
53	第五届《文学遗产》论坛	2005 年 10 月 19～22 日	南充	西华师范大学、阆中市人民政府、四川师范大学文学院、乐山师范学院中文系、绵阳师范学院文化与传播学院等	周晓琳《探讨前沿问题，证成学术精神——第五届"〈文学遗产〉论坛"暨〈文学遗产〉编委会扩大会议召开》，《文学遗产》2006 年第 1 期
54	纪念黄庭坚诞辰 960 周年学术研讨会	2005 年 10 月 31 日～11 月 2 日	修水	中国宋代文学学会、南昌大学、人民美术出版社、修水县人民政府、北京华夏翰林文化艺术研究院等	文师华《纪念黄庭坚诞辰 960 周年学术研讨会召开》，《文学遗产》2006 年第 2 期

序号	会议名称	时　间	地点	联办单位	相关信息
55	"文学研究与机制创新"学术研讨会	2006 年 5 月 20～21 日	北京	北京语言大学《中国文化研究》编辑部	张德建《"文学研究与机制创新"学术研讨会综述》，《文学遗产》2006年第 5 期；张德建《行走在文学研究的丛林中——"文学研究与机制创新"学术研讨会综述》，《中国文化研究》2006 年第 4 期
56	中古诗学暨曹道衡先生学术思想研讨会	2006 年 6 月 24～27 日	安徽师范大学	安徽师范大学文学院	李建栋《"中古诗学暨曹道衡先生学术思想研讨会"述要》，《文学遗产》2006 年第 5 期；孙文芳《中古诗学暨曹道衡先生学术思想研讨会会议综述》，《社科纵横》2006年第 10 期
57	《沈玉成文存》出版座谈会	2006 年 7 月 25 日	中国社会科学院	中国社会科学院文学研究所古代文学研究室	陈君《〈沈玉成文存〉出版座谈会纪要》，《文学遗产》2006 年第 5 期
58	中国明代文学学会（筹）第四届年会暨 2006 年明代文学与文化国际学术研讨会	2006 年 8 月 21～23 日	浙江大学	中国明代文学学会（筹）、《文学评论》编辑部、浙江大学人文学院、浙江师范大学中国古代文学与文化研究所、杭州师范学院中国古代文学研究所	郭冰《明代文学与文化国际学术研讨会综述》，《文学遗产》2007 年第 1 期；廖可斌、徐永明《中国明代文学学会（筹）第四届年会暨 2006 年明代文学与文化国际学术研讨会综述》，《文学评论》2007 年第 1 期

续表

序号	会议名称	时　间	地点	联办单位	相关信息
59	《范宁古典文学研究文集》出版座谈会	2006 年 9 月 26 日	北京	中国社会科学院文学研究所古代文学研究室	陈君《〈范宁古典文学研究文集〉出版座谈会》,《文学遗产》2007 年第 1 期
60	第六届《文学遗产》论坛	2006 年 10 月 16 ～ 17 日	南昌	南昌大学	文师华《第六届文学遗产论坛暨编委会扩大会议综述》,《文学遗产》2007 年第 1 期
61	2006 年骈文国际学术研讨会	2006 年 10 月 23 ～ 25 日	贵州师范大学	中国骈文学会、中国古典散文学会、中华文学史料学学会、贵州师范大学文学院等	易闻晓《2006 年骈文国际学术研讨会综述》,《文学遗产》2007 年第 2 期
62	"文学遗产与古代经济生活"研讨会	2006 年 11 月 25 ～ 26 日	上海	上海财经大学人文学院中文系	李桂奎《"文学遗产与古代经济生活"研讨会综述》,《文学遗产》2007 年第 2 期
63	《中国文学编年史》出版座谈会	2006 年 11 月 29 ～ 30 日	武汉大学、黄冈师范学院	中华文学史料学学会、武汉大学文学院、黄冈师范学院文学院	郭皓政、徐薇《〈中国文学编年史〉出版座谈会综述》,《文学遗产》2007 年第 2 期
64	《文学遗产》青岛论坛	2007 年 4 月 22 ～ 24 日	青岛大学	青岛大学	宋亚莉《〈文学遗产〉青岛论坛综述》,《文学遗产》2007 年第 4 期;傅炜莉《"〈文学遗产〉青岛论坛"综述》,《东方论坛》2007 年第 4 期

续表

序号	会议名称	时　间	地点	联办单位	相关信息
65	桐城派与明清学术文化研讨会	2007 年 6 月 20～23 日	安徽大学、桐城	安徽省桐城派研究会、安徽省古籍整理办公室、桐城市人民政府、安徽大学文学院等	江小角《桐城派与明清学术文化研讨会综述》，《文学遗产》2007 年第 6 期；徐成志《桐城派与明清学术文化研讨会综述》，《文艺报》2007 年 8 月 11 日
66	《文学遗产》国际论坛	2007 年 7 月 21～24 日	重庆	西南大学文学院	黄大宏《"〈文学遗产〉国际论坛"综述》，《文学遗产》2007 年第 6 期
67	先秦两汉文学与文献学术研讨会	2007 年 10 月 26～27 日	成都	《文史》编辑部、《文献》编辑部、四川师范大学文学院	李诚、熊良智《先秦两汉文学与文献学术研讨会综述》，《文学遗产》2008 年第 1 期
68	纪念钱仲联先生百年诞辰暨全国第二届清诗研讨会	2007 年 11 月 2～5 日	苏州大学	苏州大学	薛玉坤《"纪念钱仲联先生百年诞辰暨全国第二届清诗研讨会"综述》，《文学遗产》2008 年第 1 期
69	第七届《文学遗产》论坛	2007 年 11 月 8～9 日	湘潭大学	湘潭大学	雷磊《第七届〈文学遗产〉论坛会议综述》，《文学遗产》2008 年第 2 期
70	中国首届吴越钱氏家族文化国际学术研讨会	2008 年 4 月 26～29 日	杭州师范大学	杭州师范大学	李最欣、李亚莉《中国首届吴越钱氏家族文化国际学术研讨会综述》，《文学遗产》2008 年第 4 期
71	"长安文化与中国文学"学术研讨会	2008 年 11 月 5～8 日	西安	《文学评论》编辑部、《人文杂志》编辑部、陕西省文史馆	刘银昌《"长安文化与中国文学"学术研讨会》，《文学遗产》2009 年第 2 期；祁伟《"长安文化与中国文学"学术研讨会综述》，《文学评论》2009 年第 3 期

序号	会议名称	时 间	地点	联办单位	相关信息
72	"儒家文化与中国古代文学"国际学术研讨会	2008 年 10 月 17 日	曲阜师范大学	山东省古典文学学会、《文献》编辑部、《文史》编辑部、曲阜师范大学文学院	冀运鲁《"儒家文化与中国古代文学"国际学术研讨会召开》,《文学遗产》2009 年第 2 期;冀运鲁《"儒家文化与中国古代文学"学术研讨会综述》,《文献》2009 年第 1 期
73	中国文体学国际学术研讨会·《文学遗产》论坛	2008 年 12 月 26～29 日	中山大学	中山大学中文系	刘湘兰《"中国文体学国际学术研讨会·〈文学遗产〉论坛"举行》,《文学遗产》2009 年第 2 期
74	"期刊与当代中国文学研究"学术研讨会	2009 年 6 月 20～22 日	华东师范大学	《文艺理论研究》编辑部、华东师范大学中文系、《文学评论》编辑部、《文艺研究》编辑部	正贤《"期刊与当代中国文学研究"学术研讨会综述》,《文学遗产》2009 年第 5 期;陈毅华《"期刊与当代中国文学研究"学术研讨会会议综述》,《文艺理论研究》2009 年第 4 期;吴芳、文贵良《"期刊与当代中国文学研究"学术研讨会综述》,《文艺研究》2009 年第 9 期
75	《文学遗产》论坛:"明清诗文的文体记忆与文体选择"讨论会	2010 年 12 月 1～3 日	中山大学	中山大学中文系	刘湘兰《"明清诗文的文体记忆与文体选择"会议综述》,《文学遗产》2011 年第 2 期
76	跨文化视野下中国古代小说学术研讨会	2011 年 3 月 26～28 日	暨南大学	暨南大学中国古代小说研究中心、广州大学	蔡亚平《"跨文化视野下中国古代小说学术研讨会"召开》,《文学遗产》2011 年第 4 期;廖华《跨文化视野下中国古代小说学术研讨会综述》,《暨南学报》2011 年第 2 期

序号	会议名称	时　间	地点	联办单位	相关信息
77	《文学遗产》2011 年度编委会扩大会议（"新世纪十年"论坛）	2011 年 6 月 17～18 日	北京	首都师范大学文学院	张晖《在探索中前行——〈文学遗产〉2011 年度编委会扩大会议纪要》，《文学遗产》2011 年第 5 期；刘跃进《文学史研究的多种可能性——"新世纪十年"论坛致辞》，《文学遗产》2011 年第 5 期
78	刘永济著述整理与研究学术研讨会	2011 年 12 月 18 日	武汉大学	武汉大学	朱燕玲《刘永济著述整理与研究学术研讨会综述》，《长江学术》2012 年第 1 期；白金杰《刘永济著述整理与研究学术研讨会综述》，《武汉大学学报》2012 年第 4 期；江俊伟《"刘永济著述整理与研究学术研讨会"综述》，《文学遗产》2013 年第 2 期
79	汉代文学与文化国际学术研讨会	2012 年 8 月 16～18 日	北京	首都师范大学文学院、首都师范大学中国诗歌研究中心	崔冶《汉代文学与文化国际学术研讨会综述》，《文学遗产》2013 年第 1 期
80	《文学遗产》2013 年编委会扩大会议暨"古代中国：文学·文献·文化"学术研讨会	2013 年 3 月 29～30 日	安徽大学	安徽大学文学院	鲍恒、王延鹏《〈文学遗产〉2013 年编委会扩大会议暨"古代中国：文学·文献·文化"学术研讨会综述》，《文学遗产》2013 年第 4 期
81	2013 年学术期刊与古代文学学科建设研讨会	2013 年 4 月	杭州	杭州师范大学中国古代文学与文献研究中心	《文学遗产》2013 年第 6 期《编后记》

续表

序号	会议名称	时　间	地点	联办单位	相关信息
82	宋代文史青年学者论坛	2013 年 8 月 26 ~ 27 日	杭州	浙江工业大学人文学院	《文学遗产》2013 年第 6 期《编后记》;《人文学院主办宋代文史青年学者论坛》,浙江工业大学校园网
83	第四届中国文体学国际学术研讨会	2013 年 10 月 11 ~ 12 日	中山大学	中山大学中文系、《中山大学学报》编辑部	《文学遗产》2013 年第 6 期《编后记》;冯爱琴《多学科融合建设现代中国文体学》,《中国社会科学报》2013 年 10 月 16 日

(二) 重要学术会议评述

在上述所列 83 次学术会议中,以学术研讨会为主体,以学术座谈会和纪念会为辅助,由此形成了"一主两辅"之格局。现以学术会议的代表性、重要性与影响力综合衡量,选择其中的 12 次会议分述于下:

(1)"中国古代文学研究座谈会"(1981 年,北京)①。1981 年 9 月 4 ~ 8 日,《文学遗产》编辑部在京召开了中国古代文学研究座谈会,北京及部分省市有关研究单位、高等院校、新闻出版单位的中国古代文学研究专家、学者 50 余人出席了座谈会。会议由《文学遗产》正、副主编余冠英、张白山先生主持,中国社会科学院副院长梅益先生到会讲话,他提出我们的古典文学研究,应该树立一个目标,即在全世界占据高峰,中国古典文学研究工作者应树立这种雄心壮志,在资料的掌握、使用和分析方法上,在创立新的见解等方面都能超越前人。与会人员重点就当前我国古代文学研究中的一些根本性问题,诸如运用马克思主义指导研究的问题、进一步贯彻"双百"方针问题、批判地继承文学遗产问题、加强领导和队伍建设问题以

---

① 参见闻群《本刊编辑部召开中国古代文学研究座谈会》,《文学遗产》1981 年第 4 期;《本刊召开古代文学研究座谈会纪要》,《文学遗产》1982 年第 1 期。

及古籍整理问题等展开了热烈的讨论，充分交换了意见。本次会议是《文学遗产》自 1980 年 6 月复刊以来的首次重要会议，相关问题的讨论具有承前启后的重要作用。

（2）"全国第一届中国近代文学学术讨论会"（1982 年，开封）①。由《文学遗产》编辑部、华南师范大学、河南师范大学、苏州大学共同发起，于 1982 年 10 月 14～20 日在开封举行。这是新中国成立以来第一次全国性的近代文学学术会议，来自全国高校、科研、新闻出版单位的近 70 人出席了会议，提交了 40 余篇学术论文。与会代表认为，近代是中国社会发生大动荡、大变革的重要历史转变时期，反映这一特定历史阶段的近代文学，既不同于鸦片战争以前的中国古典文学，也不同于"五四"以后的现代文学，它上承百代之流，下启"五四"新文学，在中国文学史上占有不容置疑的十分重要的地位，应把它摆在应有的位置上，系统地全面地进行研究。会议回顾了"五四"以来我国近代文学研究的历史，充分肯定了阿英、郑振铎等前辈在搜集、整理近代文学资料方面所做的卓有成效的工作，同时指出近代这段重要历史时期文学的研究，至今仍是一个薄弱环节，需要大力加强。会议重点围绕近代文学的起讫年代和分期、近代文学思潮的变迁、近代文学与"五四"新文学的关系、近代代表作家和代表作品、近代少数民族文学、日本研究中国近代文学的情况以及中国近代文学研究的格局等方面进行了讨论和探索，集中反映了"文革"结束以后近代文学领域学术研究的生动局面和主要成果，对新时期近代文学研究起到了重要的推动作用。

（3）"全国清诗讨论会"（1983 年，苏州）②。由《文学遗产》编辑部与苏州大学中文系明清诗文研究室联合主办，于 1983 年 12 月 17～22 日在苏州举行。这是新中国成立以来首次清诗讨论会，来自全国各地的 50 余名清诗研究专家学者出席了讨论会，同时还有 30 余人列席了会议。会

---

① 参见陆草《中国近代文学学术讨论会在开封举行》，《中州学刊》1982 年第 6 期；汪松涛《中国近代文学学术讨论会在开封召开》，《华南师范大学学报》1983 年第 1 期。

② 参见周秦《全国清诗讨论会在苏州举行》，《文学遗产》1984 年第 1 期；英《全国首次清诗讨论会在苏州召开》，《苏州大学学报》1984 年第 1 期；苏任《清诗讨论会侧记》，《文学评论》1984 年第 2 期。

议收到学术论文近 40 篇，内容聚焦于清诗的评价问题、清诗的风格流派问题、清诗与唐宋诗的关系、清诗中爱国主义传统的表现等问题，同时也涉及诸多作家作品的研究和评价。会议认为，长期以来由于种种原因，古典文学研究领域对清诗的冷落是不正常的，这种状况应该改变。清诗作为中国古典诗歌的重要组成部分，在中国文学史上应占有一定地位，不能因小说戏曲的繁荣而抹杀清诗的成就；清诗在思想内容与艺术形式上所具有的时代特征，是唐诗、宋诗所无法取代的；对于历来为研究者所轻视或基本否定的清初诗人钱谦益、吴伟业与后期同光体诗人陈三立等，应该重新给予更全面的评价。鉴于目前清诗研究基础相当薄弱的现状，要对清诗作出科学的评价还比较困难，有学者建议在研究方法上宜先从微观入手，比较广泛地搜集、整理与研究大量诗人作品，在此基础上再逐步作出宏观的研究和评价。本次讨论会检视了新中国成立以来逐步培养成长起来的清诗研究队伍及其所取得的初步成果，为久趋沉寂的清诗研究工作注入了学术活力。

（4）"全国首届宋代文学讨论会"（1985 年，成都）①。由《文学遗产》编辑部、巴蜀书社、成都大学、四川大学联合发起，于 1985 年 9 月 17～22 日在四川大学召开。这是新中国成立以来首次宋代文学学术讨论会，比较集中地围绕宋诗的一些重要问题展开讨论争鸣：一是宋诗的分期问题，主要有仿唐诗体例分为四期、按风格流派分为十一派、按历史顺序分为六期三种意见。二是宋诗的特点与评价问题。由于长期形成的偏见，历来绌宋诗者甚多。但宋诗约为唐诗的三倍或四倍，且自具有其特色，可以看作与"唐音"相对待的"宋调"，其中最能代表宋诗艺术特色的，则有江西诗派、苏轼和黄庭坚以及欧阳修、王安石、苏轼、黄庭坚三种意见。三是北宋诗文革新运动的评价问题，主要围绕欧阳修所领导的诗文革新运动及其与西昆及五代余风关系问题展开了争论。四是宋诗流派的探讨，重点是在西昆诗派、江西诗派、"四灵"诗派以及理学诗，在重新评价和阐释的互动中达成了新的认识，取得了新的成果。

---

① 参见周裕锴《全国首届宋代文学讨论会情况综述》，《文学遗产》1985 年第 4 期；周裕锴《全国首届宋代文学讨论会综述》，《成都大学学报》1986 年第 1 期；谢桃坊《宋代文学首次学术讨论概述》，《社会科学研究》1986 年第 1 期。

5. "中国古典文学宏观研究讨论会"（1987 年，杭州）①。先是在 1986 年 4 月，《文学遗产》编辑部推出了富有创意的《古典文学宏观研究征文启事》，立刻引起了学界的热烈反响，在不到一年的时间共收到一百三十余篇征文，自 1986 年第 4 期开始刊登，至 1987 年第 6 期结束，共发表了 25 篇文章。然后至 1987 年 3 月 20～24 日，由《文学遗产》《文学评论》《语文导报》《天府新论》四家杂志联合发起，在杭州大学召开了"中国古典文学宏观研究讨论会"，共有一百五十余人参会，提交论文五十余篇。重点就古典文学宏观研究、中国古典文学的特征、古典文学的发展规律、中国传统文化与古典文学的关系等议题进行了热烈的讨论，引起了学界的极大关注。从《文学遗产》编辑部推出《古典文学宏观研究征文启事》，到召开"中国古典文学宏观研究讨论会"，极大地扩大了古典文学宏观研究的影响，所征之文以及会议讨论也起到了宏观研究的示范作用，对于新时期古代文学研究的主体意识更新和学术格局调整都具有重要的作用和意义。

6. "建国四十年古代文学研究反思讨论会"（1989 年，信阳）②。由《文学遗产》编辑部、北京师范大学中文系及古籍研究所、信阳师范学院中文系及古籍研究所联合发起，于 1989 年 5 月 16～20 日在信阳师范学院召开。来自全国大专院校、科研、出版单位的专家、学者、编辑 80 余人出席了会议。会议认真回顾了 40 年来古代文学研究的现状，深入总结了研究中的成就、经验和教训，重点围绕对新中国成立 40 年古代文学研究的评价，古代文学研究中近代意识和历史意识相结合，"古为今用"的口号，古代文学研究的方法、模式，以及古代文学研究在改革开放时期如何更新研究观念、改进研究方法、开创古代文学研究新局面等问题展开了热烈的讨论。本次会议的鲜明特色是充满着浓厚的反思色彩，包括对新中国成立以来古典文学研究模式与方法的反思，对新中国成立以来古典文学的指导思想和"古为今用"、"百家争鸣"方针的反思，以及如何通过深刻的反思实现学科

---

① 参见逸轩《中国古典文学宏观研究讨论会综述》，《文史哲》1987 年第 4 期；王玮《中国古典文学宏观研究讨论会综述》，《文学遗产》1987 年第 4 期。

② 参见宗文《建国四十年古代文学研究反思讨论会综述》，《信阳师范学院学报》1989 年第 2 期；闻涛《在历史反思中推进学科本体理论建设——建国四十年古典文学研究反思讨论会概述》，《文学遗产》1989 年第 4 期。

研究的根本突破，强调了学科本体理论建设的重要性，认为历史悠久、力量雄厚的古典文学研究界应努力建设自己的本体理论，充分显示出古代文学研究界相较其他学科具有更为强烈的自我审视、自我批判的意识，以及自我纠正、自我更新的能力，实际上这也是中国古代文学研究始终能在曲折途程中显示出向前推进的态势的内在原因。

（7）"文学史观与文学史"学术讨论会（1990 年，桂林）①。由《文学遗产》编辑部、广西师范大学、《社会科学战线》编辑部等八单位联合发起，于 1990 年 10 月 15～20 日在桂林举行，来自国内数十所高等院校、科研机构以及出版社的一百二十多位专家、学者、编辑出席了会议。本次会议主要围绕两大中心议题，即文学史研究的总体理论问题与文学史编写中的具体理论问题，认真总结了传统的文学史观和现当代文学史观的经验教训，探讨了中国文学史的总体特征、演变形态和内在规律，尤其是对文学史研究中的哲学问题、价值观与方法论问题——包括文学史的基础、视角与单位，文学史的民族文化精神，文学史写作中历史与逻辑、自然时序与逻辑时序、阐释与描述、自律与他律等关系，进行了热烈的讨论。《文学遗产》主编徐公持先生在大会的总结发言中，强调文学史研究工作要突出对文学史观的研究，加强理论的自觉性，努力建立起具有相对独立的而不是依附于其他学科的文学史学科理论体系，并写出具有高度的理论性、科学性和鲜明学术个性的文学史著作。

（8）"儒学与文学国际学术讨论会"（1994 年，曲阜）②。由《文学遗产》编辑部、曲阜师范大学中文系、《齐鲁学刊》编辑部、曲阜市孔子博物院等联合主办，于 1994 年 8 月 20～24 日在曲阜师范大学召开。国内 30 余家研究机构、大学、出版社的学者及美国、韩国、台湾地区等方面的学者

---

① 参见福临《文学史观与文学史讨论会在桂林举行》，《社会科学战线》1991 年第 1 期；文《全国"文学史观和文学史"学术讨论会在桂林举行》，《文学遗产》1990 年第 4 期；胡大雷《"文学史观与文学史"学术讨论会述要》，《文学遗产》1991 年第 1 期。早在 1983 年 7 月至 11 月，《光明日报·文学遗产》专门组织一些学者讨论中国文学史研究与编写方法等问题，宁宗一、胡小伟、张碧波、王季思、郭预衡、费振刚、林岗、邓绍基等十余位学者撰写文章参与讨论，中国文学史的宏观研究成为讨论的重点。至 20 世纪 90 年代，中国文学史研究经过一段时间的沉寂之后再度受到学界关注，并衍化为"重写文学史"思潮。

② 参见黄文《首届儒学与文学国际学术讨论会在曲阜师范大学召开》，《齐鲁学刊》1994 年第 5 期；王立《儒学与文学国际学术研讨会述要》，《文学遗产》1994 年第 6 期。

近百人参加了会议，提交了近 50 篇论文。会议的主旨是探讨儒家思想对文学的各方面影响，总结文学在儒家思想影响下的得失，寻求中国文学的精神特质，发掘对当代社会富有价值的精神财富，同时还涉及儒家在海外的传播及其对文学的影响，是一次跨学科交融的重要会议。

（9）"二十世纪中国古代文学研究回顾与前瞻研讨会"（1997，哈尔滨）①。由《文学遗产》编辑部、中国古代文学学会筹备委员会、黑龙江大学联合主办，于 1997 年 8 月 12～17 日在哈尔滨－牡丹江召开。中国古代文学学会（筹）理事、顾问及海内外知名学者一百余人出席了会议，是一次具有广泛代表性的国际性学术盛会。会议宗旨是"回顾与前瞻"，系统总结20 世纪中国古代文学研究的经验与教训，明确 21 世纪学术研究的前行方向。关于前者，聚焦于对百年来古代文学（各种文体）研究的回顾、对文学史学发展嬗变的回顾、对新时期古代文学研究方法的回顾三个重点；关于后者，理论、观念、方法的重要意义是与会代表最为关心的议题之一，有些学者特别强调文学本位的问题，提出文学、哲学、史学的融通必须落实到文学本位；新方法的"他山之石"，一定要落实到文学本位；西方研究方法与民族化研究方法融合，应落实到民族文学本位。适逢世纪之交，有关 20 世纪中国古代文学研究的回顾与前瞻——包括各种专题研究回顾与反思研讨会纷纷登场，本次会议具有一定的代表性。

（10）"古代文学与当代精神文明建设研讨会"（2000 年，北京）②。由《文学遗产》编辑部与北京大学中文系联合发起，于 2000 年 9 月 9～10 日在北京召开，京津冀地区部分大学的古代文学教师和研究者 40 余人出席了会议。本次会议与北京大学葛晓音教授关于部分北京大学理科学生怎样看待传统文化的调查报告密切相关，学生们提出了未来世纪传统文化将何去何从的问题。由此引发的话题：一是古代文学学科在时代发展中怎样定位？怎样认识传统文化研究的现代意义？二是如何沟通传统文化和现代生活？怎样寻找学术研究与当代精神的契合点？会议即主要围绕以上两大主题展

---

① 参见韩式朋《"二十世纪中国古代文学研究回顾与前瞻研讨会"综述》，《文学遗产》1998年第 1 期。

② 参见葛晓音《"古代文学与当代精神文明建设"研讨会纪要》，《文学遗产》2000 年第 6 期。

开讨论。与会学者认为，在高校任教的古代文学研究者普遍感到青年学生对古代文学的兴趣减退，古代文学研究队伍缺乏优秀的后继力量。而社会上对于人文学科尤其是传统文化的误解和漠视，也不免使学者们产生一种失落感。因此，无论是从学科自身的发展着想，还是从全民族的文化建设考虑，我们都有必要认真思考一下目前进行学术研究的大环境，给 21 世纪的古代文学研究定位，并采取相应的有效对策。这可以视为古代文学研究界对学科定位与前景以及全民族文化建设问题的忧思和回应。

（11）"新世纪中国古代文学学科建设研讨会"（2001 年，上海）①。由《文学遗产》与《文学评论》编辑部、上海师范大学人文学院联合主办，于 2001 年 5 月 10～11 日在上海师范大学召开，《文学遗产》的编委、通讯编委及来自全国古代文学研究领域的著名学者共五十余人出席了会议。本次会议以"推出精品，针砭学风"为中心议题，而聚焦于以下三大问题：一是当前学风浮躁的原因、现状及危害；二是学术规范与学术批评机制的建立；三是古代文学研究的方法及方向。与会学者认为，学风建设是保障学术研究发展的手段，其目的是深化、拓展古代文学研究，因而学风建设又是与学科建设紧密联系在一起的，并直接关系到古代文学研究的发展前景。从古代文学的发展趋势来看，与会代表重点探讨了研究领域的拓展、学术研究的规范化、古代文学与计算机网络三个层面的问题，提出了许多批评性和建设性意见。与世纪之交的各种重在学术回顾与前瞻的研讨会不同，本次会议的中心议题充分体现了对当前学科与学风建设问题的高度关注，这是进入 21 世纪之后的一个重要趋势。

（12）"《文学遗产》论坛系列"（2002～2013 年）②。首届《文学遗产》论坛由《文学遗产》编辑部与西北师范大学文学院共同主办，于 2002 年 7 月 28 日至 8 月 1 日在兰州举行。与会代表包括《文学遗产》编委、全国古代文学研究界的部分专家、学者 40 余人。该论坛本是西北师范大学百年校庆学术活动之一，但后来逐步成长为一个重要的学术平台，依次于 2003 年

---

① 参见孙逊、赵维国《推出精品，针砭学风：中国古代文学学科建设研讨会综述》（《文学遗产》2001 年第 4 期）、《世纪之交：学风的反思与总结》（《文学评论》2001 年第 5 期）。

② 参见马世年《"西北师范大学〈文学遗产〉论坛"在兰州召开》，《文学遗产》2002 年第 6 期。

在武汉大学，2004 年在新疆师范大学、福州，2005 年在南充，2006 年在南昌，2007 年在青岛大学、重庆、湘潭大学，2008 年在中山大学，连续举办了一系列《文学遗产》论坛，直至 2011 年在北京举办"新世纪十年"论坛，2013 年在浙江工业大学举办"宋代文史青年学者论坛"。《文学遗产》徐公持先生在 2003 年《武汉大学"〈文学遗产〉论坛"开幕词》①中归结为四句话，即"探讨前沿问题，发布最新成果，汇聚学界人气，证成学术精神"。《文学遗产》新任主编刘跃进先生则在 2011 年"新世纪十年"论坛致辞中提出"文学史研究的多种可能性"的命题，重点讨论了宏观与微观、史料与史观、文学与史学、智慧与学识、主观与客观等问题，最后如此优雅而洒脱地总结道："当新世纪十年成为历史的时候，我们可以坐下来，就像今天这样，神闲气定，看看我们的足迹，想想我们的未来，也许不是没有意义的事。"②与以上论坛相呼应，《文学遗产》专门开辟了"论坛"栏目，以及时发表相关优秀论文，显见《文学遗产》论坛作为重要学术平台的显著作用与分量。

透过以上 12 次由《文学遗产》独立或与高校联合主办的学术讨论会，可以明显看到后期《文学遗产》不同于前期直接发起和主导相关重要论题、作家和作品的讨论与争鸣，表面看来似是对学术前沿方向引领能力的下降，但换一个角度来说，伴随"社会—政治学"批评范式向多元交融的批评范式转变，研究趋势必然是从关注政治风向向回归学术本位转变，而与作为学术研究主体的高校的紧密合作，实际上是以一种新的方式积极参与高校的学科建设、学术研究与人才培养，是探索引领学术前沿方向新方式的集中体现，也是对中国古代文学研究所作出的新的重要贡献。

三

回溯历史是为了反思现在，启示未来。《文学遗产》60 年的风雨沧桑，同时为后人留下值得反思和总结的经验与教训。站在 21 世纪新的历史起点

---

① 《文学遗产》2003 年第 6 期。
② 《文学遗产》2011 年第 5 期。

上，我们衷心期待《文学遗产》在引领学术前沿方向上有更大的作为。在此，笔者冒昧就《文学遗产》的学术定位以及相应对策提出一些粗浅的想法与学界同仁讨论。

学术刊物的生命在于学术，在于学术话语权与领导力。《文学遗产》作为代表中国古典文学研究最高水平、在国际汉学界享有学术盛誉的权威刊物，首先应该拥有高远而又科学的学术目标定位。这一目标定位应是基于中国古代文学学科建设需要、国内外相关学科的学术发展趋势、《文学遗产》自身的历史经验以及相较其他学术刊物的特色优势等综合因素而确立的，应是一种基于学术而又超越学术的战略思维和谋划的结果。回归历史原点，《文学遗产》在1954年3月1日正式创刊的第1期《发刊词》中即明确提出："运用科学的观点与方法，也就是辩证唯物主义的观点与方法，对我们的文学遗产作出正确的评价，这是我们努力的目标"，"容许发表各种不同的意见，并不要求每一篇文章都成为最后的结论。我们希望有些重要的问题，能够在这个刊物上展开活泼的自由论辩"。现在看来，这一学术目标定位还是富有时代性、学术性与科学性的。那么，进入21世纪的《文学遗产》应如何作出新的学术目标定位呢？我以为是否可以概括为如下16个字："问题导向，理论引领，经典聚焦，多元交融。"先简要分述于下：

一是"问题导向"。从一定意义上说，一部学术发展史，即是发现问题、质疑问题、解答问题的历史。所谓学术能力，首先即在于发现问题、质疑问题、解答问题的能力。而对于一个学术刊物而言，所谓学术话语权与领导力，也同样首先取决于发现问题、质疑问题、解答问题的能力。《文学遗产》在作为《光明日报》副刊的前期，努力遵循"容许发表各种不同的意见，并不要求每一篇文章都成为最后的结论。我们希望有些重要的问题，能够在这个刊物上展开活泼的自由论辩"的办刊方针，提出和设计了一系列学术论题，从重要问题的讨论和争鸣——包括"双百"方针的讨论、现实主义问题的讨论、鲁迅与古典文学研究的讨论、文学遗产问题的讨论、"中间作品"问题的讨论、山水诗问题的讨论、文学史问题的讨论；到重要作家的讨论和争鸣——包括李白的讨论、李煜的讨论、陶渊明的讨论、李清照的讨论；再到重要作品的讨论和争鸣——包括《红楼梦》的讨论、《长恨歌》的讨论、《琵琶记》的讨论、《胡笳十八拍》的讨论等，基本涵盖了建国以来中国古代文学研究的学术主潮，充分显示了《文学遗产》"问题导向"下主动设置系列重要论题的意识和能力。到了后期，尽管《文学遗产》"问题导向"的形式和路径发生了显著变化，但依然在一系列独立或与高校联合举办的学术会议中得以体现，尤其如1986年4月《文学遗产》编辑部推出了《古典文学宏观研究征文启事》，立刻引起了学界的热烈反响，在不到一年的时间共收到一百三十余篇征文。然后至1987年3月20～24日，《文学遗产》又与《文学评论》《语文导报》《天府新论》四家杂志联合发起召开了规模宏大的"中国古典文学宏观研究讨论会"会议，在全国掀起了一股"宏观研究"热，即是富有创意的"问题导向"。再如创始于2002年并持续于21世纪的"《文学遗产》论坛"以及根据学术需要不时推出的学术"专辑""笔谈"等，也都充分体现了"问题导向"之旨。对于这一优秀传统，《文学遗产》应该予以继承、整合和弘扬，并需要采取一系列新的配套举措和策略，比如通过一定的学术途径，广泛征求各种重要的学术论题，然后组织力量进行集中讨论和争鸣。为此，首先，要对学术论题进行筛选和规划，然后开设相应的栏目有计划地分期分批推出。其次，要加强"《文学遗产》论坛"的整体设计，精心选择相关专题，并持之以恒地办好。再次，根据学术论题进展需要，适当增加学术"专辑""笔谈"的频次和篇幅，以集中讨论某一重要学术话题，并统筹处理好学术"专辑""笔谈"与"论坛"的关系，使之相互配合，相互呼应。为此，要打破一个学者每年发表论文不能超过一篇的不成文规定，可以视讨论需要和论文质量而定，即使多次发表也不受限制。比如在1960年至1963年之间的《红楼梦》讨论中，吴恩裕连续发表了3篇论文，周汝昌、陈毓罴、吴世昌、邓允建等也都各发表了2篇论文，彼此之间的多次往还，更有助于学术讨论与争鸣的真正展开。最后，应赋予《文学遗产》主编更大的学术主导权，并在刊物中开辟"学术绿色通道"，以刊载涉及重大论题的系列论文。再如与高校联合举办相关学术会议，也应该在"问题导向"下纳入系列学术论题的规划之中，变被动为主动，变合作为主导，甚至不妨尝试一下向所有学术机构公开招标的形式，增强"问题导向"的集中度与契合度。

二是"理论引领"。从20世纪50年代重点输入苏联文艺理论建构"政治—社会学"批评范式，到新时期多元引进西方的各种文学理论和方法而形成"百舸争流"的局面，本土理论创新之缺失，确是制约中国文学研究的瓶颈问题，也是长期为中国学者引以为憾的心中之痛。如果放眼 20 世纪，则具有现代意义的中国古代文学研究本来即是在西方文学观念的指导下、西方研究理论的规范下和西方价值标准的评判下建立起来的，因而先天地带有西方权力话语的烙印。其积极意义固然巨大，但其消极的影响也至为明显。所以在 20～21 世纪之交的学术反思中，所谓"失语症""本土化"的提出和探讨受到了学界的普遍重视和热切回应：一方面是对西化理论带来本土失语的反思，认为照搬外国现代文学理论既不契合中国文学发展的实际，也不可能形成具有本土特色与世界意义的学术体系；另一方面则是对本土理论建构的呼唤，通过引入西方批评话语以及中西之间的碰撞与交融，启迪与激发中国古代文学自身的生命活力，最终建构起具有中国特色、中国风范、中国气派的古代文学理论体系。毫无疑问，《文学遗产》作为代表中国古典文学研究最高水平、在国际汉学界享有学术盛誉的权威刊物，应该主动对此作出积极的呼应，应该成为理论探索和创新的学术高地，应该承担起重铸中国古代文学研究理论品格和体系的历史使命。客观地说，《文学遗产》曾在一段时间内过于注重文献考证，而相对忽视了理论建设，对此有必要作出相应的调整。文献是学术的根基，的确应予重视，但理论是学术的灵魂，无魂不立，无魂不活，显然更为重要。当前尤其需要确立"理论引领"的理念，以理论探索和建构引领文献研究，引领文学批评与研究。诚然，真正解决"失语症"与"本土化"的问题并非一日之功，而需要一个相当漫长的过程，并且还会遭遇这样那样的困难和问题，这反过来更证明了《文学遗产》确立"理论引领"理念的必要性和紧迫性，因为是否有"理论引领"这样的理念、是否以"理论引领"这样的理念来思考问题，其结果是大不一样的。笔者以为可以从以下三个方面加以努力：其一是"理论引领"与"问题导向"的紧密结合。一方面是以理论建构统摄并内化于古代文学具体研究对象的阐释与评价之中，另一方面则是从丰富的古代文学研究实践出发，去发现问题，质疑问题，进而解决问题，并将这种"发现—质疑—解决"的过程升华为理论范式与方法。换言之，也就是以"理论引领"主导"问题导向"，又由"问题导向"升华为"理论引领"。其二是本土理论建构的循序渐进原则。理论创新具有原始创新、集成创新以及消化吸收再创新的程序和等级之别。目前我国古代文学理论创新的核心问题是原始创新不足。鉴此，可以从消化吸收再创新入手，然后逐步走向集成创新，最后进入原始创新的最高境界。三是本土理论建构的历史经验总结。本土理论的建构并非白手起家，凭空而来，实际上从王国维发表于1904年的《红楼梦评论》——这篇作为中国现代学术开端的经典之作中，即已通过中西合璧的探索而积累了宝贵的经验，然后至《文学小言》（1906）中率先提出"纯文学"概念以及"叙事文学"与"抒情文学"的划分，《国学丛刊序》（1911）中提出科学、史学、文学的概念甄别以及文学中"景""情"的"二原质"论等，都是西方理论"内质化""本土化"的经典案例，都富有重要的启示意义。尤其是到了20～21世纪之交，无论是"本土化"的意识还是成果都有了新的积累，值得加以系统梳理、总结和升华，从而有效缩短本土理论建构的历史进程。

三是"经典聚焦"。所谓"经典"，不是指一般的文学作品，也不是指一般意义上的精品之作，而是特指那些具有原创性、奠基性、典范性、权威性的著作。"经典"是一个民族文化智慧的结晶，每一个伟大的民族都有自己的文化经典，同时又必然成为本民族语言、思想和价值的载体和象征。由于"经典"具有原创性，是通过作者个人独特的不可重复的创造，而提出一些人类精神生活的根本性问题，因而又具有开放性、多元性和超越性的特征，然后通过后人不断的意义重释，而赋予其永恒性和普世性的独特价值——这是"经典"之所以为"经典"的核心之所在。所谓"永恒性"，主要是指时间维度而言的，"经典"是原创性文本与后人独特性阐释的结合，是阐释者与被阐释者文本之间互动的结果。"经典"通过代代延续的意义重释而不断注入新的意义，所以有"历久弥新"的鲜活感和震撼力。所谓"普世性"，主要是指空间维度而言的，真正的伟大"经典"不仅远远超越了个人意义，同时也超越了民族的界限，而为全世界所共享，成为全人类的共同经典。从一定意义上说，一个民族的文学史，即是经典作家和经典作品的演变史，而一个民族的文学阐释史以及文学理论建构史，同样也是以文学经典为中心的历史，即以新时期广泛传播和应用于中国古代文学研究领域的西方文化批评、原型批评、结构主义、解构主义、符号美学、接受美学、传播学、生态学、叙事学、阐释学、译介学等，也几乎都是以西方经典为范本。可以这么说，选择文学经典，不一定能成就理论的经典；但舍弃文学经典，那肯定成就不了理论的经典。当然学界对此难免存在一些争议，一些文学史崇尚的"经典中心主义"也曾受到了不同程度的批评。笔者认为，"经典中心主义"固然不对，但应该坚持以"经典"为中心，应该聚焦于"经典"，甚至应该理直气壮地提出"回归经典"——这不仅仅是出于某种学术理念，更是基于文学史的写作实践，因为假如离开了经典作家和经典作品，那么所谓的文学史也就不成其为文学史了。在此前提下，需要再对"经典聚焦"问题作些补充解释：一是所谓"经典聚焦"，是以文学经典为中心，因而"经典聚焦"并非"经典崇拜"，"回归经典"并非唯有"经典"；二是文学"经典"的形成是一个漫长的历史过程，同时也是一个动态的升降过程，因而在"经典聚焦"中需要同时对"经典化"与"非经典化"进行双向考察，唯此才能对文学"经典"有一个动态性的了解和理解；三是文学"经典"的形成是特定文学生态生长发育的结果，离开了特定的文学生态，文学"经典"就不能成其为"经典"，因而在"经典聚焦"中需要同时关注"经典"中心与边缘的互动关系，唯此才能对文学"经典"有一个生态性的了解和理解。

四是"多元交融"。其核心意涵是指跨学科研究。世纪之交，中国古代文学作为一个传统学科，当然仍有传统研究领域与方法的坚持与延续，但就其主流趋向而言，则呈现为学科交融与学术创新的相互促进。这主要表现在：一是传统性研究的革新；二是交叉性研究的兴盛；三是边缘性研究的拓展；四是新方法研究的深化①。袁行霈先生主编的《中国文学史》提出以"文学本位、史学思维、文化学视角"作为该书的三大写作原则，强调指出："我们不但不排斥而且十分注意文学史与其他相关学科的交叉研究，从广阔的文化学的角度考察文学。文学的演进本来就和整个文化的演进息息相关……借助哲学、考古学、社会学、宗教学、艺术学、心理学等邻近学科的成果，参考它们的方法，会给文学史研究带来新的面貌，在学科交叉点上，取得突破性的进展。"② 这里所说的"文学本位、史学思维、文化

---

① 参见梅新林《学科交融与学术创新》，《文学遗产》2012 年第 1 期。
② 袁行霈主编《中国文学史》，高等教育出版社，1999，第 3～5 页。

学视角"的三位一体，以及借助哲学、考古学、社会学、宗教学、艺术学、心理学等邻近学科的成果，即是跨学科研究在文学史写作上的成功应用。此外，"多元交融"还有三方面的重要内涵：其一是在时间维度上打破中国古代文学与现代文学界限的贯通性研究，尽管《文学遗产》对应于古代文学，但应鼓励适当拓展古代文学研究的固有领域，提倡更为广阔视野中的古代文学研究，尤其要强化古代文学研究的当代意识与前沿意识。就此而论，由章培恒先生开创的"中国文学古今演变研究"富有借鉴和启示意义。其二是在空间维度上拓展古代文学地理研究。陈寅恪先生在《元白诗笺证稿》中指出："苟今世之编著文学史者，能尽取当时诸文人之作品，考定时间先后，空间离合，而总汇于一书，如史家长编之所为，则其间必有启发，而得以知当时诸文士之各竭其才智，竞造胜境，为不可及也。"陈寅恪先生在此特别强调编著文学史时如何做到"时间先后"与"空间离合"的结合，同样富有借鉴和启示意义。世纪之交，文学地理空间研究之所以再度勃然兴起，也从一个方面反映了从空间维度拓展古代文学研究的内在需求与重要意义。其三是在学术交流的维度上加强与海外学界的互动，并适当增加刊发台港澳地区及外国有关中国古代文学的研究论文的数量。"他山之石，可以攻玉"，彼此在互动中的相互启发，相互借鉴，有助于强化中国古代文学研究的现代价值与世界意义。

甲子沧桑，世纪芳华。在《文学遗产》60 年的风雨兼程中，先后经历了四个重要的时间节点。一是新中国成立。《文学遗产》创刊于新中国成立不久后的 1954 年，在此后至"文革"停刊的 12 年间，积极参与了新中国成立初期"社会—政治学"新型学术范式的建构。这一学术范式引自苏联文艺理论，以马克思主义为指导思想，以阶级性、人民性、爱国主义与现实主义为价值导向，由《文学遗产》发起和组织的一系列学术讨论与争鸣，集中体现了建构"社会—政治学"新型学术范式的重要实践与核心成果。二是"文化大革命"。1966 年"文革"爆发，《文学遗产》被迫停刊，直至1980 年复刊，期间长达 15 年之久。这是《文学遗产》60 年学术生涯中一段令人遗憾的空白。三是改革开放。1980 年复刊后的《文学遗产》几乎与改革开放同时起步，在深刻反思和总结新中国成立以来尤其是"文革"十年沉痛教训的同时，大力引进西方现代人文社会科学理论成果，从而推动了从"社会—政治学"学术范式向中西交融、多元发展的学术范式的转变，以及从关注政治风向向回归学术本位的转变——这在《文学遗产》本身的学术进程及其独立或与高校联合主办系列重要的学术讨论会中得到了充分的展现。四是世纪之交。当具有现代意义的中国学术进程已经走完百年历史之际，中国古代文学研究也进入了一个崭新的转折时期。世纪之交的学术反思与展望，一同启迪与激发了中国古代文学自身的生命活力。基于百年的学术积累，面对社会转型的挑战，中国古代文学研究如何以回归本土、回归文本为根基，通过跨学科拓展与跨文化对话，在"古今""中西"的时空交融中重建一种基于传统内蕴与本土特色而又富有世界与现代意义的中国学术话语体系，则是 21 世纪赋予中国古代文学研究界的新使命，同时也是对历经"甲子沧桑"、走向"世纪芳华"的《文学遗产》的新期待。

[作者单位：浙江工业大学]

一往有深情

戴伟华

读《文学遗产》有如桓叔夏每闻清歌的感受，自然想起《世说新语》中"一往有深情"的话，因为《文学遗产》和自己所从事的学术工作息息相关。

77级的大学生往往很务实地设定自己的奋斗目标，当我留校任教从事中国古代文学教学与研究时，曾和朋友说，此生能在《文学遗产》发表一篇学术论文，足矣！并收藏了1980年复刊以来的整整三年的《文学遗产》。

《读唐诗札记二则》是在《文学遗产》1990年第1期发表的，这是我第一篇在《文学遗产》刊载的论文，虽然是六千字左右的读书札记，也不成熟，但对我鼓励却很大，觉得瞄准高端刊物的理想有了实现的可能。这一年我出版了第一本专著《唐代幕府与文学》（现代出版社，1990）。1990年，因为一篇文章和一本书，对我具有了特殊的意义。事隔一年后，从1992年起，每年一篇，到1995年参加《文学遗产》创刊40周年暨复刊15周年纪念会时，自己已在《文学遗产》发表五篇学术论文。

《文学遗产》举办创刊40周年暨复刊15周年纪念会意义重大，我作为年青的作者，在会上聆听了主编徐公持先生、中国社会科学院副院长汝信先生的致辞，汝信先生在致辞中说："《文学遗产》这个杂志长期以来已经在我们古典文学研究界建立了良好的学术声誉，取得了普遍的好评。"一番话真让我们热血沸腾，同时暗下决心，一定要努力工作，为《文学遗产》的进一步发展做好学术研究，写出无愧于《文学遗产》的论文。

其实，我差一点失去参加这次盛会的机会。如果真是那样，我要后悔一辈子。当我接到邀请时，知道开会时间和上本科课时间有冲突，就不想去请假调课，并回信说明情况。想不到李伊白先生给我打来电话，说明这次会议很重要，希望尽量来参会。李先生言辞恳切，体现出对年青学者的关心和爱护，让我很感动。

这次会议让我对《文学遗产》还有了进一步的认识，她不仅是发表高端学术论文的阵地，还是学术研究交流的平台。我印象很深的有两件事，一是见到袁行霈先生。袁先生对我说："你的唐代文学研究成果很好，你送我的《唐方镇文职僚佐考》，我认真看了，有开拓意义和实用价值，很有文献考据的功夫。我是把它放在案头的，好时时检用。"我知道前辈们总是鼓励年轻人好好读书，多说几句表扬的话，其实自己的工作没那么好。但当时我在学术研究上刚起步，袁先生的鼓励则格外重要，先生让我有了做学术研究的自信。二是大会安排我和宁希元教授同住一房间。我的本科老师徐沁君教授是做元刊杂剧整理研究的，听徐老师讲过，元刊杂剧整理和一般的古籍整理不同，困难很大，有些剧本错别字、俗体字、异体字、简写字很多。1980 年徐老师的《新校元刊杂剧三十种》由中华书局出版，反响很大。宁先生也是做这方面研究的，著有《元刊杂剧三十种新校》（兰州大学出版社，1988），我自己也有《唐方镇文职僚佐考》的工作经历。因此开会之余，我们就围绕元刊杂剧整理进行讨论，进一步了解到徐老师和宁先生工作的甘苦。宁先生深情地讲起文献整理和版本校勘的亲身体验，给我很大启发。

和《文学遗产》的领导和编辑接触多了，对他们的了解也就多了。我最早认识的是陶文鹏先生。陶先生看起来很随意，没有架子，但眼光独特，境界很高。他在古代文学界是威望很高的学者、编辑，后来因为经常一起开中国唐代文学研讨会，有了更多向他学习请教的机会。好像有些稍难解决的事，会长傅璇琮先生都会找他商量，让他出面去疏通和解释。推想其原因应有二：一是陶先生善于表达，能把事情说清楚，说到位；二是因为他没有私心，愿意帮助别人，特别热心扶持青年人。陶先生惠我良多，一声"谢谢"无法表达我对他的感激之情。我开会时和陶先生接触多，还有一层原因，陶先生讲话有才情、有魅力。有一次，陶先生说，人要有诗情，一句话在常人口中是话，在诗人口中是诗。比如歌德临终在病床上，感到压抑，就说："把窗户打开，让阳光进来。"想想这句话反映的正是诗人对生命、对自由的渴望，经陶先生绘声绘色地一描绘，简直成了千古绝唱。我在课堂上多次模仿陶先生的腔调叙述这一情景，每次都会赢得学生的掌声。不过，我一直没有查到这句话的原始出处，也许是陶先生的杜撰，不得而知。我爱听陶先生的演讲，甚至爱上陶先生演讲时敲击桌子的节奏声。

与刘跃进先生接触不多，但因为是同龄人，我很敬佩他的学问。记得他应王小盾先生之邀去扬州大学做过一次小型演讲，倡导关注海外汉学，这是刘先生的一贯主张。在《关于上古、中古文学研究的几个问题》（1995年）中，他重申要注意海外研究，这是扩大研究领域的重要方面。由于研究方向不同，我很少和刘先生一起开会，但只要有机会我就会向刘先生请益。刘先生也比较关注我的研究，他在一次《期待中的焦虑》演讲中说到热点问题，认为："第二个热点就是文学的空间研究，实际上就是文学地理研究。华南师范大学戴伟华教授的《地域文化与唐代诗歌》、南京大学胡阿祥的《魏晋本土文学地理研究》等都是这方面的开创性的成果。"刘先生任《文学遗产》主编后，虽然没有直接处理过我的稿件，但我知道他非常关注、关心我的投稿。我想，他是希望我经常写出一些有分量的论文。

和竺青先生深度相交是在深圳的会上，我们一起参观明斯克号航空母舰，他的军事爱好和对明斯克号的讲解让我佩服，他对武器系统、作战指挥系统、导弹发射系统等细节都了如指掌。因为崇拜，后来我也稍稍迷上了军事，但到现在我尚未入门，可能天分不够。其实，竺青先生对现代军事的爱好，却是缘于他对古代小说的研究。他在研究《三国演义》《水浒传》的军事情节时，开始涉猎中国古代军事文化，并进而对现代军事产生兴趣。他对古代小说研究的格局亦如其熟悉军事一样，我听过他一次演讲，对中国小说研究的学者队伍、重点难点、推进方略等如数家珍。陈尚君先生也有学术研究和踢足球相关联的理论。我想一位学者有一种爱好，对其做学术也是大有益处的。

近来与张剑先生联系较多，我们研究的路数较近，重视文献、重视事实，更为重要的是我们都做唐宋文学。我认真拜读过他被收入《傅璇琮先生学术研究文集》中的两篇大文：《评傅璇琮〈唐宋文史论丛及其它〉》《傅璇琮先生与〈宋才子传笺证〉的成书》，文中可见张剑先生对文献工作的热爱和推崇。他用自己的科研经费购买了十数套五大本的《宋才子传笺证》分送海内外学术朋友，我有幸获其馈赠，这样重学术而轻金钱的行为在今日尤为可贵，已成为学术界的美谈。张剑先生朴实而重情义，我读过他怀念同事张晖的文章，催人泪下。他对情感长久的保持更让我感动，在前不久的会议上，他在宣读《范浚诗歌的多元视角》论文时，又提及张晖，哽咽得说不出话来，全场为之唏嘘。

从接触到的《文学遗产》编辑部的各位先生身上，我可以感受到他们的学风和人品。《文学遗产》和《历史研究》等刊物一样，在学术界以严格、典重、公正、公平的学术品格著称。在学术界流行这样的话：被《文学遗产》录用稿件是莫大的光荣；即使稿件被退，也心悦诚服。因为这昭示着一个事实：在今天仍然有刊物坚持标准而不徇私情，守望学术而看淡私利。

一个刊物与作者的关系，决不仅仅是投稿和录用的关系，而是反映了一种学术风气、学术潮流，代表着一定的社会文化。《文学遗产》指引的是学术正路，彰显的是学术正气。她在默默地奉献，推动着学术研究的进步，引导学术研究朝着健康的方向蓬勃发展。

[作者单位：华南师范大学中文系]

六十年间几来往

——我与《文学遗产》

张伯伟

文章的正标题借用了陆游的诗句，以贺《文学遗产》创刊60年。我生于戊戌年腊月，尚未满60岁，但举其成数，或无不可。回顾自己的学术道路，如果要举出一种关系最为密切的期刊，毫无疑问的是《文学遗产》。谓予不信，试看以下几点：最早的古典文学研究论文刊发在《文学遗产》；发表的文章最多刊登在《文学遗产》；影响最大的论文发表在《文学遗产》；收藏最齐全的杂志也是《文学遗产》。这"一早二多三大四全"，就构成了"我与《文学遗产》"。

《文学遗产》60年前创刊的时候，是以《光明日报》副刊形式出现的，1980年复刊，才有了期刊形式的《文学遗产》。1955年起编辑书籍形式的《文学遗产增刊》，2009年又创办了网络形式的电子版。不过，我与《文学遗产》的关系，主要在副刊版和期刊版。

讲起第一篇古典文学研究论文，那是我在硕士一年级第一学期写的《李义山诗的心态》。此文呈交先师程千帆先生审阅，他特别从文中选出了两句义山诗"蕙留春婉晚，松待岁峥嵘"，写成条幅相赠，当然也寄寓了他

347

对后辈的勉励和期待。此文中原有一节曰"从自比的古人看义山诗的心态",认为义山诗中的以古人自比,不是历史上的古人,而是"义山化"的古人,更多的是对历史事实加以引申或改造。因为是"有托而言",所以研究的时候,"政不必实事求是也"(邓廷桢《双砚斋笔记》卷六语)。此外,在其人生的不同阶段,他也会选择不同的古人来自比。先师认为这是一个新发现,嘱我单独裁出改写为一文,即《李义山诗中的宋玉、司马相如和曹植》,并由他推荐给《光明日报》"文学遗产"版。先师日记1982年12月10日云:"以张伯伟'论义山以古人自比'寄《文学遗产》"。过了三个月,1983年3月18日又记载:"函《光明日报》章正续催发伯伟稿。"由此可知,当时的副刊编辑应是章正续先生。此文刊发在《光明日报》"文学遗产"版第580期,时在1983年3月29日。这一期的"文学遗产"有个特点,刊发的都是当时年青学子的论文,有中国社会科学院文学所青年研究人员韦凤娟,有厦门大学研究生林继中,有中国社会科学院研究生院学生阎华,加上我的一篇。编者还特意写了《编后语》,这已经是一篇历史文献了,故转录于此:

> 近年来,在中国古典文学的研究领域,我们高兴地看到不少青年同志,为了更好地继承祖国优秀文化遗产,在老一辈专家学者的指引下,努力地学习、钻研和写作,取得了可喜的成果。这一期我们集中选编了几篇青年作者的文章推荐给读者。他们或是毕业后刚走上工作岗位,或是正在跟导师学习的古典文学专业研究生。唐朝诗人刘禹锡有诗云:"芳林新叶催陈叶,流水前波让后波",这是符合历史发展规律的。我们欢迎从事古典文学研究的青年同志多给本刊撰稿,为开创古典文学研究新局面而共同努力!

那时的学术界颇有点"青黄不接"的情形,所以对年青学子特别鼓励擢拔,而在古代文学研究领域,除了各高校的前辈先生(先师就是非常有代表性的一位),《文学遗产》显然扮演了极为重要的角色。1982年第1期《文学遗产》刊出《本刊召开古代文学研究座谈会纪要》,其中一个重要方面就是"队伍建设",原因就在于"十年动乱时期,古典文学队伍是遭受摧残的一个重灾区",而当时的整体状况是,老学者"体弱多病","来日无多"；50 岁上下的教学科研骨干"专业荒废十年"；青年研究者基础较差，"急需充实和提高"。因此，"加强队伍建设，改变目前青黄不接的严重现象是刻不容缓的"（引文出自《本刊召开古代文学研究座谈会纪要》）。在同年的《文学遗产》第 3 期，又刊登了《本刊召开青年作者座谈会》，与会者一致认为这个会议"体现了《文学遗产》一贯注意培养新生力量的作法"。是的，从创刊初期的负责人郑振铎、何其芳、陈翔鹤等开始，《文学遗产》就奠定了对青年作者的研究成果尽量予以扶持的优良传统，并且被后来者继承发扬。60 年后的今天，古代文学的研究队伍已如浩浩荡荡的洪流，涌现出大量的优秀成果，我们不能忘记一代又一代《文学遗产》的编辑人对此作出的卓越贡献。

细数历年来我发表的论文，实在以刊登在《文学遗产》上的为数最多，到 2008 年为止（这之后我文章写得很少，已有 5 年未曾向《文学遗产》投稿），长长短短的文字居然刊登了 18 篇。其中三篇是《光明日报》副刊版。副刊版自 1981 年复刊，1984 年停刊。2002 年再次复刊，是由全国古代文学研究各博士点和《光明日报》文艺部联合主办的，编辑是曲冠杰先生。曲先生曾经到南京来找我，一方面约稿，另一方面希望推荐稿子，但维持的时间不是太长，也许只有一年。若干年前有一位学者统计了在《文学遗产》期刊版发表论文的总数，我的印象中除了中国社会科学院文学所，南京大学似乎是发表论文较多的一个单位。期刊版开始于 1980 年，南京大学在上面刊登文章的，起初都是前辈学者。青年学者的最早亮相，大概可以 1986 年第 6 期作为代表，那期同时刊登了蒋寅的《关于中国古代文章学理论体系——从〈文心雕龙〉谈起》和曹虹的《论阳湖派的创作风格》两篇论文，在"论文摘编"栏目中，又摘录了我原刊于《中国社会科学》1986 年第 3 期的《钟嵘〈诗品〉的批评方法论》。当时，我们都还在攻读博士学位，相对于北京、上海等地其他高校的年青学者，我们在这一平台上的发言是稍晚的。如果说，其后南京大学的青年学者在学术成长过程中，有较多论文刊发在《文学遗产》，那我们也可以认为，南京大学古代文学研究之有今日的局面，与《文学遗产》的支持、帮助也是分不开的。

检阅自己发表的论文，我想提出两篇来谈一下。一篇是《元代诗学伪书考》，载《文学遗产》1997 年第 3 期，此文曾于 1998 年获《文学遗产》

优秀论文奖。这一奖项是以"王季思古代文学研究基金"命名的，季思先生是我校的校友，当年的老师对他的教导，深印其脑海的就是"聪明人要下笨工夫"。多年以来，《文学遗产》所倡导的学风，是求实的、朴素的，以文献学为基础的理论创新。《元代诗学伪书考》一文，也许勉强可以归入"下笨工夫"的行列，尽管其工夫还远远不够。但《文学遗产》将这一奖项颁发给这篇论文，说明了编辑部和评委先生对于实事求是学风的推崇和肯定。也因为这个奖项，这篇尚存在诸多不足的论文也引起了许多学者的注意，因而产生令人意想不到的反响，如罗宗强先生编《20世纪学术文存·古代文学理论研究》（湖北教育出版社，2002）时，就将此文作为上一个百年富有代表性的论文收入其书。另一篇论文是《汉文学史上的1764年》，载《文学遗产》2008年第1期。这篇文章与《文学遗产》以往的论文全不一样，内容是以汉文学史为背景，考察中国、朝鲜、日本汉文学势力的消长，将其转换点定在1764年，并从中看出汉文化发展的走向。原文有34000字，刊出时有删节，但也还占了将近18页的篇幅，算得上是一篇长文了。能够刊出此文，让我感到《文学遗产》编辑思想的开放，以及对于学术新领域、新材料、新方法的热情。日本学者内山精也教授看到此文对我说："你是把一个球抛给了日本学术界，可是日本没有人来接。"为了让更多的人读到此文，内山教授将它翻译成日语，即《「漢文學史」における一七六四年》，收录在堀川贵司、浅见洋二合编的《苍海上彼此往还的诗文》（《蒼海に交ゎされる詩文》，汲古书院，2012）一书中。此文还曾获得第六届高等学校科学研究优秀成果奖（2013年）。我想，如果不是刊发在《文学遗产》这么有影响的杂志上，恐怕很难有以上这些回声吧。

我从大学时代起就订阅了好几种杂志，有文学的、史学的、哲学的、宗教的，其中有的中断了，有的丢失了，完整保留至今的，只有《文学遗产》期刊版。复刊的前两年，《文学遗产》是以书号由中华书局出版，只通过各地新华书店零售。第一期的出版已经是1980年6月了，所以第一年只有三期。直到1982年才有了刊号，可以通过邮局订购。我很得意自己拥有1980和1981两年的《文学遗产》并完善收藏至今。翻阅这一整套的《文学遗产》，其实就是在检阅30多年来古典文学的研究历史。那时的年青人，现在多已经退休了。复刊第1期的《编后记》说，本期刊出的几位大家熟悉的专家、学者的文章，"他们都是七八十岁高龄的老人了"，"《陶诗的艺术成就》和《谈谈李清照的〈词论〉》的作者，是两位比较年轻的同志，我们欢迎像这样年轻的同志陆续参加到我国古代文学研究队伍中来"。前一篇作者是葛晓音，后一篇是徐永端（徐英之女，南京大学1959年毕业）。到了今天，她们也都是六七十岁的年龄，或者是接近七八十岁了。只是人的身体越来越健康，活得越来越久，这样的年龄好像也还不算是"高龄"了。而我那时还是一个大学生，读她们的文章，也都是拿着一支红蓝铅笔、一把小直尺，很认真地学习，将文章的重点用红蓝笔作不同标识呢。看着杂志上留下的学习痕迹，遥想当年，好像又重温了那段美好的青春岁月呢。

[作者单位：南京大学中文系]

21世纪《文学遗产》发表佛教
文学论文之回观

普　慧

佛教从两汉之际传入中国，经东汉后期的大量佛典汉译，不只在上层有较高的地位，更主要的是赢得了广大下层百姓的崇信。早期的佛典汉译，虽然参与的官僚文人极少，但面对如此众多的外来文化典籍，官僚文人自然是不会无动于衷。从汉末魏晋到南北朝隋唐，佛教由小而大、由边缘而主流、由柔弱而鼎盛。佛典的汉译，将佛教文学带进了汉语文化系统，使得一种异质、全新的文学思想、审美、题材、体裁、结构、人物、语言等在汉语文学的大海中掀起了阵阵波澜。佛教在官僚文人心目中的地位崇高，其作用也越来越广泛，甚至他们的衣食住行和精神寄托都离不开佛教了。尤其是那些仕途不遇或经世年老的文人，更会从佛教中体会出社会人生的意义和价值。正如白居易所云，"迷路心回因向佛"（《刑部尚书致仕》）。所以，这一时期佛教文学自然较为发达，呈现出了几种样态：一是汉译佛典文学；二是本土官僚文人的佛教文学；三是僧人的佛教文学；四是民间的通俗佛教文学。进入宋代，中国佛教八大宗派中的三论宗、唯识宗、律宗、密宗偃旗息鼓，华严宗、天台宗一息尚存，只有禅宗、净土宗尚存活力。然因净土宗缺少理论，禅宗只破不立，不久，汉语佛教的心性说又被陆、王心学借走，佛教本身越来越形同枯槁，几乎丧失了创新的生命力。明代所谓的"四大高僧"（憨山、袾宏、真可、智旭）于佛理上几无创新，反倒在儒学上以佛释儒，颇有建树。至清，汉语佛教一衰再衰。而元明清时期，唯独藏语系佛教厚积薄发，百尺竿头，如日中天。从历史的事实来看，佛教文学的情况与佛教的生存状况基本相适应。元明清时期，汉语佛教的衰落也反映到了汉语文人佛教文学。一方面，汉译佛典的工作至北宋消歇，汉译佛典文学随之走完了最后里程；另一方面，官僚文人的佛教文学作品缺少新意，而僧人的佛教文学创作更是了无兴致。与此不同的是，民间佛教信仰的活力促使不登大雅之堂的俗佛教文学异常活跃，变文、宝卷、小说、传奇、戏剧等宣扬佛教教义的文学焕发出了勃勃生机，其主题、题材、体裁、结构、情节、叙事等都在不同程度上显露了佛教文学的特点。从佛教文学的这一历史进程来讲，佛教文学在整个汉语文学史上留下了诸多鲜明的印迹，甚至在某个阶段或某些领域，佛教文学几乎成为当时文学的代表。譬如，晋末至中唐，谢灵运、王维（摩诘）、白居易、刘禹锡、柳宗元等的山水文学作品，几乎贯穿了佛教的静空思想和审美趣味，不仅是佛教文学的代表，也是整个中古时期汉语文学的代表。又如，齐梁宫体文学，充溢着佛教的色空思想，是佛教色空文学的开始，以至于晚唐五代及宋初的僧人文学（如"九僧诗"等）都是这一色空文学的延续。更有甚者，色空文学在明代的《金瓶梅》、清代的《红楼梦》中表现得淋漓尽致，一览无余。还有叙事文学的结构，以轮回为缘起，以报应为结果，将三世因缘作为文学主线，充分展示了人世间争斗倾轧、尔虞我诈，揭示了名利权色的虚幻空苦。如《说岳全传》《红楼梦》等。可以说，佛教文学在整个汉语文学的建构中，起到了重要的作用。因此，佛教文学是中国文学的重要组成部分，佛教文学的研究也是中国文学研究的重要领域。不了解汉魏以来的佛教，就难以准确把握中国文学的发展、变化和内在精神，这一点已成为学界的基本共识。但是长期以来，因为佛教文学是一个跨门类的学科，其研究难度显然比单一学科更大，又加上佛教典籍浩若烟海，佛教宗派众多林立，佛教教义深奥艰涩，致使诸多探寻者浅尝辄止，而真正能坚持下来的真是不多。我们从《文学遗产》十多年来发表佛教文学论文的情况，就可发现，研究佛教文学的学者数量还是偏少，这与她在整个中国文学史上的地位和重要性是不相称的。

《文学遗产》是我国研究中国古代文学的最权威杂志，在世界汉学界享有绝对的声誉。《文学遗产》自复刊后，对佛教文学的研究给予了充分的重视。但是由于意识形态的问题，佛教文学研究长期被视为不言而喻的禁区。改革开放后，思想解放，意识形态解禁，佛教文学研究才被学界破冰。特别是 21 世纪以来，《文学遗产》发表了一系列佛教文学研究的论文，显示出巨大的魄力和敏锐深邃的慧眼，为佛教文学的研究和学术队伍的培养，做出了突出的贡献。兹据知网 2001～2012 年《文学遗产》共发有关佛教文学之论文统计，考察佛教文学论文及其研究状况。

第一，从论文数量来看，2001～2012 年《文学遗产》总共发表佛教文学论文 54 篇。

表 1

年份	2012	2011	2010	2009	2008	2007	2006	2005	2004	2003	2002	2001
篇数	6	6	2	6	1	8	7	5	1	3	2	7

由表 1 看，发表文章最多的是 2007 年为 8 篇，2006、2001 两年各为 7 篇，2012、2011、2009 三年各为 6 篇，最少的是 2008、2004 两年各为 1 篇。各年发表情况不同的原因当然与稿源不齐整有关，即有的年份稿子比较集中，有的年份稿子稀疏。但是，从这个表也可以发现，从 2001 年开始，发表的论文总体上是数量逐渐增多，尤其是 2009、2011、2012 三年保持每年6 篇，这说明，不只是关注佛教文学的学者开始增多，同时编辑也很看重这一领域的研究。

第二，从论文作者来看，54 篇论文涉及 50 位作者，其中一位作者单发了 4 篇，与他人合作 1 篇，另一位作者发了 2 篇外，还有两位作者合作 2 篇的，其余作者皆为 1 篇。这说明佛教文学虽然发文量不大，但作者队伍却是分布较广。在 50 位作者中，就年龄结构来说，20 后 1 位，30 后 3 位，40 后 3 位，50 后 11 位，60 后 10 位，70 后 20 位，80 后 1 位。应当说，这个年龄梯队在学术研究中是一个十分优化的结构。值得欣喜的是，一批 70 后的学者异军突起，占到了 40%，成为佛教文学研究的生力军。

第三，从文章内容类型来看，涉及几个方面：偏于理论方面的有 6 篇；偏于作家作品的 19 篇，偏于文学现象的 13 篇；偏于考论商榷的 15 篇，其中商榷的文章 3 篇；通讯稿 1 篇。由此看来，有关作家作品的研究，还是学者们较为关注的方面。就是说，在作品当中感受、分析其佛教文学的意味，仍然是文学研究最常见的切入点。不过，佛教文学与世俗文学不同，它涉及两个不同领域，因而牵涉和联系的内在性以及由此表现出的现象或更加复杂，讨论这些现象，当是佛教文学研究的一个重点。古典文学研究不同于现当代文学和外国文学研究的一大特点，便是注重对作家作品，或文学现象，或文学观念、术语等的探源考流，甄辨真伪，商兑异议，只有辨析清楚，还原历史境遇，方能客观叙述。所以，偏于考论的研究，依然是古典文学研究的基本方法和着眼点。然而，古代文学的研究，思想理论性不强一直是制约其走向更高层次的一个瓶颈。就是说，文学研究不只是知其然，更重要的是知其所以然。而这知其所以然，则更多地需要逻辑的抽象，文学的内在关联的发掘，由此揭示其普适性或前瞻性的东西来。按照意大利历史美学家克罗齐（B. Croce）的理解就是"一切历史都是思想史"。从这一点上说，我以为，我们的学者在讨论作家作品和文学现象的同时，或可多从思想理论上下手。当然，我这样的分类只是一个大概和相对的范围，并不是说研究文学现象的问题就不具备理论抽象或考据。

第四，从时间段上看，汉代 1 篇，魏晋南北朝 12 篇，唐代 21 篇，宋代 14 篇，明代 3 篇，清代 1 篇。从研究的时间段看出，魏晋南北朝隋唐是佛教传入华夏后的生长、繁荣和鼎盛期，佛教文学内容丰富，现象丛生，值得探讨的问题多，所以，学者容易关注这一时期的佛教文学变化。两宋佛教文学以禅宗文学和官僚文人佛教文学为主，仍然表现出相当的文学活力，是学者关注的一个重要阶段。所以，十多年来，《文学遗产》发表研究这三个时期的文章最多。元明清是汉语佛教文学的衰微期，官僚文人和僧人的佛教文学创作动力不足，创作水平一般，故研究的文章更是少得可怜。从佛教文学分期的发表论文状况看，就知道佛教文学在近 2000 年的历程中，走出了一个"∧"型的势态。不过，文学史的自身走势与文学史研究的重点不一定就成正比例。有些时候，文学并不处于高峰阶段，甚或处于低谷，但它却有诸多值得研究的问题。譬如，魏晋南北朝文学在整个中国文学史上并不处于高峰，而北朝文学甚至处于低谷，但它值得探讨的问题却很多。这也正说明了文学与文学研究的复杂性。

第五，从篇幅上来看，54篇中有部分万字以内的短文，一篇通讯，绝大部分文章为超过万字的长篇大论。当然，篇幅的长短并不能决定文章质量的优劣，但是可以表明文章内容涵盖面的多寡。一般来说，篇幅越长，内容的涵盖面越大，所论问题也就越能够充分展开。故学者评论时多有以"鸿篇巨制""体大思精"之语而褒之。观其文，知有数篇达2万余字者，如《早期中国佛法与文学里的"真实"观念》《经呗新声与永明时期的诗歌变革》《从"地府"到"地狱"——论魏晋南北朝鬼话中冥界观念的演变》等文。足见编者不惜版面，嘉惠其作。以每期长篇短文相互配置，不仅发稿量增大，扶持新人，更重要的是，一些以小见大的问题或细小琐屑的考证，有了面世的途径，如周颙卒年的考证、版本的考证等。

第六，从佛教文学所占比重上看，应当说，54篇并不全是佛教文学的文章，有几篇只是部分内容涉及佛教文学，我们也视之为佛教文学研究文章计算在内。如，《"独往"和"虚舟"：盛唐山水诗的玄趣和道境》《从"地府"到"地狱"——论魏晋南北朝鬼话中冥界观念的演变》《佛道争衡与吕洞宾飞剑斩黄龙故事的变迁》等。

综上而言，54篇论文涉及了佛教文学的诸多方面。这些文章大都在大量文献梳理的基础上，以考论结合，或纠谬成见，或创发新解，得出了比较可信的结论，确实在一定程度上代表了佛教文学研究的最高水平。然而，佛教文学是一方亟待开垦的广阔绵邈的沃土，从发表的文章看，佛教文学的许多领域尚属空白，如卷帙浩繁的汉译佛典文学竟然一篇也没有，僧人文学亦为数不多，而元明清叙事文学中的佛教文学问题，特别是俗佛教文学的问题，更是可以开掘。长期以来，官僚文人文学一直是整个文学研究的主流形态，文学史书写主要以官僚文人文学为主，而僧人文学和俗佛教文学往往不在研究视域之内，如从东晋始至清的僧人文学创作，就很少被关注；变文、宝卷、曲子词等民间佛教说唱文学更难以入列文学史。特别是元明清长篇叙事文学（戏剧、小说等）中的佛教主题、结构、语言等，还缺少深入的研究，这不能不说是一大遗憾。这诸多问题和领域，是文学研究一个能够出彩的地方，值得学者们勇猛精进，探赜揭橥。也希望《文学遗产》一如既往，继续重视和支持佛教文学研究，多留版面，依靠中坚，扶植新人。祝愿《文学遗产》风景这边独好。

[作者单位：西北大学文学院]

《文学遗产》六十年来所刊唐代文学
研究论文的统计分析

王兆鹏

本文用计量学术史的方法，统计分析《文学遗产》创刊 60 年来所刊唐代文学研究论文的年度发文量、作家个体研究和宏观研究的基本格局以及作者发文量和活跃作者的构成等情况。

一 基本数据

《文学遗产》创刊以来共刊发有关唐代文学研究论文 1173 篇（以下所言篇数，除特别说明外，均指《文学遗产》所刊唐代文学研究论文），包含论文、书评、札记和会议综述等。其中，1954～1966 年作为《光明日报》副刊的《文学遗产》发表 264 篇，《文学遗产增刊》和《文学遗产选集》刊载 72 篇；1980～2013 年《文学遗产》正刊揭载 812 篇，《文学遗产增刊》载 25 篇。《文学遗产增刊》和《文学遗产选集》共载文 97 篇，所占比重不大，故与正刊一并统计。

二 年发文量

年发文量，旨在统计《文学遗产》每年所发唐代文学研究论文的情况，以了解年度发文量的变化。《文学遗产》1954 年在《光明日报》创刊，"文化大革命"期间一度停刊，至 2013 年为止，实际只有 47 年发表有唐代文学研究的论文，各年所发唐代文学研究论文篇数见表 1。47 年间，共发表唐代文学研究论文 1173 篇，年均 25 篇。每年的发文量虽然变动不居，高低不一（参图 1），但整体的发展趋势还是比较平稳，一般在平均数 25 篇上

表1 年度发文量

年　度	发文量	年　度	发文量	年　度	发文量
1954	10	1983	33	1999	23
1955	34	1984	19	2000	18
1956	37	1985	27	2001	38
1957	37	1986	12	2002	25
1958	26	1987	26	2003	19
1959	18	1988	21	2004	31
1960	23	1989	36	2005	22
1961	33	1990	23	2006	27
1962	63	1991	27	2007	29
1963	29	1992	26	2008	22
1964	5	1993	37	2009	22
1965	14	1994	31	2010	28
1966	7	1995	30	2011	18
1980	12	1996	24	2012	17
1981	14	1997	28	2013	18
1982	33	1998	21		

下徘徊。只有 1962 年的发文量异常之高，达 63 篇。原因是这年全国纪念杜甫诞辰 1250 周年，作为古典文学研究的重要平台，《文学遗产》的发文量自然大大增加。这年《文学遗产》所发杜甫研究论文 32 篇，占全年发文量的一半。1964～1966 年，发文量较低，与刊物的非正常运转有一定关系，1964 年

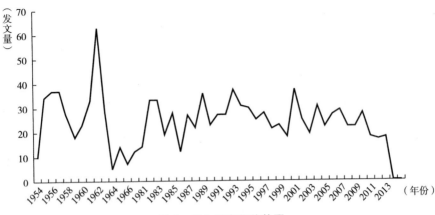

图1　发文量变化趋势图

有半年处于停刊状态，1966年也只运行半年，终因"文化大革命"而被迫停刊。1980年复刊后，除少数年份外，每年所发唐代文学研究论文也基本上是在平均数25篇上下波动。2011年以来，又出现下降趋势，连续三年都不足20篇。这是否意味着唐代文学研究进入瓶颈期，还有待进一步的观察。由于其他断代文学研究论文的数据未予统计，暂时还无法在对比中见出彼此的消长。

三　研究格局

研究格局，旨在统计分析作家作品研究、微观研究（个体作家研究）与宏观研究、文体研究的分布状况，以观察唐代文学研究的焦点、热点、重点所在及不同时期的发展变化。

《文学遗产》创刊以来所发唐代文学研究论文中，有关个体作家作品的研究论文为810篇，占总量的69%；非个体作家作品研究的论文363篇（含敦煌文学研究35篇），占总量的31%。七成的论文是有关个体作家研究，表明唐代文学研究的选题取向是偏重于个体作家研究。这与同期整个唐代文学研究情况基本接近。1954～2000年大陆发表的唐代文学研究论文有20972篇①，其中有关个体作家研究的论文为16548篇，占同期论文总量

---

① 据王兆鹏主持的国家社会科学基金项目结项成果《20世纪唐五代文学研究论著检索系统》统计。

的 79%。相比较而言，《文学遗产》所发个体作家研究论文的比重低于同期整个唐代文学研究中个体作家作品研究论文所占份额，表明《文学遗产》更注重刊载宏观性的研究论文。

810 篇个体作家研究论文，涉及唐代 124 位作家。换言之，有 124 位唐代作家进入《文学遗产》作者的研究视野。但有 56 位作家只得到一篇研究论文，22 位作家获两篇论文予以研究，仅有 46 位作家获得较高程度的关注。究竟是哪些作家比较受学者们的关注而成为研究焦点？且看表 2。

表 2　个体作家研究论文分布

作　家	论文数	作　家	论文数	作　家	论文数
杜　甫	167	元　稹	14	高　适	8
李　白	131	王昌龄	12	韦应物	7
白居易	67	孟浩然	11	张　籍	7
李商隐	54	王之涣	11	白行简	6
柳宗元	31	韦　庄	11	孟　郊	6
韩　愈	30	杜　牧	10	王　勃	6
王　维	27	刘禹锡	10	温庭筠	6
李　煜	19	司空图	10	寒　山	5
岑　参	17	陈子昂	9	蒋　防	5
李　贺	14	贾　岛	9	张　祜	5

表 2 显示，杜甫和李白是唐代文学研究的两大焦点，备受关注。有关杜、李二人的研究论文多达 298 篇，占个体作家研究论文总数的 36.7%，表明唐代文学研究的学者们将三分之一的注意力投注到了杜、李二人身上。白居易、李商隐、柳宗元、韩愈、王维五位作家的研究论文量居于第二层级，可称热点作家。李煜、岑参、李贺、元稹、王昌龄、孟浩然、王之涣、韦庄、杜牧、刘禹锡和司空图等，可称重点作家。60 年来受《文学遗产》作者关注的唐代两大焦点作家、五大热点作家和十大重点作家，在表 2 中得到清晰地呈现。

再看不同时期的热点分布及其变化，详表 3。

表 3 显示，杜甫和李白在 20 世纪 50～60 年代、20 世纪 80～90 年代和 21 世纪以来三个阶段，都是持续不变的研究焦点，而且老杜总是高居榜首，

其关注度高于太白。李杜优劣，向来是永恒的话题，而就 20 世纪学者们的关注度而言，杜甫显然高于李白。这种选题取向未必折射出李、杜优劣的价值取向，但可以肯定的是，当代学者们对杜甫研究的热情明显高于李白。

表 3　热点作家的时段分布

1954～1966 年		1980～1999 年		2000～2013 年	
作　家	论文数	作　家	论文数	作　家	论文数
杜　甫	75	杜　甫	51	杜　甫	41
李　白	50	李　白	51	李　白	30
白居易	41	李商隐	25	李商隐	13
李　煜	17	白居易	19	韩　愈	9
李商隐	16	韩　愈	15	白居易	7
王　维	11	柳宗元	14	柳宗元	7
柳宗元	10	王　维	11	岑　参	5
王之涣	9	岑　参	9	司空图	5
元　稹	7	李　贺	8	王　维	5
韩　愈	6	刘禹锡	8	白行简	3
孟浩然	5	杜　牧	6	高　适	3
王昌龄	5	贾　岛	6	贾　岛	3
韦　庄	5	陈子昂	5	李　贺	3
岑　参	3	司空图	5	李　益	3
陈子昂	3	王昌龄	5	孟浩然	3
李　贺	3	元　稹	5	张　继	3
		刘　驾	4	张九龄	3

　　热点作家中，白居易的研究热度呈下降趋势。20 世纪 50～60 年代，其研究成果量位居第三，远高于第五名的李商隐；而到了 20 世纪 80～90 年代和 21 世纪，其研究成果量的位次由原来的第三下降到第四、第五位，热度在逐渐降低。而李商隐研究则是不断升温，20 世纪 50～60 年代位居第五，位次在白居易之后，到了 20 世纪 80～90 年代和 21 世纪，则位居第三，跃居白居易之前。白居易与李商隐研究热度的一升一降，折射出文学研究价值取向的变化。20 世纪 50～60 年代的文学研究，重思想价值而轻艺术价值，故乐天诗、特别是那些以反映时事见长的新乐府备受瞩目；而重艺术、

有唯美倾向的义山诗，自然不及乐天诗之受青睐。从李长之应《文学遗产》编者之约发表《李义山论纲》（《光明日报》1957 年 4 月 14 日）称许义山是"唯美主义诗人"而不久就受到点名批判（见王孟白《关于李义山的诗——兼评李长之〈李义山论纲〉中的右派观点》，《光明日报》1958 年 4 月 6 日），就可见出义山诗在当时的境遇。20 世纪 80~90 年代以来李商隐研究升温，不仅可从李商隐研究会的成立得到体现，还可从文学史教科书中看出。20 世纪 50~60 年代编写的文学史教材，李商隐只占一节的篇幅，而到了 20 世纪 90 年代后期袁行霈先生主编的《中国文学史》，李商隐的地位则由一节的书写上升到了专章书写，李商隐跟李白、杜甫一样，都独占一章。李商隐在文学史教科书中地位的上升，正是文学价值观念变化的明显标志。

跟李商隐一样，韩愈的关注度也在逐步上升。20 世纪 50~60 年代，其研究论文量位居第十，而到了后两个阶段，则上升到第五和第四位。检视相关论文，似与韩愈的散文受到前所未有的重视有关。在第一阶段，人们注意的是韩诗，到了 20 世纪 80~90 年代，跟整个唐代散文日益受到关注同步，韩文也广受青睐，故其研究论文量不断攀升。柳宗元的关注度，则变化不大，总是在第七和第六名之间徘徊。关注度处于上升趋势的还有岑参和司空图。岑参由早前的十名之外，到 20 世纪 80~90 年代以来上升至第八、第七位；司空图则由原来的十名开外跃居到 21 世纪的第八位。

只是王维的关注度似乎在下滑，由第一阶段的第六名逐渐下滑到第七和第九位。20 世纪 90 年代初就成立了王维研究会，按理说，王维的研究成果应不断增多，但 21 世纪以来，《文学遗产》有关王维研究的发文量不升反降，这是值得注意的现象。李煜的关注度降幅最大，20 世纪 50~60 年代，其研究成果量位居第四，风头盖过李商隐、王维和柳宗元；但 20 世纪八九十年代以来，其研究论文量已下滑到三十名之外；21 世纪以来，研究论文量更降为零。当年的热点变成了冰点，是偶然还是必然？是研究观念的变化还是受研究方法的制约而难以出新，有待探究。

还有一个现象值得注意，就是 21 世纪以来个体作家研究的广度有所收缩。20 世纪 80~90 年代，《文学遗产》所发论文中涉及的唐代作家有 88 人，而 21 世纪以来只涉及 64 人。检校统计结果，发现 21 世纪以来《文学遗产》所发唐代文学研究论文中，涉及的研究对象较 20 世纪 80~90 年代竟减少了 48

位作家，其中刘驾、孟郊、王翰、王建在前一阶段比较受重视，各有四篇研究论文，而进入 21 世纪之后，一篇研究论文也未见。当然，近 10 年来也新增了 21 位作家，他们是：鲍溶、独孤及、杜光庭、韩偓、怀素、李翱、李林甫、李密、李善、李世民、李泳、骆宾王、宋璟、杨巨源、姚崇、殷璠、张彻、张楚金、张九龄、张说、赵嘏。其中张九龄有三篇研究论文，张说、赵嘏、李世民和殷璠各有两篇研究论文，其他作家都只有一篇研究论文。这 22 位作家，在 20 世纪 80 ~ 90 年代《文学遗产》所发研究论文中没有出现过身影，只是到了 21 世纪才进入《文学遗产》作者的研究视野。

我们再看有关学者对作家的专注度。一位学者，对一个作家专注的时间越长、投入的精力越多，论文产出应越多。所以，我们可以从学者发表的某一作家研究论文的多少看出他对这一作家专注度的高低。学者发表的同一作家研究的论文越多，表明其对作家的专注度越高，参表 4。

表 4　有关学者对个体作家的研究论文分布

作 家	研究者	论文数	作 家	研究者	论文数	作 家	研究者	论文数
杜 甫	谢思炜	6	李 白	裴斐	9	李商隐	刘学锴	8
杜 甫	霍松林	5	李 白	胡国瑞	5	李商隐	董乃斌	4
杜 甫	陈友琴	4	李 白	麦朝枢	5	李商隐	余恕诚	4
杜 甫	刘开扬	4	李 白	乔象钟	4	李商隐	刘盼遂 聂石樵	3
杜 甫	莫砺锋	3	李 白	王运熙	3	李商隐	王 蒙	3
杜 甫	方 管	3	李 白	赵昌平	3	白居易	陈友琴	7
王 维	陈贻焮	4	李 白	周勋初	3	白居易	林志浩	3
			李 白	葛景春	3			

表 4 显示，在杜甫研究中，谢思炜和霍松林等先生的专注度最高。谢思炜在《文学遗产》发表了 6 篇研究杜甫的论文，霍松林先生发表了 5 篇杜甫研究论文。而裴斐、胡国瑞和麦朝枢等先生则相当专注于李白研究，分别发表了 9 篇和 5 篇李白研究论文。刘学锴、余恕诚和董乃斌等先生则更注重李商隐研究，他们分别发表过 8 篇和 4 篇李商隐研究论文。陈贻焮先生专注于王维研究，陈友琴先生则非常关注白居易研究，二人分别发表过王、白研究论文 4 篇和 7 篇。

兹以谢思炜和刘学锴先生为例作一分析。谢思炜发表的第一篇杜甫研究论文是在 1990 年（详表 5），发表的第六篇杜甫研究论文是在 2013 年，表明在长达 24 年的时间里，谢思炜一直在关注杜甫、思考杜甫研究的相关问题。专注时间之长、发表论文之多，都表明他对杜甫专注度之高。刘学锴先生在《文学遗产》发表的第一篇李商隐研究论文是 1980 年，发表的第八篇李商隐研究论文是 2003 年，他关注、思考、研究李商隐也至少历经 24年。其专注度之高亦可想见。刘学锴先生在李商隐研究方面的成果也久为学界所公认。他出版有李商隐研究的专著多种，诸如《李商隐诗歌集解》（中华书局 1988 年初版，2004 年增订重排版）、《李商隐文编年校注》（中华书局，2002）、《李商隐资料汇编》（中华书局，2001）、《李商隐》（中华书局，1980）、《李商隐传论》（安徽大学出版社，2002）、《李商隐诗歌研究》（安徽大学出版社，1998）、《李商隐诗歌接受史》（安徽大学出版社，2004）、《汇评本李商隐诗》（上海社会科学院出版社，2002）等。刘学锴先生数十年沉潜于李商隐研究，遂成为当代李商隐研究的第一人。专注度，虽不是评估学者学术水平的主要指标，但却是衡量一位学者对某个研究领域沉潜思考长度的重要指标。一位学者，对一个研究领域沉潜思考数十年，自有较深的造诣，也必有所创获。

表 5　谢思炜所发杜甫研究论文

论自传诗人杜甫——兼论中国和西方的自传诗传统	《文学遗产》1990 年第 3 期
杜诗解释史概述	《文学遗产》1991 年第 3 期
杜诗叙事艺术探微	《文学遗产》1994 年第 3 期
杜诗的伦理内涵与现代阐释	《文学遗产》1995 年第 1 期
杜诗的自我审视与表现	《文学遗产》2001 年第 3 期
杜诗与《文选》注	《文学遗产》2013 年第 4 期

表 6　刘学锴所发李商隐研究论文

李商隐开成末南游江乡说再辨正	《文学遗产》1980 年第 3 期
李商隐与宋玉——兼论文学史上的感伤主义传统	《文学遗产》1987 年第 1 期
李商隐咏史诗的主要特征及其对古代咏史诗的发展	《文学遗产》1993 年第 1 期
古代诗人研究的新尝试与新探索——评董乃斌著《李商隐的心灵世界》	《文学遗产》1994 年第 3 期

续表

樊南文的诗情诗境	《文学遗产》1997 年第 2 期
义山七绝三题	《文学遗产》2000 年第 2 期
李商隐开成五年九月至会昌元年正月行踪考述——对李商隐开成末南游江乡说的续辨正	《文学遗产》2002 年第 2 期
白描胜境话玉溪	《文学遗产》2003 年第 4 期

我们再换个角度,看看不同时段论文选题的其他变化,参表 7。

表 7　各阶段个体作家研究与宏观研究论文分布

1954~1966 年		1980~1999 年		2000~2013 年	
个体作家研究	292	个体作家研究	343	个体作家研究	189
其他研究	44	宏观研究	160	宏观研究	155
合　计	336	合　计	503	合　计	344 *

　*三个阶段论文统计的总量为 1183 篇,较实际论文总量 1173 篇为多。原因是有些论文研究的是两个或两个以上的作家,而被分别统计。如某篇论文研究的是李杜比较,那么这篇论文被分别统计到李、杜二人名下。于是就有 1 篇论文而被统计成 2 篇或 3 篇的现象。

　　表 7 显示,20 世纪 50~60 年代,论文选题以个体作家研究为主,宏观性研究论文甚少。此期论文总数为 336 篇,个体作家研究的论文高达 292篇,占同期论文总量的 87%;而同期非个体作家研究的其他论文,只有 44篇,占同期论文总量的 13%。这一成多的非个体作家研究论文中,只有寥寥几篇是比较宏观的研究论文,如金启华先生的《晚唐诗歌试论》(《光明日报》1959 年 3 月 22 日)、傅庚生先生的《说唐诗的醇美》(《光明日报》1962 年 2 月 25 日)和胡士莹先生的《唐代民间宫廷寺院中的说话》(《光明日报》1963 年 3 月 24 日)等。其他论文是讨论《唐诗三百首》的编者和价值、《全唐诗》的重编等问题。

　　20 世纪 80~90 年代,个体作家研究仍占主流,但宏观研究的比重已大大提升。20 世纪 80 年代中期,《文学遗产》编辑部倡导宏观研究,一时形成热潮;《文学遗产》发表的宏观研究论文也大大增加。此期发表的论文总量为 503 篇,其中宏观研究论文 160 篇,占总量的 32%;个体作家研究论文为 343 篇,占总量的 68%。较之 20 世纪 50~60 年代,这一时期的宏观研究论文已增加了两成多。

21 世纪以来，宏观研究与个体作家研究的论文数量几乎平分秋色。近年来，学界普遍感觉个体作家研究越来越难以突破，特别是大作家和名作家的选题更难创新，于是尽力向宏观、中观的群体研究和时段研究以及文学的外部研究转移，诸如文学与文化、文学与政治、文学与地域、文学传播接受研究等，个体作家研究的比重则逐渐下降。这个趋势也鲜明地体现在《文学遗产》所刊论文上。此期《文学遗产》所刊唐代文学研究论文总量为 344 篇，宏观研究论文有 155 篇，占总量的 45%；个体作家研究的论文为 189 篇，占总量的 55%。虽然个体研究的占比还是高于宏观研究一成，但二者的差距已越来越小。

复看文体研究的分布，详表 8。

表 8　各阶段文体研究论文分布

1954 ~ 2013 年		1954 ~ 1966 年		1980 ~ 1999 年		2000 ~ 2013 年	
文体	篇数	文体	篇数	文体	篇数	文体	篇数
诗	886	诗	259	诗	381	诗	246
文	87	词	30	文	37	文	36
词	71	文	14	词	29	小说	14
小说	48	小说	12	小说	22	词	12
其他	97	其他	24	其他	44	其他	29
	1189 *		339		513		337

* 此总数也大于论文实际总量的 1173 篇。原因也是有的论文涵盖多种文体，而被分别统计。

表 8 显示，从整体上看，《文学遗产》所发论文，最关注唐诗（含诗人诗作）研究，研究唐诗的论文多达 886 篇，占全部论文的 75%。其他文体累计只占两成半。唐诗之外，比较受关注的文体依次是文、词和小说。这跟整个大陆学界唐代文学研究的文体分布状况相当。在 1954 ~ 2000 年大陆的唐代文学研究成果中，诗歌研究论文有 15854 篇，占全部论文的 77%；文的研究为 1854 篇，词和小说的研究分别为 994 篇和 969 篇，文、词和小说的研究只占两成多。关注度也依次是诗歌第一，散文第二，词和小说分别居第三和第四。

分阶段来看，唐诗始终是各阶段关注的重点，每个阶段研究诗歌的论文都独占鳌头，其数量超过了其他文体研究论文的总和。而唐五代词的研究热度则逐阶段下降，20 世纪 50～60 年代词的研究论文量位列第二，20 世纪 80～90 年代以来，逐渐下滑到第三和第四。唐文研究自 20 世纪 80～90 年代上升至第二位后即平稳发展。小说研究，前两个阶段是在词之后，21 世纪以来研究热度有所提升，超过了词而位居第三。

四　作者队伍

本部分先统计作者的发文量，以了解有多少人在《文学遗产》发表过论文，发表论文较多的有多少人，发表论文较少的有多少人（详表 9），然后再考察活跃作者和一般作者的分布情况。

表 9　作者发文量统计表

作者类型	发文量（篇数）	作者人数	累计（篇数）	合　计
活跃作者	22	1	22	105 人，507 篇
	13	2	26	
	12	1	12	
	11	3	33	
	10	2	20	
	9	2	18	
	8	4	32	
	7	3	21	
	6	9	54	
	5	9	45	
	4	17	68	
	3	52	156	
一般作者	2	86	172	626 人，712 篇
	1	540	540	
合　计		731 人	1219* 篇	

*此统计总数大于实际论文总量的 1173 篇，是因为有些文章系二人或三人合作，合作的文章被分别统计到每位作者名下，故部分论文被重复统计，因而统计数字略大于实际论文数。

表 9 显示，60 年间，共有 731 位作者在《文学遗产》上发表过唐代文学研究论文。单人发文量最高的达 22 篇，其次是 13 篇和 12 篇，最低的是 1

篇。发表过 22 篇的只有 1 人，发表过 13 篇和 12 篇的分别有 2 人和 1 人，发表过 11 篇的有 3 人，发表过 10 篇的有 2 人。合计起来，发表过 10 篇以上论文的作者共有 9 人。这些作者可称高发文量作者。发表过 3 篇及以上的作者可称为活跃作者，发表过一两篇的作者可称为一般作者。

表 9 可见，活跃作者有 105 人，占作者队伍总数的 14%；一般作者有 626 人，占作者队伍总数的 86%，其中只发表一篇论文的作者有 540 人，占作者队伍总数的 74%。计量文献学中，有个普赖斯定律：在科学研究领域里，有 75% 的科学家一生只发表一篇论文。《文学遗产》的作者队伍也基本符合这个定律。

如今有些单位，以能否在《文学遗产》这样级别的刊物发表 2 篇论文作为评定高级职称的基本条件。依上述统计，60 年来，即使是在《文学遗产》发表过唐代文学研究论文的作者中，也有 74% 的作者没达到发表两篇论文的要求，更别说那些没有在《文学遗产》发表过论文的广大作者了。据我们的《20 世纪唐代文学研究论著检索系统》统计，1954～2000 年，大陆学界发表过唐代文学研究论文的作者有 9650 人，其中只有 540 位作者在《文学遗产》发表过论文[①]，可以想见在《文学遗产》发表论文是何其难哉！又仅有 142 人在《文学遗产》发表过两篇以上的论文，这些作者只占同期唐代文学研究论文作者总数的 1.47%。也就是说，如果以能否在《文学遗产》这样的刊物发表过两篇及以上论文作为评定高级职称的基本条件之一，那就意味着半个多世纪间有 98% 的研究者达不到要求。虽然《文学遗产》之外同级别的刊物还有两三种，但另外的几大刊物所发唐代文学论文则更少。

站在刊物的立场看，《文学遗产》作者队伍中，一般作者占了八成多，特别是发表过一篇论文的作者占了七成多，表明《文学遗产》重视发表"新人"的作品。正因为不断有新作者加入，《文学遗产》的论文才保持着生生不息的创新活力。七成多的作者是"首发"的"新生"作者，又表明《文学遗产》编辑部一直以来坚持唯"文"是举的原则，只论"文"不论

---

① 这 540 位作者是指，1954～2000 年间在《文学遗产》发表过论文的作者，不含 2001～2013 年在《文学遗产》所发论文的作者。

"人"，无论是新生作者还是资深作者，是一般作者还是活跃作者，只要文章达到较高的学术水准就采用，而不论作者的身份和地位。这对于目前有些刊物发表论文先要进行"身份识别"、设置身份门槛的做法，应该具有启发性和示范性。时下有些刊物，只发表具有高级职称的、有学术地位和学术影响的作者的论文，不注意扶持和培养新人和新生力量，是一种短视行为，不利于学术共同体健康、有序、持续地发展。

一个刊物，拥有一定比例的稳定的活跃作者队伍，又彰显着刊物的学术地位。活跃作者群乐意聚集在某个刊物发表论文，足以表明该刊物的学术影响和学术地位为活跃作者群所认定。而活跃作者群、核心作者群的参与，又为核心期刊的学术水准和影响力、竞争力提供了保障。《文学遗产》活跃作者所发论文共 507 篇，占成果总量的 41%。一成多的活跃作者发表了四成多的论文，显示出活跃作者强劲的学术实力。

再看活跃作者队伍的具体构成。在《文学遗产》唐代文学研究的活跃作者中，发文量最高的是陈友琴先生，达 22 篇。位居活跃作者队伍前三甲的另二位是余恕诚和霍松林先生（均为 13 篇）。紧随其后的高发文量作者分别是傅璇琮（12 篇）、董乃斌、裴斐、王运熙（以上 11 篇）、陈贻焮、戴伟华（以上 10 篇）。其他活跃作者是（以姓氏拼音为序）：卞孝萱、查屏球、查正贤、柴剑虹、陈飞、陈尚君、陈铁民、程毅中、储仲君、褚斌杰、丁放、杜晓勤、方管、房日晰、富世平、葛景春、葛晓音、葛兆光、耿元瑞、郭预衡、韩成武、韩经太、胡国瑞、胡可先、蒋寅、金学智、李浩、李嘉言、李剑国、梁超然、廖仲安、林庚、林继中、林志浩、刘盼遂、刘开扬、刘明华、刘鹏、刘青海、刘瑞明、刘学锴、刘尊明、罗时进、马斗全、马茂元、麦朝枢、莫砺锋、聂石樵、钱志熙、乔象钟、任半塘、阮堂明、尚永亮、佘正松、舒芜、孙昌武、陶敏、陶文鹏、王达津、王丽娜、王蒙、王士祥、王勋成、王兆鹏、王仲闻、吴承学、吴调公、吴光兴、吴企明、吴相洲、吴在庆、夏承焘、萧涤非、肖占鹏、谢思炜、徐俊、许总、杨海明、杨明、尹占华、俞平伯、郁贤皓、袁行霈、詹锳、张安祖、张乘健、张国举、张剑、张锡厚、赵昌平、周勋初、周寅宾、周振甫、朱金城、朱易安等先生。半个世纪以来唐代文学研究的知名学者，大多都在这份活跃作者名单中。中国唐代文学学会的历任会长、副会长和常务理事，也基本都在其中。此足见唐代文学研究的活跃作者，也基本上是《文学遗产》的活跃作者。反过来说，《文学遗产》的活跃作者，基本囊括了唐代文学研究中有实力的活跃作者。

上列 105 人，是 60 年间涌现出的活跃作者。下面再观察不同时段的活跃作者。

20 世纪 50 ~ 60 年代（1954 ~ 1966），唐代文学研究的活跃作者，以陈友琴（1902 ~ 1996）、陈贻焮（1924 ~ 2000）、霍松林（1921 ~ ）、马茂元（1918 ~ 1989）和王运熙（1926 ~ 2014）"五虎将"最为活跃，他们的发文量位居前列（参表 10）。其中陈友琴先生最为活跃，发文量雄居第一。陈先生主要致力于白居易和杜甫的研究，在《文学遗产》所发 21 篇论文中，分别有 9 篇和 4 篇是研究白居易、杜甫其人其诗的。

表 10   1954 ~ 1966 年活跃作者

作　者	论文数	作　者	论文数
陈友琴	21	乔象钟	4
陈贻焮	9	卞孝萱	3
霍松林	7	方　管	3
马茂元	7	耿元瑞	3
王运熙	7	廖仲安	3
胡国瑞	6	林　庚	3
刘开扬	6	林志浩	3
麦朝枢	5	刘盼遂	3
李嘉言	4	夏承焘	3
聂石樵	4	萧涤非	3
裴　斐	4	俞平伯	3

20 世纪 80 ~ 90 年代（1980 ~ 1999），余恕诚、董乃斌、傅璇琮、赵昌平、蒋寅、裴斐和吴在庆七位"七星上将"，发文量都在 7 篇以上。陈尚君、陈铁民、程毅中、戴伟华、葛景春、葛晓音、刘学锴、刘尊明、孙昌武、王运熙、王兆鹏、吴企明、谢思炜、杨海明和周振甫等活跃作者都发表了 4 篇以上的论文。

戴伟华、丁放、霍松林、李剑国和尚永亮五位先生，则是 21 世纪以来

（2000～2013）发文量较高的活跃作者，他们都发表了 5 篇论文。陈铁民、刘学锴、钱志熙、陶敏、余恕诚和张安祖发文量也较高，都有 4 篇论文在《文学遗产》刊载。

三个时段，都有高发文量的活跃作者各领风骚，表明唐代文学研究的活跃作者代不乏人。20 世纪 50～60 年代的"五虎将"都生于 20 世纪 20 年代及以前，20 世纪 80～90 年代的"七星上将"则多是 20 世纪 30～40 年代出生，只有蒋寅生于 20 世纪 50 年代末。21 世纪五位高发文量作者，20 世纪 50 年代出生的占了三位（戴伟华、丁放、尚永亮）。霍松林先生宝刀不老，20 世纪 50～60 年代已是虎将，到了 21 世纪仍雄风不减，保持着较高的发文量。

从活跃作者的代群分布看，20 世纪 80 年代以来，在发表过 4 篇以上论文的活跃作者中，20 世纪 30 年代及以前出生的有 10 人，20 世纪 40 年代出生的有 14 人，20 世纪 50 年代出生的有 11 人，20 世纪 60 年代出生的有 6 人。各年代出生的学者相对均衡。20 世纪 60 年代出生的学者相对少一些，是因为他们出道的时间较晚，目前正值学术黄金期，未来会有更好的表现。20 世纪 70 年代出生的学者，至今还没有出现一位较高发文量（4 篇以上）的活跃作者。20 世纪 70 年代出生，于今已是 40 岁上下。而出生于 20 世纪 50 年代、当年 40 岁上下的活跃作者群，在 20 世纪 80～90 年代就崭露头角，有 6 人发表过 4 篇以上论文。相较而言，20 世纪 70 年代出生的活跃作者成长周期较长较慢，活跃作者群还有待形成。70 后的新生代作者群固然需要自身的努力，《文学遗产》编辑部也应有意识地多扶持和培养 70 后、80 后的年轻作者，帮助他们在学术研究上顺利成长，以使唐代文学研究事业可持续发展。

［作者单位：武汉大学文学院］

专业期刊在学术研究中的引领作用

——以二十一世纪十五年《文学遗产》
刊发唐前文学研究论文为例

张新科　　王晓鹃

　　《文学遗产》是研究中国古代文学、文化的专业期刊，已走过了60年的历程，对促进中国古代文学学术研究、弘扬民族优秀文化起了积极作用。尤其是进入20世纪以来，在引领学术潮流、推动学术研究、端正学术文风、传播学术信息等方面发挥了重要的示范作用。从1999年世纪之交开始到2013年共计15年，正是21世纪中国社会和文化的转型时期，学术研究也呈现出新的面貌。我们以这15年《文学遗产》刊发唐前文学研究论文为例，谈谈学术期刊在学术研究中的重要作用。

　　15年来，《文学遗产》刊登了大量有关学术会议信息，并且开设了"新书架""学人荐书""古代文学博士点介绍""博士新人谱"等栏目，给读者提供了丰富的古代文学学术信息。就专题研究而言，据笔者粗略统计，"学术论文""研究综述""读书札记""学者研究""学术广角""海外汉学"等栏目共刊发文章1896篇。如果除去中国古代文学综合研究内容，就唐前文学研究而言，共刊发文章374篇，占总数的19.73%。我们对374篇文章做如下统计分析：

按时代划分：先秦 85 篇，秦代 2 篇，两汉 88 篇，魏晋 46 篇，南北朝 102 篇，隋代 6 篇，通论或以先秦两汉、秦汉、魏晋南北朝等为题的有 45 篇。从纵向来看，基本涉及唐前文学发展的各个时期，反映出文学从产生到逐步成熟的线索。

按义理、考据划分，义理 176 篇，考据 199 篇。由于古代文学遗产非常丰富，加之唐前文学独特的情况，尤其是有些文献离今天非常遥远，需要一定的辨析。因此，唐前文学的研究是以文献研究为基础，来展开文学研究的。

按文学史、文学理论划分，文学史 302 篇，文学理论 73 篇。古代文学研究，包括文学实践和文学理论两大方面。由于学科发展，古代文学理论已经成为独立的学科。一般的文学史著作都较少论述文学理论的发展情况，但《文学遗产》以《文心雕龙》和《诗品》为重点，积极展开唐前文学理论的探讨与研究。

按研究内容划分，由多到少，依次为《诗经》30 篇，汉赋 26 篇，萧统与《文选》19 篇，《楚辞》17 篇，陶渊明 16 篇，神话及志怪等 15 篇，刘勰与《文心雕龙》13 篇，庾信 9 篇，司马迁与《史记》7 篇，钟嵘与《诗品》6 篇，汉乐府 6 篇，佛学 6 篇，永明体 6 篇，《庄子》4 篇，《汉书》4 篇，《荀子》3 篇，《左传》3 篇，汉代政论文 3 篇，谢灵运 3 篇，陆机 3 篇，其他 1～2 篇不等。

从研究队伍来看，涉及中国社会科学院文学所以及国内高等院校的诸多研究者，既有功底扎实、学养丰厚的前辈学者，亦有思想敏锐、年富力强的中年学者。许多青年学者通过《文学遗产》的平台也得以崭露头角。

通过以上的统计和研究内容，我们不难发现《文学遗产》在唐前文学研究中的一些特点和作用。

一　关注前沿，具有一定的引领作用

唐前文学，时间跨度漫长，社会形态多样（原始社会、奴隶社会、封建社会），文化背景多元（儒释道相交融），文体形式复杂，是中国文学、文化的源头和基础，具有文史哲三位一体的特点。唐前文学研究也是时间长、成果多，尤其是进入新时期以来，迎着改革开放的春风，学术研究进入健康发展的轨道。《文学遗产》杂志以敏锐的眼光，关注学术前沿，发表了一系列具有创新意义的论文。进入 21 世纪之后，《文学遗产》在社会转型、文化多元的氛围中，办刊水平更是不断提升，因而发挥了引领学术潮流的重要作用。具体表现为：

第一，提出新话题，开辟新领域。除综合性研究涉及古代文学研究中的"二重证据""三重证明"、古代文学的传播、古代文学史的边界、古代的文学教育、古代文学研究的国际化、技术化、包容性等问题外，就唐前文学研究而言，刊发的论文也提出许多新的话题。比较突出的如曹道衡《关中地区与汉代文学》（2002 年第 1 期）一文，较早以宽阔的文化视野考察了关中文化兴衰的历史背景及其发展脉络；《西魏北周时代的关陇学术与文化》（2002 年第 3 期）一文，则对北朝时期的关陇文化进行全面阐述。这两篇论文对于认识唐前关中文学具有重要意义。此后冉耀斌《三秦诗派及其文化品格》（2008 年第 5 期）一文进一步对关中地区诗歌进行研究。曹道衡还有《东汉文化中心的东移及东晋南北朝南北学术文艺的差别》一文（2006 年第 5 期），对文化重心转移带来的文学变化进行探讨。这种地域文学的研究，在《文学遗产》受到重视，杨义《重绘中国文学地图》（2003 年第 5 期），林涓、张伟然《巫山神女：一种文学意象的地理渊源》（2004 年第 2 期），刘跃进《江南的开发及其文学的发轫》（2007 年第 3 期）、《秦汉时期的"三楚"文学》（2008 年第 5 期）等，都具有代表性，为学术界文学地理学的发展做出了重要贡献。又如董乃斌《文学史无限论》（2003 年第 6 期）、徐公持《文学史有限论》（2006 年第 6 期）两文，对我们理解"文学史观念""文学史材料""文学史体式"等方面均有启发意义，"无限论"与"有限论"都提出了文学史发展中的重要命题。又如陈桐生《从出土文献看七十子后学在先秦散文史上的地位》（2005 年第 6 期）一文，利用郭店楚墓竹简与上海博物馆藏战国楚竹书等资料，将其与七十子后学著述的《论语》大小戴《礼记》《孝经》《仪礼》等作品进行对比，提出"七十子后学散文"的概念，从而打通了先秦历史散文与先秦诸子散文之间的联系，提出了新的先秦散文发展观。又如杨义《〈论语〉还原初探》（2008 年第 6 期）一文，是作者"诸子还原"系列论文之一种，把《论语》放到当时的历史文化环境中进行认识，还原其本来面目，为先秦诸子文本的编纂体例形成过程及其思想体系的形成提供了有益的借鉴。利用"还原"理论进行文学探讨的还有范子烨《诗意地栖居与沉静的激情——对陶渊明〈归园田居〉五首的还原阐释》（2011 年第 5 期）一文，对于深入理解陶渊明很有启发意义。再如赵辉《先秦文学主流言说方式的生成》（2012 年第 3 期）一文，根据发生学的理论，提出先秦文学的"限定时空说"，颇有新意。还有吴承学、沙红兵《中国古代文体学学科论纲》（2005 年第 1 期）提出建构中国古代文体学的新思想。马银琴《齐桓公时代〈诗〉的结集》（2004 年第 3 期）、《战国时代〈诗〉的传播与特点》（2006 年第 3 期）、《周秦时代秦国儒学的生存空间——兼论〈诗〉在秦国的传播》（2011 年第 4 期）、陈桐生《传播在战国文学发展中的地位》（2013 年第 6 期）等提出文学传播在文学发展中的重要作用，等等。这些新思想、新学说，开辟了唐前文学研究的新领域，具有重要意义。

第二，深化传统研究，探寻文学规律。唐前文学研究在 21 世纪之前已取得丰硕成果，如何进一步深化研究，许多学者做出了努力。郭杰《〈诗经〉对答之体及其历史意义》（1999 年第 2 期）、《从〈生民〉到〈离骚〉——上古诗歌历史发展的一个实证考察》（2001 年第 4 期）两文，对《诗经》文体进行了深入探讨。启功《汉语诗歌的构成及发展》（2000 年第 1 期），葛晓音《论早期五言体的生成途径及其对汉诗艺术的影响》（2006 年第 6 期）、《先唐杂言诗的节奏特征和发展趋向——兼论六言和杂言的关系》（2008 年第 3 期）等，从诗歌文体内在特征出发，探讨诗歌尤其是唐前诗歌发展的规律。石昌渝《论魏晋志怪的鬼魅意象》（2003 年第 2 期），韦凤娟《另类的"修炼"——六朝狐精故事与魏晋神仙道教》（2006 年第 1 期）、《从"地府"到"地狱"——论魏晋南北朝鬼话中冥界观念的演变》（2007 年第 1 期）、《魏晋南北朝"仙话"的文化解读——关于超越生死大限的话语表述》（2008 年第 1 期），普慧《汉代巫鬼崇拜及其对六朝鬼神文学的影响》（2013 年第 5 期）等，结合社会文化背景，探讨汉魏六朝时期鬼神文学的发展。汪春泓《论王俭与萧子良集团的对峙对齐梁文学发展之影响》（2006 年第 3 期）、李洲良《论春秋笔法与诗史关系》（2006 年第 5

期）、钱志熙《从群体诗学到个体诗学——前期诗史发展的一种基本规律》（2005 年第 2 期）、徐公持《衰世文学未必衰——以魏晋南北朝文学为例》（2013 年第 1 期）等，深入探讨文学发展中的各种内在联系。马昌仪《山海经图：寻找〈山海经〉的另一半》（2000 年第 6 期）、江林昌《图与书：先秦两汉时期有关山川神怪类文献的分析——以〈山海经〉〈楚辞〉〈淮南子〉为例》（2008 年第 6 期）等，结合先秦时期图画与文字的关系，探讨《山海经》等文本的独特性。曹道衡、罗宗强、徐公持《分期、评价及其相关问题——魏晋南北朝文学研究三人谈》（1999 年第 2 期），就魏晋南北朝文学的分期、评价等问题进行探讨。另外如曹道衡《论东晋南朝政权与士族的关系及其对文学的影响》（2003 年第 5 期）、李剑锋《论江州文学氛围对陶渊明创作的影响》（2004 年第 6 期）、赵敏俐《先秦两汉琴曲歌辞研究》（2010 年第 2 期）、谭家健《〈左传〉的美学思想》（2010 年第 3 期）、张新科《〈史记〉文学经典的建构过程及其意义》（2012 年第 5 期）、罗军凤《〈左传〉与口头文学研究》（2013 年第 2 期）、王思豪《一个被遮蔽的语体结构选择现象——论汉赋用〈诗〉"诗曰"的隐去》（2013 年第 4 期）等文或深化传统研究，或探讨文学发展规律，都有较强的学术价值。

第三，挖掘新材料，探索新方法。唐前文学研究，不只是简单的传世的主流文献文本的研究，随着考古学的不断发展，唐前文学研究中新材料的挖掘也值得注意。21 世纪以来，许多学者结合各种文献探讨唐前文学，如汪春泓《从铜镜铭文蠡测汉代诗学》（2004 年第 3 期），张廷银《古代文学史研究的非经典文献——从地方志、族谱和佚名评注说起》（2008 年第 5 期），李学勤、裘锡圭《新学问大都由于新发现——考古发现与先秦、秦汉典籍文化》（2000 年第 3 期），汤漳平《再论楚墓祭祀竹简与〈楚辞·九歌〉》（2001 年第 4 期），董芬芬《从侯马、温县载书看春秋誓辞及誓约文化》（2008 年第 4 期），刘冬颖《出土文献与先秦时期的楚地儒家传〈诗〉》（2009 年第 2 期）等文，或注意考古文献资料，或挖掘非经典文献，都为唐前文学研究提供了新的材料和新的研究方法。关于这方面的成就，我们在下文有进一步的论述。

第四，视野开阔，研究丰富。唐前文学的发展不是孤立的，它与社会政治、经济、文化等有密切关系。21 世纪以来的唐前文学研究，也注意到了研究视野的开阔。刘跃进《秦汉文学史研究的困境与出路》（2003 年第 6 期）一文，就强调视野的重要性，提出了文学史研究的三重境界说。作者认为，文学史研究的最基础性工作当然是回归原典，即根据秦汉文学史的实际，尽可能地勾画出当时的文学风貌、文体特征及文学思想的演变过程。在此基础上，才有可能进入综合研究境界。这里所说的"综合研究"不是一般意义上的泛泛而论的大视角，而是对各种文体、各门学科作通盘的考察，创造出一种全新形态的文学史框架。而文学史研究的最高境界应当是对文学史作更加理性的思考，进而创建具有中国特色的文学理论命题及文学理论体系。许多学者在研究问题时，或结合社会文化背景，或结合外民族文化，取得了突出成就，如白化文《三生石上旧精魂——汉文学对通过佛教经典传来的古代南亚次大陆文学素材的使用与扬弃》（1999 年第 5 期），姚小鸥《〈鲁颂·駉〉篇与周礼的关系及其文化意义》（2002 年第 6 期），刘丽文《春秋时期赋诗言志的礼学渊源及形成的机制原理》（2004 年第 1 期），王小盾、金溪《经呗新声与永明时期的诗歌变革》（2007 年第 6 期），王德华《东汉前期赋颂二体的互渗与散体大赋的走向》（2004 年第 4 期）、《东汉前期京都赋创作时间及政治背景考论》（2008 年第 2 期），徐兴无《西汉武、宣两朝的国家祀典与乐府的造作》（2004 年第 5 期），鲁洪生《汉赋源于〈周礼〉"六诗"之赋考》（2009 年第 6 期），傅道彬《"六经皆文"与周代经典文本的诗学解读》（2010 年第 5 期），许继起《周代助祭制度与〈诗经〉中的助祭乐歌》（2012 年第 2 期），胡大雷《论"语体"及文体的前"文体"状态》（2012 年第 1 期），赵敏俐《读士仕进与精思著文——论汉代官僚士大夫与文人文学之关系》（2013 年第 3 期），韩高年《春秋卜筮制度与解说文的生成》（2013 年第 6 期）等文，都注意到文学发展背后的复杂因素。特别是徐公持《"义尚光大"与"类多依采"——汉代礼乐制度下的文学精神和性格》（2010 年第 1 期）、《论秦汉制式文章的发展及其文学史意义》（2012 年第 1 期）、《"礼乐争辉"与"辞藻竞骛"——关于秦汉文学发展的制度性考察》（2011 年第 1 期）等系列论文，把秦汉文学的发展置于礼乐制度的背景之下，避免了单纯的文学发展论。又如唐前文学活动与文学的关系，刘跃进《东观著作的学术活动及其文学影响研究》（2004 年第 1 期）、刘怀荣《论邺下后期宴集活动对建安诗歌的影响》

（2005 年第 2 期）、吴光兴《论萧纲的文学活动及其宫体文学理想》（2006 年第 4 期）、陈君《论汉代兰台文人及其文学活动》（2008 年第 4 期）等，都进行了有益探索。对于宫体文人及文学，也有较深入的研究，如胡大雷《宫体诗与南朝乐府》（2001 年第 6 期）、傅刚《南朝乐府古辞的改造与艳情诗的写作》（2004 年第 3 期）、何诗海《齐梁文人隶事的文化考察》（2005 年第 4 期）等。还有一些以往不大被人注意的作家或文献，此时也受到重视，如刘跃进《〈独断〉与秦汉文体研究》（2002 年第 5 期）、孙少华《孔臧四赋与西汉诗赋分途发微》（2009 年第 2 期）、刘明怡《〈风俗通义〉的文体特点及其文学意义》（2009 年第 2 期）、陈庆元《大明泰始诗论》（2003 年第 1 期）等。即使一些考释论文，也注意到文学发展与学术发展的关系，如罗宗强《释〈章表〉篇"风矩应明"与"骨采宜耀"——兼论刘勰的杂文学观念之一》（2007 年第 5 期）、许结《西汉韦氏家学诗义考》（2012 年第 4 期）等文，或从一句话引出大问题，探讨刘勰的大文学史观念，或从家学渊源探讨《诗经》在汉代的传授情况，颇有深度。

其他如陈庆元《论颜谢、沈谢齐梁间地位的升降得失》（1999 年第 1 期）、刘明华《理想性·神秘性·历史真实——对〈桃花源诗并记〉的多重解读》（1999 年第 1 期）、王钟陵《〈庄子〉中的大木形象与意象思维》（1999 年第 6 期）、王宜瑗《六朝文人挽歌诗的演变和定型》（2000 年第 5 期）、姜必任《庾信对北朝文化环境的接受》（2001 年第 5 期）、曹虹《慧远及其庐山教团文学论》（2001 年第 6 期）、刘畅《三不朽：回到先秦语境的思想梳理》（2004 年第 5 期）、许志刚《〈子虚赋〉、〈上林赋〉：艺术转型与新范式的确立》（2005 年第 3 期）、普慧《佛教对中古文人思想观念的影响》（2005 年第 5 期）、孙尚勇《论吴歌〈六变〉的"因事制哥"》（2006 年第 5 期）、蒋振华《汉魏两晋南北朝文人诗序论略》（2008 年第 3 期）、梁葆莉《从秦始皇巡行看秦代的精神探索和文学表现》（2008 年第 5 期）、许结《说"渊懿"——以西汉董、匡、刘三家奏议文为例》（2008 年第 5 期）、钱志熙《论〈文选〉〈咏怀〉十七首注与阮诗解释的历史演变》（2009 年第 1 期）、范子烨《颍水之思与鸿儒之道：陶渊明〈示周掾祖谢〉诗解》（2009 年第 3 期）、马世年《〈荀子·赋篇〉体制新探——兼及其赋学史意义》（2009 年第 4 期）等，显示出唐前文学研究内容的丰富性。

二 关注经典，致力唐前典型文学研究

在多年的学术积淀和办刊宗旨的影响下，《文学遗产》一贯倾向于对传统文化和经典文学的弘扬与研究，《诗经》学、司马迁与《史记》、萧统与《文选》、陶渊明、庾信等，自然是其重点研究对象。兹举两例：

第一，《诗经》学研究。《诗经》是中华民族的文化元典，是古代文化的代表，具有多学科的性质。15年来，《文学遗产》共发表《诗经》学论文30篇，在刊发唐前文学研究论文中占第一，涉及《诗经》的编纂、内容、流变、传播、价值等诸多问题。如夏传才《国外〈诗经〉研究新方法论的得失》（2000年第6期）一文，从西方的传统阐释学、现代接受美学、文学本体论、语言学研究、精神分析理论及文化人类学等方面评述国外《诗经》研究方法论，并论述其得失。论文不但视野开阔，而且在方法论上具有指导意义。聂鸿音《西夏译〈诗〉考》（2003年第4期）一文，从西夏文典籍中辑录西夏人翻译的《诗经》文句二十六则并考察其义训正误，发现西夏《诗经》译例中有半数均存在不同程度的误解，有的甚至可以说是严重失误，说明西夏知识分子对于《诗经》并不像我们预期的那样熟悉，以《诗经》为代表的中原古典文学没能成为党项文人文学的滋养。论文视角新颖，让人眼前一亮。

《郭店楚墓竹简》和《上海博物馆藏战国楚竹书》等新材料的出土，也为《诗经》学的深入研究提供了条件。刘冬颖《出土文献与先秦时期的楚地儒家传〈诗〉》（2009年第2期），结合新近出土的大量楚地文献，从先秦楚地《诗》学的传播及理论入手，证明楚国确实受到儒家"诗教"思想的极大影响，其对《诗》的接受与认同的程度可能远在中原各国之上。常森《论简帛〈五行〉与〈诗经〉学之关系》（2009年第6期）一文，认为《五行》的核心内容是五种"德之行""善""德"等道德境界或人格的生成图式，其中有些图式乃是由《诗经》作品的情感图式转化而来的。在这一方面《草虫》一诗对《五行》有非常深刻的影响。而对《鸤鸠》《燕燕》等诗的解读，更成为《五行》核心观念——"慎独"和"舍体"建立的重要基础。《五行》谓《关雎》"繇色榆于礼"，直接承继着上海博物馆所藏

简书《诗论》的话题，显示了《诗经》学的进展；其就《鸤鸠》《燕燕》说"兴"的内容则是现在所知最早把"兴"作为诗歌写作体式来探讨的材料，向下与《诗序》《毛传》等传世《诗经》学著作衔接，补足了《诗经》学史上的一段空白。吴洋《上博（四）〈多薪〉诗旨及其〈诗经〉学意义》（2013 年第 6 期），认为上博所藏《多薪》一诗与传世《诗经》关系密切，并对《多薪》字句和修辞进行考察，又提出此诗亦"薪"象征非血缘关系的社会关系，具有启发意义。

其他如李山《〈诗·大雅〉若干诗篇图赞说及由此发现的〈雅〉〈颂〉间部分对应》（2000 年第 4 期）、林家骊《〈诗·魏风·伐檀〉中"鹑"当作"雕"解》（2002 年第 1 期）和邵炳军《〈板〉、〈召旻〉、〈瞻卬〉三诗作者为同一凡伯考论》（2004 年第 5 期）等文，是对《诗经》具体篇章的考论；王泽强《〈诗经〉中楚国歌谣缺失的原因》（2007 年第 4 期）、郝桂敏《〈齐诗〉亡佚时间纠谬》（2008 年第 2 期）、房瑞丽《〈齐诗〉〈鲁诗〉亡佚时间再辨》（2012 年第 4 期）等文，是对《诗经》传播学的探究；鲁洪生《论郑玄〈毛诗笺〉对兴的认识》（2006 年第 1 期）和王洲明《关于〈毛诗序〉作期和作者的若干思考》（2007 年第 2 期）两文，是对《毛诗序》的作者和特征的思考；其他论文，如郭杰《〈诗经〉对答之体及其历史意义》（1999 年第 2 期）、韦春喜《论汉代文学培养、选拔对〈诗经〉的影响》（2011 年第 6 期）和曹建国《论先秦两汉时期〈诗〉本事》（2012 年第 2 期）等也各有侧重，无疑在一定程度上深化了《诗经》的研究，也引导了学术的潮流。

第二，《文选》学研究。15 年来，萧统及其《文选》学研究持续升温，《文学遗产》先后刊发 18 篇论文，对《文选》的版本、编者、成书、宗旨、作品等各方面都予以关注。其中，许逸民《〈文选〉编撰年代新说》（2000 年第 4 期）认为："萧统受敕修《华林遍略》的触动，自天监十五年开始撰集诗文合集《类文》，天监末成千卷巨帙。在《类文》初具规模时，又决定约略为适中的选本，在普通初成《文选》三十卷。"曹道衡《试论〈文选〉对作家顺序的编排》（2003 年第 2 期）认为，《文选》"出于众手，且编纂时间仓促"，曹道衡又指出《文选》以《诗苑英华》为基础删改而成，昭明生前尚未最后加工完成，《文选》的编纂曾经参考和借鉴过前人已有的选本

（《关于〈文选〉研究的几个问题》）；王立群《〈文选〉成书考辨》（2003年第3期）则指出《文选》是据前贤总集二次选编的再选本，萧统对前贤编纂的总集中的名作后未能进行体例统一，部分原因在于对前贤总集的过度信任，而"《文选》所选多为历代公认的名作，故《文选》成书殊非难事。昭明以一人之力，再辅之若干助手，即可迅速纂成此书"。另外，王立群《超越旧"成说"开拓新领域——关于〈文选〉研究的断想》（2005年第2期）一文，在讨论现代《文选》学建立的基础上研究《文选》，使《文选》学研究模式由单一到多元，由局部到整体，颇有新意。傅刚多年来专注于《文选》学，其《〈文选集注〉的发现、流传与整理》（2011年第5期）等文，使《文选》学研究的深度和广度都有加强。

其他唐前著名文学家和经典作品，如司马迁与《史记》、陶渊明、庾信等，《文学遗产》也给予了充分关注，刊发了不少论文，收获较大，对相关研究也有极大启发和帮助。

三 注重史料，提倡言之有物

21世纪以来，《文学遗产》发表各类先唐考据文章199篇，占多一半，涉及先唐文学文化的方方面面。这些论文，大体可以分为两类：

一是对人物及其生平行事的考证。如蒋方《"女娶"之角色及其意义探析》（1999年第3期）、曹胜高《鬻子考索》（2000年第2期）、李剑国《干宝考》（2001年第2期）、徐公持《潘岳早期任职及徙官考辨》（2001年第5期）、李雁《谢灵运被劾真相考——兼考谢灵运之卒期》（2001年第5期）、吉定《庾信诗〈集周公处连句〉中"周公"辨正》（2002年第2期）、韩格平《竹林七贤名义考辨》（2003年第2期）、顾农《陆云生平事迹二题》（2004年第3期）、田耕滋《屈原被疏原因探幽》（2005年第4期）、薛永武《从先秦古籍通例谈〈乐记〉的作者》（2005年第6期）、姜剑云《谢灵运翻译〈金刚经〉小考》（2005年第6期）、顾农《陶渊明的"僮仆"》（2005年第6期）、许继起《两汉掖庭女乐考论》（2006年第2期）、丁福林《〈望荆山〉诗所反映的江淹生平仕履问题》（2006年第2期）、周建忠《屈原"流放江南"考》（2007年第4期）、龙文玲《〈长门赋〉作者与作年》（2007 年第 5 期）、范子烨《司马迁遭受宫刑原因新说》（2008 年第 1 期）、顾农《〈兰亭集序〉真伪问题的再思考》（2008 年第 1 期）、陈传万《从书籍编纂看中古文学的兴盛》（2008 年第 2 期）、胡迎建《渊明〈游斜川〉诗序地名索解》（2008 年第 3 期）、张庆民《干宝生平事迹新考》（2009 年第 5 期）、李思清《钟嵘所任"征远记室"主官考》（2009 年第 5 期）、李洪亮《曹植家庭变故考论》（2011 年第 4 期）、徐文明《周颙卒年研究》（2011 年第 4 期）、柏俊才《刘向生卒年新考》（2012 年第 3 期）等。作家生平考证是知人论世的基础，对研究作品十分重要。大量的考证论文大都以事实为依据，具有较强的说服力，如赵逵夫《赵壹生平著作考》（2003 年第 1 期）就汉代作家赵壹生平事迹的若干问题作了辨析，包括赵壹的名与字、籍贯、生卒年及其重要作品的写作年代等，从而澄清了赵壹研究中的许多细节问题。

二是对作品的考证。如：牛贵琥《庾信入北的实际情况及与作品的关系》（2000 年第 5 期），林怡《庾信作品考辨二则》（2000 年第 5 期），马银琴《〈毛诗〉首序产生的时代》（2002 年第 2 期），林明华《〈九章〉之写作年代及其内在联系》（2002 年第 2 期），潘啸龙《关于〈招魂〉研究的几个问题》（2003 年第 3 期），徐有富《先唐别集考述》（2003 年第 4 期），张廷银《〈敕勒歌〉异文小识》（2004 年第 3 期），刘志伟《〈语林〉与〈世说新语〉"捉刀"条考论》（2004 年第 5 期），胡政《〈哀江南赋〉作年考辨》（2004 年第 5 期），王晖《柏梁台诗真伪考辨》（2006 年第 1 期），李诚《汉人拟楚辞入选〈楚辞〉探由》（2006 年第 2 期），孙明君《〈拟魏太子邺中集诗八首〉作年臆度》（2006 年第 3 期），张强《贾谊赋考论四题》（2006 年第 4 期），周苇风《〈楚辞〉编纂体例探微》（2006 年第 5 期），杨鉴生《曹丕〈柳赋〉作年考》（2006 年第 5 期），王青《从汉魏舆服官制的变化看〈陌上桑〉的创作年代》（2007 年第 2 期），吴承学、李晓红《任昉〈文章缘起〉考论》（2007 年第 4 期），李川《〈天问〉"文义不次序"问题谫论》（2009 年第 4 期），吴晶《〈洛阳伽蓝记〉体例质疑》（2009 年第 5 期），何世剑《〈庾信集〉佚文辩正三则》（2010 年第 5 期），刘明《敦煌唐写本〈玉台新咏〉考论》（2010 年第 5 期），毕宝魁《陆贾〈新语〉错简现象探微》（2010 年第 5 期），刘运好《〈弹歌〉杂考》（2010 年第 6 期），黄大宏《隋〈谈薮〉及其作者阳玠考》（2011 年第 1 期），尹冬民《庾信〈哀江南赋〉"胡书"新证》（2011 年第 4 期），汪春泓《读〈史记·屈原贾生列传〉献疑》（2011 年第 4 期），曾祥旭《班固〈两都赋〉作年考》（2011 年第 6 期），范志新《〈文选·咏怀诗〉未标明姓氏注文的归属问题》（2011 年第 6 期），徐建委《〈左传〉早期史料来源与〈风诗序〉之关系》（2012 年第 2 期）等。作品考证往往解决一些疑难问题，给学术研究提供新的依据，如赵逵夫《〈惜诵〉、〈涉江〉的窜简问题再议》（2011 年第 6 期）一文，对《惜诵》和《涉江》的窜简问题提出了独到的见解。虽然多数学者都能看出《惜诵》与《涉江》这两篇编排上相邻近的作品之间的问题，但多不愿意承认有窜乱，而曲为之解。作者认为这是对屈原整个创作风格的发展变化缺乏认识所致，也是学术上缺乏守正和创新的勇气所致。

另外还有对与文学密切相关的典章制度等的考辨。如卜键《角抵考》（2000 年第 2 期）、贾海生《洛邑告成祭祀典礼所奏乐歌考》（2001 年第 2 期）、赵树功《魏晋六朝"文义"考释》（2005 年第 6 期）等。

这些考证，对进一步研究作者与作品及某一时期的文学现象、文化特色等都有积极意义，对深化文学史和文化史研究也大有裨益。尤其可贵的是，《文学遗产》能够及时捕捉新史料，发表新观点，倡导新学风。这一点，从《文学遗产》发表的一系列关于《郭店楚墓竹简》和《上海博物馆藏战国楚竹书》的论文中就能得到印证。

1993 年秋，在湖北荆门郭店一号楚墓（战国中期偏晚）发掘中，出土百余枚竹简，立刻引起海内外学术界的关注。经过 5 年的整理，确定有 804 枚，其中有字简 730 枚，共计一万三千多个汉字。《郭店楚墓竹简》十六篇被确定为先秦时期的文献，有《老子》《太一生水》《缁衣》《鲁穆公问子思》《五行》等篇，内容涉及儒、道两家。此外，还有《语丛》四组。1994 年春，香港文物市场上出现了一批战国楚文字竹简，后由上海博物馆收藏，学界称《上海博物馆藏战国楚竹书》。经整理辨认，共得完整及残缺简片一千二百余枚，文字三万余，可分为八十余篇文章。1995 年至 1997 年，上海博物馆陆续将楚竹书整理注释［《上海博物馆藏战国楚竹书》（一），上海古籍出版社，2001］。这两批出土竹简，无疑为先秦文学的研究提供了许多新资料。

　　站在学术前沿的《文学遗产》，迅速抓住了这个讯息，并在 2000 年《文学遗产》第 3 期上率先发表李学勤、裘锡圭二先生的《新学问大都由于新发现——考古发现与先秦、秦汉典籍文化》一文，从"考古发现与二重证据法""简帛佚籍与古籍整理""考古发现与文学史、文明史研究""为什么要走出疑古时代"四个方面，高屋建瓴地指出考古发现对先秦、秦汉典籍文化研究的巨大意义和深远影响。2000 年 8 月 19～25 日，北京大学举办"新出简帛国际学术研讨会"，会上上海博物馆送展 31 枚竹简《诗论》。随即，一批与竹简相关的论文相继发表。如：郑杰文《上博藏战国楚竹书〈诗论〉作者试测》（2002 年第 4 期），立足上海博物馆藏 29 枚说《诗》简、《论语》《孟子》《礼记》载孔子说《诗》解《诗》资料 83 条、《左传》《国语》说《诗》引《诗》资料 317 条为基础材料，比较了竹书《诗论》与孔子说《诗》在思想观念与解《诗》方法上的差异，证明了竹书《诗论》的作者不是孔子，孔子说《诗》与竹书《诗论》分属不同的先秦《诗》学系统。江林昌《上博竹简〈诗论〉的作者及其与今传本〈毛诗序〉的关系》（2002 年第 2 期），进一步说明竹简《诗论》既可能是失传了 2000 年的子夏《诗序》，也可能是《毛诗序》的原始祖本。竹简《诗论》的基本观点大多为《毛诗序》所继承。作者用确凿的资料，证实《毛诗序》确实传自子夏。与此相反，柯马丁《说〈诗〉：〈孔子诗论〉之文理与义理》（2012 年第 3 期）一文，从上海博物馆所藏《诗论》竹简的修辞模式入手，提出《诗论》不是关于《诗经》的综论，也不能仅凭推测便将之系于古代中国的某位名人名下，并对《毛诗传》和自宋代以来的现代读法提出了质疑。这些观点，尽管还不是定论，但无疑有助于学术争鸣的展开和良好学风的生成。

　　同时，《郭店楚墓竹简》中的《缁衣》也引起学者的广泛关注，如虞万里《从简本〈缁衣〉论〈都人士〉诗的缀合》（2007 年第 6 期），以新出竹简《缁衣》与传本的异文为切入点，推考小序的形成和汉代四家诗的兴衰沿革，可证《缁衣》简本和传本所引分别是《彼都人士》一诗不同的诗章，与《都人士》后四章非同一首诗。周泉根《原〈缁衣〉古本初步》（2012 年第 5 期），则通过《缁衣》竹本和世传本的引《诗》舛错、受话主体和章序差异等，初步恢复了《缁衣》古本，发现《缁衣》引《诗》一章一引的体例，让各章引《诗》各就各位，并指出物理空间上相邻而误是章序引《诗》舛错的主要因素。高华平《环渊新考——兼论郭店楚墓竹简〈性自命出〉及该墓墓主的身份》（2012 年第 5 期），认为环渊是一位约与孟子同辈、由楚之齐的稷下道家学者，但与蜎子（蜎渊、蜎、便蜎）、玄渊（涓子）并非一人。环渊所著的"上下篇"，应该就是新近出土的郭店楚简《性自命出》篇，而郭店一号楚墓的墓主也极有可能就是环渊。

上述研究，均建立在真实的材料之上，论题新颖，论证严密，既具有创新性，又让人心服口服，自然为研究先秦文学的发展规律和先秦文学文化提供了一个个可以实证的成例。这也体现出《文学遗产》一贯坚持的办刊宗旨，即"以新观点、新方法、新材料为主题"的原则。

四　总结经验，努力勾勒学术发展史

多年来，《文学遗产》在深入研究古代文学的同时，还及时总结中国古代文学的成就和经验，作为以后研究的借鉴。21 世纪以来，《文学遗产》先后刊发了五篇专门的学术史论文，另外还有一些学术总结和学人研究，对于读者全面了解学术发展起了积极作用。

先就专题论文来说，吴云《"陶学"百年》（2000 年第 3 期）一文，对19 世纪末至 20 世纪末的陶渊明研究进行整理，将其划分为 1898 年至 1928年、1928 年至 1949 年、1949 年至 1978 年、1978 年至 1999 年四个阶段，并分述四阶段的基本情况，勾勒其发展的大体线索。作者认为 20 世纪 80 年代中期以来，陶学研究逐渐融入其他科学观念和方法，如社会学、美学、心理学、民俗学等，尤其是文化学研究视角的确立，给陶学带来了新的气象。陈桐生《百年〈史记〉研究的回顾与前瞻》（2001 年第 1 期）一文，从四个方面评述百年《史记》的研究状况，最后又对未来《史记》研究作了展望，并提出六点意见：一是深入贯彻马克思主义实事求是的精神，避免生搬硬套诸如唯物主义、唯心主义之类的概念。二是注重《史记》文化精神的研究。三是继续加强《史记》训诂、校勘、版本、目录、考据等基础性研究，做到考据与阐释并重。四是继续致力于《史记》重点难点问题研究，对某些走到尽头的专题要尝试运用新理论新方法来实现某些突破。五是注重《史记》与中华文化学术关系的系统研究。六是加强《史记》研究的组织、规划和交流工作。可谓切中要害。赵敏俐的《20世纪汉代诗歌研究综述》（2002年第1期）一文，将汉诗分为从魏晋到清末、1920年至1949年、1949年至1976年、1976年至20世纪末、20世纪港台和国外五部分，又从文献考证、艺术分析及理论阐释等方面对汉代诗歌研究成就详加介绍，并实事求是地指出存在的两个问题：一是文献资料的缺乏和考证方法上存在偏差；二是研究缺乏结合历史文化美学等学科领域。马庆洲《六十年来〈淮南子〉研究的回顾与反思》（2010年第6期）一文，从《淮南子》文本的整理及注译、《淮南子》的作者及成书研究、《淮南子》与先秦文献关系的研究、《淮南子》的思想研究、《淮南子》自然科学成就的研究、《淮南子》文学方面的研究及其他方面的研究七个方面入手，对新中国成立60年以来的《淮南子》研究做出微观梳理和宏观分析，态度严谨，论证严密。刘德杰《蔡邕研究百年回顾与展望》（2011年第4期）一文，对百年蔡邕研究中的生平、著作、碑文、辞赋、书法、音乐等问题都进行了综述。纵观百年蔡邕研究，作者认为蔡邕的生平、作品系年、别集校注等基础文献的整理研究方面，已取得了比较坚实的成果；关于蔡邕的碑文、辞赋、文风、文体学成就以及他在汉魏文风转变中的作用等整体性问题，也已达成基本共识；对蔡邕的思想、经史成就、文艺主张等也有所探究，将来应该加强对蔡邕的章表、奏疏等应用文、蔡邕与地域文化的关系、蔡邕与传统学术之间的内在联系等方面的研究。

其他综合总结如：袁行霈《走上宽广通达之路——新时期古代文学研究的趋向》（2008年第1期）、胡明《为最近三十年的中国古代文学研究立块碑石》（2008年第1期）等，既总结成绩，又分析趋向，视野开阔，具有指导意义。学者研究如：张连科《逯钦立的汉魏六朝文学研究业绩》（1999年第5期），葛晓音《诗性与理性的完美结合——林庚先生的古代文学研究》（2000年第1期），王长华《余冠英的〈诗经〉研究》（2000年第2期），朱杰人、戴从喜《程俊英的学术思想渊源与〈诗经〉研究》（2007年第1期），熊良智《汤炳正先生〈楚辞〉研究的学术贡献》（2009年第2期），廖群《高亨文献考据的治学方法及其学术价值》（2009年第6期），刘跃进《刘师培及其汉魏六朝文学研究引论》（2010年第4期），郑杰文

《董治安先生学术研究的成就与方法》（2013 年第 1 期），金程宇《论钱锺书先生的骈文观》（2013 年第 3 期）等，这些学术大家的学术成就、学术方法、学术道德，都给当今研究者树立了典范。文体研究和文学表现手法研究的总结如宁俊红《20 世纪骈文研究若干问题述评》（2007 年第 4 期）、刘怀荣《20 世纪以来赋、比、兴研究述评》（2008 年第 3 期）、常森《中国寓言研究反思及传统寓言视野》（2011 年第 1 期）等，也反映了唐前文学研究的基本成就。此外，进入 21 世纪后，《文学遗产》及时推出"新世纪十年"论坛，从 2011 年第 6 期到 2012 年第 3 期，共发表 16 篇文章，总结古代文学研究的经验，对促进唐前文学研究也具有重要意义。

综上，《文学遗产》作为研究中国古代文学、文化的专业期刊，在引领学术潮流和推动学术研究方面发挥了重要的示范作用。不过，任何一种期刊，都不可能做到尽善尽美，《文学遗产》也不例外。从上文可以看出，先唐文学还有许多可挖掘的领域，亦有许多问题值得深入研究。兹提出三点建议：

第一，建立均衡的研究格局，以中国古代文学作品为本体，加强对中小作家的关注力度，同时关注未被重视的领域。从研究对象来说，《文学遗产》15 年来发表的这 345 篇论文（不包括短篇札记），关注唐前诗歌的有104 篇，散文 36 篇，辞赋 28 篇，文论 73 篇，神话及志怪等 15 篇，综述类5 篇，其他 84 篇，显然以诗歌和文论为主，散文和辞赋相对较少，呈现出不平衡性。就诗歌而言，关注《诗经》的有 30 篇，《楚辞》17 篇，陶渊明16 篇，庾信 9 篇，汉乐府 6 篇，永明体 6 篇，谢灵运 3 篇，宫体诗 3 篇，沈约 2 篇，《古诗十九首》1 篇，阮籍 1 篇，嵇康 1 篇，谢朓 1 篇，潘岳 1 篇，任昉 1 篇，江淹 1 篇，其他 5 篇，关注点同样在传统话题和大家身上，亦呈现出不平衡性。就散文而言，关注先秦散文的有 18 篇（《庄子》4 篇，《荀子》3 篇，《左传》3 篇，《论语》2 篇，《老子》1 篇，《春秋》1 篇，《孟子》1 篇，《国语》1 篇，《战国策》1 篇，《韩非子》1 篇），两汉 12 篇（《史记》与司马迁 7 篇，《汉书》3 篇，汉代政论文 2 篇），魏晋南北朝 6篇（颜延之 2 篇，《洛阳伽蓝记》2 篇，《水经注》1 篇，《世说新语》1篇），也以先秦和两汉为主。73 篇文学理论文章中，与刘勰和《文心雕龙》有关的有 13 篇，与《诗品》和钟嵘有关的有 6 篇，与陆机与《文赋》有关的有 3 篇，同样以《文心雕龙》和《诗品》为主。发表的唐前辞赋研究论文共 28 篇，其中 26 篇就是汉赋。因此，《文学遗产》和学界一样，关注的都是传统话题和经典作品。我们知道，文学发展的历史是纷繁复杂、千绪万状的，这个历史常常被时间不断洗刷而呈现出作品经典化与线索清晰化的状态，而伴随着这种经典化与线索化而来的，又常常是文学巨星的凸显与大量文学史料和众多不知名作家的边缘化乃至被埋没。于是，文学研究的一个重要任务，便是梳理史料，还原历史原状与钩稽被边缘化了的众多不知名作家的文学价值。而随着考古发现的不断深入，这一愿望将会变得日渐清晰。

第二，进一步加强国际交流，促进文献资源的共享和研究方法的互动。日本作为海外汉学重镇，保存了较多的原始材料；而欧美学者对汉学的研究往往独辟蹊径。这些都能为我们提供了弥足珍贵的"他山之石"。从某种意义上说，中外学者学术思想的碰撞互动和研究成果的借鉴互补正是深化甚至重构研究空间的重要动力。这一点，《文学遗产》在唐前文学这一方面，更需要努力。因为这 345 篇唐前文学研究论文，国外的研究成果只有一篇，即《说〈诗〉：〈孔子诗论〉之文理与义理》一文（2012 年第 3 期），是由美国普林斯顿大学东亚研究系的柯马丁撰写。其实，《文学遗产》也已意识到了这个问题："新世纪十年，古典文学研究逐渐融入国际化的轨道。如何处理好本土化与国际化的问题，是否一切都以西方的标准要求我们的研究，现在也成了问题。强调国际化，应当有一种平和的心态，不能作廉价的吹捧，更不应该挟洋人自重，洋腔洋调。"（刘跃进《文学史研究的多种可能性——"新世纪十年"论坛致辞》，2011 年第 5 期）但是，学界更关心《文学遗产》是如何去做的。这应该是一个迫切而棘手的问题。

第三，在注重考据的基础上，重视文学本位、文学规律、文学理论的分析，以探讨文学史发展的内部与外部因素。在近 15 年刊发的有关唐前文学 375 篇论文中，理论探讨的比例相对较低。这一点，刘跃进先生也说得非常清楚："上世纪 90 年代，本刊又曾就文献与理论的关系问题进行过比较深入的思考。思考的缘由，是给本刊定位。国内同行刊物中，有的侧重于理论的探讨，有的重视文献的开发。《文学遗产》的传统是两者并重，在文献考订的基础上作比较深入的理论思考。其实，近年来，《文学遗产》在文献考证与理论阐述的关系方面一直在进行有益尝试，并提出两者并重的办刊思路，即史料与史观并重……文献研究是学术研究无法绕过的出发点，但文献研究不是目的，学术的跨越，更依赖于学理的提升，观念的转变。"（《文学史研究的多种可能性——"新世纪十年"论坛致辞》，2011 年第 5 期）作为研究中国古代文学的专业期刊，如何把握文学本位与文献考证两者之间的关系，确非易事。我们期望编辑部能对此问题进行深入思考，以更好地服务于学术。

总之，我们通过总结 21 世纪以来《文学遗产》对唐前文学论文的刊发情况，说明《文学遗产》作为研究中国古代文学、文化的专业期刊，在引领学术潮流和推动学术研究方面发挥的重要示范作用。同时，在学术转型和多元化时期，《文学遗产》如何更好地挑战来自于国内外的巨大压力，如何将刊物办得更好，又如何更好地引领学术潮流和推动学术研究，也是值得思考的问题。我们就此提出了一些看法和建议，供《文学遗产》编辑部参考。

［作者单位：陕西师范大学文学院］

《文学遗产》和我的学术生涯

钱志熙

在我的学术生涯中，《文学遗产》一直是重要的扶植者之一，当然也可以说是我学术活动方面的重要舞台。因此，当回忆起自己与《文学遗产》的因缘时，不禁陷入绵绵之思中，好比旧时通过科举走上仕途的文人回忆他的座师、房师一样。

我第一次看到《文学遗产》，是 1980 年她刚刚复刊之时。我在杭州大学一家现在想起来规模很小、当时却是杭州大学中唯一的书店里，看到新刊行的 1980 年第 2 期《文学遗产》，封面鲜丽而庄重：郭老所题的刊名劲浑有力，选自汉画像石的神鸟清逸而飞动。她竖立书架上，显得特别醒目，一眼就能看到。刊物的定价是八角钱，对于当时的我来说，并不是一个小数目。但是不知道是出于什么动机，我还是将它买下来了。显然是因为在我心目中，它应该是异常重要的。或者说那时候一定觉得，一个喜欢古典文学的中文系大二学生，是应该买一本《文学遗产》的。

买回来后，当然会很认真地阅读，但以当时的学力，是不可能将那里面的文章真正读懂的，自然也无法判断它们的学术价值。但是，因缘又是如此凑巧，那一期恰恰有恩师陈贻焮先生的论文《杜甫献三大礼赋的前前后后》，这应该是我第一次拜识他的大名。另外段熙仲、曹道衡、程毅中、蒋星煜等多位先生的鼎鼎大名，想必最早的拜识也应该是在那个时候。尤其是段熙仲这个名字，由于他的论文列在首篇，所以印象特别深刻。他的那篇《汉大赋产生的历史背景与其政治意义》，从历史背景的探讨出发，对"苑猎大赋""京都大赋"的产生制度与文学方面的渊源、现实的背景作了深入全面的探讨，同时对汉大赋创作中的政治意义的问题有所挖掘。即使在今天看来，这仍是一篇很有参考价值的汉赋研究论文。那时的古典文学研究，负有拨乱反正、重清源流、重新评价的历史责任，那一期的论文多少都带有这样的性质。如曹道衡先生的《略论南北朝文学的评价问题》，就是较早地提出对南北朝文学重新评价的论文。其所商榷的不仅是 20 世纪五六十年代因意识形态关系而贬低南朝文学的观点，而且也涉及了历史上南北朝文学的评价问题，显然也是新时期南北朝文学研究方面的奠基性论文。另外，恩师陈贻焮先生的《杜甫献三大礼赋的前前后后》、任二北《关于唐曲子问题商榷》，这些论文则已经开始对文学史及作家、作品中的具体问题进行深入的研究。张白山先生《王安石前期诗歌及其诗论》、顾易生先生《苏轼的文艺思想》、吴文治先生《论王夫之的诗歌理论》这几篇论文，都是关于作家的诗论或文艺思想的研究，这种研究在 20 世纪八九十年代也是一个重要的模式。王士菁《谈鲁迅编写中国文学史的方法》、郭维森《论鲁迅研究文学史的观点和方法》，在今天看来是属于古典文学学术史的范畴。可见今天为我们所重视的这方面研究，当时也已经开端，且由于各种原因，鲁迅的文学史研究首先成为探讨的对象。那一期上"董每戡"这个名字，给一个大二学生很新奇的感觉，觉得是一个很奇怪的名字，自然也就记得特别牢。他的那篇论文标题似乎也与众不同——《肯綮在生死之际——〈还魂记〉的思想艺术特色》，"肯綮"让我觉得特别有意思。大三上《聊斋志异》选修课，模仿他的措辞，写了一篇题为《肯綮于虚实之际》的小论文，还得到老师的好评。后来才知道董每戡先生还是我的同乡，在戏曲研究上与同是温州人的王季思先生齐名。总之，仅从那一本《文学遗产》，也可窥见 20 世纪 80 年代初期古典文学研究的某些态势。

最近稍微翻阅了 20 世纪 80 年代其他各期，觉得其中第一、二代学者的论文，值得重视。尤其是作为 80 年代硕果仅存的第一代学者的论文，事实上已经是鲁殿灵光，很值得研究。虽然说学如积薪，后来居上，但另外还有一句话，叫人能弘道，非道能弘人。在学术研究中，方法与风会固然重要，但研究主体似乎更带根本性。作为古典文学的研究主体，第一代学者身上具有后来几代学者所普遍缺乏的某些素质与积累。写到这里，不禁冒出一个不成熟的想法：是否也可以以《文学遗产》为主要线索来展开最近60年的古代文学研究史方面的建构。

那一本《文学遗产》作为穷学生有限的藏书之一，一直伴随我读完大学、硕士。后来从温州师范学院来北京时，将它与部分藏书留在家中，估计现在还在空斋的旧书架上。父亲去世后，好久没回家，江南阴雨天中，那些最早支撑我学业的藏书，一定是霉烂虫蠹得不堪了吧。黄山谷有诗句曰"万里草荒先垄，六年虫蠹群经"（《次韵石七三六言》）。寒门学无渊源，藏书自然不能窃比古人，但心境是相通的。总之，没有哪一本学术刊物会伴随我那么多年。想到自己与《文学遗产》的重要关系，还有恩师与《文学遗产》的关系，以及现在我的一些已经走上学术舞台的学生们与《文学遗产》的关系，我想1980年那个下午在杭州大学小书店里购买这本漂亮的刊物的决定，或许真的是十分重要的。古人总愿意将一些事情归之于冥冥，我想是有道理的——虽然持唯物史观者视之为盲目、幼稚。就说这件小得不能再小的事情，究竟对后来发生了什么影响，我自己也是无法分析清楚的。但是，就其难以忘记一点来说，将来如果要写回忆录，就不能将它略去。

《文学遗产》各期中，与我濡染最久、印象最为特殊的，当然是1986年的第1期。她差不多是在我青春失意岁月里的一个有力支撑，成为我生命历史中更加重要的一次经历。至今想来，仍满怀感激之情。读硕士研究生的第二年，我开始投稿。不自量力，尽拣最高档刊物投，自然经历了不少次退稿。第一次向《文学遗产》投稿，是关于苏轼七绝体发展历史的一篇论文。结果收到了退稿信，信中在解释退稿原因的同时，还给予了热情的鼓励。所以收信时的心情非但不懊丧，还多少有点得意。写一封中肯而热情的退稿信，并不是容易的事情，而且与发表论文不同，它是看不见的工作。这也反映了《文学遗产》的重要宗旨，她不仅是一份刊物，对于青年作者来说更是一个教师，是以整个古代文学研究事业的发展、人才的培养为己任的。我自己没有办过刊物，不知道在今天的学术刊物中，能秉持这样宗旨的期刊还有多少。我们的学术事业越来越重视个体的创造价值，这是好的；但从前那种以国家、社会的整体事业为重的风气，如果不为某些集团所利用，还是应该提倡的。《黄庭坚与禅宗》之前也被别的刊物退过稿，但心有不甘，再次投《文学遗产》，居然在一年之后收到了用稿通知。当时我正面临被充发回乡教书的失意之事，青年人心志薄弱，觉得是了不起的坏事。一个同学在送我回温州时，居然写了一幅李白《闻王昌龄左迁龙标遥有此寄》的字送我。当时连我自己都觉得这也未免有些比拟不伦，好歹温州也是家乡，并且能常望父母，所以回温途中写的诗中有"不是穷荒蛮貊地，家山正好待诗人"的句子，为自己增点亮色。但那种被硬派回到学术空气相对淡薄的地方的感觉，对于一心只想做学问的人来讲，的确是很不好的。收到用稿信是1985年的四五月份，分配去向已定。当时也曾向师长提起，幻想也许凭此有可能改变一下命运，这希冀当然是落空了。当年毕业的硕士生百分之十分配到各地区院校，这是当时浙江省教育委员会的决定。虽然后来不少人通过做工作，强留在了杭州，但那需要有较大的背景。无论如何，《文学遗产》给我吃了一颗定心丸，心情还是好多了。大概是1986年的3月份，我收到了这份刊物，同时还有一张稿费汇款单，相当于当时几个月的工资。我不记得自己是怎样花掉这一大笔钱的，但口袋里肯定是宽裕了很多。温州师范学院正对门的老伯年糕和妆楼下巷角的大妈拌面味道都特别好，那时我吃宵夜时已开始频频光顾了。2003年在温州开会时，还邀竺青兄专门访胜昔桥的老师院，老伯年糕店早已没有了，大妈拌面店尚在，但打烊了，竺青兄热情地鼓动店主人的儿子，说你再给这位教授拌一碗面条吧！但那人遗憾地说晚上没原料了。在温州师范学院教书期间，我又将《"陈师道学诗于黄"辨》这一篇再投给《文学遗产》，用到了《文学遗产增刊》第十八辑上，发表的时候，我已经在北京大学读博士研究生。后来才知道，那时候《文学遗产》已经面临经费拮据的问题，第十八辑编好后曾久久不能付印。

1987年10月份，我到北京大学报到后不久，就跑去找《文学遗产》编辑部。我记得是在中国社会科学院大楼七层的走廊上先遇见李伊白老师。她将我引到编辑室，向我介绍了王玮先生，后来还为我引见徐公持、吕薇芬两位老师。我当时有些兴奋，并且有点紧张，同时深刻地感到他们对我的友好之情。就这样，在当时京城的茫茫人海中，除了北京大学的师友外，他们就是我最感亲近的人，也是我最早接触的学术界人物。虽然由于我生性疏懒，不长于应酬，逢年过节也没有给他们发个信问候一下，但是心中却一直怀着感念之情。当时交通不便，我们也不常进城。偶尔进城，有时会去《文学遗产》编辑部。每次见面，徐先生、李伊白老师他们都会鼓励我认真写论文，有好论文投《文学遗产》。20世纪90年代初期，徐先生有一次感叹他们经费很紧绌，并且开玩笑说："钱志熙你是温州人，温州大老板那么多，向他们拉点赞助吧！"我知道徐老师是随便说说的，但心里总感到歉然。我一直想，什么时候自己多少有点影响，让那些富而少文的同乡老板认识到文化的价值，愿意为像《文学遗产》这样重要的事业做点贡献，那也是很有意义的事情。说到温州人，还有一位与《文学遗产》关系比较密切，也可以说是被《文学遗产》破格提携的人物，就是已故的张乘健先生。他是一位自学成才的学者，最初好像一直在一家食品公司工作。风格与我们学院派不太一样，但很有创见。20世纪八九十年代《文学遗产》上发表了他好几篇论文，后来《文学遗产》创刊40周年复刊15周年会议时还专门邀请了他。这一件事情，也足以体现《文学遗产》在发表论文、发现学术人才上的识见、气度与公心。可惜张乘健先生已经故世了。我和他也并不熟识，只在温州教书时见过一面，当时温州师范学院中文系想引进他，请他作讲座。他讲的佛教与文学的关系，的确是口若悬河的。当时温州文史界有好几位自学成才的人物，语言学家郑张尚芳、潘悟云后来都享大名。张乘健却一直留在温州，后来在温州的文史界声望甚重。可惜他已经去世，我跟他也没有什么交往，对于他与《文学遗产》的关系，我想李伊白等先生肯定知道得很清楚。温州有一个《瓯风》杂志，专门发表有关温州人物与乡贤的，格调还可以，不知道李老师愿不愿给他们写点有关张乘健被《文学遗产》发现的事。好久没见到她了，甚是想念，下次碰到她，记得问问她这件事。

《文学遗产》编辑部的老师中，后来最熟稔的当然是陶文鹏老师。第一次见到陶老师的印象是这样的：我在编辑部，大概跟吕薇芬老师谈到她在北京大学的老同学孙静老师。吕老师说孙静老师的文章，总是写得很简洁凝练，处理问题很细致，很好用（指发表），但也好久没给他们文章了。这时，门外进来一位个子不高、但很有精神、看起来做事情十分利落能干的老师，手中抱着一大堆文件，正准备放在办公桌上。编辑室不大，我又有点拘谨地站在靠近门边的地方，所以吕老师在陶老师进来还没坐下时，就向他介绍了我。他很热情地跟我打招呼。由于都是做宋诗，所以后来与陶老师接触得比较多。记得20世纪90年代后期，南京古籍出版社筹备《文学遗产》研究丛书时，陶老师还专门写信向我约稿。后来《文学遗产》多次召集的高层论坛的邀请信，也多为陶老师亲笔。他的信很客气，抬头的称呼总是"志熙兄"。但我一直视他为老师，这不仅是因为在《文学遗产》发表多篇论文，多经陶老师的手，还在于陶老师总是热情地为作者指点修改文章。我最近发表在《文学遗产》上的《唐诗境说的形成及其文化与诗学上的渊源——兼论其对后世的影响》一文，最初是在北京语言大学韩经太先生召开的一个中西文学比较的会议上发表的。在西郊宾馆一起吃早餐时，陶老师说："你这篇论文我昨天晚上看了，觉得不错。你给《文学遗产》吧！《文学遗产》现在缺少写得比较好的理论方面的文章。"下午发言后，我匆匆赶往复旦大学开会，这时陶老师递来一张小方笺，写了好几点修改的意见。我后来都一一吸纳。据说我走后，在讨论阶段，有会议代表提出一些疑问，陶老师还为我作了解答。我想借这个例子，说明《文学遗产》在发表作者的论文时，常常默默无闻地做了许多修改、润饰的工作。有许多工作，甚至是作者也不知道的。还是这篇《唐诗境说的形成及其文化与诗学上的渊源——兼论其对后世的影响》的论文，据张剑先生说，在核对引文、注明版本出处方面，刘京臣编辑花了好几天的时间，不少我没有找到合适版本的地方，他都一一找出。我在《文学遗产》发表论文较多，这些论文都是经诸位编辑的认真编辑，甚至有我自己都不知道的许多润饰。对此我一并摅发深藏多年的对于《文学遗产》各位编辑先生的谢意！

近年来，《文学遗产》实行专家匿名评审制，编辑与作者之间，增加了专家评审这个环节。对于专家的评审意见，《文学遗产》一方面充分尊重评审专家，另一方面也尊重作者的学术看法与著作权。我对于从责任编辑那里转过来的评审专家意见，一直是很尊重的，合理的都会尽量吸取。后世谁知定吾文？这本来就是占便宜的事情，何乐而不为？但有些观点，如果自己觉得是对的、甚至是重点的观点，而评审专家有不同看法，我还是会出于学术理由"坚持己见"。这时候，责任编辑在认真听取作者的陈述后，总是十分宽容，认为说到底在学术观点上还是要本着文责自负的态度，在整体水平达到要求、整体的学术质量得到保证的前提下，给作者以维护自己学术观点的权力。我记得石雷先生在编辑《论章学诚在文学史学上的贡献》一文时，就给了我很大宽容，允许我保留了自己的一些观点。事实上，我自己这几年也承蒙编辑部诸位先生的看重，常为《文学遗产》审稿。开始有几次都是张剑先生发给我，虽然我们之间很熟稔，但在要我看论文时，他从不向我透露有关作者的信息以及他个人的看法。其他责任编辑也是这样。近来这方面的制度更加的严密，统一由主编刘跃进先生来约请审稿人，马丽先生统一与审稿人联系。马丽工作认真负责，每次总是先发邮件征求能否接受刘跃进先生的审稿邀请，在得到确认后才将文章发过来。说到审稿，而我自信也完全本着公心。一个学者的学术见解有高低、有正确与不正确，这是难求一致的，但是在各种评价学术的场合，只要坚持不杂有学术之外的因素，我想也算是尽心了。近来越来越觉得，学术深有关乎世风人心，也许学术的真正福祉、真正的意义就在于有益于世风人心之澄清。虽说荡荡世风，澄之不清，淆之不浊。但在这里，我辈还是要起到维持的作用，维持一点是一点。《文学遗产》刊风之正，学术界有口皆碑。60 年来的中国古代文学研究史，《文学遗产》无疑是它的主要部分，是丰碑，也是镜子。60 年间，激浊扬清，正本清源，擢寒微于草莱，发潜德之幽光，这些作用，难道不是有益于世道人心的吗？所以我愿意以自己的菲材，勉力为她服务。

《文学遗产》不仅是国内古典文学研究者的重要舞台，而且在每个时期，确实都集结了国内古典文学研究方面的中坚力量。2010 年我在香港树仁大学授课时，在树仁图书馆里看到一套 1969 年中国语文学社编印的古典文学论文集，计有《中国古典散文研究论文集第二集》《楚辞研究论文集第二集》《唐诗研究论文集第二集》上册《王维诗研究专集》、中册《李白诗研究总集》、下册《杜甫诗研究专集》等，实为大陆相关论文集之翻印。其中以选自《文学遗产增刊》《文学遗产选刊》为多。以《魏晋六朝诗研究论文集》而论，共选论文 11 篇，除刘禹昌的论文发表于《吉林大学人文科学学报》、曾君一的论文发表于《四川大学学报》之外，其余冠英、张志岳（两篇）、郑孟彤（与黄志辉合作）、萧学鹏、易润芝、王瑶、陈贻焮、陈寂九家的9篇论文，均选自《文学遗产增刊》《文学遗产选刊》。拜读这些论文后，当时写了很简单的几句后记："先师论文后载其《唐诗论丛》。余冠英、张志岳、王瑶三家为著名学者。其他如曾君一、陈寂，文俱颇佳。可见五八年以前大陆之古典文学研究成果不低。而且《文学遗产》当时的确是能组织、汇集当时的老中青三代学者的研究的。（2010年3月26日记于香港树仁）。"

"人事有代谢，往来成古今"，物换星移这样的词，也可以用于《文学遗产》这一名刊的历史。在编辑方面，主编从徐公持先生到陶文鹏老师，再到现在刘跃进先生，编辑部的其他人员也在不断更新。现在担任责任编辑的几位年轻先生，像孙少华先生、刘京臣先生等，都尚未谋面。从作者方面来讲，如果将60年间的一代代作者作个罗列，亦足以令人缅仰，感慨唏嘘！此时我又想到我的恩师陈贻焮先生。他早年是《文学遗产》的通讯员，跟我说过陈翔鹤先生对他的鼓励。后来他又是《文学遗产》的编委。那一年《文学遗产》创刊40周年复刊15周年大会时，他的身体已经不好，但还是勉力出席，我拿着矿泉水跟从身后，不停地递水给他。那次会议上，他还见到老友陈毓罴先生，他们早年关系很密切，晚年见面较少，那以后好像再未谋面。我深幸在与《文学遗产》的关系上，传了恩师的衣钵！

我等亦当老去，愿《文学遗产》青春永茂，风华绝代！庆她的100周年，200周年，以至更多。我甚至浪漫地想，她应该是一个长盛的王朝。我们这些人将来能因为她出过力而有荣光。

[作者单位：北京大学中文系]

《文学遗产》与八十年代的"思想启蒙"和学术示范

傅道彬

一本好的期刊，总具有思想引领与学术示范作用。《文学遗产》已经创刊 60 年了。六十多年来，《文学遗产》在古典文学界好像一面旗帜，成为一代又一代学人学术研究道路上的精神向导。我是 1980 年《文学遗产》复刊时，开始订阅刊物的，那时还只是大学二年级的学生。30 余年来，《文学遗产》是我置于案头每期必读的刊物，在我心中《文学遗产》已经不是一个没有生命的普通期刊，而是带着生命温度的精神导师和学术朋友，给我思想的启蒙和文学的滋养。而从 1980 年到 1989 年的 10 年，是我最初走上学术道路的时期，而这 10 年也是《文学遗产》给我影响最深刻的 10 年。

《文学遗产》的复刊有着经过"文革"十年拨乱反正思想解放的深刻理论背景。记得《文学遗产》复刊第一期上，刊登了郭绍虞先生《从悼念到建议》的文章，文章中郭先生深切怀念老主编陈翔鹤（1901～1969），为陈先生的不幸遭际也为《文学遗产》一度夭折的命运而一洒同情之泪。在不到千字的文章里，郭先生两次写道："天乎！冤哉！"表达了一个历经磨难的知识分子对"文化大革命"中思想蒙昧和学术荒芜的强烈愤慨。劫后余生，凤凰涅槃，复刊后的《文学遗产》表现出鲜明的思想解放和文学主体的学术倾向。刊登在 1980 年第 2 期的迟公绪《小南一郎论中国文学史研究问题》，介绍了日本学者小南一郎的文学史研究成果。其中两个问题特别引人注意：一是文学研究的"感情移入"，其基本倾向是将现代人的思想感情原封不动地移入古代作品之中，完全是现代人的主观阐释，而不顾及古代作品的历史语言和环境；二是"内容中心主义"，"内容中心主义"的弊端是过度重视文学的历史继承，而忽略了"文学的形式展开"。这样的见解在刚刚从"四人帮"思想桎梏中走出的文学界宛如山间钟鸣，回声悠远，对于主观主义和庸俗社会学批评有理论警诫意义。

20 世纪 80 年代的思想解放运动是我们那一代学人经历的集体学术启蒙。经历了极"左"思潮的思想封锁之后，站在改革开放的天空下，人们的精神和思想也如冰冻的山泉，春风解冻，渐渐苏醒，空前活跃。各种思潮、主义、理论被引入学术界，一时让人应接不暇。比起当时理论界十分活跃的一些刊物，《文学遗产》坚持守正出新的原则，表现得比较沉稳，其理论的锋芒常常被人忽略。其实重新翻阅那个时期的《文学遗产》，仍然可以看出编辑者们深刻的理论创新意识。相比之下，《文学遗产》不是只注意几个新鲜概念的提出，而是更侧重把理论问题寓于具体的学术阐释之中。

1981 年第 4 期刊登了范存忠（1903～1987）先生的《中国的人文主义与英国的启蒙运动》一文。文章从中国传教史上的"中国人事件"入笔，讲述以孔子为代表的古代思想对 18 世纪英国自然神论思想家们的影响，自然神论反对宗教蒙昧和偶像崇拜，强调自然世界的自由精神和人的自身价值，显示着启蒙运动从宗教狂热到理性主义的历史进步。范存忠先生是从事外国文学研究的学者，文章的中心还是介绍欧洲启蒙思想的文化来源，按照一般理解，这样的题目也许不适合在《文学遗产》这样的古典文学专门期刊上发表，但《文学遗产》以近 15000 字的篇幅，让作者酣畅地表达了走出宗教蒙昧呼唤人文精神的思想。我至今还记得读这篇文章时的精神震动，泛黄的书页上还记下了粗浅的读书心得。

当然作为一本古典文学的专业期刊，《文学遗产》更关注的是对古代文学自身演进规律和文学思想的探讨。"意境"是最具中国特色的文学理论术语，这一问题的研究对深化古典文学自身艺术规律的认识有着举足轻重的意义，《文学遗产》从复刊之初就注意对这一理论命题的讨论。周来祥（1929～2011）先生的《是古典主义还是现实主义——从意境谈起》（《文学遗产》1980年第3期），是将意境理论引向深化的代表性成果。作者认为现实主义、浪漫主义是近代资本主义衍生的文艺思想，而意境理论则是传统农耕文明土壤上生成的，两者具有不同的生长环境，属于古典主义艺术范畴，因此我们对意境的认识不能是西方的，必须是中国的；不能是现代的，必须是古典的。20世纪80年代的古典文学研究界，一方面固然表现出大力引进西方文艺理论"求新生于异邦"的思想倾向，而另一方面一些学者也发出了建构真正中国的古典美学和文学理论的真诚呼唤，这使得中国古典美学理论建设一开始就有了相当的理论高度。后来《文学遗产》接连刊载了周鸿善《论古代诗论中的意境说》（1982年第1期）、周发祥《意象统计——国外汉学研究方法评介》（1982年第2期）、袁行霈《中国古典诗歌的意象》（1983年第4期）等一系列论文，使意境理论的研究不断深化。意象和意境是中国文学独特的艺术语言，这一时期古典文学界对意象和意境理论的研究不仅代表着学术界从凌乱的西方理论的引进向着成熟的中国本土文学批评的回归，也反映着古典文学研究已经从简单的历史和社会批评向艺术批评和审美批评的转向。

噩梦醒来，改革开放春风拂面，20世纪80年代的思想界也显得新鲜活泼充满生机。系统论、控制论、信息论等新理论以及结构主义、符号学、文化学、叙事学、精神分析、原型批评、接受美学、人类学等新的文艺批评方法，不断被介绍被推广。社会上每天都有新的名词、新的概念产生，虽然不少理论命题不够深沉，缺少推敲，略显粗糙，但那一时期学术界表现出的积极探索精神却让人难以忘怀。反思是20世纪80年代的思想主题，历经"文化大革命"之后，人们迫切希望找到影响中国社会和文化进步的总体倾向、基本法则。也许今天我们可以责备那一时期学术的不够细致，但那一时期的学术主题就是以大刀阔斧的气魄廓清理论上残存的迷雾，为后来的学术开辟一个足够宏大的思想空间。与这样的学术思潮相适应，古典文学界也在探索深藏于中国文学历史深处的演进规律，因此"宏观文学研究"成为20世纪80年代最具学术风格的研究课题。《文学遗产》不仅为宏观文学研究提供了阵地，也成为中国文学史宏观研究的时代推手。

最早注意到文学史的宏观研究，是读到张碧波先生发表在《文学遗产》上的几篇文章开始的。张先生的《我国封建社会初期文学发展的几个问题》（1981 年第 2 期）、《试论中国古代浪漫主义传统诸问题》（1983 年第 3 期）、《古典现实主义论略——中国古代文学发展规律探微》（1987 年第 3 期），不是以局部的文学事实为研究单位，而是站在历史的高处，以开阔的理论视野，俯瞰历史，力图在宏观上以大笔勾勒的方式，描述中国文学的整体发展脉络和艺术风貌，显示了宏大的理论目光和创新方法。不过中国文学研究是侧重具体的微观事实论证，还是强调宏大的理论描述，一直存有争论，对宏观文学研究一开始就有不同的意见。陈伯海先生是为"宏观文学研究"在理论上张本的人，在《宏观的世界与宏观的研究》（1985 年第 3 期）一文中，他认为古典文学研究不应该只重视微观研究，也应该重视宏观研究。文学的历史不应该简单地理解为作家、作品等具体文学事实的累积，而应该注意具体文学事实之间的组合关系："透过这一个个单独的文学分子，还应进一步探索分子间的组合关系，如作家群的构成、流派的演变、思潮的起伏、体式的变迁以至文学与社会生活各方面的交互作用等，由小范围的组合逐渐上升到大范围的组合，由局部组合逐渐上升到全局性组合，最终把握文学史的总体。这就是通常所谓'历史的基本联系'，而失去了这种联系，文学现象就好比断了线的珍珠，再也构不成美丽的图案。"

陈先生不仅为宏观文学研究在理论上呐喊，也以大气磅礴的理论方法为宏观文学史提供了成功的研究范例。他的《论中国文学的民族性格》（1986 年第 3 期）、《中国文学史之鸟瞰》（1986 年第 5 期）等论文，将中国文学概括为杂文学的体制、美善相兼的本质、言志抒情的内核、传神写意的方法、中和的美学风格、以复古为通变的发展道路六大特点以及将整个文学史划分为形成期（先秦两汉）、演进期（魏晋隋唐）、蜕变期（宋元明清至"五四"）三个历史时期，令人耳目一新，让我们有理由相信观看大地的景物，不一定仅仅局限在大地上，身生双翼，苍鹰般飞向高空，俯瞰大地，也可以更准确地描述大地的风貌。细心的读者很容易看出，陈伯海先生在《文学遗产》发表的两篇论文，在同一年的《文学遗产》上，中间只隔了一期，这似乎不符合刊物的惯例，不过我们却从中看出编辑部重视与推动宏观文学批评的良苦用心。1986 年 6 月，《文学遗产》编辑部适时地发出了《古典文学宏观研究征文启事》。其"缘起"明确指出当前古典文学研究的"重点应放在宏观研究上",而"其意义具有某种全局性"。这一征文启事发布后,在学界引起了强烈反响,不到一年的时间内,编辑部收到的征文稿件达130余篇,从而将古典文学的宏观研究推向了高潮。陈良运、胡明、陈祥耀、吴调公、胡晓明等一批学者高质量的学术论文,拓宽了古典文学研究的视野与路径。宏观文学史研究的意义,往往被人忽略。其实宏观文学史研究不简单是一种方法论争,更是深刻的学术探索,所谓文学史批评的文化眼光、文学与宗教等问题的研究都是在宏观文学视野下推进的。

《文学遗产》的编辑思想一直是清醒的理性的,在推进文学研究理论进步的同时,也一直保持了实事求是、守正出新的学术精神。一些前辈学者考证辨析的论文,显示出扎实的学术功力,给我们以最为直接的影响和学术示范。我的硕士论文是通过春秋战国时代的赋诗引诗现象,提出了"用诗时代"的观点。认为《诗经》结集之后并没有带来诗的创作繁荣,而形成了一个从宫廷到乡野,从政治、外交到生活、宴饮等广泛领域里长期的诗的实用时代,《诗经》学的许多概念都不是文学创作意义上的,而是同诗的应用相关的。1983年《文学遗产》刊载的几篇研究《诗经》的论文,不仅给我以理论与思想的支持,更给我以资料与方法的示范。段熙仲(1897~1987)先生的《诗三百与显学争鸣、经师异议》(1983年第1期)认为"诗三百"是先秦时期儒墨两家的恒言,尽管儒墨两家在思想上有许多对立冲突,但是他们都称诵《诗》《书》,特别是善于征引《诗经》语词,作为思想阐发的工具。张震泽(1911~1992)先生《诗经赋、比、兴本义新探》(1983年第3期)分析了对赋比兴阐释歧义纷呈的现象,明确提出《诗经》的编辑不是为了纯然的文学目的,而是源于周代贵族的教化典礼之用。因此所谓"赋比兴"不是一种艺术的创作方法,而是诗的应用原则。他说:"风、雅、颂是《诗》之三用,现在看来,赋、比、兴也是《诗》的三用。不过我们所说的'用',不是孔颖达说的'三纬'之'用',而是赋诗言志之'用'。风、雅、颂用在典礼演奏中,有严格的规定,不得任意更动。赋、比、兴则是在另外某些场合(例如宴会),为了发言得体或应对得宜,打乱风、雅、颂之体而灵活运用的方法。也就是,有时需要直陈,就用赋的方法;有时需要以善物喻善事,就用兴的方法;有时不敢直斥其非，就用'取比类以言之'的比的方法。"张震泽先生的观点依史立论，渊源有自，而又富于创新精神。那时张先生已经是 72 岁的老人了，可见是否具有学术创新精神与年龄大小并无多少关系。比起段熙仲、张震泽等前辈学者，当时的罗宗强先生春秋正富，正值中年，而他的《诗的实用与初期诗歌理论》（1983 年第 4 期）也同样论述翔实，考证有力，引人思考。在分析《孟子》所谓"王者之迹熄而《诗》亡，《诗》亡然后《春秋》作"的意义时，罗先生认为："从一个方面说，用以纪事，用以知政教得失的诗为各国春秋所代替，所亡者，大概就是指诗歌创作的逐渐消歇。而已有之诗却是借助典礼、讽谏、赋诗、言语而得到广泛传播；并且由于私家著述的普遍引诗，诗更广泛地进入了当时的政治思想领域。从这个意义上说，'诗亡'而后诗之为用益张。"当时论文写作，遇到了颇多的困惑，罗先生的见解具有指点迷津启人愚蒙的作用。

1990 年以后，中国的思想和学术发生了重要转向，思想的锋芒渐渐收敛，宏大的理论探讨渐渐被具体的问题研究所代替。而回首往事，20 世纪 80 年代的思想启蒙运动留给我们许多思考。尽管这一时期的学术留有许多遗憾，但不能否认，没有 20 世纪 80 年代思想界的理论探索是不能有今天的学术发展空间的，"八十年代"是我们这一代学人集体的精神出处。"渡船满板霜如雪，印我青鞋第一痕"，我们不能忘记思想的先行者们留在前进道路上的探索足迹，也不能忘记《文学遗产》这样的刊物带给我们的深刻学术影响。

[作者单位：黑龙江省文联]

《文学遗产》与古典文学研究的视域开拓

胡可先

一 预流：材料发掘和问题发现

陈寅恪先生在《陈垣〈敦煌劫余录〉序》中说："一时代之学术，必有其新材料与新问题。取用此材料，以研求问题，则为此时代学术之新潮流。治学之士，取预此潮流，谓之预流。其未得预者，谓之未入流。"（《金明馆丛稿二编》）发掘新材料，发现新问题，开拓新境界，是《文学遗产》一直坚持的宗旨；强烈的问题意识，成为《文学遗产》长期的办刊导向。60 年的办刊历史，使之成为学科史、期刊史和学术史上的里程碑。

（一）新材料的发掘

《文学遗产》自 1980 年复刊以来，长期坚持实事求是精神，在发表的文章当中，注重新材料的发掘和利用。如对于出土文献的利用：《从包山楚简看〈离骚〉的艺术构思与意象表现》《楚地帛书敦煌残卷与佛教伪经中的伏羲女娲故事》《新学问大都由于新发现——考古发现与先秦秦汉典籍文

化》《上博竹简〈诗论〉的作者及其与今传本〈毛诗序〉的关系》《从简本
〈缁衣〉论〈都人士〉诗的缀合》《从出土文献看七十子后学在先秦散文史
上的地位》《出土文献与唐代文学史新视野》《由新发现的韦济墓志看杜甫
天宝中的行止》《新发现的崔郾佚文〈李益墓志铭〉及其文献价值》。域外
文献的利用：《关于近代发现的日本古抄无注三十卷本〈文选〉》《俄藏敦煌
写本 φ242 号〈文选注〉发覆》《韩国所藏〈太平广记详节〉的文献价值》
《佚存日本的唐人诗集〈杂抄〉考释》《日本及敦煌文献中所见〈文场秀
句〉一书的考察》《从正仓院写本看王勃〈滕王阁序〉》《日本藏宋濂〈萝
山集〉抄本考述》《域外汉籍与中国文学研究》。传世文献的再发现：《绍兴
建阳陈八郎本〈文选五臣注〉跋》《词学秘籍〈天机馀锦〉考述》《新发现
的陈三立早年诗稿及黄遵宪手书批语》《汪辟疆手批〈苏诗选评笺释〉述
论》《孔尚任艺术鉴藏与文学创作之关系考论——以新见孔氏题陈洪绶〈饮
酒读书图〉跋文为缘起》。即如杜甫《奉赠韦左丞丈二十二韵》这篇名作，
前贤均系于天宝七载（748）。陈铁民《由新发现的韦济墓志看杜甫天宝中
的行止》一文据新出土的《韦济墓志》考证，韦济于天宝九载（750）由河
南尹迁尚书左丞，则该诗应作于天宝十载正月，即应制举不第三年后。杜
甫终生的政治理想，当时的困顿处境，写诗的甘苦体会等，在诗中均有所
表现。而作年的重新认定更有助于对杜甫生平思想与创作历程的理解。

（二）新问题的发现和新境界的开拓

《文学遗产》刊载的不少文章在新材料发掘的基础上，致力于发现和探
讨新问题，开拓古典文学的研究境界，不仅刊载了很多具有标志意义的重
要成果，而且引领了古典文学的求实、严谨、创新的学风和实事求是、严
明诚信的学术规范。

1. 文学研究主流领域的开拓

《文学遗产》作为本专业的顶级期刊，长期以来致力于古代文学研究的
全方位开拓，尤其是对学术史与文学史主流问题的开拓，表现为重前沿，
重大家，重经典，重学理，重文本。21 世纪以来，更重视对于文学史重要
问题和核心问题的深度探讨，更加关注对经典作家、作品的研究以及文本
背后的具体历史语境的分析。如王水照《南宋文学的时代特点与历史定

位》，认为南宋的文学历史，是在文学现象、文学形态、文学性质上具有鲜明时代特色与重要历史地位的一部断代文学史。南宋的士人群体依违于科举体制而发生了阶层分化，江湖诗人群登上了文学舞台，造成文化的下移趋势。南宋时期又完成了两个重心的转移：由北而南和由雅而俗。这是对文学的时代特点和历史地位的总体把握。查屏球《元、王集团和大历京城诗风》，立足于元载、王缙周围聚集的文学人物，探讨大历士风与诗风的关系。作为一个文化现象，这一诗人群体又比较集中地体现了盛、中唐士风与诗风承转过程中的一些特点。张宏生《元祐诗风的形成及其特征》考察北宋元祐前后，宋诗进入了一个新的发展阶段，这一发展阶段的明显特征是以苏轼为首的文人集团的出现。这些都是文学流派与集团研究的代表作品。钱志熙《论李白乐府诗的创作思想、体制与方法》认为在初、盛唐之际拟乐府诗创作陷入困境、宫掖之风未尽、近体乐府独盛的诗坛局面中，李白奋起复古，欲以个人创作继承乃至覆盖汉魏以来的乐府诗史，无疑为诗坛奇迹。他遍取汉魏以下的所有乐府诗体制，对魏晋拟调、晋宋拟篇、齐梁赋题等古乐府的创作方法进行融合，并作出创造性的发展，从而使他的创作成为文人乐府诗创作的高峰。这是立足于大家研究，又关乎诗体、诗派和诗坛变迁情况。

2. 非经典文献的重视与文学主体的边界拓展

作为一份专业刊物，《文学遗产》在重视主流问题的同时，也兼及非经典文献的梳理，而呈现出多元化与兼容并包的特征。如张廷银《古代文学史研究的非经典文献——从地方志、族谱和佚名评注说起》，认为目前的古代文学史研究，所关注的多是那些重要的或经典的史料。如果我们换一个视角，从平常不太使用的地方志、族谱以及文学作品的佚名评点进行分析，就会发现中国文学研究的多元存在形态。把这些文献中所反映的文学史观点及行为，提炼和整理出来，将会在一定的程度上丰富古代文学史研究。主流文献与非经典文献的关系，大概是前者引领学术前沿，后者填补学术空白。王水照《作品、产品与商品——古代文学作品商品化的一点考察》则是从文学生产的层面和商业化角度开拓的力作。文章认为文学作品与经济利益发生关联始于"润笔"习俗。中唐以后，文学作品逐步变成特殊商品，进入由买卖双方构成的交易市场，使得作品的传播进入一个全新的发展阶段。宋时已形成初步成熟的图书市场，引起人们观念上的变化，也是社会经济转型的表征之一。

3. 文本文献与图像文献的结合

江林昌《图与书：先秦两汉时期有关山川神怪类文献的分析——以〈山海经〉〈楚辞〉〈淮南子〉为例》，从以图书为主的早期学术与文学载体作为论述的基点，认为在夏商周秦汉时期，所谓的"图书"实际包括"图画"与"文字"两部分，如果只有文字而没有图画，则称为"书"。其中《山海经》《楚辞》《淮南子》中许多文字都是对天体山川神怪"图"的文字说明"书"。只是到了魏晋以后，《山海经》等文献中的"图"丢失了，只有"书"的部分流传至今。因此，"图"与"书"的结合是上古文学研究的重要途径之一。黄阳兴《图像、仪轨与文学——略论中唐密教艺术与韩愈的险怪诗风》则更关注佛教密宗崛起对中唐诗风形成和演变的影响。就韩愈险怪诗风与密教传法艺术之关系进行更细致的分析，着重讨论学者关注较多的《陆浑山火》《南山诗》《游青龙寺赠崔大补阙》等诗歌作品，支持韩愈诗歌受密教艺术影响说，并进一步指出中唐韩孟诗派追求险怪的诗风可能受此佛教艺术变革潮流的影响。马昌仪《山海经图：寻找〈山海经〉的另一半》，在对历代古本《山海经图》搜集、比较的基础上，追索三类《山海经图》的来龙去脉，剖析明清两代《山海经》图本的特色与文化意蕴，探讨《山海经》据图为文的叙事风格。《山海经》是通过文本和图像表现神话世界的，在研究过程中，通过文本而还原图像可以呈现早期神话立体化的产生空间。

4. 文体研究从边缘到前沿

在20世纪的后期，古典文学研究逐渐失去了本体地位，先是成为社会学的附庸，进而成为文化学的附庸，文体研究不得不处于边缘化的位置。这种状态一直到21世纪才有所改观。《文学遗产》刊载文体学研究的文章超过50篇，较早的文章刊载于20世纪90年代，如刘文忠《用比较方法看齐梁文学思潮和古今文体之争》、傅刚《论汉魏六朝文体辨析观念的产生与发展》、吴承学《唐代判文文体及源流研究》。2002年北京大学成立中国古代文体研究中心，2004年在湖南大学召开的"中国古代文学文体研究学术讨论会"是对文体研究的重要推进。2005年吴承学、沙红兵发表的《中国古代文体学学科论纲》是文体学学科建立和文体研究走向前沿的重要文献，该文以"辨体"的辩证思考和"文体"的含义疏解为基本起点，通过对基本内涵与对象的探讨，勘划古代文体学学科的大致范围和性质；通过与古代文学史、古代文学批评史、现代西方文体学等学科之间的互动，确立古代文体学在古代文学研究学术结构中的适当位置。2008 年 12 月，由中山大学中文系、《文学遗产》编辑部联合主办的"中国文体学国际学术研讨会"，收到 87 篇文体学研究论文，呈现出文体学研究的空前规模。2013 年 10 月，由《文学遗产》编辑部与中山大学中文系、《中山大学学报》编辑部联合举办"第四届中国文体学国际学术研讨会"，收到论文 67 篇，涉及诗、文、词、戏曲、小说等文类和文体学研究各个层面的问题。直到《文学遗产》最新的 2014 年第 1 期，还刊载了徐公持《汉代文学的知识化特征——以汉赋"博物"取向为中心的考察》、余恕诚《李贺诗歌的赋体渊源》等重要文体学研究论文。因此，文体学研究从边缘到前沿，与《文学遗产》的推动是分不开的。

二　新理念：《文学遗产》论坛

对于古典文学研究而言，《文学遗产》的高端论坛和编委扩大会议往往会讨论一段时间古典文学研究所取得的成绩、当下所面临的困难并谋求解决的方法。对于论坛的讨论和研究成果，《文学遗产》或以专栏形式发表，或以综述形式报道，或以笔谈形式展示，不断地更新古典文学的研究理念，这些论坛在不同的时期引领和推动了古典文学研究向前沿发展。其中三个论坛具有里程碑意义。

（一）文学史观与文学史

《文学遗产》编辑部 1994 年在漳州召开了"文学史观与文学史研讨会"，具体讨论了文学史编写中的文学史观的重要性，并对 20 世纪八九十年代产生的几部重要文学史著作进行了价值衡定。徐公持先生归纳重要的文学史观有三种类型：一是史学家性格的文学史观，属于"再现"的文学史观；二是理论家或曰史论家性格的文学史观，属于"表现"的文学史观；

三是二者调和性格的文学史观，属于"再现"和"表现"相结合的文学史观。三种文学史观各有特色，也各有理论上的自足性。文学史研究就是要通过不同文学史观的出现营造多元互补和竞争的格局。《文学遗产》1994 年第 5 期刊发了一组"文学史观与文学史"的专题论文：钱志熙《审美·历史·逻辑：论文学史研究的三种方法》、蒋寅《一代有一代之文学：关于文学繁荣问题的思考》、苏澄《'94 漳州文学史观与文学史学研讨会纪要》。钱志熙阐述了文学史观的三个重要方面：审美方法和文学史现象的归纳、文学史研究的运思起点；运用历史方法研究各种文学史现象，并构建文学事实的历史序列；逻辑方法和文学史规律的研究。蒋寅认为，所谓"一代有一代之文学"，从根本上说是时代的艺术意志和艺术家创造力合力作用的结果：时代的艺术意志选择了最佳的新文体样式，而新文体样式作为 1 种挑战和规范又激发诱导了作家的艺术才能和创造力，这就是文学繁荣的内在运作机制，其外部运用机制则表现为激励创作竞争、促进作品流通的制度和时尚。

（二）新世纪十年论坛

《文学遗产》编辑部在 2011 年 6 月召开了编委扩大会议，集中讨论了 21 世纪 10 年以来古典文学研究所取得的成绩、存在的困难、出现的困惑，以及发展的前景。会议将 21 世纪的古典文学研究定位为"在困惑中前进"，涉及的问题主要有古典文学研究的价值和意义、古典文学学科的边界、古典文学研究的理论问题、古典文学研究的文献问题、古典文学研究的国际化问题、文学史研究问题、近 30 年古典文学研究成果评价问题等。《文学遗产》自 2011 年第 6 期开辟"新世纪十年论坛"刊载了 16 篇论文：莫砺锋《新旧方法之我见》、廖可斌《古代文学研究的国际化》、詹福瑞《关于古代文学研究的学术个性问题》、李浩《谈古代文学研究的包容性特色》、陈尚君《兼融文史，打通四部》、曹旭《文学研究，请重视"特殊的"文学本位》、左东岭《文学经验与文学历史》、梅新林《学术交融与学术创新》、周裕锴《古代文学研究中的"右文说"》、韩经太《古典文学艺术：价值追问与艺术讲求》、王兆鹏《建设中国文学数字化地图平台的构想》、程章灿《作为学术文献资源的欧美汉学研究》、胡可先《中国古代文学实证研究的思考》、马自力《古代文学研究中理性史观和语境史观的平衡与对话》、王长华《"了解之同情"与历史意识建立》、吴相洲《注意古代文学知识的转化》。

陈尚君认为，学者能关注四部，融通传统学术，对开拓文学范围，确定评价原则，理解文人生活，解读文学作品，都有很重要的意义。左东岭主张用文学经验去替换文学规律和文学文本这两种传统的研究范式，以便真正把文学史研究提升到历史研究的层面，使之既是文学审美的把握，又是文学历史经验的总结。研究文学经验的重要内涵之一是对文学现象的整体性和复杂性的把握；研究文学经验的重要内涵之二是对文学之间关联性的把握。对于文学经验的关注与去规律化是今后文学史研究应予重视的两个侧面。程章灿认为，学术研究是不分时间的，不分国界的，不分语言的。将欧美汉学研究成果作为一种文献资源，才能开阔视野，知己知彼，胸怀全局，进入真正的学术交流和融会贯通的境界。我本人在这次论坛上主要就中国古代文学实证研究提出自己的思考，认为实证研究的总体思路，主要致力于文学文本与新出文献、出土遗物和图像资料的综合利用。实证研究与考证有着重要的联系，但又有很大的差异，考证是实证研究的基础而不是实证研究的全部。中国古代文学的实证研究要致力于传世文献与出土文献的搜集、挖掘、整理与考证，在充分做好这些基础工作之后，选择典型的个案进行深入的分析，以对某些文学现象具有不同基点的认知，然后在融合众多个案研究的基础上进一步提升而进行综合研究。在这个过程当中，淡化学科界限，强化问题意识就显得非常重要。

（三）文学·文献·文化

《文学遗产》编辑部于 2013 年 3 月在安徽大学召开编委扩大会议，主题为"古代中国：文学·文献·文化"。对于文学、文献和文化关系的探讨，是会议的重要议题，对《文学遗产》办刊宗旨和学术导向，也提出了一些理论性和建设性的思考。为了这次会议的成功举办，《文学遗产》编辑部以会议文件的形式，对于 21 世纪古代文学研究进行了系统的整理和梳理，并提交大会讨论：孙少华《建立 21 世纪先唐文学研究的"新传统"》、刘宁《新世纪唐代文学研究的回顾与思考》、张剑《新世纪宋代文学研究的走向与问题》、张晖《理论的转型——元明清近代诗文研究的现状及其可能性》、石雷《前沿·困惑·思考——新世纪十年古代小说戏曲研究刍议》。《文学遗产》2013 年第 6 期刊载了会议发言的 7 篇笔谈：葛晓音《学术自信和价值判断》、赵昌平《文献、文化、文学之契合》、陈洪《徘徊于"还原"与"建构"之间》、吴承学《学术史识与学术价值观》、刘石《凛焉戒惕"诊痴符"》、李浩《也说"打通"》、杜桂萍《"文献先行"与"文心前置"刍议》。2014 年第 1 期亦刊载了 6 篇笔谈：钟振振《古代文学的审美本位》、傅刚《谈谈中国古代文学研究者的研究：目的、意义、方法》、沈松勤《古代文学的"和合"秉性与"和合"研究》、朱万曙《古代文学研究与"科学主义"》、沈立岩《古代文学研究：出入于文献与文化之间》与徐兴无《中国古代政治制度与文学的关系》。

傅刚从六个方面阐述了古代文学研究的目的、意义、方法和教学对象：古代文学研究要遵守历史学的规则；中国古代文学研究的目的；考证在古代文学研究中的作用和使用的原则、方法；传统目录、版本学工作的意义；古代文学研究有深厚的中国古代学术传统作基础，又具有现代学术意识，古今结合，不可偏废；古代文学研究的艺术性问题。葛晓音认为，目前很多学者对于学术现状不满是好事，只有承认不足，才有改进的动力。不过首先还是要确立学术自信。在研究者的诸般能力中，最重要的是培养判断学术价值的敏感和能力。凡是提出和解决了某一方面的问题，使同时和后来的研究者在研究同类问题时必须参考你的观点，就有学术价值。学术研究和文学创作一样，有第一义的，它应该是一空依傍的，有高度的独创性。也就是在提出新问题或是解决历史悬案时，有自己独到的思考角度和方法，他的观点完全是通过自己钻研原始材料发现的。赵昌平认为，文献、文化、文学是古典文学研究的三维。三维成空间，所以应当树立整体研究的观念。就古典文学学科而言，说"文学"是本位，"文献"是基础，"文化"是必需的视野，应当没有异议。对于古典文学研究而言，不存在文献学重不重要的问题，只存在相较于其他人文学科具有何种特殊性的问题。文学的文化学研究从实质上说应是真正的社会学研究的组成部分。"人"的研究应当是文学与文献学，乃至文化学的契合点。陈洪认为，在文学史领域中，"还原"与"建构"如同《周易》中的阴阳关系，彼此相对待，彼此相依存，彼此相涵容，彼此相促进。每位学者可以有所偏重，但不应偏执于一方；对于整个学科来说，徘徊于二者之间，可能是基本属性使然，也是一种正常、良好的状态。杜桂萍认为，"文献先行"应是任何一种学术研究首先必须面对的问题，它主要包含两个方面：研究成果的文献综述，相关论题的史实考辨。文心研究主要致力于揭示史实之间的普遍联系及其中包含的规律性；只有借助"文心"的知性过滤，"文献"方能真正建构成为知识。而其所以应该"前置"，一则因其具有逻辑的力量，可以借助固有的理性精神真正打通与历史事实之间的隧道；二则缘于其能够调动直觉、领悟的力量，通过个人的体验实现历史意义的现实生成。"文献先行"与"文心前置"乃文献研究进入文心研究的必然理念建构，具有打通文史、理解历史独特存在方式的积极的方法论意义。沈松勤认为，中国古代文学具有多面性和复杂性，其研究需要文学审美论的观照，探究其审美特质与意义，而凡是与作家创作有着内在关联的任何一个属于当代学科分类中的史学或哲学层面的研究，都是中国古代文学研究的题中应有之义。我自己在这次论坛上主要就新出资料与唐代文学研究谈了自己的看法：21世纪以来，新出资料成突飞猛进的态势，与唐代文学相关的新出资料，主要包括石刻资料、写本文献、图谱材料，以及可以与文学作品印证的实物材料等。新出资料的学术意义主要在于完善唐代文学发展的各个环节，尽可能全面地恢复文学发展的原生状态；新出资料不仅能够补充主流文学和主流判断的主体缺陷，更能够纠正中国文学史研究长期以来形成的线性缺失；新出资料有助于进一步探究唐代文学发展过程中的一些本质属性。

三 新方法：宏观研究、数字化与定量分析

（一）古典文学宏观研究

古典文学的宏观研究在20世纪80年代形成了热潮，这与《文学遗产》的提倡是紧密联系的。1986年4月，《文学遗产》编辑部发出了《古典文学宏观研究征文启事》，明确指出当前古典文学研究的"重点应放在宏观研究上"，而"其意义具有某种全局性"。这一启事在《文学遗产》1986年第3

期刊出后，自第 5 期开始，陆续刊出了陈伯海《中国文学史之鸟瞰》、陈祥耀《我国古典诗词演变的几个宏观规律》、蒋寅《关于中国古代文章学理论体系——从〈文心雕龙〉谈起》、萧驰《中国古代诗人的时间意识及其他》、鲁德才《研究古代小说艺术传统的思考》、陈邦炎《从新诗运动上探我国诗体演化的轨迹》、胡晓明《传统诗歌与农业社会》、吴调公《心灵的远游：诗歌神韵论思潮的流程》、张铨锡《"杂文学"还是"纯文学"——谈古典文学的"正名"问题》、徐公持《关于古典文学的宏观研究及其现状》、王启兴《论儒家诗教及其影响》、孙昌武《关于中国古典文学中佛教思想的研究》、葛兆光《想象的世界：道教与中国古典文学》、赵昌平《唐诗演进规律刍议"线点面综合效应开放性演进"构想》等 25 篇文章。这些宏观研究的文章开了当时宏观研究的风气，虽然在 20 世纪 80 年代末期逐渐式微，甚至以其引领了空疏的时尚而为后来研究者所诟病，但就当时的时代和研究环境而言，也还是很有价值和意义的。因为古典文学宏观研究与"方法论"的提倡是紧密联系的。

在此前的一年，《文学遗产》1985 年第 3 期刊载了《当前古典文学研究与方法论问题笔谈》，发表了郭预衡、章培恒、程千帆、吴调公、陈伯海、罗宗强、黄天骥、蔡钟翔 8 位学者的意见。陈伯海《宏观的世界与宏观的研究》认为，打开现有的文学史著作看，除了每一断代开头照例有一节社会背景和文学概况的介绍外，几乎尽是有关单个作家和作品的论述，论述中又大多分割成生平、思想、艺术几大块，相互之间很少贯通。我们的古典文学研究侧重于微观，而比较忽视宏观，这种情况应有所改变。罗宗强《并存、拓展、打通》认为，古典文学研究的目的，是继承和发扬优秀的文学传统，有利于这一目的，便都是有益的，微观研究和宏观研究同样需要。

但反观新中国成立以后直至 20 世纪 80 年代，古典文学的研究方法是僵化的、陈旧的、保守的，文学研究为政治思想所代替，因此，我们必须在方法论上加以革命，才能转变旧的研究取向，产生新的研究格局，《文学遗产》提倡宏观研究正是起到了产生新格局的功效。但是，由于研究领域总体学术积累的不足、研究方法的过分强调，加以国门打开之初国外新理论的强势侵袭，使得古典文学研究格局打开后，不久就走向了偏颇和异化，又经过 20 世纪 90 年代的调适，到了 21 世纪才朝着更多元化的途径发展。

（二）数字化

随着信息技术的发达和信息传播的广泛，古籍的数字化建设呈现日新月异的态势，古典文学研究也随着数字化而不断革新。《文学遗产》近年在数字化建设方面呈现的成果也较多，如郑永晓《古籍数字化与古典文学研究的未来》，王兆鹏《建设中国文学数字化地图平台的构想》，李铎、王毅《关于古代文献信息化工程与古典文学研究之间互动关系的对话》，韩丽霞《北京大学数据分析研究中心数字化成果概述》以及《笔谈：信息技术与中国传统学术研究》，郑永晓《技术与心智的互补：建立在计算机检索基础上的古典文学研究》、李铎《从检索到分析：计算机知识服务的时代》、罗凤珠《引信息的"术"入文学的"心"：谈情感计算和语义研究在文史领域的应用》。郑永晓论证古典文学研究主要有三个层面：一是原始文献整理，二是整理历代作家作品研究资料，三是对文学作品的审美鉴赏和对文学史规律的分析。对于前两个层面，计算机大有用武之地，而对于第三个层面，计算机虽有局限，但也能够为这项工作奠定坚实的基础。计算机在古典文学研究领域所引起的革命将是长久而深远的。

（三）定量分析

定量分析法是根据统计数据，建立相关模型或分类设计以分析研究对象的各项指标数值的研究方法。这种方法较早广泛运用于自然科学研究当中，并逐渐扩展到社会现象的特征归纳与分析。随着信息技术的普及和数字化处理方法的发展，古典文学研究也引入了定量分析的方法。《文学遗产》刊载了刘尊明、王兆鹏《本世纪东坡词研究的定量分析——词学研究定量分析之一》，王兆鹏《历史的选择：宋代词人历史地位的定量分析》《寻找经典：唐诗百首名篇的定量分析》，尚永亮、张娟《唐知名诗人之层级分布与代群发展的定量分析》等文章，就是古典文学研究定量分析的代表性作品。王兆鹏、刘尊明、尚永亮等学者在定量分析方面作出了极大的努力，促进了古典文学研究的多元化发展，尤其是进入 21 世纪以来，定量分析成为一种不可或缺的研究方法，在博士生和硕士生的学位论文中被广泛运用，可见其影响巨大。尽管我在学术研究中对定量分析方法采取非常谨慎的态度，但也清楚地认识到对于这样一种方法，无论是表示赞同还是提出异议，都不可能改变其普遍运用的客观事实。而这种方法的提倡和实施，《文学遗产》是做出了重要贡献的。

［作者单位：浙江大学人文学院］

《文学遗产》照亮我的学术之路

郭　杰

　　2002 年 7 月 28 日，"2000～2001 年度《文学遗产》优秀论文奖"颁奖典礼在兰州西北师范大学举行。当时，我怀着激动的心情，从时任中国社会科学院文学研究所所长杨义先生手中，接过获奖证书，并荣幸地代表年度全体获奖作者，在典礼上发表了感言。时隔 12 年之久，那些洋溢着感恩之情的话语，如今已不能全部回忆下来，但其中一个中心意思，我却永远不会忘记，那就是：《文学遗产》照亮了我的学术之路。

　　今年，《文学遗产》已经创刊 60 周年了（1954～2014）。回首 60 年风雨历程，可以这样说：在 20 世纪以来的中国期刊之林中，《文学遗产》堪称独树一帜、成就卓然的顶级学术刊物。其高层次高素质的编辑队伍、精深严谨的编辑宗旨和办刊方针、经得起长时间检验的发稿水平和质量、蜚声海内外的学术影响，都为这份刊物，赢得了令人肃然起敬的崇高声誉。与此同时，特别值得提到的是，长期以来，《文学遗产》始终坚持与学术界的密切交流和融合，特别是培养和扶持了一批又一批年轻学者，成为辐射性和影响力极为广泛的学术中心，引领人们在通往中国文学璀璨遗产的道路上不断前行，甚至形成了耐人寻味、值得深思的"《文学遗产》现象"。

在当前进一步提高学术水平和质量、增强文化软实力的时代呼声中，在弘扬中华文化伟大传统、实现中国梦的历史进程里，这尤其具有重要的启迪意义。

一

余生也晚，没有亲历《文学遗产》创刊第一阶段（1954～1966）的盛况。当我作为"文革"结束后首届高考录取的77级学生走进大学校园的时候，中国学术界还未能完全走出十年"文革"的阴影，时时现出一种凄清寥落的景象。图书馆的书架上，几乎见不到新出版的学术著作，也没有几本像样的学术刊物，连后来脍炙人口的那两种《中国文学史》教材（即中国社会科学院本和游国恩本），当时也还没有再版使用。正是在这种情形下，1980年上半年，听说《文学遗产》即将复刊了。当时怀着憧憬的心情，从中华书局邮购了这本"复刊号"。翻开那古雅简朴的褐红色封面，在目录中，一连串内容广博、令人耳目一新的论文题目，一连串成就卓著、必定在学术史上留下一席之地的作者姓名，赫然映入眼帘。其中既有闻一多先生的遗作《东皇太一考》，也有老一辈学者的新作，如林庚先生的《〈天问〉中所见上古各民族争霸中原的面影》、王季思先生的《从〈凤求凰〉到〈西厢记〉——兼谈如何评价古典文学中的爱情作品》、夏承焘先生的《读词随笔》、姚雪垠先生的《论〈圆圆曲〉——〈李自成〉创非余墨》、聂绀弩先生的《略谈〈聊斋志异〉的反封建反科举精神》、季羡林先生的《印度文学在中国》、郭绍虞先生的《从悼念到建议》，还有当时学术界领军的杰出中年学者的力作，如傅璇琮等先生的《谈〈全唐文〉的修订》、王运熙先生的《刘勰对汉魏六朝骈体文学的评价》、杜书瀛先生的《李渔论戏剧真实》、徐朔方先生的《〈红楼梦〉爱情题材的评价》、邓绍基先生的《建国以来关于继承文学遗产的一些问题》，以及更为年轻的优秀学者的作品，如葛晓音先生的《陶诗的艺术成就——兼论有关诗画表现艺术的发展》……说实话，以我当年的知识见闻和学问根基，不仅对这些论文的奥义难得要领，就连这些赫赫有名的作者，也多是前所未闻、不知其详的。尽管如此，我还是要说，这本《文学遗产》"创刊号"，犹如一股春风，吹醒了我心中最初的学术梦想；犹如一盏明灯，照亮了我后来走向学术世界的最初门径。如今，三十多年过去了，我一直是《文学遗产》的忠实读者，孜孜以求，受益良多，从中了解最新的学术成果，掌握学术发展的动态和趋势，汲取治学方法与经验，在其照耀和引领下，不断前行于学术之路上，从当年见闻有限的青年学子，到而今两鬓渐白的中年教授，虽然成就有限，却也乐在其中。

至于那本"创刊号"，我在 2002 年 7 月颁奖典礼的发言时，曾经手持展示给到会的诸位专家，表明《文学遗产》对我的引导作用。发言结束后，坐在我旁边的傅璇琮先生有些遗憾地对我说，虽然他曾在"复刊号"上发表了论文，但这期刊物他却已手头无存了。傅先生是我多年敬仰的学术前辈，他不仅学术造诣精深卓著，尤以热心奖掖后学而见称于学林。我深深感到，这本"复刊号"对于傅先生，比对于我更有意义，于是便将这册刊物敬呈给他，作为纪念。傅先生回京后，专门惠寄了他的著作《濡沫集》给我，不仅签名盖章，还附了一封亲笔信。不久后，傅先生就去了台湾大学，进行为期三个月的学术访问，而我也牵于冗务，多年来有失音信，以至于今。每念及此，颇感怅怅。

二

1990 年 12 月，我从东北师范大学博士毕业。翌年，来到吉林大学任教，担任著名诗人和学者、《中国人民解放军军歌》词作者公木（张松如）先生（1910～1998）的学术助手。公木先生和我的博士导师杨公骥先生（1921～1989），在人生经历上颇多相似之处：他们都是河北人，都曾在抗日战争的烽火硝烟中投奔延安，都曾在解放战争初期作为干部调往东北，又都成为 1946 年创建东北大学（即今东北师范大学）的首批教授。两位老师不仅经历相近，而且情谊笃深，几十年里无论遭遇什么风风雨雨，都始终肝胆相照，相互支持。早在 20 世纪 50 年代初期，他们就曾相约合作完成《中国文学史》，后虽因故未果，但毕竟留下了一些珍贵的合作成果，其中之一，就是具有重要学术史价值的论文《论商颂》。这篇论文以广泛而坚实的史料，坚持论证了《商颂》是商代朝廷祭祀的颂歌，有力反驳了清代中期以来经魏源《诗古微》、皮锡瑞《经学通论》、王先谦《诗三家义集疏》

以至近代王国维《说商颂》所弘扬的、为梁启超郭沫若等众多历史学家以及中国文学史家等所广为接受、当时在学术界几成定论的今文经学的观点，即《商颂》是周代宋国贵族正考父所作的观点。这对于科学地认识中国上古文学的历史发展，的确具有重要的指导意义。近年来，随着学术文化的深入发展，已经有越来越多的学者们认同和接受了这一观点，并结合考古研究的成果而予以充实论证。值得提到的是，这篇《论商颂》，就是在《文学遗产增刊》第二辑（1956 年 1 月）发表出来的。公木先生晚年，依然把《诗经》研究作为自己的主要学术方向之一，在《文学遗产》1994 年第 1 期发表了论文《论史诗与剧诗》。同时，直到他 1998 年去世，也一直担任着《文学遗产》的通讯编委。这是我的两位恩师与《文学遗产》令人珍视的历史因缘。

当我来到公木先生身边的时候，主要任务就是协助他开展国家"七五"社会科学重点项目《中国诗歌史论》的研究工作。那时，公木先生的前任学术助手赵明教授已经调任青岛大学文学院院长，由于人手缺乏，这项工作实际上尚未起步。我们商讨了研究计划，确定撰写一套大型丛书《中国诗歌史论》，共分"先秦""汉代""魏晋南北朝""隋唐五代""宋代""辽金元""明清""近代""现代"九卷，承担各卷的撰著工作的，是当时活跃于学术界的中青年学者李炳海（中国人民大学）、赵敏俐（首都师范大学）、傅刚（北京大学）、韩经太（北京语言大学）、张晶（中国传媒大学）、李继凯（陕西师范大学）、张福贵（吉林大学）诸兄，他们有的是我在东北师范大学的师兄，有的是我在吉林大学的校友，有的是我在徐州师范学院（即今江苏师范大学）的同学。时任吉林省委常委、宣传部部长的许中田同志（后来曾任《人民日报》总编辑、社长）和时任吉林省出版局处长的樊希安同志（现任生活·读书·新知三联书店总经理），对于这项研究计划，在经费和出版方面给予了宝贵的帮助。这项工作，也得到了《文学遗产》的热情关注和大力支持。为了进一步进行科学论证，广泛征求学术界意见，1992 年夏天，在风景优美的吉林市松花湖畔，由《文学遗产》编辑部和吉林大学中文系联合主办了"中国诗歌艺术研讨会"。会上，学者们对这项研究计划给予了充分的肯定，也提出了一些中肯的意见和建议。这次会议，对《中国诗歌史论》研究课题的顺利开展，起到了极为重要的推动作用。

由于松花湖会议的机缘，我有幸结识了《文学遗产》当时和后来的三任主编：徐公持先生、陶文鹏先生和刘跃进先生。徐公持先生严谨扎实，厚重精到，他签赠给我的《魏晋文学史》，是我常置案头、经常翻阅的学术力作；陶文鹏先生富于才情，机趣横生，他的唐宋诗研究，本身也是引人入胜的艺术妙境；刘跃进先生深邃独到，高屋建瓴，史料的详实与理论的缜密交相辉映，给人以统领全局之势。记得1996年初夏，我和跃进兄在美国康奈尔大学那山峦起伏、浓荫遍布的校园里不期而遇，真是喜出望外！我们曾与该校东亚系的梅祖麟教授一起，谈论过中西文化的异同，还曾结伴同游纽约，在哥伦比亚大学王海龙兄的陪伴下，登上曼哈顿西南端的世贸大厦，参观罗德岛上的自由女神像。后来世贸双塔被夷为废墟，再后来废墟上又盖起高楼。世事沧桑，思之令人惘然。

松花湖会议，是我和《文学遗产》编辑部的第一次近距离接触。我深深感到，编辑部的整体氛围宽松和谐，既执著于学术理念，又富有人情味和归属感，每个成员之间相互关心和扶持，各自又保持着鲜明个性，充满了昂扬的激情和活力。这真是一个难能可贵、值得学习和信赖的学术团体。也正是在这次会议上，我的老同学、当时任教于上海师范大学的傅刚兄，结识了刘跃进兄，又在跃进兄引荐下，投到曹道衡先生（1928～2005）门下，攻读博士学位。傅刚兄的博士论文后来被评为全国优秀博士论文，他本人也早已成为北京大学中文系教授，知名于学术界了。这一切，如果究其原委，在某种程度上，还真是拜《文学遗产》所赐呢！

我们这套《中国诗歌史论》，于1995年由吉林教育出版社出版后，《文学遗产》1997年第2期又发表了北京师范大学谢思炜教授（现已调任清华大学）撰写的书评《深入开掘中国诗学的蕴藏——兼评〈中国诗歌史论丛书〉》，对这套"目前见到的规模最为宏大的一部单体文学通史"（谢思炜语）予以鼓励，并由此拓展到中国诗学的更多宏观问题。后来，这套著作荣获"第一届国家哲学社会科学基金项目优秀成果三等奖"（同获此奖的，还有复旦大学王运熙、顾易生二位先生主编的七卷本《中国文学批评通史》）和"吉林省优秀图书一等奖"，产生了广泛的影响，没有辜负学术界朋友们的厚望。我作为副主编，在公木先生的亲切关怀和指导下，从策划选题到组织撰写，也尽了自己的绵薄之力，同时从公木先生的高风亮节和精识卓见中，学到了许多宝贵的东西，成为终生难忘的精神财富。而在此过程中，《文学遗产》所给予的弥足珍贵的关注和支持，是我们这些作者倍感温暖、永难忘怀的！我与《文学遗产》副主编竺青先生、副主编张剑先生以及编辑李伊白女士、马丽女士等，也先后结下了深厚的友谊。我调到深圳大学工作以后，也曾协助承办过《文学遗产》论坛，同样是严谨扎实的会风，取得了很好的学术效果。

前年（2012），我的师兄赵敏俐教授（首都师范大学中国诗歌研究中心主任）主编的国家社会科学重点项目十一卷本《中国诗歌通史》，已由人民文学出版社出版了。这部大型著作，从卷次划分到作者安排，仍可见出《中国诗歌史论》的点滴影响。然而，"学如积薪，后来者居上"，其更开阔的视野、更宏大的规模、更严谨的体例、更丰富的史料，已非"史论"可比了。不知敏俐兄在主持其事的时候，可曾回想起当年合作"史论"的那些往事？

三

多年来，我作为《文学遗产》的忠实读者，可以说是受益良多。同时，随着学习的不断深入，在《文学遗产》的引导下，我也尝试把比较能够体现自己学术特色、代表自己学术水平的论文，投寄到《文学遗产》，以寻求指教。这个投稿过程，对我来说，也是非常难得的学习和提高的过程。在《文学遗产》上，我先后发表了两篇论文，即《〈诗经〉对答之体及其历史意义》（1999 年第 2 期）和《从〈生民〉到〈离骚〉——上古诗歌历史发展的一个实证考察》（2001 年第 4 期），有幸成为其不断发展和壮大的作者队伍中的一员。

这两篇论文，在我的全部著述中，自感还是用力较深、创见较多的。发表之后，也取得了较大的学术反响。其中，《〈诗经〉对答之体及其历史意义》一文，试图继承闻一多、孙作云等先生所开拓的道路，运用文艺学和民俗学相结合的方法，探讨在上古民俗背景下，《诗经》中"对答之体"这一颇为常见的艺术形式的成因，及其在诗歌史上的深远影响和意义。中国诗经学会会长夏传才先生曾说这篇论文"题目选得很好"。目前已有 12 篇学术论文，对该文的观点进行了引用。

《从〈生民〉到〈离骚〉——上古诗歌历史发展的一个实证考察》一文，则经历了长达 10 多年的酝酿过程。从 20 世纪 80 年代中期，我就选择了屈原的《离骚》，作为硕士论文的研究课题。后来攻读博士学位时，进而拓展到屈原与先秦思想文化的紧密联系，而特别注重于中国上古诗歌从《诗经》到楚辞的发展演变轨迹。在吉林大学任教时，我曾协助公木先生合作完成了《周族史诗研究》一书，从而为进一步探究从《诗经》到楚辞的发展演变轨迹，做了更加充分的准备。但这毕竟是一个涉及范围极广的复杂课题，一时不易理清思路。所以，直到 20 世纪 90 年代末期，在广泛搜寻了相关材料、并进行了深入思考之后，我才真正着手并完成了这篇论文的撰写工作。跃进兄对论文的修订，提出了宝贵的意见。论文的目的，在于将保存在《诗经·大雅》中的古老史诗《生民》，与作为楚辞代表作的长篇抒情诗《离骚》加以具体比较，通过实证性的个案研究，揭示《诗经》与楚辞之间"继承－超越"的内在关系，进而完成对中国上古诗歌发展的一个历史考察。在论文中，我提出了这样一些观点："两篇作品在艺术结构上具有惊人的一致性；在形象塑造方面，都具有神性与人性相交融的特点。……从文学类型的角度看，《生民》和《离骚》分别属于叙事式诗歌和抒情式诗歌。尽管两者之间存在许多一致之处，例如，都形成了层次整饬严谨、脉络完整清晰的艺术结构，都塑造了神性因素与人性因素密切交融、有机统一的人物形象，但由于诗歌类型的不同，它们所据以进行艺术表现的视点（或角度）产生了很大变化，也恰好在很大程度上标志着《离骚》对《生民》所进行的历史性超越和所达到的空前境界。""从《生民》到《离骚》的类型变化、视点变化、人称变化，不仅蕴含着上古诗歌历史发展的真实轨迹，标志着群体传唱向个人独白的转变和过渡，更重要的还在于，这也是具有哲学意义的'自我意识'在中国诗歌史上最初的、然而是伟大的发端。""从《生民》到《离骚》，从外在的、客观的叙事到内在的、主观的抒情，从第三人称的后稷形象到第一人称的自我形象，两者在视点上的重要变化，决不单纯是形式或手法的问题，它更以具体作品的实例，印证了'继承－超越'的文学规律，从宏观的艺术层次上，标志着中国上古诗歌历史发展过程中的一次伟大飞跃。"

这篇论文，于 2002 年 7 月被评为 "2000～2001 年度《文学遗产》优秀论文奖"。我本人是直到颁奖典礼之前不久，才获悉这一消息的。这也充分体现了《文学遗产》编辑部和评审委员会对评奖工作的严肃认真、公平规范，令人由衷地感佩。评委会对于该文的评语如下："郭杰的论文从视角变化的角度，具体分析了《离骚》对《诗经·生民》篇的继承和超越，认为《生民》主要采取客观的视点，是保持着时空距离的呈现；《离骚》则采取主观的视点。这是上古诗歌从史诗向抒情诗演变发展的必然结果。文章视野开阔，思路清晰，论点是可信的。"后来从《文学遗产》的简讯中了解到，本届评委会由七位古典文学专家组成，他们是：王水照（复旦大学）、袁世硕（山东大学）、董乃斌（上海大学）、项楚（四川大学）、石昌渝（中国社会科学院）、王飚（中国社会科学院）、刘扬忠（中国社会科学院）。这七位先生，当时我都未曾谋面，有的直到今天还未能识荆。他们在各自领域的杰出成就，早已享誉海内，而他们在学术评价工作中，秉持公平公正、学术至上的风范，更是值得学习的楷模，是让我感念于心、难以忘怀的。多年来，学术界一些熟悉的朋友，常常对我说起，他们认为在我以往所获的多项学术奖励中，价值最高、最让他们看重的，就是这个"《文学遗产》优秀论文奖"。而这也道出了我自己的心声。是的，我把获得此奖，看作一项崇高的学术荣誉和责任，无论过去了多少年，我都将以此为精神动力，再接再厉，在学术之路上继续跋涉，努力走得更长一些、更远一些。

[作者单位：华南师范大学]

岁寒心

——我记忆中的《文学遗产》

李　浩

《文学遗产》迎来了 60 华诞，约略算一下，我与《文学遗产》的往来也有三十多年了，大概分为三个阶段：读者、作者和编委。下面按这个顺序简单回忆一下我心中的《文学遗产》。

一

我最早看到的《文学遗产》，是在《光明日报》周刊上，很长时间并不知道周刊栏目与后来刊物是什么关系。但当时通过周刊确实读过不少好文章。大概学文学的都有类似的"不良"阅读习惯，总觉得报纸特别是大报的头版太正经、太严肃，而一些专版、副刊则比较活泼。所以拿到一叠报纸总会直接"跳"到专刊上。我最早读安旗老师关于李白的文章，也是通过周刊读的。那一段时间古代文学研究界非常活跃，关于白居易及新乐府诗是否有过一场"运动"，李白几入长安及《蜀道难》诗的主旨等，都有过持续的讨论，形成了不断的"热点"，学界对这些讨论都很关注，有很多人参与并发表了见解，一般读者和大众也饶有兴致地细读每篇文章。我读后仍不满足，把刊载文章的那些版面剪下来，粘贴在自己的剪辑本上，随时翻阅，慢慢消化。

《文学遗产》复刊并公开发行的时间，刚好与我开始学术生涯很接近。1979 年我考入西北大学中文系，1980 年《文学遗产》以季刊的形式复刊。我最早在图书馆看到这份装帧素朴的杂志，浏览自己喜欢的文章，后来发现好文章太多，拿起就放不下手了。在旧书摊淘书时，遇到别人阅过的单本杂志，我总是把他们收集起来，希望能凑齐。很多年来，学校的居住环境不断变化，从学生宿舍、单身职工宿舍到单元房，再到有自己独立的书房，虽说居住空间在不断扩大，但仍赶不上书籍增加的速度。故每次搬家，对书刊总要整理一次，淘汰筛除一批，选留一部分，《文学遗产》是我不断筛选保留下的极少数精品。近十多年来，除个人买书外，师友们赠送的书刊也是补充我书房的一个来源。朋友所赠包括自己买的，凡与专业关系不太密切的，阅后就要"割爱"，转赠给学生，以便让这些宝贝在不断流通中能发挥更多的作用，也给我的书房腾出一点空间，唯独舍不得把《文学遗产》送人。我就像那吝啬鬼葛朗台一样，过一段时间总要利用空闲，把书架上偏爱的书刊搬下来拂掉积尘，抚摸半天，磨磨蹭蹭，再搬上去放好藏好。

现在想起来，留在记忆中的很多文章是从《文学遗产》杂志上读到的。比如王蒙先生关于李商隐研究的大作《浑沌的心灵场——论李商隐无题诗的结构》，裴斐先生评述李白研究相关现象的文章，傅璇琮先生关于唐代翰林研究的文章，王水照先生关于宋代文学，章培恒先生关于明代文学的文章，袁行霈、董乃斌、陈伯海等先生关于重写文学史，古代文学宏观与微观研究，古代文学研究新方法等的笔谈，莫砺锋、陈尚君、赵昌平、吴承学等关于断代文学的笔谈，等等。我知道蒋寅兄、王兆鹏兄、潘建国兄的勤勉，也是通过他们在刊物上不断推出新成果才得到确认。

二

我最初仅仅想做一名刊物的忠实读者，但在阅读过程中，也不时技痒，先后写过几篇文章，陆续在刊物上发表。特别是关于李白作品中的禽鸟意象、唐代关中文学群体、唐代文学士族迁徙流动等几篇文章。《文学遗产》曾设过博士新人谱专栏，也介绍过我关于唐代关中士族与文学的成果。写作这篇文章时我还很年轻，思想和文字都稚拙，唯一的长处是还算认真踏实。其中要感谢陶文鹏、李伊白、戴燕、刘跃进、竺青、张剑诸位师友。尤其是陶文鹏老师，他年轻时才华横溢，抱负很大，有过一些轰轰烈烈。在《文学遗产》做编辑到主持工作这一段，对年轻的作者既热情洋溢地鼓励，又毫不留情地批评，在看稿时则心细如发，能找到作者的认识盲点和材料缺陷，故所提意见作者很服气。他对撰稿者前后几年在文气、文风上的变化也能细心体察分辨，认真指出。仔细聆听他的口讲指划，对一个研究者的成长帮助很大。

我的老师霍松林先生在《文学遗产》45周年刊庆时说他是《文学遗产》培养出的作者。由于我的慵懒，在杂志上刊发的文章并不多，水平也并不是特别高，但我对刊物的那份感激之情却一点也不输老辈学人。

尤其令人欣喜的是，近几年在《文学遗产》上经常看到比我更年轻的学术群体齐茬地冒出来，其中还有多位是我曾经给上过课的。《文学遗产》编辑部在这方面也接续上了传统。据文献记载，20世纪50年代初，李希凡、蓝翎那篇蜚声中外的大作，就是经老主编陈鹤翔先生签字，并建议在周刊上提前发表。虽然这篇文章后经最高领导阅批，酿成一件大事，使《红楼梦》研究从纯粹学术争鸣演变为一项重大政治事件。但抛开这些，可以看出编辑部同仁对年轻学人的推挽引掖，如恐不及，是由来已久的。

三

2011年春天，我忽然收到《文学遗产》编辑部的一个急件，说编委会换届，我被推荐为新一届编委，征询我的意见。甫接信，我感到很突然，事先并没有任何人给我说过，也没有任何人暗示，所以我感到诚惶诚恐，惭愧万分。试想想，放眼全国，从事古代文学研究成绩突出者不知凡几，就是成就卓越者也大有人在，我自忖何德何能，凭什么忝列编委？但又想或许新一届编委会要平衡各个方面，特别是要考虑地区、年龄、研究方向等等，不一定与研究水平挂钩。如参加编委会工作，至少能经常与各地的同道以文会友，请益交流，使自己多闻且充实，故欣然接受。在此后的每次编委会活动中，我都尽量排除干扰，争取参加，在会上也能畅所欲言，献上自己的一些粗浅见解和建议。

《文学遗产》走过的这60年，恰逢中国当代社会持续发生重大变迁，革故鼎新，天翻地覆。其间或红旗飘飘，或风雨苍黄，或浮躁亢奋，或寂寞冷落，时势主宰着一切，当然影响并左右着刊物，同时也影响并改变着学人和学术。但纵有时代大潮的鼓荡，却有一本小杂志不激不随，不偏不倚，涵养商量，返本开新，不仅大节不亏，而且能引领古代文学研究，为中国当代学术在世界上争得体面，也让我们看到明天的希望。

在《文学遗产》创刊40周年庆典时，著名学者匡亚明先生给刊物的题词是："岂不罹凝寒，松柏有本性。"这是引自建安七子之一刘桢《赠从弟》诗，以物比德，赞美从弟。我联想起了唐诗中类似的诗思，如陈子昂《感遇三十八首》其二："岁华尽摇落，芳意竟何成？"这是从反面感叹众芳芜秽，美人迟暮。张九龄《感遇十二首》其一："草木有本心，何求美人折？"这是对刘桢坚定表达的一种回应。同人《感遇十二首》其七："岂伊地气暖？自有岁寒心。"这是刘桢诗意的唐代版本，均深得我心。诗骚传统就是以这样不断追忆的方式，在历史演播厅中被展开，被再现，被变奏，这样的回声可以刺破坚硬的铁幕，可以穿越浩渺的时空。我借过来题赠给60华诞的《文学遗产》，并化用作我这篇短文的题目。

[作者单位：西北大学]

掘藏臆说：发现性研究

刘勇强

20 年前，我在《文学遗产》上发表了一篇《掘藏：从民俗到小说》的论文，当时就有一种联想，觉得古代文学研究实际上也是一种掘藏式的工作。这么多年来，这种联想甚至变成了一种信念。在高科技日新月异的发展不断强化人们与传统的隔膜时，在文学或者说传统的文学表达方式越来越边缘化时，古代文学的发现性研究，可能是一个极为必要的应对策略和极为现实的课题。

所谓发现性研究，与其说是新的研究方法，不如说只是需要强化的研究意识或导向，即通过专业性的学术研究，向公众揭示古代文学的价值所在，更确切地说，就是揭示古代文学在当代社会文化生活中的可能发挥的、实际上也在发挥的作用。

我以为，一项研究的水平与发展，不但与研究资料、研究方法有关，也与对研究对象的态度有关。"文学遗产"的刊名便昭示了一种对待古代文学的态度，那就是将古代文学视作中华文明的宝贵遗产。我相信，大多数中国古代文学研究者都会认同这种态度，并以珍视的眼光，审视与探究古代文学作品。不过，与其他方面的遗产不同，文学"遗产"具有双重价值，它既是古代社会状态、古人生活方式和精神世界的写照，又以各种方式参与当代精神文化的建设并成为后者不可或缺的组成部分。而由于古人的生活方式和精神世界与今人的生活方式和精神世界并不是可以截然分开的，所谓双重价值都直接或间接与当代文化存在某种关联。换言之，着眼于古代文学与当代精神文化的沟通及其在当代文化建设的意义，应是古代文学研究的一个出发点和核心。

其实，这样的着眼点并不稀奇。《文学遗产》创刊的时代，"取其精华，去其糟粕""古为今用"等，就是当时研究者们的口头禅。从原则上说，"态度"本身往往不是分歧的缘由，而分歧的产生则是"态度"的落实。因为"态度"不是空洞的，一旦落实为批评实践，就可能歧见纷出，比如，何为精华，何为糟粕？又如何去取，怎样使用？便会有不同观点。在我看来，所谓发现性研究，便有如下几个值得进一步努力的方向和强化的重点。

第一，发现性研究应致力于发现前人未曾特别关注的作品的价值，提高其在文学史上的透明度，增加文学史的覆盖面，并相应调整文学史的坐标体系。

现代文学史学科的建立，使古代文学的发展脉络得到了有效清理，但无论作为学术著作的文学史，还是作为学科意识的文学史，都存在某种局限性。最突出的不是观点上的正误，而是对丰富的文学史现象的削足适履，大量文学作品在某种发展脉络中找不到自己的位置，被有意无意地忽略了。而实际上，至少在宋以后的文学作品中，还有大量埋金藏银有待发掘。例如清代许奉恩的《兰苕馆外史》中有一篇《蒋柿姑》，就是一篇绝好的掘藏题材小说，可惜当初我在写作《掘藏：从民俗到小说》一文时未曾读到与使用。这篇小说成功地塑造了蒋柿姑这一敢作敢为又工于心计的女性形象，其中人物性格与心理的描写复杂而微妙，作者或叙述者的态度灵活而不单一，语言也生动有趣，堪称佳作。类似这样的遗珠，在浩如烟海的古代文学宝库中，必定是举不胜举的。这也正是发现性研究得以展开的前提与动力所在。

显然，这需要我们调整观念与标准。文学研究理所当然地应重点关注与主流价值观及社会规律相联系的作品。然而，过分强调整体的社会价值，有可能导致对个人化的生活体验的视而不见甚至鄙弃，使我们无法全面地体察古人的真实生活状况，也无法彻底检视我们自身的文化基因。其实，古人的写作远比我们想象的丰富，发现他们对个人化生活体验的揭示，有可能为古代文学与当代人的精神沟通找到新的契合点。打个比方，北京这样的大城市的轨道交通在建成了主干线之后，为了方便市民出行，还需要进行"路网加密"。今人与古人的精神沟通，也不能只是依靠积极入世、爱国忧民、隐逸超脱等思想感情的主渠道，同样可以着手心灵世界的"路网加密"。宋代诗人楼钥有一首《戏作》：

> 二子为丞分越邑，女儿随婿过江南。
> 莫言屋里成岑寂，匹似当初只住庵。

这首诗写的完全是他的个人生活。子女长大成人以后，或游宦在外，或远嫁他乡，只留下老人独自在家，这种的内心孤独感很容易引起当今所谓空巢老人共鸣。可见，看上去微不足道的个人生活书写，既是古人原生态生活的真实反映，也包含着人类永恒的情感因素。如果我们大面积地发掘古人对于这些情感的表现，无疑有助于消除人们对古代文学的陌生感，激活古代文学的艺术感染力。

第二，即使是已有充分研究的作品，我们也同样可以尝试通过发现性研究，对文本作出刮垢磨光、推陈出新的"再发现"阐释。这一点在今天或许还有特殊的意义。因为相对来说，古代文学名著的传播还是有一定广泛性的。但是，随着新媒介的流行，经典的接受越来越肤浅化、符号化、实用化。例如，虽然《西游记》中的人物隔三岔五地就会被提及，但并没有多少人真正顾及小说原著的描写。大多数时候，人们只是凭借一个简单的印象，将这些形象作为某种符号使用。《红楼梦》也经常会成为社会的热点，不过人们更感兴趣的是其中帅哥靓妹绚丽的外表，对于他们忧伤的感情经历却无暇也无意去理解。这种情况的出现，固然有时过境迁所造成的必然的历史隔膜，我们的研究不到位可能也不能免责逃咎。必须承认，对一些文学经典的诠释，即便曾经的精见卓识，也可能在陈陈相因中，失去原有的思想活力，甚至成为进一步探幽索隐的屏蔽。在这种情况下，"洗了旧套，换新眼目"（程甲本《红楼梦》第一回语），对经典的"再发现"就显得十分必要。

在我个人的研究中，曾经作过一些这样的尝试，比如拙作《美人黄土的哀思——〈红楼梦〉的情感意蕴与文化传统》（此文发表后，又有幸为《文学遗产》网络版采用）讨论的问题涉及了《红楼梦》的"主题"问题。我自知在这方面鄙之无甚高论，便从书中"美人黄土"的意象，上溯佛教思想与中国文学传统，旁涉欧洲古典文学艺术，力图就此引申出《红楼梦》情感意蕴与哲理思考的世界意义和现代意义。我在文中指出：

> 《红楼梦》浓重的悲情意识大致可以分为三个层级，首先是发自内心的负疚感，这通过开篇的自我忏悔得到了明示；其次是面向社会的末世感，这在小说的情节布局与人物描写中不断流露；第三，就是美人黄土的哀思，这是一种人生哲学意义上的感悟，通过对女性性格与命运的审视，作者将负疚感与末世感上升为一种对生命的深刻反省。

我不敢说这种认识一定是正确的，但我希望能从一个特殊的角度，重新审视这部名著的基本的思想价值。这种审视求新谋变的初衷在于，既正视作者的自我表白，又努力兼容已有的研究，同时以更开阔的视野，探讨其中更广泛的文化内涵。也许，在重大问题上，重理思路、再作探究的知易行难。那么，通过文本细读，在细节上的"再发现"，可能性就更大些。新近完成的拙作《"宝钗扑蝶"的情思》便试图通过"扑蝶"这一中国古代文学女性描写的一个传统意象，说明《红楼梦》用在宝钗身上，虽然只三言两语，却风流蕴藉，情思绵长。文本细读的再发现之功，也必然有助于矫正肤浅化、符号化、实用化之弊。

第三，发现性研究不只是要发现文本和发现文本中可能被忽略的艺术价值，还应特别着眼于探索古代文学作品对人生超越时空的思考。人类的思考不是一蹴而就的，生活智慧也是日积月累的。古代文学正是这种思考与智慧的载体之一，理应成为我们继承的对象，而继承源于发现。比如北宋末张知甫《可书》中一篇《天宝山三道人》也有一个掘藏型的故事：

> 天宝山有三道人，采药，忽得瘗钱，而日已晚，三人者议：先取一二千，沽酒市脯，待旦而发。遂令一道人往。二人潜谋：俟沽酒归，杀之，庶只作两分。沽酒者又有心置毒酒食中，诛二道人而独取之。

> 既携酒食示二人次，二人者忽举斧杀之，投于绝涧。二人喜而酌酒以
> 食，遂中毒药而俱死。

在现实利益的争夺面前，人们往往各怀不轨，机关算尽，最终的结果却可能事与愿违。这篇小说中的情节，简明扼要地将人类贪图私利而自入危局的悲剧命运惊心动魄地揭示出来了，对于今天的读者同样是有警示作用的。

又如南宋施德操《北窗炙輠录》流传稀少，多记士人言行，又兼及社会现实。其中有一篇记述极为精彩：

> 旧间巷有人以卖饼为生，以吹笛为乐，仅得一饱资，即归卧其家，取笛而吹，其嘹然之声动邻保，如此有年矣。其邻有富人，察其人甚熟，可委以财也。一日，谓其人曰："汝卖饼苦，何不易他业？"其人曰："我卖饼甚乐，易他业何为？"富人曰："卖饼善矣，然囊不余一钱，不幸有疾患难，汝将何赖？"其人曰："何以教之？"曰："吾欲以钱一千缗，使汝治之，可乎？平居则有温饱之乐，一旦有患难，又有余资，与汝卖饼所得多矣。"其人不可。富人坚谕之，乃许诺。及钱既入手，遂不闻笛声矣。无何，但闻筹算之声尔。其人亦大悔，急取其钱，送富人退之，于是再卖饼。明日笛声如旧。

金钱与精神矛盾，是人类永久的困惑。一些人对现实利益的追求，总是以牺牲精神愉悦为代价。这篇小说寓意甚明，与17世纪法国寓言文学家拉封丹的童话《鞋匠与财主》有异曲同工之妙，至今仍有重大的启发价值。

如果我们充分挖掘了古代文学中所蕴含的这些深刻的人生哲理，我相信，今天的读者必会以更积极的态度面对先人的智慧。

第四，古代文学在文体、语体乃至具体的表现形式上，都与当代文学有了很大不同，但是，文学精神、审美趣味却是可以相通的，甚至当今最为新锐前卫的艺术思维，我们也可以在古代文学中找到源头。对于古代文学作品所具有的历久弥新的艺术思维的发掘，也是古代文学研究者参与当代文学进程的应尽义务。

乐钧笔记小说《耳食录》中有一篇《邓无影》，描写了一个叫邓乙的人

夜里顾影叹息曰："我与尔周旋日久，宁不能少怡我乎？"其影忽从壁上下，并随其所欲，幻化出"少年良友""贵人""官长""妙人"与之接谈交往。作品中所写非鬼非怪，而是"影子"。一个人与自我幻化出的不同形象打交道，体现了较深的心理内涵，也反映出作者不同流俗的艺术思维水平。如果像《耳食录》这样不是特别著名的作品，都时有足以令今人叹为观止的想象，那么，有什么理由不相信，古代文学作品一定包含着更丰富的艺术经验？

关于这一点，我还想特别提到今人往往常以颠覆性思维，否定权威、解构经典、嘲弄传统，其中自不乏狂飙突进的时代先锋，也不免有随意涂鸦的弱智游戏。而在古代文学作品中，我们也同样经常可以看到先人不拘一格、思想解放的作品，比如被认为是徐渭所作的杂剧《歌代啸》，将四句俗语发挥为剧情，尽显生活的荒诞本质；又如《西游补》也颇具超前意识，用鲁迅在《中国小说史略》中的话说就是"奇突之处，时足惊人，间以徘谐，亦常俊绝，殊非同时作手所敢也"；再如《豆棚闲话》，以"解豁三千年之惑"的勇气与见识，对历史作了剖肌析理的透视，即使置之当代文学中，也毫不逊色。这些作品飞扬跳跃的艺术想象和亦庄亦谐、戏而不谑的艺术精神，很值得总结和借鉴。而它们的产生，也非孤立的现象，系统梳理，可以为当代文学的发展提供新的能量。

不言而喻，发现性研究是一项既富有吸引力、也富有挑战性的工作。在掘藏小说中，我们有时可以看到这样有趣的描写：同是掘藏，有人挖到了宝贝，有人却只挖到了一文不值的破铜钱，如袁枚《子不语》中的《鬼弄人》，主人公以为后园有埋金一瓮，却只掘得一根草绳所缚的一文铜钱；有时，掘藏又与人的心胸有关，如《聊斋志异》中的《珊瑚》，悍妇掘藏，但见砖石；贤妇继至，悉为白镪。时而瓦砾，时而真金，皆因拥有者心态而变化。我的意思是，发现性研究与研究者的素质、眼光也有很大的关系，那些不能挖到宝藏或虽挖到了却未必能认识其价值的人，缺少的就是一种发现的眼光。因此，我们在期待研究工作能别开生面的同时，更期待着大批能够见人所未见的人才的涌现。《文学遗产》正肩负着这样的使命。

《说郛》中收录了一部作者失考的《嘉莲燕语》，里面描述了宋人的掘藏习俗，据说"吴俗迁居，预作饭米，下置猪脏共煮之。及进宅，使婢以箸掘之，名曰掘藏"。为讨吉利，主人还会让婢女临"掘"时向灶神祝祷。值此《文学遗产》创刊 60 周年纪念，受主人俯约，聊缀臆语如上以应命，兹特引前人祝祷语，祝福《文学遗产》和古代文学的发现性研究的深入。

　　自入是宅，大小维康！掘藏致富，福禄无疆！

［作者单位：北京大学中文系］

文学史的进与退

戴 燕

　　《文学遗产》杂志创办 60 周年之际，作为它的一名读者、作者和过去的编辑者，我有很多感慨。这份杂志在 60 年里，虽然随着时代而有种种变化，但始终不变的是它对于传统文学带有温情的却又坚持纯学术的发表宗旨。我曾经通过它学习到不少前辈学者的论述，也曾经在它的编辑部里度过难以忘怀的时光。20 世纪 90 年代，我在《文学遗产》上发表过几篇有关《中国文学史》书写的论文，这些年来，它也一直都是我关心的题目。去年机缘巧合，读到青木正儿点注的王梦曾《中国文学史》、中国大陆出版的台静农《中国文学史》以及中文版的宇文所安、孙康宜主编《剑桥中国文学史》，这三部文学史编写、出版的年代不同，作者的国籍不同，知识背景也不同，却同样触及文学史的重大问题，如语言文体，如民族国家，也颇能反映传统中国文学史的书写在最近 100 年的变化，因而使我产生许多新的感想，并借由纪念《文学遗产》创办 60 周年的机会，以书评的形式将它们写下来，以向我尊重的这份学术刊物致敬。

一

　　1914 年，杭州的浙江省立第一中学教员王梦曾编写了中华民国成立后的第一本《中国文学史》①，由上海的商务印书馆出版。这是商务印书馆自1912 年起，配合教育部学制改革，迅速推出的几十种"共和国教科书"中的一种②，配合它出版的还有专供教员用的一册《中国文学史参考书》。"共和国教科书"风行一时，这本《中国文学史》也先后印刷数十次，传播极广。1918 年，日本的青木正儿看到它，以为取材精当、简净得体，"殆非东西著作所得比"，也适合给日本的中国文学初学者看，于是采用日本传统的训点方法，在上面添加若干日式汉文读法的标识，同时参照《中国文学史参考书》增加一些注释，刊印成线装一册，由京都汇文堂发行，以便日本读者"直闻其国人之说"③。

　　《中国文学史》的编写，自 1897 年日本的古城贞吉首开其端，到 1918年，在日本，已有藤田丰八、笹川种郎、高濑武次郎等人编写的多种出版④，在青木正儿读过的京都大学中国哲学文学科，他的老师狩野直喜也多

---

① 王梦曾，生平不详。但根据项士元所撰《杭州府中学堂之文献》（朱有瓛主编《中国近代学制史料第二辑（上）》，1987，第 548 页），他的名字曾经出现在杭州府中学堂宣统元年（1909）的教职员名簿中。又根据郑鹤声（1901～1989）《郑鹤声自传》（晋阳学刊编辑部编《中国当代社会科学家传略第二辑》，第 234 页）的记述，郑鹤声小学毕业便考进杭州的浙江省立第一中学，1920 年再考入南京高等师范学校，这期间，他在省立第一中学的历史老师就是王梦曾。由此可见，在 1909～1920 年的这一段时间，王梦曾应该都在杭州府中学堂亦即后来的浙江省立第一中学教书。而在署名"杭县王梦曾编、武进蒋维乔校"的这本《中国文学史·编辑大意》（商务印书馆 1914 年初版、1928 年第 2 版）中，王梦曾也谈到这部教材是自癸丑（1912）之夏动笔，到甲寅（1913）之夏完成，整整写了一年。

② 参见庄俞《谈谈我馆编辑教科书的变迁》，原载《同舟》1933 年 3 月 5 日第 7 期，转引自陈学恂主编《中国近代教育史教学参考资料（中）》，人民教育出版社，1987，第 423～431 页。

③ 中华王梦曾原撰、日本青木正儿点注《点注中国文学史·序》，大正七年秋十月京都汇文堂发行。另据青木正儿在《覺醒せんとする支那文學》（《觉醒的中国文学》，1919）一文中说，他已注意到受西洋风气影响，中国出版了很多新的历史研究著作，其中就有王梦曾、张之纯、谢无量等人撰写的《中国文学史》（《青木正儿全集》第二卷，春秋社，1983，第212 页）。

④ 参见川合康三编《中国の文学史观·资料编〈日本で刊行された中国文学史〉》（《中国的文学史观·资料编·日本出版的中国文学史》），创文社，2002。

年开有一门中国文学史的课①。可是，在青木正儿看来，一国文学，总要"生于其土"的人，才能"贯穿今古，渐染风流"，才懂得"文学变迁之故"，因此，他在《点注中国文学史·序》里就批评"东西诸儒"所写中国文学史"多不足见"，而对"支那革命，学风一新"后，有中国人后来居上，写出自己的《中国文学史》，怀有极大的好感和热忱。

但是，王梦曾的《中国文学史》虽挂有官方审定的招牌，封面上更写着"共和国教科书"几个大字，实际上它有多少"共和国"意识，是否能切实遵循"共和国教科书"的编辑宗旨，而将"注重自由平等之精神、守法合群之德义以养成共和国民之人格""注重表彰中华固有之国粹特色以启发国民之爱国心"等视为职责所在②，却是值得推敲。

不能忽略的是，在王梦曾的文学史里，恰恰是刚被"革命"推翻的清王朝为中国文学史的鼎盛期，他说："前清一代，实为吾华四千年来文学之一结束，凡前古所有之文学，至前清，无不极其盛。"而四千年来的文学，又可分成"词赋"与"古文"两股潮流："自屈（原）、宋（玉）开词赋之端，其传千百年，自韩（愈）、柳（宗元）开古文之端，其传亦千百年。"这两大潮流延续到清代，"论古文至姚（鼐）、曾（国藩），论骈文至孔（广森）、曾（燠），论诗至沈（德潜）、王（又曾），论词至张（惠言）、周（济），取径甚正，其兴方未有艾"③。

何以传统的诗词文章到清代成绩斐然、登峰造极？根据王梦曾的理解，一是国势的影响，二是学术的关系。他所谓"国势"，指的是清王朝拥有空前辽阔的疆域和空前复杂的民族，"凡历代之外族，所谓匈奴突厥鲜卑蒙古者，至前清，则东自高丽，西迄葱岭，北自西伯利亚，南极交阯，皆融洽于一炉"，由此养成文学上有"不复分畛域"的气象。而他所谓"学术"，

① 参见狩野直喜《支那文学史》所附吉川幸次郎《解说》、狩野直祯《解说》，东京みすず书房1970年第1刷、1993年第3刷。

② 这是商务印书馆拟定的《共和国小学教科书编辑要点》，包括有"注重自由平等之精神、守法合群之德义以养成共和国民之人格""注重表彰中华固有之国粹特色以启发国民之爱国心""注重汉满蒙回藏五族平等主义以巩固统一民国之基础""注重博爱主义推及待外人爱生物等事以扩充国民之德量"等十余条，见该馆《编辑共和国小学教科书缘起》（《教育杂志》1912年第1期），并参见《商务印书馆新编共和国教科书说明》［陈学恂编《中国近代教育史教学参考资料》（中），第422～423页］。

③ 王梦曾：《中国文学史》，第76～77页。

指的又是清代一面继承了宋代理学之后的重理倾向，另一面又接过黄宗羲、顾炎武自汉唐经学沿袭下来的重词作风，两种风气相会合，便达到词理并重的胜境①。

"其兴方未有艾"的前清文学，于是就成了"吾华四千年来文学"的最高峰，也成了未来"共和国"文学的典范。王梦曾深信即便由于"欧化东来"，而使当今"学者兼骛旁营，心以分而不壹，业以杂而不精"，干扰了"固有之文学"在既定路线上的进程，可是，只要能"使学者知所研求，则当此未有之奇局，学识益广，安见不更闳是论，议崇厥体，裁使神州文学益臻无上之程度"？② 他把清代文学看成是文学发展的广大正道，认为只要沿着这条路走下去，"神州文学"必定达到"无上之程度"。

当然，抱着这样的认知和心情，王梦曾的《中国文学史》与他前人讲述的传统文章的源流变迁，便不会有多少区别：

第一，他是以屈宋、韩柳（韩柳上溯而至六经诸子）为文学史上的两大潮流倾向，前者代表词亦即声韵词采，后者代表理亦即论理叙事，词与理交互作用，推动文学的发展变化，如果说屈宋影响下的汉代是"词胜"，韩柳影响下的宋代就是"理胜"，而清代为"词理并胜"③。词与理，这一对文章修辞概念，做了文学史的关键词。

第二，正如讲清代文学，不免要按照当时的"活文学"也就是古文、骈文、诗、词这样的文体归类来分别叙述，回溯历史，他也是按照"以文为主体，史学、小说、诗词、歌曲为附庸"的办法④。因为要交代诗词骈文何以是以词取胜、论理叙事之文何以是以理取胜，他还要兼顾到文字声韵之学、经史之学。

第三，为"博读者之趣"换句话说是迎合读者的趣味，他也纳入了"宋世白话之诗词、元世白话之文"等异端文学，即其所谓"异制"⑤，但

① 王梦曾：《中国文学史》，第78页。
② 王梦曾：《中国文学史》第七十二节"结论"，第96~97页。
③ 按照王梦曾《中国文学史》的说法，就是"秦汉以还，尚词尚理两大派之文学"（第10页）。该书分四编讲述上古至清代文学，标题就是：孕育时代、词胜时代、理胜时代、词理两派并胜时代。
④ 王梦曾：《中国文学史·编辑大意》，第2页。
⑤ 详见王梦曾《中国文学史》，第67、74页。

那只是要说明文学史的主潮之外尚有"歧趋"，并不代表他肯接受白话就是中国文学的主体①。

青木正儿以为"支那革命，学风一新"，新出版的文学史也马上能够反映出辛亥革命的精神，他是太过乐观。中华民国的成立，并不如想象中那样，可以使"数千年专制之政体，一变而进于共和"，可以使它的人民，立刻成为具有"国家思想"及"世界思想"的共和国国民②，而这时出版的"中国文学史"，也一如同时代日本编写的"（日本）国文学史"。从专制王朝到共和国，这中间毕竟隔着一段距离，远非一朝一夕能够改变。

王梦曾的《中国文学史》顶的是"共和国"招牌，骨子里守的却是清人的"中学为体，西学为用"那一套，也就是仍然在以古文为核心的传统内部，讲诗文的修辞变化、古今演变。这也并不奇怪，因为在这一套共和国教科书中最负盛名的许国英所编《国文读本》里面，收的就大多是古文辞，以古文辞来当"文章规范"、教"作文法理"，实在还是当时一般人的文学常识，也或称得上是"共保国粹"之举③。

王梦曾也谈白话文学，主要是在讲到宋金元文学时。他以为"以白话易文言，自宋以来始有之"，见于宋儒的语录和宋人诗词。到了元代，白话已很普遍，既见诸史书、文告，又见诸词曲。如"史官载笔或以兔二、虎八纪年，今所传元秘史是也"，"朝廷所下文告，言多俚鄙，如今所传元典章中所录诸诏牒是也"，这都是因为"元人崛起漠北，不谙文理"，朝廷又"禁蒙人习汉字，汉人习蒙字"，由此官方文告和史书都要用白话来写。社会上，自然更是流行俗语文学："自宋人为词，间用俚语，金元以塞外蛮族入据中原，不谙文理，词人更曲意迁就，雅俗杂陈而曲作矣。金末董解元作《西厢记》，为北曲开山。元世擅长者，以王实甫、关汉卿……诸家最有名……元末以北曲不便于南，永嘉人高明作《琵琶记》，遂为南曲开山……自是南北曲并盛④。"这里面最值得注意的是，他认为词、曲（院本、杂剧、

---

① 王梦曾《中国文学史·编辑大意》第1、2页。
② 参见李剑农《论共和国民之资格》，《民国报》1912年1月11日，第4号。
③ 许国英编纂中学校用共和国教科书《国文读本》第一册《编辑大意》，商务印书馆，1912，第1页。
④ 王梦曾：《中国文学史》，第67、68、72页。

南戏）等白话文学的产生，是与金、元"异族"有关，而由于女真、蒙古等"异族"的文明程度远低于华夏文明，词、曲的价值，也就逊色于古文和诗这些传统文学的价值。

点注出版过王梦曾的《中国文学史》，第二年，青木正儿便接触到胡适以及中国的新文化运动。1920 年，在京都出版的《支那学》的创刊号上，他发表了《以胡适为中心的激流勇进的文学革命（一）》一文，自称是"抛开文学史家的立场"、以一个现场观众的身份来介绍刊登在 1917 年《新青年》杂志上的胡适的《文学改良刍议》和胡适这个人①。在当年给胡适的日文信中，他曾写道："在我们国家，提起支那文学，便想到四书五经、八家文及唐诗选一类的旧人物仍然很多，以为在贵国眼下还有人讲着《论语》式的话。你所说已被埋葬在博物馆里的支那文学，还停留在一般人的脑子里。"出于对"新文学"的热烈向往，他在信中甚至评价他在京都拜访过的王国维，"作为学究值得尊敬"，可是"旧脑筋"、思想保守②。1921 年，他接着发表了《本邦支那学革命第一步》，提倡日本汉学家也要抛弃传统的汉文训读，直接用汉字音来读中文③。然而，就在一二年前，他不但认为王梦曾的《中国文学史》可以代表中国学术界的新风气，还加以传统的训点将它推荐给日本读者。

于今想来，那正是一个新旧交替的时代：新思想浪潮叠起，新方法层出不穷。1913 年，留学日本的王灿将古城贞吉的《支那文学史》翻译成中文并加以修订，更名为《中国五千年文学史》在云南出版④，时隔五年，青木正儿便将王梦曾的《中国文学史》编印成方便日本人读的"点注本"，在京都发行，这不仅反映出那个时代的中国与日本在思想、学术界有相当密切的互动，也反映出"文学史"在那个时代是如何的大受欢迎。

---

① 青木正儿：《胡适を中心に涡いている文学革命（一）》，《支那学》第 1 卷第 1 号。
② 耿云志编《胡适遗稿及秘藏书信》第 42 册，黄山书社，1994，第 630 页。又据青木正儿《中国近世戏曲史序》说，明治四十五年（1913）2 月，他因为研究元曲而谒见寓居京都的王国维，发现王国维"仅爱读曲，不爱观剧，于音律更无所顾"，学问也"渐趋金石古史"，以"年少气锐，妄目先生为迂儒，往来一二次即止"。（青木正儿：《中国近世戏曲史》，王古鲁译，作家出版社，1958）
③ 青木正儿：《本邦支那学革新の第一步》，《支那学》第 1 卷第 5 号。
④ 古城贞吉：《中国五千年文学史》，王灿译，云南开智公司，1913。

二

大约是抗战期间，在四川白沙的国立女子师范学院教书时，台静农（1903～1990）就开始编写他的《中国文学史》讲稿，1946 年到台湾大学任教后，他依然授课、写稿，直到 20 世纪 50 年代后期。2004 年，经过他学生校订、增补的这部上自先秦下迄金元的讲稿在台湾大学出版，2012 年再由上海古籍出版社印行①。

台静农写文学史的年代，《中国文学史》已经有了比较成熟的模型，大部分的文学史，都如他在《中国文学史方法论》中指出的，是"以历史为经，以作家作品为纬"，也就是按时代顺序讲述作家、作品②。从附录于这部文学史后的《中国文学史方法论》七讲也可以看到，对于文学史的方法，他有相当自觉的省思，最重要的是，他的文学观念已经与王梦曾完全不同。

首先在台静农的时代，"活文学"早已不是传统的古文及诗词骈文③，再要按照过去那一套文体类别，讲诗文的流别、体制、作法和评论，不但失去现代教学的意义，也失去现实的语境④，因此台静农明确指出，以"体制"为中心的传统文学研究方法，大弊在"太偏重形式而忽略内容"。他认为文学史的研究重点，应该是在"作家的思想""作家所属社会之文化发展程度""作家所属社会间的相互关系影响于作家生活环境"上面，文学的体制与作家的思想，是"形式"与"内容"的关系⑤。

---

① 参见台静农《中国文学史》（上、下，上海古籍出版社，2012）的编辑整理者何寄澎所撰《编者的话》、《原编序》以及柯庆明所写《原出版前言》。

② 台静农：《中国文学史（下）》附录《中国文学史方法论》，第 659 页。

③ 台静农晚年在《忆常维均与北大歌谣研究会》（1951）的文章里谈到 1923 年北京大学出版的《歌谣周刊·增刊》时说，该增刊由鲁迅画的星月图封面引起了青年人很大兴趣，"也改变了传统的文学史的老观念"，他自己后来在北京大学研究所国学门就做了风俗研究室的管理人（台静农：《龙坡杂文》，三联书店，2002，第 230 页）。

④ 台静农认为自鸦片战争后，旧文化受西洋文明的冲洗，势在必变，"新文学的要求，便成了自然的趋势。于是梁启超要维新，不得不改变古文体制；严复、林纾要介绍西洋的思想及文学，不得不放弃'桐城义法'"，到五四运动时代，于是"有国语文学的要求"。（《中国文学由语文分离形成的两大主流》，《台静农论文集》，安徽教育出版社，2002，第 139 页）

⑤ 台静农：《中国文学史方法论》第一讲"中国原有之文学方法要籍分类"，《中国文学史》，第 659～664 页。

形式与内容，从日本的藤田丰八最先采用在《支那文学史稿·先秦文学》（1897），以为中国文学一个新的分析手段，到台静农这一代人写作文学史时，早已成了他们使用最频繁的一对关键词。在台静农的文学史里，从汉初起，那些文士之文就是为创作而创作、只讲求形式的，汉末以后，文学体制日渐复杂，至南朝发展为极端形式美，要到唐代的古文运动起来，才扭转了重体制、尚词藻的风尚，然后传至于宋①。从大的脉络上看，这样的文学史叙述与王梦曾没有多大差别，不同的似乎只是"形式与内容"这一对文学概念，取代了"词与理"，而由于对内容的强调，在作家作品的分析上，台静农显然用力更深。但特别值得注意的是，就在"形式与内容"这一对概念运用于文学史的过程中，《中国文学史》事实上是发生了一个根本性的转向：它不再是封闭在中国文学内部的讲述和传授，而是开放地面向世界上一切文学。

恰如王国维感慨过的："试问我国之大文学家，有足以代表全国民之精神，如希腊之鄂谟尔、英之狭斯丕尔、德之格代乎？"②《中国文学史》的编写者越来越意识到有责任回答这样的提问，也有必要在"他者"的对照或较量下来完成自己对传统的讲述。所以，傅斯年曾说："研治中国文学而不解外国文学，撰写中国文学史而未读外国文学史，将永无得真之一日。"③要得到中国文学的真相，只有将它拿来与外国文学进行比较，在比较中认识中国文学的"自我"，《中国文学史》因此本质上是一个"比较的"文学史。而真正可以拿到一起作比较的，又非文体形式，而是思想内容。文体说到底是语言的问题，汉语文体涉及汉语的声韵格律，同外国语写成的外国文学似乎没有多少可比性。

台静农就是在这样一个开放的、比较的"新传统"里讲他的文学史的。除了舍形式而求内容，他的文学史又还比王梦曾多了另外一对关键词，就是"民间"与"正统（文士）"。

民间与正统，这一对概念，自从胡适那一代人引入文学史，它们的功

---

① 台静农：《中国文学史》，第 104～106、142～143、197、335～348、463 页。

② 王国维：《教育偶感四则·文学与教育》，原载《教育世界》（1905），转引自《王国维全集第一卷·静安文集》，浙江教育出版社，2010，第 139 页。

③ 傅斯年《出版界评·宋元戏曲史》，《新潮》1919 年第 1 卷第 1 号。

能就很清楚，主要用来解释文学史上何以会有新的文学产生①，所谓新文学，那时又主要指的是白话文学。台静农自然也是在这个意义上使用它们，特别是用来描述文学史上的"民间文学"的②。譬如他有一章专写"南北朝的民间文学"，讲的就是吴歌西曲、北朝民歌这些民间歌诗，如何为"正在追求形式，作出没有内容的作品"的"有修养的文士们"带来"新的生命"③。他讲敦煌俗曲的发现，也说是证明了宋词首先是由民间制作的，同时也证明在两宋时殊无好评的柳永词，其实是"不随时尚""走早期民间俗曲的途径"的④。而沿着这一思路，在金元篇，他讲诸宫调、南戏、元杂剧三种新的戏曲文学形式，就是既涉及"民间"，又涉及"异族"，按他的说法是："女真族统治了华北，文学有诸宫调；蒙古族统治了中国，文学有杂剧。"⑤

中国的戏曲史研究，真正始于王国维 1913 年发表的《宋元戏曲史》，这一研究在中国、日本都影响极大，受它启发，青木正儿后来也有《中国近世戏曲史》等著作出版。台静农是在这些研究基础上写下他的"金元篇"的，其分量自然远非王梦曾所能相提并论。他在梳理金元文学的过程中，毫不避讳地引用了大量中日学者的新鲜论述，但在个别地方，他却相当地固执己见。

他有一个简单却顽固坚持的立场，就是认为即便在"异族占领"的金元时期，诸宫调、南戏、元杂剧这些汉语文学、"汉民族的艺术"，都不曾受到女真和蒙古统治的影响。他说诸宫调是金人接受汉文化熏染、"加强汉化"的结果，元杂剧是"汉人被野蛮控制下的心声"，它们的出现，都只证明"国土虽被异族占领，而文学却不因异族的控制而停止苗长发展"⑥，这

---

① 胡适说："一切新文学的来源都在民间"，"这是文学史的通例，古今中外都逃不出这条通例"。（《白话文学史》，新月书店，1928，第 19 页）
② 参见台静农《中国文学由语文分离形成的两大主流》一文，在这篇文章中，他以"古文学"和"民间文学"来分别命名中国文学的两股潮流，认为当殷商之后，文字和语言分离，中国文学遂分别为以书写文字为基础的"古文学"与以口头语言为基础的"民间文学"（《台静农论文集》，第 144 页）。
③ 台静农：《中国文学史》，第 252 页。
④ 台静农：《中国文学史》，第 559、540、572 页。
⑤ 台静农：《中国文学史》，第 634 页。
⑥ 台静农：《中国文学史》，第 602、651、634 页。

是一个基本的前提。在这前提下：第一，关于诸宫调体制的来源，他肯接受的是它"上承唐宋词曲""远绍唐民间歌曲的一脉"的说法，可是他绝不承认如郑振铎说它的祖祢是"变文"①。第二，关于南戏，他反对青木正儿等人所说当元杂剧盛行之后、南戏即萎靡不振的意见②，认为南戏在元代统一中国后，实际上仍能与元杂剧并存且成"互相消长之势"，虽"北方杂剧流入南徼而未能夺南戏之席"③。第三，元杂剧的兴起，日本的狩野直喜、青木正儿、吉川幸次郎等都说是与蒙古统治有关，有人说是金朝宫廷爱好戏剧的风习，传到了元朝宫廷；有人说是蒙古人对音乐的爱好，"助成了中国北部的通俗音乐趋于隆盛的气韵因而遂至诱导金院本的盛行与元杂剧的改进"；还有人说它是既照顾了中国人爱好词曲的习惯，又兼顾到"新学中国语之蒙古人"，让他们能"略解其意"。对这些分析，他都不赞成，他尤其反对说元杂剧是"为元之君臣所欣赏"、得到"宫廷的支持"，而固执地强调它只和汉族人有关："杂剧的基本支持者——民众，不是游牧的蒙古人或色目人，而是汉人，因为汉人具有本身的文化传统，才能对杂剧有所爱好。"④

而之所以要将与佛教有关的变文从诸宫调里剔除，要将元杂剧与蒙古人切割，要替南戏争一个与杂剧平分秋色的地位，原因恐怕在于他编写这部文学史，最初是在抗战时期，如此带有（汉）民族主义色彩的论述，大概是在那个特殊年代形成的。当现实中的国土同样被"异族"占领，历史上的文学便也承担了同仇敌忾的角色，与"国家"紧紧地捆绑在了一起⑤。

不过，虽然强调金元时期的新文学都是与"异族"无关的汉文学，但台静农也承认诸宫调的出现，是由于金人统治下的中原，"正统文人词

---

① 参见郑振铎的《宋金元诸宫调考》，该文称诸宫调的祖祢是变文，母系是唐宋词和大曲。而在《插图本中国文学史》第三十八章《鼓子词与诸宫调》里，郑振铎对变文的作用讲得更明确，他认为"敦煌发现的变文，虽沉埋于中国西陲千余年，但其生命在我们的文坛上并不曾一天断绝过"，诸宫调就是由变文感化产生的新文体。（郑振铎：《插图本中国文学史》，《郑振铎全集》，花山文艺出版社，1998，第9、52页）台静农所作考辨，主要针对的是《宋金元诸宫调考》一文（《中国文学史》，第602～606页）。

② 参见青木正儿《元人杂剧序说》（1937），隋树森译，徐调孚校补，开明书店，1941，第12页。

③ 台静农：《中国文学史》，第617～618页。

④ 台静农：《中国文学史》，第632～633页。

⑤ 何寄澎在《叙史与咏怀——台静农先生的中国文学史书写》中称之为"'民族文化'情怀"（台静农：《中国文学史》，第708页）。

风因之没落，民间歌曲反而抬头"，元杂剧的兴起，是"由于游牧民族一旦入主中国，施其野蛮的统治，摧毁了一千余年的中国正统文学，剩下的只有算作民间文学的杂剧"①，而南戏，则是"先由民间作者开始"。总之，这些戏曲文学的产生，到底与金元时期女真人、蒙古人的统治有关，是在这些"蛮族"摧毁了正统文学之后，民间文学才意外获得生存的空间。②

在台静农以前，王国维、胡适他们那一代人曾利用佛教的、敦煌的、小说戏曲的材料，在《中国文学史》里梳理出"白话文学"一脉，这后面，当然有一个很大的背景，就是现代国家的成立要求有一个统一的国语，而这统一的国语，在当时，主要是靠着"言文一致"和"语言统一"两个步骤来达成的③。通俗的接近口语的白话文学，既是"言文一致"的模范而被选为新的语文教材，又由于是用通行最远的一种方言写就，而被视为国语的中坚④，它在《中国文学史》里，因此当仁不让地变成了得天独厚的骨干。更重要的是，由于那一代人抱有开放、自信的心态，不固守于正统、精英的立场，并不担心一旦说中国文学史发展的动力来自民间、边地、异族，说中国文学与印度佛教有很深的渊源，就会令中国文学失去自身的光彩，会导致"中国"的瓦解，相反，他们往往更乐于谈论传统文学如何受外来影响⑤、民间文学如何较正统文学更富于生命力之类的话题。就像胡适总结他所谓"白话文学"，实际是包含了民间文学、俗文学和正统诗文中接近口语的部分在内的⑥，绝非单一品种，如果说文学史的编写，在那个时代

---

① 《中国文学史》，第606、651、616页。

② 台静农还说：元杂剧"虽有历史的传承，但不是正统文体的诗歌、散文，只是乐府的一脉而已，由这一脉发展成为中国文学史上的新体，要没有这一新体的形成，中国文学史真被蒙古人切断了"。（《中国文学史》，第651页）

③ 黎锦熙在《国语运动史纲》里说："国语的宗旨，一面是谋全国语言的统一，非教育部定一个标准出来不可；一面是谋文字教育的普及，非教育部容许作浅显的白话文，并将注音字母帮助他们识字不可。"他指出1919年前后，正是国语研究会提倡的国语统一、言文一致与《新青年》主导的文学革命运动完全合作期（黎泽渝、刘庆俄编《黎锦熙文集》下卷，黑龙江教育出版社，2007，第167、129页）。

④ 胡适：《建设的文学革命论》，《新青年》1918年第4卷第4号；《国语讲习所同学录序》，《新教育》，第3卷第1期。

⑤ 郑振铎曾写有《研究中国文学的新途径》（《小说月报》1926年第17卷号外）一文，指出研究中国文学的新途径，第一个便是"中国文学的外来影响考"。

⑥ 参见胡适《白话文学史·自序》，新月书店，1928，第13页。

深深渗透了"国家"意识形态，那么，如此扩大了边界范围的《中国文学史》，也许可以说恰恰反映了那个时代的中国，是有一种追求民族融合、阶级平等的理想，由此，曾经的"异族"统治的历史才会无一例外地被统统纳入"中国史"，而曾经外族或外国影响的中国文学特别是小说戏曲，也才会在"中国文学史"里享有与正统诗文同样尊贵的地位。

当然，这样的"国家"观念在很快到来的抗战时期便不复存在，并且由于在历史上，汉族中国人大多相信自己比"异族"文化优越，"异族"又或被称作"蛮族"，这个观念根深蒂固，导致在后来的一些《中国文学史》里，"民间文学"和"异族文学"这两个概念，有时会被作微妙的置换，有时干脆合二为一，逐渐离开了王国维、胡适那一代人提升民间文学如歌谣、俗文学如小说词曲的初衷，即便原来怀有尊崇民间文学的理念，可是一旦遭遇"异族"统治的历史背景，民间文学依然难以避免地会被打回原形，就像台静农在《中国文学史》的"金元篇"里，仍视戏曲为正统文学缺失后产生的民间文学一样。遗憾的是，台静农只写到"金元篇"便戛然而止，在这一篇里，也只讲到诸宫调、南戏和元杂剧，未能够在这一文学史里完整呈现他对于正统文学和民间文学之关系的全部看法。

纵然如此，因为 20 世纪 50 年代以后，中国大陆的《中国文学史》基本上结束了各自表述的局面，变成"独此一家，别无分店"的固定模式，迄今很难见到另类的表述和解读，而这种近乎制造标准答案的文学史，尽管能够提供越来越准确的知识，却限制了对于文学史重大问题的提问和思考。在这种情况下，台静农的《中国文学史》虽然写得很早，大体上也超不出胡适、王国维、鲁迅那一代人奠定的文学史范围，可是由于它多少代表了文学史未被彻底整齐划一前的形态，它所带来那个特殊年代、特殊地方的信息，还是值得人再三回味的。

三

2013 年，孙康宜、宇文所安主编的《剑桥中国文学史》中文本在三联书店出版，比它英文本的出版仅仅晚了三年，这大概比什么都能说明中文世界的读者对它的期待。英文版原来横跨三千载，从商代一直贯穿至 20 世纪后半叶，可惜中文版只保留到 1949 年的部分，不得已删去移民文学、新媒体创作一大块。但尽管如此，又尽管成于众手，它依然不失为一部首尾完整的《中国文学史》，尤其是两位主编的《序言》和《导言》，对理解这部书的缘起、宗旨有很大帮助。

两位主编在《英文版序言》里首先交代的，就是作为写给西方读者的《中国文学史》，它"特别避免囿于文体分类的藩篱"，在孙康宜写的《中文版序言》里，这一宗旨，即"尽量脱离那种将该领域机械地分割为文类的做法"，又不避重复地被再次提到。他们的解释是，如果采取文体分类的写法，将会使文学史失去一种"整体性"，即便是用传统汉学的办法去翻译中国固有的文体，也会给这部文学史的欧美读者带来阅读障碍①，使它失去一种"可读性"。不用说，这样的担心在中文世界里也很可理解。

《中国文学史》的编写，从一开始就是中国文学向世界开放、与世界文学融合的过程。文学史的编写者不管站在什么样的立场，当他追溯或说形塑过去的文学传统时，他首先要考虑的就是当代读者的文学趣味、文学观念乃至于当代文学的问题，不能够食古不化，而当代读者的趣味、观念和问题，无论欧亚、东西，又是越来越趋于一致的，因此在选择什么样的叙述语言、怎样讲述过去的故事方面，现代的文学史家之间并不存在多大分歧。事实上，在 20 世纪 50 年代初的中国，文学史的编写者们经过讨论，差不多也达成了按"年代"写比按"文体"写要强的共识，当时人已经意识到刻意突出文体差别的后果，必然使读者的注意力被吸引到文学不同样式的不同演进过程之中，"无形中会忽视了文学作为一个整体来考察的历史过程，也会不由自主地埋没了杰出作家在整个文坛上所起的全部作用"②。所以，那之后在中国出版的文学史，只有少数选择分别文体来叙述。

当然，与 20 世纪 50 年代以来中国学者的考虑有所不同的是，《剑桥中国文学史》虽然重视文学史叙述的整体性，却并不将表彰"杰出作家在整个文坛上所起的全部作用"也当成自己的目的，因此，它除了不按文体分

---

① 孙康宜、宇文所安主编《剑桥中国文学史》上卷孙康宜《中文版序言》，三联书店，2013，第 1 页；孙康宜、宇文所安《英文版序言》，三联书店，2013，第 6 页。
② 陆侃如、冯沅君：《中国文学史简编（修订本）》附录《关于编写中国文学史的一些问题》，作家出版社，1957，第 297 页。

类讲述，也并不像"中国学术界的文学史写作通常围绕作家个体展开"，不需要将太多笔墨投入作家及其作品的分析上，用两位主编的话说，他们"更关注历史语境和写作方式而非作家个人"①。而这样以来，这部文学史就不仅仅是远离了以文体为核心的中国传统的文学史模式，也同样脱离了以作家作品为核心的源起于19世纪欧洲的文学史模式。

所谓"历史语境和写作方式"，在这里，主要指的是文学的文化史背景以及政治思想史背景。虽然在这部文学史的不同时段又或是它的不同作者笔下，这两种因素之于文学史的影响程度不同，但总体上看，从物质文化亦即文学书写媒介的角度切入，以作品的抄写、编辑、修订来说明文学如何生成，又以纸张、印刷的发明以及印刷的商业化来说明文学史何以变迁②，就是说，将新文化史的观点融入文学史里，特别突出文学文本的制造与流通这一脉络，是它相当与众不同的一点。

将书写、印刷带入文学史，过去不是没有，即如一般文学史写到南宋后期的诗坛，都不能绝口不提书商陈起所刻《江湖集》《江湖续集》《江湖后集》的作用，前野直彬在他的《中国文学史》五代宋金一章，已经特意分配一小节来讲出版商的影响③。但是，像这部文学史之用心于此的还是很少：第一，它试图建立一个贯穿上古到现代的铭文、抄本、刻本……的书面文学系统；第二，它试图以出版为支点，来颠覆过去文学史描绘的那种文学秩序，重构文学史正统非正统、主流非主流的版图。这部文学史的作者深知"文学史"在表达和塑造文学传统方面的能力，他们既要"写出一部富有创新性又有说服力的新的文学史"，就势必要建立一个自己的讲述系统，从根本上同过去的种种《中国文学史》划清界线。而在这里面，他们第一个要打破的"迷思"，似乎就是自"五四"新文学出现以来而有的文言、白话之争，从竭力淡化"白话文学""民间文学"的方式来看④，以胡适《白话文学史》为代表的文学史叙述模式，又是他们相当警惕的一种模式。

---

① 《剑桥中国文学史·英文版序言》，第7页。
② 《剑桥中国文学史·英文版序言》、宇文所安《上卷导言》，第6、13页。
③ 前野直彬：《中国文学史》，东京大学出版社，1975，第130~131页。
④ 《剑桥中国文学史·上卷导言》，第17页。

譬如，它说吴歌、西曲"代表了贵族阶层的想象，而并非'人民百姓'的创作"，说"敦煌叙事文学的听众可能是下层民众，但常常也包含了俗世天子与宗教权威"①。它说"称普通民众是白话小说的主要读者"，站不住，晚明白话小说版本的调查证明，它们的读者都是些"特定的、有特权的"精英士大夫，又说变文、诸宫调、宝卷等说唱文学都是"俗文学（popular literature）"，并非"民间文学（folk literature）"。甚至于它所新增的女性作家，也都是一个"精英妇女的文学网络"②，都大有与《白话文学史》以来的文学史主流唱反调的意思。

这一点，在南宋以至金元这一段，又表现得尤为突出。借用"中国转向内在"的观点，它指出这一时期的特征，应该是精英文化在"内部转向"中，越来越趋于精致化和专门化③，因此，它讲金的文学，主体就是诗文，诸宫调和南戏是被当作一种"城市生活之乐"，写在"宋朝都市里的娱乐"里，并且只有极为简略的交待④。它讲元代，这一被它称作是"外族人士在中国文化中占有了一席之地，而这一景象至今再也没有重现过"的时代，似乎因其时"雅文学发展受阻"，也只能得到在"金末至明初文学"的大标题下一笔带过的待遇⑤。

就这样，19世纪以前的中国文学又变成了纯粹的"精英文学"。一反王国维、胡适以至台静农以来的叙说模式，对"民间文学"概念怀有强烈质疑的这部文学史，在部分取材上，与早期如王梦曾撰写的文学史发生了奇妙的重叠，尽管它是更加坚定地要摒弃王梦曾式的分体叙述。

这一不知有意无意的调转，相当值得关注。

当然，这部文学史绝非是要回到王梦曾的时代。它要强调的是，在这样一个由精英文士为主导的文学史里，新文学的出现以及文学的多样性，主要是靠印刷业来推动，尤其是靠商业利益驱动下的印刷业之发达来推动的。它讲宋代文学的新变，因此就是与"书籍印刷的普及"相关的，它说

---

① 《剑桥中国文学史》上卷，第251、426页。
② 《剑桥中国文学史》下卷，第125、392、173页。
③ 《剑桥中国文学史》上卷，第518、560页。
④ 《剑桥中国文学史》上卷，第590～592页。
⑤ 见《剑桥中国文学史》上卷，第694、605～606页。

从抄本到印刷，"不仅提高了作品的传世率，甚至还提高了作者创作某类书籍的意愿"①。它还说明代"竟陵派"曾有过超出"公安派"的影响，也是由于钟惺、谭元春编选评点的《古诗归》和《唐诗归》大受欢迎的缘故。至于明代小说评注这一体裁的兴起，它也说是缘于评点本容易赚钱，出版商有这方面的利益要求②。

而在这样一个叙述系统里面，传统的中国文学自然成为一种被生产、被制造的产品，它们真正的推手，也就是出版商和销售市场，不再是过去文学史里的那种主体性很强的作者，即便在作品与作者之间，也不再有过去文学史所强调的那种一对一的紧密关系。以作家作品为核心的文学史，于此开始消解。对于适应了今日传媒世界并且熟悉新文化史论述的读者来说，这一改变并不突兀，因此不管它的具体论述是否从头到尾无懈可击，都不妨说这是顺应了这一时代"活文学"的新文学史。

值得注意的是，在《剑桥中国文学史·上卷导言》里，宇文所安还用了很大篇幅来讨论"中国文学史"应该包括哪些内容，这当然是一个极其关键的问题，可是在历来的文学史书写中，也是一个相当两难的问题。

文学史上的"中国"究竟要涵盖哪些方面？

过去一般学者大多是对历史上的中国疆域与现代中国不尽相同这一复杂的历史现象，不作深思，而在"中国文学史"与"现代中国版图内的汉语文学史"之间毫不犹豫地画上等号，结果，出现如《剑桥中国文学史·上卷导言》所不满意的情形，就是将对中国文学史的叙说，变成为"不断重述一个汉民族的史诗"③。而这一简单处理留下的破绽至少是：第一，由于历史上的中国，不单单是汉族的或是以汉语为母语的民族的中国，也包括了非汉族或者并不以汉语为母语的民族。"中国文学史"既然要讲述历史上的中国文学，那么，这些非汉族或非汉语讲唱、书写的文学，是不是也应当纳入其中？第二，由于汉语曾经是现今东亚诸国的通用语，古代越南、朝鲜、日本都有过汉语文学的流传及创作。如果说"中国文学史"应当讲述历史上的汉语文学，那么，像古代越南、朝鲜、日本的汉文学，是否也

---

① 《剑桥中国文学史》上卷，第 428 页。
② 《剑桥中国文学史》下卷，第 111、134 页。
③ 《剑桥中国文学史·上卷导言》，第 13~15 页。

应该写进里面？这些不但涉及语言、民族、国家的复杂纠葛，也涉及历史事实与现代观念的冲突，如何在文学史的叙述中，一面谨防狭隘的民族主义和大中华帝国主义立场，一面实事求是地选择、分析材料，有一分证据说一分话？

这部文学史于此有一些突破的办法，主要是在下卷写到明代及以后，引入"区域史"的观念：一方面，指出像《剪灯新话》这样的小说，亦曾在韩国、日本、越南广泛流传，引起仿作，有过跨国界的影响①；另一方面，是增加"华人离散社群"的章节，讨论香港、台湾地区以及移居国外的作家②，以反映汉语文学在当代"中国"境外的状况③。这两部分叙说都意味深长，尽管它们要表达的意思还有些含混，逻辑上也还不够一贯④，但确实是过去文学史不曾有的尝试。

《剑桥中国文学史》出版不久，对它的关注仍将持续，而给它以客观的评价或者也要一段时间，但无论如何，它在文学史的一些重大议题上能够有质疑、有主张、有实践，都很令人尊敬，也足以让中文世界的读者再三省思。

[作者单位：复旦大学中文系]

---

① 《剑桥中国文学史·英文版序言》、《下卷导言》，第14、15、30页。
② 《剑桥中国文学史·上卷导言》，第13页；《下卷导言》，第20页。
③ 这一部分不见于中文译本。
④ 中国文学对朝鲜、日本的影响并不始于明代，最晚在唐代，就已经传入这两国并带动了两国汉文学的创作。

淡定守护民族的精神家园

廖可斌

　　一份刊物就像一个人，有它的生命，也有它的品格。《文学遗产》创刊已经 60 周年了，不平凡的岁月使它历经磨炼，沉淀凝结，形成了自身博雅庄重的品格。当初几乎可以与它并肩而立的一些刊物，或消失在一波接一波的汹涌浪潮中，或逐渐暗淡退居人们视线的边缘。《文学遗产》则相对淡定，一路走来，步伐越来越坚定，地位越来越不可动摇。这固然与它的学科属性有关，也与国家体制保障有关。但几代读者、作者特别是编者的品格，无疑起了根本作用。是读者、作者和编者的品格，熔铸成了刊物的品格。

　　不仅与自然科学和技术、社会科学相比，古代文学属于相对超越社会现实生活的一个领域；即使与同属人文科学的哲学、历史学等相比，在近代以来中国特定的文化环境里，古代文学在直接服务于现实政治需要方面，也显得相对有点力不从心。当社会科学的各个学科及人文科学的其他学科热情高涨地投身一波接一波的时代浪潮，并为之推波助澜时，古代文学学科虽然也不免受到挟裹，甚至或主动或被动地力图也作一个弄潮儿，但不久就会发现，自身发出的声音是那么微弱，根本不可能成为主流话语，以至古代文学学科和从事古代文学研究的人，不免感到一种冷落和寂寞。冷落和寂寞也有它的好处。我们常说是相对的冷落和寂寞成就了某个人，对一份刊物来说也是这样。在多经历了几次这样的过程后，古代文学学科的同仁们逐渐接受并习惯了这样一种冷落和寂寞的现实，同时也更明确了自己的社会角色定位，越来越专注于耕耘属于自己的这份园地，与古为徒，俯仰自得。《文学遗产》是古代文学研究的主要阵地和风向标，从它的发展历程，特别是近30多年的发展历程来看，我们可以明显看出这样一种趋向。

无论从现实处境还是从心理感受来说，古代文学界的同仁们今天能做到这一点很不容易。中国有自身博大深厚的文化传统。与西方社会相比，中国历来是一个世俗社会，缺乏宗教传统，市场经济的传统也很薄弱。中国长期实行大一统的中央集权体制，君权专制和士大夫政治相结合。与这种政治体制相应，中国文化历来以政治为中心，政治始终是整个社会生活的主轴，对经济、思想文化等起决定性作用。经济、思想文化（包括宗教、文学艺术）等缺乏独立性，整个社会生活中缺乏可对政治予以制衡的力量。久而久之，中国人特别是中国知识分子形成了特定的价值观和人生观。社会上评价一个人是否成功，他的人生是否有意义，主要看他在政治上是否成功，或是否关心并作用于社会现实生活。人们评价文学家及其作品是否有价值，也特别关注其是否热情关注和积极干预当下的社会现实。中国古代知识分子因此形成了一种忧国忧民的精神传统，具有"为天地立心，为生民立命，为往圣继绝学，为万世开太平"的宏伟抱负，怀有"为帝王师"的情结。中国古代文学也具有特别关注社会现实的品格，现实主义文学一直占据主流地位。这是中国古代文学的一个显著特色。但中国古代知识分子和中国古代文学的重要弊端也因此而生，那就是中国古代知识分子与政治的关系太密切，过于依附于政治体制，过于关注当下的社会现实，等而下之则是过于关注个人的利禄得失，而缺乏独立的人格，缺乏超越性的精神追求。中国古代文学的政治功能、道德功能得到强化，但在探索人性的奥秘、展现人的复杂丰富的情感世界等方面则有所欠缺，文学本身实际上不受重视。

研究中国古代文学的人，整天沉浸畅游在中国古代文化的世界里，冥想体验古人的生活图景和心灵轨迹，自然难免受到中国古代知识分子和中国古代文学精神传统的影响，包括好的方面和不好的方面。有时甚至造成时空错乱和身份错位，把自己错认为古代那些才华绝世、为民请命、襟抱难开的仁人志士。有这种心理作基础，在现实生活中就很容易发生身份越位，不甘心于在文言文，而是有志于问政。即使从事古代文学研究，也容易以古射今，以文论政。20世纪中后期，曾经有过几波以古代文学研究议政干政的实践，由今视之，只是制造了一些转瞬即逝的泡沫。一度风光无限的"学说"和人物，转眼间烟消云散，徒成笑柄，留下了深刻的历史教训，引人深思。而当代中国社会结构的转变，更是古代文学研究者不得不认真面对的现实。

近几十年来，中国已从一个传统的封闭的农业社会，快速转变为一个现代的开放的工商业社会。社会转型的规模之大，程度之深，速度之快，亘古未有。科学技术和经济的作用空前加大，政治和文化的作用相对淡化。随着社会政治民主化和文化教育的普及化，政治权力和文化权力也越来越多元化。政治家和知识分子，也由高高在上的政治统治者和精神导师，变成社会分工中的一种职业。在这种大环境下，古代文学研究者有必要深刻反思，改变脑海深处根深蒂固的"士大夫意识"，彻底实现由传统文人向古代文学专业研究者的根本转变，进一步明确自身的社会角色定位和职责，以冷静理性而又温情细腻的心态，认真整理、辨析、品鉴、传播中国古代文学这一笔丰厚的文化遗产，自觉担负起守护这一片中华民族精神家园、满足一代又一代人们精神需求的神圣使命。《文学遗产》几十年的办刊传统，尤其是近年来的办刊风格，实际上准确把握了中国社会转型和中国人文知识分子功能转换的大趋势，和古代文学研究在这种大环境下的应有的角色定位，是一种清醒睿智的选择。

在文言文并非无所作为。我们每个人都要明白，这个社会是由无数单元组成的，谁也不要指望包打天下。文学不能代替政治、经济、伦理、法律等行业要做的事情，别的行业对文学也不应该提出这样的要求。文学就做好文学自己的事情，古代文学研究就该做好古代文学研究应该做好的事情，不要羡慕他家风光，自家自有一片风景。我们这么说，并不意味着完全抛弃中国古代文学中关注现实的优良传统，也不意味着对现实风云变幻不闻不问，而是强调要立足古代文学研究本位，以对古代文学的精深研究和准确诠释，传承中国古代优秀文化，对当代社会起到应有的作用。值得引起我们注意的是，那种强迫古代文学研究随风起舞迎合政治浪潮的时代也许一去不复返了，但现在和将来，政治的、经济的、文化的浪潮也不可能没有，古代文学研究仍然要注意抵御这些浪潮带来的压力和诱惑。"莫听穿林打叶声，何妨吟啸且徐行。"

60 周年，对一份刊物来说时间不算短了，但相对 3000 年历史的中国古代文学，这仍然非常短暂。往后看，中华民族及整个人类的未来还无比漫长，人们将永远需要这一份精神食粮。古代文学研究将来会如何发展难以预判，但它将永久存在则是可以肯定的。这样说来，古代文学研究还处于幼年。根据物理学的原理，在一个环境内，如果一种力向一个方向作用越强，那么造成的向反方向作用的力也就越大，这就是所谓张力。当代科学技术日新月异，人类社会正在以加速度向前驱驰。人类越是快速向前奔跑，越需要回望来时的路，越有回家的愿望；人类的旅途越是波涛汹涌，越向往宁静的港湾。古代文学就是这样一条引领人们回家的路，就是这样一片宁静的港湾，而《文学遗产》，我们希望它永远是这条路上的一座路标，是这片港湾里一座永不熄灭的灯塔。

[作者单位：北京大学中文系、中国古文献研究中心]

文心·文情

朱万曙

作为一个古代文学的研究者，《文学遗产》与我的学术生命相伴随。在它的 60 岁生日之际，与《文学遗产》的各种往事涌上心头，令我感动，也令我感慨。

我在《文学遗产》刊发的第一篇论文是《元散曲隐逸主题再认识》，刊期为 1995 年第 6 期，当时我 33 岁，在古代文学研究队伍中还是一个年轻的后辈，我与编辑部的老师们毫不相识，完全是自然投稿，但不意被刊发出来，它对树立我的学术自信、促使我在学术道路上前行，起到了非常重要的作用。

3 年后，我还在南京大学攻读博士学位期间，《文学遗产》又于 1998 年第 6 期刊发了我的第二篇论文《论梅鼎祚的早期戏曲创作》，副标题是"兼论明中叶'骈绮派'戏曲的价值"。文学史和戏曲史都将梅鼎祚归为"骈绮派"戏曲家，认为这些戏曲家的作品都是"案头之作"，我通过查找祁彪佳的日记、冯梦祯的《快雪堂日记》等资料，发现梅鼎祚的作品每每被舞台演出。由此，我提出了对"骈绮派"戏曲家的重新认识。编辑部的李伊白老师对我的文章给予了充分肯定，同时也建议我进行一些必要的修改。

1999 年 6 月,我自南京大学博士毕业,回到安徽大学,奉命组建安徽大学徽学研究中心,此后,我不得不结合原有的学术基础,开展对徽学的研究。我开始留意徽州家谱和族谱的资料,发现了《目连救母劝善戏文》的作者郑之珍撰的《祁门清溪郑氏家乘》。这部《家乘》较之以往发现的郑氏生平资料有很大的丰富,于是我撰写了《〈祁门清溪郑氏家乘〉所见郑之珍生平资料》,因为资料新,《文学遗产》于 2004 年第 6 期将此文刊发出来。

2004 年,我申报的国家社会科学基金课题"徽商与明清文学"获准立项。此后我开始挖掘与文学有关的徽商的资料,陆续有所发现,也有所思考,撰成《明清徽商的壮大与文学的变化》一文,又蒙编辑部厚爱,于 2008 年第 2 期刊发。

就个人而言,《文学遗产》给予了我诸多的关爱和帮助。它让我在古代戏曲和徽学研究领域的成果得以披载,同时也激励我在学术研究的道路上更加努力。这已经让我铭恩于心。不仅于此,在我担任安徽大学中文系主任期间,《文学遗产》同样给予了大力支持。

2006 年 6 月,我调任安徽大学中文系主任。我深知,一个院系的学科建设必须从实际出发,"有所为有所不为",安徽省在中国文学史上曾经涌现出一大批一流的作家和流派,而系内的老师们由于以往研究基础和思维的定式的限制,没有去挖掘和研究。经过讨论,系里确定以"三曹"、《儒林外史》、桐城派等领域为学科建设的抓手,我分别和几位老师前往亳州市、全椒县和桐城市商谈开展上述领域研究的事宜。2007 年春天,我到北京,与陶文鹏、李伊白两位老师商谈举办桐城派研讨会事宜,得到他们的积极支持。6 月 20 ~ 23 日,由安徽大学中文系与《文学遗产》编辑部、安徽省桐城派研究会、安徽省古籍整理出版办公室、桐城市人民政府等共同举办的"第三届桐城派学术研讨会暨安徽省桐城派研究会第二届年会"分别在安徽大学与桐城市举行。来自全国的六十余位学者参加了会议。同时,"安徽大学桐城派研究所"举行了揭牌仪式。这次会议扩大了安徽大学在桐城派研究领域的影响,也推动了部分教师在该领域的研究,迄今为止,安徽大学在桐城派研究领域获得两项教育部课题、两项国家社会科学基金课题,并发表和出版了一批研究成果。

2011年，我负笈北上，调入中国人民大学文学院任教。2013年上半年，文学院的孙郁院长建议中国古代文学学科主办一次学术会议。院里给予支持，学科的教师们也有积极性，于是我和徐楠、徐建委两位老师前往《文学遗产》编辑部拜会刘跃进主编，希望能够共同主办会议，当即得到跃进先生的首肯。2013年11月23～24日，由中国人民大学文学院、《文学评论》杂志社、《文学遗产》编辑部联合主办的"中国古代文学研究：视野与方法"学术研讨会在中国人民大学举行。袁行霈、赵逵夫等一批国内著名专家学者与会。会议围绕主题开展了深入的讨论，不仅多有学术创获，也在一定程度上扩大了中国人民大学古代文学学科的影响。

回顾自己和《文学遗产》的前前后后，作为读者，我从它那里获得大量的学术信息，了解到前沿的研究动态，阅读到诸多的学术力作；作为作者，我从它那里获得了学术信心，自己些微研究心得能够披露于学界。因此，我感谢《文学遗产》。

我在想，60年的《文学遗产》该扶持了多少学术新人，又发表了多少有分量的学术成果，帮助了多少需要帮助的学科？60年来，它一直是古代文学学者的学术家园和精神家园。几代编辑们坚守着这个园地，传承着中华的文脉。他们之所以能够这样坚守，是因为他们有一颗传承中国文化的"文心"。他们默默地奉献，以学术的良知春风化雨、春泥护花，与广大古代文学研究者结下了深厚的"文情"。在它60华诞之际，我要向《文学遗产》、向所有的办刊人奉上最真诚的敬意！

[作者单位：中国人民大学文学院]

学科气质、学术生长与学术期刊建设

——《文学遗产》创刊六十年有感

杜桂萍

当我写下这样一个题目，先为自己的勇气而震惊，之后便是汗颜。不要说对这个题目其实难以驾驭，即便有一些心得，大概也非我这样一名还算"年轻"的学者可以轻易置喙。不过，这却是我真实的心理感受、肺腑之言，是我对《文学遗产》这样一本充满学理与人文关怀的刊物的经验认知。自 2003 年在《文学遗产》发表《色艺观念、名角意识及文人情怀——论〈青楼集〉体现的元曲时尚》一文，如今已整整 10 年，算上 2013 年第 6 期刚刚面世的小文章《"文献先行"与"文心前置"刍议》，总共有 5 篇学术论文在《文学遗产》发表。平均两年一篇的刊载频率，不可不说这个刊物对我青睐有加，也不能不慨叹自己有多么的幸运！感恩于这本学术期刊及其中的那一个个人，来自于一份最普通的情感及相关的美好记忆，也是激发我对一贯保有超常尊重的《文学遗产》及其个性品格思考的重要原因。

一　基本定位：学术、学科、人文

学术、学科、人文，是评价《文学遗产》不能不涉及的三个词汇。学术的发展总要一些平台提供支撑，学术的繁荣总要若干指标作为表征，学术的品质总要一些形式来确立，这一切，作为古代文学研究最权威学术期刊的《文学遗产》都理当其任。谈到中国学术发展特别是中国古代文学研究的发展，《文学遗产》的作用和价值广为学界认可。尤其是新时期以来的学术发展，无论从哪个维度来说，《文学遗产》不仅是见证者，而且也是实践者和引领者。可以说，经过60年的积极探索和努力，《文学遗产》作为这一领域的重要载体、高端平台和权威评价中心，担负了推动学术良性发展的使命，其角色价值和意义得到学界的充分认可与高度评价。

学术性是学术期刊的立足之本。《文学遗产》名扬海内外，学术价值得到几代读者的充分认可，已毋庸讳言。60年来，其由周刊、季刊到双月刊，乃至推出与纸质文本构成互补的网络版，规模与形态逐渐壮大，内容与功能日益丰富，始终不改的则是学术性这一根本。在《文学遗产》上，可以阅读到海内外古代文学研究的最新成果，可以捕捉到学术发展的最前沿脉动，也可以感受并领会到科学研究的最新理念和方法论走向。海内外老中青学者以在这个刊物上发表学术成果为荣，也总是将最满意的成果奉上这个交流平台。凡此，都来自其高端的学术定位及其表达出的自觉意识和学术实践。

始终立足于学术前沿。这是很多学术期刊大力倡导的生存原则，但能够真正"立足"者，实际上并不是很多。《文学遗产》从不人云亦云，盲目追求所谓的学术前沿。譬如20世纪80年代末90年代初"文化热"盛行引发的理论思潮中，《文学遗产》也参与了思考与讨论。1986年组织宏观研究论文，1987年在杭州召开宏观研究研讨会，1990年在桂林召开文学史观和文学史讨论会，1994年在漳州召开文学史观与文学史编写讨论会，表现了积极探索并努力推进的学术姿态，引领一时之风气，又针对本学科特性及学界同仁的复杂态度给予有效的疏导与讨论。梳理这一阶段《文学遗产》刊发的学术论文，绝非当时很多刊物上见到的大而无当、内容空洞之作，反而以坚实、平实、扎实的内容赢得了学界的赞许。适时而不趋时，力避追风式的"前沿"，并很快转入关于文献与理论的关系问题的深入思考，是《文学遗产》立足于学科传统与现状进行的有效选择，诚如刘跃进先生后来所云："思考的缘由，是给本刊定位。"① 如此，《文学遗产》以睿智的态度引导学科从容转型，古代文学学科保持了独立不易的品格，带给一代学人难得的精神向度。徐公持先生说："《文学遗产》作为学科专业刊物，受到同行关注并寄予厚望，刊物有责任在建言献策以及端正学风方面做出贡献。所以我们也希望通过'论坛'，开展严肃的学术批评，扶正祛邪，帮助学科在体制上走向健全，在风气上健康成长。"② 这是《文学遗产》赢得古代文学研究界普遍尊敬的前提。

丰富的学术实践活动。如何把握前沿，用徐公持先生的话是把握好"与学科的前进方向相关的问题"③，即在积极介入时代文化发展的同时总是融入有关学科建设的思考，引导古代文学研究走上健康发展的路径。通过集思广"议"，以学术讨论等形式把握问题，调整方向，立足于前沿，是《文学遗产》成功的关键。他们不惮辛苦组织经常性的学术活动，如定期评选高水平学术论文，如不断召开学术研讨会、座谈会，如"文学遗产"论坛坚持十几年之久。前沿问题、热点问题、学科建设问题，以及中国古代文学研究的回顾与展望，是这一系列活动的永恒主题，与时俱进，常论常新。陶文鹏先生在 2002 年兰州《文学遗产》论坛上指出："本刊更加重视学术争鸣，一年来发表了多篇商榷性文章；也有所侧重地发表了部分有创见性的理论研究论文，并有意引导将古代文学与现代文学贯通起来加以研究。"④ 此外，《文学遗产》还与江苏古籍出版社合作了"文学遗产丛书"的编辑，与广东中华文化王季思研究学术古代文学基金联合组织了"优秀论文"评奖，其宗旨则是"促进中国古代文学研究，发展古代文学学科，鼓励本学科中青年科研人才的成长，为弘扬中华传统优秀文化而作贡献"⑤。

---

① 刘跃进：《文学史研究的多种可能性——"新世纪十年"论坛致辞》，《文学遗产》2011 年第 5 期。
② 徐公持：《武汉大学"〈文学遗产〉论坛"开幕词》，《文学遗产》2003 年第 6 期。
③ 徐公持：《武汉大学"〈文学遗产〉论坛"开幕词》，《文学遗产》2003 年第 6 期。
④ 葛刚岩：《〈文学遗产〉编委扩大会议纪要》，《文学遗产》2002 年第 6 期。
⑤ 徐公持先生在 1995 年《文学遗产》优秀论文奖颁奖会上的话，《文学遗产》1996 年第 6 期。

在这一过程中,《文学遗产》表现出的勤谨休惕、雍和大度之风,以及所发文章尽去浮词、实然有物的学术原则等,合乎中华文化之于为人为学的阐发与强调,以一种春雨润物的和暖促成了古代文学研究学术含量的保持,实有功于中国人文学术的稳步发展。

多元的问题意识。"问题"往往关涉到学术研究的价值和学术期刊之生命所在,《文学遗产》的学术性和生命力也体现在这里。60年来,举凡古代文学研究的热点问题,如宏观研究、地域研究、家族研究、接受史与传播史研究、文体学研究、文学史学研究等,无不率先在《文学遗产》上获得反映。那些具有前瞻性、探索性、问题意识的学术论文,既反映了学者对这本期刊的信任,也是对其学术为先、学术多元、关注问题等理念的有目的回应。问题的提出本身就是学术研究成立的标志,历任主编都如是强调。徐公持先生曾表示:"希望通过前沿问题的提出和探讨,使'论坛'的影响越出与会的区区数十人,能为整个古典文学研究界所重视,不敢说'唯马首是瞻',至少应当对学界同行的思索和研究起到先行一步的作用。"[①] 确实,借助于对问题的探讨,及时地进行反思,寻找一种方向,而不是选择回避或者逃亡,是《文学遗产》一贯具有的担当意识和责任感的表现。慎思明辨,开拓创新,专注于学术,是《文学遗产》长期坚守的品格,也决定了其高品位及权威性。

近年来,学术期刊遭遇了历史性的困顿,《文学遗产》也面临过受众减少、影响渐小等尴尬局面,也不免受到各种评估和竞争的影响,地位受到挑战等,但它始终坚持学术第一,拒绝违背学术原则的收费问题、变相合作等行为,摒弃大而无当的空洞议论、平庸的重复乃至商业性写作,彰显学术的精神。《文学遗产》维护了作为一个学科的学术共同体的品格和尊严,成为高端学术平台和权威性期刊的代表。在我看来,权威性期刊并非某些量化指标的评价可以定论的,虽然中国的期刊评价系统将之作为无可厚非的依据。《文学遗产》长期发表古代文学学科领域的学术论文,具有较高的学术水平,产生了重要的学术影响,得到了学界普遍的认可,其权威性毋庸置疑。其准确的学术定位,宣示了中国学术发展的一系列重要信息,

---

① 徐公持:《武汉大学"〈文学遗产〉论坛"开幕词》,《文学遗产》2003年第6期。

是中国学术发展当之无愧的晴雨表。譬如对传统文献的回归，得益于《文学遗产》的提倡，取得的成绩有目共睹。而一旦这一研究出现危机或者偏离方向，它又及时提出"回归文献的限度"的问题，提醒大家注意"理论研究上的缺失"①。如关于学科的打通问题，不仅强调古代与现当代的打通，强调东西方的对话，也关注古代文学学科内部的"打通"问题，并借助历届"《文学遗产》论坛"的高调提倡给予恢复。徐公持先生"要求在解决某个具体学术课题的同时，还应当在思想上或方法上对他人有一定启发意义"②，也是几代《文学遗产》编者的共同理念。

二　基本功能：引导、总结、评价、培育

近几年，学术期刊如何抵制学术腐败已成为历次学术期刊高层次论坛的重要话题，大家见仁见智，发表了很多讨论，希望问题能得到缓解。《南京宣言》《沈阳宣言》等都强调了期刊界本身从自我做起的主旨，并以此号召学术界。中国的学术期刊多是计划经济体制下形成的办刊模式，有些痼疾是先天形成的，现行的学术体制又倾向于量化的学术评价，使很多期刊难以摆脱各种干扰。《文学遗产》的不同在于，其特有的办刊思想及功能定位让其过早地扬弃了已有办刊体制，成为一本以学术为本、以人为理念的期刊，期刊本身凝聚着充分表达学术自觉的基因。如是，其功能定位始终关联学术以及学术的进步。

引导功能。人们常说，学术期刊是引领学术繁荣、推动学术进步的重要力量，《文学遗产》在这方面的努力是有目共睹的。譬如关于明清诗文的研究，王兆鹏先生曾根据《文学遗产》1986～1995年所发论文选择的题材统计，认为"以断代论，仍以唐宋文学为重点"③，在张剑、刘宁二位先生对2001～2011年所发论文的统计中唐宋文学的刊发比例依然较高，唐宋文

---

① 刘跃进：《期待中的焦虑——关于古代文学研究中的几个问题》，《东方丛刊》2007年第2期。

② 徐公持：《武汉大学"〈文学遗产〉论坛"开幕词》，《文学遗产》2003年第6期。

③ 戴燕：《纪念〈文学遗产〉创刊四十周年暨复刊十五周年学术报告会综述》，《文学遗产》1996年第1期。

学的研究较为充分，且高度成熟，以至刘宁先生表示："20 世纪的唐代文学研究，在'学科化'之路上，走在了古典文学研究的前列。"① 关于明清诗文的研究，《文学遗产》的提倡之功和引导之效亦十分给力。早在 1980 年《文学遗产》复刊时，郭绍虞先生就建议"赶快组织力量编辑全清诗、全清文、全清词、全清曲等等以保存一代的文献"。1983 年底，《文学遗产》编辑部与苏州大学合办全国首次清诗讨论会，其成果精华刊载于《文学遗产》1984 年第 2 期"清诗讨论专辑"。20 世纪 90 年代至今，明清诗文研究相对薄弱的状况大为改观，研究取得了杰出的成就，正是从那时开始的。1999 年，吴承学、曹虹、蒋寅三位先生在《文学遗产》撰文讨论明清诗文研究，肯定其是"近二十年古代文学研究最有开拓性的领域之一"②。而从张晖先生关于《文学遗产》刊发的 2001~2011 年明清诗文研究文章的统计也可以看出，《文学遗产》对于明清诗文研究论文进行了有意识的刊发，数量较大，并且带动了这一研究领域突飞猛进的发展。近年来，不仅相关领域的研究性著述、论文日渐增多，别集的整理也走向研究型，人民文学出版社、上海古籍出版社等都在进行着有意义的工作，国家社会科学基金重大项目与国家古籍的整理资助项目也对此开始了重点关注与投入。凡此，与《文学遗产》的倡导密切相关。只不过与唐宋文学研究的全面、深入、精致相比，尚存在一些问题；这个领域的文献研究多以"校注""新编"领起，以"后出转精"为诉求，而这在有关明清的研究方面还需要一段时间的努力才能达到。因此，在学术理念和研究方法等方面向唐宋等学习，是很有必要的。

总结功能。《文学遗产》通过论文评奖、学术综述和学者访谈、学术会议等表达这样的学术诉求。如 1995 年开始与广东中华文化王季思研究学术古代文学基金合作的"《文学遗产》优秀论文奖、优秀论文提名奖"的设置，推出了一批在研究视野、方法理念诸方面颇具创意的优秀学术论文，总结了成绩，也引导了一种理念。我拜读过的葛晓音先生《创作范式的提

---

① 刘宁：《新世纪唐代文学研究的回顾与思考》，见《2013〈文学遗产〉编委会扩大会议论文集》。

② 吴承学等：《一个期待关注的学术领域——明清诗文研究三人谈》，《文学遗产》1999 年第 4 期。

倡和初盛唐诗的普及——从〈李峤百咏〉谈起》、康保成先生《〈骷髅格〉的真伪与渊源新探》、周裕锴先生《惠洪与换骨夺胎法——一桩文学批评史公案的重判》、蒋寅先生《科举阴影中的明清文学生态》等论文皆为金石之作，受益匪浅。不定期栏目如"世纪学科回顾"，既对已经高度发展的学术领域进行评估，更关注那些亟待拓展的新领域。如"关于本世纪宋诗研究的谈话"，由莫砺锋、陶文鹏、程杰三位先生就宋代诗歌研究的现状发表评论，肯定其成绩，强调宋诗的文献研究、文本研究及其"外向型"的比较研究等，并希望学界在宋诗研究上投入更多的力量。而"一个期待关注的学术领域——明清"邀请吴承学、曹虹、蒋寅三位先生，解析明清诗文研究与戏曲小说研究相比甚为冷落的原因，分析其历史过程及存在的问题，强调了文本分析、文献整理的重要性，期待明清诗文研究的继续深入，改善相比其他领域还显得冷落的局面。凡此，表明了《文学遗产》在学术发展上的前沿目光和宏大视野。著名的"《文学遗产》论坛"曾经开遍大陆很多地区，影响深远，被认为是古代文学研究最高规格的学术会议。其宗旨，按照徐公持先生在武汉论坛开幕式上的表述是四句话："探讨前沿问题，发布最新成果，汇聚学界人气，证成学术精神。"① 陶文鹏先生在 2005 年《文学遗产》论坛闭幕式上的对彼时段古代文学研究的总结："一是以文学研究为本位，核心是研究古代作家、作品的艺术创造精神、审美趣味、创造经验、民族特色等。文学研究在强调实证的时候不要忘记文学理论。二是学术研究的创新应当是在求真求实求深基础上的创新，不要故意标新立异。三是在学术和思想的关系上，提倡有学术的思想和有思想的学术。四是关于深化文学史研究的问题，指出对经典作家作品，要进一步挖掘，但也应研究一些中小作家，还可研究文学史的空白现象、前后的传承关系等。"② 近年其形式有所改变，频次有所减少，但主题意识、问题意识更强，是古代文学研究界最具吸引力的学术对话平台。

评价功能。作为载体的学术期刊同时作为一种批评方式，有自己的话语模式和兴奋点，这一点《文学遗产》当之无愧。20 世纪五六十年代，乃

---

① 徐公持：《武汉大学"〈文学遗产〉论坛"开幕词》，《文学遗产》2003 年第 6 期。
② 于英丽等：《第四届"〈文学遗产〉论坛"暨〈文学遗产〉编委会扩大会》，《文学遗产》2005 年第 1 期。

至八九十年代,《文学遗产》编辑部发起或参与策划了很多关于学术乃至现实文学问题的讨论,其巨大影响和引导作用至今为一代学人记忆深刻。这成了期刊的传统,也是其有别于一般学术期刊的特色。他们有意识地发表一些针对古代文学研究现状进行评价的文章,或者有争议性的论文,在统揽全局的同时,促成学术争鸣和讨论。如关于书评,1994 年《文学遗产》编委会座谈纪要云:"通过专业性的书评,对一段时间内古典文学研究某一领域的总体水平、不足之处及发展趋势做出评价。"[1] 也开办一些专栏,如"学术短评""学术活动报道"一类,积极介入学术现实。尤其是作为一个有深远影响的刊物,《文学遗产》更多地通过所发表的论文表达自我对学术成果的学术评价及其评价方式。如对于学术理念与方法问题,《文学遗产》始终表现出稳定的价值观。重视基础研究,尤其表达了对于基础文献研究的长期关注。刘跃进先生一贯表示要注重经典与史料的研究,竺青先生亦多次从实证与阐释的关系着眼,提倡纯粹的学术与学院派的研究。"《文学遗产》的传统是两者并重,在文献考订的基础上作比较深入的理论思考。重视史料,更重视史观。"[2] 2013 年 3 月在安徽合肥召开的编委会扩大会议,将之具体化为"文献·文学·文化"的基本主题,凸显为更为切实的研究理念和方法,对于引导笃实健康的学风,祛除浮躁功利的心理,具有重要而深远的学术意义。梳理《文学遗产》60 年发表论文之构成,也呈现出这样一种倾向,既越来越重视学术性,又形成了符合古代文学精神与实际的文献、文本、文化整合研究的方法论思想。既重视基础文献的辨析和考论,也有文本分析的深入和独到,还注意考量文化气韵和思想指向于其中所占之份额,同时凸显了学术创新与民族学术传统的文化特色。

培育功能。作为全国唯一专门发表古典文学研究成果的学术性刊物,《文学遗产》对于古代文学学科的贡献还体现在对科研人才的扶持与培养方面。许多学者在谈及《文学遗产》的帮助和指导时都发自肺腑地感慨于此。多年前周裕锴先生说:"《文学遗产》给予我们这一代青年学者的不只是治学方法和治学门径的启迪,更有一种学术精神和人格境界的陶冶。正因如

---

① 吕微:《〈文学遗产〉编委会座谈纪要》,《文学遗产》1995 年第 1 期。
② 刘跃进:《文学史研究的多种可能性——"新世纪十年"论坛致辞》,《文学遗产》2011 年第 5 期。

此，我内心深处始终将它视为古典文学研究的一块圣地，默默地尊崇它。"①
注重老中青三结合的作者结构，尤其重视对青年学者的培养，不遗余力地
吸纳年轻学者的成果。南通大学张小芳教授，其论文《曲家的历史和历史
的曲家——邓长风〈明清戏曲家考略〉三辑阅读札记》（《文学遗产》2007
年第 5 期）发表时只是一位 36 岁的副教授。我本人也是在不到 40 岁时在
《文学遗产》上发表了第一篇论文，又在 2006、2008、2010 年连续发表了
《遗民心态与遗民杂剧创作》等有关清代戏曲研究的文章。几位责任编辑李
伊白先生、竺青先生、石雷先生的悉心指导和鼓励，提升了我的戏曲研究
水准，促使我尽早成为一名日益成熟的研究者。《文学遗产》培养了我，也
培育了一代代古代文学研究的人才，为这个学科的发展积蓄了力量，拓展
了人才结构。在这一意义上，《文学遗产》担负了一般专业学术期刊难以尽
到的历史责任，其特殊贡献是值得大书特书的。

三　基本建设：制度、栏目、编辑

借助于制度建设，当代学术的繁荣出现了很多平台，学术期刊是比较
普遍的一类。综合性的期刊自有其优越性，专刊的生存则带有自己的特殊
性。如果说要借助一个学术刊物来审视一个学科的发展，《文学遗产》无疑
是名实相符者之一。其在古代文学研究领域能够一枝独秀至今天，自有难
以言说的甘苦，不过伴之而生的对学术的坚持、对问题的敏感、对前沿的
评价、对思潮的引导，及其所带来的幸福和成就感，大概也不是身在其外
者能够体会的。

真正做到了学者办刊。从我接触到的历任主编，徐公持先生、陶文鹏
先生、刘跃进先生，他们个性不同，皆是著名学者，为本研究领域的领军
人物。这决定了他们的识见、眼力和胸怀，决定了《文学遗产》能真正做
到学者办刊，而非如很多期刊，打着学者办刊的旗号，其实一切形同虚设。
一流的期刊要有一流的编辑队伍，反过来，一流的编辑队伍也打造了一流

---

① 闻一：《1995 年〈文学遗产〉优秀论文奖颁奖会在北京举行》，《文学遗产》1996 年
第 6 期。

的学术期刊。也就是说，《文学遗产》的一位普通的编辑，也同时是一位出色的学者，身兼研究者与编者的双重角色。他们作为个体所推出的成果都非常优秀，为同仁所叹服。从 2011、2013 年他们在《文学遗产》编委会扩大会议上所作学术总结来看，他们对学术动态了解翔实，对学术话题格外敏感，有独特的评价眼光和认知，体现了深厚的学术见解和素养。这样的定位，也决定了《文学遗产》的历任主编、编辑与学界同仁的深厚友情，事实上，正是这种基于友情基础上的理解与切磋成就了论文的高质量和栏目的高水平。他们理解史实的发现与辨析对于理论阐释的意义，也理解不是每一项个案研究都能达到理论阐述的高度。承认研究对象之不同，则选择之方法及其相关理论皆不同，正是一个合格的编辑的专业素养和学者本色。也因为这个缘故，《文学遗产》的编辑工作始终在主动参与中完成，直指古代文学的人才建设和学科建设。

真正实行了专家审稿。学术期刊近年面临的生态问题较多，学术界内外也有一些反思。剔除无法左右的体制因素，学术期刊能够做的大概只能从我做起，从自身出发，加强道德和学术自律，来抵制诸多学术不端行为。《文学遗产》所进行的努力之一即是实行严格的匿名审稿制度。通过专家评审的方式对科研成果的学术质量和影响进行评价，是期刊界近年来大力提倡的。但很多刊物对此形同虚设，或者执行不力。《文学遗产》自 2001 年开始率先实行专家双向匿名评审制度，2002 年兰州《文学遗产》论坛上即由陶文鹏先生和李伊白先生向会议通报，以后亦多次在编委会上提请编委对匿名审稿制度进行审议。编辑部内部则将此项工作列入责任编辑年终考核的重要项目，严格考评，保证了刊物的高学术水准。专家本身具有的权威性及其认真负责的评审，与学术期刊评价具有共同性、一致性和对接的特点，从而保证了期刊的学术质量。可以说，《文学遗产》对期刊匿名审稿制度的始终坚持，使它真正进入现代学术编辑制度，为其学术质量的稳定提升提供了保证，也赢得了作者与读者对这份刊物的尊敬，以至在周边朋友和我本人的意念中，从来都是想将自己最优秀的论文提交给《文学遗产》，以获得更高层次的对话，有一个更好的质量提升。《文学遗产》对于专家的建议和意见也是认真对待，因为所聘请匿名专家均是相关领域的权威，提出了很多具有建设性的修改意见，非常负责任。

真正拓展了开放视野。多年来，通过各种形式实践开放办刊，成就了《文学遗产》观照现实文化的态度及其国际视野。每年一度的"《文学遗产》编委会议"不仅总结一年的编辑工作，也对一年乃至若干年古代文学研究的状况给予总结、评估，供与会者探讨，而编委们也就《文学遗产》的期刊建设和发展情况建言献策，对《文学遗产》的审稿、发稿乃至版式设计等提出诸多建议。此项制度根据期刊和国内学术界的实际状况，不断完善和改进，凝结了期刊自身与学界的共同心血。如在 2002 年的兰州《文学遗产》论坛中，傅璇琮先生提出"目前来稿的覆盖面过窄，多限于中国大陆学术界，建议今后是否可刊发一些国外及港、澳、台地区学者的论文。周勋初先生也主张，《文学遗产》应主动与国外及港、澳、台地区学术界多接触，进一步加强学术交流"①。随后的 2003 年，便有美国威斯康星大学倪豪士、香港浸会大学刘楚华等国外及港澳台地区学者的论文如约发表，表达了《文学遗产》面向国际的决心与能力。2009 年 4 月，《文学遗产》网络版创刊，与纸质版学术定位一致，学术风格一致，学术质量要求一致，即发布学术精品，在传播方式上则形成了互补的关系。尤其是在栏目建设等方面双向互动，相得益彰，获得了广泛的关注与好评。一年后，竺青先生介绍："2010 年 6 月至 7 月，编辑部利用 google 的独立监测系统对网络版的各方面情况作了六十天测评，网络版已经覆盖三十六个国家和地区，总浏览量超过三万人次。"② 凡此，既有严谨的制度建设给予保证，也提高了编辑的专业水准，贯彻了学术公正的原则，为人文学科的建设奉献了高水平的学术成果。

真正发挥了栏目效用。作为以"证成学术精神"为己任的学术期刊，《文学遗产》始终致力于中国古代文学学科的整体性成长，具体措施则主要反映在刊物的栏目设计和选题安排上。《文学遗产》注重栏目建设，前前后后开办了很多栏目，如"学术动态""书评""出版信息""论文摘要""学术活动报道""名家荐书"等专栏，从不同维度展示古代文学研究的状态，

---

① 葛刚岩：《〈文学遗产〉编委扩大会议纪要》，《文学遗产》2002 年第 6 期。
② 竺青：《〈文学遗产〉编辑部的制度建设》，《文学遗产》2011 年第 5 期。

推出成果，扩大信息量。无论是定期栏目，还是不定期栏目，除了信息的准确、丰富、权威外，尽可能快速地向读者提供古典文学界的学术信息，加强学术交流，以及注重研究方法的描述性和历史视角，关注问题研究的创新性和理论深度，也是一个非常鲜明的特色，这是其能保持在古代文学研究领域的权威性的重要原因。如"当代作家谈古典文学"专栏，"目的是希望古典文学研究界和当代文学创作界能够架起桥梁，相辅相成，携手共进"①。较早地关注古代文学研究与史学、哲学、艺术、文化以及地理、宗教、民俗等学科的紧密联系，通过组稿并及时反映在栏目的设置上。《文学遗产》网络版同样注重栏目建设，设有"新作首刊""论文选萃""文献辑录""学术信息"等栏目，其中"文献辑录""新作首刊""论文选萃"等获得学界好评，影响迅速扩大；对于《文学遗产》纸质版不易长文刊发的文献类著述的大力推扬，尤其显示了《文学遗产》一贯注重基础文献研究的态度和力度。

四 结语

年届甲子的《文学遗产》一定曾经有过自己的困惑、迷茫，也体尝了大大小小的属于自己的欢喜与痛苦。但我猜想，在进入稳步发展的今天，它会更在意自己的幸运。近三十多年，适逢改革开放的历史机遇，在万象更新、百家争鸣的时代里，张扬学人的独立精神与自由思想，尽情地驰骋于学术研究的疆域，《文学遗产》所收获的幸运是其他学科乃至其他刊物中人无法体悟和感知的。这是一代学人的幸运，是一个学科的幸运！对于我这样的年轻学者而言，如今只能在梳理一段历史之际"于无声处听惊雷"，感受着《文学遗产》为古代文学研究事业所做的巨大贡献，如春雨润物细无声。刘跃进先生说："人文科学的研究，最终体现在对于人的终极关怀和探索。"② 的确如此。60 年里，伴随着时代文化的风云变迁，在人们的思维

---

① 齐惠：《继承文学遗产，促进文化繁荣——纪念〈文学遗产〉创刊三十周年》，《文学遗产》1985 年第 1 期。
② 刘跃进：《文学史研究的途径和意义》，《全球化视野下的中国文学史观国际学术研讨会论文集》，2013 年 7 月。

方式和精神结构的悄然转型中，《文学遗产》以杰出的期刊编辑实践矗立起的是一块具有独立不移品格的学术丰碑，如陈寅恪所谓"独立之精神，自由之思想"一样，指向"人"，尤其指向研究者主体精神的自我完善。如何领会它的精神，继承这份"遗产"，则是我及更多学人仔细品味、深深思考的内容。

[作者单位：黑龙江大学文学院]

我心目中的《文学遗产》

汪春泓

一个成熟的学科，必然形成一个学术共同体，亦必然产生一个本学科的权威刊物，以起到画龙点睛的作用，这是世界通例。而《文学遗产》无疑是古典文学研究的最权威刊物，此不仅在中国之两岸三地，早已声誉卓卓，而且在全球汉学界，亦逐渐获得共识。

在 20 世纪 90 年代，我有幸在北京大学中文系任教，彼时，系里教师中，唯一一位自己订购《文学遗产》期刊者，那就是我。此足见我对于这个刊物的喜爱。作为一位刚刚走上讲坛的青涩教师，研究和教学两方面都是一张白纸，携妇将雏，负笈北上，虽然心中怀有对将来的憧憬，然而，压力山大也是不言而喻的。

1994 年，我一篇关于钟嵘《诗品》的文章在《文学遗产》上发表，并且荣幸地获得年度优秀论文奖，这给我巨大的鼓励，激发了我奋发前行的动力。我认同一个观点，从事人文之研究，高下立判，唯在有无识见。佛经翻译先驱鸠摩罗什《为僧睿论西方辞体》云："改梵为秦，失其藻蔚，虽得大意，殊隔文体，有似嚼饭与人，非徒失味，乃令呕哕也。"吃人嚼过的饭，恶心之至，人文研究最重独创，而独创在己，虽他人不可效法，在己一端，亦忌讳老调重弹，好曲不唱三遍，所以，创新、发现应该是第一义的，也必须是一次性的，否则，复制则价值陡降。然而，所谓"天下文章一大抄"，由于有价值的原创谈何容易，所以文章的陈陈相因其实有多种形态。若明目张胆地抄袭，那是笨贼；然则研究中，某种研究方法、角度，被他者一再借用，甚至流行为一种恶趣，以至化身十百之地步，对此，若委婉地说，那是落于第二义、甚或不入流，如果严格来讲，此乃不脱暗窃之嫌疑也。故而，同道切磋，当互受慧心之启迪，而非承袭他人之套路，此乃学者立身于学术共同体的不二法门。

作为《文学遗产》之使命，是要引领古典文学研究走正道，追求学术之科学性，力保所刊发的每一篇文章都有创获，真正促进学术研究向前推进，释疑解惑，发前人之覆，以在学术史上留下深刻的印迹，作为最高目标。我深以为，长期以来，《文学遗产》起到了垂范学术的作用，达成了自己的使命，所以，深得学界同仁之推崇和爱戴，这种历经数十年建树起来的业绩和品牌效应，背后凝聚着刊物主编、编辑的无数心血，厥功甚伟！

由于个人的能力有限，读书之深度、广度总有所不逮，所以在撰写论文，或者思考问题的时候，难免有所蔽障，常见的现象就是形成自己的思维定式，构成研究方法之理障，历史诡谲，世事复杂，而自己处理学术问题的时候，往往像程咬金一般，抡起三板斧，自感势大力沉，为之踌躇满志，以为可以得胜还朝了。其实，这样撰文，对于揭示历史真相，可谓丝毫无补。以个人的思维定式，来面对鲜活的历史、文化个案，绝对扞格不入，甚至歪曲事实。而解蔽之道，在今日之学者，较诸前辈学者，其所具备的优势，就是资讯便利，八面来风，可以广泛学习和借鉴他者之意见，以帮助自己的研究尽量趋于科学、可信。而《文学遗产》正好提供了这样重要的学术参照。作为一个高端学术平台，《文学遗产》所发表的论文，经过精于相关历史时段课题的资深学者之审查把关，故而多厚积薄发之作，提供给学界同道，令读者起到脑筋激荡之作用，在文献材料和视角诸方面，均有他山之石之助益，奉读他人之佳作，对作为读者的我，知学界如海，无涯涘矣，深感作者一得之见，于我亦如己出，启发我进一步的思索，《文学遗产》洵为学界之良友也。于是，观多方位、多角度的种种范文，助我破除理障和俗套，真正进入历史、文化及文学的语境之中。譬如 2014 年仙逝的复旦王运熙先生，长期在《文学遗产》发表文章，其冷静细致的文风，结合其人沉潜的气质，要言不烦，朴实精到，永远是我学习的楷模，王先生之学术境界于我而言，堪谓虽不能至，然心向往之也。而王先生等前辈大家与《文学遗产》结缘，其不朽文章发表于其间，我想直至将来，亦反映我们这个时代的学术状态，永远是宝贵的学术财富！

读李贽《焚书》之《段善本琵琶》记述："唐贞元中，长安大旱，诏移两地祈雨。街东有康昆仑，琵琶号为第一手，自谓街西无己敌也。登楼弹新翻调《绿腰》。及度曲，街西亦出一女郎，抱乐器登楼弹之，移在枫香调中，妙技入神。昆仑大惊，请与相见，欲拜之为师。女郎更衣出，乃庄严寺段师善本也。德宗闻名，召加奖赏，即令昆仑弹一曲。段师曰：'本领何杂耶？兼带邪声。'昆仑拜曰：'段师神人也。'德宗诏授康昆仑。段师奏曰：'请昆仑不近乐器十数年，忘其本领，然后可授。'卓吾子曰：至哉言乎！学道亦若此矣，凡百皆若此也。读书不若此，则不如不读；作文不若此，则不如不作；功业不若此，则未可言功业；人品不若此，亦安得谓之人品乎？总之鼠窃狗偷云耳。无佛处称尊，康昆仑之流也。何足道！何足道！"① 细味此节文字，旨哉卓吾子之所言，人生、读书、学术、功业，无不是向着无穷之探索做不懈的努力，人不能师其成心，必须不断解蔽，而天外有天，奇文共欣赏，疑义相与析，《文学遗产》每期甫出，于我而言，如热腾腾的美食，我先睹为快，其间作者，有闻其名知其人者，或者纯属陌生的作者，于我均是可敬的同道和老师，甚至是段善本，我从其心血之作中，总能有所收获，岂不快哉！

21 世纪以来，《文学遗产》这个著名的学术刊物，由刘跃进先生主持其事，跃进先生从天下南北名师游，深得曹道衡、姜亮夫等大师学术之真传，属于文学研究实学派之中坚，可谓一流学者办一流刊物，学界皆为《文学遗产》得人之庆而欣慰！我有时冒昧地电话请教，跃进先生会放下手头紧张的研究工作，为作解答，令我豁然开朗；他精力充沛，虚怀若谷，有时

---

① 李贽：《焚书　续焚书》，中华书局，1975，第 215 页。

对于一篇好文章，即使作者尚属初出茅庐者，他也会逢人说项，赞不绝口，他对学术的热忱，以及博大胸襟，均凸显其大家风范，而这正是作为主编所应具备的高尚品德。我坚信，在学术昌盛的当今中国，《文学遗产》将会有更俊伟之前程，我谨为颂为祷！

［作者单位：香港岭南大学中文系］

特殊政治语境下的学术持守

——陈翔鹤先生主编《文学遗产》十年有感

王德华

《文学遗产》是新中国建立 65 年来古典文学研究领域贯彻党的"双百"方针，表达学术思想，进行学术争鸣的重要园地，有效地推动了学术研究的发展。毋庸讳言，新中国成立后 17 年，由于接二连三的政治运动以及愈演愈烈的极"左"思想，导致学术研究日益政治化，乃至形成一种特殊的学术思维定式和话语表达模式，一些文章明显地贴上主流意识形态的标签，有的时候，学术争鸣甚至成为政治批判，百家争鸣成为"一家鸣放"，留下不少值得反思的历史记忆。

我本人重点研究周秦汉魏晋南北朝文学，对这一历史时期的两位著名诗人屈原与陶渊明情有独钟，在梳理学术史时，特别关注到《文学遗产》刊载的相关论文，促使我走进《文学遗产》，从一个刊物的角度感受那个时代的学术生态。躬逢《文学遗产》创刊 60 年盛事，又受邀撰写纪念文章，我深感兹事体大，颇难驾驭，只能就陈翔鹤主编《文学遗产》（1954～1963）十年中刊载的屈原、陶渊明的讨论争鸣文章略陈一得之见①，以此纪

---

① 为行文简洁，文中所引学者一般直书其名，省去"先生"称谓。陈开第《陈翔鹤与〈文学遗产〉》一文介绍："从 1954 年 3 月至 1963 年 9 月的十年中，父亲领导编辑部（转下页注）

念那个特殊的年代、特殊的人物。

一 对郭沫若与游国恩《楚辞》研究的商榷与批判性文章

1953 年屈原被评为世界四大文化名人之一，屈原在中国文学史上的地位达到前所未有的高度。1953 年的《光明日报》《文艺报》《人民日报》《文艺月报》《大公报》《解放日报》《北京日报》《人民文学》等报刊都在 6 月 15 日即农历端午节当天或前后发文，大张旗鼓地介绍、宣传屈原。1954 年 3 月 1 日《文学遗产》作为《光明日报》专刊创刊，可以说适时地、也义不容辞地承担了推进屈原研究的任务。据高宇蛮编写的《〈文学遗产〉索引》（中华书局 1981 年版），1954～1962 年这 8 年间，共发表介绍与研究屈原及其作品的文章 51 篇，且大多属于讨论性的。而在诸多论争中，引起我注意的是对郭沫若及游国恩的商榷与批判性的文章。

郭沫若在 20 世纪无论是他对屈原否定论的批判、他的历史剧《屈原》对民族精神与爱国主义的激扬，还是新中国成立后身为中国科学院院长积极努力地向世界推介屈原，他对屈原在国内和世界地位的提高都做出了重要贡献。因而郭沫若以其政治地位及学术地位，他的观点在宣传性的文章中被广泛引用。如作家出版社编辑部编的《楚辞研究论文集》（作家出版社 1957 年版），主要收集了 1951～1956 年间发表在各类报纸杂志上介绍与研究屈原及《楚辞》的重要文章，其中介绍与宣传屈原的文章中，对屈原的生卒年及作品真伪的看法，主要采用了郭沫若的观点。《文学遗产》专刊发表的 51 篇有关屈原及其作品的文章，多属于学术性的商榷论文，涉及屈原生卒、作品真伪、创作时地、主旨等诸多重要问题。且一部分是针对当时各大报刊中宣传屈原及一些学者的相关论著的观点而发，如对郭沫若《屈

（接上页注①）编《文学遗产》周刊 463 期，在《光明日报》发表外，又编有《文学遗产增刊》十三辑，由作家出版社和中华书局出书。还编有《文学遗产选集》三集和《李煜词讨论集》《胡笳十八拍讨论集》《陶渊明讨论集》，由作家出版社和中华书局出书。上述十九个集子和 463 期周刊，我计算了一下，共计字数在 900 万字以上。"（《新文学史料》1999 年第 1 期）本文所征引文献包括《光明日报》《文学遗产》专刊、《文学遗产增刊》十三辑、《文学遗产选集》三集中的文献。

原赋今译》、游国恩《屈原》、文怀沙《屈原九歌今译》及《屈原九章今译》、林庚《诗人屈原及其作品研究》等。其中对郭沫若商榷的文章居多，有针对其《屈原赋今译》中字句，如三一《谈郭译"芳与泽其杂糅兮"》（1955 年 4 月《文学遗产增刊》（以下简称《增刊》）第一辑）；有针对其"乱曰"释为"辞曰"，如徐嘉瑞《楚辞乱曰解》（1955 年 4 月《增刊》第一辑）、徐赓陶《离骚乱曰本义》（1961 年 11 月《增刊》第八辑）；有针对其《九歌·东君》的不同理解，如张宗铭《〈九歌〉——古歌舞剧臆说》（1957 年 12 月《增刊》第五辑）；有针对其将《九歌》看作是从民间歌谣发展而来的，如徐嘉瑞《九歌的组织》（1958 年 5 月《增刊》第六辑）、孙作云《楚辞九歌之结构及其祀神时神、巫之配置方式》（1961 年 11 月《增刊》第八辑）；有针对其《远游》为《大人赋》的初稿，如张宗铭遗作《试论〈远游〉仍当为屈原所作》（1961 年 11 月《增刊》第八辑）；还有一些比较含蓄的表达不同意见的，如马茂元《关于〈离骚〉时代问题的商榷》（1956 年 8 月《增刊》第三辑）。而邓潭州《读郭沫若〈屈原赋今译〉》（1957 年 1 月 20 日《文学遗产》第 140 期），是一篇书评式的商榷性论文，从六个方面提出了对《屈原赋今译》一书的异议：《离骚》的创作年代、《招魂》为屈原招楚怀王之作、《远游》为司马相如《大人赋》的未定稿、对《悲回风》后六句的理解、《湘君》与《湘夫人》的人称指代问题、《山鬼》与《招魂》中一些词语训诂问题，所论大多有据可依，可备一说。可以说是集中反映了学界对郭沫若《屈原赋今译》所持异议的主要方面。穆欣在纪念《光明日报》创刊 40 年时，撰写《往事的回忆——我在光明日报工作的十年》一文，反思办刊中因经验不足而导致的不当做法，所举一例就是《文学遗产》1959 年在《胡笳十八拍》讨论中刊载郭沫若文章时的处理不当，比如违反周刊规律，在刘大杰针对郭沫若的商榷文章（第 263 期）刊载的次日"就迫不及待地加出了一期（第 264 期），刊登郭沫若反驳刘大杰的文章：《三谈蔡文姬的〈胡笳十八拍〉》。同时，郭文前面有几句开场白，用语讽刺，而编者又把这几句话用黑体字排出，加重了它的讽刺锋芒。这样的处理是错误的，违背了人人在学术讨论中有平等自由争论之权，理所当然地受到学术界的批评：认为编辑部是看人行事，没有根据如何有利于学术争鸣来处理稿件。我们及时总结了这次错误的教训，在以后学术讨论中，力求避免类似的失误。"①《胡笳十八拍》处理不当之事，即使从穆欣更为详细的《办〈光明日报〉十年自述（1957～1967）》一文中，我们也无法获知是谁应承担这起不当处理的责任。但是从 1954 年创刊以来，从屈原研究的争鸣文章中，可以看出，《文学遗产》并不避忌刊发针对郭沫若的商榷文章，只要有一己之得，还是敢于发表的，体现了学术争鸣中平等自由之原则。

1957 年作家编辑部编辑的《楚辞研究论文集》，也收录了一些富有创见及争鸣的文章。主要有三个方面：一是 20 世纪 50 年代屈原否定论的代表朱东润的《楚辞探故》四篇及郭沫若、沈知方等人的批驳文章；二是陈郊《评游国恩著〈屈原〉及游国恩《答陈郊先生评〈屈原〉》；三是李一氓、黎汝清对文怀沙今译《九歌》与《九章》不当的批评；四是郭沫若《关于宋玉》及程仁卿《对〈关于宋玉〉一文的意见》。而郭沫若的《关于宋玉》本身就是一篇反批评的文章。可见，《楚辞研究论文集》收录的争鸣文章，一是由于收录年代迄于 1956 年，二是可能因受到宣传屈原的限制，当时在屈原及相关问题研究上，学界对郭沫若的诸多不同意见，在这本论文集中并没有得到充分反映。当我在翻阅 1953 年 5 月 15 日《光明日报》时，发现第二版刊载了郑振铎《纪念伟大的诗人——屈原》和游国恩《屈原作品介绍》两篇文章，在第四版还刊出了宣传与研究屈原的书讯。一是介绍三联书店"正在排印中、七月中出版"的游国恩的《屈原》；二是人民文学出版社为"纪念屈原逝世二千二百三十周年"即将推出的"关于屈原的新出版物五种"，即影印宋端平本《楚辞集注》、影印《楚辞图》、郭沫若《屈原赋今译》、文怀沙注《屈原集》及郭沫若《屈原》（五幕剧）。这一讯息，反映了《文学遗产》刊发的针对郭沫若《屈原赋今译》、游国恩《屈原》及文怀沙对屈原作品译注的商榷，与当时为纪念屈原而推出的一些代表性论著的关联。如果我们把《楚辞研究论文集》看作是作家出版社编辑部向全国乃至世界推出的有关宣传屈原与屈原研究的一个成果展示，那么，《文学遗产》刊载的诸篇商榷性文章，则向我们呈现了这场宣传屈原爱国主义精神背景下的学术争鸣的情景。可以说《文学遗产》以其刊发的争鸣性文章与《楚辞研究论文集》一起，共同反映了 20 世纪五六十年代屈原研究的

---

① 《光明日报四十年》，光明日报出版社，1989，第 134～135 页。

真实样态。

当然，在我们看到《文学遗产》发表的具有推进屈原研究、体现学术争鸣与求真精神的商榷性文章的同时，我们依然看到政治话语对《文学遗产》这一学术园地的强势介入。随着 1957 年"反右"运动的开展，特别是高等院校发动学生占领学术阵地，在"兴无灭资"的政治口号下，一切学术成果都被简单划作非资即无的阶级与路线两类，不仅使马克思主义唯物史观教条化，同时也使新中国成立后形成的学术争鸣之风成为无产阶级对"资产阶级反动学术权威"的无情批判，学术争鸣烙下了浓厚的政治印迹。在《楚辞》研究领域，集中体现在以北京大学中文系同学为代表的对"资产阶级学术权威"的批判文章之中，而北京大学的游国恩与杭州大学的姜亮夫成为学生集中批判的对象。从 1958 年 8 月 3 日至 1959 年 1 月 4 日，短短的 5 个月时间，发表了 7 篇对二位先生《楚辞》研究的批判。对姜亮夫主要是针对他的《屈原赋校注》的"资产阶级的"烦琐考证，对游国恩主要是针对他 1936 年发表的《屈赋考源》中提出的屈赋中的"四大观念"①。1958 年 8 月 10 日《文学遗产》第 221 期上发表王叔珉、陈健等人《评〈屈赋考源〉》一文，对《屈赋考源》的四大观念进行批判，其中对《远游》中神仙思想与屈原主体情感之间的关联进行质疑。1958 年 8 月 31 日《文学遗产》第 224 期上发表季镇淮《〈楚辞论文集〉——资产阶级考据学》的批评文章，文中对支持游先生四大观念中的《远游》也作了重点批判。作者梳理了游先生从 1926 年至 1956 年这 30 年间的《远游》观念的变化，认为游先生"直到 1953 年才在事实面前低头，暗暗地用'重要'的标准（游先生在《屈原作品介绍》中说：'现在我把屈原几篇重要作品介绍一下。'其实不是几篇，而是一般认为屈原作品的全部），把《远游》从屈原作品中剔除出去"。由于认定神仙观念非屈原所有，故季文批评云："令人更为奇怪的是，《远游》既非屈原作品，即屈原神仙观念已不存在，游先生还要把'屈赋四大观念'送到读者中去。"并指出《离骚》并无游先生所说的"游仙"之乐，为的是说明《远游》与《离骚》情感并不相同。我想说的是，

---

① 本文所引游国恩先生相关论文，皆用中华书局 2008 年出版的《游国恩楚辞论著集》中提供的版本，因引文较多，不一一注明页码。

季先生此篇文章与学生们的批判文章不同的是，他十分清楚《远游》一篇在游先生提出的"屈赋四大观念"中的重要作用，也是构成游先生"资产阶级"学术思想的重要依据，所以他能从游先生"现在我把屈原几篇重要作品介绍一下"这句话中准确地捕捉到了游先生未将《远游》视作屈原的重要作品这一重要信息，但季先生由此得出游先生在"事实面前低头"，改变了《远游》是屈原作的观点，这一结论则是季先生推理后强加的，因为《远游》不是屈原"重要"作品，并不等于说《远游》不是屈原作的。此外，1958年8月3日《文学遗产》第220期上发表齐裕恩等《游国恩先生是怎样分析屈原作品的艺术性的》一文，主要从艺术的角度，批判了游先生的四大观念。从以上几篇批判性文章来看，批评者主要视神仙观念为资产阶级的观念，在"兴无灭资"的意识形态指引下，对游先生四大观念及《远游》所做的带有明显意识形态化的过"左"的批判。可以说，受极"左"思潮的影响，屈原爱国主义精神得到彰显的同时，与这一主流情感看似相悖的《远游》，在批判"资产阶级学术权威"的理论导向下，理所当然地被视作非屈原的作品，游先生也因此受到批判。

在这场"兴无灭资"以及占领学术阵地的学术批判中，学术批评的政治话语强势登场，不仅反映在批判者强大的话语攻势上，同时也反映在游先生在这场政治批判中不作实质性回应的态度上。但1958年8月11日《文学遗产》第221期上刊发了选自北京大学中文系的油印刊物《赤卫军》上游先生的短文《欢迎同学们和任何同志对我的楚辞论著的批判》，文中游先生虽然对批判表示接受，但是细心的读者可以发现，游先生只是表示接受批判的态度，但没有涉及具体的观念性的问题。而且只要我们重读游先生涉及《远游》的文章，就可以发现，游先生对与他提出的四大观念密切相关的《远游》，也并非如季先生所说的"直到1953年才在事实面前低头，暗暗地用'重要'的标准，把《远游》从屈原作品中剔除出去"。

从上文我们对游先生不同时间、不同版本的有关《远游》看法的梳理可以看出，游先生从1931年改变对《远游》的看法后，一直认为《远游》为屈原所作，之所以给季先生产生如此错觉，实因新中国成立后宣传屈原的任务使然。中华书局出版的《游国恩楚辞论著集》"前言"中介绍："1953年6月屈原被列为世界文化名人时，为纪念屈原，文化部曾指定郭沫若、游国恩、郑振铎和文怀沙组成屈原研究小组；同时，先生还应约为《人民日报》《光明日报》《工人日报》及多家杂志撰写了介绍屈原及其文学的文章。这些文章试图以新的观点研究屈原，并宣传屈原的爱国主义思想。"游先生对《远游》作者的看法，在一些宣传屈原或文学史的著作中，其表述方式是颇值得我们细读玩味的。如 1953 年宣传屈原时，发表于《工人日报》（1953 年 6 月 15 日）上的《伟大的诗人屈原及其文学》一文，其中介绍"屈原的文学及其影响"时，这样表述："屈原的文学作品是我们最宝贵的遗产，现在保留下来的有《离骚》《天问》《九章》《招魂》等篇，还有经过他加工提高的民间文学《九歌》。"比较游先生在其他文章中对屈原作品的看法，这个"等篇"显然是包括《远游》的，一个"等"字，隐去了游先生认为《远游》为屈原作的真实看法，但也是作为保留自己意见的一种表述。两天后发表于《光明日报》上的《屈原作品介绍》（1953 年 6 月 15 日）一文（即季镇淮所认为的游先生改变了对《远游》看法的那篇文章），文章开头一段，游先生以梳理文献的方式介绍屈原作品真伪的历史状况，对《远游》未及一言，但在介绍结束时却用括号的方式写下："以上参看拙著《楚辞概论》第三篇第二章及旧著《屈原》第八章。""《楚辞概论》第三编第二章"反映游先生 1926 年时认为《远游》非屈原作的观点；"旧著《屈原》第八章"是指 1946 年版《屈原》的第八章，介绍自己 1931 年《屈赋考源》中改变了以前的看法，认为《远游》为屈原作，并进一步申述前后态度转变的原因（而季先生批判文章若对此括号中的重要信息稍加注意，也不会产生上述推理错误的）。1956 年 7 月的《中国文学史教学大纲》中，则未把《远游》列入屈原的作品，这本书在参考书目中列有郭沫若的《屈原研究》。1963 年版《中国文学史》持阙疑态度："至于《远游》《卜居》以及《九章》中的《惜往日》《悲回风》等篇，也有人认为后人所依托，但缺乏充分根据。由于年代久远，后人对于作品的理解不同，看法不同，众说分歧是不足怪的。"以上场合中游先生对《远游》的态度，或以"等"字隐括，或用括号括起，或以参考书目显示观点来源，或直陈阙疑态度，均反映了游先生在宣传屈原时或文学史教材中所采取的叙述策略。这一不同场合的叙述策略，在 1955 年游先生为自己结集的《楚辞论文集》中有所说明。发表在 1953 年 6 月 15 日《人民日报》上的《纪念祖国伟大的诗人屈原》一文，因是介绍与宣传屈原之故，在屈原的生卒年上采用了郭沫若的观点。至1955年，该文收入《楚辞论文集》时，游先生加注曰："《纪念祖国伟大的诗人屈原》一文以下，是1953年为纪念屈原逝世二二三〇周年而写作的，因此，在屈原生卒年月的问题上有一致的提法是必要的。但这并不妨碍在学术问题上存在不同的看法，所以，在这本集子里，我仍然保留了我以前的关于屈原生卒年月的意见。"而这一用于宣传与介绍屈原时求同存异的叙述方式，不唯在介绍屈原生卒年上运用，游先生对《远游》在不同场合的叙述也是这种叙述方式的一种反映。且这种方式，也不只是游先生一人采用，何其芳也用过。如何先生《屈原和他的作品》（1953年6月号《人民文学》）一文，对屈原主要作品做了介绍后，加一注释曰："还有一些作品我没有提到。那就是《橘颂》《惜诵》《思美人》《惜往日》《悲回风》《远游》《卜居》《渔父》《招魂》。这些作品绝大多数被认为可疑的作品。我觉得这些作品除《橘颂》而外，其他各篇虽然前人怀疑的理由有的比较充分，有的还不够充分，但确实都是有一些可疑之处的。至于《招魂》向来有屈原作和宋玉作两说，很难判断作者是谁。凡属可疑的和难以判断的作品，我均不用它们来作为分析屈原的思想和艺术的根据。"针对这一对屈原作品真伪的注释说明，丁力撰写《关于屈原作品的真伪问题》（1955年4月《文学遗产增刊》一辑）表示不同意见，认为何注提到的怀疑作品，除《远游》外，都属于屈原作品。对此，曹道衡撰写《评"关于屈原作品的真伪问题"》（1956年4月1日《文学遗产》第98期），其中对何文此条注的用意做了自己的理解："因为屈原作品的真伪问题，历来聚讼纷纭，再说《屈原和他的作品》一文，也不是专门去考据真伪问题的文章。为了审慎起见，何其芳同志在分析屈原作品的思想性和艺术成就的时候，避免引用这几篇前人怀疑过的作品；或对于其中的一部分作品（如《惜诵》《思美人》等）采取存疑的态度，我们认为是没有什么不对的。"曹先生对何文此注的理解应该是符合何文注释用意的。而何文加注以表明自己对屈原作品的态度，应与游先生对《远游》处理的方法与态度是一致的。可以说，游先生对《远游》在不同场合的叙述策略，一方面反映了新中国成立后《远游》非屈作的观点占据学界主流，另一方面，也反映了在作为政治任务的宣传和集体写作的文学史中，游先生虽以当时主流观点为主但同时也坚持己见的学术精神。曹道衡在《游国恩学术论文集·编后记》中说："1951 年的教师改造运动中，先生自我批评，说自己的性格'外和而内介'。"① 从以上对游先生所做的"资产阶级学术权威"的批判以及游先生对《远游》的态度，正反映了游先生在那样特殊年代中表现出的"外和而内介"的学者品质。

对游先生《楚辞》学的批判性文章主要集中在 1958 年 8 月 3 日至 8 月 31 日，其中《远游》在这场政治性批判的争鸣中是靶点。但是在这场批判的前后，《文学遗产》发表了两篇针对郭沫若《远游》非屈原作的商榷性文章，颇值得我们重视。一篇是 1957 年 1 月 20 日《文学遗产》第 140 期上刊载的邓潭州的《读郭沫若〈屈原赋今译〉》，其中否定郭沫若认为《远游》为司马相如《大人赋》的未定稿的看法，认为《远游》的思想情调和《离骚》有着相似之处，即两篇作品"表现上虽然是想'远游自疏'，骨子里却表现了对现实人生的深切的眷恋和关怀"，这种情感似非司马相如所能企及。文章并从屈原所有作品反映的思想复杂性角度指出，《远游》受到属于道家支流的神仙家思想的影响是正常的。1961 年《文学遗产增刊》第八辑刊载张宗铭遗作《试论〈远游〉仍当为屈原所作》，则是针对郭沫若将《远游》视作《大人赋》初稿的观点而发的专论。论文首先就仙道思想将《远游》与《大人赋》进行仔细比较，指出《远游》之游是神游，《大人赋》是形游；前者是逐臣的远游，后者是帝王的远游；《远游》的写作意旨是作者象征地表现他坚持正道、宁死不屈和热爱祖国、欲舍不能的执著精神，而《大人赋》所赋的是帝王之仙意。在《远游》的学术史梳理中，我发现人们往往提起陈子展于 1962 年发表的《〈楚辞·远游〉篇试解》（《文史哲》1962 年第 6 期）一文，这篇文章主要也是针对郭沫若、刘永济等的观点而发的，陈先生论文分析了王逸以来屈作派对《远游》主旨的阐述，从人的情感复杂性角度，认为应该辩证地看待《远游》游仙思想与屈原主体情感之间的关系，也是 20 世纪 60 年代《远游》作者之争的一篇代表性论文。因该文后来收入陈先生《楚辞直解》中（改名《〈远游〉解题》），而在学界产生广泛影响。但是当我翻阅了《文学遗产》专刊及增刊这两篇文章，尤其是

---

① 《游国恩学术论文集》，中华书局，1989，第 597 页。

张宗铭的遗著,其对《远游》与《大人赋》游旨不同的分析、《远游》与《离骚》的相通之处,可以说是达到了那个时代的高度且独树一帜。正如上文所指出的,不仅当时主流观点认为《远游》不是屈原的作品,而且《远游》也是批判游先生"资产阶级反动学术权威"的重要依据。那么,《文学遗产》对游先生集中批判前后都刊发了针对郭沫若观点的商榷文章,尤其是之后 1961 年刊发的张宗铭的遗作,这是否是以一种学术争鸣的方式表达着刊物的意见与心声呢?不管这是否只是我对《文学遗产》的一种主观猜测,但我觉得其意义已超出了针对郭沫若观点进行商榷的学术价值,至少说明了在这场批判游先生"资产阶级学术权威"的政治批判之后,《文学遗产》仍然表现出争鸣中应该持有的学术立场与学术话语独立的尊严。

二 陶渊明讨论与对学术话语的持守及导向

1957～1960 年正是中国教育集中大改革时期,而 1957 年"反右"斗争扩大化以后,教育改革也同样出现"左"倾现象。"由于'左'倾思潮泛滥,对于高等学校和中等学校的教材,曾采取了不适当的'破字当头'和全盘否定的不当做法"①,反映在古代文学教学中,一些大学发动学生自行编写教材,对一些教材作出了过"左"的批判。《文学遗产》在这一时期一方面发表了北京大学中文系二年级、中山大学中文系、复旦大学中文系等高校学生对王瑶、郑振铎、王季思、刘大杰相关文学史论著的批判文章,另一方面发表了对北京大学中文系 55 级学生编著的《中国文学史》的一些赞誉文章,如《红色〈中国文学史〉的科学成就》(1958 年 11 月 30 日《文学遗产》第 237 期)、《谁说脑力劳动不能大协作》(1958 年 12 月 7 日《文学遗产》第 238 期)、《第一部红色的中国文学史著作——关于〈中国文学史〉座谈会的综合报道》(1959 年 1 月 4 日《文学遗产》第 242 期)、《让文学界的赤兔马向前奔驰》(1959 年 1 月 4 日《文学遗产》第 242 期),这些都是教育大革命在高校文学史编著方面的极"左"表现。但几乎与此同时,《文学遗产》也开展了中国文学史中一些诸如现实主义与反现实主

---

① 穆欣:《办〈光明日报〉十年自述(1957～1967)》,中共党史出版社,1994,第 121 页。

义、现实主义和浪漫主义、民间文学与文学史主流问题以及古代作品社会问题的讨论。其中何其芳 1959 年 6 月 17 日在中国作家协会和中国科学院文学研究所召开的文学史问题讨论会上的发言——《文学史讨论中的几个问题》（分别发表在《文学遗产》1959 年 7 月 26 日第 271 期、8 月 2 日第 272 期、8 月 9 日第 273 期，又收录于《文学遗产选集三辑》中华书局 1960 年版），就是针对这一时期高校文学史编著中出现的公式化、概念化、简单化等现象而发的。文中提到 1958 年"大跃进"中，"高等学校的同学和教师编的中国文学史著作，大概都是企图找出中国文学发展的规律的，所以才提出了现实主义和反现实主义的斗争、民间文学是主流这样一些问题。北大编的《中国文学史》的'结束语'把这种观点表达得很显明。"1958 年 12 月 21 日《文学遗产》第 240 期上以醒目的标题"大家来讨论陶渊明"发起的陶渊明讨论，与这场教育改革中学生编写教学大纲时把陶渊明定性为"反现实主义诗人"的不当评价有关。陈翔鹤主编的《陶渊明讨论集》（中华书局 1961 年版）"前言"谈到了《文学遗产》发起陶渊明讨论的原因："这次对于陶渊明评价问题的讨论，是因为在某些大学中文系的教学大纲中，把陶渊明划为反现实主义的诗人，许多人不同意这种划分而引起的。"《陶渊明讨论集》第一篇文章即是北京师范大学中文系二年级二班学生撰写的《陶渊明基本上是反现实主义的诗人》（1958 年 12 月 21 日《文学遗产》第 240 期），文中言："陶诗对现代的影响更坏。一些资产阶级文人把陶诗捧上了天。一些青年人也受了它的影响，在反右派斗争中畏缩不前，想当二十世纪的陶渊明。所以从陶诗对后世的思想影响来看，陶渊明也根本不像有些人所吹捧的，是什么光辉的现实主义诗人。"可以看出，此文主要是 1957 年反右派以来政治话语下借对"陶渊明基本上是反现实主义的诗人"的认定，批判现实中的资产阶级文人的右倾思想的。复旦大学中文系 56 级陶渊明专题小组《从陶渊明的评价问题看刘大杰先生的资产阶级观点》（1959 年 1 月 11 日《文学遗产》第 243 期，收入《陶渊明讨论集》时更名为《谈对陶渊明的评价问题——与刘大杰先生商榷》）一文，言"自从陈伯达同志对社会科学部门提出'厚今薄古'的要求以后，在古典文学的研究工作中揭露出大量'厚古薄今'的现象"，论文批判刘大杰观点的政治导向是非常明显的。据 1958 年 3 月 11 日《人民日报》报道，3 月 10

日中共中央宣传部副部长陈伯达在国务院科学规划委员会第五次会议上就哲学社会科学如何跃进的问题发表重要讲话，在这次讲话中，正式提出了"厚今薄古"的口号①。"厚今薄古"成为学术争鸣中正确思想的政治保障，使学术争鸣成为为政治服务的工具。由此可见，1958 年末《文学遗产》发起的对陶渊明的讨论，有着教育大改革中出现的极"左"思想的严重干扰的政治背景。

据高宇蛮编《文学遗产索引》，从 1954 年至 1963 年间，共发表陶渊明的研究文章 44 篇。而陈翔鹤主编《陶渊明讨论集》，共收集了《文学遗产》第 240 期（1958 年 12 月 21 日）至第 294 期（1960 年 1 月 3 日）发表的 25 篇陶渊明研究论文，占总数一半以上。附录三篇分别是发表在《北京师范大学学报》（1959 年第 2 期）、《北京大学学报》（1959 年第 2 期）及《扬州师范大学学报》（1959 年第 2 期）上的三篇论文。这 28 篇讨论陶渊明的论文，实际上从 1958 年 12 月 21 日到 1960 年 1 月 3 日，集中在 1959 年前后的一年多时间中。据《文学遗产》编辑部 1960 年 3 月《陶渊明讨论集·前言》介绍："本刊自 1958 年 12 月 21 日第 240 期发表一批讨论文章起，至今年 3 月底止，共收到有关陶渊明的文章二百五十一篇，约一百二十四万字。"可见当时陶渊明讨论之热烈。

从《陶渊明讨论集》中的文章看，以 1959 年 2 月 15 日《文学遗产》第 247 期编辑部《关于陶渊明的讨论——来稿综合报道》一文为标志，明显地分为前后两个阶段。与第一阶段（1958 年 12 月 21 日～1959 年 2 月 15 日）相比，第二阶段（1959 年 3 月 15 日～1960 年 1 月 3 日）中的文章明显地体现出讨论朝着学术方向的回归。第一，这种回归表现在一些文章能够对第一阶段文章在方法论上的失误进行反思的同时，强调应把陶渊明置入他生活的历史时期加以客观认识与评价，强调从陶渊明的作品出发，作具体分析。如曹道衡《再论陶渊明的思想及其创作》（1959 年 5 月 10 日《文学遗产》第 259 期）一文，就陶渊明讨论中研究者的态度与方法论问题提出了反思，指出应该从作品实际出发，而不是用先验的历史观点要求作家

---

① 关于"厚今薄古"提出的背景及当时的讨论情况，参见孙健《1958 年的"厚今薄古"大讨论》，《探索与争鸣》1999 年第 1 期。

必须反映当时的重大社会历史问题。如文中举北京师范大学中文系二年级二班第一组的同学认为陶渊明的时代是一个阶级矛盾、民族矛盾、统治阶级内部矛盾空前尖锐的时代，然而陶诗并没有反映出这一历史面貌，因此得出结论说陶渊明基本上是反现实主义的诗人。对于这种论证方法，曹先生指出："这显然是到社会史中去找出公式来套在作品之上，而不是从作品本身出发的。这种要求既不现实也不公平。在现存薄薄几卷的陶诗中，要求反映出当时的历史全貌，这本身就不大办得到。再说这样要求作家未免苛刻了，恐怕古今中外很少有作家能考得及格。"贾文昭《从陶渊明的讨论谈评价古典文学作品的尺度问题》（1959 年 5 月 17 日《文学遗产》第 260 期）一文，专从评价古典文学作品的尺度问题，认为持陶渊明"基本上是反现实主义的诗人"观点所用的评价尺度是很不合规格的，即表现在不从作品本身出发，不从作家所处的历史环境出发，不考虑抒情诗的特点等方法论上的失误，认为"尺度不合规格，是无法权衡出作品真正的成败优劣的"。而谭家健《〈桃花源记〉札记》一文，对《桃花源记》作了细致分析，对陶渊明做出肯定评价的同时，认为"那种以为《桃花源记》有某些消极成分，曾对历史上乃至现代某些感情不够健康的人发生过不良影响，于是就判决它是有毒素的，在文学史上起了反动作用，从而加以否定，这种看法，我认为是极端片面的"。第二，学术话语的回归表现在能用辩证发展的观点全面评价陶渊明。如北京大学中文系 56 级 4 班毛泽东文学社撰写的《试谈陶渊明的思想及其作品的人民性》（1959 年 3 月 29 日《文学遗产》第 253 期）一文，运用发展的眼光，具体评价陶渊明，如对陶作的人民性，文中认为"陶渊明的思想是在现实生活中不断发展，不断进步的，他对现实的态度也是不断变化的，由前期对统治者的幻想到后期与统治者的决裂和对统治者的否定，因而他的作品具有充分的人民性"。北京大学中文系文学史教研室教师、56 级 4 班学生共同撰写的《历代对陶渊明的一些探索》（1960 年 1 月 3 日《文学遗产》第 294 期），主要从学术史梳理的角度，讨论陶渊明对后世所产生的积极与消极两面影响，并认为"陶诗思想影响的两面性，除了因其本身具有两性之外，还因为被影响者取舍不同的缘故"，可以说是意识到作家与读者的接受之间的复杂关系，运用历史与辩证的眼光具体分析了陶渊明在文学史上的地位与影响。第三，学术话语的回归还表现在能够多角度地审视与探讨陶渊明及其诗作，如从陶渊明的个性特征、抒情诗的体裁、陶渊明的唯物主义思想和进步的生死观等方面，反映了研究者试图脱离主流意识形态的批评方式所进行的积极尝试。如罗根泽《三论陶渊明诗》（1959 年 3 月 15 日《文学遗产》第 251 期），特别强调了陶渊明的时代，"神仙家和佛家的迷信思想颇流行，他却批判了神仙家的'长生'说和佛家的'神不灭'说，而且坚决地拒绝了慧远和尚邀他到庐山加入白莲社。就文学发展中有现实主义和反现实主义的斗争，思想的基本唯物主义和唯心主义，则陶渊明显然是隶属于前者，不是隶属于后者的"。余振生《陶诗反映现实的特征》（1959 年 3 月 22 日《文学遗产》第 252 期），主要从陶诗作为抒情诗这一体裁的角度，对陶诗作了充分肯定，认为"陶渊明基本上是一个现实主义的抒情诗人，同时也是一个带有浪漫主义情调的抒情诗人"。而范宁的《对于陶渊明的一点理解》（《文学遗产》1959 年 11 月 29 日第 289 期），对陶渊明的个性与形象至为推崇，"读过他的诗的人，都会涌现出一个为了自由和正义的理想，在生活和生命统统失去保障的年代里，贫困而顽强不屈地过了一生的形象"。虽然此文在引用马克思列宁主义思想以论证自己观点时有着不当之处，以至于劳洪发表《为什么会有这样的理解》（1959 年 12 月 13 日《文学遗产》第 291 期）一文进行批评，但是范先生对陶渊明诗作个性特征的强调，在强势的政治话语时代是难能可贵的。第四，与稍前的批判游先生资产阶级学术权威的争鸣相比，此次陶渊明讨论的第二阶段，我们看到了三篇反批评的坚持表达己见的文章，即上文提到的罗根泽《三论陶渊明诗》、曹道衡《再论陶渊明的思想及其创作》及刘国盈《再谈陶渊明》（1959 年 3 月 15 日《文学遗产》第 251 期）。如刘文说："1954 年，我写了一篇《试谈陶渊明》的短文，发表在《文学遗产》第 22 期上。最近看到了北京大学陶渊明研究小组所写对我的批评文章（《文学研究与批判专刊》第二辑，《陶渊明研究批判》），读后，对我有很大启发，但是，也有一些问题，一时还想不通，所以在这里提出来，请同志们对我进一步地帮助。"文章进行了反批驳，并坚持己见："总之，我认为，陶渊明反映了饥苦、劳役、无神论思想、对污浊现实的不合作态度，再加上鲁迅先生所说的那些'金刚怒目'式的政治诗，同时也反映了时代的面貌，因此，断定陶渊明是一个现实主义的伟大诗人，大概不是什么过誉之辞吧！"1954年《文学遗产》就开展了陶渊明的讨论，大都在学术的范围内进行。刘文也可以说道出了此次陶渊明讨论试图回归鲁迅所倡导的客观、全面评价陶渊明的学术态度。三篇文章传达出了作者敢于持守己见的学术精神，且持说有据，体现出了学者在争鸣中应有的尊严，也成为陶渊明讨论中学术话语回归的显著体现。

尤其值得注意的是，在第二阶段的讨论中，以学生集体名义发表的论文，在研究态度上的改变。这一改变，一方面表现文章争鸣态度由政治向学术转向，另一方面也较鲜明地表现在学生与教师之间关系的改善，以及由此学生在教师指导下所得到的基本学术训练与学术水平的提升，与前段时间批评游先生《楚辞》时的学术大跃进的态势相比，学生们的学术态度与理念有了很大改观。记得2014年1月20日下午，我在浙江大学西溪校区图书馆前遇到了在校园中散步的原中文系系主任陈坚先生。陈先生得知我正在查找有关《远游》的学术史料，告诉我去年他在参与编写中文系系史过程中，查阅了《光明日报》上刊载的有关杭州大学中文系学生批评姜亮夫《屈原赋校注》的文章。陈先生说学生可能对姜老的著作根本看不懂，怎么能进行批判呢？后来他得知，那篇署名为中文系同学的文章其实是一位中年教师代笔的。无独有偶，彭庆生《高山仰止——忆游国恩先生》一文，回忆了当初参与批判游先生的《楚辞》研究时也谈到这种情况："1958年，北大开展'拔白旗'运动。中文系领导分配给我们班的任务，是批判楚辞研究的'资产阶级学术权威'，首当其冲的自是游先生，而从王国维、刘永济到姜亮夫无一幸免。当时我们是二年级的学生，中国文学史刚学到南北朝，大部分同学连上述各位先生的著作都没有读过，即令读过一点也未必读懂了。但'党指到哪里就打到哪里'，在总支书记的指挥下，大家一夜之间赶写了一批大字报，黎明时贴到了文史楼一层走廊的墙壁上。批了些什么呢？老实说，当时也不甚了然。只记得领导的意图是：集中火力批判先生的'屈赋四大观念'、'楚辞女性中心说'和'繁琐考证'。"这种以学生名义展开的所谓讨论，使学术争鸣呈现为不正常的政治批评。而几乎与此同时，北京大学学生在游国恩、林庚等先生的指导下开始参与编撰《陶渊明研究资料》，彭先生回忆道："这年冬天，上头布置：前一段，我们大破了资产阶级学术权威，现在要大立无产阶级权威，要打一场大搞科研的人民战争，占领学术阵地。按照中文系党总支的部署，55 级的同学编写《中国文学史》，我们年级的同学搞作家研究，分配给我们班的任务是和游先生、林先生、冯钟芸先生一起研究陶渊明。我很兴奋，又惴惴不安，刚给先生们刷了那么多火气冲天的大字报，他们能和我们一起搞科研吗？"① 游宝谅《游国恩先生年谱》中记载 1958 年 8 月"'拔白旗'运动开始不久，郭沫若在科学院一次大会上，在鼓励大家要超过'资产阶级权威'时号召说，'在掌握资料上要超过游国恩'。先生对青年学生对他的'批判'并不存什么芥蒂。他也不同意当时在文学史方面极'左'的和反历史的观点，如以现实主义和反现实主义的斗争来概括我国古代文学的历史，以民间文学作为我国文学的正宗和主流，以及在评价作家作品时，对政治标准和艺术标准掌握上的某些片面性观点等"②。游先生对待学术的态度，与《文学遗产》陶渊明讨论中的导向是一致的。游先生并以师长的宽厚情怀认真指导着学生进行陶渊明资料的搜集与整理，游宝谅《游国恩先生年谱》中记载从 1958 年底到 1959 年，"在批判'资产阶级学术权威'的基础上，同学们展开大规模的科研活动，以'树立无产阶级权威'，并向国庆十周年献礼。中文系 1956 级一个班的学生分工研究陶渊明，与先生合作。最后决定在先生指导下编纂《陶渊明研究资料汇编》和《陶渊明诗文汇评》。材料搜集之后，在先生帮助下制定了编纂体例。但在初编时，对要把收录到的 336人的 400 多种著作中的有关资料完全按时序排列却遇到了困难。这一难题交给先生后，他只用三天时间就把这跨时一千多年的资料顺序排定了。后来他又花了大量时间对全稿进行校正，然后由同学将书稿交到中华书局付印。"③ 正是这一最为基础的学术训练以及躬行示范，使得北京大学学生参与陶渊明讨论时，能够历史地、客观地、辩证地看待与评价陶渊明，这与游先生对学术的持守与学者风范密不可分。在游先生指导下编纂《陶渊明研究资料汇编》和《陶渊明诗文汇评》，与北京师范大学中文系师生编的《陶渊明研究资料》一起，汇编而成《陶渊明资料汇编》，1962 年由中华书局出版。时至今日，这本资料汇编依然是研究陶渊明的重要参考文献。游

---

① 《文教资料》，2000 年第 3 期。
② 《淮阴师范学院学报》，2002 年第 1 期。
③ 《淮阴师范学院学报》，2002 年第 1 期。

先生虽然在这场陶渊明讨论中没有撰写文章，但是他对学术的持守与对学生的指导，无疑已经充分体现在这场学术讨论之中了。《文学遗产》发起并刊载的陶渊明讨论文章，给我们提供了感受这位对《中国文学史》书写作出重要贡献的学者的品格的重要信息。另外，这一年多来学生对陶渊明态度的改变，在《陶渊明讨论集》中北京师范大学中文系所写的《陶渊明基本上是反现实主义的诗人》一文的附记中也有明显地反映。此文最初发表在 1958 年 12 月 21 日《文学遗产》第 240 期上，收入《陶渊明讨论集》中时，该文作者"北京师范大学中文系三年级二班第一组同学"于 1960 年 3 月 31 日撰写了"附记"，对该文作出了自我检讨："这篇文章是 1958 年教育大革命中我们结合课堂讨论写成的。在这以前，右派分子和一些资产阶级专家借尸还魂，歪曲古代文化遗产，公然宣扬陶渊明诗中的消极因素，借以毒害青年。我们为了击退资产阶级的猖狂进攻，为了使无产阶级思想占领科学研究的阵地，就写了这篇文章。但由于我们对毛主席的文艺思想学习不够，再加上当时是初学古典文学，掌握的资料不够全面，因而今天回头来看，就学风有一些不妥之处。如用'反现实主义'来概括陶渊明这样一个比较复杂的作家，就是不够全面的，对于陶诗的历史主义评价问题，还有待进一步研究。今后我们在这方面还要不断努力。"作为《陶渊明讨论集》的首篇文章，也是否定陶渊明的代表性文章，但是这则"附记"，虽然还存在政治话语，但编辑部的这种编排，还是可以看出一方面表现了北京师范大学学生经过讨论后对陶渊明态度的转变，另一方面也以这种方式说明这场陶渊明讨论的最后认识。

《文学遗产》编辑部《陶渊明讨论集》"前言"是这次陶渊明讨论的总结性文章。"前言"一方面对这次讨论做了五个方面的总结，目的是"试图把讨论的情况向读者勾勒出一个轮廓、清理出一条线索，以便以后的探讨"；另一方面，通过陶渊明研究从学术上总结了古典文学研究两个重要问题：一是要正确地运用现实主义和反现实主义等概念；二是要用马克思列宁主义的历史主义观点去对待古代作家作品。前一个问题的重要正如上文指出的，这是引起陶渊明讨论的重要原因；而第二个问题则反映了《文学遗产》在参与这场讨论时在方法论上给予的坚持学术话语的导向，强调"我们对古代作家和作品进行评价时，必须对具体问题作具体分析，既反对盲目的肯定，也反对简单地肯定，而应该考虑到古代的作家和作品在当时的历史条件和客观环境中所能达到的思想水平和对当时社会所起的作用，同时也要考虑到他们在文学史的发展过程中所起的作用和它在今天的意义。我们必须在马克思列宁主义的指导下，对文学遗产采取批判的态度，依据客观事实，作出科学的令人信服的结论来"，这一强调具体问题具体分析、历史辩证地学术研究态度与方法，显然是对当时学术研究意识形态化的积极反拨，与何其芳 1959 年 6 月 17 日在中国作家协会和中国科学院文学研究所召开的文学史问题讨论会上的发言精神是一致的。作为主编，陈翔鹤虽未直接参与撰写讨论文章，但是从《文学遗产》发起陶渊明讨论、讨论中间对众多来稿的综合报道、引导，以及《陶渊明讨论集》"前言"对此次讨论的总结，以及对来稿的遴选及编排，虽然都是以"编辑部"的名义刊发的，但我想这应该主要凝聚了陈先生的心血，体现了陈先生对陶渊明讨论所持的学术态度以及积极参与学科建设的办刊理念。在那种特殊年代，经过争鸣，争论双方均认为陶渊明是一位现实主义诗人，双方基本认同其归隐所体现的不同流合污的品格以及《桃花源记》体现的积极价值，应该说这场讨论结果，达到了那个时代的学术高度。

三 《文学遗产》的特殊历史地位

围绕着屈原与陶渊明而展开的十年论争，迄今已经过去半个世纪。当年参与论争的很多作者，多已进入《文学遗产》的历史，也进入了共和国的学术史。这一事实让我触动，由此而萌生了两个感慨。

第一个感慨是为《文学遗产》的特殊地位而发。《文学遗产》不仅是学术刊物，同时也是那个时代学术生态的载体。通过《文学遗产》这个视角，走进争鸣，重读争鸣，可以打破我们对《文学遗产》争鸣空间形态的片面认知，改变我们审视与评价这一时期争鸣文章的视角，从而对这一时期历史记忆有着更为深切的体验，对那个时代的学术生态有着更为真实的认知。

目前当代文学对新中国成立十七年文学研究热情颇高，这一热情的产生，与当代文学研究者总有着试图突破十七年文学"完全单一、苍白的想象"与整体评价、寻求那个时代"异端"声音的探索精神有关①。而古典文学研究领域，因其研究对象存在历史跨度，又因对新中国成立十七年学术争鸣的政治色彩的历史记忆，使得我们在对某一问题进行学术史梳理时，有意或无意地疏忽了对这一时期争鸣文章的关注。即或关注，大都从十七年政治记忆的角度进行价值评判。对这一时期争鸣进行反思与批判是必要的，但若不走进争鸣，不重读争鸣文章，不仅会看不到当时所取得的成绩，而且还会误读争鸣。如《中国大陆（1921~1990）发表出版陶渊明研究成果的特点》一文云："考察七十年的研陶历史，也应该指出，极'左'思潮曾一度严重地干扰了陶学研究的正常开展。君不见，在高举'以阶级斗争为纲'的年月里，'陶渊明基本上是反现实主义的诗人'，受到冷落、歧视，受到指责、批判。这种'一面倒'的研陶现状，就是当时畸形的学术风气的真实映照。近十多年来，由于坚持以马克思主义为指导，坚持了实事求是的思想路线，浓烈的、健康的学术风气，不仅使陶学研究回归了正确轨道，而且获得了空前的发展。这是有目共睹的事实，在此毋需赘言。"② 此文所举例子正是当年那场陶渊明讨论，所得结论却不正确。该文说陶渊明在那场讨论中被认为是反现实主义的诗人，而受到冷落，并认为当时出现了批陶的"一面倒"的现状，显然与事实不符。

今天来看，《文学遗产》以周刊之频率，刊载争鸣文章之多、争鸣时间记录之清晰，不仅在宣传屈原爱国主义精神的背景下，推进了屈原研究的深入；而且就《文学遗产》这一园地本身，也给我们呈现了一个时空相连、变幻纷纭的争鸣空间：《文学遗产》在刊发批判"资产阶级学术权威"游国恩文章的前后，同时刊发了虽然数量不多却极为珍贵的针对郭沫若《远游》观点的商榷性论文；在开展有纠"左"意识的陶渊明讨论的同时，在《文学遗产》的另一擂台上同时又擂响书写文学史的"大跃进"的战鼓。学术话语与政治话语在《文学遗产》园地中同时出现，争鸣方向的不时转动，前后映连；争鸣的空间形态，复杂纷呈，改变了以前我对《文学遗产》争鸣的苍白印象与对争鸣空间形态的片面认识。更为重要的是，对《文学遗

---

① 详参洪子诚《问题与方法——中国当代文学史研究讲稿》，北京大学出版社，2010，第67页。

② 张驰、慕陶：《中国大陆（1921~1990）发表出版陶渊明研究成果的特点》，《九江师专学报》1992年第2、3期。

产》争鸣空间形态的重新认知，改变了我对《文学遗产》十年争鸣性文章的审视视角，即将那些商榷与批判的争鸣性文章纳入当时整个学术生态中加以审视。我们今天看来对屈原爱国主义的导向性宣传，在当时却是一种集体认同的学术宣传活动；在我们今天看来严重背离学术话语的批判性文章，在当时却是以无产阶级学术观点的正确姿态可以堂而皇之地进入《文学遗产》园地。可以说，政治色彩强烈的批判性文章与表达商榷意见的文章、被批判者的放弃学术争鸣的沉默以及反批判的争鸣文章共同构成了《文学遗产》园地的争鸣景观，呈现了那个时代真实的学术生态。因而，从整个学术生态角度审视争鸣，我们可以对历史获得新的认知：正是那些对郭沫若等人屈原研究的商榷文章，打破了宣传屈原爱国主义精神时求同存异的僵化局面；正是对"资产阶级学术权威"游先生的政治性批判文章，突出了针对郭沫若商榷性论文刊发的可贵；正是一些高校学生对一些文学史论著的猛烈批判及对红色文学史书写的大唱赞歌，才凸显《文学遗产》发起陶渊明讨论时回归学术话语的导向及在高校学科建设中所起的作用；学生对《楚辞》专家的批判反映的政治运动干预高校学术教育的荒谬，恰能凸显陶渊明争论中在正常的学术训练下学生态度转变及回归学术话语的可喜。《文学遗产》呈现的学术生态，正是新中国成立十七年主流意识形态与频繁政治运动在学术争鸣上的反映。政治运动发起的争鸣之弊易见，只有把政治批判性的争鸣文章置入当时的学术生态中加以审视，才能使苍白的历史记忆变得鲜活，从而提升我们评价历史时的理性态度。这种理性不是漠视政治批判性争鸣文章以学术争鸣的方式摧毁正常的学术生态的危害，恰恰相反，只有将其纳入当时学术生态的有机整体中，才会发现被政治记忆遮蔽了的历史碎片，重组历史记忆，从争鸣中捕获到一些值得我们珍视的无形遗产。那就是《文学遗产》编者与一些学者，在有限的话语空间中，评价古代作家作品时所秉承的求真务实的学术态度。《文学遗产》头10年对学术话语的持守所凝固了的学术文章，其学术的深度与广度，在某些方面与经历60年风雨后的今天的《文学遗产》可能无法相比，但是我们对这份持守的价值的看重，与其说是学术上的，毋宁说是对持守良知的学术精神的推重。这些淹没于沉重政治记忆下的可贵历史碎片，犹如几颗星星闪烁在历史的天空上，让我们面对这份沉重的政治记忆时能够得到激励。

第二个感慨是为《文学遗产》首任主编陈翔鹤而发。这篇文章的副标题是"陈翔鹤先生主编《文学遗产》十年有感",出于两点考虑,一是《文学遗产》1963 年 6 月 9 日停刊,1964 年 6 月 7 日复刊的《文学遗产》周刊改由《光明日报》接办,到 1966 年 6 月 12 日停刊,内容上也有较大的改变,不是专门研究中国古代文学,而是兼容外国文学研究等①;二是我更想通过这个副标题表达我对这位主编的深深敬意。最初对陈翔鹤先生产生敬意,是因陶渊明。将陶渊明与陈先生联系起来,是因关注了陈先生 20 世纪 60 年代初在《人民文学》上发表的两篇著名的历史小说《陶渊明写〈挽歌〉》和《广陵散》,以及《文学评论》及《人民文学》上刊载的对这两篇小说的批判性文章,并由此了解到陈先生发表这两篇小说的政治背景、陈先生的为人以及他的令人扼腕痛惜的人生结局。上文论及《文学遗产》发起的陶渊明讨论,虽然有着当时的政治背景,但是之所以选取陶渊明讨论来反思、扭转文学史书写中极"左"思想的严重干扰,我想应该与主编陈翔鹤先生的学术旨趣与学术理念关系甚密。冯至在《〈陈翔鹤选集〉序》中回忆陈先生与他的一次交谈时论及的对这次讨论的看法:"从一九五八年到一九六〇年,古典文学研究领域内曾开展过一次关于陶渊明的讨论,大部分文章都在《文学遗产》发表。翔鹤作为刊物的主编,自然也要对陶渊明做较为深入的研究。他认为,这样的讨论对于推动古典文学研究的开展是有益的,但大都是围绕着陶渊明的诗歌是否现实主义,有多少现实性和人民性等问题进行争论的,而对于诗人的思想和内心活动注意不够。陶渊明具有朴素的唯物主义思想,有生必有死,是自然的道理,'佛家说解脱,道家说羽化,其实这些都是自己仍旧有解脱不了的东西'。陶渊明就是从这种思想出发,为自己写出《挽歌诗》三首。"② 陈开第《陈翔鹤与〈文学遗产〉》一文也提到《文学遗产》陶渊明讨论与陈翔鹤先生创作《陶渊明写〈挽歌〉》之间的关联:"《文学遗产》在 1958 年底至 1960 年之间,曾经发起一次关于陶渊明的讨论。当时发表的文章,后来编为《陶渊明讨论集》。我父亲对魏晋六朝文学素来比较爱好,而对陶渊明及其诗歌尤其欣赏。他

---

① 《〈文学遗产〉大事记(1954～1995)》,载《文学遗产纪念文集——创刊四十周年暨复刊十五周年》,文化艺术出版社,1998,第 195 页。
② 《文学评论》1979 年第 3 期。

要想写一篇关于陶渊明的思想与风格的文章，参加讨论，却又觉得那时候在自己主编的刊物上发表文章参加讨论不大合适，就作罢了。1961年父亲在休假期间写了一篇小说《陶渊明写〈挽歌〉》，将他对陶渊明的理解融入了小说之中，塑造了一个栩栩如生的陶渊明的艺术形象。"① 可以说，陈先生《陶渊明写〈挽歌〉》，正是用历史小说的方式，试图从唯物主义角度解读陶渊明的生死观，反映了陈先生对陶渊明内心世界的一种关注。对陶渊明的强烈关注及认为《文学遗产》讨论的不足，是陈先生创作《陶渊明写〈挽歌〉》的重要背景之一。关于陈先生创作的两篇历史小说在20世纪60年代遭遇的命运，当代文学研究多有论及，我们这里所想指出的是陈先生这两篇历史小说与陈先生学术旨趣的关联。很显然，从小说的标题就可以看出，它主要反映了陶渊明朴素的生死观，一个人假如能够勘破生死，他又何惧生活中的任何艰难，而且能达到内心的安稳与知足。正是这种强大而淡然的内心，使得陶渊明能脱离官场、摆脱佛教，能够安心地享受田园生活。小说中的一些生活细节属于虚构，但对陶渊明生死观的理解，都有着陶渊明的诗文作为详实的资料来源，渗透着作者试图脱离当下陶渊明讨论中现实性、人民性评价的条条框框，关注陶渊明内心世界的学术旨趣。这篇小说发表于陶渊明讨论结束后的次年《人民文学》（1961年11月号）上，可以说是一位主编所发出的刊外观点。陈先生的这种学术旨趣以及特殊的主编身份，让陶渊明讨论最后呈现的，不仅仅是结集了一本《陶渊明讨论集》，为后人留下了一份研究陶渊明的学术研究成果，更为重要的是给后人留下了一代学者一份厚重的回归学术话语的冀望与努力。陈翔鹤先生以这样一篇具有独特学术视角的历史小说，也以生命的代价，不仅将自己与陶渊明联系了起来，同时也将《文学遗产》与陶渊明关联了，并由此让《文学遗产》头10年增添了一份学术气质与持守学术话语的学术精神，多了一份给予后世的无形遗产。《文学遗产》最终以十几年沉默的代价，让《陶渊明写〈挽歌〉》成为陈翔鹤先生的挽歌，也成为那个时代的挽歌。

这次为纪念《文学遗产》创刊60周年而撰此文，从争鸣的角度让我体会到了陈翔鹤先生的办刊理念，让我对这位主编又产生了一份敬重。卢兴

---

① 《新文学史料》1999年1期。

基回忆当时陈先生组织《文学遗产》讨论的话题时说："当时每一个论题的讨论，都是在周密的计划中有序地进行，并非随心所欲，讨论中也能做到围绕中心，有所引导，而不随波逐流。主编陈翔鹤非常重视抓每年的讨论计划。根据当时学术研究的现状、发展的趋势，研究者的心理动态确定重点。所以讨论时有针对性，有中心，即使处在某种以政治代替学术的批判运动中，也尽可能地让不同的学术观点发表出来。陈翔鹤经常说：'只要有一得之见，持之有故，言之成理的文章，我们都要让它发表出来。'"① 从屈原及陶渊明讨论的文章看，确实体现了陈先生对当时研究现状的准确把握。卢先生所说的"处在某种以政治代替学术的批判运动中"的政治批判色彩浓重的争鸣文章，我们今天视作是对学术园地的污染，但在当时却被看作无产阶级占领学术园地的重要标志。难能可贵的是，作为主编的陈先生可能无法阻挡拔白旗、插红旗的荒唐行为，但是他说要"尽可能地让不同的学术观点发表出来"，守住了这一园地的争鸣底线，虽然在他组织的各种争鸣中，争鸣的趋势并不是作为主编的陈先生一人所能左右与掌控的。如《文学遗产》在发表批判游先生"资产阶级学术权威"的文章时，同时刊发了《编后记》，中言："我们认为学术中的问题必须得通过百家争鸣、自由论辩才能取得比较圆满的解决。因此，我们欢迎游国恩同志和别的同志也来参加讨论。"虽然游先生在那个特殊年代未撰文捍卫自己的观点，但是作为刊物毕竟在《编后记》中表达了刊物的态度。而据穆欣《办〈光明日报〉十年自述》，在批判"资产阶级反动权威"的学术思想批判中，"许多具有明显倾向性的版本安排，一些简单的批判文章，用词尖刻的标题制作，尤易使被批评者感到压抑，不利于师生心情宽舒、无所顾虑地参加运动，敞开思想、畅所欲言地进行争鸣。"② 这也许就是游先生沉默的重要原因。而在此后的陶渊明讨论中，我们明显地感到陈先生在陶渊明讨论中所起到的积极的引导作用，而这一引导作用之所以能收到预期效果，除了上文谈及的陈先生对陶渊明的深刻理解与学术旨趣相关，也与1958年11月郑州会议到1959年7月庐山会议前八九个月的时间中，中央领导全党为纠"左"所

① 卢兴基：《建国初期在〈文学遗产〉上展开的学术讨论》，载《文学遗产纪念文集——创刊四十周年暨复刊十五周年》，文化艺术出版社，1998，第155页。
② 穆欣：《办〈光明日报〉十年自述（1957~1967）》，中共党史出版社，1994，第108页。

进行的初步努力有关。1958 年 12 月毛泽东在一份反映过火的和错误的批判知识分子情况的材料上批示：将此件印发给全国一切大专学校、科学研究机构、文化艺术团体、新闻出版机关的党委、总支、支委阅读和讨论，"端正方向，争取一切可能争取的教授、讲师、助教、研究人员，为无产阶级的教育事业和文化科学事业服务"①。可以看到，1958 年末发起的陶渊明讨论正是这一时期对知识分子思想改造相对宽松的时期。因而，在《陶渊明讨论集》中我们读到了罗根泽、刘国盈、曹道衡三位先生的反批判文章，看到了在争鸣中学生对陶渊明态度的基本改变，感受到了政治话语向学术话语的回归。陈先生在"文革"期间被逼写下的"认罪书"，其中交代了三条错误："一，一九五八年，我曾提出过反简单、反粗暴的意见，并曾向在本刊受到过不正确批评的老专家道过歉。此外还提出过发表有'一得之见'，不要求每篇都要有批评文章。二，一九五九年，我提出过文章可以分为'有益、无害、有害'三种。大意是指无害的也可以发表。三，一九六一年，在文艺工作者座谈会后，我曾提出应加强发表艺术分析的文章。"②而这三条"罪状"正是学术刊物的最起码的底线。虽然在那样的特殊年代，可能会出现这样或那样的失误乃至错误，我想这些本不是陈先生所希望看到的，或者说刊发政治批判性的争鸣文章来批判资产阶级学术思想，也不是他发起争鸣的本意。可以说，正是陈先生具备了持守学术的学术旨趣与办刊理念，对奠定《文学遗产》在古典文学研究领域的崇高地位做出了重要贡献。

[作者单位：浙江大学人文学院]

---

① 参阅胡绳主编《中国共产党的七十年》，中共党史出版社，1991，第 325 页。
② 陈开第：《陈翔鹤与〈文学遗产〉》，《新文学史料》1999 年第 1 期。

古典文学研究散思

——《文学遗产》2011 年编委扩大会议（北京）的发言

陈引驰

　　传统文学的研究一直是现代学术的重要部分，一个世纪以来的成绩是毋庸置疑的。不过，说实话，当下很多的专业研究和知识生产，有挺严重的意义危机，不少所谓的课题，是学术体制化运作过程中自我产生的，这些问题会不断地复制，其实却没有什么特别的意义，说得夸张些，它们根本是赘余性的，无关大体。这样的感觉大概许多先贤时贤都有，且不必多言。有一个问题，私意以为可能值得一说。总体而言，传统文学的研究，从事者一般好像缺乏理论性思考和反省的冲动，而一个学术领域或者一个学术共同体对一些基本的问题，需要共同思考，最好形成大致的共识，由此展开的学术工作才有方向感，才有真正的学术积累和传承。学者间如果没有一些基本的共识，要形成交流和讨论就挺难的，各自做各自的工作，而他们可能都是在若干很小的方面进行，有片面性，对理解中国文学的传统未必有多少意义。

一

　　在传统文学研究领域谈共识很难，有多少议题能得到较多学者的认可呢？从事研究的学者各有各的关注，或许共同的话题及共识不多；但正因为不多，才更有必要来考虑。如果就个人来说，以为围绕着传统文学的研究也即通常教研体制中所谓的文学史研究，许多层面都值得更进一步思考。

文学史，当然是一个历史的展开，有一个时间的维度。以往对中国文学历史的分期，考虑不可谓不多：或者基本依朝代分，或者就大的历史时段区别上古、中古、近世之类。这当然都是有其道理的。不过，是不是可以从另外一个角度来想：观察文学历史上对于文学传统的认同，或许整个中国文学的历程可以分为三个大的时段，如果允许不太恰当地借用德国哲学家雅斯贝斯的讲法，中国文学历史的长河之中相应地存在三个轴心时代。雅斯贝斯《历史的起源与目标》里讲的轴心时代，是指公元前 500 年前后，当时的中国、印度、古希腊等都产生了一些重要的思想家，塑造了各自特定的传统，这个传统一直延续下来，决定了此后各自文化发展的方向。今天我们得了解，传统不仅仅是前代传下来的，很大程度上也是被后来者认同和延续而成立的，人们往往是回过头去追溯这个传统的起源，因而它便成为后世的资源，得到持续的展开。从这个意义上说，如果观察中国文学的流程，历代的文人们常常会不断回过头，回溯他们自己所认同的精神源头，重新思考文学的核心问题和价值；那被一再回溯的时代或许即可认为是所谓的中国文学的轴心时代。

中国文学传统里可以算作轴心时代的，大致有三个。第一个时代当然是先秦，儒家和道家都是在那个时候形成的，它们是所有文士的精神传统，没有一个传统文人不接受这种影响的；然后与文学直接相关的，当然就是所谓诗骚传统，那个时代里产生的《诗经》和《楚辞》，其影响非常之大，直至中古时代，几乎所有的文学想象和造作，都被认为与它们有联系：汉代的司马迁为自己的写作寻找先驱的时候会提到"诗三百大抵圣贤发愤之所为作"，直到鲁迅赞誉《史记》，除了"史家之绝唱"，还有一句是"无韵之离骚"；南朝的钟嵘《诗品》疏理五言诗传统，分别了"国风""小雅""楚辞"的脉络，他最推重的可能是曹植，"陈思之于文章也，譬人伦之有周孔，鳞羽之有龙凤"，这几乎可谓标举曹植为诗圣了，有点儿像后世讲杜甫是诗圣一样，那为什么呢？《诗品》里评他"情兼雅怨"，也就是包含了《诗经》和《楚辞》两个传统；直到盛唐，高歌"屈平词赋悬日月"

的李白，也同时慨叹"大雅久不作"。诗骚流被之深广，可以举出无数的例子，表证了一个时代。

第二个是唐宋之际。从大的历史上讲，日本内藤湖南以来的唐宋转型说，指向的自然是整个历史形态，而文学也未必不是这样。由此而下，从后世的回溯里可以看到，唐宋之文学成为第二个轴心时代。后世的文学评品和判断，从创作者来讲也好，从评论者来讲也好，往往会在唐、宋之间较论，最典型的比如唐诗和宋诗之争，因为宋诗走与唐诗不同的路数而确立其"宋调"，于是你是学唐诗的还是学宋诗的分别、唐诗和宋诗优短高下的争论一直存在绵延不绝；唐宋古文也变成典范，与宋诗反着唐诗建立自身地位不同，宋文接续唐代古文，更趋平易畅达，可能也有分歧，有的人会说秦汉文章更好，秦汉文章比唐宋的境界更高，但不管怎么样唐宋文章也是一个不断被回溯的传统。中唐以后文学世界的变化非常之大，从文学本身看来也有非常大的变化。先说时代的核心文类的转移。之前南朝到唐代的文学，大的变化是从赋到诗，诗逐渐取代了赋的位置，地位越来越高。汉代以来，南北朝那个时候，赋的地位一直很重要，比如《世说新语》的"文学篇"，前半部分讲学术，后半部分讲文学，这后半部主要涉及文学的评论显示出赋的地位是第一的，关于赋的评价大概有十条，而有关诗的评价是六条。那个时代里什么是文人？我觉得就是一个赋家，能作赋是一个真正的文人的标志，北朝的史学家、文学家魏收说过"会须作赋，始成大才士"，一个文人如果不会写赋，肯定不是第一流的文人，或者说不是一个居于文坛核心地位的文人。每个时代文人的意味并不一样，现代称一个人是文学家，或许因为他能写小说，而从六朝到了唐代，一个文人渐渐意味着他是一个诗人。此外，具体一个文类内部的变化，比如所谓"古文"的兴起，与之前的骈文相对而言，两者追求的目标非常不一样，骈文凸显形式之美，要词藻华彩，要骈俪对偶，要声韵和谐，但古文对这些并不措意，甚至截然相逆。再有如文学类型的多元，唐代的传奇，实际是中唐之后发达起来的，很多重要的单篇和集子，都是那以后出现的；还有比如俗文学的发展，之前也有，像谣谚、民歌之类，但贴近观照，"以火来照所见稀"，或许是历史遗存的缘故，现在回头去看，依稀仿佛，纵观整个中国文学史，实际从中唐以后才看得到通俗文学的日渐繁茂，包括口头的说话、变文的讲唱等等，唐宋之际，俗文学和雅文学才真正形成一个分庭抗礼的关系。很多很多现象都表明，这个时代里文学的变化非常大。清代的叶燮提到过所谓"中唐""乃古今百代之中，而非有唐之所独得"，他虽然讲的仅仅是诗这一文类，但不妨扩展到对整个文学的观察。

第三个时代应该是"五四"时期，这是巨变，是 3000 年未有之变局，最直截了当地说，要理解中国现代文学，必须将其放在一个世界的背景里看，中国文学是一个错综交合的世界文学格局中的一部分，而远远不是诗骚传统或唐宋之争等议题可以概括得了。

首先，关于文学的观念发生了根本性的变化，西方文学观流行。中国文学传统在 19 世纪之后，随着变化了的政治和文化形势，发生了根本性的转变。最核心的便是异域的文学因素，尤其是西方的文学经验进入中国文学流程之中，内在地决定了中国现代文学的走向。只看胡适论证白话之必要而以西方文艺复兴之后从拉丁文的一统天下走向俗语文学为论据，就可以知道时代已然不同，回想章太炎主张俗语，尚从有益于引车卖浆者流理解的角度立论。对"文学"的理解，与以往渐行渐远。在现代学者的视野中，"文学"，是一种创作主体以语言为媒介、自我表达的美的创造。中国文学传统中，类似近代西方那样主要涉及美的、自我的和创造的文学观念，从来不占主导地位。传统文化视野之中的"美"，从来没有占据至高的地位：儒家相信"美"必须与"善"结合，"美""善"兼备、"尽善尽美"才是值得推崇的；而道家则主张"本真"是高于"美"的范畴，所谓"朴素而天下莫能与之争美"。

其次，作为文化活动的文学，由作家、作品和流通三方面观察，变化亦甚为深刻。（1）先言作者一端，现代的中国作家，其生存环境发生了彻底改变，传统"学而优则仕"的上升通道，在 1905 年废除科举制后被破坏，文人在社会上安身立命的基本，发生了与以往完全不同的变化，以往写作是业余的事业，而现在乃成为主要的人生道路。近代的文化制度也提供了近现代型态的文人发生和存在的可能，通过报刊、书籍的出版，文人有了卖文为生的可能。如此多的人以此为其个人的预期生涯是前所未有的，虽然他们中间大多数其实无法赖此为生。（2）而就文学文本言，不同既往的，第一，当然是语言，近现代的文学语言，趋向白话文而背离文言是一个基本方向。此外，还有一个特别的情形，即多种语言表达的混杂并存：白话和文言之间，中文与外语之间，如林语堂这样的双语作家。第二，作品的主题和内容，较之以往，显见很不相同。比如自由恋爱、比如乡土中国等题材在现代小说中甚为突出，前者的缘故在当时的作者以及读者多为青年学生，而后者则主要因为不少作家是从乡土中国走向沿海城市的。文学书写之中出现的图景和风貌，相对过去的文学传统，无疑是新鲜的。（3）再就文学的传布流通来看，现代也发生了深刻的变化。两宋逐渐进入刻本时代之前，是所谓的抄本文化时代，文学作品依靠传抄流传，而在现代出版条件下，出版文化的因素直接介入、烙印在文学作品之中，比如作品是以主要面向陌生人世界的规范化的形式如刊物、报纸等在媒体上登载的，可以想象，连载的方式对文本内部的组织结构、情节节奏、叙事策略等都将有深深的影响。

再次，就文学发生的场域而言，近现代文学发生的地域空间及中心，与以往相比也有了很大的变化，现代文化的萌生空间甚至远在传统意义上的中国之域外，许多的文学主张、许多的文学创作、许多作家最初的文学活动都是在海外开始的，或许这可谓之"现代文学乃至现代文化的域外起源"。这一现象的出现，与中国文学向世界敞开的历史进程，恰相契合。我们终于进入了"世界文学"的时代。在这个时代里面，民族国家的边界已经无法构成最后的界限：文学在哪里创作出来固然仍具有意义，但文学的灵感和资源则根本无法以特定的地域、种族等时空因素来界定了。

最后，值得提到各文学类型的消长。（1）诗歌曾长期是中国古代最重要的文学类型，而现代变化最大的文学类型恐怕就是诗歌了：传统的诗体逐渐边缘化，成为个人性的或者离散性群体的文学类型；与此形成对照的是，白话诗成为主要的诗歌体式。更重要的变化，是与传统基本隔膜的一代诗人起来，他们的文学资源、想象方式和诗歌技巧都源自域外，可以说是西方文学经验移植的结果。比如穆旦就学西南联合大学时是诗人和诗论家燕卜逊（William Empson）的学生，从那里亲承现代英文诗的传统，而对于传统，他的同学王佐良甚至说他的好处就是对中国古典的完全无知（Mu Dan triumphs by a willful ignorance of the old classics）。或许可以说，新诗最好的作品其实出自一些对中国既往传统完全陌生的心灵，他们是永不回归的游子：穆旦则在不能写诗的岁月里成了一个翻译家，我们会永远感激他翻译了《欧根·奥涅金》和《唐璜》。（2）而众所周知，随着诗歌作为中心文类之地位的转移，现代中国文学的主导文学体式无疑是小说；其实，这是传统中最受贬抑的文类，甚至较之戏曲更等而下之。（3）很有必要提出翻译文学在中国现代文学中特殊重要的地位。首先，从穆旦已能看出，域外文学尤其西方文学，是现代中国文学最重要的精神传统；其次，现代翻译文学，在白话文学语言的锻炼上，大有贡献，现代白话文无疑深受欧式语法的影响，这种糅合汉语传统和西方文法的新语言，按照王小波《我的师承》的意见，主要是在大量的翻译中得到实践乃至成熟的机会；就现代文学流程中翻译文学的参与程度而言，恐怕最前所未有的事情，发生在20世纪50～70年代：当新的政治格局使得文学走向极端境地的时候，是翻译文学保存了"五四"以来源自域外文学的文学精神传统连续不辍，使得有意于文学的一代人多少对真正的文学保守了恰当的趣味而不坠，这种必要的文学教育是20世纪80年代以后文学复兴的基础。

综而言之，以上列述的各方面，如文学观念的变化（文以载道到言志抒情）、作者和读者的身份变动（贵族士人到科举平民）、文学语言的刷新（骈偶到古散）、文学类型的消长（赋到诗及俗文学之兴起）、流通方式的改变（抄写到印刷）、翻译的盛行和影响（佛经翻译）等，在既往的文学史上，都曾经发生过；但没有任何一次变化是如此集中而交错，在如此有限的时间里展开，这样的变折根本性地改变了文学的生态和格局。回到关于中国文学轴心时代的话头，这些变折的情状，不是既往的两个轴心时代的文学所能涵括和荫蔽的，不得不说，这是一个新的文学时代的开始，像这样一个构架，或许很迂阔，甚至未必妥当，但我自觉，一定得有大的看法来看待整个文学历史的过程，在这样的概念里边来把握文学史。如果仅仅依朝代观察自是不够的；如果仅仅在有限的范畴中合并若干个朝代，应该也不够，要有一个大的视野。绝大多数的具体研究不必都涉及大问题、大看法，但这些大问题必定会呈现在真正重要的学术工作背后，应该是考究古典文学的学术共同体一同关切的，如果有一个共识的基础，那么才有对话沟通的余地，不仅在文学研究的学术体内部，而且在整个传统中国研究的学术体之中。

二

对于整个传统文学的历史脉络做鸟瞰式勾勒，而观察具体各时代文学的特点是不是也可以有些基本的认同？文学作品本身有一定的共性，比如诉诸情感、比如形式表现等，很重要，也是文学自身存在和具有特定价值的关键。不过，要谈理解、研究传统中的文学，还要考虑很多很重要的因素，而每个时代有每个时代的特点，需要特别关注。

比如早期文学有很重要的两个背景因素，首先，它是礼仪文化的一部分，比如《诗经》是周代礼乐文化的一个部分，这是不能够分割的；再者，它和音乐文化的紧密关系，当时诗和乐是结合的，比如颂和舞蹈的关系。很多东西从这个角度去看，才能理解。最简单的，比如说重章叠句，只有从音乐上去理解才是合适的。骚也是，《楚辞》有很多争论，有人认为是民间的祭祀，有人认为是国家的祭祀，比如河伯，如果说是民间祭祀就有问题了，楚人得祭自己的天地神，怎么会祭到河伯？虽然楚国的力量往北发展，也靠近黄河，但还不到，有人就拿这个说，是一套国家祭祀的东西，包括闻一多讨论《九歌》，认为《九歌》是一个歌舞剧。但不管怎么样它总归是一个跟宗教、文化、祭祀紧密结合的东西，我们不得不需要从这个角度来考虑和观察。包括汉代的乐府，如果仅仅看情感的话可能就很偏颇。这里有很多相关相联的问题。上古文学是和音乐舞蹈仪式的结合，文学按我们现在的理解，是一种以文字为媒介的文学，但是在那个时候，它是多种混合的文化样态里的一部分，它是慢慢分离出来的，所以文学脱离不开它的背景。同样的，美术史研究就要考虑，一个图像有它的背景，它是仪式中的美术。以前很多学者也都做了这个工作，或许下面要做的应该是对某一个特定时代文学的最重要的特征，要有一些基本的共识，而这些特征刻下的文学史基本都忽略了。

再进一步讲，比如说中古早期的时候，社会的结构、文人的身份就非常重要了，比如汉赋，其实《诗经》也是，它是宫廷文学，它是在周天子的朝廷里，由那些乐工，比如说太师，比其音律形成的，在某种意义上，可以讲它是一种宫廷文学，是礼乐文化的产品。到了汉赋当然就是宫廷文学，宫廷文学有一个特点，就是写了以后要给皇帝和藩王看的，这个功能很重要。到六朝以后也是这样，文学从业者基本上是贵族，或者相当有身份的人，他们是政治权力和文化权力合一的一批人。这批人的文学活动可能在宫廷里，也可能在一个藩国里，但你要考虑它作为宫廷文化的特点，作为贵族文学的特点。当然，后来时代里的文人身份，也是非常重要的问题。现在很多文学史的叙述，对这些东西也会提到，但它远没有构成一个系统的观察。如果经过系统的观察就可以知道，早期的文人没有独立地位，照范晔《后汉书》列《文苑传》的意见，可能要到汉代以后才有：早期《诗经》时代，大部分的作者是无名氏，也可能有的就是士大夫写的诗，是他们献的诗，但是我们不清楚；像屈原这样的到底有没有这么个人，也曾经有许多争议；到了后来，比如汉代，像司马相如甚至包括司马迁，在某种程度上说他们不是当时最主流的文人；到了六朝，主要是贵族的文人；唐代通过科举取士，当然是一个复杂的情况，是一个转变时期，相比较六朝和宋代，今天所谓唐代文人的流品似乎最杂；到了宋代，就非常清楚了，宋代的诗人，就是大家现在说的科举士大夫，官员的身份、文人的身份、思想家的身份实际上是混合在一起的，所以宋代文人和唐代文人明显是不一样的。实际上每个时代的区别都很清楚，比如沈约就是和李白、杜甫很不一样的人。李白、杜甫和欧阳修、苏轼显然又不一样。每一个阶段的文人是不一样的，这样的文人对那个时代的文学的面貌有什么影响，这样的问题是不是考虑得很够，或者说是不是有一个大家共同思考的基础，这些都是问题吧。

再往下，因为整个文化是从少数的精英、贵族下放到一般的平民、士人，甚至到越来越世俗化的社会，文化越来越普及的社会中，又有许多问题需要考虑。近世文化的扩张，使文化生产和文化传播之中物质文化的因素就很重要了。戏曲就需要一个市民阶层，要在一个平民娱乐的环境中去理解。小说也是这样，不仅是小说的印刷、制作，需要成本、流通，而且涉及对近世小说特性的理解：许多学者花了很大的功夫去考证一部小说的作者，但在理解文学精神、传统的时候，有时候可能是没有必要的，因为小说本身就是面向市民阶层，面向普通读者的东西，所以是不是一定要那么清楚，一定要知道是谁写的。这跟后来很多小说的情况又不一样，比如

《红楼梦》，那知道作者的生平是非常重要的，但是对于《三国演义》《水浒》这样的作品，一定要知道一个具体的作者，有没有必要？所以这里有层次的差别：比如《金瓶梅》、某种程度上说《西游记》也是，这些小说原来都有一些故事，或者是从《水浒》里面发展出来的，或者是从历史上僧人的西行求法故事一点点整合起来的，但是很显然这样的作品是在一个比较短的时间里形成的（也有人认为《金瓶梅》是累积形成的，但是这个累积形成相信跟《水浒》的累积是不一样的，《西游记》也是，应是一个作者在比较短的时间里根据已有的故事连缀创作成的），对这样的作品而言，了解作者的重要性，可能要比了解《水浒》这样的作品的作者更重要些。

谈到文本，文学史最重要的一个点就是文本和历史的关系。文本有很多层面的问题需要考虑，特别是对于不同类型的文本。不同类型的文本要充分考虑其特点，比如说，面对诗文是可以细致解读的，close reading 是有效的分析。但是对小说和戏曲就未必，因为如果考虑物质文化环境的话，像小说本身，到底是不是需要那么精密？"五四"以后，胡适一直讲中国小说《红楼梦》是不行的，《红楼梦》要删掉多少才能够读的，陈独秀也说中国小说太拖沓。但是你回到那个历史环境去理解，才明白它为什么要那么拉拉杂杂，它不需要精致化。实际上西方小说也是 19 世纪以后比如福楼拜才开始精密的，《堂吉诃德》也是拉拉扯扯的。一个时代的文学为什么那个样子，是由环境决定的。比如明代的一部小说，它就印了给一般市民看的，它为什么要那么精密，为什么每个字都要惜字如金？像福楼拜宣称要像写诗一样写小说，没有这个必要，或许小说的粗糙在历史当中是合理的，那个时代里一个人花了很大的精力去仔细琢磨小说的文字，会是很奇怪的一件事情。所以面对不同类型的文本，处理的方式应该是不同。现在大家倾向细读、精读小说，过去也有，比如《水浒》就有金圣叹的评点细读，但他是删改的，照自己的意思删改的，他是把自己的注加在里面，其实无异于重写（rewriting）。

文本本身的生产也经历了很多变迁，这些变迁也影响了文学生产。或许有必要在一个比较一般的意义上建立一些基本的了解和看法。西方有很长一段时间里，此间这十多年，都比较注意抄本文化和印刷文化的区别，这确实非常重要。文学的抄本时代，和前面提到的第一个轴心时代是相对应的。印刷文化基本上是在宋代普及起来的，特别是南宋以后，大量的文献通过印刷保留下来。印刷文化的时代是和第二个轴心时代相配的，大致上也是相配的。在前一个时段里，像宇文所安教授的《中国早期古典诗歌的生成》，某种程度上很具颠覆性，他以为汉魏之际的古诗，实际经过南朝人的收集、改写、校勘、流传这样的过程，而呈现了如今所见的面貌。其实这个说法也不是那么的惊世骇俗，如今所见传世的先秦文献几乎都经历了汉人的整理，这就是一个抄本文化的特点。值得注意的是，抄本文化的现象和特征，在后来以印刷文化为主流的时代里，还依然存在，比如《坛经》在当时的传写和后代的扩容流变，包括《红楼梦》研究中所谓版本问题，很大程度上就是抄本性质有以致之。

由文本再进至文类的问题，或者说文体的问题。时下文体学比较热，关切者甚夥。但或许文体学主要不该是平面的静止的描述，因为任何的文体都是在变化发展的过程中，对于文体的认知，往往是后人不断归纳总结而形成的，简单地描述或者规定这种文体的特性、特点，意义可能很有限，更重要的，或许是通过文类的演变发展来勾勒文学传统和文学历史。如果深入文学文本里面，不仅可以关注某一文类内部的历时变化，而且特别应注意不同的文类之间的关系，这是理解文学变化非常重要的一个方面。比如赋和诗的关系，此前提到早期中国文学的发展，实际是从音乐从多种文化融合的形式里发展出来，然后慢慢获得它自己的独立性。吉川幸次郎讲汉代，特别重视汉赋，提到汉赋有修辞意识；而汉赋本是不歌而颂的，是脱离开音乐以后的第一个最重要的文学样式、类型，所以赋有很重要很核心的地位。这种赋的经验，对后来魏晋以下古诗的发展绝对是有影响的，整个古诗的发展，从古诗十九首、魏晋的诗一直往下走，到唐代，基本的方向，涉及的很多问题，都跟赋有关系，比如诗走向对偶（当然对偶这些问题本身是中国文字的特点造成的），对偶的原则实际就是空间的原则，有关空间的原则汉赋积累了非常多的经验。可以看到，中古前期几乎所有重要的诗人都写赋，曹植、陆机、谢灵运、庾信、鲍照，可以想象，赋的经验对诗的发展绝对有影响，研究六朝诗歌发展不关注赋的情况，会是一个比较大的缺陷，因为当时处于最核心位置的文类实际上是赋。赋的写作和后来古诗的发展方向，这里面恰好有几点是一致的，从音乐到文字、从时间到空间、从质朴到藻饰、从单散到骈对，赋实际都尝试过，诗也继续在走这样的路。而如果顺流而下观察，后来所谓的以文为诗，以诗为词，所谓的尊体、破体等，也都是文类关系与文学演变的问题。

从礼乐文化、宫廷文学的文学产生的场域，到文人的身份、到文本的类型和特性，到文学文体文类，是文学史中多少都会面对的，而不仅在具体的个案研究中考虑其作用，而且试着做系统的观察，阐说文学史事相的同时，也响应一般的文学理论课题，应该会有意义。

［作者单位：复旦大学中文系］

作为学术史和学人史的《文学遗产》六十年

潘建国

　　《文学遗产》乃新中国成立之后古代文学研究领域最为重要的学术刊物，若将其刊载的全部论文，稍加分类，便可整理勾勒出颇为清晰完整的中国古代文学60年学术史，其热点、亮点，风格演变以及学术推进，皆可一目了然。而且，《文学遗产》对于学术史的承载，还不仅仅只是一种事后的被动呈现，也包含着其主动参与谱写的成分，即《文学遗产》始终积极肩负起引领国内外中国古代文学研究学术新动向、开拓新格局的历史责任。譬如近年来《文学遗产》着意倡导明清诗文研究，就是一个很好的例证。关于这些，大概已是古代文学界人所共知的事实，自不必赘述。

　　我想着重来谈谈对于《文学遗产》与学人史之间关系的粗浅认识。学术刊物的主体自然是学术论文，而学术论文是学者撰写出来的，因此，学术刊物的核心使命，乃在于吸引组织、扶持培植一支最优化的作者队伍，亦即一个生生不息、充满学术能量的学者群体。此外，学术刊物的编辑团队，上至主编，下至责任编辑，他们本身也是学界中人，除了各自具有专业研究之外，其学术眼光、趣味、立场、态度，也会对刊物乃至整个研究领域，产生特殊的潜在影响。因此，从学人史的角度，亦可得以考察一个学术刊物的成就与作用。

中国的期刊始创于晚清，民国以降渐趋繁盛。综观新中国成立之前的期刊，可以发现存在颇为鲜明的"私人化"（这里的"私人"并非仅指某一个人，也包括由若干人组成的学术小团体）色彩，譬如梁启超之于《新民丛报》《新小说》、周氏兄弟之于《语丝》、林语堂之于《论语》、顾颉刚之于《禹贡》《歌谣》、马廉刘半农之于《孔德月刊》、郑振铎沈雁冰之于《小说月报》等，即便是由文化机构主办的学术刊物，譬如袁同礼、孙人和、傅增湘之于《国立北平图书馆馆刊》，张元济、王云五、孟森、杜亚泉之于《东方杂志》等，也都体现出学术个体及小团体的举足轻重的影响，他们不仅在刊物中发表重要论文，其学术志向和趣味，也给刊物打上了烙印。这种"私人化"色彩在带给期刊更多灵活性和自由度的同时，也会对其学术广度形成一定的限制。

新中国成立之后，由于政治体制和文化体制的改变，民间期刊大多被撤销，代之而起的则是各类官方或半官方的刊物，《文学遗产》正创办于斯时，在新的学术文化背景下，它获得了体制和学术的双重地位，成为古代文学研究成果的权威发布阵地。虽然，《文学遗产》的主编和编辑，仍被授予组稿、审稿和编发的权利，但其个人学术思路和学术趣味对于刊物的影响力，则有所弱化。然而，新体制所赋予的权威性，又令《文学遗产》在吸引学人、获取稿源方面，取得了以往同类学术期刊无法企及的优势。如果将《文学遗产》60年的作者名单排列出来，几乎就是一部完整的"古代文学研究学人谱"，名家辈出，薪火相传。排在最前面的，是诸如马茂元、任半塘、唐圭璋、程千帆、刘大杰等一批从民国延伸下来的老一辈学者，排在最后面的可能是20世纪60年代出生的中青年学者，居中者则分别是20世纪30、40、50年代出生的学者，这一方阵人数最多，队伍齐整，研究领域分布相对均衡，总体上乃代表着新中国古代文学研究的中坚力量。

近20年来，随着学术考核制度的推行以及所谓核心期刊的制定，《文学遗产》在学术期刊的等级划分中，再次获得了有利地位，再加上其之前所成功营建起来的学术声誉，确保它继续保持优势，稳居古代文学学术期刊的领衔位置。不过，在我看来，《文学遗产》的优势地位也不是不存在挑战的。十几年来，民间学术期刊（包括以书代刊）逐渐复苏，其中有若干家已经崭露头角，羽翼日丰，它们在资金支持、组稿方式、专题遴选等方面，自有其便利条件。此外，学界对于量化考核、期刊等级化的厌倦和抵制情绪，也在不断增长，难保未来不会出现改变、弱化甚至取消的事情。坦率地说，《文学遗产》目前拥有的优势地位，绝大部分源自其 60 年来树立的学术品牌，但也有一部分得益于学术之外的体制红利。因此，一旦剥离了这些红利，《文学遗产》如何继续保持它的优势地位，这是一个需要未雨绸缪的问题。

回到学人的层面，我个人觉得，学术期刊想要保持生命力，除了精心维护其建立于论文质量之上的学术声誉外，还有最重要的一个方面，就是培植刊物与学人之间的真挚感情。学者对于期刊的感情，绝不仅仅产生于它是否发表过自己的论文，而更多地取决于学者是否感受到了来自刊物的关注和帮助。不少学者都曾在回忆文章中提及，当他们初涉学术的时候，《文学遗产》发表了一篇他们的论文，这极大地坚定了其走上学术之路的信心。以我而言，余生也晚，1999 年才第一次在《文学遗产》发表论文，之后的 15 年中，又有幸陆陆续续在《文学遗产》发表了若干篇论文，虽然我资质愚钝，至今仍学问浅陋，但还是有所成长。而《文学遗产》不仅见证了我的学术成长，更为我的成长提供了帮助扶持，我自然感铭于心，有时甚至会对它产生一种类似师友的感情，休戚与共。我把自己最重要的论文提交给了《文学遗产》，所以它的学术声誉便也部分地体现着我个人的学术成绩，于公于私，我都会兢兢业业地撰写论文，也真心实意地期盼《文学遗产》在新的一甲子中，继续保持和提高它的学术品格和学术地位。作为一名青年学者，我的经历与体会也可说明：学者个人的情感和记忆，对于维系学术刊物与学人之间的关系，是非常重要的。在这个方面，《文学遗产》已经成功地做了许多，期待它还会做得更多，做得更好。

此外，浏览《文学遗产》60 年来的学人谱，可以发现：海外学者的名字还出现的不多，这一方面盖受制于中国对外开放交流的大环境，另一方面也可能缘于中外学术体制的差异。最近一二十年来，中外学术交流相当频密，海外汉学研究也取得了令人瞩目的丰硕成果，令人遗憾的是，这些成果大多未能在《文学遗产》获得发表的机会。现在，中国学术期刊都在推进国际化进程，我以为，学术期刊的国际化，既要尽快完成技术层面的国际接轨工作，同时，也应充分利用各种资源，把握机会，吸引海外学者，聚拢海外学术成果。期待伴随着中国对外学术文化交流的持续扩展以及编辑部同仁的积极努力，《文学遗产》所承载的学术史和学人史都会越来越丰满、完整和国际化。

记得在2012年的北京大学中文系毕业典礼上，有位校友针对目前中国社会牢骚弥漫的现状，劝勉同学们说：你站立的地方，就是你的中国；你怎么样，中国便怎么样；你是什么，中国便是什么；你若光明，中国便不会黑暗。作为学界中人，我们对于中国学术、中国学术界、中国学术体制也有诸多不满，所以，我想借用这位校友的话作为结语：你身处的地方，就是你的学术界；你怎么样，中国学术便怎么样；你是什么，中国学术便是什么；你若积极，中国学术便不会消极。

［作者单位：北京大学中文系］

《文学遗产》给予我的学术启迪

刘 宁

在我的学术之路上，许多杂志都是无声的老师，而其中《文学遗产》所给予的学术启迪最为丰富。从求学时代通过它了解学界动态、拜读名家力作，到工作后通过它开阔视野、砥砺学识，《文学遗产》已经陪伴了我二十多年。回首这不算短的岁月，心中不禁百感交集。作为古典文学领域最重要的专业刊物，《文学遗产》沾溉学林，成为一代又一代学者成长的沃土，它对于中国古典文学研究的贡献，相信很多人都会有丰富的体会。在这篇小文中，我想从自己的经历和感受出发，谈谈《文学遗产》如何深刻地影响了我对学术的理解。体会很不成熟，谨此表达对《文学遗产》创刊60年的衷心祝贺。

记得刚入大学，报到后不久的一天，金开诚先生在一间学生宿舍，和我们文献专业这个小班的20名同学，进行了一个座谈。内容主要是谈大学四年该如何学习，当时印象很深的是，金先生特别谈到写学术论文的重要性，鼓励我们从本科开始，就要认真关注学术杂志，锻炼写论文的能力。他特别提到，有两份杂志最重要，即《文史》和《文学遗产》。他还举出专业的前辈学长葛兆光的例子，说葛兆光读书时就在这两份杂志上发文章了。

　　大学四年，我们认真地阅读这两份杂志，也逐渐理解了金先生何以对它们特别看重。《文学遗产》虽然着眼于古典文学研究，但它提倡的学风，与《文史》一样，都是以扎实的朴学为本。对于古典文献专业的学生来讲，掌握这种扎实的朴学，无疑是学习的首要目的。我当时完全谈不上什么具体的研究方向，对《文学遗产》上的文章，只能做一般的浏览，很多还不太能体会其好处，但当时若是在上什么选修课，就喜欢去看看《文学遗产》上有什么相关的文章，授课老师的作品，更是认真学习的对象。现在还依稀记得，上《楚辞》课时，读过姜亮夫先生的《为屈原庚寅日生进一解》（1981）、曹道衡先生的《读楚辞校释》（1991），上《诗经》课时，读过姚奠中先生关于《诗经》考释的文章，还有吕艺老师的《孔子"兴、观、群、怨"本义再探》（1985），这篇文章引起了争论，吕老师对于商榷文章的回应，也发表在《文学遗产》上，让我们初步见识了什么是学术争论。学习文学史时，对倪其心先生的《关于卢思道及其诗歌》（1981）、葛晓音先生的《卢照邻生平若干问题的考证》（1989）都留下了比较深的印象。这些文章都以考据为本，使我很真切地体会了扎实立论的含义。

　　在以古典文学为研修方向的研究生阶段，《文学遗产》对我的帮助更加重要。杂志中的许多文章，都在扎实考辨的基础上，知人论世，对古典文学的复杂现象做出深入分析。记得选修陈贻焮先生的杜甫课时，我在课程报告里谈了许多"宏观"的感受，陈先生没有具体批评，但告诫我要更仔细地读作品，更深入地理解杜甫所处的环境。我当时又重新学习先生的《杜甫评传》，也注意到其中杜甫献《三大礼赋》的前前后后一部分，曾在《文学遗产》上发表。这部分内容正是《杜甫评传》梳理历史纷纭最精彩的篇章。我的导师葛晓音先生，很强调要认真学习《文学遗产》。她说在日本拜访著名汉学家松浦友久先生时，看见先生非常认真地阅读《文学遗产》的每一篇文章，杂志上留下许多勾画的记号。我们也注意到，葛老师在《文学遗产》刊发的文章，都是精心之作，很多都在学界产生了重要的影响。到北京师范大学做博士后时，导师启功先生曾在家中为我们一些学生授课，先生的讲课内容后来经过整理，其中关于汉语诗歌问题的精心思考，就以《汉语诗歌的构成及发展》为题发表在《文学遗产》（2000）。在我们的心目中，《文学遗产》上的文章，就是学术功力的象征。

在提倡扎实为学的同时，《文学遗产》还以开放包容的格局，展现了古典文学研究的丰富而生动的面貌。不同的学者有不同的研究风格，而同一位学者，其研究方式也会有多样的变化，这些都在《文学遗产》中得到呈现，一册在手，仿佛身临学术的百花园；这个百花园不是干花的陈列馆，而是鲜花荟萃，其间的学术成果都是以充满生机的状态呈现，从中可以感受中国学术界正在进行的思考。

记得读书时参加《全宋诗》的整理，当时学界对宋代文学的研究还相当薄弱，但《文学遗产》已经开始关注，1986 年第 3 期是"宋代文学专号"，上面刊发的文章，如曾枣庄先生《宋代文学研究刍议》、吴庚舜先生《加强宋代文学研究之我见》都是我参加整理《全宋诗》时重要的学习文献。这期专号之后，《文学遗产》不断刊发宋代文学的专题研究之作，在关于宋代文学的研究成果还相当匮乏时，这些文章都是很珍贵的学习文献。与宋代文学相类似的还有古典散文的研究，在很长一段时间里，学界对古典散文缺少关注，而早在 20 世纪 80 年代，《文学遗产》就开始重视散文研究，1988 年第 4 期的"古典散文研究专号"，很多文章都受到学界关注，例如曾枣庄《从文章辨体看古典散文的研究范围》、孙昌武《佛典与中国文学》，是古典散文研究学术史回顾中必然要提到的开拓之作，曾、孙两位先生本人后来都沿着文章的思路，做出了扎实而丰厚的研究，也启发了许多青年学子投身这个研究方向。1988 年第 4 期上刊登的《关于中国古代散文研究问题（座谈纪要）》，是关于《文学遗产》召开的古代散文研究小型座谈会的纪要，在会上郭预衡、韩兆琦、谭家健等散文研究的重要学者提出了许多在今天看来都很有启发性的意见。这份纪要也受到研习古典散文者的关注。此后，虽然学界整体上重诗轻文的格局一时难以改变，但我们还是不断在《文学遗产》上读到古典散文研究的重要专题论文。

今天，无论是宋代文学，还是古典散文，都已经成为学界关注的热点，而其中许多研究方向，都与《文学遗产》曾经刊发的相关论文有关。回想当年对这些研究专题的关注，不能不感叹《文学遗产》长远的学术眼光。

在具体的专业研究之外，《文学遗产》组织重要学者所进行的学术讨论，也给予了我十分深刻的影响。20 世纪 80 年代的"古典文学宏观研究讨论"，多围绕古典文学的时代意义、理论阐释、审美精神等基本问题来展开，呈现出解放思想的活跃反思；20 世纪 90 年代以后的 "文学史反思"，就逐渐集中到文学史写作与学科史反思等问题的讨论上。这些讨论以更成熟的学科意识，推进了对古典文学研究的思考。在 20 世纪 90 年代末，对古典文学百年历程的回顾，成为学界的热点，而《文学遗产》围绕这一话题所组织的学术对谈，给我留下了很深的印象。因为专业的原因，我对其中唐、宋两代文学研究的对谈，曾反复研读，深受教益。在当时出现的许多学术回顾中，《文学遗产》的这些讨论，不是一味罗列现象，而是以深刻的识见，藏往知来，直到今天重读，仍然很有启发。《文学遗产》通过有生命力的学术，通过有深度的思考，积极地回应学术的时代要求，它的回应，不是昙花一现，不会因单纯的跟风而随风消散，这些都给我自己的思考与为学以深刻的启迪。

当然，无论是对学术未来的战略性前瞻，还是对学科发展的深度反思，这些工作的价值和意义，都不是短期能够看出的。但作为一个《文学遗产》的二十多年的老读者，我对这份杂志之于学术的意义，多少能够有一点时间积淀下的感知。而如果我们完整地回顾它 60 年的历程，这种感受无疑会更加强烈。阅读《文学遗产》，我不仅理解了什么是有功力的学问，而且逐步体会到学问的广大，在这份杂志上，不仅能看到古典文学的研究成果是如此丰富，而且能看到研究者之间的呼应、交流与碰撞。每一个个体的研究者，往往专注于具体的问题和领域，但众多学者的交流，就可以使我们对学科的整体处境和状态，有真切的理解，从而在更大的包容和承担中，做出新的探索。

我的体会，当然还来自向《文学遗产》投稿的经历。求学时代，在《文学遗产》上刊发自己的文章，是我们每一个学子心中极大的渴望。记得我第一次投稿，是关于苏轼的一篇习作。我仔细琢磨了很久，投给编辑部后，陶文鹏老师认为文章不适合发表。但让我非常感动的是，他没有简单地否定，而是让我有时间去编辑部面谈。记得去见陶老师那天，我十分忐忑，而陶老师非常热情，也非常仔细地同我分析文章的优点和缺点。他说我有想法，也有学术热情，千万不要失去信心，让我以后有满意的稿子再投过来。后来又过了一年多，我完成了一篇关于欧阳修的习作，鼓足勇气再次向《文学遗产》投稿。这一次，陶老师非常热情地给予肯定，这对于正在求学的我，真是莫大的鼓励。

毕业工作后，很长一段时间，我都没有向《文学遗产》投稿。一方面是工作、生活的压力很大，另一方面，学位论文完成并出版之后，对海外学术的了解，对研究路径的反思，都让我对下一步的学术该怎么做有了更多的焦虑。经过思考，我将研究的重心转向中唐思想文化转型中的古文与诗歌，探索如何理解文学与思想的深层联系。在这个过程中，我进入了文章学这个以往较少涉足的领域。很长一段时间，陶老师见到我，都问起最近完成了什么文章，让我千万不要因为忙就荒疏了写作。2007 年，我获邀参加《文学遗产》论坛，发表了对李白浪漫主义解读之反思的文章。陈伯海先生围绕这个话题，阐述了"双向阐释"的精彩意见。陶老师在会上，给我热情的鼓励，让我把小文投给《文学遗产》，在我对小文进行修改的过程中，一次在会议上见到他，他还关切地问我修改的进展如何。这篇小文发表之后的几年间，我又向《文学遗产》投上了关于杜甫"诗史"和欧阳修"六一风神"的习作。这几篇习作，尝试从复杂的文化思想语境理解唐宋诗文的重要现象，努力想在研究的视角和方法上做一些新的探索。学术需要自我超越，但避熟就生，需要对新知的热情，更需要探索的信心和勇气。我这几篇习作发表后，都被中国人民大学《复印报刊资料》等刊物转载，引起了学界朋友的一些关注，使我更有信心去独立思考，而《文学遗产》在一开始所给予我的鼓励，无疑是最珍贵的。

古典文学研究强调严谨的科学精神，也注重深厚的学术涵养，《文学遗产》尊重科学、推重创新，但也没有简单地把这个园地变成学术的竞技场，而是在文雅温厚的气氛中，对学术加以涵虚和长养。承蒙《文学遗产》编辑部的信任，我也参加过一些稿件的初审工作。这让我对《文学遗产》在涵养学术沃土、培育创新上所付出的心血和努力，有了更多体会。

《文学遗产》给予我的教诲和启发，丰富而珍贵，让我有了更广阔的学习平台。今天，它已走过 60 个春秋，在我的心中，它永远充满生机。我相信也衷心祝愿，这个给古典文学研究者以温暖和鞭策的家园，这位我学术之路上难得的良师，有更加美好的未来。

[作者单位：中国社会科学院文学研究所]

成长的摇篮，指路的明灯

——纪念《文学遗产》创刊六十周年

马银琴

2013 年深秋，我有幸坐在西雅图华盛顿大学的教室里，聆听美国著名辞赋学家康达维先生讲授的"汉学研究的材料与方法"。其中的一项重要内容，就是介绍以研究中国传统文化为宗旨、在国际上有重要影响力的学术期刊。每介绍一种，他都要作一番评说，最多的一句话是："这是我很喜欢的刊物（This is my favorite journal）。"等到最后说到《文学遗产》时，他强调性地说："这的确是我最喜欢的刊物（This is really my favorite journal）。"在学生们的笑声中，他进一步介绍了《文学遗产》对于年轻学者的扶植与对论文质量的重视，随后他又介绍了他所熟悉的几位曾经在《文学遗产》上发表过论文的著名学人。听着他的讲述，一份自豪与骄傲油然而生。这份自豪，不仅因为这份期刊属于我所就职的中国社会科学院文学所，也不仅因为我与刊物编辑部的每一位同事都很熟悉。更重要的是，在读者之外，我也做过是它的作者、编者、审稿者，《文学遗产》给予我的提携与帮助，是任何一份学术期刊都不能相比的。

2001 年 4 月，受到《从汉四家诗说之异同看〈毛诗序〉的时代》在

《文史》上发表的鼓舞，我将自己反复修改的《〈毛诗〉首序产生的时代》文稿寄给了《文学遗产》编辑部。因为此文是自己多年思虑所得，在忐忑不安的等待期间，心中不免充满较多的期冀，不过，当我真正收到用稿通知时，仍然感到出乎意料、难以抑制的惊喜。2002年初，赴北京参加"战国楚竹书《孔子诗论》与先秦诗学学术研讨会"期间，我接到《文学遗产》编辑部校对清样的通知。负责文章编辑的刘跃进老师得知我正好在北京时，便让我直接去编辑部取校样。就这样，2002年1月15日，我第一次走进文学所，来到了古典文学研究者心目中最神圣的学术殿堂——《文学遗产》编辑部。

穿过在记忆中显得格外狭长而曲折的走廊，在一间拥挤、简陋且书籍成堆的屋子里，我见到了仰慕已久的徐公持、陶文鹏诸位先生。当时刘老师外出办事，他把文章清样委托李伊白老师转交给我。李老师非常认真地告诉我看校样需要注意的问题，包括注释的格式以及标点的位置等。她的态度很和蔼，但语气中那种与生俱来的威严与犀利让我感到紧张不安。就在我不知所措时，她找了一支笔递给我，指指编辑部一角空闲的桌椅说道："你可以坐到那边去看，今天能完成最好。"适时的指点让我顿时如释重负，令人敬畏的《文学遗产》因此又多了一份温情与友好。

能在《文学遗产》上发表文章，对当时还在求学阶段的我而言，其意义远远超越了发表本身。它带给我的不仅是发表的喜悦，更多的是对将来从事学术研究的信心与决心。此前我就萌生过到中国社会科学院求职的心愿，这一次拜访文学所以及《文学遗产》编辑部的经历，让这个藏在心里好几年的想法变得迫切起来。2002年3月，得知文学所准备进人的消息后，我立即提交了申请材料。3月19日的面试中，刚刚刊载于《文学遗产》的文章成为我进入文学所的重要基石。为此，我深怀感恩！

《文学遗产》编辑部与我所供职的古代文学研究室之间仅隔着《文学评论》编辑部一间屋子。地利因素加上专业领域的密切关联，我与编辑部的熟络，似乎应该是水到渠成的事情。但是，在人际交往中天生缺少主动性的我，在进所一年之后，除了自己办公室的同事之外，仍然很少与其他研究室的同事打交道。对于《文学遗产》编辑部的诸位老师，也仅限于在楼道里相遇时恭敬地问候。

2004 年 2 月，有一天刘跃进老师找到我，问我愿不愿意帮助《文学遗产》看稿子。这是一举两得的好事：对编辑部而言，可以解决人手不足的问题；对我而言，不但可以了解和熟悉刊物编辑的规则以及工作流程，也为我提供了一个了解学术界，加强与学术界联系的窗口。于是，我很高兴地接受了兼职编辑的工作，并从 4 月份开始，正式承担起先秦两汉阶段稿件的编辑工作。

在此之前，我对期刊的编辑事务一窍不通。但置身学界，对高校推行量化考评制度之后，围绕论文发表产生的种种问题也有些耳闻。量化考评制度的特色之一就是把学术论文的发表数量、期刊级别与作者的薪酬待遇等现实利益直接挂钩。因其貌似客观的标准带来的可操作性强、易于实施的特点，从 20 世纪 90 年代开始就逐渐在高校推广开来。这种制度最早针对教师推行，到了 20 世纪 90 年代末，各个高校也逐渐把研究生纳入了考核范围。没有一定的论文发表量，有的学校甚至规定不在核心期刊上发表一定数量的论文，连答辩资格也得不到。于是，一方面，期刊编辑，尤其是权威、核心期刊的编辑，就成为学者个人乃至院系、学校争相交好的对象。在我读研究生期间，曾经目睹某核心刊物编辑被一所地方院校中文系的老师尊为上宾、盛情款待的景象。当时的我不谙世事，还对此感到不屑。十多年后，等我对以核心、权威为目标的考核标准带来的重压有所了解之后，才真正理解高校教师，尤其是没有多少学术资源的地方院校教师的无奈与艰难。另一方面，经历过学术刊物企业化管理的转型之后，许多期刊自负盈亏的运行模式，也给期刊的生存与发展带来了压力。来自两个方向的压力汇合，便使得学术界不可避免地朝着功利化的方向倾斜。在那个时期，版面费、人情稿成为曝光率很高的名词。这些非学术性因素的介入，也给期刊的学术质量与信誉带来消极影响。

即使在这样的学术氛围中，《文学遗产》顶着生存的压力依然坚守学术期刊的原则与道德。除了坚持拒绝版面费之外，为了解决人情因素对刊发稿件质量的影响，编辑部从 1999 年开始试行双向专家匿名审稿，至 2002 年，双向匿名审稿被作为制度执行。在我接受兼职编辑的差事时，双向匿名审稿制度已经实施了两年多。当时陶文鹏、刘跃进两位先生对我提出的要求就是不管作者是谁，完全依据文章的质量筛选稿件；而且，在处理稿件的过程中，除了给外审专家的信件可以具名之外，在给作者的回信中，无论是用稿通知还是退稿信，都要以《文学遗产》编辑部的名义发出。因此，在兼职近一年的时间里，我从未以私人的名义与作者发生过任何联系，对稿件的处理也是在没有任何非学术因素影响的环境中完成的。

大约是 2006 年前后，有一次外出参加诗经国际学术研讨会时，在饭桌上相互闲聊时，有一位地方院校的老师听说我在中国社会科学院文学所工作，便立刻说起了《文学遗产》。大意是没有关系想要在《文学遗产》发表文章几乎不可能，他的文章投过去如石沉大海；他又以曾经风闻的《文学遗产》收取高额版面费一事向我求证。基于兼职编辑近一年的工作经验，我很郑重地告诉他，我从未听说过《文学遗产》收取版面费的事情，而且《文学遗产》最看重文章的质量，关系并不是决定性的因素；另外，《文学遗产》有很严格的来稿登记制度，想要查询稿件的处理结果，可以直接与编辑部联系。也许，这一番话脱离不了替《文学遗产》辩护的嫌疑，在他听来可能会有些不舒服。但这是我的真实看法，而且，那个时候我早就不再担任兼职编辑，实在没有必要为辩护而辩护。

在《文学遗产》做兼职，对于没有任何编辑经验的我来说，每周要处理完一大堆稿件的确是一件蛮辛苦的工作。曾经有一位经验丰富的老编辑向我传授审稿经验，说如果每篇稿子都一字一句地通读，那得累死，审稿时只需看一下文章的内容提要、开头、结尾，对其学术水平基本就心中有数了。但这样的经验，是建立在他深厚的学养基础之上的。对于初出茅庐的我来说，根本不具备扫一眼文章就能做出判断的能力。因此，对于每一篇来稿，我都需要从头到尾的通读，然后有针对性地写出审稿意见。即使建议退稿的意见，也得说清楚退稿的理由。因此，处理一篇一万字左右的文章，平均需要两到三个小时。到 2004 年底，我女儿出生之后，再从事这项工作就有点力不从心了。至 2005 年 1 月，完成了稿件交接任务之后，我就不再担任兼职编辑的工作了。

卸任兼职编辑之后，我与《文学遗产》的缘分并未就此结束。在围绕《文学遗产》形成的学者群中，除了作者、编者、读者之外，还有一个介乎于读者与编者之间的群体，这就是隐匿于"双向匿名审稿制度"背后的审稿专家。他们大多是各个领域成果卓著的研究者，由于多年的学术积累，能够敏感把握具有创新意义的学术发现与探索，能够对文稿的学术质量做出较为准确的判断，因此，他们拥有《文学遗产》所赋予的最大权力——决定文章的命运。他们虽然是被"匿名"的一群人，却在整体上对《文学遗产》的学术质量、地位与信誉具有深刻的影响力。在做兼职编辑的时候，我也曾多次与审稿专家联系，请他们为相关研究领域的稿件写审稿意见，但从来没有想过自己也会成为其中一员。2007年1月初，张剑拿来一篇讨论宋代诗经学的稿子让我帮忙把关，连同文章一起给我的，还有一份《文学遗产》专家审稿单。刚拿到那份审稿单时忐忑不安的心情至今记忆犹新。我一直以为只有学养深厚的学界前辈才有资格做《文学遗产》的外审专家，没想到这份荣誉会掉到我的头上。这的确是一份荣誉，更是一份责任。

读者、作者、编者、审稿者，十多年来，我与《文学遗产》的关系发生了一系列的变化，但有一点始终没有改变，那就是这份刊物在我心目中的位置与分量。它是培育年轻学者成长的学术摇篮，也是引领学术发展方向的明灯。"天数已周花甲子"，过去的60年，《文学遗产》创造了辉煌的历史。衷心祝愿它在未来的岁月里再创辉煌！

[作者单位：中国社会科学院文学研究所]

学人题赞

周勋初（南京大学中文系）

《文学遗产》六十华诞大庆之喜。

植根传统文化，自然根深叶茂；

今日老树新花，依然花团锦簇。

周勋初谨贺。一四、二、二三。

袁世硕（山东大学文学与新闻传播学院）

祝贺《文学遗产》创刊六十周年，引领中国古代文学研究。

辨彰源流，考论融通。

守正出新，沾溉学林。

老通讯员袁世硕，二〇一四年二月二十日。

傅璇琮（清华大学人文学院）

引领学风，开拓学境。

服务学界，和谐共进。

祝贺《文学遗产》创刊六十周年，傅璇琮甲午春。

王水照（复旦大学中文系）

拓疆辟境风雨一甲子；

守先待后辉煌开新篇。

《文学遗产》六十周年，王水照，二〇一四年一月。

袁行霈（北京大学中文系）

旧学商量加邃密；

新知培养转深沉。

　　　　袁行霈题。

徐公持（中国社会科学院文学研究所）

《文学遗产》杂志六十年志庆，甲午春日。

沧桑几阅遗产；

犹盛前程可期。

　　　　江阴徐公持敬书于京寓。

陶文鹏（中国社会科学院文学研究所）

千年遗产聚精神，薪火传承更出新。

编辑辛勤追伯乐，学人奋发越高岑。

求真审美持根本，探赜除霾耀北辰。

心血浇花开五纪，春风文苑万骅奔。

　　　　　　马年贺《文学遗产》六十华诞，陶文鹏。

黄霖（复旦大学中文系）

耀六十载南北斗光；

通百千代古今文象。

　　　　贺《文学遗产》创刊六十周年，黄霖。

董乃斌（上海大学文学院）陈飞（上海师范大学人文学院）

敬贺《文学遗产》创刊六十周年

衡文载道穷高以树表；

鉴古酌今极远而启疆。

　　　　董乃斌、陈飞甲午春日于沪上。

赵昌平（上海古籍出版社）

煌煌大纛立中天，引领风骚六十年。

砥柱洪流清骨格，秤衡情采发新诠。

九方慧眼徕千里，百尺高楼主一先。

我本江东涸辙客，愧无椽笔报甘泉。

海内文学，古典苑园，其足以津梁群彦，滋育兰蕙，而导引潮流者，允推《文遗》。盖以百尺楼头，清望雅量者嗣主坛坫；五纪风涛，茂才卓识者爰正樯帆。是以登高一呼而光景愈新焉。余不敏，初蒙拔擢于莱草，复仰扶持于远途，暨今三十一年矣。因敬赋四韵，谨志感铭，以为大刊六十华诞寿云。

岁值甲午，时当孟春，上虞赵昌平。

刘扬忠（中国社会科学院文学研究所）

鹧鸪天

《文学遗产》六十周年，刘扬忠吟此贺之。

我与斯刊情最亲，欣逢耳顺忆如云。

当年晚辈名初显，实赖前贤扶后昆。

从那起，一家人；忝居编委意求真。

于今老少同堂聚，学术通衢能创新。

二〇一四年元月十五日北京东郊四万斋。

曹旭（上海师范大学）

文学万岁！

《文学遗产》六十华诞志贺，昇之。

陈洪（南开大学文学院）

代《文学遗产》拟甲子励志

诗骚李杜参天树，左马苏辛万古魂。

筑就平台文脉盛，吾侪舍却更何人！

李昌集（江苏师范大学文学院）

通古今之变，成一家之言。

> 贺《文学遗产》创刊六十周年，公元二千一十三年。李昌集。

钟振振（南京师范大学文学院）

水调歌头

《文学遗产》创刊六十周年，岁又甲午，咏马以贺。

遗产论文学，伯乐六十年。

轮回甲午今又，群骏总争先。

老骥犹存伏枥，小骕新看历块，接力走千山。

走入秦时月，走出汉时关。

大漠烟，长河日，怒江澜。

天南地北行遍，无处不奇观。

每惧白驹过隙，莫恃乌骓掣电，赤兔也加鞭。

通得嘶风意，吾拜李龙眠。

卢盛江（南开大学文学院）

六十年为国因公持守古风跃进腾飞真乃文坛鹏雁；

一甲子履霜沐雨弘扬遗产高蹈远引正当学界峰标。

> 《文学遗产》六十周年志贺，岁次甲午早春卢盛江题并书。

廖奔（中国作家协会）

神州丰遗产，华夏贵文学。

> 廖奔书。

萧瑞峰（浙江工业大学）沈松勤（杭州师范大学人文学院）

贺《文学遗产》甲子华诞

方寸内卷舒六十年学界风云；

尺幅间映现五千岁文坛脉络。

> 萧瑞峰撰，沈松勤书。

戴伟华（华南师范大学文学院）

喜逢六十度，回望计新程。

遗产流清韵，精言播玉声。

覃思一字妙，文学百家鸣。

春水连天碧，繁花触处生。

　　　　　　　　为《文学遗产》六十华诞作，癸巳吉旦，戴伟华。

蒋寅（中国社会科学院文学研究所）

世道隆污由正人盛衰，正人盛衰由学术明晦。故学术明则正人盛，正人盛则世道隆。此明学术可以为匡时救世第一务也。

　　　　　　　　录李二曲语奉贺《文学遗产》六十周年之庆，蒋寅

徐俊（中华书局）

书生岂止擅雕虫，四野龙麟一顾空。

玉斗初回天甲子，文心未裂海西东。

争知砥砺磨砻久，不向流波泛滥同。

此事由来关气象，茫茫大雅共王风。（龙麟，神骏也，此谓伯乐识马。）

《文学遗产》创刊六十周年，中华书局编辑部敬贺，甲午春仲徐俊书。

刘石（清华大学中文系）

《文学遗产》六十华诞

照古腾今。

　　　　　　甲午正月刘石。

《文学遗产》六十年纪事初编

（1954～2014）

凡　例

一　《文学遗产》创刊于1954年，本纪事始于1954年3月，截止于2014年3月。以时间为序编排。日期不详者，记于当月之末；月份不详者，记于当年之末。

二　本纪事著录：《文学遗产》和《文学遗产增刊》《文学遗产选集》的出版史实；各期刊物（含增刊）主要栏目的文章作者、产生重要影响的文章题目；编辑部主办的重要学术活动；历届编委会组成人员；编辑部人事变动情况等。

三　专家学者名前不冠职称，以求简洁。

六十年纪事初编索引

1954 年

3 月

1 日，《文学遗产》在北京创刊。

此前，经文化部副部长兼中国作家协会古典文学部部长郑振铎、副部长冯雪峰、聂绀弩、何其芳等人的倡议，中国作家协会党组决议，创办这一学术刊物，作为我国古代文学研究发表成果和讨论的园地。刊物由古典文学部领导和主管，由古典文学部副部长、老作家陈翔鹤兼任主编，并聘请余冠英、陈友琴、吴组缃、游国恩、浦江清、季镇淮、谭丕模、钟敬文等知名学者任编委，组成编委会。时刊物编辑部设在北京东总布胡同 22 号中国作家协会院内。除陈翔鹤同志外，编辑人员仅金玲一人，后另聘曹道衡兼秘书并参与部分审稿工作。王迪若负责日常编务。

陈翔鹤撰写《发刊词》，介绍了《文学遗产》的创刊缘起与宗旨，全文如下：

> 我们中华民族是一个历史悠久的民族。我们的文学遗产，由于很多卓越的前代作家不断地创造和努力，也是极其光辉灿烂的。从诗经楚辞起，一直到"五四"时代新文学奠定者鲁迅先生的作品为止，差不多每一朝代都有杰出的作家，在不同的文学种类中都有独特的成就。但是这些文学的宝藏，不仅在封建社会里面不可能得到正确的评价，就是到了"五四"以后，它们的价值和意义也还未能获得充分的科学的阐明。因此，用科学的观点来研究我们的文学遗产这一工作，就十分有待于新中国的文学研究工作者们来认真地进行。

去年九月，周扬同志在第二届文代大会上的报告中，曾经把"系统地整理和研究民族文学艺术遗产的工作"作为"我们文学艺术事业上的最重要的任务之一"提了出来。关于研究和继承我国古典文学的重要性，可能已经没有什么争论了。但是，直到现在，还没有一个专门的刊物来发表研究古典文学的文章，讨论古典文学中的问题，这不能不说是一个缺陷。我们创办这个副刊，就是想在这种专门刊物出现之前，先来开辟这样一片小小的园地。

运用科学的观点与方法，也就是辩证唯物主义的观点与方法，对我们文学遗产作出正确的评价，这是我们努力的目标。然而，我们知道这并不是容易的工作；我们过去这方面的经验还很少，必须经过不断的学习、研究、讨论，我们才能逐步提高对于古典文学进行科学分析的能力。何况我们古典文学中的问题是十分复杂的，有许多困难的问题必须经过反覆的讨论，不可能一下就作出定论。因此，本刊选载稿件，一方面以上述目标为我们的方针，努力提倡以科学的观点和方法来研究我们的古典文学中的作家和作品；另一方面又必须照顾实际水平，容许发表各种不同的意见，并不要求每一篇研究文章都成为最后的结论。我们希望有些重要问题，能够在这个刊物上展开活泼的自由论辩。

"五四"以来，研究古典文学的专家们所作的工作多偏重在材料的考证方面。他们的成绩在这里，他们的限制也在这里。直到现在不少的专家也还是这样：他们擅长于考据，但要对一个重要作品的思想内容与其艺术成就，作出比较圆满的分析和论断，却感到困难。我们认为对于材料的考证和对于作品的内容的分析，应该结合起来。分析作品不能不根据具体的材料，而材料的考证和研究又应该以阐明作品的内容为目的。盲目的为考据而考据，忽视思想和理论的考据至上主义，以及过去在考据当中存在的武断臆测的主观主义的思想方法和治学态度，我们是必须反对的。但是，材料的详细占有和认真辨别，对于马克思主义的学术工作者也仍然是一种不可缺少的基本工作（虽然并不是他的全部工作）。因此，凡属实事求是的、对于研究古典文学有参考价值的考据文章，我们也打算以一定的篇幅来刊登。

当然，我们愿意刊登的稿件是多种多样的，并不限于上面所说的那些性质的文字。关于古典文学研究工作中的问题和方法的讨论、不正确的倾向的批评，关于古典文学作家的研究及作品的阅读的指导，关于古典文学的整理工作，关于学校中的古典文学的教学内容和教学方法的讨论，关于交流研究工作经验的通讯，以及关于古典文学的书评、读者心得等，我们都很欢迎。但由于篇幅有限，我们尤其欢迎各种短小精悍的文章。

我们希望通过这个刊物来加强全国古典文学研究工作者的相互之间的联系，增进研究工作者与读者群众之间的联系。为了使这个刊物能够办得好一些，在稿件的供给上，在对于编辑工作的提供意见上，我们都诚恳地期待着全国各地古典文学研究工作者和广大读者的支持和帮助。

创刊初始，《文学遗产》以《光明日报》学术专刊的形式出刊，占一个整版（一万多字），两周一期，周一出刊，排在第三版。

本期发表论文3篇：郑振铎《影印〈古本戏曲丛刊〉缘起》、冯至《〈杜甫诗选〉序言》、俞平伯《曹雪芹的卒年》。

15日，《文学遗产》第2期出刊，发表论文4篇：王佩璋《新版〈红楼梦〉校评》、常好问《关于古典文学整理工作的几句话》、孙楷第《关汉卿考略——元曲家考略续编之一》、艾芜《读〈诗〉一得》。在本期刊出之前，编辑部将王佩璋论文转交给1953年版《红楼梦》出版方作家出版社，得到对方感谢，并将作家出版社来信一并刊于本期。

29日，《文学遗产》第3期出刊，发表论文3篇：舒芜《关于李白》、余冠英《关于〈乐府诗选〉注释的几条修正》、修古藩《读〈乐府诗选〉》。

4月

12日，《文学遗产》第4期出刊，发表论文4篇：詹安泰《学习苏联，改进我们的古典文学教学》、程毅中《从神话传说谈到〈白蛇传〉》、吕霜《略谈中国的神话与传说》、丁力《读屈原作品——读书札记四则》。

26日，《文学遗产》第5期出刊，发表论文4篇：聂绀弩《论宋江三十六人名单的形成——〈水浒故事的发展〉的一节》、罗根泽《〈木兰诗〉产生的时代和地点》、邓国基《〈离骚〉"启九辩与九歌兮，夏康娱以自纵；不顾难以图后兮，五子用失乎家巷。"四句的解释问题》、曾次亮《曹雪芹卒年问题的商讨》。罗根泽论文引起了学者们的后续讨论（参见第 12 期），这是在本刊首次引起学界注意的讨论。

5 月

10 日，《文学遗产》第 6 期出刊，发表论文 3 篇：徐朔方《论〈西厢记〉》、陈毓罴《读曲札记》、王运熙《说黄门鼓吹乐》。

24 日，《文学遗产》第 7 期出刊，发表论文 2 篇：马雍《孔尚任及其〈桃花扇〉》、芝子《读〈唐诗的翻译〉》。

6 月

6 日，召开编委会，很多著名学者参加，如王任叔、严敦易、郑振铎、俞平伯、余冠英、游国恩、林庚、季镇淮、浦江清、陈友琴、樊骏、胡念贻、曹道衡、文怀沙、冯至、王瑶等人。

7 日，《文学遗产》第 8 期出刊，发表论文 3 篇：淦之《屈原作品中的现实主义》、梁春芳《怎样教授古典文学作品》、阎简弼《读〈陶渊明传论〉》。

21 日，《文学遗产》第 9 期出刊，发表论文 2 篇：陈友琴《略谈长生殿作者洪昇的生平》、粟丰《应正确认识〈红楼梦〉的写实性（读周汝昌君〈红楼梦新证〉的意见）》。

7 月

3 日，《文学遗产》第 10 期出刊，从本期开始改为每周一期，周六出刊。

本期发表论文 3 篇：王文琛《〈聊斋志异〉及其作者蒲松龄》、王利器《〈水浒〉中所采用的话本资料》、施明德《建议向地方戏和民间故事中去找寻〈水浒〉的原始故事（给聂绀弩同志的一封信）》。

10 日，《文学遗产》第 11 期出刊，发表论文 3 篇：俞平伯《辑录脂砚斋本〈红楼梦〉评注的经过》、张芝《关于〈陶渊明传论〉的讨论》、杨柳《燕青是怎样的一个人？》。

18 日，《文学遗产》第 12 期出刊，从本期开始改为每周日出刊。

本期发表论文 2 篇：郭明忠、罗根泽《木兰诗产生时代和地点的讨论》，宋毓珂《读余冠英先生〈乐府诗选〉注》。

25 日，《文学遗产》第 13 期出刊，以《编者的话》为题，再次向读者和作者阐述本刊的学术态度。文章首先指出了来稿中暴露的一些主要问题：第一，创新度较低，"常常是一些对旧问题的重复，而且是一些无法得到最后结论的问题的重复"；第二，"研究的范围太窄，写来写去，老是集中在几个题目上"；第三，虽然编辑部对短文表示欢迎，但来稿中有些篇幅短小的文章是"没有内容或内容肤浅，随随便便、信手拈来，兴之所至、偶然欲书的"；第四，一些古典诗歌翻译类稿件"对读者没有什么帮助"，甚至过度阐释，此类文章应该做到"由于疏通证明的结果，使原文得到更确切的解释"。文章又用大量篇幅重申了编辑部对考据的态度，指出："我们认为考据的本身就是调查研究工作，是研究问题解决问题的过程中应该进行的工作之一。因为无论要解决任何问题，都必须详细地占有材料，加以科学的分析和综合的研究。但做这种工作，必须采取实事求是的态度，丝毫不能参杂个人的成见。……目前，我们的许多考据文章科学性显然不够，过去存在的缺点——武断臆测的主观主义的思想方法和治学态度，显然没有克服。……其次，我们认为考据应该有明确的目的，应该服务于当前的学术研究的总方向，总计划。过去曾经有过只是为了'考据癖'，为了矜奇炫博，或为了'钻冷门'而做的考据，也曾有过只是罗列材料而不能解决问题，甚至不曾提出问题的考据。这些考据徒然浪费精力而不能为祖国文化增添什么。所谓'为考据而考据'或'纯考据'，主要应该指这个而言。这不为我们读者所欢迎是很难怪的。……我们从一些读者的意见中，又发现对考据文章有两种极端相反的态度：有人见了考据文章就'头痛'，希望本刊越少登载越好；也有人只承认惟有考据文章才有学术价值，其余都属空疏。我们不能不指出这两种看法都是不正确的。前者对于考据的作用和本刊的性质——本刊为一学术性的但同时又照顾到普及工作的期刊——尚欠了解，（有些文章没有用比较通俗的写法，不照顾一般读者，当然也是缺点。）后者则是囿于考据至上主义的偏见。"

本期发表论文 2 篇：徐嘉瑞《云南花灯与明代小曲》、少若《从严羽、祢衡的问题谈到对历史人物的分析和评价》。

本月，白鸿任编辑部编辑。

本月，为加强与全国学术界的联系，编辑部决定建立全国范围的通讯员网络。通讯员是从各省市（港澳台除外）一些知名高等院校及出版单位具有讲师（或相当讲师）以上职称的人员中推荐选拔的。他们中的大多数人，后来都成为国内知名教授、学者和学科带头人。

8 月

1 日，《文学遗产》第 14 期出刊，发表论文 2 篇：刘大杰《儒林外史与讽刺文学》、阎简弼《谈陶渊明〈命子〉等诗句并简答张芝先生》。

8 日，《文学遗产》第 15 期出刊，发表论文 3 篇：张慧剑《〈儒林外史〉及其作者》、顾学颉《试探〈三国演义〉的人民性》、王拾遗《酒楼——从水浒看宋元风俗》。

15 日，《文学遗产》第 16 期出刊，刊登《本刊稿约》，对文章采用标准进行如下界定："本刊欢迎下列稿件：1. 关于中国古典文学研究的论著。2. 关于中国古典文学作家及作品的具体分析和阅读指导。3. 关于新出版古典文学论著的批评和介绍。4. 关于古典文学研究、整理工作中的问题和方法的讨论。5. 关于中国古典文学教学内容和教学方法的讨论。6. 关于中国古典文学座谈会记录、书评、短论等等。"稿约还针对投稿制度作出特别说明："来稿如不刊用，一律负责退回。但不一定对每一退稿都提出具体意见。"

本期发表论文 2 篇：王利器《谈施耐庵是怎样创造梁山泊的》、徐朔方《〈长生殿〉的作者怎样向在他以前的几种戏曲学习》。

22 日，《文学遗产》第 17 期出刊，发表论文 2 篇：胡念贻《宋玉和他的作品》、陈贻焮《谈孟浩然的"隐逸"》。

29 日，《文学遗产》第 18 期出刊，发表论文 3 篇：陈志宪《关于〈桃花扇〉的一些问题》、潘开沛《〈金瓶梅〉的产生和作者》、柯晓山《关于几首唐诗的翻译》。

9 月

7 日，《文学遗产》第 19 期出刊，从本期开始改为每周二出刊，并改排在《光明日报》第五版。

本期发表论文 3 篇：孙望《从〈孔雀东南飞〉的地理背景谈孔雀东南飞》、熙仲《〈孔雀东南飞〉是何时写定的》、吴恩裕《永忠吊曹雪芹的三首诗》。

14 日，《文学遗产》第 20 期出刊，发表论文 2 篇：李嘉言《谈白居易的写作方法》、曹家琪《崔莺莺·元稹·〈莺莺传〉》。

21 日，《文学遗产》第 21 期出刊，发表论文 2 篇：陈友琴《读〈长生殿传奇〉》、叶玉华《说北曲杂剧系由女性演唱》。

28 日，《文学遗产》第 22 期出刊，发表论文 4 篇：王瑶《关于陶渊明》、刘国盈《试谈陶渊明》、长之《谈古典文学的普及工作》、王达津《释〈风〉名》。

本月，劳洪（作家熊白施）调至《文学遗产》编辑部加强工作。

10 月

3 日，《文学遗产》第 23 期出刊，从本期开始改为每周日出刊。《光明日报》社并决定，周日报纸可以单订。以后，周日刊的常年订户总在万份以上。本期暂排在《光明日报》第七版，第 24 期又回到第五版。

本期发表论文 3 篇：沈从文《略谈考证工作必须文献与实物相结合》、竺夷之《按照国家的需要，把整理研究古典文学的工作推进一步》、陈光汉《读杜偶记》。

10 日，《文学遗产》第 24 期出刊，发表论文 2 篇：李希凡、蓝翎《评〈红楼梦研究〉》，穆烜《关于〈水浒全传〉的后半部》。李、蓝一文前有"编者按"，指出："目前，如何运用马克思主义科学观点去研究古典文学，这一极其重要的工作尚没有很好的进行，而且也急待展开。本文在试图从这方面提出一些问题和意见，是可供我们参考的。同时我们更希望能因此引起大家的注意和讨论。"

此前，在 9 月 13 日《文艺报》第 18 期，转载了李、蓝原在《文史哲》发表的文章。10 月 16 日，毛泽东为此写了《关于〈红楼梦〉研究问题的信》（《毛泽东选集》第五卷，人民出版社，1977，第 134 页），全信在中央政治局和有关同志中进行了传达。23 日，《人民日报》发表钟洛《应该重视对〈红楼梦〉研究中的错误观点的批判》。24 日，中国作家协会古典文学部召开《红楼梦研究》座谈会，《红楼梦》研究工作者及各大学古典文学教授四十余人应邀出席。28 日，《人民日报》又发表袁水拍《质问〈文艺报〉编者》。袁文据《文艺报》按语，批评该报对于"中国古典文学研究中的唯心论观点"采取"容忍依从甚至赞扬歌颂"的态度，同时也批评了本刊按语表现的"老爷态度"。

据白鸿回忆，李、蓝一文最初投至本刊时得到了陈翔鹤和金玲的认可，在与文学所所长何其芳商议后决定提早刊发。不料在此期间毛泽东发表了《关于〈红楼梦〉研究问题的信》，并派人到本刊编辑部进行调查，看是否扣压过该文。调查人员看到审稿单上陈翔鹤和金玲给出的审稿意见后，向毛泽东如实汇报，才没有遭受主席的批评（白鸿《关于〈文学遗产〉的片断回忆——纪念〈文学遗产〉创刊四十一周年》，《文学遗产纪念文集》，文化艺术出版社，1998）。

17 日，《文学遗产》第 25 期出刊，发表论文 1 篇：林庚《诗人李白》。该文引起了学者们的后续讨论（参见第 44、48、63 期）。

24 日，《文学遗产》第 26 期出刊，发表论文 3 篇：陈郊《评游国恩著〈屈原〉》、游国恩《答陈郊先生评〈屈原〉》、陈友琴《关于洪昇生年确证的补充》。

本期还刊登了陈贻焮整理的《关于李白的讨论——北京大学中文系古典文学教研室会议记录》。

31 日，《文学遗产》第 27 期出刊，发表论文 3 篇：陆侃如《严厉地肃清胡适反动思想在新中国学术界里残存的毒害（读钟洛同志的〈应该重视对红楼梦研究中的错误观点的批判〉的一些感想)》、高韵闲《对〈关于红楼梦简论及其他〉和〈评红楼梦研究〉两文的一点补充意见》、张慧剑《吴敬梓交游考》。

本月，《光明日报》借调王则文常驻《文学遗产》编辑部任专职校对。

11 月

7 日，《文学遗产》第 28 期出刊，刊登了署名"编辑部"的文章《正视我们的错误、改正我们的缺点》，检讨了第 24 期"编者按"用语不够强烈的"错误"，认为主要问题在于缺乏"对中国古典文学研究中的唯心论观点的战斗精神"。

本期发表论文 3 篇：陈友琴《我参加〈红楼梦〉研究座谈会以后的感想》、魏尧西《宋代的鼓子词》、雷子震《张云庄的〈山坡羊〉——读曲劄记之一》。

14 日，《文学遗产》第 29 期出刊，发表论文 1 篇：《中国作家协会古典文学部召开的红楼梦研究座谈会记录》，并加"编者按"，指出："这次会议，使大家都警觉到资产阶级唯心论错误思想在古典文学研究领域中长期窃据统治地位的严重性和危险性；同时也使大家进一步认识到在文艺界、学术界有坚决肃清这种影响的必要。因此，更深入彻底地展开对胡适派反动思想在学术工作中的影响的斗争，就成为我们在思想战线上的迫切任务。"

21 日，《文学遗产》第 30 期出刊，发表论文 3 篇：刘秉义《试论贾宝玉、林黛玉婚姻悲剧的根本原因》、李易《评俞平伯先生对〈红楼梦〉后四十回的一些看法》、牛仰山《肃清资产阶级思想在古典文学领域中的统治地位——一群北京师范大学的读者意见的综合报道》。

28 日，《文学遗产》第 31 期出刊，从本期开始改以横排方式排印。

本期发表论文 3 篇：顾学颉《评俞平伯在词的研究方面的唯心论思想》、刘衍文《从对俞平伯先生研究〈红楼梦〉的批判谈起》、王佩璋《谈俞平伯先生在〈红楼梦研究〉工作中的错误态度》。

12 月

5 日，《文学遗产》第 32 期出刊，发表论文 2 篇：吴组缃《评俞平伯先生的〈红楼梦〉研究工作并略谈〈红楼梦〉》、舒芜《为了坚持"五四"的道路》。

本期增设"读者中来"栏目，发表文章 3 篇：江英《肃清学术研究工作中的资产阶级思想》、王凤岭《反对资产阶级思想，应该展开学术界的批评和自由讨论》、程毅中《我对古典文学研究工作中的一些体会》。

12 日，《文学遗产》第 33 期出刊，发表论文 3 篇：胡念贻《吴敬梓和他的时代》、陈友琴《读〈儒林外史〉杂记二则》、茅盾《吴敬梓先生逝世二百周年纪念会开幕词》。

19 日，《文学遗产》第 34 期出刊，发表论文 2 篇：曹道衡《从明末清初科举制度看〈儒林外史〉》、胡念贻《吴敬梓和他的时代（续）》。

26 日，《文学遗产》第 35 期出刊，发表论文 3 篇：罗根泽《批判胡适的文学观点和治学方法——兼论俞平伯先生的〈红楼梦研究〉》、慎之《试谈红楼梦的倾向性》、冯沅君《谈刘姥姥》。

1955 年

1 月

9 日，《文学遗产》第 36 期出刊，从本期开始改排在《光明日报》第三版。

本期发表论文 1 篇：霍松林《读〈谈白居易的写作方法〉》。

16 日，《文学遗产》第 37 期出刊，发表论文 4 篇：王瑶《斥胡适对〈儒林外史〉的污蔑》、徐朔方《评〈孔雀东南飞〉的一篇考据文章——并对〈文学遗产〉编者提一点意见》、孟醒仁《关于吴敬梓先生的一些口传材料》、褚斌杰《评〈红楼梦新证〉》。徐文后有"编者按"作出回应："徐朔方先生在这里对孙望先生的关于《孔雀东南飞》的考证文章，和对我们编辑工作中的某些错误提出的批评，我们认为是严肃的、中肯的。我们诚恳地愿意接受，并决心改正错误。希望广大的读者和作者今后能经常帮助我们，给我们提些意见。"

23 日，《文学遗产》第 38 期出刊，发表论文 3 篇：詹安泰《批判胡适所谓"科学的方法"及其他》、张志岳《必须认清胡适考据学的反动性》、陈友琴《关于〈读儒林外史杂记二则〉中一些问题的商榷及其更正》。

30 日，《文学遗产》第 39 期出刊，发表论文 3 篇：王文琛《保卫我们珍贵的文学遗产——批判胡适对我国古典小说戏曲的歪曲》，周绍良《驳〈红楼梦新证〉中的"假定"》，周培桐、张葆莘、李大珂《刘老老是怎样的一个人？——评冯沅君先生〈谈刘老老〉》。

2 月

6 日，《文学遗产》第 40 期出刊，刊登了周伯谦的读者来信《对〈文学遗产〉的批评和建议》。来信认为："虽然，由于李希凡、蓝翎同志对俞平伯资产阶级唯心论的学术思想的揭发以后，《文学遗产》刊登一些批判红楼梦研究中的错误观点的文章，但对于一个作为全国性的刊物来说，《文学遗产》在这次轰轰烈烈的运动中所起的作用却是不够的。"周伯谦认为近来《文学遗产》刊发的考据性文章过多，是"钻入遗产中去了"，建议"明确《文学遗产》的目的，在古典文学研究工作中，建立和巩固马克思主义的阵地"；还提出要"创办一个专刊，聘请一定数量的专家，担任《文学遗产》

的编辑工作，组织关于'文学遗产'方面的稿件，并与古典文学研究工作者多联系"。编辑部为此配发了"编者按"："读者周伯谦同志的来信对本刊提出的建设性意见，我们认为是正确的；并欢迎广大读者能经常对本刊提出批评和改进工作的意见。"

本期发表论文1篇：舒芜《〈红楼梦〉故事环境的安排》。

13日，《文学遗产》第41期出刊，发表论文3篇：吴小如《驳胡适的非科学的考据方法》、杨柳《贾宝玉、林黛玉典型形象的社会意义》、陆尹一《向古典文学研究工作者进一言》。

20日，《文学遗产》第42期出刊，发表论文2篇：张绪荣《清除胡适反动的文学思想》、曾白融《民族文化遗产是否定不得的》。

27日，《文学遗产》第43期出刊，刊登了署名"编辑部"的文章《我们决心改进工作》，检讨了近一个月来在处理"批判俞平伯《红楼梦研究》"问题上的不足，认为"从总的方面来说，刊物的战斗性是很差的，并且也缺乏指导性、计划性和内容的广阔性"，就此应作出如下改正："今后必须加强刊物的战斗性和计划性，加强用马克思主义的观点、方法对有关古典文学研究著作的评介工作（目前，最主要的任务是批判和肃清买办资产阶级代表人胡适的实用主义在文化领域中的恶劣影响）；增加具有战斗性的短评与及时反映古典文学研究情况的报导文章；有计划、有重点的发动对明清以来的小说及有关新出版的中国文学史著作的讨论；增辟读者栏，反映广大读者对古典文学研究工作的批评和建议；扩大通讯网，加强对作者、读者的更广泛密切的联系；并且有重点地培养经常给本刊写稿的青年作者，使其成为积极推动本刊前进的战斗力量。"

本期发表论文2篇：曹道衡《批判胡风对祖国文学遗产的虚无主义态度》、郑孟彤《汉代乐府诗里所反映的社会生活》。

3月

6日，《文学遗产》第44期出刊，发表论文2篇：胡国瑞《评〈诗人李白〉》、刘中《谈〈水浒〉中的几个问题》。

13日，《文学遗产》第45期出刊，发表论文3篇：郭预衡《评胡适所谓"老杜的特别风趣"》、胡人龙《试论〈陌上桑〉》、萧歌竞华《〈西游记〉读后的一些体会》。

20 日，《文学遗产》第 46 期出刊，发表论文 2 篇：李希凡、蓝翎《如何理解贾宝玉的典型意义》、宋鸿文《批判胡风对文学遗产的反马克思主义观点》。

27 日，《文学遗产》第 47 期出刊，发表论文 1 篇：霍松林《试论〈红楼梦〉的人民性》。

4 月

3 日，《文学遗产》第 48 期出刊，发表论文 3 篇：陈志宪《谈关汉卿的〈窦娥冤〉》、张绪荣《高叫"炸毁"民族形式的唐·吉诃德——胡风先生》、华先宏《读〈诗人李白〉后的感想》。

10 日，《文学遗产》第 49 期出刊，发表论文 1 篇：李泽厚《评古典文学研究中的一些错误论点》。

17 日，《文学遗产》第 50 期出刊，发表论文 2 篇：褚斌杰《胡适文学史观批判——论胡适〈白话文学史〉》、徐梦湘《关于〈金瓶梅〉的作者——潘开沛:〈《金瓶梅》的产生和作者〉读后感》。褚斌杰论文引发了后来对国内已有的几部文学史的重新评价。

24 日，《文学遗产》第 51 期出刊，发表论文 2 篇：张海珊《斥胡风污蔑文学遗产的谬论》、刘国盈《什么是民族形式》。

5 月

1 日，《文学遗产》第 52 期出刊，发表论文 3 篇：胡国瑞《李白诗歌的现实意义》、霍然《结论必须根据事实》、陈光汉《洪昇生年确证的材料及其它》。

8 日，《文学遗产》第 53 期出刊，发表论文 3 篇：郭功照《论〈红楼梦〉现实主义倾向的实质》、王文琛《关于〈琵琶记〉》、李骞《读〈谈《水浒》中的几个问题〉》。王文琛论文反映了戏曲界当时争论的状况，引起全国性的讨论。本刊陆续发文十余篇。这场争论持续到 1963 年。

15 日，《文学遗产》第 54 期出刊，发表论文 1 篇：陆侃如《批判胡适的白话文学史》。

"读者中来" 1 篇：许幼珊《和李希凡、蓝翎二位同志商榷〈儒林外史〉是否有正面形象的问题》。

本期增设"短评"栏目，发表 1 篇文章：凌振《反对孤立看问题，但也反对乱联系》。

22 日，《文学遗产》第 55 期出刊，发表论文 3 篇：陈健《评阿英〈元人杂剧史〉》、杨丁《评何心著〈水浒研究〉》、徐梦湘《优秀的古典文学作品是不是上层建筑?》。徐梦湘论文引发了关于"优秀的古典文学作品是不是上层建筑"的讨论（参见第 56、60 期）。

29 日，《文学遗产》第 56 期出刊，发表论文 5 篇：力扬、余冠英、李长之、林庚、吴组缃、范宁、钟敬文、谭丕模《坚决制裁胡风及其集团的反革命罪行》，何其芳《大快人心的事》，游国恩《彻底粉碎胡风集团的反革命活动》，吕双《关于古典文学作品的"上层建筑"性问题的讨论》，霍松林《金圣叹批改〈西厢记〉的反动意图》。

6 月

5 日，《文学遗产》第 57 期出刊，发表论文 1 篇：冯至《胡适怎样"重新估定"中国古典文学》。

"短评" 1 篇：高芒《反对把马克思列宁主义当作幌子的作风》。

12 日，《文学遗产》第 58 期出刊，发表论文 3 篇：陈玨人《再斥胡适对爱国诗人杜甫的污蔑》、张文勋《历史的真实与艺术的真实——对〈谈《水浒》中的几个问题〉的意见》、班友书《试谈民间文艺遗产中的神仙和妖怪》。

19 日，《文学遗产》第 59 期出刊，发表论文 1 篇：李泽厚《关于中国古代抒情诗中的人民性问题——读书札记》。

本期增设"作者来函"栏目，发表程千帆、沈祖棻来函 1 篇。

26 日，《文学遗产》第 60 期出刊，发表论文 3 篇：李泽厚《关于中国古代抒情诗中的人民性问题——读书札记（续）》，姚永陶《我认为徐梦湘同志的论点是不正确的》，张应宗、寇效信《试谈古典文学的上层建筑性质问题》。

"短评" 1 篇：潘辰《谈生搬硬套》。

7 月

3 日，《文学遗产》第 61 期出刊，发表论文 2 篇：王利器《重新考虑曹雪芹的生平》、刘知渐《从桃园结义故事看〈三国演义〉的人民性》。

"短评" 1 篇：萧岑《"找岔子"和"扣帽子"》。

10 日，《文学遗产》第 62 期出刊，发表论文 3 篇：褚斌杰《关于〈长恨歌〉的主题思想及其评价》、孟浩《整理和研究古典文学要站稳人民的立场》、陈辽《简论三国演义"赤壁之战"的故事和人物描写》。

"作者来函"栏目改称"作者来信"，本期发表徐梦湘来信 1 篇。

17 日，《文学遗产》第 63 期出刊，发表论文 4 篇：漱夫《谈傅惜华先生所选注的〈宋元话本集〉中的错误》、杨超《与林庚先生商讨关于李白和他的时代问题》、孟浩《关于〈"找岔子"和"扣帽子"〉中的一个问题》、吴羽《评〈"找岔子"和"扣帽子"〉》。

24 日，《文学遗产》第 64 期出刊，发表论文 3 篇：裴斐《什么是李白诗歌的主要精神》、朔方《"摘句"之弊》、易润芝《用简单庸俗方式解释古典文学中的人民性之二例》。

31 日，《文学遗产》第 65 期出刊，发表论文 3 篇：陈咏《试谈〈左传〉的文学价值，并与巴人同志讨论郑庄公的典型性问题》、陈贻焮《王维的政治生活和他的思想》、程毅中《试谈〈琵琶记〉的主题思想》。

8 月

7 日，《文学遗产》第 66 期出刊，发表论文 1 篇：毛星《论胡适反动文学思想中的自然主义是否为其主要倾向？》。

14 日，《文学遗产》第 67 期出刊，发表论文 2 篇：孟周《读〈马致远的杂剧〉——与徐朔方先生商讨元剧的研究方法》、胡国瑞《关于〈李白诗选〉及古典诗歌注释工作的商榷意见》。

本期刊登了戴直夫、傅惜华的读者来信，分别对萧岑《"找岔子"和"扣帽子"》和孟浩《谈傅惜华先生所选注的〈宋元话本集〉中的错误》作出回应。

21 日，《文学遗产》第 68 期出刊，发表论文 2 篇：金申熊、刘世德、沈玉成《评李著〈中国文学史略稿〉》、冬尼《对〈评古典文学研究中的一些错误论点〉的意见》。

28 日，《文学遗产》第 69 期出刊，刊登《编者的话》，对之前的工作进行了检讨，认为一方面"刊物的战斗性和计划性是较为加强了，讨论问题及批评某些资产阶级唯心主义错误倾向的文章也逐渐增多"；另一方面则"没有将发刊词中所指出的'运用科学的观点与方法，也就是辩证唯物主义和历史唯物主义的观点与方法，对我们的文学遗产作出正确的评价'这一方针任务，通过具体的事例来向爱护本刊的读者和作者进行反覆的申述和阐明"。文章还对下一步的选题提出规划："在本年度内，我们打算先把下面几个曾经提出而尚嫌未能讨论透彻的问题继续加以探讨，如李白及其作品的分析研究，新近出版的几部中国文学史的讨论，《水浒传》中的宋江人物典型及其受招安问题，曹雪芹的世界观与创作方法问题等等。"

本期发表论文 3 篇：邓潭洲《关于韩愈思想的评价问题——兼与陈寅恪先生商榷〈论韩愈〉》、陈培治《对詹安泰先生关于李煜的〈虞美人〉看法的意见》、詹安泰《答陈培治同志》。陈、詹二文引起了对李煜及其词作的讨论（参见第 74、75、83、84、86、90、95、103、104、105、114、116、121 期）。

9 月

4 日，《文学遗产》第 70 期出刊，发表论文 2 篇：周定一《〈水浒全传〉校勘质疑》（并附录《水浒全传》出版方人民文学出版社和校勘者王利器的来信《对〈水浒全传〉校勘工作的检查》）、路大荒《聊斋全集中的〈醒世姻缘〉与〈鼓词集〉的作者问题》。

11 日，《文学遗产》第 71 期出刊，发表论文 2 篇：白枫《〈长恨歌〉的思想性》、刘乾《评王瑶先生论"词"》。

本期还请王易将苏联大百科全书中有关"自然主义"的部分翻译出来，予以刊登，如"编者按"所说，此举是"为了弄清楚胡适反动文学思想中是否有自然主义倾向"。

18 日，《文学遗产》第 72 期出刊，发表论文 3 篇：范宁《李白诗歌的现实性及其创作特征》、王瑶《答刘乾同志论词》、张国伟《读〈杜甫诗论〉后》。

本期刊登"古典文学出版简讯"1 篇。

25 日，《文学遗产》第 73 期出刊，发表论文 2 篇：艾尔《试评〈红楼梦〉后四十回》、罗根泽《略谈鲍照》。

本月，《文学遗产增刊》第一辑由作家出版社出版，收文 50 篇。作者是：胡念贻（2 篇）、丁力、三一、孙殊青（2 篇）、雪克、杨柳桥、徐嘉瑞、常佩樋、罗根泽、李嘉言、江慰庐、萧涤非、徐朔方、王运熙、余冠英、张志岳、易润芝、陈贻焮、李听风、宋廓、马兴荣、冯至、任二北、李束丝、严敦易（2篇）、冬尼、李汉英、李鼎芳、姚忠声、启功、胡忌（2篇）、霍松林、武建伦、钱东甫、高季安、杨柳、桂秉权、陶君起、王利器（2篇）、孔罗邨、沈流、宋松筠、郑树荣、白鸥、范宁。增刊的用稿都是从篇幅较长且在正刊上未曾发表过的稿件中选用的。其《出版说明》指出："本辑内所刊登的长短共五十篇文章，全系《文学遗产》自发刊以来陆续积压下来的稿子，其中有些批评或讨论的文章现在发表出来已嫌不及时，不过这些文章，作者都曾经付出过一定的劳力，而作为研究的资料来看，则是仍具有一定参考价值的。"《文学遗产增刊》总共出版了十八辑，前七辑均由作家出版社出版。1961年，从第八辑开始，改由中华书局出版。第十八辑在1989年改由山西人民出版社出版。

10月

9日，《文学遗产》第74期出刊，刊登《编后记》，称最近关于李煜《虞美人》的来稿较多，拟择优刊登；且下一年将是司马迁诞生两千一百周年，拟届时"编刊专辑，发表有关司马迁及其《史记》的研究论文"。

本期发表论文2篇：楚子《李后主及其作品评价》、夏兆亿《对李煜〈虞美人〉一词的看法》。

16日，《文学遗产》第75期出刊，发表论文1篇：吴颖《关于李煜词评价的几个问题》。

本期刊登"古典文学出版简讯"1篇。

23日，《文学遗产》第76期出刊，发表论文2篇：林庚《红楼梦中所反映的新的意识形态的萌芽》，沈玉成、李厚基《读〈西游记札记〉》。

30日，《文学遗产》第77期出刊，发表论文2篇：彭海《〈西游记〉中对佛教的批判态度》、吴晓报《对〈白居易传论〉的几点意见》。

11月

6日，《文学遗产》第78期出刊，发表论文1篇：严敦易《论元杂剧》。

13日，《文学遗产》第79期出刊，发表论文2篇：裴斐《谈李白的诗歌（上）》、王开济《对〈镜花缘〉注释的几点意见》。

20日，《文学遗产》第80期出刊，发表论文2篇：陈玨人《读〈白居易研究〉后的一些意见》、裴斐《谈李白的诗歌（下）》。

27 日，《文学遗产》第 81 期出刊，发表论文 2 篇：王瑶《谈晚清的新派诗》、汤擎民《评〈白居易传论〉》。

12 月

4 日，《文学遗产》第 82 期出刊，发表论文 2 篇：易原符《从白居易的诗歌中看唐代的乐与舞》、隋树森《九卷本〈阳春白雪〉校订记》。

11 日，《文学遗产》第 83 期出刊，发表论文 3 篇：王季星《从影印〈诗集传〉谈到清除文学古籍刊行工作中的资产阶级思想》、念如《应该以慎重严谨的态度来评价〈老残游记〉》、谭丕模《我对于李煜词讨论的一些意见》。

18 日，《文学遗产》第 84 期出刊，发表论文 1 篇：郑秀梓《谈〈长恨歌〉的主题思想——读白枫〈长恨歌的思想性〉》。

本期还刊登了牛仰山整理的《关于李煜及其作品的评价问题（北京师大中文系中国文学教研组讨论会情况）》。

25 日，《文学遗产》第 85 期出刊，发表论文 2 篇：元页石《也谈李后主词》、孙模《简介新版〈三国演义〉》。

本期以《批评的反应》为题刊登了《白居易传论》作者苏仲翔的来信，对第 77、81 期吴晓报和汤擎民的批评意见表示"接受和感谢"。

1956 年

1 月

1 日，《文学遗产》第 86 期出刊，发表论文 3 篇：陈赓平《我对词人李煜的看法》、淦之《略谈〈碾玉观音〉的人物描写》、李拓之《关于词曲的标点校订问题》。

8 日，《文学遗产》第 87 期出刊，发表论文 2 篇：劳洪《刘鹗及其〈老残游记〉》、王运熙《谈我国古代叙事诗不发达的一种原因》。

15 日，《文学遗产》第 88 期出刊，发表论文 3 篇：舒芜《开展自鸦片战争到"五四"时期文学史的研究》、石得《几个牵强附会的例子》、李嘉言《再谈白居易的"卒章显志"——答霍松林先生》。

22 日，《文学遗产》第 89 期出刊，发表论文 1 篇：傅璇琮《读〈论元杂剧〉》。

本期还刊登了褚斌杰整理的《关于李后主及其作品评价问题（北京大学中文系文学史教研室两次讨论会的综合记录）》。

29日，《文学遗产》第90期出刊，刊登《编后记》一篇，指出："本刊自去年8月28日第69期起开展对李煜的词的讨论以来，曾引起各方面的注意。……关于李煜词的问题的提出，目的不仅仅要讨论李煜的《虞美人》一词能不能选作中学语文教材，也不仅仅要作出对李煜词的人民性与艺术成就的评价，而是想通过对李煜这样一个大家看法很不一致，且难于评论的作家，展开讨论，使我们对古典作家和作品的研究工作提高一步。……现在，我们打算将这个讨论暂时告一段落，等将来有新的问题提出时，我们仍旧需要继续讨论的。"

本期发表论文2篇：游国恩《略谈李后主词的人民性》，邓魁英、聂石樵《关于李煜在文学史上的评价问题》。

本月，《文学遗产增刊》第二辑由作家出版社出版，收学术论文21篇。作者是：柯牧，杨公骥、张松如，张朝柯，王存拙，周村，王冰彦，孙望，许可，黄天骥，陈贻焮，胡国瑞，龙龚，徐晓星，吴素，范宁，宋松筠，吴晓铃，丁由，时萌，周妙中，徐嘉龄。其《出版说明》指出："在本辑内所编入的文章，除去部分系去年的存稿外，其余都系本年内我们打算采用，但为周刊篇幅所限制不能容纳，因而留下来的。选稿标准仍和增刊第一辑一样，以不违反辩证唯物主义和历史唯物主义的观点，作者曾付过一定劳力，而对于读者又有一定参考价值，或可引起讨论的著作为原则，但其中文章，不一定每篇都可成为定论。希望作者和读者们多多加以指正。"

同月，《文学遗产选集》第一辑由作家出版社出版，收学术论文29篇。作者是：周扬，常好问，霍然，潘辰，李希凡，蓝翎，刘秉义，褚斌杰，冯至，胡念贻，王运熙，王瑶，阎简弼，胡国瑞，霍松林，李嘉言，徐朔方，陈友琴，陈志宪，陈健，茅盾，张慧剑，刘大杰，曹道衡，王文琛，詹安泰。其《出版说明》指出："根据读者的要求，为了查阅与保存的方便，我们从《文学遗产》第一期至六十期中选出三十二篇（引者按：此为误记，应为31篇，含学术论文29篇与《发刊词》《编者的话》各1篇）文章，（约占发表量百分之二十八），编成这一本选集。在《文学遗产》上，自从去年十月展开《红楼梦》研究批判、胡适买办资产阶级主观唯心论的批判以及揭发胡风反革命集团的罪行以来，关于这三方面，我们一共发表了四十八篇文章，其中大都已收入作家出版社出版的《红楼梦问题讨论集》和三联书店出版的《胡适思想批判》。因此为了避免重复过多，只选录了四篇。"

2 月

5 日，《文学遗产》第 91 期出刊，发表论文 2 篇：蓝翎《〈聊斋志异〉的"民族思想"在哪里？——〈聊斋志异〉札记之四》、潘辰《评〈中国诗歌的优良传统〉一文》。

19 日，《文学遗产》第 92 期出刊，发表论文 1 篇：秦准《评林庚著〈中国文学简史〉（上卷）》。

26 日，《文学遗产》第 93 期出刊，发表论文 2 篇：鲁地《我对〈三国演义〉人民性的几点理解》、陈健《略谈〈梧桐雨〉杂剧》。

3 月

4 日，《文学遗产》第 94 期出刊，发表论文 3 篇：庄涌真《略谈〈史记〉》、邵骥《〈窦娥冤〉是否有民族气节问题》、长之《新版的〈镜花缘〉》。

11 日，《文学遗产》第 95 期出刊，发表论文 2 篇：毛星《评关于李煜的词的讨论》、周明《评〈国风选译〉》。

18 日，《文学遗产》第 96 期出刊，发表论文 2 篇：李希凡、蓝翎《关于文学研究中的庸俗社会学倾向——从〈红楼梦〉人物刘老老的讨论谈起》，仲弘《读〈林冲宝剑记〉》。

"读者中来" 1 篇：丁云《对古典文学作品不要轻易删改》。

25 日，《文学遗产》第 97 期出刊，发表论文 2 篇：王季思《谈关汉卿及其作品〈窦娥冤〉和〈救风尘〉》、程弘《〈警世通言〉中的爱情故事》。

4 月

1 日，《文学遗产》第 98 期出刊，发表论文 2 篇：曹道衡《评〈关于屈原作品的真伪问题〉》、刘射《这是什么样的校订工作？——评陈汝衡校订的〈说唐〉》。

8 日，《文学遗产》第 99 期出刊，发表论文 2 篇：徐朔方《琵琶记是怎样的一个戏曲》、金申熊《怎样理解"建安风骨"》。

本期还请王智亮、文美惠将苏联大百科全书中有关"人民性"和"爱国主义"的部分翻译出来，予以刊登，如《编后记》所说，此举缘起是："'人民性'和'爱国主义'是目前研究古代文学中所经常遇见的问题，而在李煜的词的讨论中，大家的意见很不一致。兹将苏联大百科全书中有关这两个术语的解释翻译出来，在本期发表，以供参考。"

15 日，《文学遗产》第 100 期出刊，发表论文 1 篇：邓绍基《反对古代文学研究中的庸俗社会学倾向——评严敦易同志〈论元杂剧〉》。

22 日，《文学遗产》第 101 期出刊，发表论文 2 篇：褚斌杰《鲁迅先生对我国古典文学研究的态度和方法》、李厚基《读〈说岳全传〉》。褚斌杰论文引起了关于鲁迅的古代文学研究的讨论（参见第 104、125、126、127、128 期）。

29 日，《文学遗产》第 102 期出刊，发表论文 3 篇：温凌《谈〈牡丹亭〉》、胡忌《金元戏剧的新资料——〈针儿线〉和〈清闲真道本〉》、陈监先《〈捉鬼传〉的作者和版本——兼评通俗文艺出版社新出〈捉鬼传〉的版本》。

5 月

6 日，《文学遗产》第 103 期出刊，刊登了署名"编辑部"的文章《反对对引文的不严肃态度》，指出："我们在来稿中，常常发现作者的引文有错误，而且这种现象还不是偶然的，个别的，有时甚至好些并非初学写作者，而是专门作研究工作的人也如此。……此外，在引文中将原文任意割裂歪曲的现象也相当普遍，这更是不可原谅的！……我们盼望所有从事写作的同志，在引用别人的文章时，应当实事求是，应当根据可靠的原材料自己仔细地校对一边，并且不要割裂别人的文句歪曲原意以适己用，这样才是对自己负责，也是对读者负责的正确的态度。"

本期发表论文 2 篇：许可《读〈评关于李煜的词的讨论〉》、秦绩《有关〈西游记〉的一个问题》。

13 日，《文学遗产》第 104 期出刊，发表论文 1 篇：舒芜《我对〈鲁迅先生对我国古典文学研究的态度和方法〉一文的意见》。

本期还刊登了乔象钟整理的《如何评价李煜的词（北京大学文学研究所古代文学组集体讨论）》。

20 日，《文学遗产》第 105 期出刊，发表论文 2 篇：顾学颉《〈唐宋词人年谱〉评介》、霍松林《略谈〈莺莺传〉》。

本期还刊登了《如何评价李煜的词（北京大学文学研究所古代文学组集体讨论）》的后续部分。

27 日，《文学遗产》第 106 期出刊，发表论文 3 篇：罗方《谈〈长恨歌〉》、陈玨人《和谭丕模同志商榷有关〈长恨歌〉的问题》、刘射《评〈乐府古诗〉》。

6 月

3 日，《文学遗产》第 107 期出刊，发表论文 2 篇：熊起渭《〈三侠五义〉的思想和艺术》、吴晢《〈官场现形记〉简论》。

10 日，《文学遗产》第 108 期出刊，发表论文 3 篇：璇琮《略论〈今古奇观〉》、牛仰山《高等师范院校中国古典文学教学大纲座谈会接触了些什么问题》、刘射《消灭不应有的错误》。

17 日，《文学遗产》第 109 期出刊，发表论文 1 篇：时萌《谈研究李白的几个问题》。

24 日，《文学遗产》第 110 期出刊，发表论文 2 篇：刘开扬《略谈岑参和他的诗》、熊起渭《〈孽海花〉述评》。

7 月

1 日，《文学遗产》第 111 期出刊，发表论文 2 篇：可永雪《〈封神演义〉的精华和糟粕何在？》、徐扶明《〈水浒后传〉作者陈忱的爱国思想》。

本期还刊登了《说唐》校订者陈汝衡的来信，对第 98 期刘射的批评文章做出了回应。

8 日，《文学遗产》第 112 期出刊，以"笔谈'百家争鸣'"为专题发表系列文章，"编者按"指出："为了贯彻执行中共中央提出的'百花齐放、百家争鸣'这一正确方针，我们曾用通信方式征求各地古典文学研究者的意见，现将收到的部分意见先行发表。"本期发表 11 篇：钟敬文《三点愿望》、林庚《漫谈百家争鸣》、罗根泽《开展实事求是的研究和批评》、陈友琴《"百家争鸣"和对批评态度的问题》、俞平伯《从古典文学略谈"百家争鸣"》、范宁《可以开展一次关于研究方法的讨论》、季镇淮《在研究的基础上展开争论》、王汝弼《我对"百家争鸣"和"百花齐放"的一点体会》、余冠英《不要束缚批评》、谭丕模《我的两点意见》、王利器《在同一性中进行着斗争》。

15 日，《文学遗产》第 113 期出刊，继续发表"笔谈'百家争鸣'"系列文章 9 篇：唐弢《宽广的前景》、李嘉言《克服两种偏向》、王瑶《对在古典文学研究领域贯彻"百家争鸣"方针的意见》、苏仲翔《莺啼处处同》、施蛰存《百家争鸣，研究古典文学的方向》、舒芜《赞古典文学的百花齐放，让研究工作百家争鸣》、霍松林《百家争鸣与古典文学研究》、隋树森《百家争鸣与古典文学的研究》、傅庚生《"其争也君子"》。

22 日，《文学遗产》第 114 期出刊，发表论文 2 篇：王仲闻《关于李煜词的考证问题》、憩之《关于周颂噫嘻篇的解释》。

29 日，《文学遗产》第 115 期出刊，发表论文 2 篇：傅正谷《评〈西游记试论〉》、赵景深《关于〈文学遗产〉的书评》。

本期继续发表"笔谈'百家争鸣'"系列文章 6 篇：刘大杰《一点体会》，阎简弼《为争鸣创造条件，清除障碍》，程千帆、王季思《我们对于百家争鸣的意见》，陆侃如《在学术机构里开展"百家争鸣"的关键》，萧涤非《两点意见》，詹安泰《对"百家争鸣"的一些感想》。

本月，张白山调任《文学遗产》编辑部编辑。

8 月

5 日，《文学遗产》第 116 期出刊，发表论文 1 篇：胡士莹《谈〈错斩崔宁〉》。

本期还刊登了郑孟彤整理的《关于李煜及其作品的评价问题——中山大学中文系中国文学史教研组两次讨论的综合记录》。

12 日，《文学遗产》第 117 期出刊，发表论文 3 篇：郭沫若《读了〈关于周颂噫嘻篇的解释〉》、徐澄宇《〈评《乐府古诗》〉的反批评》、傅璇琮《关于宋元南戏的几点理解》。

本期继续发表"笔谈'百家争鸣'"系列文章 1 篇：傅惜华《对"百花齐放、百家争鸣"的认识》。

19 日，《文学遗产》第 118 期出刊，刊登了署名"编辑部"的文章《致读者》，指出大部分来稿无法采用，"最主要的是作者对于本刊的方针、任务的不了解或不完全了解，因而在来稿中就有一部分不适合在本刊登载的"，编辑部有必要向作者发出如下几点呼吁："一、文章力求在科学研究的基础上做到言之有物，反对教条主义的空空洞洞的文章。二、提倡与人为善，实事求是的批评态度。三、提倡文章写得比较讲究，有风格，有文学意味。欢迎短小精悍、生动活泼，表现形式比较多样化的文章。四、除了研究、评介的文章外，本刊也欢迎对研究作家和作品有帮助的考据文章。读书札记、通信讨论、诗话、词话一类的文章，本刊也可以刊登。"

本期发表论文 2 篇：林志浩《论〈长恨歌〉的主题思想兼及其争论》、徐仲元《有关〈杜十娘怒沉百宝箱〉问题的商榷》。

26 日，《文学遗产》第 119 期出刊，刊登了署名"编辑部"的文章《关于退稿》，提了三点意见。一是表示本刊执行严格而严谨的退稿原则："我们的工作不可能没有缺点，但不用的稿子都是经我们反复审阅了以后，认为有不能发表的理由才退换的。"二是对不能每篇退稿都提具体意见做出解释："由于我们人力有限，对绝大多数作者的稿子提具体意见，实际上是有困难的。……我们认为在编辑部的日常工作中，最重要的一环是选稿，是对选出来准备刊用之稿再加审阅，帮助作者将它改得更加完善等等。这就是说主要的精力应该放在可以发表的稿子上。因为我们的任务是把刊物办好，这样来为广大的读者服务。"三是检讨了退稿工作中的缺点："我们常常因害怕引起过多的争论，害怕打乱我们的编辑计划，在选登稿件上便不免有些缩手缩脚，顾虑重重，给自己的工作制造出一些清规戒律，致使一些质量虽不高、但提出了问题，可以引起讨论的文章……未能发表，没有展开对这些问题的自由论辩。或者，有些问题虽然已经提出讨论了，也未能使大家畅所欲言，讨论得更加彻底。或者，在发表某些批评文章的时候，也不曾组织被批评者写出自己的意见来进行反批评。"

本期发表论文 1 篇：刘射《与徐澄宇先生商榷有关〈乐府古诗〉的问题》。

"读者来信" 1 篇：戒轩《不应当有的疏忽》。

本期增设"读者·作者"栏目，发表 1 篇文章：程毅中《有关〈诗经选〉的几点意见》。

本月，《文学遗产增刊》第三辑由作家出版社出版，收文 9 篇。作者是：李嘉言（2 篇），马茂元、欧阳凡海、李厚基、张士骢、沈玉成、金申熊、黄育苏、赵曙光、陈贻焮，华忱之，徐扶明。

9 月

2 日，《文学遗产》第 120 期出刊，发表论文 2 篇：拾遗《关于〈白居易研究〉中的一些问题》、陈珏人《读了〈关于《白居易研究》中的一些问题〉以后的意见》。

9 日，《文学遗产》第 121 期出刊，发表论文 2 篇：郭绍虞《关于〈文心雕龙〉的评价问题及其它》、怀霜《谈大块文章》。

本期还刊登了署名"编辑部"的文章《关于李煜的词的讨论（来稿综合报导）》。

16 日，《文学遗产》第 122 期出刊，发表论文 2 篇：徐嘉龄《我对变文的几点初步认识》、戊木《关于李白的〈梁园吟〉的创作年代问题》。

"读者中来" 1 篇：禾宴《谩骂不等于"争鸣"》。

23 日，《文学遗产》第 123 期出刊，发表论文 4 篇：胡毓寰《关于诗经噫嘻篇昭假一词意义的问题》、程千帆《〈唐诗三百首〉的编者》、赵夯《读〈宋元戏曲史〉》、陶君起《扩大古典文学的研究范围》。

30 日，《文学遗产》第 124 期出刊，发表论文 2 篇：傅璇琮《对〈从鸦片战争到"五四"的社会背景和文学概况〉一文的商榷及其他》、侯岱麟《评新本〈三侠五义〉》。

本月，编辑部迁至中关村中国科学院南楼办公。王西方、卢兴基到编辑部工作。

本月，中国作家协会古典文学部撤销，编辑部划归文学研究所，文学所亦脱离北京大学单属中国科学院哲学社会科学部。编辑部成员除金玲留中国作家协会工作外均调入文学所。

10 月

7 日，《文学遗产》第 125 期出刊，发表论文 3 篇：王瑶《鲁迅先生关于考据的意见》、邵骥《〈说唐〉简说》、珏人《琵琶记杂话》。

14 日，《文学遗产》第 126 期出刊，发表论文 1 篇：刘绥松《鲁迅——祖国文学遗产的继承者和捍卫者》。编辑部还以《谁是〈唐诗三百首〉的编者》为题刊发了侯镜昶、熊起渭、张觉泉、史树青、陈嘉等多位学者对此问题的看法。

21 日，《文学遗产》第 127 期出刊，发表论文 1 篇：林辰《鲁迅〈古小说钩沉〉的辑录年代及所收各书作者》。

28 日，《文学遗产》第 128 期出刊，发表论文 2 篇：舒芜《古鼎的金光和古剑的血迹——鲁迅论中国古典文学的战斗性传统》、林辰《鲁迅〈古小说钩沉〉的辑录年代及所收各书作者（续）》。

11 月

4 日，《文学遗产》第 129 期出刊，刊登启事："《文学遗产》编辑部已迁移至北京西郊中关村科学院社会楼南楼（电话 29 局转 17 号）。如有信件或稿件等，请径寄新址为荷。"

本期发表论文 2 篇：赵仲邑《九歌的人民性和现实主义精神》、陈述桂《略谈〈汉宫秋〉的主题思想》。

11 日，《文学遗产》第 130 期出刊，发表论文 3 篇：裴斐《谈李白诗歌讨论中的一些分歧意见》，李金彝、王田《关于"金错刀"和"青玉案"的问题》，曹荃《谈结论》。

"读者来信" 1 篇：阳光《与陈珏人先生商榷有关〈长恨歌〉的研究方法问题》。

18 日，《文学遗产》第 131 期出刊，发表论文 3 篇：王瑶《谈清代考据学的一些特点》，陈康、赵齐平《读〈诗经引论〉》，冯京《读诗偶记》。

25 日，《文学遗产》第 132 期出刊，发表论文 2 篇：陆侃如、冯沅君《关于编写中国文学史的一些问题》，翟奎曾《〈醉醒石〉略评》。

12 月

2 日，《文学遗产》第 133 期出刊，发表论文 3 篇：徐扶明《臧懋循与〈元曲选〉》、徐澄宇《再谈有关〈乐府古诗〉的问题》、刘射《写在〈再谈有关〈乐府古诗〉的问题〉的后面》。

"作者来信" 1 篇：陈珏人《答复阳光同志关于长恨歌的研究方法问题》。

9 日，《文学遗产》第 134 期出刊，发表论文 3 篇：李嘉言《改编全唐诗草案》、刘世德《〈封神演义〉的思想内容与艺术描写》、齐放《从新编系年〈陶渊明集〉谈到古典文学整理工作》。李嘉言论文获得极大反响，有许多来稿（参见第 138、151、154 期）。但李嘉言的这一设想在他生前并未能付诸实施，这一工程直至 20 世纪 80 年代末才开始。

16日，《文学遗产》第135期出刊，发表论文3篇：李长之《关于中国文学史的分期和编写体例》、陈咏《略说左传创造人物形象的艺术》、潘辰《试论〈战国策〉的作者问题》。

23日，《文学遗产》第136期出刊，发表论文2篇：程千帆《苏词札记》、周妙中《和严敦易先生商榷古今小说四十篇的撰述时代问题》。

30日，《文学遗产》第137期出刊，发表论文2篇：林庚《关于中国古典文学史研究上的一些问题》、王纶《闻一多先生〈诗新台鸿字说〉辨正》。

"读者来信"1篇：又今《读了〈读诗偶记〉以后的几点小意见》。

1957 年

1 月

6日，《文学遗产》第138期出刊，发表论文1篇：游国恩《对于编写中国文学史的几点意见》。

本期还以《对〈改编全唐诗草案〉的补充意见》为题刊登王仲闻、丁力的"读者来信"。

13日，《文学遗产》第139期出刊，发表论文2篇：萧涤非《关于"乐府"》、欧阳凡海《屈原和鲧》。

20日，《文学遗产》第140期出刊，发表论文2篇：邓潭洲《读郭沫若先生〈屈原赋今译〉》、宗铭《关于〈招魂〉的几个问题》。

27日，《文学遗产》第141期出刊，发表论文2篇：阎简弼《陆放翁论诗文》、胡雪冈《琵琶记的作者高则诚》。

本月，《文学遗产》编辑部主编的《李煜词讨论集》由作家出版社出版。前言指出："本集所收的文章凡二十篇，其中除了《关于李煜的词》一篇系征得作者同意转载自《文学研究集刊》第三册，《李煜词的艺术评价问题讨论》尚未在国内刊物上发表过以外，其余都发表在《文学遗产》第六十八期至第一二一期上。现为查阅与保存的方便，编成这一本讨论集，对喜爱中国古典文学的读者来说，应该有所帮助。"本书收论文18篇，作者是：楚子，夏兆亿，吴颖，元页石，陈赓平，游国恩，邓魁英、聂石樵，王仲闻，牛仰山，褚斌杰，乔象钟，郑孟彤，谭丕模，毛星（2篇），许可，洛雨，《文学遗产》编辑部。另从《苏联大百科全书》摘录、翻译"爱国主义"和"艺术上的人民性"两词条。

同月，张白山、劳洪调离《文学遗产》编辑部。

2月

3日，《文学遗产》第142期出刊，发表论文3篇：李晔《试论周颂噫嘻篇的制作时代》、知任《杂记三则》、王佩璋《〈红楼梦〉后四十回的作者问题》。

10日，《文学遗产》第143期出刊，发表论文1篇：高亨《〈读诗经引论〉的商榷》。

"读者来信"1篇：路大荒《弹词东郭传与鼓词东郭外传》。

第137期发表王纶《闻一多先生〈诗新台鸿字说〉辨正》一文后，有读者来信提出不同意见。编辑部在本期以《关于诗经新台篇"鸿"字说》为题，综合刊登了这些意见。

17日，《文学遗产》第144期出刊，发表论文2篇：程千帆《略论王安石的诗》、王运熙《谈李白的〈蜀道难〉》。

本期增设"研究动态"栏目，发表1篇。

24日，《文学遗产》第145期出刊，发表论文2篇：俞平伯《李白清平调三章的解释》、詹安泰《读词偶记》。

3月

3日，《文学遗产》第146期出刊，发表论文3篇：唐圭璋、金启华《论柳永的词》，邹酆《打开我国古代文学理论的宝库》，胡忌《从"元曲"谈到戏曲的问题》。

10日，《文学遗产》第147期出刊，刊登《关于本报专刊停止单订的说明》，提出由于"在国家对纸张供应必须保持平衡的情况下，报刊用纸受到计划供应的限制"，报社将停止专刊单订。

本期发表论文2篇：潘辰《〈战国策〉简论》、罗根泽《读〈诗品〉》。

17日，《文学遗产》第148期出刊，发表论文3篇：时萌《如何理解李白诗篇中的"盛唐气象"》、李清怡《试论〈辨奸论〉的真伪问题》、萧艾《读〈辛弃疾传〉以后的一些意见》。

24日，《文学遗产》第149期出刊，发表论文2篇：刘开扬《试论高适的诗》、乔象钟《对于〈杜甫写典型〉一文的意见》。

31日，《文学遗产》第150期出刊，发表论文2篇：何文广《校勘学对于研究中国古典文学的作用》、霍松林《〈元白诗选〉中的几个问题——和苏仲翔先生商榷》。

本月，《文学遗产增刊》第四辑出版，收文9篇，作者是：胡念贻、聂石樵、憩之、苏仲翔、王运熙、胡国瑞、钱东甫、李世瑜、邓魁英。其《出版说明》指出："本增刊所辑文章凡九篇，计十三万八千三百五十字。……这些文章都是（近）年来各地古典文学研究工作者的研究成果，没有在报刊上发表过，有助于研究古典文学；从这九篇中可以看出古代某一些作家和作品的特色以及文学史某一时期递嬗演变的情况。"

4月

7日，《文学遗产》第151期出刊，发表论文3篇：汪绍楹《对〈改编全唐诗草案〉的补充意见》、黄清士《花间集词人张泌》、丁冬《〈长生殿〉的主题思想倒底是什么？》

14日，《文学遗产》第152期出刊，发表论文2篇：李长之《李义山论纲》、管汀《谈〈诗经选译〉》。

21日，《文学遗产》第153期出刊，发表论文3篇：卢坚《谈谈〈聊斋志异〉的第一次刻本》、路大荒《聊斋志异作者蒲松龄的〈南游诗草〉介绍》、逸生《"梁园"商榷》。

28日，《文学遗产》第154期出刊，发表论文2篇：邵曾祺《关汉卿作品考》、陈廉贞《读吴梦窗词》。

本期还刊登李嘉言"作者来信"，就读者误以为《全唐诗》已着手改编一事做出澄清。

本月，《文学遗产选集》第二辑由作家出版社出版，收文28篇，作者是：怀霜、曹荃、李希凡、蓝翎、邓绍基、金申熊、刘世德、沈玉成、秦准、憩之、郭沫若、胡毓寰、李泽厚、陈贻焮、范宁、裴斐、时萌、刘开扬、易原符、褚斌杰、罗方、林志浩、王季思、王利器、林庚、陈辽、熊起渭、可永雪、劳洪、路大荒、徐扶明。《出版说明》指出："这些文章绝大部分是从《文学遗产》六十一期至一百二十期中选出来的，仅有少数几篇是从《文学遗产》六十一期以前及一百二十期以后选出的，因为这几文章与我们所选定的这个集子中的文章有很密切的关系，为了便于读者查阅起见，所以我们也把它们选在这里了。"

5 月

5 日，《文学遗产》第 155 期出刊，发表论文 2 篇：任二北、罗蔗园《与俞平伯先生商榷李白的清平调问题》，鲁地《关于〈三国演义〉的悲剧结局》。

本期刊登启事，告知读者《文学遗产增刊》第四辑和《文学遗产选集》第二辑已经出版。

12 日，《文学遗产》第 156 期出刊，发表论文 2 篇：褚斌杰《论李清照及其创作》、陈玨人《关于崔颢的黄鹤楼诗》。

本期刊登苏仲翔"作者来信"，对第 150 期霍松林对其所编《元白诗选》提出的意见表示感谢并作相应说明。

19 日，《文学遗产》第 157 期出刊，从本期开始改排在《光明日报》第五版。

本期发表论文 3 篇：程千帆《苏诗札记》、罗根泽《〈试论战国策的作者问题〉商榷》、俞平伯《读云谣集杂曲子〈凤归云〉札记》。

26 日，《文学遗产》第 158 期出刊，发表论文 4 篇：沈祖棻《说〈淮海词〉四首》、赵景深《梁启超写过广东戏》、刘星夜《韦庄生年考订》、唐圭璋《读词杂记》。

本月，高光起调至《文学遗产》编辑部。

6 月

2 日，《文学遗产》第 159 期出刊，发表论文 2 篇：萧艾《试论李商隐的七言律诗》、俞平伯《再谈清平调答任罗两先生》。

本期刊登二北、蔗园"作者来信"，就第 155 期《与俞平伯先生商榷李白的清平调问题》文中的具体问题，提出建议："讨论古典文艺的文字，能不用简体字最好。不然，对某些特别情况——如直接作字形讨论，或字音曾起变化等——不用简体字，以免发生误会，或增加额外体会的麻烦。"

9 日，《文学遗产》第 160 期出刊，发表论文 2 篇：李泽厚《"意境"杂谈》、陈汝衡《吴敬梓文木山房集外遗文的发现》。

16 日，《文学遗产》第 161 期出刊，发表论文 3 篇：梅英超《鸦片战争时期的进步诗人龚自珍》、李泽厚《"意境"杂谈（续)》、田其《略谈〈西游补〉》。

23 日，《文学遗产》第 162 期出刊，发表论文 3 篇：缪钺《杜牧诗简论》、顾学颉《"云阳"为什么成了刑场的代词?》、野孺《关于"三言"的纂辑者》。

30 日，《文学遗产》第 163 期出刊，发表论文 3 篇：尹明《元人杂剧中宾白是谁作的》、何芳洲《关于柳永及乐章集》、冯文炳《关于杜诗两篇短文》。

本期刊登徐调孚、胡国瑞、萧艾"读者来信"三则，胡国瑞建议："在《文学遗产》周刊或增刊的许多论文中所引用的材料原文是否可以仍用正体字而不用简体字？因为原材料的文字极简炼，换用简体字很可能使读者误会原意。……为了使读者不致误会原材料的意思，编辑部是否可以考虑关于引用古人的文句不用简体字？"

7 月

7 日，《文学遗产》第 164 期出刊，发表论文 4 篇：陈寂《鲍照诗的艺术特点》、孙楷第《鲍照与芜城赋》、齐治平《读〈陆游诗选〉》、刘永济《释屈赋三"耿介"义》。

14 日，《文学遗产》第 165 期出刊，发表论文 3 篇：古直《陶侃及陶渊明是汉族还是溪族呢?——与陈寅恪教授商榷所谓江左名人如陶侃及渊明亦出于溪族的结论》、游国恩《答齐治平先生书》、剑奇《略论〈二十年目睹之怪现状〉》。

21 日，《文学遗产》第 166 期出刊，发表论文 3 篇：毛任秋《关于刘勰的文学批评理论与实践——评郭绍虞对〈文心雕龙〉的评价》、枫野《唐代的双鬟》、知渐《关于"得胜头回"》。

28 日，《文学遗产》第 167 期出刊，发表论文 3 篇：胡念贻《关于古典文学研究中民族思想的争论问题》、珏人《与俞平伯先生商榷山东李白的问题》、王国维遗著《东山杂记》。王国维论文有"编者按"，称："海宁王国维先生，民国初年在东北沈阳盛京时报上，发表学术性随笔多则，为他的《遗集》所未收。该报纸销行不广，读者不多，而文章中又颇多可供参考的意见。因此，本刊特从该报中抄出，重新校勘、标点，择要发表出来，供读者参考。这里发表的只是抄录出的一部分，其余准备今后陆续刊出。"

8 月

4 日，《文学遗产》第 168 期出刊，本期发表论文 3 篇：游国恩、余冠英、林庚、王瑶、金申熊、沈玉成《在党的领导下前进——斥右派分子"党不能领导古典文学研究"的谬论》、谢无量《再谈李义山》、胡毓寰《关于"纳禾稼"及七月作者》。随着"反右派"运动的展开，从本期开始，在一年内发表若干"批右"文章。批判对象包括董每戡、冯雪峰、罗根泽、詹安泰、何满子、程千帆等人及其著作。

11 日，《文学遗产》第 169 期出刊，发表论文 1 篇：叶余《关于〈聊斋志异〉的第一次刻本》（附录卢坚来函）。

以"粉碎右派分子的进攻！"为专题发表系列文章 4 篇：陈友琴《辟古典文学领域中右派分子的谬论》、王季思《古锦旧绣的外衣迷惑不了人》、李嘉言《击退右派分子对于我们的进攻》、谭丕模《纯洁古典文学的队伍》。

18 日，《文学遗产》第 170 期出刊，发表论文 2 篇：王达津《钟嵘生卒年代考》、郭绍虞《答毛任秋〈关于刘勰的文学批评理论与实践〉》。

继续发表"粉碎右派分子的进攻！"系列文章 3 篇：裴斐、褚斌杰、陈贻焮《反击右派，回顾从前》，曹道衡、邓绍基《反击右派，坚决保卫党对古典文学研究工作的领导》，刘绶松《从新、旧对比说起》。

25 日，《文学遗产》第 171 期出刊，发表论文 1 篇：程毅中《略谈曹植作品的评价问题》。

本期增设"读者·作者·编者"栏目，刊登读者马奔、胡守仁来信各 1 篇。

继续发表"粉碎右派分子的进攻！"系列文章 2 篇：金曹错《事实胜于雄辩——击退右派分子对人民古典文学事业的进攻》、王利器《古典文学研究必须要党领导》。

31 日，《文学遗产》编委浦江清去世。此后，于第 183、184 期发表纪念文章。

9 月

1 日，《文学遗产》第 172 期出刊，发表论文 2 篇：刘世德《吴沃尧的生卒年》、王汝弼《我们需要加强党的领导》。

继续发表"粉碎右派分子的进攻!"系列文章2篇:谢思洁《斥所谓〈艺文志集刊〉的反动〈暂行规约〉》、范宁《不准翻案》。

8日,《文学遗产》第173期出刊,发表论文2篇:谭家健《略谈〈孟子〉散文的艺术特征》、王国维遗著《东山杂记之七（选录）》。

继续发表"粉碎右派分子的进攻!"系列文章1篇:郭预衡《粉碎右派分子的反动阴谋》。

15日,《文学遗产》第174期出刊,发表论文2篇:吴小如《略谈〈诗经〉训释的几个问题——对李金牧先生意见的商榷》、谭家健《略谈〈孟子〉散文的艺术特征（续）》。

22日,《文学遗产》第175期出刊,编辑部借郭文对《唐才子传》点校水平的批评,发表题为《要严肃地对待出版古典文学书籍的校勘、标点工作》的文章,指出:"最近市场上有大批的新版古典文学书籍出售,在古典文学书籍奇缺,即使有而索价也奇昂的情况之下,重新排印是十分必要的。读者如饥如渴地需要学习古典文学,接受我们祖先留下来的宝贵遗产,从事出版工作者便在这一方面大量供应,当然会受到读者们的欢迎。……正因为古典文学书籍是这样的畅销,我们从事出版工作的人就越发应该更好地为广大读者服务,十分审慎地从事工作。……我们只想就最起码的出版条件来说几句话:出版一本新书,要求错字少,校勘、标点都比较正确,让读者读得通,不至于被引入歧途,疑窦丛生,这该不至于是苛求的事吧。然而我们看到一些新版古典文学书籍,在文字校勘上和标点符号上,竟犯了许多不可容忍的错误。……我们应该提出批评,要求出版工作者,认真地负起责任来,改进草率敷衍、粗制滥造的作风,严肃地对待这一工作;既决定要选印某一种书籍,就必须邀请真正能够胜任的编校者来从事校勘和标点,这样才庶不至闹出太多太大的乱子来,叫买书的人喊冤叫屈!"

本期发表论文1篇:郭君曼《新版〈唐才子传〉校读记》。

继续发表"粉碎右派分子的进攻!"系列文章1篇:陈志宪《从古典文学队伍中一个老右派分子谈起》。

29日,《文学遗产》第176期出刊,发表论文3篇:王季思《谈关汉卿的〈鲁斋郎〉杂剧》、周妙中《和谭正璧先生商榷元代是否以曲取士的问题》、紫葳《引文应该忠实——兼论吴林伯先生的〈试论刘勰文学批评的现实性〉的引文》。

10 月

6 日，《文学遗产》第 177 期出刊，发表论文 3 篇：额尔登陶克陶《关于蒙古的杰出的作家——尹湛纳喜及其作品》、曹济平《岑参生年的推测》、（日本）清水茂《评介夏承焘著〈唐宋词人年谱〉》。清水茂论文是《文学遗产》首次发表（或转载）国外学者的作品。

本期还刊登陈志良"读者来信"1 篇。

13 日，《文学遗产》第 178 期出刊，发表论文 2 篇：祝肇年《继承讽刺艺术的战斗传统——古代滑稽戏简论》、伯山《文文山临刑诗的真伪问题》。

20 日，《文学遗产》第 179 期出刊，发表论文 3 篇：张鹏、严广平《评右派分子舒芜所注释的〈李白诗选〉》、管汀《这是什么立场！——评潘景郑的〈著砚楼书跋〉》、隋树森《读曲杂记》。

27 日，《文学遗产》第 180 期出刊，发表论文 2 篇：欧阳凡海《右派分子董每戡〈三国演义试论〉的中心思想是什么?》、傅璇琮《关于古籍校勘工作的一些意见》。

11 月

3 日，《文学遗产》第 181 期出刊，发表论文 3 篇：郭荷《谈新版〈水浒研究〉的〈后记〉》、聂石樵、邓魁英《斥彭慧在红楼梦研究中的非马克思主义观点》，野孺《关于冯梦龙的身世》。

10 日，《文学遗产》第 182 期出刊，发表论文 2 篇：王运熙《试论唐传奇与古文运动的关系》，谭绍鹏、冷杲圃《对〈湘君〉〈湘夫人〉篇独唱对唱问题的意见》。

17 日，《文学遗产》第 183 期出刊，发表论文 3 篇：吕叔湘《纪念浦江清先生》、浦江清遗著《词曲探源》、尚达翔《关汉卿的〈拜月亭〉》。

24 日，《文学遗产》第 184 期出刊，发表论文 3 篇：罗仲成《批判冯雪峰对中国古典文学的错误观点》、单寿年《关于〈聂夷中和他的诗〉的一些问题——与丁力同志商榷》、徐梦湘《忧患余生是谁》。

为纪念浦江清先生，本期还刊登了《浦江清先生论著目录与内容提要》。

12 月

1 日，《文学遗产》第 185 期出刊，发表论文 3 篇：罗仲成《批判冯雪峰对中国古典文学的错误观点（续）》，朱君毅、孔家《略谈朱有燉杂剧的思想性》，椒人《吴敬梓手迹的发现》。

本期增设"来函照登"栏目，发表程毅中来函 1 篇。

8 日，《文学遗产》第 186 期出刊，发表论文 2 篇：杨槐《右派分子何满子写的〈论儒林外史〉是一部反动作品》、程毅中《东坡词的意境》。

本期刊登清水茂"读者来信" 1 篇。

15 日，《文学遗产》第 187 期出刊，发表论文 2 篇：公孙从《〈中国文学史简编〉（修订本）批判》、柳文英《谈裴铏的〈传奇〉》。

22 日，《文学遗产》第 188 期出刊，发表论文 2 篇：陈咏《略谈"境界"说》、公孙从《〈中国文学史简编〉（修订本）批判（续）》。

29 日，《文学遗产》第 189 期出刊，发表论文 2 篇：余振生《批驳詹安泰在中国古典文学研究中的非马克思主义观点》、陈友琴《与俞平伯先生谈〈河岳英灵集〉》。

本期刊登施云"读者来信" 1 篇。

本月，《文学遗产增刊》第五辑由作家出版社出版，收文 18 篇，作者是：孙作云，胡毓寰，张宗铭，马茂元，郑孟彤、黄志辉，陈贻焮，马赫，曹道衡，丁振家，卢苏田，王利器，聂石樵，周妙中，吴则虞，张次青，贾宜之，胡人龙、雷石榆，桂秉权。

1958 年

1 月

5 日，《文学遗产》第 190 期出刊，发表论文 1 篇：周来祥《批判陆侃如的〈中国诗史〉》。

12 日，《文学遗产》第 191 期出刊，发表论文 3 篇：舒直《刘勰文学理论的中心问题》、谭正璧《元曲"四大神物"——釜底治曲记之一》、徐凌云《论现存〈董秀英花月东墙记〉非白朴原作》。

19 日，《文学遗产》第 192 期出刊，发表论文 2 篇：李谦《驳斥何满子在〈神话试论〉中的谬论》，丰嘉化、刘芝中《柳永和慢词》。

本期刊登吕云海、梅骏"读者来信"1篇。

26 日，《文学遗产》第 193 期出刊，发表论文 2 篇：陈志宪《〈牡丹亭〉的浪漫主义色彩和现实主义精神》、谭正璧《"双渐"资料——釜底治曲记之二》。

2 月

2 日，《文学遗产》第 194 期出刊，发表论文 2 篇：夏承焘《楚辞与宋词——为辛弃疾逝世 750 周年纪念作》、曾仲珊《读高亨先生的〈诗经选注〉及其它》。

9 日，《文学遗产》第 195 期出刊，发表论文 2 篇：吴小如《彻底揭穿右派分子程千帆的"学者"面貌》、凡礼《陆放翁的卒年》。

16 日，《文学遗产》第 196 期出刊，发表论文 3 篇：马茂元《玉溪生诗中的用典》、言永《漫谈巫山神女》、黄清士《李商隐与令狐父子》。

23 日，《文学遗产》第 197 期出刊，发表论文 2 篇：谭丕模《从〈鲁迅批判〉到〈文学史家的鲁迅〉——批判右派分子李长之打鲁迅与捧鲁迅的阴谋》、柳文英《明代的传奇小说》。

3 月

2 日，《文学遗产》第 198 期出刊，发表论文 3 篇：王运熙《〈虬髯客传〉的作者问题》、郭君曼《略谈〈唐诗三百首〉的蓝本及其他》、言永《试谈先秦小说》。

9 日，《文学遗产》第 199 期出刊，发表论文 3 篇：黄海章《谈严羽的〈沧浪诗话〉》、古直《陶渊明的世系问题》、尹明《论元曲"四大神物"说》。

16 日，《文学遗产》第 200 期出刊，发表论文 4 篇：叶秀山《也谈王国维的"境界"说》、林庚《说"木叶"》、周绍良《〈品花宝鉴〉成书的年代》、王国维遗著《东山杂记》。林庚论文引起了学者们的后续争论（参见第 202、205 期）。

23 日，《文学遗产》第 201 期出刊，发表论文 3 篇：王尧《谈西藏萨班·贡嘎江村及其哲理诗》，唐圭璋、金启华《再论柳永的词》，芝子《龙榆生笔下的陈曾寿》。

30 日，《文学遗产》第 202 期出刊，发表论文 4 篇：邓允建《谈在"三言""二拍"中所反映的市民生活的两个特色》、夏静岩《对于林庚先生〈说木叶〉一文的不同看法》、刘大杰《关于〈中国文学发展史〉》、王国维遗著《东山杂记（选录）》。

4 月

6 日，《文学遗产》第 203 期出刊，发表论文 2 篇：王孟白《关于李义山的诗——兼论李长之〈李义山论纲〉中的右派观点》、胡忌《读剧小记——莆仙戏〈单刀赴会〉》。

本期刊登谭正璧"作者来信"1 篇。

13 日，《文学遗产》第 204 期出刊，发表论文 3 篇：叶余《略谈〈聊斋志异〉的几种本子》、王达津《〈博异志〉作者问题质疑》、谭正璧《再谈"元曲四大神物"——兼答尹明先生〈论元曲四大神物说〉》。

本期刊登启事，告知读者："《文学遗产》专刊，自 5 月 1 日起，恢复单独订阅，读者可直接向全国各地邮局预订。"

20 日，《文学遗产》第 205 期出刊，发表论文 2 篇：唐健、吴同瑞、何淑淦、刘烜《应该怎样对待古典文学作品——从〈说木叶〉谈林庚先生的文学教学观点》、邓云骧《略谈商务版〈聊斋志异〉的注解》。

本期刊登了署名"编辑部"的文章《编者的话——从编辑角度谈"厚今薄古"》，文章指出："陈伯达同志于 3 月 10 日在国务院科学规划委员会第五次会议上，所作的关于'厚今薄古，边干边学'的讲话，我们觉得不仅对于哲学、社会科学的研究有指导意义，就对于我们古典文学编辑工作也同样具有指导意义。……经我们初步检查的结果，我们认为在我们工作中有时是有'厚古薄今'迷失方向的现象存在的。……而问题更在于我们首先得让读者识别其糟粕，然后才能正确地吸取其精华；用这些精华来为我们现代创作及社会主义文化建设服务。如果片面地全盘肯定，不加择别，那无疑地是会给读者（尤其是青年读者）以一种只要是古代的便好的错觉。这当然是会引导古典文学研究工作向'厚古'的错误方向发展去的。……我们'温故'是为了'知新'，研究古代是为了为现代服务。如果我们对古代的作家作品都一律不加批判地全盘肯定，只见其精华而不见糟粕，忽略了历史时代及阶级作用所给与古代作家的局限性，或者已经看出了而竟避而不谈，那不仅会得出凡古皆好，甚而至于还可以引出今不如古的结论来。"

此后，编辑部从各地高校、研究机构组织稿件，围绕"厚今薄古"问题展开讨论（参见第 216、217、219、227、228、229 期）；并陆续发起了对其他老学者的批判活动，游国恩、王瑶、唐圭璋、郑振铎、陈汝衡、许政扬、孟志孙、王达津、黄公渚、何其芳、杨晦、詹安泰、程千帆、陈寂等老一辈学者都被卷入其中。

27 日，《文学遗产》第 206 期出刊，发表论文 3 篇：徐凌云《试论凌濛初的"二拍"》、谭正璧《传奇〈牡丹亭〉和话本〈杜丽娘记〉——釜底治曲记之三》、杨白桦《从"左骖殪兮右刃伤"谈起——评〈楚辞选〉》。

5 月

4 日，《文学遗产》第 207 期出刊，发表论文 4 篇：霍松林《谈误解古典文学作品的几个例子》、李厚基《关于"二拍"的作者凌濛初》、徐凌云《试论凌濛初的"二拍"（续）》、杨惠琴《关于陆放翁的卒年及生日》。

11 日，《文学遗产》第 208 期出刊，发表论文 3 篇：曹道衡《评〈中国短篇白话小说的发展与艺术上的特点〉》、陈友琴《范宁同志写的〈白居易〉一书中存在着哪些问题？》、洪素野《对谭著〈元代戏剧家关汉卿〉传记部分质疑》。另在曹、陈二文后刊登《编后记》："在'双反'运动中，许多学校和研究机关都出现了有关学术问题的大字报（包括研究及教学的立场、观点、方法等），我们觉得很可以选择出一些来，公之于众，以引起大家的讨论。上面的两篇系从中国科学院文学研究所的大字报中选出；以后我们还打算继续发表这类的文章。因为是涉及学术问题的大字报，被批评的作者们有不同的意见，我们也欢迎写反批评的文章来参加讨论。"

18 日，《文学遗产》第 209 期出刊，发表论文 3 篇：夏承焘《辛稼轩的农村词》、李鲁人《对赵景深先生整理〈英烈传〉的一些意见》、陈珏人《关于欧阳修讽刺晏殊的诗》。

25 日，《文学遗产》第 210 期出刊，发表论文 2 篇：高海夫《谈陶诗中的"静穆"》、古直《陶渊明的年纪问题》。

本期刊登"读者来信""作者来信"各 1 篇。

31 日，《文学遗产》编辑部和文学研究所古代组联合召开座谈会，讨论在古典文学的研究工作和教学工作中，如何贯彻执行"厚今薄古"的方针。到会者除《文学遗产》编辑部和文学史古代组全体同志外，还有北京大学的林庚、游国恩、季镇淮、吴组缃、王瑶，北京师范大学的谭丕模、刘盼遂、王汝弼，人民文学出版社的赵其文、陈迩冬、黄肃秋等共 28 人。座谈主要集中在如下几个问题：（1）过去在古典文学研究、教学、编辑、出版工作中所存在的"厚古薄今"的偏向；（2）"厚古薄今"的思想根源；（3）对"厚今薄古"方针的体会；（4）今后应该如何贯彻"厚今薄古"的方针。本次会议的综合报导发表在《文学遗产》专刊第 216 期。

本月，《文学遗产增刊》第六辑由作家出版社出版，收文 20 篇，作者是：徐嘉瑞、陈朝璧、金德厚、任二北、郑孟彤、邓潭洲、陈友琴、刘开扬、陈贻焮、马克垚、麦朝枢、樊兴、胡国瑞、吴则虞、浦江清、戚法仁、陈中凡、聂石樵、章沛、张洪勋。

6 月

1 日，《文学遗产》第 211 期出刊，发表论文 3 篇：程毅中《略谈宋元讲史的渊源》、胡行之《略谈〈清平山堂话本〉和它的"校注"》、刘三《杜诗酒价和尹常卖》。

本期还刊登了《文学遗产增刊》第六辑出版启事。

8 日，《文学遗产》第 212 期出刊，以"纪念关汉卿"为专题发表系列文章 2 篇：赵景深《关汉卿和他的杂剧》、程毅中《也谈关汉卿的〈鲁斋郎〉杂剧》。

15 日，《文学遗产》第 213 期出刊，继续发表"纪念关汉卿"系列文章 2 篇：胡仲实《谈关汉卿笔下的妓女形象》、邹啸《关于关汉卿的散套》。

22 日，《文学遗产》第 214 期出刊，发表论文 2 篇：陈友琴《与缪钺先生商榷〈杜牧诗选〉中的一些问题》、黄海章《略谈苏轼的文学主张》。

本期刊登商务印书馆编辑部对第 205 期邓云骧《略谈商务版〈聊斋志异〉的注解》一文的回应。

29 日，《文学遗产》第 215 期出刊，继续发表"纪念关汉卿"系列文章 2 篇：柳文英《谈关汉卿的杂剧》、戴不凡《关汉卿生平新探——从高文秀是东平府学生员说起》。

7 月

6 日，《文学遗产》第 216 期出刊，刊登署名"编辑部"的文章《编者的话——谈我们今后的方向及需要怎样的一些文章》，确立了之后一段时间的用稿取向，向作者提出如下一些要求："一、为了提高文章质量起见，希望通过这次'厚今薄古'的讨论和认识，能够做到打破迷信古代，迷信权威的偏见，'敢于在新的历史条件下，提出问题，解决问题'（引用《红旗》发刊词中语）。凡有所作，不管其为表扬或批评，浇花或锄草，都应当实事求是地从今天读者的利益出发，从当前群众的需要出发，既不重蹈厚古薄今的复辙，也不一笔抹杀古人，而只将古人放到适当的历史地位上去，让古代文化的优良传统，经过公平的评价来为今天的人民服务。当然，要想达到这个目的，如果不先解决马克思列宁主义的立场、观点问题，就一定不能办到，这是可以断言的。二、为了纠正目前冗长繁琐、空洞虚浮的文风（实际上这正是资产阶级的文人、学者用来吓唬人的一种方法），而且又因我们刊物的篇幅有限，所以，今后凡是讨论问题及评介新出版的有关古典文学的专著、整理、选注书籍的文章，都希望不超过四千字；评介具体作家、作品的文章不超过六千字。超过六千字的文章，即使是可用，也只能用到'增刊'上去了；而'增刊'又是不定期刊，何时出版，很难一定。今后'增刊'也不再容纳过长的文章。三、在周刊上我们以后不再登载与文学关系不大、而又近于繁琐考据的文章（有价值的考据文章可用于'增刊'），如《元曲四大神物》（本刊191期），《博异志作者问题之一》（204期）这类的文章。四、为了加强与群众的联系，更好地反映群众意见，本刊以后拟多登些短小精悍、生动活泼的短评性质的短文。这种短文形式不拘一格，杂文式的或评论式的均可，只要求用准确、鲜明、生动、精炼的语言，开门见山、直截了当地谈问题。字数从五百到两千，至多不超过两千字。此外，还想增加'大家谈'一条栏，以便更广泛地反映群众性的评论和意见。"

本期发表论文1篇：何明《不要美化苏轼》。

刊登《明确方向，向前迈进——关于厚今薄古座谈会的综合报导》。

13日，《文学遗产》第217期出刊，发表论文2篇：吴文治《必须重视古典文学教学中两条道路的斗争》、林志浩《评在〈长恨歌〉主题思想讨论中的一些超阶级观点》。

"读者中来"3篇，收录了西南师范学院、山东大学、南开大学中文系的读者来信，都是围绕"厚今薄古"方针来谈的。

本期增设"通讯报导"栏目，发表1篇文章：竞耳《"厚今薄古"和

"厚古薄今"两条道路的斗争在北大》。

20 日,《文学遗产》第 218 期出刊,发表论文 2 篇:加林《论李义山及其诗》、吴文治《必须重视古典文学教学中两条道路的斗争(续)》。

本期增设"大家谈"栏目,发表 1 篇文章:雨山《〈文学遗产〉在跃进声中如何跨出第一步》。由此文开始,本刊参与到"大跃进"运动中来,后续又发表了一系列相关文章。

27 日,《文学遗产》第 219 期出刊,发表论文 3 篇:刘大杰《柳宗元及其散文》、谭丕模《北师大的古典文学教学在跃进中》、王汝弼《在古典文学研究领域中如何才能"厚今薄古"问题》。

本期还刊登了北京大学中文系大四学生周承珩的"读者来信",来信认为本刊对"厚今薄古"方针的执行并不彻底,提出了五多五少的弊病,包括:"考证多,评论少";"正统多,民间少";"古代多,近代少";"用马克思列宁主义文艺观点来批判、分析作品少,而用资产阶级唯心主义分析作品多";"政治少,业务多,红色的少,而白色或灰色的多"。

8 月

3 日,《文学遗产》第 220 期出刊,发表论文 2 篇:齐裕昆等《游国恩先生是怎样分析屈原作品的艺术性的》、袁良骏等《游国恩先生的"人民性"标签》。此二文是从北京大学中文系二年级学生组织的毛泽东文学社编辑出版的油印刊物《赤卫军》上选载的。

"大家谈"1 篇:英甫《"单文孤证"之一例——元代农民生活果真改善了吗?》。

为反对美英等国对阿拉伯国家的侵略,编辑部组织多位古典文学学者撰写短文回应这一国际政治事件,本期以"制止侵略,争取和平!"为专题发表系列文章 3 篇:游国恩《制止美英帝国主义的战争冒险行动》、陈友琴《祝美索不达米亚文化的新生》、王伯祥《严斥美英帝国主义》。

10 日,《文学遗产》第 221 期出刊,发表论文 4 篇:王叔珉、陈键等《评〈屈赋考源〉》,何九盈《长江后浪推前浪,一辈新人胜旧人——北大毛泽东文学社批判游国恩先生楚辞论著的报道》,游国恩《欢迎同学们和任何同志对我的楚辞论著的批判》,方可《文章应该写得通俗些》。

"大家谈"1 篇:冉霜《中学语文教学难道还应当走老路吗?》。

继续发表"制止侵略，争取和平！"系列文章2篇：俞平伯《一只纸老虎，一匹疯马》、魏建功《阿拉伯人民，我们同你们站在一起！》。

17日，《文学遗产》第222期出刊，发表论文2篇：何其芳《〈论《红楼梦》〉序》、卞孝萱《与陈寅恪先生商榷〈连昌宫词〉笺证问题》。

"大家谈"1篇：郭荷《根本问题在于插上红旗》。

24日，《文学遗产》第223期出刊，本期"编者按"指出："继双反运动之后，最近各大专学校又掀起了一个教学改革运动，这是一场拔白旗、树红旗的斗争。青年人在集体研究、讨论后，用集体的力量和智慧敢于批评老专家、老教授，这确实是件学术研究界中值得人欣喜的事情。这种从打破迷信，思想解放后所产生的新气象是应该支持的！下面所登载的对林庚先生的著作及教学提出批评意见的论文3篇是从北大中文系三年级学生所出版的油印刊物《革新》中选出。文章都不很长，但我们认为是抓住了重要问题的。"发表关于林庚古典文学研究的短评3篇：闵开德、刘烜《林庚先生在"建安风骨"的解释上所表现的阶级本质》，吴同瑞《林庚先生是怎样评价陶渊明的》，杨天石《孕育了陈子昂的是"上升发展的时代高潮"吗?》。

"研究动态"栏目改称"学术研究动态"，本期发表1篇：汪浙成《让马克思主义红旗，在古典文学教学领域中高高飘扬！——记北大中文系四年级学生批判林庚教授学术思想的一次座谈会》。

31日，《文学遗产》第224期出刊，本期改排在《光明日报》第七版，发表对老学者的批判文章3篇：季镇淮《〈楚辞论文集〉——资产阶级考据学》、李万春《林庚的"盛唐气象"批判》、北京大学中文系二年级鲁迅文学社集体写作《评王瑶在中古文学研究中的资产阶级立场、观点、方法》。

9月

7日，《文学遗产》第225期出刊，本期改排在《光明日报》第五版。

本期发表论文2篇：邵荃麟《如何对待古典文学，怎样古为今用》、马和顺《唐圭璋先生要把青年引导到哪里去？——评唐圭璋先生的〈论词之作法〉和〈"宋词"讲授提纲〉》。

"大家谈"1篇：辛夷《把红旗插在每本书的前面》。

14日，《文学遗产》第226期出刊，从本期开始改排在《光明日报》第七版。

本期发表论文 1 篇：北京大学中文系二年级一班瞿秋白文学会集体写作《评郑振铎先生的〈中国俗文学史〉》。

21 日，《文学遗产》第 227 期出刊，发表论文 5 篇：以群《怎样评价古典文学》、陈士生《厚古薄今到如此程度》、苏鸿昌《搞臭"厚古薄今"》、魏兴南《西南师范学院的古典文学教学作了根本性的改革》、仲平《从研究关汉卿作品所引起的一个问题》。

28 日，《文学遗产》第 228 期出刊，本期改排在《光明日报》第八版。

本期发表论文 3 篇：徐梦湘《〈说书史话〉中的"厚古薄今"倾向》、高海夫《对〈庾信诗赋选〉的选文标准和序言的几点意见》、潘辰《读〈庾信诗赋选〉》。

"大家谈" 1 篇：郭荷《古典文学研究者脱离社会主义政治现实的一例》。

10 月

5 日，《文学遗产》第 229 期出刊，从本期开始改排在《光明日报》第六版。

本期发表论文 3 篇：南开大学中文系青年教师研究生集体写作《此路不通——批判许政扬先生的资产阶级学术观点》，欧阳拔《对许政扬先生讲授〈关汉卿〉一章的部分意见》，南开大学中文系三年级三班集体讨论并由官怀城、徐朝华整理的《孟志孙先生在教学中的厚古薄今及其它》。

"学术研究动态" 1 篇：田本相、田培直《南开大学中文系在跃进中》。

12 日，《文学遗产》第 230 期出刊，发表论文 3 篇：黄肃秋《论古典文学编选中的一些问题》，南开大学中文系二年级一班、二班集体写作《王达津先生教学中存在着哪些问题？》，冯其庸《评黄公渚著〈欧阳修词选译〉》。

"大家谈" 1 篇：夏静岩《关于"不薄今人爱古人"》。

19 日，《文学遗产》第 231 期出刊，发表论文 3 篇：谭丕模《评介中国古典文学教学大纲初稿》、何其芳《关于〈《论红楼梦》序〉的一点说明》、方明《对何其芳同志的〈《论红楼梦》序〉的意见》。

"大家谈" 1 篇：加林《跳出旧圈子》。

"通讯报导" 1 篇：余一《复旦中文系在大踏步前进》。

26 日，《文学遗产》第 232 期出刊，发表论文 3 篇：炳宸《曹丕的文学理论——释"体"与"气"》、文风《批判右派分子詹安泰编注的〈李璟李煜词〉》、乔象钟《驳右派分子程千帆的所谓苏轼的反抗精神》。

本月，《光明日报》社决定自 11 月 1 日起，将《文学遗产》《史学》《哲学》《文字改革》《民族生活》五种专刊一律停刊。据白鸿回忆，本刊即着手清理稿件，写信给作者退稿，通知编委和通讯员，整理档案卷宗等。但停刊一事遭到毛泽东的批评，本刊紧急组织稿件，得以继续出刊（白鸿：《关于〈文学遗产〉的片断回忆——纪念〈文学遗产〉创刊四十一周年》，《文学遗产纪念文集》，文化艺术出版社，1998）。

11 月

2 日，《文学遗产》第 233 期出刊，发表论文 3 篇：邓绍基《李玉和他的传奇》、万庄《在教学改革中的吉林大学中文系》、郭石山《论冯文炳先生的〈杜诗讲稿〉》。

9 日，《文学遗产》第 234 期出刊，刊登启事："《文学遗产》编辑部已迁移至建国门内旧海军大楼，如有来信寄稿请寄以上新址交'中国科学院文学研究所文学遗产编辑部'即可。"

本期发表论文 3 篇：陈友琴《〈白居易诗评述汇编〉的前言》、隋树森《关汉卿的散曲中的几个问题》、徐凌云《怎样评价王国维的〈宋元戏曲史〉——评赵夯同志〈读《宋元戏曲史》〉》。

16 日，《文学遗产》第 235 期出刊。1958 年 10 月 17 日，中国文化代表团出国访问，途中飞机失事，郑振铎、谭丕模（本刊编委）等学者遇难殉职。编辑部于本期特设《悼念郑振铎、谭丕谟两同志专辑》，发表纪念文章 6 篇：夏衍《郑振铎同志的一生》、（印度）海曼歌·比斯瓦斯《悼念郑振铎》、俞平伯《哀念郑振铎同志》、北京师范大学三年级全体学生《悼念谭丕谟老师》、北京师范大学中文系《谭丕谟同志事略》、陈翔鹤《悼念郑振铎、谭丕谟两同志》。

本期刊登启事："本刊已停止单独订阅。本市读者若有需要，可订阅光明日报星期日报纸。"

23 日，《文学遗产》第 236 期出刊，发表论文 3 篇：中山大学中四甲第二学习组讨论、黄伟宗执笔《是现实主义文学史，还是艺术形式发展史？——评王季思〈宋元文学史〉讲义之一》，中山大学中四甲第二学习组讨论、丘振声执笔《应该用什么观点去评价作家和作品？——评王季思

〈宋元文学史〉讲义之二》，吴桂森、周家榘《陈寂先生的颂古非今种种》。

30 日，《文学遗产》第 237 期出刊，发表论文 2 篇：杨晦、季镇淮、冯钟芸、陈贻焮、李绍广《红色〈中国文学史〉的科学成就——评北大中文系文学专门化五五级集体编著的〈中国文学史〉》，欧麟、宛毓英、孔德明、彭鹤松《评黄海章〈中国文学批评史〉讲义》。

"大家谈" 1 篇：郭荷《材料和理论》。

本月，编辑部随文学所迁入城内建国门内大街 5 号中国科学院哲学社会科学部院内（原海军大楼旧址）办公。

12 月

7 日，《文学遗产》第 238 期出刊，发表论文 3 篇：北京大学中文系 1955 级《中国文学史》编委会《谁说脑力劳动不能大协作》、北京大学中文系毛泽东文学社集体写作《〈屈原赋校注〉批判》、北京大学中文系毛泽东文学社集体写作《评文怀沙对屈原作品的迻译》。

14 日，《文学遗产》第 239 期出刊，发表论文 3 篇：胡念贻《评〈宋诗选注序〉》、黄肃秋《清除古典文学选本中的资产阶级观点——评钱锺书先生〈宋诗选注〉》、文勋《从〈韦庄集〉的出版所想到的》。

"读者来信" 1 篇：金戈《对古书注释的意见》。

15 日，本刊编辑部组织了座谈会，讨论北京大学中文系文学专门化 1955 级集体编著的《中国文学史》。与会的共有十几位青年同志。讨论内容有：（1）本书的方向和它的战斗性；（2）本书的主要特点和优点；（3）对本书的商榷意见。参见刊登在第 242 期的会议报导。

21 日，《文学遗产》第 240 期出刊，发表 "大家来讨论陶渊明" 系列论文 2 篇：北京师范大学中文系二年级二班第一组集体讨论《陶渊明基本上是反现实主义的诗人》、郭预衡《陶渊明评价的几个问题》。"编者按" 指出："关于陶渊明的评价问题，在古典文学研究界一直存在着较多的分歧的意见。下面发表的北京师范大学中文系同志们的两篇文章和一篇通讯报导提出了一些对陶渊明的不同看法，希望关心这个问题的同志们都来参加讨论，以期能对陶渊明作出比较正确的评价。" 此后陆续推出陶渊明讨论专辑，引起学界广泛探讨。

"通讯报导" 1 篇：北京师范大学中文系二年级学生《关于陶渊明评价

问题的讨论》。

28 日，《文学遗产》第 241 期出刊，发表论文 3 篇：卞孝萱《对陈寅恪〈元白诗笺证稿〉的一些意见》、陈翔鹤《越南访诗记》、周汝昌《读〈《宋诗选注》序〉》。

本年初，编委会有部分调整，增补了一些外地学者。新一届编委会成员包括：余冠英、陈友琴、范宁、吴晓铃、吴组缃、季镇淮、游国恩、林庚、刘盼遂、郭预衡、魏兴南、唐圭璋、朱东润、萧涤非、王季思、徐调孚、王任叔、赵其文。

1959 年

1 月

4 日，《文学遗产》第 242 期出刊，发表论文 1 篇：杭州大学中文系《屈原赋校注》批判小组《姜亮夫〈屈原赋校注〉对于屈原思想的歪曲》。

"读者中来" 1 篇：王重《让文学界的赤兔马向前奔驰》。

本期还刊登了《第一部红色的中国文学史著作——关于〈中国文学史〉座谈会的综合报导》。

11 日，《文学遗产》第 243 期出刊，发表论文 2 篇：范民声、马圣贵、陈祖垫、李宝均《"建安风骨"是怎样形成的》，复旦大学中二创造性小组《从对陶渊明的评价问题上看刘大杰先生的资产阶级观点》。

"通讯报导" 1 篇：余一《把资产阶级学术思想从古典文学研究领域中清除出去》。

18 日，《文学遗产》第 244 期出刊，继续发表 "大家来讨论陶渊明" 系列论文 6 篇：卢世藩《陶渊明基本上是现实主义诗人》、一粟《谈陶渊明的归隐和劳动》、傅晋理《陶渊明归隐的客观意义和影响》、张连喜《退隐是有 "积极意义" 的 "反抗" 吗?》、赵德政《对陶渊明辞官归隐的浅见》、段铁基《略谈陶诗的艺术风格和现实性》。《编后记》指出："本刊在第 240 期提出讨论陶渊明的问题以后，得到各方面同志们的关怀和支持，截至目前为止，我们已收到有关这个问题的文章约五十余篇。……以我们现在收到的来稿看，讨论的问题比较集中于陶渊明的政治态度和参加劳动等几点上。我们希望同志们对陶渊明在作品中所表现的总的思想倾向及其发展变化以及他在文学上的成就等方面能有所阐述。"

25 日,《文学遗产》第 245 期出刊,发表论文 2 篇:郭沫若《谈蔡文姬的〈胡笳十八拍〉》、童丹《与郑孟彤先生商榷汉赋的评价问题》。郭沫若论文引起了学者们关于蔡文姬《胡笳十八拍》真伪问题的探讨(参见第 263、264、265、266、268、269、274 期)。

本期增设"书评"栏目,发表论文 1 篇:沈天佑《〈文学研究与批判专刊〉介绍》。

2 月

1 日,《文学遗产》第 246 期出刊,发表论文 2 篇:王季思《五代两宋词的评价问题》、干将《〈中国古代神话〉批判》。

"书评"1 篇:潘天庆《简评〈唐诗三百首〉》。

8 日,《文学遗产》第 247 期出刊,继续发表"大家来讨论陶渊明"系列论文 1 篇:汪浙成《应该全面地历史地评价陶渊明》。

本期还刊登了《关于陶渊明的讨论——来稿综合报导》。

15 日,《文学遗产》第 248 期出刊,发表论文 3 篇:胡念贻《评〈傀儡戏考原〉》、卓如《做考据工作就真的没有观点吗?》、马茂元《关于孟郊——读书札记之一》。

"书评"1 篇:解叔平《推荐〈论《红楼梦》〉》。

22 日,《文学遗产》第 249 期出刊,发表论文 3 篇:卓如、陈超棠《简评〈中国民间文学史〉》,马茂元《柳宗元的诗——读书札记之二》,河北北京师范学院古典文学教研组《不要把诗人曹操涂成大白脸》。

"学术研究动态"栏目改称"学术动态",本期刊登 1 篇。

3 月

8 日,《文学遗产》第 250 期出刊,发表论文 2 篇:陈友琴《对于〈新编唐诗三百首〉的一些意见》,安民、刘锡诚、潜明滋《试谈〈中国民间文学史〉中的两个问题》。

"书评"1 篇:江九《〈诗经通论〉简评》。

15 日,《文学遗产》第 251 期出刊,发表论文 3 篇:罗根泽《三论陶渊明诗》、刘国盈《再谈陶渊明》、陈羽人《韦应物和白居易》。

"学术动态"1 篇:孙静《北大中文系师生修改〈中国文学史〉》。

22 日，《文学遗产》第 252 期出刊，发表论文 3 篇：余振生《陶诗反映现实的特征》、金启华《晚唐诗歌试论》、俞在缅《〈辽金元诗选〉读后》。

29 日，《文学遗产》第 253 期出刊，发表论文 1 篇：北京大学中文系 1956 级四班毛泽东文学社《试谈陶渊明的思想及其作品的人民性》。

本期增设"书刊简介"栏目，发表 1 篇文章：黄墨谷《三种〈中国文学资料丛刊〉》。

本期刊登署名"编辑部"的文章《提出几个问题》，指出："关于陶渊明评价问题的讨论，本刊自第 240 期以来已发表了 15 篇文章。……为了使这次的讨论能够深入发展下去，我们特邀请了在京的少数专家和青年研究工作者开了一次座谈会，征求他们对于这次讨论的意见。"并提出了三条具体问题：（1）关于古典抒情诗歌反映现实的问题；（2）对待古代作家、作品，应有历史唯物主义的观点；（3）关于研究方法上的问题。

4 月

5 日，《文学遗产》第 254 期出刊，发表论文 3 篇：乔象钟《民间文学是我国文学史的主流吗？》、夏承焘《关于〈新编唐诗三百首〉》、路坎《有没有选"春眠不觉晓"这首诗？》。

"大家谈" 1 篇：郭荷《为了产生更好的中国文学史》。

12 日，《文学遗产》第 255 期出刊，发表论文 2 篇：棣华《不要抬高也不要贬低李清照》、启枋《对北大〈中国文学史〉中〈先秦散文〉一章的一些意见》。棣华论文引发学者们关于李清照的讨论，在高校产生很大影响，这场讨论持续一年多（参见第 258、261、262、265、267、276、288、290、296、300、303 期）。

"书评" 1 篇：单纯《略评〈陆游传论〉》。

"通讯报导"栏目改称"通讯报道"，本期发表 1 篇：徐鹏《上海复旦等校讨论文学史主流等问题》。

同日，遵周扬指示，《文学评论》《文学遗产》编委扩大会议在和平宾馆召开。这次编委会议由编委召集人何其芳主持，他在会议上传达了周扬在 1959 年 2 月对本刊的三点指示：（1）中外古今（意思是本刊除着重发表对于当前文学理论问题和文学作品的评论，还要发表关于我国古典文学和外国文学的文章）；（2）百家争鸣；（3）保证质量。此次编委会报导发表在第 261 期。

19 日，《文学遗产》第 256 期出刊，发表论文 2 篇：刘大杰《文学的主流及其他》、唐圭璋《文天祥〈念奴娇〉词辨伪》。

"通讯报道" 1 篇：徐鹏《复旦大学讨论现实主义与反现实主义问题》。

26 日，《文学遗产》第 257 期出刊，发表论文 3 篇：祝本《在文学史上应该怎样评价曹操》、江笑波《谈我国文学史的主流》、夏静岩《读〈韦苏州集〉札记》。

5 月

3 日，《文学遗产》第 258 期出刊，发表论文 2 篇：范宁《略谈 "五四" 以来的中国古代文学研究》、黄伟宗《论李清照——与棣华同志商榷》。

本期另刊登刘大杰 "作者来信" 1 篇。

10 日，《文学遗产》第 259 期出刊，发表论文 2 篇：曹道衡《再论陶渊明的思想及其创作》、王大兆《关于〈诈妮子调风月〉——与戴不凡同志商榷〉》。

"大家谈" 1 篇：雨山《谈 "大家谈"》。

17 日，《文学遗产》第 260 期出刊，发表论文 2 篇：贾文昭《从陶渊明的讨论谈评价古典文学作品的尺度问题》、袁珂《关于〈《中国古代神话》批判〉答干将先生》。

24 日，《文学遗产》第 261 期出刊，发表论文 2 篇：夏承焘《评李清照的〈词论〉——词史札丛之一》、盛静霞《论李清照》。

本期刊登署名 "编辑部" 的文章《百家争鸣，保证质量——关于本刊编委会议的报导》。

31 日，《文学遗产》第 262 期出刊，发表论文 3 篇：赵景深《关于〈中国民间文学史〉材料的引用》、叶晨晖《谈李清照的爱国主义思想》、鲁国尧《归庄〈万古愁〉中的〈龙吟怨〉》。

本期另刊登 "学术动态" 1 篇。

6 月

7 日，《文学遗产》第 263 期出刊，发表论文 2 篇：刘大杰《关于蔡琰的〈胡笳十八拍〉》、夏钦祥《"狂虏" 和 "墙橹"》。

"大家谈" 1 篇：吕晓铃《从 "吕硕园订" 的〈牡丹亭〉谈到考证工作》。

本期增设"读稿随笔"栏目，发表 1 篇文章：边际《关于引文》。

8 日，《文学遗产》第 264 期出刊，本期为增刊，专门登载有关《胡笳十八拍》的讨论文章，共计 2 篇：郭沫若《三谈蔡文姬的〈胡笳十八拍〉》、刘开扬《关于蔡文姬及其作品》。

14 日，《文学遗产》第 265 期出刊，发表论文 3 篇：李鼎文《〈胡笳十八拍〉是蔡文姬作的吗?》，王达津《〈胡笳十八拍〉非蔡琰作补证》，唐圭璋、金启华《也论李清照》。

"大家谈" 1 篇：江九《从陶渊明、李清照讨论中想到的》。

21 日，《文学遗产》第 266 期出刊，发表论文 2 篇：郭沫若《四谈蔡文姬的〈胡笳十八拍〉》、宁《高鹗手定〈红楼梦稿本〉的发现》。

28 日，《文学遗产》第 267 期出刊，发表论文 2 篇：王淑明《从对李清照作品的讨论说起》、郭预衡《李清照短论》。

"大家谈" 1 篇：白苇《谈谈中国古典抒情诗歌问题》。

本期刊登署名"编辑部"的文章《关于孟浩然及其〈春晓〉诗的争论——来稿综合报导》。

7 月

5 日，《文学遗产》第 268 期出刊，发表论文 2 篇：廖仲安《也谈中文学史上的现实主义问题——并与刘大杰先生商榷》、王运熙《蔡琰与胡笳十八拍》。

本期刊登署名"编辑部"的文章《关于中国文学史主流问题——来稿综合报导》。

12 日，《文学遗产》第 269 期出刊，发表论文 2 篇：高亨《蔡文姬与〈胡笳十八拍〉》、王竹楼《〈胡笳十八拍〉不是蔡文姬作的吗?》。

"大家谈" 1 篇：潘辰《略谈实事求是的研究方法》。

19 日，《文学遗产》第 270 期出刊，发表论文 2 篇：朱东润《陆游的思想基础》、单寿年《聂夷中五题》。

本期另刊登"读者·作者·编者"和"学术动态"各 1 篇。

26 日，《文学遗产》第 271 期出刊，发表论文 1 篇：何其芳《文学史讨论中的几个问题——1959 年 6 月 17 日在中国作家协会和中国科学院文学研究所召开的文学史问题讨论会上的发言》。

8 月

2 日，《文学遗产》第 272 期出刊，发表论文 2 篇：夏承焘《如何评价〈宋诗选注〉》、何其芳《文学史讨论中的几个问题——1959 年 6 月 17 日在中国作家协会和中国科学院文学研究所召开的文学史问题讨论会上的发言（续）》。

"大家谈" 1 篇：一鸿《略谈在古书上加字》。

本期另刊登"作者·编者" 1 篇。

9 日，《文学遗产》第 273 期出刊，发表论文 2 篇：刘大杰《关于现实主义问题》、何其芳《文学史讨论中的几个问题——1959 年 6 月 17 日在中国作家协会和中国科学院文学研究所召开的文学史问题讨论会上的发言（续完）》。

"大家谈" 1 篇：仲弘《应更深入地揭露文学史上的对立面》。

16 日，《文学遗产》第 274 期出刊，发表论文 2 篇：舒直《略谈刘勰的"风骨"论》、李丹阳《漫谈古代神话》。

"大家谈" 1 篇：郭荷《多写古典作家论》。

本期刊登署名"编辑部"的文章《〈《胡笳十八拍》讨论集〉前言》，《〈胡笳十八拍〉讨论集》一书由中华书局于 1959 年 11 月出版。

23 日，《文学遗产》第 275 期出刊，发表论文 2 篇：周汝昌《读夏承焘〈姜白石词编年笺校〉》、洪舒《应正确地引用和解释毛主席著作中的文字》。

30 日，《文学遗产》第 276 期出刊，发表论文 2 篇：王季思《漫谈李清照的词》、傅懋勉《关于陶渊明的评价问题》。

"大家谈" 1 篇：江风《怎样评价田园诗歌？》。

9 月

6 日，《文学遗产》第 277 期出刊，发表论文 2 篇：陈赓平《试论龚自珍》、李茂肃《〈鲁斋郎〉杂剧有民族思想吗？》。

"大家谈" 1 篇：怀霜《谈编者的态度问题》。

13 日，《文学遗产》第 278 期出刊，发表论文 5 篇：景卯《关于〈文赋〉一些问题的商榷》、商又今《风骨的意义究竟是什么？》、王达津《试谈刘勰论风骨》、陈赓平《试论龚自珍（续）》、夏承焘《陶潜与孙恩》。

20 日，《文学遗产》第 279 期出刊，发表论文 3 篇：曹道衡《试论谢灵运及其山水诗》、温蠖《吴蜕和陈陶》、俞平伯《读新校正本〈梦溪笔谈〉》。

"大家谈" 1篇：汪浙成《春兰秋菊菜羹肉脍》。

27日，《文学遗产》第280期出刊，发表论文3篇：景卯《关于〈文心雕龙〉一些问题的商榷》、赵景深《略谈〈霓裳续谱〉》、翼谋《谈"羽扇纶巾"》。

10月

4日，《文学遗产》第281期出刊，发表论文2篇：乔象钟《关于古典诗歌研究中的艺术分析问题》、袁世硕《读贾凫西〈澹圃诗草〉》。

11日，《文学遗产》第282期出刊，发表论文2篇：胡念贻《〈诗经〉中的颂赞诗》、程弘《王禹偁和西昆体》。

"书评" 1篇：洪诚《评蒋礼鸿〈敦煌变文字义通释〉》。

"读者来信" 1篇：徐梦湘《关于扩大古典文学研究领域的意见》。

18日，《文学遗产》第283期出刊，发表论文1篇：郑振铎遗著《中国小说八讲（提纲）》。

"书评" 1篇：瞿蜕园《〈唐宋诗举要〉简评》。

25日，《文学遗产》第284期出刊，发表论文2篇：郑振铎遗著《中国小说八讲（提纲）（续）》、黄墨谷《谈"词合流于诗"的问题——与夏承焘先生商榷》。

11月

1日，《文学遗产》第285期出刊，发表论文1篇：人民文学出版社中国古典文学编辑室集体撰述《十年来我社的古典文学出版工作》。

8日，《文学遗产》第286期出刊，发表论文2篇：李茂肃《黄遵宪的爱国主义精神》、段熙仲《鲁颂〈閟宫〉的作者问题》。

"书评" 1篇：江九《关于两种〈楚辞〉选注本子》。

15日，《文学遗产》第287期出刊，发表论文2篇：陈翰文《现实主义的产生和发展》、谭家健《谈王昌龄的〈出塞〉》。

"书评" 1篇：马茂元《评〈苏轼词选〉》。

22日，《文学遗产》第288期出刊，发表论文1篇：黄伟宗《再谈评价李清照的几个问题》。

"大家谈" 1 篇：刘永渭《引文应该准确！》。

"书评" 1 篇：紫丹《略谈有关王安石的四部著作及其新版本》。

29 日，《文学遗产》第 289 期出刊，发表论文 1 篇：范宁《对于陶渊明的一点理解》。

"大家谈" 1 篇：刘叔成《时代的声音和"小鸟般的歌唱"》。

本月，《文学遗产》编辑部主编的《胡笳十八拍讨论集》由中华书局出版。前言指出："关于《胡笳十八拍》的问题，从本年一月廿五日起，在《文学遗产》周刊上，一共发表了十篇文章，约六万字左右。此外，因限于篇幅未能发出的文章尚有十余篇之多。……《胡笳十八拍》的讨论，截至现在为止，还只限于一篇作品的真伪问题（其中当然也牵涉地理环境、历史事实、时代风格问题等等），关于蔡琰在文学史上应有的地位及《胡笳十八拍》本身的艺术价值尚缺少专文作深入的探讨。不过作品的真伪问题应该解决，也是研究文学史的人所不能不关心的。所以对此展开讨论并非无益的事。……在编排上，我们以肯定《胡笳十八拍》为蔡琰所作的文章为一类，以持相反意见的文章为另一类，其他不属于两方而又与《胡笳十八拍》有关的文章为第三类。……现在关于《胡笳十八拍》的讨论在周刊上暂时告一段落，以后，如有新的重要材料、新的论证，可以解决《胡笳十八拍》关键性问题的文章，我们还要发表一些，比较一般的就不打算再发表了。当然，这并不意味问题讨论的结束，而只是要求讨论走向更深入更提高的阶段。"本书收文 29 篇，作者是：郭沫若（7 篇）、高亨、王竹楼、萧涤非、胡念贻、黄诚一、叶玉华、熊德基、张德钧、刘大杰（2 篇）、刘开扬、李鼎文、王达津（2 篇）、王运熙、刘盼遂、胡国瑞、王先进、祝本、卜孝萱、谭其骧、李村人。

12 月

6 日，《文学遗产》第 290 期出刊，发表论文 2 篇：李让白、安克环《试谈〈秦妇吟〉》，孟周《李清照讨论中的一个偏向》。

本期另刊登署名"编辑部"的文章《关于"风骨"的解释——来稿综述》。

13 日，《文学遗产》第 291 期出刊，发表论文 4 篇：关铎《一个"误会"》、劳洪《为什么会有这样的理解？》、陈鸣钟《〈西游记〉中的金光寺》、胡道静《关于校勘方面的问题——与俞平伯先生商榷》。

20 日，《文学遗产》第 292 期出刊，发表论文 2 篇：胡念贻、刘世德、邓绍基《文学研究战线上的新收获——喜读〈中国文学史〉修订本》，李绍广《黄遵宪的集外诗》。

27 日，《文学遗产》第 293 期出刊，发表论文 2 篇：晏震亚《如何评价〈文赋〉》、程弘《略谈元杂剧中的民族思想问题》。晏震亚论文得到了毛泽东的称赞（白鸿：《关于〈文学遗产〉的片断回忆——纪念〈文学遗产〉创刊四十一周年》，《文学遗产纪念文集》，文化艺术出版社，1998）。

"大家谈" 1 篇：戴世俊《有没有 "中间作品"?》。此文引起了学者们关于 "中间作品" 的讨论（参见第 296、297、302、307、308、313、318、323、338 期）。

本月，《文学遗产增刊》第七辑由中华书局出版，收文 17 篇，作者是：胡念贻、陈中凡、廖仲安、刘开扬、王运熙、俞平伯、乔象钟、夏承焘、吴则虞、汪国璠、霍松林、程毅中、李世瑜、邓允建、邵炘、徐扶明、熊德基。

本年，王熙治调任《文学遗产》编辑部编辑。

1960 年

1 月

3 日，《文学遗产》第 294 期出刊，发表论文 3 篇：北京大学中文系教研室教师、1956 级四班学生《历代对陶渊明的一些探索》，谢刚主《关于〈不下带编〉》，程弘《古代戏曲中的蔡文姬》。

10 日，《文学遗产》第 295 期出刊，发表论文 2 篇：汪蔚林《〈孔尚任诗文集〉后记》、李之勤《应该认真的对待古代作家生平介绍的编写工作》。

"书评" 1 篇：白乃桢《〈王维诗选〉读后》。

17 日，《文学遗产》第 296 期出刊，发表论文 1 篇：郭预衡《再论李清照——兼论思想性和艺术性的关系，并和〈李清照讨论中的一个偏向〉的作者商榷》。

"书评" 1 篇：陈监先《评新版〈顾亭林诗文集〉》。

"大家谈" 1 篇：王健秋《"中间作品" 与阶级性》。

24 日，《文学遗产》第 297 期出刊，发表论文 2 篇：王尚文《试谈李白诗中的一些艺术形象》、周文俊《读了〈对于陶渊明的一点理解〉后的一点意见》。

"大家谈" 1 篇：蔡仪《所谓"中间作品"的问题》。

本期刊登《编后记》，重申引文严肃性的问题，表示："今后我们一定要特别注意查对引文的工作，做到查对每一篇的引文。"

31 日，《文学遗产》第 298 期出刊，发表论文 2 篇：景白《应该重视古典文学散文的研究和讨论》、罗根泽《〈洛阳伽蓝记〉试论》。

"读者来信" 1 篇：李康乾《两点意见》。

2 月

7 日，《文学遗产》第 299 期出刊，发表论文 3 篇：夏承焘《读张炎的〈词源〉》、李宪昭《也谈〈秦妇吟〉——兼与李让白、安克环同志商榷》、木讷《对引文不够认真严肃之又一例》。

14 日，《文学遗产》第 300 期出刊，发表论文 3 篇：黄广鲁《李清照词的客观现实意义》、李鼎芳《从李清照的〈永遇乐〉谈到〈声声慢〉》、侯康乙《读〈调风月〉偶得》。

21 日，《文学遗产》第 301 期出刊，发表论文 2 篇：盛钟健、姚国华、徐佩珺、范民声《也谈现实主义的产生和发展》、吴文治《柳宗元的文学理论初探》。

"大家谈" 1 篇：汪浙成《看到想到——谈谈发掘和整理古典文学理论的一些问题》。

28 日，《文学遗产》第 302 期出刊，发表论文 4 篇：王孟白《李贺和他的诗》、胡锡涛《略谈"中间作品"及其它》、王世明《也谈〈念奴娇〉中的"樯橹"》、文川《从〈春晓〉和〈静夜思〉来谈抒情短诗问题》。

3 月

6 日，《文学遗产》第 303 期出刊，发表论文 2 篇：孟周《关于李清照词的评价问题——并和郭预衡同志商榷》、潘仁山《谢灵运的山水诗是现实主义的作品吗?》。

13 日，《文学遗产》第 304 期出刊，发表论文 3 篇：缪钺《读郑珍〈巢经巢诗〉——谈五七言诗体的运用问题》、慕义《〈史记〉艺术力量的根源》、万流《杜甫也有浪漫主义的手法》。

本期另刊登邓潭洲"读者来信"1篇和孟周"来函照登"1篇。

20日，《文学遗产》第305期出刊，发表论文2篇：陈友琴《略谈林则徐的诗及其文学活动的影响》、高海夫《刘勰忽视内容而偏重形式吗？——与景卯同志商榷》。

27日，《文学遗产》第306期出刊，发表论文2篇：马茂元《陈熙晋笺注本〈骆临海全集〉序言》、赵鸿雁《关于现实主义的两点商榷》。

"大家谈"1篇：际辰《不应无批判的引用前人评语》。

4月

3日，《文学遗产》第307期出刊，发表论文2篇：陈志宪《论苏轼词与北宋词坛》、文川《谈马致远〈秋思〉的艺术构思》。

"大家谈"1篇：祁润朝《"中间作品"存在吗？》。

10日，《文学遗产》第308期出刊，刊登《编后记》，针对文章篇幅问题向来稿提出要求："为了提倡鲜明、准确、精炼、活泼的文风，我们希望写讨论文章的同志们，每篇文章至长不要超过四千字。如果用单刀直入、开门见山的笔法，在两三千字以内，也未始不可以谈清楚问题。至于替'大家谈'一栏写稿，则希望每篇最好在两千字以内。"

本期发表论文2篇：安民《明、清作家论民歌》、加林《古代作品的社会意义缩小了吗？》。加林论文引起学者们关于"古代作品的社会意义"的讨论（参见第309、310、314、316、321、324、340期）。

"大家谈"1篇：江九《谈划分出"中间作品"的不合理》。

17日，《文学遗产》第309期出刊，发表论文2篇：胡国瑞《论陆机的〈文赋〉》、李嘉言《关于汉赋——读书札记之一》。

"大家谈"1篇：志学《驳〈古代作品的社会意义缩小了吗？〉》。

24日，《文学遗产》第310期出刊，发表论文2篇：陈丹晨《试谈魏源的诗》、孟周《关于古代作品的社会意义问题》。

5月

1日，《文学遗产》第311期出刊，发表论文2篇：徐嘉龄《面向斗争，面向实际》、白云《既要肯定也要批判——与〈试谈李白诗中一些艺术形象〉的作者商榷》。

"书评" 1 篇：赵廷鹏《简评〈元好问诗选〉》。

"大家谈" 1 篇：邓允建《必须批判地继承遗产——学习毛主席著作的一则札记》。

8 日，《文学遗产》第 312 期出刊，发表论文 3 篇：谷岱青《不能模糊界限——评加林同志的一个错误说法》、仲弘《怎样看待古代文学的现实主义》、辛旭《关于李玉生平及其它材料的几点认识》。

15 日，《文学遗产》第 313 期出刊，发表论文 4 篇：霍松林《叶燮的反复古主义的诗歌理论》，庆钟、禾木《谈"中间作品"的几个问题》，时昌富《略谈重新估价文学遗产问题》，李嘉言《有关扬雄——读书札记之二》。

22 日，《文学遗产》第 314 期出刊，发表论文 3 篇：胡德培《对待古代作品必须采取阶级分析和批判态度——试谈古代作品的社会意义，缩小、"扩大"及其他》、逸人《不应该过低估计古代作品在今天的作用》、霍松林《叶燮的反复古主义的诗歌理论（续）》。

29 日，《文学遗产》第 315 期出刊，发表论文 2 篇：柯剑岐《论杜甫诗歌的艺术风格》、王运熙《谈高适的〈燕歌行〉》。

"读者来信" 1 篇：戴生《希望加强书评工作》。

本月，《文学遗产选集》第三辑由中华书局出版，收文 42 篇，作者是：邵荃麟，以群，范宁，何其芳，林庚，游国恩，谭丕模，卞孝萱，季镇淮，额尔敦陶克陶，王尧，炳宸，郭绍虞（2 篇），毛任秋，舒直，罗根泽，叶秀山，谭家健，刘大杰，陈汝衡，萧涤非，祝本，陈寂，朱东润，王季思，唐圭璋、金启华，何芳洲，程毅中，夏承焘，陈廉贞，祝肇年，陈志宪，王运熙，徐嘉龄，刘世德，邓允建，叶余，刘绶松，林辰，王瑶，何文广。其《出版说明》指出："本选集的选目则基本上是从本刊第 121～270 期中选出来的。"

6 月

5 日，《文学遗产》第 316 期出刊，发表论文 2 篇：丹溪《不应该用资产阶级的观点方法来编写年谱——评徐朔方编著的〈汤显祖年谱〉》、柯剑岐《论杜甫诗歌的艺术风格（续）》。

本期刊登署名"编辑部"的文章《关于古代作品的社会意义问题的讨论——来稿综合报导》，文章指出："本刊自 4 月 11 日 308 期发表了加林同志的《古代作品的社会意义缩小了吗?》一文以后，到 5 月 30 日止，一个多月的时间，编辑部已收到来自四面八方的参加讨论的文章计一百三十八篇，约三十七万字……关于古代作品的社会意义问题，涉及到美学和文艺学上的许多重要理论问题，它和本刊差不多同时展开的关于'中间作品'的讨论一样，是近年来在关于批判地继承古代文学遗产上所遇到的比较复杂的问题之一，及时地展开讨论，我们认为是有意义的。"

12 日，《文学遗产》第 317 期出刊，发表论文 3 篇：文效东《论山水诗的阶级性》、徐翰逢《〈人间词话〉"境界"说的唯心论实质》、聂石樵《读曲札记——关于李渔》。

19 日，《文学遗产》第 318 期出刊，本期暂排在《光明日报》第四版。

本期发表论文 1 篇：杨明照《葛洪的文学主张》。

"学术动态" 1 篇：创新《关于我国古典文学中"现实主义和浪漫主义相结合"问题的讨论》。

本期刊登署名"编辑部"的文章《关于"中间作品"问题——来稿综述》，文章指出："自 59 年 12 月 27 日本刊第 293 期发表了戴世俊同志的《有没有"中间作品"?》一文后，这个问题即引起各方面的注意，因为它关系到古典文学的评价问题。……在这一讨论展开后，我们共收到一百一十七篇文章，共约四十二万八千余字。来稿中争论最多的有两个问题：（1）在阶级社会中，除了具有人民性和反动性的作品外，有没有不进步也不反动、既无人民性也不反人民的作品？（2）阶级性与倾向性的关系如何，是否有无倾向性的文学？此外还涉及对'人民性'的理解问题；某些文艺作品是否对各个阶级的人都能引起喜爱等问题。……在这次讨论中，对'中间作品'也是有阶级性的，这一点似乎大家意见已趋一致。"

26 日，《文学遗产》第 319 期出刊，从本期开始改排在《光明日报》第三版。

本期发表论文 2 篇：张仲纯、吴组缃、王季思、赵齐平、沈天佑《谈〈中国小说史稿〉》，戴鸿森《偏爱古人与批判接受——对〈苏轼词选·前言〉的意见》。

7 月

3 日，《文学遗产》第 320 期出刊，发表论文 1 篇：李希凡《谈谈历史人物和艺术形象的诸葛亮》。

"读者来信"1篇：徐梦湘《欢迎通俗性的〈中国诗歌史〉（第一册）》。

10日，《文学遗产》第321期出刊，发表论文2篇：林筠《略谈如何批判地继承古代文学遗产问题——关于古代作品社会意义的几点补充意见》、徐朔方《对〈汤显祖年谱〉的批评的答复》。

本期刊登署名"编辑部"的文章《〈陶渊明讨论集〉前言》。

17日，《文学遗产》第322期出刊，发表论文2篇：南京师范学院中文系三一班宋代文学科研小组讨论，郁贤皓、周福昌执笔《必须用批判的态度对柳永的词重新估价》、熊立华《郑廷玉的杂剧》。

"读者来信"1篇：芮棘《应严肃对待经典著作的引文》。

24日，《文学遗产》第323期出刊，发表论文2篇：北京师范学院中文系古典文学教研组《试论所谓"中间作品"的阶级性》、王永鑫《〈永州八记〉浅论》。

31日，《文学遗产》第324期出刊，发表论文1篇：师东《批判巴人对待古典文学遗产的修正主义观点》。"庐山会议"后，全国形成批判右倾机会主义和修正主义运动，师文对王任叔（巴人）的批判即为此运动的表现。巴人的编委工作改由赵其文接任。

"大家谈"1篇：李嘉言《古代作品的社会意义及其对于建立共产主义世界观的作用问题》。

8月

7日，《文学遗产》第325期出刊，发表论文2篇：刘大杰《在古典文学研究的领域里高举毛泽东文艺思想的红旗》、师东《批判巴人对待古典文学遗产的修正主义观点（续）》。

"大家谈"1篇：式得《从两句杜诗谈起》。

14日，《文学遗产》第326期出刊，发表论文3篇：楼栖、肖毅《文学遗产的批判与继承》，潘辰《关于古代文学的现实主义》，牛仰山《一部揭露美帝虐待华侨的小说〈苦社会〉》。

21日，《文学遗产》第327期出刊，发表论文2篇：柯文基《清除古典文学研究领域中的资产阶级人性论观点——评马茂元〈古诗十九首探索〉》、马纯《学习毛主席著作的收获——介绍〈中国近代文学史稿〉》。

"学术动态" 1 篇：向真《对古典文学中现实主义和积极浪漫主义相结合等问题的探索》。

28 日，《文学遗产》第 328 期出刊，发表论文 2 篇：王季思《王国维戏曲理论的思想本质》、赵景深《读〈宋金杂剧考〉后》。

"读者来信" 1 篇：廖达《对〈《史记》艺术力量的根源〉的一点意见》。

9 月

4 日，《文学遗产》第 329 期出刊，发表论文 2 篇：北京大学中文系文学专门化 1955 级《近代诗选》小组《〈近代诗选〉导言》、曹济平《读新版〈元次山集〉》。

"大家谈" 1 篇：刘道思《在古典文学研究工作中应该重视近代文学的研究》。

11 日，《文学遗产》第 330 期出刊，发表论文 3 篇：刘绶松《勤于学习，勇于批判，把古典文学研究工作向前大大推进一步》、贾文昭《略谈"古为今用"》、复旦大学中文系中国文学批评史隋唐五代小组《杜牧、皮日休的文学批判》。

18 日，《文学遗产》第 331 期出刊，发表论文 2 篇：复旦大学中文系中国文学批评史魏晋南北朝小组《〈文心雕龙〉论创作方法》、昌岚《彻底批判〈红楼梦〉研究中的"人性论"观点——对蒋和森〈红楼梦论稿〉的意见》。

"大家谈" 1 篇：唐弢《略谈历史主义》。

25 日，《文学遗产》第 332 期出刊，发表论文 2 篇：佘树森《如何在文学上评价梁启超》、亦娱《从〈回乡偶书〉二首谈起》。

"大家谈" 1 篇：陈志宪《对待文学遗产，必须是批判地继承》。

10 月

9 日，《文学遗产》第 333 期出刊，发表论文 3 篇：合肥师范学院中文系 1957 级文学评论组《关于古典文学的人民性和进步性问题》、高海夫《岑参边塞诗的思想性》、夏菁《姜夔〈扬州慢〉词中反映了爱国思想吗?》。

16 日，《文学遗产》第 334 期出刊，发表论文 2 篇：陈苏《元代的文学批评》、杭州大学中文系 1956 级汤显祖研究小组《〈汤显祖年谱〉再批判》。

本期另刊登长弓"读者来信"1 篇。

23 日,《文学遗产》第 335 期出刊,发表论文 2 篇:南京师范学院中文系四年级一班两汉文学研究小组《批判〈古诗十九首〉研究中的资产阶级观点》、郑振铎遗著《〈玄览堂藏书题跋〉八则》。郑振铎论文配发《编后记》:"郑振铎先生在一九五八年十月十七日因公殉职,今年是他的二周年祭。……我们现在从北京图书馆所保藏的他的遗书中抄出题跋八则来发表,做为对于他的纪念。"

"书评"1 篇:南榕《介绍〈先秦寓言选释〉》。

30 日,《文学遗产》第 336 期出刊,发表论文 4 篇:林辰《鲁迅计划中〈古小说钩沉〉的原貌》、殷晋培《必须剔除李贺诗中的糟粕——兼评王孟白同志〈李贺和他的诗〉》、茹辛《也谈姜夔的〈扬州慢〉》、鲁迅遗著《吴郡郑蔓镜跋——鲁迅先生未发表过的遗文》。鲁迅论文配发"编者按":"《吴郡郑蔓镜跋》是鲁迅先生的一篇未发表过的文章,新版《鲁迅全集》亦未收录,原稿现存北京图书馆。我们照录发表于此,以纪念鲁迅先生逝世二十四周年。"

11 月

6 日,《文学遗产》第 337 期出刊,发表论文 3 篇:徐扶明《马致远杂剧作品的思想性和艺术性》、李茂肃《马致远和他的散曲》、尹明《也谈郑廷玉的〈看钱奴买冤家债主〉》。

13 日,《文学遗产》第 338 期出刊,发表论文 2 篇:黄衍伯《关于"中间作品"问题》、吴新雷《试论白朴的〈墙头马上〉》。

"大家谈"1 篇:水文《关于引文失实》。

20 日,《文学遗产》第 339 期出刊,发表论文 3 篇:吉谷《〈文心雕龙〉与刘勰的世界观》、志洋《释"齐气"》、张启成《谈刘勰〈文心雕龙〉的唯心主义本质》。

27 日,《文学遗产》第 340 期出刊,发表论文 2 篇:于海洋《是民主性还是封建性?——古典戏剧与社会伦理》、李景白《关于古代作品社会意义的讨论中的逻辑问题》。

"大家谈"1 篇:茹辛《古典文学的研究和古典文学理论遗产的研究应

该互相"挂钩"》。

12 月

4 日，《文学遗产》第 341 期出刊，发表论文 2 篇：李传龙《义和团反帝斗争的精神武器——谈义和团运动的歌谣》、畸人《黄彻批评黄庭坚论诗中的错误观点》。

"书评"1 篇：刘隆凯《谈谈〈宋诗一百首〉的编选特色》。

"学术动态"1 篇：曹济平《关于山水诗有无阶级性的问题的讨论》。

12 日，《文学遗产》第 342 期出刊，本期暂改在周一出刊，发表论文 1 篇：张碧波《关于古典文学中的现实主义与浪漫主义相结合的初步理解》。

"书评"1 篇：江九《评〈苏轼诗选〉》。

18 日，《文学遗产》第 343 期出刊，恢复为周日出刊。

本期发表论文 2 篇：孟周《评〈中国古代神话〉》、张启揆《对于屈原思想研究的一点浅见》。

"学术动态"1 篇：济平《南京师范学院中文系积极编写〈中国文学史〉教材》。

25 日，《文学遗产》第 344 期出刊，发表论文 2 篇：金德门《论我国文学史上现实主义和浪漫主义相结合的创作方法》、曹思彬《郑板桥论》。

1961 年

1 月

1 日，《文学遗产》第 345 期出刊，发表论文 1 篇：李希凡《谈〈西游记〉浪漫精神的时代特色》。

"学术动态"1 篇：竞《北大中文系科研近况》。

8 日，《文学遗产》第 346 期出刊，发表论文 1 篇：王水照《谈谈宋词和柳永词的批判地继承问题》。

"大家谈"1 篇：郭荷《在古典文学估价中如何运用历史唯物主义之一例》。

"读者来信"1 篇：建业《应展开对我国文学史发展规律的讨论》。

本期增设"读书札记"栏目，发表 1 篇文章：畸人《关于晚唐于濆的诗》。

15 日，《文学遗产》第 347 期出刊，发表论文 2 篇：曲六乙《评〈谈三个戏剧人物：陈士美、王十朋、蔡伯喈〉》、赵景深《谈评价马致远及其作品的一些问题》。

"学术动态" 1 篇：余一《关于中国古典文学中现实主义和积极浪漫主义两结合问题的讨论》。

22 日，《文学遗产》第 348 期出刊，发表论文 2 篇：李伯勋《论钟嵘〈诗品〉》、缪钺《颜之推的文学评论与作品》。

29 日，《文学遗产》第 349 期出刊，发表论文 2 篇：陈中凡《关于〈西厢记〉杂剧的作者问题——对杨晦同志"关著王续说"的商榷》、程毅中《读〈彩楼记〉——读剧札记》。

"读者来信" 1 篇：允建《谈实事求是》。

2 月

5 日，《文学遗产》第 350 期出刊，发表论文 2 篇：南开大学中文系《西游记》研究小组《论〈西游记〉的浪漫主义》、刘知渐《与陈苏同志商榷杨维桢的文学观点问题》。

12 日，《文学遗产》第 351 期出刊，发表论文 2 篇：雪羲《评〈红楼梦论稿〉中的错误观点》、南开大学中文系《西游记》研究小组《论〈西游记〉的浪漫主义（续）》。

26 日，《文学遗产》第 352 期出刊，发表论文 1 篇：郭绍虞《从〈诚斋诗话〉的时代谈到杨万里的诗论》。

"大家谈" 1 篇：潘辰《不应当囿于传统之见》。

"读书札记" 1 篇：孔金林《宋人诗话阅读笔记二则》。

3 月

5 日，《文学遗产》第 353 期出刊，发表论文 2 篇：张炯《也论我国文学史上现实主义与浪漫主义相结合》、徐朔方《为〈汤显祖年谱〉再说几句话》。

12 日，《文学遗产》第 354 期出刊，发表论文 2 篇：廖仲安、高怀玉《论变法与苏轼作品评价的关系》，刘开扬《杂谈杜诗〈登岳阳楼〉》。

"读书札记" 1 篇：畴人《黄钧宰的〈金壶七墨〉》。

19 日，《文学遗产》第 355 期出刊，发表论文 2 篇：曹道衡《江淹及其作品》、夏承焘《评黄彻〈䂬溪诗话〉的论杜诗》。

"读者来信" 1 篇：忘勤《希望发表这样的一些文章》。

26 日，《文学遗产》第 356 期出刊，发表论文 1 篇：蒋星煜《明清小说戏曲中的王翠翘故事》。

"大家谈" 1 篇：郭荷《关于学习遗产的问题——致友人的一封信》。

"学术动态" 1 篇：向明《古典文学中现实主义与积极浪漫主义问题的探讨》。

4 月

2 日，《文学遗产》第 357 期出刊，发表论文 2 篇：马茂元《谈杜甫七言绝句的特色——读诗札记之一》、弢甫《重申必须重视引文和注明出处》。

本期另刊登余冠英 "来函照登" 1 篇。

9 日，《文学遗产》第 358 期出刊，发表论文 1 篇：炳章《漫谈刘勰文学观的哲学思想基础》。

"大家谈" 2 篇：芮棘《两点启发——关于〈不怕鬼的故事〉》、茹辛《"古为今用"的一个范例——读〈《不怕鬼的故事》序〉后》。

本期另刊登《编后记》，重申文章篇幅的问题，指出："至于文章的言简意赅，要言不烦，依我们看这是好的文风的表现。当然，非万言或数万言不足以尽其意的情况我们也应当承认，但这与文章的要求精炼也并不矛盾，不过在一个一个探讨问题的时候，我们还十分需要以四、五千字阐明一些重要论点的文章。所以我们历年来都在向作者们呼吁：请将文章写得精炼一些和更精炼一些！"

16 日，《文学遗产》第 359 期出刊，发表论文 1 篇：曹道衡《刘勰的世界观和文学观初探》。

"学术动态" 1 篇：中华书局通讯组《关于古典文学中现实主义与浪漫主义相结合问题的讨论——学术讨论综合报道》。

23 日，《文学遗产》第 360 期出刊，发表论文 2 篇：刘大杰《漫谈百家争鸣》，吴幼源、殷呈祥《〈史记〉中的项羽形象》。

"大家谈" 1 篇：来之《开展古典散文的研究》。

"学术动态" 1 篇：赵征《〈魏晋南北朝文学史参考资料〉即将问世》。

30 日，《文学遗产》第 361 期出刊，发表论文 1 篇：陈中凡《再谈西厢记的作者问题》。

"大家谈" 1 篇：方惠《不妨多谈点艺术分析》。

5 月

7 日，《文学遗产》第 362 期出刊，发表论文 2 篇：王运熙《陶渊明诗歌的语言特色和当时诗风的关系》、李鸿翱《桐城派在社会主义社会有无作用?》。

"学术动态" 1 篇：赵征《〈车王府曲本〉的整理情况》。

14 日，《文学遗产》第 363 期出刊，发表论文 2 篇：赵征《新编〈唐诗选〉略评》、李鸿翱《桐城派在社会主义社会有无作用?（续）》。

本期增设 "问题讨论" 栏目，发表 1 篇文章：大材《关于桐城派在今天有无作用的学术讨论》。

21 日，《文学遗产》第 364 期出刊，发表论文 2 篇：霍然《古典散文的范围问题》、蒋和森《批评应该实事求是——答对〈红楼梦论稿〉的意见》。

本期增设 "读书随笔" 栏目，发表 1 篇文章：俞平伯《宋玉梦神女非襄王梦神女》。

28 日，《文学遗产》第 365 期出刊，发表论文 2 篇：王守义《〈醒世姻缘〉的成书年代》、蒋和森《批评应该实事求是——答对〈红楼梦论稿〉的意见（续）》。

"学术动态" 1 篇：雷冰波《关于杜诗的人道主义问题的讨论》。

本月，《文学遗产》编辑部主编的《陶渊明讨论集》由中华书局出版。前言记载："本刊自 1958 年 12 月 21 日第 240 期发表第一批讨论文章起，至今年 3 月底止，共收到有关陶渊明的文章二百五十一篇，约一百二十四万多字。……为了保存参考资料，也为了读者们阅读时的方便，我们编成了这本《陶渊明讨论集》。本书辑录的文章大部分是一年多以来在我们刊物上发表过的，小部分是由于我们刊物的篇幅、版面的限制未能及时发表的。另外，我们也在其他刊物上选辑了三篇具有参考价值的讨论文章作为附录。"前言还对本次讨论所涉及的主要问题加以概括，计有如下五点：（1）对陶渊明的总评价；（2）陶渊明辞官归隐的原因、性质和意义，对他描写隐逸生活的作品的分析和评价问题；（3）陶渊明作品反映现实的程度和方式问题；（4）对《劝农》诗的理解问题；（5）对《桃花源诗》的评价问题。本书收文 29 篇，作者是：北京师大中文系（2 篇）、复旦大学中文系、北京大学中文系（3篇）、北京大学中国文学史教研室、《文学遗产》编辑部、郭预衡、卢世藩、傅晋理、一粟、张连喜、赵德政、段铁基、汪浙成、罗根泽、刘国盈、余振生、王宽行、曹道衡、贾文昭、傅懋勉、夏承焘、张志岳、谭家健、范宁、劳洪、赵继武。

6月

4日，《文学遗产》第366期出刊，发表论文2篇：徐扶明《与翦伯赞同志商榷〈汉宫秋〉》、吴小如《读曲琐札二则》。

"大家谈"1篇：凡夫《总结我国文学的民族传统和民族特点》。

11日，《文学遗产》第367期出刊，发表论文2篇：马茂元《李商隐和他的政治诗——玉溪生诗论之一》、王尚文《读李义山的〈行次西郊〉》。

"大家谈"1篇：耿介《力求避免对古代作品的误解》。

18日，《文学遗产》第368期出刊，发表论文2篇：沈从文《从〈不怕鬼的故事〉注谈到文献与文物相结合问题》、马茂元《李商隐和他的政治诗——玉溪生诗论之一（续）》。

本期另刊登中国科学院文学研究所"来函照登"1篇。

25日，《文学遗产》第369期出刊，发表论文2篇：冯其庸《论中国古典文学中现实主义与浪漫主义的结合》、彦季《柳宗元的论议文——读柳宗元文札记》。

"学术动态"1篇：嘉《南大中文系开展关于中国古典文学理论遗产中两结合问题的讨论》。

7月

2日，《文学遗产》第370期出刊，发表论文2篇：陈友琴《漫谈杜甫的题画诗》、冯其庸《论中国古典文学中现实主义与浪漫主义的结合（续）》。

"大家谈"1篇：潘辰《我们的论证须更踏实更科学一些》。

9日，《文学遗产》第371期出刊，发表论文2篇：王季思《关于〈西厢记〉作者问题的进一步探讨》、程毅中《从民间传统剧目看戏剧史料——读剧札记》。

16日，《文学遗产》第372期出刊，发表论文2篇：南开大学中文系李商隐研究小组《从李商隐的诗看他的政治态度》、程毅中《从民间传统剧目看戏剧史料——读剧札记（续）》。

"读书札记"1篇：缪钺《读谈迁的诗》。

23日，《文学遗产》第373期出刊，发表论文2篇：懋园《关于研究古典散文的几点意见》、霍松林《谈〈岳阳楼记〉》。

"学术动态"1篇：聪《关于苏轼的政治态度问题的讨论》。

30日，《文学遗产》第374期出刊，发表论文2篇：刘世德《"鬼狐史"，"磊块愁"——〈聊斋志异〉厄谈之一》、路大荒《谈谈济南朱氏本〈聊斋志异〉》。

8月

6日，《文学遗产》第375期出刊，发表论文3篇：沈从文《"狐胅斝"和"点犀盉"——关于〈红楼梦〉注释一点商榷》、刘世德《"鬼狐史"，"磊块愁"——〈聊斋志异〉厄谈之一（续）》、卞孝萱《发现一篇吴敬梓的骈文》。

13日，《文学遗产》第376期出刊，发表论文2篇：吴调公《刘勰的风格论》、贾文昭《漫谈"意"》。

本期另刊登王晓峰"读者来信"1篇。

20日，《文学遗产》第377期出刊，发表论文3篇：王达津《刘勰论如何描写自然景物》、葆福、广华《刘勰对于浪漫主义的态度问题》、程毅中《从民间传统剧目看戏剧史料——读剧札记（续）》。

27日，《文学遗产》第378期出刊，发表论文1篇：王运熙《萧统的文学思想和〈文选〉》。

"读者来信"1篇：炳章《不要轻易扣帽子，应作具体的分析》。

9月

3日，《文学遗产》第379期出刊，发表论文2篇：丁一《选本也应该百花齐放》、聂石樵《关于〈公孙九娘〉的描写及其历史背景》。

"读书札记"1篇：允建《关于李玉的爱国情感问题》。

10日，《文学遗产》第380期出刊，发表论文3篇：刘忆萱《论李清照及其作品》、李鼎文《读陶诗札记二则》、刘遗贤《关于李清照〈词论〉中的"别是一家"说的一点不同的看法》。

17日，《文学遗产》第381期出刊，发表论文2篇：陈友琴《关于柳宗元的诗及其评价问题》、刘忆萱《论李清照及其作品（续）》。

24 日，《文学遗产》第 382 期出刊，发表论文 2 篇：郭预衡《鲁迅论文学遗产的批判与继承》、汪蔚林《〈盛世新声〉的辑者问题》。

10 月

8 日，《文学遗产》第 383 期出刊，发表论文 2 篇：彭铎《鲁迅对〈嵇康集〉的整理》、郭预衡《鲁迅论文学遗产的批判与继承（续）》。

15 日，《文学遗产》第 384 期出刊，发表论文 2 篇：范宁《关于旧抄本蒲松龄的〈聊斋诗文集〉》、郑振铎遗著《〈长乐郑氏纫秋山馆行箧书目跋识〉钞》（附录平伯《忆振铎兄》）。

"大家谈" 1 篇：宗建《谈"框子"》。

22 日，《文学遗产》第 385 期出刊，发表论文 2 篇：陈中凡《关于〈西厢记〉作者问题的再进一步探讨》、周汝昌《也谈"觚觫觡"和"点犀盉"》。

29 日，《文学遗产》第 386 期出刊，发表论文 4 篇：唐弢《毛主席亲书鲁迅诗》、袁世硕《从〈石门山集〉谈到孔尚任出山前后的思想》、君一《关于一首古代民歌的分析》、李春祥《元人杂剧中的舞蹈资料——读曲杂记》。

"大家谈" 1 篇：王士菁《鲁迅先生谈"选本"》。

11 月

5 日，《文学遗产》第 387 期出刊，发表论文 2 篇：郭绍虞《〈文选〉的选录标准和它与〈文心雕龙〉的关系》、曹济平《关于王维写作〈辋川集〉的年代问题》。

"大家谈" 1 篇：杲士《略谈开辟文学遗产研究的广阔天地》。

12 日，《文学遗产》第 388 期出刊，发表论文 2 篇：吴调公《流莺巧啭意深深——论李商隐诗的风格特色》、竺万《杂考二则》。

"作者来信" 1 篇：沈从文《"杏犀盉"质疑》。

"学术动态" 1 篇：金沙江《关于〈诗经〉中的"兴"及其所起作用问题的讨论》。

19 日，《文学遗产》第 389 期出刊，发表论文 4 篇：林庚《略说"凉州"》、孙祚民《王之焕的〈凉州词〉》、汪蔚林《谈〈镇海春秋〉》、吴调公《流莺巧啭意深深——论李商隐诗的风格特色（续）》。

26 日，《文学遗产》第 390 期出刊，发表论文 4 篇：禹苍《说〈锦瑟〉篇》、陆侃如《如何评价〈丁督护歌〉》、平伯《读〈桐桥倚棹录〉，注〈红楼梦〉第六十七回数条》、盼遂、石樵《李义山诗札记——读〈回中牡丹为雨所败二首〉之一》。

本月，《文学遗产增刊》第八辑由中华书局出版，收文 16 篇，作者是：胡念贻、孙作云、张宗铭、徐赓陶、高亨、杨增华、吕美生、祝肇年、卜孝萱、冯其庸、冯沅君、刘遗贤、熊一宇、陈赓平、陈汝衡、叶秀山。

12 月

3 日，《文学遗产》第 391 期出刊，发表论文 1 篇：马茂元《从汉代关于屈原的论争到刘勰的辨骚》。

"大家谈" 1 篇：谷显《先秦两汉文学的研究同样应该受到重视》。

"作者·编者" 2 篇：谭正璧《我也来谈文学遗产研究与说唱文学》、戴鸿森《对于解释鲁迅引文的一点意见》。

10 日，《文学遗产》第 392 期出刊，发表论文 2 篇：詹锳《齐梁文艺批评中的风骨论》、舒直《关于刘勰的风格论》。

"读者来信" 1 篇：仓修良《范仲淹生平事迹订误》。

17 日，《文学遗产》第 393 期出刊，发表论文 4 篇：丁山《几点有关古典文学研究的建议》、段熙仲《〈文心雕龙·辨骚〉的从新认识》、熊寄缃《刘勰是怎样谈创作过程的？——〈文心雕龙〉探义之一》、陆侃如《关于文艺理论遗产学习的三点意见》。

24 日，《文学遗产》第 394 期出刊，发表论文 1 篇：萧涤非《读〈唐诗选〉注释随笔》。

"书评" 1 篇：马声健《古典作品选注工作的新收获——评〈李白诗选〉》。

"大家谈" 1 篇：廉文《漫谈学习与钻研》。

31 日，《文学遗产》第 395 期出刊，发表论文 2 篇：廖仲安《关于王之涣及其〈凉州词〉——并与孙祚民同志商榷》、萧涤非《读〈唐诗选〉注释随笔（续）》。

"学术动态" 1 篇：张清华《河北大学中文系讨论王维山水诗问题》。

1962 年

1 月

7 日，《文学遗产》第 396 期出刊，发表论文 3 篇：胡国瑞《文"意"笔谈》、弢甫《汉魏六朝文学选本中几条注释的商榷》、烈骏《〈元人杂剧中的舞蹈资料〉质疑》。

14 日，《文学遗产》第 397 期出刊，发表论文 2 篇：麦朝枢《〈李白诗选〉略评》、刘开扬《说杜诗〈旅夜书怀〉》。

"大家谈" 1 篇：芮棘《"疑义相与析"》。

21 日，《文学遗产》第 398 期出刊，发表论文 3 篇：黄秋耘《寒夜话〈聊斋〉》、夏承焘《说陈亮的〈龙川词〉》、洪涛《对古典文学选注工作的一些看法——摘自人民文学出版社的工作小结》。

"读书随笔" 1 篇：章柽秋《为文的方和圆》。

28 日，《文学遗产》第 399 期出刊，发表论文 1 篇：郭预衡《苏轼散文的一些艺术特色》。

本期以"漫谈在编写中国文学史中的问题"为专题发表系列文章 1 篇：文铨《谈文学现象与社会背景》。

2 月

4 日，《文学遗产》第 400 期出刊，发表论文 2 篇：曹思彬《苏轼在海南岛时期的思想和创作》、陈友琴《读杜甫的〈阁夜〉》。

继续发表"漫谈在编写中国文学史中的问题"系列文章 2 篇：敬陶《关于评价汉魏六朝某些文学作品的问题》、宗建《谈文学史的章节安排》。

11 日，《文学遗产》第 401 期出刊，发表论文 3 篇：曹思彬《苏轼在海南岛时期的思想和创作（续）》、君一《姜夔〈扬州慢〉的初步分析》、陈贻焮《〈关于王维写作《辋川集》的年代问题〉读后》。

继续发表"漫谈在编写中国文学史中的问题"系列文章 1 篇：允建《提出编写文学史中的两个问题》。

18 日，《文学遗产》第 402 期出刊，发表论文 4 篇：徐朔方《关于〈南柯记〉第二十四出〈风谣〉及其他》、公盾《从〈好逑传〉和〈玉娇梨〉的有关资料想起的——读书偶记》、耿元瑞《读〈读《唐诗选》注释随笔〉——致萧涤非先生的一封信》、彦羽《〈沧浪诗话校释〉有小误》。

25 日，《文学遗产》第 403 期出刊，发表论文 3 篇：傅庚生《说唐诗的醇美（在西安作协分会座谈会上的发言）》、王运熙《王昌龄的籍贯及其〈失题诗〉的问题——唐诗札记》、怀辛《关于陈后山的几首逸诗》。

3 月

4 日，《文学遗产》第 404 期出刊，发表论文 2 篇：胡念贻《贾谊和他的散文》、江九《古代散文研究的两个问题》。

继续发表"漫谈在编写中国文学史中的问题"系列文章 1 篇：潘辰《关于散文的范畴》。

11 日，《文学遗产》第 405 期出刊，发表论文 3 篇：陈赓平《〈南词叙录〉和〈花部农谭〉》、褚磊《〈秋虎丘〉中的王翠翘故事》、程毅中《〈双渐赶苏卿〉的遗响——读剧札记》。

"大家谈"1 篇：芮棘《也谈注释》。

18 日，《文学遗产》第 406 期出刊，继续发表"漫谈在编写中国文学史中的问题"系列文章 2 篇：刘世德《元明清文学分期问题琐谈》、华粹深《复旦大学编著的〈中国文学史〉对〈英雄成败〉杂剧的评价问题》。

25 日，《文学遗产》第 407 期出刊，发表论文 3 篇：郭晋稀《试谈"文骨"和"树骨"在〈文心雕龙〉中的重要意义》、刘开扬《杜诗〈江汉〉试解》、左谏《关于王翠翘故事的一点补充》。

"书评"1 篇：简夷之《介绍〈中国近代文论选〉》。

4 月

1 日，《文学遗产》第 408 期出刊，发表论文 3 篇：刘开扬《王嗣奭和他的〈杜臆〉——为纪念杜甫诞生 1250 周年而写》、方管《读杜琐记》、谷依《〈镇海春秋〉道出了怎样的历史真实——与汪蔚林同志商榷》。

8 日，《文学遗产》第 409 期出刊，发表论文 2 篇：陈毓罴《有关曹雪芹卒年问题的商榷》、方管《读杜琐记（续）》。

"读书札记"1 篇：章桴秋《方以智论"奇"和"平"》。

15 日，《文学遗产》第 410 期出刊，以"我国伟大诗人杜甫诞生 1250 周年纪念"为专题发表系列文章 2 篇：傅庚生《探杜诗之瑰宝，旷百世而知音》、华忱之《略论杜甫的诗歌主张》。

22 日，《文学遗产》第 411 期出刊，继续发表"我国伟大诗人杜甫诞生1250 周年纪念"系列文章 2 篇：吴调公《青松千尺杜陵诗——论杜甫诗歌的美学观》、朱东润《杜甫的〈八哀诗〉》。

29 日，《文学遗产》第 412 期出刊，继续发表"我国伟大诗人杜甫诞生1250 周年纪念"系列文章 2 篇：蒋和森《碧海掣鲸手——杜诗的气魄》、吴调公《青松千尺杜陵诗——论杜甫诗歌的美学观（续）》。

5 月

6 日，《文学遗产》第 413 期出刊，继续发表"我国伟大诗人杜甫诞生1250 周年纪念"系列文章 2 篇：吴恩裕《曹雪芹卒于壬午说质疑——答陈毓罴和邓允建同志》、吴调公《青松千尺杜陵诗——论杜甫诗歌的美学观（续）》。

13 日，《文学遗产》第 414 期出刊，继续发表"我国伟大诗人杜甫诞生1250 周年纪念"系列文章 2 篇：詹锳《谈杜甫的〈洗兵马〉》、齐治平《杜诗"娇儿不离膝，畏我复却去"解》。

"读书札记"1 篇：夏静岩《谈杜甫写晴雨并见的景象》。

20 日，《文学遗产》第 415 期出刊，发表论文 3 篇：郭预衡《学习毛主席批判地继承文艺遗产的理论——纪念〈在延安文艺座谈会上的讲话〉发表二十周年》、程毅中《〈高文举珍珠记〉的继承性和独创性——读剧札记》、阿英《关于〈三州诗钞〉》。

27 日，《文学遗产》第 416 期出刊，发表论文 1 篇：马茂元《思飘云物动，律中鬼神惊——谈杜甫和唐代的七言律诗》。

6 月

3 日，《文学遗产》第 417 期出刊，发表论文 2 篇：曹冷泉《略谈黄季刚先生的〈文心雕龙札记〉及风骨问题》、方玉《关于〈文心雕龙〉的讨论——一年来〈文学遗产〉发表有关论文概述》。

"学术动态"1 篇：刘学林《陕西师大中文系古典文学教研组讨论刘勰的世界观及文学观》。

10 日，《文学遗产》第 418 期出刊，发表论文 2 篇：邓允建《再谈曹雪芹的卒年问题》、陈毓罴《曹雪芹卒年问题再商榷——答周汝昌、吴恩裕两先生》。

17 日，《文学遗产》第 419 期出刊，发表论文 3 篇：吴世昌《敦诚挽曹雪芹诗笺释》、柴德赓《关于〈杜臆〉的作者王嗣奭》、聂石樵《〈林四娘〉的艺术处理》。

本期另刊登戴鸿森"读者来信"1 篇。

18 日，《文学遗产》第 420 期出刊，发表论文 2 篇：陈友琴《略论杜甫对学习、继承和批评的看法》、聂绀弩《林嗣环抄袭金圣叹的文章》。

"书评"1 篇：宗建《读朱东润先生的〈左传选〉》。

25 日，《文学遗产》第 421 期出刊，发表论文 3 篇：王汝弼《对王之涣〈凉州词〉的再商榷》、孙祚民《再谈王之涣的〈凉州词〉——兼答廖仲安同志》、廖仲安《答孙祚民同志》。另发"编者按"："王之涣的《凉州词》所反映的景象究竟为边塞的荒凉抑是祖国山川的壮丽，历来就有不同的看法，估计一时尚难得到一致。若果为此一首短诗而长期聚讼，占去过多的篇幅，致使许多急待发表的文章都发不出去，这恐不符合读者们的要求。因此，关于这个问题的讨论，我们拟于此暂告结束。"

本月，《文学遗产增刊》第九辑由中华书局出版，收文 11 篇，作者是：程毅中、祝肇年、徐扶明、徐朔方、周妙中、隋树森、霍松林、念述、朱眉叔、陈登原、吴世昌。

7 月

8 日，《文学遗产》第 422 期出刊，发表论文 2 篇：吴恩裕《考证曹雪芹卒年我见》、周汝昌《再商曹雪芹卒年》。

15 日，《文学遗产》第 423 期出刊，发表论文 1 篇：方管《谈〈秋兴八首〉》。

"书评"1 篇：孟周《评〈晏子春秋集释〉》。

本期另刊登林庚"作者来信"1 篇。

22 日，《文学遗产》第 424 期出刊，发表论文 2 篇：高明阁《〈聊斋志异〉里的神话题材的作用》、聂绀弩《读〈聊斋志异〉》。

29 日，《文学遗产》第 425 期出刊，发表论文 3 篇：乔象钟《雄浑的意境，瑰丽的风格——谈〈秋兴八首〉》、聂绀弩《读〈聊斋志异〉（续）》、金湘泽《读书与注本》。

"大家谈"1 篇：潘辰《可否也谈谈形式问题》。

本月，《文学遗产增刊》第十辑由中华书局出版，收文 16 篇，作者是：陈铁民、孟周、刘尧民、宋荫谷、谭家健、刘开扬、王运熙、顾易生、高海夫、程毅中、赵俊贤、段熙仲、一粟、王水照、苏舆、殷孟伦。

8 月

5 日，《文学遗产》第 426 期出刊，发表论文 2 篇：来祥、秀山《读郭绍虞同志的〈沧浪诗话校释〉》、陈贻焮《说李商隐〈碧城三首〉其一》。

本期另刊登郭绍虞、吴晓铃"来函照登"各 1 篇。

12 日，《文学遗产》第 427 期出刊，发表论文 3 篇：麦朝枢《李白的经济来源——读李漫笔之一》、刘辉《灯下偶得——〈桃花扇〉和〈小忽雷〉的创作过程及其相互关系》、刚主《李商隐的〈出关宿盘豆馆对丛芦有感〉》。

19 日，《文学遗产》第 428 期出刊，发表论文 2 篇：袁珂《宋玉〈神女赋〉的订讹和高唐神女故事的寓意》、聂绀弩《读〈聊斋志异〉（续）》。

本期另刊登曹道衡、乔象钟"读者·作者"各 1 篇。

26 日，《文学遗产》第 429 期出刊，发表论文 2 篇：吴晓铃《〈古本戏曲丛刊九集序〉稿》、陈光崇《谈有关王薄起义两首歌谣的题解》。

9 月

2 日，《文学遗产》第 430 期出刊，发表论文 2 篇：万曼《读〈文赋〉札记》、李广田《论杜诗〈秋兴八首〉香稻碧梧句》。

9 日，《文学遗产》第 431 期出刊，发表论文 2 篇：徐扶明《试论〈清忠谱〉的艺术成就》、谭正璧《〈三元记〉作者沈寿卿生平事迹的发现》。

"读书札记" 1 篇：章栌秋《李白欣赏"池塘生春草"》。

16 日，《文学遗产》第 432 期出刊，发表论文 3 篇：潘辰《漫谈〈洛阳伽蓝记〉》、徐扶明《试论〈清忠谱〉的艺术成就（续）》、试得《〈合浦珠〉传奇的作者》。

"大家谈" 1 篇：平阳生《从作家生卒年想起的一些问题》。

"作者来信" 1 篇：郭绍虞《关于〈沧浪诗话〉讨论的补充意见》。

23 日，《文学遗产》第 433 期出刊，发表论文 1 篇：傅庚生《试再申论"饭山"和"闲骨"——兼答戴鸿森先生》。

"大家谈" 1 篇：方管《关于评点》。

"书评" 1 篇：湛之《读〈陶渊明研究资料汇编〉》。

30 日，《文学遗产》第 434 期出刊，发表论文 2 篇：夏静岩《读吴嘉纪的〈陋轩诗〉及〈陋轩诗续〉抄本》、刘世德《〈窦娥冤〉的创作年代》。

"大家谈" 1 篇：郭荷《关于"原地踏步"》。

10 月

7 日，《文学遗产》第 435 期出刊，发表论文 2 篇：刘盼遂、聂石樵《李义山诗说》，夏静岩《读吴嘉纪的〈陋轩诗〉及〈陋轩诗续〉抄本（续）》。

"学术动态" 1 篇：《〈文学遗产增刊〉第九、十辑内容介绍》。

14 日，《文学遗产》第 436 期出刊，发表论文 3 篇：郑振铎遗作《西谛古籍题跋十二则》，刘盼遂、聂石樵《李义山诗说（续）》，孔金林《怎样解释黄庭坚的〈雨中登岳阳楼望君山〉》。

"大家谈" 1 篇：蔡润《从"曹雪芹的诗"谈到掌握第一手材料问题》。

21 日，《文学遗产》第 437 期出刊，发表论文 1 篇：曹文铨《谈陈子昂与韩愈在"古文运动"中的异同之处》。

本期增设"通信讨论"栏目，本期发表 3 篇：郑定远《对〈稼轩词编年笺注〉的一些意见》、邓广铭《写在郑定远同志的意见之后》、沈从文《学习古典文学与历史实物问题》。

28 日，《文学遗产》第 438 期出刊，发表论文 1 篇：张少康《试谈〈沧浪诗话〉的成就与局限》。

"通信讨论" 2 篇：茹辛《从"杨花复蘋"谈到注本的引文问题》、肖涤非《关于〈杜甫研究〉注文的几点说明》。

本月，《文学遗产增刊》第十一辑由中华书局出版，收文 18 篇，作者是：杨明照，郭味农，文铨，李树尔，潘辰，俞元桂，王达津，曹道衡，佩之，黄展人，张志岳，霍松林，沈祖棻，马铃娜，盛静霞、蒋礼鸿，徐甫，常国武，汪蔚林。

11 月

11 日，《文学遗产》第 439 期出刊，发表论文 3 篇：王水照《宋代散文的风格——宋代散文浅论之一》、黄清士《张惠言〈词选〉中的韦庄〈菩萨蛮〉词笺存疑》、陈子展《对"登徒子"一解》。

"大家谈" 1 篇：方管《略谈文学史研究工作中的"知己知彼"》。

18 日，《文学遗产》第 440 期出刊，发表论文 3 篇：麦朝枢《李白求仙学道与政治活动的错综变化——读李漫笔之二》、朱金城《从唐代文学的人名工具书谈到岑著〈唐人行第录〉》、试得《李汝珍的〈蔬庵诗草序〉》。

25 日，《文学遗产》第 441 期出刊，发表论文 2 篇：朱碧松《试论贾谊和晁错的政论文》、麦朝枢《李白求仙学道与政治活动的错综变化——读李漫笔之二（续）》。

12 月

2 日，《文学遗产》第 442 期出刊，发表论文 2 篇：铁民、少康、光灿《关于古典散文研究的二三问题》，聂绀弩《读〈聊斋志异〉（续）》。

16 日，《文学遗产》第 443 期出刊，发表论文 1 篇：张文勋《刘勰对文学创作的形象思维特征的认识——读〈文心雕龙〉劄记之一》。

"大家谈" 1 篇：元方《文学史编写工作中的一些问题》。

"读者来信" 1 篇：赵征《建议开展关于编写文学史问题的讨论》。

"学术动态" 1 篇：裘汉康《中山大学中文系教师讨论文学研究所的〈中国文学史〉》。

23 日，《文学遗产》第 444 期出刊，发表论文 3 篇：郭预衡《从"魏晋南北朝"一代谈文学史的编写问题——读文学研究所新编〈中国文学史〉》、耿元瑞《李白是靠经商过活吗？——对〈李白的经济来源〉一文的质疑》、麦朝枢《〈李白的经济来源〉一文的作者来函》。

30 日，《文学遗产》第 445 期出刊，发表论文 2 篇：振甫《〈文心雕龙〉的〈原道〉》、郭预衡《从"魏晋南北朝"一代谈文学史的编写问题——读文学研究所新编〈中国文学史〉（续）》。

"通信讨论" 1 篇：刘永济《论"风骨"答某君（节录）》。

1963 年

1 月

6 日，《文学遗产》第 446 期出刊，发表论文 2 篇：杨积庆《谈〈陋轩诗〉及其他——兼与夏静岩同志商榷》、孙楷第《镜春园笔记》。

"通信讨论" 1 篇：夏静岩《读了〈谈《陋轩诗》及其他〉以后》。

13 日，《文学遗产》第 447 期出刊，发表论文 2 篇：詹安泰《从宋人的五部词选中所看到的一些问题》、方管《关于〈史记〉二题》。

"通信讨论" 1 篇：江九《再谈古代散文问题》。

20 日，《文学遗产》第 448 期出刊；发表论文 3 篇：汪世清《读黄生的〈一木堂诗稿〉》、夏闳《重印古籍不宜随意更改》、章仑《科学院文学研究所的〈中国文学史〉读后》。

2 月

3 日，《文学遗产》第 449 期出刊，发表论文 2 篇：柳文英《评〈聊斋志异会校会注会评本〉》、袁世硕《初读〈蒲松龄集〉所看到的》。

"大家谈" 1 篇：魏理权《立论有据说》。

10 日，《文学遗产》第 450 期出刊，发表论文 2 篇：赵诚《读文学研究所〈中国文学史〉唐代文学部分》、高文《关于文学研究所编〈中国文学史〉中散曲方面的一个问题》。

"学术动态" 1 篇：《〈文学遗产增刊〉第十一辑内容介绍》。

17 日，《文学遗产》第 451 期出刊，发表论文 3 篇：马茂元《从胡云翼同志的〈宋词选〉来谈古典文学选注工作中的一些问题》、冯平《王昌龄七绝的艺术特色》、孙楷第《镜春园笔记》。

24 日，《文学遗产》第 452 期出刊，发表论文 2 篇：陈友琴《略评〈白居易诗选〉》、马茂元《从胡云翼同志的〈宋词选〉来谈古典文学选注工作中的一些问题（续）》。

本月，《文学遗产增刊》第十二辑由中华书局出版，收文 18 篇，作者是：程毅中，辅民，徐扶明，李修生，周绍良，胡晨，王卫民，高哲，胡光平，霍松林，邓魁英，黄墨谷，唐圭璋、潘君昭，汪世清，董弼，陈丹晨，萧善因，谭优学。

3 月

3 日，《文学遗产》第 453 期出刊，发表论文 2 篇：廖仲安、邓魁英《略谈刘大杰〈中国文学发展史〉新版上中两册》、余恕诚《读〈李白欣赏"池塘生春草"〉一文后》。

"读者来信" 1 篇：方玉、水文《建议深入讨论文学史中的重要问题》。

10 日，《文学遗产》第 454 期出刊，发表论文 3 篇：李嘉言《篇终接混茫》、曹济平《谈"校点"》、刚主《答樊维纲同志谈〈而庵说唐诗〉》。

17 日，《文学遗产》第 455 期出刊，发表论文 3 篇：周祜昌《梦觉主人序本〈红楼梦〉的特点》、程弘《文研所本〈中国文学史〉中有关小说章节的几点商榷》、张启成《"舟人"解》。

24 日，《文学遗产》第 456 期出刊，发表论文 3 篇：胡士莹《唐代民间、宫廷、寺院中的说话》、孤烟《"入话"的结构意义——小说琐谈之一》、刘大杰《〈中国文学发展史〉勘误》。

31 日，《文学遗产》第 457 期出刊，发表论文 2 篇：王水照《宋代散文的技巧和样式的发展——宋代散文浅论之二》、司马从《关于实事求是及其他——对古典文学研究中的学风和方法的几点意见》。

4 月

7 日，《文学遗产》第 458 期出刊，发表论文 2 篇：王季思《西厢定本后记》、陆联星《李贽批评〈三国演义〉辨伪》。

"读者来信" 1 篇：李欣复《从〈文心雕龙〉的研究所想到的》。

14 日，《文学遗产》第 459 期出刊，发表论文 3 篇：邓魁英《欧阳修在词史上的地位》、郭荷《也谈立论要有根据》、曹荃《读〈左传〉随笔二则》。

28 日，《文学遗产》第 460 期出刊，发表论文 3 篇：项鲁天《〈三国演义〉表现艺术一斑——"温酒斩华雄"具体分析》、徐凌云《钟鼓司与明内廷戏剧》、程弘《读〈海刚峰先生居官公案〉》。

"学术动态" 1 篇：《〈文学遗产增刊〉第十二辑内容简介》。

5 月

12 日，《文学遗产》第 461 期出刊，发表论文 3 篇：陈毓罴《从〈过火焰山〉看吴承恩对情节的处理》、沈祖棻《关于杂剧楔子和联套的曲牌的用法——〈中国文学史〉的一个小错误》、仇偶生《评〈唐宋词选〉》。

19 日，《文学遗产》第 462 期出刊，发表论文 2 篇：曹道衡《论〈左传〉的人物评述和描写》、陈毓罴《从〈过火焰山〉看吴承恩对情节的处理（续）》。

6 月

9 日，《文学遗产》第 463 期出刊，发表论文 1 篇：袁行霈《白居易诗歌的艺术成就和缺陷》。

"大家谈"1篇：郭荷《一种远离实际的评论》。

本期另刊登《致读者》，宣布暂时休刊，全文如下：

> 《文学遗产》专刊自从1954年3月1日创刊以来，截至本期（463期）止，不觉已有九年多了。这其间，我们在党的领导和读者的热忱帮助下，积极参加了在文艺战线上的思想斗争，作了一些工作，对古典文学的研究起了一定的推动作用，但是由于我们的编辑思想水平不高和工作方法上的缺点，在刊物上也发表了不少联系实际不够、战斗性和科学性不强、对古典文学研究工作和对读者帮助不大的文章。这些主要是由于我们的编辑思想不够明确，我们在组稿时的主观努力也还不够，未能同作者仔细商量，提出编辑部的明确意见和要求。
>
> 随着国家科学文化事业的蓬勃发展，人们的思想水平的不断提高，因之，读者对本刊的要求也日益提高了，这使我们更感到提高刊物质量的迫切性。我们初步考虑到：我们今后的工作，首先应该是努力联系古典文学研究工作能够联系的当前的实际问题，即对于文学研究、文学创作、文学的思想教育等方面有所帮助；在评价古典文学作品时，应该力求用马克思列宁主义的观点和方法对其中的积极因素和消极因素进行较深刻的分析和批判，然后才谈得上正确的继承。为了这个目的，我们需要总结过去的工作经验，提出今后改进工作的方案，并且要同各地古典文学研究工作者举行座谈，共同商讨如何改进工作、提高刊物质量的具体办法，组织一批能够体现上述要求的稿件。因此，我们决定休刊一个时期，以便进行这些工作。等到准备工作大体就绪，编辑部积累得一定数量的质量较好的稿件时，我们即行复刊。
>
> 总之，在休刊期中，我们将积极地为了改进刊物、提高刊物的质量而努力工作，不是使工作有所停顿。我们深信，在党的领导和读者、作者热情的帮助之下，在将来复刊的时候，我们的刊物是能够作到比过去方向明确，更符合读者的需要的。那时当以新的面目和读者见面。

当时，正是毛泽东发出"千万不要忘记阶级斗争"号召之后，这实际上反映了编辑部对当时"阶级斗争"之风愈刮愈紧的形势把握不定和不知所从的困惑。随后，陈翔鹤转任古代文学研究室研究员，主编《文学研究集刊》。

9 月

本月，《文学遗产增刊》第十三辑由中华书局出版，收文 17 篇，作者是：霍松林、曾缄、熊柏畦、马锡鉴、乙丁、卞孝萱、金启华、魏泽一、元方、金学智、李继唐、剑梅、耿元瑞、张志岳、卢怀萱、金丁、韩维钧。

12 月

2 日，毛泽东作了《关于艺术工作方面存在的问题给彭真、刘仁的批示》，说文艺界"问题不少，人数很多"，"至今还是死人统治着"，"许多共产党人热心提倡封建主义和资本主义艺术"，等等。《文学遗产》的处境实为尴尬，但读者却不断呼吁恢复《文学遗产》的出刊。因此，文学所有关同志出面与《光明日报》领导洽谈。报社认为，应当恢复此刊，但原主编"右倾"，必须换人，或另聘主编而让原主编任副职。文学所所长何其芳同志深以为不妥，亲自召集编辑部会议征询意见。但情况势难两全，终因主要编辑人员均有去志，所以文学所决定把《文学遗产》移交《光明日报》接办。编辑部也就此解散。

这样，由文学所主办的《文学遗产》实际上从 1954 年 3 月 1 日创刊到 1963 年 6 月 9 日，共出版 463 期。《文学遗产增刊》《文学遗产选集》的编辑工作也随后中止。

1964 年

6 月

7 日，《光明日报》接办的《文学遗产》复刊，为双周刊。

1965 年

11 月

《光明日报》社资料研究室编辑的《光明日报文学遗产专刊索引》，由《光明日报》社内部发行。该索引编入《文学遗产》专刊第 1－491 期的全部文章篇目，按专题性质分类，在每类中按相近内容集中排列，每条分篇名、作者、期数、年月日等项。

1966 年

6 月

12 日，《光明日报》接办的《文学遗产》停刊，从 1964 年 6 月 7 日至 1966 年 6 月 12 日，共出版 92 期（第 464－555 期）。内容上有较大改变，不是专门研究中国古代文学，而是兼容外国文学研究等。

1969 年

4 月

22 日，《文学遗产》原主编陈翔鹤在"文化大革命"批斗中含冤去世，终年 69 岁。

1977 年

5 月，哲学社会科学部从中国科学院分离，中国社会科学院成立，文学研究所也被划入中国社会科学院。所长由沙汀担任，陈荒煤、吴伯萧等任副所长。

1979 年

10 月

26 日，中国社会科学院批复《文学遗产》筹备以期刊形式复刊。任命文学研究所副所长余冠英任主编，张白山任副主编。

《文学遗产》由中国社会科学院文学研究所《文学遗产》编辑部编辑，中华书局出版；国内由北京报刊发行局总发行，国外由中国国际图书贸易总公司负责发行；全国各地邮局、新华书店负责订购、零售。

《文学遗产》编辑部暂设在日坛路 6 号文学研究所临时办公楼前的木板房内。

1980 年

1 月

《文学遗产》编辑部派高光起、卢兴基赴济南、扬州、南京、上海、杭州、苏州等地高校和科研机构调查和座谈，通报《文学遗产》杂志复刊计划和筹备情况，同时也了解"文革"以后各高校的教学和科研状况并组稿。

6 月

1 日，王学泰调入《文学遗产》编辑部任编辑。

29 日，《文学遗产》改版复刊。第 1 期杂志由中华书局出版，季刊，16开，158 页。定价 0.80 元。

余冠英任主编，张白山任副主编。编委会成员有余冠英、张白山、范宁、劳洪、胡念贻、邓绍基、曹道衡、陈贻焮、费振刚、廖仲安、郭预衡、程毅中、冯其庸、俞琳。

高光起任编辑部副主任，卢兴基、白鸿、张展、王学泰、齐天举任编辑，王芳任编务。

署名"本刊编辑部"的《复刊词》指出，"许久以来，关心我国古典文学研究的同志都希望《文学遗产》早日复刊。专门从事我国古典文学研究工作的同志，尤其希望有一个自己的园地，有一个全国性的、集中发表我国古典文学的研究成果的刊物……现在，复刊号终于与大家见面了。""在古典文学研究领域不但要提倡继续解放思想，而且还要保证从事这方面工作的同志有充分发表各种不同意见的自由权利。对学术上有争论的问题，一定要经过反复的充分的自由论辩，即使一时还不能取得一致或比较一致的看法，容许等待，不必忙于做结论。并且允许批评与反批评。只有这样，才能推进古典文学研究工作的发展和深入。也只有这样，我们这个刊物的质量才有可能提高。任何学术问题一家独鸣都是只能带来思想停滞和思想僵化。""复刊后的《文学遗产》象过去那样仍然注意文章的学术性和科学性，同时，力求密切联系实际，为发展和繁荣我国的社会主义文学事业服务。对研究工作中所共同关心的问题，应该态度鲜明地提出可供大家探讨的意见，使我们的古典文学研究工作能够进一步活跃起来……我们希望从事我国古典文学研究工作的同志积极关心目前文艺界的讨论，结合作家、作品或流派，写出比较深入的研究文章。""本刊提倡准确、生动、言之有物的文风，以这作为我们和作者共同努力的目标。我们希望发表态度谨严、逻辑性强、材料翔实而又敢于提出创见的文章。在这样的基础上的文章的多样性风格，则不强作一致的要求。"

《编后记》首先感慨："《文学遗产》自从停刊到现在，十四个年头过去了，前主编陈翔鹤同志被迫害致死，也已经十一年了。这期间，我国经历了一场空前浩劫，遭受戕害的，岂止是一代才华！我们编定这期改版复刊号，抚笔沉思，心情是复杂的。"另外说明，本期发表了几篇七八十岁老专家撰写的文章，他们为大家所熟悉，"他们这样热情地为本刊写文章，不仅仅是表示对本刊的支持，而且也是表示对我国古代文学的研究工作的关怀。"并对姚雪垠为本刊撰写《论〈圆圆曲〉—〈李自成〉创作余墨》，表示"衷心感谢"。此外，还推荐了葛晓音的《陶诗的艺术成就——兼论有关诗画表现艺术的发展》、徐永端的《谈谈李清照的〈词论〉》两篇文章，"我们欢迎像这样年青的同志陆续参加到我国古代文学研究队伍中来。"最后，编辑部就刊物的编辑工作向读者征求意见和建议。

《稿约》第一项为发表稿件种类，"1. 中国古代文学作家、作品的研究，中国古代文学史上的问题的研究；2. 关于中国古代文学史上的作家、作品、问题的资料和考证；3. 有关中国古代文学研究的有学术价值的读书笔记、札记、随笔；4. 对国内新出版的中国古代文学研究著作的书评；5. 讨论、研究中国古代文学问题的通讯报导。"另有三项技术和事务性要求和说明，其中声明"请勿一稿两投"。

本期没有刊载主编、副主编、编委会名单。目录页的专题论文不设栏目，只设"动态"栏。以读书札记作为补白。

本期发表论文 17 篇。作者是：闻一多，林庚，王季思，葛晓音，王运熙、傅璇琮、张忱石、许逸民、徐永端、夏承焘、姚雪垠、杜书瀛、聂绀弩、劳洪、傅继馥、徐朔方、邓绍基、季羡林、郭绍虞。

另发表其他栏目文章。

本期封面设计署名：王侨。

《文学遗产》1980 年至 1981 年使用中华书局书号出刊，1982 年第 1 期始使用北京期刊登记证号出刊，1988 年第 1 期始使用国内统一刊号出刊。

8 月

20 日，《文学遗产》编辑部在北京日坛路工会招待所召开复刊后首届编委会扩大会议，全体编委和在京部分通讯员周先慎（北京大学）、吴万刚（北京师范大学）、马啸风（北京师范学院）、禹可坤（中央民族学院）等参加会议。

9 月

30 日，《文学遗产》第 2 期出版。

《编后记》说明，本期发表了几篇探讨作家、作品的思想和艺术特色的文章，希望发表这样的系列文章，综合、归纳、研究、分析，能够逐步摸索出我国古代文学的发展规律，总结出更切合我国古代文学艺术实际的文艺理论，以利于我国社会主义文艺事业的发展。此外，推荐陈毓罴、刘世德《谈新发现的"曹雪芹小像"题词》一文，"这对进一步判明小像的像主究竟是否曹雪芹，无疑是有好处的。"并表示"《红楼梦》是我国古典小说创作的顶峰，无论思想或艺术都有许多宝贵的东西，有待于我们去发掘和探讨，因此，我们是更欢迎对《红楼梦》本身进行深入研究、分析的文章。"另外，还推荐了任半塘的《关于唐曲子问题商榷》，"对唐曲子的年代、性质，以及它与后代词体文学的关系，都提出了个人的意见，值得注意。"

本期增设"资料"和"读者·作者·编者"两个栏目；增设英文目录，并补发第 1 期英文目录。

本期发表论文 16 篇。作者是：段熙仲，曹道衡，朱东润，陈贻焮，任半塘，程毅中，张白山，顾易生，董每戡，任访秋，吴文治，蒋星煜，陈毓罴，刘世德，王士菁，郭维森，林辰。

另发表其他栏目文章。

12 月

25 日，《文学遗产》第 3 期出版。

本期增设"书评"栏目。

《编后记》说明，编辑部决定出版增刊，用正刊与增刊配合，以适当解决因季刊受周期限制开展学术讨论的困难；且重视学者建议改为月刊或双月刊的呼吁。此外，还提出重视培养中青年作者，"这一期除中年作者外又发表了两位年轻同志的文章"；另强调，"对老专家我们也是一向尊重的，发表他们的著述，不只是为了抢救遗产，也是为了向他们具有的治学谨严的好传统学习。有的虽是遗作，仍有一定的学术价值，象本期发表的刘永济的文章。"对于一些读者要求本刊对古代文学研究中存在的比较重大问题发表文章的建议，"这种要求是合理的、必要的。但是，这些问题都比较复杂，需要一定的时间来研究和思考。本期发表的廖仲安、敏泽、周来祥等同志的文章，就是向这方面的努力，这几篇文章只是把问题提出来，还有待于向纵深发展，希望有更多的同志，把你们这方面的研究成果寄来本刊发表。"同时重申："建国以来，特别是十年浩劫，我国古代文学研究工作被人为地设置下许多'禁区'、'险区'，妨碍了研究工作的健康发展。从《复刊号》起，我们就提出要对那些被歪曲、受诬陷的古代作家、作品重新评价，还他们的历史本来面目。提倡研究无禁区，打破一切束缚研究工作的条条框框。此外，我们也注意扩大研究范围，开拓研究领域，如关于古代文学中的文艺思潮、风格、流派的探讨，对过去很少注意的作家、作品的研究和发掘等。这些都将列入一九八一年的选题计划，加强研究。"

本期发表论文 17 篇。作者是：程俊英、万云骏，詹锳，张明非，吴企明，周振甫，刘学锴、余恕诚，徐中玉，苏兴，么书仪，陆树仑，刘致中，谭正璧，周来祥，敏泽，廖仲安，刘永济，戴不凡。

"书评" 1 篇。作者是：钱仲联。

另发表其他栏目文章。

1981 年

3 月

29 日，《文学遗产》第 1 期出版。

《编后记》说明，本期发表的郭预衡《尊重历史，正视现实——关于中国古代文学中爱国思想的探讨》、佘正松《九曲之战与高适诗歌中的爱国主义》两篇文章，意在就古代文学作品中的爱国思想、爱国主义问题，请学术界讨论；发表袁行霈的《论屈原诗歌的艺术美》，意在欢迎更多学者对古代诗歌、词曲和小说作艺术理论上的探讨。此外，编辑部选题计划中还欲在加强古代著名作家作品研究的同时，加强其他作家作品包括兄弟民族古代文学的研究；并欢迎学界提供商榷性文章。

本期发表论文 15 篇。作者是：郭预衡，佘正松，仁钦道尔吉，陆永品，袁行霈，姜亮夫，程千帆，裴斐，谢国桢，黄进德，邓魁英，曹济平，宋谋瑒，卢兴基，王俊年。

"书评"1篇。作者是：岳国钧。

另发表其他栏目文章。

发布《文学遗产》增刊复刊的消息，预告第十四辑增刊以唐宋诗词研究为中心，将于本年内出版。

4月

本月，张白山、卢兴基赴南京、扬州、上海、杭州、绍兴、苏州等地再次调查，访问的专家有程千帆、陈白尘、钱南扬、范存忠、唐圭璋、孙望、吴调公、段熙仲、任二北、朱东润、郭绍虞、丰村、赵景深、施蛰存、姜亮夫、蒋祖怡等。此外，还分别在复旦大学、南京师范学院、苏州大学、扬州师范学院、杭州大学以及上海古籍出版社、上海社会科学院文学研究所召开座谈会。

6月

29日，《文学遗产》第2期出版。

《编后记》呼吁古代文学研究者加强关于中国古代文学发展规律的研究，以解决文学史上的诸多问题。本期发表的张碧波《我国封建社会初期文学发展的几个问题》、刘国盈《论唐代古文运动产生的原因》两篇文章，即是初步探索。

本期发表论文17篇。作者是：张碧波，刘国盈，胡念贻，牟世金，倪其心，孙昌武，唐异明，蒋和森，王水照，唐圭璋，顾国瑞，杨海明，喻朝刚，侯百朋，高明阁，童恩翼，郑孟彤。

"书评"1篇。作者是：程毅中。

另发表其他栏目文章。

9月

4日至8日，《文学遗产》编辑部在京召开"中国古代文学研究座谈会"，分别由主编余冠英和副主编张白山主持。来自北京及部分省市高校、科研机构、新闻出版机构的古代文学研究专家学者五十余人参加会议，就当前我国古代文学研究中的一些根本性问题充分交换了意见。中国社会科学院副院长梅益到会讲话。文学研究所负责人许觉民、吴伯箫、王平凡参加座谈会。此次座谈会的详细纪要和部分发言，刊载于本刊1982年第1期。

29日，《文学遗产》第3期出版。

因 9 月 25 日是鲁迅诞辰一百周年，本期特设"纪念鲁迅诞生一百周年"专栏，发表许怀中《鲁迅后期小说史观的丰富和发展》、范宁《鲁迅在中国古典文学研究上的贡献》、林辰《略谈鲁迅辑录的几种古籍》三篇文章，并发表鲁迅手迹四幅，以示纪念。

《编后记》说明，鉴于近期出版部门大量印行古典小说，引起读者关心，本刊准备加强关于古典小说的研究和评论，吁请研究者和爱好者予以支持。

本期发表论文 14 篇。作者是：许怀中，范宁，林辰，姜昆式、徐汉澍，张永鑫，姜文清，刘华云，汤擎民，陈友琴，王冰彦、王季思、黄秉泽、叶长海、邱世友、陈邦炎。

"书评" 1 篇。作者是：王永健。

另发表其他栏目文章。

12 月

29 日，《文学遗产》第 4 期出版。

《编后记》说明，当前学术界包括古代文学研究界在内，对"比较文学"很感兴趣，故发表范存忠的《中国的人文主义与英国的启蒙运动》，意在对关注"比较文学"的学者有所启迪。此外，自本刊呼吁加强古典文学"爱国主义"研究以来，得到了全国的关注，本期提供了一些资料和报道，希望这一问题的讨论进一步深入下去。

本期发表论文 16 篇。作者是：范存忠，白坚，朱建明、彭飞，刘致中，张信，高建中、孙逊，周楞伽、韩进廉，舒芜，陈植锷，段熙仲、杨明照，蔡起福、李廷先、林邦钧。

"书评" 2 篇。作者是：隋树森，张增元。

另发表其他栏目文章。

1982 年

1 月

《文学遗产》组成第二届编委会，成员有：余冠英、劳洪、范宁、陈毓罴、胡念贻、邓绍基、曹道衡、陈贻焮、费振刚、袁行霈、郭预衡、廖仲安、程毅中。

2 月

本月，《文学遗产增刊》第十四辑由中华书局出版。定价 1.35 元。

《编后记》说明，"《文学遗产增刊》，原是与周刊配合出版的一个三十二开本的不定期刊物。从一九五七年至一九六三年为止，共出过十三辑。后来在极左思潮干扰下，它与周刊一起被迫停刊了。现在增刊恢复出版，想大家的心情必定跟我们一样是很高兴的。去年恢复的《文学遗产》季刊虽然弥补了过去周刊的某些不足，能够发表一些稍长的论文，但由于它的周期较长，每一期的容量也极有限，远远不能满足客观的需要，……恢复增刊就是为了解决这一困难。

"本辑增刊是以古典诗词的研究为重点的。有老专家的论著，其中还有故世的吴梅先生的《汇校梦窗词札记》等，也有中青年古典文学研究工作者的研究成果。……增刊仍为不定期刊。我们将视来稿情况，每年编出几辑。每一辑的编选，力求有一定的学术水平和参考价值，并尽量有一个中心，文风端正，思想活泼，真正成为百家争鸣的园地。"

本辑发表论文 23 篇，文献资料辑录 2 篇。作者是：周勋初，李传龙，褚斌杰，林东海，钱鸿瑛，蒋立甫，顾易生，聂石樵，徐公持，曹道衡，齐天举，柴剑虹，夏晓虹，周明，孙次舟，王达津，吴企明，董乃斌，雍文华，陶道恕，金启华，蔡义江、蔡国黄，吴梅，王利器，夏承焘。

3 月

25 日，《文学遗产》第 1 期出版。

《编后记》的主要观点是，本刊在今后相当长时期内，必须重视继续深入探讨古代文学研究尚未解决的诸多问题：继续肃清"左倾"观念，澄清对马克思主义在古代文学研究中的地位和作用的认识问题，继续深入探讨"人民性"、"人性"、"人道主义"等问题，对如何摆对考据、校雠在古代文学研究中的地位，对古籍的抢救整理工作等等，也需要认真研究和对待。并提出，本年继续执行 1981 年的选题计划；但在新一年里，将注意古代文学的古为今用问题；加强对新出版的古代文学书刊的评论工作；准备多出几期增刊。

本期发表论文 17 篇。作者是：吴调公，卞岐，赵仁珪，陈祥耀，邓乔彬，周鸿善，韩理洲，董每戡，陈历明，王朝闻，张稔穰、李永昶，陈汝衡，王达津，葛兆光，张人和，蒋星煜，欧阳代发。

刊发 1981 年 9 月《文学遗产》编辑部在京召开 "中国古代文学研究座谈会" 的会议纪要和座谈会的部分专家发言稿。

另发表其他栏目文章。

4 月

卢兴基、王学泰赴山东、上海、江苏、浙江高校和科研机构组稿。

6 月

8 日，《文学遗产》编辑部在京召开北京地区部分青年作者座谈会，参加会议者共 27 人。大家就古代文学研究中存在的以下问题，充分地交换了意见：（1）理论研究上的薄弱；（2）研究领域不够宽广；（3）当前古代文学研究群体青黄不接。此外，与会学者还谈到目前古代文学研究与当代文学创作的结合问题，认为古代文学创作中许多好的经验，尚未被当代文学创作所借鉴与继承。与会专家一致认为会议体现了《文学遗产》编辑部一贯注意培养新生力量的做法。编辑部表示今后将在全国各地分别召开这种小型会议。此次会议简讯刊发于本刊 1982 年第 3 期。

25 日，《文学遗产》第 2 期出版。

《编后记》说明，本期发表的邓绍基《坚持马列主义、毛泽东思想原则，提高古代文学研究水平》、廖仲安的《穷源溯流的指导思想》两篇文章，是他们重新学习毛泽东《在延安文艺座谈会上的讲话》，联系目前古典文学研究实际而写的一些心得和体会。重新学习《在延安文艺座谈会上的讲话》，有利于进一步明确方向，促进古典文学研究的更大繁荣。此外发表了余恕诚《唐诗所表现的生活理想和精神风貌》、陈华昌《试论苏轼词的艺术风格》和张三夕《论苏诗中的空间感》三篇文章，是对唐代诗歌和苏轼作品艺术方面的探讨，有一些新意；蒋祖怡的《〈文心雕龙·物色篇〉试释——当时新品种 "山水文学" 写作经验的总结》谈我国文学史上处于创始阶段的山水文学的写作经验，也属于这一类。"动态" 栏发表的周发祥的《意象统计——国外汉学研究方法评介》一文，介绍了国外汉学研究中的一种方法，可供大家参考，本刊今后将注意介绍国外对我国古代文学研究的情况。此外，还提出本期发表了几篇年轻作者的文章，"值得高兴"。

本期发表论文 14 篇。作者是：邓绍基，廖仲安，王洲明，蒋祖怡，余恕诚，龚德芳，张鸿勋，陈华昌，张三夕，夏传才，孔凡礼，李宪昭，周启付，陈卫民、周晓平。

"书评"1篇。作者是：陈新。

另发表其他栏目文章。

8月

本月，王毅分配至《文学遗产》编辑部任编辑。

9月

25日，《文学遗产》第3期出版。

《编后记》说明，因逢李白逝世1220周年和杜甫诞生1270周年，特刊发裴斐《唐代历史转折时期的李、杜及其诗歌》、乔象锺《李白乐府诗的创造性成就》、樊维纲《杜甫湖南纪行诗编次诠释》三篇文章，以示纪念。另发表两篇争鸣性文章，即程天祜、孟二冬的《〈文心雕龙〉之"神理"辨——与马宏山同志商榷》和章培恒的《关于罗贯中的生卒年——答周楞伽同志》。此外，为了解国际汉学研究情况，在"资料"栏发表胡子昂译日本伊藤正文的《日本研究中国文学的概况》一文，以资参考。

本期发表论文16篇。作者是：陈思苓，程天祜、孟二冬，裴斐，乔象锺，樊维纲，孙昌武，吴庚舜，傅璇琮，刘衍，刘尚荣，刘扬忠，林维纯，陶尔夫，章培恒，朱则杰，王凯符、漆绪邦。

"资料"栏发表谢国桢《江浙访书录（七则）》。

另发表其他栏目文章。

刊发悼念本刊编委、中国社会科学院文学研究所研究员胡念贻先生逝世的消息。

10月

14日至20日，《文学遗产》编辑部与文学研究所近代文学研究组、华南师范学院、河南开封师范学院、苏州大学联合主办的"全国第一届中国近代文学学术讨论会"在河南开封召开。与会专家学者七十余名，提交论文43篇。《文学遗产》编辑部责任编辑卢兴基、王毅参加讨论会。

12月

25日，《文学遗产》第4期出版。

《编后记》首先说明，要学习和贯彻中国共产党第十二次全国代表大会提出的建设精神文明必须在共产主义思想指导下的精神，对于中国古典文学研究领域，就是要坚定不移地坚持以马克思主义作为指导方针。其次，本期发表了有关金代诗歌和近代诗歌等一些以往受忽视的作家和流派的研究文章。如谭家健的《试论〈水经注〉的文学成就》、范宁的《金代的诗歌创作》、杨积庆的《论汪元量及其诗》、刘世德的《李玠和〈正蜀统〉传奇》和张永芳的《试论"新诗"》。此外，对《光明日报》恢复"文学遗产"周刊表示祝贺："今后我们将密切配合，携手并进，共同为繁荣古典文学研究这一园地而进一步努力。"

本期发表论文 18 篇。作者是：谭家健，霍松林，黄天骥，刘开扬，金开诚，吴企明，李一氓，易重廉，佟培基，杨积庆，范宁，翁敏华，吴梅，常虹，吴新雷，李汉秋，刘世德，张永芳。

"书评" 2 篇。作者是：吴云、唐绍忠，王万庄。

"资料"栏发表吴晓铃的《绥中吴氏双楷书屋所藏子弟书目录》。

另发表其他栏目文章。

1983 年

2 月

28 日，文学研究所任命张白山、熊白施（劳洪）为《文学遗产》副主编，卢兴基为编辑部副主任。

3 月

25 日，《文学遗产》第 1 期出版。

《编后记》呼吁学界多关心古典文学研究工作现状，撰写有针对性的、短小精悍、一事一议、生动活泼的短文；并刊发王和《不要从零开始》、管汀《材料、考证和古典文学研究》两篇短文，作为征文开端。此二文实际是学术评论性质。此外，还再次强调作者在注意文章的学术性、科学性的同时，也应注意文章的鲜明性和生动性，重视文章的精炼和文采。

本期发表论文 16 篇。作者是：段熙仲，胡念贻，徐公持，王运熙、杨明，丘良任，董乃斌，孔凡礼，陈邦炎，许金榜，朱勤楚，李时人，朱世英，杜贵晨，任访秋，裴效维，潜明兹。

另发表其他栏目文章。

4 月

本月，《文学遗产》编辑部派员分两路调查各地科研机构、高等院校古代文学研究状况，以及高校中文系开设古代文学专题课情况，并收集对本刊的意见、建议，重点组稿。

6 月

25 日，《文学遗产》第 2 期出版。

《编后记》再次强调，在今后一段较长时间内，将重点刊登探讨古代文学发展规律、某一时期的风格流派及文学理论问题等方面文章；对名家名作要求在已有基础上有所突破，对二三流作家作品的专论要提高质量。"至于资料、考证文章，为了和其他学术性刊物的适当分工，本刊能容纳的数量则是有限的。"此外，呼吁学术界加强对清代诗文方面的研究；而增加"出版述评"栏目，意在专门介绍新出版的论著和重新整理的文学古籍。另因读者一再要求写短文章，本刊希望今后来稿一般不超万字，尤其欢迎精炼和讲究的短文。

本期增设"出版述评"栏目，发表 2 篇文章。作者是：傅璇琮，曹明纲。

本期发表论文 17 篇。作者是：裴斐，李家树，陆永品，姜亮夫、姜昆武，骆玉明，吴世昌，罗忼烈，王耕夫，么书仪，杨镰，刘冬、欧阳健，徐中伟，苏兴，张稔穰，周妙中，范伯群，时萌。

"动态"栏发表允平《礒部彰对〈西游记〉的研究》，专门介绍日本"汉学界的后起之秀"、东北大学中国文学研究者礒部彰的《西游记》研究成果。

另发表其他栏目文章。

8 月

31 日，《文学遗产》编辑部召开编委扩大会议，邀请部分在京的古代文学研究工作者、教学工作者和编辑工作者（包括《光明日报》"文学遗产"专刊编辑），座谈学习《邓小平文选》的心得体会。座谈会由主编余冠英主持。本刊 1983 年第 4 期发表了 4 位与会专家的发言和座谈会的详细报道。

9 月

25 日，《文学遗产》第 3 期出版。

本期发表论文 16 篇。作者是：张震泽，龚克昌，丁福林，唐异明，张金海、王学泰，徐凌云、龚德芳，葛兆光，李鑫，彭飞，王英志，于天池，王青平，周先慎，王俊年，张碧波、雷啸林。

另发表郑振铎撰、吴晓铃辑《〈西谛题跋〉选》，以为郑振铎先生 25 周年祭。

"书评" 1 篇。作者是：荣宪宾。

另发表其他栏目文章。

本月，《文学遗产增刊》第十五辑由中华书局出版。定价 1.05 元。

本辑发表论文 23 篇。作者是：金宁芬，徐扶明，苗林，朱祥麟，杨明新，蒋星煜，刘世德，陈铁民，龚维英，张增元，官桂铨，薛洪，路士湘，孙佳讯，陈毓罴，尤振中，潘树广，张纵逸，许永璋，时萌，方智范，孙月沐，郭维森。

11 月

本月，《文学遗产增刊》第十六辑由中华书局出版。定价 1.10 元。

本辑发表论文 19 篇。作者是：邓绍基，孙映逵，高志忠，孟繁树，朱碧莲，张国风，杨柳，傅生文，钱学烈，李寿松，李云逸，谭行，林新樵，王学泰，祝尚书，（日）村上哲见，陈振濂，钟振振，杨海明。

本月，《文学遗产》编辑部迁回建国门内大街五号中国社会科学院大楼七层办公。

12 月

17 日至 22 日，《文学遗产》编辑部和苏州大学中文系在苏州师范学院联合召开"全国清诗讨论会"。出席讨论会的全国各地专家学者有七十余名，提交论文四十余篇。此次会议是新中国成立以来首届全国性的清诗讨论会，研讨内容主要集中在四个方面：（1）关于清诗评价；（2）关于清诗历来遭贬的社会原因；（3）关于清诗的流派和特色；（4）关于清诗研究的思想方法。与会专家提交的论文中，有 10 篇文章发表于本刊 1984 年第 2 期。此次研讨会的综述发表于本刊 1984 年第 1 期。

25 日，《文学遗产》第 4 期出版。

《编者的话》提出，"党的十二届二中全会关于整党和清除精神污染的重大决策，是关系到党和国家命运和前途的大事，……作为思想战线一个方面的中国古代文学研究工作，也面临着防止和清除精神污染的任务。无庸讳言，西方现代派文艺思潮、抽象化了的人性和人道主义等等，也影响到中国古代文学研究。广泛流传在社会上的一些不健康的甚至有害的中国古代文学作品（主要是小说），也没有得到及时的批评。为了继承优秀的文学传统，建设社会主义精神文明，繁荣和发展社会主义文学事业，我们愿意同学术界并肩前进，积极参加反对污染的斗争。……我们要在贯彻'四个坚持'的原则下，按照'双百'方针，开展学术上的批评和自我批评，推动研究工作向新的领域开拓。我们热切盼望经过反污染斗争，能出现更多更好的中国古代文学研究成果，特别是具有鲜明的马克思主义观点和中国特色的科学论著。"

本期首栏设"学习《邓小平文选》提高古代文学的研究水平"专栏，发表4篇文章。作者是：傅璇琮，郭预衡，季镇淮，劳洪。

发表论文18篇。作者是：袁行霈，罗宗强，吕薇芬、徐公持，王宗石，韦凤娟、张忱石，启功，储仲君，陆海明，王琦珍，谢桃坊，孙楷第，隋树森，叶胥、冒炘，吴歌、邓瑞琼，朱金城、朱易安，丘良任，蒋星煜。

另发表其他栏目文章。

本月，齐无举调离《文学遗产》编辑部。

1984 年

3 月

25 日，《文学遗产》第 1 期出版。

《编后记》说明，本期首次发表何其芳的遗作《论中国文学》，是作者新中国建立初期出国访问时的讲演稿。此外，再次强调来稿中考证文章还是较多，为与其他学术刊物分工，此类稿件只能占本刊很小篇幅，"我们热切盼望能看到更多的对我国古代作家、作品，或对某一个问题的综合性的研究文章。"另外，本刊 1983 年第 4 期发表的陆海明的文章是作者的修订稿，文章初稿已在《文艺理论研究》上刊登出目录却未及时通知本刊，以致本刊重复发表同一内容的文章；编辑部在对此工作疏忽引为教训的同时，再次郑重声明：作者投寄本刊的文章，三个月后未收到用稿通知时，如改投其他刊物，请务必通知本刊。

本期发表论文 19 篇。作者是：张善文，郑君华，刘文忠，齐天举，路工，陈耀东，张式铭，肖瑞峰，刘庆云，陈邦炎，邱明皋，赵景深，洛地，周续赓，徐朔方，程毅中，陈美林，夏传才，何其芳。

另发表其他栏目文章。

6 月

25 日，《文学遗产》第 2 期出版。

《编后记》说明，本期刊发编辑部与苏州大学 1983 年 12 月联合召开的清代诗歌讨论会上一些具有代表性的论文，目的是引起学界对清诗研究这一薄弱领域的重视。"此外，本期还发表了一组二三千字的短文，各有一得之见，我们欢迎这样的文章。"这是本刊首次设立短文专栏，正文版式为各篇接排，但目录页并无栏题。另外还据陆海明同志要求说明，文章修订稿原应《文艺理论研究》要求修改，后修订稿由该刊转给《文学遗产》并被刊用，初稿亦被该刊发表，作者事先并不知情。

本期首栏为"清诗讨论专辑"，发表论文 10 篇。作者是：钱仲联，严迪昌，周秦、范健明，赵伯陶，蒋凡，吴调公，苏仲翔，廖仲安，陈少松，王飙。

其他论文 5 篇。作者是：高朗，张一兵，曹道衡，沈玉成，张锡厚。

"短文" 8 篇。作者是：武显漳，洪炯，宋红，李中华，詹亚园，程亦军，韩文佑，聂鸿音。

另发表其他栏目文章。

7 月，白鸿离休。

9 月

25 日，《文学遗产》第 3 期出版。

《编后记》说明，本期内容重点在唐以后文学的研究，推荐了傅璇琮的《关于唐代科举与文学的研究》。此外，推荐了万云骏的《〈蕙风词话〉论词的鉴赏和创作及其承前启后的关系》、任访秋的《恽敬的古文文论及其与桐城派的关系》和青年学者马亚中的《试论宋诗对清代诗人的影响》。此外，还推荐了胡小伟的《评〈红楼梦〉研究中的"新索隐说"——兼论索隐法在古典文学研究中的非科学性》，"旨在引起学术界对古代文学研究方法的讨论，希望读者注意。"

本期重点刊发的论文 11 篇。作者是：傅璇琮，乔象锺，高国藩，杨海明，孙崇涛，刘毓忱，马亚中，麻守中，胡小伟，任访秋，万云骏。

其他论文 5 篇。作者是：束景南，梁超然，刘尚荣，孔凡礼，方龄贵。

"短文" 3 篇。作者是：赵昌平，曹济平，陈增杰。

"出版述评" 1 篇。作者是：施议对。

另发表其他栏目文章。

本月，李伊白调入《文学遗产》编辑部任编辑。

10 月

4 日，中国社会科学院文学研究所和《光明日报》编辑部在北京国际俱乐部联合召开《文学遗产》创刊 30 周年复刊 5 周年座谈会。全国人大常委会副委员长周谷城，国务院古籍整理规划小组组长李一氓，中国社会科学院党组书记梅益、秘书长吴介民，文学研究所领导陈荒煤、吴伯箫、王平凡、邓绍基、许觉民等到会祝贺。在京专家学者吴世昌、钟敬文、冯至、林庚、周振甫、吴调公、张毕来、杨明照、周绍良等一百五十余人参加座谈会。会议由《文学遗产》主编余冠英主持，副主编劳洪致辞。编委郭预衡发言。傅璇琮代表中年作者发言，葛晓音代表青年作者发言。本次座谈会的详细报道发表于本刊 1985 年第 1 期。

12 月

25 日，《文学遗产》第 4 期出版。

《编后记》说明，为总结新中国建立 35 年来古籍整理与出版工作的巨大成就，发表程毅中《喜迎文学古籍整理出版的新高潮——建国以来文学古籍整理出版工作的回顾与展望》一文，对文学古籍整理和出版工作作了回顾和展望。此外，还主张 "古典文学研究要注意其他相邻领域的研究成果，提倡进行多方面的综合性探讨，这将有助于古典文学研究的开拓与深入。" 为此，发表了金学智的《王维诗中的绘画美》、张乘健的《〈桃花扇〉发微——从哲学史的角度论〈桃花扇〉》两篇文章；并对张乘健坚持自学二十余年、业余研究古典文学表示赞赏，认为他取得的成绩值得欢迎。另外，还推荐了刘世德的《谈〈三分事略〉：它和〈三国志平话〉的异同和先后》一文。

本期发表论文 15 篇。作者是：王运熙，王毅，陈仲奇，张国星，雒江生，董乃斌，金学智，储仲君，葛兆光，张宝坤，刘世德，马泰来，张乘健，傅憎享，孙昌武。

专题文章 1 篇。作者是：程毅中。

"出版述评" 1 篇。作者是：聂世美。

另发表其他栏目文章。

1985 年

3 月

25 日，《文学遗产》第 1 期出版。本期始，改定价为 1.00 元。

《编后记》提出，"对我国古代文学的研究，我们已有一个历史悠久的严谨的好传统，是我们应当继承和发扬的；但是在研究的观点和方法上，也还存在着有待于我们进一步突破的问题。我们不能仅仅满足于对史料或前人的论述的征引和解释，而更需要联系其他学科和更广泛的文学现象进行分析和考察，并且用准确的、明快的、具有艺术感染力的语言表述出来。"并再次强调提倡不同学术观点的自由论争，愿为不同学术观点、不同学术流派提供争鸣的园地。此外，推荐了余恕诚的《战士之歌和军幕文士之歌——从两种不同类型之作看盛唐边塞诗》和马茂元、赵昌平的《关于孙洙〈唐诗三百首〉及其编选的指导思想——〈唐诗三百首新编〉前言》两篇文章。

本期发表论文 16 篇。作者是：陈良运，王齐洲，毕庶春，郭晋稀，余恕诚，陈允吉，柴剑虹，张国举，刘德重，肖鹏，李广柏，马茂元、赵昌平，孙一珍，沈天佑，马振方，陈美林。

"书评" 1 篇。作者是：张永鑫。

"出版述评" 1 篇。作者是：冯菊年。

另发表其他栏目文章。

4 月

4 日，文学研究所任命徐公持为《文学遗产》主编，卢兴基任副主编，吕薇芬任编辑部主任。

12 日至 17 日，《文学遗产》编辑部与文学研究所古代文学研究室、河南省社会科学院文学研究所、河南省文学学会，在河南郑州联合举办"首届中国古代戏曲学术讨论会"。这是新中国成立以来第一次全国性的古代戏曲学术会议。来自全国22个省、市、自治区从事古代戏曲研究、教学与编辑出版工作的专家学者一百五十余人参加会议，提交论文92篇。讨论会涉及中国古代戏曲的起源、元杂剧繁荣的原因、古代戏曲理论与批评、古代戏曲家及其作品研究、古代戏曲研究方法等方面内容。会议期间成立了中国古代戏曲学会。此次会议报道发表于本刊1985年第3期。

6月

25日，《文学遗产》第2期出版。

《编后记》说明，本期发表短文较多，因有一得之见，受读者欢迎。另指出，除发表了一些大家和文学源流、规律研究文章外，也发表了一些文章研究某些被遗忘的角落，以引起研究者对整个文学遗产的注意，如曹道衡的《从〈雪赋〉、〈月赋〉看南朝文风之流变》、张晶的《豪犷哀顿与冷峻沉著——试论苏舜钦诗的艺术风格》、常德江的《试论〈乌鲁木齐杂诗〉》、王镇远的《同光体初探》。同时申明，本刊历来重视书评，希望大家都重视书评，撰写书评，并推荐张朝范的《关于〈升庵长短句〉——读〈杨慎词曲集〉》和白坚的《评陈汝衡著〈吴敬梓传〉——兼论吴敬梓研究中的有关问题》。此外，还提醒学界注意学术论争时的用语和态度。

本期发表论文18篇。作者是：曹道衡，王宗石，刘开扬，刘文忠，吴小平，张碧波，任国绪，赵昌平，程毅中，张晶，李青，王镇远，吕薇芬、么书仪，廖仲安，刘荫柏，李时人，常德江，刘伟林、陈永标。

正文首次出现"短文"栏题，发表5篇短文。作者是：陈铁民，黄文实，王青平，林岗，刘雨。

"书评"2篇。作者是：张朝范，白坚。

另发表其他栏目文章。

26日，《文学遗产》编辑部召开本年第二次编委会，暨调整后的编委会第一次会议。编委会总结了上半年工作，讨论了刊物如何面向现代化、面向未来和面向世界的问题，认为"在开拓新领域，加强薄弱环节研究的同时，应注意多学科的综合研究、宏观的研究和比较的研究，及时反映国内外古代文学研究的信息。对于改变单一的研究方法，使研究方法多元化方面，也作了热烈而各抒己见的讨论。"会议确定，"进一步解放思想，进一步贯彻百花齐放、百家争鸣和学术自由的方针，尊重不同学派和不同方法的研究，尊重学术个性"；"既发表有长久参考价值的系统的研究论作，也发表有一得之见的短文。兼顾文章的学术性和生动活泼的可读性，加强书评工作和国内外研究信息的介绍，及时展开各种学术问题的讨论。"

编委会决定，为适应当前古代文学研究需要，从 1986 年起《文学遗产》改为双月刊，改由上海古籍出版社出版；并对长期与本刊合作的中华书局致以衷心谢忱。本次会议的简讯，发表在本刊 1985 年第 3 期。

9 月

16 日至 21 日，《文学遗产》编辑部与《光明日报》"文学遗产"专刊编辑部、山西省社会科学院、山西大学古典文学研究所等单位联合举办的首届全国"元好问学术讨论会"，在山西省忻州市举行。来自全国各地的八十余位专家学者参加了研讨会。与会专家学者就元好问的生平、思想、作品，及其在文学、史学等方面的成就，兼及金代文学概况和地位等问题，展开讨论。研讨会的部分论文刊载于本刊 1986 年第 2 期。此次会议的报道刊发于本刊 1985 年第 4 期。

17 日至 22 日，《文学遗产》编辑部与巴蜀书社、成都大学、四川大学联合召开的全国首届"宋代文学讨论会"在四川大学举行。来自全国各地的六十余名专家学者参加讨论会，提交论文 50 篇。研讨会着重讨论了宋诗的分期、特点、流派的评价，以及如何加强宋代文学研究等问题。研讨会的部分论文刊载于本刊 1986 年第 3 期"宋代文学研究专辑"。此次会议的综述发表于本刊 1985 年第 4 期。

25 日，《文学遗产》第 3 期出版。

《编后记》提出，"当前，在文学研究和文学批评界正掀起一股探索新的研究方法的热潮，许多同志提出了冲破旧的思想方法模式的要求，给文艺科学带来了新的信息。这一问题当然也涉及古代文学研究的领域，也应该对它进行科学的事实求是的探索。为此，本刊邀约了全国部分研究工作者就当前古代文学研究和方法问题进行笔谈……反映了他们对这一古老而有着自己学科特点的传统领域如何正确对待这一新的思潮的许多想法和宝贵见解。"并呼吁从事古代文学研究的学者都给予热切的关心，以推动古代文学研究的深入。此外，推荐了钟来因的《唐朝道教与李商隐的爱情诗》、周寅宾的《论古代戏曲心理过程的描写》、吴功正的《历史变动时期的短篇小说——评凌濛初的初、二刻〈拍案惊奇〉》、关爱和的《桐城派的中兴、改造与复归——试论曾国藩、吴汝纶的文学活动与作用》、王克、孙本祥、李文辉的《从"贺兰山"看〈满江红〉词的真伪》五篇文章。

另外，《编后记》和《本刊重要启事》中均向读者预告，本刊将于1986 年由季刊改版为双月刊。

封三首次刊发"《文学遗产》编辑委员会"名单。编委（以姓氏笔画为序）：刘世德、卢兴基、吕薇芬、劳洪、李修生、陈贻焮、陈毓罴、费振刚、栾勋、袁行霈、徐公持、郭预衡、敏泽、曹道衡、董乃斌、程毅中、廖仲安、裴斐。主编：徐公持。副主编：卢兴基。

本期首栏为"当前古典文学研究与方法论问题笔谈"。作者是：郭预衡，张培恒，程千帆，吴调公，陈伯海，罗宗强，黄天骥，蔡钟翔。

发表论文 15 篇。作者是：王启兴，钟来因，孔凡礼，谢思炜，王克、孙本祥、李文辉，程杰，周寅宾，王同策，邬国平，吴功正，刘畅，关爱和，钟婴，王永健、徐雪芬，刘扬忠。

"书评" 2 篇。作者是：辛夷，贾晋华。

"出版述评" 1 篇。作者是：张增元。

另发表其他栏目文章。

12 月

25 日，《文学遗产》第 4 期出版。

《编后记》向读者推荐青年学者吕艺的《孔子"兴、观、群、怨"本义再探》和葛兆光的《道教与唐诗》两篇文章，认为"他们的文章所显示出来的探索精神是可贵的"；并推荐常国武的《西麓词平议》、金宁芬的《关于汪道昆的几个问题》、李真瑜的《沈璟戏曲创作的再认识》、尹恭弘的《王思任散文的创作风格》四篇对文学史上二三流作家的研究文章，"相信能给读者以启示。"此外，还推荐了金开诚的《〈离骚〉的整体结构和求女、问卜、降神解》一文。

本期发表论文 17 篇。作者是：吕艺，金开诚，易重廉，龚维英，沈海燕，葛兆光，刘维钧，吴在庆，施议对，王士博，常国武，金宁芬，李真瑜，方胜，尹恭弘，周月亮，牟世金。

"短文" 5 篇。作者是：陈汉，戣甫，陈庆元，以松，杨苏宜。

另发表其他栏目文章。

1986 年

1 月

20 日，中国社会科学院文学研究所举行会议，隆重庆贺俞平伯先生从事学术活动 65 周年。中国社会科学院院长胡绳、副院长钱锺书，在京部分中央部委、民主党派负责人，文学研究所所长刘再复等所领导，在京部分著名的古典文学研究专家等一百余人参加会议。《文学遗产》编辑部同仁参加会议。此次会议的报道发表于本刊 1986 年第 2 期。

2 月

5 日，《文学遗产》第 1 期出版。从本期起，改版为双月刊，16 开，128 页。定价 1. 20 元。杂志由上海古籍出版社出版，国内由上海报刊发行处总发行，国外仍由中国国际图书贸易总公司发行。

卷首《改刊寄言》指出，季刊改为双月刊是量的改变，不会自动带来质的提高，而质的提高决定于我国古典文学研究界水准的提高。"在当前文学界深入变革的时代大潮流中，我们这个领域的气氛相对地比较沉闷，不如文学理论和现、当代文学研究领域那样活跃，生机蓬勃……这里有各学科的不同情况，不能强求一致，要考虑到古典文学研究本身的相对稳定性。但是，我们在一些重要的问题上，例如关于古典文学研究对象的性质，古典文学研究与历史研究的关系，古典文学研究与当前现实的关系，研究工作者与研究对象的关系，研究工作的目的和意义，研究工作应取的视野，研究工作的方式方法等等问题上，传统的观念确实是比较多的，做法也大致沿用着多年来的成规。总的来看……它基本上属于社会历史研究范畴。它的优点在于能够通过马克思主义的社会分析方法，阐明古典文学的一般历史意义，而缺点则在于未能全面充分揭示古典文学作为文学的特殊性质功能的特殊发展规律。""我们的目标应当是，突破以往仅仅从社会历史角度去研究古典文学的单一模式，从而较多地用文学的、美学的、以至心理学的方法来研究古典文学，不是将文学简单地当作一般社会政治历史的注脚，而是要充分考虑到文学本身的特点，以人为思维中心，建立多方位和多角度的研究参照系，把文学的历史作为主体心灵运动的历史和审美创造的历史加以把握。”“千百年来，古典文学研究传统中积累了大量科学的、合理的成份，其中能够适应现代研究工作需要的东西也很多。尽管作为体系来说有其局限性，但对那些包括观念上和方法上的一些宝贵遗产，我们自不能一概抹煞、弃之如敝屣。要之，墨守陈规不行，‘彻底决裂’也不行，对待传统就是要有所继承，有所扬弃。”

“本刊既欢迎高屋建瓴的宏观探讨、富于开拓色彩的系统研究和比较研究，也欢迎就具体的作家作品或流派作深入分析论证；既欢迎就某些共同关心的问题展开指名道姓的严肃诚恳的学术交锋，也欢迎具有学术深度的个人思考；既欢迎在方法论上作新的具有启发意义的尝试探索，也欢迎运用传统方法产生的优秀成果。我们的期望是，在开放中、在繁荣中、在竞赛切磋中求得刊物的学术个性。”

《编后记》首先推荐了1985年5月在马鞍山举行的“中日李白诗词研讨会”上的两篇论文：袁行霈的《李白诗歌与盛唐文化》、裴斐的《李白与魏晋南北朝时期诗人》。另外，既推荐了何新运用结构主义方法研究古代神话的文章《一组古典神话的深层结构》，也推荐了李思永使用传统考证方法研究词人的文章《柳永家世生平新考》；还推荐了青年学者钱志熙的《黄庭坚与禅宗》、何新文的《赋家之心　苞括宇宙——论汉赋以“大”为美》、李时人的《“词话”新证》、卜键的《焦竑的隐居、交游与其别号“龙洞山农”》四篇文章。另外说明，从本期起，每篇论文后附作者简况介绍，以便学术交流。

目录页刊发的编委会名单，除编委顺序有所调整外，其他与本刊1985年第3期公布的名单无异。

本期发表论文11篇。作者是：袁行霈，裴斐，李思永，钱志熙，何新，王宗石，何新文，李时人，陈美林，卜键，李汉秋。

“短文”2篇。作者是：周惠泉，陈钧。

“书评”2篇。作者是：曹道衡，石家宜。

本期始设立“论文摘编”栏目，摘录其他报刊登载的古典文学论文要点。本期摘发13则。论文作者是：赵景波，刘敬圻，段熙仲，徐宗文，林培英，葛晓音，袁宗一，尚永亮，朱靖华，张志岳，蒋星煜，方胜，黄天骥。

另发表其他栏目文章。

本月，王玮调入《文学遗产》编辑部任编辑。

4 月

5 日，《文学遗产》第 2 期出版。

《编后记》说明，今年恰值俞平伯先生从事学术活动 65 周年，本期特发表魏同贤《俞平伯〈红楼梦〉研究的再评价》和刘扬忠《迹浅而意深 言近而指远——评俞平伯对古代诗歌的研究》二文，以志祝贺之忱；并认为，魏同贤的文章"寓拨乱反正之深意"。此外还说明，本期集中发表了研究宋金以前文学的论文，特别是研究元好问的一组文章，以后关于元氏诗歌研究的文章还会再发。另外，还推荐了范存忠的《中国的思想文化与约翰逊博士》和王丽娜的《司空图的〈二十四诗品〉在国外》二文，"目的就是为了更多地介绍中外文化思想的交流和海外对我国古典文学研究的情况。"

封三发表《古典文学宏观研究征文启事》，认为"当前，整个文学研究工作正处在一个重要的发展阶段，就古典文学研究来说，也正酝酿着具有重要意义的突破……这个突破可以从多方位、多角度、多层次进行，但其重点应放在宏观研究上……因为在宏观问题上取得突破，必将在较大的范围内促进我们的研究工作向前发展一步，其意义具有某种全局性……当然，我们在此提倡宏观研究，决不是要将它同微观研究对立起来、割裂开来，或厚此薄彼，我们所说的是在扎实的微观基础上的宏观研究。我们要的是言之有物的'宏论'，而不是浮泛虚廓的空论。"此外，还公布了 10 项"选题参考范围"和具体征文办法。"选题参考范围"是：（1）探讨中国古典文学的总体特质；（2）探讨中国文学史的总的发展规律；（3）研究中国文学史的阶段性和分期问题；（4）总结或一阶段或一时期的文学特性；（5）阐明某一文体的发展过程及其规律；（6）研究某一流派、风格、创作集团的基本特点；（7）从各种角度对不同流派、风格、创作集团作比较研究；（8）研究各时期各地域各民族文学的同异及相互影响；（9）探讨文学与其他艺术形态（音乐、舞蹈、美术、戏剧、说唱等）的关系；（10）探讨文学与其他文化形态（哲学、史学、经学、宗教、礼制、民俗、自然科学等）的关系。

本期发表论文 11 篇。作者是：魏同贤，刘扬忠，齐天举，吴予敏，周绍良，姚奠中，黄坤，李正民，邓昭祺，卢兴基，范存忠。

"短文" 1 篇。作者是：管汀。

"书评" 2 篇。作者是：周振甫，赵家怡。

"论文摘编" 11 则。论文作者是：张钟，钟来因，石文英，许结，张文勋，王启兴，雷啸林，刘知渐，何满子，严绍璗，曹大为。

另发表其他栏目文章。

6 月

5 日，《文学遗产》第 3 期出版。

《编后记》说明，本期设"宋代文学研究专辑"，发表 1985 年 9 月在成都召开的宋代文学研讨会上的部分论文，认为应改进和加强宋代文学研究；推荐此辑中缪钺的《论张先词》、姜书阁的《苏轼在宋代文学革新中的领袖地位》、谢桃坊的《略论宋代理学诗派》，以及曾枣庄的《宋代文学研究刍议》、吴庚舜的《加强宋代文学研究之我见》五篇文章。另指本期发表的陈伯海《论中国文学的民族性格》一文，是具有一定质量的宏观研究论文，并呼吁学界重视宏观研究征文活动。陈伯海文章遂成本刊 20 世纪 80 年代开展的宏观研究讨论的开篇之作。

本期发表论文 14 篇。其中，宏观研究应征论文 2 篇，作者是：陈伯海，汪涌豪；"宋代文学研究专辑"论文 12 篇，作者是：曾枣庄，吴庚舜，谢宇衡，谢桃坊，周义敢，谭青，白敦仁，缪钺，姜书阁，孙乃修，朱靖华、王洪，韩经太。

"短文" 4 篇。作者是：刘大力，徐凌云，沈缙，邹宗良。

"论文摘编" 12 则。论文作者是：公木，李军，罗宗强，王毅，苏者聪，丁放，肖驰，吴颖，袁行霈，黄霖，徐扶明，马亚中。

另发表其他栏目文章。

10 日，张奇慧调入编辑部任编辑。

本月，高光起离休。

7 月

28 日至 8 月 2 日，"全国师专元、明、清文学和教学研讨会第五届年会"，在内蒙包头市召开。来自全国十五个省市自治区的专家学者出席会议。《文学遗产》副主编卢兴基等到会讲学，并就元明清文学研究问题与专家学者们交换意见。此次会议的简讯发表于本刊 1986 年第 6 期。

本月，张展离休。

8 月

5 日，《文学遗产》第 4 期出版。

《编后记》说明，本期刊发一组宏观研究征文，"是用比较宏观的角度来观察和研究文学现象，以求对文学发展史上的某一阶段、某一观念作出科学的判断。"其中推荐陈良运的《意象、形象比较说》、倪其心的《关于唐诗的分期》、陈植锷的《宋诗的分期及其标准》三篇文章。此外，选登了两篇 1985 年 11 月在安徽桐城召开的"桐城派学术讨论会"的论文，分别是庄严的《试论桐城派文论的历史特点和美学特征》、王镇远的《论桐城派与时代风尚——兼论桐城派之变》，希望能引起读者对"桐城派"研究的关注。另外，从本期起，设立"学者研究"专栏，"刊载对近、现代有卓越成就的古典文学研究家的研究文章，较系统、全面地总结他们的治学道路、方法以及学术贡献……学术史发展的延续性以及思想文化的凝聚性，使学术研究沿着一定的历史轨迹前进。研究这一轨迹，总结经验，吸取教训，对于推动新时期学术发展具有极重要的意义。"本栏首发费振刚所撰《闻一多的中国文学史研究》一文，以示对闻一多先生遇难 40 周年之纪念。

本期发表论文 13 篇。其中，宏观研究应征论文 4 篇，作者是：陈良运，倪其心，陈植锷，江庆柏；其他论文 9 篇，作者是：薛瑞兆，朱恒夫，孔繁信，何满子，侯会，庄严，王镇远，赵永纪，陈抱成。

"学者研究" 1 篇。作者是：费振刚。

"书评" 2 篇。作者是：管汀，尹恭弘。

另发表其他栏目文章。

31 日，吴世昌先生病逝，终年 78 岁。《文学遗产》编辑部表示深切哀悼。

10 月

5 日，《文学遗产》第 5 期出版。

《编后记》推荐了陈伯海的《中国文学史之鸟瞰》和陈祥耀的《我国古典诗词演变的几个宏观规律》两篇宏观研究文章；还推荐了许志刚的《〈史

记〉中本纪、世家体例》、马少侨的《〈天问〉"犬体"新证》、姚宝瑄的《试析古代西域的五种戏剧——兼论古代西域戏剧与中国戏曲的关系》、黄天骥的《"旦"、"末"与外来文化》四篇文章，以及王琦珍的《论刘师培的文学观与文学史研究》。

《本刊重要启事》预报读者，从1987年第1期始增加印张，并改为每逢双月5日出刊。

本期发表论文15篇。其中，首栏"古典文学宏观研究征文选载"刊发2篇文章。作者是：陈伯海，陈祥耀。其他论文13篇。作者是：梅显懋，马少侨，许志刚，沈玉成，阎采平，吴伟斌，姚宝瑄，黄天骥，么书仪，黄钧，成复旺，商韬，栾星。

"学者研究"1篇。作者是：王琦珍。

"论文摘编"11则。论文作者是：费秉勋，贺立华，何焕群，袁济喜，蒋孔阳，萧驰，程千帆、张宏生，刘世德，吴小林，吴调公，李朝群。

另发表其他栏目文章。

21日至25日，江苏省明清小说研究会、江苏省社会科学院文学研究所、徐州师范学院等十个单位主办的"第二届《金瓶梅》学术讨论会"，在江苏省徐州市举行。来自国内外的一百余位专家学者参加会议，提交论文三十余篇。《文学遗产》副主编卢兴基参加会议。此次会议的报道发表于本刊1987年第1期。

12月

5日，《文学遗产》第6期出版。

《编后记》说明本期以金元之后的文学研究为重点，推荐了赵廷鹏、郭政、宫应林的《赋到沧桑句便工——论元遗山的纪乱诗》、周惠泉的《金代文学家王寂生平仕历考》二文，认为"可填补文学史研究的空白"；并同时推荐刊发的几篇明清小说和小说理论研究文章，认为"提出的论析，均可备一说"。另外，还小结了改双月刊一年来的刊物工作，对学界的支持"谨表衷心的谢忱"；并预报本刊将召开古典文学宏观研究讨论会。

本期发表论文15篇。其中，首栏"古典文学宏观研究征文选载"刊发3篇文章。作者是：蒋寅，金开诚、张化本，萧驰。其他论文12篇。作者是：赵廷鹏、郭政、宫应林，周惠泉，徐儒宗，舒群，张军德，曹虹，邱世友，董国炎，方正耀，姜云，潘世秀，范伯群。

"学者研究" 1 篇。作者是：连燕堂。

"书评" 2 篇。作者是：崔子恩，同甦。

"论文摘编" 7 则。论文作者是：曹大中，张伯伟，韦凤娟，张宏，李庆西，徐朔方，杨国祥。

另发表其他栏目文章。

1987 年

2 月

5 日，《文学遗产》第 1 期出版。本期起页码增至 144 页，定价 1.30 元。

《编后记》中推荐了鲁德才的《研究古代小说艺术传统的思考》和陈邦炎的《从新诗运动上探我国诗体演化的轨迹》两篇宏观研究文章；并推荐了其他论文中曹明纲的《西汉抒情赋概论》、胡国瑞的《六朝骈文的艺术评价》、韦凤娟的《〈诗经〉和楚辞所反映的人与自然的关系》、刘学锴的《李商隐与宋玉——兼论中国文学史上的感伤主义传统》、郑孟彤的《论欧阳修以文为诗的美学价值》，以及周勋初的《论黄侃〈文心雕龙札记〉的学术渊源》诸文。此外，再次呼吁学界同仁注意文学观念的变革和研究方法的更新，使古代文学研究更加活跃。

本期发表论文 14 篇。其中，首栏 "古典文学宏观研究征文选载" 刊发 2 篇文章。作者是：鲁德才，陈邦炎。其他论文 12 篇。作者是：韦凤娟，曹明纲，胡国瑞，王祥，刘学锴，杨海明，郑孟彤，钱鸿瑛，顾伟列，黄文实，黄强，孙逊。

"学者研究" 1 篇。作者是：周勋初。

"书评" 2 篇。作者是：罗宗强，张文勋。

"论文摘编" 5 则。论文作者是：郭预衡，杨海明，刘绍瑾，袁行霈，许结。

另发表其他栏目文章。

本年始增加本刊年度目录索引，本期首发 1986 年目录索引。

本期封面设计署名王增寅。

14 日，《文学遗产》编辑部在中国社会科学院文学研究所召开编委会。编委们肯定刊物改为双月刊后在形式和内容上取得的明显进步，在设立新栏目和扶植新作者方面做了很大努力。编委们认为将在 3 月举行的古典文学宏观研究研讨会，是一个很有必要的学术会议，要在会上提倡实事求是的态度和学术上的百家争鸣；目前提倡宏观研究可以开阔思路，开拓新的领域。此次编委会议的简讯发表于本刊 1987 年第 3 期。

3 月

20 日至 24 日，《文学遗产》《文学评论》《语文导报》《天府新论》四家杂志联合主办的"中国古典文学宏观研究讨论会"在杭州大学召开。国内专家学者一百五十余人参加讨论会，在 4 天的讨论中，老中青学者畅所欲言，气氛和谐热烈。

本刊主编徐公持首先作了《关于古典文学的宏观研究及其现状》的中心发言，强调所谓宏观研究，是指不涉及作家作品内部构成和机制的外向型研究，是总体的综合的研究。宏观研究包括三种类型：（1）对总体特征的把握；（2）对发展规律的探讨；（3）文学与其他文化艺术的关系研究。宏观与微观是相对的概念，没有坚实的微观研究作基础，宏观研究就易流于空泛；而没有高屋建瓴的宏观视野，微观研究就只能解决一些孤立零散的问题，所以，应该提倡微观基础上的宏观和在宏观联系中的微观。他又指出了目前宏观研究的三点不足：（1）理论水平有待提高。（2）知识面尚需扩大。（3）进行宏观研究的态度和方法有待改进。

与会专家学者围绕四个议题展开了热烈讨论：（1）古典文学宏观研究问题；（2）中国古典文学的特征问题；（3）古典文学的发展规律问题；（4）中国传统文化与古典文学的关系问题。此外，还就古典文学研究现状与前景、古典文学在现实中的地位和作用等问题交换意见。编辑部副主编卢兴基作总结发言。这是古典文学研究界第一次就宏观研究问题举行会议，引起研究界的广泛关注。此前编辑部举办的宏观研究征文活动，已收到应征文章一百三十余篇。此次会议的详细综述，发表在本刊 1987 年第 4 期上。

4 月

5 日，《文学遗产》第 2 期出版。

《编后记》推荐了刘松来的《〈庄子〉形象系列之我见》、商伟的《论唐代的古题乐府》、罗漫的《论唐人送别诗》、马积高的《江西诗派与理学》4 篇文章，认为"都不同程度地展示出新的风貌，愿这些文章能引起读者的关注"。另推荐宏观研究征文栏目发表的胡晓明《传统诗歌与农业社会》、陈一舟《结构的优势是宋词兴盛的一个内因》二文，"希望这两篇文章能给读者以启迪"。此外，还推荐了邓绍基《读孙楷第先生的学术论著》一文，编辑部谨以此文对孙楷第先生深表敬意和悼念。

本期发表论文 14 篇。其中，首栏"古典文学宏观研究征文选载"刊发 2 篇文章。作者是：胡晓明，陈一舟。其他论文 12 篇。作者是：刘松来，姚兴元，潘啸龙，商伟，罗漫，夏晓虹，马积高，周裕锴，马兴荣，高国藩，廖奔，谭帆。

"短文" 3 篇。作者是：周本淳，欧阳世昌，聂世美。

"学者研究" 1 篇。作者是：邓绍基。

"书评" 2 篇。作者是：赵逵夫，韦凤娟。

另发表其他栏目文章。

6 月

5 日，《文学遗产》第 3 期出版。

本期发表论文 14 篇。其中，首栏"古典文学宏观研究征文选载"刊发 3 篇文章。作者是：张碧波、吕世纬，吴调公，张铨锡。其他论文 11 篇。作者是：王玮，赵昌平，李昌集，费秉勋，邱俊鹏，张鸣，胡乐平，吴迪，罗东升、何天杰，吴圣昔，刘辉。

"短文" 1 篇。作者是：姚奠中。

"学者研究" 1 篇。作者是：冒怀辛。

"书评" 1 篇。作者是：周建国。

"论文摘编" 10 则。论文作者是：郭杰，刘继才、闵振贵，方土，锺优民，商伟，赵昌平，程千帆、莫砺锋，姜书阁，卢兴基，邓安生。

另发表其他栏目文章。

8 月

5 日，《文学遗产》第 4 期出版。

《编后记》中说明宏观研究征文活动结束，并表示首届中国古典文学宏观研究讨论会顺利举行后，与会专家学者赞赏宏观研究征文活动，编辑部同仁受到鼓舞。宏观研究难度很大，不是搞一二年，开一二次会就能解决问题的，"要探讨中国古典文学的总体特质，究明数千年文学发展的规律，需要我们共同付出长期的努力。……基于这样的认识，我们打算今后还要召开类似的学术讨论会，把它开成真正的具有连续性的系列会议，以反映我国学术界在古典文学宏观研究上的前进足迹。""本刊的征文活动虽然已告结束，但今后我们仍将给予宏观研究以充分的重视，一如既往地欢迎宏观研究来稿，择优刊登宏观研究论文。"此外，推荐了本期宏观研究征文栏目中的一组古典文学与宗教的文章，"过去曾是我们研究工作的薄弱环节。……感谢这方面的研究者们，他们在开拓这一片荒原当中做出了贡献。希望今后见到更多更深入的研究文学与宗教关系的文章。"还推荐了一组研究秦汉散文的论文，"它们分别从美学观念、艺术特征等方面来评论这几部子书的价值，这些评论是有新意的。"并推荐了万云骏的《王国维〈人间词话〉"境界说"献疑》一文，认为"具有新见，值得一读"。为纪念何其芳逝世十周年，发表邓绍基的《何其芳同志对我国古典文学研究的贡献——谨以这篇小文纪念他逝世十周年》，以示本刊对何其芳的深深敬意和怀念。另外，还呼吁古典文学研究界重视书评写作，"书评的本质是研究之研究，写好一篇书评，……其难度不见得在写论文之下。而好的书评的学术价值也决不比某些论文更小。所以，轻视书评是不对的。……当然，空洞无物的曲意吹捧或不顾事实的肆意攻击等不良文风，都在应予防止之列。"

本期发表论文 13 篇。其中，首栏"古典文学宏观研究征文选载"刊发 4 篇文章。作者是：徐公持，王启兴，孙昌武，葛兆光。其他论文 9 篇。作者是：王毅，党圣元，章沧授，孙琴安，屈光，赵伯陶，严寿澂，胡明，万云骏。

"学者研究"1 篇。作者是：邓绍基。

"书评"2 篇。作者是：江殷，吴观澜。

"论文摘编"4 则。论文作者是：许总，李峰，皮述民，朱德才。

另发表其他栏目文章。

10 月

5 日，《文学遗产》第 5 期出版。

《编后记》说明，本期内容的重心是古代小说研究，并预告下期将以诗歌研究为重心。此外，再次申明本刊对宏观研究和微观研究并重的原则，"我们已解释过多次，它们是互相联系、互相促进的相辅相成的关系，在整个古典文学研究工作中，它们是不可偏废的。至于当前我们提倡加强宏观研究，那是因为相对而言这方面比较薄弱、长时期以来少受重视的缘故，假如现实情况不是这样，而是微观研究方面更加薄弱的话，那么我们呼吁加强的很可能就是微观研究了。……从本刊的版面配置上看，对此也不应存有什么误解。"

编辑部的《重要启事》预告，自1988年始，本刊改由中国社会科学出版社出版，北京市邮局总发行。并声明，为减少刊物财务亏损，今后来稿无论刊用与否，一律不退；编辑部在收到稿件之日后三个月内通知作者稿件处理意见，在此期间请勿另投他刊。

本期发表论文16篇。其中，首栏"古典文学宏观研究征文选载"刊发6篇文章。作者是：严云受，郑孟彤，裴斐，王镇远，董乃斌，黄钧。其他论文10篇。作者是：程毅中，于天池，王齐洲，郭英德，周兆新，李思明，张锦池，李时人，陆大伟，连燕堂。

"短文"1篇。作者是：金循华。

"书评"2篇。作者是：傅璇琮，郑君华。

"论文摘编"5则。论文作者是：黄尧坤，李开，卢兴基，萧驰，王立。

另发表其他栏目文章。

12月

5日，《文学遗产》第6期出版。

《编后记》作了4点说明：（1）"古典文学宏观研究征文"活动已经结束，共收到来稿一百三十余篇，编辑部谨向所有征文来稿者表示衷心感谢。（2）本刊将继续刊发古典文学宏观研究文章。（3）上海古籍出版社将编辑出版论文集《中国文学的特质与规律——古典文学宏观研讨集》，将收入本刊已发和未发的一些宏观研究征文。（4）本刊自1988年起，改由中国社会科学出版社出版，刊物性质、编辑方针一仍其旧，敬请广大作者、读者支持。

本期发表论文14篇。其中，首栏"古典文学宏观研究征文选载"刊发3篇文章。作者是：周来祥，韩经太，赵昌平。其他论文11篇。作者是：

邱朝曙，张国星，永安，吴小平，吴功正，郑孟彤，曹济平，徐永端，叶嘉莹，刘明今，陈钧。

"短文" 4 篇。作者是：刘善良，吴汝煜，李先耕，官桂铨。

"书评" 2 篇。作者是：林薇，马泰来。

"论文摘编" 5 则。论文作者是：金启华，谭帆，裴斐，孙逊，王连生。另发表其他栏目文章。

刊发本刊 1987 年目录索引。

19 日，《文学遗产》编辑部召开编委会。本刊编委、编辑、文学研究所领导参加会议。副主编卢兴基主持会议，主编徐公持总结 1987 年的编辑工作，提出新一年工作设想。编委们肯定了刊物一年来的成绩，并提出建议：（1）加强书评栏目，请名家写书评；（2）刊物应寻找赞助单位，举办古典文学论文评奖活动；（3）更加注意发现青年人才；（4）鉴于长论文愈来愈多，可考虑发表论文摘选，取其精华；（5）加强一流作家研究；（6）加强古典文学理论性研究，使研究上升到哲学美学境界；（7）多发表对前人学术成果的总结性文章，避免重复研究。此外，编委们还就古代文学研究界的状况作了热烈讨论。此次编委会的详细报道，发表在 1988 年第 1 期上。

1988 年

2 月

7 日，《文学遗产》第 1 期出版。本期始，改由中国社会科学出版社出版。刊期、页码、定价均不变。国内改由北京市邮政局报刊发行局发行，国外仍由中国国际图书贸易总公司发行。

本期首栏为 "笔谈：古典文学研究与时代（一）"。"编者按" 指出："党的十三大胜利闭幕了。……古典文学研究，就其本质来说，也是社会主义学术文化事业的一个组成部分，我们并非为研究而研究，我们整理、阐释古典文学，主要意义在于使人们对我国的数千年文学传统能够有正确的、深入的理解，满足人们对古代优秀作品的欣赏需要，并对发展今天的文学提供各方面的借鉴。总之，我们的研究工作立足于现时代，为现时代服务，它的时代性是很强的。前人早就说过：'一时代有一时代之学术'，这道理是很明白的。但是，由于我们这一学科的特殊性（研究对象是过去时代的），又由于这门学科历史悠久、传统深厚，我们在观念上、方法上很容易蹈袭前贤，忽略这个时代性问题。""出于这种考虑，我们组织了笔谈，请一些同志谈谈他们的认识。总的意思是，在当前改革开放的时代大背景下，古典文学研究工作如何更好地前进。"发表笔谈的作者是：金开诚，何西来，沈玉成，董乃斌，王飙，卢兴基。

本期发表论文9篇。作者是：陈一舟，曾宪祝，罗漫，王运熙，蒋寅，赵仁珪，肖瑞峰，董国炎，孟昭连。

"书评"2篇。作者是：张铨锡，卢兴基。

"学者研究"1篇。作者是：张本楠。

"论文摘编"11则。论文作者是：陈良运，傅璇琮、沈玉成、倪其心，张节末，宋效永，张碧波、吕世纬，葛晓音，费君清，明光，宁稼雨，陆海明，许自强。

另发表其他栏目文章。

3月

10日，编辑部在京召开古代散文研究小型座谈会，在京从事古代散文研究的专家学者十余人与会。会议围绕"古代散文研究中的若干理论问题"和"古代散文研究现状与发展前景"两个议题展开讨论。主编徐公持主持座谈会。本次会议的纪要发表于本刊1988年第4期。

27日，文学研究所任命徐公持为《文学遗产》主编。

4月

7日，《文学遗产》第2期出版。

《编后记》说明，本期内容以诗歌研究为主。推荐了张海明的《论冲淡美》、禹克坤的《中国文学的比兴原则》，他们的文章"是探讨古代文学的美学品格和创作原则的，这些探讨对于弄清中国古代文学的民族特色很有益处"。希望研究界同行继续关心、思考、讨论中国文学的总体特质问题。另外推荐了詹锳的《宋蜀本〈李太白集〉的特点及其优越性》、马承五的《中唐苦吟诗人综论》两篇文章；前者是詹先生主持《李太白全集》新校注本的成果之一，后者是作家群体研究，也是创作流派研究，"视角较新，所论也颇得要"。此外，还说明本期刊发的两篇书评中，有一篇是批评文学研究所作者的，编辑部的态度是欢迎一切有学术质量的书评，不管是推荐性的还是批评性的，只要评者持实事求是的态度，被评者就应当欢迎。

本期首栏"笔谈：古典文学研究与时代（二）"刊出了3篇文章，作者是：黄天骥，袁行霈，徐公持。

发表论文11篇。作者是：张海明，禹克坤，牟世金、徐传武，刘向荣，齐文榜，王锡九，刘继才，詹锳，马承五，祝振玉，王仲闻。

目录页正式标注"短文"栏题，刊发3篇短文。作者是：王依民，钟振振，束景蕙。

"书评"2篇。作者是：黄益元、杨军，曹旭。

"学者研究"1篇。作者是：施议对。

"论文摘编"10则。论文作者是：曾凡、王钢，王齐洲，徐宗文，郭预衡，裴斐，杨海明，乔力，郭英德，张锦池，陈文新。

另发表其他栏目文章。

发表"本刊敬告读者"："由于刊物工本费用不断上涨，本刊目前面临相当严重的财务亏损。借鉴其他一些刊物的办法，本刊决定自今年起，对来稿无论刊用与否，一律不再退还，请作者务必自留底稿。出此下策，实属无奈，敬请广大作者理解、支持。"

16日，《文学遗产》主编徐公持、副主编卢兴基和责任编辑张奇慧等，拜访全国政协常委、国务院古籍整理规划小组组长李一氓同志，征求李老对本刊的意见。徐公持汇报了三年来的办刊工作。李老对刊物的学术选题、栏目设置、古典文学研究状况以及刊物面临的财务困境等，发表了看法。关于李一氓同志约见本刊主编的简讯，发表于本刊1988年第3期。

6月

7日，《文学遗产》第3期出版。

本期为"小说研究专号"。《编后记》说明集中刊发的小说论文分为四类：（1）小说史上的非重要作家作品研究。如何满子的《中国古代小说发轫期的代表作家——张鷟》和方正耀的《和邦额〈夜谭随录〉考析》，"这些横向的拓展，丰富了小说史的基础。"（2）从文化和历史的视角进行的综合研究。如曹道衡的《〈风俗通义〉与魏晋六朝小说》、毕庶春的《试论〈聊斋〉与巫、史之关系》、张乘健的《敦煌发见的〈董永变文〉浅探》，"这样的研究，展示了一种新的历史画面。"（3）关于古代小说观念的研究。如李昌集的《中国早期小说观的历史衍变》，"他的研究角度是比较新的。"（4）涉及作者、版本问题的几篇考证，"考证的结论，可供学术界参考。"此外提出，本期作者大部分是比较年轻的，"说明古代文学研究事业后继有人，是一个可喜的现象。"

本期发表论文 12 篇。作者是：李昌集，曹道衡，何满子，张乘健，侯会，徐中伟，孟繁仁、郭维忠，叶桂桐，高小康，周蕙，毕庶春，方正耀。

本期增设"论坛"栏目，作者是：胡明。

"短文"5 篇。作者是：张兵，栾日成，董如龙，詹云鹏，张亚权。

"书评"1 篇。作者是：许总。

"论文摘编"12 则。论文作者是：董乃斌，韩经太，程俊英、蒋见元，康达维，刘石，张文勋，彭菊华，周锡山，方正耀，王小盾，石家宜、高小康，邓韶玉。

另发表其他栏目文章。

8 月

7 日，《文学遗产》第 4 期出版。

《编后记》说明本期为"古代散文研究专号"，包括 10 篇论文和 1 篇座谈纪要。"以散文为中心，集中刊载这么多文字，在本刊历史上还是第一次。这样做的意义在于：文历来与诗被视为文学正宗，正如有人所说，古代散文中包含着真正的'国粹'，而长期以来对散文的研究相对薄弱，有必要提请研究界同行给予应有的关心和重视。"并推荐了郭预衡的《简说唐代文章之变迁》、孙昌武的《佛典与中国古代散文》、曾枣庄的《从文章辨体看古典散文的研究范围》、张立伟的《韩愈"气盛言宜"新探——兼论"古文"的艺术特征》4 篇文章。此外，称赞吴兴华遗作《读〈国朝常州骈体文录〉》"实在是一篇杰作"，而作者"1957 年横遭打击，1966 年'文革'中更死于非命，良可痛惜。今发表此遗稿，亦寓纪念之意。"另外，希望研究者就"古典文学研究与时代"的话题，在上期特辟的"论坛"栏目中，继续讨论下去。

本期正文中首次刊印本刊下一期要目预告，也是复刊以来唯一的一次。

本期发表论文 9 篇。作者是：吴兴华，曾枣庄，孙昌武，周建渝，郭预衡，张立伟，祝尚书，王琦珍，张家英。

"论坛" 1 篇。作者是：韩经太。

"学者研究" 1 篇。作者是：尹恭弘。

"书评" 2 篇。作者是：刘丽文，冀勤。

"论文摘编" 15 则。论文作者是：王毅、王玮、杨国良，吴调公，王立，翟相君，林庚，李岚，陈飞之，聂雄前，陈良运，颜家安，陈伯海，杜敏，魏天无，张晖，张军德。

另发表其他栏目文章。

10 月

7 日，《文学遗产》第 5 期出版。

《编后记》中推荐了葛景春的《自由精神与理想主义——李白思想新探》和程千帆、张宏生的《英雄主义与人道主义——读杜甫咏物诗札记》二文，认为"抓住精神主体特征进行深入开掘，这不失为打破目前大作家研究上的僵局的一种可行办法，希望能看到更多这方面的文章。"另推荐了王华的《由宋人词学观念的演变看宋词的命运》、吴琦幸的《论古典格律诗和人的记忆广度》，一为宏观视角，一则颇有新意。还推荐了几篇关于我国少数民族古代文学的论文，"我国各少数民族都具有悠久的历史，拥有丰富的文学遗产，这些遗产是我中华民族的共同财富，但对它们的整理、研究还是很不够的，有待加强，本刊愿在这方面尽一份绵力。"此外，还向读者说明因转回北京出版，前三期在文字校对方面出了不少差错，谨向指出失误的读者致以谢忱；并承诺从第 4 期起尽量减少错讹，"望大家继续给予监督、指教。"

本期发表论文 14 篇。作者是：吴琦幸，廖群，章明寿，程千帆、张宏生，葛景春，王福民，王华，薛瑞生，周少雄，张晶、都兴智，侯光复，郝浚、陈效简，门岿，仁钦道尔吉。

"短文" 4 篇。作者是：赵清永，许振兴，冯保善，徐朔方。

"论坛" 1 篇。作者是：郭英德。

"书评" 2 篇。作者是：邓韶玉，牛仰山。

"论文摘编" 10 则。论文作者是：陈伯海，张弘，董乃斌，王运熙，谭家健，曹道衡，郑宪春，吕美生，周仁强，董国炎。

另发表其他栏目文章。

8 日至 13 日，中国社会科学院文学研究所、《文学遗产》编辑部、甘肃省社会科学学会联合会、甘肃省社会科学院文学研究所、兰州大学中文系、西北师范大学中文系、西北民族学院汉语系、甘肃教育学院中文系、兰州教育学院中文系联合主办的"全国第四届近代文学学术讨论会"，在甘肃省敦煌市举行。来自全国各地的八十余名专家学者出席会议，提交论文四十余篇。文学研究所邓绍基先生在开幕式上致辞。所长刘再复、副所长马良春致函祝贺。研讨会围绕"中国近代文学的变革"这一中心议题，分为四个方面展开研讨：（1）总体把握近代文学变革的基本特征，探究其自身流变与外来影响的关系。（2）由某种具体文学样式入手，描述近代文学嬗变的历史轨迹，揭示中国文学的近代化过程。（3）从变的观念出发，重新思考近代文学的性质分期，正确估价重要流派的成就地位。（4）努力扩大研究面，发掘新材料，尝试用新理论、新方法来认识问题。此外，本次会议成立了"中国近代文学学会"，邓绍基任会长。此次会议的述要发表于本刊 1989 年第 1 期。

16 日至 11 月 7 日，《文学遗产》副主编卢兴基赴加拿大作学术访问。访问情况综述以《加拿大的中国文学教学与研究》为题，发表于本刊 1989 年第 4 期。

本月，卢兴基、王学泰调离《文学遗产》编辑部。

本月，陶文鹏调入《文学遗产》编辑部任副主任。

11 月

本月，《文学遗产》主编徐公持赴法国作学术访问。

12 月

7 日，《文学遗产》第 6 期出版。

《编后记》开篇即感慨："学术研究正经受着商品经济的冲击，躁动不安已经成为各行各业许多人的共同心态，学术界也正陷于举步维艰的窘境。作为编辑，我们对此感慨良深。值得欣慰的是，尽管古典文学研究'周期长，见效慢'，微薄的稿费与艰辛的劳动不成比例，却仍有众多的老、中、青学者，在困难的条件下，孜孜不倦地耕耘着这块园地。看着每天不断寄来的大量稿件，我们总是觉得，我们的惨淡经营得到了报偿。"此外，推荐了华钟彦的《〈诗经会通〉新解》、陈元锋的《〈诗〉赋、比、兴古义发微》、汤斌的《颂为武舞之首容说》、沈玉成的《宫体诗与〈玉台新咏〉》、曹旭的《论宫体诗的审美意识新变》、李珍华、傅璇琮的《谈王昌龄的〈诗格〉——一部有争议的书》、张节末的《王夫之诗歌情感论发微》一组研究古典诗歌的论文，它们或是多年研究的心得，或论证严密、自成一说，或突破传统观点，成为最新成果，或有新的阐发，颇具理论深度。首篇为张碧波、吕世纬的《中国文学基本特质及其形成原因的探讨》，"从文化史的角度，在与西方文学的对比中探讨中国文学的性质，并找出这种性质的内在形成原因。论者的视界较开阔，论述能自成一体，相信会引起读者的兴趣。"另外，对华钟彦先生于接到本刊用稿通知前一天病逝，表示遗憾，发表华先生的文章，也是对他的纪念。最后，还预告了本刊将于1989年建国40周年之际，组织一批对40年来古典文学研究回顾、反思与总结的论文。

本期发表论文13篇。作者是：张碧波、吕世纬、华钟彦、陈元锋、汤斌、齐天举、阎采平、沈玉成、曹旭、刘振娅、李珍华、傅璇琮、张清华、张节末、许总。

"论文摘编"12则。论文作者是：万光治，龚克昌，徐树仪，李壮鹰，葛兆光、杨胜宽、吴小林、邓魁英、唐富龄、陈诏、张少康、崔子恩。

另发表其他栏目文章。

刊发本刊1988年目录索引。

1989 年

1 月

25日，《文学遗产》编辑部召开会议，组成复刊后第三届编委会。会议由编辑部副主任陶文鹏主持，副主编兼编辑部主任吕薇芬向编委汇报工作。主编徐公持谈了本刊今年工作重点。编委们就编辑部的工作提出了许多中肯的意见。文学研究所所长刘再复向新一届编委颁发聘书。此次编委会召开简讯发表于本刊1989年第1期，会议纪要发表于第2期。

调整后的编委会成员是（以姓氏笔画为序）：卢兴基、刘世德、刘扬忠、石昌渝、吕薇芬、李修生、陈毓罴、连燕堂、施议对、胡明、费振刚、陶文鹏、袁行霈、徐公持、栾勋、程毅中、傅璇琮、敏泽、谭家健、裴斐。

2 月

7 日，《文学遗产》第 1 期出版。

目录页刊发新一届编委会名单；主编徐公持，副主编吕薇芬。

《编后记》说明，本期首篇发表徐公持《提高研究素质是唯一出路》一文，对古典文学研究在整个文学研究中所占地位有所下降的问题，提出了看法，"古典文学研究确实面临着规模紧缩的事实，这给研究工作带来了困难；但真正的危机，是来自研究质量的低下。因此，提高研究素质，是唯一的出路。相信他的基本看法，会引起同行们进一步作冷静的思考和分析。"此外，推荐了三篇比较文学研究文章：蒋述卓的《中古志怪小说与佛教故事》、程毅中的《敦煌俗赋的渊源及其与变文的关系》、刘以焕的《古代东西方"变形记"雏型比较并溯源》；推荐了两篇唐诗研究文章：徐俊的《试论"许浑千首湿"》、董乃斌的《李商隐诗的语象—符号系统分析——兼论作家灵智活动的物化形式及其文化意义》。另外，还对退出编委会的一些年高资深专家，"致以深切的谢意"。

《编者的话》对"读者·作者·编者"栏目提出了具体要求，希望海内外读者为本栏踊跃投稿：（1）对已发文稿提出批评；（2）对本刊工作提出建议、意见；（3）为本刊提供学界学人的动态、信息；（4）通过本刊展开互相交流；（5）来稿在千字之内，文责自负。

本期再次刊发《稿约》，其基本原则为："本刊为中国古典文学研究专业学术性刊物，以登载古典文学研究论文为主，同时设立书评、论坛、学者研究、学术信息等专栏……本刊用稿，以科学性为取舍准绳，既欢迎有开拓性的理论探索文章，也欢迎优秀的作家作品论；既欢迎对文学史上宏观现象作深层分析，也欢迎对某些文学史实作翔实的资料考据。并要求文章论点鲜明，有独到见解，行文洗炼晓畅，深入浅出，既体现严谨的学风又具有优美的文风。来稿文责自负，不代表本刊观点。本刊对来稿有权删改，如不同意，请来信说明。"另有六项技术和事务性要求与说明。

本期发表论文 14 篇。作者是：徐公持，蒋述卓，刘以焕，程毅中，穆克宏，王钟陵，徐俊，董乃斌，谢思炜，谢柏梁，陆林，王钢，孙一珍，栾贵明。

"短文" 3 篇。作者是：董志翘，沈潜，孙静。

"书评" 1 篇。作者是：杨柳。

"论文摘编" 6 则。论文作者是：朱良志，王毅，施蛰存，方智范，马积高，周先慎。

另发表其他栏目文章。

3 月

1 日，《文学遗产》编辑部在文学研究所召开了题为"古代小说研究四十年反思"的小型座谈会，在京从事古典小说研究的老中青三代学者近二十人参加座谈会。专家们围绕 40 年古代小说研究中存在的重大问题，展开了热烈地讨论。此次座谈会的纪要以《通向学科重建之路》为题，发表于本刊 1989 年第 3 期首栏。

22 日，《文学遗产》编辑部在文学研究所召开了题为"四十年古代文论研究反思"的小型座谈会，京津两地二十余位古代文论研究方面的专家学者参加了座谈会。与会学者畅所欲言，发表了经过深思熟虑的见解。此次座谈会的纪要以《回顾与重建——四十年古代文论研究反思座谈会发言》为题，发表在本刊 1989 年第 4 期。

本月，《文学遗产增刊》第十八辑由山西人民出版社出版。定价 5.35 元。

本辑收录论文、资料、书评等 27 篇。作者是：刘操南，艾荫范，李世中，张步云，苏仲翔，毛炳汉，吴汝煜，贾晋华，徐匋，卢善焕，华岩，任访秋，朱靖华，钱志熙，孔凡礼，李文辉，白坚，范宁，彭飞、朱建明，陈良瑞，侯会，蒋星煜，严薇青，曹顺庆，张锡厚，刘瑞明，张国光。

4 月

7 日，《文学遗产》第 2 期出版。

《编后记》说明，为纪念五四运动 70 周年，本期发表邓绍基的《"五四"文学革命与文学传统——对若干历史现象的回顾和再认识》，"希望能对读者有所启发"。鉴于近代文学研究基础还比较薄弱，本期刊发 5 篇近代文学论文，旨在引起学界进一步关注，推进近代文学的研究工作。此外，还推荐了两篇书评：王兆鹏的《传统的突破——傅璇琮三部学术著作述评》、白亚仁的《评〈蒲松龄事迹著述新考〉》，并强调"本刊十分重视书评稿"，"我们提倡学者写书评，把这一工作当作推进学术研究的重要手段"。

本期发表论文 12 篇。作者是：邓绍基，王飙，关爱和，陆草，赵慎修，王卫民，颜廷亮，朱碧莲，樊维纲、徐枫，刘致中，黄强，浦汉明。

"短文" 4 篇。作者是：熊任望，张靖龙，李真瑜，范志新。

"书评" 2 篇。作者是：王兆鹏，白亚仁。

"论文摘编" 5 则。论文作者是：张可礼，王钟陵，孙昌武，郑明娳，韩南。

本期始增设"学者雪鸿录"栏目，介绍国内学者研究工作近况；介绍的学者是：罗宗强、宁宗一、陈贻焮。

另发表其他栏目文章。

5 月

16 日至 20 日，《文学遗产》编辑部与北京师范大学中文系及古籍研究所、河南信阳师范学院中文系及古籍研究所联合举办的"建国四十年古代文学研究反思讨论会"，在河南信阳师范学院召开。来自全国各地的八十余位专家学者参加会议，就建国以来古典文学研究模式与方法、指导思想和"古为今用""百家争鸣"的方针、古典文学研究的根本突破等议题作了深入研讨。此次研讨会的纪要以《在历史反思中推进学科本体理论建设》为题，发表于本刊 1989 年第 4 期。

6 月

7 日，《文学遗产》第 3 期出版。

《编后记》说明，"今年是建国四十周年。四十年来，古典文学研究经历了不少坎坷曲折，至今，学者们普遍感到这一研究领域已面临新的挑战，到了转折的关键时刻。为了把古典文学研究推向新的高度，反思和总结四十年来的基本经验教训是十分必要的。……这一工作，将是本刊今年的主要任务。从本期开始，我们将陆续发表反思性文章，分门别类地对古典文学研究各领域的成败得失加以阐发和总结。当然，这些文章是作者们各自考察和探索的结果，仅是一家之言，可以进一步讨论。"并推荐了郭英德的《四十年古典小说研究道路批评》、石昌渝的《政治介入学术的悲剧——对一九五四年批判俞平伯〈红楼梦研究〉的思考》、李之鼎的《建国后一个红学流派的产生与迷误——"市民说"与"传统说"的理论关系述评》三篇文章，"冀望能引起学者们的重视和思考"。此外，还推荐了陈咏明《佛老哲理与〈红楼梦〉》等一组古代小说研究论文。

封二刊发了编辑部 5 月 15 日撰写的"本刊重要启事"："敬告读者诸君：在当前全国的体制转型时期，文化事业受到巨大的冲击，由于纸张、印刷、发行等各个环节的普遍涨价，不少学术刊物出现严重的财务亏损，处境艰难。本刊就是这样的一家刊物。以一九八八年来说，《文学遗产》双月刊每期亏损一万余元，全年共亏损六万余元。之所以尚能勉强维持，全赖中国社会科学院予以补贴，而原由出版社承担的《文学遗产》增刊已忍痛停刊。最近有关方面通知，因国家拨给的经费限制，无力承担出版费用，将停止补贴。如此，对本刊来说无异于釜底抽薪，本刊已到了山穷水尽的地步，面临着实实在在的停刊危险。然而本刊自一九五四年创办（当时以《光明日报》副刊形式出版）以来，已历三十余春秋，在古典文学工作者中广结朋友，颇受重视和爱护；对中国文学遗产的整理研究，对古典文学工作者成果的发表和情况交流贡献了自己的一分力量。直到目前，仍是我国古典文学专业研究的唯一综合性学术刊物，在海内外享有盛誉。设若这份刊物停办，对于我们的古典文学研究事业将会造成难以估量的打击。

"目前，我们正在作多方努力，设法度过难关。有人为我们设想了一些具体办法，是否可行在此与诸君共商。……此外，还有哪些办法可救目前之急，热望各位广开思路，多出主意，我们恭候来教。我们相信，凡关心祖国文学遗产研究事业、爱好我中华数千年灿烂文学的人士，都会慷慨支持，聊尽一分心意，在此呼吁大家重视此事，代为联络，群策群力，共度难关。

"近来，不断有作者、读者来信表示关怀，有人甚至表示要捐献稿费，以表支持，本刊在此深表感谢！但愿我们的努力能够成功！"

另刊发一则"启事"，预告本刊将在近期特辟"博士论文拔萃"专栏，介绍全国古典文学专业博士生培养情况，约请各大学中文系博士生和导师撰写简介。

本期发表论文 11 篇。作者是：郭英德，石昌渝，李之鼎，李正宇，刘敬圻，胡小伟，陈咏明，郭建勋，徐元，吴承学，孙菊园。

"短文" 5 篇。作者是：刘宏，刘世德，傅承洲，林辰，刘德隆。

"书评" 2 篇。作者是：盛美娣，孙安邦、李安纲。

"学者雪鸿录"介绍的学者是：施蛰存，孙昌武，张碧波，萧涤非，袁世硕，王运熙，杨明照，杨海明，刘乃昌。

"论文摘编" 6 则。论文作者是：吴小如，启功，曹顺庆，李博、曾广开，么书仪，李渝。

另发表其他栏目文章。

8 月

7 日，《文学遗产》第 4 期出版。

《编后记》说明，本期发表了一组古代文论研究文章，推荐了罗宗强、卢盛江的《四十年古代文学理论研究的反思》、吴调公的《古代文论：在矛盾回旋中升华》、王毅的《中国士大夫艺术思维方式的发展与中国传统文化的兴衰》、张伯伟的《宋代诗话产生背景的考察》、肖占鹏的《皎然诗论与韩孟诗歌思想》、曹顺庆的《返虚入浑　积健为雄——唐代诗风与司空图的雄浑观念》、胡明的《关于朱熹的诗歌理论与诗歌创作》7 篇文章；另推荐了张乘健的论文《感怀鱼玄机》、傅璇琮的学术报导《关于〈全唐诗〉的改编》、闻涛的会议纪要《在历史反思中推进学科本体理论建设——建国四十年古典文学研究反思讨论会概述》。

本期新设"海外学人专访录"（目录页栏题"海外学者专访"。此后的"海外学者访谈"、"海外学者访谈录"栏目，实即此栏而栏题名称略异）。正文"编者按"说明开设此栏意在与世界各国的中国古典文学研究者加强联系、交流信息，增进中国学者与外国学者之间的相互了解，共同推进研究工作的发展。本期发表的是《中国文学深刻地嵌入中国历史——法国侯思孟教授答本刊问》。

新设博士生培养情况简介栏目，介绍华东师范大学中文系古典文学专业博士点情况；但目录页和正文均无栏题，应即第 3 期预告的"博士论文拔萃"专栏；1990 年第 2 期始，改题"博士生培养点介绍（简介）"。

新设"新书架"栏目。

本期刊发"重要启事"，预告："由于经费严重不足，处境艰难，不得已决定《文学遗产》1990 年改为季刊，并改由中国社会科学出版社读者服务部发行。"

本期发表论文 11 篇。作者是：罗宗强、卢盛江，吴调公，王毅，肖占鹏，曹顺庆，张伯伟，胡明，周蒙、冯宇，李少雍，张乘健，费君清。

"书评" 1 篇。作者是：赵堂尹。

"学者雪鸿录"介绍的学者是：汤炳正、苏者聪、胡国瑞、郁贤皓、吴新雷、王季思、莫砺锋、万云骏、周勋初、吴林伯。

"论文摘编" 3 则。论文作者是：王立，王新民，王毅。

另发表其他栏目文章。

10 月

7 日，《文学遗产》第 5 期出版。

《编后记》说明，本期集中刊发了十余篇关于诗歌研究的论文，意在为读者提供这个领域研究的一些信息；有些论点和论证方法显然是一种探索和尝试，可以商榷。另强调，"马克思主义对传统文化一贯取批判继承的态度，既反对无批判地兼收并蓄，也反对不分青红皂白地一概加以排斥。……在这个问题上，我们必须保持清醒的头脑和应有的警惕，对于我们来说，正确对待民族文化遗产，是一个重大原则问题，本刊欢迎运用马克思主义观点从理论上深入阐明的正确对待遗产问题的文章。"此外，还预告本刊 1990 年改为季刊后，每期将增加两个印张，页码增至 176 页，定价改为 3 元。本期已附加盖发行单位公章的期刊订单。

目录页误植"博士新人谱"栏题，正文阙如。

本期发表论文 17 篇。作者是：马兴荣，莫砺锋，张自文，王兆鹏，孙晓明，钱志熙，周勋初，陈铁民，张学忠，陈文华，程亚林，李知文，王水照，王学太，杨晓东，冯伟民，李汉秋。

"论坛" 1 篇。作者是：张学峰。

"书评" 1 篇。作者是：吴惠娟。

"学者雪鸿录"介绍的学者是：敏泽、曹道衡、沈玉成、羊春秋、张锦池、卞孝萱、王启兴、马积高、吴汝煜、严迪昌。

"论文摘编" 4 则。论文作者是：马晓地，周建忠，傅璇琮、陈华昌。

另发表其他栏目文章。

12 月

7 日,《文学遗产》第 6 期出版。

《编后记》说明,本期集中编发了一辑古典戏曲研究文章,推荐宋克夫的《诸宫调体制源流考辨》、胡绪伟的《"乐人易,动人难"辨》、谢伯梁的《明代戏曲的悲剧观:怨谱说》、黄仕忠的《明代戏曲的发展与汤沈之争》、朱迎平的《康海作〈中山狼〉杂剧斟疑》5 篇论文,希望古代戏曲研究能有较大的发展和突破。此外,还推荐了刘运兴的《〈考槃〉解析》、徐传武的《漫话牛女神话的起源和演变》、汤斌的《〈孔雀东南飞〉的悲剧与父系家庭结构形式的瓦解》、张晶的《宋诗的"活法"与禅宗的思维方式》、戴燕的《关于六朝诗歌声律说形成的研究》。对于广大读者来信关心本刊的财务困境,编辑部表示十分感谢,"我们不禁也要喊一声'理解万岁!'"同时还解释了改为季刊的原因:尽量减轻普通订户的经济压力。

本期发表论文 14 篇。作者是:宋克夫,胡绪伟,谢柏梁,黄仕忠,朱迎平,刘运兴,徐传武,汤斌,戴燕,葛晓音,刘尊明,陈应鸾,张晶,曾宪辉。

"短文"7 篇。作者是:蒋寅,周建渝,王琦珍,季国平,邓长风,吕永光,黄文实。

"书评"3 篇。作者是:熊笃,克冰,褚斌杰。

"论文摘编"4 则。论文作者是:蒋寅,毕万忱,马自力,葛兆光。

另发表其他栏目文章。

本期刊登"新书架"征稿启事。

刊发本刊 1989 年目录索引。

15 日,《文学遗产》编辑部召开编委会全体会议。会议由副主编吕薇芬主持。副主任陶文鹏受编辑部委托,向编委们汇报了一年来的工作;主编徐公持谈了 1990 年的工作计划。参加会议的编委们对《文学遗产》一年来的工作给予肯定,对新一年的工作计划表示赞同,并提出了意见和建议。文学研究所副所长曹天成和赵存茂出席会议。此次会议的纪要以《更好地贯彻"科学性和建设性"的办刊方针开展"文学史观与文学史"的讨论》为题,发表于本刊 1990 年第 1 期。

1990 年

2 月

8 日至 11 日，河北师范学院主办的"首届海峡两岸元曲研讨会"，在河北石家庄举行。来自海峡两岸的一百二十余名专家学者出席会议。《文学遗产》副主编吕薇芬、责任编辑李伊白参加研讨会。会议期间还成立了中国散曲研究会。此次研讨会的述要刊发于本刊 1990 年第 2 期。

10 日，《文学遗产》第 1 期出版。本期始改为季刊，页码仍为 144 页。定价改为 3.00 元。国内改由中国社会科学出版社读者服务部发行，国外仍由中国国际图书贸易总公司发行。

《编后记》首先强调，"在古典文学研究中如何坚持马克思主义基本原理，如何用历史唯物主义作为研究古典文学的指导思想，这是个原则问题。……王善忠《马克思主义与传统文化》一文论述了马克思主义对待传统文化的科学法则，也指出了某些历史虚无主义者的谬误，是值得我们思考的。"此外说明，从本期始特辟"文学史观与文学史"专栏，并将较长时间地办下去。"我们的期望是，通过深入切磋讨论，提高我们的文学史理论，促进文学研究实践，丰富和发展具有中国特色的文学史学。"本栏首发傅璇琮、钟元凯的《古代文学的整体研究评议——从〈中国中古诗歌史〉谈起》和严迪昌的《审辨史实、全景式地探求流变——关于文学史研究的断想》两篇文章，"相信这两篇文章对我们思考文学史研究时，会有所裨益。"另外推荐了汪涌豪的《论唐代风骨范畴的盛行》、叶太平的《论气势》、王立群的《晋宋地记与山水散文》、蒋寅的《时空意识与大历诗风的嬗变》4 篇文章。最后，编辑部既感谢广大读者和作者对本刊的热情支持，不能接受很多作者捐赠稿费之美意；又特向订户致歉：刊物提高了定价，但限于条件未能增加印张。然"事出无奈，不得不如此"。

值得注意的是，在正文"文学史观与文学史"栏题之下，编辑部发表了将近一页半的"编者按"。按语略云："在古典文学研究这门学科中，文学史研究居于很重要地位。它是学科之'经'，学科之'枢纽'，是整个学科水准高下的重要标志。作为一门现代学科的古典文学研究，从本世纪初形成伊始便推出了多部《中国文学史》，这是它与旧的'经学''国学'

诀别的壮举。在此后的数十年里，随着近代科学方法在研究工作中的进一步确立，古典文学研究领域更产生了数以百计的各种文学史著作，……五、六十年代，随着马克思主义理论在学术界被广泛接受和运用，古典文学研究也呈现出全新的面貌，而这种新面貌集中体现于当时新编的几部《中国文学史》。而今时间已经跨入本世纪最后一个十年，我们这一学科相比于三、四十年前，肯定有了多方面的进步，然而这种进步在文学史这个'枢纽'上还未得到充分的表现，我们不是说近几年没有编出像样的文学史……而是说它们在总体上还少有超越……"

"问题的症结在哪里？当然存在着对一些作家作品的研究有待进一步深入的问题，这是编写任何一部文学史的必备前提；但是毋庸讳言，这里还需要解决一个文学史观（包括文学史研究方法论）的问题，这是又一个前提。……对于前提之一，文学史家的知识修养是越广博越精深越好，不过事实上很难要求一名学者对中国数千年来所有作家作品都先有透彻研究，然后他才有资格来写文学史。提出这样绝对化的要求，就等于抹煞了任何人编写文学史的可能性。……作为文学史家，他的知识准备的充分程度，不在于他有没有亲自研究过所有作家作品的一切细节，而是看他是否广泛吸取了学术界同行在作家作品研究方面的最新成果。……关于前提之二，这应当是文学史家相对于其他古典文学研究家的'强项'，缺少科学的、独到的文学史观，也就不可能有精彩的文学史著作。……五、六十年代的几部文学史（包括刘大杰文学史）的贡献，首先也就是在文学史观上取得了进步。……首先是关于文学史的本体理解，什么是文学史？文学史的本质是什么？它的基本目标是什么？有关文学史的共同问题与特殊问题，等等。其次是对中国文学发展的特征及规律的理解，中国古代文学有没有总体特征和发展规律？如果有，又怎样去把握和阐释特征和规律？此外还有文学史的方法问题。这些问题总起来说，就是文学史的理论问题。……"

"……种种迹象表明，九十年代将会出现一个新的'文学史高潮'。面临此种情势，我们认为，开展'文学史观与文学史'的讨论，是有意义的、适时的。……编辑部深知，这是一个难度大的问题，要作出有分量的发言，需要较多时间的思考和准备，所以我们并没有急于求成的'短期目标'，也不搞'轰动效应'。……在具体安排上，不一定每期都登，适当集中，时断时续，把讨论过程拉得长一点，以利于问题的逐步深入。另外，文学史的领域，本来就应当百花齐放、各逞其妍，所以我们也绝无要把大家的文学史观、文学史理论统一起来的意图，编辑部的意图只有一个：即通过讨论和争鸣来发展和丰富具有中国特色的文学史学，繁荣中国的文学史事业。"

本期发表论文 14 篇。作者是：王善忠，傅璇琮、钟元凯，严迪昌，汪涌豪，叶太平，吴承学，王立群，朱迎平，张明非，蒋寅，郭晋稀，林继中，张璋，谢桃坊。

"短文"3 篇。作者是：傅如一，戴伟华，黄桥喜。

"书评"1 篇。作者是：张伯伟。

"论文摘编"5 则。论文作者是：郭英德，张稔穰、刘连庚，孟二冬，傅璇琮、赵昌平，舒芜。

"学者雪鸿录"介绍的学者是：王俊年、张文勋、褚斌杰、谭家健、裴斐。

另发表其他栏目文章。

本期新设"博士新人谱"专栏，介绍王筱芸博士。

本期始，文末署责任编辑姓名，但仅署单名或姓。

5 月

10 日，《文学遗产》第 2 期出版。

《编后记》首先推荐"文学史观与文学史"专栏刊出的吴调公《从探求到抉择——关于文学史观的思考》和赵仁珪《文学史编写的问题及设想》两篇文章，认为他们的论文或"颇含启发性的意见"，或"有独到的思路"。其次，推荐了李洪岩、毕务芳的《论钱锺书先生古典文学研究的特征与贡献》一文，认为目前"'钱学'悄然兴起，……钱先生的学术著作，今日已具有某种'经典型'。"但是，研究存在不足，"那就是人们大多仅止于引述钱先生的某个具体论点，以解决某个具体问题，而对于蕴藏在具体论点后面的他的博大精深的学术思想本体，他的独特的学术风格和道路，则论之者甚少，能够探得真谛者更稀见。……李洪岩、毕务芳是两位青年，他们知难而进的勇气，值得肯定，至于文章是否探及了'钱学'真谛，还要由各位高明读者来判断。"另外，还推荐了谭家健的《〈唐勒〉赋残篇考释及其他》一文，认为"部分地弥补了文学史料方面的一个缺憾"。

本期发表论文 15 篇。其中，首栏"文学史观与文学史"刊发 3 篇文章。作者是：吴调公，赵仁珪，李洪岩、毕务芳。其他论文 12 篇。作者是：张亚权，谭家健，李世耀，周先民，王勋成，周来祥、仪平策，张晶，季国平，郭英德，黄强，王蒙，胡益民。

"学者雪鸿录"介绍的学者是：陈美林、吴云。

"博士生培养点介绍"，简介南京大学和南京师范大学中文系古代文学专业博士点情况。

"论文摘编" 5 则。论文作者是：齐天举，曹道衡、沈玉成，施蛰存，唐圭璋、潘君昭，谢桃坊。

另发表其他栏目文章。

本期封面设计署名：郭虹。

8 月

10 日，《文学遗产》第 3 期出版。

《编后记》首先说明，因拟在 10 月召开"文学史观与文学史"学术讨论会，本期"文学史观与文学史"专栏暂时停发，并预告了讨论会的四方面议题。其次，刊发了已故著名学者王伯祥的《庋架偶识（选录）》、吴世昌的《罗音室词札（选录）》两篇遗作，"本刊十分重视发掘、整理和发表已故学者的遗稿，我们认为这也是抢救文学遗产的一项重要工作。盼望广大学界同仁和已故学者的亲友弟子予以支持。"此外，为响应编委会上大多数编委提出的应该特别加强对第一流的大作家、大作品的研究工作，本期发表了裴斐的《李白与历史人物（上）》和谢思炜的《论自传诗人杜甫——兼论中国和西方的自传诗传统》两篇文章，"论题或见解颇有独到之处"。

本期发表论文 16 篇。作者是：吴世昌，王伯祥，唐弢，季镇淮，胡大雷，赵谦，毕万忱，裴斐，毕宝魁，王步高，姜光斗，谢思炜，葛兆光，王英志，吴书荫，林夕。

"学者研究" 1 篇。作者是：赵昌平。

"书评" 1 篇。作者是：王辉斌。

"学者雪鸿录"介绍的学者是：王英志。

"博士生培养点简介"，介绍中山大学中文系中国各体文学专业博士点情况。

"论文摘编" 4 则。论文作者是：（日本）森濑寿三、王立、陈良运、王季思。

另发表其他栏目文章。

本期封三刊登贵州省"鸭溪窖酒厂简介"。这是《文学遗产》办刊 60 年历史上刊登的唯一酒厂介绍。

10 月

15 日至 20 日，《文学遗产》编辑部与广西师范大学中文系等八家机构联合举办的"文学史观与文学史"学术讨论会，在广西桂林召开。来自全国数十所高等院校、科研机构以及出版社的一百二十余位专家学者出席会议。与会专家学者对传统的文学史观和现当代文学史观作了历史回顾和总结，研讨了文学史研究中的哲学问题、价值观与方法论问题，讨论了中国文学史的总体特征、发展演变的形式和内在规律。此外，还就文学史的基础、视角，文学史的民族文化精神，文学史写作中历史与逻辑、自然时序与逻辑时序、阐释与描述、自律与他律等问题，进行了热烈探讨。《文学遗产》主编徐公持作会议总结发言。此次学术讨论会的简讯发表于本刊 1990 年第 4 期，讨论会纪要发表于 1991 年第 1 期。

11 月

10 日，《文学遗产》第 4 期出版。

《编后记》说明，今年正值钱锺书先生诞辰 80 周年，本期发表陈子谦《〈谈艺录·序言〉笺释》和蒋寅《〈谈艺录〉的启示》两篇文章，希望对《谈艺录》的研读者有所裨益；同时亦寓向钱先生表示祝贺之意。此外，"今年是金代重要文学家元好问诞生八百周年，为此，海峡两岸都举办了纪念活动"，本刊从第二届元好问学术讨论会的会议论文中选发一组文章，"基本上显示了当前元好问研究的水平"。另外，还推荐了石昌渝的《〈金瓶梅〉小说文体的创新》和熊笃的《〈金瓶梅〉性描写批判》，"这里发表的两篇文章表现了两位作者在这方面的努力。或许你不一定同意文章里的具体论点，不过它们能够引起我们的进一步思考。"最后，编辑部"回顾一年来的编辑出刊工作，感慨良多。在财务十分困难的条件下，本刊不得不采取某些'紧缩'措施，如把双月刊改为季刊，把邮局发行改为社办发行，提高定价，等等。我们有时候还被迫拖欠稿费。尽管如此，许多作者仍将自己的优秀论文投寄给编辑部，许多读者仍不嫌麻烦继续订阅本刊。对于这些作者读者的厚爱，我们编辑部同仁深表感谢。我们把这些都看作是对古典文学研究事业的支持，是对整个民族文化事业的支持。我们唯有做好本职工作，来报答大家的支持和关怀。"

本期发表论文 14 篇。其中，"元好问八百诞辰纪念论文专辑"发表论文 5 篇，其他论文 9 篇。作者是：陈子谦，蒋寅，龙耀宏，吴云、董志广，裴斐，乔象钟，卢兴基，蔡厚示，刘泽，门岿，钟婴，石昌渝，熊笃，张国星。

"学者研究" 2 篇。作者是：葛晓音，宋路霞。

"书评" 2 篇。作者是：夏晓虹，郁沅。

"论文摘编" 4 则。论文作者是：王钟陵，赵昌平，刘振东，季羡林。

另发表其他栏目文章。

刊发本刊 1990 年目录索引。

12 月

20 日，《文学遗产》编辑部召开在京古典文学编辑和出版工作者座谈会，二十余人与会。大家就近几年古典文学编辑出版工作情况交流了看法，肯定了成绩，也指出了存在的问题。对于当前在商品经济大潮冲击下古典文学研究和编辑出版工作所面临的困境与出路，进行了热烈讨论。对《文学遗产》办刊工作，大家给予了充分肯定，并提出了很多中肯的建议。此次会议的简讯发表于本刊 1991 年第 1 期。

1991 年

1 月

本月，《文学遗产》编辑部召开编委会。编委们对本刊一年来的工作提出许多宝贵意见和有益建议。根据编委的意见，编辑部将加强"书评"栏的组稿和刊发工作；而"论文摘编"栏目存在一些问题，目前尚无解决条件，因此暂时撤销。此项编委会决定参见本刊 1991 年第 2 期的《编后记》。

2 月

10 日，《文学遗产》第 1 期出版。定价改为 3.20 元。

《编后记》推荐 4 篇有关文学史观与文学史的讨论文章，即王钟陵的《历史存在与逻辑学思路——漫议文学史观》、汤斌的《文学史的复旧与创新》、马德富的《语言艺术历史流变的描述和阐释》、董国炎的《谈艺术与社会学分析》。"王钟陵的文章比较系统地提出了他的文学史观，他的见解是从编写文学史的实践中得出的，因而虚实结合，值得我们深思。汤斌、董国炎、马德富的文章，就文学史研究中的某些倾向性问题或者说是取向性问题提出一些意见，这些意见比较实在，也值得我们重视。"此外，为缅怀 1990 年 10 月 10 日逝世的俞平伯先生，本期发表刘世德《文章千古事品德万人钦——怀念俞平伯先生》一文，以志纪念。

本期发表论文 14 篇。其中，"文学史观与文学史"专栏发表论文 4 篇，其他论文 9 篇，专题文章 1 篇。作者是：王青，董乃斌，孟祥荣，张业敏，王蒙，章尚正，张宏生，黄钧，黄天骥，王钟陵，汤斌，马德富，董国炎，刘世德。

"学者研究" 1 篇。作者是：李少雍。

"书评" 3 篇。作者是：朱崇才，穆克宏，贾晋华。

"学者雪鸿录"介绍的学者是：郭延礼，郭豫适。

"博士新人谱"，介绍徐志啸博士。

"论文摘编" 3 则。论文作者是：蒋凡，张晶，谢伯梁。

另发表其他栏目文章。

5 月

10 日，《文学遗产》第 2 期出版。

《编后语》说明，为纪念今年 7 月 1 日中国共产党成立 70 周年，本期发表苏澄的文章《加深理解关于文化遗产的批判继承方针——中国共产党诞辰七十周年寄言》，着重论述马克思主义对待文学遗产的"批判继承"方针所体现的科学精神。此外，推荐了孙昌武的《论柳宗元的禅思想》、王水照的《苏、辛退居时期的心态平议》，"前者研究了柳宗元世界观的一个侧面，对于研究柳宗元的文学创作是有补益的。后者对于同是豪放派词人的苏轼和辛弃疾作比较研究，但也是就退居时期的生活与心态这一侧面来展示这两位伟大词人的不同性格、气质、追求以及他们作品的不同特质。……对研究这一作家及其生活的时代的文学现象是很有好处的。"还推荐了李修生的《元杂剧发展述略》，"……写得平实，清楚地阐述了元杂剧的发展脉络，其观点也是公允而切近当时的实际情况的。"另外推荐了本期发表的三篇书评，"三位书评作者不但比较科学而准确地评价了这三部著作的学术成就，指出其不足之处，而且还结合了这一课题的研究现状加以评估，是有见地的。……本刊十分重视书评，这不应仅是对某一部著作的一般介绍，还应将这部著作放到整个学术研究的发展过程去衡量其功过。"

本期发表论文 14 篇。其中专题文章 1 篇，其他论文 13 篇。作者是：苏澄，张海明，宋效永，林明华，陈飞，李金坤，孙昌武，曾枣庄，王水照，胡晓明，李修生，杨晓东，陈大康，康保成。

"短文" 3 篇。作者是：玉令，浙人，徐朔方。

"书评" 3 篇。作者是：傅璇琮，吴承学，曹道衡。

"博士新人谱"介绍汪涌豪博士。

"学者雪鸿录"介绍的学者是：夏写时。

另发表其他栏目文章。

6 月

本月，王玮辞职。

7 月

1 日至 6 日，《文学遗产》编辑部与辽宁师范大学中文系、文化艺术出版社、大连大学师范学院联合主办的"全国文学史理论问题研讨会"，在大连举行。来自全国的近四十位专家学者出席会议。会议围绕以下议题展开了热烈研讨：（1）关于文学史的理论建构与历史原貌的关系问题；（2）关于文学史研究的当代意识问题；（3）关于文学与文化的关系问题；（4）关于少数民族文学在文学史中的地位问题；（5）关于文学史家的主体条件问题。《文学遗产》主编徐公持作总结发言。此次会议的述要发表于本刊 1991 年第 3 期。

8 月

10 日，《文学遗产》第 3 期出版。

《编后记》说明，为纪念孙楷第先生，本期发表了孙先生的遗作《小说旁证（八则）》以及刘乃和的《我所认识的孙楷第先生》、田杉的《孙楷第与〈戏曲小说书录解题〉》。"文学史观与文学史"专栏发表了吴小如的

《关于怎样学和教中国文学史的问题》、陈一舟的《非逻辑：文学史景观的另一面》，"这两篇文章，文字不长，读后都能给人启发。"另外，1990年第3期曾集中发表了几篇研究李白的论文，本期刊发了一组关于杜甫的研究文章，"见解新颖而又颇为信实"，"对于第一流的大作家的研究，我们盼望读到更多反映我们时代学术水平的高质量的论文。"此外，继续强调书评的重要性。

封三刊登了"《文学遗产》重要启事"，预告本刊自1992年起，将由中国社会科学院文学研究所与江苏古籍出版社合办并改刊。改刊后的《文学遗产》办刊宗旨不变，"将继续是高水平的古典文学研究刊物"；将恢复双月刊，"在印刷、纸张、装帧、美术设计等方面将有全面的改进。在外观质量上，《文学遗产》也将跻于国内最精美的刊物之列。"

封底刊发了吴晓铃先生所藏中国戏曲声韵书籍汇印之"《双棔书屋考藏珍本丛书》征订"目录，凡21种，将由中国社会科学院中国人文科学发展公司出版。这是《文学遗产》1980年复刊以来第一次在封底刊发书籍征订目录。

本期发表论文13篇。其中，"文学史观与文学史"专栏发表论文2篇，其他论文11篇。作者是：孙楷第，刘乃和，田杉，吴小如，陈一舟，韩经太，马亚中，黄坤，金学智，杜晓勤，谢思炜，杨镰，吴调公。

"短文"5篇。作者是：吴先宁，谢宇衡，储仲君，李德身，徐无闻。

"学者研究"1篇。作者是：胡明。

"书评"3篇。作者是：张毅，张明非，曹旭。

"博士新人谱"介绍王能宪博士。

另发表其他栏目文章。

30日，《文学遗产》编辑部召开编委扩大会议。与会的专家学者有二十余人。会议有两项内容：（1）编辑部汇报文学研究所与江苏古籍出版社合办《文学遗产》杂志事宜；（2）座谈当前古代文学研究状况及《文学遗产》今后工作。副主编吕薇芬代表编辑部向到会编委和专家汇报了合办刊物的因由和今后工作设想。陆国斌代表江苏古籍出版社发言，表示尽力缓解刊物面临的经济困难，做好出版、印制、发行等方面的事务性工作，使编辑部集中精力编审稿件。陆国斌的发言，得到与会专家学者的一致赞赏。

此外，各位学者就当前古代文学研究状况和《文学遗产》改刊后的工作，发表了看法。文学研究所副所长张炯代表文学所感谢出版社和与会专家学者对《文学遗产》的关心和支持。此次会议的纪要发表于本刊 1991 年第 4 期。

本月，王芳调离《文学遗产》编辑部。

本月，马丽调入《文学遗产》编辑部任编务。

9 月

本月，《文学遗产增刊》第十七辑由中华书局出版。定价 6.30 元。

本辑因故延迟出版，出版时间晚于第十八辑。

本辑发表论文 21 篇。作者是：赵沛霖，孙雍长，沈心芜，谭家健，章明寿，刘继才、闵振贵，张瑗，徐公持，管雄，屈光，施蛰存，佟培基，周明，聂石樵，王瑞来，华岩，樊维纲、傅卓莘，刘辉、顾国瑞，丁力，关道雄，王镇远。

11 月

10 日，《文学遗产》第 4 期出版。

《编后记》说明，本期发表了三篇宏观研究性质文章，即张伯伟的《论诗诗的历史发展》、汤贵仁的《中国古代文学创作中人的价值观念的变化》、乔以钢的《中国古代妇女文学的感伤传统》，"以上三文，论证或许有不够严密之处，但均有新意。鉴于宏观研究笼盖面广，写作难度当然也较大，我们不必求全责备。"还推荐了尚学锋的《汉代士的地位和司马迁的不遇心态》、杨义的《汉魏六朝杂史小说的形态》、郭洁梅的《白居易与日本平安朝文学》、许总的《黄庭坚诗歌影响成因论》、莫砺锋的《论陆游对晚唐诗的态度》、陈应鸾的《黄彻卒年及其诗话作时初考》、王钢、王永宽的《〈盛世新声〉与臧贤——附说〈雍熙乐府〉与郭勋》，这些文章"在选题和论证上，都各有独到之处。对这样的论文，我们同样欢迎。"另外从全国首届王维诗歌艺术讨论会会议论文中选发了几篇，作为专辑推出，"意在推进对于王维这个越来越引起国内外唐诗研究者重视的诗人，以及其他大作家作品研究的深入。"

本期"征订启事"中对本刊性质、内容的定位与描述，此后延续多年，少有变化。略云："《文学遗产》杂志是全国目前唯一的古典文学研究专业学术刊物，近年来古典文学研究的许多新成果都借本刊得以发表和确认，它代表了我国古典文学研究的最高水平。在国际汉学界也具有不容忽视的学术权威性。""本刊的主要内容有：有关古典文学理论、各时代作家作品的研究论文，古典文学文献资料的考据发掘及研究整理，古典文学与其他学科的比较研究、交叉研究，海内外学界的情况、动态，研究方法的探讨，国内外学术活动信息，等等。本刊一贯主张，在马克思主义思想指导下，提倡科学性、建设性，并提倡严谨切实、生动活泼的文风。因此不仅为科研机关、大专院校的专业工作者研究、教学工作所必需，而且对一般古典文学爱好者也颇具吸引力。"

本期发表论文 16 篇。其中，"王维诗歌研究专辑"发表论文 6 篇，其他论文 10 篇。作者是：张伯伟，汤贵仁，乔以钢，尚学锋，杨义，王友怀，贾晋华，师长泰，储仲君，张清华，王丽娜，郭洁梅，许总，莫砺锋，陈应鸾，王钢、王永宽。

"书评"2 篇。作者是：顾易生、邵毅平，杨海明。

"博士新人谱"介绍刘跃进博士、吴承学博士。

另发表其他栏目文章。

刊发本刊 1991 年目录索引。

本期封三刊登大连金华兴实业有限公司、金州实业开发总公司简介。这是本刊创刊 60 年历史上对商业公司的唯一介绍。

1992 年

1 月

10 日，《文学遗产》第 1 期出版。从本期起，改版为双月刊，16 开，128 页。定价 4.80 元。杂志由江苏古籍出版社出版，国内由南京邮政局发行，国外仍由中国国际图书贸易总公司发行。

本期编委会名单有所调整。主编、副主编未变。编委会成员是（以姓氏笔画为序）：卢兴基、刘世德、刘扬忠、石昌渝、吕薇芬、李修生、吴小平、陆国斌、陈毓罴、连燕堂、胡明、费振刚、高纪言、陶文鹏、袁行霈、徐公持、栾勋、董乃斌、程毅中、傅璇琮、敏泽、谭家健、裴斐。

卷首署名"本刊编辑部"的《致读者》，长达两页。其主要观点如下：

（1）《文学遗产》从本期起以新的面貌与读者相见，技术和事务层面的工作均有显著改进，江苏古籍出版社对学术事业具有奉献精神，编辑部深表感谢。（2）新面貌令人振奋，同时办刊质量也应进一步提高。要继续提倡以马克思主义为指导思想，但不是把马克思主义当作僵硬不变的教条，而是要以马克思主义的基本原理和有关文艺的基本理论观点去指导文学研究的实践，并不限制人们的探索性精神和创造性研究。（3）坚持贯彻"双百"方针，应当在科学性前提下提倡诸种学派、各种学术观点、各种研究方法、各种文章写法的兼收并蓄，提倡学术问题上的批评与反批评。（4）本刊将继续开展学术问题的广泛讨论，使不同学术观点与见解在交流中取长补短，使本刊成为学术交流的良好场所。（5）与作者和读者建立尽可能广泛而密切的联系，应当视为刊物的生命线。对作者和读者对本刊的爱护与支持，编辑部由衷地感谢。需要说明，因篇幅所限，无法做到有稿必登，未被本刊采用，并不等于文章一定不好，敬希作者鉴谅。本刊将继续加强同全国老中青古典文学研究工作者的联系，使刊物成为各个学术梯队不断发展壮大的忠实记录。（6）落实去年编委扩大会议上专家的意见，继续改进工作，坚持高水平的学术定位，克服困难，保持生机，保持质量，为古典文学研究事业做出应有的一份贡献。

《编后记》推荐了邓广铭的《修订〈稼轩词编年笺注〉的说明》、詹锳的《李白〈邺中赠王大劝入高凤石门山幽居〉探微》、袁行霈的《辛词与陶诗》，他们的文章有助于对大诗人及其作品的研究；并推荐了两篇隋代以前文学的研究文章：徐公持的《诗的赋化与赋的诗化——两汉魏晋诗赋关系之寻踪》、曹道衡的《论王琰和他的〈冥祥记〉》，希望两位学者的论文能引起先秦至隋文学研究者们的兴趣，促进这一时期文学的研究工作。

本期发表论文12篇。作者是：吴承学，徐公持，曹道衡，詹锳，肖占鹏，张乘健，李一飞，邓广铭，袁行霈，邓绍基，胡小伟，何法周、谢桂荣。

"短文"2篇。作者是：朱郭，丘良任。

"学者研究"1篇。作者是：董乃斌。

"书评"2篇。作者是：戴燕，叶长海。

本期始设"博士论文举要"专栏，首批介绍尚永亮博士的《元和诗人与贬谪文学考论》、王兆鹏博士的《宋南渡词人群体研究》。

另发表其他栏目文章。

本期始，各篇文章之末不再署责任编辑姓名。

本年度六期《文学遗产》封面为铜版纸覆膜，正文为激光照排；封面及正文版式均精心设计；封二、封三一般为古籍书影或影印古人书法名作，封底一般为江苏古籍出版社古籍类新书简介。与此前《文学遗产》的装帧设计、印制质量相比，有显著提高。

本年度江苏古籍出版社《文学遗产》责任编辑为卞岐；美术编辑为郭宝林。封面画：陈家泠。

3 月

10 日，《文学遗产》第 2 期出版。

《编后记》推荐了刘振东、高洪奎、杜豫的《论中国古典散文的本体性质》、张中行的《诗词读写三题》、谢建忠的《道教与孟郊的诗歌》、李真瑜的《明清吴江沈氏文学世家略论》、葛兆光的《唐代五诗人短论》、于翠玲的《苏轼与道潜的交游探微》、张锦池的《论〈三国志通俗演义〉的"三本"思想》，这些文章或为一家之言，或观点颇有见地，或对读者有所启发，均值得一读。还推荐了法国陈庆浩的《八十回本〈石头记〉成书初考》，此文有助于《石头记》的研究，"本刊欢迎海外学者赐稿，希望以此促进海内外学者的学术交流。"

本期刊发的《稿约启事》，与以前相比内容有所变化，除技术性和事务性说明外，改为按照专栏说明撰稿要求。略云："一、论文：对中国文学史的本质特征和发展规律，作深入的探讨；从文学思潮、风格、流派、文体等多种角度来分析古代文学的具体性状；以知人论世的原则把握古代文学家的审美脉搏；在对古代文学现象作联系、比较研究的同时，揭示其个性及共性；挖掘古代优秀文学作品的深层艺术意蕴；对新发现的重要文学史料作发布介绍；对古代作家生平事迹行状、对古代作品的版本流传做科学的考订；等等。论文无论题目大小、篇幅长短，都要求贯彻科学性原则，体现实事求是学风。提供思想上的创新，同时力戒空泛之论；行文力求简洁，逻辑性强，避免生硬艰涩，增强学术论文的可读性。二、书评：书评不是简单的图书介绍，更不应是出版辅助广告。稿件应切中要害，肯定成绩，指出缺点，言之有物，不作无谓的敷衍应景文章。我们认为，优秀的书评，其学术分量绝不低于一般的论文。三、学者研究：近代古典文学研究成绩斐然，是近代文化学术精神的重要体现，许多前辈杰出学者作出了开创性贡献，设立此栏，正是为了更好地总结他们的经验，以资借鉴。我们已陆续刊发了对部分学者的研究文章（大部是对已故前辈学者的研究），今后还将继续刊载，以勾勒出近代古典文学研究的基本轮廓。四、学术动态与信息：我们将对国内外的学术状况，如会议、机构、出版物等，作简要报道。并介绍海内外学者的近况和博士生的研究方向以及古籍整理的情况，为了办好这一栏，我们特别希望大家搜集信息、提供稿件。五、读者·作者·编者：为加强编者、读者、作者之间的交流，以促进刊物的质量提高，提倡大家来稿评刊、评文，提出建议和意见。同时作刊误和纠谬的工作。"

本期发表论文 11 篇。作者是：刘振东、高洪奎、杜豫，张中行，戴伟华，黄益元，葛兆光，谢建忠，姚继舜，于翠玲，张锦池，李真瑜，陈庆浩。

"短文" 3 篇。作者是：高文、齐文榜，陈庆元，向叙典。

"学者研究" 1 篇。作者是：曹济平。

"书评" 1 篇。作者是：杨明照。

"博士论文举要" 介绍阎采平博士的《齐梁诗歌研究》。

另发表其他栏目文章。

4 月

21 日，竺青调入《文学遗产》编辑部任编辑。

5 月

10 日，《文学遗产》第 3 期出版。

《编后记》首先说明，今年是毛泽东《在延安文艺座谈会上的讲话》发表 50 周年，本期发表苏澄的纪念文章《学习"讲话"精神　弘扬民族文化——纪念〈在延安文艺座谈会上的讲话〉发表 50 周年》，"温故而知新，当我们重读毛泽东同志的'讲话'时，对于改革开放时期弘扬民族文化，提高民族自信心有很大帮助。"其次，推荐了蒋寅的《角色诗综论——对一种文化心理的探讨》、过常宝的《〈离骚〉和巫术仪式》、尚定的《关陇文化与贞观诗风》，"这三篇文章，都从文化着手来研究文学现象，但细心的读者可以发现三位作者的研究视角和研究方法各有千秋。千人具千眼，这正是科研领域百家争鸣，百花盛开必然性的基础。"还推荐了沈玉成的《〈张华年谱〉、〈陆平原年谱〉中的几个问题》、白化文的《龙女报恩故事的来龙去脉——〈柳毅传〉与〈朱蛇传〉比较观》，前者"纠正了姜亮夫等先生的一些失误，对加深了解作家、理解作品是很有得益的"；后者"指出外来文化对中国文化的影响，以及被中国文化同化的现象，这是一个有趣的、有意义的论题，文章也写得清晰而活泼。"最后，推荐了跃进的《论竟陵八友》、孟祥荣的《袁宏道的矛盾人格》，"对作家与作家群的研究是古典文学研究的基础与主体，在这两篇文章中，读者一定会有所收益的。"最后推荐了翁敏华的《中国古代文学艺术在日本能乐中的反映》，"提供了中外文化交流的材料，能打开我们的思路和眼界，值得一读。"

本期发表论文 13 篇。作者是：苏澄，蒋寅，过常宝，沈玉成，跃进，李晖，尚定，刘崇德，张学忠，白化文，谢思炜，翁敏华，孟祥荣。

"短文" 4 篇。作者是：刘孔伏，金陵生，陈尚君，翼谋。

"书评" 1 篇。作者是：谌东飚。

另发表其他栏目文章。

7 月

10 日，《文学遗产》第 4 期出版。

《编后记》说明，本期首先发表了一组杜甫研究文章，即裴斐的《杜诗八期论》、余恕诚的《杜甫在肃代之际的政治心理变化》、陈铁民的《由新发现的韦济墓志看杜甫天宝中的行止》，"这三篇文章从不同角度对杜甫进行研究，互补互济，读者定能从中受益。"其次，还发表了范宁的《〈三国志演义〉研究中的几个问题》、刘世德的《罗贯中籍贯考辨》两篇文章，"将为学者们研究这部伟大的古典小说及其作者有所帮助。"最后，推荐了吴琦幸的《歌诗源起论：文字与歌诗的双度关系》、吴先宁的《南风北渐与北人的选择和接受——南、北朝文化交流和文学影响的一个考察》、陈兴伟的《"金刚怒目"还是放旷情怀》、张廷杰的《稼轩词风的继承和发扬》、杨庆存的《论辛稼轩散文》、李剑国、陈国军的《瞿佑仕宦经历考》。

本期发表论文 11 篇。作者是：吴琦幸，陈兴伟，吴先宁，裴斐，余恕诚，陈铁民，张廷杰，杨庆存，范宁，刘世德，李剑国、陈国军。

"短文" 2 篇。作者是：张应斌，许嘉甫。

"学者研究" 1 篇。作者是：施议对。

"书评" 2 篇。作者是：李时人，吴楚。

"博士论文举要" 介绍刘石博士的《苏轼词评论》。

另发表其他栏目文章。

8 月

10 日至 14 日，《文学遗产》编辑部与吉林大学中文系联合主办的 "中国诗歌史及诗歌理论研讨会"，在吉林省吉林市召开。来自国内的四十余位专家学者出席会议。研讨会的主要议题是：关于中国诗歌的本质、美学特征及其艺术规律的解说；对中国诗歌各个发展阶段的总体把握；对当前诗歌理论研究态势的总结；探讨诗歌史论写作的基本特点和要求；其他与中国诗歌史发展相关的问题研讨。编辑部副主任陶文鹏作会议总结发言。此次会议的述要发表于本刊 1992 年第 6 期。

9 月

10 日，《文学遗产》第 5 期出版。

《编后记》说明，本期刊发了一组 "文学史观与文学史" 专栏文章，并推荐了宁宗一的《关于文学史观与文学史编写的若干断想》，"文章论述了以当代意识重构中国文学史等问题，还提供了编写文学史的几则设想、试验。" 还推荐了跃进、侯光复分别整理的《南北朝文学史》和《元代文学史》座谈会纪要。另外推荐了蒋述卓的《说 "飞动"》、钱志熙的《汉乐府与 "百戏" 众艺之关系考论》、王运熙的《晚唐文学批评三题》、刘尊明的《历史与诗人心灵的碰撞——唐诗咏三国论析》、张晶的《诗与公案的因缘》、程毅中的《〈玄宗遗录〉里的杨贵妃形象》、谭帆的《类型化：古典戏剧人物理论的逻辑趋向》、欧阳健的《超前于史籍编纂的小说创作——明清时事小说新论》、王学泰的《〈钦定熙朝雅颂集〉和旗人的诗歌创作》、邬国平的《常州词派关于词与读者接受的思考》。

此外，编辑部提出一个选题计划：再过 8 年将迎来 21 世纪，20 世纪百年的古典文学研究史值得加以总结，且具有重大的文化史意义。本刊计划从 1993 年适当时候起，开辟"二十世纪古典文学研究学科史"专栏，"这个专栏，以学科研究为对象，同本刊已有的'学者研究'专栏有联系，有分工，相辅相成。……学科史研究，不应停留在一般性的综述，而是要对这百年间的研究状况，作系统、深入的研究，既要有宏观的把握，又要作具体、切实的分析，作出具有理论水平的实事求是的总结，为下一个世纪的研究工作推向前进找出问题症结，指明方向道路。可以说，这是一项十分艰巨的跨世纪的工程。我们期望专家、学者踊跃赐稿。"

本期发表论文 15 篇。其中"文学史观与文学史"专栏发表文章 4 篇，其他论文 11 篇。作者是：宁宗一，廖仲安，跃进，侯光复，蒋述卓，钱志熙，王发国，王运熙，刘尊明，张晶，程毅中，欧阳健，谭帆，王学泰，邬国平。

"短文" 2 篇。作者是：孙昌武，康弘。

"书评" 1 篇。作者是：汪涌豪。

另发表其他栏目文章。

同日，《文学遗产》编辑部在文学研究所召开编委扩大会议，文学所领导、特邀专家、本刊编委、江苏古籍出版社领导、编辑和本刊编辑人员近四十人出席会议。主编徐公持主持会议。副主编吕薇芬汇报了编辑部一年来的编辑工作情况。出版社的吴小平介绍了出版社印制、发行《文学遗产》的工作情况。高纪言代表出版社对如何办好《文学遗产》提出了新的设想，除办好刊物外，还计划出版"文学遗产丛书"等。与会专家学者围绕着如何进一步提高办刊质量，发表了各自的意见和建议。文学研究所王善忠副所长代表文学研究所发言。此次编委会的会议纪要发表于本刊 1993 年第 1 期。

11 月

10 日，《文学遗产》第 6 期出版。

《编后记》首先推荐了 3 篇综论、文论的文章，即蔡仪先生的遗著《论艺术的表现》、梁德林的《论中国古代文学的游戏娱乐功能》、孙立的《"诗无达诂"论》。蔡先生的文章，"对于古典文学研究是有启发的"；梁德林的文章，"强调指出，古代文学不仅有道德教化功能，而且有游戏娱乐功能，古人对文学的娱乐功能是相当重视的。这个观点当然不是新的。但长期以来，研究界对此不予重视。有些人在认识上有偏颇，过于卖力地到许多古代作品中挖掘'微言大义'，实际上是把自己的思想强加给古人。"孙立的文章，"对于仅仅局限在作家作品论里打圈子的研究者，似可提供一种方法论上的参照系。"其次，在作家作品研究文章中推荐了王宜瑗的《创造与因袭——论六朝"捣衣诗"同题之作》、刘立文的《论唐代叙事诗的三大类型》、周振甫的《〈读莺莺传〉献疑》、王德明的《论宋代的诗社》、侯会的《〈水浒〉源流新探》、邓长风的《文学奇才卓人月的生平行状》。最后推荐了赵昌平的书评《评程千帆、吴新雷先生的〈两宋文学史〉——兼谈文学史编写的若干问题》。

本期发表论文13篇。作者是：蔡仪，梁德林，孙立，沈元林，王宜瑗，刘立文，李清渊，周振甫，王德明，王兆鹏，刘扬忠，侯会，邓长风。

"短文" 3篇。作者是：房日晰，徐传武，金宁芬。

"书评" 2篇。作者是：赵昌平，沈家庄。

刊发本刊1992年目录索引。

另发表其他栏目文章。

本年，刘跃进任《文学遗产》编辑部兼职编辑。

1993 年

1 月

10日，《文学遗产》第1期出版。

本期编委会名单有所调整。主编、副主编未变。编委会成员是（以姓氏笔画为序）：卢兴基、石昌渝、刘世德、刘扬忠、吕薇芬、李修生、吴小平、陈毓罴、连燕堂、胡明、费振刚、高纪言、陶文鹏、袁行霈、徐公持、栾勋、敏泽、董乃斌、程毅中、傅璇琮、谭家健、裴斐。

《编后记》主要表达了编辑部进一步提高办刊质量的想法和举措。第一，加强编辑部自身的学术建设，做好审稿发稿工作，尽可能减少偏差和疏漏，"无论取舍，都应从科学出发，对事业负责。"第二，希望继续得到学术界的大力支持，"刊物上出现的遗憾，相当一部分也是由稿源本身限制造成的。再能干的编辑，也难为无米炊。所以我们在无限铭感全国同行给予我们的长期支持的同时，还要恳请大家继续给《文学遗产》以支持。而支持的最佳方式就是，将您的最新论文赐寄给我们。"

本期"动态"栏以《关于李知文抄袭问题的揭发》为题，刊发了复旦大学教师胡中行给本刊主编的来信，揭发《文学遗产》1989年第5期发表的李知文《论贾岛在唐诗发展史的地位》一文，"严重剽窃"胡中行发表于1983年第3期《复旦学报》上的《略论贾岛在唐诗发展中的地位》一文。本刊"编者的话"中指出，编辑部认为胡中行先生的揭发属实，他的两项要求合理，已转达李知文；李知文三次回函编辑部，先是承认抄袭，"颇感内疚，深致歉意"，"希望能给予人道主义的宽待"；后来却在电话中否认抄袭事实，甚至对编辑部敦促其履行胡中行两项要求的公函置之不理。"我编辑部认为这一抄袭事件不容抹煞。……李知文的问题已不是学风问题，他的做法已构成侵权行为。……因而特将胡中行先生的揭发信公开发表。同时也在此作如下声明：一、李知文的文章确实存在严重的抄袭问题，证据确凿。二、根据著作权法，胡中行先生提出的要求李公开道歉，承认错误并退出稿费的要求是合理的，李知文应当履行这两项要求。三、李知文开始承认有错误，但后来改变态度，不肯承认抄袭错误，对此我刊表示十分遗憾。""我刊发表了李知文的抄袭文章，应承担一定责任。对于胡中行先生所蒙受的损失，我刊深为不安。我们的态度是一经发现，坚决伸张正义，维护受害者的利益。由于古典文学研究战线很长，刊物很多，而编辑部人力有限，且编辑所见很难包罗无遗。因此希望广大学者、读者多加监督，若有类似情况发生，及时向我刊揭发，我们一定从原则出发，严肃处理此类事件。我们愿与广大读者一道，同此类与科学精神相背反的坏现象作斗争。"

本期发表论文12篇。作者是：刘世德、刘辉、薛亮、陈洪、郁贤皓、陈祥耀、胡济沧、刘学锴、秦寰明、张惠民、王季思、许结、周惠泉。

"短文"3篇。作者是：周凤章，张庆捷，孔凡礼。

"书评"2篇。作者是：卢兴基，韩经太。

"博士论文举要"介绍吴先宁博士的《北朝文学研究》。

另发表其他栏目文章。

本年度江苏古籍出版社《文学遗产》责任编辑为姜小青、倪培翔；美术编辑为郭宝林。封面版画：陈琦。

3 月

10 日，《文学遗产》第 2 期出版。

本期发表论文 14 篇。作者是：王季思，姜澄清，宋益乔，毕庶春，顾绍柏，佟培基，邹志方，李一飞，房日晰，谢桃坊，钱锡生，杨海明，么书仪，张光兴。

"短文" 1 篇。作者是：戴伟华。

"书评" 1 篇。作者是：孙昌武。

"博士论文举要"介绍王青博士的《道教神话研究》和张思齐博士的《诗文批评中的对偶范畴》。

另发表其他栏目文章。

同日，文学研究所任命陶文鹏为《文学遗产》编辑部主任，李伊白为副主任。

18 日，《文学遗产》编辑部召开文学史学问题小型座谈会。文学研究所古代文学研究室、文学理论研究室、文艺新学科研究室和外国文学研究所的部分专家学者参加会议。主编徐公持主持会议。文学研究所张炯副所长到会发言。此次座谈会的纪要以《关于文学史学若干问题的思考》为题，发表于本刊 1993 年第 4 期。

4 月

12 日，广州市政协和中山大学主办的 "王季思先生从教七十周年庆祝大会"，在中山大学举行。来自社会各界知名人士和全国各地的专家学者、中山大学师生数百人济济一堂，向王季思先生表示衷心的敬意和热烈的祝贺。《文学遗产》副主编吕薇芬参加庆祝会和学术研讨会。此次会议的纪要刊发于本刊 1993 年第 5 期。

5 月

10 日，《文学遗产》第 3 期出版。

本期发表论文 11 篇。作者是：陈伯海，周振甫，曹道衡，裴斐，周勋初，金学智，朱易安，曾枣庄，胡可先，赵义山，黄天骥。

"短文" 4 篇。作者是：张涌泉，徐俊，陈钧，丘良任。

"书评" 2 篇。作者是：葛晓音，刘扬忠。

"资料" 栏发表韩国朴在渊的文章，介绍韩国奎章阁藏本《型世言》。

"博士论文举要"介绍吴光兴博士的《八世纪诗风考略》。

另发表其他栏目文章。

6 月

18 日，北京师范大学古籍研究所和江苏古籍出版社联合主办的《全元文》编纂工作座谈会，在北京师范大学召开。国务院古籍整理规划小组、高等院校古籍整理委员会负责人，北京师范大学校长方福康、副校长许嘉璐等，以及部分高校、科研机构、出版机构、图书馆、学术期刊编辑部的专家学者及新闻媒体记者等，参加会议。《文学遗产》编辑部副主编吕薇芬参加座谈会。此次会议的报道发表于本刊 1993 年第 5 期。

7 月

10 日，《文学遗产》第 4 期出版。

本期发表论文 13 篇。作者是：吴承学，王南，（新加坡）王国璎，（日本）清水凯夫，张伯伟，（韩国）李钟汉，史有为，（加拿大）叶嘉莹，韩经太，欧阳光，阮国华，徐志啸，王彪。

"短文" 2 篇。作者是：黄正建，庆振轩、车安宁。

"书评" 2 篇。作者是：陈东辉，陈一舟。

另发表其他栏目文章。

9 月

6 日至 10 日，中国社会科学院文学研究所主办，法国国家科学研究中心和湖北大学等单位协办的首届中国古代小说国际研讨会，在北京举行。来自国内外的专家学者近八十人参加会议。《文学遗产》编辑部主编徐公持、副主编吕薇芬、编辑部副主任李伊白、责任编辑竺青等出席会议。此次会议的综述发表于本刊 1993 年第 6 期。

10 日，《文学遗产》第 5 期出版。

本期发表论文 13 篇。作者是：黄玉顺，刘信芳，丁永忠，王运熙，余恕诚，杨明，朱靖华，钱志熙，刘彦君，桂栖鹏，吴组缃，吴世昌（遗作），关爱和。

"短文" 4 篇。作者是：程毅中，金陵生，张瑞君，彭志宪。

"书评" 3 篇。作者是：杨德才，张弘，魏中林。

"博士论文举要"介绍刘尊明博士的《唐五代词的文化观照》。

另发表其他栏目文章。

11 月

10 日，《文学遗产》第 6 期出版。

《编后记》首先回顾了一年来古典文学研究事业在种种困难中的艰难行进：科研经费不足、图书资料使用不便、研究者生活待遇不高、成果发布不易、职称评定更难；特别是中、青年学者困境尤甚。但是，绝大部分古典文学研究者凭借对民族文化遗产的热爱和一种事业心，坚持在困难的条件下顽强工作。若没有这样一批献身学术的志士的支持，本刊难以保持应有的学术质量，"为此我们要向仍在科研第一线孜孜不倦工作、不计所得地从事创造性劳动的老、中、青同行们，致以衷心的感激之忱，……本刊愿与同行们一道度过困难，在中国学术发展史的一段重要时期里留下我们的足迹。"其次，在新的一年里，编辑部仍要提高刊物的学术水平；并与江苏古籍出版社合作，将编辑、出版一套"文学遗产丛书"，以弥补杂志只能刊载论文的局限。此外，还将与曲阜师范大学等单位联合举办"儒学与文学国际研讨会"，从而使我们对中国文学本质特征的宏观把握更加前进一步，也必能推动文学史学科理论的建设。

本期发表论文 13 篇。作者是：张炯，张展，李少雍，赵以武，储仲君，蒋寅，阎琦，曾枣庄，呆如，徐凌云，陈益源，徐朔方，康保成。

"书评" 2 篇。作者是：章沧授，吴晓东。

"博士论文举要"介绍张毅博士的《两宋文学思想史》。

刊发本刊 1993 年总目录。

另发表其他栏目文章。

本月，张奇慧调离《文学遗产》编辑部。

1994 年

1 月

10 日，《文学遗产》第 1 期出版。

本期发表论文 14 篇。作者是：张松如，毕万忱，胡国瑞，傅如一，郁贤皓，吴在庆，王兆鹏，孙昌武，陶文鹏，石昌渝，陈毓罴，（法国）雷威安，程毅中，蔡义江。

"书评"1篇。作者是：邢煦寰。

"博士论文举要"介绍陈桐生博士的《中国史官文化与〈史记〉》。

另发表其他栏目文章。

本年度江苏古籍出版社《文学遗产》责任编辑为姜小青、倪培翔；美术编辑为喻丽。封面设计：郭宝林。

3月

10日，《文学遗产》第2期出版。

本期发表论文15篇。作者是：汤炳正，曹道衡，韦凤娟，刘石，周振甫，梁超然，刘映华，张仲谋，邓红梅，于北山（遗作），黄钧，夏咸淳，钱仲联、严明，董乃斌，（日本）大塚秀高。

"短文"3篇。作者是：蒋凡，许嘉甫，陆永品。

"书评"2篇。作者是：张晶，李乃龙。

另发表其他栏目文章。

4月

1日至5日，《文学遗产》编辑部与漳州师范学院中文系、上海社会科学院文学研究所、《江海学刊》编辑部、西北大学中文系联合主办的"94文学史观与文学史学研讨会"，在福建漳州举行。来自全国各高校、研究机构、出版社的专家学者近三十人参加会议。《文学遗产》主编徐公持出席研讨会并发言。研讨会的主旨是回顾近年来古典文学研究界在文学史观与文学史学问题上取得的进展，同时就一些文学史理论问题交换意见。此次研讨会的纪要刊发于本刊1994年第5期。

5月

10日，《文学遗产》第3期出版。

本期发表论文13篇。作者是：敏泽，卢佑诚，阎采平，吴光兴，李浩，谢思炜，尹占华，崔海正，王水照，李灵年、陈新，跃进，胡传志，陈美林。

"书评"1篇。作者是：刘学锴。

"博士论文举要"介绍陈书录博士的《明代诗文创作与理论批评的交叉演进》。

另发表其他栏目文章。

7 月

10 日,《文学遗产》第 4 期出版。

本期新设"学术短评"栏目,首刊 5 篇文章。"编者按"略云:"'古典文学研究是一项系统工程',……我们所从事的这项工作的确牵涉面很广,头绪很纷繁,其中任何一个层次上的问题,若处理不当,都会影响整个水平的提高。所以,在致力于正面研究各种学术课题的同时,经常性地检讨本学科各个环节的现状,揭示早已存在或者初露端倪的种种倾向,作回顾和前瞻性的批评或建议,这有助于我们开启思路,准确分析所处的境遇,如实评估成绩与弊端,看清学科建设的努力方向。此是设立'学术短评'一栏的宗旨。本期刊布的一组文章,……五位作者,都是活跃在古典文学研究界的中青年专家。他们的文章,表现出了敏锐的观察力以及追求学术纯洁性的热情。"此栏作者是:王小盾、蒋寅、张伯伟、刘跃进、陈尚君。

本期发表论文 11 篇。作者是:吴承学,曹道衡,(韩国)朴现圭,刘文忠,戴伟华,(美国)司马德琳,赵谦,黄天骥、李恒义,许结,周维培,孙逊。

"书评" 2 篇。作者是:修明吉,刘宁。

"博士新人谱"介绍王小舒博士。

另发表其他栏目文章。

8 月

20 日至 24 日,《文学遗产》编辑部与曲阜师范大学中文系等单位联合主办的"儒学与文学国际学术研讨会",在山东曲阜师范大学举行。国内四十余个研究机构、高等学校等单位近百名专家学者,以及中国台湾地区、美国、韩国的学者出席会议。研讨会的核心议题是探讨儒学与中国古代文学的关系问题。此次会议的纪要发表于本刊 1994 年第 6 期。

9 月

10 日,《文学遗产》第 5 期出版。

本期刊发新一届编委和通讯编委名单。主编、副主编未变。调整后的编委会成员是(以姓氏笔画为序):王飙、卢兴基、石昌渝、刘世德、刘扬忠、吕薇芬、吴小平、李修生、陈毓罴、费振刚、徐公持、陶文鹏、袁行霈、高纪言、曹道衡、董乃斌、程毅中、傅璇琮、裴斐。

通讯编委（以姓氏笔画为序）：王水照、王运熙、宁宗一、陈伯海、罗宗强、周勋初、张松如、袁世硕、黄天骥、曾枣庄、霍松林。

本期首栏"文学史观与文学史学"刊发 2 篇论文、1 篇纪要。作者是：钱志熙，蒋寅；苏澄。发表其他论文 10 篇。作者是张树波，杜晓勤，刘成纪，刘明华，韩经太，贺中复，张晶，辛一江，王学泰，蔡一鹏。

"短文" 1 篇。作者是：姚品文。

"书评" 2 篇。作者是：邓绍基、史铁良，罗宗强。

"博士新人谱"介绍程杰博士。

另发表其他栏目文章。

14 日，《文学遗产》新一届编委会在文学研究所召开。主编徐公持主持会议。编辑部主任陶文鹏首先向编委汇报编辑部一年来的工作情况，包括稿件编审和学术活动等。吴小平代表江苏古籍出版社汇报了刊物的出版发行情况，表示虽然出版社面对市场经济环境，出版《文学遗产》杂志遇到诸多困难，但仍有决心和信心继续同编辑部合作，把刊物出好；并说明"文学遗产丛书"出版计划已经启动，希望 1995 年底第一批著作出版。各位编委就编辑部各方面的工作提出了意见和建议，并对江苏古籍出版社表示钦佩。文学研究所董乃斌副所长到会，代表文学所向各位编委致谢。此次编委会的纪要刊发于本刊 1995 年第 1 期。

10 月

10 日，《文学遗产》编辑部与北京大学中文系联合召开的首都部分高校师生座谈会，在北京大学举行。出席会议的有北京大学、北京师范大学、中国人民大学古代文学专业的部分教师和博士研究生。座谈会由副主编吕薇芬、编辑部主任陶文鹏、北京大学中文系主任费振刚联合主持。与会者就当前古典文学研究状况各抒己见，作了比较深入的交流。此次会议的纪要发表于本刊 1995 年第 3 期。

18 日至 20 日，《文学遗产》编辑部与中国社会科学院文学研究所古代文学研究室、湖北大学、中国韵文学会、中南民族学院、广西师范大学出版社、襄阳师范大学专科学校、咸宁师范高等专科学校、黄冈师范高等专科学校等联合举办的"中国二十世纪词学研究走势学术研讨会"，在湖北襄樊召开。来自全国十余个省市的四十余位专家学者参加会议，提交论文三十余篇。研讨会的中心议题是总结 20 世纪词学研究的得失，展望今后词学研究的发展前景。与会专家学者还就其他有关词学研究问题，展开了热烈讨论。此次会议的报道发表于本刊 1995 年第 2 期。

11 月

10 日，《文学遗产》第 6 期出版。

《编后记》"向在商品经济大潮冲击下坚持古典文学研究工作的老中青专家学者致以敬礼"。当前古典文学研究早已不是显学，本学科在高校诸专业中的位置也已"无足轻重"，不少分支学科后继无人，学生毕业难找工作，改行现象严重。编辑部钦佩仍坚持研究工作的学者，并将继续努力提高办刊水平。今年始增设通讯编委，非为壮声势，而是意在加强刊物与各位专家的合作，确保其学术质量。编辑部将继续选择外国学者的优秀成果在本刊揭载，以增加中外学术交流。

从本年始，编辑部改为每年第 6 期刊发《编后记》，总结全年的编辑工作。

本期发表论文 12 篇。作者是：黄宝生，马自力，吴小如，景蜀慧，周勋初，林继中，王谦泰，陶尔夫、刘敬圻，王琦珍，查洪德，俞为民，张宏生。

"短文" 1 篇。作者是：萧相恺。

"书评" 1 篇。作者是：杨成凯。

"博士新人谱"介绍陈引驰博士。

刊发本刊 1994 年总目录。

另发表其他栏目文章。

17 日至 19 日，中国李商隐研究会第二届年会在浙江温州召开。来自全国各地的专家学者六十余人参加会议，提交论文二十余篇。《文学遗产》编辑部主任陶文鹏出席会议并发言。此次会议的撮要发表于本刊 1995 年第 4 期。

12 月

24 日至 25 日，《文学遗产》编辑部在天津南开大学与中文系和东方艺术系部分教师举行座谈会，就当前古典文学学科建设和《文学遗产》办刊宗旨等问题作了有益探讨。主编徐公持作了总结发言。此次会议的纪要发表于本刊 1995 年第 3 期。

1995 年

1 月

10 日，《文学遗产》第 1 期出版。

本期发表论文 11 篇。作者是：袁珂，谭家健，周振甫，谢思炜，景凯旋，尹占华，刘尊明，廖奔，朱崇才，程毅中，黄霖。

"短文" 3 篇。作者是：马斗全，金陵生，房日晰。

"书评" 1 篇。作者是：若冰。

"学者研究" 1 篇。作者是：周先慎。

"博士新人谱" 介绍孟二冬博士。

另发表其他栏目文章。

本年度江苏古籍出版社《文学遗产》责任编辑为姜小青、倪培翔；美术编辑为喻丽。封面设计：郭宝林。

3 月

10 日，《文学遗产》第 2 期出版。

本期发表论文 12 篇。作者是：刘振东，赵敏俐，王齐洲，戴伟华，孟二冬，季镇淮，杨庆存，狄宝心，宁稼雨，周汝昌，束忱，（韩国）赵钟业。

"短文" 3 篇。作者是：王兆鹏，丰家骅，杜贵晨。

"学者研究" 1 篇。作者是：徐志啸。

"博士新人谱" 介绍江林昌博士。

另发表其他栏目文章。

本月，吕微调入《文学遗产》编辑部任编辑。

5 月

10 日，《文学遗产》第 3 期出版。

本期发表论文 11 篇。作者是：萧驰，周先民，曹道衡，许总，葛景春，王蒙，曾枣庄，莫砺锋，李玫，刘敏，连燕堂。

"短文" 4 篇。作者是：林富明，马斗全，刘瑞明，王利民。

本期新设 "海外学术综述" 栏目（此后的 "国外学术研究"、"海外汉学" 栏目与此栏性质相同），首发黄鸣奋的《哈佛大学的中国古典文学研究》。

"博士新人谱"介绍吴兆路博士。

另发表其他栏目文章。

7 月

10 日，《文学遗产》第 4 期出版。

本期新设"新著评介"栏目，首刊 4 篇文章。"编者按"略云："几年来，本刊发表了不少书评，颇引人关注。据读者反映，大多数文章在精读细品所评书籍的基础上作出实事求是的评论，并提出精辟的见解，使人读后有收获，对学术研究起了促进作用。但也有少数文章，写得空泛，不够精炼，有溢美之辞。……为了在有限的篇幅中不定期地推出更多的新著，本刊从这一期起，开辟'新著评介'一栏，每次集中推出四五篇评介，每篇一般控制在一二千字内，欢迎赐稿。"此栏作者是：巩本栋，顾易生，静苔，张国风。

本期发表论文 12 篇。作者是：曹虹，（日本）竹田晃，朱金城，郑伯勤，肖瑞峰，王兆鹏、刘尊明，张毅，郭英德，刘勇强，尹恭弘，杨镰，王英志。

"博士新人谱"介绍周明初博士。

另发表其他栏目文章。

8 月

本月，文学研究所增聘陶文鹏为《文学遗产》编辑部副主编。

9 月

10 日，《文学遗产》第 5 期出版。

本期卷首为署名"本刊编辑部"的《四十周年寄言》，纪念本刊创刊 41 周年暨复刊 15 周年。

本文的核心观点是：（1）《文学遗产》的历史值得庆祝。这段历史虽然迭经风云变幻，1966 年至 1979 年还被迫停刊，但这份全国唯一的古典文学研究专业刊物，对中国的学术事业来说，它所起的作用不是可有可无的。《文学遗产》的存在，表明数千年华夏文学遗产没有被现代中国人所抛弃，古典文学研究事业仍然生生不息，世代相继。（2）40 年来所取得的成绩是明显的，可用两组数字来说明。第一组数字是，《文学遗产》自创刊以来发表各类文章 3300 余篇、约 1800 余万字，虽未必字字珠玑，但基本上代表了发表之时的学术水平，对构筑 20 世纪后半叶的中国学术史做出了不可磨灭的贡献。第二组数字是，自创刊以来为本刊撰文的作者（去其重复）超过 1400 位；从地域上看，遍布海内外。特别是本学科一些最著名的专家成为本刊的作者（此处谨书 69 位专家尊讳），这是本刊的荣幸。而本刊作者群中人数更多的还是一大批中青年学者，他们是当今中国古典文学研究的中坚力量。40 年来，本刊联系着这样一批包括各年龄层次的第一流学者群体，刊载着他们最新的研究成果，无论刊物在其他方面遇到多少困难和挫折，我们也足以感到自慰。（3）40 年来，也有不少教训值得我们记取。最基本的一条就是，古典文学研究必须注意保持自己的学术品位。一旦科学研究被规定为"从属于"某种社会功利、群众运动或一时政策观念的需要，那么它就必将迷失自我而发生"异化"。而改革开放以来，学术环境有了很大改进，但古典文学研究也要警惕把学术研究和商业行为联结起来，全面迎合"市场需要"，只顾制造轰动效应，不惜歪曲文学史实。诸如此类的做法，近年颇有增加的趋势。学术蜕变为经商，这是又一种形态的异化。古典文学研究事业宁可冷一点，也不要出于商业目的的热炒。（4）我国数千年文学遗产实在丰富，理论和资料方面的建设都亟待加强。忽视任何一方面，都是不正确的。具体到每个研究者，则可能各有擅长，我们不必要求每个人都是"十项全能"，但从整个学术群体来看，互相补充就可达到基本的平衡。

"岂不罹凝寒，松柏有本性"。《文学遗产》40 年来在几代人的努力下，也逐渐形成了自己的"本性"，这就是紧密地团结和依靠广大古典文学工作者，坚持科学性准则，为古典文学研究的学科建设贡献力量。我们不奢望古典文学研究会成为当代显学，但这不妨碍我们将它建设成一门高水平的学科。在这一历史性进程中，《文学遗产》将与大家同在。

本期发表论文 12 篇，其中，卷首 2 篇专题文章是王英志的《壮志歼贼寇　正气薄云天——明嘉靖抗倭诗一瞥》和裴效维的《甲午百年祭——近代中日甲午战争文学略论》。其他论文作者是：杨宽，曹道衡，程章灿，蓝旭，褚斌杰，杨海明，朱刚，张宏生，程毅中，刘世德。

"短文" 3 篇。作者是：吉定，陈耀东，班友书。

"新著评介" 3 篇。作者是：宗文，许建平，周明初。

"博士新人谱" 介绍孙明君博士。

另发表其他栏目文章。

10 月

10 日至 12 日，中国社会科学院文学研究所和《文学遗产》编辑部在北京隆重举办《文学遗产》创刊 40 周年暨复刊 15 周年学术庆典。此次庆典分为两部分内容：庆祝大会和学术报告会。

10 日上午，庆典大会在中国社会科学院学术报告厅举行。参加会议的有一些中央部委的负责同志，北京地区高等院校、科研机构、新闻出版机构及其他文化部门的一百五十余位专家学者，以及应邀赴京参会的全国各地四十余位古典文学专家学者。主编徐公持主持庆祝会。中国社会科学院常务副院长汝信代表中国社会科学院、中国社会科学院文学研究所副所长董乃斌代表文学研究所致辞。北京师范大学教授钟敬文、中华书局编审程毅中、杭州大学教授肖瑞峰代表老、中、青三代学者发言。袁行霈、马少波、罗宗强、郭预衡、邓绍基、许嘉璐、傅璇琮、霍松林、陈贻焮诸位先生也在大会上发言。下午，编委会在龙都宾馆召开。主编徐公持主持会议。副主任李伊白向编委们汇报了此次庆典的筹备情况；徐公持对协助筹办庆典的各院校和江苏古籍出版社表示由衷的感谢。中山大学黄天骥教授向会议说明将与本刊联合举办"广东中华文化王季思古代文学研究基金《文学遗产》优秀论文奖"评奖活动的准备情况。最后，与会编委还讨论了筹备成立"中国古代文学学会"的事宜。

11 日至 12 日，学术报告会在龙都宾馆召开。参加会议的有北京和各省市专家学者八十余人。主编徐公持主持报告会。专家学者的论文和学术报告的论题基本可归纳为文学研究与文献的关系、文学史与文学理论的关系、文学与社会文化的关系三个方面。《文学遗产》编辑部的各位责任编辑也提交了从学术编辑角度撰写的学术报告。与会专家学者一致反映，《文学遗产》编辑部在庆典活动中安排学术报告会，时间虽然不长，学术含量却很高，体现了刊物的学术本色。

《文学遗产》的此次庆典引起了一定的社会关注，中央电视台 11 日 "午间新闻" 对庆典盛况作了报道。《人民日报》、《光明日报》等主流媒体也作了报道。

此次学术庆典的报道和学术报告会综述，发表于本刊 1996 年第 1 期。另外学术庆典的相关资料，后全部收入本刊编辑、文化艺术出版社 1998 年 5 月出版的《〈文学遗产〉纪念文集》中。

11 月

10 日，《文学遗产》第 6 期出版。

《编后记》首先推荐了全年六期中的精彩文章，它们或"表现出深湛学力"，或"发表了颇为精当切要的意见"，或"在研究领域的开拓上表现了敏锐性和魄力"，或"在旧课题中引入新的思路，深入开掘，以眼力的独到和论点的新颖见长"。这些文章是：杨宽《秦〈诅楚文〉所表演的'诅'的巫术》、程毅中《关于宋元小说研究的若干问题》、曹道衡《关于南北朝文学研究问题之我见》、萧驰《论"文行之象"——中国古代文论中一个被忽视的传统》、袁珂《孔子与神话及民间传说塑造的孔子形象》、尹恭弘《论王思任文学思想的时代意义》、陈居渊《论孙原湘的性灵说》、连燕堂《鸦片战争时期诗人张履的诗论与纪事诗》、林庚《汉字与山水诗》；杨海明《唐宋词中的"富贵气"》、朱刚《从类编诗看宋诗题材》、周裕锴《自持与自适：宋人论诗的心理功能》、曹虹《〈洛阳伽蓝记〉新探》、郭英德《叙事性——古代小说与戏曲的双向渗透》、刘勇强《论"三言二拍"对〈夷坚志〉的继承与改造》。此外，还特别说明本刊发表作家王蒙研究李商隐的系列文章，"受到广泛的好评"；"记得若干年前本刊始发王蒙论文时，还曾受到来自某些人士的压力，无非是说他的文章有'隐射'云云。""好在今天已不再听到有人对《混沌的心灵场——谈李商隐无题诗的结构》这样的文章说三道四、横加指责，我们编者在解除压力之余，深为庆幸学术气氛的实实在在的进步。"其次，编辑部十分感谢古代文学研究界的专家学者对本刊庆典活动的积极支持，"我们唯以办好《文学遗产》的实际行动，来报答各位的支持和厚爱。"

本期发表论文 13 篇。作者是：林庚，王国璎，曹道衡，徐公持，葛晓音，（韩国）金卿东，龙建国，周裕锴，朱万曙，李修生，覃召文，陈居渊，胡明。

"短文" 3 篇。作者是：陶敏，徐俊，姚品文。

"新著评介" 1 篇。作者是：郁贤皓、查屏球。

"博士新人谱" 介绍程相占博士。

刊发本刊 1995 年总目录。

另发表其他栏目文章。

1996 年

1 月

10 日，《文学遗产》第 1 期出版。定价改为 6.80 元。

本期刊发了调整后的编委会名单。主编徐公持，副主编吕薇芬、陶文鹏。编委会成员是（以姓氏笔画为序）：王飙、卢兴基、石昌渝、刘世德、刘扬忠、吕薇芬、吴小平、李伊白、李修生、陈毓罴、费振刚、徐公持、陶文鹏、袁行霈、曹道衡、董乃斌、程毅中、傅璇琮、裴斐、薛正兴。

通讯编委（以姓氏笔画为序）：王水照、王运熙、宁宗一、陈伯海、罗宗强、周勋初、张松如、袁世硕、黄天骥、曾枣庄、霍松林。

本年度江苏古籍出版社《文学遗产》责任编辑为姜小青、倪培翔、陈文瑛；美术编辑为喻丽、毛晓剑。封面设计：郭宝林、单戈。

本期发布了本刊与广东中华文化王季思古代戏曲、古代文学研究学术基金将共同设置优秀论文奖的消息和《广东中华文化王季思古代文学研究基金〈文学遗产〉优秀论文奖评奖条例》。奖项全称为："广东中华文化王季思古代文学研究基金《文学遗产》优秀论文奖"，简称为"《文学遗产》奖"。此奖为年度奖。评奖范围为上一年度《文学遗产》各期所发表的学术论文。每年设优秀论文大奖一名，奖金一万元；优秀论文奖两名，每名奖金四千元；鼓励奖三名，每名奖金三百元。若大奖空缺可增加优秀奖一至二名。评奖委员会由《文学遗产》编委与通讯编委组成，每年从中产生执行评委五至七人，由编辑部和基金会各委派一人为召集人。本奖项和评奖费用全部由广东中华文化王季思古代戏曲、古代文学研究学术基金提供。《广东中华文化王季思古代文学研究基金〈文学遗产〉优秀论文奖评奖条例》内容分为五项，即总则；评奖范围和评奖标准；评奖组织与评奖方法；奖励办法；评奖纪律。

本奖项从第四届（1998 年度）起，改为每两年评奖一次；从 1996 年始至 2008 年止，共评奖 8 届。

本期发表论文 13 篇。作者是：钱志熙，林亦，袁行霈，傅刚，童强，季镇淮，刘宁，洪本健，高文，陶然，钱竞，蒋哲伦，钱仲联。

"新著评介" 3 篇。作者是：谭梅，许总，何西来。

"博士新人谱" 介绍杜晓勤博士。

另发表其他栏目文章。

3 月

10 日，《文学遗产》第 2 期出版。

本期发表论文 13 篇。作者是：李少雍，刘学忠，曹道衡，周勋初，跃进，罗时进，周寅宾，谢桃坊，王力坚，陈磊，王利器，蒋寅，董国炎。

"短文" 2 篇。作者是：房日晰，张如安。

"新著评介" 4 篇。作者是：詹福瑞，孙民，郭英德，陈贻焮。

"博士新人谱" 介绍周建江博士。

另发表其他栏目文章。

本月，戴燕调入《文学遗产》编辑部任编辑。

5 月

10 日，《文学遗产》第 3 期出版。

本期首栏为 "《诗品》研究五种荟评"。"编者按" 说明："梁代钟嵘《诗品》为中国诗话之祖，自问世以来，即得到文学界的重视，尤为二十世纪古代文论研究中的热点。……为推动《诗品》研究的深入开展，本刊特就近年出版的五部《诗品》研究专著约请有关人士撰文评介，以飨读者。" 所评五部专著是：曹旭《诗品集注》、张伯伟《钟嵘诗品研究》、王发国《诗品考索》、（日本）清水凯夫《〈诗品〉〈文选〉论文集》、王叔岷《钟嵘诗品笺证稿》。书评作者是：萧华荣，汪春泓，冷铨清，傅刚，王发国、曾明。

发表其他论文 11 篇。作者是：许云和，谢思炜，齐涛，程杰，邓广铭，邓魁英，张晶，廖可斌，黄仕忠，张锦池，张璋。

"新著评介" 4 篇。作者是：肖瑞峰，宋红，罗时进，段启明。

另发表其他栏目文章。

7 月

4 日，首届（1995 年度）"广东中华文化王季思古代文学研究基金《文学遗产》优秀论文奖"评奖工作结束。此次评奖过程从 3 月 20 日始至 7 月 4 日止，其程序是：编辑部从本刊 1995 年全年登载的论文中推荐 10 篇候选文章，交本刊全体编委审议、征求意见；编委对候选文章发表各自意见，另外又提出 7 篇候选论文，反馈给编辑部；编辑部综合编委意见，将 17 篇候选论文一并提交七人评委；七人评委由徐公持、黄天骥、袁行霈、傅璇琮、程毅中、董乃斌、曹道衡组成，徐公持和黄天骥为召集人；经过两轮投票，产生评奖结果。

获奖名单如下：

《文学遗产》优秀论文奖（二名）

葛晓音《创作范式的提倡和初盛唐诗的普及——从〈李峤百咏〉谈起》；

张宏生《元祐诗风的形成及其特征》。

《文学遗产》优秀论文提名奖（三名）

周裕锴《自持与自适：宋人论诗的心理功能》；

郭英德《叙事性：古代小说与戏曲的双向渗透》；

王国璎《陶诗中的宦游之叹》。

此次评奖结果，以《首届〈文学遗产〉优秀论文奖揭晓》为题，发表于本刊 1996 年第 5 期卷首。

10 日，《文学遗产》第 4 期出版。

本期发表论文 10 篇。作者是：陈平原，吕威，陈永宏，周笃文，唐玲玲，黄竹三，侯会，张寅彭，曹保合，蒋英豪。

"短文" 5 篇。作者是：吴承学，张安祖，姜剑云，欧阳光，金陵生。

"新著评介" 5 篇。作者是：罗冬柏，诸葛忆兵，杨海明，张海鸥，巴·苏和。

"博士新人谱" 介绍周延良博士。

另发表其他栏目文章。

23 日，首届（1995 年度）"广东中华文化王季思古代文学研究基金《文学遗产》优秀论文奖"颁奖会在北京中国社会科学院召开。出席会议的有中国社会科学院副院长刘吉、中国社会科学院文学研究所所长张炯、副所长包明德、中国社会科学院科研局副局长黄浩涛，《文学遗产》在京部分编委和古典文学界的部分专家学者。

颁奖会由本刊副主编吕薇芬主持，主编徐公持代表评委会致辞。中山大学教授黄天骥代表基金组织致辞。刘吉副院长为优秀论文奖获得者葛晓音、张宏生（因故缺席）和优秀论文提名奖获得者郭英德、周裕锴、王国璎（因故缺席）颁发获奖证书和奖金，并代表中国社会科学院党委和院部致辞。张炯所长代表文学研究所致辞。傅璇琮总编辑代表评委会宣读获奖论文的评委会意见。到会的获奖者北京大学教授葛晓音、四川联合大学教授周裕锴、北京师范大学教授郭英德在领奖后相继发言。南京大学张宏生教授请蒋寅研究员代读书面发言。台湾大学王国璎教授提供了书面发言。与会的专家学者陈贻焮教授、邓魁英教授、邓绍基研究员、钱志熙副教授也在发言中对获奖者表示祝贺。南京大学程千帆教授特意为此次颁奖会题辞："收百世之阙文，采千载之遗韵。谢朝花于已披，启夕秀于未振。"

此次颁奖会的详细报道，以《1995年〈文学遗产〉优秀论文奖颁奖会在北京举行》为题，发表于本刊1996年第6期。

8月

本月，吕薇芬办理退休手续，并按规定履行副主编职责至任期届满。

9月

10日，《文学遗产》第5期出版。

卷首刊发首届《文学遗产》优秀论文奖评选结果的报道。

本期发表论文10篇。作者是：张炯，吴承学，江林昌，周宪，余恕诚，王文龙，孙维城，郭英德，周策纵，严迪昌。

"短文"4篇。作者是：康保成，陈大康、漆瑗、柳文耀、张传峰。

"新著评介"4篇。作者是：张海明，张晶、李笑野，孙绿怡，陈庆元。

"海外学术综述"1篇。发表黄鸣奋的《普林西顿大学的中国古典文学研究》。

另发表其他栏目文章。

23日至27日，中国唐代文学学会和西北大学发起，由西北大学承办的"中国唐代文学学会第八届年会暨国际学术讨论会"，在西安举行。来自国内外的专家学者 88 人参加会议，提交论文 79 篇。《文学遗产》副主编陶文鹏出席会议并发言。此次会议的简讯发表于本刊 1997 年第 2 期。

10 月

1 日至 3 日，中国李商隐研究会第三届年会在山东省烟台市召开。出席会议的专家学者有三十余人。《文学遗产》副主编陶文鹏出席会议并发言。此次会议的报道发表于本刊 1997 年第 2 期。

11 月

10 日，《文学遗产》第 6 期出版。

《编后记》指出，全年刊物在发表老专家力作的同时，还注意发表青年作者的论文。发现和支持学术新人，是本刊四十余年的传统；而青年作者不应将被本刊退稿视为耻辱，而应视为激励自己继续奋发的动力。本刊作者的中坚力量是一批中年学者，他们正处于产生优秀成果的黄金时代，编辑部愿与他们一道迎接古典文学研究的新的世纪。此外，本刊今年做的一件大事就是评奖。此次评奖，基本上是成功的，有了学术界的支持，我们才能继续把评奖工作做好；通过评奖，使社会各界增进对本学科的关注和理解，使献身于本学科的老中青科研工作者增强学术自豪感和自信心。

本期发表论文 11 篇。作者是：戴燕，过常宝，傅刚，周振甫，张仲谋，杜晓勤，吴小如，张智华，刘兴汉，王英志，钟振振。

"短文" 2 篇。作者是：王人恩，李庆立。

"学者研究" 1 篇。作者是：王小盾、李昌集。

"新著评介" 4 篇。作者是：李炳海，曹道衡，吴承学，钟宜。

刊发本刊 1996 年总目录。

另发表其他栏目文章。

12 月

17 日，《文学遗产》编辑部召开由编者、作者、读者三方参加的学术座谈会。会议以《文学遗产》办刊工作为中心话题，交流近期古典文学研究、教学及出版的情况。北京大学、北京师范大学、中国人民大学、北京语言文化大学、中国社会科学院文学研究所、中国艺术研究院、中华书局的三十余位专家参加会议。

座谈会由副主编吕薇芬主持。副主编兼编辑部主任陶文鹏介绍本年度的编辑工作情况。责任编辑王毅、李伊白、竺青、戴燕结合各自的工作，对古代文学研究状况谈了看法。与会专家就提高古典文学研究水平和借鉴国外汉学研究成果问题，发表了见解；对本刊的工作，既充分肯定，也提出了中肯的建议。此次座谈会的综述以《从实证和理论两方面提高——〈文学遗产〉召开读、作、编学术座谈会》为题，发表于本刊1997年第3期。

1997 年

1 月

10 日，《文学遗产》第 1 期出版。

本期发表论文 11 篇。作者是：戴燕，周振甫，杨九诠，张海明，霍松林，王运熙，吴相洲，欧阳光，陶尔夫，刘彦君，郭英德。

"短文" 5 篇。作者是：国光红，张涌泉，涂木水，金陵生，杜贵晨。

"新著评介" 3 篇。作者是：臧静，韩经太，张瑞君。

"海外学者访谈" 1 篇。发表胡若诗的《法国汉学家桀溺采访记》。

"博士新人谱" 介绍傅刚博士。

另发表其他栏目文章。

本年度江苏古籍出版社《文学遗产》责任编辑为陈文瑛；美术编辑为毛晓剑。封面设计：毛晓剑、单戈。

本月，吕微调离《文学遗产》编辑部。

3 月

10 日，《文学遗产》第 2 期出版。

本期首栏为 "古典文学研究笔谈"，作者是：周勋初，黄天骥。发表论文 12 篇。其中 "李商隐研究小辑"，发表论文 5 篇。作者是：王蒙，刘学锴，余恕诚，黄世中，张明非。其他论文 7 篇。作者是：谢思炜，扬之水，胡大雷，周建国，张哲俊，赵园，黄燕梅。

"短文" 2 篇。作者是：郭蓁，孙克强。

新设 "新著序跋" 栏目，发表序言 2 篇。作者是：傅璇琮，徐朔方。

"新著评介" 4 篇。作者是：杨明，瑶光，王兆鹏、刘尊明，万曙。

"海外学者访谈" 1 篇。发表隽雪艳的《日本学者松浦友久采访录》。

"博士新人谱"介绍韩国安熙珍博士。

另发表其他栏目文章。

4 月

15 日，《文学遗产》编辑部与人民文学出版社共同召开《唐代文学史》研讨会。《唐代文学史》是中国社会科学院文学研究所主持的"中国文学通史"系列中的一部，编辑部邀请在京的部分古典文学专家对该书进行评议，并讨论有关文学史编写的问题。研讨会由副主编陶文鹏主持。此次研讨会的综述发表于本刊 1997 年第 5 期。

5 月

10 日，《文学遗产》第 3 期出版。

本期首栏为"古典文学研究笔谈"，作者是：邓绍基，谢思炜。发表论文 11 篇。作者是：赵沛霖，陈桥生，王晓骊，（韩国）安熙珍，张而今，杨镰，张伯伟，程毅中、程有庆，高小康，（英国）杜德桥，夏传才。

"短文" 2 篇。作者是：王齐洲，叶瑞汶。

"新著评介" 3 篇。作者是：党圣元，章尚正，刘扬忠。

"海外学者访谈录" 1 篇。发表刘跃进的《在语言学与古代文学之间徜徉——访美国康奈尔大学东亚系梅祖麟教授》。

"学术动态"栏发表李秾的《杜德桥与文学所学者共话中国古典小说研究》。

6 月

20 日，《文学遗产》编辑部在中华书局召开在京部分作者座谈会，就本刊的工作征求意见和建议。北京大学、清华大学、首都师范大学、北京语言文化大学、中国社会科学院文学研究所、中华书局、人民文学出版社的专家学者到会发言。主编徐公持主持座谈会。中华书局总编辑傅璇琮、中国社会科学院文学研究所副所长董乃斌出席会议。此次会议的纪要发表于本刊 1997 年第 6 期。

7 月

10 日，《文学遗产》第 4 期出版。

本期发表论文 13 篇。作者是：杨宽，钱志熙，安旗，戴伟华，吴在庆，赵梅，张廷杰，张乘健，徐朔方，孙逊，黄仕忠，吴兆路，张仲谋。

"短文" 3 篇。作者是：黄意海、黄井文，张祝平，张伯伟。

"新著评介" 3 篇。作者是：阮堂明，周裕锴，裴术。

"博士新人谱"介绍韩国梁承根博士。

另发表其他栏目文章。

19 日至 22 日，福建师范大学中文系和该校中国古代小说研究所主办的
"'97 武夷山中国小说史研讨会"，在福建武夷山召开。来自国内外的专家
学者 64 人参加研讨会，提交论文 34 篇。《文学遗产》编辑部责任编辑竺青
出席会议。此次会议的综述发表于本刊 1998 年第 1 期。

8 月

6 日，1996 年度"广东中华文化王季思古代文学研究基金《文学遗产》
优秀论文奖"评奖工作结束。本届评奖过程从 2 月中旬始至 8 月 6 日止，其
程序与首届评奖相同。编辑部综合编委意见，最后将 11 篇候选论文提交七
人评委；七人评委由袁行霈、傅璇琮、程毅中、黄天骥、曹道衡、董乃斌、
吕薇芬组成，徐公持和黄天骥为召集人；经过两轮投票，产生评奖结果。

获奖名单如下：

《文学遗产》大奖（一名）

戴燕《文学·文学史·中国文学史——论本世纪初"中国文学史"学
的发轫》。

《文学遗产》优秀论文奖（二名）

吕威《楚地帛书敦煌残卷与佛教伪经中的伏羲女娲故事》；

钱志熙《表现与再现的消长互补——中国诗歌发展史上的一种规律》。

《文学遗产》优秀论文提名奖（四名）

王小盾、李昌集《任中敏先生和他所建立的散曲学、唐代文艺学》；

蒋寅《王渔洋与清词之发轫》；

谢思炜《白居易与李商隐》；

黄竹三《论泛戏剧形态》。

此次评奖结果，以《96〈文学遗产〉优秀论文奖评奖揭晓》为题，发
表于本刊 1997 年第 6 期卷首。此外，《人民日报（海外版）》《光明日报》
《中华读书报》《中国教育报》《中国社会科学院报》等均有报道。

12 日至 17 日，《文学遗产》编辑部、中国古代文学学会筹备委员会、

黑龙江大学联合主办的"二十世纪中国古代文学研究回顾与前瞻研讨会"，在哈尔滨和牡丹江召开。来自海内外的近百名专家学者出席研讨会。国家古籍整理规划小组秘书长傅璇琮主持开幕式，《文学遗产》主编徐公持以及张松如教授等发言。开幕式上还举行了 1996 年度"广东中华文化王季思古代文学研究基金《文学遗产》优秀论文奖"颁奖仪式，黑龙江省副省长周铁农等为获奖者颁奖；戴燕、吕威、钱志熙到场领奖，并发表简短演说。研讨会主要围绕四个问题进行交流：（1）对百年来古代文学研究的回顾。（2）对文学史学发展嬗变的回顾。（3）对新时期古代文学研究方法的回顾与评述。（4）关于古典文学研究的前瞻。会上，除中国学者发言外，美国、韩国、日本学者也发表了意见。傅璇琮在闭幕式上作总结发言。本次研讨会的综述以《"二十世纪中国古代文学研究回顾与前瞻研讨会"综述》为题，发表于本刊 1998 年第 1 期。

9 月

10 日，《文学遗产》第 5 期出版。

本期发表论文 11 篇。作者是：宁宗一，张海明，王筱芸，陈平原，张可礼，葛晓音，罗时进，邓国光，竺青、李永祜，施议对，傅璇琮。

"短文" 3 篇。作者是：蔡镇楚，诸葛忆兵，赵山林。

"新著评介" 3 篇。作者是：杨明，钱志熙，罗立刚。

另发表其他栏目文章。

11 月

10 日，《文学遗产》第 6 期出版。

《编者的话》表示，明年已经是 1998 年，面对即将到来的 21 世纪，编辑部工作人员在不断思考，《文学遗产》作为古典文学研究的专业刊物，将如何与本世纪告别，以及如何迎接新的世纪。本刊召开了几次小型学术座谈会，邀请部分专家学者就此问题发表意见。在听取各方面意见后，我们初步形成两点想法。首先，我们将以做好日常工作、提高工作品质，来告别 20 世纪。其中最重要的一点，就是要多发表高水准的学术论文。我们要把《文学遗产》建设成为本学科的名副其实的核心刊物，就要牢牢抓住这一点不放松。所谓高水准文章，借用本刊编委袁行霈教授的话，就是："第一，应当是提出了某种新的科学的资料；第二，应当是提出了某种新的科学的论点；第三，应当是提供了某种新的科学的方法。三条能够兼备最好，但做到了其中一条，已属难能可贵，不失为优秀文章。"其次，本刊将开展对本世纪古典文学研究的百年回顾，对学科的世纪发展道路作初步的清理和总结。做百年回顾这样一项工作，其意义主要在于总结成败得失，使我们对已经走过的百年历程有一清醒的认识，同时也给下一世纪的古典文学研究工作提供重要的参照。最后说明，本刊从 1998 年始将由中华书局出版，对六年来给予本刊大力支持的江苏古籍出版社致以感谢和敬意，他们对中国古典文学研究事业的支持，相信广大古典文学工作者都会与我们一样心存感激。

本期卷首刊发 1996 年《文学遗产》优秀论文奖评选结果的报道。

发表论文 7 篇。作者是：杨庆存，杨义，吴企明，张海鸥，查洪德，吴承学、李光摩，刘勇强。

"短文" 4 篇。作者是：傅刚，曹道衡，曾枣庄，顾青。

"新著评介" 3 篇。作者是：吴光兴，彭玉平，伯伟。

"国外学术研究" 1 篇。发表（俄国）李福清的《中国古典诗歌研究在俄国》。

"博士新人谱"介绍诸葛忆兵博士。

刊发本刊 1997 年总目录。

另发表其他栏目文章。

本月，"文学遗产丛书"第一辑第一种、周维培著《曲谱研究》，由江苏古籍出版社出版。此后，陆续出版了程毅中著《宋元小说研究》（1998 年 2 月）、吴承学著《晚明小品研究》（1998 年 7 月）、张宏生著《清代词学的建构》（1998 年 7 月）、曹道衡著《南朝文学与北朝文学研究》（1998 年 8 月）。

12 月

23 日，《文学遗产》编辑部在中国社会科学院文学研究所召开本年度编委会。主编徐公持主持会议。会议开始，徐公持提议为本刊编委裴斐先生的逝世表示哀悼。副主编兼编辑部主任陶文鹏汇报了本刊一年来的工作情况，并通报 1998 年本刊将由中华书局出版，对编辑部的工作提出了更高的要求。中华书局总经理宋一夫介绍了书局新的领导层对出版工作的设想，并表示书局将下决心出好《文学遗产》这份历史悠久、学术地位很高的学术刊物。文学研究所所长张炯在发言中肯定了编辑部本年度的工作成绩，同时提出在已有的基础上应该更上层楼。编委们就如何进一步提高办刊质量发表了许多很好的意见，并就本刊实行国际学术期刊通行的专家匿名审稿制度的必要性和可行性作了热烈讨论，认为尽管在我国目前情况下实行这一审稿制度困难较大，但还是应该在适当的时候开始这种过渡，从根本上保证良好学术规范的建立。中华书局副总编辑熊国祯、期刊室主任顾青作为本刊新任编委参加会议。此次编委会的纪要刊发于本刊 1998 年第 2 期。

1998 年

1 月

20 日，《文学遗产》第 1 期出版。从本期起，杂志由中华书局出版，仍为双月刊，128 页，定价 9.00 元。国内由河北省廊坊市邮电局发行，国外仍由中国国际图书贸易总公司发行。

本期刊发了调整后的编委会名单。主编、副主编未变。编委会成员是（以姓氏笔画为序）：王飙、卢兴基、石昌渝、刘世德、刘扬忠、吕薇芬、李伊白、李修生、陈毓罴、费振刚、徐公持、陶文鹏、袁行霈、顾青、曹道衡、董乃斌、程毅中、傅璇琮、熊国祯。

通讯编委（以姓氏笔画为序）：王水照、王运熙、宁宗一、陈伯海、吴熊和、罗宗强、周勋初、张松如、袁世硕、黄天骥、曾枣庄、霍松林。

本期首栏为"世纪学科回顾"，发表 2 篇文章、1 篇综述。作者是：董乃斌，（韩国）朴宰雨，韩式朋。次栏为"广东中华文化王季思古代文学研究基金《文学遗产》1996 年度优秀论文奖获奖者发言"。作者是：戴燕，吕威，钱志熙。

发表论文 8 篇。作者是：葛兆光，杨义，俞绍初，张海沙，刘乃昌，任德魁，李汉秋，张白山。

"海外学者访谈" 1 篇。发表张宏生的《"对传统加以再创造，同时又不让它失真"——访哈佛大学东亚语言与文明系斯蒂芬·欧文教授》。

"博士新人谱"介绍陈惠琴博士。

另发表其他栏目文章。

本年度中华书局《文学遗产》责任编辑为顾青、王军、贾元苏、冷卫国；美术编辑为王铭基。本年六期刊物，封二一般为古典文学图片资料，封三、封四一般为中华书局古典文史类新书介绍。

3 月

20 日，《文学遗产》第 2 期出版。

编委裴斐先生因已病逝，本期编委会名单中不再出现裴先生姓名。

本期首栏为"世纪学科回顾"，发表 1 篇谈话录、1 篇论文。作者是：郭英德、刘勇强、竺青；胡明。谈话录的"编者按"说明："从这一期起，本刊将陆续刊登一组文章'学科百年回顾之谈话'。这是由编辑部出面，邀请本学科的一些专家，就古典文学研究特定领域中的百年历程，作学术史评论。……不同年龄层次学者在观念、思维方式和切入点诸方面的差异，或许会使'回顾'更加丰富多彩，并表现出不同的个性特色。回顾之所以采取'谈话'方式，一是希望这一项学术史研究工作，能够减少枯燥呆板，增添一些活泼气氛；二是百年学科史，问题既多且复杂，今天来作评论，只能是提出一些问题，只能是初步探讨性质，所发表的见解有的可能比较中肯，有的就未必准确妥当，取'谈话'方式，也与这种内容上的特点更加协调适合。希望这些'谈话'的发表，能引起学界同行的兴趣……"

发表论文 8 篇。作者是：李剑国，钟振振，李文初，邓安生，陈允吉，胡元翎，徐朔方，关爱和。

"短文" 3 篇。作者是：陈耀东，张则桐，景宏业。

"新著评介" 4 篇。作者是：陈庆元，徐翠先，程毅中，王小舒。

"博士新人谱"介绍纪德君博士。

另发表其他栏目文章。

4 月

16 日，《文学遗产》编辑部、文化艺术出版社、北京师范大学古籍研究所联合主办的"古代戏曲研究与当前文化建设"座谈会，在北京恭王府召开。来自北京、天津、山西、江苏的高校、研究所、出版社的专家学者近三十人出席会议。《文学遗产》编辑部副主任李伊白出席会议。文化艺术出版社常务副社长兼常务副总编卜键主持座谈会。与会专家学者就 90 年代以来古代戏曲研究状况、学科特点、研究人才的培养、研究成果的出版等问题，互通信息，交流观点，至会议结束时仍意犹未尽。此次会议的报道刊发于本刊 1998 年第 4 期。

5 月

11 日至 14 日，辽宁大学和中国社会科学院文学研究所联合主办的"面向新世纪文学思想发展"学术研讨会，在沈阳召开。来自全国各地的专家学者三十余人出席会议。《文学遗产》编辑部责任编辑竺青参加研讨会并发言。此次会议的综述发表于本刊 1998 年第 5 期。

20 日，《文学遗产》第 3 期出版。

本期首栏为"世纪学科回顾"，发表 1 篇谈话录。作者是：陈伯海、黄霖、曹旭。

发表论文 8 篇。作者是：李少雍，查屏球，迟乃鹏，黄天骥，陈大康，蒋寅，吴晓亮，章明寿、邓韶玉。

"短文" 4 篇。作者是：吴在庆，孙虹，刘文刚，周兴陆。

"学者研究" 1 篇。作者是：刘跃进、江林昌。

"海外学者访谈" 1 篇。发表张宏生的《哈佛大学东亚语言与文明系韩南教授访问记》。

"新著评介" 3 篇。作者是：赵仁珪、郭英德，倪培翔，卢盛江。

"博士新人谱"介绍杨庆存博士。

另发表其他栏目文章。

本月，《文学遗产》编辑部编辑的《〈文学遗产〉纪念文集》由文化艺术出版社出版（8 月修订再版）。执行主编吕薇芬，执行编辑李伊白。

纪念文集分为"纪念庆典""学术报告论文""纪念文汇"三部分。"纪念庆典"作者是：徐公持，汝信，董乃斌，程毅中，萧瑞峰。"学术报告论文"作者是：罗宗强，曹道衡，王水照，袁世硕，董乃斌，郭预衡，傅璇琮，周勋初，邓绍基，刘世德，徐公持，吕薇芬，王毅，刘跃进，吕威，陶文鹏，李伊白，竺青，王兆鹏、刘尊明。"纪念文汇"作者是：卢兴基，白鸿，陈开第，高光起，牛仰山，孔凡礼，张乘健，蒋寅。

纪念文集另收录各种图片、题辞、贺电、专家名录等会议资料。

6 月

8 日至 12 日，《文学遗产》编辑部、《中国韵文学刊》编辑部、湖北大学、中南民族学院联合主办的"宋代文学与《宋代文学史》研讨会"，在武汉湖北大学召开。与会专家集中讨论了中国社会科学院文学研究所总纂的中国文学通史系列中孙望、常国武主编的《宋代文学史》的成就与不足，并对当前宋代文学研究中的有关问题展开研讨。此次研讨会的纪要刊发于本刊 1998 年第 6 期。

7 月

20 日，《文学遗产》第 4 期出版。

本期首栏为"世纪学科回顾"，发表 1 篇谈话录。作者是：董乃斌、赵昌平、陈尚君。

发表论文 9 篇。作者是：徐宗文，穆克宏，徐公持，韩经太，陈文忠，严杰，王昊，康保成，林岗。

"在《俞平伯全集》首发式上的发言" 2 篇。作者是：冯其庸，邓绍基。

"新著评介" 3 篇。作者是：胡可先，罗宗强，钱志熙。

"博士新人谱"介绍封野博士。

另发表其他栏目文章。

25 日，1997 年度"广东中华文化王季思古代文学研究基金《文学遗产》优秀论文奖"评奖工作结束。本届评奖过程从 3 月初始至 7 月 25 日止，其程序与往届评奖相同。编辑部综合编委意见，最后将 13 篇候选论文提交七人评委；七人评委由张松如、宁宗一、费振刚、李修生、刘世德、陈毓罴、吕薇芬组成，徐公持和黄天骥为召集人；经过两轮投票，产生评奖结果。

获奖名单如下：

《文学遗产》优秀论文奖四名（按姓氏笔画排列）

张伯伟《元代诗学伪书考》；

杨庆存《古代散文的研究范围与音乐标界的分野模式》；

杨镰《元佚诗研究》；

葛晓音《初盛唐七言歌行的发展——兼论歌行的形式及其与七古的

分野》。

《文学遗产》优秀论文提名奖三名（按姓氏笔画排列）

刘勇强《掘藏：从民俗到小说》；

吴承学、李光摩《晚明心态与晚明习气》；

黄仕忠《南戏北剧之形成与发展》。

此次评奖结果，以《97〈文学遗产〉优秀论文奖评奖揭晓》为题，发表于本刊 1998 年第 6 期卷首。

9 月

20 日，《文学遗产》第 5 期出版。

本期首栏为"世纪学科回顾"，发表 1 篇谈话录。作者是：莫砺锋、陶文鹏、程杰。

发表论文 9 篇。作者是：屈守元，傅刚，傅璇琮，王兆鹏，胡传志，孙崇涛，黄仁生，钱仲联，张锦池。

"短文" 4 篇。作者是：周少雄，海宁、晓文，魏崇新，祝尚书。

"新著评介" 4 篇。作者是：韩经太，吴相洲，刘凌，崔茂新。

"学者研究" 1 篇。作者是：葛景春。

"博士新人谱" 介绍周裕锴博士。

另发表其他栏目文章。

22 日，中国社会科学院文学研究所在京主办"中国文学史：理论与实践研讨会"。会议开幕式之后，举行了 1997 年度"广东中华文化王季思古代文学研究基金《文学遗产》优秀论文奖"颁奖仪式。主编徐公持说明评奖工作情况、宣布获奖者名单；副主编兼编辑部主任陶文鹏宣读评委会对获奖论文的评语。中国社会科学院党委书记、副院长王忍之颁奖。获奖者（及代表）领取了获奖证书及奖金。本刊 1999 年第 1 期刊登了四位优秀论文获奖者的发言稿。

26 日至 29 日，《文学遗产》编辑部、《文学评论》编辑部、《传统文化与现代化》编辑部、南开大学中文系联合举办的"全国古代文学古典文献学博士点新世纪学科展望及信息交流座谈会"，在天津南开大学召开。来自全国古代文学、古典文献学 21 个博士点的专家学者、博士生导师参加了会议。这是两个专业举办的首次博士点会议，引起学界的广泛注意。研讨会上，诸多专家学者就本学科博士点建设问题、博士生培养问题等，发表了各自见解，使与会者收获良多。本刊 1999 年第 2 期选登了五位专家的发言稿。

10 月

5 日至 10 日，中国唐代文学学会与贵州大学联合主办的"中国唐代文学学会第九届年会暨国际学术研讨会"，在贵阳举行。来自国内外的专家学者 85 人参加会议，提交论文 51 篇。《文学遗产》副主编陶文鹏出席研讨会并提交论文。此次会议的综述发表于本刊 1999 年第 3 期。

19 日至 21 日，《文学遗产》编辑部与《中国文化报》社、文化艺术出版社、徐州教育学院联合主办的"中国古代戏曲专题研讨会"，在江苏徐州召开。来自北京、天津、广东等地的高校、科研机构、出版社的专家学者参加会议。《文学遗产》副主编吕薇芬、副主任李伊白出席研讨会。本次会议是 4 月北京会议的延续，与会学者就 20 世纪古代戏曲研究的状况、当前古代戏曲研究群体的日渐衰落、戏曲选本概念的界定、戏曲文本研究、戏曲史与其他体式文学的关系等问题，作了充分研讨。此次会议的报道刊发于本刊 1999 年第 2 期。

11 月

20 日，《文学遗产》第 6 期出版。

《编后记》说明，本年度重点刊发了一系列 20 世纪学科回顾性质的谈话录和学术史论文，两者相互配合，意在使古典文学研究领域对于学科的思考更加具有深度，更加具有历史感。希望得到专家学者的支持，惠赐古典文学学科史方面的研究成果。本刊虽然长期处于经济困境，但广大读者和作者的关心支持，使编辑部同仁增强了对前景的信心。我们坚信，《文学遗产》过去是，今后也必将是中国古典文学研究事业不断发展的历史见证。

本期卷首刊发 1997 年度《文学遗产》优秀论文奖评选结果的报道。

发表论文 9 篇。作者是：吴承学，汪春泓，范子烨，葛晓音，龙建国，诸葛忆兵，朱万曙，刘勇强，刘绍瑾。

"短文" 3 篇。作者是：金英兰，张安祖，于天池。

"新著评介" 4 篇。作者是：程国赋，朱靖华，万殊，陈洪。

"海外学者访谈" 1 篇。发表徐公持的《"人本主义""兴趣一致"及其他——采访高德耀教授》。

刊发本刊 1998 年总目录。

另发表其他栏目文章。

1999 年

1 月

20 日，《文学遗产》第 1 期出版。

本期首栏为"世纪学科回顾"，发表 1 篇谈话录。作者是：康保成、黄仕忠、董上德。

发表论文 7 篇。作者是：曹道衡，陈庆元，聂永华，叶嘉莹，莫砺锋，徐朔方，李真瑜。

"短文" 3 篇。作者是：刘明华，韩成武，张炯。

"广东中华文化王季思古典文学研究基金《文学遗产》1997 年度优秀论文奖获奖者发言" 4 篇。作者是：张伯伟，杨庆存，杨镰，葛晓音。

"海外学者访谈" 1 篇。发表戴燕的《历史与现状——漫谈日本的中国古典文学研究》。

"新著评介" 3 篇。作者是：莪术，王锡九，张晶。

本期新设"全国古代文学学科博士点介绍"栏目。"编者按"说明，开设此栏意在系统介绍全国各大学和科研机构中的中国古代文学学科博士点，并以文字和图片相配合的形式，使广大读者对这些博士点的历史和现状，有更加深入全面的了解。首次介绍的是北京大学古代文学博士点。

"博士新人谱"介绍刘丽文、李扬、张仲谋、胡胜博士。

本年度中华书局《文学遗产》责任编辑为冷卫国；美术编辑为王铭基。

3 月

20 日，《文学遗产》第 2 期出版。

本期首栏为"世纪学科回顾"，发表 1 篇谈话录。作者是：曹道衡、罗宗强、徐公持。

发表论文 8 篇。作者是：郭杰，赵昌平，沈家庄，孙维城，萧瑞峰，石昌渝，么书仪，钱仲联、严明。

"短文" 3 篇。作者是：欧阳光，骆礼刚，潘建国。

"'全国古代文学古典文献学博士点新世纪学科展望及信息交流座谈会'发言选载" 5 篇。作者是：罗宗强，袁世硕，卜孝萱，陈洪，刘扬忠。

"新著评介" 3 篇。作者是：卢盛江，姚大勇，张兵。

"全国古代文学学科博士点介绍"，介绍北京师范大学古代文学、古典文献学博士点。

另发表其他栏目文章。

5 月

7 日，《文学遗产》编辑部在京召开 "《先秦文学史》暨先秦文学研究座谈会"，就中国社会科学院文学研究所总纂的中国文学通史系列中褚斌杰、谭家健主编的《先秦文学史》以及先秦文学的研究状况，进行了学术交流和讨论。与会者主要是北京地区的先秦文学研究专家。主编徐公持主持座谈会。"中国文学通史系列"编委会主任邓绍基介绍了"通史"的定位。与会专家学者既肯定了《先秦文学史》的成就和特色，也对该书和先秦文学研究提出了许多建议。徐公持作总结发言。此次座谈会的纪要以"《先秦文学史》暨先秦文学研究座谈会在京召开"为题，刊发于本刊 1999 年第 5 期。

20 日，《文学遗产》第 3 期出版。

本期首栏为"世纪学科回顾"，发表 1 篇谈话录。作者是：严迪昌、刘扬忠、钟振振、王兆鹏。

发表论文 10 篇。作者是：毕庶春，于浴贤，杨德才，李浩，吴言生，胡遂，卢兴基，翁敏华，蒋寅，钱念孙。

"短文" 4 篇。作者是：蒋方，韩格平，狄宝心，周维培。

"新著评介" 3 篇。作者是：张宏生，吴新雷，蔡钟翔。

"全国古代文学学科博士点介绍"，介绍复旦大学古代文学博士点。

"博士新人谱"介绍李浩博士。

另发表其他栏目文章。

7 月

20 日，《文学遗产》第 4 期出版。

本期首栏为"世纪学科回顾"，发表 1 篇谈话录，1 篇文章。作者是：吴承学、曹虹、蒋寅，罗宗强。

发表论文 8 篇。作者是：跃进，余恕诚，沈松勤，钟振振，吕乃岩，高小康，谭帆，王学泰。

"短文" 3 篇。作者是：葛晓音，张雁，吴书荫。

"学者研究" 1 篇。作者是：林冠夫、林东海。

"新著评介" 2 篇。作者是：刘尊明、王兆鹏、陈永宏。

"全国古代文学学科博士点介绍"，介绍南开大学古代文学博士点。

"博士新人谱"介绍林怡、聂永华、张智华、张祝平博士。

8 月

12 日至 15 日，《文学遗产》编辑部、《文学评论》编辑部、《传统文化与现代化》编辑部、人民文学出版社、哈尔滨师范大学、黑龙江教育出版社联合主办的 "全国古代文学、古典文献学博士点新世纪学科发展建设研讨会"，在黑龙江省哈尔滨市及黑河市召开。来自全国高校、科研机构的近四十名专家学者出席会议。《文学遗产》副主编陶文鹏和责任编辑竺青参加研讨会。此次会议是两个专业共同探索学科发展的第二次研讨会，主要议题是：两个专业在未来社会发展中的地位与价值；学科未来发展趋向和学术增长点；如何建立新的学术规范；如何进一步发展两个专业的互补关系；博士生培养的经验和问题。其中，如何建立新的学术规范和博士生培养问题，引起与会专家的广泛关注和热烈讨论。此次会议的简讯发表于本刊1999 年第 6 期。

9 月

5 日至 7 日，四川大学主办，四川大学文学与新闻学院承办，《文学遗产》编辑部、《文学评论》编辑部、中华书局等十余家单位协办的 "中国古典文献学国际学术研讨会"，在四川大学召开。海内外专家学者一百余人参加会议，提交论文五十余篇。研讨会的内容涉及古典文献学的诸多方面。此次会议的报道发表于本刊 2000 年第 1 期。

6 日，《文学遗产》等八种期刊荣获首届 "中国社会科学院优秀期刊奖"。中国社会科学院院长李铁映、副院长王洛林、江蓝生，新闻出版署副署长梁衡等向获奖期刊负责人颁奖。本刊主编徐公持、编辑部副主任李伊白参加颁奖会，徐公持主编领奖。此次颁奖会的简况，本刊 2000 年第 1 期封二作了图片报道。

13 日至 16 日，《文学遗产》编辑部、中山大学中文系、《文艺研究》编辑部联合主办的"世纪之交中国古代戏曲与古代文化国际学术研讨会"，在广东东莞召开。国内外专家学者近百人参加会议。会议收到论文近五十篇。研讨会议题主要有三个方面：中国戏曲史研究的回顾与展望；中国戏曲史的专题考论；戏曲文献的考索与作家心态的解读。此次会议的综述发表于本刊 2000 年第 1 期。

16 日至 20 日，第十二届《三国演义》学术讨论会在山西省清徐县召开。来自海内外的九十余位专家学者参加会议，提交论文 60 篇。《文学遗产》编辑部责任编辑竺青出席研讨会。此次会议的报道刊发于本刊 2000 年第 1 期。

20 日，《文学遗产》第 5 期出版。

本期刊登了"关于《文学遗产丛书》的通告"，说明本刊编辑部与华东师范大学出版社决定，将合作出版"文学遗产丛书"。通告要点是：（1）"丛书"是中国古典文学研究系列丛书，所收为专著，不收论文集。专著选题应是本学科的重要问题。（2）"丛书"应能代表当今中国古典文学研究的第一流水准。（3）"丛书"作者应是古典文学研究的高水平专家。（4）"丛书"每辑为 10 种，每种 25 万字左右，特殊情况不超过 30 万字。每年出版三至四种，每三年出完一辑。第一辑出版工作，将于 2002 年底前完成。（5）编辑部负责选题、组稿、审稿；出版社负责出版、发行，并有终审权。编辑部和华东师范大学出版社以认真负责的态度，欢迎大家的参与，共同出版高质量的"文学遗产丛书"。

本期发表论文 9 篇。作者是：白化文，赵昌平，马德富，张智华，康保成，王毅，欧明俊，马卫中、刘诚，赵义山。

"短文" 2 篇。作者是：赵晓岚，沈伯俊。

"学者研究" 1 篇。作者是：张连科。

"新著评介" 3 篇。作者是：李山、郭英德，吴战垒，胥惠民。

"全国古代文学学科博士点介绍"，介绍山东大学古代文学博士点。

另发表其他栏目文章。

11 月

7 日至 9 日，苏州大学和南京师范大学古代文学学科主办的"江浙沪三省市高校古代文学博士点学术交流会"，在苏州大学召开。来自三省市的复旦大学等八所高校的八个古代文学博士点的二十余位博士生导师参加会议。《文学遗产》编辑部应邀派员出席交流会。此次会议的简讯发表于本刊1999年第6期。

20日，《文学遗产》第6期出版。

《编后记》首先说明，1998年始陆续刊发的"世纪学科回顾"谈话录，基本上实现了编辑部预期的效果，引起了学术界对本学科的进一步思考，希望有兴趣的同行就谈话录中所涉及的问题，再作深入的探讨。其次，汇报了本刊编辑工作的新变化：2000年始本刊转由《文学评论》杂志社出版，对中华书局的领导和有关人员，表示衷心感谢；对中华书局的优良作风和合作精神，我们铭记在心，并作为做好今后工作的重要参照。自2000年起，本刊增加一个印张，页码增至144页。今后所发论文的篇幅可略微放宽，个别文章可到2万字左右；但本刊还是提倡撰写内容丰富扎实，文字精炼生动的文章。最后，明年在刊物的技术规范方面部分试行与国际惯例"接轨"，包括增加内容提要、改善注释体例。另外，"文学遗产丛书"第二辑编辑、出版工作亦将正式启动，已发专门"通告"，竭诚欢迎学界专家不吝赐稿。

本期发表论文9篇。作者是：王钟陵，刘畅，吴承学，孙逊、潘建国，薛天纬，刘尊明、王兆鹏，黄宝华，张晶，刘纳。

"短文"3篇。作者是：初国卿，李炳海，徐乃为。

"新著评介"6篇，其中5篇为"文学遗产丛书第一辑评介"，作者是：刘丽文，石昌渝，彭玉平，曾广开，程芸；另外一篇作者是高小康。

"学者研究"1篇。作者是：黄天骥、董上德。

"全国古代文学学科博士点介绍"，介绍上海师范大学古代文学博士点。

刊发本刊1999年总目录。

12月

23日，《文学遗产》编辑部与人民文学出版社古典文学编辑室联合召开会议，就中国社会科学院文学研究所总纂的中国文学通史系列中徐公持编著的《魏晋文学史》，进行学术座谈。京津地区近二十位专家学者应邀出席会议。本书作者、《文学遗产》主编徐公持及编辑部同仁参加座谈会。座谈会由中国文学通史系列编委会副主任刘世德主持。与会专家充分肯定了该书的学术成就，同时也提出了一些意见。此次座谈会的纪要以"学术功力的多方面展示——《魏晋文学史》座谈会纪要"为题，刊发于本刊 2000 年第 2 期。

本年，编辑部为落实 1997 年编委会建议，对部分稿件试行专家双向匿名审稿制，试行期限从 1999 年至 2000 年。具体做法是：首先隐匿文稿作者的姓名和单位，然后请对于该文涉及问题素有研究的专家审阅文稿，提出评审意见；对于审稿专家的姓名，本刊严格保密，尤其对文稿作者保密。专家审稿意见，将作为编辑部取舍该文的主要学术依据。这种专家匿名审稿制本是国际上高水准学术期刊的通行审稿方法，且已形成深厚传统，对于保持学术公正，甚为有效。本刊试行专家双向匿名审稿制，也是与国际学术期刊办刊惯例保持一致。

2000 年

1 月

15 日，《文学遗产》第 1 期出版。

本期起，本刊由《文学评论》杂志社出版，仍为双月刊，144 页，定价 10.00 元。国内、国外发行单位不变。

本期刊发了调整后的编委会名单。主编徐公持，副主编陶文鹏。编委会成员是（以姓氏笔画为序）：王飙、卢兴基、石昌渝、刘世德、刘扬忠、刘跃进、吕薇芬、李伊白、李修生、陈毓罴、费振刚、徐公持、陶文鹏、袁行霈、曹道衡、董乃斌、程毅中、傅璇琮。

通讯编委（以姓氏笔画为序）：王水照、王运熙、宁宗一、陈伯海、吴熊和、罗宗强、周勋初、袁世硕、黄天骥、曾枣庄、霍松林。

本期卷首是署名"本刊编辑部"的《走向学科新纪元——二〇〇〇年献辞》。文章要点是：中国古典文学学科存在了 2000 年，21 世纪的古典文学研究将以什么面貌出现？我们希望，21 世纪的古典文学研究是一门成熟的学科。所谓成熟，是指学科内部形成一种多元并存、竞争发展的合理结构。多元化则包括观念和方法以及风格流派上的。我们希望，21 世纪的古典文学研究是一门进取心强的学科。中国古典文学研究历史悠久，积淀深厚，传统强大，这既是优势也是弱点；在发扬优势的同时，要勇于新变，激发学科活力。我们希望，21 世纪的古典文学研究是一门开放性的学科。不抱残守阙，加强交流，善于吸取他人所长，为我所用。我们希望，21 世纪的古典文学研究是一门具有鲜明特色的学科。学科特色既寓含于研究对象中，也反映于研究主体的观念和方法上，还表现于研究的运作体制和方式上，当然还存在于成果之中。从根本上说，学科特色就是一种中国特色，但中国气派应该与世界文化融通。我们希望，21 世纪的古典文学研究是一门拥有大师级优秀人物的学科。20 世纪曾经涌现过一批古典文学研究大师，我们引为荣耀；但目前"没有大师的时代"却令人颇为尴尬。相信这种尴尬不久将会结束。我们希望，21 世纪的古典文学研究是一门作出多方面贡献的学科。从根本上说，古典文学研究提供的都是精神文明领域的贡献，但其意义的深长和巨大，却绝不在物质财富的创造之下。古典文学研究在 21 世纪里不会成为"显学"，不可能产生"轰动效应"，但它的贡献是不可替代的。"日就月将，学有缉熙于光明"，21 世纪的光明同样属于中国古典文学研究这一门古老的学科。

本期刊发姚雪垠致程千帆论文遗札五通，钱仲联序文四篇。

发表论文 13 篇。作者是：启功，周勋初，陈伯海，屈守元，曹道衡，陈铁民，霍松林，周祖譔，邱俊鹏，张乘健，徐朔方，郭预衡，刘世德。

"学者研究"1 篇。作者是：葛晓音。

"全国古代文学学科博士点介绍"，介绍南京大学古代文学博士点。

另发表其他栏目文章。

从本期起，论文篇首增加"内容提要"（300 字以内）和"关键词"（5 个以内）。

《稿约启事》中说明，取消"新著评介"栏，把书评作为论文发表。此外，对来稿的技术要求更加全面、规范。

3 月

15 日，《文学遗产》第 2 期出版。

本期刊发的编委会名单又有所调整。主编、副主编未变。编委会成员是（以姓氏笔画为序）：王飙、邓绍基、石昌渝、刘世德、刘扬忠、刘跃进、吕薇芬、杨义、李伊白、费振刚、徐公持、陶文鹏、党圣元、袁行霈、郭英德、曹道衡、董乃斌、葛兆光、葛晓音、傅璇琮。

通讯编委（以姓氏笔画为序）：王水照、孙逊、陈伯海、陈洪、吴熊和、罗宗强、周勋初、项楚、袁世硕、黄天骥、章培恒。

本期发表论文 12 篇。作者是：敏泽，戴燕，卜键，杨明，刘学锴，朱易安，谢桃坊，莫砺锋，张哲俊，吕立汉，陈大康，王友胜。

"短文" 2 篇。作者是：杨国学，陶敏。

"学者研究" 1 篇。作者是：王长华。

"全国古代文学学科博士点介绍"，介绍中山大学古代文学博士点。

另发表其他栏目文章。

4 月

14 日，《文学遗产》编辑部在中国社会科学院文学研究所召开编委会，在京的部分编委出席会议。主编徐公持主持会议。文学研究所杨义所长首先发言。徐公持向编委们通报了中国社会科学院期刊工作会议的基本情况，并介绍了本刊荣获中国社会科学院首届优秀期刊奖的过程，感谢各位编委对刊物的多方面支持。副主编兼编辑部主任陶文鹏向编委们汇报了去年编辑部的工作，并通报今年本刊将正式实行专家匿名审稿制。编委们就本刊的各项工作发表了意见和建议，如建议出版《文学遗产》分类选集，增加刊物印张，建立《文学遗产》独立网页等等。主编徐公持作总结发言。此次编委会的纪要刊发于本刊 2000 年第 4 期。

5 月

9 日，中国《三国演义》学会、安徽师范大学、黄山高等专科学校联合主办的第十三届《三国演义》学术研讨会，在安徽芜湖召开。来自海内外专家学者六十余人出席会议，提交论文 40 余篇（部）。《文学遗产》编辑部责任编辑竺青参加会议。此次会议的简讯刊发于本刊 2000 年第 4 期。

15 日，《文学遗产》第 3 期出版。

本期首栏为 "世纪学科回顾"，发表 1 篇谈话录。作者是：李学勤、裘锡圭。

发表论文 13 篇。作者是：周锡䩕，尚永亮，房日晰，曾枣庄，吴帆，赵晓岚，徐朔方，刘晓明，赵杏根，刘勇强，（日本）传田章，吴云，郭延礼。

"短文" 4 篇。作者是：周帆，倪祥保，杜贵晨，徐定宝。

"全国古代文学学科博士点介绍"，介绍苏州大学古代文学博士点。

另发表其他栏目文章。

7 月

9 日至 11 日，暨南大学中文系主办、文学院协办的"世纪之初中国古代文学研究的回顾与前瞻学术研讨会"，在暨南大学召开。来自各地高校和科研机构的部分专家学者参加会议。《文学遗产》副主编陶文鹏出席研讨会。此次会议的简讯刊发于本刊 2000 年第 5 期。

15 日，《文学遗产》第 4 期出版。

本期首栏为"世纪学科回顾"，发表 1 篇谈话录。作者是：王飚、关爱和、袁进。

发表论文 10 篇。作者是：李山，许逸民，傅刚，傅璇琮，尹占华，吴承学，朱迎平，赵维江，赵山林，宋莉华。

"短文" 3 篇。作者是：张仲谋，（日本）上田望，赵慎修。

"海外学者访谈" 1 篇，发表曹晋的《在世界范围内推动中国古典文学研究——访华盛顿大学比较文学系何谷理教授》。

"全国古代文学学科博士点介绍"，介绍浙江大学古代文学博士点。

另发表其他栏目文章。

25 日，1998～1999 年度"广东中华文化王季思古代文学研究基金《文学遗产》优秀论文奖"评奖工作结束。本届评奖过程从 3 月下旬始至 7 月 25 日止，其程序与往届评奖相同。编辑部综合编委意见，最后将 13 篇候选论文提交七人评委；七人评委由罗宗强、葛晓音、刘世德、刘扬忠、陶文鹏、郭英德、王水照组成，徐公持和黄天骥为召集人；经过两轮投票，产生评奖结果，有 4 篇文章获得"《文学遗产》优秀论文奖"。

获奖名单如下（以所得票数排序）：

查屏球《元、王集团与大历京城诗风》；

吴承学《唐代判文文体及源流研究》；

孙逊、潘建国《唐传奇文体考辨》；

汪春泓《钟嵘诗品关于郭璞条疏证》。

此次评奖结果，以《1998～1999〈文学遗产〉优秀论文奖评奖揭晓》为题，发表于本刊 2000 年第 6 期。

9 月

9 日至 10 日，《文学遗产》编辑部和北京大学中文系古代文学教研室联合举办题为"古代文学与当代精神文明建设"的小型研讨会。来自北京大学、北京师范大学、首都师范大学、北京语言文化大学、南开大学、河北大学等高校中文系，中国社会科学院文学研究所、《光明日报》文艺部等单位的专家学者近四十人与会。研讨会围绕两个问题展开探讨：（1）古代文学学科在时代发展中怎样定位？怎样认识传统文化研究的现代意义？（2）如何沟通传统文化和现代生活？怎样寻找学术研究与当代精神的契合点？在专家学者发表各自见解之后，本刊主编徐公持作总结发言。此次研讨会的纪要发表于本刊 2000 年第 6 期。

15 日，《文学遗产》第 5 期出版。

本期发表论文 12 篇。作者是：董乃斌，徐国荣，王宜瑗，牛贵琥，凌郁之，黎烈南，常玲，王毅，侯会，程芸，程蔷，杨镰。

"短文"7 篇。作者是：林怡，黄崇浩，王振泰，蔡祥鲲，吴雪涛，宝城，乔光辉。

"学者研究"1 篇。作者是：林继中。

"全国古代文学学科博士点介绍"，介绍西北师范大学古代文学博士点。

另发表其他栏目文章。

20 日，《文学遗产》编辑部在中国社会科学院文学研究所举行 1998～1999 年度"广东中华文化王季思古代文学研究基金《文学遗产》优秀论文奖"颁奖仪式。主编徐公持主持仪式，并说明本届评奖工作情况、宣布获奖者名单；副主编兼编辑部主任陶文鹏代表评委会宣读对获奖论文的评语。中国社会科学院副院长江蓝生颁奖。获奖者（及代表）领取了获奖证书及奖金。江蓝生肯定了《文学遗产》优秀论文奖的评奖方法，号召中国社会科学院的其他学术期刊向《文学遗产》学习，开展评奖活动，推进学术研究的发展，鼓励科研人才的成长。文学研究所所长杨义勉励编辑部全体工作人员，再接再厉，为繁荣古代文学研究而努力。文学研究所副所长包明德、党圣元，以及本刊在京的部分编委和古典文学研究界的部分专家学者出席会议。本刊 2001 年第 1 期刊登了此次颁奖仪式的详细报道。

同日，《文学遗产》编辑部与高等教育出版社联合主办的"《中国文学史》研讨会"，在中国社会科学院文学研究所召开。《文学遗产》主编徐公持主持会议。研讨会的主要议题是就高等教育出版社出版的袁行霈主编《中国文学史》的编写情况展开讨论。京津地区部分古代文学研究专家到会并发表意见，既赞扬这部文学史教材具有很高的水平，是教材建设的新收获，又指出了书中的某些不足之处，并提出了一些改进建议。此次研讨会的综述发于本刊 2001 年第 1 期。

10 月

12 日至 13 日，《文学遗产》编辑部与北京师范大学中文系、四川师范大学文学院、西南师范大学中文系、中国古代散文学会联合主办的"中国文学史暨郭预衡教授治史思想学术研讨会"，在北京师范大学举行。来自全国二十余所高校和科研机构的近百名专家学者参加会议。在两天的学术研讨中，与会学者总结了郭预衡先生的学术成就、学术思想和治学经验，高度评价郭先生《中国散文史》的学术水平，并认真讨论了中国文学史研究和撰写中的各种问题。郭先生与《文学遗产》编辑部有着深厚的学术交谊，徐公持主编在会上代表编辑部向郭先生致贺辞。此次研讨会的综述以《中国文学史暨郭预衡教授治史思想学术研讨会综述》为题，发表于本刊 2001 年第 1 期。

16 日至 22 日，中国唐代文学学会、武汉大学等四家单位主办，华中师范大学等三家单位协办的"中国唐代文学学会第十届年会暨国际学术研讨会"，在武汉大学召开。来自国内外的专家学者 116 人参加会议，提交论文 103 篇。《文学遗产》副主编陶文鹏出席研讨会并提交论文。此次会议的综述发表于本刊 2001 年第 2 期。

23 日至 25 日，中国金瓶梅学会、山东大学、山东省五莲县人民政府联合主办的"第四届国际金瓶梅学术讨论会"，在五莲县召开。来自国内外的一百三十余名专家学者参加会议。《文学遗产》编辑部责任编辑竺青出席讨论会，并代表编辑部在开幕式上致辞。此次会议的简讯发表于本刊 2001 年第 1 期。

本月，王毅调离《文学遗产》编辑部。

11 月

15 日，《文学遗产》第 6 期出版。

本期刊发 1998～1999 年《文学遗产》优秀论文奖评奖结果的报道。

本期发表署名"本刊编辑部"的《关于本刊实行"专家双向匿名审稿制"的说明》（本刊 2001 年第 1 期再次刊登此《说明》，改称"双向匿名专家审稿制"）。编辑部在回顾了 1999 年至 2000 年对部分来稿试行双向匿名专家审稿办法的情况后，决定自 2001 年第 1 期起，进一步推行这种审稿制度，将逐步做到凡在本刊发表的主要文章，都经过专家的匿名审稿，以使本刊的审稿工作向规范化和科学化的方向更进一步。欢迎广大作者和读者对本刊的工作严加监督。实行专家匿名审稿制之后，编辑部的工作量并未减少，仍然要对所有来稿作多层次的认真审阅。"不过我们还是很愿意实行专家匿名审稿，理由很简单：它能够提高稿件处理的学术质量。……我们下决心一定要将此事做好，希望得到作者、读者和有关专家的合作。最终受益者，应当是《文学遗产》杂志，还有中国的古典文学研究事业。"

发表论文 9 篇。作者是：夏传才，马昌仪，谢建忠，张宏生，严迪昌，李汉秋，潘建国，卞孝萱，邝健行。

"短文" 7 篇。作者是：郭预衡，张子开，（韩国）金卿东，程国赋，王树林，许建中，毛小雨。

"全国古代文学学科博士点介绍"，介绍河北大学古代文学博士点。

刊发本刊 2000 年总目录。

另发表其他栏目文章。

25 日至 26 日，"程千帆先生学术思想研讨会"在南京大学召开。来自全国高校、科研机构、出版社等单位的专家学者，以及程先生的家属共三十余人，参加会议。《文学遗产》副主编陶文鹏出席研讨会并发言。此次研讨会的报道刊发于本刊 2001 年第 3 期。

12 月

本月，《文学遗产》编辑部编辑的《世纪之交的对话——古典文学研究的回顾与展望》，由上海古籍出版社出版。此书是 1998 年至 2000 年发表于《文学遗产》"世纪学科回顾"栏目系列谈话录的结集，此次出版时某些谈话录略有修改。

此书共收录 10 篇谈话录，《文学遗产》主编徐公持作序。各篇作者是：李学勤、裘锡圭；曹道衡、罗宗强、徐公持；董乃斌、赵昌平、陈尚君；

莫砺锋、陶文鹏、程杰；严迪昌、刘扬忠、钟振振、王兆鹏；康保成、黄仕忠、董上德；吴承学、曹虹、蒋寅；郭英德、刘勇强、竺青；王飚、关爱和、袁进；陈伯海、黄霖、曹旭。

2001 年

1 月

15 日，《文学遗产》第 1 期出版。

从本期起，本刊由北京大学出版社出版，仍为双月刊，144 页，定价 10.00 元。国内、国外发行单位不变。

本期刊发的编委会名单有所调整。主编、副主编未变。编委会成员是（以姓氏笔画为序）：王飚、邓绍基、石昌渝、刘世德、刘扬忠、刘跃进、吕薇芬、乔征胜、杨义、李伊白、费振刚、徐公持、陶文鹏、党圣元、袁行霈、郭英德、曹道衡、董乃斌、葛兆光、葛晓音、傅璇琮、程郁缀。

通讯编委（以姓氏笔画为序）：王水照、孙逊、陈伯海、陈洪、吴熊和、罗宗强、周勋初、项楚、袁世硕、黄天骥、章培恒。

从本期起，目录页眉题注明"本刊实行双向匿名专家审稿制"。

本期卷首为署名"本刊编辑部"的《期待优秀的书评》。该文要点是：本刊自创刊之日起，即以相当篇幅刊载各类书评，已形成传统。书评的重要性毋需多言，然而近年来各方面对众多书评却主要有两方面非议，一是认为所评论的对象不具学术代表性，二是认为多数书评水平不高；貌似学术盛世气象，其实只是起到某种学术误导作用。非学术因素的渗入，为书评之大害。书评迷失了固有的本性，要书评何用？本刊多年来比较认真地审处书评，因当前优秀书评稿源确实太少，也不免刊登过一些缺乏特色、水平不太高的书评，已经为多位编委和读者指出。有鉴于此，本刊决心改革书评专栏。（1）自 2000 年始撤销"新著评介"栏，书评不再是"例行公事"；（2）提高书评规格，与论文同等看待；（3）书评不再依靠自然来稿，而是加强编委和编辑部的主动性，经过专家论证，编辑部确定评论对象，然后组织专家撰写书评，实事求是，尤其要排除非学术因素的干扰。书评要写出个性，写出水平，真正表现学术性书评的应有面貌。今后书评数量肯定减少，将以发布新书出版消息弥补信息之不足。书评改革能否取得成效，有赖于编辑部、编委、作者和读者的悉心合作，相信在大家共同努力下，我们的目标能够实现。

发表论文 14 篇。作者是：曹道衡，陆林，宋红，吴伟斌，张柏青，邓乔彬，黄天骥，陶然，徐朔方，程毅中，詹福瑞，左鹏军，蔡钟翔、涂光社、汪涌豪、陈桐生。

"短文" 5 篇。作者是：冷卫国，曹海东，齐文榜，段学俭、刘荣平。

"全国古代文学学科博士点介绍"，介绍南京师范大学古代文学博士点。

另发表其他栏目文章。

3 月

15 日，《文学遗产》第 2 期出版。

本期发表论文 9 篇。作者是：贾海生，李剑国，祝尚书，姚玉光，康保成，刘海燕，查清华，张寅彭，陈友冰。

"短文" 8 篇。作者是：王发国，沙元伟，陈铁民，陶敏，李中华，俞香顺，方锡球，潘树广。

"全国古代文学学科博士点介绍"，介绍哈尔滨师范大学古代文学博士点。

另发表其他栏目文章。

刊发"公示"，公布 2000 年本刊聘请的匿名评审专家名单，以志感谢。

刊发《关于本刊专有版权和使用权的声明》。

5 月

10 日至 11 日，《文学遗产》编辑部与《文学评论》编辑部、上海师范大学人文学院联合主办的"新世纪中国古代文学学科建设研讨会"，在上海师范大学召开。来自全国古代文学研究界的专家学者五十余人参加会议。研讨会由孙逊教授主持并致开幕词。本刊主编徐公持作主题发言。与会专家学者围绕着"推出精品，针砭学风"的主旨，对当前古代文学的研究状况提出了许多批评性和建设性的意见，并对本学科的发展方向作了理论性的探讨。此次研讨会的综述以"推出精品，针砭学风：中国古代文学学科建设研讨会综述"为题，发表于本刊 2001 年第 4 期。

11 日，《文学遗产》编辑部在上海师范大学召开编委会会议。主编徐公持主持会议。副主编兼编辑部主任陶文鹏向编委们汇报了近期编辑部的工作情况，特别是实行专家匿名审稿制、改革书评专栏收到良好反响等，得到编委们的肯定，并对编辑部的工作提出了意见和建议。大多数编委还认为应该创办一份《文学遗产通讯》，以加强学术界的联系和信息交流。此次编委会的会议报道刊发于本刊 2001 年第 4 期。

15 日，《文学遗产》第 3 期出版。

本期发表论文 15 篇。作者是：蓝棣之，吴云，孙逊，张可礼，曹道衡，谢思炜，汤吟菲，杨海明，周裕锴，顾易生，周兴陆、朴英顺、黄霖，索宝祥，孙崇涛，王立群，王平。

"短文" 2 篇。作者是：张安祖、杜萌若，吕靖波。

另发表其他栏目文章。

7 月

15 日，《文学遗产》第 4 期出版。

本期发表论文 14 篇。作者是：李道和，汤漳平，郭杰，舒芜，陈建森，杨径青，钱志熙，韩酉山，傅璇琮、孔凡礼，欧阳光，程毅中，苗怀明，蒋述卓、闫月珍，张毅。

"短文" 4 篇。作者是：魏耕原，刘明华，马歌东，张海鸥。

"全国古代文学学科博士点介绍"，介绍福建师范大学古代文学博士点。

另发表其他栏目文章。

9 月

12 日至 14 日，《文学遗产》编辑部与《文学评论》编辑部、辽宁大学文化传播学院联合主办的 "中国古代文学从学科传统走向学科创新研讨会"，在沈阳辽宁大学召开。来自全国二十多所高校的专家学者四十余人参加会议。《文学遗产》副主编陶文鹏、责任编辑竺青出席研讨会并发言。与会专家就古代文学学科的传统与危机、创新与误区，以及如何运用网络服务科研等问题，展开广泛讨论。此次会议的综述发表于本刊 2002 年第 1 期。

15 日，《文学遗产》第 5 期出版。

本期发表论文 12 篇。作者是：徐公持，（韩国）姜必任，舒芜，贾晋华，莫砺锋，杨万里，刘勇强，严迪昌，李剑亮，么书仪，王兆鹏，郭英德。

"短文" 8 篇。作者是：李雁，赵望秦，陈才智，胡振龙，顾永新，孔繁信，潘建国，郑志良。

"全国古代文学学科博士点介绍"，介绍扬州大学古代文学博士点。

另发表其他栏目文章。

15 日至 18 日，《文学遗产》编辑部与中国韵文学会、中国散曲学会、中国社会科学院文学研究所古代文学研究室联合发起，锦州师范学院承办的"首届国际词曲比较研讨会暨第五届中国散曲研讨会"，在辽宁锦州师范学院召开。来自海内外的专家学者七十余人参加会议，提交论文 41 篇。与会专家主要围绕四个问题展开讨论：（1）词曲比较研究；（2）散曲的产生发展及其对杂剧的影响；（3）词曲资料的收集、整理与利用；（4）对词曲作家作品的研究。中国社会科学院文学研究所古代文学研究室主任刘扬忠作会议主题报告。南京师范大学钟振振教授和《文学遗产》编辑部副主编陶文鹏研究员，在闭幕式上分别致辞。此次研讨会的综述发表于本刊 2002 年第 1 期。

本月，"《文学遗产》丛书"第二辑第一种、李汉秋著《〈儒林外史〉研究》，由华东师范大学出版社出版。此后，又出版了刘世德著《〈红楼梦〉版本探微》（2003 年 3 月）。

10 月

6 日至 7 日，《文学遗产》编辑部与河北大学、河北师范大学联合主办的"中国古代文学研究与学术规范研讨会"，在保定河北大学召开。来自京津冀部分高校和研究机构的一些专家学者参加会议。研讨会由河北大学校长詹福瑞、《文学遗产》主编徐公持、河北师范大学文学院院长王长华主持。与会专家主要讨论了三个方面的问题：（1）古代文学研究过程中出现学术失范的原因和表现；（2）学术规范的内涵与强化学术规范；（3）学术规范与学术创新、学术个性的关系。徐公持作会议总结发言，拟以"京津冀古典文学学术论坛"为题，将其办成系列学术活动。此次会议的综述发表于本刊 2002 年第 1 期。

11 日至 13 日，山东大学主办、该校文学与新闻传播学院承办的"新世纪中国古典文学研究暨纪念冯陆高萧国际研讨会"，在济南召开。来自国内外的专家学者八十余人参加会议。《文学遗产》副主编陶文鹏出席研讨会并发言。此次研讨会的综述发表于本刊 2002 年第 1 期。

11 月

6 日，中国社会科学院文学研究所主办的"纪念李白诞辰 1300 周年、苏轼逝世 900 周年学术研讨会"，在北京召开。来自京津部分高校、科研机构、出版社的专家学者三十余人参加会议。文学研究所所长杨义出席会议。《文学遗产》副主编陶文鹏参加研讨会并发言。此次会议的报道刊发于本刊2002 年第 1 期。

14 日，《文学遗产》编辑部与中国韵文学会、中华诗词学会、中国宋代文学学会、复旦大学中国古代文学研究中心、中国社会科学院文学研究所古代文学研究室联合发起，南京师范大学主办，江苏古籍出版社协办的"唐圭璋先生诞辰一百周年纪念会"，在南京师范大学隆重举行。国内外近百位知名专家学者出席纪念会，追忆唐先生的道德人品，高度评价唐先生的学术贡献。《文学遗产》副主编兼编辑部主任陶文鹏和本刊特约编审王毅参加会议。此次纪念会的综述发表于本刊 2002 年第 2 期。

15 日，《文学遗产》第 6 期出版。

《编后记》向作者和读者汇报了三件工作：（1）实行"双向专家匿名审稿制"以来，本年经专家审阅稿件近二百篇，各方反映良好。本刊将继续坚持并完善这一制度，并感谢有关单位的领导和本学科专家学者对刊物工作的支持。另，为昭示学术公信，照例在次年刊物上公布上一年度参与本刊审稿的专家名讳，亦属国际惯例。（2）改革书评栏目后，本年刊登书评数量有所减少，但质量有所提高，特别是批评性、讨论性书评，受到众多读者重视和欢迎，学术内含充实。近年优秀书评文章奇缺，热望得到学界同行支持。（3）去年本刊校对质量甚不理想，出现不应有的差错失误，读者、作者不吝指正，有关方面亦给予批评。今年编辑部给予充分重视，痛下决心改正，刊物差错率已控制在国家标准以内，受到有关方面好评。编辑部应保持清醒头脑，勿荒勿怠，以不负作者、读者期望。

发表论文 11 篇。作者是：代迅，曹虹，胡大雷，魏明安、任菊君，汪聚应，韩经太，蒋寅，徐永明，金宁芬，王小盾，丁放。

"短文" 3 篇。作者是：胡可先，黄强，刘达科。

刊发本刊 2001 年总目录。

另发表其他栏目文章。

2002 年

1 月

15 日，《文学遗产》第 1 期出版。

本期刊发的编委会名单有所调整。主编、副主编未变。编委会成员是（以姓氏笔画为序）：王飚、邓绍基、石昌渝、刘世德、刘扬忠、刘跃进、吕薇芬、乔征胜、杨义、李伊白、费振刚、徐公持、陶文鹏、党圣元、袁行霈、郭英德、曹道衡、葛兆光、葛晓音、程郁缀、傅璇琮。

通讯编委（以姓氏笔画为序）：王水照、孙逊、陈伯海、陈洪、吴熊和、罗宗强、周勋初、项楚、袁世硕、黄天骥、章培恒、董乃斌。

本期发表论文 12 篇。作者是：曹道衡，程国赋，余恕诚，张思齐，杨镰，蔡美彪，程毅中，陆林，钟振振，施议对，赵敏俐，林家骊。

"短文" 5 篇。作者是：朱晓海，尹楚彬，张体云，王德明，路成文。

"海外学者访谈" 1 篇。发表徐公持的《一生一世的赏心乐事——美国学者倪豪士教授专访》。

另发表其他栏目文章。

3 月

15 日，《文学遗产》第 2 期出版。

本期发表论文 10 篇。作者是：江林昌，马银琴，袁济喜，查正贤，刘学锴，马东瑶，李一飞，邱鸣皋，胡元翎，谭帆。

"短文" 5 篇。作者是：林明华，吉定，王力平，韩成武，杜海军。

"学者研究" 1 篇。作者是：巩本栋。

"中国古代文学学科点介绍"，介绍山东师范大学古代文学学科。

另发表其他栏目文章。

刊发 "公示"，公布 2001 年本刊聘请的匿名评审专家名单。

本月，徐公持办理退休手续，并按规定履行主编职责至任期届满。

4 月

13 日至 15 日，安徽师范大学中国诗学研究中心、文学院与中国李商隐研究会等单位联合主办的 "中国李商隐研究会第六届年会暨国际学术研讨会"，在安徽师范大学召开。来自海内外的专家学者六十余人参加会议。

《文学遗产》副主编陶文鹏出席研讨会并提交论文。此次会议的报道刊发于本刊 2002 年第 5 期。

14 日至 15 日，中国人民大学中文系主办的"中国古代文体与文学学术研讨会暨人大复印报刊资料《中国古代近代文学研究》专家咨询会"，在中国人民大学召开。来自海内外的专家学者七十余人出席会议。《文学遗产》责任编辑竺青参加研讨会。此次会议的报道刊发于本刊 2002 年第 5 期。

26 日，复旦大学中文系、语言文学研究所、古籍整理研究所联合举办纪念赵景深先生百年诞辰座谈会。赵先生于 20 世纪 50 年代曾任《文学遗产》编委，对刊物有所贡献，《文学遗产》编辑部特委托邓绍基先生代为宣示祝词。此次纪念会的报道（包括本刊祝词全文）发表于本刊 2002 年第 4 期。

5 月

15 日，《文学遗产》第 3 期出版。

本期发表论文 10 篇。作者是：曹道衡，穆克宏，陈铁民，李芳民，薛瑞生，高利华，查洪德，王廷信，侯会，吴承学、李光摩。

"短文" 4 篇。作者是：阮堂明，杨铸，李贵，孙秋克。

"学者研究" 1 篇。作者是：葛晓音。

"中国古代文学学科点介绍"，介绍中国人民大学和安徽师范大学古代文学学科。

另发表其他栏目文章。

6 月

30 日，《文学遗产》荣获中国社会科学院第二届优秀期刊奖。

7 月

10 日，2000～2001 年度"广东中华文化王季思古代文学研究基金《文学遗产》优秀论文奖"评奖工作结束。本届评奖程序与往届评奖相同。七人评委由王水照、王飙、石昌渝、项楚、刘扬忠、袁世硕、董乃斌组成，徐公持和黄天骥为召集人；经过两轮投票，产生评奖结果。

获奖名单如下：

《文学遗产》优秀论文奖四名

郭杰《从〈生民〉至〈离骚〉》；

陈大康《熊大木现象：古代通俗小说传播模式及其意义》；

贾晋华《〈汉上题襟集〉与襄阳诗人群的研究》；

李剑国《干宝考》。

《文学遗产》优秀论文提名奖三名

李山《〈诗·大雅〉若干诗篇图赞说及由此发现的〈雅〉〈颂〉间部分对应》；

莫砺锋《〈唐诗三百首〉中有宋诗吗?》；

姜必任（韩国）《庾信对北朝文化环境的接受》。

此次评奖结果，以《2000～2001年〈文学遗产〉优秀论文奖评奖揭晓》为题，发表于本刊2002年第6期。

15日，《文学遗产》第4期出版。

本期发表论文11篇。作者是：郑杰文，汪春泓，吴在庆，楚永桥，徐安琪，张明华，邱世友，张国风，刘廷乾，刘致中，严迪昌。

"短文"3篇。作者是：饶少平，陈建森，莫道才。

"学者研究"1篇。作者是：蒋方。

"海外学者访谈"1篇。发表葛晓音的《关于诗型与节奏的研究——松浦友久教授访谈录》。

"全国古代文学学科博士点介绍"，介绍华东师范大学和武汉大学古代文学博士点。

另发表其他栏目文章。

28日至8月1日，《文学遗产》编辑部与西北师范大学文学院共同主办的"西北师范大学《文学遗产》论坛"，在兰州西北师范大学和甘南合作民族高等师范专科学校两地举行。来自全国古代文学研究界的四十余名专家学者出席会议。傅璇琮、周勋初、徐公持、赵逵夫诸位先生轮流主持会议。中国社会科学院文学研究所所长杨义在开幕式上致辞，主编徐公持致开幕辞。论坛内容主要集中在最新学术成果发布和学术研究评论两方面。会上还举行了2000～2001年度"广东中华文化王季思古代文学研究基金《文学遗产》优秀论文奖"颁奖典礼，主编徐公持主持仪式，副主编兼编辑部主任陶文鹏宣读评委会对获奖论文的评语。杨义所长为获奖者颁奖，郭杰教授代表获奖作者发言。此次会议的综述发表于本刊2002年第 6 期。

29 日，《文学遗产》编辑部在兰州西北师范大学召开编委扩大会议。主编徐公持主持会议。副主编兼编辑部主任陶文鹏总结了 2001 年编辑部的工作情况。编辑部副主任李伊白对专家匿名审稿制作了进一步说明，并就编辑《文学遗产通讯》发表意见。部分编委和应邀出席扩大会议的专家三十余人，纷纷发表意见，既肯定了刊物对学术研究的贡献，又对其面临的问题及以后的发展展开了讨论。此次会议的纪要发表于本刊 2002 年第 6 期。

9 月

4 日至 8 日，《文学遗产》编辑部与山西大学文学院、山西省高校师资培训中心、中国社会科学院文学研究所古代文学研究室、大同职业技术学院共同主办的"中国古代北方民族政权下的文学与文化国际学术研讨会"，在山西大学召开。中国社会科学院文学研究所所长杨义、古代文学研究室主任刘扬忠出席会议。此次会议的简讯发表于本刊 2002 年第 6 期。

15 日，《文学遗产》第 5 期出版。

本期发表论文 11 篇。作者是：王运熙，跃进，陶文鹏，岳珍，马德富，扎拉嘎，胡世厚，刘世德，黄霖，刘毓庆，吴书荫。

"短文"6 篇。作者是：王次梅，黄世中，陈应鸾，肖庆伟，洛地，许隽超。

"中国古代文学学科点介绍"，介绍曲阜师范大学和江西师范大学古代文学学科。

另发表其他栏目文章。

10 月

11 日至 15 日，《文学遗产》编辑部与《文学评论》编辑部、中国社会科学院文学研究所古代文学研究室、陕西师范大学文学院联合主办的"2002 年古都西安·中国古代文学学术研讨会"，在西安陕西师范大学召开。来自全国各地的六十余名古代文学研究专家学者出席会议，提交论文四十余篇。《文学遗产》副主编兼编辑部主任陶文鹏，在开幕式上致辞。与会专家就中国古代文学研究的诸多方面，各抒己见，作了充分探讨。此次会议的简讯发表于本刊 2003 年第 2 期。

19 日至 21 日，《文学遗产》编辑部与《文学评论》编辑部、中国社会科学院文学研究所古代文学研究室、北京大学中文系、北京师范大学中文系、首都师范大学中文系、中国人民大学中文系、南开大学文学院、河北大学文学院、《光明日报》文艺部联合主办的"中国古代文学与文献学专业博士生培养工作研讨会"，在北京召开。全国高校、科研机构古代文学、文献学专业的博士研究生导师七十余人出席会议。与会专家就两个专业博士生培养的五个方面问题展开了热烈讨论，大家在一些共同关心的问题上达成共识，并对改革博士生培养制度提出建议。此次会议的简讯发表于本刊2003 年第 1 期。

11 月

15 日，《文学遗产》第 6 期出版。

本期刊发 2000～2001 年《文学遗产》优秀论文奖评奖结果的报道。

本期发表论文 11 篇。作者是：姚小鸥，伏俊琏，丁启阵，尹楚彬，赵晓岚，吕效平，于天池，郭延礼，李少雍，齐裕焜，黄霖。

"短文"4 篇。作者是：高一农，汤华泉，李雷，张忠纲。

"中国古代文学学科点介绍"，介绍湖北大学古代文学学科。

刊发本刊 2002 年总目录。

另发表其他栏目文章。

15 日至 17 日，中国社会科学院文学研究所中国古代小说研究中心与上海师范大学人文学院联合主办的"第二届中国古代小说国际研讨会"，在上海师范大学召开。来自国内外的六十余位专家学者出席会议。《文学遗产》责任编辑竺青参加研讨会并提交论文。此次会议的综述发表于本刊 2003 年第 1 期。

23 日至 25 日，《文学遗产》编辑部与中国散曲研究会、佛山大学、中山大学、广东顺德市人民政府共同举办的"梁廷枏暨第六届中国散曲研讨会"，在广东顺德召开。来自全国四十余所高校及科研机构的专家学者七十余人参加会议，提交论文四十余篇。《文学遗产》副主编兼编辑部主任陶文鹏、中国散曲研究会副理事长吕薇芬等出席开幕式。与会学者就梁廷枏研究和元明清散曲研究等学术问题，进行了热烈讨论。此次会议的综述发表于本刊 2003 年第 2 期。

2003 年

1 月

15 日,《文学遗产》第 1 期出版。

本期刊发的编委会名单有所调整。主编、副主编未变。编委会成员是(以姓氏笔画为序):王飙、邓绍基、石昌渝、刘世德、刘扬忠、刘跃进、吕薇芬、乔征胜、杨义、李伊白、费振刚、徐公持、陶文鹏、党圣元、袁行霈、郭英德、曹道衡、葛兆光、葛晓音、程郁缀、傅璇琮。

通讯编委(以姓氏笔画为序):王水照、孙逊、陈洪、陈伯海、张锦池、吴熊和、罗宗强、周勋初、项楚、袁世硕、黄天骥、章培恒、董乃斌、詹福瑞。

本期发表论文 14 篇。作者是:赵逵夫,陈庆元,王勇,(美国)倪豪士,程毅中,金生杨,陈祖美,王利民,李剑国、陈国军,陆萼庭,么书仪,刘石,霍松林,邓绍基。

"短文"3 篇。作者是:韩大伟,罗漫,黎虎。

另发表其他栏目文章。

18 日至 21 日,《文学遗产》编辑部与中国社会科学院文学研究所、暨南大学文学院、《光明日报》文艺部、《文学评论》编辑部、韶关学院联合主办的"龙榆生教授百年诞辰纪念暨中国古代文学学科建设研讨会",在广州暨南大学召开。来自海内外的四十余位专家学者参加会议,并就龙榆生先生的学术成就以及中国古代文学学科建设问题,展开讨论。《文学遗产》编辑部副主编兼编辑部主任陶文鹏出席研讨会并发言。此次会议的报道刊发于本刊 2003 年第 5 期。

3 月

15 日,《文学遗产》第 2 期出版。

本期发表论文 12 篇。作者是:吕薇芬,曹道衡,石昌渝,韩格平,胡小伟,刘楚华,李铭敬,扬之水,邓国军、王发国,文师华,康保成,陶敏、刘再华。

"短文"4 篇。作者是:王清珍,俞绍初,王云路,胡明。

本期新设"学术评论"栏目,发表任海天的《"另一类"的贡献——读宁宗一〈名著重读〉及其他》。

"全国古代文学学科博士点介绍"，介绍陕西师范大学古代文学博士点。

另发表其他栏目文章。

刊发"公示"，公布 2002 年本刊聘请的匿名评审专家名单。

5 月

15 日，《文学遗产》第 3 期出版。

本期卷首发表徐公持的《我们亲历的一段学术史——半个世纪以来的文学研究所与古代文学研究感言》，以纪念中国社会科学院文学研究所建所 50 周年。正文插页刊登"纪念文学研究所建所五十周年图片选载"，共计 8 幅图片。

发表论文 10 篇。作者是：潘啸龙，王立群，张安祖、杜萌若，戴伟华，刘尊明、田智会，沈松勤，俞为民，马华祥，魏中林、贺国强，刘勇强。

"短文" 2 篇。作者是：曹辛华，龙建国。

"学术评论" 1 篇，发表张伯伟的《域外汉籍与中国文学研究》。

"中国古代文学学科点介绍"，介绍暨南大学古代文学学科。

另发表其他栏目文章。

从本期起，本刊发表的所有文章之末均附记收稿日期，以明确著作权时间。

刊发"公告"，再次声明本刊拒绝一稿两投。"今后如再发现此类行为，本刊除提出批评外，还将在一定年限内对该作者稿件实行必要的排除性处理，以示儆戒。"编辑部还就本刊 2002 年第 6 期所载文章《〈汉书·艺文志〉"杂赋"臆说》，与同一作者发表于《中州学刊》2002 年第 2 期的《敦煌俗赋的文学史意义》大部分内容略同的情况，向该文作者提出严肃批评；并对本刊的疏忽失察之过，特向广大读者致歉。

7 月

15 日，《文学遗产》第 4 期出版。

本期发表论文 12 篇。作者是：董乃斌，聂鸿音，徐有富，王勋成，黄大宏，刘学锴，余恕诚，吴承学，颜翔林，刘致中，陈美林，曹立波。

"短文" 1 篇。作者是：邓国光。

"学者研究" 1 篇。作者是：高小康。

另发表其他栏目文章。

8 月

21 日至 26 日，《文学遗产》编辑部与武汉大学文学院联合主办的第三届"《文学遗产》论坛"，在湖北武汉大学举行。来自海内外的 37 位知名专家学者参加会议。论坛开幕式由武汉大学王兆鹏教授主持。武汉大学副校长胡德坤教授、文学院副院长尚永亮教授分别致辞。《文学遗产》主编徐公持研究员在发言中以四句话概括论坛宗旨：探讨前沿问题，发布最新成果，汇聚学界人气，证成学术精神。论坛采取发言人宣读论文、评议人进行评议的方式，共发布了 16 位专家的论文；其中的 13 篇论文以专辑形式，分别揭载于本刊 2003 年第 6 期和 2004 年第 1 期。本次论坛的报道发表于本刊 2003 年第 6 期。

21 日，《文学遗产》编委会扩大会议在武汉大学召开。主编徐公持主持会议。副主编兼编辑部主任陶文鹏汇报了编辑部的工作情况。与会专家充分肯定了《文学遗产》严谨求实的文风，希望刊物保持个性，为古典文学研究起导向作用；同时也指出所刊论文新话题少、原创性文章少、宏观性文章少。大家建议加强选题策划，加强学术批评，开展学术争鸣；同时也应注意完善专家匿名审稿制，编辑部聘请的审稿专家应限制在一定范围内，且编辑部在审稿过程中应起决定作用。此次编委扩大会议的纪要刊发于本刊 2003 年第 6 期。

9 月

15 日，《文学遗产》第 5 期出版。

本期首栏为"纪念文学研究所建所五十周年笔谈"，发表 6 篇文章。作者是：蒋寅、刘扬忠、陶文鹏、胡明、葛晓音、董乃斌。

发表论文 9 篇。作者是：杨义，曹道衡，罗争鸣，曾枣庄，诸葛忆兵，胡传志，袁世硕、（日本）阿部晋一郎，杜桂萍，纪德君。

"短文" 4 篇。作者是：明见，李真瑜，吴书荫，龙先绪。

"学术评论" 1 篇，发表张如安、傅璇琮的《求真务实　严格律己——从关于〈全宋诗〉的订补谈起》。

另发表其他栏目文章。

22 日，中国社会科学院文学研究所召开《中国文学史学史》专题研讨会。来自北京、上海的部分高校、科研主管部门、科研机构、出版社的专家学者，以及本书三位主编董乃斌、陈伯海、刘扬忠，并部分参加编写人员出席会议。文学研究所领导杨义、包明德、党圣元参加会议。《文学遗产》副主编陶文鹏参加研讨会并发言。此次会议的综述发表于本刊2004年第1期。

25日，宁夏大学人文学院主办的"第三届宋代文学国际学术研讨会"，在宁夏银川召开。来自海内外的专家学者近八十人出席会议，提交论文七十余篇。《文学遗产》副主编陶文鹏参加研讨会并提交论文。此次研讨会的综述发表于本刊2004年第1期。

11月

15日，《文学遗产》第6期出版。

本期首栏为"'《文学遗产》论坛'专辑（上）"，所载10篇论文全部是专家学者提交给在武汉大学举行的"《文学遗产》论坛"的论文，且均附有专家评语。

卷首为徐公持《武汉大学"〈文学遗产〉论坛"开幕词》。

论文作者是：董乃斌，钱志熙，黄天骥，刘跃进，赵昌平，尚永亮、张娟，李昌集，周裕锴，莫砺锋，陈洪、陈宏。

评议专家是：齐裕焜、韩经太，张晶、吴承学，吕薇芬、李伊白，赵逵夫、李中华、罗宗强、张海明，戴燕、傅璇琮，刘扬忠、沈松勤，陶文鹏，陶文鹏、胡明，黄霖、石昌渝。

发表其他论文1篇。作者是：谭新红。

"短文"1篇。作者是：吴惠娟。

刊发本刊2003年总目录。

另发表其他栏目文章。

2004年

1月

15日，《文学遗产》第1期出版。本期始页码增至160页，定价12.00元。

《编后记》回顾了2003年编辑部在武汉大学举办"《文学遗产》论坛"

的情况，由于"非典"的影响，论坛准备工作尚不够细致，论文数量不多，有些论文的学术质量也不很高。在今后举办的"论坛"中，编辑部欢迎更多的中青年学者参加学术研讨，提供具有较高学术价值并能引起广泛兴趣和热烈讨论的论文。另外，"这一期编发了朱寨、廖仲安、程毅中等老学者的文章。他们不顾年事已高，仍然精研学术，给《文学遗产》撰稿，这使我们深受感动。本刊期望能多发表一些老前辈学者的新作，无论宏文短论或是随笔札记，我们都欢迎。"此外，本期还发表了对董乃斌、陈伯海、刘扬忠主编的《中国文学史学史》这部新著的研讨会纪要，希望能引起大家对中国文学史学史的理论建构等问题作广泛深入的探讨。最后，编辑部表示接受编委的建议，恢复在每一期刊物上撰写《编后记》。

本期首栏为"'《文学遗产》论坛'专辑（下）"，共发表3篇论文。论文作者是：陈大康，康保成，蒋寅。评议专家是：张锦池、谭邦和，李昌集、王齐洲，王飙、党圣元。

发表其他论文10篇。作者是：刘丽文，跃进，张伯伟，余才林，舒大刚、李冬梅，张鸣，欧阳光、史洪权，程毅中，吴书荫，黄霖。

"短文"8篇。作者是：李金坤，李士彪，郝明、邹进先，朱寨，廖仲安，方坚铭，杨景龙，董国炎。

"学术活动报道"栏发表会议纪要《〈中国文学史学史〉专题研讨会召开》。

另发表其他栏目文章。

2月

6日，文学研究所任命陶文鹏任《文学遗产》主编，副所长刘跃进兼任副主编，徐公持任顾问。李伊白任编辑部主任，竺青任编辑部副主任。

3月

15日，《文学遗产》第2期出版。

《编后记》重申编辑部的一贯主张，继续提高刊物的学术质量，在学术界专家学者的支持下，推进古代文学研究事业的兴旺发展。

本期发表论文13篇，专题文章1篇。作者是：张炯，林涓、张伟然，李炳海，富世平，李子龙，杨海明，路成文，查洪德，徐永明，黄天骥、徐燕琳，潘建国，陈芳，么书仪；傅璇琮。

"短文" 7 篇。作者是：刘士杰，胡正武，史铁良，刘蔚，俞香顺，徐翠先，钟振振。

另发表其他栏目文章。

刊发"公示"，公布 2003 年本刊聘请的匿名评审专家名单。

27 日至 28 日，中国文心雕龙学会和深圳大学文学院联合主办的"2004 年《文心雕龙》国际学术研讨会"，在深圳大学召开。来自海内外的专家学者近八十人参加会议，提交论文四十余篇。《文学遗产》副主编刘跃进出席会议并提交论文。此次会议的综述发表于本刊 2004 年第 4 期。

4 月

6 日至 8 日，徐州师范大学主办的"21 世纪中国古代文学研究论坛"，在江苏徐州师范大学召开。来自二十余所高校和科研单位的专家学者三十余人与会，并就"当代中国古代文学研究缺失什么"这一主要议题，进行了广泛的交流和讨论。《文学遗产》主编陶文鹏等参加会议。此次会议的综述发表于本刊 2005 年第 3 期。

5 月

15 日，《文学遗产》第 3 期出版。

本期刊发调整后的编委会名单。主编陶文鹏，副主编刘跃进，顾问徐公持。编委会成员是（以姓氏笔画为序）：王水照、王兆鹏、石昌渝、刘世德、李伊白、刘扬忠、刘跃进、吕薇芬、杨义、陈大康、陈伯海、陈洪、吴熊和、竺青、罗宗强、周勋初、赵昌平、郭英德、钟振振、赵逵夫、项楚、徐公持、陶文鹏、袁世硕、袁行霈、钱志熙、黄天骥、章培恒、曹道衡、葛兆光、葛晓音、傅璇琮。

本期发表论文 12 篇。作者是：张晶，马银琴，汪春泓，陶新民，佘正松、王胜明、曹建国、张玖青、柏红秀、李昌集、张兴武、聂巧平、赵雪沛、萧相恺、吴淑钿。

"短文" 7 篇。作者是：傅刚，张廷银，顾农，凌朝栋，张安祖，吴洪泽，左鹏军。

另发表其他栏目文章。

15 日至 19 日，《文学遗产》编辑部与陕西师范大学文学院、中国韵文学会、陕西省文史馆、南京师范大学文学院、华阴市人民政府共同主办的

"中国唐宋诗词第三届国际学术研讨会",在华山与西安两地举行。来自海内外的一百三十余位专家学者参加会议,提交论文八十余篇。《文学遗产》主编陶文鹏在开幕式上致辞。与会专家学者就唐宋诗词研究的诸多问题作了深入交流和探讨。此次会议的综述发表于本刊 2004 年第 5 期。

6 月

24 日至 25 日,法国国立东方语言文化学院主办的"中国中古文化与社会历史国际研讨会",在法国巴黎举行。来自中国、法国、德国、英国、美国等数十位专家学者,围绕中国中古时期的政治、经济、文化的诸多方面展开研讨。《文学遗产》副主编刘跃进出席研讨会,并提交论文,从文化交流特殊使者的角度论述了六朝僧侣在传播文化方面的重要作用。此次会议的简讯发表于本刊 2005 年第 1 期。

7 月

15 日,《文学遗产》第 4 期出版。

《编后记》说明,本刊第 3 期刊发的新一届编委会名单,是经过中国社会科学院文学研究所学术委员会反复讨论后确定的。编辑部对从编委中退下的老先生,表示由衷的敬意和深挚的感谢,并盼望仍能得到他们的支持;对新任编委,则真诚地希望他们能够为刊物的进一步发展献计献策。此外,有读者认为本刊用稿侧重考证性文章,忽略理论的探讨。事实并非如此。本刊对于文献考证和理论探索从未区分泾渭,轩轾抑扬,而是唯学术是求。只有百花齐放,百家争鸣,我们的学术才会有大发展、大突破。《文学遗产》将一如既往,精诚团结学界同仁,为繁荣发展中国古典文学研究事业作出应有的贡献。

本期发表论文 12 篇。作者是:王德华,曹虹,曹道衡,刘航,卢燕平,李定广,胡小伟,邓乔彬,胡遂,康保成,王丽娟,王英志。

"短文" 5 篇。作者是:牛继清,赵义山,马茂军、张海沙,赵兴勤,李真瑜。

另发表其他栏目文章。

31 日至 8 月 2 日,《文学遗产》编辑部与河北师范大学文学院、中国国家图书馆、《文学评论》编辑部联合主办的"文学观念与文学史学术研讨会",在河北承德召开。来自北京大学、复旦大学、北京师范大学、中国社会科学院等单位的四十余名专家学者与会。会议主要议题是：文学观念对文学史撰述的深刻影响；更新文学观念，倡导文学史写作的多元化；文学史与文学研究应该坚持文学本位。中国社会科学院文学研究所所长杨义、《文学遗产》主编陶文鹏参加会议并发言。此次会议的综述发表于本刊2004年第6期。

8 月

15 日，2002～2003 年度"广东中华文化王季思古代文学研究基金《文学遗产》优秀论文奖"评奖工作结束。本届评奖程序与往届评奖相同。七人评委由傅璇琮、刘跃进、吕薇芬、葛兆光、周勋初、项楚、陈洪组成，陶文鹏和黄天骥为召集人；经过两轮投票，产生评奖结果。

获奖名单如下：

《文学遗产》优秀论文奖四名

陈庆元《大明泰始诗论》；

康保成《〈骷髅格〉的真伪与渊源新探》；

岳珍《"艳词"考》；

周裕锴《惠洪与换骨夺胎法——一桩文学批评史公案的重判》。

《文学遗产》优秀论文提名奖三名

江林昌《上博竹简〈诗论〉的作者及其与今传本〈毛诗序〉的关系》；

杨镰《元诗文献研究》；

扬之水《两宋茶诗与茶事》。

此次评奖结果，以《2002～2003 年度〈文学遗产〉优秀论文奖评奖揭晓》为题，发表于本刊 2004 年第 6 期。

21 日至 26 日，《文学遗产》编辑部与新疆师范大学人文学院共同主办的"《文学遗产》西部论坛"，在新疆师范大学召开。来自全国高校、科研机构、出版机构的专家学者六十余人参加会议。主编陶文鹏在开幕式上作主旨发言。副主编刘跃进在会上宣讲论文。会议的中心议题是：西部因素对古代文学创作、发展的影响；地域因素对古代文学创作的影响；中国古代文学与民族文化交流。此次会议的综述发表于本刊 2004 年第 6 期。

9 月

14 日至 15 日，中国社会科学院文学研究所中国古代小说研究中心、中国社会科学院文学研究所古代文学研究室、上海师范大学人文学院共同主办的"小说文献与小说史国际研讨会"，在北京举行。来自海内外的八十余位专家学者参加会议。中国社会科学院文学研究所所长杨义、副所长包明德、党圣元、副所长兼《文学遗产》副主编刘跃进，文学研究所中国古代小说研究中心主任石昌渝、古代文学研究室主任刘扬忠、副主任蒋寅，文学研究所部分古代小说研究专家刘世德、胡小伟、韦凤娟、王筱芸、孙丽华、刘倩等参加会议。《文学遗产》编辑部主任李伊白、副主任竺青参加研讨会。此次会议的综述发表于本刊 2004 年第 6 期。

15 日，《文学遗产》第 5 期出版。

本期发表论文 10 篇。作者是：叶嘉莹，刘畅，徐兴无，刘志伟，丁放、袁行霈，余恕诚，岳珍，巩本栋，么书仪，孙书磊。

"短文" 8 篇。作者是：邵炳军，陈君，胡政，张一平，杨铸，赵红娟，黄克，刘倩。

"学者研究" 1 篇。作者是：马大勇。

另发表其他栏目文章。

20 日至 24 日，《文学遗产》编辑部与福建师范大学文学院主办、漳州师范学院等六所高校协办的"第四届'《文学遗产》论坛'"，在福建福州举行。来自全国高校和研究机构的五十余位专家学者参加论坛，提交论文四十余篇。开幕式由福建师范大学文学院院长陈庆元主持，福建师范大学副校长汪征鲁、《文学遗产》主编陶文鹏分别致辞。与会专家就古代文学史的建构、文学研究的方法、文体学和文化学研究，以及新文献的发现和学科建设等方面问题，作了深入研讨。论坛采取发言人宣读论文、评议人进行评议、开放讨论的方式，共讨论了专家的 16 篇论文；其中的 13 篇论文以专辑的形式，分别揭载于本刊 2005 年第 1 期和第 2 期。

在论坛开幕式上，还举行了 2002～2003 年度"广东中华文化王季思古代文学研究基金《文学遗产》优秀论文奖"颁奖仪式。《文学遗产》编辑部主任李伊白宣布获奖者名单。福建省人民政府副省长汪毅夫等为获奖者颁奖。

会议期间，《文学遗产》编辑部召开了编委会扩大会议。主编陶文鹏主持会议。编辑部主任李伊白汇报了本刊一年来的工作情况。与会编委和专家学者对编辑部的工作提出了许多建议。本次会议的综述发表于本刊2005年第1期。

10 月

19 日，山西大学文学院邀请中国社会科学院文学研究所六名学者，进行为期三天的古代文化专题交流考察。《文学遗产》顾问徐公持等参加考察。此次考察的报道刊发于本刊2005年第2期。

21 日至 23 日，《文学遗产》编辑部与南开大学文学院联合主办的"庆贺叶嘉莹教授八十华诞暨国际词学研讨会"，在天津南开大学举行。来自海内外的近百名专家学者出席会议，提交论文四十余篇。叶嘉莹教授也是中国社会科学院文学研究所兼职研究员。中国社会科学院文学研究所所长杨义、副所长刘跃进、古代文学研究室主任刘扬忠、《文学遗产》主编陶文鹏参加会议。开幕式由南开大学常务副校长陈洪主持，侯自新校长致辞。杨义、陶文鹏也在开幕式上致辞。研讨会的主要议题是：总结叶嘉莹教授的学术成就和治学经验；探讨词与词学方面的学术问题。此次研讨会的综述发表于本刊2005年第1期。

25 日至 27 日，《文学遗产》编辑部与南开大学文学院、中国明代文学学会（筹）联合主办的"2004明代文学国际学术研讨会暨明代文学学会第二届年会"，在天津南开大学召开。来自海内外的九十余名专家学者出席会议，提交论文七十余篇。《文学遗产》编辑部副主任竺青参加会议。研讨会将明代各种文体创作和理论批评研究结合起来进行探讨，避免了以往将不同文体及理论研究相割裂的讨论模式，成为这次会议的一个重要学术特点。此次研讨会的综述发表于本刊2005年第2期。

11 月

3 日至 8 日，中国唐代文学学会、华南师范大学主办的"中国唐代文学学会第十二届年会暨唐代文学国际学术研讨会"，在广州召开。来自海内外的118名专家学者与会，提交论文一百余篇。《文学遗产》主编陶文鹏参加会议。此次会议的综述发表于本刊2005年第1期。

15 日，《文学遗产》第6期出版。

本期刊发 2002~2003 年度《文学遗产》优秀论文奖评奖结果的报道。

本期发表论文 12 篇。作者是：毛庆，李剑锋，张蕾，查正贤，任海天，王兆鹏，张剑，李剑国、任德魁，狄宝心，杨镰，孙克强、张东艳，程毅中。

"短文" 7 篇。作者是：杨焄，刘方喜，张承凤，何贵初，金宁芬，朱万曙，陈会明。

刊发本刊 2004 年总目录。

另发表其他栏目文章。

27 日至 30 日，湖南大学文学院主办的 "2004 年中国古代文学文体研究学术讨论会"，在湖南大学召开。来自各大学、科研机构和传媒的专家学者、记者共 50 人参加会议，提交论文 37 篇。《文学遗产》主编陶文鹏、见习编辑张剑出席研讨会并发言。此次会议的报道刊发于本刊 2005 年第 2 期。

12 月

24 日至 27 日，黑龙江大学文学与新闻传播学院、黑龙江大学中国古代文学研究中心主办的 "新世纪中国古代文学研究" 学术研讨会，在哈尔滨召开。来自全国高校、科研机构和《文学评论》《文学遗产》《文艺研究》编辑部的五十余位专家学者与会，并就 20 世纪古代文学学术史、21 世纪古代文学研究趋势等问题展开热烈讨论。《文学遗产》编辑部主任李伊白参加会议。此次会议的综述发表于本刊 2005 年第 3 期。

2005 年

1 月

15 日，《文学遗产》第 1 期出版。

从本期起，本刊由中华书局出版，仍为双月刊，160 页，定价 12.00 元。国内、国外发行单位不变。

本期刊发调整后的编委会名单。主编、副主编、顾问未变。编委会成员是（以姓氏笔画为序）：王长华、王水照、王兆鹏、石昌渝、刘世德、刘扬忠、刘跃进、吕薇芬、关爱和、杨义、李伊白、陈大康、陈伯海、陈洪、吴熊和、张锦池、竺青、罗宗强、周勋初、赵昌平、赵逵夫、郭英德、钟振振、项楚、徐公持、徐俊、陶文鹏、袁世硕、袁行霈、钱志熙、黄天骥、章培恒、曹道衡、葛兆光、葛晓音、傅璇琮。

本期首栏为"'《文学遗产》论坛'专辑（上）"，所载6篇论文是专家学者提交给在福建师范大学举行的"《文学遗产》论坛"的论文，且均附有专家评语。

卷首为陶文鹏《福建师范大学"〈文学遗产〉论坛"开幕词》。

论文作者是：刘扬忠，杨景龙，吴承学、沙红兵，陈庆元，胡可先，齐裕焜。

评议专家是：韩经太、程章灿、陶文鹏、张善文、王兆鹏、熊礼汇，江林昌、于浴贤，郭丹、吴在庆，郭英德、吕肖奂。

发表其他论文5篇、谈话录1篇。作者是：崔炼农，陈飞，马东瑶，石昌渝，李玫；李铎、王毅。

"短文"4篇。作者是：张诒三，彭国忠，赵晓红，徐永斌。

另发表其他栏目文章。

3月

15日，《文学遗产》第2期出版。

本期首栏为"'《文学遗产》论坛'专辑（下）"，共发表7篇论文。作者是：李昌集，钱志熙，韩经太，王立群，李小荣，吕肖奂，郭英德。评议专家是：张海明、胡金望、王玫、林怡，钱志熙、陈庆元、佘正松，周裕锴、尚永亮，王兆鹏、沈松勤，邹自振。

发表其他论文5篇。作者是：刘怀荣，张锡厚，陈自力，宋莉华，解玉峰。

"短文"6篇。作者是：刘青海，付琼，徐培均，李献芳，胡家祥，富金壁。

另发表其他栏目文章。

刊发"公示"，公布2004年本刊聘请的匿名评审专家名单。

4月

6日至8日，徐州师范大学举行"21世纪中国古代文学研究论坛"。来自国内二十余所高校、科研机构的专家学者三十余人参加会议。《文学遗产》主编陶文鹏、见习编辑张剑出席研讨会。此次会议的综述发表于本刊2005年第3期。

11 日至 15 日，中华文学史料学学会和四川宜宾学院主办的"中华文学史料学国际学术研讨会"，在宜宾召开。来自海内外的六十余位专家学者与会，提交论文五十余篇。《文学遗产》副主编刘跃进参加会议，并提交论文。此次会议的简讯刊发于本刊 2005 年第 4 期。

15 日，张剑调入《文学遗产》编辑部任编辑。

16 日至 17 日，《文学遗产》编辑部与河南大学、中山大学、河南省社会科学院、《文学评论》编辑部主办，河南大学文学院承办的"中国古代戏曲文化学术研讨会"，在河南开封举行。来自全国各地及港台地区的一百二十余位专家学者参加会议。《文学遗产》编辑部主任李伊白出席研讨会。会议的主要内容是：总结古典戏曲现代化进程中的理论与实践，展望 21 世纪古代戏曲研究；关注古代戏曲研究与当下戏曲现状的联系，探索传统戏曲振兴之路；深入展开对有争议的曲学问题和戏曲艺术内部规律的探讨；发掘和考察戏曲与其他文学样式及相关学科的互动关系；展示戏曲文献文物的发掘整理与研究的最新成果。此次研讨会的综述发表于本刊 2005 年第 4 期。

5 月

15 日，《文学遗产》第 3 期出版。

《编后记》说明，本期刊发"宋代文学专辑"。近 10 年来，宋代文学研究一派生机蓬勃，景象令人喜悦。编辑部殷切期望其他各历史阶段的文学研究也像宋代文学研究一样持续发展。另外，本刊今年前两期还刊发了十几篇"《文学遗产》论坛"的文章。这项学术活动得到了学术界的大力支持，我们将继续努力，把"论坛"办成一个古典文学研究者畅所欲言的学术平台。根据广大学者的建议，今年"论坛"的主题将围绕深层次的学科建设问题展开讨论。确定这样的主题是世纪之交中国学术发展的必然要求。近年来，古典文学研究界呈现出若干值得注意的趋势。如何看待这些变化，都有待于深入研究。

本期首栏为"宋代文学专辑"，共发表 6 篇论文，2 篇短文。作者是：王水照，莫砺锋，薛瑞生，周裕锴，朱刚，吴晟；郑园，房日晰。

发表其他论文 5 篇。作者是：陈伯海，王长华，许志刚，陈铁民、李亮伟，潘建国。

"短文" 2 篇。作者是：李慧，李最欣。

"学者访谈" 1 篇，发表朱伟明的《英国学者杜为廉教授访谈录》。

"中国古典文献学学科点介绍"，介绍郑州大学古典文献学学科。

另发表其他栏目文章。

《征稿启事》说明，本刊在接受各方面意见特别是编委们的意见后，2006 年将改版为大 16 开，以容纳更多信息。另强调，本刊实行专家双向匿名审稿制，审稿时限为自本刊收到稿件之日起三个月内，审稿结果书面通知作者。经审定可用的稿件，请勿再转投他刊；如在审稿期间该稿已获发表，请及时通知本刊，否则视为一稿两投，作者须承担全部责任。

7 月

15 日，《文学遗产》第 4 期出版。

本期发表论文 13 篇。作者是：罗宗强，田耕滋，何诗海，李浩，陶敏，谭朝炎，张承凤，伍晓蔓，张廷杰，关四平，吴光正，颜全毅，关爱和。

"短文" 4 篇。作者是：谭佳，谢卫平，刘明今、杜娟，汪超宏。

"学者访谈" 1 篇，发表高黛英的《法国汉学家戴廷杰访谈录》。

另发表其他栏目文章。

8 月

21 日至 24 日，首都师范大学文学院和中国诗歌研究中心联合主办，复旦大学、北京师范大学等五家单位协办的中国明代文学学会（筹）第三届年会，在北京召开。来自海内外的百余位专家学者与会。《文学遗产》副主编刘跃进参加会议，并在开幕式上致辞。此次会议的报道发表于本刊 2006 年第 2 期。

25 日，北京大学中国古代文体研究中心和中国社会科学院文学研究所中国古代小说研究中心联合主办的"中国古代小说文体研究：历史与理论"学术研讨会，在北京召开。来自国内高校和科研机构、出版社的近四十位专家学者参加会议。《文学遗产》编辑部副主任竺青出席会议。此次会议的简讯发表于本刊 2005 年第 6 期。

9 月

15 日，《文学遗产》第 5 期出版。

本期发表论文 13 篇。作者是：王运熙，普慧，高华平，张瑞君，薛天纬，陈才智，刘真伦，刘培，车文明，张宏生，孙逊、周君文，么书仪，郑永晓。

"短文" 6 篇。作者是：陈君，赵建梅，谷曙光，王可喜，侯会，朱丽霞、罗时进。

"学术成果介绍"，介绍北京大学数据分析研究中心数字化成果概况。

23 日至 26 日，西北大学与淡江大学联合主办、两校文学院共同承办的"海峡两岸中国古典文献学国际学术研讨会"，在西安西北大学召开。来自海内外的专家学者八十余人与会，提交论文六十余篇。《文学遗产》副主编刘跃进参加会议，并提交论文。此次会议的综述发表于本刊 2006 年第 2 期。

10 月

19 日至 22 日，《文学遗产》编辑部与西华师范大学主办，阆中市人民政府、四川师范大学文学院、乐山师范学院中文系等五家单位协办的第五届"《文学遗产》论坛"，在四川省南充市举行。来自全国各地高校和科研机构的六十余位专家学者参加论坛，提交论文 38 篇。会议开幕式由西华师范大学副校长刘玉平主持，《文学遗产》主编陶文鹏、西华师范大学党委书记兼校长佘正松等致辞。与会学者主要关注三方面的问题：古代文学研究的本位与研究角度、方法问题；不同时期文体特征的研究以及研究中存在的问题；关于文学与地域之关系研究的问题。陶文鹏在闭幕式上作总结发言。与会专家的 15 篇发言稿以专辑的形式，分别揭载于本刊 2006 年第 1 期和第 2 期。

会议期间，《文学遗产》编辑部还召开了编委会扩大会议。主编陶文鹏主持会议。编辑部主任李伊白汇报编辑工作情况。与会编委和专家就继续办好刊物，以及出版网络版《文学遗产通讯》，提出了意见和建议。《文学遗产》副主编刘跃进、编辑部副主任竺青等参加会议。

此次会议的综述以《探讨前沿问题，证成学术精神——第五届〈文学遗产〉论坛"暨〈文学遗产〉编委会扩大会议召开》为题，发表于本刊 2006 年第 1 期。

31 日至 11 月 2 日，《文学遗产》编辑部与中国宋代文学学会、南昌大学、人民美术出版社、修水县人民政府、北京华夏翰林文化艺术研究院联合主办的"纪念黄庭坚诞辰 960 周年学术研讨会"，在江西修水县召开。来自全国各地的八十余位专家学者及书法研究专家出席纪念会，提交论文近百篇。《文学遗产》主编陶文鹏参加会议，并提交论文。与会专家学者就黄庭坚的文学创作和书法创作所取得的艺术成就，展开了全面研讨。此次会议的报道刊发于本刊 2006 年第 2 期。

11 月

11 日，《文学遗产》荣获中国社会科学院第三届优秀期刊奖。

15 日，《文学遗产》第 6 期出版。

《编后记》再次强调，古代文学研究应提倡在扎实的文献基础上实现"论从史出""史论结合"；应该加强文学编年研究、文学文化研究、文学地理研究、作家心灵史研究、作家精神的物质的生活状态考察等研究课题；更加重视出土文献、域外文献等文献价值，开阔视野，拓展领域。此外，本刊要继续做好"《文学遗产》丛书"的组稿和出版工作，加强与高校及其他有关方面的联系，以办好刊物的实际工作，纪念本刊创刊 53 周年暨复刊25 周年。

本期发表论文 12 篇。作者是：杨义，马自力，东方乔，刘蔚，费君清，陈桐生，赵树功，黄天骥，周巩平，陈国军，刘世南、刘松来，孙维城。

"短文"8 篇。作者是：薛永武，顾农，郑虹霓，霍松林，张震英，许伯卿，王星、王兆鹏，潘建国。

另发表其他栏目文章。

刊发本刊 2005 年总目录。

本年，戴燕调离《文学遗产》编辑部。

2006 年

1 月

12 日，石雷调入《文学遗产》编辑部任编辑。

15 日，《文学遗产》第 1 期出版。本期始改开本为大 16 开，出版、发行单位不变。定价 16.00 元。

编委曹道衡先生因已病逝，本期编委会名单中不再出现曹先生姓名。

本期卷首为《扩版寄语》。其主要观点是：本次扩版，增加了容量。这是新形势的迫切要求，更是新世纪的重要举措。中国古典文学研究界正悄然经历着深刻的变化。我们已经走出了过去那种单一僵化的研究模式，以求真务实的态度拓展研究领域，在古典文学研究的时间、空间方面、在20世纪学术史的研究方面、在中国历代文体研究方面等，都取得了令人瞩目的成果。最大的变化还是学者的研究意识的强化，文学本位意识、文献基础意识和理论创新意识都得到了前所未有的全面关注。当然，仅有文学本位意识和文献基础意识还远远不够，我们还需要不断强化理论创新意识，这才是推动学术研究深化的根本动因。我们在充分肯定成就的同时，也不必讳言存在的问题，以论带史等理念先行观念似乎成为文学研究的主流意识，文学史家的任务主要就是依据某种或某些理论主张去梳理文学史的发展线索，其结果必然是自主创新意识的日益淡漠。事实上，一个有出息的文学史家在细心梳理文学史发展过程的同时，也会努力从中归纳出新的理论；很多理论家往往就是文学史家，或者反过来说，文学史家往往又是出色的理论家。从这个意义上说，创建中国文学理论体系，构造中国文学研究格局，不仅是实践问题，更是亟待突破的理论问题。我们既面临挑战，也不乏机遇。《文学遗产》在扩版之际，将一如既往坚持正确的科研方向，以积极的态度广泛团结各界研究力量，为繁荣发展中国古典文学研究事业贡献微薄力量。

本期首栏为"'《文学遗产》论坛'专辑（上）"，刊登专家发言稿9篇。作者是：傅道彬、陈伯海、李昌集、周晓琳、曹虹、吴承学、谭帆、刘勇强、潘建国。

发表论文11篇，文献辑录1篇。作者是：鲁洪生，王晖，韦凤娟，曾智安，谢思炜，张涤云，梁银林，张海鸥、孙耀斌，吕薇芬，潘承玉，严迪昌；张求会。

"短文"8篇。作者是：林东海，洪之渊，徐翠先，詹杭伦，谢建忠，诸葛忆兵，姬沈育，陆林、戴春花。

另发表其他栏目文章。

刊发《编者的话》，就读者指出的本刊2004年第5期发表的论文《明初诗人张羽〈静居集〉版本考辨》，与本刊1997年第3期发表的论文《元佚诗研究》所论及的部分内容雷同的问题，作出说明："我们根据这位读者的来信，比对了两篇文章，尽管两篇文章的侧重点有所不同，但都论到张羽《静居集》版本真伪问题，确实存在着雷同的情况，而且作者在文中也没有对前人的工作表示出应有的关注和尊重。客观地说，我们的编辑并非这一专题研究的专家，作者应该文责自负，然而我们绝不能推卸审读不精的责任。在此，我们郑重向广大读者表示歉意，而对这位读者表示诚挚的感谢。我们必须引以为戒，对编辑工作兢兢业业，细致认真，坚决摒弃粗枝大叶的工作作风。……我们真诚欢迎广大读者一如既往地关心我刊，对我刊继续监督，随时提供批评意见，帮助我们办好刊物。同时，我们也对直接造成上述雷同的作者提出批评，并借此机会再次呼吁作者要严格自律，自觉维护学术规范。只有认真对待学术研究的人才能够真正获得真知灼见，获得人们的尊重和信任。"

21 日，首都师范大学文学院、中国诗歌研究中心联合主办的"《中国古代歌诗研究——从〈诗经〉到元曲的艺术生产史》出版座谈会"，在首都师范大学召开。来自二十余所高校和科研机构、出版机构的专家学者二十余人与会。《文学遗产》主编陶文鹏、副主编刘跃进参加会议并发言。各位专家学者既高度评价这部著作的学术价值，同时也指出了其中存在的不足之处。此次会议的报道发表于本刊 2006 年第 3 期。

3 月

15 日，《文学遗产》第 2 期出版。

本期首栏为"'《文学遗产》论坛'专辑（下）"，刊登专家发言稿 6 篇。作者是：周勋初，刘世德，王水照，郭英德，王兆鹏，韩经太。

发表论文 12 篇。作者是：许继起，许逸民，余恕诚，张培锋，萧瑞峰、刘成国，王利民，孙玫，刘晓明，徐永明，宋克夫，蒋寅，王菡。

"短文" 8 篇。作者是：李诚，丁福林，武秀成，陈道贵，邹志方，富世平，王金花、黄强，叶志衡。

"学者研究" 1 篇。作者是：曾大兴。

另发表其他栏目文章。

刊发"公示"，公布 2005 年本刊聘请的匿名评审专家名单。

5 月

15 日，《文学遗产》第 3 期出版。

本期发表论文 14 篇，文献辑录 1 篇。作者是：马银琴，穆克宏，汪春泓，黄鸣奋，刘学锴，李定广，杨义，刘庆云，沈松勤，杨晓霭，赵山林，杜桂萍，石昌渝，梅向东；秦惠民、施议对。

"短文" 7 篇。作者是：夏静，邓国军、王发国，徐时仪，王胜明，李俊，郑园，赵义山。

"学者研究" 1 篇。作者是：王毅。

另发表其他栏目文章。

19 日，三联书店主办的 "《中国古典文学图志》学术研讨会" 在北京召开。来自首都高校、科研机构的部分专家学者以及新闻媒体记者共三十余人参加会议，对杨义先生编著的《中国古典文学图志》给予了高度评价。《文学遗产》副主编刘跃进参加座谈会并发言。此次座谈会的纪要发表于本刊 2006 年第 5 期。

20 日至 21 日，《文学遗产》编辑部与北京语言大学《中国文化研究》编辑部共同主办的 "文学研究与机制创新" 学术研讨会，在北京召开。来自首都高校和科研机构的十余位专家学者与会，就传统学术方法与当代学术文化的关系、现代学术研究体制的检讨、文学研究中的创新、文学研究与大学文学教育、以怎样的心态进行文学研究等问题，展开了热烈讨论。《文学遗产》主编陶文鹏参加会议并发言。此次会议的综述刊发于本刊 2006 年第 5 期。

6 月

24 日至 27 日，《文学遗产》编辑部与安徽师范大学文学院共同主办的 "中古诗学暨曹道衡先生学术思想研讨会"，在芜湖安徽师范大学召开。来自国内高校、科研机构、出版机构的五十余位专家学者参加会议。中国社会科学院文学研究所所长杨义发表书面发言。文学所副所长兼《文学遗产》副主编刘跃进、《文学遗产》顾问徐公持、责任编辑张剑在研讨会上发言。与会专家在深切缅怀曹道衡先生的同时，更多地关注并总结了曹先生的学术思想、学术成就，并在此基础上对中古文学研究如何进一步拓展作了理性思索。此次研讨会的述要发表于本刊 2006 年第 5 期。

7 月

15 日，《文学遗产》第 4 期出版。

本期首栏为 "'《钱锺书手稿集》研究'专辑"，发表 4 篇文章。作者是：王水照、聂安福、慈波、季品锋。

发表论文 13 篇。作者是：张强，唐燮军，吴光兴，佘正松，查正贤，霍松林，祝尚书，郑永晓，查洪德，彭万隆，谭帆，苗怀明，刘勇强。

"短文" 5 篇。作者是：张永刚，韩丽霞，刘成国，刘婷婷，汪燕岗。

"学科点介绍"，介绍中山大学中国非物质文化遗产研究中心。

封二、封三发表图片报道 "笔谈《20 世纪中国古代文学研究史》"，孙逊、徐中玉、郭豫适、章培恒、陈伯海、董乃斌、齐森华、李国章、谭帆、曹旭、王运熙诸位专家，对黄霖教授主编的这部学术史著作，作了肯定性的评价。

25 日，《文学遗产》编辑部与中国社会科学院文学研究所古代文学研究室合办的 "《沈玉成文存》出版座谈会"，在文学研究所古代文学研究室召开。参加座谈会的有文学所前辈学者邓绍基、刘世德、徐公持等，《沈玉成文存》编者刘宁，中华书局副总编辑顾青、语言文学编辑室主任俞国林，古代文学室、《文学遗产》编辑部的研究人员和编辑等。会议由古代文学室主任刘扬忠主持。文学研究所副所长兼《文学遗产》副主编刘跃进、《文学遗产》顾问徐公持、主编陶文鹏先后发言，缅怀沈先生的学术贡献；与会的其他专家学者也在发言中高度评价沈先生的人品和学问，表达对沈先生的思念之情。此次座谈会的报道刊发于本刊 2006 年第 5 期。

同日，2004～2005 年度 "广东中华文化王季思古代文学研究基金《文学遗产》优秀论文奖" 评奖工作结束。本届评奖程序与往届评奖相同。七人评委由王水照、王飙、石昌渝、项楚、刘扬忠、袁世硕、董乃斌组成，徐公持和黄天骥为召集人；经过两轮投票，产生评奖结果。

获奖名单如下（按姓名音序排列）：

《文学遗产》优秀论文奖四名

陈桐生《从出土文献看七十子后学在先秦散文史上的地位》；

蒋寅《科举阴影中的明清文学生态》；

马银琴《齐桓公时代〈诗〉的结集》；

张兴武《宋初文坛的冲突与对话——南文北进与北道南移》。

《文学遗产》优秀论文提名奖三名

李小荣《李白释家题材作品略论》；

潘建国《清末上海地区书局与晚清小说》；

么书仪《清末民初日本的中国戏曲爱好者》。

此次评奖结果，以《2004～2005年度〈文学遗产〉优秀论文奖评奖揭晓》为题，发表于本刊2006年第6期。

8月

14日至17日，中国社会科学院文学研究所中国古代小说研究中心与哈尔滨师范大学人文学院联合主办的"第三届中国古代小说国际研讨会"，在黑龙江省哈尔滨师范大学召开。来自国内外的古代小说研究专家学者共86人与会，提交论文81篇。《文学遗产》编辑部副主任竺青参加研讨会并发言。此次会议的综述刊发于本刊2006年第6期。

21日至23日，《文学遗产》编辑部与中国明代文学学会（筹）、《文学评论》编辑部、浙江大学人文学院联合主办，浙江大学人文学院承办，浙江师范大学中国文学与文化研究所、杭州师范学院中国古代文学研究所协办的"中国明代文学学会（筹）第四届年会暨2006年明代文学与文化国际学术研讨会"，在浙江大学召开。来自海内外的一百六十余位专家学者出席会议，提交论文142篇。《文学遗产》编辑部主任李伊白、责任编辑石雷参加会议。研讨会主要的学术议题是：对重要作家作品、文学流派及作品、作家群的研究；对以往被忽视的作家、作家群、文学流派及作品的研究；跨学科的研究；从地域、家族、性别、文体、叙事、传播等视角，对作家和作品的研究。此外，庆祝徐朔方先生《明代文学史》的出版，也是研讨会的主题之一。此次会议的综述发表于本刊2007年第1期。

22日至23日，中华文学史料学学会和南昌大学主办、南昌大学中文系承办的"中国古典文献学与赣学国际学术研讨会暨中华文学史料学学会古代文学史料研究分会成立大会"，在南昌市举行。来自全国二十余所高校、科研机构以及韩国、日本等国的专家学者六十余人与会，提交论文五十余篇。《文学遗产》副主编刘跃进参加会议，并在开幕式上致辞。此次会议的综述发表于本刊2007年第1期。

9月

15日，《文学遗产》第5期出版。

本期发表论文13篇。作者是：曹道衡（遗作），李洲良，周苇风，孙尚勇，崔小敬，邹进先，吴振华，张兴武，周裕锴，史洪权，张仲谋，孙敏强、戴云、戴霞。

"短文" 8 篇。作者是：杨鉴生，罗剑波，吴相州，尹楚兵，高明峰，张文利，许建平，饶道庆。

"学者研究" 1 篇。作者是：刘运好、陈玲。

另发表其他栏目文章。

26 日，《文学遗产》编辑部与中国社会科学院文学研究所古代文学研究室联合召开《范宁古典文学研究文集》出版座谈会，文学所部分专家学者、编辑以及范宁先生亲属等三十余人参加会议。文学研究所副所长兼《文学遗产》副主编刘跃进、《文学遗产》主编陶文鹏、顾问徐公持等，在座谈会上发言。与会专家学者高度评价范先生的人品和学问，并特别指出范先生20 世纪 50 年代任《文学遗产》编委时，对《文学遗产》的建设贡献非常大。古代文学研究室主任刘扬忠、副主任蒋寅作总结发言。此次会议的报道刊发于本刊 2007 年第 1 期。

10 月

16 日至 17 日，《文学遗产》编辑部与南昌大学主办、南昌大学中文系承办，井冈山学院协办的"第六届《文学遗产》论坛暨编委会扩大会议、2004～2005 年度《文学遗产》优秀论文颁奖仪式"，在南昌市举行。来自全国二十余所高校、科研机构的八十余位专家学者参加会议，提交论文五十余篇。《文学遗产》主编陶文鹏、顾问徐公持、编辑部主任李伊白等参加会议。会议开幕式由南昌大学中文系主任文师华教授主持。江西省委宣传部副部长陈东有、南昌大学副校长谢明勇教授、《文学遗产》主编陶文鹏研究员，在开幕式上致辞。此次论坛学术内容丰富，既有对江西历代作家作品的研究，又有对古代文学的研究立场、语言艺术、学术伦理、当下关怀等方面的研究。陶文鹏在闭幕式上作总结发言。与会专家的 6 篇发言稿以专辑的形式，揭载于本刊 2007 年第 2 期。

在论坛开幕式上，还举行了"广东中华文化王季思古代文学研究基金2004～2005 年度《文学遗产》优秀论文奖"颁奖仪式。《文学遗产》编辑部主任李伊白宣读获奖论文评语，陈东有副部长为获奖者颁奖。

此次会议的综述以《第六届文学遗产论坛暨编委会扩大会议综述》为

题，发表于本刊 2007 年第 1 期。

23 日至 25 日，《文学遗产》编辑部与中国骈文学会、中国古典散文学会、中华文学史料学学会、贵州师范大学文学院联合主办，贵州师范大学文学院、贵州师范大学文学教育与文化传播研究中心承办的"2006 年骈文国际学术研讨会"，在贵州师范大学召开。来自国内外四十余所高校、科研机构、出版机构、学术期刊的专家学者以及传媒记者六十余人参加会议，提交论文四十余篇。开幕式由贵州师范大学文学院院长林树明主持。《文学遗产》主编陶文鹏等致辞。会议研讨的主要议题是：对各个历史时期的骈体文学现象及相关问题或骈文作家个案的研究；诗赋、散文、史传、戏曲、公文等文体与骈文的关系研究；对骈文理论的多角度研究。中国骈文学会副会长于景祥在闭幕式上作总结发言。此次会议的综述发表于本刊 2007 年第 2 期。

11 月

15 日，《文学遗产》第 6 期出版。

本期刊发 2004～2005 年《文学遗产》优秀论文奖评奖结果的报道。

《编后记》首先说明一年来本刊来稿情况，并从中发现问题及特点。问题是：诗词研究仍为学界重点关注，散文、戏曲、小说方面的来稿依然较少；理论研究方面的稿件明显不足，甚至有人产生误解，认为本刊用稿侧重考证，忽视理论研究，事实当然并非如此。特点是：新生代学人已经成为古典文学研究的主流群体。其次，本刊今年继续举办《文学遗产》优秀论文评选活动，并通过问卷形式广泛征求意见，广大专家学者对评奖活动普遍赞扬，也提出了许多建设性的意见。最后，今年举办的"《文学遗产》论坛"，集中探讨学科发展的若干重大理论问题和研究实践问题。从目前情况看，学科从业人数激增，论文数量暴涨，精品似乎不多。我们都在思考问题出在哪里，学术界充满焦虑之感。在理论缺失的情况下，很多学者自觉或不自觉地转向传统文献学，这种回归实际是一把双刃剑，在确实富有积极意义的同时，它也隐含着某种危机，长此以往，必然会弱化我们对于理论探寻的兴趣，最终会阻碍中国文学研究的重大突破。随着信息技术的蓬勃发展，我们正在经历着一个文字文化急剧衰退的时代，专业队伍急剧分化的时代，理论研究极度困惑的时代。在这样的背景下，中国古典文学研究实际上已经走到一个即将转型的历史关口。在回归经典的同时，从丰富多彩的文学史探索中逐渐建立起具有中国特色的文学理论框架或理论主张，似乎是我们的唯一选择。为此，我们将就这些重大的有关学术发展方向的问题，继续开展深入的探讨。我们积极欢迎广大读者和专家学者发表真知灼见。

本期发表论文13篇。作者是：徐公持，葛晓音，廖群，陈飞，张震英，王祥，钱建状，孙克强，程芸，黄仕忠，潘建国，黄伟，胡迎建。

"短文"8篇。作者是：王启才，马萌，张传峰，胡遂，林家骊、杨东睿，赵雪沛，王顺贵，王汉民。

"学者研究"1篇。作者是：赵敏俐。

"中国古代文学学科点介绍"，介绍浙江工业大学古代文学学科。

另发表其他栏目文章。

刊发本刊2006年总目录。

25日至26日，《文学遗产》编辑部与上海财经大学人文学院中文系联合主办的"文学遗产与古代经济生活"学术研讨会，在上海召开。来自各地高校和科研机构的54位专家学者参加研讨会。《文学遗产》主编陶文鹏、编辑部主任李伊白出席会议。研讨会的主要议题是：探讨经济生活对文学多元化、复杂化的影响；探讨经济因素在文学传播、接受中的作用；探讨经济生活对文学创作内容、结构、风格等方面的影响。此次研讨会的综述发表于本刊2007年第2期。

29日至30日，《文学遗产》编辑部与中华文学史料学学会、武汉大学文学院、黄冈师范学院文学院联合主办的"中国文学编年研究国际学术研讨会暨《中国文学编年史》出版座谈会"，在武汉大学、黄冈师范学院召开。国内外一些知名学者参加会议。《文学遗产》副主编刘跃进参加研讨会并发言。会议主要内容包括三方面：《中国文学编年史》编纂宗旨及特点的说明与探讨；《中国文学编年史》的价值和意义；关于中国文学编年研究的理论思考。复旦大学黄霖教授在闭幕式上作总结发言。此次会议的综述发表于本刊2007年第2期。

本月，陶文鹏办理退休手续，并按规定履行主编职责至任期届满。

本月，《文学遗产》编辑部编辑的论文集《学境——二十世纪学术大家名家研究》，由上海古籍出版社出版。此书是将《文学遗产》杂志 1986 年至 2005 年发表在"学者研究"栏目中的 43 篇文章结集成书，作为《文学遗产选集》第五辑出版。

12 月

7 日至 8 日，北京大学中文系主办的"2006 年中日学者六朝文学研讨会"，在北京召开。出席会议的中日学者约五十余人。《文学遗产》副主编刘跃进参加会议并提交论文。此次会议的述要发表于本刊 2007 年第 4 期。

24 日至 27 日，黑龙江大学文学院、黑龙江大学中国古代戏曲与宋金文化研究中心主办的"中国古代戏曲学术研讨会"，在哈尔滨召开。来自国内各地区的八十余位专家学者参加会议，提交论文 73 篇。《文学遗产》主编陶文鹏、编辑部主任李伊白参加研讨会；陶文鹏在开幕式上致辞。此次会议的综述发表于本刊 2007 年第 3 期。

2007 年

1 月

15 日，《文学遗产》第 1 期出版。

本期发表论文 14 篇。作者是：陈伯海，韦凤娟，万光治，周勋初，孙绍振，曾枣庄，吴惠娟，吴熊和，朱崇才，张兵、王小恒，薛瑞兆，黄天骥，刘世德，刘勇强。

"短文" 5 篇。作者是：魏祖钦，曹丽芳，蔡东洲、胡宁，孙之梅，顾鸣塘。

新设"文献钩沉"栏目，发表 1 篇文章。作者是：马奔腾。

"学者研究" 1 篇。作者是：朱杰人、戴从喜。

另发表其他栏目文章。

3 月

15 日，《文学遗产》第 2 期出版。

《编后记》说明，以往"《文学遗产》论坛"文章的编排通常放在首栏，本期的论坛文章却置后。"它多少反映了编辑部的意向。作为精心打造的学术品牌，我们希望将'论坛'继续办下去，而且越办越好。但是现在面临着一些困难，最大的困惑是论题的散淡。而当前，学术界面临的问题又是那样的多，通过什么方式能够集中学界的智慧，反映学术研究的前沿问题、焦点问题、重大问题，这就需要集思广益，建言献策。"此外，小结了本刊五十余年来编辑《文学遗产增刊》《文学遗产选集》和出版"文学遗产丛书"的情况，"这样做是想为学术研究做一些基础性的积累工作"。编辑部今后将继续办好学术交流活动，做好编辑工作，依托学术界的力量办刊，立足于学术，服务于学术。"如果发现本刊发表有违碍学术研究基本原则的文章，我们诚恳地希望学界同仁明确指出。""同时我们要求编辑部工作人员廉洁守法，严禁以权谋私，严把学术尺度，维护刊物的声誉和作者的合法权益。""重申上述基本原则，就是重申我们的承诺。"

本期发表论文 12 篇。作者是：王洲明，徐宝余，王文生，莫砺锋，钱志熙，吕肖奂、张剑，吕立汉，石昌渝，黄炽，石玲，鲁德才，陈正宏。

"短文" 5 篇。作者是：王青，张灯，何善蒙，王明建，夏薇。

"文学遗产论坛"，发表 6 篇发言稿。作者是：李昌集、张筱梅，卢盛江，赵义山，王长华、郗文倩，祝尚书，罗时进。

"《全宋文》五人谈"，作者是：邓绍基，曾枣庄，王水照，陈尚君，舒大刚。

"海外学者访谈" 1 篇。发表陶文鹏、陈才智的《"我喜欢中国古典意象诗歌"——德国汉学家顾彬访谈录》。

另发表其他栏目文章。

刊发 "《文学遗产通讯》（网络版）简介"。

21 日，《文学遗产》编辑部与中国社会科学院文学研究所古代文学研究室联合召开《吴晓铃集》出版座谈会。来自首都部分高校、科研机构和出版机构，以及吴先生的家属出席座谈会。文学研究所的部分专家参加座谈会。文学研究所副所长兼《文学遗产》副主编刘跃进等编辑部同仁参加会议。与会专家学者回忆了与吴先生的学术交谊，并高度评价吴先生的学术成就。此次会议的述要发表于本刊 2007 年第 5 期。

4 月

22 日至 24 日，《文学遗产》编辑部与青岛大学主办、青岛大学文学院承办的 "《文学遗产》青岛论坛"，在青岛大学召开。来自国内高校和科研机构的五十余位专家学者参加论坛，提交论文近四十篇。《文学遗产》主编陶文鹏、副主编刘跃进、编辑部副主任竺青、责任编辑石雷出席会议并发言。研讨会内容主要有三方面：中国文学史和文学史观研究；古代文学学科建设问题研究；古代文学的具体问题研究。此次会议的综述发表于本刊2007年第4期。

5月

15日，《文学遗产》第3期出版。

本期发表论文14篇。作者是：王水照，跃进，邓小军，王立增，李道和，丁放、袁行霈，江弱水，李剑国，阮堂明，祁伟、周裕锴，解玉峰，陆林，方盛良，钱鸿瑛。

"短文"8篇。作者是：刘明华、张金梅，池洁，冯国栋，孙海燕，张世宏，鲍恒，张廷银、张斌荣，朱寨。

"海外学者访谈"1篇。发表刘倩的《汉文化整体研究——陈庆浩访谈录》。

另发表其他栏目文章。

6月

20日至23日，《文学遗产》编辑部与安徽省桐城派研究会、安徽省古籍整理办公室、桐城市人民政府和安徽大学文学院联合主办，安徽大学桐城派研究所承办的"桐城派与明清学术文化研讨会"，在合肥安徽大学和桐城市举行。来自全国各地的专家学者七十余人出席会议，提交论文五十余篇。《文学遗产》主编陶文鹏、编辑部主任李伊白参加研讨会。会议讨论的主要内容是：关于桐城派的成因；关于桐城派与清代学术文化的探讨；关于桐城派主要作家的研究；关于桐城派诗歌创作及其诗学理论的研究；关于文献资料的辑佚与整理。此次研讨会的综述刊发于本刊2007年第6期。

27日至29日，南开大学文学院等单位联合主办的"中国小说史学术研讨会"，在天津南开大学召开。来自全国各地的专家学者八十余人出席会议，提交论文76篇。《文学遗产》编辑部副主任竺青参加会议，并在开幕式上致辞。此次会议的综述刊发于本刊2007年第5期。

7月

13日，北京大学召开袁行霈主编"《中国文学作品选注》"出版座谈会。首都高校和科研机构的部分专家学者出席会议。《文学遗产》主编陶文鹏参加座谈会并发言。此次座谈会的综述刊发于本刊 2007 年第 6 期。

15 日，《文学遗产》第 4 期出版。

本期发表论文 12 篇。作者是：陈桐生，吴承学、李晓红，杨国安，查屏球，赵雪沛、陶文鹏，刘成国，雷磊、陈光明，汪超宏，潘建国，张宏生，郑志良，林彬晖、孙逊。

"短文" 6 篇。作者是：王泽强，周建忠，裴登峰、宫泉久，魏景波，刘礼堂、王兆鹏，程国赋。

"骈文研究" 专辑，发表 5 篇文章。作者是：于景祥，钟涛，吕双伟，吴夏平，朱丽霞。

"中国古代文学学科点介绍"，介绍辽宁大学和青岛大学古代文学学科。

另发表其他栏目文章。

21 日至 24 日，《文学遗产》编辑部与西南大学文学院联合主办的 "《文学遗产》国际论坛"，在重庆召开。国内外的六十余位专家学者参加论坛。会议开幕式由西南大学文学院院长刘明华教授主持。《文学遗产》主编陶文鹏致开幕辞。重庆市政协副主席陈万志、西南大学校长王小佳致欢迎辞。与会专家学者研讨的主要内容是：文学史与文化相结合的研究；传统诗词的作家作品、文献学研究和理论研究；关于叙事文学和文章学的研究。《文学遗产》编辑部主任李伊白在闭幕式上作总结发言。此次论坛的综述发表于本刊 2007 年第 6 期。

9 月

15 日，《文学遗产》第 5 期出版。

本期发表论文 12 篇。作者是：罗宗强，俞绍初，郭建勋，舒大刚、黄修明，祁志祥，朱刚，伍晓蔓，陈广宏，萧相恺、苗怀明，石昌渝，张小芳，彭玉平。

"短文" 9 篇。作者是：梁振杰，龙文玲，吴淑玲，文师华、包忠荣，吴河清，龚延明、楼笑笑，钟仕伦，张宁，张仲谋。

另发表其他栏目文章。

10 月

26 日至 27 日，《文学遗产》编辑部与《文史》编辑部、《文献》编辑部和四川师范大学文学院联合主办的 "先秦两汉文学与文献学术研讨会"，在四川成都召开。来自全国四十余所高校、科研单位、学术期刊的六十余名专家学者参加会议，提交论文六十余篇。《文学遗产》副主编刘跃进主持开幕式。四川师范大学校长周介铭、文学院院长李诚致欢迎辞。《文史》编辑部李解民代表三家学术期刊致辞。研讨会的主要内容是：结合礼乐制度、礼俗文化或历史背景提出新见解；利用新发现的文献与出土材料或在传世文献清理中发现问题；有关文艺思想与评论、文体、风格研究的思考；有关巴蜀文化与文学的研究。万光治教授在闭幕式上作总结发言。此次会议的综述刊发于本刊 2008 年第 1 期。

11 月

2 日至 5 日，《文学遗产》编辑部与苏州大学联合主办的"纪念钱仲联先生百年诞辰暨全国第二届清诗研讨会"，在苏州大学举行。来自全国高校、科研机构、出版社等单位的专家学者五十余人出席会议。《文学遗产》编辑部主任李伊白参加研讨会。研讨会开幕式由苏州大学副校长田晓明主持。苏州大学校长朱秀林教授、河南大学校长关爱和教授、《文学遗产》编辑部主任李伊白等先后致辞。开幕式后，中国社会科学院荣誉学部委员邓绍基研究员和南京大学张宏生教授作主旨发言。会议期间，与会专家学者深情缅怀钱先生的道德人品，高度评价先生的学术成就；并就清诗与清代社会、政治、经济、文化，清代作家、作品、流派，清诗与前代文学，清诗文献及 25 年来清诗研究成果回顾等诸多领域，展开研讨和交流。此次研讨会的综述发表于本刊 2008 年第 1 期。

8 日至 9 日，《文学遗产》编辑部与湘潭大学主办，湘潭大学文学与新闻学院承办的"第七届《文学遗产》论坛"，在湘潭大学召开。来自全国高校和科研机构的专家学者六十余人出席会议，提交论文四十余篇。《文学遗产》主编陶文鹏参加会议。论坛研讨内容主要是：中国古代文学研究的理论问题、方法问题；中国古代地域文学问题；中国古代文学研究的回顾与展望；中国古代文学研究的热点问题、前沿问题。陶文鹏主编致闭幕词。此次论坛的综述发表于本刊 2008 年第 2 期。

15 日，《文学遗产》第 6 期出版。

本期发表论文 13 篇。作者是：虞万里，陈洪，王小盾、金溪，任文京，刘尊明，富世平，程毅中，李贵，辛更儒，许建中，王英志，张晶，方锡球。

"短文"6篇。作者是：踪凡，陆红颖，李新宇，张稔穰，向志柱，程芸。

"学者研究"1篇。作者是：党圣元。

"中国古代文学学科点介绍"，介绍西南大学古代文学学科。

另发表其他栏目文章。

刊发本刊2007年总目录。

24日至26日，中华文学史料学学会古代文学史料学分会与《文献》编辑部、西北大学文学院联合主办，陕西省社会科学院古籍研究所等协办，西北大学文学院承办的"中国语言文献与文学文献学高层论坛"，在陕西西安召开。来自全国二十余家高校和科研机构的六十余位专家学者参加会议，提交论文36篇。《文学遗产》副主编刘跃进出席会议并致辞。此次会议的综述发表于本刊2008年第1期。

12月

10日至15日，中国韵文学会与中国陆游研究会等七家单位联合主办的"中国武夷山陆游国际学术研讨会"，在福建省武夷山市召开。来自海内外的专家学者六十余人参加会议，提交论文四十余篇。《文学遗产》主编陶文鹏出席研讨会并发言。此次会议的综述发表于本刊2008年第3期。

2008 年

1 月

15日，《文学遗产》第1期出版。

本期首栏为"古典文学研究三十年"。"编者按"说明："1978年底召开的党的十一届三中全会，揭开了我国改革开放的序幕，具有深远的历史意义。弹指之间，三十年过去。在开辟中国特色社会主义道路、形成中国特色社会主义理论体系的过程中，中国古典文学研究界也经历了、或正在经历着深刻的变化……为了及时地总结这段历史的经验教训，我们特别开辟了'古典文学研究三十年'栏目，约请专家学者在科学发展观的指导下，就若干重大理论问题和学术实践问题进行宏观探讨，既总结成绩，也指出不足，目的就是为转型时期的中国古典文学研究提供有借鉴意义的历史经验。"本栏发表 5 篇文章。作者是:袁行霈、胡明、徐公持、汪涌豪、蒋寅。

发表论文 11 篇。作者是:周勋初,李少雍,韦凤娟,陈飞,谢桃坊,周裕锴,刘彭冰、徐志啸,胡可先,黄湘金,宋莉华,张伯伟。

"短文" 8 篇。作者是:左东岭,刘明华,王长华、郗文倩,张庆民,顾农,马萌,卢燕新,任德魁。

另发表其他栏目文章。

3 月

15 日,《文学遗产》第 2 期出版。

本期发表论文 14 篇。作者是:王水照,王德华,张君梅,刘明,王兆鹏、孙凯云,李剑国,刘勉,沈松勤、姚红,周扬波,张春义,朱万曙,潘务正,么书仪,罗军凤。

"短文" 7 篇。作者是:谭佳,郝桂敏,陈传万,蒋宗许,万献初,陈忻,胡胜。

"中国古典文献学学科点介绍",介绍西北大学古典文献学学科。

另发表其他栏目文章。

本月,李伊白退休。

4 月

1 日,文学研究所批准,竺青代行《文学遗产》编辑部主任职责。

18 日至 20 日,中国社会科学院文学研究所与河南大学文学院联合主办的"改革开放三十年与中国文学研究"学术研讨会,在河南开封召开。来自国内部分高校和科研机构的专家学者六十余人参加会议。文学研究所副所长兼《文学遗产》副主编刘跃进、编辑部副主任竺青出席研讨会。此次会议的综述发表于《文学评论》2008 年第 4 期。

26 日至 29 日,《文学遗产》编辑部与杭州师范大学主办,杭州师范大学吴越钱氏家族研究所承办的"中国首届吴越钱氏家族文化国际学术研讨会",在杭州大学召开。来自国内外高校、研究机构、学术期刊以及传媒的七十余位专家学者和记者参加会议,提交论文四十余篇。会议开幕式由杭州师范大学副校长傅勤主持,校长林正范致欢迎词。中国社会科学院文学研究所副所长刘跃进、《文学遗产》主编陶文鹏,分别代表文学研究所和

《文学遗产》编辑部致辞。与会专家主要研讨内容是：吴越钱氏的历史贡献与现实意义；关于钱氏家族历史及钱氏后裔的研究；与吴越钱氏相关的历史事件、人物、古迹的考证。此次会议的综述发表于本刊 2008 年第 4 期。

5 月

15 日，《文学遗产》第 3 期出版。

本期发表论文 16 篇。作者是：葛晓音，房瑞丽，蒋振华，陈应鸾，傅璇琮、卢燕新，刘宁，张巍，余恕诚，彭国忠，陈玉兰，陈文新，陆林，范长华，杜桂萍，张晖，张燕婴。

"短文" 5 篇。作者是：冷卫国，陈松青，李翰，李一飞，徐大军。

"学者研究" 1 篇。作者是：刘相雨。

另发表其他栏目文章。

7 月

15 日，《文学遗产》第 4 期出版。

本期首栏为 "古典文学研究三十年"，发表 3 篇文章。作者是：邓绍基，黄天骥，孙逊。

发表论文 11 篇。作者是：叶嘉莹，马银琴，陈君，张庆民，曲景毅，易闻晓，黄宝华，王奎光，杜改俊，余意、齐森华，戚世隽。

"短文" 9 篇。作者是：董芬芬，孙亭玉，朱国伟，刘辰，赵望秦，高峰，赵义山，王小岩，周秋良、欧阳文风。

"学者研究" 2 篇。发表董乃斌的《论郑振铎的文学史研究之路》，黄克的《建立科学的中国小说史学——孙楷第先生晚年 "自述" 及其他》。

另发表其他栏目文章。

28 日，2006～2007 年度 "广东中华文化王季思古代文学研究基金《文学遗产》优秀论文奖" 评奖工作结束。本届评奖程序与往届评奖相同。七人评委由赵昌平、李伊白、关爱和、徐俊、钱志熙、陈大康、王兆鹏组成，陶文鹏和黄天骥为召集人；经过两轮投票，产生评奖结果。

获奖名单如下：

《文学遗产》优秀论文奖四名

韦凤娟《从 "地府" 到 "地狱" ——论魏晋南北朝鬼话中冥界观念的演变》；

王祥《北宋诗人的地理分布及其文学史意义分析》；

陈广宏《明初闽诗派与台阁文学》；

刘勇强《明清小说中的涉外描写与异国想象》。

《文学遗产》优秀论文提名奖二名

张兵、王小恒《厉鹗与浙派诗学思想体系的重建》；

孙敏强《试论孔尚任"曲珠"与〈桃花扇〉之中心意象结构法》。

此次评奖结果，以《2006～2007 年度〈文学遗产〉优秀论文奖评奖揭晓》为题，发表于本刊 2009 年第 1 期。

8 月

28 日，中国社会科学院院长办公会议审议通过，实施"学术名刊建设"工程。《文学遗产》杂志入选中国社会科学院学术名刊名录，每年接受院经费资助。

9 月

15 日，《文学遗产》第 5 期出版。

本期发表论文 15 篇。作者是：李天道，跃进，梁葆莉，许结，蒋寅，张文利，刘茜，陈祖美，饶龙隼，郭万金，潘建国，冉耀斌，张廷银，金程宇，陈岗龙。

"短文" 4 篇。作者是：张立兵，侯体健，程国赋、蒋晓光，宋丽娟。

"学者研究" 1 篇。作者是：孙明君。

"中国古代文学学科点介绍"，介绍内蒙古大学古代文学学科。

16 日，中国社会科学院文学研究所与中共浙江省海宁市委宣传部联合主办，海宁市文学艺术界联合会承办的"纪念吴世昌先生诞生一百周年学术研讨会"，在浙江海宁举行。来自全国各地的七十余名专家学者参加会议，共同缅怀吴先生的道德人品，探讨和研究吴先生的学术成就。《文学遗产》主编陶文鹏、责任编辑张剑参加研讨会。文学研究所副所长兼《文学遗产》副主编刘跃进作研讨会总结发言。此次会议的报道发表于本刊 2009 年第 2 期。

10 月

17 日，《文学遗产》编辑部与山东省古典文学学会、国家图书馆《文献》编辑部、中华书局《文史》编辑部、曲阜师范大学文学院联合主办的

"儒家文化与中国古代文学"国际学术研讨会暨2008年山东省古典文学学会年会，在山东曲阜师范大学召开。来自国内外的一百四十余位专家学者参加会议，提交论文87篇。《文学遗产》主编陶文鹏出席研讨会。本次研讨会从多层次、多角度对儒家文化与中国古代文学的关系作了探讨，提出了许多富有启发意义的观点，达成了一些共识。此次会议的报道刊发于本刊2009年第2期。

11 月

5日至8日，《文学遗产》编辑部与《文学评论》编辑部、《人文杂志》编辑部、陕西省文史馆联合主办的"长安文化与中国文学"学术研讨会，在陕西西安召开。来自国内高校和科研机构的近百名专家学者参加会议，提交论文六十余篇。开幕式由陕西师范大学文学院院长李西建主持，陕西师范大学党委书记江秀乐致欢迎辞。闭幕式由《文学遗产》编辑部特约编辑许继起主持，《文学评论》常务副主编胡明作会议总结发言。研讨会主要有五项议题：长安文化与中国文学古今演变；长安文化的域外传播；长安学研究；古都长安与中国文学；中国古代文学其他问题研究。此次会议的报道发表于本刊2009年第2期。

6日，《文学遗产》获中国社会科学院第四届优秀期刊奖。

15日，《文学遗产》第6期出版。

《编后记》首先说明，"2008年，是郑振铎和孙楷第先生诞辰一百一十周年，吴世昌先生诞辰一百周年。回顾他们的学术历程和光辉业绩，我们心存无限敬意。为此，本刊特别组织了纪念文章，举办了学术研讨会，通过这种学术纪念的方式，缅怀他们求实创新的治学精神，总结他们的成功经验，希望从中获取深刻的启迪，并转化为我们前进的动力。前辈学者历经艰辛与忧患，……无论形势发生怎样的变化，他们都没有改变献身学术的志向。……他们视野宽广，……研究文学，多能兼及经史诸子；研究中国文学，却从不限于中国范围，而是有着国际化的学术视野。……更值得我们学习的，是他们进德修业、与日俱新的学术品格。他们都曾受到良好的学术训练，根底深厚；又都经历了'五四'时代精神的洗礼，追求科学与民主；他们接受了马克思主义的思想和方法，遵循'百花齐放，百家争鸣'的方针，开创了一代学风，出色地完成了那个时代所赋予的历史使命。"其次，"2008 年，是改革开放三十周年。三十年的探索，……中国文学研究也经历了巨大深刻的变化……取得了令世人瞩目的成就。三十年的实践，实现了中国文学研究理论和研究方法上的跨越，具有里程碑式的意义。为此，本刊在今年第一期特辟'古典文学研究三十年'专栏，发表了老中青学者的多篇文章，及时总结这段重要的历史经验，受到了学术界的关注。"最后强调，21 世纪以来，文学研究事业面临着新的机遇和挑战。新的世纪主要是"立"，是勇于创新的时代。文学研究如何总结和借鉴历史经验，如何开拓学术空间，完善学术体制，建构中国化的文学研究体系等问题，需要学术界同仁深入探讨，不断实践。《文学遗产》将坚持以学术为中心，创新求变。我们真诚地希望专家学者能一如既往地惠赐高质量的论文，提出建设性的意见。《文学遗产》既欢迎大家之作，也期待新人新作。让我们携手并进，把《文学遗产》办成古代文学研究工作者一方生机勃勃的学术园地。

本期发表论文 12 篇。作者是：杨义、江林昌、魏耕原、吴淑玲、陶文鹏、赵雪沛、许芳红、龚延明、傅鸿础、吴承学、何宗美、萧相恺、苗怀明，刘石。

"短文"6 篇。作者是：董志翘，赵辉，王志清，侯会，王英志，梁淑安。

另发表其他栏目文章。

刊发本刊 2008 年总目录。

12 月

26 日至 29 日，《文学遗产》编辑部与中山大学中文系联合主办的"中国文体学国际学术研讨会·《文学遗产》论坛"，在广州中山大学召开。来自国内外的 104 位专家学者出席会议，提交论文 87 篇。《文学遗产》主编陶文鹏、中山大学中文系主任欧阳光在开幕式上致辞。《文学遗产》副主编刘跃进在闭幕式上致辞。研讨会的主题以中国古代文体学研究为中心，兼及古代文学理论的研究方法以及研究热点和前沿问题等。

本次研讨会开幕式上还举行了 2006~2007 年度"广东中华文化王季思古代文学研究基金《文学遗产》优秀论文奖"的颁奖仪式，主编陶文鹏宣读获奖者名单，副主编刘跃进宣读评委会对获奖论文的评语。沈阳师范学院王祥教授代表获奖者发言。

此次会议的综述以《"中国文体学国际学术研讨会·《文学遗产》论坛"举行》为题，发表于本刊2009年第2期。

本月，《文学遗产》编辑部编辑的论文集《学镜——海外学者专访》，由凤凰出版传媒集团凤凰出版社出版。此书是将《文学遗产》杂志近三十年来发表的15篇"海外学者访谈录"，经修改篇名后结集成书，作为《文学遗产选集》第六辑出版。

2009 年

1 月

15 日，《文学遗产》第 1 期出版。本期始，改由本刊编辑部编辑、出版，仍为双月刊，160 页，定价 20.00 元。国内、国外发行单位不变。

本期发表论文 12 篇。作者是：汪春泓，钱志熙，李剑国，丁放、袁行霈，谢思炜，孙克强，钟振振，巩本栋，祝尚书，邓红梅，刘世南、刘松来，彭玉平。

"短文"4 篇。作者是：余才林，范志新，徐翠先，张兵、郭小转。

"笔谈：信息技术与中国传统学术研究"栏 3 篇。作者是：郑永晓，李铎，罗凤珠。

"学者研究"1 篇。作者是：涂小马。

"学术史研究"1 篇。作者是：李舜臣、吴光正。

另发表其他栏目文章。

本期始，北京中视天骄文化传媒有限公司负责设计本刊封面和正文版式。

2 月

24 日，中国社会科学院文学研究所主办的纪念力扬同志百年诞辰暨《力扬集》出版座谈会，在文学研究所召开。文学研究所所长杨义、党委书记钟代胜、副所长党圣元、刘跃进，所内外的部分专家学者和力扬家属二十余人参加会议。《文学遗产》主编陶文鹏出席会议。此次座谈会的报道发表于本刊 2009 年第 3 期。

3月

15日，《文学遗产》第2期出版。

本期发表论文14篇。作者是：王锺陵，孙少华，刘明怡，张勇，邓乔彬，张海鸥、张振谦，朱刚，姚玉光，胡元翎，黄天骥，罗时进，沙先一，刘勇强，陈大康。

"短文"7篇。作者是：刘冬颖，翟满桂，余祖坤，李翰，诸葛忆兵，成明明，潘建国。

"学者研究"1篇。作者是：熊良智。

另发表其他栏目文章。

4月

7日，《文学遗产》网络版创刊。

本刊网络版由编辑部负责学术内容编辑，文学研究所数字信息室负责网络技术编辑与日常维护。网络版主编：刘跃进；副主编：竺青、张剑；监制：郑永晓。

网络版发刊词如下：

> 经过编辑部同仁的紧张筹备，《文学遗产》网络版今日创刊。
>
> 《文学遗产》是全国唯一的古典文学研究专业刊物。半个多世纪以来，中国古典文学研究最新最重要的成果多借本刊发表，并得到学术界的充分肯定。它代表了我国古典文学研究的最高水平，在国际汉学界也具有不容忽视的权威性。
>
> 《文学遗产》网络版是《文学遗产》学术品质的延伸。它将秉承本刊一贯的严谨求实的学术传统，履行严格的稿件评审程序，发布高质量的研究成果。
>
> 《文学遗产》网络版是《文学遗产》学术空间的扩容。它将根据学术研究发展的需要，逐步调整和丰富现有的栏目设置，充分利用网络介质的独特优势，广泛深入地采撷优秀的学术论文，生动直观地宣传杰出的专家学者，大量迅速地传播学术信息，从而使中国古代文学研究的面貌、状况，清晰、全面地呈现在人们的眼前。
>
> 《文学遗产》网络版与纸质版双向互动、相辅相成。作者在网络版

首发的研究成果，本刊将定期在纸质版上综述，以期引起学术界的关注；作者在纸质版上刊发的学术成果，在网络版上也将有选择地予以推荐，进一步扩大其学术影响。

《文学遗产》网络版是《文学遗产》编辑部与学术界沟通的"快捷键"。它将在条件具备时，开设实时互动平台，以便直接地获取学术界的信息反馈，加强与研究者的联系与交流，使本刊纸质版和网络版的学术质量不断提升。

《文学遗产》网络版目前还只是一棵破土而出的幼苗，期盼着专家学者和广大读者的关心与呵护。让我们共同努力，使它茁壮成长。

《文学遗产》网络版初期为双月刊，设置的主要栏目有"论文选萃""新作首刊""前沿探索""名家学境""学术随笔""域外汉学""新书推介""学术信息"等；学术性内容两个月更新一次，信息性内容随时更新。此后栏目设置逐渐有所调整，2013 年将刊期调整为季刊。目前设置的栏目主要有"论文首刊""论文选萃""文献辑录""学术广角""学人荐书""中国古典文学研究通讯"等。《文学遗产》编辑部在 44 所高校和科研机构聘请了网络版通讯员，负责提供本单位的古代文学研究和学术活动的信息。调查数据表明，《文学遗产》网络版目前已经覆盖 61 个国家和地区。

14 日，中国社会科学院文学研究所召开《孙楷第文集》出版座谈会。座谈会由文学研究所古代文学研究室主任刘扬忠主持。中华书局副总编辑顾青、语言文学编辑室主任俞国林、编辑厚艳芬，文集整理工作主持者杨镰，孙先生哲嗣孙泰来，以及所内部分专家学者参加会议。文学研究所副所长兼《文学遗产》副主编刘跃进、主编陶文鹏、原副主编吕薇芬等编辑部同仁出席座谈会。此次会议的报道刊发于本刊 2009 年第 4 期。

25 日至 27 日，复旦大学中文系召开"中国古代文章学国际学术研讨会"，来自海内外的四十余位专家学者参加会议。《文学遗产》主编陶文鹏出席研讨会并发言。此次会议的简讯发表于本刊 2009 年第 5 期。

5 月

15 日，《文学遗产》第 3 期出版。

本期发表论文 15 篇。作者是：莫砺锋，刘宁，林继中，曹辛华，范子烨，余恕诚，曾枣庄，张兴武，杨镰，张大新，左东岭，罗立群，刘庆云、蔡厚示，曾凡安，俞国林。

"短文" 4 篇。作者是：宁稼雨，王齐洲，王志瑾、曹冬雪，陶然。

另发表其他栏目文章。

发表《文学遗产》网络版创刊消息。

发表《〈文学遗产〉文稿技术规范》。

6 月

20 日至 22 日，《文艺理论研究》编辑部和华东师范大学中文系主办的"期刊与当代中国文学研究"学术研讨会，在上海华东师范大学召开。研讨会由华东师范大学中文系主任谭帆主持。《文学评论》《文学遗产》《文艺研究》编辑部参加会议。《文学遗产》主编陶文鹏、编辑部副主任竺青、责任编辑张剑、石雷参加研讨会并发言。此次会议的报道刊发于本刊 2009 年第 5 期。

7 月

9 日，孙少华分配至《文学遗产》编辑部任编辑。

15 日，《文学遗产》第 4 期出版。

本期发表论文 14 篇。作者是：孙纪文、郭丹，李川，马世年，戴伟华，任文京，陈元锋，姚大勇，杨俊才，尚永亮，陈广宏，刘致中，刘世德，孙逊，赵季。

"短文" 5 篇。作者是：徐志啸，徐安琪，张玉璞，张若兰，汪超宏。

"学者研究" 1 篇。作者是：陈才智。

8 月

21 日至 23 日，中国社会科学院文学研究所中国古代小说研究中心与浙江师范大学联合主办的"第四届中国古代小说国际研讨会"，在杭州和金华召开。来自国内外的专家学者八十余人参加会议，提交论文八十余篇。《文学遗产》编辑部副主任竺青出席研讨会。此次会议的综述发表于本刊网络版 2009 年 9 月 18 日。

9 月

15 日，《文学遗产》第 5 期出版。

本期发表论文 13 篇。作者是：葛晓音，查正贤，沈松勤，刘成国，邓国军、曾明，邬国平，吴晶，张庆民，薛瑞兆，石昌渝，陈书录，冯国栋，夏志颖。

"短文" 10 篇。作者是：赵沛霖，柏俊才，李思清，王胜明，孙超，程翔，王昊，朱德慈，陆平，李芳。

"学者研究" 1 篇。作者是：王德明。

另发表其他栏目文章。

11 月

15 日，《文学遗产》第 6 期出版。

《编后记》说明，第 6 期编讫，正值共和国成立 60 周年前夕。而中国古典文学研究，亦伴随着共和国的成长，走过 60 年风雨历程。回顾 60 年来的研究，我们深切感到，中国古典文学研究事业的发展与繁荣，时刻离不开党的领导，离不开广大文学研究工作者的支持，更离不开广大文学爱好者的信任与鼓励。建国初期，中国古典文学研究工作者努力学习唯物史观和辩证法，吸收外国的和中国的古典文学思想，确立了马克思主义在文学研究中的指导思想，从根本上解决了文学研究的理论基础和方法问题。这与 20 世纪前 50 年主要以进化论为圭臬的研究思路形成鲜明对照。坚持实事求是原则，坚持"文艺为人民服务、为社会主义服务"的"二为"方向和"百花齐放、百家争鸣"的"双百"方针，已经成为中国古典文学研究工作者的共同追求。我们的文学史研究在时间与空间的纬度上，都有新的拓展，尤其注意到各地文学的差异性，将华夏各民族文学纳入中国文学研究领域，建构起世界性的中华民族文学研究大视野。同时，在中国文学理论和文学史研究中，引进新方法，新观念，强调回归文学本体的研究、综合研究、比较研究和跨学科研究，将物质文化、制度文化、地域文化、媒体文化乃至性别文化研究方法引进文学研究领域，将古今文学与中外文学联系起来，极大地拓宽和深化了古典文学的研究，为当前文学理论建设和文学创作实践提供了丰富的文化资源。世纪之交的中国，正在经历着举世瞩目的巨大变革；和平发展的中国，逐渐改变着纷繁复杂的世界格局。不论出自什么样的心态，人们都在试图追问：潮起潮落的中国，何以会发生这样翻天覆地的变化？答案可能是五花八门的，但是有一点却毋庸置疑："问渠哪得清如许，为有源头活水来。"华夏 5000 年文明，就是我们民族生生不已的活水源头，就是我们民族卓然独立的生存之根。而我们正在进行的中国特色的社会主义的探索与实践，则是中国社会发生巨大变化的根本动力。

作为中国古代文学研究唯一的专业刊物，《文学遗产》在社会主义核心价值体系的建构中扮演了极其重要的角色。她创刊于共和国建立之初，在党的领导下，坚持马克思主义文艺理论的基本立场和方法，关注现实，关注社会，关注民生，充分挖掘中国文学作品中所反映出来的不同阶层、不同地域、不同时期、不同民族的民众的生存状态、精神风貌，展现中国文学的深刻底蕴。在 21 世纪的伟大征程中，《文学遗产》将一如既往，润色鸿业，承担使命，继续发挥应有的学术引导与文化传播作用。

中国社会科学院学术名刊建设将《文学遗产》列入其中，这是对我们工作的充分肯定。为此，我们加大投入，对刊物的印制与装帧作了较大的改进，突出学术特点。同时，创办《文学遗产》网络版，在高校设立通讯员，开设论文选萃、前沿探索、学术信息、新作首刊、文献辑录、名家学境、域外汉学、学术随笔、新书推介以及将要设立的古典文学研究通讯栏目，介绍高校和科研单位的学术活动、科研成果，刊登古代文学、文献学博士、硕士论文题目、内容提要、指导老师等，增大信息量，扩充作者队伍，让网络版最大限度地发挥编辑部与学术界沟通的"快捷键"作用。

当然，在网络时代如何办好学术期刊，我们还处在探索中。初步的设想，首先要强化《文学遗产》网络版与纸质版的双向互动。譬如网络版上首发的研究成果，可以考虑在纸质版上给予综述；积累既多，亦可以纳入《文学遗产选刊》，编辑成册，出版发行。同样，纸质版上刊发的学术成果，亦可考虑在网络版上再次推荐发表，或者修订发表，扩大影响。其次还要宣传扩大《文学遗产》网络版的学术声誉。譬如在网络版上刊发的论文，与纸质版一样有学术分量，作者自然也纳入《文学遗产》资料库中，参与编辑部组织的各类学术活动。当然，我们也不应忘记广大读者的精神文化需求，在学术普及与提高方面多做切实可行的工作。譬如学术访谈、学术随笔等，可读性与资料性兼具，让更多读者走进《文学遗产》，让更多优秀的传统文化精髓深入人心。

共和国 60 华诞，《文学遗产》创刊亦 55 年。中国古典文学研究事业的发展与繁荣，与共和国的前途命运息息相关。"潮平两岸阔，风正一帆悬"。我们的事业，前程远大，未可限量。

本期发表论文12篇。作者是：鲁洪生，常森，傅璇琮，肖占鹏、刘伟，张海明，孙海燕，刘婷婷，潘建国，杨传庆，宋莉华，连燕堂，黄仕忠。

"短文"9篇。作者是：韩高年，贾捷、周建忠，谭洁，曹志平，杨理论，任竞泽，范松义，朱则杰、陈凯玲，周晴。

"学者研究"1篇。作者是：廖群。

"中国古代文学学科点介绍"，介绍中央民族大学古代文学学科。

刊发本刊2009年总目录。

2010 年

1 月

15日，《文学遗产》第1期出版。

本期发表论文13篇。作者是：徐公持，何寄澎，钱志熙，董乃斌，王水照，王兆鹏，黄天骥，刘世德，张宏生，潘承玉，蒋寅，朱崇才，张可礼。

"短文"7篇。作者是：刘运好、赵婧，蔡丹君，陶敏，凌郁之，马莎，束景南、赵玉强，刘奇玉。

"学术综述"1篇。作者是：张涌泉、窦怀永。

发表2009年《文学遗产》网络版综述。

3 月

15日，《文学遗产》第2期出版。

本期首栏为"宋代文学专辑"，发表4篇论文、3篇短文。作者是：莫砺锋，张鸣，周裕锴，张毅；聂安福，彭国忠，李德辉。

发表其他论文9篇。作者是：赵敏俐，龙文玲，冷卫国，杨栋，李光摩，赵伟，张进，车锡伦，武道房。

"短文"4篇。作者是：范春义，咸晓婷，崔小敬，何诗海。

发表《文学遗产》网络版通讯员名单。

5 月

15日，《文学遗产》第3期出版。

本期发表论文 13 篇。作者是：陶文鹏，谭家健，王小盾，王宜瑗，霍松林，王勋成，李贞慧，罗宗强，李思涯，郭娟玉，罗立群，郭英德，郭延礼。

"短文" 4 篇。作者是：侯立兵，马婧，谢仁敏，符继成。

另发表其他栏目文章。

7 月

15 日，《文学遗产》第 4 期出版。

本期发表论文 12 篇。作者是：顾农，梁临川，吴相洲，师海军，陈元锋，谢琰，胡传志，左东岭，霍建瑜，曹虹，姜荣刚，彭玉平。

"短文" 5 篇。作者是：王曰美，曾明，孙虹，邱江宁，（日本）上原究一。

"学术广角" 1 篇。作者是：康保成。

"学者研究" 2 篇。作者是：刘跃进，田玉琪。

9 月

15 日，《文学遗产》第 5 期出版。

本期发表论文 14 篇。作者是：傅道彬，刘宝春，刘明，李剑国，邓小军，丁放、袁行霈，白朝晖，马东瑶，孙绍振，涂秀虹，张仲谋，潘务正，金文凯，杜桂萍。

"短文" 4 篇。作者是：毕宝魁，曹建国，鞠岩，张安祖。

10 月

8 日，张晖调入《文学遗产》编辑部任编辑。

11 月

15 日，《文学遗产》第 6 期出版。

《编后记》指出，当前，我国的学术文化体制改革正处在攻坚阶段。过去"坐堂式"的办刊办报的模式已经走到尽头，社会推动着报刊事业必须改革。然而，在改革浪潮风起云涌的时候，必须考虑到学术文化事业改革的特殊性，强化动态管理，坚持分类改革。像《文学遗产》这样的纯学术刊物，创刊已经 56 年，在中国古代文学研究领域，有着举足轻重的学术影响。我们的办刊宗旨非常明确，就是守住学术阵地，守住思想阵地。今后，本刊仍将一如既往地坚守这种信念，毫不动摇。当然，在具体办刊中，确也遇到很多问题。首先是经费投入依然不足，常有力不从心之感。为确保质量，我们坚持三审制度。具体说，主编、副主编不看一审稿，放手由责任编辑组稿、审稿。副主编二审，主编三审。之后，还要双向匿名，外聘专家评审。很多作者说，外审才是鬼门关，因为他们无法攻关。同时，为了确保刊物的编校质量，我们还高薪聘请专业出版社最好的校对专家，每期逐一把关。所有这些，都大大增加了办刊成本。其次是网络化的挑战。2008年，文学研究所两份刊物被院里确定为重点期刊。《文学遗产》将获得的有限资金迅速投入到纸质版的改版及网络版的建设中。2009年4月，《文学遗产》网络版创刊，真正起到全国古典文学研究信息发布平台的作用，引起广泛关注，点击量不断增加。据 Google Analytics 监测系统提供的本刊网络版今年6月1日至7月31日两个月间的统计数据，综合浏览量32666；访问人次累计12012人，访问者来自36个国家和地区，显示了《文学遗产》杂志及其网络版在国内外的影响日益扩大。所有这些工作，都是在没有增加人手的情况下，每一位编辑加倍努力，扮演多重角色完成的。

还有一点非常重要，即中国的学术文化已不仅仅属于中国，而是全人类共享的精神财富，中国文学逐渐得到越来越多的国外学者的重视，研究成果也非常丰富。目前，我们每期向海外发行数百册，主要面向著名大学和研究机构。我们的目标是，《文学遗产》不仅代表中国学术水平，而且要成为世界上研究中国古代文学的标志性学术刊物之一。为了实现这个目标，可能还有很长的路要走，但这是一个发展的方向，值得我们坚持不懈地去做。

困难，压力，挑战，想躲也躲不掉，我们只能直面现实，认真应对，寻求更好的发展机遇。好在本刊有一支优秀的编辑团队，大家同心同德，殚精竭虑，都把这份刊物的编辑工作当作事业来做，做得很苦。本刊也有一支很好的作者队伍。很多关心本刊的科研院校和出版单位同仁，不计回报，伸出援助之手，使刊物得以坚持至今。还有更广大的读者，一直在关注和支持刊物的发展。我们真切地体会到，作者、读者真正是办刊人的衣食父母。即便是今天办刊条件略好的时候，更不能忘记这一点。唯其如此，《文学遗产》编辑部的一代代工作人员用心编刊，编好刊，就不仅仅是为稻梁谋，也有着浓郁的热爱祖国文化、回报学界厚爱的情感在里面。

当新的十年又将开始的时候，我们想从一个纯学术刊物编者的角度，呼吁有关部门，对这类暂时还不能产生直接市场效益的精神产品给予更多的道义上和物质上的支持，呼吁广大的读者、作者继续关心和爱护这块学术园地，使《文学遗产》更多地发表无愧于这个时代的学术力作。

本期发表论文 13 篇。作者是：陈毓罴，陈翀，朱则杰、李杨，陈福康，杜贵晨，汪涌豪，董志广、李瑞卿，杨万里，王术臻，陈文新、郭皓政，李玫，李小龙。

"短文" 4 篇。作者是：刘运好，刘明华，丁延峰，陈正宏。

"学者研究" 1 篇。作者是：关爱和。

刊发本刊 2010 年总目录。

12 月

1 日至 3 日，《文学遗产》编辑部与中山大学中文系联合主办的 "《文学遗产》论坛：明清诗文的文体记忆与文体选择"，在中山大学召开。来自全国各地的近三十位专家学者参加会议。《文学遗产》主编陶文鹏、责任编辑石雷、张晖出席会议。开幕式由中山大学中文系彭玉平教授主持，陶文鹏主编和吴承学教授分别致辞。与会专家学者研讨的主要内容是：（1）明清诗文学术史研究；（2）明清诗文的文体理论与文体批评；（3）明清诗文的文体与文化研究；（4）明清诗文的文献考证及方法；（5）明清诗文个案研究。吴承学教授和陶文鹏主编分别作会议总结发言。此次论坛的学术综述刊发于本刊 2011 年第 2 期。

2011 年

1 月

15 日，《文学遗产》第 1 期出版。

本期发表论文 12 篇。作者是：张元勋，徐公持，李少雍，赵昌平，余恕诚，李昌集，徐培均，李定广，叶晔，任永安，刘世德、夏薇，钱志熙。

"短文" 6 篇。作者是：杨合林，钟书林，黄大宏，钟振振，任群、李金海，查洪德。

"学术广角" 1 篇。作者是：常森。

"海外汉学" 1 篇。作者是：屈小玲。

另发表其他栏目文章。

2月

15日，文学研究所任命所党委书记、副所长刘跃进兼任《文学遗产》主编，竺青任副主编。

同日，文学研究所党委批准成立《文学遗产》党支部。竺青被选举为支部书记。

3月

15日，《文学遗产》第2期出版。

本期发表论文12篇。作者是：周勋初，张亚新，何诗海，李剑国，何剑平，韩经太，吕薇芬，王昊，赵维江、夏令伟，刘宁，陈庆元，裴喆。

"短文" 6篇。作者是：赵建成，魏崇周，尹波，谷春侠，汪燕岗，陈龙。

"学术广角" 1篇。作者是：刘跃进。

另发表其他栏目文章。

刊发2010年《文学遗产》网络版 "论文首刊" 摘要。

同日，中国社会科学院文学研究所举行已故中国社会科学院荣誉学部委员陈毓罴先生追思会。文学所部分专家学者，陈先生生前友好、学生以及家属，参加追思会。文学研究所党委书记兼《文学遗产》主编刘跃进、《文学遗产》前主编徐公持出席会议并发言。会议由文学所古代文学研究室副主任蒋寅主持。与会专家学者深切缅怀与陈先生的学术交谊，高度评价陈先生的道德人品和学术成就。刘跃进最后作总结发言。此次追思会的报道刊发于本刊2011年第4期。

26日至28日，《文学遗产》编辑部与暨南大学中国古代小说研究中心等联合主办，广州大学等协办的 "跨文化视野下中国古代小说学术研讨会"，在暨南大学召开。来自国内的古代小说研究专家学者82人参加会议，提交论文62篇。研讨会开幕式由暨南大学中国古代小说研究中心主任程国赋主持。广东省教育厅副厅长魏中林、暨南大学党委书记蒋述卓、《文学遗产》编辑部副主编竺青先后致辞。华南师范大学副校长郭杰到会祝贺。与会专家学者主要围绕以下议题展开讨论：古代小说与文化关系研究；对域外汉文小说的研究；古代小说版本、史料研究；古代小说文体、叙事、审美等方面研究；古代小说学术史、目录学、评点理论等问题研究。研讨会闭幕式由竺青主持。陈庆浩、孙逊作总结发言。暨南大学中国古代小说研究中心史小军致闭幕词。此次会议的综述发表于本刊 2011 年第 4 期。

4 月

22 日，澳门大学主办的"先秦诸子还原四书发布会暨文化经典研究座谈会"，在北京召开。来自国内高校、科研机构、图书馆、出版社的专家学者及传媒记者五十余人参加会议，研讨澳门大学讲座教授、中国社会科学院学部委员杨义先生的《老子还原》《庄子还原》《墨子还原》《韩非子还原》四部著作的学术价值。文学研究所所长陆建德、《文学遗产》主编刘跃进、前主编陶文鹏等出席座谈会并发言。此次会议的综述发表于本刊 2011 年第 5 期。

5 月

15 日，《文学遗产》第 3 期出版。

本期刊发调整后的编委会名单。主编刘跃进，副主编竺青。顾问（以姓氏笔画为序）：王水照、石昌渝、吕薇芬、刘世德、吴熊和、陈伯海、张锦池、罗宗强、周勋初、项楚、袁世硕、袁行霈、徐公持、陶文鹏、黄天骥、章培恒、傅璇琮。编委（以姓氏笔画为序）：王长华、王兆鹏、左东岭、吕微、关爱和、刘石、刘扬忠、刘跃进、杨义、李浩、吴承学、陈洪、陈大康、陈尚君、竺青、赵昌平、赵逵夫、钟振振、莫砺锋、郭英德、徐俊、梅新林、韩经太、葛晓音。

本期首栏为"纪念中国共产党成立九十周年"，发表 2 篇文章。作者是：邓绍基，韩经太。

发表论文 12 篇。作者是：彭国忠，卢盛江，王秀臣，张海沙，尚永亮，郁沅，刘成国，王晓骊，许建中，谭帆、杨志平，查清华、汪惠民，徐雁平。

"明清诗文研究笔谈" 5 篇。作者是：罗宗强，左东岭，罗时进，何诗海，石雷。

"短文" 4 篇。作者是：陈于全，朱光立，郭自虎，罗旭舟。

另发表其他栏目文章。

6月

7日，《文学遗产》编辑部发出唁电，深切悼念复旦大学章培恒教授逝世。章培恒教授长期担任本刊编委、顾问，为刊物的建设做出了贡献。

17日至18日，《文学遗产》编辑部与首都师范大学文学院联合召开《文学遗产》2011年度编委会扩大会议。本刊编委及应邀与会的高校、图书馆、学术期刊编辑部的专家学者三十余人出席会议。编委会开始，首都师范大学文学院院长、本刊编委左东岭致欢迎词。《文学遗产》主编刘跃进作主旨发言。《文学遗产》副主编兼编辑部副主任竺青汇报了编辑部的制度建设情况和刊物日常编辑工作情况。编辑部责任编辑张剑、石雷、孙少华、张晖分别就各自的编辑工作和相关领域的学术动态向与会编委和专家学者作了汇报。在学术研讨阶段，专家们主要就以下问题发表了意见：如何评价近三十年特别是新世纪十年的古典文学研究；古典文学研究的价值和意义；关于古典文学学科的边界；文学史研究的问题；古典文学研究中的理论问题、文献问题；古典文学研究的国际化问题；古典文学研究的贯通和大局观等。《文学遗产》主编刘跃进作总结发言，强调古典文学研究者实际上是一个学术共同体，他代表编辑部感谢学界同仁长期以来对刊物的支持。此次会议的纪要以《在探索中前行——《文学遗产》2011年度编委会扩大会议纪要》为题，发表于本刊2011年第5期。

7月

15日，《文学遗产》第4期出版。

本期发表论文13篇。作者是：孙昌武，马银琴，汪春泓，戴伟华，刘青海，王莹，张学松、彭洁莹，侯体健，龙建国，陈书录，蒋寅，彭玉平，宋丽娟、孙逊。

"短文"5篇。作者是：王福利、孙玉香，李洪亮，王晓萌，徐文明，尹冬民。

另发表其他栏目文章。

16日，江苏省社会科学院文学研究所主办的"《明清小说研究》百期纪念暨明清小说金陵学术研讨会"，在南京召开。来自国内外的专家学者五十余人参加会议。《文学遗产》副主编竺青代表编辑部参加研讨会，并在开幕式上致辞。此次会议开幕式发言刊登于《明清小说研究》2011年第 3 期。

8 月

5 日，文学研究所任命竺青兼任《文学遗产》编辑部主任，张剑任副主任。

9 月

15 日，《文学遗产》第 5 期出版。

本期发表论文 14 篇。作者是：傅刚，顾农，范子烨，林晓光，吴光兴，（美）方志彤，张蕴爽，王建生，张兵、张毓洲，沙先一，吴书荫，黄仕忠，李鹏飞，陆林。

"短文" 3 篇。作者是：韩立平，曾维刚，车文明。

"《文学遗产》编委会综述"，作者是：刘跃进，竺青，张晖。

另发表其他栏目文章。

11 月

15 日，《文学遗产》第 6 期出版。

《编后记》说明，今年 6 月，《文学遗产》编辑部在京举办 2011 年度编委会扩大会议，来自《文学遗产》《中国社会科学》《文学评论》三家编辑部及中国社会科学院文学研究所、首都师范大学、国家图书馆、北京大学、北京语言大学、南开大学、河北师范大学、河南大学、南京大学、复旦大学、上海师范大学、浙江大学、浙江师范大学、四川大学、西北大学等科研机构、高校的三十多位专家学者齐聚一堂，就新世纪十年古典文学研究取得的成绩、当前古典文学研究存在的困难、困惑和发展前景以及如何办好《文学遗产》等问题进行了比较深入的讨论。会后，我们邀请部分专家整理发言要点，从今年第 6 期开始，陆续以笔谈的方式发表出来，听取学术界的意见。

尽管具体看法多有不同，但总体来说，与会者普遍感到强烈的变化，也感受到无形的压力。研究成果众多，是最大的感受。而能够真正沉淀下来的成果会有多少，尚待历史的检验。学术领域、研究方法，纷繁复杂，但是又缺少一种能够得到普遍认可的学术主流。回想 20 世纪前半叶，进化论似乎是推动当时学术进步的一种主流意见。20 世纪五六十年代，马克思列宁主义作为强大的思想武器，武装了整个学术界，留下鲜明的时代烙印。

20 世纪 80 年代，新方法论盛行，唤醒学界同仁的理论意识，时至今日，记忆犹新。此后，思想淡出，学术凸显，但主流不复存在。这也许是思想多元化、学术个性化发展的必然结果。

尽管如此，我们依然呼唤学术的主流意识，在重视文献积累的基础上，强调理论的思考。作为一个学术共同体，理应有同声相应、同气相求的主流意识，也迫切需要理论与文献的支撑。当前，文化诉求呈多元发展态势，但有一种基本倾向值得关注，即回归传统、回归经典。改革开放三十多年来，读书界努力扩大视野，增加知识储量，但对于历代经典，尤其是文学经典，还缺乏深入细密的理解。

我们的古代文学研究界，论文呈几何级数增长，但总让人感觉到有些浮泛。很多是"项目体"或者"学位体"，先设题目，再去论证，与传统的以论带史没有质的区别。如何纠正这种偏颇？重读经典或许是一个有效的方法。

提倡重读经典，并不意味着排斥新材料。前辈国学大师王国维、陈寅恪都很重视对新材料的运用，陈寅恪在《敦煌劫余录序》中甚至说："一时代之学术，必有其新材料与新问题。取用此材料，以研求问题，则为此时代学术之新潮流。治学之士得预于此潮流者，谓之预流。其未得预者，谓之未入流。"但这些话是建立在熟谙经典的预设下的，如果没有经典作为学者知识结构的基本支撑，新材料极易沦为无源之水、无本之木，难以深入运用。这也是许多学者为什么面对的新材料越多，越容易写得表面化的原因之一。当然，如何选择经典，又如何阅读经典，自是见仁见智。更何况，在现代语境和国际化视野下，这个问题尤其复杂。但中国文化在长期历史发展过程中，终究还积淀下一批公认的文化经典。我们所以重视经典、重读经典，是因为经典阐述的是文化中比较根本和重要的基本命题，由此可以反省中国文化中的一些基本问题、重大问题，而这些问题既与我们的民族文化息息相关，又当与我们当代的文化建设密切相连。

经典还在不断地发现中，也在不断地创造中。我们只有不断地走近经典、体味经典，或许才可以从中探寻一些带有规律性的东西，为今天文学经典的创造，提供若干有意义的借鉴。这也是我们倡导重读经典的另一意义所在。

本期发表论文 12 篇。作者是：杜书瀛，韦春喜，吴相洲，陆平，祁伟，张春义，李光摩，朱惠国，郭英德，潘建国，马莎，潘明福。

"新世纪十年论坛" 4 篇。作者是：莫砺锋，廖可斌，詹福瑞，李浩。

"短文" 6 篇。作者是：李山，俞林波，赵逵夫，曾祥旭，范志新，杨金梅。

"学术综述" 1 篇。作者是：周明初。

另发表其他栏目文章。

刊发本刊 2011 年总目录。

12 月

18 日，《文学遗产》编辑部与武汉大学联合主办的"刘永济著述整理与研究学术研讨会"，在武汉大学召开。湖北地区部分高校的专家学者和刘永济先生的亲属及弟子等参加会议。《文学遗产》副主编竺青出席研讨会。会议由武汉大学中国传统文化研究中心副主任陈文新主持。武汉大学副校长黄泰岩、《文学遗产》副主编竺青、吉首大学副校长白晋湘分别致辞。与会专家学者高度评价刘先生在古典文学研究领域的杰出成就及学术品格，并就如何整理和研究刘先生的著述展开讨论，陈文新教授还向与会专家汇报了关于刘先生著述整理与研究的初步设想。此次会议的综述发表于本刊 2013 年第 2 期。

2012 年

1 月

15 日，《文学遗产》第 1 期出版。定价 30.00 元。

顾问章培恒先生因已病逝，本期编委会名单中不再出现章先生姓名。

本期发表论文 13 篇。作者是：徐公持，胡大雷，魏鸿雁，许云和，张一南，黄阳兴，谢桃坊，马里扬，祝尚书，黄强、申玲燕，徐雁平，吴新雷，石昌渝。

"新世纪十年论坛" 4 篇。作者是：陈尚君，曹旭，左东岭，梅新林。

"短文" 5 篇。作者是：俞志慧，兰翠，沈如泉，易闻晓，王燕。

另发表其他栏目文章。

3 月

15 日，《文学遗产》第 2 期出版。

本期发表论文 13 篇。作者是：沈松勤，彭国忠，许继起，曹建国，徐建委，孙明君，杨晓斌，马婧，刘真伦，张明华，程毅中，张仲谋，蔡雯。

"新世纪十年论坛" 4 篇。作者是：周裕锴，韩经太，王兆鹏，程章灿。

"短文" 6 篇。作者是：束莉，罗宁，曹辛华，陈国军，朱志远，任文京。

发表 2011 年《文学遗产》网络版 "论文首刊摘要"。

5 月

15 日，《文学遗产》第 3 期出版。

本期发表论文 13 篇。作者是：赵辉，（美国）柯马丁，李德辉，郭丽，钱志熙，房本文，李剑国，周裕锴，钱建状，杨焄，邓绍基，余意，杨遇青。

"短文" 6 篇。作者是：柏俊才，黄威，杜晓勤，段双喜，顾宝林，许隽超。

"新世纪十年论坛" 4 篇。作者是：胡可先，马自力，王长华，吴相洲。

"学者研究" 1 篇。作者是：杨明。

7 月

15 日，《文学遗产》第 4 期出版。

本期发表论文 16 篇。作者是：许结，赵沛霖，刘林魁，刘志伟，金少华，卢盛江，于海博，王传龙，伍晓蔓，胡传志，陈广宏，郭文仪，董乃斌，（日本）磯部佑子，宋莉华，叶晔。

另发表其他栏目文章。

本期起，撤销 "短文" 栏目。

8 月

16 日至 18 日，《文学遗产》编辑部与首都师范大学文学院、首都师范大学中国诗歌研究中心共同主办的 "汉代文学与文化国际学术研讨会"，在北京召开。来自海内外各大学的七十余位专家学者参加会议，提交论文六十余篇。《文学遗产》主编刘跃进、责任编辑孙少华出席研讨会，并提交论文。会议开幕式由首都师范大学中国诗歌研究中心主任赵敏俐教授主持。

首都师范大学常务副校长周建设、《文学遗产》主编刘跃进、首都师范大学文学院院长左东岭等分别致辞。研讨会的内容涉及汉代文学与文化研究的诸多方面，关系到文学、音乐、政治学、思想史、宗教等领域，集中于政治文化环境对文学的影响，文学本体问题研究，考据、疏证与注释，《史记》《汉书》研究等几方面。赵敏俐作会议总结发言。此次研讨会的综述发表于本刊 2013 年第 1 期。

9 月

15 日，《文学遗产》第 5 期出版。

本期发表论文 13 篇。作者是：罗宗强，马银琴，周泉根，高华平，陶文鹏，孙思旺，熊明，周剑之，陈玉兰，吴书荫，赵山林，孙绍振，朱则杰。

"学术广角" 2 篇。作者是：王德华，张新科。

另发表其他栏目文章。

11 月

1 日，《文学遗产》获得国家社会科学基金（第二批学术期刊）资助。

15 日，《文学遗产》第 6 期出版。

本期发表论文 13 篇。作者是：孙昌武，郗文倩，刘运好，王子今，罗书华，韦春喜，咸晓婷，刘珺珺，罗筱玉，何宗美，李玫，黄一农，彭玉平。

"学术广角" 1 篇。作者是：陈铁民。

刊发本刊 2012 年总目录。

2013 年

1 月

15 日，《文学遗产》第 1 期出版。本期始，本刊由社会科学文献出版社出版，其他各项不变。

顾问吴熊和先生因已病逝，本期编委会名单中不再出现吴先生姓名。

本期发表论文 9 篇。作者是：徐公持，熊良智，吴光兴，杜晓勤，张毅，刘蔚，刘世德，李舜华，孙之梅。

"学术广角" 1 篇。作者是：范春义。

"学者研究" 2 篇。作者是：张健，郑杰文。

另发表其他栏目文章。

本期起，所发文章之末均署责任编辑姓名。

22 日，文学研究所增聘张剑为《文学遗产》副主编。

3 月

15 日，《文学遗产》第 2 期出版。

本期发表论文 13 篇。作者是：李炳海，胡大雷，梅显懋，吴夏平，王宏林，朱刚，李瑞卿，王顺贵，王培军，孙欣欣，罗旭舟，潘务正，宋丽娟。

"学术广角" 2 篇。作者是：罗军凤，冯胜利。

发表 2012 年《文学遗产》网络版 "论文首刊摘要"。

另发表其他栏目文章。

同日，《文学遗产》编辑部责任编辑张晖副研究员病逝，年仅 36 岁。张晖弥留之际，中国社会科学院文学研究所党委书记兼《文学遗产》主编刘跃进、文学研究所所长陆建德和其他所领导，《文学遗产》编辑部副主编兼编辑部主任竺青、副主编兼编辑部副主任张剑、责任编辑石雷、孙少华、马丽，以及文学所部分研究室、行政处室的领导和研究人员等，均先后赴医院看护、探视，并安慰家属。

19 日，中国社会科学院文学研究所在北京八宝山殡仪馆举行告别仪式，沉痛悼念张晖副研究员。中国社会科学院秘书长黄浩涛、文学研究所党委书记兼《文学遗产》主编刘跃进、文学研究所所长陆建德和其他所领导，《文学遗产》编辑部全体同仁，文学所部分研究室、编辑部、行政处室的领导和科研人员，张晖的家属和生前友好，以及北京外国语大学等高校部分师生，参加告别仪式。

29 日至 30 日，《文学遗产》编辑部主办、安徽大学文学院承办的《文学遗产》2013 年编委会扩大会议暨 "古代中国：文学·文献·文化" 学术研讨会，在安徽大学举行。《文学遗产》编委及来自全国各地高校、科研机构、图书馆、出版社的五十余名专家学者参加会议。开幕式由安徽大学文学院院长鲍恒教授主持。中国社会科学院文学研究所党委书记兼《文学遗产》主编刘跃进研究员、文学研究所所长陆建德研究员、安徽大学党委书记黄德宽教授等分别致辞。刘跃进主编提议全体与会专家为不久前病逝的《文学遗产》编辑部责任编辑张晖副研究员默哀一分钟。此后,《文学遗产》编辑部责任编辑和特约编辑孙少华副研究员、刘宁研究员、张剑副编审、石雷副编审,就各自学术领域的编辑工作和学术动态,向专家学者作了汇报。左东岭教授就张晖的编辑报告作了说明。在学术研讨阶段,专家学者们就《文学遗产》的办刊原则、方向、栏目建设等,提出了很多建设性的意见;并就古典文学研究中的文学、文献、文化的关系,"文学本位"与文学的"艺术性和审美性",文学研究的古今打通与中外融通,古代文学研究的学科化、国际化、技术化等问题进行了热烈讨论。与会专家学者还对安徽大学古代文学学科建设提出了意见和建议。《文学遗产》副主编兼编辑部主任竺青编审作会议总结发言。鲍恒教授致闭幕辞。此次编委会的综述发表于本刊 2013 年第 4 期。

4 月

1 日,刘京臣调入《文学遗产》编辑部任编辑。

13 日至 14 日,"《中国诗歌通史》研讨会"在北京召开。首都部分高校、科研机构、出版社的专家学者参加会议。《文学遗产》主编刘跃进主持研讨会。《文学遗产》顾问陶文鹏、副主编张剑出席会议并发言。此次会议的综述发表于本刊 2013 年第 5 期。

5 月

15 日,《文学遗产》第 3 期出版。

本期刊发的编委会名单中,增加张剑为副主编和编委会委员。

本期发表论文 12 篇。作者是:赵敏俐,汪春泓,徐华,查屏球,张培阳,陈元锋,刘亮,刘世德,陈维昭,闵丰,陆胤,孙超。

"学者研究"1 篇。作者是:金程宇。

7 月

1 日,马昕至《文学遗产》编辑部任见习编辑。

15 日,《文学遗产》第 4 期出版。

本期发表论文 16 篇。作者是:王立群,陈翀,黄伟豪,谢思炜,卞东波,王思豪,顾农,张国庆,戴伟华,李小荣,叶晔,苗民,蒋寅,周兴陆,左鹏军,胡全章。

"学术广角" 1 篇。作者是：张晖（遗作）。

8 月

24 日至 25 日，"中国文学史理论暨袁世硕先生执教 60 周年学术研讨会"，在山东大学召开。来自国内高校、科研机构、出版社、学术团体的专家学者五十余人参加会议。袁世硕先生与《文学遗产》学术交谊深厚，近六十年来先后担任本刊通讯员、编委、顾问，为刊物的建设做出了贡献。《文学遗产》副主编兼编辑部主任竺青出席研讨会，并代表编辑部在开幕式上致辞。

26 日至 27 日，《文学遗产》编辑部与浙江工业大学人文学院联合主办的 "宋代文史青年学者论坛"，在杭州召开。来自全国二十余所高校和科研机构的二十余位青年学者参加会议，提交 23 篇论文。《文学遗产》编辑部副主编竺青、张剑出席会议。浙江工业大学党委副书记萧瑞峰教授和《文学遗产》编辑部副主编竺青编审在开幕式上分别代表主办方致欢迎辞。《文学遗产》编辑部副主编张剑编审和中国社会科学院历史研究所助理研究员梁建国分别作《宋代文学研究新趋向》与《宋代历史研究新趋向》主题报告。本次研讨会的特点是：新材料的运用继续受到重视；"大胆假设，小心求证" 的治学理念仍在实践；文史贯通、文史互证。闭幕式上，特约评审专家邓小南、沈松勤、虞云国、包伟民、王兆鹏等对学者们的论文发表了意见。此次会议的综述发表于本刊 2014 年第 1 期。

9 月

15 日，《文学遗产》第 5 期出版。

本期发表论文 13 篇。作者是：朱晓海，普慧，蔡丹君，刘青海，李俊，孙克强，沈松勤，吴正岚，（日本）磯部彰，祁宁锋，杨传庆，余来明，李斌。

"学术综述" 1 篇。作者是：李舜臣。

另发表其他栏目文章。

21 日，赣南师范学院文学院等单位联合主办的 "中国宋代文学学会第八届年会暨宋代文学与宋城文化国际学术研讨会"，在江西省赣州市召开。国内外专家学者二百余人参加会议。《文学遗产》副主编张剑出席研讨会并发言。此次会议的综述发表于本刊 2014 年第 1 期。

10 月

10 日至 13 日，《文学遗产》编辑部与中山大学中文系和《中山大学学报》联合主办的"第四届中国文体学国际学术研讨会"，在中山大学召开。来自海内外的七十余位专家学者参加会议，提交论文 68 篇。《文学遗产》编辑部副主编竺青、张剑，责任编辑孙少华出席研讨会。在开幕式上，竺青编审代表《文学遗产》主编刘跃进研究员致开幕词；中山大学吴承学教授致开幕词。研讨会主要有五个议题：文体学学术史研究；文体形态及其源流演变研究；文体与文化研究；文体理论与文体批评研究；文体学周边问题研究。在闭幕式上，黑龙江大学杜桂萍教授和《文学遗产》编辑部张剑编审代表与会学者发言；竺青编审致闭幕词。此次研讨会的综述发表于本刊 2014 年第 1 期。

14 日，《文学遗产》编辑部与中山大学古籍研究所联合主办的"古代戏曲研究前沿问题研讨会"，在中山大学召开。华南地区的二十余位专家学者出席会议。中山大学黄天骥教授和《文学遗产》竺青副主编分别致辞。研讨会的主要议题是：古代戏曲文献的整理与发现；古代戏曲理论的建构与突破；古代戏曲研究范围的拓展；古代戏曲的相关问题研究。此外，与会专家学者还就《文学遗产》的编辑工作提出了建议。此次研讨会的综述发表于本刊 2014 年第 2 期。

15 日，《文学遗产》编辑部与暨南大学中国古代小说研究中心联合主办、暨南大学社会科学处协办的"古代小说研究前沿问题学术研讨会"，在暨南大学召开。广东及周边地区高校的部分专家学者参加会议。暨南大学中国古代小说研究中心主任程国赋教授和《文学遗产》竺青副主编分别致辞。研讨会的内容主要有以下几个方面：古代小说与当代文化资源的继承与利用；古代小说研究的选题；古代小说研究的范式等。此外，与会专家学者还就《文学遗产》古代小说研究栏目的编辑工作提出了建议。此次研讨会的综述发表于本刊 2014 年第 2 期。

25 日，《文学遗产》编辑部与华东师范大学中文系联合主办的"古代文学研究前沿问题学术座谈会"，在华东师范大学召开。上海及周边地区高校的部分专家学者参加座谈会。会议由华东师范大学彭国忠教授主持。《文学遗产》张剑副主编出席会议。与会专家主要就三个方面展开研讨：学科交叉研究与文学本位；学理探讨与心灵诉求；学术编辑和学者的互动。另外，与会专家学者还就《文学遗产》的编辑工作提出了建议。此次研讨会的综述发表于本刊 2014 年第 2 期。

11 月

7 日，《文学遗产》编辑部与上海师范大学中文系联合主办的"中国古代小说研究前沿问题青年学者研讨会"，在上海师范大学召开。来自上海、南京、杭州部分高校的专家学者出席会议。研讨会由上海师范大学孙逊教授主持。《文学遗产》编辑部副主编竺青和责任编辑石雷参加会议。会议研讨的内容集中在三个方面：对中国古代小说学术史和方法论的反思；关于开拓古代小说研究的新领域；如何更好地建设《文学遗产》古代小说研究栏目。竺青和石雷就专家们的发言分别作了回应。法国社会科学研究中心的陈庆浩教授也参加了研讨。此次研讨会的综述发表于本刊 2014 年第 2 期。

15 日，《文学遗产》第 6 期出版。

《编后记》说明，2011 年 6 月，编辑部曾借召开编委会扩大会议之机，邀请三十多位古典文学研究界的知名专家、学者，集中讨论新世纪十年以来古典文学研究所取得的成绩，存在的困难、困惑以及发展前景等问题，并形成系列笔谈，陆续在本刊发表。2013 年 3 月，我们又召开了一次编委会扩大会议，与会专家五十余人，围绕着"古代中国：文学·文献·文化"这样一个主题展开讨论，并对 2011 年编委会扩大会议涉及的问题又做了延伸性思考；专家们对《文学遗产》办刊定位及学术导向等话题各抒己见，提出许多建设性意见。本期发表的笔谈，即是这次研讨的部分成果。两次编委会，学者们在学术导向、办刊定位与研究方法等方面，提出了很多建设性意见与理论性思考。在新的历史形势下，我们将进一步明确办刊方向与学术责任，继续以马克思主义思想为指导方针，关注学术前沿与学术创新，本着"服务学术"的宗旨，在尊重传统的基础上，回归经典，在实现"古代文学的现代性转换"方面有所突破与创新。

2012 年我们参与了"汉代文学与文化国际学术研讨会"与"中国文选学会第十届年会"相关学术活动，并在本刊"学术广角""学者研究""学术综述"等栏目，择要编发了一些有代表性的文章。2013 年还有若干合作举办的学术会议，如 4 月份与杭州师范大学中国古代文学与文献研究中心合作举办的"2013 年学术期刊与古代文学学科建设研讨会", 8 月份与浙江工业大学人文学院合作举办的"宋代文史青年学者论坛", 10 月份与中山大学中文系合作举办的"第四届中国文体学国际学术研讨会"。2014 年又会有一批科研成果陆续刊布。这也是贯彻落实我院创新工程的一种尝试。今后我们仍将关注古典文学研究的热点和趋势, 加强与学术界的联系, 一起推进古典文学研究的繁荣。

2013 年, 编辑部还进一步规范了各项规章制度, 特别是细化了审稿流程。对于一份学术刊物而言, 审稿可以说是体现刊物学术水平的关键环节之一。只有在这一环节上最大限度地排除非学术因素、保证公平和公正, 才能赢得学术界的口碑和信任。我刊目前的审稿流程是编辑部内部三审、专家匿名审、主编终审, 历经"五审", 较为充分地发挥了互相监督、防止人情稿的作用。但制度的产生和维系需要成本支付, 环节的增多, 相应带来了经济成本和时间成本的增加, 如何兼顾公平与效率, 是我们今后要积极面对的一个问题。建章立制, 营造风清气正的学术氛围, 最终目的, 还是为了推动学术的发展。

2013 年, 文学所已走过 60 年风雨历程。总结文学所的历史经验, 最重要的一点是, 贯彻执行党的正确路线, 发挥国家级科研机构的引领示范作用, 这是文学所成立 60 年最基本的经验, 也是最重要的特色。此外, 遵循学术规律, 整合团队力量, 夯实学科基础, 这是文学研究所在学术界保持较高学术声誉的根本保障。同时, 尊重学术个性, 鼓励广大科研人员潜心研究, 撰写传世之作。2014 年,《文学遗产》将迈入花甲之岁。《文学遗产》创刊 60 年来, 秉承"兼容并包、求实创新、厚重博大"的办刊理念, 即使是研究小问题, 也希望体现出一种问题意识和学术的厚重感。面对着文学所、《文学遗产》留给我们的丰厚遗产, 我们有信心、也有能力将这份"遗产"发扬光大。现在, 科研环境、科研条件, 正处在历史上最好的时期, 创新工程又为我们提供了一个革命性的历史契机, 确实没有理由不做好本职工作。文学研究的创新,《文学遗产》的发展, 归根结底, 要落实到"学以致用"上, 即通过厚重的科研成果, 服务于国家、服务于社会。

本期发表论文 13 篇。作者是: 陈伯海、钱志熙、陈桐生、韩高年、吴洋、张庆民、刘成国、柏红秀、曾维刚、邱江宁、姜荣刚、陆林、彭玉平。

"《文学遗产》二〇一三年编委扩大会笔谈"7 篇。作者是：葛晓音，赵昌平，陈洪，吴承学，刘石，李浩，杜桂萍。

刊发本刊 2013 年总目录。

22 日至 24 日，中国红楼梦学会等四家单位联合主办的"纪念伟大作家曹雪芹逝世 250 周年大会暨学术研讨会"，在河北省廊坊市召开。来自国内高校、科研机构、出版社等单位的专家学者一百二十余人参加会议。《文学遗产》副主编竺青、责任编辑石雷出席研讨会。

12 月

15 日，《文学遗产》编辑部与西北师范大学文学院联合主办的"先秦两汉文学研究前沿问题中青年学者研讨会"，在兰州西北师范大学召开。来自国内高校和科研机构的 18 位专家学者出席会议。西北师范大学赵逵夫教授和《文学遗产》竺青副主编分别致辞。与会专家学者围绕以下问题进行了讨论：关于诸子研究；文献尤其是域外文献的整理和研究；文体研究；文学史研究；宗教文学研究以及文学与经学关系研究等。此外，专家们还对《文学遗产》的编辑工作提出了建议。竺青副主编、责任编辑孙少华与学者们作了学术和编辑方面的交流。此次研讨会的综述发表于本刊 2014 年第 2 期。

2014 年

1 月

6 日，《文学遗产》编辑部主办的"《明清钓鱼岛诗歌及其相关文献考述》座谈会"，在中国社会科学院文学研究所召开。本次会议意在介绍、宣传苏州大学教授罗时进在 2014 年第 1 期《文学遗产》上发表的论文《明清钓鱼岛诗歌及其相关文献考述》的学术价值和现实意义。来自中国社会科学院文学研究所、日本研究所、近代史研究所、中国边疆史地研究中心、社会科学文献出版社和北京大学、苏州大学的十余位专家学者出席会议。《人民日报》等媒体记者列席会议。《文学遗产》副主编兼编辑部主任竺青主持会议。文学研究所党委书记兼《文学遗产》主编刘跃进、文学研究所所长陆建德分别致辞。罗时进教授介绍了论文的写作情况，《文学遗产》副主编、本文责任编辑张剑介绍了刊发此文的编辑意图。与会专家学者充分肯定了这篇文章的文献价值和学术价值取向，同时提出以学术研究回应重大历史问题时务必格外严谨，要能经受海内外学术界的检验。刘跃进主编作总结发言，呼吁学术界同仁更新观念，为古代文学研究赢得新的发展空间。此次会议的报道刊发于本刊 2014 年第 2 期。

15 日，《文学遗产》第 1 期出版。本期始，国内发行单位改为北京报刊发行局。其他各项不变。

《编后记》指出，改革开放三十多年来，随着社会的发展和形势的剧烈变化，在学术事业空前繁荣的同时，也不时出现一些风气浮躁、不接地气、脱离现实和丧失人文关怀的现象。部分学者的视野日益狭隘，思维日益封闭，情怀日益冷漠，社会责任感日益淡薄，将学术研究理解为仅仅对个人有意义和有作用的"碎片化"活动，并美其名曰"多元化"和"百花齐放"，在一定程度上消解了主流意识形态和社会价值体系。这些问题应当引起我们的关注。

诚然，学术研究是一种个性化很强的劳动，受到个人学术兴趣的制约，应该允许多元化的选择；而"百花齐放""百家争鸣"也的确是我国指导科学和文学艺术发展的重要方针。但是，"碎片化"并不等于"多元化"，多元化和百花齐放只有在坚持社会主义核心价值体系的引领下，才能在尊重差异、包容多样中实现真正的和谐；必须扎根于社会民生的深厚土壤，个性化的学术研究才能获得真正的价值。学术研究不是一项旧社会中贵族式的个人文化消遣，它是与社会民生休戚相关的事业。文学研究工作者要自觉地跟踪时代、自觉地贴近生活，让自己的研究拥有更为广阔的学术视野和现实关怀，获得无限的发展空间。

由于关注对象的特殊性，古典文学研究不可能像某些学科那样直接和全面地关注甚至介入现实社会，但古典文学作为中国先民的心灵史和情感史，作为当代人的精神故乡和审美图腾，应该可以与人民大众的命运和心灵紧密相通，也可以与国家、社会、历史的重大问题紧密相联，因此我们的古典文学研究不能放弃自己的使命感和社会责任感，要有人文关怀和现代意识，要能运用专业知识发掘和弘扬民族传统文化中的优秀内容，为建设当代社会主义先进文化奉献自身不可替代的力量。本刊特约罗时进先生撰写的《明清钓鱼岛诗歌及其相关文献考述》一文，既是对明清钓鱼岛诗歌及其文献的系统梳理，又表明古代文学研究完全可以用严谨的学术方式，表达对社会现实和重要国家历史问题的关心。今后本刊将继续策划组织此类对国家、社会和民生有意义、有价值的重要选题，使古典文学能够在专业化的学术研究中保持对社会现实的关注，积极参与到中华民族文化伟大复兴的进程中来。

习近平总书记在全国宣传思想工作会议上强调要讲好中国故事、传播好中国声音，最重要的一点，就是讲清楚中华民族在5000多年的文明发展进程中创造的博大精深的中华文化，这里积淀着中华民族最深沉的精神追求，包含着中华民族最根本的精神基因，代表着中华民族独特的精神标识，是中华民族自强不息、团结奋进的重要精神支柱，是我们最深厚的文化软实力。今年适逢《文学遗产》六十华诞，回望一甲子，我们的每一点进步都离不开学界朋友的关心和帮助。周而复始，我们又要站在一个新的起点。能否站在时代的高度，自觉树立起为中国特色社会主义大局和中华民族文化复兴服务的意识，批判地继承古今中外一切优秀的文化遗产，批判地吸收其中一切有益的东西，为我们的文学创作、文学研究提供借鉴，是我们未来工作的重中之重。

我们乐意一如既往地与学界朋友携起手来，适应社会文化思潮发展的新形势，共同用中国的思维、中国的形式和中国的特性来讲述中国的古代文学，彰显学术研究工作者的文化力量，增强全社会的凝聚力和创造力，树立以马克思主义为指导思想，以中国特色社会主义为共同理想，以爱国主义为核心的民族精神，将自己的知识和才华贡献给这个伟大的时代，对中国的文学和文化研究做出应有的贡献。

本期始，目录页全部栏目均设栏题。

新设"本刊特约"栏，发表罗时进的《明清钓鱼岛诗歌及其相关文献考述》。"编者按"说明："钓鱼岛是中国的固有领土，明清历史文献中有诸多证据，而在明清别集和其他相关文献中，也保存了不少以钓鱼岛为题材的诗歌作品。这些诗歌，既有对钓鱼台、黄尾屿、赤尾屿等岛屿风光的描绘，又有对沿途奇特海景的展现，不仅开拓了传统诗歌的表现范围，还以文学审美的方式表现出钓鱼岛作为中国固有领土的心理文化认同。值得注意的是，作者在诗歌中有不少关于黑沟洋为'中外分界处'、姑米山为'入琉球界'的原注，都是对海疆的明确说明，可与若干历史文献记载相印证，而在徐葆光的诗歌中，已经出现'钓鱼诸屿'的提法，和我们今天所说的'钓鱼岛列岛'，或'钓鱼岛及附属岛屿'可看作是完全相近的表达。这些作品是重要的文学史料，也是重要的历史见证。本刊特约罗时进先生的这篇论文，既是对明清钓鱼岛诗歌及其文献的系统梳理，又表明古代文学研究应当、也完全可以用严谨的学术方式，表达对社会现实和重要国家历史问题的关切。"

"学术专题"栏，发表论文 9 篇。作者是：徐公持，穆克宏，余恕诚，莫砺锋，周裕锴，（日本）大塚秀高，潘建国，漆永祥，邬国平。

"学术广角"1 篇。作者是：杨义。

"《文学遗产》二〇一三年编委扩大会笔谈"6 篇。作者是：钟振振，傅刚，沈松勤，朱万曙，沈立岩，徐兴无。

发表《本刊严正声明》："近期，有读者和作者向本刊反映，某些组织及个人冒用《文学遗产》编辑部名义，在网络上发布虚假的'《文学遗产》投稿须知'，提供并非本刊的投稿邮箱，并伪造《稿件录用通知书》，以专家评审及出版印刷费用等名义，骗取作者钱财。这种行为严重侵害了我刊的权益，在社会上造成了恶劣的影响，我们将保留提出法律诉讼的权利。本刊现严正声明如下：《文学遗产》编辑部历来坚守学术标准和规范，严格遵守国家新闻出版管理部门和中国社会科学院的有关规定，其所编辑的纸质版和网络版，从未以任何名义收取过作者版面费、审稿费、印刷费等任何其他费用，也从未委托任何机构或个人进行征稿或代为接收投稿。……请广大读者和作者慎重维护好自己的权益，切勿上当受骗。"

2 月

12 日，《文学遗产》编辑部发出唁电，对复旦大学王运熙教授逝世，表示哀悼。王运熙先生曾担任本刊通讯员和通讯编委，为本刊的建设做出了贡献。

本月，《文学遗产》编辑部获准进入中国社会科学院哲学社会科学创新工程。

3 月

13 日，文学研究所召开"邓绍基先生新作出版研讨会暨逝世一周年追思会"。会议由文学所党委书记刘跃进主持。文学所所长陆建德、副所长高建平、古代文学研究室主任蒋寅、文学所前所长张炯，钱中文、陈骏涛、卢兴基、王飚、徐公持、孙一珍、么书仪、吕薇芬、陈铁民、刘士杰、刘扬忠、李少雍、尹恭弘、汤学智、胡明等所内专家学者，以及邓绍基先生的夫人和生前好友、学生，《文学遗产》编辑部、《文学评论》编辑部代表等五十余人参加了会议。

邓绍基先生从事中国古代文学研究数十年，研究领域涉及戏曲、小说、诗文、学术史等多个方面，成绩斐然，多有创获。作为文学所具有代表性的一代学者，无论是在个人的学术成就上，还是在文学所的学科建设及领导管理上，均有杰出贡献。刘跃进书记介绍了追思会筹备阶段的基本情况并谈及自己对邓绍基先生最深的三个印象，概言之，是"为人"、"为学"和"为所"。邓先生为他人之事、为学界之学、为所之建设做出的努力和贡献，学术思想和为人态度垂范后世，可视作文学所的精神传承。陆建德所长认为在古代文学学科的远景规划上，邓绍基先生起到了不可替代的领导作用。古代室能够有今天的格局，邓先生有开创和发扬之功。邓绍基先生堪称文学所古代文学研究的中流砥柱。他的谦和精神来自于传统文化的温柔敦厚，也是文学所精神的象征。追思会上，与会的专家学者追述了邓绍基先生的生平轶事，从人格魅力、学术成就、领导才能、提携后辈等多个方面，彰显了邓绍基先生的大家风范。

本次追思会也是邓绍基先生两部著作的发布会，社会科学文献出版社出版的《邓绍基论文集》和《古典戏曲评论集》，涵盖了邓绍基先生平生治学的主要领域，从中可以略窥老一辈学人在理论与文献上的不凡造诣。此次会议的报道发表于本刊2014年第4期。

15日，《文学遗产》第2期出版。

本期"学术专题"栏，发表论文10篇。作者是：胡晓明，王德华，程章灿，左东岭，马里扬，黄奕珍，徐大军，何诗海，张一南，王媛。

"古代文学研究'视野与方法'笔谈"5篇。作者是：刘跃进，李昌集，张伯伟，刘勇强，廖可斌。

"学术广角"4篇。作者是：孙少华，刘宁，张剑，石雷。

另发表其他栏目文章。

29 日，《文学遗产》编辑部与北京大学中文系联合主办的"古代小说研究前沿问题中青年学者座谈会"，在北京大学召开。北京部分高校和研究机构的专家学者二十余人出席会议。会议由北京大学潘建国教授主持，《文学遗产》副主编兼编辑部主任竺青、责任编辑石雷担任评议。座谈会的议题主要集中在以下三个方面：第一，关于古代小说观念的新思考。第二，关于古代小说研究思路的新检讨。第三，关于古代小说研究领域的新拓展。此外，如何改进《文学遗产》古代小说研究专栏以及进一步推动古代小说研究，也是本次会议的重要议题。日本京都大学金文京教授也应邀出席了座谈会，并简要介绍了日本的中国古典小说研究状况。此次会议的报道发表于本刊 2014 年第 4 期。

（鸣谢：本纪事编写过程中，承蒙《文学遗产》前主编徐公持先生、陶文鹏先生，前副主编卢兴基先生、吕薇芬先生，文学研究所人事处张心亮处长、办公室高军副主任等诸位同事；《光明日报》副总编辑沈卫星先生、中华书局总编辑顾青先生、凤凰出版社总编辑姜小青先生的不吝赐教和热诚相助，编者在此谨致衷心谢忱！）

参考文献

1. 中国社会科学院文学研究所《文学遗产》编辑部编《文学遗产纪念文集》，文化艺术出版社，1998。

2. 《中国社会科学院文学研究所所志》（征求意见稿，内部印行），社会科学文献出版社，2013。

后　记

　　不知不觉，《文学遗产》已经走过 60 个春秋。回望一甲子的风云变幻和我们曲折走来的足迹，不由得生出"人事有代谢，往来成古今"的感慨。

　　60 年来，先后为本刊撰文的作者超过 3000 人次，足迹遍及全国各地，并逐步扩展到海外；这些作者，基本囊括了本学科最优秀的专家和学术中坚力量。60 年来，一代又一代学者，出于对古典文学研究事业的执著和对本刊的厚爱，踊跃赐稿，建言献策，共同创造了《文学遗产》的辉煌。这里，我们要真诚地对各位作者、各位读者表示由衷的敬意和感谢。

　　60 年来，《文学遗产》历任主编（陈翔鹤、余冠英、徐公持、陶文鹏、刘跃进）都"努力提倡以科学的观点和方法来研究我们的古典文学中的作家和作品"（陈翔鹤《文学遗产》第 1 期《发刊词》，《光明日报》1954 年 3 月 1 日），并要求编辑树立自觉服务学术的意识，处理稿件出以公心，不以一己之私取舍稿件。在他们的率领下，《文学遗产》的编辑乐做学者知音，密切联系学界，重视发现和扶植学术新人；与此同时，编辑部在制度建设上狠下功夫，细化审稿流程，引入匿名审稿机制，增强刊物的亲和力与公信力。

　　经过几代编辑的共同努力，在广大作者、读者的信任与支持下，《文学遗产》逐渐形成了相对稳定的办刊宗旨与学术风格，立足当代，坚守学术，以学术的方式服务于国家和社会。这是《文学遗产》长期以来得到学术界青睐的重要原因。

为庆祝《文学遗产》创刊 60 周年，我们组织专家撰写纪念文章，并按照作者的年龄编排稿件，结集成册。这样做，可以具体呈现学术研究代代相传的意义。

纪念文集由刘跃进主编。张剑、马丽负责接收、编辑纪念文章和题赞。竺青、马昕负责编写《文学遗产》60 年纪事。马丽负责整理《文学遗产》60 年论文总目、历年《编后记》。孙少华、石雷、刘京臣、马昕参与校对。前言集合了编辑部同仁的智慧，竺青贡献尤多。后记由张剑执笔撰写。

关于书名，老主编徐公持和陶文鹏都提出了很好的建议，徐先生建议用"遗光逸采"，"遗光"取自王褒《九怀·通路》"遗光耀兮周流"，"逸采"取自夏侯湛《朝华赋》"滋逸采于丰露"，寓意美好显烈。陶先生建议用"光昌流丽"，取自 1961 年毛泽东主席修改何其芳为《不怕鬼的故事》所写序言时的话"一切光昌流丽，春暖花开"，同样寓意美好，且富有时代特色。两位老主编的赐予佳名，蕴含厚望，我们铭感在心。权衡再三，我们最终选择了"《文学遗产》六十年"这个平凡朴素的书名，是想表达"豪华落尽见真淳"之意。

60 年，我们与学术界相知相携，一起走过。如今，周而复始，甲子循环，我们又站在新的历史起点。让我们一如既往，肝胆相照，携手同行，共同开创中国古典文学研究的新局面。

《文学遗产》编辑部

2014 年 8 月 8 日

图书在版编目（CIP）数据

《文学遗产》六十年：全2册/《文学遗产》编辑部编．
—北京：社会科学文献出版社，2014.9
ISBN 978 - 7 - 5097 - 6423 - 7

Ⅰ．①文…　Ⅱ．①文…　Ⅲ．①中国文学 - 文学遗产 -
文学研究 - 文集　Ⅳ．①I206 - 53

中国版本图书馆 CIP 数据核字（2014）第 201225 号

《文学遗产》六十年

编　　者／《文学遗产》编辑部

出 版 人／谢寿光
项目统筹／宋月华　张倩郢
责任编辑／张倩郢

出　　版／社会科学文献出版社·人文分社(010)59367215
　　　　　地址：北京市北三环中路甲29号院华龙大厦　邮编：100029
　　　　　网址：www. ssap. com. cn
发　　行／市场营销中心（010）59367081　59367090
　　　　　读者服务中心（010）59367028
印　　装／北京季蜂印刷有限公司

规　　格／开本：787mm × 1092mm　1/16
　　　　　印　张：50.75　插　页：2　字　数：810千字
版　　次／2014 年 9 月第 1 版　2014 年 9 月第 1 次印刷
书　　号／ISBN 978 - 7 - 5097 - 6423 - 7
定　　价／248.00 元（全2册）